280

848

D0667118

vêtement. Dans un article si gracieusement et ingénieusement tourné que l'écrivain peut presque être accusé d'imiter même quand il désavoue, M. William Archer parle de lui comme d'un partisan de la « légèreté de touche » à tout prix, et remarque qu'il « est non seulement philosophiquement satisfait que ses lecteurs regardent d'abord la manière et en second lieu seulement, le contenu, mais qu'il est délibérément résolu à ce qu'il en soit ainsi ». Je n'essaierai pas de le démentir ; je le cite plutôt, pour l'instant, parce qu'il exprime mon propre sentiment. M. Stevenson aime avant tout le style, et le sien n'a rien d'accidentel ni d'hésitant ; il est éminemment conscient de ses responsabilités et y fait face avec une sorte de galanterie – comme si la langue était une jolie femme et que quelqu'un qui se propose de la manier devait avoir, nécessairement, quelque chose d'un Don Juan. Ce côté galant est constitué d'une part importante de sa nature et il est assez étrange qu'en même temps un trait frappant de cette même nature soit l'indifférence à tout ce qui est féminin. La plupart de ses livres ne comportent pas de personnage féminin et il n'y a pas de femmes qui aiment tellement ses œuvres. Mais, dirions-nous, M. Stevenson, n'a pas besoin d'un jupon pour l'enflammer ; un heureux assemblage de mots atteindra ce but, ou une image singulière, ou l'œil brillant d'un trait d'esprit éphémère, et il fera passer un joli paradoxe sans la moindre difficulté. Le ton littéraire est en lui – le ton littéraire considéré comme distinct de la philosophie et de telles industries qui sont supposées poursuivre des buts pratiques. Beaucoup de lecteurs, sans aucun doute, considèrent qu'il va trop loin ; ils manifestent de l'impatience, se montrent curieux d'avoir un aperçu de son message moral. On peut les entendre demander ce qu'il se propose de déduire, de prouver, d'établir, par une telle variété de parades et de grâces.

Le point principal qu'il établisse, dans la mesure où je puis le constater, c'est que c'est un délice de le lire, et qu'il renouvelle ce délice par une diversité constante d'expériences. Pour l'instant, toutefois ; et entre-temps on pourra noter comme une caractéristique curieuse des façons de faire habituelles, que l'écrivain dont l'œuvre est d'une manière perceptible celle d'un artiste est très enclin à se trouver contraint à la défensive. Une œuvre littéraire est une forme, mais l'auteur qui laisse paraître une conscience de ses responsabilités résultant de ce fait se rend assez souvent compte qu'on le considère comme un personnage insolite. Le jugement habituel est qu'il peut être artiste, mais pas trop ; apparemment, il y a là quelque chose de pire que la folie. Cette étrange superstition a si bien réussi à s'imposer que le fait de s'être montré indifférent à un tel danger représente en soi une originalité. Comme ils sont rares, comme je pourrais aisément les énumérer les prosateurs ayant écrit en anglais, dont, actuellement la prose est personnelle, expressive, sans cesse renouvelée. L'état de chose qu'on aurait pu s'attendre à être la règle est devenu l'exception, une exception pour laquelle, la plupart du temps, une excuse semble devoir être considérée comme nécessaire. Un moulin qui moud avec régularité et avec une certaine finesse commerciale – c'est l'image à laquelle fait penser la manière d'une bonne proportion de membres de la profession. Ils sortent un article pour lequel il existe une demande, ils tiennent une boutique, ils vendent une spécialité et l'affaire est conduite conformément à une recette pratique et éprouvée. C'est précisément parce qu'il n'a pas de spécialité que M. Stevenson est un individu isolé et parce que sa curiosité est la seule recette qui préside à sa production. Chacun de ses livres est une œuvre indépendante, une fenêtre ouverte sur un point de vue nouveau. *Dr. Jekyll et Mr. Hyde* est aussi différent qu'il est possible de *l'Île au Trésor*. *Virginibus Puerisque* n'a rien de commun avec *les Nouvelles Mille et Une Nuits*, et je n'aurais jamais supposé que *A Child's Garden of Verses* puisse être du même auteur que *Prince Othon*.

Bien que M. Stevenson se préoccupe beaucoup de sa phrase, comme devrait le faire tout écrivain qui se respecte et qui respecte son art, il n'est pas besoin de lire ses volumes bien attentivement pour s'apercevoir que ce n'est pas ce dont il se soucie le plus et qu'après tout il considère seulement un style expressif comme un moyen. Il me semble que l'erreur commise par M. Archer dans son intéressant article c'est de trop suggérer que l'auteur de ces volumes considère l'art de l'expression comme une fin en soi – une façon de jouer avec les mots. Il trouve que M. Stevenson n'est pas sérieux, qu'il néglige tout un côté de la vie, qu'il n'a pas de sensibilité à l'égard de la souffrance, qu'il n'en a pas conscience ; qu'il parle comme un païen heureux, mais sans cœur, qui ne vit que par ses sens (qui sont, reconnaît le critique, d'une exquise délicatesse), et que, dans un monde où tout est lourdeur, il ne se rend pas suffisamment compte des limitations philosophiques de la simple habileté technique. (En décrivant ces aberrations M. Archer lui-même, soit dit en passant, ne révèle aucune lourdeur de main.) Il n'est pas le premier lecteur, et il ne sera pas le dernier, à être irrité par la désinvolture de M. Stevenson. Celle-ci fait essentiellement partie de son génie ; mais, à mon sens, elle cesse d'être irritante – elle devient en vérité positivement touchante, constitue un appel à la sympathie et même à la tendresse – dès l'instant où l'on s'est aperçu de ce qui se dissimule derrière l'air de danse sur lequel il évolue la plupart du temps. Bien que se souciant beaucoup de ses phrases, il se soucie encore d'avantage de la vie, et pour un certain aspect de la vie qu'on aime d'une manière trancendante. Il éprouve des sensations, c'est ce que nous croyons tous, et cela n'est pas donné à tout le monde ; cela constitue une philosophie que M. Archer ne sait pas lire entre les lignes – la morale respectable et souhaitable que plus d'un lecteur estime sans doute qu'il néglige de souligner. Il n'éprouve pas tout d'une manière uniforme, dans n'importe quel sens ; mais ses sensations sont toujours les raisons qui le font agir ; il les considère quelles qu'elles soient, comme suffisamment honorables, ne les travestit pas sous d'autres noms ou d'autres couleurs, et considère tout ce qu'il peut rencontrer à la lumière qu'elles projettent. Et dans son extrême vivacité artistique il paraît réellement disposé à tout essayer ; il a essayé une fois, pour changer, d'être inhumain, et il rayonne autour du *Prince Othon* une dureté qui semble indiquer que, dans cette occasion il a réussi, comme dans tous les exploits qu'il a tenté d'accomplir. Mais *Prince Othon* ressemble même moins à ses autres œuvres que ses autres productions ne se ressemblent entre elles.

La partie de la vie dont il se préoccupe le plus est la jeunesse, et l'expression directe de l'amour de la jeunesse est le commencement et la fin de son message. Les sentiments qu'il éprouve pour cette délicieuse phase de la vie confinent à la passion ; et une passion, au siècle où nous vivons, nous frappe, dans l'ensemble, comme étant une philosophie suffisante. Cela devrait satisfaire M. Archer, et il y a des écrivains plus sérieux que M. Stevenson sur le compte desquels un tel motif moral ne peut être invoqué. Combiné à son amour presque aussi marqué pour une forme littéraire, il représente une originalité réelle. Cette combinaison est la note dominante du talent de M. Stevenson et l'explication de ses perversités. Les sentiments de l'adolescence, et même d'un âge plus tendre (car les délices de la reptation, et presque du hochet, sont évoqués dans *A Child's Garden of Verses*), et son goût des tournures heureuses (le sens qu'il a d'une tournure heureuse est des plus subtils) sont les deux moitiés de son personnage. Si *Prince Othon* et *Dr. Jekyll* laissaient un champ plus libre pour énoncer cette affirmation, je dirais que tout ce qu'il a écrit est une apologie directe de l'enfance ; ou plutôt (car on doit reconnaître que le ton de M. Stevenson est rarement apologétique) la célébration enthousiaste de l'âge des culottes courtes. Même les membres de la catégorie très nombreuse de gens qui ont retenu leur respiration en lisant *l'Île au Trésor* hausseront peut-être les épaules devant cette évocation des sentiments de l'auteur ; mais c'est néanmoins un grand plaisir – la plus haute récompense décernée à l'observation – de mettre la main sur une illustration peu courante, ce qui est certainement le cas de M. Stevenson. Cela est dû chez lui à la singulière maturité d'expression qu'il a donnée aux sentiments des jeunes gens. Il les juge, il les jauge, les voit de l'extérieur en même temps qu'il les distrait. Il décrit la crédulité avec toutes les ressources de l'expérience, évoque la période de l'inexpérience avec une maturité d'esprit consommée. En un mot, c'est un artiste accompli allant même jusqu'à la sophistication dont le thème constant est ce qui est pur de toute sophistication. Quelquefois, comme dans *Enlevé !*, l'art est si mûr qu'il élève même le sujet jusqu'à la généralité ; l'exécution est si sérieuse que l'idée (les aventures romanesques d'un petit garçon) devient une affaire de relations universelles. Ce qu'il apprécie le plus dans l'idéal du petit garçon, c'est son côté imaginatif, son aptitude à accréditer des chimères. La fraîcheur d'éclat qui en résulte lui paraît être la chose la plus divine ; considérablement plus divine, par exemple, que la passion, généralement considérée comme suprêmement tendre. L'idée de faire croire l'attire plus que l'idée de faire l'amour. Ce délicieux petit livre de poèmes, le *Child's Garden*, célèbre du début à la fin la faculté de l'enfance à dépeindre, à personnifier, à dramatiser, la vie envisagée au niveau de la nursery. Ce volume est une merveille par l'extraordinaire vivacité avec laquelle il restitue les impressions du jeune âge ; un enfant aurait pu l'écrire à condition qu'un enfant soit capable de voir l'enfance de l'extérieur, car il semblerait que seul un enfant soit assez près du plancher de la nursery. Et ce qui est particulier chez M. Stevenson c'est qu'il se plaît à évoquer sa propre enfance, et non la présence réelle de ces petits chéris. Chose assez étrange, cela ne fait pas tellement supposer qu'il aime les enfants. Il n'en parle pas comme en parlerait un père, un oncle, un éducateur, mais comme un contemporain pris à son propre jeu. Ce jeu est presque toujours l'évocation de dangers courus et de triomphes remportés ; et si l'émotion, chez lui, se résout infailliblement en souvenirs, il s'agit d'une évocation de battements de cœur, de frissons, d'incertitude angoissée. Il a donné au monde le romanesque de l'enfance comme d'autres ont donné celui de la noblesse, de la police, de la profession médicale.

Cela revient à dire que ce dont il est le plus curieux dans la vie, c'est l'héroïsme – la bravoure personnelle, si besoin est, à l'égard d'une manière d'être ou d'un étendard – bien qu'étant aussi parfaitement capable d'y prendre plaisir quand elle est dépourvue d'artifice. Les savoureux exploits de Jim Hawkins, dans *l'Île au Trésor,* sont accomplis sans affectation ; mais néanmoins, « la plus belle action est ce qu'il y a de mieux dans un passage très coloré », comme le remarque l'auteur dans l'article sur *The English Admirals,* dans *Virginibus Puerisque* – un article dont la morale est pour une grande part, que « nous apprenons à désirer que nos héros aient grande allure ; et une connaissance de l'humanité telle qu'ils soient conduits à mettre les points sur leurs propres i et éviter que nous restions le moins du monde dans l'incertitude lorsqu'ils entendent être héroïques ». L'amour des paroles de bravoures – qui est tout simplement ce que M. Stevenson aime avant tout dans le style – est exposé dans ce petit article avec une ingénuosité charmante et légèrement sophistiquée. « Ils servaient leurs pièces avec gaieté, lorsque sonnait l'heure du combat, et ils étaient tous prêts à prêter l'oreille pour écouter à tout sentiment audacieux et honorable de n'importe quelle catégorie d'hommes que la terre ait jamais produite ». L'auteur continue en disant que la plupart des hommes ayant de hautes destinées ont même des noms claironnants. Alan Breck, dans *Enlevé !,* est le merveilleux portrait d'un homme qui unit le courage à la crânerie ; le petit aventurier jacobite, un personnage digne du meilleur Walter Scott, et marquant le point le plus élevé qu'ait jamais atteint le talent de M. Stevenson, nous montre qu'un goût marqué pour le clinquant – terni et mis en lambeaux, en partie, à dire vrai, dans des occasions difficiles – est tout à fait compatible avec un grand courage. Alan Breck est à la base une étude de l'amour de la gloire, tracée avec une extrême vérité psychologique. Lorsque l'amour de la gloire est d'une qualité inférieure, la réputation est cultivée plutôt que l'occasion ; mais quand il est pure passion, l'occasion est cultivée dans l'intérêt de la réputation. L'indulgence de M. Stevenson pour les aventuriers s'étend même aux plus humbles d'entre eux, le saltimbanque et le comédien ambulant, ou même le colporteur, catégorie dans laquelle on le range habituellement quand il voyage à l'étranger, comme nous voyons dans la bizarre apologie des vagabonds par laquelle se termine *Voyage sur les canaux et rivières.* L'illusionniste famélique, le gymnaste dont le maillot fait des plis, ont quelque chose du prestige du héros, dans la mesure où eux aussi paient de leur personne.

« Être même l'un de ceux qui se trouvent à la limite de l'art laisse une belle empreinte sur la physionomie d'un homme... C'est le genre de choses qui me réconcilie avec la vie ; un vieux coquin en guenilles, ivrogne, incapable, ayant les manières d'un gentleman et la vanité d'un artiste, pour sauvegarder son amour-propre ! »

Ce qui réconcilie M. Stevenson avec la vie c'est l'idée qu'en premier lieu elle offre le champ le plus vaste que nous connaissions pour les actes étranges, et qu'en second lieu, ces actions étranges sont les clous les plus désignés pour y pendre une esquisse en trois lignes ou un paradoxe en trois pages. Comme ce n'est pas étrange, mais extrêmement banal, de se marier, il désavoue le mariage dans *Virginibus Puerisque,* recueil de courts essais qui est principalement un inventaire de ses opinions – c'est-à-dire, pour une grande part, de ses goûts et dégoûts. Tout cela revient à sa sympathie pour la jeunesse et à ce sentiment sur la vie qui le conduit à considérer les femmes comme autant de filles inutiles dans un jeu de garçons. Elles sont presque complètement absentes de ses pages (l'exception principale est *Prince Othon,* bien qu'il y ait une Clara dans chacun de ces deux ouvrages, *le Diamant du Rajah* et *le Pavillon sur les Dunes),* parce qu'elles n'aiment pas les bateaux, les pistolets et les batailles ; elles encombrent les ponts et elles nécessitent des appartements séparés ; et, ce qu'il y a presque de pire, elles ne sont pas du plus haut niveau littéraire. Pourquoi un homme se marierait-il quand il peut faire tournoyer un sabre d'abordage ou chercher un trésor caché ? Pourquoi irait-il à l'autel quand il peut rester à polir sa prose ? Il y a là une de ces curieuses, et, à mon sens, fascinantes inconséquences que nous rencontrons dans l'esprit de M. Stevenson : bien qu'il prenne un tel intérêt à la vie enfantine, il n'en prend aucun au foyer. Il lui accorde un coup d'œil indulgent dans le *Garden* mais, à son point de vue, l'enfant normal est celui qui quitte le cercle familial, en réalité quand cela lui est possible, en imagination quand il ne le peut pas, déguisé en boucanier. Les filles ne font pas cela, et les femmes ne sont que des petites filles qui ont grandi, à moins d'être la délicieuse jeune fille, digne héritière d'une race impériale, qu'il célèbre dans *Voyage sur les canaux et rivières.*

« Une fille à l'école en France se mit à décrire à l'intention de ses camarades françaises l'un de nos régiments à la parade ; et elle me dit qu'à mesure qu'elle avançait dans son récit, son souvenir devenait si vivant, elle devenait si fière d'être la compatriote de tels soldats et si triste de se trouver à l'étranger, que la voix lui manqua et qu'elle fondit en larmes. Je n'ai jamais oublié cette fille et j'estime qu'elle n'est pas loin de mériter qu'on lui élève une statue. L'appeler une jeune dame, avec toute la fadeur que cette qualification comporte, serait l'insulter. Elle peut être certaine d'une chose, bien qu'elle ne doive jamais épouser un héroïque général, jamais constater un résultat important ou immédiat atteint dans sa vie, elle n'aura pas vécu en vain pour son pays natal. »

M. Stevenson a quelque chose de cela. Quand il commence à décrire un régiment britannique à la parade (ou quelque chose d'analogue), lui, aussi, cède à l'émotion, raison pour laquelle j'ai pris soin de nier l'insinuation d'après laquelle il serait avant tout un ciseleur de prose. Si les choses avaient tourné autrement pour lui (je dois me permettre cette allusion à sa situation personnelle et je me risquerai à la faire suivre de deux ou trois autres), il aurait pu être l'historien de campagnes célèbres – un grand peintre de batailles. Cependant, cela n'aurait naturellement pas marché pour lui de céder à l'émotion.

Bien qu'il remarque que le mariage « est un champ de bataille, et non un lit de roses », il souligne à plusieurs reprises que c'est une terrible renonciation et en toute rigueur, presque incompatible même avec l'honneur – cette sorte d'honneur vagabond, clamé sur les toits qui éveille le plus sa sympathie. Ce pas franchi « il n'y a plus de prairies écartées où vous puissiez innocemment flâner, mais la longue route poussiéreuse qui conduit tout droit à la tombe... Vous pouvez croire que vous aviez une conscience et que vous croyiez en Dieu ; mais qu'est-ce qu'une conscience pour une épouse ?... Se marier, c'est domestiquer l'Ange du Jugement Dernier. Une fois marié, il ne vous reste plus qu'à être bon, même pas la ressource du suicide... Comment, alors, dans une telle atmosphère de compromis, garder un honneur intact et s'abstenir de capitulations indignes ?... Les qualités propres à chaque sexe sont, en vérité, une surprise constante pour l'autre. Il y a des divergences similaires entre les racines latine et germanique, et elles ne peuvent être comblées par la sympathie la plus large... Il vaut mieux regarder le fait en face et savoir : quand vous vous mariez, vous faites entrer dans votre vie une créature présentant des faiblesses égales aux vôtres, mais différentes ; dont le fragile cœur humain ne bat plus harmonieusement que le vôtre ».

S'il y a de la tristesse dans tout cela, dans la mesure où M. Stevenson peut jamais devenir triste, nous n'avons qu'à tourner la page pour trouver le correctif – quelque chose qui, au moins, éveille la bonne humeur, sans être beaucoup moins triste :

« " Le petit archer aveugle " qui nous sourit des terrasses des vieux jardins hollandais décoche par jeu ses flèches au milieu d'une génération éphémère. Mais aussi vite qu'il tire le jeu se dissout et sombre sous ses traits dans l'éternité : celui-ci est parti avant d'être frappé ; cet autre n'a que le temps de faire un geste et de pousser un cri passionné ; et les uns et les autres ne durent qu'un instant. »

C'est admettre que si elle passe rapidement, la grande capitulation sentimentale est inévitable. Et il y a aussi de la bienveillance dans toute cette page – en ce qui concerne une question tout à fait différente – de la bienveillance, tout au moins, pour la profession des lettres, dans la déclaration selon laquelle il y a « une chose que vous ne pourrez jamais faire comprendre à des Philistins, une chose qui se trouve cependant à la surface, et reste aussi insaisissable pour leurs esprits qu'une haute envolée métaphysique : l'affaire de la vie est principalement menée par l'art difficile de la littérature, et c'est en fonction de sa compétence dans cet art que s'établiront la liberté d'un homme et la plénitude de ses rapports avec les autres hommes ».

Il est cependant difficile de ne pas croire que l'idéal auquel l'esprit de notre auteur aurait pu se plaire le mieux aurait été le personnage du pater familias, quand on pose les yeux sur un aussi charmant morceau d'observation que ces lignes concernant les enfants, dans l'admirable article sur *Child's Play* :

« S'il n'y avait pas cette imitation perpétuelle, nous serions tentés d'imaginer qu'ils nous méprisent complètement, ou nous considèrent seulement comme des êtres brutalement forts et brutalement imbéciles, parmi lesquels ils condescendent à vivre en leur obéissant, comme un philosophe dans une cour barbare. »

II

Nous connaissons très peu de chose d'un talent tant que nous ne savons pas où il s'est développé et, dès le départ, toute présentation de l'auteur de *Enlevé !* serait terriblement compromise si l'on n'insistait pas immédiatement sur le fait qu'il est un Écossais d'Écosse. Deux faits, à mon point de vue, permettent de franchir un grand pas dans l'explication de sa manière de composer : son enfance s'est passée à l'ombre du château d'Edimbourg, et deuxièmement, il est issu d'une famille dont les membres avaient installé de grands phares sur la côte. Son grand-père, son oncle étaient de célèbres constructeurs de phares, et leur nom reste associé avant tout à la tour magnifique et si utile de Skerryvore. Nous exagérons peut-être la façon dont le sens de l'« histoire » des choses peut se développer en partant des impressions d'Edimbourg, chez un adolescent imaginatif – bien que je considère cela comme difficile. Les rues sont tellement pleines d'histoire et de poésie, d'images et de chants, d'associations surgissant de fortes passions et d'étranges personnages que, pour ma part, je me surprends à évoquer un gamin allant et venant, tandis que je pensais – avec émerveillement et envie – aux petits garçons qui jouaient le rôle de figurants, de pages ou de lutins dans les grands spectacles sur le théâtre. L'endroit ressemble à une toile de fond, au décor compliqué d'un drame, et les enfants ont l'air de mystérieux petits êtres échappés d'un monde magique. Comment cela n'aurait-il pas sollicité l'imagination de passer et de repasser, en allant à l'école, sous le rocher du Château, en sentant intensément la présence, pourtant familière, de la citadelle grise se dressant à son sommet, toute chatoyante des tartans et des cornemuses des régiments écossais ! L'esprit de M. Stevenson, dès l'âge le plus tendre, a été meublé d'images écossaises qui doivent avoir eu un effet très proche de ce que nous appelons aujourd'hui décoratif. J'ai trouvé quelque part un article fantaisiste de notre auteur dans lequel il y a un reflet d'après-midi de demi-vacances et, à moins que ma propre imagination ne me joue un tour, du rouge des lumières, dans la brume hivernale, des fenêtres haut placées de la Vieille Ville – une délicieuse rhapsodie sur les feuilles à deux sous d'images pour les marionnettes de la petite enfance, dans l'attitude de la vie, et attendant des ciseaux impatients mais cependant soigneux. « Si l'on vendait les paysages, dit-il dans *Voyage avec un Âne,* comme les feuilles de personnages de mon enfance, un sou en noir et deux sous en couleurs, je parcourrais toute ma vie à raison de deux sous par jour. »

En vérité, la couleur de l'Écosse a complètement pénétré en lui et bien que, assez curieusement, il n'ait écrit que peu sur son pays natal, son œuvre la plus heureuse montre, je crois, qu'il bénéficie du meilleur de son talent. *Enlevé !* (dont il me soit permis, en passant, de déplorer le titre mal choisi) dégage à chaque ligne l'impression de la lande et du loch, c'est la plus belle de ses histoires un peu plus longues ; et *Thrawn Janet,* un chef-d'œuvre en treize pages (repris ensuite dans le volume *Les Hommes Joyeux*) est, parmi les plus courtes histoires, celle dont l'exécution est la plus vigoureuse. La deuxième consiste en une anecdote macabre sur les phénomènes surnaturels, racontée en dialecte écossais ; et l'authenticité que revêt ce moyen d'expression – à la vue duquel le visage du lecteur s'allonge en général – dans les mains de M. Stevenson prouve à quel point la question de forme reste vivante pour lui et la variété de réponses qu'il peut lui donner. Il ne nous serait jamais venu à l'esprit que le style de *Voyage avec un Âne* ou de *Virginibus Puerisque,* et le patois de la paroisse de Balweary pouvaient avoir été conçus par le même esprit. Si c'est une chance pour un génie d'avoir un pays tel que l'Écosse comme première source d'inspiration, c'est doublement le cas quand un certain processus de détachement, d'extrême sécularisation a pris place. M. Stevenson a été émancipé – il est, pouvons-nous dire, un Écossais du monde. Personne d'autre que lui n'aurait pu, je pense, camper avec un tel mélange d'observation sympathique et ironique, le personnage du jeune David Balfour, des Basses Terres, un bon garçon, mais exaspérant. *L'Île au Trésor, les Nouvelles Mille et Une Nuits, Prince Othon, Docteur Jekyll et Mr. Hyde,* ne sont pas très directement basés sur l'observation ; mais cette qualité apparaît avec une extrême finesse dès que le sujet traité est écossais.

Je me suis demandé si les œuvres de notre auteur ne pourraient pas nous en apprendre davantage sur lui ou si ce quelque chose de particulier se trouve dans l'esprit d'un admirateur, qui a par hasard d'autres lumières sur ce point. Il a été possible à un critique aussi pénétrant que M. William Archer de lire entre les lignes de M. Stevenson la gaieté de bon aloi et l'évangile du jeune homme se réjouissant de sa force et de son bain froid au petit matin. Et c'est un fait que toute note de sensibilité morbide est si absente de ses pages, elles contiennent si peu d'allusions à la maladie et à la souffrance, que nous avons l'impression qu'on nous a vraiment joué un tour en découvrant accidentellement le véritable état de la situation chez un écrivain qui s'est plu aux allusions les plus enthousiastes à la joie de l'existence. Nous devons nous permettre une autre mention de sa situation personnelle, car elle ajoute énormément à l'intérêt de volumes à travers lesquels coule un si vigoureux courant de vie de savoir qu'ils sont non seulement l'œuvre d'un invalide, mais ont été pour une grande partie écrits au lit dans de tristes « stations climatiques », au cours de périodes de répit entre des crises aiguës. Il n'y a presque rien dans ces volumes qui puisse nous mettre sur la piste ; la preuve directe, en vérité, est presque entièrement contenue dans les limites étroites de *The Silverado Squatters*. Dans un tel cas, cependant, c'est ce qui est indirect qui est le plus éloquent et je ne sais où le chercher, sinon dans l'article intitulé *Ordered South* et celui qui l'accompagne, *AEs Triplex,* dans *Virginibus Puerisque*. Il est impossible de lire *Ordered South* sans avoir l'impression que cet article traite d'un cas personnel ; les réflexions qu'il contient viennent de l'expérience et ne sont pas le fruit de l'imagination. Les endroits où l'on transporte le malade, les climats sous lesquels on l'emmène pour se remettre ou pour mourir sont principalement magnifiques, mais :

« Dans le fonds de son cœur il doit confesser qu'ils ne sont pas magnifiques pour lui... Il est comme un enthousiaste qui emmène avec soi un touriste impassible, indifférent. Il y a à côté de lui quelqu'un qui n'a pas de sympathie pour le décor, et qui n'est pas ému comme il faudrait ; et ce quelqu'un est lui-même... Il se fait l'effet de toucher les choses avec des mains gantées, de les voir à travers un voile... Plus d'une ville toute blanche plantée loin au bout de la presqu'île, plus d'un pli de terrain boisé sur le versant d'une montagne sollicitent et attirent son imagination jour après jour, et sont cependant aussi inaccessibles pour lui que les crevasses et les gorges des nuages. Le sentiment de la distance se développe en lui d'une façon étonnante ; et après quelques efforts fiévreux et le malaise attristant des quelques premiers jours, il prend conscience sans se plaindre des limitations dues à sa faiblesse... Il a l'impression, s'il doit être ainsi sevré avec douceur de la passion de la vie, plongé ainsi graduellement dans le sommeil de la mort, que lorsque la fin surviendra, ce sera dans le calme, et convenablement... Il priera Médée : quand elle viendra, qu'elle lui rende la jeunesse ou lui apporte la mort. »

Le second des courts essais que j'ai mentionnés n'évoque la mort que parce que son but est d'insister sur le fait que la seule attitude raisonnable consiste à laisser la mort et les accidents susceptibles de la provoquer en dehors de nos prévisions. La vie « est pour nous, d'un bout à l'autre, une lune de miel, et n'est pas l'une des plus longues.

Qu'on ne nous blâme pas si nous donnons tout notre cœur à cette radieuse épouse » ; la personne qui agit ainsi « acquiert du monde une connaissance très différente, maintient ses battements de cœur à un rythme régulier et rapide, et prend de l'élan en courant jusqu'à ce que, s'il court vers quoi que ce soit de mieux qu'un feu grégeois, il puisse finalement s'élever pour devenir une constellation ». Rien ne peut être plus déplorable que « de renoncer à toutes les possibilités de la vie en restant dans un salon à température constante ». M. Stevenson ajoute que, comme en ce qui concerne celui qui meurt jeune parce qu'il est aimé des dieux, un homme meurt trop jeune quel que soit l'âge auquel il quitte la vie. Le témoignage d'*AEs Triplex* sur les infirmités de l'auteur est, après tout, très indirect ; il consiste principalement dans une protestation dirigée, non pas tellement contre la mort en soi, mais contre la théorie qui la concerne. Le lecteur se demande seulement pourquoi le héros de *Voyage avec un Âne,* l'historien d'Alan Breck, devrait penser à ces choses. Son appréciation du côté actif de la vie a un ton si particulier que nous sommes surpris de découvrir qu'elle résulte dans une mesure importante d'une intimité étroite avec son côté passif. Cela ressemble trop à une anomalie que l'auteur qui a été le plus attaché à l'idée d'une certaine liberté de vie au grand air soit en même temps celui qui a été le plus réduit à l'envisager du dedans et que les personnages d'aventuriers qui, du moins dans notre littérature d'aujourd'hui, sont le plus vivants, soient en même temps le plus éloignés de l'expérience directe de l'auteur. La vérité est, naturellement, que, ainsi que le prouvent abondamment *Voyage avec un Âne* et *Voyage sur les canaux et rivières,* l'auteur a tout un stock de réminiscences. Il n'a pas passé ses jeunes années dans « un salon à température constante ». Un lecteur qui se trouve savoir à quel point son destin a été celui-là, dans les dernières années de sa vie, pourra être excusé de trouver une source supplémentaire d'intérêt – quelque chose, en vérité, de profondément touchant en toute occasion – dans cette association de conditions de vie particulièrement restreintes avec une vision d'incidents pleins de joie de vivre et de romanesque comme ceux qu'on rencontre dans une carrière honorablement pittoresque.

S'il donne à l'occasion dans le macabre, M. Stevenson est cependant franchement optimiste ; c'est un observateur qui, non seulement, aime la vie, mais ne recule pas devant la responsabilité d'en faire l'apologie. Il y a chez lui une vivacité systématique qui vient à l'appui de cette assertion et qui est, après tout, l'une des innombrables ingéniosités de la patience. Ce qui est remarquable dans son cas, c'est que ses productions devraient constituer une expression raffinée, une sorte d'évangile capricieux, un plaisir. La seule différence entre *Voyage à l'intérieur des Terres* ou *Voyage avec un Âne* et *les Nouvelles Mille et Une Nuits* ou *l'Île au Trésor,* ou encore *Enlevé !,* c'est que, dans ces derniers livres le plaisir qu'on prend est indirect – bien qu'imitant la spontanéité avec un art singulier – tandis que dans les deux premiers il est naturel, et, pourrait-on dire, historique.

Ces petites histoires – les premiers volumes, si je ne me trompe, qui ont fait connaître M. Stevenson par les amateurs de beau style – abondent en charmantes illustrations de sa disposition à voir le monde sous l'aspect d'une Bohème non pas exactement raffinée, mais glorifiée, pacifiée. Elles racontent la recherche de l'aventure personnelle – dans une occasion en canoë sur la Sambre et sur l'Oise, dans une autre derrière un âne dans les collines et les vallées des Cévennes. Je me rappelle très bien que, lorsque je les ai lues, dans leur nouveauté, il y a plus de dix ans, j'ai cru voir l'auteur, jusque-là en marge de la célébrité, se parer devant mes yeux d'un style. Ses étapes dans la littérature ne sont probablement pas nombreuses ; cependant il s'est rendu maître de sa forme – qui, dans ces cas, avait peut-être plus de consistance que la matière traitée – et a pris un air singulier d'expérience littéraire. Cela explique partiellement, sinon complètement, le phéno-mène par lequel il avait été déjà capable d'écrire l'exquise petite histoire de *Will du Moulin,* publiée avant *Voyage sur les canaux et rivières,* maintenant reprise dans le volume des *Hommes Joyeux ;* car dans *Will du Moulin* il y a quelque chose d'extrêmement rare, de poétique, d'inattendu avec cette qualité extrêmement fascinante que peut avoir une œuvre d'imagination, de temps à autre une note de mystère concernant sa signification, un air – comme la vie en a un – de vous inviter à moitié, et de vous mettre à moitié au défi, d'interpréter. Cette composition brève mais très achevée est à l'habituelle « histoire pour magazine » ce qu'un verre de Johannisberg est à une carafe de vin ordinaire de table d'hôte.

« Un soir, il demanda au meunier où allait la rivière... "Elle va jusque dans les basses terres, elle arrose le grand pays du blé, traverse énormément de belles villes (c'est ce qu'on dit) où des rois vivent seuls dans de vastes palais, avec une sentinelle qui fait les cent pas devant la porte. Et elle passe sous des ponts surmontés d'hommes de pierre, qui regardent l'eau en souriant curieusement, et des gens vivants qui s'accoudent au parapet et regardent eux aussi de l'autre côté. Et elle va toujours plus loin, traversant les marais et les sables, jusqu'à ce qu'elle se jette finalement dans la mer, là où il y a des navires qui rapportent des perroquets et du tabac des Indes." »

Il est impossible de ne pas ouvrir les yeux sur un tel paragraphe, spécialement si l'on considère comme normale une trame ordinaire. Will le Meunier passe sa vie dans la vallée que traverse la rivière et à travers laquelle, année après année, passent chaises de poste, chariots, piétons, et une fois même une armée « cavaliers et fantassins, canons et tombereaux, tambours et étendards », malgré les rêves qu'il a faits jadis de voir le monde mystérieux, et il doit attendre la mort pour partir en voyage. Il finit par tenir une auberge ; il s'y entretient avec bien d'autres esprits initiés ; bien qu'étant un homme aimable, il meurt célibataire, après avoir rompu des fiançailles avec la fille du pasteur en montrant plus de franchise qu'il n'en aurait eu s'il était resté moins casanier – il reste naturellement tristement provincial. L'histoire est du ton le plus enjoué et suggère toutes sortes de choses, mais que représente-t-elle en particulier ? L'avantage qu'il y a peut-être à attendre les vérités précieuses par lesquelles, une à une, nous calmons nos impatiences. Il y a des gens pleins de sagacité qui soutiennent que si on ne répond pas à une lettre elle finit par faire la réponse toute seule. Si bien que le sous-titre de l'histoire de M. Stevenson pourrait être « la Beauté de la Temporisation ». Si vous ne vous abandonnez pas à vos curiosités, votre incurie elle-même devient à la longue une sorte de riche élément, et cela revient finalement à peu près au même. Quand cela en arrive à ce point, le pauvre Will n'a même pas la curiosité de se marier ; et l'auteur nous laisse dans un doute qui stimule l'esprit : se juge-t-il trop égoïste ou seulement trop philosophe.

Je me suis trouvé parler du dernier volume de M. Stevenson (au moment où j'écris) avant d'avoir traité, en entrant dans quelques détails, de ceux qui l'ont précédé, que je dois laisser passer, ce qui montre que je manque de place pour faire une énumération complète. Je peux citer encore deux de ses œuvres comme complétant la liste de ceux qui ont une référence personnelle. *The Silverado Squatters* raconte un épisode de pique-nique, organisé pour des raisons de santé, sur le sommet d'une montagne en Californie ; mais cette esquisse libre, qui contient cent touches humoristiques, et dans le personnage d'Irvine Lovelands, l'un des portraits les plus véridiques de M. Stevenson, et peut-être moins vivant, et certainement moins pénible que ces autres pages dans lesquelles, il y a quelques années, il commémorait les douze mois qu'il a passé en Amérique – l'histoire d'un voyage de New York à San Francisco dans un train d'émigrants, réalisé comme suite à un voyage à travers l'Atlantique fait dans les mêmes pénibles conditions. Il n'a jamais mieux fait ressortir ses arguments que dans ce récit moitié humoristique, moitié tragique, ni donné un exemple plus frappant de son talent à restituer l'impression donnée par des situations et des contacts étranges. Il est très regrettable que ce petit chef-d'œuvre n'ait pas été mis en lumière une seconde fois, et aussi que l'auteur n'ait pas donné au monde – comme je crois qu'il a été très près de le faire – ses observations faites dans l'entrepont d'un paquebot américain. Si, comme je dis, notre auteur a du goût pour les impressions de Bohème, il a été très conséquent et n'a pas hésité à aller très loin pour les rechercher. Et comme j'ai déjà été indiscret, je puis ajouter que si cela a été en fait son destin d'être converti à un point de vue moins sardonique sur le mariage, cela s'est produit sous une influence qui devrait rencontrer une sympathie particulière de la part des lecteurs américains. Il est allé en Californie pour sa femme ; et Mrs. Stevenson, comme il apparaît d'ailleurs dans la page de titre de l'œuvre, avait mis la main – évidemment une main légère et exercée – dans *le Dynamiteur,* la seconde série caractérisée par une abondante extravagance de *les Nouvelles Mille et Une Nuits. Silverado Squatters* est l'histoire d'une lune de miel – heureuse, semble-t-il, mettant Irvine Lovelands de côté, sauf pour la mort du chien Chuchu « entre treize et dix-neuf ans, après une vie si assombrie et troublée, continuellement secouée d'inquiétudes, et la larme des sentiments élégants continuellement à son œil ».

M. Stevenson a une théorie sur la composition d'un roman, dont on doit le féliciter, car toute conviction positive et sincère de ce genre est vivifiante dans la mesure où elle n'est pas étroite. Le souffle du romancier est sa liberté ; et l'incomparable vertu de la forme qu'il utilise est qu'elle se prête à des points de vue innombrables et divers, à toute espèce d'illustration. Il n'y a certainement pas d'autre moule dont la capacité soit aussi grande. La doctrine de M. Zola lui-même, si maigre quand elle est prise littéralement, est fructueuse dans la mesure où en pratique il s'en sépare au point de vue romanesque. M. Stevenson n'a pas besoin de se séparer, son goût personnel consistant à rechercher le romanesque autant que son principe l'engage à le défendre. Heureusement, aujourd'hui en Angleterre, il n'est guère attaqué. Les triomphes à remporter dans la peinture de l'étrange, de l'improbable, de l'héroïque, spécialement dans la mesure où ces choses brillent de loin pour les yeux de la jeunesse crédule, sont ses stimulants les plus intenses et plus constants. En une heureuse occasion, en racontant l'histoire du *Docteur Jekyll,* il les a vus comme ils se présentent à un œil plus mûr. *Docteur Jekyll* n'est pas un livre pour les petits garçons, pas plus que *Prince Othon ;* celui-ci, cependant, n'est pas, comme le premier, une expérience de mystification – il est, je pense, plus que n'importe quoi d'autre, une expérience de style, conçue par un jour d'été, lorsque l'auteur avait donné libre cours à sa haute appréciation de M. George Meredith. C'est peut-être la plus littéraire de ses œuvres, mais elle n'est pas la plus naturelle. C'est l'une de ces coquetteries, comme nous pouvons le dire en l'absence d'un meilleur terme, que l'on peut observer dans l'activité de M. Stevenson – une sorte d'inconséquence habile. Il est facile de croire que si ses forces lui permettaient d'être un écrivain plus fécond, il aurait encore plus fréquemment ce tour éminemment littéraire – celui qui consiste à s'esquiver dans une nouvelle direction – à ceux qui auraient pu imaginer qu'ils savaient tout sur son compte. J'ai fait la réflexion, en parlant de *Will du Moulin,* qu'il y avait une sorte de malice anticipée dans le sujet de cette belle histoire ; comme si l'auteur avait eu l'intention de dire au lecteur : « Vous ne devinerez jamais d'après le plaisir que je prends à raconter la vie d'un homme qui ne s'est jamais éloigné de cinq milles de sa maison, que je suis destiné à remporter mes plus grands succès en parlant des vagabonds des bas-fonds. » Même ici, cependant, l'ironie caractéristique de l'auteur interviendrait ; car – les occasions rares de la vie étant avant tout l'objet de son attention – l'insolite appartient autant à la façon dont le curieux Will reste rivé au seuil de sa maison qu'à l'incident, par exemple, de John Silver et de ses hommes, quand ils entraînent Jim Hawkins vers son destin funeste et qu'ils entendent, dans les bois silencieux de l'île au Trésor, l'étrange hululement du Nègre Marron.

Le romancier qui écarte l'extraordinaire de son récit est sujet à d'étranges confrontations, c'est la réflexion que nous sommes contraints de faire dans ce siècle de journaux et de publicité universelle. Le prochain compte rendu de la première affaire de divorce – pour prendre un exemple – nous montrera un tableau d'étonnantes combinaisons de circonstances et de comportements, et les annales de n'importe quelle race énergique sont riches en anecdotes curieuses et en exemples frappants. Cette intéressante compilation, *Vicissitudes of Families,* n'est pas autre chose qu'un inventaire superficiel d'accidents étranges ; la famille – considérée, naturellement, à la longue – est, en général, un catalogue d'étranges spécimens et de situations dramatiques et nous devons nous rappeler que les échantillons les plus singuliers sont ceux qu'on ne montre pas. M. Stevenson laisse une place si large au merveilleux – il empiète sur le texte avec une parfaite assurance – qu'il échappe au danger d'être entraîné par des cas dont il n'a pas tenu compte. Quand il tient compte de Mr. Hyde il tient compte de tout ; et on a, de plus, l'impression, que même s'il n'agite pas aussi courageusement le drapeau de l'imaginaire et ne soutient pas que l'improbable est ce qui a le plus de caractère, il insiste encore sur le fait que nous devons faire semblant. Il dira que nous devons faire croire que l'extraordinaire est ce qu'il y a de mieux dans la vie, même si cela n'est pas, et que nous devons faire ainsi parce que les plus beaux sentiments – belles impressions – l'incertitude sur ce qui va venir, l'audace, l'esprit de décision, la passion, la curiosité, la bravoure, l'éloquence, l'amitié – y sont contenues et il est d'une grande importance que la tradition de ces choses précieuses ne se perde pas. En toute circonstance, il préférerait, en un mot, Alexandre Dumas à Honoré de Balzac ; et c'est, en vérité, mon impression qu'il préfère l'auteur des *Trois Mousquetaires* à n'importe quel romancier, exception faite de M. George Meredith. J'irais même jusqu'à soupçonner que son idéal de la savoureuse œuvre de fiction serait les aventures de Monte-Cristo racontées par l'auteur de *Richard Feverel.* Il y a une certaine magnanimité dans son estime pour Alexandre Dumas, dans la mesure où, dans *Enlevé !,* il a apporté à une intrigue digne d'avoir été inventée par ce dernier une finesse d'exécution avec laquelle Dumas n'a jamais rien eu de commun. Il nous amène à dire que la tradition vit, en tout cas, dès l'instant où elle est ravissante ; mais en même temps il nous conduit à nous rendre compte de nouveau qu'une tradition ne se maintient vivante que si on y ajoute quelque chose. Dans ce cas particulier – dans le *Docteur Jekyll* et *Enlevé !* – ce que M. Stevenson a ajouté, c'est la psychologie.

Comme leur titre l'indique *les Nouvelles Mille et Une Nuits* nous offrent le merveilleux sous sa forme la plus franche et la plus délicieuse. En partie extravagantes, en partie très spécieuses, elles résultent d'une idée très heureuse : situer une série de pures aventures dans le cadre de la vie anglaise contemporaine et les raconter dans le style calme et ingénu de Scheherazade. Cette formule atteint la perfection dans *le Dynamiteur,* où la manière se revêt de plus de sérénité pompeuse, dans la mesure où les incidents sont plus difficiles à croire. Dans cet ordre d'idées, *le Club du Suicide* est le plus grand succès de M. Stevenson ; et les deux premières pages de cette histoire, sans parler des autres, restent gravées dans la mémoire. Pour des raisons que, je m'en rends compte, je ne suis pas capable de présenter comme suffisantes, je trouve que l'incident du Prince Florizel et du Colonel Géraldine laisse une impression ineffaçable, véritablement hallucinante. Par une soirée de mars, « une chute de neige fondue cinglante les oblige à se réfugier dans un bar où l'on consomme des huîtres dans le voisinage immédiat de Leicester Square », et là ils ont l'occasion d'assister à l'entrée d'un jeune homme suivi de deux commissionnaires, qui portent chacun un grand plat de tartes à la crème recouvert – un jeune homme qui « s'efforçait de faire accepter la présence de ces pâtisseries par tout le monde avec une courtoisie exagérée ». Il n'y a là aucune tentative pour peindre un tableau, mais l'imagination en crée un avec cet intérieur éclairé, la neige fondue de Londres au-dehors, le public que nous devinons, étant donné l'endroit, et l'étrange politesse du jeune homme, conduisant à des circonstances encore plus étranges. C'est ce qu'on peut appeler vous mettre dans l'ambiance avant de commencer une histoire. Mais ce que M. Stevenson a fait de plus brillant dans cet ordre d'idée c'est l'épisode sur lequel débute *l'Île au Trésor* – l'arrivée du vieux loup de mer brun, avec sa balafre faite par un coup de sabre, à l'« Amiral Benbow » et l'intervention, peu après, du marin aveugle, avec sa visière verte sur les yeux, qui arrive pour le chercher, en martelant la route de son bâton. *L'Île au Trésor* est un livre de petit garçon, dans le sens où il réalise une vision de l'extraordinaire par les yeux d'un jeune garçon ; mais il est unique en cela, et conçu pour fasciner l'esprit blasé des hommes d'expérience, en ce sens que ce que nous y voyons n'est pas seulement l'histoire idéale, mais, en faisant partie, comme qui dirait, le jeune lecteur lui-même et son état d'esprit : nous croyons lire par-dessus son épaule, un bras autour de son cou. C'est en totalité aussi parfait qu'un jeu de petit garçon bien joué et rien ne peut surpasser l'esprit et l'adresse, l'humour et l'impression de plein air, avec lesquels l'ensemble est maintenu à un degré critique. Ce n'est pas seulement un inventaire de curieux hasards, mais une étude de sentiments de jeunes gens ; il y a un aspect moral et les personnages ne sont pas des marionnettes aux visages incertains. Si Jim Hawkins incarne l'audace qui réussit, il le fait avec une délicieuse fraîcheur de bon garçon, et en ayant avec modestie conscience d'être sujet à l'erreur. Sa chance est formidable, mais il n'en est pas plus fier pour cela ; ses manières ont un côté provincial et humain qui est rafraîchissant. Il en est de même, et même davantage, de l'admirable John Silver, l'un des vauriens présentés de la manière la plus pittoresque et avec le plus de bonne humeur de toute la littérature romanesque. Il a une attitude singulièrement particulière et expressive qui, naturellement, tourne au masque grimaçant. Un masque n'a jamais été peint plus sciemment et d'une manière plus vivante. *L'Île au Trésor* deviendra sûrement – il doit déjà l'être devenu, et il le restera – un classique dans son genre ; grâce à ce mélange indescriptible de prodigieux et d'humain, de coïncidences surprenantes et de sentiments familiers. La langue que M. Stevenson a choisie pour son récit est un admirable véhicule de ces sentiments ; avec ses morceaux de bravoure et ses étrangetés pleins d'humour, ses allusions aux vieilles ballades et aux histoires merveilleuses, il fait vibrer par sympathie toutes sortes de cordes.

Le roman *Docteur Jekyll et Mr. Hyde* est-il une œuvre à intention hautement philosophique ou simplement la plus ingénieuse des fictions ne prêtant pas à conséquence ? Il porte la marque d'une véritable œuvre d'imagination, que nous pouvons prendre de différentes façons, mais je suppose qu'il devrait être considéré comme l'histoire la plus sérieuse de l'auteur. Il traite des relations entre les régions les plus basses de la personnalité et les plus nobles – des dispositions au mal qui existent dans les natures les plus généreuses, et ces idées sont exprimées dans une intrigue merveilleusement bien inventée. Le sujet est d'un inépuisable intérêt, riche de toutes sortes d'allusions, et l'on doit féliciter M. Stevenson de l'avoir exploré jusqu'au fond. Je suis peut-être injuste avec lui, mais, ici, ce qui me frappe ce n'est pas tant la profondeur de l'idée que l'art de la présentation – la forme extrêmement réussie. Il y a un souci authentique de la perpétuelle question morale, un sens très net de la difficulté d'être bon et de la bestialité qu'il y a à être méchant, mais il y a par-dessus tout une singulière aptitude à soutenir l'intérêt. Je confesse que c'est à mon point de vue la chose la plus édifiante dans le genre de la courte histoire rapide, concentrée, qui est réellement un chef-d'œuvre de concision. Il y a quelque chose de presque impertinent dans la façon qu'a, comme je l'ai déjà remarqué, M. Stevenson d'obtenir ses meilleurs effets sans le concours des dames, et *Docteur Jekyll* est un exemple capital de cette indépendance sans cœur. On suppose habituellement qu'on ne peut pas créer sans elles d'impression vraiment poignante, mais dans le drame de l'influence fatale prise par Mr. Hyde, elles restent dans la coulisse. Il est très évident – je ne le dis pas cyniquement – qu'elles doivent avoir joué un rôle important dans son développement. Le ton sinistre de l'histoire est, sans aucun doute, aggravé par leur absence ; c'est comme la lumière d'une fin d'après-midi un dimanche brumeux d'hiver, lorsque tous les objets inanimés prennent une sorte d'aspect maléfique. Je me rappelle peu de situations dans des pages de fiction déroutante qui atteignent mieux leur but que l'épisode de Mr. Utterson allant chez le Dr. Jekyll pour conférer avec le maître d'hôtel, tandis que le docteur est enfermé dans son laboratoire et que le vieux serviteur, dont la sagacité a déjà abordé avec succès les problèmes du buffet et de l'office, confesse que, cette fois, il perd complètement pied. La façon qu'ont les deux hommes, à la porte du laboratoire, de discuter de l'identité du mystérieux personnage qui se trouve à l'intérieur, qui s'est manifesté par deux ou trois coups d'œil inhumains à Poole, présente ces détails qui déclenchent des frissons irrésistibles. La théorie du maître d'hôtel, c'est que son maître a été assassiné, et que le meurtrier est dans la pièce, en le représentant avec une sorte de diabolisme maladroit.

« – Eh bien, quand cette chose ayant comme un masque de singe a surgi d'entre les flacons de produits chimiques et s'est élancée dans le cabinet, c'était comme si de la glace m'était descendue le long de la colonne vertébrale. »

C'est l'effet produit sur le lecteur par la plus grande partie de l'histoire. Je dis la plus grande partie, et non toute l'histoire, car par la suite la glace a tendance à fondre : j'éprouve quelque difficulté à accepter l'affaire des poudres, qui me semble trop explicite. Les poudres constituent le mécanisme de la transformation, et bien des lecteurs auront probablement été frappés par le fait que ce procédé insolite serait plus concevable (si tant est qu'on puisse parler de concevable en pareil cas) si l'auteur n'avait pas tellement précisé.

J'ai laissé pour la fin le meilleur livre de M. Stevenson, du fait qu'il est en même temps le dernier qu'il ait donné, jusqu'à présent, au public – les contes contenus dans *les Hommes Joyeux* ayant déjà paru ; mais je m'aperçois qu'en chemin j'ai anticipé sur certaines des remarques que j'avais l'intention de faire à son sujet. Ce qui touche le plus au sujet, c'est qu'il s'y trouve des passages si bien venus qu'ils donnent à penser que le talent de l'auteur a pris un nouveau départ, si variées qu'aient été les impulsions auxquelles il s'était déjà abandonné, et sérieux les obstacles au milieu desquels il est condamné à évoluer. Il devait y avoir une sorte d'humilité perverse dans sa façon de soutenir cette fiction, d'après laquelle une œuvre aussi littéraire que *Enlevé !* s'adresse à des esprits n'ayant pas atteint la maturité ; et bien qu'elle ait été à l'origine, je crois, donnée dans un « journal pour la jeunesse », l'histoire doit, à tous les points de vue, donner satisfaction aux esprits les plus critiques. Elle comporte deux points faibles, qu'il suffit de mentionner. Dans les premiers chapitres, l'oncle cruel et avare est plutôt dans le ton d'une tradition périmée et les tours qu'il joue à son neveu naïf sont un peu comme ceux des prestidigitateurs de campagne ; dans ces pages nous avons l'impression que M. Stevenson pense trop à ce qu'on s'attend à trouver dans un « journal pour la jeunesse ». Alors l'histoire s'arrête sans dénouement pourrait-on dire ; mais je crois pouvoir ajouter que cet accident parle par lui-même. M. Stevenson doit souvent poser la plume pour des raisons qui n'ont rien à voir avec un déclin de son inspiration, et la dernière page des aventures de David Balfour est un honorable appel à l'indulgence. Les cinq sixièmes restants du livre méritent d'être rangés à côté de *Henry Esmond,* comme autobiographie fictive rédigée en style archaïque. Le sens que l'auteur a de l'anglais du siècle dernier, et encore plus de l'écossais, l'a mis en mesure de donner un brillant pendant au tour de force de Thackeray. La vie, l'humour, la couleur des passages centraux de *Enlevé !* ont une vertu pittoresque singulière. Ces passages se lisent comme une suite de notes inspirées au bas de quelque page d'histoire. Le charme du plus romanesque épisode du monde – bien qu'il soit peut-être difficile de dire pourquoi il est le plus romanesque, quand il est mêlé de tant de stupidité – est répandu sur le tout, et l'aventure désespérée des Stuart revit pour nous sans provoquer de satiété. Il ne pourrait pas y avoir de meilleur exemple du talent de l'auteur pour voir le réel dans le merveilleux, et pour réduire l'extravagant au détail plausible, que la description de la défense d'Alan Breck dans la cabine du bateau et les chapitres réellement magnifiques du « Vol dans la Bruyère ». M. Stevenson a, à un haut degré (et sans doute pour de bonnes raisons qui lui appartiennent), ce qu'on peut appeler l'imagination des états physiques, et cela l'a rendu capable d'arriver à une notation merveilleusement exacte des souffrances de son héros pantelant Lowland, traîné pendant des jours et des nuits par monts et par vaux, à travers des marécages et des halliers, sans nourriture, ni boisson, ni repos, à la suite d'un Écossais homérique. La plus nette supériorité du livre réside cependant, à mon point de vue, dans le fait qu'il campe deux personnages d'aplomb d'une manière admirable. J'ai payé mon tribut à Alan Breck et je ne peux que répéter que c'est un chef-d'œuvre. Il est intéressant d'observer que, bien que l'homme soit extravagant, l'auteur n'exagère en rien ; l'œuvre est d'un bout à l'autre du genre le plus véridique, de bonne humeur, ironique, plein de pénétration, mais sans aucune des lourdeurs de la satire moralisatrice. Le personnage est une étude authentique, et rien ne peut être plus charmant que la façon dont M. Stevenson voit au travers et en même temps l'admire. Dirai-je qu'il voit au travers de David Balfour ? Ce serait, peut-être, sous-estimer la densité de ce moyen d'expression. Belle, en tout cas, est l'expression que cet infortuné bien que prudent jeune homme donne à ces qualités qui, dans le caractère écossais, éveillent notre respect et en même temps provoquent nos réprimandes. Une scène telle que l'épisode de la querelle entre les deux hommes sur le versant de la montagne est un vrai coup de génie ; il a la logique même et le rythme de la vie – une querelle que nous sentions inévitable, bien qu'elle soit à propos de rien, et qui prend naissance de l'exaspération nerveuse et du simple choc de deux tempéraments. La vision qu'en a l'auteur a une profondeur qui va plus loin, je crois, que *Dr. Jekyll*. Je connais peu de meilleurs exemples de la façon qu'a un génie de garder toujours une surprise dans sa poche – comme qui dirait, de garder un as dans sa manche. Et dans ce cas, nous lui sommes redevables de ce qu'il nous fait réfléchir sur ce point : un passage comme celui dont je parle donne en fait la preuve de ce que le roman peut faire de mieux et que rien ne peut faire aussi bien. Devant ce genre de succès nous sentons son immense valeur. Il est capable d'une rare limpidité – il peut illustrer les affaires humaines dans des cas si délicats et si compliqués que tout autre moyen d'expression serait lourd. À ceux qui aiment l'art que pratique M. Stevenson il apparaîtra, en faisant ressortir au passage cette morale, non seulement d'avoir remporté un triomphe particulier, mais d'avoir pris un délicieux engagement.

LA VIE DE ROBERT LOUIS STEVENSON
par GILBERT SIGAUX

Robert Louis Stevenson naquit à Edimbourg le 13 novembre 1850. Il évoque parfois, par jeu plus que par conviction, la légende qui faisait descendre les Stevenson de l'ancien clan des Mac Gregor. Son père lui avait transmis une autre tradition : les Stevenson auraient eu comme ancêtre un médecin-barbier, venu de France au XVIe siècle pour entrer au service du cardinal Beaton, archevêque de Saint-André. Les généalogistes ont démontré (à leur façon, qui n'est pas toujours extrêmement convaincante, ni historiquement rigoureuse) que Walter Scott et R. L. Stevenson possédaient un ancêtre commun.

Il n'est pas possible de tout croire de ces légendes ou de ces traditions, et mieux vaut s'en tenir aux éléments sûrs. Du côté maternel, les Balfour de Pilrig étaient une famille de pasteurs du comté de Perth, qui avait eu parmi ses membres des missionnaires et des fonctionnaires coloniaux, notamment aux Indes. Stevenson a parlé de son grand-père, James Balfour, dans un essai, *The Manse*[1]. Du côté paternel, les Stevenson étaient des gens de mer et de négoce. En 1774, deux Stevenson, armateurs et commerçants, avaient péri aux Antilles, en poursuivant, d'île en île, un de leurs agents qui les volait, aventure digne de *l'Ile au Trésor*. L'un des deux disparus laissait un fils, Robert, qui fut le grand-père de l'écrivain et le premier personnage de la lignée.

Robert Stevenson fut en effet un bâtisseur de phares célèbre ; et l'un des premiers, sinon le premier. Les côtes d'Ecosse, avec leurs écueils nombreux, avaient toujours été terribles pour les navigateurs que guidaient imparfaitement des feux de bois. Robert Stevenson préconisa et installa un grand nombre de phares lenticulaires. Il entra directement

---

1. James Balfour, pasteur et professeur, fut l'adversaire intellectuel mais l'ami du grand philosophe David Hume.

dans la littérature : c'est en sa compagnie que Walter Scott fit la croisière mentionnée dans la préface du *Pirate ;* c'est lui qui construisit, sur le récif de la mer du Nord, au large de Dundee, la tour de Bell Rock qui inspira à Robert Southey (1774-1843, l'ami de Coleridge et de Wordsworth et l'ennemi de lord Byron) une ballade et à Turner une marine. Robert Stevenson mourut en 1850, quelques mois avant la naissance de Robert Louis.

Thomas Stevenson, père de l'écrivain, fut ingénieur et continua l'œuvre du bâtisseur de phares, en compagnie de son frère Alain [1]. C'était un homme d'apparence rude, mais très sensible et intelligent, amateur de récits d'aventures ; calviniste aussi, dogmatique et tourmenté tout ensemble. Quelques-uns de ses traits – atténués, transposés dans un autre registre – se retrouveront chez Robert Louis Stevenson et dans certains de ses personnages, ceux que la crainte du péché et l'obsession des lois divines conduisent vers d'étranges impasses.

La mère de Stevenson, née Balfour, plus jeune que son mari, d'un naturel plus facile, plus optimiste, n'exerça pas sur Robert Louis une profonde influence. Physiquement son fils lui ressemble un peu, par la finesse des traits – et aussi par sa santé fragile.

Troisième personnage de l'enfance de Stevenson : Alison Cunningham, sa nourrice, qu'il surnommait Cummy, et à qui il dédiera son *Jardin poétique d'un Enfant.* C'est elle qui le nourrit de légendes et de récits historiques ; et qui soigna l'enfant délicat qu'il fut.

De santé fragile, Stevenson passa de longs mois de sa prime jeunesse chez son grand-père, le pasteur Balfour, à une quinzaine de kilomètres au sud d'Edimbourg. Le pasteur mourut en 1859. Et cette année-là, Stevenson dut commencer à aller en classe. Il passa par l'école d'un M. Henderson, par le collège classique, par l'institution d'un M. Thomson. Etudes décousues, la maladie l'obligeant souvent à garder la chambre. Mais il fait quelques voyages : avec son père, il visite des phares ou se rend en France, en Allemagne, en Italie. En 1863, c'est avec sa mère qu'il découvre Menton et la Côte d'Azur. Cette année-là, il a composé une revue manuscrite : *The Schoolboy's Magazine,* où il recopie d'extraordinaires histoires, si l'on en croit les titres pris dans un exemplaire retrouvé : *les Aventures de Jan Van Steen, Une Histoire de Spectre, le Trafiquant d'épaves, Creek Island ou Aventures dans les mers du Sud.* L'âge mûr de l'écrivain retrouvera ces thèmes et ces songes de l'enfance, pour les accomplir en d'admirables récits ; et les mers du Sud qu'évoque sa treizième année, il leur donnera une dimension, une valeur littéraire – avant d'y mourir.

En 1866, il publie une deuxième revue : *The Sunbeau Magazine* – et aussi son premier livre, une brochure de vingt-deux pages, tirée à cent

---

1. Qui sera le père de Robert Alain Mawbray Stevenson, compagnon de jeunesse de l'écrivain, plus tard professeur d'histoire de l'art à Cambridge et critique d'art. On lui doit un remarquable ouvrage sur Vélasquez (1895) dont une réédition (Bell, London, 1962) s'ouvre sur une biographie de l'auteur par D. Sutton.

exemplaires, *la Révolte du Pentland,* qui retrace le soulèvement des paysans puritains au XVIIᵉ siècle. C'est le père de Stevenson qui fit les frais de la publication.

En octobre 1867, Stevenson est inscrit à l'université d'Edimbourg, où il doit se préparer au métier d'ingénieur, pour succéder à son père. Mais il vagabonde, court les cabarets, bref, scandalise sa famille, les amis de la famille, les amis de feu le pasteur Balfour et ses professeurs. Aux vacances, son père tente de le ressaisir non par des cours de morale, mais en le mettant, par des voyages, au contact de son futur métier. Mais quand les cours recommencent, Stevenson retrouve ses compagnons de bohème ; et il envie son cousin Bob (*cf.* note 1, p. 28) qui va partir pour Paris où il suivra les cours de l'École des beaux-arts.

En 1870, Stevenson a une liaison avec une jeune prostituée, Claire (certains disent que son vrai nom était Kate Drummond, d'autres la baptisent Maggie), qui s'attache à lui. Il lui propose de l'épouser. Scandale familial et rupture. Il écrivit plus tard, à Hyères, en 1883, un roman qui évoquait cette période de sa vie, mais, pour complaire à sa femme, il brûla le manuscrit.

1871 : il fait à la *Société royale des arts* une communication sur « une nouvelle forme de lumière intermittente » – et reçoit une médaille d'argent. Thomas Stevenson respire : son fils a retrouvé sa voie droite. Non. Quinze jours plus tard, il décide d'abandonner ses études scientifiques et de faire son droit. Ce fut un moyen de se créer des loisirs : il sait qu'il ne sera jamais qu'écrivain.

En janvier 1873, drame : il doit avouer à son père, le calviniste convaincu, qu'il a perdu la foi. L'atmosphère familiale, pendant de longs mois, fut lourde. Stevenson y échappa en partant pour Cockfield, dans le Suffolk, où vit une de ses cousines Balfour, mariée au pasteur Babington, professeur à Cambridge. C'était en juillet 1873. Pendant ces vacances, il rencontra Sidney Colvin, professeur d'histoire de l'art à Cambridge. Rencontre décisive, comme Stevenson le reconnaîtra plus tard dans ses *Mémoires* inachevés : « Si je suis ce que je suis, si j'ai fait quelque chose de bien ou tout simplement quelque chose, c'est à lui que je le dois... C'est lui qui a pavé pour moi le chemin des lettres. » En effet, Sydney Colvin, déjà fort connu dans les milieux littéraires, ouvrit au jeune écrivain les colonnes des revues et sut faire apprécier son talent [1].

Mêmes vacances, autre rencontre : celle de Mrs. Sitwell, jeune femme d'une trentaine d'années, séparée de son mari pasteur et amie de Sidney Colvin (qu'elle épousera beaucoup plus tard, en 1903, après la mort du pasteur Sitwell). C'est elle qui présenta Stevenson au professeur ; c'est elle aussi qui le guérit de son pessimisme. Il l'aime,

---

1. Sidney Colvin publiera et annotera la *Correspondance générale* de Stevenson en 1901 et écrira sur lui des pages nombreuses, notamment dans *Scribner's Magazine* (mars 1920 et dans ses *Mémories and Notes* (1924).

mais elle aimait Colvin. En 1876 seulement, semble-t-il, Robert Louis renoncera à un espoir longtemps entretenu.

A son retour à Edimbourg, plein d'ardeur, il travaille beaucoup, écrit des articles sur Hugo, Béranger, Walt Whitman. Il travaille tant, même, qu'il tombe malade et qu'un médecin londonien lui ordonne le repos et un changement de climat. Le 5 novembre 1873, il s'embarque à Douvres, et gagne Menton où il passera l'hiver 1873-1874. A Noël, Sidney Colvin vint le retrouver. Puis il fit la connaissance d'Andrew Lang, célèbre essayiste qui deviendra son ami [1].

En mai 1874, Stevenson rentre en Ecosse et rejoint sa famille à Swanton. En juin, il part pour Londres où il partage l'appartement de Sidney Colvin. En juillet, il fait une croisière avec un ami, un riche avocat, Walter Simpson. En octobre, après des querelles familiales, il se retrouve à Londres. Puis il rentre à Edimbourg et se remet au travail avec acharnement : articles de critique, nouvelles, immenses lectures. En février 1875, grâce à Leslie Stephen, directeur de *Cornhill Magazine* (qui a publié des essais de lui), il fait la connaissance du poète William Henley, soigné à l'hôpital d'Edimbourg – par le célèbre Lister – pour tuberculose osseuse. L'influence de cet écrivain plein d'audace et de force, cultivé et libre, à l'esprit critique aiguisé, relaya celle de Sidney Colvin [2].

Au printemps, il fit un voyage à Paris où son cousin Robert, élève aux Beaux-Arts, lui fit connaître la rive gauche et Barbizon. Stevenson s'attache à Paris. En juillet, il réussit son examen de droit et ouvre un cabinet d'avocat où il n'exercera jamais la profession. En août, il est à Paris, d'où il part pour un voyage à pied avec Walter Simpson. Il s'installe ensuite à Barbizon, puis à Grez (où il rencontre Rodolphe Salis, le chansonnier montmartois, fondateur du *Chat Noir*).

De retour à Edimbourg, Stevenson passe un mauvais hiver, et renoue avec ses habitudes de bohème – probablement parce qu'il a alors compris qu'il doit renoncer à Mrs. Sitwell. Chassé de la maison paternelle, il est recueilli par Henley. Puis, en été 1876, avec Walter Simpson, il descend en canoë la Sambre et l'Oise.

Août 1876. A l'hôtel *Chevillon,* à Grez, s'est installée une jeune femme américaine de trente-six ans, Mrs. Osbourne. Peintre, elle a travaillé sous la direction de Tony Robert Fleury (1837-1911). Elle est accompagnée de ses deux enfants, une fille de seize ans et un fils de neuf. Séparée d'un mari frivole et instable, elle a vécu en travaillant

---

1. Andrew Lang (1844-1912) a laissé sur Stevenson des témoignages dans *Essays in Little* et *Adventures among Books* (1905).
2. William Ernest Henley (1849-1903) écrira, en 1884-1885, quatre pièces en collaboration avec Stevenson : *le Diacre Brodie, Beau Austin, Amiral Guinée* et *Macaire*. La première de ces pièces, créée à Bradford au *Pullan's Theatre of varieties,* en 1882, sera jouée à Londres en 1884 ; *Beau Austin* sera créé en 1890, *Amiral Guinée* en 1897 ; *Macaire* n'a pas été représenté. Henley publia quatre recueils de poèmes, dirigea l'*Outbook* et le *National Observer* et réunit ses articles de critique en deux volumes : Views and Reviews (1890-1901).

comme modiste à San Francisco et comme photographe à New York. Stevenson s'installe à Grez et un sentiment réciproque les unit bientôt.

Malgré deux liaisons qu'il eut dans les années 1876-1879, Stevenson ne cesse de voir Fanny Osbourne, à Montmartre où elle habite, et à Barbizon. Il passe alors plus de temps à Paris qu'en Angleterre, et descend volontiers dans les petits hôtels d'étudiants de la rue Racine et de la rue Monsieur-le-Prince. Il visite les musées, fréquente les théâtres et fouille les boîtes des bouquinistes.

En été 1877, il achète une péniche qu'il fait aménager en bateau de plaisance par un charpentier de Moret. Le bateau, amarré sur le Loing, y restera, les finances de Stevenson ne lui ayant pas permis de payer les travaux du charpentier.

En mai 1878, il publie son premier vrai livre : *An Inland Voyage*. Henley, qui dirige maintenant le *London,* accueille les nouvelles qui composeront les *Nouvelles mille et Une Nuits*. Mais le commencement de l'année avait été très mauvais. Stevenson a épuisé l'argent que lui a donné son père – mille livres sterling – pour faciliter les débuts de sa carrière d'avocat. Il est las, malade et découragé. Son père vient le voir en janvier ; sans doute pour lui parler de Mrs. Osbourne... En septembre, celle-ci repart pour l'Amérique, où elle veut essayer d'obtenir le divorce. Stevenson, lui, séjourne pendant près d'un mois au Monastier, dans la Haute-Loire. Puis il se décide à entreprendre un voyage à pied dans les Cévennes. Il achète une ânesse – baptisée Modestine – et un équipement. Le 20 septembre il se met en route. Il achèvera son voyage à Saint-Jean-du-Gard.

Le Voyage avec un Ane dans les Cévennes paraît en juin 1879. Stevenson alors décide d'aller rejoindre Fanny en Californie, où elle est souffrante et sans ressources. Malgré les efforts de ses amis, qui auguraient mal d'un voyage entrepris presque sans argent, il fit un bref séjour à Londres, d'où il écrivit un mot à son père, puis le 7 août s'embarque à Glasgow sur le *Devonia*. Le 18 août, le bateau accoste à New York.

Après un long voyage Stevenson rejoint enfin Fanny à Monterey. Elle est là avec ses deux enfants, Isabelle et Lloyd. Robert Louis travaille dans un journal de Monterey et s'épuise en besognes alimentaires. En décembre 1879, il contracte une pleurésie. Guéri, il travaille sans un jour de repos, mal nourri, seul depuis janvier 1880 (Fanny est chez sa sœur à Oakland, de l'autre côté de la baie de San Francisco, pour suivre la procédure de son divorce qui pourrait être compromis par une cohabitation), et quand il envoie à son père un télégramme désespéré, pas de réponse. En mars, nouvelle crise : Stevenson a voulu soigner l'enfant de sa logeuse, l'a veillé jour et nuit. L'enfant est sauvé mais Stevenson a une pneumonie. Fanny accourt, heureusement. Et après six semaines, l'écrivain, qui a frôlé la mort, est hors de danger. Le divorce de Fanny est prononcé et le mariage a lieu le 19 mai 1880. Thomas Stevenson a pardonné à son fils et lui assure 250 livres sterling par an. La jeune Isabelle Osbourne se marie à son tour avec le peintre Joe Strong.

Stevenson, sa femme et le jeune Lloyd Osbourne passent quelques semaines de l'été 1880 sur les pentes du mont Santa Helena, dans un ancien campement de mineurs. L'altitude réussit à Stevenson dont les poumons vont mieux. Puis, le 7 août, ils s'embarquent pour l'Angleterre. A Liverpool, Thomas Stevenson, sa femme et Sidney Colvin attendaient les voyageurs.

Après un long séjour en Ecosse, Stevenson, sa femme et Llyod partirent pour Davos, l'air de la haute montagne étant nécessaire à la santé de l'écrivain. Il retrouve le critique John Addington Symonds qui, atteint lui aussi d'une maladie de poitrine, ne quitte plus Davos [1]. En janvier 1881, douloureuse rencontre : Mrs. Sitwell arrive avec son fils de dix-huit ans, phtisique, qui meurt bientôt.

En avril, départ pour l'Ecosse, et séjours à Kinnaird d'abord, puis à Braemer, près de Balmoral, une des résidences favorites des rois d'Angleterre.

Septembre 1881. Des journées maussades et pluvieuses. Lloyd Osbourne dessine et souvent Stevenson vient l'aider à colorier ses esquisses. Et un jour l'écrivain fait la carte d'une île et lui donne un nom : *l'Ile au Trésor*. Puis il rêve à l'île, construit une histoire, note des titres de chapitres – et commence à écrire ce qui deviendra un des chefs-d'œuvre du roman d'aventures.

Vers le 20 septembre, retour à Edimbourg, et au début d'octobre départ pour Davos, où Stevenson loue le chalet *Am Stein*. C'est là qu'il achèvera *l'Ile au Trésor*. A Londres, le magazine pour la jeunesse *Young Folks* publie le roman en feuilleton. En 1881, Stevenson publie aussi *Virginibus puerisque,* un recueil d'essais qui, en 1882, sera suivi d'un second : *Essais familiers sur des Hommes et des Livres.* En 1882 paraîtront aussi les *Nouvelles Mille et Une Nuits,* recueil de nouvelles publiées antérieurement dans *London*.

Eté 1882 : comme l'année précédente, les Stevenson se rendirent en Ecosse. Mais l'écrivain eut une rechute, et en octobre, sur le conseil des médecins, partit pour le Midi de la France. Il loua une maison dans la banlieue de Marseille, à Saint-Marcel, et Fanny vint bientôt le rejoindre. En décembre, déménagement pour Nice : une épidémie de typhoïde s'est déclarée à Saint-Marcel. En mars 1883, installation à Hyères dans un chalet bâti sur les pentes du Castéou. Les Stevenson y séjourneront seize mois.

En 1883, Stevenson écrit *Le Prince Othon,* achève un autre roman, commencé à Davos : *Les Pionniers de Silverado,* qui paraîtra dans la revue américaine *Century Magazine*. En septembre, il fait un séjour à Royat pour rencontrer son père venu suivre un traitement. Les deux

---

1. Symonds (1840-1893), poète et essayiste, est surtout connu par son *Histoire de la Renaissance en Italie* (1875-1886) ; il a traduit l'autobiographie de Cellini.

hommes sont maintenant pleins d'attentions l'un pour l'autre – comme pour effacer les années d'incompréhension.

Novembre 1883 : *l'Ile au Trésor* paraît en volume chez Cassell. C'est un triomphe auprès du public et de la critique. Andrew Lang compare le roman à *l'Odyssée*, d'autres parlent de *Robinson Crusoé*. Et Gladstone – dit-on – veille jusqu'à deux heures du matin pour suivre jusqu'à leur conclusion les aventures de Jim Hawkins et de ses compagnons.

Décembre : une joyeuse « partie » à Nice, avec des camarades retrouvés, William Henley et Charles Baxter, un avocat d'Edimbourg, un coup de froid : c'est une congestion pulmonaire et le bénéfice de six mois de soins perdu. Stevenson aura une nouvelle crise, la plus grave de toutes, en avril 1884. Il souffre aussi d'ophtalmie, d'une sciatique. Pourtant il bâtit – en bavardant avec Fanny, en reprenant une histoire qu'elle lui raconte – un roman, *le Dynamiteur*. Et il travaille au *Prince Othon*, qui paraîtra en 1885.

En juillet 1884, les Stevenson s'installeront sur la côte sud de l'Angleterre, à Bournemouth. En automne, Thomas Stevenson vint rejoindre son fils et acheta une maison dont il fit présent à Fanny. De Londres, Henley venait souvent à Bournemouth et c'est cet hiver-là que Stevenson et lui écrivirent en collaboration divers drames.

D'autres amis, anciens et nouveaux, vinrent aussi au cottage *Skerryvore* : Sidney Colvin, Robert Alain, Stevenson, Henry James [1], le peintre Sargent. Ce dernier fit un beau portrait de l'écrivain.

De son côté, Stevenson va voir Thomas Hardy à Dorchester et George Meredith à Dorking. Et à Bournemouth même, il a comme voisin sir Percy Shelley, le fils du grand poète.

En 1885, la santé de Stevenson n'est pas bonne ; pourtant il publie *le Jardin poétique d'un Enfant* et écrit *l'Etrange Cas du Dr. Jekyll et de Mr. Hyde*. Le roman paraît en janvier 1886 et reçoit un accueil triomphal. Quarante mille exemplaires seront vendus en six mois.

Succès aussi pour *la Flèche noire*, roman écrit après *l'Île au Trésor* et publié en 1884 dans un magazine pour la jeunesse. Succès aussi pour *Enlevé ! ou les Aventures de David Balfour*, son premier roman écossais.

Pendant l'été de 1886, Stevenson passe une quinzaine de jours à Londres – puis, comme il se sent vigoureux, il part pour la France avec Henley. Il revit Paris, connut Robin et rentra après quinze jours.

L'hiver 1886-1887 fut maussade. Stevenson travaillait mal, son père mourut. Le 21 août 1887, les Stevenson – accompagnés par Mme Stevenson mère – quittent l'Angleterre, que l'écrivain ne reverra pas.

---

1. Le roman de James *L'Auteur de Beltraffio* reflète les dissentiments qui, antérieurement – à Hyères – opposèrent Stevenson et sa femme. Dans le roman, le personnage de Marc Ambient est, note J. M. Carré, « un portrait d'après nature » de Stevenson. (*La Vie de R. L. Stevenson*, Gallimard, 1929.)

A New York, où le paquebot *Ludgate Hill* accosta le 7 septembre, on venait de créer au théâtre de Madison Square une adaptation de *l'Etrange Cas du Dr. Jekyll et de Mr. Hyde*. Stevenson était plus connu, plus apprécié en Amérique qu'en Angleterre. Le *Scribner's Magazine*, le *New York World* s'arrachèrent sa collaboration.

Les Stevenson s'installèrent pour l'hiver sur les bords du lac Saranac, dans les monts Adirondacks, à la frontière canadienne. L'hiver fut rigoureux, mais Stevenson avait commencé d'écrire *le Maître de Ballantrae*.

En mars 1888, se place le début d'une correspondance avec Henley qui aboutit à la rupture de leur vieille amitié – à la suite d'un infime incident [1].

Vers le 15 avril 1888 Stevenson s'installa à New York, pendant que Fanny partait pour la Californie afin d'examiner les modalités d'une croisière dans les mers du Sud. C'est à cette époque, au printemps 1888, qu'il rencontra Mark Twain. En mai, il passa quelques semaines à la campagne, dans le New Jersey. Mais Fanny a enfin trouvé le bateau cherché. Le 2 juin, Stevenson partait pour San Francisco et le 28 , le *Casco*, capitaine Ortis, franchissait la Porte d'Or et entrait dans le Pacifique. Stevenson ne reviendra jamais en Amérique.

28 juillet : îles Marquises. Stevenson et les siens visitent plusieurs îles et naviguent dans l'archipel pendant un mois. 4 septembre : le *Casco* met la voile pour Tahiti, but du voyage.

Stevenson devait rester dans l'île plusieurs semaines. Il se portait bien, faisait beaucoup d'exercice, se baignait, montait à cheval. Mais le 7 octobre une hémorragie l'abat. Il dut rester un mois à Papeete, d'où on le transporta à Tantira ; il attendra le retour du *Casco* que son capitaine a conduit à Papeete pour des réparations. Stevenson est guéri, encore une fois. Le *Casco* revint de Papeete vers la mi-décembre. Le 25, les Stevenson quittaient Tahiti pour les îles Hawaii. Le 25 janvier 1889, à Honolulu, le *Casco* était rendu à son propriétaire.

C'est à Honolulu que Stevenson reçut la première lettre de Marcel Schwob, écrite en septembre 1888 [2]. Une correspondance devait suivre, d'autant plus intéressante que Marcel Schwob fut vraiment ensorcelé, comme le dit Pierre Champion, par l'art magique de Stevenson et que leurs deux natures avaient des affinités profondes.

---

1. Une cousine de Stevenson, Catherine de Mattos, sœur de Robert Alain, avait écrit un conte qui fit le tour des revues anglaises et ne fut pas publié. Fanny reprit le thème et écrivit une nouvelle histoire – qui, elle, fut publiée et eut du succès. Ce qui choqua Henley, champion de Catherine de Mattos. Il le dit à Stevenson dans une lettre maladroite, à laquelle Stevenson répondit avec vivacité. Henley eut beau tenter d'effacer ce malentendu passablement ridicule, Stevenson s'entêta à exiger une rétractation formelle – et il perdit l'amitié de Henley. Fanny, comme en d'autres occasions, avait été la plus forte. Stevenson dut beaucoup à sa femme, qui administra son œuvre et le soigna. Mais à Hyères, à Bournemouth, à Saranac – et plus tard encore – il y eut entre les époux des oppositions violentes.

2. Voir dans le beau livre de Pierre Champion : *Marcel Schwob et son temps,* Grasset, 1927, les chapitres XV *(Vers Stevenson)* et XVI *(le Voyage à Samoa)*. Marcel Schwob a dédié à Stevenson *Cœur double* (1891), son premier livre de contes.

Le Maître de Ballantrae avait commencé de paraître dans le *Scribner's Magazine* et il était urgent d'achever le roman, interrompu au départ de Saranac. Stevenson loua une maison à quatre lieues d'Honolulu, près de la plage de Waikiki. Et il finit, non sans peine et ennui, ayant perdu la communication avec la flamme intérieure du récit, son inspiration, son centre vivant – il finit *le Maître de Ballantrae*. Pour se distraire de temps à autre, il acceptait les invitations du roi Kalakaus, dernier des souverains hawaiiens, buveur intrépide, toujours en train de monter quelque combinaison politique. Stevenson sera entraîné par lui dans certaines intrigues polynésiennes.

Mrs. Stevenson mère repartit pour l'Écosse. Et bientôt la jeune Valentine Roch, petite bonne française qui suivait la famille depuis des années, quitta aussi ses maîtres. Fanny ne l'aimait guère. Etait-ce parce que Stevenson l'aimait trop ? On l'a dit.

Et Stevenson, seul, s'en fut visiter deux îles de l'archipel, Hawaii et Molowaï. Il rentra à Honolulu fin mai.

Le 24 juin 1889, il embarquait avec Fanny et Lloyd Osbourne, sur l'*Equateur*, petit schooner qui partait pour les îles Gilbert. On débarqua dans l'île du Butaritari le 13 juillet. Le roi Tebureima, personnage pittoresque, dont les sujets étaient grands amateurs d'alcool, mit à rude épreuve la patience de Stevenson.

Le 1er septembre, il était à Apemama, capitale du roi Tembnok, le plus cruel tyran de la Micronésie, avec lequel bien des ruses furent nécessaires. A la fin d'octobre, Stevenson repartait vers les Samoa où l'*Equateur* arriva le 7 décembre 1889.

Il acheta là une vingtaine d'hectares de brousse et commanda la construction d'un cottage, dont il attendit l'achèvement en Australie. A Sydney, au début de l'année 1890, une rechute grave – bronchite, hémorragies – le persuada, s'il en était besoin, que le climat continental ne lui convenait pas. Il s'embarqua sur un cargo qui mit quatre mois à rejoindre Samoa. Stevenson, pendant le voyage, avait beaucoup écrit, entre deux escales aux îles Gilbert et aux îles Marshall. A Samoa, il passa d'abord quelques mois pénibles, car les travaux n'étaient pas achevés. Puis, en janvier 1891, il repartit pour Sydney, au-devant de sa mère qui revient d'Angleterre et qu'Isabelle Strong rejoindra à Samoa. Avec Lloyd Osbourne, il achève un de ses plus beaux et de ses plus longs romans, *le Trafiquant d'épaves (The Wrecker)*, qui paraîtra en 1892. En mars 1891, il va visiter les autres îles de l'archipel : Tutuila, le port de Papopago, la baie d'Oa.

Enfin, grâce en grande partie à l'énergie de Fanny, la brousse du domaine d'Apia s'est transformée en un domaine ordonné et le cottage primitif s'est doublé d'un second pavillon. La propriété se nommera *Vailima, la maison des cinq rivières*. Dans ce cadre, Stevenson, levé à cinq heures, écrit sans cesse. C'est *Catriona*, la suite de *Enlevé !*, c'est *Saint-Yves* et *Weir de Hermiston*, c'est *le Reflux* (qui paraîtra deux mois avant sa mort), c'est *Une Famille d'Ingénieurs*, l'histoire des constructeurs de phares, c'est *A travers les Plaines*. Cette activité ne le rend pas indifférent aux livres des autres. Il lit Meredith, Henry James, Kipling, Conan Doyle. Et il relit ses auteurs français préférés, Rabelais, Villon, Molière, Balzac, Dumas père – et Renan, Taine, Flaubert, Barbey d'Aurevilly. Et Bourget à qui il envoie *A travers les Plaines*, qui lui est dédié, mais qui ne répond pas...

Et puis il s'intéresse à la politique de l'archipel, envoie des lettres au Foreign Office et au *Times* pour défendre les indigènes de Samoa contre les abus de pouvoir d'un baron allemand qui gouverne à la place du souverain fantôme Laupepa, successeur indigne du vrai souverain, Matasfa. Histoires complexes, difficilement compréhensibles parfois, auxquelles Stevenson donne beaucoup de son temps.

A Edimbourg, on lance une édition de ses *Œuvres complètes*. Il travaille, mais il se surmène de toutes les façons, comme s'il savait que sa fin approche. Le 2 avril 1893, il écrit à l'écrivain et auteur dramatique sir James Barrie (l'auteur de *Peter Pan*) en lui envoyant son portrait : « Fume des cigarettes sans arrêt, sauf quand il tousse ou embrasse. Empêtré sans rémission dans les cotillons. Boit beaucoup. Jure assez. Caractère instable. »

Derrière cette ironie, un homme souffre et s'irrite : il a le sentiment d'avoir manqué sa vie, et le bonheur, cette ombre est maintenant hors de portée. La gloire, l'argent : il fait à Sydney, en février 1893, et à Honolulu, en septembre de la même année, deux voyages qui lui valent d'innombrables tributs d'admiration. Mais voilà pourtant ce qu'il écrit : « Que laisserai-je après moi ? Quelques histoires pour enfants, et ce domaine onéreux qui me ronge. » Et puis Fanny, avec l'âge, est devenue de plus en plus tyrannique ; exclusive, elle fait le vide autour de lui. Energique, mais jalouse... Stevenson est fatigué.

Le 3 décembre 1894, il tomba, le soir, foudroyé par une crise d'apoplexie. On l'enterra, comme il l'avait voulu, en haut du mont Vaea. Sur sa tombe le nom que lui donnaient les indigènes : *Tusitala*, et cette épitaphe qu'il avait composée lui-même (c'est en fait un requiem qu'il avait écrit à Hyères, quelques années auparavant) :

Sous le ciel vaste et plein d'étoiles,
Creusez ma tombe et laissez-moi dormir.
Avec joie, j'ai vécu et je meurs dans la joie
Et je me couche le cœur en paix.
Il dort ici, où il a souhaité d'être :
Chez lui, navigateur revenu de la mer
Chez lui, chasseur descendu de la montagne.

L'ILE AU TRÉSOR
(Treasure Island)

**Traduit de l'anglais
par Roland Garrane**

INTRODUCTION

par PIERRE MAC ORLAN

Vers l'année 1900 on pouvait encore découvrir sur la côte bretonne, entre Lorient et Brest, une petite auberge en forme de crabe isolée dans la nature sauvage du Finistère, un petit débit fréquenté par quelques pêcheurs et des douaniers matelots du sloop de la douane, les uns et les autres amateurs de cotriade. Le décor permettait d'évoquer le climat où vivaient les personnages de l'*Amiral Benbow,* cette auberge assez semblable à l'auberge bretonne qui, la clientèle exceptée, s'abritait dans un paysage comparable. Il eût été vain d'y retrouver la présence de John Silver, celle du capitaine Billy Bones, de Chien-Noir et de Pew l'aveugle, les éléments extraordinaires de la peur qui enduisait les murs de l'*Amiral Benbow* d'une couche de poix.

Mais vers 1900, les hommes de mon âge, ceux de l'année 1882, pouvaient boire l'eau-de-vie de Riec dans l'une de ces auberges bretonnes comme dédiées aux souvenirs des trépassés, hommes et navires, qui inspiraient la vie quotidienne des « naufrageurs » et des voleurs de casiers à homards dans les eaux des îles Scilly sur la côte galloise. Nous fûmes donc quelques-uns à boire dans la salle enfumée par les pipes en pattes de tourteaux, ce qui provoquait naturellement la résurrection de quelques fantômes de qualité dont la dépouille mortelle était cependant demeurée accrochée aux gibets de Savannah et du quai des Exécutions à Londres. Bien qu'enduits d'une couche de goudron selon la loi, les corbeaux les avaient dévorés jusqu'aux os, ce qui conférait à leur dépouille une sorte d'anonymat qui n'était pas une absolution.

Il y avait autour de la table ronde des peintres de la génération qui connut Gauguin, Van Gogh et Sérusier, et parmi les vivants Asselin, Jacques Vaillant, Jourdan aussi. Les morts n'étaient pas non plus des inconnus. Nous avions tous lu *l'Ile au Trésor* et pour cette raison, nous comptions parmi nous le Grand John, Pew, Chien-Noir, l'équipage de l'*Hispaniola*, le capitaine Billy Bones et sa longue-vue, le docteur Livesey et le petit Jim Hawkins qui nous servait des pots de bière dans des canettes.

Ce qui nous paraissait important ce n'était pas tant l'histoire classique du trésor de Flint que l'extraordinaire puissance de vie que le génie de Stevenson, le génie de l'intelligence des mots, sut imposer à cette histoire qui demeure la mère nourricière, l'*alma mater* de tous les auteurs qui utilisent ce thème pour écrire des romans d'aventures. Dans cette énumération de personnages insolites il ne faut pas oublier le perroquet de John Silver et la fille de couleur qui attendait ce forban quelque part dans le mystère d'un port des Antilles.

L'aventure, dans l'œuvre de Robert Louis Stevenson, se situe dans les mots et les images nées des mots dont il se sert. Ses personnages de second plan, peut-on dire, ont quelquefois plus d'autorité que dans les grands premiers rôles. C'est ainsi que la mort du vieux Flint est décrite inoubliablement dans le récit de Ben Gunn. Or ce mot aventure est un mot qui appartient aux richesses de l'imagination ; les faits s'évanouissent derrière la puissance d'un dictionnaire de marine. L'aventure littéraire est une exaltation secrète et poétique qui échappe à toutes les lois. J'eusse aimé pouvoir écrire une chanson de charme pour les filles de Botany Bay. Je ne l'ai jamais trouvée cette chanson dans les témoignages des écrivains qui s'intéressèrent à la pègre marine et coloniale. Telle que nous la connaissons cette pègre offre encore un sujet de méditation pour les hommes de notre temps.

Bien des écrivains ont écrit sur la condition et les exploits des bandits de haute mer, je veux dire les pirates, que personne ne comprit mieux que Robert Louis Stevenson et plus tard Marcel Schwob dans plusieurs portraits des *Vies imaginaires* et des *Spicilèges*.

Les lecteurs confondent souvent les mots pirates, corsaires et flibustiers et autres « Frères-de-la-Côte » : ces derniers sérieusement évoqués par Conrad dans un livre qui porte leur surnom. L'essentiel est de ne pas confondre les mots pirate et corsaire. Les pirates n'étaient que de vulgaires bandits associés sous les plis du pavillon noir à tête de mort, tel le fameux « Jolly Roger ». Les pirates célèbres furent nombreux et des écrivains comme le capitaine Charles Johnson et plus tard M. C. Whitehead en furent des historiens assez précis. Je préfère le capitaine Johnson qui n'était pas étranger à l'humour.

Quant aux corsaires, c'étaient d'honnêtes marins qui avaient obtenu du roi des lettres de course et qui défendaient sur mer la destinée de leur pays. Jean Bart était un corsaire et il n'avait rien de commun avec des pirates authentiques tels que Black-Beard, Jean Rackan et les fameuses Marie Read et Anne Bonny. Les noms des vieux pirates cités dans *l'Ile au Trésor* sont vrais.

Ce monde déplorable et séduisant, si bien compris par Robert Louis Stevenson, ne correspond pas à l'image de Robert Louis Stevenson, poète du merveilleux humain et des abysses de la nature humaine beaucoup plus secrets que ceux des côtes américaines dans l'océan Atlantique, dans l'océan Pacifique et mieux dans le rayonnement des mots prestigieux comme les Bahamas, Tortuga et, par ailleurs, devant la Colombie, les Galapagos.

Le poète de *l'Ile au Trésor* vivait, cependant, ses rêves en les écrivant en marge de ce monde, quand, selon la sagesse de Mulvaney le soldat de la *Route de Mandalay* de Rudyard Kipling, le bien et le mal se mêlent au-delà de Suez.

Robert Louis Stevenson était écossais, un Écossais d'Édimbourg. Il naquit dans cette grande ville au passé émouvant en 1850. Il devait mourir à l'âge de quarante-quatre ans dans l'île de Samoa dont le climat convenait à sa santé.

Le portrait de Robert Louis Stevenson est celui d'un homme fragile au visage long et étroit encadré par les cheveux qu'il portait longs. Ce visage intelligent et sensible gardait en soi les traces d'une vie exceptionnelle mais imaginaire.

Robert Louis Stevenson avant d'écrire se destinait à la carrière d'ingénieur. La maladie dont il devait mourir ne lui permit pas de continuer ce métier. La poésie le protégea assez longtemps pour qu'il puisse écrire des chefs-d'œuvre comme *l'Ile au Trésor, Enlevé !, Catriona, Le Trafiquant d'épaves, Le Docteur Jekyll et Edward Hyde* et ses évocations pittoresques des plages australiennes, des ports mal famés et des chroniques anciennes de la vie patibulaire. Robert Louis Stevenson fut un grand poète et tout ce qu'il écrivit porte la marque de cette poésie qui fut la lumière inoubliable qui éclaira toute son œuvre.

Les livres de Robert Louis Stevenson – particulièrement *l'Ile au Trésor* – ont inspiré toute la littérature d'aventure. Les histoires de recherches de trésors sont innombrables, mais les équipages de fortune qui se consacrèrent à cette besogne presque toujours homicide n'inscrivent pas sur les rôles du navire des hommes comme le Grand John Silver, le capitaine Billy Bones et Pew l'aveugle terrifiant, tâtant la route de son bâton devant la petite auberge des parents de Jim Hawkins.

Il est difficile de définir la personnalité de Robert Louis Stevenson, car elle est en soi une définition de l'aventure considérée comme une profession. L'aventure est un mot qui se dérobe dès qu'on tente de l'expliquer et de ce fait c'est le mot le plus émouvant et le plus substantiel de la condition des hommes. La poésie de l'aventure est au-dessus des lois et des multiples conventions sociales. C'est tantôt un soleil lyrique éblouissant, tantôt la puissante clarté d'une lanterne sourde qui devient alors aussi éblouissante que la lumière d'un phare de poche. Les écrivains anglais de la classe de Robert Louis Stevenson savent utiliser cette lanterne de mauvaise réputation. Dans les romans du poète la lumière de la lanterne projette de l'ombre, une ombre inquiétante, surpeuplée de fantômes, de larves agressives. Dans *l'Ile au Trésor* l'apparition de l'assassin aveugle, le nommé Pew, colore le paysage et la peur montre en surimpression, comme on dit, son visage, ses yeux de poulpe géant, et tout ce qu'il y a de terrifiant comme les mots *livide* ou *blême* appliqués à un être humain. C'est cette lanterne sourde jusqu'à la surdité absolue qui enveloppe la vieille demeure de David Balfour, dans *Kidnapped ;* c'est elle qui donne à l'obscurité fraîche de la chambre où agonise le vieux Flint, un des éléments de *l'Ile au Trésor,* cette sensation dans la bouche du lecteur, ce goût fiévreux d'une pièce de cuivre sucée comme une pastille de menthe. Le soleil de la Guayra et ses méfaits se révèlent dans la saveur du mot peste, un des maîtres-mots de la vie des pirates illustres. Le pavillon jaune, qui signale la présence de la peste à bord, s'associe parfaitement au pavillon noir qui précise l'originalité de l'équipage.

La vieille ville où il naquit inspira Stevenson. Il fut toujours sensible au mystère dont certaines villes d'Angleterre pouvaient s'inspirer. Comme Dickens, il était fortement ému par le spectacle d'une misère aux réactions dangereuses dont souvent il utilisa les images insolites. Dickens, sans les aimer, subissait l'envoûtement des bas quartiers de Londres qui abritaient une société plus qu'inquiétante, celle que l'on retrouve dans *Oliver Twist* et chez Robert Louis Stevenson quand il faisait revivre les sombres naufrageurs de la Tamise. En ce temps-là, à Édimbourg même, MM. Burke et Hare, deux associés célèbres, assassinaient les gens, les nuits de brouillard, pour vendre leurs cadavres aux carabins de l'école de médecine afin qu'ils puissent se perfectionner dans l'art de la dissection. Ces quelques détails permettent d'imaginer les suites romanesques que ces comportements suggèrent à un écrivain attentif devant les activités secrètes de la société de minuit et du petit jour.

L'aventure était pour Robert Louis Stevenson, comme ce fut pour Thomas de Quincey (*L'Assassinat considéré comme un des Beaux-Arts*), un film extrêmement secret déroulé dans la chambre close de la pensée. Ce mot ne présentait pas de signification pratique : ce n'était qu'un aspect de la poésie violente dans le monde anarchique des rêves. L'aventure n'était pas didactique et ne sollicitait pas l'approbation de la bonne société. Stevenson ne loue ni le réprouve nettement l'activité de ses héros. Il ne se complaît pas dans leur compagnie, mais il en subit la poésie sauvage et désespérée qui leur assure un rang élevé dans la chronique des anciennes geôles, celles du vieux Londres et celles, non moins pittoresques, au-delà des mers contrôlées par l'Union Jack, malgré le « Jolly Roger ».

En ce temps, le nôtre, où les conquêtes intersidérales et leur pittoresque inhumain tourmentent la pensée des adolescents, l'aventure laisse entrevoir un visage insoupçonné : un visage artificiel né dans la poésie des laboratoires aux accessoires menaçants.

Un jeune garçon sans profession épris d'aventures dans la vieille tradition ne doit pas espérer rencontrer sur un quai un capitaine compréhensif qui l'embarquera pour les îles au Trésor, en échange de quelques services dans la cuisine du coq afin de payer son passage. Il faut des papiers en règle pour ce départ vers les horizons de Caracas et de la Guayra, des attestations syndicales et enfin un passeport.

Il faut toujours un passeport, même pour obtenir un passage vers la poésie quotidienne, bien que le whisky ait remplacé le rhum dont le vieux Flint abusait, avec l'opium, l'héroïne ou la marijuana et les doublons et les perles malhonnêtement acquis. On peut même supposer qu'il faut un passeport pour sortir de soi-même et pénétrer dans le monde de l'imagination.

(Reproduit avec l'autorisation
des « Amis de Pierre Mac Orlan »,
Saint-Cyr-sur-Morin)

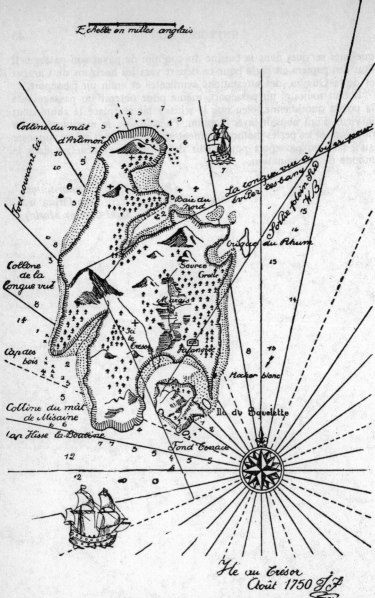

Echelle en milles anglais

Colline du mât
d'Artimon

Fort courant ici

Baie du Nord

La longue vue à éviter ces bancs

Sortie plein Sud   W.B

Brique du Rhum

Colline de la
longue vue

Source
Grole

Marais

Ici le Trésor

Palanquée

Cap des bois

Rocher blanc

Colline du mât
de Misaine

Île du Squelette

Cap Hisse la Boulène

Fond Tenace

Île au Trésor
Août 1750 J.F

Reçu du susdit J.F par M. W Bones Quartier Maître
du Walrus. Savannah ce vingt Juillet 1754 W.B

Fac similé de carte, longitude et
latitude supprimées, par J. Hawkins

À L'ACHETEUR HÉSITANT

Si les histoires de mer sur le mode marin,
Tempête et aventure, et chaleur et froidure,
   Si goélettes, îles et abandons,
   Et boucaniers et l'Or enfoui,
   Et tout le vieux roman, raconté
   Exactement à la manière ancienne,
   Plaît, comme jadis il me plut,
A la jeunesse plus sage d'aujourd'hui :

– Ainsi soit, et n'hésitez pas ! Sinon,
Si la studieuse jeunesse n'a plus souci
   (Ses anciens désirs oubliés)
De Kingston, ou de Ballantyne-le-Brave,
Ou de Cooper, des forêts et des vagues,
   Ainsi soit-il encore ! et puissé-je
Avec tous mes pirates partager la tombe
Où gisent ces auteurs et leurs créations.

                 R.L.S.

UN FLIBUSTIER A LA RETRAITE

I

Le vieux loup de mer à l' « Amiral Benbow »

Monsieur Trelawney, le docteur Livesey et d'autres gentlemet m'ont demandé de relater par écrit toute l'histoire de l'Ile au Trésor sans rien laisser dans l'ombre, sauf la position exacte de l'île en raison des trésors qui s'y trouvent encore. En cet an de grâce 17.., je prends donc la plume pour me reporter à l'époque où mon père tenait l'auberge de l'*Amiral Benbow*, et plus précisément au jour où un vieux loup de mer hâlé et balafré devint notre pensionnaire.

Je le revois encore, comme si c'était hier, se diriger vers la porte de l'auberge, précédant le commissionnaire qui avait chargé sur une brouette son coffre de marin ; il était grand, fort, lourd ; ses cheveux poisseux se terminaient par une tresse dont la queue retombait sur les épaules d'un habit bleu défraîchi ; il avait des mains abîmées, des ongles noirs et cassés ; un coup de sabre d'abordage avait décoré sa joue d'une grande balafre blanchâtre. En sifflotant, il promena son regard tout autour de la petite baie ; et puis il se mit à fredonner la vieille chanson de marin qu'il entonna si souvent par la suite :

« *Quinze matelots sur le coffre de l'Homme Mort...*
Oh hisse ! Et une bouteille de rhum ! »

Sa voix éraillée, mal assurée, grinçait comme une barre de cabestan. Il cogna à la porte avec la pointe de sa canne ; quand mon père apparut, il réclama d'un ton sec un verre de rhum qu'il dégusta sans se presser, en connaisseur, tout en examinant successivement les falaises et notre enseigne.

— Jolie petite baie ! dit-il enfin. Et l'endroit n'est pas mal pour prendre un grog. Beaucoup de monde, ici, camarade ?...

Mon père lui répondit que non, qu'il n'y avait pas grand monde, et que c'était bien dommage.

– ... Alors, reprit le vieux marin, le mouillage me convient... Ici, compagnon ! cria-t-il à l'adresse du commissionnaire. Range-toi devant la porte et donne un coup de main pour monter le coffre... Je vais prendre pension quelque temps à l'*Amiral Benbow*. Je suis un homme simple : du rhum, du bacon et des œufs, voilà tout ce qu'il me faut, en plus de ce petit promontoire d'où je pourrai suivre le mouvement des bateaux... Mon nom ? Vous m'appellerez capitaine. Ah, je comprends ce que vous attendez... Tenez...

Il jeta sur le seuil de l'auberge trois ou quatre pièces d'or.

– ... Vous n'aurez qu'à me dire quand j'aurai tout bu ! ajouta-t-il avec la mine féroce d'un général en chef.

Et de fait, malgré ses méchants habits et ses intonations vulgaires il ressemblait moins à un simple matelot qu'à un officier ou à un patron habitué à se faire obéir au doigt et à l'œil. Le commissionnaire nous apprit qu'il était descendu le matin même de la diligence devant le *Royal George,* qu'il s'était enquis des auberges situées sur la côte et qu'il avait accordé la préférence à la nôtre en raison des bons renseignements qui, je suppose, lui avaient été fournis, mais probablement aussi à cause de notre situation isolée. Nous n'en sûmes pas davantage.

C'était un homme renfermé, taciturne. Il passait ses journées à faire le tour de la petite baie, ou à se promener sur les falaises avec une lunette de cuivre ; le soir il s'asseyait dans un coin de la salle commune, auprès du feu, et il buvait des grogs très forts. La plupart du temps, il ne répondait pas quand on lui adressait la parole ; il se contentait de lancer à son interlocuteur un regard brusque, farouche, et il émettait par le nez un bruit presque aussi fort qu'une trompe de brume. Peu à peu les habitués de l'auberge nous imitèrent et le laissèrent en paix. Chaque jour, en rentrant de sa promenade, il demandait si des marins étaient passés sur la route ; d'abord nous crûmes que la solitude lui pesait, mais nous ne tardâmes pas à deviner qu'il cherchait au contraire à éviter ses anciens collègues. Lorsqu'un marin s'arrêtait à l'*Amiral Benbow,* ce qui arrivait de temps à autre puisque l'auberge était située sur la route de Bristol, il l'observait en écartant le rideau de la porte avant de pénétrer dans la salle, et il demeurait muet comme une carpe tant que l'autre était là. Cette attitude n'avait rien qui pût me surprendre puisque je partageais, en un sens, ses alarmes : certain jour, ne m'avait-il pas pris à part pour me promettre une pièce d'argent le premier de chaque mois à condition que « j'ouvre l'œil dès que se présenterait un marin qui n'aurait qu'une jambe », et que je coure l'avertir séance tenante, aussitôt que je l'apercevrais ? Aux environs du premier du mois, quand j'allais le trouver pour lui réclamer mon dû, il se contentait généralement de me foudroyer du regard et de souffler par le nez ; mais la semaine ne s'écoulait pas sans que je le visse, revenu à de meilleurs sentiments, s'approcher de moi, me remettre la pièce promise et réitérer sa consigne au sujet du « marin qui n'aurait qu'une jambe ».

J'ai à peine besoin de vous dire, n'est-ce pas, à quel point cet unijambiste hantait mes rêves ! Pendant les nuits de tempête, quand le vent secouait la maison aux quatre coins, quand le ressac mugissait le long de la petite baie et battait les falaises, je me le représentais sous mille aspects avec autant d'expressions démoniaques : je le voyais avec la jambe coupée à la hauteur du genou, ou au ras de la hanche ; parfois, avec une seule jambe monstrueuse au milieu du corps. Dans mes pires cauchemars il me poursuivait par sauts et par bonds incroyables au-dessus des haies et des fossés... Ah, ma piècette d'argent me coûtait cher en tranquillité !

Mais bien que la seule idée de ce marin à une jambe me jetât dans les transes, la personne du capitaine ne me terrifiait guère. Certains soirs cependant, quand il avait bu plus de grogs que sa tête ne pouvait supporter, il chantait de vieilles chansons de marin, plus ou moins grossières, sans se soucier de quiconque ; ou encore il offrait une tournée générale et obligeait ses auditeurs tremblants à écouter ses histoires, voire à reprendre en chœur ses refrains. Je ne comptais plus les fois où la maison était ébranlée par les « *Oh hisse ! Et une bouteille de rhum !* ». Les habitués hurlaient d'autant plus fort qu'ils craignaient pour leur vie, car dans ses extravagances il était particulièrement dangereux : il frappait de grands coups de poing sur la table pour obtenir le silence à la ronde ; et il devenait fou furieux à la première question anodine qui lui était posée ; mais si tout le monde se taisait, il explosait en s'imaginant qu'il n'intéressait personne. Et gare à celui qui se serait avisé de vouloir prendre congé et quitter l'auberge avant que le capitaine allât s'écrouler, ivre mort, sur son lit !

C'étaient surtout ses histoires qui semaient l'épouvante : il n'y était question que de pendaisons, de matelots passés à la planche, de tempêtes en mer, d'horrreurs commises dans la mer des Antilles ou sur l'île de la Tortue... Il avait certainement fréquenté les pires bandits de l'Océan. Le langage dont il usait scandalisait ses simples auditeurs ruraux presque autant que les crimes qu'il décrivait ; mon père ne cessait de répéter que l'auberge courait à la faillite, que les clients ne la fréquenteraient plus pour s'y faire tyranniser avant d'aller se coucher en claquant des dents... Je crois au contraire que la présence du capitaine fut loin de nous nuire : sur le moment les gens étaient terrorisés, mais au fond ils ne détestaient pas cette atmosphère qui les sortait des routines de leur paisible existence compagnarde ; il bénéficiait même de l'admiration de tout un groupe de jeunes gens : ils l'appelaient « un vrai loup de mer », « un vieux marin authentique », et ils affirmaient que si l'Angleterre était invincible sur mer, elle le devait à des hommes pareils.

D'une certaine manière toutefois, il nous acculait à la ruine ; les semaines, puis les mois passaient ; l'acompte qu'il avait versé était épuisé depuis longtemps, mais mon père n'osait jamais lui demander de l'argent ; s'il lançait une allusion discrète, le capitaine soufflait par le nez avec fureur (un véritable rugissement !) et il lui décochait un regard qui le chassait littéralement de la pièce. Je vis mon pauvre père se tordre les mains au sortir de ses entrevues avec son pensionnaire ; ses soucis, l'atmosphère de terreur où il vivait, précipitèrent sûrement sa fin prématurée.

Tant qu'il habita chez nous, le capitaine ne changea jamais de vêtements ; une fois seulement il acheta des bas à un colporteur. L'une des cornes de son chapeau s'étant décousue, il la laissa pendre avec insouciance, bien que par grand vent elle lui causât des ennuis. Je me rappelle bien son habit, qu'il raccommodait et rapetassait lui-même dans sa chambre et qui n'était plus qu'une collection de pièces rapportées. Jamais il n'écrivait, jamais il ne recevait de courrier ; il ne causait qu'avec les voisins, qui étaient nos habitués, et encore ne s'y décidait-il que lorsqu'il avait ingurgité trop de rhum. Pas une fois à notre connaissance il n'ouvrit son coffre.

En une seule occasion il se trouva quelqu'un pour lui tenir tête ; c'était sur la fin, quand mon pauvre père était déjà bien miné par le mal qui devait l'emporter. Le docteur Livesey était arrivé tard dans l'après-midi pour voir son malade ; ma mère lui avait servi quelque chose à manger, et il s'était rendu dans la salle commune pour fumer une pipe en attendant qu'on lui amenât son cheval du village, car le vieux *Benbow* ne possédait pas d'écurie. Je l'avais suivi, et je me souviens d'avoir remarqué combien ce médecin propre, élégant, aux cheveux poudrés et blancs comme neige, qui avait des yeux noirs et sensibles ainsi que des manières plaisantes, ressemblait peu aux paysans mal dégrossis qui l'entouraient, et surtout quel contraste il formait avec notre vieux flibustier qui était sale et guère plus gracieux qu'un épouvantail à moineaux ; les bras étalés sur la table, déjà gris de rhum, il (c'est-à-dire le capitaine) avait tout à coup entonné son éternel refrain :

> *« Quinze matelots sur le coffre de l'Homme Mort...*
> *Oh hisse ! Et une bouteille de rhum !*
> *Ils buvaient, et le diable avait fait le reste...*
> *Oh hisse ! Et une bouteille de rhum ! »*

J'avais d'abord supposé que le « coffre de l'Homme Mort » était quelque chose d'identique à la grande caisse qu'il avait dans sa chambre, et ce coffre m'avait obsédé la nuit presque autant que le marin « qui n'aurait qu'une jambe ». Mais depuis longtemps la chanson du capitaine n'impressionnait plus ni moi, ni personne ; elle n'était nouvelle, ce soir-là, que pour le docteur Livesey, et je remarquai qu'elle ne lui plut pas du tout : il leva un visage courroucé, mais n'en poursuivit pas moins la conversation qu'il avait commencée avec un jardinier, le vieux Taylor, concernant un remède pour les rhumatismes ; excité par le son de sa propre voix, le capitaine tapa sur la table pour exiger, comme à son habitude, le silence. Tout le monde obtempéra et se tut, sauf le docteur Livesey qui continua à parler sur le même ton, tout en tirant sur sa pipe à chaque fin de phrase. Le capitaine le dévisagea, frappa une nouvelle fois du poing sur la table, et finalement lâcha un épouvantable juron avant de crier :

— Silence, là-bas, dans l'entrepont !

— Serait-ce à moi que vous vous adressez, Monsieur ?... demanda le docteur Livesey.

Le pirate le lui confirma par un autre juron.

— Je n'ai qu'une chose à vous répondre, Monsieur, répliqua le docteur. C'est que si vous continuez à boire du rhum, le monde sera bientôt débarrassé d'un très vilain coquin !...

La colère du vieux bandit fut terrible. Il se dressa d'un bond, tira et ouvrit un couteau à cran d'arrêt, le posa en équilibre sur la paume de sa main et menaça le docteur Livesey de le clouer au mur.

Le médecin ne cilla pas ; il continua à le regarder par-dessus son épaule et il lui dit, en forçant la voix afin que tout le monde pût l'entendre :

— ... Si vous ne remettez pas à l'instant même ce couteau dans votre poche, je vous donne ma parole d'honneur que vous serez pendu à la prochaine session des assises !...

Leurs regards s'affrontèrent ; mais le capitaine fut le premier à baisser les yeux ; il referma son couteau, le fit disparaître et se rassit en grondant comme un chien battu.

— ... Et maintenant, Monsieur, reprit le docteur Livesey, puisque je sais qu'il y a dans mon district un gaillard de votre espèce, vous pouvez être certain que je vous aurai à l'œil de jour et de nuit. Je ne suis pas seulement médecin : je suis aussi juge de paix ; si jamais je surprends l'ombre d'une plainte contre vous, même s'il ne s'agit comme ce soir que d'un manquement à la politesse, je n'hésiterai pas à vous faire chasser d'ici. Tenez-vous-le pour dit !

Peu après, le docteur Livesey fut averti que son cheval était arrivé, et il s'en alla ; mais ce soir-là et les soirs suivants, le capitaine ne broncha pas.

II

Chien-noir apparaît et disparaît

Cette scène précéda de peu le premier des événements mystérieux qui finirent par nous débarrasser du capitaine sinon, comme vous vous en apercevrez, de ses affaires. Très rigoureux, l'hiver s'accompagnait de gelées dures et tenaces ainsi que de violentes tempêtes. Selon toute vraisemblance, mon pauvre père ne serait plus là pour assister à la naissance du printemps : il s'affaiblissait de jour en jour. Ma mère et moi assumions toute la charge de l'auberge ; nous n'avions vraiment plus le temps de nous occuper spécialement de notre pensionnaire indésirable.

Un matin de janvier, de très bonne heure, alors que la petite baie était toute grise de givre, que les vagues léchaient doucement les galets, et que le soleil atteignait à peine le sommet des collines, le capitaine descendit plus tôt qu'à l'ordinaire, et il partit en direction de la plage ; son sabre se balançait sous les larges basques de son vieil habit bleu ; il avait sa lunette de cuivre sous le bras et le chapeau rejeté en arrière. L'air qu'il rejetait en soufflant par le nez se condensait comme une fumée dans son sillage. Le dernier son que je l'entendis émettre, lorsqu'il contourna le gros rocher, fut un grognement d'indignation sonore : sans doute pensait-il encore au docteur Livesey.

Ma mère était en haut auprès de mon père ; pendant que je dressais la table du capitaine pour qu'à son retour il pût prendre son petit déjeuner, la porte de la salle s'ouvrit sur un homme que je n'avais jamais vu. Il avait le teint pâle et un visage bouffi de mauvaise graisse ; il lui manquait deux doigts à la main gauche ; bien qu'il fût pourvu d'un sabre, il n'avait pas l'air très belliqueux. J'ouvrais toujours bien les yeux dès qu'un marin, qu'il eût une ou deux jambes, se présentait ; mais celui-ci m'intrigua : il ne ressemblait guère à un loup de mer, et cependant il sentait l'eau salée.

Je lui demandai ce qu'il désirait ; il me répondit qu'il voulait du rhum ; mais alors que j'allais sortir de la salle pour aller chercher la bouteille, il s'assit sur une table et me fit signe de m'approcher ; ma serviette à la main, je m'immobilisai à l'endroit où je me trouvais.

— Viens ici, fiston, me dit-il. Viens plus près...

J'avançai d'un pas.

— ... Cette table-là, c'est celle de mon copain Bill, n'est-ce pas ?...

Je lui dis que je ne connaissais pas son copain Bill, et que cette table était réservée à l'un de nos pensionnaires que nous appelions le capitaine.

— ... Après tout, reprit-il, mon copain Bill peut bien se faire appeler capitaine, pourquoi pas ? Il a une balafre sur la joue, mon copain Bill, et des façons tout ce qu'il y a d'aimables, surtout quand il a bu. Une supposition, pour le plaisir de parler, que ton capitaine ait une balafre sur une joue, et même, si tu veux, sur la joue droite ?... Ah, je te le disais bien ! Allons, mon copain Bill est-il ici ?

— Il est allé se promener.

— De quel côté, fiston ?

Je lui désignai le gros rocher ; je lui dis l'heure à laquelle rentrerait probablement le capitaine ; je répondis encore à diverses autres questions.

— Ah ! s'exclama-t-il. Mon copain Bill va être aussi content de me voir que si tu lui servais un bon grog...

Il n'avait pas du tout l'air aimable, et j'avais de bonnes raisons de croire qu'il commettait une erreur d'appréciation, en admettant qu'il pensât réellement ce qu'il disait. Mais je réfléchis que ce n'était pas mon affaire et que, de surcroît, il m'était bien difficile d'alerter le capitaine. L'inconnu se tenait juste derrière la porte de l'auberge et il surveillait les alentours comme un chat qui guette une souris. Je me risquai à sortir pour faire deux ou trois pas sur la route, mais il me rappela immédiatement ; sans doute n'obéis-je pas assez vite à son gré, car sa physionomie revêtit une expression de méchanceté horrible et il me cria de rentrer, avec un juron qui me fit sauter en l'air. Dès que j'eus réintégré la salle de l'auberge, il reprit ses premières manières, mi-caressantes mi-ironiques ; il me tapa sur l'épaule, me dit que j'étais un brave garçon et que je lui plaisais beaucoup.

– ... J'ai un fils, ajouta-t-il, qui te ressemble comme deux gouttes d'eau et qui est l'orgueil de ma vie. Mais rappelle-toi, fiston, que l'essentiel pour les enfants, c'est la discipline ; la discipline, entends-tu ? Si tu avais navigué avec Bill, je n'aurais pas eu besoin de te dire deux fois la même chose... Tiens, aussi sûr que deux et deux font quatre, voici mon copain Bill, avec sa lunette sous le bras. Comme ça me fait plaisir de le revoir ! Nous allons retourner toi et moi dans la salle, fiston, et nous cacher derrière la porte pour faire à Bill une petite surprise... Ah, c'est vrai, comme je suis content de le revoir !...

Tout en parlant, l'inconnu me poussa dans un coin de la salle et me plaça derrière lui de telle sorte que nous étions cachés tous les deux par le battant de la porte. J'avais une peur bleue, comme vous pouvez l'imaginer, et l'attitude de l'inconnu n'était pas faite pour me rassurer, car j'avais l'impression qu'il avait presque aussi peur que moi. Il dégagea la garde de son sabre, fit jouer la lame dans le fourreau. Je me rappelle aussi qu'il avalait sa salive sans arrêt comme s'il avait la gorge nouée.

Enfin le capitaine pénétra dans la salle, claqua la porte derrière lui et, sans regarder ni à droite ni à gauche, se dirigea tout droit vers la table où il prenait habituellement son petit déjeuner.

– Bill ! appela l'inconnu.

Le capitaine pivota sur ses talons et nous fit face ; il n'était plus bronzé, ni hâlé : son nez avait bleui ; il ressemblait à quelqu'un qui aperçoit un spectre, ou le Malin, ou quelque chose de pire s'il en existe. Ma parole, il me fit de la peine ! Le voir devenu en un instant si vieux, si défait !...

– Allons, Bill, tu me remets ! Tu reconnais bien ton vieux copain, n'est-ce pas, Bill ?

Le capitaine balbutia :

– Chien-Noir !

– Et qui d'autre pourrais-je être ? ricana l'autre qui prenait de l'assurance. Chien-Noir en personne, qui est venu voir Bill, son vieux copain de bordée, à l'auberge de l'*Amiral Benbow*. Ah, Bill, Bill, il y a une éternité que nous nous sommes vus, tous les deux ! Tiens, pas depuis que j'ai perdu mes deux doigts, ajouta-t-il en montrant sa main mutilée.

– Ça va ! dit le capitaine. Tu m'as pisté jusqu'ici. Me voici. Maintenant, parle. Que me veux-tu ?

– Bravo, Bill ! répondit Chien-Noir. Tu as mis dans le mille, Billy.

Je vais demander à ce cher garçon un verre de rhum, comme je les aime ; et puis nous allons nous asseoir, s'il te plaît, pour parler sans détours, en vieux copains de la flibuste...

Quand je revins avec le rhum, ils étaient déjà installés de part et d'autre de la table du capitaine : Chien-Noir se tenait du côté de la porte et il était assis de biais, comme s'il voulait surveiller d'un œil son vieux copain et, de l'autre, son unique voie de retraite.

Il m'invita à me retirer en laissant la porte ouverte.

– ... Très peu pour moi des trous de serrure, fiston ! ajouta-t-il.

Je les laissai donc seuls et me réfugiai dans le bar.

Pendant un bon moment je n'entendis qu'un murmure étouffé ; pourtant, croyez-moi, j'ouvrais mes oreilles ! Mais au bout d'un certain temps, le diapason s'éleva et je parvins à saisir quelques mots, principalement les jurons que proférait le capitaine.

– Non, non, non, et en voilà assez ! cria-t-il une fois.

Et puis :

– ... Si on me menace de la corde, vous serez tous pendus, je te préviens !

Enfin retentit tout à coup une explosion formidable de jurons et de bruits de chaises et de tables renversées ; j'entendis aussitôt un cliquetis d'acier, un cri de douleur ; dans la seconde qui suivit, je vis Chien-Noir s'enfuir à toutes jambes, talonné par le capitaine ; tous deux avaient dégainé, et Chien-Noir avait l'épaule gauche ensanglantée. Sur le seuil, le capitaine voulut assener un dernier coup de sabre qui aurait sûrement fendu en deux son vieux copain, du crâne au menton, si notre grande enseigne de l'*Amiral Benbow* ne l'avait intercepté ; aujourd'hui encore l'entaille demeure visible sur le rebord inférieur du cadre.

Le duel s'arrêta là. Sur la route Chien-Noir joua merveilleusement des jarrets en dépit de sa blessure, et il eut vite fait de disparaître de l'autre côté de la colline. Quant au capitaine, il resta hébété à contempler l'enseigne ; puis il se frotta les yeux à plusieurs reprises, et il se décida à rentrer dans la salle.

– Jim, me dit-il, du rhum !

Il chancela légèrement et d'une main se rattrapa au mur.

– Etes-vous blessé ? m'écriai-je.

– Du rhum ! répéta-t-il. Il faut que je parte d'ici. Du rhum ! Du rhum !

Je courus lui en chercher. Mais j'avais été tellement bouleversé par ces événements imprévus que je cassai un verre et démolis le robinet du tonneau. Pendant que je m'affairais, j'entendis le bruit d'une chute lourde ; je me précipitai : le capitaine gisait de tout son long sur le plancher. Au même instant ma mère, alertée par les cris et la bagarre, descendait l'escalier en courant pour venir à mon secours. A nous deux, nous soulevâmes la tête du vieux flibustier : il haletait ; ses yeux étaient clos ; sa figure avait une couleur affreuse.

– Mon Dieu ! s'écria ma mère. Le malheur s'acharne sur notre maison ! Et ton pauvre père qui est malade !

Nous étions absolument désorientés, et persuadés que le capitaine avait reçu un coup mortel au cours de la rixe. Pour m'en assurer je pris le rhum et tentai de lui en faire avaler une gorgée ; mais il serrait les dents, et ses mâchoires m'opposèrent une résistance de fer. Nous fûmes grandement soulagés quand la porte s'ouvrit sur le docteur Livesey, qui venait visiter mon père.

– Docteur, que faut-il faire ? m'écriai-je. Où est-il blessé ?

– Blessé ? Quelle blague ! nous répondit le médecin. Il n'est pas plus blessé que toi ou moi. Cet individu a eu une attaque ; je l'avais prévenu. S'il vous plaît, Madame Hawkins, remontez auprès de votre mari et, si possible, ne lui parlez de rien. Moi, il faut bien que je fasse de mon mieux pour sauver cette vie trois fois inutile ; Jim, veux-tu aller me chercher une cuvette ?...

Quand je revins avec la cuvette demandée, le docteur Livesey avait déjà retroussé la manche du capitaine et dénudé un gros bras musclé et tatoué. Je lus très distinctement sur l'avant-bras : « *Par ici la chance* », « *Bon vent* », « *A mon amour pour la vie, Billy Bones* ». Plus près de l'épaule, une potence et un pendu étaient dessinés, non sans talent selon moi.

– ... Prophétique ! déclara le médecin en touchant du doigt la potence. Et maintenant, maître Billy Bones, puisque c'est votre nom, nous allons voir la couleur de votre sang. Jim, as-tu peur du sang ?

– Non, Monsieur, répondis-je.

– Fort bien ! Dans ce cas, tu tiendras la cuvette...

Le docteur Livesey prit sa lancette pour percer une veine.

Le capitaine perdit beaucoup de sang avant d'ouvrir les yeux et de regarder autour de lui. Quand il reconnut le docteur, il fronça les sourcils ; puis il m'aperçut, et ma présence parut le réconforter. Mais brusquement il changea de couleur et, essayant de se lever, il cria :

– Où est Chien-Noir ?

– Il n'y a pas de chien noir ici, dit le médecin, sauf celui que vous avez sur le dos. Vous avez bu du rhum ; vous avez eu une attaque, comme je vous en avais averti ; et je viens, réellement contre mon propre gré, de vous tirer la tête du tombeau. Maintenant, Monsieur Bones...

– Je ne m'appelle pas Bones !

– Je m'en moque ! Bones est le nom d'un flibustier de ma connaissance, et je vous baptise Bones pour aller plus vite et parce que j'ai à vous dire ceci : un seul verre de rhum ne vous tuera pas, mais si après en avoir bu un, vous en prenez un deuxième, puis un troisième, je vous parie ma perruque que vous mourrez ! M'avez-vous bien compris ? Vous mourrez, et vous irez à l'endroit qui vous revient de droit, tel l'homme de la Bible ! Maintenant, faites un effort : je vais vous aider à regagner tout de suite votre lit...

Nous unîmes nos forces pour le hisser au premier étage, non sans mal, et nous l'allongeâmes sur son lit ; sa tête retomba sur l'oreiller, comme s'il allait s'évanouir.

– ... Encore une fois rappelez-vous bien, lui dit le docteur Livesey, que je libère ma conscience : pour vous, le rhum, c'est la mort !...
Il m'entraîna et nous sortîmes de la chambre.

– ... Ce ne sera rien, me dit-il sitôt la porte refermée. Je lui ai tiré assez de sang pour qu'il se tienne tranquille quelque temps ; il faudrait qu'il demeure alité pendant une bonne semaine : c'est ce qui serait préférable pour vous tous comme pour lui. Mais d'une deuxième attaque, il ne se relèverait pas !

III

La marque noire

Vers midi, je me rendis dans la chambre du capitaine avec des médicaments et quelques rafraîchissements. Il n'avait pas bougé depuis que nous l'avions laissé sur le lit ; il paraissait à la fois affaibli et énervé.

– Jim, me dit-il, tu es ici le seul qui vaille quelque chose. Tu sais que j'ai toujours été bon pour toi. Chaque mois je t'ai donné une pièce d'argent. Et maintenant vois-tu, camarade, je suis dans un fichu état, abandonné de tous ; alors, Jim, tu vas m'apporter un quart de pinte de rhum ; tu veux bien, n'est-ce pas ?

– Le docteur... commençai-je.

Il m'interrompit pour maudire le docteur Livesey d'une voix faible, mais de tout son cœur :

– Tous les docteurs sont des propres à rien, des idiots ! déclara-t-il. Et ce docteur d'ici, dis-moi, que connaît-il des gens de mer ? Je suis allé dans des endroits brûlants comme de la poix, j'ai vu des compagnons tomber autour de moi, terrassés par la fièvre jaune, j'ai senti cette sacrée terre trembler comme de l'eau... Veux-tu me dire ce que le docteur connaît de climats pareils ?... Et c'est le rhum qui m'a sauvé, toujours ! Le rhum, pour moi, c'est le solide et le liquide, c'est mari et femme tout un. Et si je n'ai pas mon rhum, maintenant que je suis une pauvre vieille carcasse de navire sur une terre sous le vent, que mon sang retombe sur toi, Jim, et sur ce maudit docteur !...

Pendant quelques minutes ses malédictions redoublèrent de violence, puis il reprit d'un ton larmoyant :

– ... Regarde, Jim, comme mes doigts tremblent ! Je suis incapable de les faire se tenir tranquilles, tu vois bien. Et je n'ai pas encore avalé une goutte de toute cette sacrée journée. Ton médecin est un crétin, je te le dis ! Si je ne bois pas une rasade de rhum, Jim, j'aurai le délire ; j'ai déjà des visions ; je vois le vieux Flint dans ce coin, derrière toi ; je le vois noir sur blanc. Et si j'ai le délire, moi qui ai la vie dure, je te jure que ça fera du bruit ! D'ailleurs ton docteur a bien dit qu'un seul verre ne me ferait pas de mal. Je te donnerai une guinée en or pour un quart de pinte, Jim !

Il s'énervait de plus en plus. Je commençai à être ennuyé car mon père, très fatigué ce jour-là, avait besoin de calme et de repos ; de plus la phrase du docteur Livesey, qu'il venait de citer, avait de quoi me rassurer ; mais je me sentais vaguement offensé par son offre d'un pourboire.

— Je ne veux pas de votre argent, répondis-je, en dehors de celui que vous devez à mon père. Je vais vous chercher un verre de rhum ; rien qu'un, pas davantage.

Quand je le lui apportai, il le prit avidement et le vida d'un trait.

— Hé, hé ! grogna-t-il. Je me sens un peu mieux, sans aucun doute ! Et maintenant, camarade, ton docteur a-t-il dit combien de temps je devais rester couché ?

— Une semaine au moins.

— Mille tonnerres ! cria-t-il. Une semaine ? Impossible ! D'ici là je n'échapperais pas à la marque noire. Ces idiots vont se mettre dans mon vent, c'est sûr ! Des idiots incapables de garder ce qu'ils ont gagné, et qui veulent s'approprier le bien d'autrui... Est-ce ainsi qu'on doit se conduire entre marins ? Moi, je suis économe par tempérament. Je n'ai jamais gaspillé ni perdu mon argent. Oh, je leur jouerai un nouveau tour à ma façon ! Ils ne me font pas peur. Je larguerai un autre ris, camarade, et je les sèmerai encore une fois...

Tout en parlant, il s'était soulevé au prix d'un gros effort et il se cramponnait à mon épaule : il la serrait avec une telle force convulsive que je faillis crier ; ses jambes avaient l'air de peser comme du plomb. Quand il eut réussi à s'asseoir au bord du lit, il souffla un moment et murmura :

— ... Ce docteur m'a tué. Mes oreilles bourdonnent. Aide-moi à me recoucher...

Mais avant que j'eusse fait un geste, il était déjà retombé sur le dos.

— ... Jim, me demanda-t-il enfin, tu as vu ce marin aujourd'hui ?

— Chien-Noir ?

— Oui, Chien-Noir ! C'est un sale type ; mais ceux qui l'ont lâché sur moi sont encore pires. Ecoute : si je ne peux pas partir, s'ils me remettent la marque noire, sache bien que c'est à mon vieux coffre de marin qu'ils en ont. Tu monteras à cheval... Tu sais monter à cheval, je suppose ? Bon, alors tu monteras à cheval et tu iras trouver... Oui, je le veux !... Tu iras chez ce fainéant de docteur ; tu lui diras de rassembler tous les hommes qu'il trouvera, juges et pas juges ; et il faudra qu'il les lance tous à l'abordage de l'*Amiral Benbow*, qu'il mette le grappin sur tout l'équipage du vieux Flint, matelots et mousses, ou du moins ce qu'il en reste. Moi j'étais second... Oui, j'étais le second du vieux Flint, et je suis le seul qui connaisse l'endroit. Il me l'a révélé à Savannah, quand il était moribond, à peu près comme tu me vois à présent. Mais tu ne bougeras pas avant qu'ils m'aient remis la marque noire ; sauf si tu revois ce Chien-Noir, ou un marin avec une seule jambe, Jim, surtout celui-là !

– Mais qu'est-ce donc que la marque noire, capitaine ? lui ai-je demandé.

– Une sommation, camarade ; je t'expliquerai ça s'ils me la font parvenir. Mais tu ouvres l'œil, n'est-ce pas, Jim ? Je partagerai à égalité avec toi, parole d'honneur !...

Il continua à divaguer encore un moment. Sa voix s'affaiblissant, je lui donnai un médicament ; il l'avala comme un petit enfant.

– ... Si jamais un marin a eu besoin de drogues, c'est bien moi ! murmura-t-il.

Et il sombra dans un sommeil léthargique ; j'en profitai pour sortir de la chambre à pas de loup. J'ignore ce que j'aurais fait si d'autres soucis, infiniment plus graves, ne m'avaient accaparé ; j'aurais probablement raconté toute l'histoire au docteur Livesey, car j'avais une peur bleue que plus tard le capitaine ne regrettât amèrement d'avoir parlé et qu'il ne songeât à me clouer la langue pour toujours. Mais mon pauvre père mourut subitement dans la soirée, et mes autres préoccupations passèrent de ce fait à l'arrière-plan. Notre chagrin, les visites des voisins, les préparatifs des obsèques, tout le service de l'auberge qu'il fallait assurer comme les autres jours m'empêchèrent de penser au capitaine, donc d'avoir peur de lui.

Il descendit le lendemain matin, en tout cas, et il prit ses repas comme d'habitude, avec cette différence qu'il mangeait moins et buvait davantage de rhum ; il quittait le bar en grondant et en soufflant par le nez ; personne ne se serait avisé de le contrarier. Au soir qui précéda les obsèques, il s'enivra ignoblement ; dans cette maison endeuillée, c'était affreux de l'entendre brailler sa vilaine chanson de marin ! Mais il avait beau être faible, nous le redoutions tous, et le hasard voulut que le docteur Livesey fût mandé auprès d'un malade à plusieurs miles de chez nous.

J'ai dit que le capitaine était faible ; en vérité il donnait l'impression que ses forces se dégradaient de jour en jour. Il montait et descendait pesamment l'escalier, faisait la navette entre le bar et la salle commune, passait parfois le nez par la porte pour respirer l'odeur de la mer ; mais il avait constamment besoin de s'appuyer aux murs, et il haletait comme s'il escaladait une montagne. Pas une fois à moi il ne m'entretint en particulier, et je crois qu'il avait bel et bien oublié les confidences qu'il m'avait faites ; mais son caractère devenait de plus en plus instable, et son mauvais état de santé l'incitait aux pires violences ; quand il s'enivrait maintenant, il avait pris la détestable habitude de dégainer son sabre d'abordage et de poser devant lui la lame nue sur sa table. Cependant il paraissait se soucier moins de ses voisins que de ses propres réflexions ; une fois, nous fûmes stupéfaits de l'entendre fredonner un tout autre air, une sorte de chanson d'amour rustique, qu'il avait dû apprendre dans son jeune temps avant de faire carrière sur mer.

Le lendemain de l'enterrement, vers trois heures d'un après-midi froid et brumeux, je me trouvais devant la porte et je pensais avec tristesse à mon père, quand j'aperçus un mendiant qui s'approchait lentement sur la route. Il était complètement aveugle, car il explorait le sol devant lui avec une canne, et un grand bandeau vert lui recouvrait les yeux et le nez ; l'âge, ou une faiblesse de constitution, l'avait voûté ; il portait une houppelande de marin, aussi ample que vieille, et surmontée d'un capuchon qui rendait encore plus sensibles ses difformités. Je n'avais jamais vu d'homme aussi repoussant d'aspect. A peu de distance de l'auberge, il s'arrêta et cria, d'une voix flûtée qui avait des résonances bizarres :

— Une âme charitable voudra-t-elle donner un renseignement à un pauvre aveugle qui a perdu la précieuse lumière de ses yeux en défendant gracieusement sa patrie, l'Angleterre, et le Roi George que Dieu bénisse ?... Où se trouve-t-il *exactement* à présent ?

— Vous êtes devant l'*Amiral Benbow,* sur la baie de Black Hill, mon brave homme, répondis-je.

— J'entends une voix, dit-il. Une voix jeune. Voudriez-vous me donner votre main, brave garçon, pour me permettre d'entrer ?

Je lui tendis ma main ; mais l'aveugle la serra comme un étau ; je fus tellement surpris que je voulus la dégager ; d'un seul mouvement de son bras, l'aveugle m'attira tout contre lui.

— Maintenant, gamin, me dit-il, conduis-moi auprès du capitaine.

— Monsieur, lui répondis-je, je vous jure que je n'ose pas.

— Oh, vraiment ? ricana-t-il. Conduis-moi tout de suite auprès de lui, et tout droit, sinon je te casse le bras !

Et il accompagna sa menace d'une secousse qui m'arracha un cri.

— Monsieur, insistai-je, je pensais à vous et non à moi. Le capitaine n'est plus ce qu'il était auparavant. Il est assis avec sa lame nue devant lui. Un autre gentleman...

Il m'interrompit :

— Allez ! Ouste...

Je n'avais certes jamais entendu de voix aussi cruelle, aussi glaciale, aussi épouvantable ! Elle me dompta plus que la souffrance. J'obéis donc à l'aveugle, et je l'aidai à franchir notre seuil pour le mener dans la salle où était assis notre vieux flibustier impotent et abruti de rhum. L'aveugle me maintenait dans sa poigne de fer et il s'appuyait sur moi de tout son poids.

— ... Tout droit, hein ? Et dès qu'il pourra me voir, tu n'auras qu'à crier : « Voici un ami pour vous, Bill ! » Si tu t'y refuses, tu t'en repentiras !...

Et il m'administra un petit coup de poing sec, sous lequel je manquai de m'évanouir. Ce mendiant aveugle m'avait si parfaitement terrorisé que j'en oubliai ma peur du capitaine : j'ouvris la porte de la salle et je répétai à haute voix la phrase qu'il m'avait ordonné de prononcer.

Le pauvre capitaine leva les yeux ; d'un seul coup il fut dégrisé ; sa physionomie n'exprima pas tant la frayeur qu'un mal mortel. Il esquissa un mouvement pour se mettre debout, mais il n'en avait plus la force.

– Allons, Bill, reste assis ! dit l'aveugle. Je ne vois pas, mais je suis capable d'entendre bouger un doigt. Les affaires sont les affaires. Tends-moi ta main droite. Toi, mon garçon, prends cette main droite par le poignet et approche-la de ma main droite...

Tous les deux nous lui obéîmes à la lettre ; je vis l'aveugle faire passer quelque chose de sa main qui tenait la canne à la main du capitaine qui se referma aussitôt.

– ... Et voilà qui est fait ! déclara l'aveugle.

Sur ces mots il me lâcha tout à coup puis, avec une agilité et une précision incroyables, il se glissa hors de la petite salle et gagna la route sur laquelle, tandis que je demeurais pétrifié, je pus entendre sa canne taper sur le sol en s'éloignant.

Quelques minutes s'écoulèrent avant que nous bougeâmes, le capitaine et moi. Je retirai ma main de son poignet que je tenais toujours, et il examina avidement le creux de sa main.

– Dix heures ? s'écria-t-il. Autrement dit, dans six heures d'ici. Nous les aurons encore !

Et d'un bond, il se mit debout.

Mais il chancela, porta une main à sa gorge et vacilla quelques instants avant de s'écrouler la tête en avant sur le plancher.

Je me précipitai aussitôt en appelant ma mère. Mais nous n'avions plus besoin de nous hâter : le capitaine avait été frappé d'une apoplexie foudroyante.

Il y a des choses incompréhensibles : bien entendu je n'avais jamais aimé cet homme, même si sur la fin j'avais commencé à le prendre en pitié ; mais dès que je me rendis compte qu'il ne vivait plus, je fondis en larmes. C'était ma deuxième rencontre avec la mort et le chagrin de la première était encore tout frais dans mon cœur.

IV

Le coffre de marin

Je m'empressai naturellement de raconter à ma mère tout ce que je savais et que j'aurais dû, peut-être, lui dire beaucoup lus tôt ; tout de suite nous comprîmes que nous nous trouvions placés dans une situation délicate et même dangereuse. Le capitaine nous devait une certaine somme, c'était un fait ; mais d'abord avait-il de l'argent dans ses bagages ? Et s'il en avait, ses ex-compagnons, à commencer par les deux spécimens que j'avais vus, Chien-Noir et l'aveugle, seraient-ils disposés à renoncer à leur butin pour acquitter les dettes du défunt ? Le capitaine m'avait bien recommandé de galoper sans délai chez le docteur Livesey ; mais je ne pouvais laisser ma mère seule et sans protection. En réalité nous tenions de moins en moins, elle comme moi, à demeurer dans la maison : la chute des morceaux de charbon dans la grille de la cuisine, le tic-tac même de l'horloge nous remplissaient d'effroi ; à en croire nos oreilles, les environs retentissaient de pas qui approchaient ; entre le cadavre du capitaine qui gisait sur le plancher de la salle et l'idée que l'affreux mendiant aveugle flânait aux alentours en attendant de revenir à l'auberge, il y avait de quoi avoir la chair de poule ! Comme il fallait absolument trouver une solution, nous résolûmes de sortir ensemble et d'aller chercher du secours au village. Aussitôt dit, aussitôt fait : nu-tête comme nous étions, nous voilà partis, courant à travers la nuit tombante et le brouillard glacé.

Le village était situé à quelques centaines de mètres de l'auberge, sur l'autre flanc d'une deuxième petite baie. Mon courage se trouva raffermi par le fait que nous nous engagions dans la direction opposée à celle d'où était venu l'aveugle et qu'il avait sans doute reprise pour s'enfuir. Oh, nous ne traînâmes guère ! De temps en temps nous interrompions notre course pour écouter, mais nous n'entendions rien d'autre que les croassement des corbeaux dans le bois et le grondement sourd des vagues sur les galets.

Quand nous arrivâmes, les chandelles étaient déjà allumées au village ; je n'oublierai jamais l'allégresse qui se leva dans mon cœur quand j'aperçus des lumières jaunes derrière les portes et les fenêtres. Elles se révélèrent vite, hélas, le seul secours à espérer ! Personne, en effet, ne voulut nous raccompagner à l'*Amiral Benbow ;* je me demande encore comment les hommes survécurent à une honte pareille ! En tout cas ils se récusèrent ; et plus nous expliquions la nature de nos ennuis, plus les villageois (hommes, femmes, enfants) se terraient chez eux. Le nom du capitaine Flint, nouveau pour moi, était suffisamment connu de certains pour stériliser toutes les bonnes volontés. Quelques villageois qui avaient travaillé aux champs du côté de l'*Amiral Benbow* se rappelèrent, d'ailleurs, avoir rencontré sur la route plusieurs étrangers au pays ; ils les avaient pris pour des contrebandiers et, sans demander leur reste, ils avaient marché plus vite ; l'un d'eux raconta même qu'il avait vu un petit lougre amarré dans un endroit baptisé le Trou du Diable. Le moindre compagnon du capitaine les aurait épouvantés ! Bref, si plusieurs villageois acceptèrent d'aller prévenir le docteur Livesey, dont la maison se trouvait dans un autre secteur, nous fûmes incapables de trouver un volontaire pour nous aider à défendre l'auberge.

On dit que la lâcheté est contagieuse ; c'est possible, mais la discussion enhardit. Quand tout le monde eut parlé, ma mère s'adressa aux villageois. Elle déclara qu'elle n'entendait pas perdre de l'argent qui appartenait à son fils à présent orphelin.

— Vous êtes tous paralysés par la peur, leur dit-elle. Très bien ! Jim et moi nous ne sommes pas des poltrons. Nous allons rentrer par le même chemin, mais au moins nous n'aurons pas à remercier vos grosses carcasses au cœur de poulet ! Nous ouvrirons ce coffre, dût-il nous en coûter la vie. Et je vous emprunte ce sac, Madame Crossley, pour que nous puissions y mettre l'argent qui nous est dû légitimement !

Bien entendu, j'approuvai ma mère ; bien entendu les hommes se récrièrent contre notre imprudence, mais pas un n'osa venir avec nous. Ils ne voulurent rien faire d'autre que de me confier un pistolet chargé pour le cas où nous serions attaqués, et de nous promettre qu'ils allaient tenir des chevaux tout sellés si nous étions pris en chasse au retour ; pendant ce temps, un gamin irait chez le docteur Livesey pour réclamer l'assistance de gens armés.

Quand nous repartîmes tous les deux par cette soirée froide, mon cœur battait la chamade. La pleine lune commençait à se lever et son disque rougeâtre perçait déjà à travers les couches supérieures du brouillard ; sa vue nous incita à nous dépêcher, car d'ici peu il ferait clair comme en plein jour et nous ne pourrions plus dissimuler nos allées et venues à des guetteurs éventuels. Sans faire de bruit, nous courûmes en longeant les haies, et nous poussâmes un soupir de soulagement quand nous refermâmes derrière nous la porte de l'*Amiral Benbow*.

Je poussai immédiatement le verrou, et nous restâmes quelques instants immobiles et haletants dans le noir, seuls dans la maison avec le cadavre du capitaine. Puis ma mère alla allumer une chandelle dans le bar et, en nous tenant par la main, nous pénétrâmes dans la salle. Il était tel que nous l'avions laissé : couché sur le dos, les yeux ouverts, un bras étendu.

— Ferme les volets, Jim ! me commanda ma mère à voix basse. On pourrait nous espionner de l'extérieur... Bien ! Maintenant il faut que nous trouvions la clef sur *ça ;* mais qui aura le cœur de toucher à ça ? ajouta-t-elle avec un sanglot étouffé.

Immédiatement je m'agenouillai. Sur le plancher, tout près de la main du capitaine, il y avait un petit disque de papier tout noirci d'un côté ; sans aucun doute, c'était la fameuse marque noire ; je le ramassai ; au verso une main ferme avait tracé le message suivant : « Tu as jusqu'à dix heures ce soir ».

— Il avait jusqu'à dix heures, mère, expliquai-je.

Juste à ce moment, notre vieille horloge se mit à sonner ; ce bruit inattendu nous fit sursauter de frayeur, mais elle annonçait une bonne nouvelle : il n'était que six heures.

— Allons, Jim, me dit-elle. Cette clef !...

Je palpai ses poches, les unes après les autres. Quelques pièces de petite monnaie, un dé à coudre, du fil, de grosses aiguilles, un bâton de tabac à chiquer déjà entamé, son rasoir au manche recourbé, une boussole, un briquet... Devant l'échec de cet inventaire, je commençai à désespérer.

— ... Elle est peut-être suspendue à son cou, suggéra ma mère.

Surmontant une répulsion violente, je déchirai le col de sa chemise ; là en effet, attachée à un fil goudronné que je tranchai avec le rasoir, il y avait la clef. Ce succès ranima nos espoirs et nous grimpâmes quatre à quatre l'escalier. Dans la chambre où il avait dormi si longtemps, le coffre n'avait pas changé de place depuis le jour de son arrivée.

C'était un coffre comme n'importe quel coffre de marin ; la lettre B avait été imprimée au fer chaud sur le couvercle ; les coins étaient abîmés, vaguement arrondis.

— ... Donne-moi la clef ! ordonna ma mère.

Bien que la serrure fût très dure, elle la tourna et leva le couvercle en un tournemain.

De l'intérieur s'échappa une forte odeur de tabac et de goudron, mais sur le dessus nous ne vîmes qu'un habit soigneusement brossé et plié, dont ma mère affirma qu'il n'avait jamais été porté. L'habit recouvrait un mélange d'objets hétéroclites : un sextant, un gobelet en fer-blanc, plusieurs bâtons de tabac, deux paires de très jolis pistolets, un lingot d'argent, une vieille montre espagnole, diverses babioles d'origine étrangère, une boussole montée sur cuivre et cinq ou six curieux coquillages des Indes Occidentales. Je me suis souvent demandé plus tard pourquoi il avait traîné ces coquillages tout au long de sa vie de criminel errant et pourchassé.

En attendant nous n'avions trouvé aucun objet de valeur, en dehors du lingot d'argent dont nous n'aurions su que faire. Dans le fond il y avait encore une vieille capote de matelot, blanchie par les embruns. Impatientée, ma mère la tira et nous vîmes alors, tout au fond du coffre, un paquet enveloppé de toile cirée qui semblait contenir des papiers, ainsi qu'un sac de drap qui, quand ma mère le souleva, eut le tintement de l'or.

— Je montrerai à ces bandits que je suis une honnête femme ! dit-elle. Je prendrai ce qui m'est dû, mais pas un farthing de plus. Ouvre-moi le sac de Madame Crossley !

Et elle entreprit de solder ainsi le compte du capitaine en puisant dans le sac du marin des pièces qu'elle enfouissait dans le mien.

Mais l'opération se révéla d'autant plus difficile que les pièces étaient de toutes les tailles et de tous les pays : il y avait des doublons, des louis d'or, des guinées, des pièces de huit, et je ne sais quoi encore, le tout mélangé au hasard. Les guinées étaient en plus petit nombre, et ma mère ne savait compter qu'en monnaie anglaise.

Nous n'en étions qu'à la moitié de l'inventaire quand je posai soudain une main sur le bras de ma mère ; dans le silence qui nous entourait, j'avais entendu un bruit qui m'avait étreint le cœur d'une angoisse horrible : le bruit de la canne de l'aveugle sur la route gelée. Et ce bruit se rapprochait. Nous retînmes notre souffle. On tapa d'un coup sec à la porte de l'auberge. Puis on agita furieusement la poignée. Et le verrou trembla, car le misérable essayait de forcer la porte. Ensuite un grand silence s'établit ; nous n'entendîmes plus rien, jusqu'à ce que retentît à nouveau le bruit de la canne ; mais il décrut rapidement ; l'aveugle s'éloignait ; nous nous sentîmes envahis d'une joie et d'une gratitude indescriptibles quand le son de la canne mourut dans la nuit.

— Mère, dis-je, prenons le tout et allons-nous-en !

J'étais sûr que notre porte verrouillée avait éveillé les soupçons de l'aveugle et que d'affreuses difficultés allaient fondre sur nous ; pour avoir vu cet abominable mendiant, je le savais capable de tout.

Mais ma mère avait beau avoir aussi peur que moi, elle ne voulait ni prendre plus que son dû, ni être frustrée d'un farthing. Elle m'objecta qu'il n'était pas encore sept heures, qu'elle connaissait ses droits et qu'elle en userait. Elle était encore en train de discuter avec moi quand un léger coup de sifflet résonna dans le lointain sur la colline ; c'en fut assez, et même plus qu'assez, pour nous deux !

— Tant pis ! J'emporte ce que j'ai déjà ! dit-elle en se levant d'un bond.

— Et moi, j'emporte ceci pour arrondir le compte ! ajoutai-je en ramassant le paquet enveloppé de toile cirée.

Nous dégringolâmes l'escalier sans nous soucier de la chandelle que nous avions allumée auprès du coffre ; nous ouvrîmes la porte et nous nous enfuîmes au pas de course. Oh, nous n'étions pas partis trop tôt ! Le brouillard se dissipait ; la lune éclairait déjà les collines ; seuls le fond du vallon et les environs immédiats de l'auberge demeuraient protégés par un léger voile de brume. Pas pour longtemps, hélas ! Nous n'étions pas arrivés à mi-chemin du village que la clarté de la lune nous surprit ; or nous venions juste de dépasser le pied de la colline. A ce moment précis, nous entendîmes des bruits de pas ; derrière nous des hommes couraient : une lueur qui se balançait et qui se rapprochait rapidement nous apprit que les inconnus possédaient une lanterne.

— Mon chéri, me dit soudain ma mère, prends l'argent et cours ! Je vais m'évanouir.

C'était le coup de grâce pour nous deux. Ah, comme je maudis intérieurement la lâcheté de nos voisins ! Et je ne pus m'empêcher de déplorer l'honnêteté et l'âpreté au gain de ma pauvre mère, de blâmer son imprudence de tout à l'heure et sa faiblesse présente ! Heureusement nous étions arrivés au petit pont ; je la conduisis, toute chancelante, sur la berge ; elle poussa un soupir et s'effondra sur mon épaule. Je me demande encore comment j'eus la force d'agir, et je crains d'avoir été un peu rude ; toujours est-il que je parvins à la traîner le long de la berge, et un peu sous l'arche du pont. Il me fut impossible de la tirer plus avant, car l'arche était si basse que je ne pus m'y faufiler qu'en rampant. Nous fûmes donc obligés de demeurer là : ma mère presque entièrement exposée aux regards, et tous deux à portée de voix de l'auberge.

V

La fin d'un aveugle

En un sens, ma curiosité était plus forte que ma peur. La preuve c'est que je ne pus me résoudre à rester à l'abri : je rampai à reculons sur la berge d'où, dissimulé derrière un buisson de genêts, j'avais vue sur la route qui passait devant notre porte. A peine m'étais-je mis à l'affût que j'aperçus mes ennemis ; ils étaient sept ou huit, et ils couraient en désordre ; j'entendis leurs pieds battre le sol gelé ; le porteur de la lanterne les précédait de quelques pas. Trois hommes, de front, se tenaient par la main ; la brume ne m'empêcha pas de reconnaître le mendiant aveugle dans celui du milieu. D'ailleurs sa voix m'apprit bientôt que je ne m'étais pas trompé.

— Enfoncez la porte ! cria-t-il.

— Voilà, voilà ! répondirent deux ou trois voix.

Et ils se lancèrent à l'assaut de l'*Amiral Benbow,* le porteur de lanterne suivant cette fois les assaillants. Mais je vis ceux-ci s'immobiliser, et se concerter en chuchotant, comme si la porte ouverte les avait déroutés. Cette pause fut brève, car l'aveugle donna de nouveaux ordres ; il parlait d'une voix claire, forte, où perçaient la rage et la cupidité.

— Dedans ! Dedans ! cria-t-il en accablant ses compagnons de malédictions pour leurs hésitations.

Quatre ou cinq hommes lui obéirent aussitôt ; deux autres demeurèrent avec lui sur la route. Il y eut successivement un moment de silence, un cri de surprise, et cette phrase lancée de l'intérieur de l'auberge :

— Bill est mort !

L'aveugle recommença à jurer en leur reprochant leur lenteur.

— Que quelques-uns le fouillent, bande d'idiots ! Et que les autres montent dans sa chambre et s'emparent du coffre !

J'entendis des pieds grimper quatre à quatre notre vieil escalier ; je pense que la maison dut en trembler. Peu après s'élevèrent de nouvelles exclamations de surprise. Sous une poussée, la fenêtre du capitaine s'ouvrit tout grand dans un fracas de verre brisé. Un homme en émergea au clair de lune, de la tête et des épaules, et il cria à l'aveugle qui se trouvait juste au-dessous de lui :

— Pew ! On est venu ici avant nous. Quelqu'un a mis le coffre sens dessus dessous.

— Est-il là ? rugit Pew.

— L'argent est là, oui.

— Au diable l'argent ! C'est du papier de Flint que je parle !

– Nous ne le voyons nulle part, répondit l'homme.

– Hé, vous d'en bas, vérifiez si Bill ne l'a pas sur lui !

Sur cette injonction, un autre individu, sans doute celui qui avait fouillé le cadavre du capitaine, apparut à la porte de l'auberge pour annoncer :

– On a déjà passé l'inspection avant nous ; il ne reste rien dans ses poches.

– Ce sont les gens de l'auberge ! C'est le gamin ! Ah, comme je regrette de ne pas lui avoir crevé les yeux, à celui-là ! cria Pew l'aveugle. Tout à l'heure, ils étaient là : ils avaient fermé la porte au verrou quand j'ai voulu entrer. Éparpillez-vous, les gars, et trouvez-les !

– En tout cas, leur lumignon est resté ici ! déclara l'individu à la fenêtre.

– Allez-y, vous dis-je ! Il faut les retrouver ! Fouillez toute la baraque ! cria l'aveugle en frappant le sol de sa canne.

Alors j'entendis un grand remue-ménage dans notre vieille auberge ; des pas pesants la visitaient de fond en comble ; des meubles furent vidés, renversés, des portes forcées... Finalement les hommes ressortirent sur la route en déclarant qu'ils n'avaient rien trouvé. Juste à ce moment-là le même sifflet qui nous avait alarmés, ma mère et moi, pendant que nous comptions l'argent du capitaine, retentit clairement, mais deux fois de suite. Je l'avais pris pour une sorte de trompe sonnée par l'aveugle pour ordonner l'assaut ; je découvris qu'il s'agissait d'un signal émis du flanc de la colline vers le village ; et, à en juger par son effet sur les flibustiers, un signal d'alerte.

– Dirk a sifflé deux fois ! dit l'un. Autrement dit, il ne nous reste plus qu'à décamper, et vite !

– Décamper, bougre de poltron ? cria Pew. Dirk a toujours été un crétin en un lâche. Ne vous occupez pas de lui. Ils doivent être tout près d'ici ; ils ne peuvent pas être loin. Vous n'avez qu'à mettre la main dessus... Cherchez-les donc, maudits chiens ! Ah, si seulement j'avais mes yeux !...

Cet appel ne produisit qu'un effet restreint ; deux flibustiers se remirent à fureter çà et là, mais visiblement le cœur n'y était plus : ils paraissaient beaucoup plus préoccupés par l'imminence d'un danger. Quant aux autres, ils demeurèrent sur la route, indécis et perplexes.

– ... Vous avez des millions à portée de la main, imbéciles que vous êtes, et vous hésitez ! Vous seriez riches comme des rois si vous trouviez le papier ; et vous savez qu'il est là, et vous lambinez, vous traînez... Pas un d'entre vous n'a osé affronter Bill ; c'est moi qui y suis allé ! Moi, un aveugle ! Et vous êtes en train de gâcher toutes mes chances. Je vais être condamné à finir mes jours comme un pauvre mendiant ; j'attendrai qu'on me fasse l'aumône d'un verre de rhum, alors que je pourrais rouler carrosse ! Si seulement vous aviez l'énergie d'un charançon dans un biscuit, vous les rattraperiez !

– Ferme ça, Pew ! Les doublons sont à nous ! grogna l'un d'eux.

– Ils ont probablement caché ce maudit truc ! dit un autre. Prends les louis d'or, Pew, et ne reste pas sur la route à brailler !

Brailler étant le mot juste, la colère de Pew redoubla, tant et si bien qu'à ses jurons et à ses injures il ajouta une distribution de coups de canne au hasard ; ses voisins n'échappèrent pas à cette volée de bois vert et ils se répandirent à leur tour en malédictions et en menaces ; mais comme la fureur de l'ignoble bandit ne connaissait plus de bornes, ils essayèrent de lui arracher sa canne, d'ailleurs sans y parvenir.

Cette bagarre nous sauva la vie ; car pendant qu'elle se déroulait si près de nous, le bruit d'une galopade effrénée émergea du haut de la colline, du côté du village ; et presque en même temps, du côté de la haie, jaillirent l'éclair et la détonation d'un coup de pistolet, suprême signal d'alarme. Aussitôt les flibustiers s'égaillèrent dans toutes les directions, courant soit vers la petite baie, soit sous le flanc de la colline ; moins d'une demi-minute après le coup de feu, ils avaient tous disparu, sauf Pew. Avaient-il abandonné l'aveugle dans leur panique, ou voulaient-ils se venger de ses injures et des coups de canne qu'ils avaient reçus ? Je n'en sais rien. En tout cas il resta seul ; je le vis marcher au hasard en martelant la route de sa canne avec la frénésie de la peur, tâtonner devant lui et appeler en vain ses camarades. Finalement il tourna dans la mauvaise direction, fit quelques pas en courant vers le village, passa près de moi et cria :

– Johnny, Chien-Noir, Dirk !... Vous n'allez pas laisser tomber le vieux Pew, camarades ! Non pas le vieux Pew, tout de même !

Mais le bruit des sabots se rapprochait ; quatre ou cinq cavaliers débouchaient au clair de lune et dévalaient à toute allure la rampe de la colline.

Alors Pew se rendit compte de son erreur ; il fit demi-tour et se précipita vers le fossé où il roula ; il se releva immédiatement et s'élança à nouveau ; mais cette fois il se jeta littéralement sur le cheval de tête.

Le cavalier essaya de l'éviter ; il ne put cependant empêcher sa monture de heurter Pew qui tomba en poussant un cri déchirant ; les quatre fers du cheval le piétinèrent ; il glissa sur le côté, la face contre le sol, et ne bougea plus.

Je me redressai, hélai les cavaliers ; ils s'étaient arrêtés, horrifiés par l'accident ; je vis tout de suite à qui j'avais affaire ; en queue je reconnus le gamin qui était parti du village pour se mettre en quête du docteur Livesey ; les autres étaient des douaniers qu'il avait rencontrés en chemin et il avait eu le bon esprit de les ramener avec lui ; la présence d'un lougre au Trou du Diable avait été signalée au contrôleur Dance, qui s'était mis en campagne sans perdre une minute ; c'était à cette circonstance que nous devions la vie, ma mère et moi.

Pew était bien mort. Quant à ma mère, une fois que nous l'eûmes ramenée au village, un peu d'eau froide et des sels suffirent à la ranimer ; elle se remit promptement de ses émotions, mais elle regrettait fort de n'avoir pas eu le temps de récupérer la totalité de l'argent que lui devait le capitaine. Pendant ce temps, le contrôleur Dance fonçait vers le Trou du Diable ; mais ses hommes durent mettre pied à terre pour descendre au fond du vallon encore plein de brume et pour conduire leurs chevaux en redoutant une embuscade à chaque pas ; si bien que les douaniers n'arrivèrent au Trou du Diable que pour voir le lougre s'éloigner du rivage. Le contrôleur Dance le héla, mais il s'entendit répliquer qu'il lui arriverait malheur s'il demeurait au clair de lune et presque aussitôt une balle lui frôla le bras, avant que le lougre doublât le petit cap pour se fondre dans la nuit. Monsieur Dance en demeura bouche bée, dit-il, comme un poisson sorti de l'eau ; tout ce qu'il put faire fut de dépêcher un douanier à Bristol pour alerter le cutter de son administration.

— Et cela ou rien, nous expliqua-t-il, c'est la même chose. Ils nous ont échappé, n'en parlons plus. Tout de même, je ne suis pas mécontent d'avoir écrasé ce Monsieur Pew...

Car il avait entendu mon histoire.

Je revins en sa compagnie à l'*Amiral Benbow* ; vous ne sauriez vous représenter l'état pitoyable dans lequel ces bandits avaient mis notre vieille auberge ; ils avaient même renversé l'horloge ! Ils n'avaient rien emporté, sinon le sac d'or du capitaine et l'argent du tiroir-caisse. Du premier coup d'œil je devinai que nous étions ruinés. Monsieur Dance, quant à lui, donnait sa langue au chat.

— Ils ont trouvé l'argent, m'avez-vous dit ? Hé bien dans ce cas, Hawkins, après quel trésor couraient-ils ? Après d'autre argent encore ?

— Non, Monsieur, je ne crois pas, répondis-je. En fait, Monsieur, je crois que j'ai dans ma poche ce qu'ils cherchaient ; et pour être tout à fait franc, j'aimerais bien le mettre en sûreté.

— Naturellement, mon garçon ! Tu as raison ! Je vais m'en charger, si tu veux.

— Je pensais que, peut-être, le docteur Livesey...

— Excellente idée ! s'écria-t-il joyeusement. Tout à fait judicieuse ! Un gentleman doublé d'un magistrat, bravo ! Et maintenant que j'y pense, je pourrais aussi bien faire un détour par chez lui et lui présenter mon rapport, à lui ou à Monsieur Trelawney. Maître Pew est mort ; certes je ne regrette pas qu'il ne soit plus de ce monde, mais il est mort, comprends-tu ! Et naturellement on s'en prendra à un officier des douanes de Sa Majesté ! Mais écoute, Hawkins : si le cœur t'en dit, je t'emmène...

J'acceptai son offre de grand cœur, et nous regagnâmes le village où se trouvaient les chevaux. J'eus à peine le temps de mettre ma mère au courant qu'ils étaient déjà tous en selle.

— ... Dogger, dit Monsieur Dance, vous qui avez un bon cheval, prenez donc ce garçon en croupe.

Dès que je fus installé derrière Dogger à la taille de qui je me cramponnai de toutes mes forces, le contrôleur donna le signal du départ, et nous nous dirigeâmes au trot vers la maison du docteur Livesey.

VI

Les papiers du capitaine

Quand nous arrivâmes chez le docteur Livesey, la façade de la maison était plongée dans l'obscurité. Monsieur Dance me pria de descendre et de frapper à la porte ; grâce à l'étrier de Dogger, je sautai à terre. Presque aussitôt la porte s'ouvrit.

– Le docteur Livesey est-il là ? demandai-je à la bonne.

– Non, dit-elle. Le docteur était là cet après-midi, mais il est allé dîner au château pour passer la soirée avec Monsieur Trelawney.

– Alors, allons-y, mes enfants ! dit Monsieur Dance.

Comme le château se trouvait à une faible distance, je ne remontai pas en croupe, et je me contentai de courir en me tenant à la hauteur de l'étrier de Dogger. Nous montâmes la longue avenue aux arbres dépouillés, au bout de laquelle se dressait la masse blanche du château. Devant le perron, Monsieur Dance mit pied à terre, me fit signe de le suivre et sur un mot au portier nous fûmes introduits dans le château.

Le valet de chambre nous mena à une grande bibliothèque ; des armoires pleines de livres étaient surmontées de bustes ; devant la cheminée, le châtelain et le docteur Livesey, tous deux une pipe en main, étaient confortablement assis.

Je n'avais jamais approché d'aussi près Monsieur Trelawney. Il était grand puisqu'il mesurait plus de six pieds, et large en proportion de sa haute taille ; son visage aux traits rudes avait acquis le hâle et les rides des grands voyageurs ; il avait des sourcils très noirs, très mobiles ; quand il les faisait remuer, il avait l'air sinon méchant, du moins vif et hautain.

– Entrez, Monsieur Dance ! dit-il d'une voix majestueuse et légèrement condescendante.

– Bonsoir, Dance ! dit le docteur Livesey en lui adressant un signe de tête. Et bonsoir à toi aussi, Jim mon ami. Quel bon vent vous amène ici tous les deux ?

Le contrôleur se mit au garde-à-vous et récita sa leçon ; il fallait voir comment, dès les premières phrases, les deux gentlemen se penchèrent en avant pour mieux écouter ! Ils en oubliaient de tirer sur leurs pipes ! Quand ils apprirent que ma mère avait décidé de rentrer à l'auberge, le docteur Livesey se donna une grande claque sur la cuisse, et le châtelain en criant « Bravo ! » fracassa sa longue pipe contre la cheminée. Monsieur Dance n'en était encore qu'à la moitié de son récit que Monsieur Trelawney (c'était, vous vous en souvenez, le châtelain) jaillit de son siège et arpenta la pièce à grands pas, tandis que le médecin, sans doute pour mieux écouter, avait retiré sa perruque poudrée sans se soucier de l'étrange révélation que nous offrait son crâne presque entièrement tondu.

– Monsieur Dance, déclara le châtelain au contrôleur des douanes quand celui-ci eut terminé sa narration des événements, vous vous êtes noblement comporté. Pour ce qui est d'avoir écrasé cet ignoble mécréant, je considère cet accident comme une bonne action ; on écrase aussi les scorpions, n'est-ce pas ? Et ce jeune Hawkins est un brave, à ce que je vois. Hawkins, voulez-vous sonner, je vous prie ? Monsieur Dance prendra bien un peu de bière.

– Ainsi donc, Jim, intervint le docteur Livesey, tu as sur toi cet objet qu'ils recherchaient ?

– Le voici, Monsieur.

Et je lui tendis le paquet enveloppé de toile cirée.

Le docteur l'examina dans tous les sens, et je crus qu'il allait l'ouvrir ; mais non ; il le glissa tranquillement dans la poche de son habit.

– Monsieur Trelawney, dit-il, quand Dance aura bu sa bière, il repartira, naturellement, pour le service de Sa Majesté ; mais j'ai l'intention de garder Jim Hawkins et de l'emmener coucher chez moi ; avec votre permission je propose que nous fassions venir du pâté froid pour qu'il puisse souper.

– Comme vous voudrez, répondit le châtelain. Hawkins a mérité mieux qu'un pâté froid.

C'est ainsi que le valet de chambre apporta un gros pâté de pigeon et le posa sur une petite table devant laquelle je m'assis ; je lui fis honneur, car j'avais une faim de loup ; et puis Monsieur Dance se retira, non sans avoir reçu de nouvelles félicitations.

– Et maintenant, Monsieur Trelawney... commença le docteur.

– Et à présent, Livesey... dit le châtelain en même temps.

– Un seul à la fois ! reprit le docteur en riant. Je suppose que vous avez entendu parler de ce Flint ?

– Si j'ai entendu parler de lui ? s'écria Monsieur Trelawney. Mais voyons, c'était le pirate le plus assoiffé de sang qui eût jamais pris la mer ! Barbe-Bleue n'était qu'un enfant à côté de lui. Les Espagnols le redoutaient tellement que, je vous en donne ma parole, Monsieur, il m'arrivait parfois d'être fier qu'il fût Anglais. De mes propres yeux, j'ai vu son hunier au large de la Trinité, et le poltron de fils de planteur avec lequel je naviguais s'est réfugié, vous entendez, réfugié à Port-d'Espagne, tellement il avait pris peur !

– Je connais aussi sa réputation, dit le docteur. Mais la question qui m'intéresse est celle-ci : avait-il de l'argent ?

– Comment ! s'exclama le châtelain. N'avez-vous donc pas entendu l'histoire ? Que cherchaient ces bandits, sinon de l'argent ? A quoi s'intéressent-ils, sinon à l'argent ? Dans quel but auraient-ils risqué leurs carcasses de chenapans, sinon pour de l'argent ?

– C'est ce que nous saurons bientôt, répondit paisiblement le docteur. Mais vous vous échauffez si vite et vous poussez de telles exclamations que je ne peux pas placer un mot. Ce que je désire savoir est ceci : en supposant que j'aie ici dans ma poche un indice sérieux sur l'endroit où Flint a enterré son trésor, ce trésor serait-il important ?

— Important, Monsieur ? tonna le châtelain. Je vais vous dire tout de suite à combien je l'évalue : si vous détenez vraiment l'indice sérieux en question j'affrète un bateau à Bristol, je vous emmène, vous et Hawkins, et dussé-je le chercher pendant toute une année, je vous jure que je finirai par mettre la main dessus !

— Très bien. Maintenant, si Jim y consent, nous allons ouvrir le paquet...

Il l'exhuma de sa poche et le plaça sur la table. La toile était cousue ; le docteur dut prendre sa trousse et couper les points avec ses ciseaux. Elle renfermait deux objets : un livre et un papier cacheté.

— ... Commençons par le livre, proposa le docteur.

Il l'ouvrit ; le châtelain et moi étions penchés par-dessus ses épaules, car très aimablement le docteur Livesey m'avait invité à m'approcher. Sur la première page il n'y avait que quelques griffonnages du genre de ceux que peut faire avec une plume un oisif ou un écolier ; l'un d'entre eux répétait le tatouage que j'avais remarqué sur le bras du capitaine : *A mon amour pour la vie, Billy Bones.* Et puis il y avait aussi : *W. Bones, second, Plus de rhum !, Il l'a eu au large de Palm Key,* et diverses phrases constituées par des mots sans suite. Je me demandai qui pouvait *l'avoir eu,* et ce qu'il *avait eu.* Probablement un coup de couteau dans le dos !

— Il n'y a pas beaucoup d'indications valables ici, commenta le docteur en tournant la page.

Les dix ou douze feuillets suivants étaient remplis d'inscriptions bizarres. Une date était écrite à chaque bout de ligne et, à l'autre bout, une somme d'argent, comme dans des livres de comptabilité ordinaires ; mais les termes explicatifs entre les deux étaient remplacés par des croix en nombre variable. Par exemple, pour le 12 juin 1745 une somme de soixante-dix livres avait été payée à quelqu'un, mais il n'y avait que six croix pour expliquer le motif de ce versement. Dans certains cas un nom de lieu venait s'ajouter ; ainsi *Au large de Caracas,* ou encore des indications de longitude et de latitude : « 62º 17′ 20″, 19º 2′ 40″ ».

Ce livre de comptes s'étendait sur une vingtaine d'années et les sommes inscrites avaient crû en importance ; à la fin un total avait été calculé, après cinq ou six additions fausses, avec ces mots en appendice : *Bones, son magot.*

— Je n'y comprends rien ! dit le docteur Livesey.

— Mais c'est clair comme le jour, au contraire ! s'écria Monsieur Trelawney. Nous avons là le livre de comptes de ce chien sinistre. Ces croix désignent des noms de navires coulés par les pirates ou de villes mises au pillage, et les chiffres représentent la part de notre bandit ; quand une erreur était possible, il ajoutait une précision supplémentaire, telle que *Au large de Caracas,* où, sans doute, un malheureux navire a dû être abordé. Que Dieu ait pitié des pauvres gens qui étaient à bord ! Leurs ossements sont depuis longtemps transformés en corail.

– Vous avez raison, dit le docteur Livesey. Ce que c'est que d'avoir beaucoup voyagé ! Et ses parts augmentaient au fur et à mesure qu'il prenait du galon...

En dehors de cela, le volume ne contenait plus que quelques indications géographiques notées sur les pages blanches de la fin, ainsi qu'une table de conversion des monnaies anglaise, française et espagnole.

– ... C'était un homme précis ! s'exclama le docteur. Et qui ne devait pas se laisser rouler !

– Maintenant, dit le châtelain, passons à l'autre chose.

Le papier avait été cacheté en plusieurs endroits avec un dé en guise de sceau ; le même dé, peut-être, que j'avais trouvé dans la poche du capitaine. Le docteur rompit les cachets avec de grandes précautions, et du papier tomba la carte d'une île, avec sa latitude et sa longitude, les fonds marins, des noms de collines, de criques, de baies, ainsi que tous les détails pouvant permettre à un navire de mouiller en sécurité le long de ses côtes ; l'île avait environ neuf miles de long et cinq de large ; sa configuration ressemblait à celle d'un gros dragon dressé ; elle comportait deux jolis ports bien abrités, ainsi qu'une colline dans la région centrale baptisée « La Longue-Vue ». Plusieurs annotations avaient été ajoutées postérieurement au premier relevé de l'île. Nous remarquâmes surtout trois croix tracées à l'encre rouge : deux dans la partie nord de l'île et une au sud-ouest ; à côté de cette dernière, toujours à l'encre rouge, mais d'une écriture plus petite et plus soignée que les caractères grossiers du capitaine, ces simples mots : *Ici a été arrimé le trésor.*

Au verso, la même main avait tracé les renseignements complémentaires que voici :

> *Arbre élevé, épaulement de Longue-Vue, orienté au N. de N.N.E.*
> *Ile du Squelette E.S.E. et par E.*
> *Dix pieds.*
> *Le lingot d'argent est dans la cache nord ; on peut la trouver en suivant la direction du mamelon de l'est, à dix toises au sud du rocher noir en le regardant de front.*
> *Les armes sont faciles à trouver, dans la colline de sable, pointe nord du cap de la baie du Nord, orientation E. et un quart N.*
>
> *J. F.*

C'était tout ; c'en fut pourtant assez pour remplir de joie le châtelain et le docteur, mais de perplexité votre serviteur.

– Livesey, dit le châtelain, vous allez abandonner tout de suite votre

misérable clientèle. Demain je pars pour Bristol. Dans trois semaines...
Trois semaines ! Deux semaines... Dix jours ?... Oui, dans dix jours nous
aurons le meilleur navire de toute l'Angleterre, Monsieur, et un
équipage choisi parmi les plus sûrs marins de ce pays. Hawkins sera
notre mousse. Vous ferez un excellent mousse, Hawkins ! Vous, Livesey,
vous serez médecin du bord ; et moi, amiral. Nous emmènerons
Redruth, Joyce et Hunter. Les vents seront favorables, la croisière ne
traînera pas, nous découvrirons l'endroit sans aucune difficulté, et nous
trouverons de l'argent... Assez d'argent pour en manger, pour se vautrer
dedans, pour en jeter par les fenêtres pour le restant de nos jours !

— Trelawney, déclara le docteur Livesey, j'irai avec vous ; j'apporte
mon concours, et Jim apporte le sien, à la réussite de l'entreprise. Il
n'y a qu'un homme que je redoute.

— Lequel ? s'écria le châtelain. Nommez-moi ce chien !

— Vous, répondit le docteur, car vous êtes incapable de tenir votre
langue. Nous ne sommes pas les seuls à connaître l'existence de ce
document. Les hommes qui ont attaqué l'auberge tout à l'heure, avec
la détermination de gaillards prêts à tout, leurs complices qui se
trouvaient à bord du lougre et qui rôdent encore sûrement dans les
parages sont capables de n'importe quoi pour s'emparer du trésor. A
aucun prix il ne faut donc que l'un de nous trois reste seul et isolé
avant que nous ayons embarqué. En attendant Jim et moi nous ne nous
séparerons pas ; quant à vous, emmenez Joyce et Hunter à Bristol. Mais
surtout pas un mot à âme qui vive de ce que nous avons découvert,
avant que nous ayons conclu triomphalement l'affaire !

— Livesey, répondit Monsieur Trelawney, vous avez toujours raison.
Fiez-vous à moi : je serai muet comme la tombe !

Deuxième partie

LE CUISINIER DU BORD

VII

Je pars pour Bristol

Il fallut plus de temps que le châtelain ne l'avait escompté pour que nous fussions prêts à embarquer, et nos premiers projets ne purent être mis à exécution comme prévu. Par exemple, le docteur Livesey et moi dûmes nous séparer ; le docteur se trouva dans l'obligation de se rendre à Londres pour découvrir un médecin capable de le remplacer auprès de sa clientèle ; de son côté, Monsieur Trelawney eut fort à faire à Bristol ; je vécus donc au château, presque comme un prisonnier, sous la garde du vieux garde-chasse Redruth, mais rêvant déjà à la mer et anticipant sur nos futures aventures dans les îles. A longueur de journée je déchiffrais la carte de manière à en assimiler tous les détails. Du coin du feu chez le garde-chasse j'exécutais diverses manœuvres pour aborder sur l'île ; j'explorais chaque acre de sa superficie ; mille fois au moins je grimpais sur cette colline élevée qui s'appelait la Longue-Vue, et de son sommet je jouissais d'un merveilleux panorama : tantôt des bêtes féroces nous donnaient la chasse ; mais mon imagination était loin de prévoir toute l'étrangeté et le tragique des aventures qui nous attendaient.

Des semaines s'écoulèrent donc ainsi, jusqu'à ce qu'arrivât le beau jour où l'on nous apporta une lettre adressée au docteur Livesey, avec cette suscription : « *En cas d'absence du destinataire, à ouvrir par Tom Redruth ou le jeune Hawkins* ». Obéissant à cet ordre, nous trouvâmes, ou plutôt je trouvai (car le garde-chasse était bien incapable de lire autre chose que des caractères imprimés) d'importantes nouvelles :

> « *Auberge de la Vieille Ancre,*
> *Bristol, le 1ᵉʳ mars 17..*
>
> « *Cher Livesey, comme je ne sais pas si vous êtes au château ou encore retenu à Londres, je vous envoie un double de cette lettre aux deux*

endroits. Le navire est acheté et équipé ; il est tout prêt à prendre la mer. Jamais vous n'auriez imaginé goélette plus soumise : un enfant pourrait la piloter ; deux cents tonneaux ; son nom : Hispaniola.

« *Je l'ai eue par l'intermédiaire de mon vieil ami Blandly, lequel s'est révélé en la circonstance le plus brave des braves types ; cet homme admirable s'est fait à la lettre l'esclave de mes intérêt, comme d'ailleurs tout le monde à Bristol dès que l'on a appris vers quel port nous allions cingler : le port au trésor, bien entendu.* »...

— Redruth, dis-je en interrompant ma lecture, le docteur Livesey n'aimera pas cela du tout. Le châtelain m'a l'air d'avoir bavardé.

— Hé bien ! Qui donc a plus de droits pour le faire ? grommela le garde-chasse. Ça serait bien extraordinaire si le maître ne causait pas librement au nom du docteur !

Je préférai ne pas insister, et je repris ma lecture :

« *C'est Blandly en personne qui a découvert l'*Hispaniola, *et il l'a eue pour une bouchée de pain. Dans Bristol certaines personnes sont remplies de préjugés monstrueux à l'égard de Blandly ; elles vont jusqu'à affirmer que cet honnête homme ferait n'importe quoi pour de l'argent, que l'*Hispaniola *lui appartenait et qu'il me l'a vendue excessivement cher ; telles sont les calomnies les plus courantes. Mais je n'ai rencontré personne, par contre, pour rabaisser les mérites de ma goélette.*

« *Jusqu'ici tout s'est bien passé. Les ouvriers chargés du gréement et du reste ont travaillé à un rythme mortellement lent : mais avec le temps, tout a fini par s'arranger. C'est l'équipage qui m'a causé le plus de soucis.*

« *Je voulais engager une vingtaine d'hommes, dans l'hypothèse où nous aurions affaire avec des indigènes, des pirates ou nos ennemis jurés les Français ; eh bien, j'ai eu un mal du diable à réunir une demi-douzaine de volontaires, jusqu'à ce qu'un extraordinaire revirement de la fortune m'eût présenté l'homme qu'il me fallait.*

« *Je me trouvais sur le quai quand, par le plus grand des hasards, je suis entré en conversation avec lui. J'ai découvert qu'il était ancien marin, qu'il tenait une taverne, qu'il connaissait tous les gens de mer de Bristol, qu'il avait ruiné sa santé à terre, et qu'il ne souhaitait qu'une chose : rembarquer en qualité de cuisinier. Il m'a dit qu'il était venu se promener ce matin-là sur le quai pour respirer l'odeur du sel.*

« *Ces confidences m'ont considérablement touché (vous l'auriez été à ma place) et par pure pitié je l'ai engagé séance tenante comme cuisinier du bord. On l'appelle Long John Silver, et il a perdu une jambe ; cette amputation était en soi une recommandation, puisqu'il en a été victime alors qu'il combattait pour son pays sous les ordres de l'immortel Hawke. Et il ne touche pas de pension ! Livesey, nous vivons une époque abominable...*

« *Ma foi, Monsieur, je croyais n'avoir trouvé qu'un cuisinier ; en réalité j'avais mis la main sur tout un équipage. A nous deux nous avons rassemblé en quelques jours une escouade de durs-à-cuire particulièrement coriaces ; prétendre qu'ils sont de bonne vue serait excessif, mais leurs visages expriment un courage indomptable. Avec eux nous pourrions, je vous le jure, tenir tête à une frégate de France !*

« *Long John a même liquidé deux hommes, sur les six ou sept que j'avai personnellement engagés. Il ne lui a fallu qu'une minute pour me démontrer qu'ils n'étaient que des marins d'eau douce, tout à fait impropres à une aventure aussi importante.*

« *Je suis en pleine forme et d'humeur exquise ; je mange comme un taureau ; je dors comme un arbre ; et pourtant je ne serai vraiment heureux que lorsque j'entendrai battre mes vieilles bâches autour du cabestan. Au large, et au diable le trésor ! La gloire de la mer me fait perdre la tête. Accourez, Livesey ! Ne perdez pas une heure si vous m'aimez.*

« *Envoyez immédiatement le jeune Hawkins, sous la garde de Redruth, faire ses adieux à sa mère. Et ensuite galopez d'une traite jusqu'à Bristol !*

John Trelawney. »

« *P.S. – Je ne vous ai pas dit que Blandly (lequel, à propos, enverra une expédition à notre recherche si nous ne sommes pas de retour à la fin d'août), avait trouvé un capitaine admirable : un peu raide, peut-être, ce que je regrette, mais un véritable trésor à tous autre égards. Long John Silver m'a déniché un second très capable, qui s'appelle Arrow. J'ai de plus un maître d'équipage qui sait très bien jouer du sifflet, Livesey. Vous voyez : à bord de la brave goélette* Hispaniola, *tout se passera comme à bord d'un navire de guerre.*

« *J'ai oublié de vous dire que Silver a du répondant ; je sais de source sûre qu'il a un compte en banque florissant. Il laisse à son épouse le soin de tenir la taverne ; comme c'est une femme de couleur, les deux célibataires endurcis que nous sommes gageront que c'est elle, et non son état de santé, qui doit avoir provoqué son renouveau de tendresse pour la mer.*

J. T.

« *2e P.S. – Hawkins peut passer une nuit auprès de sa mère.*

J. T.

Vous devinez sans difficulté, n'est-ce pas, l'excitation qui s'empara de moi après avoir lu cette lettre ? J'étais ivre de joie ; et j'accablai de mon mépris le vieux Tom Redruth qui ne sut que grogner. N'importe lequel de ses auxiliaires aurait volontiers pris sa place, mais le bon plaisir du châtelain s'y opposait, et le bon plaisir du châtelain était leur loi : seul, le vieux garde-chasse osait geindre et récriminer.

Le lendemain matin, nous partîmes à pied pour l'*Amiral Benbow* où nous trouvâmes ma mère tout à fait remise de ses émotions et en pleine forme. Le capitaine qui se trouvait à l'origine de tant de soucis et de malheurs avait été relégué en un lieu où les méchants cessent de troubler les honnêtes gens. Le châtelain s'était chargé de toutes les réparations :

le bar, la salle, l'enseigne avaient été repeints ; il avait même fait don de quelques meubles, entre autres un magnifique fauteuil pour ma mère. Il lui avait déniché aussi un gamin qui devait lui servir d'apprenti afin qu'elle ne souffrît pas trop de mon absence.

C'est en voyant ce garçon que pour la première fois je compris pleinement ma situation. Jusque-là je n'avais songé qu'à l'aventure, et j'avais un peu oublié le foyer que j'allais quitter. A présent, devant ce jeune lourdaud qui allait me remplacer auprès de ma mère, je fondis en larmes. Je crois que je rendis très pénibles à mon successeur les quelques heures que je passai à l'auberge : comme il venait d'arriver, j'eus cent occasions de le reprendre, et je pense que je n'en manquai aucune.

La nuit s'écoula ; le lendemain, après déjeuner, Redruth et moi nous repartîmes. J'avais fait mes adieux à ma mère, à la petite baie que j'avais fréquentée depuis ma naissance, ainsi qu'au vieil *Amiral Benbow* (un peu moins cher à mon cœur depuis qu'il avait été repeint). L'une de mes dernières pensées fut pour le capitaine, qui s'était si souvent promené le long de la plage avec son chapeau à cornes, sa joue balafrée et se vieille lunette de cuivre. Et puis, au bout d'un tournant de la route, l'auberge fut hors de vue.

La diligence nous recueillit vers le soir au *Royal George*. Je me calai entre Redruth et un vieux gentleman robuste ; en dépit des cahots et de l'air froid, je m'endormis sans doute peu après le départ et je sombrai presque aussitôt dans un sommeil de plomb ; en effet, ce fut un grand coup de poing dans les côtes qui me réveilla ; j'ouvris les yeux : la diligence était arrêtée devant un grand bâtiment dans une rue, et le jour se levait déjà.

– Où sommes-nous donc ? demandai-je.

– A Bristol, me répondit Tom. Descends.

Monsieur Trelawney avait établi son quartier général dans une auberge non loin des quais, afin de pouvoir surveiller de plus près les aménagements de la goélette. J'eus donc l'immense plaisir de marcher le long des quais et d'admirer une foule de bateaux de tous tonnages et de nationalités diverses. Dans l'un d'eux, les dockers chantaient tout en déchargeant ; dans un autre, des matelots étaient grimpés aux mâts, bien au-dessus de ma tête, et ils étaient suspendus à des cordages qui me semblaient plus menus que des fils de toile d'araignée. Bien que j'eusse passé toute ma vie sur la côte, j'avais l'impression que je ne m'étais jamais trouvé si près de la mer. Les odeurs du goudron et du sel me paraissaient nouvelles. J'aperçus les plus magnifiques figures de proue qui eussent jamais fendu les océans. Je vis aussi quantité de vieux marins ; ils avaient des anneaux aux oreilles, des favoris bouclés, des tresses poisseuses ; leur démarche était un peu gauche, mais comme ils se pavanaient en se balançant ! Je n'aurais pas été plus ravi si j'avais croisé des rois et des archevêques !

Et dire que j'allais prendre la mer moi-même ! A bord d'une goélette ! Avec un maître d'équipage qui savait jouer du sifflet ! En compagnie

de marins à longues tresses qui chanteraient ! Pour une île inconnue
où je déterrerais un trésor !

Bercé par ces rêves délicieux, je me trouvai soudain devant une grande
auberge d'où je vis sortir Monsieur Trelawney, vêtu en officier de marine
avec un costume de toile bleue, et imitant à s'y tromper la démarche
d'un loup de mer.

— Vous voici ! s'exclama-t-il dès qu'il nous aperçut. Et le docteur
Livesey est arrivé de Londres hier soir. Bravo ! Nous sommes
maintenant au complet.

— Oh, Monsieur ! m'écriai-je. Quand appareillons-nous ?

— Appareiller ? fit-il. Dès demain.

VIII

A l'enseigne de la « Longue-Vue »

Quand j'eus achevé mon petit déjeuner, Monsieur Trelawney me
remit un billet pour John Silver, à l'enseigne de la *Longue-Vue*, et il
me dit que je pourrais trouver sans difficulté la dite taverne en suivant
les quais, car elle avait une grande lunette de cuivre suspendue au-dessus
de la porte. Je partis donc, tout content de ce prétexte supplémentaire
pour regarder encore une fois les bateaux et les marins de Bristol, et
je me frayai la route à travers une cohue d'hommes et de femmes, un
embouteillage monstre de charrettes et de colis. Les quais étaient en
effet en pleine activité, mais il ne me fallut pas longtemps pour découvrir
la taverne en question.

C'était un lieu de distraction très animé ; l'enseigne avait été
fraîchement repeinte ; les fenêtres étaient garnies de coquets rideaux
rouges ; le plancher était propre. La *Longue-Vue* était située entre deux
rues; une porte ouvrait sur chaque côté ; la grande salle, basse de
plafond, s'en trouvait bien éclairée, malgré des nuages de fumée de
tabac.

Les habitués étaient principalement des marins ; ils parlaient si fort
que je demeurai un moment sur le seuil, sans oser entrer.

Pendant que j'étais planté là, un homme sortit d'une pièce latérale ;
du premier coup d'œil, je compris qu'il était Long John. Amputé de
la jambe gauche à hauteur de la hanche, il s'appuyait sur une béquille
placée sous son épaule gauche et il la maniait avec une agilité
extraordinaire en sautillant comme un oiseau. Il était très grand, très
fort ; il avait une tête grosse comme un jambon, un teint pâle, un air
intelligent, une physionomie souriante. Oui, vraiment il semblait
d'excellente humeur ; il sifflotait en passant parmi les tables, et il avait
un mot aimable ou un geste gentil pour les habitués qu'il préférait.

En réalité, depuis que la lettre de Monsieur Trelawney avait fait mention de Long John, j'avais craint qu'il ne fût ce marin avec une seule jambe dont j'avais si longtemps appréhendé l'arrivée à l'*Amiral Benbow*. Mais je fus tout de suite rassuré. J'avais vu le capitaine, j'avais vu Chien-Noir, j'avais vu Pew l'aveugle : je croyais savoir à quoi ressemblait un flibustier. En tout cas l'image que je m'en faisais différait du tout au tout de celle de ce tavernier jovial et propret.

Je pris mon courage à deux mains, franchis le seuil et me dirigeai tout droit vers lui ; il était en train de bavarder avec un client.

— Monsieur Silver, s'il vous plaît ? lui demandai-je en tendant mon billet.

— C'est moi, mon garçon. Oui, c'est bien moi. Et qui es-tu donc ? Quand il vit la lettre du châtelain, il ne put réprimer un tressaillement.

— Oh ! s'écria-t-il d'une voix forte et en me tendant la main. Je vois. C'est toi le mousse ? Ravi de faire ta connaissance !

Et il s'empara de ma main pour la serrer d'une poigne herculéenne.

Ce fut à ce moment-là que l'un des clients du fond de la salle se leva brusquement et se dirigea vers la porte, qui était près de lui ; il eut tôt fait de gagner la rue. Mais sa précipitation ne m'avait pas échappé, et je reconnus tout de suite le marin pâle et bouffi, et à qui deux doigts manquaient : le premier émissaire des bandits à l'*Amiral Benbow*.

— Vite ! criai-je. Arrêtez-le ! C'est Chien-Noir !

— Je me fiche de son nom comme d'une guigne, dit Silver. Mais il n'a pas payé sa consommation. Harry, cours et rattrape-moi ce gars-là !...

L'un des autres clients qui étaient attablés près de la porte se leva d'un bond, et se lança à la poursuite de Chien-Noir.

— S'il était l'amiral Hawke en personne, il paierait son écot !... cria Silver.

Après avoir relâché ma main, il ajouta :

— ...Et tu l'appelles comment ? Chien quoi ?

— Chien-Noir, Monsieur, lui répondis-je. Monsieur Trelawney a bien dû vous parler des flibustiers ? Chien-Noir faisait partie de leur bande.

— Sans blague ? s'exclama Silver. Dans ma maison ! Chez moi ! Ben, va donc au pas de course donner un coup de main à Harry... Alors il était l'un de ces pirates qui ?... Dis-moi, Morgan, c'est bien avec toi qu'il était attablé ? Viens un peu ici !...

Le nommé Morgan (un marin déjà âgé, grisonnant, qui avait une peau couleur acajou) s'avança d'un air vaguement penaud en roulant sa chique dans sa bouche.

— ... Dis-moi, Morgan reprit Long John d'une voix ferme, tu n'avais jamais vu auparavant ce Chat... ce Chien-Noir, n'est-ce pas ?

— Non, Monsieur, jamais !

— Tu ne sais pas son nom, je suppose ?

— Non, Monsieur.

— Mille sabords, Tom Morgan, heureusement pour toi ! s'écria le tavernier. Si tu te mélangeais avec des types de cette espèce, tu ne remettrais jamais les pieds chez moi, tu peux m'en croire ! Et qu'était-il en train de te raconter ?

— Je ne sais pas au juste, Monsieur, répondit Morgan.

— C'est ça que tu appelles avoir une tête sur les épaules ? Moi, je dirais plutôt que tu as l'œil mort ! Monsieur ne sait pas au juste ! Peut-être que tu ne savais pas au juste, non plus, à qui tu parlais ? Allons voyons, de quoi causiez-vous ensemble ? De croisières ? De capitaines ? De bateaux ? Allons, vas-y !

— On parlait de cale humide, répondit Morgan.

— De cale humide, cachot et fers ? Joli sujet de conversation pour un marin ! Tu peux aller te rasseoir, Tom...

Pendant que Morgan regagnait sa table, Silver se pencha vers moi et me murmura à l'oreille, d'une manière que je jugeai flatteuse :

— ... C'est un très brave et très honnête homme, ce Tom Morgan ; mais il est complètement idiot. Et maintenant...

Il se redressa pour poursuivre à haute voix :

— ... Voyons un peu... Chien-Noir ? Non, je ne connais pas ce nom-là ! Cependant j'ai dans l'idée que j'ai déjà vu ce fainéant... Oui, j'en suis sûr à présent ! Il venait ici avec une sorte de mendiant aveugle, c'est cela.

— Oui, c'est certainement cela ! dis-je. Je connaissais l'aveugle, également. Il s'appelait Pew.

— Exactement ! cria Silver tout excité. Pew ! Il s'appelait Pew, en effet. Ah, il avait une vraie tête de requin ! Si nous rattrapons ce Chien-Noir, le capitaine Trelawney sera content ! Ben est un bon coureur. Il n'y a pas beaucoup de marins pour le battre à la course, Ben ! Il devrait le rattraper, nom d'un sabord ! Et il parlait de cale humide ? Je l'y mettrai, moi, dans la cale humide !

Tout en lançant ces phrases brèves, il sautillait à travers la tarverne, toujours appuyé sur sa béquille, et administrait de grandes claques aux tables qui se trouvaient sur son passage, en déployant une ardeur qui aurait convaincu un juge d'Old Bailey ou un sergent de police. Mes soupçons ayant été subitement réveillés par la découverte de Chien-Noir à la *Longue-Vue,* je scrutai attentivement notre cuisinier du bord. Mais il était trop sur ses gardes, bien trop malin pour moi ! Et quand les deux hommes qu'il avait lancés à la poursuite de Chien-Noir revinrent hors d'haleine en avouant qu'ils avaient perdu sa trace dans la foule, quand je l'entendis les gronder et les injurier comme des voleurs, je me serais porté garant de l'innocence de Long John Silver.

— ... Ecoute-moi bien maintenant, Hawkins ! me dit-il en se retournant vers moi. C'est un sacré coup dur qui me tombe sur la tête, cette histoire-là ! Tu connais le capitaine Trelawney, n'est-ce pas ; hé bien, que va-t-il penser ? Ce maudit fils de coquin assis dans ma maison pour boire mon rhum ! Et toi qui arrives, qui m'expliques tout, et moi qui le laisse filer sous mes yeux ! Hawkins, il faudra que tu me rendes justice devant le capitaine. Tu es encore jeune, mais pour la tête, tu vaux de l'or ; je l'ai vu tout de suite quand tu es entré. La question est celle-ci : que pouvais-je faire avec ce vieux bout de bois sur lequel je clopine ? A l'époque où j'étais un maître marinier valide, je l'aurais rattrapé, ce bandit, et je l'aurais réduit en poussière ! Mais aujourd'hui...

Et puis tout à coup il s'arrêta, et sa mâchoire retomba comme s'il se rappelait subitement quelque chose.

– ... Et l'addition ! s'écria-t-il. Trois pintes de rhum ! Ma parole, j'en avais oublié l'addition !...

Il se laissa tomber sur un banc et rit de si bon cœur que les larmes coulèrent sur ses joues et que je ne pus m'empêcher de partager son hilarité ; nos éclats de rire retentirent dans toute la taverne.

– ... Quel vieux veau marin je fais ! reprit-il enfin en s'essuyant les joues. Nous devrions bien nous entendre, Hawkins, toi et moi, car je te donne ma parole que je ne vaux pas mieux qu'un mousse ; mais le devoir avant tout. Je vais prendre mon chapeau et te raccompagner auprès du capitaine Trelawney pour lui faire mon rapport. Car c'est une affaire sérieuse, jeune Hawkins, et nous n'en sortirons ni toi ni moi avec du galon. Hé oui, ni toi ni moi, je dis ! Ah, nous n'avons pas été malins ! Mais sapristi, nous avons bien ri à propos de l'addition.

Pendant notre petite promenade le long des quais, il fut pour moi un compagnon idéal : il me nomma les différents navires devant lesquels nous passions, il m'indiqua leur gréement, leur tonnage, leur nationalité, il m'expliqua les travaux qui, à bord, étaient en cours : chargement ou déchargement du frêt, manœuvres d'appareillage... Il mêlait à ses aperçus techniques des anecdotes, de bonnes histoires de marin ; il m'apprenait des expressions en usage chez les gens de mer, et il me les faisait répéter jusqu'à ce que je les eusse parfaitement assimilées. Bref je commençai à découvrir en lui le meilleur des camarades pour un voyage pareil.

Dans la salle de l'auberge, le châtelain et le docteur Livesey étaient attablés devant de la bière et des toasts en attendant d'aller inspecter la goélette.

Long John raconta toute l'histoire d'une manière fort spirituelle et sans omettre le moindre détail. De temps à autre il s'interrompait pour m'interpeller : « C'était bien comme ça, Hawkins, n'est-ce pas ? » Et je ne pus que confirmer, point par point, son récit.

Les deux gentlemen regrettèrent que Chien-Noir eût pu s'enfuir ; mais nous fûmes tous d'accord pour convenir qu'il n'y avait plus rien à faire ; après avoir été complimenté, Long John reprit sa béquille et s'en alla.

– Tout l'équipage à bord, à quatre heures cet après-midi ! lui cria Monsieur Trelawney.

– Entendu, Monsieur ! répondit Long John du couloir.

– Ma foi, dit le docteur Livesey au châtelain, en général je me méfie un peu de vos découvertes ; mais je reconnais que ce John Silver ne me déplaît pas.

– C'est un très, très chic type ! déclara le châtelain avec emphase.

– Et maintenant, ajouta le docteur, ne croyez-vous pas que Jim pourrait nous accompagner à bord ?

– Bein sûr que si, répondit Monsieur Trelawney. Prenez votre chapeau, Hawkins ; nous allons voir le bateau.

IX

De la poudre et des armes

L'*Hispaniola* était amarrée à quelque distance du quai ; pour nous rendre à son bord il nous fallut contourner les étraves de plusieurs autres navires dont les câbles chatouillaient notre quille ou se balançaient au-dessus de nos têtes. Lorsque nous posâmes le pied sur la goélette, nous fûmes accueillis et salués par le second, Monsieur Arrow, vieux marin hâlé qui portait des anneaux aux oreilles et qui était affligé d'un certain strabisme. Il paraissait s'entendre parfaitement avec le châtelain, mais je ne tardai pas à découvrir que les choses n'allaient pas aussi bien entre Monsieur Trelawney et le capitaine.

Ce dernier avait le regard vif et perçant ; il semblait en colère contre tout le monde à bord, et il n'allait pas se priver de nous expliquer pourquoi, car nous étions à peine entrés dans la cabine qu'un marin vint avertir Monsieur Trelawney que le capitaine Smollet désirait lui parler.

– Je suis toujours aux ordres du capitaine, répondit le châtelain. Introduisez-le.

Le capitaine, qui était sur les talons de son messager, pénétra immédiatement dans la cabine dont il referma la porte avec soin derrière lui.

– Alors, capitaine Smollet, qu'avez-vous à me dire ? Tout va bien, j'espère ? Prêt et paré ?

– Ma foi, Monsieur, répondit le capitaine, mieux vaut parler franchement, je crois, même au risque de vous décevoir. Cette croisière ne me plaît pas ; l'équipage ne me plaît pas ; mon second ne me plaît pas. Voilà qui est net, concis et précis.

– Peut-être, Monsieur, le navire ne vous plaît-il pas non plus ? interrogea le châtelain visiblement furieux.

– Je ne peux pas me prononcer sur le navire, Monsieur, puisque je ne l'ai pas encore éprouvé. Il me donne l'impression d'un petit chef-d'œuvre ; je ne saurais en dire davantage.

– Peut-être, Monsieur, votre armateur vous déplaît-il lui aussi ? dit le châtelain.

Le docteur Livesay jugea opportun d'intervenir.

– Un instant ! s'écria-t-il. Du calme ! Ce genre de question me paraît hors de propos, puisqu'il ne peut susciter que du ressentiment et de la mésentente. Le capitaine en a dit trop ou pas assez, et je me sens obligé de lui réclamer quelques explications. vous n'aimez pas cette croisière, avez-vous déclaré ; pourquoi vous déplaît-elle ?

— J'ai été engagé, Monsieur, sur ce que nous appelons des ordres cachetés, pour conduire ce bateau où ce gentleman me le commanderait. Jusque-là, fort bien ! Mais maintenant je m'aperçois que le premier matelot venu en sait plus que moi. Je ne trouve cas cela loyal, Monsieur ; et vous ?

— Moi non plus, répondit le docteur Livesey.

— Deuxièmement, reprit le capitaine, j'apprends que nous allons à la recherche d'un trésor ; je l'ai appris de mon propre équipage, s'il vous plaît ! Un trésor, c'est un sujet scabreux. Pour ma part les courses au trésor ne me plaisent pas du tout ; et elles me plaisent encore moins quand elles sont, en principe, secrètes et quand (je vous demande pardon, Monsieur Trelawney) le secret en est connu du perroquet.

— Du perroquet de Silver ? interrogea le châtelain.

— C'est une manière de parler, répondit le capitaine Smollett. Disons que le secret a été divulgué, si vous préférez. Ou colporté. J'ai le sentiment qu'aucun de vous deux, Messieurs, ne sait de quoi il retourne exactement ; moi, je vais vous donner ma façon de penser : il s'agit d'une course serrée entre la vie et la mort.

— Voilà qui est clair et, j'en suis sûr, assez conforme à la vérité ! répliqua le docteur Livesey. Nous courons un risque, mais nous ne l'ignorons pas autant que vous le supposez. Vous avez dit ensuite que l'équipage ne vous plaisait pas : n'est-il pas composé de bons marins ?

— Ils ne me plaisent pas, Monsieur, répéta le capitaine. Et, puisque cette question vient sur le tapis, je pense que j'aurais dû choisir mes hommes moi-même.

— Peut-être, en effet ! admit le docteur. Et mon ami aurait sans doute dû vous consulter ; mais cette erreur, si c'en est une, a été involontaire. D'autre part, vous n'aimez pas Monsieur Arrow ?

— Non, Monsieur. Je le crois bon marin ; mais il est trop libre avec les hommes pour être bon officier. Un second doit savoir se tenir : il ne devrait pas boire avec les simples matelots !

— Voulez-vous dire qu'il boit ? s'écria le châtelain.

— Non, Monsieur ; je dis simplement qu'il est trop familier avec les hommes.

— En résumé, capitaine, intervint le docteur Livesey, dites-nous ce que vous voulez.

— Eh bien, Messieurs, êtes-vous toujours résolus à entreprendre cette croisière ?

— Inébranlablement résolus ! cria le châtelain.

— Parfait ! dit le capitaine. Mais puisque avec beaucoup de patience vous m'avez écouté vous dire des choses que ne pouvais pas prouver, prêtez-moi encore votre attention quelques instants. On est en train d'entreposer la poudre et les armes dans la cale avant ; or vous avez

largement de la place sous la cabine ; pourquoi ne pas les mettre là ?
Premier point... Deuxième point : vous emmenez quatre de vos gens,
et il paraît qu'ils seront logés à l'avant ; pourquoi ne pas leur attribuer
des couchettes à côté de la cabine ?

— Rien d'autre ? interrogea Monsieur Trelawney.

— Un troisième point encore, dit le capitaine. On a déjà beaucoup
trop bavardé.

— Beaucoup trop en effet, approuva le docteur.

— Je vais vous dire ce que j'ai entendu de mes propres oreilles,
poursuivit le capitaine Smollett. Il paraît que vous avez une carte de
l'île ; qu'il y a sur cette carte des croix indiquant l'endroit où est caché
le trésor ; et que l'île se trouve par...

Et il cita la longitude et la latitude exactes.

— Jamais je n'en ai parlé ! cria le châtelain. A personne !

— L'équipage est au courant, Monsieur ! répliqua le capitaine.

— Livesey, c'est vous ou Hawkins qui avez parlé ! dit
Monsieur Trelawney.

— Peu importe qui a parlé, murmura le docteur.

Ni lui ni le capitaine n'eurent l'air d'ajouter foi aux protestations
du châtelain. Moi non plus d'ailleurs : il était trop bavard. Et pourtant,
dans ce cas précis, je crois qu'il disait vrai et qu'il n'avait pas révélé
la position de l'île.

— Eh bien, Messieurs, déclara le capitaine, je ne sais pas qui possède
cette carte ; mais je pose une condition : c'est qu'elle restera ignorée
même de moi et de Monsieur Arrow ; dans le cas contraire, je vous
prierais de bien vouloir accepter ma démission.

— Je vois, dit le docteur. Vous tenez à ce que notre destination
demeure obscure, et à ce que la partie arrière abrite une garnison
composée des serviteurs de mon ami et approvisionnée de toute la
poudre et de toutes les armes qui sont à bord. En d'autres termes, vous
redoutez une mutinerie.

— Monsieur, répondit le capitaine Smollet, sans vouloir vous offenser,
je vous dénie le droit de me faire dire ce que je n'ai pas dit. Aucun
capitaine, Monsieur, n'aurait le droit d'appareiller s'il était fondé à
prononcer ces mots-là. En ce qui concerne Monsieur Arrow, je le crois
profondément honnête ; je réponds aussi de quelques hommes
d'équipage ; il se peut que tous se révèlent loyaux, je n'en sais rien.
Mais je suis responsable de la sécurité du navire et de la vie de tous
les hommes qui sont à bord. Je trouve que les choses ne se passent
pas tout à fait régulièrement. Je vous demande donc de prendre certaines
précautions ou d'accepter ma démission. C'est tout.

— Capitaine Smollett, dit le docteur en souriant, connaissez-vous la
fable de la montagne et de la souris ? Vous m'excuserez, j'en suis sûr,
mais vous me la remettez en mémoire. Je parierais ma perruque que,
lorsque vous êtes entré ici, vous aviez l'intention d'en dire davantage.

— Docteur, répondit le capitaine, vous avez deviné. Quand je suis

entré ici, je croyais que je serais congédié. J'étais persuadé que
Monsieur Trelawney ne consentirait pas à m'écouter.

— Et je ne vous aurais pas écouté, s'écria le châtelain, si Livesey n'était
pas intervenu ; sans lui je vous aurais envoyé au diable ! Le fait est
que je vous ai écouté. J'agirai selon vos désirs ; mais j'ai une très
mauvaise opinion de vous !

— C'est possible, Monsieur, dit le capitaine. Mais vous vous
apercevrez que je fais mon devoir.

Et sur ces mots il se retira.

— Trelawney, déclara le docteur, contrairement à toutes mes idées,
je crois que vous avez réussi à engager sur l'*Hispaniola* deux hommes
honnêtes : celui-ci, et John Silver.

— Pour Silver, d'accord ! s'écria le châtelain. Mais pour cet
insupportable bourreur de crânes, je déclare que je qualifie son
comportement d'anti-humain, d'anti-marins et d'anti-anglais !

— Soit ! murmura le docteur. Nous verrons !

Quand nous arrivâmes sur le pont, les hommes avaient déjà
commencé à charger les armes et la poudre, en rythmant leur travail
de « Oh, hisse ! » bien scandés, sous la surveillance du capitaine et
de Monsieur Arrow.

Ces nouvelles dispositions étaient tout à fait selon mon cœur. La
goélette avait subi une revision de fond en comble ; six couchettes
avaient été installées à l'arrière sur ce qui avait été la partie arrière
de la grande cale ; et ce jeu de cabines n'était relié à la cuisine et à
la place avant que par un étroit couloir à bâbord. A l'origine il avait
été convenu que le capitaine, Monsieur Arrow, Hunter, Joyce, le
docteur et le châtelain occuperaient ces six couchettes. Il fut décidé
que Redruth et moi remplacerions Monsieur Arrow et le capitaine, qui
iraient dormir sur le pont dans le capot qui avait été élargi de chaque
côté si bien qu'on aurait pu le prendre pour un rouf ; il était certes
encore très bas ; mais il y avait assez de place pour suspendre deux
hamacs, et le second ne parut pas mécontent de cet arrangement ; lui
aussi, peut-être, doutait un peu de la valeur de l'équipage ; mais, comme
vous l'apprendrez bientôt, nous fûmes bientôt privés de son opinion.

Nous étions tous affairés à transporter la poudre et les armes, ainsi
qu'à changer les couchettes de place, quand se présentèrent les deux
derniers matelots, à bord d'un bateau du port ; Long John les
accompagnait.

Le cuisinier grimpa à bord avec l'agilité d'un singe ; dès qu'il comprit
ce que nous étions en train de faire, il s'écria :

— Holà, camarades ! A quoi bon ce branle-bas ?

— Nous déménageons la poudre, Jack, répondit l'un des marins.

— Sans blague ! s'exclama Long John. Dans ce cas, nous raterons
la marée du matin !

— C'est moi qui commande ! dit sèchement le capitaine. Et
maintenant, mon bonhomme, vous pouvez descendre. L'équipage aura
faim pour dîner.

– Bien, bien, Monsieur ! répondit le cuisinier.

Il toucha son toupet avant de disparaître aussitôt en direction de sa cuisine.

– C'est un brave type, capitaine, dit le docteur Livesey.

– Très probablement, Monsieur, répondit le capitaine Smollet. Doucement, les hommes ! Doucement avec cela !... ajouta-t-il à l'adresse des matelots qui transportaient la poudre.

Et brusquement il se tourna vers moi qui étais en train d'examiner l'émerillon qui armait notre bateau par le milieu, un long canon de neuf, et il m'interpella :

– ... Et vous, le mousse ! Déguerpissez ! Filez à la cuisine et tâchez d'y travailler un peu !...

Tandis que je m'esquivais, je l'entendis qui disait à haute voix au docteur :

– ... A mon bord, pas de favoritisme !

Je vous assure que je partageai à fond l'opinion de Monsieur Trelawney, et que je mis à haïr le capitaine de tout mon cœur !

X

En mer

Toute la nuit se passa dans une grande agitation destinée à mettre chaque chose à sa place ; des amis du châtelain, Monsieur Blandly et bien d'autres, vinrent lui souhaiter bon voyage et un prompt retour. Jamais à l'*Amiral Benbow,* je n'avais vécu des heures aussi épuisantes. J'étais harassé quand, un peu avant l'aube, le maître d'équipage fit retentir son sifflet et quand les matelots se mirent aux barres du cabestan. Mais si j'avais été fatigué deux fois plus, je n'aurais pas quitté le pont : tout était pour moi si nouveau, si passionnant ! Il y eut les ordres brefs, les notes aiguës du sifflet, les hommes s'affairant à leurs postes à la lueur d'une lanterne marine.

– Allons, Barbecue, chante-nous un air ! cria quelqu'un.

– Le vieux refrain ! réclama un autre.

– Mais oui, mais oui, camarades ! dit Long John qui se tenait non loin, appuyé sur sa béquille, et qui aussitôt entonna la chanson que je connaissais si bien :

Quinze matelots sur le coffre de l'Homme Mort...

Et tout l'équipage reprit en chœur :

Oh hisse ! Et une bouteille de rhum !

L'excitation du moment tant attendu ne m'empêcha pas de reporter mes pensées vers l'*Amiral Benbow* ; j'eus l'impression que je reconnaissais la voix du capitaine dans le chœur des marins. Mais peu après l'ancre fit surface ; elle s'égouttait à l'avant ; les voiles commencèrent à se tendre, et la terre à s'éloigner. Avant que je pusse m'étendre pour dormir une heure, l'*Hispaniola* avait commencé son voyage vers l'île au Trésor.

Je ne relaterai pas tous les détails d'une croisière qui se déroula presque sans incidents. La goélette s'affirma un bon navire, l'équipage était excellent, et le capitaine savait son métier sur le bout du doigt. Mais avant notre arrivée en vue de l'Ile au Trésor, il se produisit deux ou trois faits qui méritent d'être rapportés.

Tout d'abord, Monsieur Arrow se révéla pire que ne l'avait craint le capitaine. Il n'avait aucune autorité sur les hommes qui avec lui en prenaient à leur aise. Mais cela n'était pas le plus grave ; au bout de deux jours en pleine mer, il lui arriva de paraître sur le pont avec l'œil embrumé, les joues rouges, la langue pâteuse et d'autres indices formels d'une ivresse avancée. A chaque fois, il recevait l'ordre de redescendre au plus vite ; ce qu'il faisait non sans tomber et se blesser. Ou bien il allait se coucher dans son hamac, après quoi il restait vingt-quatre ou quarante-huit heures sans boire et il tenait sa place tant bien que mal.

Mais nous ne parvenions pas à découvrir où il trouvait de quoi s'enivrer. C'était le mystère du bord. Nous avions beau le surveiller, nous ne réussissions pas à élucider cette énigme. Si nous l'interrogions carrément, il se contentait de nous rire au nez, ou de nous répondre le plus sérieusement du monde qu'il ne buvait que de l'eau pure.

Non seulement c'était un officier incapable qui avait une influence détestable sur les hommes, mais il était hors de doute qu'il finirait par avoir un accident ; aussi personne ne fut surpris, ni affecté d'apprendre que par une nuit sans lune il avait disparu.

— Tombé par-dessus bord ! dit le capitaine. Eh bien, Messieurs, cette fin lui épargne les fers !

Mais enfin il nous manquait, du coup, un second. Force était donc d'attribuer ce poste à l'un des membres de l'équipage. Le maître d'équipage, Job Anderson, semblait le plus indiqué ; il conserva son ancien titre tout en faisant office d'officier en second. Monsieur Trelawney avait une grande expérience de la mer, et il prit le quart de bonne grâce par temps calme. Par ailleurs Israel Hands était un vieux marin capable, sérieux, digne de confiance.

Il était très lié avec Long John Silver, ce qui m'amène à parler ici de notre cuisinier, Barbecue comme l'appelaient les matelots.

A bord, Silver avait suspendu sa béquille à une lanière autour de son cou pour avoir ses deux mains libres. Je vous assure que c'était quelque chose quand il calait le pied de sa béquille contre une cloison et, s'appuyant dessus, obéissait aux divers mouvements du navire, vaquait à tous les offices de la cuisine aussi proprement que s'il était sur la terre ferme ! Mais il était encore plus extraordinaire quand, par gros temps, il traversait le pont : deux ou trois filins l'aidaient à franchir cette surface instable, sur laquelle il se déplaçait avec une rapidité surprenante. Cependant quelques-uns des matelots qui avaient auparavant navigué avec lui s'apitoyaient de le voir ainsi diminué.

— Ce Barbecue n'est pas un type banal ! me dit un jour le barreur. Dans sa jeunesse il a reçu de l'instruction, et il est capable de parler comme un livre quand ça lui chante. De plus c'est un brave : un lion n'est rien à côté de Long John ! Je l'ai vu, sans armes, empoigner quatre bonshommes et cogner leurs têtes les unes contre les autres.

Tout l'équipage le respectait et même lui obéissait. Il avait une façon de parler à chacun et de rendre service qui lui attirait la sympathie générale. A mon égard il se montrait inlassablement gentil ; il était toujours content de me voir apparaître dans sa cuisine, qu'il tenait aussi propre qu'une épingle neuve ; ses casseroles brillaient ; dans un coin, une cage renfermait son perroquet.

— Viens ici, Hawkins ! me disait-il. Viens faire un brin de causette avec John. Personne n'est le bienvenu comme toi, mon fils. Assieds-toi et écoute les nouvelles. Je te présente le capitaine Flint ; j'ai baptisé mon perroquet du nom de ce pirate célèbre. Et le capitaine Flint nous prédit un voyage triomphal, n'est-ce pas, capitaine ?...

Et le perroquet débitait à toute allure : « Des pièces de huit ! Des pièces de huit ! Des pièces de huit ! » Il ne s'interrompait que lorsque John jetait un mouchoir sur la cage.

— ... Tu vois cet oiseau, Hawkins ? Eh bien, il a peut-être deux cents ans, car un perroquet est, pour ainsi dire, éternel ; personne plus que lui n'a vu davantage de méchanceté sur la terre ; sauf le diable, peut-être. Il a navigué avec England, le grand capitaine England, le pirate. Il est allé à Madagascar, à Malabar, à Surinam, dans la Providence, à Portobello. Il a assisté au repêchage des épaves des bateaux chargés d'or. C'est là qu'il a appris à crier : « Des pièces de huit ! » Il a vu l'abordage du *Vice-Roi des Indes* à la sortie de Goa... Et quand on le regarde, comme ça, on pourrait le prendre pour un bébé ! Mais vous avez senti ça, n'est-ce pas, capitaine ?

— Paré à virer ! hurlait alors le perroquet.

— Un brave oiseau, hein ? disait le cuisinier en lui donnant un morceau de sucre que le perroquet acceptait avec des jurons défiant l'imagination. Là ! Un peu de tenue, mon ami ! Ecoute-moi comme il jure ! Et il n'en est pas plus avancé pour cela ; mais il jurerait de la même manière devant tout un collège d'aumôniers de la marine !

Et John hochait la tête et passait un doigt dans ses cheveux, d'un geste qui m'aurait fait proclamer qu'il était le meilleur des cœurs.

En attendant, le châtelain et le capitaine Smollett n'avaient pas amélioré leurs rapports ; Monsieur Trelawney s'en souciait fort peu : il méprisait le capitaine ; de son côté le capitaine ne lui parlait que lorsque le châtelain s'adressait à lui, et alors il lui répondait sur un ton sec, bref et pointu qui ne permettait aucun gaspillage de mots.

Lorsqu'on le mettait au pied du mur, il reconnaissait qu'il avait pu se tromper au sujet de l'équipage, que quelques matelots se montraient aussi lestes et adroits qu'il l'avait souhaité, et que tous s'étaient à peu près bien conduits. Pour ce qui était de la goélette, il s'était pris pour elle d'un amour profond.

— Elle tient le vent mieux qu'un mari pourrait l'espérer de sa propre femme, Monsieur. Mais je vous rappelle que nous ne sommes pas encore de retour, et que cette croisière ne me plaît pas.

Entendant cela, le châtelain lui tournait le dos et arpentait le pont, le menton en l'air.

— Un tout petit peu plus de cet homme, grommelait-il, et j'explose !

Nous eûmes quelques jours de mauvais temps, qui prouvèrent les qualités de l'*Hispaniola*. Tous les hommes d'équipage paraissaient contents ; d'ailleurs s'ils avaient grogné c'est qu'ils auraient été bien difficiles à satisfaire ! A mon humble avais, jamais hommes sur un bateau ne furent plus gâtés depuis l'arche de Noé. Au moindre prétexte la ration de rhum était doublée ; un supplément apparaissait aux repas même en semaine, si le châtelain apprenait, par exemple, que c'était l'anniversaire d'un matelot ; et il y avait toujours un tonneau de pommes ouvert à la disposition de quiconque pouvait en avoir envie.

— Il n'en sortira rien de bon ! disait le capitaine au docteur Livesey. Gâtez un matelot, vous en faites un démon. C'est mon opinion.

Mais du bon sortit néanmoins, comme je vais vous le raconter, du tonneau de pommes ; car si le tonneau de pommes n'avait pas existé, nous n'aurions pas été alertés et nous aurions pu tous périr d'une trahison.

Voici ce qui se passa.

Nous avions quitté les vents alizés pour prendre le vent de l'île (je ne suis pas autorisé à être plus précis) et nous cinglions gentiment vers notre destination en montant une vigie attentive de tous les instants. D'après les calculs du capitaine nous vivions les dernières heures de notre voyage aller ; dans le courant de la nuit, ou au plus tard avant midi le lendemain, nous devions nous trouver en vue de l'île au Trésor. Nous avions mis le cap à S.S.W. ; une bonne brise soufflait par le travers et la mer était calme. L'*Hispaniola* roulait régulièrement ; son beaupré plongeait de temps à autre et faisait jaillir des bouffées d'embruns. Du haut en bas du navire, tout le monde s'activait, et la bonne humeur était générale puisque nous touchions au terme de la première partie de nos aventures.

Juste après le coucher du soleil, une fois mon travail fini, je me dirigeais vers ma couchette quand la soudaine envie d'une pomme me prit. Je courus sur le pont. Les hommes de quart se trouvaient à l'avant, guettant la terre. Le pilote surveillait le lof de la voile en sifflotant. Il n'y avait pas d'autre bruit que le choc des vagues contre l'étrave et les flancs de la goélette.

Je sautai dans le tonneau car il ne restait presque plus de pommes, et pour mieux satisfaire ma gourmandise je m'assis au fond ; il faisait noir ; la musique des vagues et le roulis du bateau m'incitaient au sommeil. Je crois que je me serais endormi (du moins j'étais réellement sur le point de fermer les yeux) si un homme ne s'était lourdement assis à côté du tonneau contre lequel il s'adossa. J'allais me relever et sortir de ma cachette quand l'homme se mit à parler. Je reconnus la voix de Silver ; le cuisinier n'avait pas prononcé une douzaine de mots que pour tout l'or du monde je n'aurais pas révélé ma présence : je restai dans mon tonneau, tout tremblant, pour écouter ; ma curiosité n'était pas moins intense que ma peur, car de la douzaine de mots que je venais d'entendre, j'avais déduit que la vie de tous les honnêtes gens à bord ne dépendait plus que de moi, de moi seul.

XI

Ce que j'entendis dans le tonneau de pommes

Non, non ! disait Silver. C'était Flint le capitaine. Moi, j'étais maître de timonerie, à cause de ma jambe de bois. La même bordée m'a coûté ma jambe et, au vieux Pew, ses yeux. Un as, le chirurgien qui m'a amputé ! Pourvu de diplômes universitaires, et tout ! Parlant latin à propos de bottes... Ce qui ne l'a pas empêché de se faire pendre comme un chien et de sécher au soleil comme les autres à Corso Castle. C'étaient les hommes de Robert, oui, et tout ça parce qu'ils venaient de changer les noms de leurs navires : *Royal Fortune*, et cœtera. Moi, je dis que lorsqu'un bateau a reçu un nom de baptême, il ne faut pas y toucher. Regarde la *Cassandra* : elle nous a ramenés tous sains et saufs de Malabar, après la capture par England du *Vice-Roi des Indes*. La même chose avec le vieux *Walrus*, l'ancien navire de Flint, que j'ai vu tout barbouillé de sang et près de sombrer sous le poids de l'or.

— Ah ! s'écria la voix admirative du plus jeune matelot à bord. C'était vraiment la fine fleur du troupeau, ce Flint !

— Davis aussi était un homme, d'après ce que l'on dit. Mais je n'ai jamais navigué avec lui. J'ai eu deux patrons : d'abord England, ensuite Flint. Voilà toute mon histoire. Ici, je suis à mon compte, manière de parler. J'ai mis de côté neuf cents guinées avec England, et deux mille avec Flint. Pas mal pour un matelot, hein ? Et de côté à la banque, je parle. Gagner de l'argent n'est rien ; ce qu'il faut, c'est savoir l'économiser. Tiens, où sont les hommes d'England maintenant ? Je n'en sais rien. Où sont les hommes de Flint ? Ma foi, la plupart d'entre eux sont ici à bord, et pas mécontents d'avoir la nourriture à l'œil... Certains, avant, étaient réduits à mendier ; tu te rends compte ? Le vieux Pew, qui avait perdu la vue, il n'avait honte de rien : il a dépensé douze cents livres en une année, comme un lord du Parlement. Où est-il à présent ? Il est mort et enterré. Mais déjà, deux ans avant sa mort, il mourait de faim, mille sabords ! Il mendiait, il volait, il coupait des gorges, et il mourait quand même de faim.

— Alors ça ne vaut guère la peine, après tout ! murmura le jeune matelot.

— Ça ne vaut guère la peine pour des imbéciles, parfaitement ! s'écria Silver. Mais écoute-moi bien : tu es jeune, mais pour la tête tu vaux de l'or ; je l'ai vu tout de suite ; je vais maintenant te parler comme à un homme...

Vous pouvez deviner ce que j'ai ressenti quand j'ai entendu cet abominable coquin répéter les mêmes flagorneries qu'il m'avait déjà servies ! Je crois que, si j'en avais été capable, je l'aurais tué à travers le tonneau. Mais il continua à parler ; il était persuadé que personne ne pouvait surprendre ses confidences.

— ... Voici ce qu'il en est pour les gentilshommes de fortune. Leur vie est rude ; ils risquent la corde de chanvre, mais ils mangent et ils boivent comme des coqs de combat et, à la fin d'une croisière, ce ne sont pas des centaines de farthings qu'ils ont dans leurs poches, mais des centaines de livres. Avec la plupart, l'argent file en rhum et en bordées ; ils reprennent la mer quand ils n'ont plus de chemise à se mettre sur le dos. Moi, ce n'est pas mon genre. Je mets tout de côté : un peu ici, un peu là, nulle part un trop gros tas pour ne pas éveiller les soupçons. J'ai cinquante ans, vois-tu. Eh bien, après cette croisière, je m'établirai gentleman, définitivement. Tu me diras qu'il est trop tard ? Ah, mais c'est que j'ai bien vécu jusqu'ici ! Jamais je ne me suis refusé ce que je désirais ; j'ai dormi dans des lits douillets et je mangeais des friandises tous les jours, sauf quand j'étais en mer. Et comment ai-je débuté ? En qualité de simple matelot, comme toi !

— Bon ! dit l'autre. Mais tout ton argent est perdu, maintenant ? Parce que après cette croisière, tu n'oseras plus te montrer à Bristol, je suppose ?

— Et où te figures-tu qu'il se trouve ? demanda Silver d'un ton ironique.

— A Bristol, dans des banques ou dans des planques.

— Il y était, dit le cuisinier. Il y était quand nous avons levé l'ancre. Mais à l'heure qu'il est, c'est ma vieille noiraude qui a tout. Et la *Longue-Vue* est vendue, avec le bail, la licence et tout le gréement ; et ma vieille noiraude est en route pour me rejoindre. Je te dirais bien où nous avons rendez-vous, car j'ai confiance en toi, mais ça ferait des jaloux dans l'équipage.

— Et tu fais confiance à une femme ? s'enquit l'autre.

— Les gentilshommes de fortune, répliqua le cuisinier, se fient peu les uns aux autres, en règle générale, et ils n'ont pas tort, tu peux m'en croire. Mais j'ai un truc à moi, oui, un truc infaillible. Quand un copain fait un faux pas sur son hauban (un copain qui me connaît, je veux dire) il n'y a plus de place pour lui dans le monde du vieux John. J'en ai connu qui avaient peur de Pew, d'autres qui avaient peur de Flint ;

mais Flint en personne avait peur de moi. Il avait peur, et il était fier !
C'était un rude équipage que celui de Flint ! Le diable lui-même y aurait
regardé à deux fois avant de se hasarder à prendre la mer avec nous.
Ne crois pas que je sois un vantard ; tu vois comme je suis facile à
vivre ; mais quand j'étais maître de timonerie, les flibustiers de Flint
ne passaient pas pour des agneaux. Oh, tu peux te sentir sûr de toi
sur le navire du vieux John !

— Eh bien, je vais tout te dire ! répondit le jeune matelot. Je n'aimais
pas du tout cette affaire-là, avant d'avoir bavardé avec toi, mais
maintenant je suis ton homme.

— Et un brave garçon, et un chic type tu es aussi, répondit Silver
en lui serrant la main si affectueusement que le tonneau trembla sous
la secousse. Tu feras un bon gentilhomme de fortune, parole
d'homme !...

J'avais commencé à comprendre le sens de ce terme « gentilhomme
de fortune » : il ne s'agissait en somme que de vulgaires pirates, et
la petite scène dont je venais d'être le témoin involontaire constituait
le dernier épisode de la corruption de l'un de nos matelots honnêtes,
peut-être du seul honnête matelot à bord. Sur ce point pourtant je fus
bientôt rassuré, car Silver émit un petit coup de sifflet, et un troisième
homme vint s'asseoir à côté des deux autres.

— Dick marche avec nous, annonça Silver.

— Oh, je savais bien que Dick serait d'accord ! répondit la voix du
barreur Israel Hands. Il n'est pas idiot, Dick...

Il fit passer sa chique d'une joue à l'autre et cracha.

— ... Mais attention ! poursuivit-il. Il y a quelque chose que je voudrais
bien savoir, Barbecue. Combien de temps encore allons-nous faire
l'exercice ici comme sur une sacrée canonnière ? J'en ai plus qu'assez
du capitaine Smollett ! Il y a suffisamment longtemps qu'il
m'empoisonne l'existence, sacré tonnerre ! Je veux aller dans cette
cabine, moi ! Je veux leurs vins, leurs épices. Je veux...

— Israel, interrompit Silver, tu n'as jamais eu beaucoup de plomb
dans la tête, mais tu es capable d'écouter, je suppose : tu as les oreilles
assez larges pour ça. Maintenant, voici ce que j'ai à te dire : tu coucheras
à l'avant, tu feras ton service même s'il n'est pas rose, tu fileras doux
et tu ne t'enivreras pas avant que je donne le signal. Et tu feras ce
que je te dis, mon fils.

— Je n'ai pas dit non, grommela le barreur. Ce que j'ai dit, c'est
quand ? Oui, quand ? Voilà ce que j'ai dit.

— Ah, tu veux le savoir ? s'écria Silver. Eh bien, je vais te le dire,
quand ! Le plus tard possible, voilà pour ton quand. Nous disposons
d'un marin de premier ordre, le capitaine Smollett ; il gouverne le bateau
pour nous. Il y a le châtelain et le docteur avec la carte et le reste...
Et je ne sais pas où elle est, cette carte ! Tu le sais, toi ? Non, pas plus
que moi. Alors moi, je désire que le châtelain et le docteur trouvent
le trésor et nous aident à le monter à bord, sacristi ! A ce moment-là,
nous verrons. Si j'étais sûr de vous tous, maudits fils de coquins, je

laisserais le capitaine Smollett nous conduire jusqu'à mi-chemin du retour avant de toucher à lui.

— Mais pourquoi ? Je croyais qu'à bord nous étions tous des marins, dit le jeune Dick.

— Tu veux dire que nous sommes tous des matelots du gaillard d'avant, ricana Silver. Nous pouvons gouverner sur un cap, mais qui l'établira, ce cap ? C'est là où vous trébuchez tous, mes beaux seigneurs, du premier au dernier. Si je pouvais faire ce que je voulais, je laisserais le capitaine Smollett nous ramener au moins jusqu'au secteur des vents alizés ; comme cela, nous ne risquerions pas d'être victimes de faux calculs et de n'avoir droit qu'à une cuillerée d'eau par jour. Mais je vous connais ! Aussi c'est sur l'île même que je leur réglerai leur compte, dès que le trésor sera à bord. Pourtant c'est bien dommage ! Mais vous n'êtes jamais contents, tant que vous ne pouvez pas vous saouler. Ah, vous me donnez la nausée, tenez !

— Du calme, Long John ! s'écria Israel. Quel besoin as-tu de te fâcher ?

— C'est que, figure-toi, j'en ai vu des grands vaisseaux couchés sur le flanc, et des braves garçons séchant au soleil du Quai des Pendus ! Et toujours pour le même motif : parce qu'ils avaient voulu aller vite, plus vite, encore plus vite, toujours plus vite ! Tu m'entends ? J'ai vu pas mal de choses sur la mer. Si seulement vous étiez capables d'établir un cap et de flairer le vent, vous rouleriez carrosse, oui ! Mais je vous connais tous trop bien ! Demain, vous aurez votre ration de rhum, et vous irez vous faire pendre !

— Tout le monde sait bien que tu es quelqu'un dans le genre d'un chapelain, John ; mais il y en a eu d'autres qui savaient piloter aussi bien que toi, répondit Israel. Je ne dis pas qu'ils détestaient s'amuser un brin ; ils n'étaient pas aussi sobres ni collet-monté que toi et, c'est vrai, ils savaient à l'occason tirer leur bordée comme de gais lurons.

— Tiens ? ironisa Silver. Et dis-moi donc où ils sont maintenant ? Pew, par exemple ? Il est mort mendiant. Flint ? Le rhum l'a tué à Savannah. Ah oui, il y avait une belle équipe ! Mais où se trouve-t-elle à présent ?

Mais, interrogea Dick, quand nous les aurons mis hors d'état de nuire, que ferons-nous d'eux ?

— Voilà un garçon selon mon cœur ! s'écria le cuisinier avec admiration. Voilà ce que j'appelle parler sérieusement ! Eh bien, quel est ton avis, à toi ? Les débarquerons-nous sur une île comme de vulgaires nègres ? C'est ce qu'aurait fait England. Ou bien les égorgerons-nous comme des pourceaux ? C'est ce qu'aurait fait Flint, ou Billy Bones.

— Billy était bien l'homme à ça, dit Israel. Il disait : « Les cadavres ne mordent pas ». Et malgré tout, le voilà mort à son tour ; il sait maintenant à quoi s'en tenir ; si jamais un rude marin a touché le port, c'est Billy !

— Tu as raison, approuva Silver. Rude et prêt à tout. Mais attention !

Moi, je suis facile à vivre, tout à fait un gentleman, je vous dis ; seulement cette fois, c'est sérieux. Le devoir avant tout, camarades ! Alors, je vote pour la mort. Quand je me pavanerai au Parlement ou dans mon carrosse, je ne veux pas risquer de me retrouver en face de l'un de ces Messieurs de la cabine, qui viendrait frapper à ma porte comme le diable au milieu des prières. Je dis qu'il faut attendre ; mais quand le moment sera venu, alors, qu'on en finisse une fois pour toutes avec eux !

— John ! cria le barreur. Tu as parlé en homme !

— Tu le répéteras, Israel, quand tu verras se réaliser ce que je dis, déclara Silver. Je ne réclame qu'une seule chose : je réclame Trelawney. Je lui arracherai sa tête de veau de dessus ses épaules avec ces mains-là. Dick, veux-tu être gentil ? Fouille là-dedans et trouve-moi une pomme pour m'humecter le tuyau.

Vous vous imaginez mon épouvante ! J'aurais dû sauter hors du tonneau et m'enfuir ; mais je n'en avais pas la force : mes membres, mon cœur se dérobaient à la fois. J'entendis Dick qui commençait à se lever, mais quelqu'un dut l'arrêter ; la voix d'Israel Hands poussa une exclamation de dégoût :

— Oh, la barbe ! Tu ne vas pas te mettre à sucer de la pomme, John ? Offre-nous plutôt une tournée de rhum !

— Dick, dit Silver, je te fais confiance. J'ai une mesure sur le baril ; voici la clef ; va nous remplir un gobelet et apporte-le-nous.

Du sein de ma terreur, une lueur jaillit : je comprenais enfin comment Monsieur Arrow s'était procuré l'alcool qui avait fini par causer sa perte.

Pendant l'absence de Dick, Israel parla au cuisinier à voix très basse. Je ne pus surprendre que quelques mots, qui m'apprirent pourtant une nouvelle réconfortante :

— Personne d'autre ne marchera avec nous.

Il restait donc à bord quelques matelots loyaux.

Quand Dick revint, ils se passèrent le gobelet ; ils burent d'abord « à la chance », puis « au vieux Flint », et Silver ajouta en chantonnant :

— Maintenant à la nôtre, avec des tas de prises et une bonne part de gâteau !

Juste à ce moment-là, une sorte de clarté tomba sur moi dans le tonneau ; je relevai la tête : la lune s'était levée ; elle argentait le hunier de misaine, blanchissait le lof ; et la vigie cria :

— Terre !

XII

Conseil de guerre

Une bousculade sur le pont s'ensuivit. J'entendais des bruits de pas précipités sortant de la cabine et du gaillard d'avant ; en moins de temps qu'il n'en faut pour l'écrire je me glissai hors du tonneau, plongeai derrière la voile de misaine, fis un détour par l'arrière et rejoignis sur le pont Hunter et le docteur Livesey qui couraient vers l'avant.

Tout l'équipage s'y trouvait déjà réuni ; l'apparition de la lune avait coïncidé avec la dissipation d'une ceinture de brouillard. Dans le lointain, au sud-ouest, se dessinaient les contours de deux collines, distantes l'une de l'autre de deux miles environ ; derrière elles une petite montagne se dressait, mais son pic était encore enveloppé de brouillard. Ces trois hauteurs avaient une forme conique.

Je regardais ce paysage lunaire comme en rêve, car je n'étais pas encore remis de ma frayeur. J'entendis le capitaine Smollett donner des ordres pour que l'*Hispaniola* prît un cap lui permettant de parer l'île par l'est.

— Et maintenant, les hommes, demanda le capitaine quand tout fut prêt pour le mouillage, l'un d'entre vous a-t-il déjà vu cette île ?

— Moi, Monsieur, répondit Silver. J'ai fait escale ici avec un navire marchand à bord duquel j'étais cuisinier.

— Le mouillage est au sud, derrière un îlot, je crois ?

— Oui, Monsieur. On l'appelle l'île du Squelette. Autrefois c'était un grand centre de pirates. Nous avions à bord un matelot qui connaissait tous les noms. Cette colline vers le nord s'appelle le Mât de Misaine. Il y a trois collines en ligne vers le sud : la Misaine, le Grand Mât et l'Artimon. Mais le Grand Mât, celui qui est coiffé d'un nuage, on l'appelle d'habitude la Longue-Vue, à cause de la vigie qui se tient là-haut pendant qu'un corsaire est dans le mouillage ; car c'est là qu'ils nettoyaient leurs bateaux, Monsieur, sauf votre respect...

— J'ai une carte, dit le capitaine Smollett. Voyez si vous reconnaissez l'endroit.

Les yeux de Long John étincelèrent quand il prit la carte ; mais dès le premier coup d'œil qu'il y jeta, je vis que sa déception était grande. Ce n'était pas la carte que nous avions trouvée dans le coffre de Billy Bones, mais une copie exacte, complète... à l'exception des croix et des annotations à l'encre rouge. Silver eut la présence d'esprit de dissimuler son désappointement.

— Oui, Monsieur, répondit-il, c'est bien l'endroit ; il n'y a pas de doute. Et joliment dessiné ! Je me demande qui a bien pu exécuter une carte pareille : des pirates seraient trop ignorants... Ah, voici !

« Mouillage du capitaine Kidd » ; c'est le nom dont l'appelait mon copain. Il y a un fort courant le long de la côte sud, et un autre vers le nord le long de la côte ouest. Vous avez rudement bien fait, Monsieur, de vous mettre sous le vent. Du moins si vous avez l'intention d'entrer et de caréner ! En tout cas c'est le meilleur endroit.

– Merci, mon brave, dit le capitaine Smollett. Plus tard je vous demanderai de nous aider. Vous pouvez disposer.

J'étais surpris du sang-froid avec lequel John avait avoué qu'il connaissait l'île ; et je confesse que je fus vaguement terrorisé quand je le vis s'approcher de moi. J'étais sûr qu'il ignorait que j'avais surpris ses propos dans mon tonneau de pommes, mais j'éprouvais à présent une telle horreur pour sa cruauté, sa duplicité et son influence sur les hommes que je fus incapable de réprimer un frisson quand il posa une main sur mon bras.

– Ah, me dit-il, c'est un bien joli coin, cette île ! Un joli coin pour un bébé comme toi. Tu vas pouvoir te baigner, grimper dans les arbres, chasser les chèvres, et tu escaladeras ces collines comme une vraie chèvre, tiens ! Ma foi, cela me rajeunit. J'en oubliais ma jambe de bois. Ah, c'est beau d'être jeune et d'avoir dix orteils, tu peux m'en croire ! Quand tu voudras jouer aux explorateurs, tu n'auras qu'à aller voir le vieux John : il te donnera un bon casse-croûte à emporter.

Il me gratifia d'une dernière tape affectueuse sur l'épaule avant de descendre dans sa cuisine en sautillant.

Le capitaine Smollett, le châtelain et le docteur Livesey étaient en train de causer sur le gaillard d'arrière ; il me tardait de leur raconter mon histoire, mais je n'osais pas les déranger. Tandis que je méditais pour inventer un prétexte plausible, le docteur Livesey m'appela : il avait oublié sa pipe dans la cabine et, étant esclave du tabac, il me pria d'aller la lui chercher ; l'occasion était trop belle : dès que je fus assez près pour lui parler sans craindre d'être entendu par d'autres, je ne pus me retenir :

– Docteur, permettez-moi de vous dire un mot. Descendez avec le capitaine et Monsieur Trelawney dans la cabine, et envoyez-moi chercher. J'ai des nouvelles terribles.

Le docteur tressaillit légèrement, mais sa voix n'eut pas un frémissement pour me répondre :

– Merci, Jim, dit-il à voix haute. C'est tout ce que je voulais savoir.

Il se retourna vers les deux autres ; ils échangèrent quelques paroles ; aucun ne sursauta, n'éleva la voix, n'émit même le plus petit sifflement, mais il était évident que le docteur Livesey avait transmis ma requête, car le capitaine donna un ordre à Job Anderson, et tout l'équipage fut convoqué sur le pont.

– Mes enfants, déclara le capitaine Smollett, j'ai deux mots à vous dire. Cette terre que nous avons en vue est l'endroit vers lequel nous cinglons depuis Bristol. Monsieur Trelawney, qui est la générosité même comme vous le savez tous, vient de me poser une question et j'ai pu lui répondre qu'à bord chacun d'entre vous avait fait son devoir, mieux que je ne l'ai jamais vu faire ; alors, ma foi, lui, moi et le docteur nous allons descendre dans la cabine pour boire à votre santé et à votre bonne chance, tandis que vous allez avoir une ration supplémentaire de grog pour que vous buviez à notre santé et à notre bonne chance. Je vous le dis comme je le pense : je pense que c'est un beau geste. Et si vous êtes de mon avis, vous pousserez un triple hurrah en l'honneur de ce gentleman.

Naturellement, les matelots y allèrent de leur triple hurrah ; il retentit si chaleureux, si fort, que je pouvais à peine croire que ces mêmes hommes étaient en train de comploter notre mort.

— Et maintenant un triple hurrah pour le capitaine Smollett ! cria Long John.

Et il fut obéi avec la même bonne volonté.

Là-dessus, les trois gentlemen descendirent ; peu après on vint m'avertir que Jim Hawkins était réclamé à la cabine.

Je les trouvai tous les trois assis autour de la table, devant une bouteille de vin d'Espagne et quelques raisins ; le docteur tirait sur sa pipe, et il avait posé sa perruque sur ses genoux, ce qui était chez lui le symptôme d'une grande agitation. La fenêtre de l'arrière était ouverte, car la nuit était chaude, et la lune reflétait son éclat sur le sillage du navire.

— Maintenant, Hawkins, dit le châtelain, puisque vous avez quelque chose à nous dire, parlez.

Je m'exécutai aussitôt ; j'essayai d'être le plus bref possible, néanmoins je rapportai tous les détails de la conversation que j'avais surprise. Personne ne m'interrompit avant que j'eusse terminé ; mes auditeurs ne firent aucun geste, mais ils ne me quittèrent pas des yeux du début à la fin de mon histoire.

— Jim, dit le docteur Livesey, prends un siège.

Ils me firent asseoir à côté d'eux, me versèrent un verre de vin, me remplirent les mains de raisins, et tous les trois, à tour de rôle, et chacun en me saluant, burent à ma santé, à ma prospérité et me complimentèrent sur mon courage.

— Donc, capitaine, dit le châtelain, vous aviez raison et j'avais tort. J'avoue que je suis un âne bâté, et j'attends vos ordres.

— Pas plus âne que moi, Monsieur ! répondit le capitaine. Je n'ai jamais vu d'équipage méditer une mutinerie sans que certains signes permettent à un homme qui n'a pas les yeux dans sa poche de prendre les mesures nécessaires. Mais cet équipage-ci me dépasse !

— Avec votre permission, capitaine, dit le docteur, ce Silver, je le trouve très remarquable.

— Il vous paraîtrait encore plus remarquable si vous le voyiez se balancer au bout d'une vergue, répliqua le capitaine. Mais nous bavardons et des bavardages ne mènent à rien. Je discerne trois ou quatre points que je voudrais vous exposer si Monsieur Trelawney n'y voit pas d'inconvénients.

– Vous êtes, Monsieur, le capitaine ; c'est à vous de parler, déclara le châtelain avec une majesté vraiment royale.

– Le premier point est, commença Monsieur Smollet, que nous sommes obligés d'aller de l'avant puisque nous ne pouvons pas faire demi-tour : si je donnais l'ordre de virer de bord, la mutinerie éclaterait immédiatement. Deuxième point : nous avons du temps devant nous : du moins jusqu'à la découverte du trésor. Troisième point, l'équipage compte encore quelques hommes fidèles. D'autre part, Monsieur, nous en viendrons à la bagarre tôt ou tard ; je propose en conséquence de prendre, comme on dit, le taureau par les cornes et de déclencher la bagarre le jour où ils s'y attendront le moins. Je suppose que nous pouvons compter sur vos gens, Monsieur Trelawney ?

– Comme sur moi-même, répondit le châtelain.

– Ils sont trois, calcula le capitaine. Trois plus nous, cela fait sept, en comptant Hawkins. Maintenant, sur combien de matelots pouvons-nous compter ?

– Probablement sur ceux qu'avait choisis Trelawney, dit le docteur, avant d'avoir buté sur Silver.

– Même pas ! dit le châtelain. C'est moi qui avais choisi Hands.

– Je croyais pourtant bien que je pouvais me fier à Israel Hands ! grommela le capitaine.

– Et dire que ce sont tous des Anglais ! s'écria Monsieur Trelawney. Savez-vous que je serais capable de faire sauter le navire ?

– Ma foi, Messieurs, reprit le capitaine Smollett, je n'ai pas grand-chose à vous dire. Nous devons prendre la cape et veiller au grain. Je sais que nos nerfs seront soumis à une épreuve pénible, et qu'il nous serait plus agréable de nous battre. Mais il faut au préalable que nous connaissions les hommes sûrs. Mettre à la cape et attendre le vent, voilà ce que je vous propose.

– Jim pourra nous être d'un grand secours, dit le docteur. Les matelots ne se gênent pas devant lui, et il est un bon observateur.

– Hawkins, je place en vous tous mes espoirs ! approuva le châtelain.

Cette conclusion me plongea dans un embarras affreux, car je me sentais impuissant à rien empêcher. Et cependant, par un bizarre concours de circonstances, c'est grâce à moi que notre salut fut assuré. En attendant, nous avions beau dire, nous n'étions que sept sur qui nous pouvions absolument comper. Sept sur vingt-six. Et sur ces sept-là, il y avait un gamin : la partie allait donc se jouer à six hommes contre dix-neuf.

Troisième Partie

MON AVENTURE A TERRE

XIII

Comment débuta mon aventure à terre

Le lendemain matin, quand je me présentai sur le pont, l'aspect de l'île s'était modifié. La brise était tombée, mais nous avions fait du chemin pendant la nuit, et nous nous trouvions encalminés à environ un demi-mile au sud-est de la côte plate de l'est que recouvraient des bois grisâtres. Cette couleur uniforme était entrecoupée par des bandes de sable jaune le plus près de la mer et par de grands conifères, plus haut que les autres arbres, les uns solitaires, d'autres en petites pinèdes. Pourtant la teinte générale était terne. Les collines se dressaient au-dessus de la végétation comme des clochers de roc ; leurs formes étaient bizarres, surtout la Longue-Vue, qui comptait bien trois ou quatre cents pieds de plus que les autres, et qui ressemblait à un grand socle aux parois presque à pic ; il ne manquait qu'une statue posée sur son sommet aplati et horizontal pour que l'illusion fût complète.

L'*Hispaniola* roulait ses dalots sous la houle de l'océan ; les bout-dehors tiraient sur les poulies, le gouvernail claquait dans son va-et-vient ; toute la goélette craquait, gémissait, vibrait comme une usine. Je dus me cramponner au galhauban, car tout se mit à tourner devant mes yeux ; j'étais un assez bon marin quand le navire avançait ; mais cette station immobile et ce roulis sur place me soulevaient le cœur, d'autant plus que j'avais l'estomac vide.

C'était peut-être cela... C'était peut-être aussi la physionomie de l'île, avec ses bois gris et mélancoliques, ses clochers de pierre farouches, le ressac que nous pouvions à la fois contempler et écouter pendant qu'il écumait et grondait sur la plage en pente... Et cependant le soleil nous inondait de sa lumière chaude, cependant les oiseaux du rivage pêchaient et piaillaient tout autour de nous... N'importe qui aurait été ravi de descendre à terre après un si long séjour sur mer ! Mais moi je me sentais gagné par une peur bleue et je haïssais jusqu'à la pensée de l'Ile au Trésor.

Une dure matinée de travail nous attendait, car il n'y avait aucun souffle de vent ; il fallut mettre à l'eau les canots, les armer et leur faire remorquer la goélette sur trois ou quatre miles pour contourner la pointe de l'île et remonter un étroit chenal jusqu'au mouillage situé derrière l'île du Squelette. Je me portai volontaire pour prendre place dans l'un des canots où je n'eus, bien entendu, rien à faire. La chaleur était suffocante et les hommes pestaient furieusement contre leur tâche. Anderson commandait le canot où je me trouvais : au lieu de maintenir l'ordre parmi l'équipage, il grognait plus fort que les autres.

— Heureusement, dit-il avec un juron, que nous n'en avons plus pour longtemps !

Cette manifestation de mauvaise humeur me parut de fort mauvais augure ; car jusque-là les hommes avaient accompli leurs tâches avec célérité et bonne volonté ; mais à présent ils voyaient l'île toute proche, et cela seul suffisait pour rompre les liens de la discipline.

Long John demeura près de l'homme de barre pour diriger la manœuvre. Il connaissait le chenal comme sa poche ; bien que le préposé aux sondages trouvât partout plus d'eau que n'en indiquait la carte, John n'eut jamais la moindre hésitation.

— Le reflux est un bon récurant, dit-il. On dirait que le chenal a été creusé avec une bêche.

Nous arrivâmes enfin au mouillage porté sur la carte, à environ un tiers de mile de l'île au Trésor et de l'île du Squelette. Le fond était de sable fin. La plongée de notre ancre fit lever des nuages d'oiseaux qui tournoyèrent et crièrent au-dessus des bois avant de redisparaître à couvert ; tout redevint silence.

L'endroit était entièrement enfermé entre les terres, cerné par des bois ; les arbres descendaient jusqu'à la laisse de haute marée ; le rivage était généralement plat ; les sommets des collines dessinaient à distance une sorte d'amphithéâtre. Deux petites rivières, ou plutôt deux marécages se déversaient dans ce bassin, car on aurait vraiment juré que nous nous trouvions dans un bassin. Sur les côtes proches, le feuillage avait une sorte d'éclat malsain. Du pont du navire, nous n'aperçûmes rien qui ressemblât à une cabane ni à une palissade, car elles étaient tout à fait enfouies au milieu des arbres ; et sans notre carte sur le capot, nous aurions pu croire que nous étions les premiers hommes qui eussent jamais mouillé dans ces parages depuis que l'île avait émergé à la surface de la mer.

Il n'y avait pas un souffle d'air, pas d'autre bruit que le battement du ressac à un demi-mile plus loin. Une odeur particulière flottait au-dessus du mouillage : une odeur de feuilles détrempées et de troncs d'arbre pourris. Je remarquai que le docteur reniflait à plusieurs reprises, avec la mine de quelqu'un qui flaire un œuf gâté.

— Je ne sais pas si l'île recèle un trésor, murmura-t-il. Mais je parierais bien ma perruque qu'il y a des fièvres par ici.

Si le comportement des hommes avait été inquiétant pendant la manœuvre du remorquage, il devint franchement menaçant quand ils remontèrent à bord. Ils demeurèrent sur le pont et tinrent de nombreux conciliabules à voix basse. L'ordre le plus simple était accueilli par des visages renfrognés, et exécuté à contre-cœur. Les matelots fidèles avaient dû se laisser gagner par la contagion car il ne s'en trouva pas un pour racheter les autres. La mutinerie, c'était clair, était suspendue au-desus de nos têtes comme des nuages d'orage.

Le clan de la cabine ne fut pas le seul à s'apercevoir du danger. Très affairé, Long John allait de groupe en groupe, multipliait les conseils de sagesse, prêchait à tous le bon exemple, se surpassait en complaisance et en amabilités, souriait à chacun... Dès qu'il recevait un ordre, il bondissait sur sa béquille avec un : « Oui, oui, Monsieur ! » le plus guilleret du monde ; et quand il n'avait rien à faire, il chantait à tue-tête, comme pour masquer le mécontentement des autres.

De tous les mauvais présages de ce sinistre début d'après-midi, l'anxiété évidente de Long John semblait le pire.

Nous tînmes conseil dans la cabine.

— Monsieur, déclara le capitaine Smollett au châtelain, si je me risque encore à donner un ordre, tout l'équipage va nous sauter dessus. Vous voyez bien, Monsieur, où nous en sommes. On m'a déjà répondu grossièrement, n'est-ce pas ? Eh bien, si je réplique avec la même vigueur, les anspects vont sortir en deux temps trois mouvements. Si je ne bronche pas, Silver comprendra qu'il y a quelque chose de louche, et la partie sera terminée. En vérité, je ne vois qu'un homme sur qui nous puissions compter.

— Et c'est lequel ? demanda Monsieur Trelawney.

— Silver, répondit le capitaine. Il tient autant que nous à ce que s'apaise la fermentation qui couve. Pour l'instant il ne s'agit que d'une crise de mauvaise humeur ; il aura vite fait d'amadouer ses camarades s'il en a l'occasion. Ce que je propose, c'est de lui fournir cette occasion-là. Autorisons les hommes à descendre à terre cet après-midi. S'ils s'y rendent tous, eh bien, nous garderons le navire ! Si aucun n'y va, nous nous retrancherons dans la cabine, et que Dieu défende le droit ! Si quelques-uns débarquent, je vous donne ma parole, Monsieur, que Silver les ramènera à bord doux comme des agneaux.

Il en fut ainsi décidé ; des pistolets chargés furent distribués à tous les hommes sûrs ; Hunter, Joyce et Redruth furent mis dans le secret ; ils accueillirent la nouvelle avec moins d'étonnement et plus de détermination que nous ne l'avions prévu ; puis le capitaine monta sur le pont et s'adressa à l'équipage.

— Mes enfants, dit-il, la journée a été chaude, et nous sommes tous fatigués et grognons. Un petit tour à terre ne fera de mal à personne. Les canots sont encore à l'eau ; vous n'avez qu'à prendre les avirons et ceux qui en auront envie pourront passer l'après-midi sur l'île. Je tirerai un coup de fusil une demi-heure avant le coucher du soleil.

Je crois que ces imbéciles s'imaginaient qu'ils se casseraient les tibias sur le trésor, sitôt débarqués ; car leur mauvaise humeur se dissipa comme par enchantement et ils poussèrent un hurrah dont les échos se répercutèrent dans les collines et déclenchèrent un nouvel envol d'oiseaux autour du mouillage.

Le capitaine était trop malin pour insister ; il s'éclipsa pour laisser Silver organiser l'excursion, et j'ai l'impression qu'il agit sagement : s'il était demeuré sur le pont, il lui aurait été impossible de faire semblant d'ignorer que la situation était explosive ; clair comme le jour, Silver était le capitaine d'un équipage en pleine rébellion. Les matelots honnêtes (et je n'allais pas tarder à m'apercevoir qu'il y en avait à bord) n'avaient sans doute pas la tête solide ; mais la vérité était plutôt que tous les hommes de l'équipage étaient plus ou moins ébranlés par l'exemple des meneurs ; quelques-uns cependant, qui étaient au fond de braves types, avaient dû refuser de s'engager à fond dans la mutinerie ; car c'est une chose que d'être paresseux et sournois, et autre chose de s'emparer d'un navire et d'abattre des innocents.

Finalement, les équipes furent constituées ; six matelots devaient rester à bord ; les treize autres, dont Silver, commencèrent à embarquer.

Ce fut alors que surgit dans ma tête la première des idées folles qui contribuèrent tellement à nous sauver la vie. Puisque Silver laissait six hommes à bord, notre groupe ne pourra évidemment pas s'emparer du navire et le mettre en état de défense contre les mutins ; mais non moins évidemment puisqu'ils n'étaient que six, le groupe de la cabine n'aurait pas besoin de mon concours actif. Je résolus donc d'aller moi aussi à terre ; en un clin d'œil j'avais glissé du navire et m'étais pelotonné à l'avant du canot le plus proche ; presque au même moment, le canot démarra.

Personne ne me remarqua, sauf le rameur de tête qui me dit :

— C'est toi, Jim ? Baisse la tête !

Mais Silver, de l'autre canot, appela pour savoir si c'était bien moi ; et je commençai à regretter mon impulsion.

Les deux canots luttèrent de vitesse ; celui où je me trouvais étant plus léger et mieux conduit distança son rival ; son avant vint s'échouer parmi les arbres de la côte ; je m'aidai alors d'une forte branche pour sauter sur la terre ferme, et quand je me jetai au sein du fourré le plus proche, Silver et son canot étaient encore à une centaine de yards derrière.

— Jim ! Jim ! l'entendis-je crier.

Mais vous pensez bien que je ne m'arrêtai pas ; bondissant, plongeant, me faufilant, je courus droit devant moi jusqu'à ce que je fusse à bout de souffle.

XIV

Le premier coup

J'étais si content d'avoir faussé compagnie à Long John que je commençai à me réjouir et à examiner d'un œil intéressé la terre inconnue où je me trouvais.

J'avais franchi une zone marécageuse plantée de joncs, de saules et d'arbres exotiques, et j'étais parvenu à la lisière d'un secteur découvert, sablonneux et ondulé, long à peu près d'un mile, parsemé de quelques pins et de nombreux arbres tondus qui ressemblaient à des chênes mais dont le feuillage avait la pâleur de celui des saules. L'une des petites montagnes était située de l'autre côté de ce terrain dégagé : elle avait deux pics abrupts et pittoresques qui brillaient au soleil.

Pour la première fois je ressentis la joie de l'explorateur. L'île était inhabitée ; j'avais distancé mes camarades de bord ; devant moi il n'y avait pas d'autres êtres vivants que quelques animaux, sauvages et muets, ainsi que des oiseaux. Je me promenai sous les arbres ; je découvris des plantes en fleurs que je ne connaissais pas ; j'aperçus ici et là des serpents ; je vis même l'un d'eux passer la tête par la crevasse d'un rocher et siffler dans ma direction en émettant un bruit assez semblable au ronflement d'une toupie ; je ne pensais guère qu'il aurait pu être un ennemi mortel, et que ce bruit était celui des sonnettes d'un crotale.

Puis j'arrivai à un long hallier, composé de ces arbres qui ressemblaient à des chênes et dont j'appris plus tard qu'ils s'appelaient des chênes verts ; ils poussaient le long du sable comme des ronces sauvages ; ils n'étaient pas hauts ; leurs rameaux noueux et tordus supportaient un feuillage serré et compact comme du chaume. Ce hallier longeait la pente d'une butte sablonneuse ; les arbres devinrent plus nombreux et plus hauts au fur et à mesure que j'approchai d'un grand marais plein de roseaux ; l'une des petites rivières qui se jetaient près de notre mouillage la traversait. Sous la chaleur du soleil, le marais exhalait une sorte de brume légère à travers laquelle le profil de la Longue-Vue semblait frissonner.

Soudain une certaine agitation troubla le silence des joncs : un canard sauvage s'envola en poussant son couin-couin ; un autre l'imita, et peu après toute la surface du marais fut recouverte d'un nuage d'oiseaux aquatiques qui décrivaient de grands cercles en criant. J'en déduisis que quelques-uns de mes compagnons de bord devaient s'approcher du marais. Je ne m'étais pas trompé : bientôt j'entendis les sons éloignés et assourdis d'une voix humaine ; ils me parvinrent de plus en plus distinctement ; à coup sûr, des hommes marchaient dans ma direction.

Une grande frayeur m'envahit ; je rampai pour me cacher sous le chêne vert le plus proche et je m'accroupis là, à l'affût, sans faire plus de bruit qu'une souris.

Une autre voix répondit brièvement à la première ; celle-ci, que j'identifiai comme celle de Silver, parla d'abondance : Long John discourait ; son interlocuteur se bornait à l'interrompre de temps en temps; j'eus l'impression qu'ils discutaient avec ardeur, et même sur un ton passionné : mais je ne saisis pas un seul mot.

Finalement les deux marins semblèrent s'être arrêtés ; peut-être s'étaient-ils assis, car non seulement leurs voix demeuraient à la même distance, mais les oiseaux se calmaient ; certains commençaient même à se poser à nouveau sur le marais.

Je me demandai si je n'avais pas quelque peu négligé mon devoir : et je réfléchis que puisque j'avais commis l'imprudence de me rendre sur l'île avec ces bandits, je ne pouvais faire moins que d'essayer d'espionner leur délibérations ; je conclus donc que je devais à tout prix m'approcher de mes deux bavards en profitant du couvert que m'offrait le rideau de chênes verts.

Je savais bien dans quelle direction il se trouvaient : leurs voix auraient suffi à me guider, mais je pouvais également me fier aux quelques oiseaux qui tournoyaient encore au-dessus de l'endroit choisi par ceux qui les avaient dérangés.

A quatre pattes je me faufilai à travers les chênes verts, et je m'arrêtai seulement quand, à travers une petite ouverture entre les feuillages, j'aperçus dans une petite combe verdoyante, à côté du marais et bien entourée d'arbres, Long John Silver et un matelot en grande discussion, debout en face l'un de l'autre.

Le soleil les éclairait parfaitement. Silver avait jeté son chapeau à terre, et sa grosse tête blonde, lisse, luisante de sueur, était levée vers celle de son interlocuteur dans une manière d'adjuration.

— Camarade, disait-il, c'est bien parce que je trouve que tu vaux de l'or, de l'or véritable, que je te parle ainsi. Crois-tu que je t'aurais prévenu si je ne tenais pas à toi ? Les dés sont jetés : rien ne peut plus s'arranger. C'est pour te sauver la vie que je te mets au courant ; d'ailleurs si l'un de ces sauvages l'apprenait, que deviendrais-je, Tom ? Dis-le-moi, Tom, que deviendrais-je ?

— Silver... répliqua l'autre qui était tout rouge et dont la voix grinçante était secouée de frémissements. Silver, tu es âgé et tu es honnête, ou du moins tu as la réputation de l'être. Tu possèdes aussi de l'argent, et bien peu de pauvres matelots peuvent en dire autant. Et tu es courageux, sauf erreur. Alors, vas-tu te laisser mener par le bout du nez par cette bande de fainéants et d'imbéciles ? Non, pas toi ! Aussi sûr que Dieu me voit en ce moment, j'en mettrais ma tête à couper. Si je me tourne contre mon devoir...

Un bruit subit l'interrompit. Je venais de découvrir l'un des matelots fidèles de l'équipage : eh bien, en cet instant précis, je compris qu'il y en avait un deuxième ! Car au loin dans le marais s'éleva tout à coup un cri de colère, auquel succéda un autre cri semblable ; et puis un hurlement prolongé, horrible à entendre, retentit ; les rochers de la Longue-Vue en répercutèrent les échos ; toute la troupe des oiseaux aquatiques reprit l'air et obscurcit le ciel. Ce cri d'agonie résonna longtemps dans ma tête ; et puis le silence retomba sur toute chose, pour n'être plus troublé que par des bruissements d'ailes et le tonnerre lointain du ressac.

Tom avait sauté en l'air comme un cheval qui se cabre sous l'éperon. Mais Silver n'avait pas sourcillé ; il était resté immobile, légèrement appuyé sur sa béquille ; il guettait son compagnon comme un serpent prêt à s'élancer sur sa proie.

— John ! cria le matelot en avançant une main.

— Bas les pattes ! rugit Silver en bondissant d'un yard en arrière avec la promptitude et l'agilité d'un athlète antraîné.

— Bas les pattes, si tu veux, John Silver, reprit l'autre. Il faut que tu aies la conscience bien noire pour avoir peur de moi. Mais, au nom du ciel, dis-moi ce que c'était !

— Ce que c'était ? répondit Silver en souriant mais plus sur ses gardes que jamais. Oh, je suppose que c'était Alan !

Tel un héros, le pauvre Tom éclata.

— Alan ! s'exclama-t-il. Que son âme de matelot fidèle repose en paix ! Quant à toi, John Silver, ce n'est pas d'aujourd'hui que tu es mon copain, mais maintenant c'est fini. Si je dois mourir comme un chien, au moins je mourrai en faisant mon devoir. Ah, vous avez tué Alan, n'est-ce pas ? Tuez-moi donc, si vous le pouvez. Mais je t'en défie !

Sur ces mots, ce brave garçon tourna le dos au cuisinier pour regagner la plage. Mais il n'était pas destiné à aller loin. Poussant un cri de fureur, John empoigna la branche d'un arbre, tira sa béquille de son aisselle et expédia de toutes ses forces ce projectile insolite. La béquille, pointe en avant, frappa le pauvre Tom juste entre les épaules avec une violence stupéfiante. Il leva les bras, poussa une sorte de soupir et tomba.

La blessure avait-elle été légère ou sérieuse ? Personne ne pourra le dire. A en juger par le choc, sa colonne vertébrale dut céder. Mais, de toute façon, il n'aurait pas eu le temps de se relever : moins de cinq secondes plus tard Silver, leste comme un singe même sans béquille et avec une seule jambe, était sur lui et enfonçait par deux fois son couteau jusqu'au manche dans ce corps incapable de se défendre. De l'endroit où j'étais caché, je l'entendis ahaner en assenant les coups.

Je ne sais pas exactement ce qu'est un évanouissement ; mais ce que je sais, c'est que pendant quelques instants tout se brouilla devant mes yeux : Silver et les oiseaux, le sommet de la Longue-Vue... D'innombrables cloches sonnaient dans ma tête ; des voix éloignées hurlaient je ne sais quoi...

Quand je revins à moi, le monstre s'était redressé ; il avait remis son chapeau sur sa tête et sa béquille sous son bras. A ses pieds Tom gisait inerte sur le gazon ; le meurtrier ne lui accorda pas le moindre regard ; il se pencha, mais pour nettoyer sur une touffe d'herbe son couteau ensanglanté. Le décor n'avait pas changé : le soleil dardait toujours ses rayons impitoyables sur le marécage fumant et sur le flanc robuste de la montagne ; j'avais du mal à me persuader qu'un crime avait été commis, que le fil d'une existence humaine venait d'être tranché sous mes yeux.

John mit une main à sa poche, en tira un sifflet et le porta à ses lèvres ; il modula quelques sons stridents qui déchirèrent l'air brûlant. J'ignorais, naturellement, la signification de ce signal, mais ma peur redoubla. D'autres matelots allaient survenir ; je risquais d'être découvert ; ils avaient déjà assassiné deux de leurs camarades ; après Tom et Alan, ne serait-ce pas le tour du mousse ?

Immédiatement je commençai à me dégager des feuillages et à reculer en rampant le plus vite et le plus silencieusement possible vers la partie plus découverte du bois. J'entendis des appels qu'échangeaient le vieux flibustier et ses complices ; le péril me donna des ailes. Dès que je fus sorti du fourré, je pris mes jambes à mon cou et je courus comme jamais je n'avais couru auparavant. Je me souciais peu de m'orienter, du moment que je mettais du champ entre les assassins et moi. Mais plus je courais, plus la peur me submergeait ; une panique folle, frénétique s'empara de moi.

N'étais-je pas perdu sans recours ? Quand le capitaine Smollett tirerait son coup de fusil, comment oserais-je me diriger vers les canots et me joindre à ces démons encore tout échauffés par leurs crimes ? Le premier qui m'apercevrait ne me tordrait-il pas le cou comme à une bécassine ? Mais d'autre part, mon absence leur prouverait que j'avais peur, donc que j'avais vu, que j'avais entendu, que j'étais au courant, que je savais... Je me dis que tout était fini. Adieu, l'*Hispaniola* ! Adieu, Monsieur Trelawney ! Adieu, docteur ! Adieu, capitaine Smollett ! Ou bien je mourrais de faim sur l'île au Trésor, ou bien je serais tué par les pirates.

Je courais toujours et, sans y prendre garde, je m'étais rapproché de la base de la petite montagne coiffée de deux pics. Les chênes verts croissaient là plus espacés les uns des autres et ressemblaient davantage à des arbres forestiers. Il y avait aussi des pins dont certains avaient bien soixante-dix pieds de hauteur. L'air était plus frais, plus pur qu'au voisinage du marais.

Mais une nouvelle alarme m'immobilisa soudain, le cœur battant.

XV

L'homme de l'île

Du flanc de la colline, qui en cet endroit était escarpée et pierreuse, une petite masse de graviers se détacha, tomba en une sorte de grêle bondissante et rebondissante à travers les arbres. Instinctivement je tournai les yeux de ce côté, et j'aperçus une silhouette qui venait de sauter derrière un pin. Qui était-ce ? Un ours, un homme, un singe ? La silhouette m'avait paru brunâtre, velue ; je n'en pouvais dire davantage ; mais cette apparition me terrorisa.

Toute retraite m'était coupée ; derrière moi les assassins, et devant moi cette forme indéfinissable, tapie dans l'ombre. Aux périls que j'ignorais, je commençai à préférer ceux que je connaissais. Silver en personne me sembla moins redoutable, par contraste, que ce monstre des bois. Je fis donc demi-tour et, me retournant à chaque pas, je repris la direction de la plage et des canots.

Aussitôt la silhouette reparut ; après avoir décrit un large circuit, elle vint se poster en face de moi. J'étais très fatigué, c'est vrai ; mais si j'avais été aussi frais qu'à mon lever, j'aurais été incapable de lutter de vitesse avec cet adversaire inconnu. De tronc d'arbre en tronc d'arbre, il se déplaçait avec l'agilité d'un daim ; il courait sur deux jambes, à la façon d'un être humain ; mais je n'avais jamais vu d'hommes courir aussi vite, pliés en deux. Pourtant c'était bien un homme ; je ne pouvais plus en douter.

Je me rappelai subitement ce que l'on m'avait appris sur les cannibales, et je fus sur le point d'appeler au secours. Mais le simple fait que j'avais affaire avec un homme, même avec un sauvage, même avec un homme des bois, me rassura quelque peu, tandis que ma peur de Silver commença à me reprendre. Je m'arrêtai donc et cherchai dans ma tête une astuce ; brusquement je me souvins du pistolet chargé que je portais sur moi ; dès que je me sentis armé, le courage me revint, et je me dirigeai résolument vers l'homme de l'île.

Il était caché derrière un tronc d'arbre ; mais il avait dû me surveiller attentivement, car dès que je me mis à marcher vers lui, il sortit de sa cachette et fit un pas à ma rencontre. Puis il hésita, recula, s'avança à nouveau, et finalement, à ma stupéfaction et aussi à ma grande confusion, il tomba à genoux et tendit vers moi deux mains suppliantes.

Du coup, je m'immobilisai.

– Qui êtes-vous ? demandai-je.

– Ben Gunn, me répondit-il d'une voix rude et qui grinçait comme une serrure rouillée. C'est moi le pauvre Ben Gunn ; voilà trois ans que je n'ai pas parlé à un chrétien.

Je pouvais voir à présent que c'était un Blanc comme moi, et qu'il avait même un visage sympathique. Sa peau, là où elle était exposée, était brûlée par le soleil ; ses lèvres avaient noirci ; ses yeux clairs contrastaient étrangement avec le reste de sa figure. Jamais en tout cas mendiant ne fut vêtu de haillons pareils ; il avait le corps couvert de lambeaux de vieille toile et de vieux drap marin, reliés ensemble par tout un réseau extraordinaire de boutons de cuivre, de morceaux de bois et de lanières de cuir goudronné. Autour de la taille il portait le seul article solide de son accoutrement : une vieille ceinture de cuir ornée d'une boucle de cuivre.

– Trois ans ! m'exclamai-je. Vous avez fait naufrage ?

– Non, camarade. Ils m'ont abandonné ici...

Je connaissais cet horrible châtiment en usage chez les flibustiers : le coupable était déposé dans une île déserte, lointaine, avec un peu de poudre et un fusil.

– ... Abandonné il y a trois ans, poursuivit-il. Depuis lors je me suis nourri de chèvres, de coquillages, de baies sauvages. Où que se trouve un homme, il doit se suffire ; c'est mon principe. Mais, camarade, mon cœur aspire à un régime alimentaire plus chrétien. Tu n'aurais pas par hasard sur toi un morceau de fromage ? Non ? C'est que, figure-toi, j'ai rêvé je ne sais combien de nuits à du fromage, du fromage sur toast surtout, et je me réveillais pour me retrouver ici.

– Si jamais je peux revenir à bord, dis-je, vous aurez du fromage tant que vous en voudrez.

Pendant ce temps, il avait palpé le tissu de ma veste, caressé mes mains, examiné mes bottes... Entre ses phrases, il affichait un regard ravi : la présence d'un être humain, visiblement, lui causait un plaisir immense.

Mais à mes derniers mots, il changea de visage.

– Si jamais tu peux revenir à bord, as-tu dit ? répéta-t-il. Mais qui donc t'en empêcherait ?

– Pas vous, j'en suis sûr ! répondis-je.

– Tu as raison ! s'écria-t-il. Alors, qui donc... Au fait, camarade, comment t'appelles-tu ?

– Jim.

– Jim, Jim ! dit-il d'un ton satisfait. Ecoute-moi, Jim, j'ai vécu d'une manière si rude que tu aurais honte de m'entendre t'en parler. Et pourtant, à me voir, tu ne croirais pas que j'ai eu une mère pieuse, n'est-ce pas ?

– Ma foi non, pas spécialement ! répondis-je.

– Eh bien, elle était extraordinairement pieuse, Jim ! Et j'ai été un petit garçon poli, pieux, qui savait son catéchisme sur le bout du doigt et qui pouvait le réciter si vite que tu n'aurais pas distingué un mot d'un autre. Et tu vois où j'en suis arrivé ? Tout a commencé parce que je jouais à chat perché sur les tombes du cimetière ! Oui, ça a commencé ainsi, mais c'est allé plus loin. Et ma mère m'avait tout prédit ; elle avait tout deviné, la pieuse femme ! Mais je crois que c'est la Providence qui m'a placé ici. J'ai beaucoup réfléchi dans cette île isolée, et je suis redevenu pieux. On ne me verra plus boire du rhum en grandes quantitiés, rien qu'un dé à coudre pour me porter chance, quand même, à la première occasion. Je me suis promis d'être sage, et je sais ce qu'il faut faire. Et puis, Jim...

Il regarda autour de nous, avant de me chuchoter à l'oreille :

– ... Je suis riche !...

Je me dis que le pauvre diable avait perdu la raison au cours de ses trois années de solitude ; sans doute mon sentiment dut-il transparaître sur ma physionomie, car il répéta avec passion :

– ... Riche ! Riche, je te dis ! Ecoute-moi bien : je ferai de toi un homme, Jim. Ah, Jim, tu béniras ta bonne étoile, toi qui as été le premier à me découvrir !...

Mais soudain son visage s'assombrit ; il me serra convulsivement le poignet et leva un index menaçant.

– ... Dis-mois la vérité, Jim : ce n'est pas le navire de Flint ! me demanda-t-il.

Alors j'eus une inspiration heureuse. Je commençai à comprendre que j'avais peut-être trouvé un allié ; sans hésiter, je lui répondis :

– Ce n'est pas le navire de Flint. Flint est mort. Mais je vais vous dire la vérité, puisque vous me l'avez demandée : il y a quelques anciens matelots de Flint à bord ; c'est un grand malheur pour les autres.

– Il n'y a pas... un homme... avec une seule.. jambe, balbutia-t-il.

– Silver ?

– Ah ! Silver ! murmura-t-il. Oui, c'était son nom.

– C'est le cuisinier. Et aussi le meneur.

Il me tenait encore le poignet ; en m'entendant, il le tordit presque.

– Si tu as été envoyé ici par Long John, gronda-t-il, je ne donne pas cher de ma peau. Je peux même me considérer comme mort. Mais où crois-tu que tu es ?...

En un éclair, ma décision fut prise : en guise de réponse, je lui contai toute l'histoire de notre voyage, et je lui expliquai dans quelle mauvaise passe nous nous trouvions. Il m'écouta avec une vive attention ; quand j'eus fini, il me caressa la joue.

– ... Tu es un bon garçon, Jim ! Et vous êtes tous dans un fichu pétrin... Eh bien, fie-toi à Ben Gunn ! Ben Gunn est exactement l'homme qu'il te faut. Mais crois-tu que ton châtelain se montrerait généreux si on l'aidait, alors qu'il est, comme tu me l'as indiqué, dans un fichu pétrin ?...

Je lui répondis que le châtelain était le plus libéral et le plus généreux des hommes.

– ... Oui, mais comprends-tu, reprit Ben Gunn, je n'entends pas par là qu'il me donne une loge de concierge, ou une livrée de valet de chambre. Cela ne m'intéresse pas, Jim. Ce que je veux savoir, c'est s'il irait jusqu'à... disons mille livres sur cet argent qui m'appartient aussi bien qu'à lui ?

– J'en réponds ! dis-je. Il était convenu que chaque matelot recevait sa part de trésor.

– Et il me paierait le passage de retour ? ajouta-t-il avec un regard pénétrant.

– Mais voyons, m'écriai-je, le châtelain est un gentleman ! De plus, si nous nous débarrassions des autres, nous aurions besoin de vous pour nous aider à rentrer au port.

– Ah, vous auriez besoin de moi ?...

Il parut grandement soulagé.

– ... Alors, je vais te dire quelque chose. Peu de chose, pas davantage. J'étais sur le navire de Flint quand il a enterré le trésor ; lui, avec six matelots ; six costauds. Ils sont restés à terre près d'une semaine, pendant que nous faisions les cent pas sur le vieux *Walrus*. Un beau jour le signal est donné, et voilà Flint qui arrive tout seul dans un petit canot, la tête enveloppé d'une écharpe bleue. Le soleil se levait ; Flint était pâle comme un mort. Mais il était là, s'il te plaît. Les six autres ? Tous morts ; morts et enterrés ! Comment s'y est-il pris ? Personne à bord n'a pu le deviner. Il y a eu combat, meurtre, mort subite, Dieu sait quoi ! Lui tout seul contre six... Billy Bones était le second ; Long John maître de timonerie. Ils lui ont demandé où était le trésor. « Ah, leur a-t-il répondu, vous pouvez descendre à terre, si cela vous chante, et y rester. Mais pour ce qui est du navire, il va repartir pour ramasser encore plus d'or, mille tonnerres ! » Voilà ce qu'il a dit, Flint.

« Trois ans plus tard, je me trouvais à bord d'un autre navire, et voilà que nous tombons sur cette île.

« Les enfants, je leur dis, c'est ici que se trouve le trésor de Flint ; descendons à terre et partons à sa découverte ! » Le capitaine n'était pas d'accord ; mais mes camarades m'ont approuvé, et nous sommes descendus. Pendant douze jours nous l'avons cherché ; et jour après jour leur colère et leur déception croissaient ; un beau matin ils sont tous repartis à bord. « Et toi, Benjamin Gunn, m'ont-ils déclaré, voici un mousquet, une bêche et une pioche. Tu vas rester ici et tu trouveras tout seul l'argent de Flint. »

« Eh bien, Jim, je suis ici depuis trois ans, sans avoir jamais fait un seul jour un repas de chrétien. Mais maintenant, regarde-moi. Ai-je l'air d'un simple matelot ? Non, n'est-ce pas ? Eh bien, je ne suis pas qu'un simple matelot...

Il cligna de l'œil et me pinça très fort.

– ... Voilà les mots que tu rapporteras à ton châtelain, Jim ! Il n'est pas un simple matelot. Pendant trois années il a été l'homme de cette île, qu'il fasse jour ou nuit, qu'il pleuve ou que le soleil brille. Et tantôt il pensait à prier (tu lui diras), tantôt il pensait à sa vieille mère en se demandant si elle vivait toujours (tu lui diras) ; mais Gunn employait la majeure partie de son temps (c'est cela qu'il faudra que tu dises, surtout !) à autre chose. Et tu lui pinceras le bras, comme je te pince le bras, Jim !...

Il joignit le geste à la parole avant de poursuivre :

– ... Ensuite tu lui diras ceci : Gunn est un brave type (tu lui diras, hein ?) et il a bien davantage confiance (davantage confiance, n'oublie pas !) dans un gentleman né gentleman qu'en ces gentilshommes de fortune, en ayant été un moi-même.

— Ecoutez, lui dis-je, je ne comprends pas un mot de ce que vous me dites. Mais c'est sans importance ; car comment vais-je pouvoir revenir à bord ?

— Ah, voilà le problème ! Mais je possède un canot, que j'ai construit de mes propres mains. Je le laisse sous le rocher blanc. Si tout va mal, nous pourrons essayer de l'utiliser une fois la nuit tombée... Chut ! cria-t-il. Que veut dire cela ?

Le soleil avait encore une ou deux heures de course devant lui ; cependant les échos de l'île retentirent du grondement d'un canon.

— La bataille est commencée ! m'écriai-je. Suivez-moi !

Je me mis à courir vers le mouillage ; j'avais oublié toutes mes terreurs ; au coude-à-coude, l'homme de l'île en peaux de chèvre trottait avec aisance et légèreté.

— A gauche, à gauche ! me dit-il. Garde ta gauche, mon ami Jim ! Demeure sous les arbres ! Voilà l'endroit où j'ai abattu ma première chèvre. Elles ne descendent plus ici, maintenant ; elle se cantonnent sur la montagne tant elles ont peur de Benjamin Gunn. Ah, et voici le cimetière ! Tu vois les petits tertres ? De temp à autre, quand je pensais que c'était peut-être dimanche, je venais là et je priais... Ce n'est pas positivement une chapelle, mais c'est peut-être plus solennel. Et puis, vois-tu, Ben Gunn manquait de tout : il n'avait pas de chapelet, même pas une Bible ni de drapeau...

Il continuait à parler tout en courant, sans escompter ni recevoir de réponse.

Au bout d'un certain temps, le coup de canon fut suivi d'une décharge d'armes légères.

Et tout à coup, à moins d'un quart de mile devant moi, j'aperçus le drapeau de l'Union Jack qui flottait au-dessus d'un bois.

Quatrième partie

LE CAMP RETRANCHÉ

XVI

Comment le navire fut abandonné

(Récit continué par le docteur Livesey.)

Il y avait à peu près une heure et demie (trois coups de cloche en langage de marin) que les deux canots avaient quitté l'*Hispaniola* pour se rendre sur l'île. Le capitaine, le châtelain et moi-même étions en train de discuter de la situation dans la cabine. S'il y avait eu le moindre souffle de vent, nous serions tombés sur les six mutins qui étaient demeurés à bord avec nous, nous aurions levé l'ancre et nous aurions pris le large. Mais le vent faisait cruellement défaut ; et, pour comble, Hunter descendit nous apporter la nouvelle que Jim Hawkins avait sauté dans un canot et était parti pour l'île avec les autres.

Douter de Jim Hawkins ne nous vint pas à l'esprit ; mais nous craignîmes le pire pour sa vie. Etant donné l'état d'esprit des matelots, il y avait une chance sur deux pour que nous ne le revissions jamais. Nous nous précipitâmes sur le pont ; le goudron bouillonnait aux coutures ; la puanteur du mouillage me donna des nausées ; cet endroit était à coup sûr le paradis des fièvres et de la dysenterie. Les six pirates étaient assis à l'ombre d'une voile sur le gaillard d'avant. A terre les canots avaient été amarrés tout près de l'embouchure de la rivière, chacun étant gardé par un matelot ; l'un des deux sifflait *Lillibullero*.

Attendre était épuisant ; nous décidâmes que Hunter et moi irions à terre dans le petit canot en quête de renseignements. Les deux premiers canots s'étaient déportés sur leur droite ; Hunter et moi, nous poussâmes au contraire tout droit en direction du blockhaus, tel qu'il était indiqué sur la carte. Quand ils nous aperçurent, les deux matelots de garde parurent tout déconcertés ; *Lillibullero* tourna court, et je les vis discuter entre eux ; sans doute se demandaient-ils ce qu'ils devaient faire. S'ils étaient partis pour avertir Silver, tout aurait pu prendre une autre tournure ; mais ils avaient probablement des ordres formels, et ils résolurent de demeurer sur place ; *Lillibullero* retentit de plus belle.

La côte présentait un léger renflement ; je gouvernai notre canot pour mettre cette avancée de terre entre eux et nous ; avant même notre débarquement, nous les avions perdus de vue. Je sautai sur la plage et courus de toute la vitesse de mes jambes, avec un grand mouchoir de soie sous mon chapeau pour me protéger de l'ardeur du soleil ; à tout hasard j'avais amorcé mes pistolets.

A moins de cent yards du rivage, j'arrivai devant le camp retranché, que je vais maintenant décrire.

Une source d'eau fraîche et pure jaillissait presque en haut d'un mamelon ; sur ce mamelon, et englobant la source, on avait construit avec des rondins une grande cabane de bois, qui pouvait abriter une quarantaine de personnes et qui comportait sur chaque face des meurtrières. Tout autour de la cabane, un espace découvert avait été dégagé, clôturé par une palissade de six pieds de haut, sans porte ni ouverture d'aucune sorte, à la fois trop solide pour être renversée facilement et trop peu haute pour protéger des assiégeants éventuels ; de la cabane, des assiégés avaient vue sur tous les côtés et ils pouvaient faire mouche à tout coup ; ils n'avaient besoin, en somme, que de vivres et de vigilance pour tenir ; un régiment n'en serait pas venu à bout.

La source fut ce qui me séduisit le plus ; la cabine de l'*Hispaniola* était certes un bon retranchement où nous ne manquions ni d'armes, ni de munitions, ni de vivres, ni d'excellents vins ; mais nous n'avions pas d'eau. J'étais en train de réfléchir à cela quand un cri d'agonie déchira le silence et la paix de l'île. Je savais ce que c'était qu'une mort violente, puisque j'avais servi sous Son Altesse Royale le duc de Cumberland et que j'avais été blessé à Fontenoy, mais je sentis mon pouls battre la chamade. « Jim Hawkins est mort » : voilà quelle fut ma première pensée.

Il est bon d'avoir été soldat, mais il vaut encore mieux être médecin ; dans ma profession, on n'a pas le temps de tergiverser. Je pris donc instantanément une décision : sans perdre de temps, je regagnai le rivage et réembarquai.

Heureusement Hunter était un excellent rameur ; nous volâmes sur l'eau et je me retrouvai bientôt à bord de la goélette.

Tout le monde était bouleversé, comme de juste. Blanc comme un linge, le châtelain était assis et se reprochait amèrement, le brave homme, de nous avoir engagés dans une aventure pareille. Et l'un des six matelots du gaillard d'avant était presque aussi effondré.

— Voici un novice, me dit le capitaine Smollett, un homme qui n'a pas l'habitude de ce genre de travail. Quand il a entendu le cri, docteur, il a failli s'évanouir. Au prochain coup de pouce à la barre, il passera dans notre camp !

Je communiquai mon plan au capitaine, et nous réglâmes tous les deux les détails de son exécution.

Nous plaçâmes le vieux Redruth dans le couloir allant de la cabine au gaillard d'avant, avec trois fusils chargés et un matelas destiné à sa protection. Hunter conduisit le petit canot sous l'arrière de la goélette à bâbord ; Joyce et moi nous nous mîmes en demeure de le charger de tonnelets de poudre, de mousquets, de barils de porc, d'un petit fût de cognac et de ma précieuse trousse médicale.

Pendant ce temps, le châtelain et le capitaine s'installaient sur le pont ; le capitaine interpella le barreur, qui était le plus élevé en grade.

— Monsieur Hands, lui dit-il, nous sommes deux avec chacun une paire de pistolets chargés. Si l'un d'entre vous six essaie de faire le moindre signal, c'est un homme mort.

Tout d'abord atterrés, ils se réunirent pour délibérer ; puis ils dégringolèrent tous par le capot de l'avant, espérant probablement nous prendre par-derrière. Mais quand ils virent Redruth qui les attendait dans l'étroit couloir, ils firent demi-tour, et une tête apparut sur le pont.

— En bas, chiens ! cria le capitaine.

La tête disparut aussitôt, et pendant quelque temps nous n'eûmes plus de nouvelles de ces lâches.

Quand notre petit canot fut chargé au maximum, Joyce et moi nous repartîmes vers le rivage de toute la vitesse de nos avirons.

Ce deuxième voyage ne manqua pas de réveiller l'attention des deux matelots de garde aux canots. Une fois de plus, *Lillibullero* fut interrompu ; au moment où nous contournions le renflement de la côte, je vis l'un d'eux sauter à terre et s'enfoncer dans l'île. L'idée m'effleura de modifier mes plans et d'aller détruire leurs canots, mais je réfléchis que Silver et ses acolytes se trouvaient peut-être dans les environs immédiats, et qu'un excès de témérité pouvait causer notre perte.

Nous eûmes tôt fait de toucher terre au même endroit, et de déverser notre stock par-dessus la palissade. Nous laissâmes Joyce en faction (tout seul, c'est vrai, mais avec une demi-douzaine de mousquets) et nous fîmes la navette, Hunter et moi, entre le petit canot et le camp retranché jusqu'à ce que nous ayons complètement vidé notre embarcation. Les deux serviteurs de Monsieur Trelawney prirent position dans la cabane, pendant que, de toute la vigueur de mes bras, je ramenais le petit canot vers l'*Hispaniola*.

Le châtelain m'attendait à la fenêtre de poupe ; il était redevenu lui-même ; il saisit la remorque et la fixa, puis nous effectuâmes un nouveau chargement du canot. Notre vie était en jeu ; nous embarquâmes du porc, de la poudre, des biscuits, quatre mousquets et quatre sabres d'abordage destinés au châtelain, au capitaine, à Redruth et à moi-même. Nous précipitâmes par-dessus bord le reste des armes et de la poudre ; l'acier brillait sous le soleil, reposant par le fond sur le sable fin.

Sur ces entrefaites, la marée était devenue étale, et la goélette effectuait un tête-à-queue sur son ancre. Nous entendîmes de faibles bruits de voix et d'appels du côté des deux canots ; ils nous rassurèrent sur le sort de Joyce et de Hunter, qui étaient plus à l'est, mais ils nous incitèrent à nous hâter.

Redruth abandonna son poste dans le couloir et se glissa dans le petit canot que nous amenâmes contre le flanc du navire pour le rendre plus accessible au capitaine Smollett.

– Les hommes, dit celui-ci, m'entendez-vous ?...

Du gaillard d'avant, aucune réponse ne vint.

– ... C'est à vous, Abraham Gray, à vous que je m'adresse...

Toujours pas de réponse.

– ... Gray, reprit le capitaine Smollett en forçant légèrement la voix, je quitte le navire, et je vous ordonne de suivre votre capitaine. Je sais qu'au fond vous êtes un brave homme, et j'ose dire qu'aucun de vous six n'est aussi mauvais qu'il en a l'air. J'ai ma montre en main. Je vous donne trente secondes pour me rejoindre...

Il y eut un silence.

– ... Venez, mon brave ! poursuivit le capitaine. Ne perdez pas de temps dans des hésitations inutiles. Je risque à chaque seconde ma vie et la vie de tous ces gentlemen.

Il y eut soudain un bruit de bagarre, de coups échangés, et Abraham Gray, la joue ouverte par un coup de couteau, s'élança vers le capitaine, tel un chien répondant au coup de sifflet.

– Je suis avec vous, Monsieur, dit-il.

La seconde d'après le capitaine et lui sautaient à bord de notre petit canot, et nous prenions le large.

Nous avions abandonné le navire mais nous n'étions pas encore à terre dans notre camp retranché.

XVII

Le dernier voyage du petit canot

(Suite du récit du docteur Livesey.)

Ce cinquième voyage ne ressembla pas du tout aux précédents.

D'abord, parce que notre petit canot était lourdement surchargé. Cinq hommes faits, sur lesquels trois (Trelawney, Redruth et le capitaine) mesuraient plus de six pieds de haut, c'en était plus qu'il n'était destiné à porter. Et en sus des hommes, il y avait la poudre, le porc et les sacs de biscuits. Le plat-bord à l'arrière léchait la mer. A plusieurs reprises, nous embarquâmes de l'eau, et nous n'avions pas fait cent yards que ma culotte et les basques de mon habit étaient trempées. Le capitaine nous fit équilibrer le canot, et nous réussîmes à le redresser tant bien que mal. Malgré tout, nous avions peur de respirer.

Ensuite, parce que le reflux formait à présent un fort courant vers l'ouest à travers le bassin, puis vers le sud et vers la mer dans la passe par laquelle nous étions arrivés dans la matinée. Les moindres vagues constituaient certes un danger pour notre canot surchargé, mais le plus grave était que le courant nous déportait, donc que nous nous éloignions de notre débarcadère derrière le renflement de la côte. Si nous ne parvenions pas à résister au courant, nous aborderions l'île près de l'endroit où se trouvaient les canots des mutins, et les pirates pouvaient nous y cueillir à tout moment.

— Je ne peux pas maintenir le cap sur le camp retranché, Monsieur...

J'avouai mon impuissance au capitaine qui, avec Redruth, maniait les avirons pendant que je tenais la barre.

— ... Le reflux déporte le canot. Pourriez-vous souquer sur les rames ?

— Pas sans chavirer, me répondit-il. Il faut que vous teniez bon. Monsieur, s'il vous plaît... Tenez bon jusqu'à ce que vous constatiez que vous gagnez sur le reflux.

Je fis tous mes efforts, mais je découvris que le courant continuait à nous chasser vers l'ouest, tant que je ne mettais pas le coup plein est, c'est-à-dire à peu près à angle droit avec la direction que nous voulions suivre.

— A ce train-là, nous n'arriverons jamais au rivage ! soupirai-je.

— Puisque c'est le seul cap que nous puissions prendre, Monsieur, répondit le capitaine, il faut nous y tenir. Voyez-vous, Monsieur, si nous tombions sous le vent du débarcadère, nous aurions du mal à dire où nous pourrions aborder, sans parler d'une rencontre éventuelle avec les canots des mutins. Au lieu que, étant donné notre route, le courant doit faiblir bientôt, et nous pourrons caboter ensuite le long du rivage.

— Le courant faiblit déjà, Monsieur, dit Gray qui était assis à l'avant. Vous pouvez dégager un peu.

— Merci, mon ami ! répondis-je comme si rien ne s'était produit à bord car nous avions décidé de le traiter sur le même pied que les nôtres.

Tout à coup le capitaine s'écria, d'une voix un tant soit peu altérée :

— Le canon !

— J'y avais pensé, dis-je pour répondre à sa crainte d'un bombardement du camp retranché. Mais ils ne pourront jamais transporter le canon jusqu'à la côte ; même en admettant qu'ils y parviennent, ils seront incapables de le haler à travers bois.

— Regarder derrière vous, docteur ! se borna à répondre le capitaine.

Nous avions complètement oublié l'émerillon ; or les cinq bandits s'affairaient autour de la longue pièce de neuf, la débarrassaient de sa bâche. Et je me rappelai soudain, avec horreur, que les boulets et la poudre étaient demeurés à bord : un simple coup de hache suffirait pour leur permettre d'accéder à cette soute.

— Israel était le canonnier de Flint ! dit Gray en grinçant des dents.

Nous risquâmes le tout pour le tout : nous mîmes le cap droit sur le débarcadère. Nous étions heureusement sortis du lit du courant, et je pus maintenir la barre vers le but que nous nous étions assigné, pendant que les autres ramaient le plus vigoureusement possible. Mais le drame était qu'en maintenant ce cap, nous offrions notre flanc et non plus notre arrière à l'*Hispaniola* : nous étions vraiment, pour un canonnier expérimenté, une cible idéale.

Je vis, et j'entendis ce bandit d'Israel Hands faire rouler un boulet sur le pont.

— Qui est le meilleur tireur ? s'enquit le capitaine.

— Monsieur Trelawney, sans contestation possible ! répondis-je.

— Monsieur Trelawney, dit le capitaine, voudriez-vous s'il vous plaît me débarrasser de l'un de ces gêneurs ? De Hands, si possible...

Le châtelain était froid comme de l'acier. Il vérifia l'amorce de son fusil.

— ... Attention, Monsieur, cria le capitaine. Doucement avec votre arme, sinon vous allez nous faire chavirer. Vous autres, arrangez-vous pour maintenir le canot en équilibre pendant qu'il visera et tirera.

Monsieur Trelawney épaula ; les rameurs s'arrêtèrent ; nous nous appuyâmes tous de l'autre côté du canot pour le maintenir en équilibre ; nous n'embarquâmes pas une goutte d'eau.

Pendant ce temps les mutins avaient amené le canon sur son pivot ; Hands, qui se tenait à la bouche à feu avec le refouloir, était le plus exposé. Mais nous jouâmes de malchance car au moment où Trelawney tirait, il se baissa ; la balle siffla au-dessus de sa tête et ce fut l'un des autres qui ·s'écroula.

Le cri que poussa la victime de ce coup de feu eut pour écho non seulement les hurlements de ses compagnons à bord de la goélette, mais des vociférations en provenance du rivage. Regardant dans cette direction, je vis les autres pirates sortir en courant de l'abri des arbres et se précipiter dans les canots.

— Voici les canots ! dis-je.

— Alors, fonçons ! cria le capitaine. Peu importe si nous chavirons maintenant. Tout sera perdu si nous n'arrivons pas au rivage.

— Il n'y a qu'un canot qui nous donne la chasse, Monsieur, lui dis-je. L'équipage de l'autre canot doit manœuvrer sur terre pour nous couper du camp retranché.

— C'est une course qui leur donnera chaud. Quand le marin tire une bordée... vous connaissez le dicton, n'est-ce pas ? Je me moque bien d'eux ; c'est le boulet que je redoute ! Un vrai jeu de quilles ! La bonne de ma femme ne nous manquerait pas ! Monsieur Trelawney, dites-nous quand vous verrez la mèche ; nous tiendrons l'eau.

Nous avions fait force de rames et couvert une bonne distance pour un canot aussi chargé, sans avoir embarqué beaucoup d'eau. Nous étions à une trentaine de coups d'avirons du rivage, car le reflux avait déjà découvert une étroite bande de sable sous les arbres. Nous n'avions plus à craindre le canot des rebelles ; la légère avancée de la côte nous avait déjà cachés à leurs yeux ; le courant, qui nous avait si cruellement retardés, se rachetait maintenant à nos yeux en retardant nos adversaires. Le seul danger était le canon.

— Si j'osais, dit le capitaine, j'arrêterais et je démolirais un autre mutin.

Mais il était clair qu'ils entendaient tirer sans plus attendre. Ils ne s'étaient guère occupés de leur camarade qui, touché par la balle du châtelain, agonisait en se traînant sur le pont.

– Attention ! cria Monsieur Trelawney.

– Stop ! cria le capitaine, prompt comme un écho.

Redruth et lui se penchèrent violemment en arrière, et le canot plongea son arrière dans l'eau. Au même moment la détonation retentit. Ce fut la première que Jim entendit, car le son du coup de feu du châtelain n'était pas parvenu à ses oreilles. Nul ne sut où passa le boulet, mais je suppose qu'il nous frôla la tête et que son souffle contribua à la catastrophe qui suivit.

En tout état de cause, le canot sombra par l'arrière, tout doucement, par trois pieds d'eau, laissant le capitaine et moi-même debout, et face à face. Les trois autres avaient plongé la tête la première ; ils se relevèrent trempés, et crachant la tasse qu'ils avaient bue.

Rien de grave là-dedans. Nous étions sains et saufs, et nous gagnâmes le rivage en pataugeant, mais nos provisions avaient coulé par le fond, et sur cinq fusils deux seulement demeuraient en état de fonctionner. Instinctivement j'avais levé et maintenu le mien au-dessus de ma tête. Quant au capitaine, il avait le sien suspendu à l'épaule par une bandoulière et, sagement, la platine en l'air. Les trois autres gisaient au fond de l'eau.

Pour comble, nous entendîmes des voix qui se rapprochaient dans les bois longeant le rivage ; non seulement nous risquions de nous trouver coupés du camp retranché, mais nous nous demandions si Hunter et Joyce, pour le cas où ils seraient attaqués par une douzaine d'hommes, sauraient opposer la résistance nécessaire ; nous savions que Hunter était un élément solide, mais Joyce ne nous inspirait pas la même confiance : c'était un serviteur poli et complaisant, il savait admirablement brosser des habits, mais de là à se révéler homme de guerre...

La tête pleine de ces réflexions, nous tournâmes résolument le dos à notre pauvre petit canot, ainsi qu'à une bonne moitié de toute notre réserve de poudre et de nos vivres.

XVIII

Fin des combats du premier jour

(Suite du récit du docteur Livesey.)

Nous nous élançâmes pour traverser le plus vite possible la bande de forêt qui nous séparait du camp retranché ; à chaque pas, nous avions l'impression que les voix des flibustiers se rapprochaient. Nous entendîmes enfin le bruit de leur course ; leurs pas martelaient le sol ; ils brisaient des branchages en franchissant les fourrés.

Je commençai à prévoir que nous ne pourrions pas éviter la bagarre, et je vérifiai mon amorce.

— Capitaine, dis-je, Trelawney est notre meilleur tireur. Donnez-lui votre fusil, le sien ne lui servirait à rien.

Ils échangèrent leurs armes ; silencieux et froid comme il l'avait constamment été depuis le début du branle-bas, Trelawney s'arrêta un moment pour s'assurer que le fusil était en état de fonctionnement. Ce fut alors que je m'aperçus que Gray était sans armes, et que je lui remis mon sabre. J'avoue que nous fûmes tous réconfortés de le voir cracher dans sa main et fendre l'air de la lame pour s'échauffer ; tout, dans son attitude et sur son visage tendu, indiquait que notre nouvelle recrue donnerait du fil à retordre à nos ennemis.

Après une quarantaine de pas, nous arrivâmes à la lisière du bois : la palissade se trouvait juste en face de nous. Nous l'abordâmes vers le milieu de sa face sud ; presque au même instant, sept mutins conduits par le maître d'équipage, Job Anderson, apparurent en vociférant à l'angle sud-ouest.

Surpris, ils s'immobilisèrent, et nous ne leur laissâmes pas le temps de se ressaisir : le châtelain et moi, plus Hunter et Joyce de l'intérieur du camp retranché, firent feu. Ces quatre coups de fusil ressemblèrent plutôt à une mauvaise salve, mais ils produisirent l'effet escompté : l'un des mutins s'écroula sur le sol ; les autres coururent se réfugier sous les arbres.

Nous rechargeâmes nos fusils, et nous longeâmes l'extérieur de la palissade pour aller examiner notre victime : le mutin avait été tué net d'une balle en plein cœur.

Au moment où nous nous réjouissions de ce succès, un coup de pistolet retentit derrière les broussailles, une balle siffla à mes oreilles, et le pauvre Tom Redruth chancela et s'affala lourdement sur le sol. Le châtelain et moi répliquâmes aussitôt ; mais comme nous n'avions aucune cible visible, nous gaspillâmes probablement notre poudre : Après avoir rechargé nos armes, nous nous tournâmes vers Tom.

Le capitaine et Gray étaient déjà penchés au-dessus de lui ; du premier coup d'œil, je compris que sa blessure était mortelle.

Je pense que la promptitude de notre riposte avait incité les mutins à prendre du champ, car sans être dérangés, nous pûmes hisser le vieux garde-chasse par-dessus la palissade et le transporter, gémissant et perdant son sang, dans la cabane de rondins.

Pauvre diable ! Il n'avait pas prononcé le moindre mot de surprise, de plainte, de frayeur ou même d'acquiescement depuis le début de nos difficultés ; comme un bon soldat, il était demeuré à son poste dans le couloir derrière son matelas ; il avait exécuté sa consigne sans murmurer, fidèlement ; il avait obéi avec conscience à chacun des ordres qu'il avait reçus. Il était d'une vingtaine d'années notre aîné, et maintenant ce vieux serviteur loyal et morose allait mourir.

Le châtelain tomba à genoux à côté de lui, lui baisa la main et se mit à sangloter comme un enfant.

— Est-ce que je vais mourir, docteur ? demanda-t-il.

— Tom, mon brave, lui répondis-je, vous allez partir pour le grand voyage.

— J'aurais bien voulu en descendre un avant !

— Tom, dit le châtelain, vous me pardonnez, n'est-ce pas ?

— Il ne serait pas respectueux, de ma part, de vous dire une chose pareille, Monsieur, répliqua le garde-chasse. Cependant, qu'il en soit comme vous le voulez, amen !...

Après un petit silence, il demanda que quelqu'un lût une prière.

— ... C'est la coutume, Monsieur, ajouta-t-il comme pour s'excuser.

Et, sans une autre parole, il rendit l'âme peu après.

Pendant ce temps, le capitaine qui avait la poitrine et les poches extraordinairement gonflées en avait retiré quantité d'objets hétéroclites : le pavillon britannique, une Bible, un rouleau de grosse corde, une plume, de l'encre, le livre de bord et je ne sais combien de paquets de tabac. Dans l'enclos il avait trouvé un long pin abattu et émondé ; aidé par Hunter, il le dressa contre l'un des angles de la cabane puis, grimpant sur le toit, il hissa les couleurs de l'Angleterre.

Il redescendit tout réconforté. Il rentra à l'intérieur de la cabane et fit l'inventaire des marchandises et des provisions comme s'il ne se passait rien d'autre ; mais du coin de l'œil il surveillait l'agonie de Tom ; quand le pauvre diable rendit le dernier soupir, il s'avança avec un autre drapeau et l'étendit avec respect sur le cadavre.

— Ne vous désolez pas, Monsieur ! dit-il au châtelain en lui serrant vigoureusement la main. Tout va bien pour lui ; il n'y a rien à craindre pour un matelot qui a été tué en accomplissant son devoir vis-à-vis de son capitaine et de son armateur. Ce n'est peut-être pas très orthodoxe du point de vue de la religion, mais c'est pourtant la vérité...

Puis il me prit à part.

— ... Docteur Livesey, me dit-il, dans combien de semaines attendez-vous le navire de secours ?

Je lui dis que c'était une question de mois et non pas de semaines ; que si nous n'étions pas de retour à la fin d'août, Blandly ferait partir un navire à notre recherche ; mais ni plus tôt, ni plus tard.

— Calculez vous-même, ajoutai-je.

— C'est bien dommage, Monsieur, que nous ayons perdu ce deuxième chargement. Pour la poudre et les fusils, nous pourrons tenir. Mais les rations sont justes, très justes... Si justes, docteur Livesey, que nous serons peut-être plus à l'aise sans cette bouche supplémentaire...

Et il me désigna le corps enveloppé du drapeau.

A cet instant précis, un boulet passa en grondant et en sifflant au-dessus du toit de la cabane pour tomber loin derrière nous dans le bois.

— ... Oh, oh ! dit le capitaine. Balle perdue ! Or vous n'avez pas beaucoup de poudre, mes lascars.

Au deuxième essai, le pointage se révéla plus précis : le boulet chut à l'intérieur du camp retranché et souleva un nuage de sable sans autres dégâts.

— Capitaine, dit le châtelain, de la goélette la cabane est complètement invisible. C'est certainement le drapeau qui leur sert de point de mire. Ne serait-il pas plus sage de le descendre ?

— Que j'amène mon pavillon ? s'écria le capitaine. Non, Monsieur, ne comptez pas sur moi !

A peine avait-il répondu que tous sans exception, je pense, nous l'approuvâmes. Car non seulement il venait d'exprimer un bon et robuste sentiment de marin, mais aussi c'était de bonne politique de montrer à nos ennemis que nous méprisions leur tir.

Toute la soirée ils continuèrent à nous canonner. Les boulets tombaient trop longs ou trop courts, à moins qu'ils ne fissent voler le sable du mamelon ; mais les mutins étaient obligés de pointer si haut que le coup s'en trouvait amorti et que le projectile s'enterrait dans le sable mou ; nous n'avions pas à redouter de ricochets ; et bien qu'un boulet eût traversé notre toit et le plancher, nous nous habituâmes vite à ce genre de sport, qui ne nous impressionna pas davantage qu'une partie de cricket.

— Il y a quelque chose de bon dans ce bombardement, fit remarquer le capitaine. Le bois d'en face est probablement vide. Or la marée descend depuis un bon moment ; l'eau a dû découvrir nos provisions. Je demande des volontaires pour aller chercher le stock de porc.

Gray et Hunter s'offrirent les premiers. Bien armés, ils franchirent la palissade et s'éloignèrent en courant. Mais leur mission échoua. Ou bien les mutins étaient plus hardis que nous le pensions, ou bien ils plaçaient une confiance excessive dans l'adresse de leur canonnier Israel : en tout cas quatre ou cinq d'entre eux s'affairaient autour de nos provisions et les transportaient dans l'un de leurs canots. Silver se tenait à l'arrière ; chaque mutin était à présent armé d'un mousquet provenant d'un arsenal que nous avions ignoré.

Le capitaine s'assit devant son livre de bord et il se mit à écrire :

« Alexander Smollett, capitaine ; David Livesey, médecin du bord ; Abraham Gray, matelot-charpentier ; John Trelawney, armateur du navire ; John Hunter et Richard Joyce, serviteurs de l'armateur ; tous Anglais, et représentant ce qui reste d'éléments fidèles de l'*Hispaniola,* avec des vivres pour dix jours à rations réduites, avons débarqué ce jour et hissé le pavillon britannique sur la cabane de l'Ile au Trésor. Thomas Redruth, serviteur de l'armateur, Anglais, abattu par les mutins ; Jim Hawkins, mousse... »

Pauvre Jim Hawkins ! Quel sort lui avait-il été réservé ?

Un appel s'éleva du côté de l'intérieur de l'île.

— Quelqu'un nous hèle ! confirma Hunter qui était de garde.

— Docteur Livesey ! Monsieur Trelawney ! Capitaine ! Hello, Hunter, est-ce vous ? cria-t-on.

Je courus à la porte juste pour voir Jim Hawkins, sain et sauf, escalader la palissade.

XIX

La garnison du camp retranché

(Récit repris par Jim Hawkins.)

Dès que Ben Gunn aperçut le pavillon britannique, il s'arrêta, me prit par le bras et m'obligea à m'asseoir à côté de lui.

– Ce sont tes amis, me dit-il.

– Il est beaucoup plus probable que ce sont les mutins.

– Jamais de la vie ! s'écria-t-il. Dans un endroit comme cette île, que ne fréquentent que les gentishommes de fortune, Silver aurait hissé le pavillon noir, sois-en sûr ! Non, ce sont tes amis. Il y a eu bataille, et je parie que tes amis ont eu le dessus ; les voici à l'abri dans le vieux camp retranché qui fut construit par Flint, il y a bien des années. Ah, c'était un type, ce Flint ! Pas son égal pour casser une tête, sauf le rhum. Il n'avait peur de personne ; peut-être de Silver. Silver aussi était dangereux...

– C'est bien possible, dis-je. Mais il n'empêche que je veux me dépêcher pour rejoindre mes amis.

– Non, camarade ! répliqua Ben. Tu es un brave gosse, sauf erreur. Mais tout compte fait, tu n'es qu'un gosse. Maintenant, Ben Gunn va te quitter. Cent tonnelets de rhum ne me feraient pas t'accompagner là où tu vas, avant que j'aie vu ton authentique gentleman et qu'il m'ait donné sa parole d'honneur. Et tu n'oublieras pas ces mots ! « Il a bien davantage confiance en un gentleman né gentleman qu'en ces gentilshommes de fortune. » Tu lui diras cela, et après tu le pinceras, là !...

Il me pinça pour la troisième fois avec le même regard malin.

– ... Et quand on aura besoin de Ben Gunn, eh bien tu sauras où le trouver, Jim ! Juste à l'endroit où tu l'as trouvé aujourd'hui. Et celui qui viendra, il faudra qu'il ait un mouchoir blanc à la main, et qu'il vienne seul. Oh, et puis tu diras aussi : « Ben Gunn, il a ses raisons. »

– Je crois que je commence à comprendre, lui dis-je. Vous avez une proposition à faire, et vous voulez voir le châtelain ou le docteur ; et ils vous trouveront à l'endroit où je vous ai rencontré. Est-ce tout ?

– Mais quand ? s'écria-t-il précipitamment. Disons : entre le point de midi et six coups de cloche.

– Bien. Maintenant, puis-je partir ?

– Tu n'oublieras pas ? me demanda-t-il en me regardant anxieusement. « Davantage confiance » et « il a ses raisons » ; voilà ce que tu diras. Des raisons personnelles ; voilà l'essentiel ; comme d'homme à homme, tu comprends ? Eh bien, je pense que tu peux partir à présent, Jim ! Mais, Jim, si tu tombes par hasard sur Silver, tu ne vendras pas Ben Gunn ? Des tortures ne t'arracheraient pas que tu m'as vu, n'est-ce pas ? Non, jure-moi que non ! Mais si les pirates campent à terre, Jim, que dirais-tu s'il y avait des veuves demain matin ?

Une forte détonation retentit ; un boulet de canon déchira le feuillage des arbres et vint s'enfouir dans le sable, à moins d'une centaine de yards du lieu où nous étions en train de parler. Nous détalâmes aussitôt chacun de notre côté.

Pendant une bonne heure, des explosions ébranlèrent l'île, tandis que des boulets continuaient de pleuvoir des arbres. Je courais de cachette en cachette, avec l'impression désagréable que les projectiles me pourchassaient. Mais vers la fin du bombardement, et bien que n'osant pas encore m'aventurer du côté de la palissade qui semblait être l'objectif des boulets, j'avais repris courage ; après un long crochet vers l'est, je me mis à ramper sous les arbres du rivage.

Le soleil venait de disparaître ; la brise de mer agitait doucement les feuilles, ridait la surface grise du mouillage ; la marée basse avait laissé à découvert une vaste étendue de sable ; après la chaleur torride de la journée, la fraîcheur du soir me fit frissonner.

L'*Hispaniola* était toujours ancrée au même endroit, mais le pavillon noir des pirates flottait à son mât. Pendant que j'examinais la goélette, un nouvel éclair rouge précéda une nouvelle détonation : un boulet déchira l'air ; ce fut le dernier coup de canon.

Je demeurai quelque temps à l'affût, pour surveiller le va-et-vient qui avait succédé à l'attaque. Des hommes étaient en train de démolir quelque chose sur la plage à coups de hache ; j'appris plus tard que c'était le pauvre petit canot. Plus loin, près de l'embouchure de la rivière, parmi les arbres, un grand feu brillait ; entre cet endroit et la goélette, un canot faisait constamment la navette ; les rameurs, que j'avais vus si maussades au début de l'après-midi, chantaient comme des enfants ; mais leurs voix avinées me firent penser, automatiquement, au rhum.

Finalement, je me dis que je pouvais rentrer au camp retranché. Je me trouvais assez loin sur la pointe de sable qui fermait le mouillage vers l'est et qui se reliait sous l'eau à l'île du Squelette ; en me redressant, je vis un peu plus bas sur ce promontoire, et émergeant de quelques buissons, un rocher isolé, assez haut et tout blanc. Je me dis qu'il s'agissait sans doute du rocher blanc dont Ben Gunn m'avait parlé, et que si quelque jour nous avions besoin d'un canot, je saurais où aller le chercher.

Je longeai ensuite la lisière des bois jusqu'à la face de la palissade orientée vers la mer, et je fus bientôt accueilli chaleureusement par le camp des fidèles.

Après avoir raconté mon histoire, je procédai à l'examen des lieux. La cabane de rondins était construite avec des troncs de pins non équarris (non seulement ses murs, mais son toit et son plancher). Le plancher était par endroits à un pied ou à un pied et demi au-dessus de la surface du sable. La porte était dominée par un porche, et sous ce porche la petite source coulait dans une cuvette artificielle assez bizarre puisqu'elle était tout simplement une grande marmite en fer dont le fond avait été ôté et qui était enfouie dans le sable.

Il n'y avait à peu près rien en dehors de la charpente ; dans un angle une dalle servait d'âtre et une vieille corbeille en fer rouillé pouvait être utilisée comme braséro.

Les pentes du mamelon, comme tout l'intérieur de l'enclos, avaient été dégagées ; les arbres avaient été employés dans la construction de la maison ; d'après les souches qui restaient, ce bosquet avait dû être beau et vivace ; le sol avait été entraîné, avait glissé après l'arrachage des arbres ; le long du cours du petit ruisseau qui s'écoulait par la marmite, il y avait un épais tapis de mousse, quelques fougères et de petits arbustes nains qui constituaient la seule tache de verdure. Tout près de la palissade (trop près, paraît-il, selon les défenseurs) les arbres poussaient haut et droit ; c'étaient des sapins du côté de la terre, et vers la mer des pins et des chênes verts.

La brise fraîche du soir à laquelle j'ai fait allusion pénétrait à travers tous les interstices de la cabane et arrosait le plancher d'une pluie ininterrompue de sable fin. Nous avions du sable dans les yeux, dans la bouche, dans nos assiettes ; du sable dansait dans la source au fond de la marmite, tout à fait comme du porridge commençant à bouillir. En fait de cheminée, nous ne disposions que d'un trou carré dans le toit ; comme la fumée préférait demeurer dans la maison plutôt que s'évader à l'extérieur, nous toussions et les yeux nous piquaient.

A ce tableau, ajoutez que Gray, notre nouvelle recrue, avait la tête enveloppée d'un bandage à cause d'un coup de couteau qu'il avait reçu en échappant aux mutins, et que le pauvre vieux Tom Redruth, non encore enseveli, était allongé raide et froid, contre un mur, sous les plis du drapeau de l'Union Jack.

Si nous étions demeurés inoccupés, nous aurions sombré dans la neurasthénie, mais le capitaine Smollett n'était pas homme à tolérer que nous nous tournions les pouces. Il convoqua tous les présents, et répartit les tours de garde : le docteur, Gray et moi pour le premier, le châtelain, Hunter et Joyce pour le suivant. Nous avions beau être tous rompus de fatigue, il désigna deux hommes pour la corvée de bois, deux pour creuser la tombe de Redruth, le docteur Livesey pour préparer notre souper, moi pour être de faction à la porte ; et le capitaine allait de l'un à l'autre, nous remontant le moral et donnant un coup de main quand il le fallait.

De temps à autre, le docteur apparaissait à la porte pour s'aérer les poumons et se reposer les yeux qui lui sortaient presque de la tête à cause de la fumée ; chaque fois, il m'adressait quelques paroles.

— Ce Smollett, me dit-il par exemple, il vaut mieux que moi. Et quand je dis cela, Jim, cela signifie quantité de choses, tu peux m'en croire !

A un autre moment, il vint sur le seuil et, après un bref silence, pencha la tête de côté et me regarda.

— Ce Ben Gunn est-il véritablement un homme ? me demanda-t-il.

— Je n'en sais rien, Monsieur, lui répondis-je. Je ne suis pas très sûr qu'il ait toute sa raison.

— Dans ce cas-là, c'est véritablement un homme, répliqua le médecin. On ne peut pas espérer de quelqu'un qui a passé trois années à se ronger les ongles sur une île déserte, Jim, qu'il ait l'air aussi sain d'esprit que toi ou moi. Ce serait contraire à la nature humaine. Tu nous as bien dit qu'il avait envie de fromage ?

— Oui, Monsieur, de fromage.

— Eh bien, Jim, tu vas admettre qu'il n'est pas mauvais d'être raffiné sur la nourriture. Tu connais ma tabatière, n'est-ce pas ? Mais tu ne m'a jamais vu priser. La raison, c'est que dans ma tabatière je transporte un morceau de parmesan. C'est un fromage italien, très nourrissant : il sera pour Ben Gunn !

Avant le souper, nous enterrâmes le vieux Tom Redruth dans le sable, et nous demeurâmes tête nue quelques instants sous le vent. Une grande quantité de bois à brûler avait été transportée dans la cabane, mais le capitaine fit la grimace, et nous dit que nous devrions apporter le lendemain matin plus d'entrain à nos corvées. Puis, quand nous eûmes mangé du porc arrosé d'un bon grog au cognac, les trois chefs se réunirent dans un coin pour discuter des perspectives qui s'offraient à nous.

J'eus l'impression qu'ils étaient assez pessimistes : nous disposions d'une trop faible quantité de vivres pour ne pas être poussés par la famine à nous rendre avant que nous puissions espérer du secours. Mais nous gardions l'espoir de décimer les flibustiers jusqu'à ce qu'ils fussent contraints d'amener leur pavillon ou de s'enfuir à bord de l'*Hispaniola*. Ils avaient été dix-neuf, ils n'étaient plus que quinze ; sur ces quinze, deux étaient blessés et un (celui qui avait été atteint par Monsieur Trelawney à côté du canon) gravement sinon mortellement touché. Chaque fois qu'ils nous en fourniraient l'occasion, nous devrions les décimer, tout en prenant le maximum de précautions pour épargner notre propre vie. Cela dit, nous bénéficiions de deux alliés valables : le rhum et le climat.

Pour ce qui était du rhum, bien que nous fussions à un demi-mille d'eux, nous les entendions vociférer et chanter ; leur concert se prolongea tard dans la nuit. Quant au climat, le docteur paria sa perruque que, campés sur le marais et dépourvus de médicaments, la moitié des mutins seraient sur le flanc avant une semaine.

— Aussi, ajouta-t-il, si nous ne sommes pas tous tués les premiers, ils seront bien contents de réembarquer. La goélette est quand même un navire qui leur permettra de reprendre leur métier de pirates.

— C'est le premier navire que j'ai perdu, murmura le capitaine Smollett.

Je tombais de sommeil ; dès que je fus allongé, je dormis comme une souche.

Il y avait longtemps que mes compagnons étaient levés, avaient pris leur petit déjeuner et accru d'une bonne moitié le tas de bois, quand je fus réveillé par des bruits de pas précipités et par un bruit de voix.

– Le drapeau des parlementaires ! cria quelqu'un qui ajouta en poussant une exclamation de surprise : Silver en personne !

D'un bond je me mis debout et, en me frottant les yeux, je courus à une meurtrière.

XX

L'ambassade de Silver

C'était vrai : derrière la palissade, il y avait deux hommes. L'un agitait un morceau de tissu blanc ; l'autre n'était rien moins que Silver en personne, apparemment très placide.

Il faisait froid, car il était encore tôt. Au-dessus de nos têtes le ciel s'étalait pur et lumineux ; sous le soleil, les cimes des arbres brillaient toutes roses. Mais l'endroit où se tenaient Silver et son compagnon était encore dans l'ombre, et ils étaient enfoncés jusqu'au genou dans une sorte de vapeur basse et blanche qui recouvrait toute la surface du marécage. L'air piquant, cette brume humide constituaient un décor sinistre ; l'Ile au trésor était vraiment un lieu malsain, idéal pour les fièvres, funeste aux êtres humains.

– A l'intérieur, tout le monde ! ordonna le capitaine. Je parie à dix contre un que c'est une ruse...

Puis il héla les flibustiers.

– ...Qui va là ? Arrêtez-vous, ou nous tirons !

– Drapeau parlementaire ! cria Silver.

Le capitaine se tenait dans le porche, à l'abri d'une balle traîtresse. Il se retourna et nous donna ses instructions.

– Piquet du docteur, aux meurtrières ! Docteur Livesey, prenez le côté nord, s'il vous plaît. Jim, le côté est. Gray, le côté ouest. Piquet d'en bas, chargez les mousquets. Vivement et ouvrez l'œil !...

Il pivota en direction des mutins.

– ...Et que voulez-vous avec votre drapeau de parlementaire ? cria-t-il.

Cette fois, ce fut l'autre qui répondit :

– Le capitaine Silver, Monsieur, demande à venir à votre bord pour discuter !

– Le capitaine Silver ? Connais pas. Qui est-ce ?... interrogea le capitaine.

Et nous l'entendîmes ajouter entre ses dents :

– ... Capitaine ? Fichtre, en voilà une promotion !

Long John répondit lui-même.

– C'est moi, Monsieur. Ces pauvres diables m'ont choisi pour les commander après votre désertion, Monsieur...

Il appuya d'une manière emphatique sur le mot « désertion ».

– ... Nous sommes prêts à nous soumettre, si nous pouvons obtenir un arrangement, et sans faire de chichis. Tout ce que je vous demande, capitaine Smollett, c'est votre parole que vous me laisserez sortir sain et sauf de votre retranchement et que vous m'accorderez une minute pour que je puisse me mettre hors de portée de vos mousquets avant que vous ouvriez le feu.

– Mon garçon, répondit le capitaine Smollett, je n'ai pas le moindre désir de causer avec vous. Si vous tenez, vous, à me parler, vous pouvez venir, voilà tout. S'il y a de la traîtrise, elle viendra de votre côté ; dans ce cas, que le Seigneur vous aide !

– Ça va, capitaine ! déclara joyeusement Long John. Votre parole me suffit. Je m'y connais en gentlemen, vous pouvez en être sûr !

Sous nos yeux le mutin qui portait le drapeau blanc essaya de retenir Silver. Cela n'avait rien d'étonnant, étant donné la fière réplique du capitaine. Mais Silver éclata de rire et lui administra une grande claque dans le dos, comme si l'idée même d'un piège était absurde. Il s'avança vers la palissade, jeta sa béquille par-dessus, passa sa jambe et, avec une vigueur et une agilité remarquables, parvint à franchir l'obstacle et à se laisser tomber sans mal de l'autre côté.

J'avoue que j'étais beaucoup trop intéressé par le cours des événements pour jouer à la sentinelle ; je désertai ma meurtrière de l'est, et je me faufilai derrière le capitaine qui était à présent assis sur le seuil de la porte, les coudes appuyés sur les genoux, la tête dans les mains et les yeux fixés sur l'eau qui s'échappait de la vieille marmite de fer. Il sifflotait en affectant la plus grande indifférence du monde.

Silver eut beaucoup de peine à gravir la rampe du mamelon. La progression de sa béquille se trouva considérablement contrariée par l'angle de pente, les grosses souches et le sable ; mais sans dire un mot il s'obstina pour arriver enfin en face du capitaine qu'il salua avec une grande courtoisie ; il s'était mis sur son trente et un : un immense habit bleu orné de boutons de cuivre lui tombait jusqu'aux genoux, et il était coiffé d'un coquet chapeau à dentelles.

– Vous voici, mon gaillard ? dit le capitaine en levant la tête. Asseyez-vous donc.

– Vous ne voudriez pas que nous rentrions à l'intérieur, capitaine ? demanda Long John d'une voix plaintive. Il fait bien froid, ce matin, Monsieur, pour s'asseoir dehors sur du sable !

– Ma foi, Silver, lui répliqua le capitaine, si vous vous étiez contenté d'être un honnête homme, vous seriez tranquillement assis dans votre cuisine. Si vous craignez le froid, vous n'avez qu'à vous en prendre à vous-même. De deux choses l'une : ou bien vous êtes cuisinier à mon bord, ce qui vous a valu d'être toujours bien traité ; ou bien vous jouez au capitaine Silver, comme un vulgaire mutin et pirate, et dans ce cas vous pouvez allez vous faire pendre !

– Tant pis, capitaine ! répondit Silver en s'asseyant sur le sable. Vous serez obligé de me donner un coup de main pour que je me relève, voilà tout. Vous êtes installé dans un bien joli coin, ici. Ah, voici Jim ! Bien le bonjour à toi, Jim ! Docteur, je suis tout à votre service. Ma parole, vous faites du camping comme une famille heureuse, façon de parler !

– Si vous avez quelque chose à dire, mon bonhomme, dites-le tout de suite ! grommela le capitaine.

– Vous avez raison, capitaine Smollett ; le devoir avant tout, sûr et certain ! Dites donc, vous nous avez joué un fameux tour hier soir. Oui, je ne nie pas que ça a été un fameux tour. Vous êtes quelques-uns à vous y connaître à manœuvrer un anspect. Je ne nie pas non plus que certains de mes hommes étaient éméchés... Peut-être tout le monde l'était-il ; peut-être l'étais-je, moi aussi ; peut-être est-ce la raison pour laquelle je suis ici pour négocier. Mais croyez-moi, capitaine, ça n'arrivera pas deux fois, nom d'un tonnerre ! Nous aurons des sentinelles et nous freinerons sur le rhum. Vous croyez peut-être que nous avions tous du vent dans les voiles ? Moi je vous jure que je n'avais pas bu ; j'étais seulement fourbu ! Si je m'étais réveillé une seconde plus tôt, je vous aurais pris sur le fait ! Il n'était pas encore mort quand je suis arrivé.

– Alors ? dit froidement le capitaine Smollett.

Tout ce que disait Silver était pour lui une énigme ; personne cependant n'aurait pu le deviner, tant il était l'impassibilité personnifiée. Mais moi, je commençais à comprendre. Les derniers mots de Ben Gunn me revenaient en mémoire. Sans doute avait-il rendu aux flibustiers une petite visite pendant leur sommeil d'ivrognes ; je calculai avec un certain plaisir que nous n'avions plus affaire qu'avec quatorze ennemis.

– Nous y voici, dit Silver. Nous voulons ce trésor, et nous l'aurons, voilà notre point de vue. De votre côté, vous devez avoir envie d'avoir la vie sauve, je suppose ? Voilà votre point de vue, à vous. Vous possédez une carte, n'est-ce pas ?

– Possible ! répondit le capitaine.

– Allons, allons ! Je sais que vous en possédez une ! répliqua Long John. Vous n'avez pas besoin d'être aussi insolent : cela n'arrangera rien, croyez-moi ! Ce que je vous dis, c'est que nous voulons votre carte. Cela posé, rappelez-vous que je n'ai jamais eu l'intention de vous nuire...

– Ça ne prend pas avec moi, mon lascar, interrompit le capitaine. Nous savons exactement quelles étaient vos intentions, et nous nous en moquons éperdument, car maintenant, figurez-vous, vous n'y arriverez pas.

Tout en regardant fixement son interlocuteur, le capitaine commença à bourrer sa pipe.

– Si Abe Gray... s'écria Silver furieux.

– Halte ! Gray ne m'a rien dit, et je ne lui ai rien demandé. Et, de plus, je voudrais vous voir, vous, lui, et toute cette île, enlevés de l'eau et emportés par le feu du ciel ! Voilà mon sentiment, mon gaillard !

Ce petit accès de mauvaise humeur sembla calmer Silver ; il s'était énervé, il se ressaisit.

– Moi, dit-il, je ne me hasarderais pas à réglementer ce que des gentlemen considèrent comme bien, ou pas bien, selon les cas. Et puisque vous allez fumer une pipe, je vais prendre la liberté d'en allumer une moi aussi...

Les deux hommes se turent quelque temps pour tirer sur leurs bouffardes ; tantôt ils se regardaient dans les yeux, tantôt ils tassaient leur tabac, tantôt ils se penchaient en avant pour cracher. Ils jouaient une excellente scène muette.

– ... Eh bien, allons-y, reprit enfin Silver. Vous nous remettez la carte pour que nous puissions entrer en possession du trésor ; vous cessez de tirer sur les pauvres matelots et de leur casser la tête pendant leur sommeil.... Faites cela, et nous vous offrons le choix entre deux solutions : ou bien vous remontez à bord avec nous, une fois le trésor dans la cale, et alors je vous donne ma parole d'honneur de vous débarquer quelque part sains et saufs, ou bien, si cette solution vous déplaît parce que quelques-uns de mes hommes sont un peu sauvages et qu'ils ont avec vous de vieux comptes à régler, vous restez ici. Nous partagerons les provisions avec vous en parts égales pour chaque homme, et je vous donne ma parole d'honneur, comme tout à l'heure, que j'alerterai le premier bateau que je rencontrerai et que je l'enverrai ici pour qu'il vous cueille sur l'île. Vous conviendrez que c'est ce qui s'appelle parler. Vous n'espériez pas obtenir des conditions plus avantageuses, n'est-ce pas ? Et je suis persuadé... (Il éleva la voix.) ... Que tous les hommes de ce camp retranché ont enregistré mes paroles, car ce qui est valable pour un est valable pour tous.

Le capitaine Smollett se leva et secoua les cendres de sa pipe.

– Est-ce tout ? demanda-t-il.

– C'est mon dernier mot, mille sabords ! répondit John. Si vous refusez cela, vous n'aurez d'autres nouvelles de moi que les balles de mon mousquet.

– Parfait ! dit le capitaine. Maintenant, écoutez bien mes conditions, à moi. Si vous vous présentez ici, l'un après l'autre et sans armes, je m'engage à vous mettre aux fers tous, et à vous ramener en Angleterre pour un joli procès. Si vous ne vous présentez pas, rappelez-vous que je m'appelle Alexander Smollett, que j'ai hissé le pavillon de mon Roi, et que je vous voue tous au diable. Vous ne saurez pas trouver le trésor. Vous ne pourrez pas gouverner le bateau : il n'y a pas un homme de votre bande qui sache piloter ! Et vous ne pourrez pas nous vaincre : Gray, qui est avec nous, a pris le meilleur sur cinq de vos bonshommes. Votre bateau est immobilisé, maître Silver ; vous êtes sur une terre sous le vent et vous verrez, vous verrez ! Moi, je m'en tiens à ce que je vous ai dit ; ce sont les dernières bonnes paroles que vous m'arracherez ;

car devant Dieu je jure que la prochaine fois que je vous rencontrerai, ce sera pour vous flanquer une balle dans le dos. Allez, mon garçon, filez ! Déguerpissez d'ici, s'il vous plaît ! A la force du poignet par-dessus la palissade, et en vitesse !

Le visage de Silver valait la peine d'être vu ; les yeux lui sortaient de la tête, la rage le défigurait. Il secoua sa pipe.

— Donnez-moi la main pour que je me relève ! cria-t-il.

— Sûrement pas moi ! répondit le capitaine.

— Lequel va me donner la main ? rugit-il.

Aucun de nous ne bougea. En poussant les imprécations les plus ignobles, il rampa dans le sable jusqu'à ce qu'il pût avoir prise sur le porche et se remettre debout sur sa béquille. Il cracha dans la source.

— ... Là ! hurla-t-il. Voilà ce que je pense de vous. D'ici une heure votre vieux blockhaus flambera comme un bol de punch. Vous pouvez rire, mille tonnerres ! Riez donc ! Avant une heure, vous rirez de l'autre côté, et ceux qui mourront seront les plus heureux !

Sur un dernier juron horrible, il s'éloigna en clopinant, laboura le sable avec sa béquille, échoua quatre ou cinq fois à franchir la palissade, ne put l'escalader qu'avec l'aide du mutin au drapeau blanc, et tous deux disparurent aussitôt sous les arbres.

XXI

L'attaque

Dès que Silver eut disparu le capitaine, qui l'avait surveillé attentivement, se tourna vers l'intérieur de la cabane, et il constata que pas un homme n'était à son poste, sauf Gray. Ce fut la première fois que nous le vîmes vraiment en colère.

— A vos postes ! hurla-t-il, et nous lui obéîmes sur-le-champ. Gray, j'inscrirai votre nom sur le livre de bord : vous avez observé la consigne comme un vrai marin ! Monsieur Trelawney, vous m'étonnez, Monsieur ! Docteur, je croyais que vous aviez revêtu l'uniforme du Roi : si vous avez servi ainsi à Fontenoy, Monsieur, vous auriez mieux fait de rester dans votre lit !...

Le piquet du docteur Livesey avait repris sa place derrière les meurtrières ; les autres s'affairaient à charger les mousquets de réserve ; nous étions tous rouges comme des homards, et nous avions, soyez-en sûrs, la puce à l'oreille !

Le capitaine nous regarda un moment sans rien dire, puis il reprit la parole.

— ... Mes enfants, déclara-t-il, j'ai lâché une bordée sur Silver. J'ai tiré à boulets rouges, à dessein. Avant une heure, comme il l'a annoncé, il y aura abordage. Nous n'avons pas l'avantage du nombre, je n'ai pas besoin de vous le dire, mais nous nous battrons à l'abri ; une minute plus tôt, j'aurais ajouté : avec discipline. Je ne doute pas un instant que nous puissions les rosser, si vous le voulez réellement...

Puis il commença sa ronde.

Sur les deux faces étroites de la cabane, la face est et la face ouest, il n'y avait que deux meurtrières ; sur le côté sud où se trouvait le porche, il y en avait deux autres ; sur la face nord, cinq. Nous disposions d'une vingtaine de mousquets pour nous sept ; le bois à brûler avait été divisé en quatre tas (on aurait dit des tables), chacun à peu près au milieu de chaque face et garni de quatre mousquets chargés et de munitions. Les sabres d'abordage avaient été rangés en ordre au centre de la pièce.

– ... Eteignez le feu, commanda le capitaine. Le froid du petit matin est passé, et il ne faut pas que nous ayons de la fumée dans les yeux...

Monsieur Trelawney alla porter dehors la corbeille en fer qui servait de brasero, et enfouit les braises dans le sable.

– ... Hawkins n'a pas encore pris son petit déjeuner. Hawkins, allez vous servir et retournez à votre poste pour manger. Vite, mon garçon ! Vous avez besoin d'avoir quelque chose dans le ventre avant le début des hostilités. Hunter, offrez à tout le monde une tournée générale de brandy !...

Pendant ce temps, le capitaine composait dans sa tête son plan de défense.

– ... Docteur, vous prendrez la porte, poursuivit-il. Veillez bien au grain, mais ne vous exposez pas ; restez à l'intérieur, et faites feu par le porche. Hunter, prenez la face est. Joyce, vous vous occuperez de l'ouest. Monsieur Trelawney, vous êtes le meilleur tireur ? Eh bien, avec Gray, vous prendrez cette longue face nord, avec ses cinq meutrières ; c'est là qu'est le danger. S'ils peuvent approcher et nous canarder par nos propres sabords, l'affaire pourrait mal tourner. Hawkins, ni vous ni moi ne sommes de grands tireurs ; nous nous occuperons donc de charger les armes et nous donnerons un coup de main le cas échéant...

Le capitaine avait raison : le froid était passé. Dès que le soleil eut grimpé au-dessus de notre ceinture d'arbres, il inonda de toute sa puissance le camp retranché et absorba d'un trait toutes les vapeurs humides. Bientôt le sable devint cuisant ; la résine fondait sur les troncs des pins de notre cabane. Nous prîmes nos aises : nous retirâmes habits et vestes, nous ouvrîmes le col de nos chemises, nous relevâmes nos manches, le tout sans bouger de nos postes, dans la fièvre de l'attente et sous une chaleur suffocante.

Une heure s'écoula.

– ... Qu'ils aillent se faire pendre ! dit le capitaine. C'est aussi triste qu'une zone des calmes. Gray, sifflez pour avoir du vent !

Juste à cet instant nous arriva par Joyce la première nouvelle de l'attaque.

– S'il vous plaît, Monsieur, demanda-t-il soudain, si je vois quelqu'un, dois-je tirer ?

– Je vous ai déjà dit oui ! s'écria le capitaine.

– Merci, Monsieur ! répondit Joyce avec la même urbanité paisible.

Rien ne se produisit pendant quelques secondes, mais la question de Joyce nous avait tous alertés, et nous redoublâmes de vigilance ; les tireurs avaient leurs mousquets bien en main ; le capitaine se tenait au milieu de la pièce, lèvres serrées et sourcils froncés. Et puis tout à coup Joyce épaula et tira ; à peine la détonation avait-elle retenti qu'une salve dispersée lui répondit, balle après balle, comme autant d'oies sauvages s'envolant en file. Plusieurs projectiles atteignirent la cabane, mais aucun ne pénétra à l'intérieur ; quand la fumée se fut dissipée, le camp retranché et les bois environnants nous parurent aussi tranquilles et vides qu'auparavant. Pas une branche ne bougeait ; pas la moindre lueur d'un canon de fusil ne brillait à l'horizon.

– Avez-vous touché votre homme ? demanda le capitaine.

– Non, Monsieur, répondit Joyce. Je crois que non, Monsieur.

– Il vaut toujours mieux dire la vérité, grommela le capitaine Smollett. Rechargez son mousquet, Hawkins. À votre avis, ils étaient combien de votre côté, docteur ?

– Je le sais avec précision, répondit le docteur Livesey. Trois coups de feu sont partis par là. J'ai vu trois éclairs : deux proches l'un de l'autre, et un plus vers l'ouest.

– Trois ! répéta le capitaine. Et combien de votre côté, Monsieur Trelawney ?

La réponse n'était pas aussi simple. Du nord, ils étaient venus nombreux : sept, selon le châtelain ; huit ou neuf, selon Gray. De l'est comme de l'ouest, un seul coup de feu avait été tiré. Il était donc clair que l'attaque se développerait en venant du nord, et que sur les trois autres faces nous n'aurions à affronter que des manœuvres de diversion. Mais le capitaine Smollett refusa de modifier ses dispositions, en affirmant que si les mutins parvenaient à franchir la palissade, ils utiliseraient la première meurtrière laissée sans protection pour nous tirer comme des lapins dans un terrier.

D'ailleurs nous n'eûmes guère le temps de discuter. Poussant des vociférations sonores, un petit groupe de pirates déboucha soudain des bois vers la face nord et courut sus à la palissade. En même temps, de l'intérieur des bois, le tir reprit : une balle de mousquet siffla par la porte et fracassa l'arme du docteur Livesey.

Les assaillants se lancèrent comme des singes à l'assaut de la palissade. Le châtelain et Gray firent feu une fois, deux fois ; trois mutins tombèrent : l'un à l'intérieur de l'enceinte, deux derrière la palissade, mais sur ces deux-là, l'un eut certainement plus de peur que de mal, car il se releva en un clin d'œil pour aller se remettre à couvert dans les bois.

Deux avaient mordu la poussière, un autre avait pris la fuite, et quatre mutins s'étaient infiltrés dans notre défense, tandis qu'à l'abri dans les bois, sept ou huit hommes, évidemment bien approvisionnés en armes, visaient sans interruption, mais en vain, la cabane.

Les quatre survivants de l'attaque foncèrent droit sur notre blockhaus ; tout en courant ils poussaient des cris sauvages ; leurs camarades des bois hurlaient pour les encourager. Plusieurs coups de fusils partirent dans leur direction, mais nos tireurs se pressaient trop et visaient mal : ils manquèrent leurs cibles ; en quelques secondes les quatre pirates avaient gravi le mamelon et étaient sur nous.

La tête de Job Anderson, le maître d'équipage, apparut à la meurtrière du milieu.

— Sus à eux, camarades ! Sus à eux, tous ! rugit-il d'une voix de stentor.

Au même moment, un autre mutin attrapa le mousquet de Hunter par le canon, le lui arracha des mains, le fit repasser par la meurtrière et d'un coup sec frappa Hunter à la tête et l'envoya rouler sans connaissance sur le plancher. Un troisième bandit qui avait fait le tour de la cabane en échappant aux balles qui lui étaient destinées apparut soudain dans le porche et tomba avec son sabre sur le docteur.

La situation s'était retournée. Un instant plus tôt nous tirions à l'abri sur un ennemi à découvert ; à présent, c'était nous qui nous trouvions à découvert sans pouvoir rendre coup pour coup.

La fumée dont la cabane était pleine contribua pour beaucoup à notre sécurité relative. Mes oreilles résonnaient de cris, de détonations, de gémissements.

— Dehors, les enfants, dehors ! Battons-nous à découvert ! Au sabre d'abordage ! cria le capitaine.

Je choisis un sabre dans le tas ; au même moment quelqu'un, qui en tirait un autre, m'infligea une coupure aux doigts que je ne ressentis qu'à peine. Je me ruai dehors, à la clarté du soleil. Un homme, je ne savais qui, me suivit de près. Juste en face de moi, le docteur était en train de faire redescendre le mamelon à son agresseur : quand je l'aperçus, il abattit sa garde et l'expédia sur le sol après lui avoir infligé une grande balafre en travers de la figure.

— Faites le tour de la cabane, les enfants ! cria le capitaine.

Même au sein de tout ce vacarme, je notai une subite altération dans sa voix.

J'obéis machinalement, je tournai vers l'est et, sabre au clair, je contournai l'angle de la cabane... pour me trouver face à face avec Anderson. Il poussa un hurlement sauvage en faisant un moulinet avec son sabre qui étincelait sous le soleil. Je n'eus même pas le temps d'avoir peur : comme le coup était encore suspendu, je fis un saut de côté ; mon pied glissa sur le sable et je dévalai la pente la tête la première.

Lorsque je m'étais précipité dehors, les autres mutins attaquaient déjà la palissade pour en finir. L'un d'eux, coiffé d'un bonnet rouge et le sabre d'abordage entre les dents, était grimpé sur le faîte et il avait passé une jambe. Eh bien, tout se passa si vite que, quand je me relevai, il n'avait pas modifié sa position. Et pourtant, dans cet intervalle si bref, la victoire avait changé de camp : nous avions vaincu, et le combat était terminé.

Gray était l'homme qui était sorti sur mes talons : avant que le maître d'équipage eût le temps de reprendre son assiette après son coup manqué, Gray lui avait ouvert le crâne en deux. Un autre mutin avait été abattu à l'une des meurtrières alors qu'il tentait de l'utiliser pour tirer à l'intérieur, et il agonisait, un pistolet encore fumant à la main. Un troisième, je l'avais vu, avait été sabré par le docteur Livesey. Des quatre qui avaient franchi la palissade, il ne restait qu'un survivant, mais il avait abandonné son sabre sur le champ de bataille et, tremblant de tous ses membres, il essayait d'escalader la palissade pour s'enfuir.

– Tirez ! Tirez de la cabane ! cria le docteur. Et vous, les amis, regagnez l'abri !

Mais ses paroles se perdirent. Personne ne tira, et le dernier assaillant put s'échapper et disparaître dans les bois avec le reste de ses camarades. Trois secondes plus tard, du groupe d'assaut il ne demeurait que cinq cadavres : quatre dans l'enceinte du camp retranché, et un cinquième de l'autre côté de la palissade.

Le docteur Livesey, Gray et moi, nous courûmes nous mettre à couvert. A tout moment le combat pouvait reprendre.

La fumée s'étant plus ou moins dissipée à l'intérieur, nous fîmes tout de suite le bilan de notre victoire. Hunter gisait, assommé, à côté de sa meurtrière ; Joyce, tué d'une balle dans la tête, était tombé sous la sienne. Au centre, le châtelain soutenait le capitaine ; ils étaient aussi pâles l'un que l'autre.

– Le capitaine est blessé, annonça Monsieur Trelawney.

– Ont-ils bien détalé ? demanda Monsieur Smollett.

– A toutes jambes, du moins ceux qui étaient en état de le faire ! répliqua le docteur. Mais il y en a cinq qui ne détaleront plus jamais.

– Cinq ? s'exclama le capitaine. Allons, cela va mieux ! Cinq d'un côté, trois de l'autre, nous restons à quatre contre neuf. Nos chances sont meilleures qu'au début, car au début, nous étions sept contre dix-neuf. Ou nous le pensions, ce qui revenait au même [1].

---

1. Les mutins ne furent bientôt plus que huit, car celui qu'avait atteint Monsieur Trelawney à bord de la goélette mourut le soir même. Mais, bien entendu, le camp des fidèles ne le savait pas à ce moment-là.

Cinquième partie

MON AVENTURE EN MER

XXII

Comment commença mon aventure en mer

Il n'y eut pas de retour offensif des mutins, pas le moindre coup de fusil en provenance des bois. Le capitaine déclara qu'ils « avaient eu leur ration pour la journée ». Nous eûmes donc suffisamment de tranquillité pour nous occuper des blessés et déjeuner en paix. Le châtelain et moi, nous fîmes la cuisine dehors en dépit des dangers ; même là, nous avions du mal à nous concentrer sérieusement sur ce que nous faisions, à cause des gémissements et des plaintes des blessés que soignait le docteur Livesey.

Sur les huit hommes qui étaient tombés au cours de l'engagement, trois seulement respiraient encore : le pirate qui avait été touché devant une meurtrière, Hunter et le capitaine Smollett ; et sur ces trois, deux agonisaient ; le mutin mourut sous le bistouri du docteur et Hunter ne reprit jamais connaissance en dépit des soins qui lui furent prodigués ; toute la journée il souffla et haleta comme le vieux capitaine à l'*Amiral Benbow* quand il avait eu son attaque ; mais le coup qu'il avait reçu lui avait défoncé le thorax, et de plus il s'était fracturé le crâne en tombant ; au cours de la nuit, sans être sorti du coma, il alla retrouver son Créateur.

Les blessures du capitaine étaient sérieuses, mais elles ne mettaient pas sa vie en danger. Aucun organe essentiel n'était gravement touché. La balle d'Anderson (car c'était Job qui avait tiré le premier) lui avait brisé l'omoplate et avait légèrement effleuré le poumon ; une deuxième balle n'avait que déchiré et déplacé quelques muscles du mollet. Le docteur Livesey déclara qu'il se faisait fort de le guérir, à condition que pendant quelques semaines le capitaine ne marchât point, ne remuât pas son bras et ne parlât que le moins possible.

L'entaille que j'avais reçue aux doigts n'était pas plus grave qu'une piqûre de puce ; le docteur Livesey l'enveloppa d'un emplâtre et, par-dessus le marché, me tira l'oreille.

Après déjeuner, le châtelain et le docteur allèrent s'asseoir au chevet du capitaine pour tenir un conseil de guerre ; quand leur délibération prit fin, il était déjà midi passé ; le docteur s'empara de son chapeau et de ses pistolets, attacha un sabre d'abordage à sa ceinture, mit la carte dans sa poche et, mousquet sur l'épaule, franchit la palissade du côté nord pour disparaître d'un pas vif au milieu des arbres.

Nous étions assis, Gray et moi, à l'autre extrémité de la pièce, afin de ne pas gêner l'entretien de nos trois chefs. Quand il vit le docteur s'en aller, Gray retira sa pipe de sa bouche et, de stupéfaction, il oublia de la replacer entre ses dents.

– Diable ! me dit-il. Le docteur Livesey est-il devenu fou ?

– Cela m'étonnerait, répondis-je. Il serait bien le dernier d'ici à perdre la raison !

– Dans ce cas, camarade, reprit Gray, s'il n'est pas fou, alors c'est moi qui le deviens !

– Je suis certain que le docteur a une idée, dis-je. Et si je ne me trompe pas, il est allé voir Ben Gunn.

J'avais raison, comme on le vit plus tard. Mais en attendant, la chaleur dans la maison était étouffante et la petite bande de sable à l'intérieur du camp retranché cuisait sous le soleil au zénith ; je commençai alors à ruminer une autre idée qui n'était pas, et de loin, aussi excellente. C'est que j'enviais le docteur qui se promenait sous l'ombre fraîche des bois, accompagné du chant des oiseaux et des effluves de pins, tandis que je restais là à griller, avec mes vêtements qui collaient à la résine, avec tant de sang autour de moi, avec ces cadavres misérables qui gisaient... Et tout à coup je me pris pour le camp retranché d'un dégoût presque aussi violent qu'une panique.

Pendant que je nettoyais la cabane et que je lavais la vaisselle du déjeuner, ce dégoût et cette envie allèrent croissant jusqu'à ce qu'enfin, me trouvant près d'un sac à pain et n'étant surveillé par personne, j'accomplisse un premier geste en vue de mon escapade : je remplis de biscuits les deux poches de mon habit.

J'étais fou, si vous voulez, et certainement j'allais me lancer dans une aventure d'une témérité folle, mais j'étais décidé à agir avec un maximum de précautions. Ces biscuits, pour le cas où ils m'arriverait quelque chose, apaiseraient ma faim, au moins jusqu'au lendemain soir.

Mon deuxième geste fut de m'emparer d'une paire de pistolets ; comme j'avais déjà une corne à poudre et des balles, je me sentais bien armé.

Quant à l'idée qui avait germé dans ma cervelle, elle n'était pas mauvaise en soi. Je voulais descendre sur le promontoire sablonneux qui séparait l'est du mouillage de la pleine mer, trouver le rocher blanc que j'avais remarqué la veille au soir, et m'assurer si c'était bien là que Ben Gunn avait caché son canot. C'était une enquête qui valait la peine d'être risquée, je le crois encore aujourd'hui. Mais comme j'étais persuadé que défense me serait faite de quitter le camp retranché, je résolus donc de filer à l'anglaise à un moment où je pourrais sortir inaperçu ; cette manière d'agir suffisait pour rendre mon idée condamnable, mais je n'étais qu'un gamin et ma décision était prise.

Les circonstances me favorisèrent. Le châtelain et Gray étaient accaparés par les soins que réclamait l'état du capitaine ; l'ennemi avait dégagé la côte. Je franchis la palissade comme un daim, et je me jetai au cœur du bois ; avant que mon absence pût être découverte, j'étais hors de portée de voix.

Mais je commettais une autre folie, car j'abandonnais la garde du camp retranché à deux hommes valides seulement ; cependant, comme la première, elle était inspirée par l'espoir de nous sauver tous.

Je me dirigeai droit vers la côte est de l'île, car j'étais résolu à suivre le bord de la mer sous le promontoire, de façon à ne pas être repéré du mouillage. L'après-midi était déjà avancé, mais il faisait encore chaud et le soleil brillait dans l'azur du ciel. Tout en avançant, j'entendais au loin devant moi le grondement ininterrompu du ressac ; mais je notai aussi un certain frémissement des feuilles et des craquements dans les branchages : le vent du large soufflait donc plus fort que d'habitude. Bientôt les bouffées d'air frais me parvinrent ; après quelques pas, je débouchai hors de la lisière des bois, et je vis la mer bleue, éclaboussée de soleil jusqu'à l'horizon, tandis que le ressac vomissait son écume sur la plage.

Autour de l'Ile au Trésor, la mer n'était jamais calme. Le soleil pouvait darder ses rayons, l'air être privé du plus léger souffle, la surface de l'eau demeurer unie et bleue ; mais il y avait toujours ces grandes lames qui couraient indéfiniment le long de toute la côte, qui grondaient et mugissaient de jour et de nuit ; je ne pense pas qu'il existait sur l'île un endroit d'où on ne pouvait les entendre.

Tout joyeux, je longeai d'abord le ressac ; mais quand je réfléchis que j'avais suffisamment marché dans la direction du sud, je m'abritai sous d'épais buissons et je grimpai hardiment jusqu'à la crête du promontoire.

Derrière moi, j'avais la mer et devant moi le mouillage. La brise du large, comme si sa violence inaccoutumée l'avait essoufflée, avait déjà notablement faibli ; elle cédait peu à peu la place à des vents légers et variables du sud et du sud-est qui apportaient de grands bancs de brouillard ; le mouillage, sous le vent de l'île du Squelette, était aussi calme et plombé que lorsque nous nous y étions engagés la veille. Dans ce miroir l'*Hispaniola* se reflétait exactement du bastingage à la ligne d'eau ; le pavillon noir des pirates pendait à son mât.

Contre son flanc se tenait l'un des canots, avec Silver à l'arrière (celui-là, je le reconnaîtrais toujours !) tandis que deux hommes étaient penchés par-dessus la rambarde de la goélette ; l'un d'eux, coiffé d'un bonnet rouge, était certainement le coquin que j'avais vu quelques heures plus tôt à cheval sur la palissade. Ils avaient l'air de bavarder et de rire ; mais à cette distance (plus d'un mile) je ne pouvais naturellement pas saisir une parole. Et puis, j'entendis tout à coup un cri affreux, inhumain, qui m'étreignit le cœur avant que j'eusse reconnu la voix du capitaine Flint ; mais, même quand j'aperçus le perroquet sur le poignet de son maître, des frissons me parcoururent l'échine.

Bientôt le canot de Silver s'éloigna vers le rivage ; le coquin au bonnet rouge et son camarade descendirent alors par le capot de la cabine.

A peu près au même moment le soleil avait disparu derrière la Longue-Vue, et comme le brouillard se condensait rapidement, l'obscurité s'annonça pour de bon. Je compris que je n'avais pas de temps à perdre si je voulais découvrir le canot de Ben Gunn ce soir-là.

Le rocher blanc, assez visible au-dessus des broussailles, était encore à un bon huitième de mile plus bas, et il me fallut du temps pour l'atteindre, tantôt en rampant, tantôt à quatre pattes dans les buissons. Il faisait presque noir quand je posai ma main sur sa paroi rugueuse. Juste à sa base il y avait un tout petit creux de gazon vert, caché par le sable et par un épais taillis montant jusqu'à hauteur du genou ; au centre de ce creux, je vis une petite tente en peaux de chèvres, comme celles que les bohémiens transportent avec eux en Angleterre.

Je me laissai tomber dans le creux et je soulevai un côté de la tente : le canot de Ben Gunn m'apparut ; ah, si jamais quelque chose fut construit avec les moyens du bord, c'était bien ce canot ! La charpente grossière et asymétrique était de bois dur ; elle était recouverte de peaux de chèvres avec le poil à l'intérieur. Il s'agissait d'une embarcation minuscule ; je peux difficilement croire qu'elle aurait flotté avec un passager d'une taille normale ; elle comportait un banc de nage extrêmement bas, une sorte de tendeur à l'avant, et une pagaie double pour ramer.

Eh bien, puisque j'avais déniché le canot, vous vous imaginez peut-être que j'estimai avoir suffisamment fait l'école buissonnière ? Vous vous trompez. Dans l'intervalle, une autre idée m'était venue, et elle me plut tellement que je l'aurais mise à exécution, je crois, à la barbe du capitaine Smollett. De quoi s'agissait-il ? De rien moins que me glisser à la faveur des ténèbres jusqu'à l'ancre de l'*Hispaniola,* couper le câble et laisser la goélette s'échouer à la côte où bon lui semblerait. J'avais réfléchi que les mutins, après leur échec de la matinée, pourraient être tentés de lever l'ancre et de prendre le large ; je me dis que ce serait un bel exploit que de les en empêcher ; et comme j'avais vu que les hommes de quart ne disposaient pas d'un canot, je décidai que je pourrais agir sans grands risques.

Je m'assis pour attendre que la nuit fût complètement tombée, et avec allégresse je pris des forces en mangeant des biscuits. Sur dix mille nuits, je n'en aurais pas trouvé une apparemment plus propice. Le brouillard s'étendait en une nappe compacte entre le ciel et l'eau. Dès que les derniers rayons de lumière s'éteignirent, un noir absolu régna sur l'Ile au Trésor. Quand, ayant placé le canot de Ben Gunn sur mon épaule, je sortis à tâtons du creux où je m'étais blotti, il n'y avait plus que deux points visibles sur tout le mouillage.

L'un était un grand feu allumé à terre, et auprès duquel les pirates se consolaient de leur défaite en s'enivrant. L'autre, simple tache lumineuse dans les ténèbres, indiquait la position du navire à l'ancre. Avec le reflux, la goélette avait opéré un tête-à-queue ; son avant était tourné vers moi ; comme les seules lueurs à bord provenaient de la cabine, la tache lumineuse n'était que la réflexion sur le brouillard des rayons puissants qui provenaient de la fenêtre de poupe.

La marée descendait depuis quelque temps, et je dus franchir une longue ceinture de sable trempé, où j'enfonçai jusqu'à la cheville, avant d'arriver au bord de l'eau ; je m'avançai en pataugeant puis, avec autant d'adresse que de vigueur, je posai mon canot, quille en bas, sur la surface de la mer.

XXIII

La marée change

Le minuscule canot de Ben Gunn, ainsi que j'eus de nombreuses occasions de m'en apercevoir tant que je l'eus à mon service, était un moyen de navigation très sûr pour une personne de ma taille et de mon poids, à la fois ingénieux et tenant bien la haute mer ; mais qu'il était donc contrariant, pénible à diriger ! Je n'étais pourtant pas spécialement maladroit, mais j'avais beau faire, il dérivait constamment, et tourner en rond était la manœuvre pour laquelle il se sentait le plus d'aptitudes. Ben Gunn lui-même a admis qu'il était « d'un maniement bizarre quand on le connaissait mal ».

Évidemment, je le connaissais mal ! Il tournait dans toutes les directions possibles, mais il se gardait bien de suivre celle que je voulais lui imprimer ; la plupart du temps nous avancions de flanc. Je suis sûr que je n'aurais jamais atteint la goélette sans la marée qui descendait irrésistiblement, et qui me portait vers l'*Hispaniola* beaucoup plus efficacement que mes coups de pagaie.

D'abord la goélette surgit devant moi sous l'aspect d'une tache encore plus noire que la nuit ; puis ses mâts et sa coque commencèrent à se dessiner ; et presque aussitôt, me sembla-t-il (car plus je m'éloignais du rivage, plus le reflux était vif), je me trouvai à côté du câble de l'ancre, et je m'y agrippai.

Le câble était aussi tendu qu'une corde d'arc, tant le navire tirait fort sur son ancre. Tout autour de la coque, dans l'obscurité, le courant bouillonnait en jasant comme un petit torrent de montagne. Un seul coup de couteau, et l'*Hispaniola* irait se promener au gré de la marée !

Un seul coup de couteau, oui... Mais je me rappelai soudain qu'un câble tendu et brutalement tranché était quelque chose d'aussi dangereux qu'un cheval ruant des quatre fers. Si je commettais l'imprudence de couper le câble de l'ancre de l'*Hispaniola,* moi et mon canot nous serions mis irrémédiablement knock-out.

Alors je ne bougeai plus ; et si la chance ne m'avait pas favorisé à nouveau j'aurais dû renoncer à mon projet. Mais les vents légers qui avaient commencé à souffler du sud et du sud-est avaient viré au sud-ouest dès le début de la nuit. Et pendant que je méditais, une bouffée survint, passa sur l'*Hispaniola* et la poussa à contre-courant ; à ma grande joie, je sentis le câble mollir dans ma main qui plongea une seconde sous l'eau.

Ma décision fut vite prise : je sortis mon couteau de marin, l'ouvrit avec mes dents et coupai les torons les uns après les autres, sauf deux qui retenaient encore le vaisseau. Je m'arrêtai là, et j'attendis pour trancher les deux derniers torons qu'un nouveau souffle de vent relâchât encore une fois la tension.

Pendant tout ce temps-là, j'avais entendu des éclats de voix dans la cabine ; mais mon attention s'était trouvée si accaparée par d'autres préoccupations que je leur avais à peine prêté l'oreille. Mais puisque maintenant je n'avais rien d'autre à faire, j'écoutai.

Je reconnus tout de suite la voix du barreur Israel Hands, l'ex-canonnier de Flint. L'autre était, sans aucun doute, mon ami au bonnet rouge. Les deux hommes avaient déjà beaucoup bu, et ils buvaient encore car, tandis que j'étais aux aguets, l'un d'eux ouvrit la fenêtre de poupe en poussant un cri d'ivrogne et il lança à la mer un objet qui était sûrement une bouteille vide. Non seulement ils étaient ivres, mais ils se disputaient furieusement. Les jurons volaient comme des grêlons ; de temps à autre j'entendais de telles explosions de colère que je ne doutais pas qu'ils fussent sur le point d'en venir aux mains ; mais chaque fois la querelle s'apaisait et, pendant quelques instants, les voix baissaient d'un ton, jusqu'à la querelle suivante...

Sur le rivage, j'apercevais la lueur du grand feu de camp qui brûlait parmi les arbres. Quelqu'un chantait une vieille chanson triste de marin, avec un tremolo à la fin de chaque couplet ; on avait l'impression qu'elle ne finirait qu'avec la patience du chanteur. Au cours du voyage, je l'avais entendue plusieurs fois, et je me rappelais ces deux vers :

> *Le seul survivant de son équipage*
> *Le seul, sur soixante-quinze au départ...*

Je pensai que cette chanson était bien appropriée à une bande de mutins qui avait essuyé le matin même tant de pertes. Mais je haussai les épaules : l'expérience m'avait appris que tous ces flibustiers avaient le cœur aussi insensible que la mer sur laquelle ils naviguaient.

Enfin la brise arriva ; la goélette tangua légèrement et se rapprocha dans les ténèbres ; je sentis à nouveau le câble mollir ; alors, dans un effort vigoureux, je tranchai les deux derniers torons.

La brise n'avait que peu d'effet sur mon canot ; je fus presque instantanément projeté contre l'étrave de l'*Hispaniola*. En même temps, la goélette commença à tourner sur sa quille et elle pivota lentement pour se mettre en travers du courant.

Je pagayai comme un démon, car je m'attendais à chaque instant à être submergé ; m'apercevant une fois de plus que j'étais incapable de manœuvrer le canot correctement et de l'éloigner, je poussai droit sur l'arrière. Finalement je pus me mettre à l'écart de mon dangereux voisin ; mais au moment où je produisais mon dernier effort, mes mains rencontrèrent un filin qui pendait par-dessus la rambarde de poupe : je m'en emparai aussitôt.

Je ne saurais dire pourquoi j'accomplis ce geste. Par pur instinct ? Oui, d'abord. Mais dès que je le retins dans mes mains et que je découvris qu'il était attaché, la curiosité prit le dessus, et je résolus de jeter un coup d'œil par la fenêtre de poupe.

Je halai sur le filin, main après main, et quand je me jugeai assez près, je me soulevai de la moitié de ma hauteur, ce qui était terriblement risqué, mais j'avais vue sur le toit et sur une partie de l'intérieur de la cabine.

Pendant ce temps la goélette et le petit canot qui naviguait de conserve avec elle dérivaient assez rapidement ; déjà nous nous trouvions en face du feu de camp. La goélette, comme disent les marins, parlait haut : elle foulait les lames en provoquant un clapotis désordonné. Il fallut que ma tête se dressât au-dessus du rebord de la fenêtre pour que je comprisse pourquoi les hommes de quart ne s'était aperçus de rien. Oui, un seul coup d'œil me suffit ; d'ailleurs je n'aurais pas osé en risquer un deuxième à bord de mon canot instable. Je vis Hands et son camarade s'étreignant dans une lutte à mort ; chacun avait une main sur la gorge de l'autre.

Je retombai sur mon banc de nage ; mais pas trop vite, pour ne pas choir par-dessus bord. Pendant quelques instants, je ne pus rien voir d'autre que ces deux visages cramoisis, furieux, se balançant sous la lampe fumeuse ; puis je fermai les yeux pour les réhabituer à l'obscurité.

Sur le rivage, le chanteur avait enfin terminé sa ballade ; autour du feu de camp, les mutins avaient alors entonné le chœur que j'avais entendu si fréquemment :

> *Quinze matelots sur le coffre de l'Homme Mort...*
> *Oh hisse ! Et une bouteille de rhum !*
> *Ils buvaient, et le diable avait fait le reste...*
> *Oh hisse ! Et une bouteille de rhum !*

J'étais en train de me dire que le rhum et le diable travaillaient fort dans la cabine de l'*Hispaniola* quand une embardée me prit au dépourvu.

Mon canot esquissa un brusque mouvement de lacet et sembla modifier sa direction ; sa vitesse s'était nettement accrue.

Je rouvris tout de suite les yeux. Autour de moi de petites lames légèrement phosphorescentes faisaient un bruit vif, cassant. La goélette, dans le sillage de laquelle je tournoyais encore à quelques yards, donna l'impression de tituber ; sa mâture se balançait et oscillait dans le noir de la nuit ; à force de regarder, j'acquis la certitude qu'elle tournait elle aussi vers le sud.

Je jetai un coup d'œil par-dessus mon épaule, et mon cœur bondit dans ma poitrine. Là, juste derrière moi, le feu de camp se consumait. Le courant avait viré à angle droit et entraîné la robuste goélette et le petit canot ; toujours plus vite, toujours bouillonnant davantage, toujours en grondant plus fort, il nous poussait à travers la passe vers la haute mer.

Tout à coup la goélette qui me précédait fit une brusque embardée et tourna d'une vingtaine de degrés ; presque au même moment deux cris se succédèrent à bord ; des pieds escaladèrent pesamment l'échelle du capot ; interrompus dans leur querelle, les deux ivrognes mesuraient l'étendue du désastre.

Je me couchai à plat ventre dans mon misérable canot en recommandant mon âme à Dieu. J'étais sûr qu'au sortir de la passe nous tomberions sur un banc de brisants : là au moins tous mes ennuis seraient terminés ! j'étais peut-être capable de supporter l'idée de mourir ; mais j'étais incapable d'affronter les approches de la mort.

J'ai dû demeurer là pendant des heures, ballotté par les vagues, trempé par les embruns et ne cessant d'attendre la mort. Progressivement la fatigue s'empara de moi ; au sein de mes frayeurs, mon esprit succomba à un engourdissement de stupeur ; finalement je sombrai dans le sommeil ; et dans mon pauvre petit canot instable, je rêvai à ma patrie et au vieil *Amiral Benbow*.

XXIV

Ma croisière personnelle

Il faisait grand jour quand je me réveillai, et je me découvris, secoué comme une coquille de noix, à proximité de la pointe sud-ouest de l'Ile au Trésor. Le soleil était levé, mais la grosse masse de la Longue-Vue me le cachait encore ; sur ce côté, la montagne descendait presque perpendiculairement vers la mer comme une falaise formidable.

Le cap Haulbowline et le mont d'Artimon se trouvaient à mon coude : le mont était dénudé et sombre, le cap surmonté de falaises d'une cinquantaine de pieds et bordé de grands éboulis de rochers. J'étais à peine à un quart de mile de la côte ; ma première idée fut de pagayer pour toucher terre.

Mais je dus bientôt y renoncer. Parmi les éboulis de rochers, les brisants mugissaient en écumant : chaque seconde m'apportait de bruyants échos de leur tonnerre ; les embruns s'envolaient, retombaient : si je m'aventurais plus près, je me fracasserais sur les rochers ou je m'épuiserais en vain pour les escalader.

Ce n'était pas tout : j'aperçus en effet, rampant sur des plates-formes rocheuses ou se laissant tomber bruyamment à l'eau, d'énormes monstres visqueux, ressemblant à des limaçons gigantesques, groupés par quarante ou soixante et dont les aboiements répercutaient leurs échos contre le mur de falaises.

J'appris ultérieurement qu'il s'agissait d'otaries inoffensives. Mais sur le moment leur présence, cumulée avec les périls des brisants et les côtes inhospitalières, me dégoûta d'un débarquement en cet endroit. J'aurais préféré mourir de faim en mer plutôt que d'affronter ces animaux.

Une meilleure occasion, d'ailleurs, s'offrait à moi. Au nord du cap Haulbowline, la terre laissait à marée basse une longue bande de sable jaune. Et au nord de cette bande, il y avait un autre cap, le cap des Bois d'après la carte, couvert de grands pins verts qui descendaient jusqu'au bord de la mer.

Je me souvins de ce que Silver avait dit sur le courant qui s'orientait vers le nord le long de la côte ouest de l'Ile au Trésor ; et je découvris que j'en subissais déjà l'influence ; aussi décidai-je que je ferais mieux de laisser le cap Haulbowline derrière moi, et de réserver mes forces en vue d'un débarquement sur le cap des Bois, apparemment plus souriant.

La mer était sous l'emprise d'une grande houle paisible. Comme le vent soufflait régulièrement et doucement du sud, il ne contrariait pas le courant, et les vagues se soulevaient et retombaient sans se briser. S'il en avait été autrement, j'aurais péri depuis longtemps. En réalité, je constatais avec étonnement que mon petit canot léger se comportait avec aisance et sécurité. Fréquemment, pendant que j'étais étendu au fond de l'embarcation en surveillant d'un œil le plat-bord, je distinguais une grosse montagne bleue qui menaçait de m'engloutir ; et cependant le canot se bornait à effectuer un petit bond, à danser comme s'il reposait sur des ressorts, et à se poser avec la légèreté d'un oiseau dans le creux suivant.

M'enhardissant, je m'assis pour vérifier mon habileté à la pagaie. Hélas ! La plus petite modification dans l'équilibre des poids entraînait des conséquences terribles dans le comportement du canot de Ben Gunn... À peine eus-je pris place sur le banc de nage que mon embarcation, perdant toute retenue, dévala brutalement le long d'une masse d'eau ; j'en fus tout étourdi ; et elle piqua du nez, en soulevant une gerbe d'écume, en plein milieu de la vague suivante.

Je fus trempé jusqu'aux os, et j'eus très peur ; je repris aussitôt ma position première, ce qui suffit pour que le canot revînt à ses bonnes dispositions et me menât sans incidents à travers les lames. Étant donné que j'étais impuissant à diriger sa course, quel espoir pouvais-je avoir de toucher terre ?

Une inquiétude nouvelle se leva en moi, mais néanmoins je gardai toute ma tête. Je commençai par écoper, en mesurant mes mouvements, avec mon bonnet de marin ; puis, hasardant à nouveau un œil au-dessus du plat-bord, je me mis à étudier la manière dont il se faufilait si paisiblement à travers les lames.

Je m'aperçus que chaque vague, au lieu d'être la grande montagne unie et lustrée dont, vue de la terre ou du pont d'un navire, elle avait l'aspect, ressemblait au contraire à n'importe quel genre de chaîne montagneuse, pleine de pics, d'endroits plats et de vallées. Livré à lui-même, le canot tournoyait pour se frayer son chemin à travers les vallées et évitait les rampes élevées, à plus forte raison les sommets écumants des vagues.

« Bon ! me dis-je. Il est évident que je dois rester dans cette position horizontale et ne pas détruire l'équilibre. Mais il est non moins évident que je pourrais passer la pagaie par-dessus le rebord et, de temps à autre, dans des endroits plats, donner un ou deux coups en direction de la terre. »

L'exécution suivit l'inspiration. Je me couchai sur les coudes, ce qui était épuisant, et par intervalles je hasardai quelques coups de pagaie en direction du rivage.

Oui, c'était vraiment pénible ! Pourtant l'efficacité de mes efforts se fit jour : je gagnais du terrain. Quand j'arrivai à proximité du cap des Bois, je compris que je le manquerais infailliblement, mais j'avais réussi à me déporter de quelques centaines de yards vers l'est. En vérité j'étais tout près. Je distinguais les cimes vertes et fraîches des grands arbres qui oscillaient sous la brise. À coup sûr je pourrais atteindre le promontoire suivant.

Cette certitude me réconforta, car je commençais à souffrir de la soif. Le soleil au-dessus de ma tête, la réverbération de son flamboiement par des milliers de vagues, l'eau de mer qui m'arrosait et qui s'évaporait sur moi en cuisant mes lèvres de sel, tout cela se combinait pour me brûler le gosier et me donner la migraine. La vue des arbres presque à portée de la main avait presque éveillé un désir maladif ; mais le courant me déporta bientôt de l'autre côté du promontoire et, lorsque la mer s'élargit à nouveau, mes pensées prirent un cours différent.

Juste devant moi, en effet, à moins d'un demi-mile, j'aperçus l'*Hispaniola*, toutes voiles dehors. Allais-je être capturé ? Je souffrais tellement du manque d'eau que cette perspective ne m'émut guère. Mais une grande surprise m'attendait.

L'*Hispaniola* avait sa grande voile et deux focs dehors : la belle toile blanche étincelait sous le soleil comme de la neige ou de l'argent. Quand je l'aperçus, toutes ses voiles tiraient ; elle avait le cap au nord-ouest ; je supposai que les mutins qui étaient à bord faisaient le tour de l'île pour regagner le mouillage. Mais peu après elle amorça un virage vers l'ouest, qu'elle accentua de telle sorte que je crus qu'ils m'avaient vu et qu'ils allaient me prendre en chasse. Finalement elle se plaça dans l'épi du vent, s'arrêta et parut désemparée, avec ses voiles qui frémissaient.

« Les maladroits ! me dis-je. Ils doivent être encore saouls comme des grives ! »

Et j'imaginai la manière dont le capitaine Smollett les aurait fait danser !

En attendant, la goélette abattait progressivement sous le vent ; sur une autre bordée, elle renfla ses voiles, reprit sa course pendant une bonne minute puis revint se mettre dans l'épi du vent. Cette « manœuvre » se répéta à plusieurs reprises. Mue par un mouvement de va-et-vient s'élançant puis s'arrêtant, cap au sud, au nord, à l'ouest et à l'est, l'*Hispaniola* louvoyait par sauts et par bonds à la fin desquels sa toile retombait inerte. La barre n'était certainement tenue par personne. Mais dans ce cas, où étaient les matelots ! Étaient-ils ivres morts ? Ou avaient-ils abandonné leur navire ? Je réfléchis que si je parvenais à grimper à bord, je pourrais restituer l'*Hispaniola* à son capitaine.

Le courant déportait vers le sud à une vitesse égale mon canot et la goélette. Les voiles de la goélette n'ajoutaient rien à sa vitesse, car si elles s'enflaient par intermittence, elles retombaient aussi vite, et le navire s'immobilisait si longtemps qu'il ne gagnait rien sur moi : il perdait plutôt du terrain. Pour peu que je fusse capable de m'asseoir et de pagayer sans verser, je le rattraperais sûrement... Ce projet avait un parfum d'aventure qui me séduisit ; et l'image de la caisse à eau à côté du capot avant redoubla mon courage.

Je me soulevai, pour être instantanément salué par une gerbe d'écume ; cette fois-ci, cependant, je ne me laissai pas démonter ; je me maintins assis et je m'employai, de toutes mes forces mais avec de grandes précautions, à pagayer en direction de l'*Hispaniola* à la dérive. Parfois j'embarquais de tels paquets d'eau que je devais m'arrêter pour écoper, le cœur battant comme celui d'un oiseau ; je réussis néanmoins à maîtriser ce démon de petit canot et à le guider à travers les vagues, non sans recevoir quelques gifles d'eau salée en pleine figure.

Mais je gagnais rapidement sur la goélette ; déjà je distinguais les cuivres du gouvernail qui tournait au hasard ; je n'aperçus personne sur le pont. J'avais toutes raisons de croire que le navire avait été abandonné ; ou alors, les matelots gisaient en bas, complètement ivres ; mais je n'aurais qu'à les enfermer en abattant les panneaux ; après quoi, je pourrais gouverner la goélette à ma guise.

Pendant quelque temps, elle avait fait ce qui était, de mon point de vue, la pire des choses : elle n'avait pas varié de cap ; elle piquait droit au sud, avec, bien sûr, de continuelles embardées ; à chaque embardée, elle abattait sous le vent et ses voiles partiellement gonflées la remettaient aussitôt près du vent. Bien que sa situation parût désespérée, avec la toile qui claquait comme si on tirait le canon, avec les poulies qui roulaient et battaient le pont, elle continuait à fuir devant moi, non seulement selon la vitesse du courant, mais aussi selon tout le total de sa dérive, qui naturellement était considérable.

J'eus enfin ma chance. Le vent tomba pendant quelques secondes et, le courant faisant pivoter l'*Hispaniola* progressivement, elle finit par me présenter sa poupe : la fenêtre de la cabine était encore ouverte, et la lampe sur la table brûlait en plein comme la veille au soir. La grand-voile pendait en bannière. La goélette cessa de tourner et se laissa porter doucement par le courant.

Pendant ces dernières minutes, j'avais perdu un peu de terrain ; redoublant d'efforts, je repris ma poursuite.

J'étais arrivé à moins d'une centaine de yards de l'*Hispaniola* quand un nouveau coup de vent survint ; la toile s'enfla sur l'armure de bâbord, et je la vis qui se penchait en effleurant l'eau comme une hirondelle.

Je faillis désespérer ; mais la joie, soudain, m'envahit quand je constatai qu'elle tournait sur elle-même et qu'elle me présentait son flanc, mais surtout qu'elle avait couvert la moitié, puis les deux tiers, et enfin les trois quarts de la distance qui nous séparait. Je distinguais les vagues qui écumaient sous son avant. Vue de mon petit canot, elle me parut formidable !

Et brusquement la lumière se fit dans ma tête. J'eus à peine le temps de réfléchir ; à peine le temps d'agir pour sauver ma vie ! Je me trouvais au haut d'une lame alors que la goélette arrivait en escaladant la lame suivante. Le beaupré passa au-dessus de ma tête. Je me mis debout et je sautai, en enfonçant sous l'eau mon petit canot dans la détente de mes jambes. D'une main je saisis le gui du foc, tandis que mon pied se calait entre l'arc-boutant et le bras de vergue ; tandis que je demeurais accroché là, haletant, un choc sourd m'apprit que la goélette avait abordé et fracassé mon petit canot, et que j'étais, à bord de l'*Hispaniola,* privé de tout moyen de retraite.

XXV

J'amène le pavillon noir

A peine m'étais-je installé sur le beaupré que le foc claqua et s'enfla sur l'autre amure avec un bruit de tonnerre. Sous ce contre-coup la goélette trembla jusqu'à sa quille ; mais presque aussitôt, les autres voiles tirant toujours, le foc revint à sa position initiale et ne bougea plus.

J'avais failli tomber à l'eau. Aussi ne perdis-je pas de temps à ramper le long du beaupré, et j'atterris sur le pont la tête la première.

Je me trouvais sur le côté sous le vent du gaillard d'avant ; la grand-voile, qui tirait encore, me masquait une certaine partie du pont arrière. Je n'aperçus personne. Les planches, qui n'avaient pas été brossées et lavées depuis la mutinerie, portaient de nombreuses traces de pieds ; une bouteille vide, cassée au goulot, roulait comme un ivrogne entre les dalots.

Soudain, l'*Hispaniola* alla au lof. Derrière moi les focs claquèrent ; le gouvernail battit ; tout le navire se souleva et frémit ; au même moment le grand bout-dehors se rabattit vers l'intérieur, l'écoute gémit dans les poulies, et le côté sous le vent du pont arrière m'apparut.

Les deux hommes de quart étaient là : l'individu au bonnet rouge, étendu sur le dos, raide comme un anspect, les bras en croix, les lèvres entrouvertes. Adossé contre la rambarde, tête basse, les mains ouvertes devant lui sur le pont, Israel Hands avait le visage aussi blanc, sous son hâle, qu'une chandelle de suif.

Pendant quelque temps le navire continua de ruer et de se cabrer comme un cheval vicieux ; les voiles se gonflaient tantôt sur une amure, tantôt sur l'autre ; le bout-dehors pivotait, faisait gémir le mât sous la tension qu'il lui imposait. De temps à autre des nuages d'écume légère franchissaient la rambarde, l'avant de la goélette attaquait lourdement la levée d'une lame ; ce grand bâtiment gréé n'était pas plus stable que mon petit canot de fortune, maintenant perdu au fond de la mer.

A chaque soubresaut de l'*Hispaniola,* le mutin au bonnet rouge glissait d'un côté ou de l'autre, mais, et c'était affreux à voir, ces embardées ne modifiaient ni sa rigidité ni le sourire qui découvrait ses dents blanches. Quant à Hands, il semblait se tasser un peu plus sur lui-même à chaque soubresaut et en même temps s'allonger sur le pont, jambes en avant et tout le corps renversé vers l'arrière, de telle sorte que bientôt je ne vis plus de son visage que sa nuque, une oreille et un favori.

Sur les planches autour d'eux il y avait des éclaboussures de sang ; j'en déduisis qu'ils avaient dû s'entre-tuer l'un l'autre au cours d'une querelle d'ivrognes.

Pendant que j'examinais ainsi l'arrière, le calme revint et Israel Hands essaya de se tourner ; en se tordant de douleur et en gémissant, il réussit à reprendre la position première où je l'avais découvert. Ce gémissement qui en disait long sur ses souffrances et son état de faiblesse, sa mâchoire qui pendait m'allèrent droit au cœur. Mais toute pitié m'abandonna quand je me souvins de la conversation que j'avais surprise du fond de mon tonneau de pommes.

Je me dirigeai vers l'arrière, mais je m'arrêtai au pied du grand mât.

— Me voici à bord, Monsieur Hands ! lui dis-je ironiquement.

Il roula lourdement ses gros yeux, mais il était trop épuisé pour manifester la moindre surprise. Il ne sut que balbutier :

— Brandy !

J'eus l'impression que je ferais bien de me dépêcher. Esquivant le bout-dehors au moment où il accomplissait une nouvelle embardée en travers du pont, je me glissai vers l'arrière et descendis dans la cabine.

Vous ne sauriez imaginer le désordre qui y régnait ! Tous les meubles ou tiroirs fermés à clef avaient été fracturés par les mutins dans l'espoir de trouver la carte ; le plancher était couvert d'une boue épaisse ; les matelots s'étaient certainement assis dans la cabine pour boire et discuter après avoir pataugé dans les marécages autour de leur camp ; les cloisons, joliment peintes en blanc, avec des filets or, étaient souillées de traces de mains ; des douzaines de bouteilles vides s'entrechoquaient dans les angles à chaque mouvement de roulis du navire. L'un des livres de médecine du docteur Livesey était ouvert sur la table, mais la moitié des pages avaient été arrachées, sans doute pour servir d'allume-pipes. Au milieu de toute cette dévastation, la lampe continuait à projeter une lueur fumeuse et brune comme de la terre d'ombre.

Je me rendis dans le cellier ; toutes les barriques étaient vides et une grande quantité de bouteilles avait disparu. Il n'y avait certainement pas eu un homme, depuis le début de la mutinerie, qui fût demeuré sobre.

A force de fourrager partout, je finis par dénicher une bouteille dans laquelle il restait un peu de brandy pour Hands ; mais je ne m'oubliai pas ; j'emportai des biscuits, des fruits en conserve, une grosse grappe de raisins et un morceau de fromage. Nanti de ces richesses, je remontai sur le pont et je les déposai derrière la barre du gouvernail, hors de portée de Hands, avant de courir vers la caisse d'eau pour étancher ma soif ; je bus une bonne lampée, croyez-moi, et ce fut alors, mais pas avant, que je m'approchai de Hands pour lui donner le brandy.

Il dut en boire au moins un canon avant de retirer le goulot de sa bouche.

— Mille tonnerres ! murmura-t-il. J'avais vraiment besoin de ça !

Déjà je m'étais assis dans mon coin et je commençais à manger.

— Grièvement blessé ? lui demandai-je.

Il émit un grognement ou plutôt une sorte d'aboiement.

— Si ce docteur de malheur était à bord, il me remettrait sur pied en un tournemain ; mais je n'ai pas de chance, tu vois. Pour ce qui est de ce fumier-là, autant dire qu'il est mort, ajouta-t-il en désignant l'homme au bonnet rouge. De toute manière, ce n'était pas un marin. Et toi, d'où sors-tu ?

— Eh bien, lui répondis-je, je suis venu à bord pour prendre possession du navire, Monsieur Hands ; et vous voudrez bien me faire le plaisir de me considérer comme votre capitaine jusqu'à nouvel ordre...

Il me lança un coup d'œil dénué d'aménité, mais ne répondit rien. Ses joues avaient repris un peu de couleur, et cependant il paraissait toujours très malade : il continuait à s'affaler sur le pont à chaque mouvement du bateau.

— ... A propos, poursuivis-je, ces couleurs ne me plaisent pas, Monsieur Hands. Avec votre permission, je vais les amener. Mieux vaut ne pas arborer du tout de pavillon que d'arborer celui-ci...

Et, esquivant encore une fois le bout-dehors, je courus vers les cordes du pavillon, amenai leur maudit drapeau noir et le jetai par-dessus bord.

– ... *God save the King !* m'écriai-je en me découvrant. Et fin du capitaine Silver !

Le menton reposant sur sa poitrine il me surveillait d'un air attentif et rusé.

– Je suppose, dit-il enfin, je suppose, capitaine Hawkins, que tu voudrais bien te rendre à terre maintenant. Si nous parlions un peu ?...

– Mais bien sûr, bien sûr, Monsieur Hands ! Vous avez la parole...

Je me remis à manger d'un fort bon appétit.

– Cet homme, commença-t-il en faisant un signe de tête vers le cadavre, il s'appelait O'Brien. Un vulgaire Irlandais. Lui et moi nous avions largué les voiles pour ramener le bateau. Eh bien, le voilà mort, maintenant ! Mort, comme un fond de cale. Qui va piloter ce navire ? Je me le demande. Si je ne te tuyaute pas, tu en seras incapable, pas vrai ? Alors écoute-moi : tu me donneras à manger et à boire, plus un vieux mouchoir ou un foulard pour bander ma blessure, et je te dirai comment piloter ; est-ce parlé rondement, cela ?

– Je vous préviens d'une chose, lui répondis-je, c'est que je ne retourne pas au mouillage du capitaine Kidd. Je veux entrer dans la baie du Nord et y faire échouer l'*Hispaniola* en douceur.

– Naturellement ! s'écria-t-il. Tu feras tout ce que tu voudras. Après tout ; je ne suis pas aussi mauvais bougre que j'en ai l'air. J'ai tenté ma chance, ça oui ! Mais j'ai perdu. C'est toi qui as le vent en poupe. Baie du Nord ? Ma foi, je n'ai pas le choix ! Je t'aiderais à gouverner jusqu'au quai des Pendus, mille tonnerres ! Parfaitement

Nous conclûmes donc l'affaire sur-le-champ. En trois minutes, je fis courir l'*Hispaniola* vent arrière le long de la côte de l'Ile au Trésor ; j'espérais bien contourner sa pointe nord avant midi et la conduire jusqu'à la baie du Nord avant la marée haute, afin de pouvoir l'échouer en sécurité et attendre que la marée, en se retirant, nous permît de débarquer.

Puis je bloquai la barre et descendis chercher dans mon coffre personnel un fin mouchoir de soie que ma mère m'avait donné. J'aidai Hands à panser sa grande estafilade saignante à la cuisse, due à un coup de couteau. Je lui donnai à manger ; quand il eut avalé une ou deux rasades supplémentaires de brandy, il commença à s'asseoir plus droit, à parler plus fort et plus distinctement, bref, à ressembler à un homme plutôt qu'à la loque que j'avais trouvée à mon retour sur l'*Hispaniola*.

Le vent nous servit admirablement. Nous rasions l'eau comme une mouette ; la côte défilait sous nos yeux et le panorama se modifiait de minute en minute. En peu de temps nous eûmes dépassé les hautes terres et nous cabotions le long d'un rivage bas, sablonneux, parsemé de pins nains ; enfin nous contournâmes la colline rocheuse qui marquait la pointe nord de l'île.

J'étais très fier de mon nouveau commandement, ravi d'admirer le ciel sans nuages et les divers paysages de l'île. J'avais maintenant à ma disposition de l'eau à volonté et de bonnes choses à manger ; ma conscience, qui m'avait torturé à cause de ma désertion, se trouvait apaisée par la reconquête du bateau. J'aurais été parfaitement heureux, je crois, sans les regards de Hands qui me poursuivaient ironiquement sur le pont, et sans le sourire bizarre qui éclairait à présent sa physionomie. C'était un sourire qui évoquait à la fois la souffrance et la faiblesse : le sourire, certes, d'un vieil homme désemparé, mais j'y décelais aussi un soupçon de moquerie, une ombre de traîtrise pendant qu'il multipliait à mon adresse ses conseils et ses consignes.

XXVI

Israel Hands

Le vent, excellent serviteur de nos ambitions, nous poussait maintenant vers l'ouest. Nous pouvions donc cingler d'autant plus facilement de l'angle nord-est de l'île vers l'ouverture de la baie du Nord. Mais comme nous n'avions plus d'ancre et comme nous n'osions pas échouer le navire avant que la marée ait monté davantage, tout dépendait de notre gouverne. La barreur m'indiqua comment mettre en panne. Je réussis après plusieurs essais infructueux ; nous nous assîmes ensuite pour prendre un nouveau repas.

— Capitaine, me dit-il au bout d'un long silence avec ce même sourire désagréable, regardez mon vieux copain O'Brien ! Si vous le jetiez par-dessus bord ? Je ne suis guère délicat, d'habitude, et je ne regrette pas de lui avoir réglé son compte, mais je trouve qu'il n'est plus très décoratif maintenant ; pas vous ?

— Je n'en aurais pas la force, et je n'aime pas ce genre d'ouvrage, répondis-je. À mon avis, il peut rester là.

— C'est un bateau qui porte malheur, cette *Hispaniola,* Jim ! reprit-il en clignant de l'œil. Il y a un tas de bonshommes qui ont été tués à cause de cette *Hispaniola :* une bonne quantité de pauvres matelots, morts et bien morts depuis que toi et moi nous avons embarqué à Bristol. Je n'ai jamais vu tant de sale poisse ; non, jamais ! Cet O'Brien, tiens ! Eh bien, regarde : le voilà mort ! Écoute : moi, je ne suis pas un savant ; toi, tu es un gamin qui sait lire et compter ; alors, dis-moi, crois-tu qu'il est mort pour de bon, ou qu'il revivra un jour ou l'autre ?

— On peut tuer le corps, Monsieur Hands, mais pas l'esprit ; vous avez déjà dû entendre parler de cela, répliquai-je. O'Brien, qui est là, se trouve dans un autre monde, et peut-être nous regarde-t-il en ce moment.

— Ah ! fit-il. C'est malheureux ! En somme on perdrait son temps à tuer son prochain ? Bah, de toute façon, les esprits ne comptent pas pour grand-chose, par les temps qui courent ! Alors, moi, j'accepte le

risque des esprits, Jim... Et maintenant, n'oublie pas que tu m'as donné
ta parole : tu me feras bien plaisir si tu descendais dans la cabine et
si tu m'apportais une... Allons, un... Oh zut ! Je ne trouve pas le nom !...
Apporte-moi une bouteille de vin, Jim !... Ce brandy-là est trop costaud
pour ma tête.

Le bafouillage du barreur me parut manquer de naturel, et suspecte
sa subite préférence pour le vin ! Toute cette histoire était un prétexte.
Il voulait me faire quitter le pont ? Bon. Jusque-là, c'était clair. Mais
pour quel dessein ? Son regard évitait le mien ; ses yeux examinaient
le ciel, se reportaient sur le cadavre du pauvre O'Brien, allaient de droite
à gauche, de haut en bas... Il affichait toujours son sourire ; il tirait
néanmoins la langue avec une sorte d'embarras coupable qui aurait
convaincu un enfant qu'il préparait un mauvais coup. Je répondis sans
hésitation, cependant, car je discernais déjà un plan avantageux ;
d'ailleurs j'avais affaire avec un tel bloc de stupidité que je pouvais
aisément lui dissimuler mes soupçons.

— Du vin ? répétai-je. Cela vous ferait beaucoup plus de bien.
Voulez-vous du rouge ou du blanc ?

— Ma foi, camarade, je suppose que, blanc ou rouge, c'est la même
chose. Du moment qu'il sera bon et que j'en aurai à discrétion, quelle
différence ?

— Très bien ! Je vais aller vous chercher du porto, Monsieur Hands,
mais il va falloir que je fouille partout pour en trouver...

Sur ces mots je descendis par le capot en faisant le maximum de
bruit ; puis je quittai mes chaussures, courus silencieusement par le
couloir, escaladai l'échelle du gaillard d'avant et passai la tête par l'autre
capot. J'étais sûr qu'il ne s'attendrait pas à me voir là ; toutefois je
pris mes précautions, et je découvris que mes pires hypothèses se
vérifiaient.

Israel Hands s'était mis à quatre pattes ; bien que sa jambe le fît
réellement souffrir quand il se déplaçait (car de loin je l'entendais
émettre des petits cris de douleur) il se traîna néanmoins à bonne allure
pour traverser le pont. En une demi-minute il avait atteint les dalots
de bâbord et sur un rouleau de cordages il s'était emparé d'un long
couteau, ou plutôt d'un poignard court, taché de sang jusqu'au manche.
Il l'examina de près, en essaya la pointe sur sa main, puis le dissimula
sous sa veste avant de regagner sa place contre la rambarde.

Je n'avais pas besoin d'en savoir davantage. Je savais qu'Isarel pouvait
se déplacer et qu'il était armé ; s'il s'était donné tant de peine pour
se débarrasser de ma présence, c'était parce qu'il me destinait à devenir
sa victime. Quant à prévoir ce qu'il ferait ensuite, quant à dire s'il
essaierait de traverser l'île à quatre pattes depuis la baie du Nord
jusqu'au camp des mutins, ou s'il tirerait un coup de canon dans l'espoir
que ses camarades viendraient l'aider, j'en étais naturellement incapable.

Mais j'étais à peu près sûr que je pouvais me fier à lui sur un plan
où nos intérêts coïncidaient : le pilotage de la goélette. Tous les deux,
nous désirions qu'elle s'échouât sans dommages, dans un endroit abrité,

de telle sorte que, lorsque la marée monterait, elle pût reprendre le large au prix d'un minimum d'efforts et de risques. Jusque-là, sans doute m'épargnerait-il.

Parce que je réfléchissais, ne croyez pas que j'étais resté inactif ! Je m'étais précipité vers la cabine, je m'étais rechaussé, j'avais mis la main sur une bouteille de vin ; il ne me restait plus qu'à reparaître sur le pont.

Hands était revenu à l'endroit où je l'avais laissé, recroquevillé sur lui-même et les paupières baissées, comme s'il était trop faible pour supporter la lumière. Il leva les yeux, cependant, quand j'arrivai sur le pont, puis il cassa le goulot de la bouteille d'un geste machinal, et il but une forte lampée en l'accompagnant du rituel : « À la chance ! » Après quoi il se tint tranquille quelques instants. Ensuite il tira de sa poche un bâton de tabac et me demanda de lui en couper une chique.

— Coupe-le Jim ! supplia-t-il. Je n'ai pas de couteau, et plus assez de forces. Ah, Jim, Jim, j'ai l'impression que j'ai raté le hauban ! Taille-moi une chique, mon garçon : ce sera probablement la dernière, car j'ai démarré pour mon dernier voyage, pas d'erreur !

— Très bien ! lui dis-je. Je vais vous couper un peu de tabac. Mais si j'étais vous et si j'étais aussi pessimiste sur mon sort, je dirais mes prières, comme n'importe quel chrétien.

— Pourquoi ? me demanda-t-il. Dis moi pourquoi ?

— Pourquoi ? m'exclamai-je. Vous venez de me dire que vous allez mourir. Or, vous vous êtes mille fois parjuré ; vous avez vécu dans le péché, le mensonge, le sang ; en ce moment vous avez à vos pieds un homme que vous avez tué, et vous me demandez pourquoi ? Ah, Monsieur Hands, vous n'avez qu'à prier pour obtenir la miséricorde divine ! Voilà pourquoi il faut prier.

J'avais parlé non sans chaleur, car je pensais au poignard sanglant qu'il avait caché dans sa poche pour me supprimer, le cas échéant, du monde des vivants. Mais il se borna à avaler une forte lampée de vin, puis il me parla avec une solennité inattendue.

— Depuis trente ans, me dit-il, j'ai bourlingué sur les océans ; j'ai vu du bon et du mauvais, du meilleur comme du pire, du beau temps et des tempêtes, des provisions qui s'épuisaient, des couteaux qui sortaient des poches et qui ferraillaient, et Dieu sait quoi. Je peux te le dire à présent, Jim, je n'ai jamais constaté que du bien provenait de la bonté d'âme ! C'est à qui frappe le premier, voilà mon idée. Les cadavres ne mordent pas, amen ! Et maintenant, écoute...

Il modifia subitement le ton de sa voix :

— ... Nous en avons assez de toute cette idiotie. La marée est devenue propice. Tu n'auras qu'à exécuter mes ordres, capitaine Hawkins, et nous en aurons bientôt terminé avec ce maudit cabotage.

De fait, il nous restait moins de deux miles à franchir ; mais la navigation se révéla délicate ; l'entrée dans ce mouillage du nord non seulement était étroite et peu profonde, mais elle s'ouvrait d'est en ouest, si bien que la goélette devait être maniée de main de maître pour y pénétrer sans dommages. Je crois que je fus un bon exécutant, prompt à la manœuvre, et je suis sûr que Hands était un excellent pilote car nous avançâmes lentement, mais sûrement, et nous parâmes à tout en rasant les rives avec une précision et une sûreté admirables.

À peine avions-nous dépassé les promontoires de la baie que la terre se referma sur nous. Les rivages de la baie du Nord étaient aussi boisés que ceux du mouillage du Capitaine Kidd, mais l'intérieur, long et étroit, ressemblait davantage à ce qu'elle était en réalité : l'embouchure d'un fleuve. Droit devant nous, à l'extrémité sud, nous vîmes l'épave d'un navire au dernier stade de la décomposition : jadis un grand trois-mâts, il avait été si longtemps exposé aux intempéries qu'il était recouvert d'algues et que des arbustes avaient pris racine sur son pont, certains tout en fleurs. C'était un triste spectacle, mais il nous prouvait du moins que le mouillage était calme.

– ... Écoute-moi maintenant, dit Hands. C'est un joli coin pour nous échouer. Du beau sable plat et fin, jamais un chat, des arbres tout autour, et des fleurs comme un jardin sur ce vieux rafiot.

– Mais une fois que nous serons échoués, demandai-je, comment pourrons-nous reprendre le large ?

– Pas difficile ! répondit Hands. Tu portes un cordage à terre, là, sur l'autre côté, à marée basse ; tu l'attaches autour de l'un de ces gros pins, tu le ramènes à bord, tu attaches l'autre bout au cabestan et tu te mets en panne en attendant la marée. La marée monte, tout le monde tire sur le câble et le navire démarre tout naturellement et en douceur. Et maintenant, garçon, attention ! Barre à tribord un peu... Là !... Doucement !... Tribord !... Bâbord légèrement ! Doucement !... Doucement !...

Il donnait ses ordres, auxquels j'obéissais sans discuter. Tout à coup il cria :

– ... Lofe, mon gars !

Je redressai le gouvernail : l'*Hispaniola* fit un rapide tête-à-queue, et elle se dirigea la proue en avant vers le rivage plat et boisé.

L'excitation de ces dernières manœuvres avait plus ou moins relâché la surveillance que j'exerçais sur le barreur. Et j'étais tellement pasionné, j'attendais avec tant d'impatience le moment où le navire allait s'échouer que j'avais complètement oublié le péril qui était suspendu au-dessus de ma tête : je me tenais penché par-dessus la rambarde de tribord et je regardais les rides qui s'éloignaient devant la proue. Je serais sans doute tombé sans même défendre ma vie si une inquiétude soudaine ne m'avait envahi ; je tournai la tête. Peut-être avais-je entendu un craquement ; peut-être avais-je aperçu son ombre ; peut-être fut-ce un instinct de chat... En tout cas, lorsque je pivotai sur moi-même, Hands n'était plus qu'à quelques pas et il serrait le poignard dans sa main droite.

Probablement criâmes-nous en même temps quand nos regards se croisèrent ; mais si mon cri n'exprima que la terreur, le sien fut le mugissement furieux d'un taureau chargeant. Il s'élança ; je bondis de biais vers l'avant, en lâchant la barre qui sauta violemment vers le côté sous le vent. Je pense que ce fut à cela que je dois d'être encore en vie, car la barre frappa Hands en pleine poitrine et l'arrêta net.

Avant qu'il se fût ressaisi, je m'étais échappé hors de l'angle où il m'avait acculé ; j'avais pour moi toute l'étendue du pont. Je m'immobilisai juste devant le grand mât et tirai un pistolet de ma poche, je visai soigneusement quoiqu'il eût déjà fait demi-tour et se dirigeât vers moi ; j'actionnai la gâchette... Le chien retomba, mais sans être suivi du moindre éclair ni de la plus petite détonation : l'amorce avait été trempée par l'eau de mer. Je maudis ma négligence. Pourquoi n'avais-je pas, depuis longtemps, réamorcé et rechargé les seules armes que je possédais ? Il ne me restait plus qu'à jouer au mouton devant le couteau du boucher.

En dépit de sa blessure, Hands se déplaçait avec une rapidité incroyable ; ses cheveux grisonnants retombaient sur sa figure bestiale et cramoisie. Je n'avais pas le temps d'expérimenter mon deuxième pistolet, et je n'y tenais guère, car il y avait neuf chances sur dix pour qu'il fût aussi inutilisable que le premier. Je n'avais qu'une idée : ne pas me contenter de reculer purement et simplement devant lui ; autrement je me retrouverais coincé à l'avant comme je l'avais presque été à l'arrière. Je savais que si je me laissais acculer dans un angle, neuf ou dix pouces d'une lame tachée de sang constitueraient mon ultime expérience de ce côté-ci de l'éternité. Alors je posai les paumes de mes mains contre le grand mât, qui était d'une bonne grosseur, et j'attendis dans une tension de tous mes nerfs.

Voyant que je cherchais à l'éviter et à le faire courir, il s'arrêta lui aussi ; il ébaucha quelques feintes, auxquelles je répondis par les mouvements appropriés. J'avais souvent joué au gendarme et au voleur en Angleterre, sur les rochers de la petite baie de Black Hill ; mais jamais encore, soyez-en sûrs, mon cœur n'avait battu aussi fort ! C'était pourtant un sport pour enfants, et je me dis que je pourrais bien tenir ma place contre un vieux marin blessé à la cuisse. Mon courage, à cette idée, commença à se ranimer, tant et si bien que je me hasardai à envisager les conclusions possibles de l'affaire ; certes j'étais bien sûr que je pourrais le faire courir longtemps, mais je n'entrevoyais aucun moyen décisif de lui échapper en fin de compte.

Les choses en étaient là quand brusquement l'*Hispaniola* eut une secousse, chancela, s'enfonça un instant dans le sable et puis, comme si elle avait reçu une grande claque, elle s'inclina vers bâbord jusqu'à ce que le pont prît un angle de quarante-cinq degrés ; un paquet d'eau pénétra par les sabords ; une mare se forma entre le pont et la rambarde.

En l'espace d'une seconde nous perdîmes l'équilibre, et nous roulâmes tous les deux et presque ensemble dans les dalots ; le cadavre au bonnet rouge, qui avait toujours les bras en croix, dégringola tout raide derrière nous. Le choc nous avait projetés si près l'un de l'autre que ma tête heurta le pied du barreur, avec une telle force que je crus avoir perdu mes dents. Malgré ce choc, je me relevai le premier, car Hands s'était emmêlé avec le cadavre. L'inclinaison du bateau m'interdisait de continuer à courir sur le pont, je fus obligé de recourir à un autre stratagème, et le plus vite possible, car mon adversaire était presque sur moi. Vif comme l'éclair, je sautai dans les haubans d'artimon, grimpai une main après l'autre et ne repris haleine que lorsque je me sentis assis sur la barre transversale.

Ma promptitude m'avait sauvé ; pendant que je m'envolais vers les hauteurs, le poignard avait frappé à moins d'un pied au-dessous de moi. Israel Hands se tenait en bas, bouche bée et nez en l'air, vivante statue de la surprise et du désappointement.

J'avais un peu de temps devant moi ; je me hâtai donc de changer l'amorce de mon pistolet ; quand il fut en état de tirer, je voulus prendre une assurance double : aussi m'activai-je sur-le-champ à retirer la charge du second et à le recharger entièrement.

Ce genre d'occupation consterna Hands. Il commença à s'apercevoir que le sort se retournait contre lui ; après une brève hésitation, il se décida : à son tour il se hissa dans les haubans, et, le couteau entre ses dents, il se mit à grimper lentement, péniblement. Tirant derrière lui sa patte blessée, il ne ménageait ni le temps ni les soupirs : quand il eut accompli le tiers de la montée, j'avais achevé mes préparatifs. Un pistolet dans chaque main, je m'adressai à lui.

– Un pas de plus, Monsieur Hands, lui dis-je, et je vous fais sauter la cervelle ! Les cadavres ne mordent pas, vous savez, ajoutai-je avec un petit rire.

Il s'immobilisa aussitôt. D'après le jeu de sa physionomie, je compris qu'il essayait de réfléchir, et son processus mental me parut si lent, si laborieux, que du sein de ma sécurité toute neuve j'éclatai de rire. Il avala sa salive avant de me répondre ; la même perplexité était peinte sur son visage. Il retira son poignard de sa bouche ; à ce geste près, il ne bougea pas.

– Jim, me dit-il, j'ai l'impression que nous avons triché tous les deux, et que nous allons être obligés de faire la paix. Sans cette embardée je t'aurais eu ; mais je n'ai pas eu de chance ; jamais ! Et je crois que je dois amener mon pavillon, ce qui est bien dur, comprends-tu, pour le maître-marinier que je suis devant un moussaillon comme toi, Jim.

Aussi glorieux qu'un coq sur un mur, j'étais en train de me délecter à l'entendre, quand d'un seul coup sa main droite passa par-dessus mon épaule. Quelque chose siffla dans l'air comme une flèche. Je sentis un choc, puis une douleur aiguë, et je me trouvai cloué au mât par l'épaule. Sous l'effet de la souffrance et de la surprise (je peux à peine dire que j'agis de ma propre volonté, et je suis sûr que je ne visai pas consciemment) je fis feu de mes deux pistolets avant qu'ils m'échappassent des mains. Ils ne tombèrent pas seuls ; le barreur poussa un cri étranglé, lâcha sa prise sur les haubans et plongea dans l'eau la tête la première.

XXVII

« Des pièces de huit ! »

Par suite de l'inclinaison du vaisseau, les mâts surplombaient l'eau, et du haut de mon perchoir je n'avais vue que sur la surface de la baie. Hands, qui, étant monté moins haut, se trouvait par conséquent plus près de la goélette, était tombé entre moi et la rambarde. Il remonta une fois à la surface dans un jaillissement d'écume et de sang, puis il coula à pic pour de bon. Quand les remous se furent apaisés, je l'aperçus pelotonné sur le sable clair et fin à l'ombre du flanc du navire. Des poissons le frôlèrent. Parfois, avec le frémissement de l'eau, il donnait l'impression de remuer un peu, comme s'il essayait de se redresser. Mais il était mort deux fois ; tué par mes balles, et noyé ; il promettait d'être une excellente pâture pour les poissons sur les lieux mêmes où il aurait tant voulu m'expédier.

A peine eus-je acquis cette certitude que je commençai à sentir des nausées ; je crus que j'allais m'évanouir, et mes terreurs me reprirent. Du sang tiède coulait sur mon dos et sur ma poitrine ; le poignard, à l'endroit où il avait cloué mon épaule au mât, me brûlait comme un fer rougi à blanc. Mais ce n'était même pas cette souffrance réelle qui me tourmentait le plus : j'étais horrifié à l'idée que je risquais de tomber de ma barre transversale dans cette eau verte et tranquille, à côté du cadavre du barreur.

Je me cramponnai des deux mains jusqu'à ce que je me fisse mal aux ongles, et je fermai les yeux comme si ne rien voir pouvait conjurer le péril. Peu à peu mon esprit se calma, mon cœur se remit à battre plus normalement, et le sang-froid me revint.

Ma première idée fut de retirer le poignard ; mais soit parce qu'il était trop bien enfoncé, soit parce que mes nerfs cédèrent, un violent frisson me secoua et j'y renonçai. Assez bizarrement, ce frisson m'aida. En réalité le poignard avait bien failli me manquer ; il ne me retenait au mât que par un bout de peau, qui se déchira sous l'effet de mon frisson. Le sang coula plus fort, plus vite ; mais au moins je me trouvai libéré : je n'étais plus retenu au mât que par ma veste et ma chemise encore coincées par le poignard.

D'une nouvelle secousse, je parvins à les arracher ; je pus alors redescendre sur le pont par les haubans de tribord. Car pour rien au monde je ne me serais aventuré, dans mon état d'épuisement nerveux, sur les haubans de bâbord où Israel avait chu.

Une fois en bas, je soignai comme je le pus ma blessure ; elle était assez douloureuse, je continuais à saignoter, mais elle n'était ni profonde ni dangereuse, et je pouvais me servir de mon bras sans trop souffrir. Cela fait, je regardai autour de moi ; en somme la goélette était devenue, dans un certain sens, mon bien ! Je résolus de la débarrasser de son dernier passager : le cadavre d'O'Brien.

Il avait roulé, ainsi que je l'ai dit, contre la rambarde ; il gisait là comme un pantin horrible et lourd ; il avait des dimensions de vivant, certes, mais il lui manquait les couleurs et la fraîcheur de la vie. Je pus disposer de lui sans difficulté ; j'étais suffisamment accoutumé aux aventures tragiques pour n'avoir plus peur des cadavres : je le saisis donc par la taille comme s'il avait été un sac de son, je le soulevai et le jetai par-dessus bord. Ce fut un plongeon bruyant ; le bonnet rouge s'envola et alla flotter un peu plus loin ; quand les remous eurent cessé, je les aperçus tous les deux côte à côte, Israel et lui, faiblement secoués par les frémissements de l'eau des bas-fonds. O'Brien, bien que fort jeune, était déjà chauve : son crâne dénudé reposait sur les genoux de l'homme qui l'avait tué ; les poissons se démenaient déjà autour d'eux.

A présent, j'étais tout seul à bord ; la marée venait de changer. Le soleil était si bas que l'ombre des pins sur la côte ouest commençait à atteindre le mouillage et dessinait des taches sur le pont. La brise du soir s'était levée ; bien que la goélette en fût abritée par les deux pics à l'est, les cordages chantonnaient et les voiles inertes claquaient d'un côté ou de l'autre.

Je commençai à entrevoir un danger pour le navire. J'amenai rondement les focs et les fis dégringoler sur le pont ; mais, pour la grand-voile, l'affaire était plus compliquée. Naturellement, quand la goélette avait pris son inclinaison, le bout-dehors avait pivoté vers l'extérieur, et une partie de la voilure trempait dans l'eau. Je pensai que cette position accroissait le péril ; cependant la tension était si pesante que j'eus un peu peur de m'en mêler. En fin de compte je pris mon couteau et coupai les drisses. Le pic de la voile tomba aussitôt, un grand creux de toile libérée se répandit sur l'eau ; et puisque je ne pouvais pas affaler davantage, il ne me restait plus qu'à confier l'*Hispaniola* à la chance, tout comme comme moi.

Pendant que je m'étais livré à ces diverses occupations, l'ombre avait recouvert tout le mouillage. Je me rappelle que les derniers rayons de soleil, passant par une clairière du bois de pins, tombèrent comme une pluie de joyaux sur l'épave fleurie. L'air commençait à fraîchir ; la marée descendait rapidement vers la haute mer ; la goélette se couchait de plus en plus.

Je m'aventurai à quatre pattes vers l'avant et je regardai. L'eau semblait assez peu profonde ; en m'agrippant des deux mains au câble coupé de l'ancre, je me laissai glisser par-dessus bord. Je fus trempé jusqu'à la ceinture, mais pas plus haut. Le sable était ferme, ridé ; je me dirigeai vers le rivage en pataugeant, mais d'excellente humeur ; derrière moi l'*Hispaniola* était couchée sur le flanc, avec sa grand-voile étendue sur la surface de la baie. Et puis le soleil se cacha, et le vent se mit à siffler en sourdine dans les pins qui agitaient doucement leurs branches vertes.

Au moins j'avais achevé ma croisière et je ne rentrais pas les mains vides. La goélette était là, à l'abri des flibustiers et à la disposition de mes amis ; ils n'auraient plus qu'à grimper à son bord et à la remettre à flot. Rien ne m'enchantait davantage que de rentrer au camp retranché pour me vanter de mes exploits. Sans doute allais-je me faire quelque peu gronder pour mon escapade, mais la reconquête de l'*Hispaniola* riverait leur clou à mes détracteurs, et j'espérais bien que le capitaine Smollett lui-même reconnaîtrait que je n'avais pas perdu mon temps.

Dans cet état d'esprit optimiste, je me mis en route vers le camp retranché. Je me rappelais que la plus à l'est des deux rivières qui s'écoulaient dans le mouillage du capitaine Kidd provenait de la colline à deux pics qui se trouvait sur ma gauche ; j'obliquai donc dans cette direction afin de pouvoir franchir la rivière dans son cours le plus étroit. Le bois était bien dégagé ; en longeant les pins d'en bas, j'eus bientôt contourné la colline en question et, peu après, je traversai le cours d'eau.

Ce détour m'amena près de l'endroit où j'avais rencontré Ben Gunn ; je marchai en multipliant les précautions et en ouvrant l'œil. Le crépuscule était pratiquement tombé. Dans la sorte de crevasse qui séparait les deux pics, j'aperçus une lueur vacillante qui se détachait sur le ciel : c'était sans doute le feu qu'avait allumé l'homme de l'île pour faire cuire son souper. Je fus surpris qu'il se montrât pareillement imprudent : du moment que je voyais cette lueur, pouvait-elle échapper aux yeux de Silver qui campait sur la côte au milieu des marécages ?

Les ténèbres s'épaississaient ; je ne pouvais me diriger qu'approximativement vers le camp retranché ; la colline aux deux pics derrière moi et la Longue-Vue sur ma droite fondaient leurs contours dans la nuit ; les étoiles étaient pâles et peu nombreuses ; je trébuchais sans cesse sur des souches, quand je ne tombais pas dans des trous de sable.

Soudain une clarté confuse se répandit autour de moi. Je levai les yeux ; le sommet de la Longue-Vue était éclairé par un rayon de lune ; presque aussitôt je vis un disque argenté qui se déplaçait très bas derrière les arbres : la lune était levée.

Grâce à son concours, je pus accélérer l'allure ; par instants je courais même, tant j'étais impatient d'arriver au camp retranché. Cependant, quand je pénétrai dans le petit bois qui faisait face à la palissade, j'eus soin d'amortir le bruit de mes pas en me tenant sur mes gardes. Quelle piteuse fin à mon aventure, si je me faisais abattre par erreur par une sentinelle de mon camp !

La lune escaladait le ciel, et sa lumière commençait à filtrer dans les parties les moins couvertes du bois. Mais juste en face de moi une lueur de couleur différente apparut entre les arbres ; elle était rouge et chaude ; parfois elle s'obscurcissait un peu comme les tisons d'un feu de joie en train de s'éteindre.

Je fus incapable d'imaginer sa provenance.

Enfin je parvins devant la palissade. Le clair de lune baignait sa face ouest ; les autres, le blockhaus lui-même, étaient encore plongés dans une ombre opaque quadrillée de longs rayons argentés. De l'autre côté de la cabane, les braises d'un feu gigantesque projetaient un reflet rougeâtre, fixe, qui contrastait avec la douce pâleur de la lune. Personne ne remuait ; je n'entendais pas d'autre bruit que les murmures du vent.

Très étonné, un peu craintif, je m'arrêtai. Pourquoi avoir allumé un aussi gros feu ? Les ordres du capitane nous imposaient au contraire d'être économes de bois. Je commençai à redouter qu'en mon absence un malheur ne fût arrivé.

Je fis le tour par le côté est, en demeurant soigneusement dans l'ombre ; à un endroit où il faisait très noir, je franchis la palissade.

Pour plus de sûreté, je tombai à quatre pattes et j'avançai sans faire le moindre bruit vers l'angle de la cabane. Pendant que j'approchais ainsi, je perçus un son qui me réjouit fort : il n'a pourtant rien d'agréable, et bien souvent je m'en suis plaint en d'autres occasions ; mais sur le moment je goûtai comme une musique le plaisir d'entendre mes amis ronfler en chœur, si bruyamment et si paisiblement, pendant leur sommeil.

Tout de même, ils se gardaient bien mal ! Si j'avais été Silver, aucun d'eux n'aurait vu le jour se lever. Voilà ce que c'était, me dis-je, d'avoir un capitaine blessé ! Et à nouveau je me reprochai véhémentement d'avoir déserté alors qu'ils avaient si peu d'hommes pour monter la garde.

J'atteignis la porte et je m'immobilisai sur le seuil. Il faisait noir à l'intérieur ; je ne distinguai rien. J'écoutai le ronron régulier des ronfleurs, et j'entendis aussi un bruit régulier, une sorte de becquetage indéfinissable.

Bras en avant, je pénétrai dans la pièce ; je voulais gagner ma place et m'étendre, en attendant de jouir du spectacle de leurs visages quand ils m'apercevraient le lendemain matin.

Mon pied heurta quelque chose qui remua : la jambe d'un dormeur ; il se retourna, grogna, mais ne se réveilla point.

Et alors, tout à coup, une voix perçante retentit dans le noir :

– Des pièces de huit ! Des pièces de huit ! Des pièces de huit ! Des pièces de huit ! Des pièces de huit !...

Et ainsi de suite, sans interruption ni changement de ton, comme le traquet d'un petit moulin.

Le perroquet de Silver, le capitaine Flint ! C'était lui que j'avais entendu donner des coups de bec contre un morceau d'écorce. C'était lui qui, montant la garde mieux qu'une sentinelle, claironnait mon arrivée.

Je n'eus pas le temps de me ressaisir. Les dormeurs se réveillèrent, se mirent debout d'un bond. La voix de Silver rugit :

– Qui va là ?...

Je voulus fuir. En me retournant, je me cognai violemment contre quelqu'un ; je reculai ; je m'élançai... pour tomber sur un autre qui m'étreignit entre ses bras et m'empêcha de bouger.

– ... Apporte une torche, Dick ! ordonna Silver.

L'un des hommes sortit et rapporta un brandon allumé.

Sixième partie

LE CAPITAINE SILVER

XXVIII

Dans le camp de l'ennemi

La lueur rouge de la torche éclaira l'intérieur de la cabane et me révéla que mes pires appréhensions se trouvaient réalisées. Les pirates avaient pris possession du blockhaus et des provisions ; il y avait le fût de cognac ; il y avait le porc et le pain, comme avant mon escapade ; et ma terreur décupla quand je n'aperçus aucun prisonnier. Je déduisis donc que mes amis avaient tous péri ; le remords de n'avoir pas été là pour mourir avec eux me tenailla.

Je comptai six flibustiers ; six survivants. Cinq d'entre eux étaient debout, rouges et bouffis, tirés brusquement du premier sommeil de l'ivresse. Le sixième, qui s'était simplement soulevé sur son coude, était pâle comme un mort ; un bandage ensanglanté autour de sa tête indiquait qu'il avait été récemment blessé et pansé plus récemment encore.

Je me rappelai l'homme qui avait été sabré au cours de l'assaut et qui s'était enfui dans les bois ; ce ne pouvait être que lui.

Le perroquet s'était installé sur l'épaule de Long John et lissait son plumage. Quant à Silver lui-même, il me parut plus blême et plus renfrogné que d'habitude. Il portait encore le bel habit avec lequel il avait accompli sa mission de parlementaire ; mais le drap était sali de boue et déchiré par les ronciers du bois.

– Tiens ! dit-il. Voici Jim Hawkins, nom d'une pipe ! On est tombé ici par hasard, eh ? Allons, viens, je prends ça du bon côté...

Il s'assit sur le fût de cognac et commença à bourrer sa pipe.

– ... Prête-moi ta torche, Dick...

Lorsque sa pipe fut bien allumée, il continua :

– ... Merci, mon garçon. Fiche le brûlot dans la pile de bois. Vous, gentlemen, vous pouvez vous recoucher : vous n'avez pas besoin de rester debout pour Monsieur Hawkins ; il vous excusera, vous pouvez m'en croire !... Alors, Jim, te voilà ? C'est une bonne surprise pour le pauvre vieux John. La première fois que je t'avais vu, je t'avais pris pour un malin ; mais cela me dépasse...

Vous devinez bien que je ne répondis rien. Ils m'avaient installé le dos au mur ; je demeurai là, regardant Silver bien en face, assez hardiment, j'espère ; mais le désespoir submergeait mon cœur.

Très calmement, Silver tira deux ou trois bouffées de sa pipe, puis il reprit :

— ... Ma foi, Jim, puisque tu es ici, je vais te dire ce que je pense. Je t'ai toujours considéré, c'est vrai, comme un garçon bien : tout à fait moi-même quand j'étais jeune et beau. Je voulais que tu te joignes à nous, que tu aies ta part, et que tu deviennes un gentleman, et maintenant, mon petit coq, tu y es arrivé. Le capitaine Smollett est un excellent marin, j'en conviendrai toutes les fois qu'on voudra ; mais il est à cheval sur la discipline. Le devoir avant tout ! Il a raison d'ailleurs. Tu ferais bien de te tenir au large du capitaine. Le docteur lui-même est furieux contre toi ; il t'en veut à mort. « Un ingrat doublé d'un garnement », voilà ce qu'il a dit. En résumé, tu ne peux pas retourner chez les autres, car ils ne veulent plus de toi ; alors, à moins que tu constitues à toi tout seul un troisième équipage, il ne te reste plus qu'à te ranger sous les ordres du capitaine Silver...

Jusque-là, parfait ! Mes amis étaient donc encore en vie ; bien que je crusse en partie le petit discours de Silver, à savoir qu'ils avaient peu apprécié ma désertion, je fus plus soulagé que peiné par ce que je venais d'entendre.

— ... Je ne dis rien du fait que tu es entre nos mains, poursuivit Silver. Pourtant tu y es bien ! Mais moi, je suis pour la discussion. Les menaces ne servent généralement à rien. Si tu aimes le métier, eh bien, tu te joindras à nous ! Et si tu ne l'aimes pas, Jim, eh bien tu es libre de répondre non ! Libre, entends-tu ? Entièrement libre ! Je ne peux pas mieux te dire.

— Dois-je répondre, alors ? demandai-je d'une voix qui tremblait.

A travers tout son verbiage, je sentais une menace de mort suspendue au-dessus de ma tête ; j'avais les joues en feu ; mon cœur battait douloureusement.

— Mon garçon, déclara Silver, personne ne te presse. Relève ta position. Nul d'entre nous ne te bousculera, camarade ; le temps passe si agréablement dans ta compagnie, vois-tu...

— Eh bien, dis-je en prenant un peu d'assurance, si je dois choisir, il me semble que j'ai le droit de savoir ce qui se passe, pourquoi vous êtes ici et où sont mes amis.

— Ce qui se passe ? répéta l'un des pirates en ricanant. Bien malin serait celui qui pourrait te le dire, va !

— Tu pourrais fermer tes écoutilles avant qu'on te demande de parler ! s'écria Silver visiblement furieux... Eh bien, Jim, imagine qu'hier matin, dans le petit quart, le docteur Livesey est venu avec un drapeau pour parlementer. « Capitaine Silver, m'a-t-il dit, vous êtes fichus ; la goélette est partie. » Ma foi, peut-être que nous avions bu un verre et chanté un peu trop ! Je n'en disconviens pas. Personne de chez nous, en tout cas, n'avait regardé dehors. Alors nous avons regardé dehors et, mille tonnerres, ce vieux et cher bateau avait pris la poudre d'escampette ! Je n'ai jamais vu un tas d'idiots avoir l'air plus bêtes. Et je te laisse deviner lequel avait l'air le plus bête. « Dans ces conditions, dit le docteur, traitons. » Nous avons conclu un marché, lui et moi, et nous voici ici : des vivres, du brandy, le blockhaus, le bois à brûler que vous aviez pensé à couper et, manière de parler, tout le bâtiment de la quille aux vergues. Quant à eux, ils ont filé ; je ne sais pas où ils sont...

A nouveau il tira sur sa pipe le plus paisiblement du monde...

– ... Et pour que tu te mettes bien dans la tête, reprit-il, que tu as été inclus dans le traité, voici les derniers mots qui ont été échangés : « Combien êtes-vous, ai-je demandé, à partir ? » Il m'a répondu : « Quatre, dont un blessé. Pour ce qui est du mousse, je ne sais pas où il est, et que le diable l'emporte ! Je ne me soucie plus de lui. Nous en avons tous assez, de ce phénomène. » Voilà ce qu'il a dit.

– Est-ce tout ? demandai-je.

– Tout ce que tu as besoin de savoir, mon garçon.

– Et maintenant il faut que je choisisse ?

– Et maintenant il faut que tu choisisses ! dit Silver.

– Eh bien, répondis-je, je ne suis pas suffisamment idiot pour ne pas savoir ce qui m'attend. Je me moque bien de ce qui peut m'arriver de pire. J'ai vu trop d'hommes mourir depuis que je vous ai rencontrés. Mais il y a différentes choses que je voudrais vous dire...

Une excitation étrange s'emparait de moi.

– ... La première, la voici : vous êtes dans une très mauvaise passe : le navire est perdu, le trésor est perdu, vous avez perdu du monde ; toute votre affaire est fichue. Et si vous tenez à savoir par la faute de qui, eh bien apprenez que c'est par la mienne ! J'étais dans le tonneau de pommes, le soir où l'île était en vue, et je vous ai entendus parler, vous John, et vous Dick Johnson, et Hands qui est maintenant au fond de la mer ; et j'ai répété toute votre conversation à qui de droit. Quant à la goélette, c'est moi qui ai tranché son câble, c'est moi qui ai tué les hommes que vous aviez laissés à bord, et c'est moi qui l'ai conduite dans un endroit où vous ne la trouverez jamais. A moi de rire, maintenant ! Depuis le début c'est moi qui ai eu le dessus dans toute cette affaire. Je n'ai pas peur de vous, John Silver ; je ne vous crains pas plus qu'un moucheron. Tuez-moi si vous en avez envie, ou épargnez-moi. Mais je vais vous dire encore autre chose : si vous m'épargnez j'oublierai le passé, et quand vous serez traînés devant le tribunal pour crime de piraterie, je ferai tout mon possible pour vous sauver. A vous de choisir. Un nouveau meurtre n'arrangera pas vos affaires ; si vous m'épargnez, vous conservez un témoins qui vous sauvera peut-être de la potence...

Je m'arrêtai car, figurez-vous, j'étais à bout de souffle ; à ma grande surprise, personne ne bougea : ils me regardaient tous, tels des agneaux. J'en profitai pour ajouter :

— ... Et maintenant, Monsieur Silver, je crois que vous êtes le plus valable de ceux qui sont ici. Si le pire survient, je vous serai obligé de faire connaître toute ma conduite au docteur Livesey.

— Je ne l'oublierai pas, répondit Silver avec un accent si curieux que je fus incapable de deviner s'il se moquait de ma requête ou s'il avait été favorablement impressionné par mon courage.

— Un mot ! cria un vieux matelot au visage acajou qui s'appelait Morgan et que j'avais vu dans la taverne de Long John sur les quais de Bristol. C'est lui qui connaissait Chien-Noir !

— Et je dirai aussi, ajouta le cuisinier du bord, que c'est ce même gamin qui a volé la carte à Billy Jones. Toujours nous avons dérapé sur Jim Hawkins !

— Alors, qu'il meure! dit Morgan.

Et jurant, il bondit comme s'il avait vingt ans et tira son couteau.

— Halte ! cria Silver. Qui es-tu donc, Tom Morgan ? Tu t'es peut-être pris pour le capitaine ? Ma parole, je t'apprendrai à obéir ! Si tu me manques, tu iras là où pas mal de braves types sont allés avant toi, depuis trente ans : quelques-uns à un bras de vergue, d'autres par-dessus bord, mais tous ont nourri les poissons. Je ne connais personne qui m'ait défié et qui ait vu le jour se lever le lendemain. Fais-moi confiance pour cela, Tom Morgan !

Morgan ne broncha pas ; mais un murmure rauque gronda chez les autres.

— Tom a raison ! dit l'un d'eux.

— Je me suis laissé tyranniser suffisamment par un autre, ajouta un deuxième pirate. Que je sois pendu si je me laisse tyranniser par toi, John Silver !

— Quelqu'un ici, gentlemen, voudrait-il s'expliquer avec moi ? rugit Silver en se penchant en avant et en agitant sa pipe. Dites donc un peu ce que vous voulez ! Vous n'êtes pas muets, je suppose ? S'il y en a un qui désire quelque chose, il l'aura. Suis-je donc arrivé à mon âge pour qu'un fils de baril de rhum plante son chapeau sur ma maison ? Vous connaissez les usages ; vous êtes tous gentilshommes de fortune, paraît-il. Eh bien, je suis prêt ! Qu'il prenne son sabre, celui qui l'ose, et je verrai la couleur de ses tripes, béquille ou pas, avant que cette pipe soit éteinte !...

Personne ne bougea ; personne ne répondit.

— ... Ah, vous êtes bien toujours les mêmes ! dit-il en replaçant sa pipe dans sa bouche. Un joli lot à contempler ! Vous ne valez même pas qu'on se batte avec vous. Mais vous comprenez peut-être l'anglais du roi George ? Je suis capitaine parce que vous m'avez élu. Je suis capitaine parce qu'il n'y a pas un d'entre vous qui m'arrive à la cheville. Puisque vous ne voulez vous battre comme des gentilshommes de fortune, alors, mille tonnerres, vous obéirez ! Mettez-vous bien ça dans la tête. Moi, ce garçon me plaît. Je n'ai jamais vu meilleur. Il est davantage un homme que n'importe quelle paire de rats dans votre genre. Et je vous préviens : si je vois quelqu'un porter la main sur lui... Vous voilà prévenus, c'est tout !...

Un long silence succéda à cette déclaration. Je me tenais bien droit contre le mur ; mon cœur battait dans ma poitrine à m'en défoncer les côtes ; mais un nouveau rayon d'espoir le réchauffait maintenant. Silver s'adossa au mur, bras croisés, la pipe dans un coin de sa bouche, aussi calme que s'il s'était trouvé dans une église ; cependant il ne perdait pas de vue ses camarades. Ceux-ci se retirèrent à petits pas à l'autre bout de la cabane et je les entendis chuchoter ; de temps à autre, ils relevaient la tête, et la lumière rouge de la torche éclairait l'espace d'une seconde leurs visages crispés ; mais ce n'était pas moi que visaient leurs regards : c'était Silver.

– ... On dirait que vous en avez, des choses, à vous raconter ! raconta Silver en crachant loin devant lui. Parlez plus fort que j'entende, ou fermez-la !

– Mille excuses, Monsieur, répliqua l'un des mutins. Tu en prends à ton aise avec certaines règles ; peut être consentiras-tu à respecter les autres. L'équipage est mécontent. L'équipage ici a des droits comme n'importe quel équipage. Je prends la liberté de te le rappeler. Et en vertu de tes propres règles, nous avons le droit de causer ensemble. Je te demande pardon, Monsieur, étant donné qu'en ce moment tu es le capitaine ; mais je revendique mon droit, et je sors pour tenir conseil.

Et sur un salut militaire très compliqué, celui qui venait de parler (un grand gaillard de trente-cinq ans, long comme un jour sans pain, à l'air malsain et aux yeux jaunes) se dirigea froidement vers la porte et disparut dehors. Les autres suivirent son exemple ; chacun, en passant devant Silver, le saluait militairement en ajoutant un mot d'excuse. « Conformément aux règles... » dit l'un. « Conseil du gaillard d'avant », dit Morgan. Finalement ils nous laissèrent seuls, Silver et moi, avec la torche.

Le cuisinier posa aussitôt sa pipe.

– Maintenant écoute-moi bien, Jim Hawkins, me dit-il dans un murmure à peine audible. Te voilà à moitié condamné à mort et, ce qui est bien pire, à la torture. Ils vont se débarrasser de moi. Mais remarque bien que je serai avec toi, pour le meilleur et pour le pire. Je n'en avais pourtant pas l'intention ! Non, pas avant que tu parles. J'étais au bord du désespoir. Perdre tout ça, et être pendu par-dessus le marché ! Mais tu es de bonne race. Je me suis dit : « Tu soutiendras Hawkins, John ? Et Hawkins te soutiendra. Tu es sa dernière carte, et, par le tonnerre vivant, John, il est ta dernière carte ! Coude à coude, j'ai dit. Tu sauves ton témoin, et il te sauve le cou.

Je commençais vaguement à comprendre.

– Vous croyez que tout est perdu ! lui demandai-je.

– Oui, pardieu, je le crois ? Le bateau est parti, mon cou est fichu ; voilà ce que je pense. Quand j'ai regardé dans cette baie, Jim Hawkins, et quand je n'ai plus vu la goélette... Crois-moi, je suis un dur, mais j'ai flanché ! Pour ce qui est de cette bande et de leur conseil, ce sont des imbéciles et des poltrons. Je te sauverai d'eux... Si je peux ! Mais toi, Jim, donnant donnant : tu sauveras Long John de la corde !

J'étais ahuri. C'était quelque chose de si désespéré qu'il me demandait lui, le vieux flibustier, le chef de bande !

— Ce que je pourrai faire, je le ferai ! dis-je.

Marché conclu ! s'écria Long John. Tu parleras hardiment en ma faveur et, mille tonnerres, j'aurai une chance !...

Il sautilla jusqu'à la torche et ralluma sa pipe.

— ... Comprends-moi bien, Jim. J'ai la tête sur les épaules. Maintenant je suis pour le châtelain. Je sais que tu as mis le navire à l'abri quelque part. Comment tu t'y es pris, je l'ignore ; mais je sais qu'il est à l'abri. Hands et O'Brien se sont laissé surprendre. Je n'ai jamais cru ni en l'un ni en l'autre. Remarque bien que je ne pose pas de questions, parce que je ne permets pas qu'on m'en pose. Mais je sais quand une partie est perdue. Et je sais aussi que j'ai avec moi un garçon qui est solide comme un roc. Ah, toi et moi nous aurions pu faire de belles choses ensemble !...

Il tira du fût un peu de cognac qu'il versa dans un gobelet en fer blanc.

— ... Veux-tu une goutte, camarade ?...

Quand j'eus refusé, il ajouta :

— ... Moi, je vais boire une lampée, Jim. J'ai besoin d'un petit cordial, car des soucis nous attendent. A propos de soucis, pourquoi le docteur m'a-t-il donné la carte, Jim ?...

Ma physionomie exprima une telle stupéfaction qu'il comprit l'inutilité de me poser d'autres questions.

— Eh oui, il me l'a donnée, pourtant ! Et il y a quelque chose là-dessous, sans aucun doute. Quelque chose là-dessous, Jim, certainement. Du bon ou du mauvais.

Et il avala une autre gorgée de brandy, tout en hochant la tête comme quelqu'un qui s'attend au pire.

XXIX

Encore la marque noire

Le conseil des flibustiers durait déjà depuis quelque temps quant l'un des pirates rentra dans la cabane et, avec un nouveau salut militaire que je ne pouvais m'empêcher de trouver plutôt comique, demanda à emprunter la torche. Silver acquiesça d'un ton sec ; l'émissaire se retira alors en nous laissant dans le noir.

– Le vent se lève, Jim ! dit Silver qui avait adopté à présent pour me parler un ton très familier et tout à fait amical.

Je me tournai vers la meurtrière la plus proche pour jeter un coup d'œil à l'extérieur. Les braises du grand feu étaient presque éteintes ; je compris pourquoi nos conspirateurs avaient besoin d'une torche ; à peu près à mi-chemin sur la pente du mamelon, entre la palissade et la cabane, ils étaient rassemblés en groupe ; l'un tenait la torche ; un deuxième, au centre, était agenouillé, et je vis luire dans sa main la lame d'un couteau ouvert ; les autres étaient légèrement penchés, comme s'ils surveillaient ses gestes. Je distinguai aussi qu'il tenait un livre en même temps qu'un couteau. J'étais en train de m'émerveiller qu'ils possédassent un objet aussi incongru, quant l'homme agenouillé se releva ; les conspirateurs se dirigèrent tous alors vers la cabane.

– Les voici ! dis-je.

Je repris mon attitude première, car il me semblait au-dessous de ma dignité de leur montrer que je les avais surveillés.

– Eh bien, qu'ils viennent, mon garçon ! Qu'ils viennent ! répondit Silver d'un ton enjoué. J'ai plus d'un tour dans mon sac...

La porte s'ouvrit ; les cinq hommes, serrés les uns contre les autres, s'arrêtèrent sur le seuil, et poussèrent l'un des leurs en avant. Si les circonstances avaient été différentes, je crois que j'aurais bien ri en le voyant s'avancer lentement, hésiter à mettre un pied devant l'autre, tout en gardant sa main droite fermée, à moitié tendue vers Silver.

– ... Avance, mon garçon ! s'écria Silver. Je ne te mangerai pas. Remets-moi ca, lourdaud. Je connais les règles ; je ne ferai aucun mal à une députation...

Ainsi encouragé, le flibustier marcha d'un pas un peu plus vif, passa quelque chose à Silver, de la main à la main, puis recula rapidement pour rejoindre ses compagnons.

Le cuisinier regarda ce qui lui avait été remis.

– ... La marque noire ? C'est bien ce que je pensais, dit-il. Où diable avez-vous trouvé du papier ? Comment ?... Oh là là ! Dites donc, ce n'est pas un choix fameux ! Vous avez découpé ce papier dans une Bible. Quel est l'idiot qui a découpé une Bible ?

– Là ! s'exclama Morgan. Qu'est-ce que je vous avais dit ? Je vous avais prévenus qu'il n'en sortirait rien de bon !

– Ma foi, c'est vous tous qui l'aurez voulu, continua Silver. Vous serez tous pendus, je suppose. Quel est le faible d'esprit qui possédait une Bible ?

– Dick, répondit l'un des pirates.

– Dick ? Eh bien, Dick peut faire sa prière ! déclara Silver. Il a eu sa part de chance, Dick, et je sais ce que je dis.

Mais ici le mutin aux yeux jaunes intervint :

– Tu parleras plus tard, John Silver, dit-il. L'équipage t'a remis la marque noire en plein conseil, et dans les règles ; tourne-la de l'autre côté, dans les règles, et regarde ce qui y est écrit. Après tu parleras.

– Merci, George ! répliqua le cuisinier. Tu as toujours été un rapide

à la besogne, et tu connais les règles par cœur, George, comme je suis
heureux de le constater. Eh bien, qu'y a-t-il d'écrit ? Ah ! « Destitué »,
voilà ce qui est écrit, hein ? Très joliment écrit, ma foi ; on jurerait
de l'imprimé ! C'est de ta main, George ? Eh bien, tu as fait des progrès
dans cet équipage ! Si tu étais élu capitaine à ma place, je ne serais
pas surpris. Maintenant, veux-tu me repasser la torche ? Cette pipe ne
tire pas.

— Allez, allez ! dit George. Tu ne te moqueras plus longtemps de
cet équipage, c'est moi qui te le dis. Tu es un rigolo, mais ton temps
est fini ; tu ferais mieux de descendre de ton fût, et nous donner ta
voix.

— Je croyais t'avoir entendu dire que tu connaissais les règles,
répondit Silver avec un parfait dédain. En tout cas, si tu ne les connais
pas, moi je les connais. Et j'attends ici, car je suis encore votre capitaine,
s'il vous plaît, que vous exposiez vos griefs, ensuite je répondrai ;
jusque-là, votre marque noire ne vaut pas un biscuit.

— Oh, répliqua George, tu n'a pas à t'inquiéter, va ! Nous sommes
tous des gens corrects. Premièrement, tu as bousillé toute cette croisière,
et il faudrait que tu sois bien hardi pour soutenir le contraire.
Deuxièmement, tu as laissé l'ennemi s'échapper d'ici sans rien obtenir
en échange ; pourquoi voulaient-ils partir, les autres ? Je n'en sais rien.
Mais ils voulaient partir. Troisièmement, tu n'as pas voulu qu'on leur
saute dessus pendant qu'ils déguerpissaient... Oh, nous commençons
à lire dans ton jeu, John Silver ! Tu veux te mettre de mèche avec eux,
voilà ce qui cloche. Et quatrièmement, il y a ce gosse, ici.

— Est-ce tout ? interrogea posément Silver.

— Et c'est assez, répondit George. Nous irons tous nous balancer
au bout d'une corde et sécher au soleil à cause de tes sottises.

— Bien ! Maintenant, écoutez-moi tous. Je vais répondre à ces quatre
points, successivement. J'ai bousillé cette croisière, vraiment ? Voyons,
vous savez tous ce que je voulais ! Et tous vous savez que, si ç'avait
été fait, nous serions cette nuit à bord de l'*Hispaniola,* tous en vie, tous
parés, la panse repue et le trésor dans la cale, mille tonnerres ! Dites-moi
donc qui s'est mis en travers de mes plans ? Qui m'a forcé la main,
à moi qui étais votre capitaine légitime ? Qui m'a remis la marque noire
le jour où nous avons débarqué, et qui a commencé cette danse ? Ah,
pour une belle danse, c'en sera une belle ! Là, je suis d'accord avec
vous ! Une belle danse au bout d'une corde sur le quai des Pendus de
Londres, oui ! Mais la faute à qui ? Eh bien, à Anderson, à Hands et
à toi, George Merry ! Tu es le dernier survivant de ce trio d'agités qui
a tout gâché ; et tu as l'insolence du diable de vouloir jouer au capitaine,
de passer par-dessus ma tête, toi qui nous as tous coulés ? Ah, mille
sabords, c'est le comble des combles !...

Silver marqua un temps d'arrêt ; je constatai sur les physionomies
de Georges et de ses camarades qu'il n'avait pas parlé pour rien.

— ... Voilà pour le premier point ! cria l'accusé en essuyant la sueur
qui coulait sur son front car la véhémence de son ton avait ébranlé

la cabane. Ah, je vous le jure, j'en ai la nausée de m'adresser à vous ! Vous n'avez ni bon sens, ni mémoire, et je me demande à quoi pensaient vos mères quand elles vous ont laissé naviguer sur la mer. La mer ! Des gentilshommes de fortune ! Vous auriez mieux fait de vous établir tailleurs...

– Continue, John ! dit Morgan. Parle un peu des autres points.

– Ah, les autres points ? Ils sont jolis, vos autres points, tenez ! Vous dites que cette croisière est bousillée. Ah, nom d'un tonnerre, si vous pouviez comprendre à quel point elle est salement bousillée, vous verriez ! Nous sommes si près du gibet que j'ai le cou raide, rien que d'y penser... Vous les avez vus, peut-être, pendus et enchaînés, avec des oiseaux volant autour d'eux, et les marins qui se les montrent du doigt quand ils descendent la marée. « Qui est-ce, celui-là ? » demande l'un. Et l'autre, lui répond : « Celui-là ? Pardi, c'est John Silver ! Je l'ai bien connu... » Et on peut entendre le bruit des chaînes quand on passe pour atteindre la bouée suivante. Eh bien, voilà à peu près où nous en sommes, nous, les fils de nos mères, grâce à lui, et à Hands, et à Anderson, et aux autres crétins que vous êtes. Et puisque vous voulez que nous en arrivions au quatrième point, voyons, mille tonnerres, ce garçon n'est-il pas un otage, et allons-nous perdre un otage ? Non, rien à faire ! Je ne serais pas étonné s'il représentait notre dernière chance. Tuer ce gamin ? Ah, pas moi, camarades ! Le troisième point ? Il y aurait beaucoup à dire sur le troisième point ! Peut-être comptez-vous pour rien d'avoir un véritable toubib diplômé d'université qui vient vous voir tous les jours ? Toi, John, avec ta tête fendue, ou toi, George Merry, qui grelottais de fièvre il y a moins de six heures et qui encore maintenant as les yeux jaunes comme de l'écorce de citron... Et peut-être ne savez-vous pas non plus qu'ils attendent un navire de secours ? Vous l'ignoriez ? Eh bien, ils en attendent un, qui arrivera sous peu ; et nous verrons qui sera bien content d'avoir un otage quand il sera là. Pour ce qui est du deuxième point, et pourquoi j'ai conclu un accord... Allons, tous vous êtes venus me supplier à genoux, en rampant, pour que j'en conclue un ! Et vous seriez en train de mourir de faim, si je ne l'avais pas fait !... Mais c'est un détail. Regardez plutôt, regardez cela ! Voilà pourquoi j'ai traité avec le docteur !

Et il lança sur le plancher un papier que je reconnus aussitôt : c'était la carte sur papier jaune, avec les trois croix tracées à l'encre rouge, que j'avais trouvée au fond du coffre du capitaine. Pourquoi le docteur lui avait-il donné cette carte ? Je ne comprenais plus rien...

Mais si le fait me parut inexplicable, la vue de la carte désarçonna complètement les mutins. Ils sautèrent dessus comme des chats sur une souris. Ils se la passèrent de main en main ; c'est tout juste s'ils ne la déchirèrent pas en se l'arrachant l'un à l'autre ; à les entendre jurer, crier, pousser de grands éclats de rire puérils pendant qu'ils l'examinaient, on aurait pu croire non seulement qu'ils avaient mis la main sur l'or, mais qu'ils se trouvaient déjà en mer, avec le trésor, et en sûreté.

— Oui, dit l'un, c'est bien la carte de Flint, il n'y a pas de doute. J.F. avec une boucle en dessous. C'est lui qui a tracé la carte, c'est sûr !

— Puissamment intelligent ! dit George. Mais comment allons-nous partir d'ici avec le trésor, sans bateau ?

Silver se leva subitement d'un bond et s'appuya d'une main contre le mur.

— Maintenant, je te donne un avertissement, George ! cria-t-il. Encore un air de ta maudite musique, et je te descends ! Comment ? Mais comment pourrais-je le savoir ? C'est à toi de me le dire, à toi et à tous les autres qui ont perdu ma goélette, avec toutes vos manigances du diable ! Mais tu ne me diras rien, car tu ne peux rien me dire. Tu n'as pas plus d'esprit d'invention qu'un balai. Seulement tu pourrais tout de même me parler poliment ; et tu seras poli avec moi, George Merry, fais-moi confiance !

— C'est assez juste ! grommela le vieux Morgan.

— Juste ? Je pense bien que oui ! dit le cuisinier. Vous avez perdu le bateau ; j'ai trouvé le trésor ; dites-moi donc qui est le champion ? Et maintenant, je démissionne, mille tonnerres ! Elisez qui vous voudrez comme capitaine. Moi, j'en ai assez.

— Silver ! crièrent-ils. Vive Barbecue ! Barbecue capitaine !

— Ah, vous changez de chanson ? s'écria le cuisinier. George, j'ai l'impression que tu devras attendre le prochain virage, mon ami ! Et tu as de la chance que je ne sois pas rancunier ; mais je ne l'ai jamais été. Et maintenant, camarades, cette marque noire ? Elle ne vaut plus un clou. Dick a fait une croix sur sa chance, et il a gâché sa Bible, voilà tout.

— Si j'embrassais le Livre, maintenant ? grogna Dick, visiblement contrarié par la malédiction qu'il avait attirée sur sa tête.

— Une Bible à laquelle il manque des pages ? ricana Silver. Jamais de la vie. Elle ne vaut pas davantage qu'un livre de ballades... Tiens, Jim, voici une petite curiosité pour toi !

Et il me remit la marque noire.

C'était un disque de papier qui avait la taille d'une pièce d'or d'une couronne. Une face était blanche, car Dick avait arraché la dernière page de la Bible ; l'autre contenait un verset ou deux de l'Apocalypse, avec entre autres ces mots qui se gravèrent dans ma mémoire : « *Dehors les chiens et les meurtriers !* » La face imprimée avait été noircie avec de la cendre de bois qui commençait déjà à se désagréger et à salir mes doigts ; sur la face blanche, un seul mot était écrit : « Destitué ». En ce moment, j'ai à côté de moi cet objet curieux, mais il ne reste plus aucune trace de l'écriture à l'exception de rayures comme en peut tracer un homme avec l'ongle de son pouce.

Ainsi se termina l'affaire de cette nuit-là. Peu après, sur une dernière tournée générale, nous nous étendîmes pour dormir. En guise de vengeance, Silver désigna George Merry comme sentinelle, et il le menaça de mort pour le cas où il dormirait pendant sa faction.

Je mis du temps pour m'assoupir ; le Ciel sait que je ne manquais pas de sujets de réflexion : je pensais à l'homme que j'avais tué dans l'après-midi, à ma situation personnelle pleine de périls et, surtout, à la partie extraordinaire que jouait Silver : d'une main gardant ferme les mutins sous son contrôle, et de l'autre cherchant désespérément tous les moyens possibles et imaginables de sauver sa misérable existence. Il dormit paisiblement et ronfla fort ; certes, il était un criminel, mais je ne pouvais me défendre d'éprouver du chagrin à l'idée des sombres dangers qui l'environnaient et du gibet d'infamie qui l'attendait.

XXX

Sur parole

Je fus réveillé (ou plutôt nous fûmes tous réveillés, car j'aperçus la sentinelle qui se secouait contre la porte où elle s'était affalée) par une voie claire et cordiale qui nous hélait de la lisière du bois.

– Ohé, du blockhaus ! criait-elle. Voici le médecin !

C'était le docteur Livesey. Bien que je fusse heureux de l'entendre, ma joie n'était pas sans mélange. Je me rappelais tout confus mon indiscipline et la dissimulation de ma conduite ; quand je réfléchissais à leurs conséquences (me trouver parmi quels compagnons, entouré de quels périls !) j'avais honte et je me demandais si je pourrais le regarder en face.

Il avait dû se lever avant l'aube, car il faisait à peine jour ; quand je courus me placer derrière une meurtrière, je le vis debout, comme Silver certain matin précédent, avec du brouillard jusqu'à mi-jambes.

– C'est vous, docteur ? Bien le bonjour, Monsieur ! cria Silver aussitôt réveillé et d'excellente humeur. Joyeux et matinal, pour sûr ! On dit que c'est l'oiseau qui se lève tôt qui trouve le bon grain. George, secoue-toi, mon fils, et aide le docteur Livesey à monter à bord. Tout va bien. Vos malades sont contents et en bonne forme.

Il continua à jacasser ainsi, debout devant la porte, sa béquille sous son coude, et une main contre le mur de la cabane. Tout à fait le vieux John par la voix, l'attitude et l'expression du visage !

– ... Nous vous réservons une grande surprise, docteur, poursuivit-il. Nous avons ici un jeune étranger. Oui, oui, un pensionnaire pour le vivre et le gîte, Monsieur, vif et déluré comme un pinson ; il a dormi d'un sommeil de plomb à côté de John, mais oui ! Côte à côte toute la nuit !

Pendant ce monologue le docteur Livesey avait franchi la palissade et il était arrivé tout près de John. J'entendis une altération dans sa voix quand il demanda :

— Ce n'est pas Jim ?

— Le même Jim qu'avant.

Le docteur s'immobilisa à l'extérieur ; il ne dit mot ; mais il lui fallut quelques secondes pour être capable de bouger.

— Bien, bien ! dit-il enfin. Le devoir avant tout, et le plaisir ensuite, comme vous le diriez sans doute, Silver. Allons voir nos malades...

L'instant d'après il pénétrait dans le blockhaus et m'adressa un signe de tête dénué d'aménité avant de s'occuper de ses malades. Il paraissait n'éprouver aucune appréhension ; pourtant il devait bien savoir que sa vie, au milieu de ces démons de traîtrise, ne tenait qu'à un fil ; mais non ! Il soignait ses patients comme s'il avait été appelé par une paisible famille d'Angleterre. Ses manières influençaient les mutins, car ils se conduisaient exactement comme s'il ne s'était rien passé, comme s'il était toujours le médecin du bord, comme s'ils étaient toujours des matelots fidèles.

— Vous faites des progrès, mon ami, dit-il à celui qui avait la tête entourée d'un pansement. Si jamais quelqu'un est revenu de loin, c'est bien vous ; vous devez avoir une tête aussi dure que du fer. Alors, George, comment vous sentez-vous ? Vous avez un drôle de teint, c'est sûr ! Votre foie doit être sens dessus dessous, mon gaillard. Avez-vous pris votre remède ? A-t-il pris ce remède-là, vous autres ?

— Oui, oui, Monsieur, il l'a pris, répondit Morgan.

— Parce que, comprenez-vous, depuis que je suis un médecin de mutins, ou plutôt un médecin de prison, dit le docteur Livesey de son ton le plus aimable, je mets un point d'honneur à ne pas faire perdre un seul homme au roi George (Dieu le bénisse !) ni à la potence.

Les pirates se regardèrent, mais ils encaissèrent le coup en silence.

— Dick ne se sent pas bien, Monsieur, annonça l'un d'eux.

— Ah ? Eh bien, venez ici, Dick, et montrez-moi votre langue. Rien d'étonnant s'il ne se sent pas bien ; il a une langue qui ferait peur à des marins français ! Un autre cas de fièvre.

— Voilà, dit Morgan, ce que c'est que d'abîmer une Bible !

— Voilà ce que c'est, comme vous dites, répliqua le docteur, d'être des ânes bâtés, et de ne pas avoir assez de bon sens pour distinguer le bon air d'un air empoisonné, et un terrain sec d'un bourbier pestilentiel. A mon avis, mais ce n'est qu'une opinion personnelle, vous aurez tous à souffrir le diable pour extirper la malaria de vos organismes. Camper dans un marécage ! Vous m'étonnez, Silver. Vous êtes beaucoup moins fou que beaucoup, mais vous ne me semblez pas posséder les notions d'hygiène les plus élémentaires...

Après leur avoir distribué des médicaments qu'ils acceptèrent avec une humilité risible, davantage comme des écoliers que comme des pirates assoiffés de sang, il ajouta :

— En voilà assez pour aujourd'hui. Maintenant, je voudrais parler cinq minutes à ce garçon, s'il vous plaît.

Et il fit un signe de tête insouciant dans ma direction.

George Merry était devant la porte, en train de se débattre avec un remède amer ; mais quand il entendit la proposition du docteur Livesey, il pivota sur lui-même et, rouge comme une pivoine, hurla :

– Non !

Silver tapa sur le fût de cognac.

– Silence ! rugit-il en regardant autour de lui comme un vrai lion. Docteur, reprit-il de sa voix habituelle, j'y pensais justement, étant donné l'amitié que vous portez à ce gosse. Nous vous sommes humblement reconnaissants de votre bonté et, vous le voyez, nous vous faisons confiance et nous prenons vos remèdes comme si c'étaient des grogs. Je crois que j'ai trouvé une solution qui conviendra à tout le monde. Hawkins, veux-tu donner ta parole d'honneur, comme un jeune gentleman (car tu es un jeune gentleman en dépit de ta modeste naissance), que tu ne te défileras pas ?...

Je pris aussitôt l'engagement demandé.

– ... Alors, docteur, poursuivit Silver, vous n'avez qu'à sortir de l'autre côté de la palissade ; quand vous y serez, je vous amènerai Jim qui restera à l'intérieur. Je pense que vous pourrez bavarder à travers les lattes. Je vous souhaite le bonjour, Monsieur ; vous voudrez bien transmettre tous mes respects à Monsieur Trelawney et au capitaine Smollett...

Dès que le médecin eut quitté la cabane, l'explosion de réprobation qu'avait contenue l'œil noir de Silver se donna libre cours. Silver fut naturellement accusé de jouer double jeu, d'essayer de négocier un accord séparé pour lui-même, de sacrifier les intérêts de ses complices et victimes : en un mot il fut accusé de tout ce qu'il faisait très exactement. Le bien-fondé de ces charges me semblait si évident que je me demandais s'il parviendrait à mater leur colère. Mais à lui seul il valait deux fois tous les autres ; et son succès de la veille au soir lui avait quand même assuré une certaine influence sur leurs esprits. Il les traita d'idiots et de lourdauds, déclara qu'il fallait absolument m'envoyer au docteur Livesey, brandit la carte sous leurs nez et leur demanda s'ils pouvaient s'offrir le luxe de rompre le traité, le jour même où ils allaient se lancer à la chasse au trésor.

– ... Non, mille fois non ! cria-t-il. Nous rompons le traité, soit ! Mais seulement quand l'heure aura sonné. Jusque-là je jouerai au docteur la comédie qu'il faudra, dussé-je lui remplir ses bottes de brandy !...

Sur quoi il leur ordonna d'allumer le feu, et il sortit avec sa béquille, en s'appuyant d'une main sur mon épaule ; il laissait ses compagnons plus déconcertés, et abrutis par sa volubilité, que convaincus.

– ... Doucement, mon garçon, doucement ! me dit-il. Ils pourraient nous tomber dessus en un clin d'œil s'ils nous voyaient nous hâter...

Tout tranquillement donc, nous descendîmes le mamelon ; le docteur nous attendait de l'autre côté de la palissade ; aussitôt que nous arrivâmes assez près pour que Silver pût se faire entendre sans crier, il s'arrêta.

– ... Vous voudrez bien noter ceci encore, docteur, lui dit-il ; le garçon vous dira comment je lui ai sauvé la vie et comment j'ai été destitué à cause de cela. Docteur, quand un homme gouverne aussi près du vent que moi, quand il risque le tout pour le tout avec le dernier souffle de son corps, vous ne trouverez pas excessif, peut-être, de lui faire don d'une bonne parole ? Vous voudrez bien rappeler, s'il vous plaît, que ce n'est pas ma vie seule qui est en jeu, mais aussi celle de ce gamin ; et vous me parlerez civilement, docteur, et vous m'encouragerez un peu pour que je tienne le coup, pour l'amour de la miséricorde.

Depuis qu'il était sorti et avait tourné le dos à ses amis et au blockhaus, Silver avait changé ; ses joues s'étaient creusées ; jamais âme ne me parut plus en peine.

– Voyons, John, demanda le docteur, vous n'avez pas peur ?

– Docteur, je ne suis ni poltron ni un lâche, non, vraiment pas ! Si je l'étais, je n'aurais rien dit. Mais je vous l'avoue, je n'aime pas la potence. Vous êtes un brave homme, un homme sincère et loyal ; le meilleur homme que j'aie connu ! Vous n'oublierez pas ce que j'ai fait de bon, pas plus que vous n'oublierez le mauvais, je le sais. Et je me retire, comme vous voyez, en vous laissant seuls, Jim et vous. Et vous incrirez cela à mon crédit, aussi, parce que c'est un grand pas, vous pouvez m'en croire !

Sur ces mots, il recula suffisamment pour être hors d'état d'entendre notre conversation, et il s'assit sur une souche en sifflotant ; il pivotait de temps en temps sur lui-même comme pour inspecter les alentours ; tantôt il avait l'air de nous surveiller, le docteur et moi ; tantôt il se tournait du côté de ses bandits toujours prêts à se révolter ; ils allaient et venaient sur le sable entre le feu qu'ils s'occupaient de rallumer et la cabane d'où ils sortaient du porc et du pain pour le petit déjeuner.

– Alors, Jim, me dit avec tristesse le docteur Livesey, te voici donc ? Quand le vin est tiré, il faut le boire, mon garçon. Dieu le sait, je n'ai guère le cœur à te blâmer ; mais je ne t'en dirai pas moins quelque chose, que cela te fasse plaisir ou non : quand le capitaine Smollett était indemne, tu n'aurais jamais osé t'esquiver ; mais le faire pendant qu'il était blessé et qu'il ne pouvait pas t'en empêcher, par saint George, ça a été une véritable lâcheté !

Je confesse qu'ici je me suis mis à pleurer.

– Docteur, lui répondis-je, vous pouvez m'épargner. Je me suis déjà adressé suffisamment de reproches ; en tout cas je paierai ma faute de ma vie, et à l'heure qu'il est, je devrais être mort : c'est Silver qui m'a soutenu et sauvé ; et, docteur, croyez-moi, je suis capable de mourir ; j'ose dire que je mérite la mort ; mais ce que je crains, c'est la torture. S'ils en arrivent à me torturer...

– Jim, interrompit le docteur d'une voix altérée, je ne puis pas supporter cela. Saute par-dessus la palissade et fuyons !

– Docteur, j'ai donné ma parole...

– Je le sais, je le sais ! s'écria-t-il. Nous n'y pouvons rien, Jim, maintenant. Je prends tout sur moi, mon garçon, le blâme et la honte !

Mais je ne peux pas t'abandonner ici. Saute ! Un saut, et tu es dehors :
nous filerons comme des antilopes !

– Non, répliquai-je. Vous savez bien que vous ne le feriez pas si vous
étiez à ma place ; ni vous, ni le châtelain, ni le capitaine ; et moi non
plus je ne le ferai pas. Silver m'a fait confiance, j'ai donné ma parole,
je retournerai dans le blockhaus. Mais, docteur, vous ne m'avez pas
laissé finir. S'ils en viennent à me torturer, je pourrais avoir une
défaillance et leur indiquer où se trouve la goélette ; car j'ai repris le
navire, avec de la chance et quelques risques ; il est mouillé dans la
baie du Nord, près de la côte sud, juste en arrière des eaux à marée
haute. A mi-marée il doit être à sec.

– L'*Hispaniola* !... s'exclama le docteur.

Je lui narrai rapidement mes aventures ; il m'écouta en silence.

– ... Il y a dans tout cela une sorte de fatalité, murmura-t-il quand
j'eus terminé. A chaque pas, c'est toi qui nous sauves la vie ; crois-tu
donc que nous allons te laisser périr ? Ah, non, à aucun prix ! Ce serait
là un piètre remerciement, mon pauvre enfant ! C'est toi qui as éventé
le complot ; c'est toi qui as découvert Ben Gunn, et tu n'as jamais
accompli, et tu n'accompliras jamais un plus bel exploit, même si tu
vis jusqu'à quatre-vingt-dix ans. Oh, par Jupiter, et à propos de Ben
Gunn, mais c'est là que se jouera le drame !...

Il appela :

– ... Silver ! Silver, je voudrais vous donner un petit conseil,
continua-t-il quand le cuisinier nous eut rejoints. Ne vous pressez pas
trop pour retrouver ce trésor.

– Ma foi, Monsieur, je ferai mon possible pour cela, répondit Silver.
Mais, je vous demande pardon, je ne peux sauver ma peau et celle de
ce garçon qu'en partant à la recherche du trésor.

– Dans ces conditions, Silver, répliqua le docteur, je dirai un mot
de plus : veillez au grain quand vous l'aurez trouvé !

– Monsieur, dit Silver, d'un homme à un autre, en voilà trop et trop
peu. Ce que vous cherchez, pourquoi vous avez quitté le blockhaus,
pourquoi vous m'avez donné cette carte-là, je ne le sais pas, n'est-ce
pas ? Et cependant j'ai obéi à vos ordres les yeux fermés et sans recevoir
la moindre parole d'espoir ! Mais cette fois, la coupe déborde. Si vous
ne voulez pas me dire franchement ce que vous avez dans la tête,
j'abandonnerai la barre.

– Non, dit le docteur Livesey après avoir réfléchi. Je n'ai pas le droit
d'être plus explicite ; ce n'est pas mon secret, Silver, comprenez-moi
bien ; si c'était le mien, je vous le dirais, parole d'honneur ! Mais j'irai
avec vous aussi loin que je peux aller, et même un peu plus loin. D'abord
je vais vous donner un peu d'espoir : Silver, si tous les deux nous sortons
vivants de ce piège à loup, je ferai de mon mieux pour vous sauver
sans me parjurer.

Le visage de Silver s'illumina.

– Vous ne pourriez pas m'en dire davatage, Monsieur, s'écria-t-il,
si vous étiez ma propre mère !

– Eh bien, c'est ma première concession, dit le docteur. Ma deuxième sera de vous donner un avis ; gardez cet enfant tout près de vous et, quand vous aurez besoin d'aide, appelez. Je pars maintenant pour aller vous chercher ce secours ; cela suffira à vous montrer que je ne parle pas au hasard. Au revoir, Jim !

Par-dessus la palissade, le docteur Livesey me serra la main, fit un signe de tête à l'adresse de Silver et s'éloigna d'un pas vif dans les bois.

XXXI

La chasse au trésor

– Jim, me dit Silver quand nous fûmes seuls, si je t'ai sauvé la vie, tu as sauvé la mienne. Je ne l'oublierai pas. J'ai vu le docteur s'agiter pour que tu t'enfuies... Oui, je vous surveillais du coin de l'œil tous les deux. Et je t'ai vu lui répondre non, aussi clair que si je t'avais entendu. Jim, tu es un homme. J'ai obtenu ma première promesse d'espoir depuis l'échec de l'attaque, et c'est à toi que je la dois. Maintenant, Jim, nous allons partir pour cette chasse au trésor, avec des ordres cachetés aussi, et je n'aime pas ça. Il faudra que toi et moi nous collions l'un à l'autre, dos à dos si c'est nécessaire ; à cette condition nous sauverons notre peau malgré la fatalité et la malchance !

Juste à ce moment-là, un matelot nous fit un signe que le petit déjeuner était prêt, et nous allâmes nous asseoir sur le sable pour manger des biscuits et de la viande frite. Ils avaient allumé un feu qui aurait rôti un bœuf entier ; le brasier dégageait une telle chaleur qu'ils ne pouvaient s'en approcher que dans le sens du vent, et encore avec précaution. Dans le même esprit de gaspillage, je suppose, ils avaient mis à cuire trois fois plus de choses que nous ne pouvions raisonnablement manger ; et l'un d'eux, avec un rire imbécile, jeta les restes dans le feu qui, du coup, redoubla d'activité. Jamais je n'ai vu d'hommes aussi insouciants du lendemain. Ils vivaient absolument au jour le jour ; gaspillant les vivres, se fiant à des sentinelles sans conscience, ils pouvaient néanmoins être assez hardis pour risquer un coup de main et le réussir ; mais ils me paraissaient incapables de soutenir une campagne prolongée.

Silver lui-même, qui avait sur son épaule le capitaine Flint, n'eut pas un mot pour blâmer leur prodigalité. Et cela me surprit d'autant plus qu'il n'avait jamais semblé aussi rusé qu'en ce moment.

– Eh oui, les copains, dit-il, vous avez bien de la chance d'avoir Barbecue pour penser à votre place avec cette tête-là ! J'ai obtenu ce que je voulais. C'est sûr : ils ont le bateau. Où ils l'ont mis, c'est ce que je ne sais pas encore. Mais dès que nous aurons mis la main sur le trésor, il faudra sauter, et le trouver. Et je suppose, camarades, que vous êtes bien de mon avis : celui qui possédera le navire sera le plus fort...

Il continua à parler, la bouche pleine de bacon chaud ; ainsi regonflait-il leurs espoirs et leur confiance ; mais je crois qu'il se réconfortait lui-même aussi par la même occasion.

– ... Pour ce qui est de l'otage, reprit-il, vous avez assisté à ce que je crois être sa dernière conversation avec celui qu'il aime tant. J'ai eu ma part de nouvelles, et je l'en remercie bien. Mais c'est fini, n i ni. Je le tiendrai en laisse quand nous partirons pour la chasse au trésor, et nous veillerons sur lui comme sur son poids d'or, en cas d'accidents, comprenez-moi ! Quand nous aurons récupéré le trésor et le bateau, quand nous aurons pris le large comme de gais compagnons, eh bien alors nous reparlerons de Monsieur Hawkins, et nous n'oublierons pas de lui remettre sa part pour toutes ses gentillesses !

Ce langage eut le don de faire sourire les mutins. Mais moi, j'étais terriblement abattu. Si le projet qu'il venait d'ébaucher se révélait réalisable, Silver en vrai champion du double jeu n'hésiterait pas à s'y rallier. Il avait encore un pied dans chaque camp, et sans aucun doute il préférerait la richesse et la liberté avec les pirates, au risque de la corde à laquelle il n'échapperait que d'extrême justesse ; car le maximum qu'il pouvait espérer de notre part, c'était qu'il parviendrait à éviter la potence.

Et même si les événements se déroulaient de telle sorte qu'il dût respecter la parole qu'il avait donnée au docteur Livesey, même dans ce cas, que de périls nous guettaient ! Que se passerait-il quand les soupçons des mutins se seraient mués en certitude, quand lui et moi serions contraints à défendre notre vie (lui, un infirme, et moi, un enfant) contre cinq marins robustes et valides !

Et pour couronner cette double appréhension, il y avait le mystère qui entourait le comportement de mes amis : leur inexplicable abandon du blockhaus, leur cadeau, non moins inexplicable, de la carte, et, ce qui était encore plus incompréhensible, la dernière mise en garde du docteur à Silver : « Veillez au grain lorsque vous l'aurez trouvé ! » Oui, vous devinez bien que j'appréciai peu mon petit déjeuner et que je suivis d'un cœur bien lourd mes ravisseurs dans leur recherche du trésor !

Notre cortège aurait fait sourdre des spectateurs éventuels : nous portions tous des tenues fort défraîchies de marin, et tous, sauf moi, nous étions armés jusqu'aux dents. Silver avait deux fusils en bandoulière, un devant et l'autre derrière, en sus du grand sabre d'abordage fixé à sa ceinture et d'une paire de pistolets qu'il avait enfouis dans les poches de son habit à basques carrées ; perché sur son épaule, le capitaine Flint débitait sans arrêt des discours farcis d'expressions de matelots. Une corde me serrait la taille ; le cuisinier en tenait solidement l'extrémité tantôt dans sa main libre, tantôt entre ses dents : je le suivais docilement ; j'avais l'air d'un ours savant.

Les autres mutins étaient chargés de pics et de pioches qu'ils avaient soigneusement débarqués de l'*Hispaniola,* ou encore de porc, de pain et de brandy pour le déjeuner. Toutes ces provisions provenaient de notre stock : Silver n'avait donc pas menti au cours de la discussion de la nuit précédente. S'il n'avait pas traité avec le docteur, les mutins privés du navire auraient été contraints de vivre sur les produits de leur chasse et de boire de l'eau pure ; or Dieu sait s'ils aimaient peu l'eau pure ! Et un marin est rarement bon tireur ; par ailleurs, puisqu'ils disposaient de si peu de vivres, ils ne devaient pas non plus regorger de poudre.

Ainsi équipés, nous nous mîmes tous en route, même le rebelle à la tête fendue qui aurait pourtant mieux fait de demeurer à l'ombre, et nous nous dirigeâmes en file indienne vers la plage où les deux canots étaient amarrés. Ces embarcations n'avaient pas été épargnées par la stupide ivrognerie des pirates : ils avaient cassé le banc de nage de l'une, et toutes deux étaient sales, pleines de boue. Par mesure de sécurité, Silver ne voulut pas en laisser une au mouillage et, divisés en deux détachements égaux en nombre, nous embarquâmes et nous mîmes aux avirons.

Une discussion s'éleva bientôt au sujet de la carte. La croix tracée en rouge était, bien entendu, trop grande pour nous servir de guide précis ; et les indications au verso, vous vous en souvenez, étaient plutôt ambiguës :

« Arbre élevé, épaulement de Longue-Vue, orienté au N. de N.N.E

« Ile du squelette E.S.E. et par E.

« Dix pieds... »

Un grand arbre était donc notre repère principal. Or, juste en face de nous, le mouillage était bordé par un plateau surélevé de deux ou trois cents pieds, qui reliait au nord la pente de l'épaulement sud de la Longue-Vue et cet autre amas de falaises rocheuses qui s'appelait la colline du Mât d'Artimon. Des pins de toutes tailles poussaient sur le plateau. Certains s'élevaient au-dessus de leurs voisins d'une cinquantaine de pieds ; pour deviner lequel était « l'arbre élevé » du capitaine Flint, il fallait se rendre sur place et se fier aux indications de la boussole.

Mais nous n'étions encore qu'à mi-chemin que tous les mutins avaient choisi chacun son arbre. En les entendant discuter, Long John haussait les épaules ; puis, excédé, il leur conseilla d'attendre d'être sur les lieux.

Nous avancions lentement, car Silver avait recommandé aux rameurs de ne pas se fatiguer prématurément ; la traversée fut donc longue ; nous débarquâmes enfin à l'embouchure de la deuxième rivière, celle qui s'écoulait d'une crevasse boisée de la Longue-Vue ; et, obliquant sur la gauche, nous commençâmes à gravir la rampe qui menait au plateau.

Le terrain lourd, boueux, la végétation touffue et marécageuse freinèrent d'abord notre progression ; mais peu à peu la colline commença à se durcir sous nos pieds, le sol devint plus caillouteux, et les fourrés perdirent de leur caractère de fouillis sauvage. En réalité, nous nous approchions d'une fort belle région de l'île. Les hautes herbes cédèrent la place à des genêts très parfumés et à des arbustes en fleurs qui embaumaient. Des muscadiers verts alternaient avec les troncs rouges des pins, et les senteurs épicées des premiers se mêlaient à l'arôme des seconds. L'air était frais et vif ; après avoir subi les rayons crus du soleil, nous nous sentions délicieusement à l'aise.

Notre groupe s'avançait en tirailleurs ; les mutins s'interpellaient en criant, sautaient par-dessus les obstacles. A peu près au milieu d'eux, mais assez loin derrière, Silver et moi nous suivions : moi tenu en laisse, lui peinant et soufflant sur le gravier glissant. De temps à autre même, si je ne l'avais secouru d'un coup de main, il aurait perdu l'équilibre et aurait redescendu la rampe sur le dos.

Nous avions parcouru ainsi près d'un demi-mile et nous approchions de la bordure du plateau, quand l'homme qui marchait à l'extrême gauche poussa un cri, que nous interprétâmes comme un cri de terreur. Les autres s'élancèrent dans sa direction.

— Ce n'est certainement pas le trésor qu'il a trouvé, nous dit le vieux Morgan en nous doublant. Il n'y a rien là-haut.

En fait, et nous nous en aperçûmes quand à notre tour nous atteignîmes l'endroit, il s'agissait d'une découverte bien différente. Au pied d'un assez gros pin, et emmêlé à une plante rampante qui avait soulevé quelques-uns des petits os, un squelette humain, avec des lambeaux de vêtements, était étendu. Je crois que le cœur de chacun se glaça pendant quelques instants.

— C'était un marin, dit George Merry qui, plus hardi que les autres, examinait de près les restes de tissu. En tout cas, c'est de la bonne étoffe de marin.

— Pardi ! dit Silver. Tu ne t'attendais pas à trouver ici un évêque, je suppose ? Mais comment ce cadavre est-il couché ? Sa position ne me semble pas naturelle...

En regardant attentivement en effet, nul n'aurait pu admettre que le cadavre était dans une position normale. A part quelques dérangements causés sans doute par les oiseaux qui s'étaient nourris sur son corps ainsi que par les ramifications de la plante rampante qui avaient progressivement enveloppé ses restes, l'homme gisait dans une attitude rectiligne : ses pieds et ses mains, relevés au-dessus de la tête comme ceux d'un homme qui va plonger, étaient exactement dans le même prolongement.

— ... Une idée germe dans ma vieille caboche, reprit Silver. Voici la boussole ; voilà la pointe extrême de l'île du Squelette, qui sort comme une dent. Relevez le point, voulez-vous, le long de la ligne des ossements...

Ainsi fut fait. Le cadavre était orienté juste dans la direction de l'île, et la boussole indiquait avec précision E.S.E. et par E.

— ... Je le pensais bien ! s'écria le cuisinier. Le cadavre sert de flèche indicatrice. Tout droit, c'est notre ligne pour l'étoile polaire et nos beaux dollars. Mais, non d'un tonnerre, j'ai froid dans le dos quand je pense à Flint ! Ah, c'est bien là une de ses bonnes plaisanteries, pas d'erreur ! Lui et les six autres étaient seuls ici. Il les a tués tous les six ; et celui-là, il l'a traîné ici et l'a couché d'après la boussole, mille tonnerres ! Les os sont longs, et il avait le poil jaune. Hé, c'est peut-être Allardyce. Tu te souviens d'Allardyce, Tom Morgan ?

— Oui, oui, je me souviens de lui, répondit Morgan. Il me devait de l'argent, et il avait emporté mon couteau sur l'île.

— A propos, dit un autre, pourquoi ne trouve-t-on pas ce couteau ? Flint n'était pas homme à vider les poches d'un marin ; et les oiseaux, je suppose, ne jouent pas avec les couteaux.

— Mille sabords, c'est vrai ! s'exclama Silver.

— Il n'y a rien à lui, assura Merry qui continuait à fureter parmi les ossements. Pas la plus petite pièce de monnaie, pas de boîte à tabac. Tout ça ne me semble pas très normal.

— Non, pardieu, à moi non plus ! approuva Silver. Ni normal, ni correct. Mille tonnerres, camarades, si Flint était encore en vie, savez-vous que l'endroit serait dangereux pour vous et pour moi ? Ils étaient six ; nous sommes six ; et de ces six-là, il ne reste plus que des ossements.

— J'ai vu Flint mort, de mes propres yeux, dit Morgan. Billy m'a fait entrer. Il était couché devant moi, avec un penny sur chaque œil.

— Mort ? Oh oui, il est bien mort et enterré ! murmura le mutin à la tête bandée. Mais si jamais les esprits se promènent, Flint se promène aussi. Par dieu, il a eu une vilaine mort, Flint !

— Tu peux le dire ! reprit un autre. Tantôt il tempêtait, tantôt il hurlait pour avoir du rhum, tantôt il chantait. Il ne connaissait que « Quinze matelots ». Et pour tout vous dire, camarades, je n'ai jamais beaucoup aimé entendre cette chanson-là depuis. Il faisait terriblement chaud ; la fenêtre était ouverte, et j'entendais cette vieille chanson me bourdonner aux oreilles... Il était déjà mort.

— Allons, allons ! dit Silver. Assez parlé de ça. Il est mort, et il ne se promène pas, vous pouvez m'en croire. Du moins, il ne se promène pas en plein jour. Ne vous faites pas de bile ! Repartons maintenant à la chasse à l'or.

Nous repartîmes, pour sûr ; mais malgré le soleil brûlant et la lumière du jour, les pirates s'amalgamèrent en groupe et cessèrent de crier dans les bois ; ils ne se parlaient plus qu'à voix étouffée. La crainte du flibustier défunt s'était emparée d'eux.

XXXII

La voix dans les arbres

Soit par suite de l'influence démoralisante de cette découverte, soit pour que Silver et les malades pussent prendre un peu de repos, les pirates firent halte dès qu'ils furent arrivés au bord du plateau.

Celui-ci étant légèrement incliné vers l'ouest, l'endroit où nous nous assîmes était un véritable point de vue. Devant nous, par-dessus la cime des arbres, nous apercevions le cap des Bois bordé par le ressac ; derrière, non seulement nous plongions sur le mouillage et sur l'île du Squelette, mais de l'autre côté du promontoire et des terrains bas de l'est nous dominions une grande étendue de haute mer vers l'est. Perpendiculairement et juste au-dessus de nous se dressait la Longue-Vue, par endroits parsemée de pins, à d'autres noire de précipices. Les seuls bruits provenaient des brisants dont le grondement atténué montait tout autour de nous, et du bourdonnement incessant d'innombrables insectes. Pas un homme en vue ; pas une voile sur la mer ; la vaste ampleur du panorama augmentait notre impression de solitude.

Silver releva différents points avec sa boussole.

– Il y a trois « arbres élevés », dit-il, à peu près en ligne droite de l'île du Squelette. « Épaulement de Longue-Vue », je suppose qu'il s'agit de cette pointe basse là-bas. C'est maintenant un jeu d'enfants de trouver le trésor. J'ai presque envie de déjeuner avant.

– Moi, je n'ai pas très faim, grommela Morgan. Quand je pense à Flint... Je crois... J'ai l'impression que j'aurais voulu l'avoir tué.

– Eh bien, mon fils, tu peux remercier ta bonne étoile qu'il soit mort ! ricana Silver.

– C'était un affreux démon ! s'écria un troisième pirate en frissonnant. Quant il avait sa figure toute bleue...

– Tout dépendait de la façon dont le rhum le prenait, ajouta Merry. Bleu ! Oui, je me rappelle quand il était bleu. C'est le vrai mot.

Depuis qu'ils avaient rencontré le squelette et qu'ils ne pensaient plus qu'à Flint, ils s'étaient mis à parler de plus en plus bas ; ils en étaient presque arrivés à chuchoter, et leurs murmures ne troublaient qu'à peine le silence des bois. Mais tout à coup, du milieu des arbres en face de nous, une voix aiguë, faible et chevrotante, entonna le refrain bien connu :

« Quinze matelots sur le coffre de l'Homme Mort...
Ho hisse ! Et une bouteille de rhum ! »

Jamais je ne vis plus d'épouvante que chez mes pirates. Comme par enchantement toute couleur disparut de leurs six visages. Quelques-uns se dressèrent d'un bond ; d'autres s'agrippaient à leur voisin ; Morgan se coucha à plat ventre sur le sol.

– C'est Flint, pardieu ! s'écria Merry.

La chanson s'était interrompue aussi subitement qu'elle avait commencé : on aurait dit que quelqu'un avait placé une main sur la bouche du chanteur.

– Allons ! dit Silver dont les lèvres sèches eurent du mal à s'écarter pour laisser passer les mots. Tout ça n'a aucune importance, et rien ne nous empêchera de repartir en chasse. La voix était bizarre ; je ne peux pas mettre un nom dessus. Mais il s'agit d'une farce ; et d'une farce montée par quelqu'un en chair et en os, vous pouvez m'en croire !

Son courage, ses couleurs étaient revenus peu à peu. Son langage commençait à opérer le même miracle sur ses compagnons, quand la même voix s'éleva à nouveau ; mais cette fois elle ne chanta pas : elle lança un faible appel dont l'écho se répercuta, encore plus faiblement, parmi les crevasses de la Longue-Vue.

– Darby M'Graw !... gémit la voix.

Oui, c'était bien une sorte de gémissement, d'appel plaintif qu'elle exhalait au loin.

– ... Darby M'Graw ! Darby M'Graw !...

Le gémissement s'enfla légèrement, s'accompagna d'un juron que je ne puis reproduire.

– ... Darby M'Graw ! Apporte-moi le rhum, Darby !

Les flibustiers en furent cloués au sol ; les yeux leur sortaient de la tête. Bien après que la voix se fut éteinte, ils regardaient encore le bois devant eux, sans rien dire, terrifiés.

– C'est la preuve ! balbutia enfin l'un d'eux. Allons-nous-en !

– C'étaient ses dernières paroles, murmura Morgan. Ses dernières paroles de vivant.

Dick avait tiré sa Bible et priait avec ardeur. Il avait été bien élevé, ce Dick, avant de devenir marin et de tomber chez des pirates !

Seul, Silver n'était pas encore convaincu ; j'entendais ses dents qui claquaient ; mais il refusait de capituler.

– Dans cette île, personne ne connaissait Darby, murmura-t-il. Personne sauf nous...

Au prix d'un violent effort, il s'écria :

– ... Camarades, je suis ici pour trouver le trésor, et je ne me laisserai abattre ni par un homme ni par le diable. Je n'ai jamais eu peur de Flint quand il vivait, mille tonnerres ! Mort, je ne le crains pas davantage. Sept cent mille livres sont enterrées à moins d'un quart de mille d'ici. Quand donc un gentilhomme de fortune a-t-il montré sa poupe à autant de dollars, à cause d'un vieux cinglé de marin au nez bleu, et qui est mort par-dessus le marché ?

Mais l'irrévérence de tels propos ne fit qu'accroître la terreur des mutins.

ant le capitaine aux soins du châtelain, il avait em
unn ; tous trois avaient traversé l'île en diagona
e, pour arriver à temps auprès du grand pin. Mais s
oupe des mutins avait pris de l'avance, il avait dé
unn à l'avant-garde en le chargeant de faire de son
groupe de Silver. C'était alors que, tout seul, Ben
de profiter des terreurs superstitieuses de ses a
ait si magnifiquement réussi que Gray et le do
mps de s'embusquer avant l'arrivée des chasseu
excavation vide.

Silver, j'ai eu bien de la chance d'avoir Hawkins
z laissé le vieux John se faire hacher menu, et ça
égal, docteur !

ent égal ! répliqua gaiement le docteur Livesey.

nous avions atteint les canots. Le docteur en dé
ioche ; puis nous grimpâmes dans le deuxième et
s vers la baie du Nord.

oisière de huit ou neuf miles. Bien que déjà recr
ut mis à un aviron comme les autres. Une fois s
us contournâmes la pointe sud-est de l'île autou
jours plus tôt, nous avions remorqué l'*Hispaniola*
passâmes devant la petite montagne à deux pics,
sombre orifice de la caverne de Ben Gunn ; à l'en
illait, appuyé sur un mousquet ; c'était Mons
s agitâmes triomphalement nos mouchoirs et pouss
n triple hurrah ; la voix de Silver se joignit aux nôt
r égale.

us loin, juste dans l'embouchure de la baie du N
urprise de rencontrer l'*Hispaniola,* partie en crois
e compte ! La dernière marée l'avait soulevée, dégag
y eût un vent fort, ou un courant assez puissant, n
ais retrouvée, ou nous l'aurions découverte irrémé
e. Dans le cas présent, les dommages n'étaient
uisque seule la grand-voile avait subi l'avarie que
ménageâmes une nouvelle ancre, et nous la jetâmes d
nie d'eau. Nous repartîmes, toujours en ramant, v
m, qui était le débarcadère le plus proche de la cave
uis Gray retourna seul en canot vers l'*Hispaniola* p
en faction.

e chemin montait en pente douce jusqu'à la caver
s attendait en haut. Il m'accueillit cordialement et a
allusion à mon escapade, ni pour la blâmer, ni p
and Silver le salua poliment, il rougit d'indignati
, lui dit-il, vous êtes une monstrueuse canaille, et
abominable imposteur, Monsieur ! J'ai été invité à
tre vous une action en justice. Soit. Je ne l'intent

— Assez, John ! dit Merry. Ne te mêle pas de te fâcher avec un esprit.

Les autres avaient trop peur pour parler. S'ils avaient osé, ils auraient tous pris la fuite ; mais la crainte les paralysait ; ils s'étaient serrés autour de John qui s'était définitivement ressaisi.

— Un esprit ? répéta Silver. Peut-être bien. Mais il y a une chose qui ne me paraît pas claire : vous avez entendu un écho ; or personne n'a jamais vu un esprit avec une ombre, et je voudrais bien savoir ce qu'un esprit ferait d'un écho ! Je vous le répète : ce n'est pas normal.

A moi l'argument parut assez faible ; mais peut-on prévoir ce qui risque de toucher les superstitieux ? George Merry poussa une exclamation de soulagement.

— Pardi, c'est exact ? s'écria-t-il. Tu as une tête sur tes épaules, John, pas d'erreur ! Tous sur le pont, camarades ! J'ai l'impression que cet équipage-ci tire une bordée de travers. Tout bien réfléchi, la voix ressemblait à celle de Flint, d'accord ! Mais la voix de Flint était plus claire, moins chevrotante. On aurait dit la voix de quelqu'un d'autre ; la voix de...

— De Ben Gunn, mille sabords ! rugit Silver.

— Mais oui, c'était la voix de Ben Gunn ! cria Morgan en se redressant. La voix de Ben Gunn !

— Quelle différence ? demanda Dick. Ben Gunn n'est pas plus présent par le corps que Flint, voyons !

Mais les autres accueillirent cette remarque avec mépris.

— Mais tout le monde se fiche pas mal de Ben Gunn ! s'écria Merry. Voilà la différence : tout le monde se fiche de Ben Gunn, mort ou vivant !

Leur métamorphose était extraordinaire : ils avaient repris courage, et ils avaient retrouvé leurs couleurs. Bientôt ils se remirent à bavarder, en faisant silence par intervalles pour écouter. Comme ils n'entendaient plus rien d'inquiétant, ils ramassèrent leurs outils et se remirent en marche. Merry, muni de la boussole de Silver, avait pris la tête. Il avait dit la vérité : tout le monde se moquait de Ben Gunn, mort ou vivant.

Seul, Dick tenait encore sa Bible et jetait autour de lui des regards d'effroi ; mais son attitude ne suscitait aucune sympathie chez ses camarades ; Silver lui-même le plaisanta sur ses précautions.

— Tu me fais bien rire ! s'écria-t-il. Tu as abîmé ta Bible et, puisqu'elle n'est plus bonne pour jurer dessus, pourquoi un esprit devrait-il en avoir peur ? Elle ne vaut pas ça, ta Bible !

Et il fit claquer ses gros doigts d'un geste méprisant.

Dick n'en resta pas moins très affecté ; je ne tardai pas à comprendre que le jeune mutin était en train de tomber malade : activée par la chaleur, par la fatigue et par le choc moral de son épouvante, la fièvre que le docteur Livesey lui avait prédite faisait des progrès foudroyants.

Sur la surface du plateau, la marche fut magnifiquement facile ; notre chemin empruntait une légère descente puisque, comme je l'ai dit, le plateau s'inclinait vers l'ouest. Grands ou petits, les pins poussaient à distance les uns des autres ; entre les bouquets de muscadiers et les azalées, de grands espaces baignaient dans la chaleur cuisante du soleil.

En nous dirigeant, comme nous le faisions, vers le nord-ouest, nous nous rapprochions des premières hauteurs de la Longue-Vue en même temps que nous bénéficiions d'une vue plus large sur cette baie de l'ouest où j'avais tellement tremblé, à bord du petit canot de Ben Gunn.

Nous atteignîmes le premier des « arbres élevés » ; une fois le point fait, nous constatâmes qu'il n'était pas le bon. Il en fut de même avec le deuxième. Par contre le troisième se dressait presque de deux cents pieds au-dessus d'un fourré de broussailles : c'était un véritable géant ; il avait un tronc large comme une tour, et son ombre aurait pu abriter toute une compagnie en manœuvres. Il était visible de la mer tant à l'est qu'à l'ouest, et il aurait pu être porté sur la carte comme point de repère pour les navigateurs.

Mais ce n'était pas sa taille qui impressionna mes compagnons : c'était l'assurance que sept cent mille livres en or étaient enterrées quelque part sous son ombre. Obsédés par ce trésor, ils en oubliaient leurs précédentes terreurs. Leurs yeux brillaient comme des charbons ardents ; ils marchaient de plus en plus vite ; toute leur âme était captivée par une fortune qui promettait à chacun une existence d'extravagances et de plaisirs.

Silver clopinait sur sa béquille en grognant ; il avait les narines dilatées, frémissantes ; il jurait comme un forcené quand les mouches taquinaient sa figure en sueur ; il tirait avec fureur sur la corde qui m'attachait à lui et, par instants, il me lançait un regard meurtrier. Ah, il ne se souciait plus de dissimuler ! Je lisais ses pensées comme si elles avaient été inscrites sur sa physionomie. Au voisinage immédiat de l'or, il avait tout oublié ; sa promesse, l'avertissement du docteur appartenaient au passé. Aucun doute : il espérait bien s'emparer du trésor et le transporter à bord de l'*Hispaniola* à la tombée de la nuit, trancher la gorge de tous les honnêtes gens qui se trouvaient sur l'î... et prendre le large comme il en avait eu l'intention première, c'est-à-dire chargé de crimes et de richesses.

Bouleversé par ces appréhensions, j'avais du mal à suivre le pas accéléré des chasseurs de trésor. Quand je trébuchais, Silver me tirait rudement par la corde et me dédiait des regards assassins. Dick avait pris du retard ; il avançait en queue du peloton tout en marmonnant des prières et des malédictions, car sa fièvre ne cessait de croître. Mais j'étais surtout hanté par la tragédie qui s'était jadis jouée sur le plateau quand ce bandit de flibustier au nez bleu (celui qui était mort à Savanna... en chantant et en réclamant du rhum) avait de sa propre main exéc... ses six complices. Ce petit bois, à présent si paisible, avait dû ret... alors de cris affreux ; rien que d'y penser, je croyais les entendre en...

Nous étions arrivés à la lisière des broussailles.

— Allez, les copains, en avant ! cria Merry.

Ils se ruèrent tous ensemble.

Ils n'avaient pas franchi dix yards que, tout à coup, nous... s'arrêter. Un cri grave, étouffé, s'éleva. Silver se hâta, cre...

---

de sa béquille comme un posséd... arrêtâmes net, lui et moi.

Devant nous s'ouvrait une g... récente, car les parois s'étaient... le fond. Nous aperçûmes un n... planches éparses, provenant d... planches je lus, imprimé au fe... nom du navire de Flint.

Tout était parfaitement clair ;... les sept cent mille livres en or...

La chute

Jamais au monde il n'y eut p... étaient changés en statues. S... instantanément. Chaque fibre d... un coureur, vers le but à attein... pour qu'il se décontractât ; sa... à dompter son humeur ; avant... réaliser leur déception, il modi...

— Jim, me chuchota-t-il, pr...

Et il me passa un pistolet à...

En même temps il commença... pas mirent la fosse béante en... regarda, me fit un signe de tête... dans une mauvaise passe ». E... yeux étaient redevenus parfai... volte-face successives me révol... cher de murmurer :

— Alors, vous avez une nou...

Il n'eut pas le temps de m... flibustiers se laissèrent tomber... ils se mirent à creuser ave... nou...gan trouva une pièce d'o... d'échelet de jurons. C'était une...

— Gin en main.

contre...ux guinées ! rugit Mo... étaient... mille livres ? Ah, tu e...

Le len... rien bousillé, espè... victime im...uez à creuser, n...

---

la caver... Gray et... plus vite... aperçu... le rapide... pour reta... avait eu... camarad... avaient... trésor de...

— Ah... moi. Vou... aurait été...

— Com...

Entre... un à coup... nous dirig...

C'était... fatigue, S... de la pass... laquelle,...

Quand... distinguâm... un homm... Trelawney... en son hon... avec une...

Trois m... nous eûm... pour son p... Pour peu q... ne l'aurion... blement éc... considérab... décrite. No... une toise et... la crique du... de Ben Gun... y passer la...

De la pla... Le châtelain... bonté, sans r... me féliciter.

— John Si... imposteur... pas intenter...

donc pas, mais les morts, Monsieur, seront autant de boulets que vous traînerez toute votre existence.

– Merci beaucoup, Monsieur ! répondit Long John en réitérant son salut.

– Je vous interdis de me remercier ! s'écria le châtelain. Je manque gravement à mon devoir. Arrière !

Nous pénétrâmes tous alors dans la caverne. L'endroit était spacieux, aéré, avec une petite source et un bassin d'eau claire surplombé par des fougères. Le capitaine Smollett était étendu devant un grand feu ; dans un angle éloigné, mal éclairé, j'aperçus de hautes piles de pièces et des quadrilatères construits avec des barres d'or : c'était bien le fameux trésor de Flint, pour lequel nous étions venus de si loin, et qui avait déjà coûté la vie à dix-sept hommes de l'*Hispaniola*. Ce qu'il avait coûté en sang et en chagrins, en bons navires envoyés par le fond, en braves marins passés à la planche les yeux bandés, en coups de canon, en crimes de tous genres, en mensonges, en cruautés, aucun vivant peut-être n'aurait su le dire ! Et sur cette île cependant, ils étaient encore trois (Silver, le vieux Morgan et Ben Gunn) qui avaient collaboré à sa collecte et qui avaient espéré toucher leur prime.

– Entrez, Jim ! me dit le capitaine. Vous êtes un bon garçon dans votre genre, Jim ; mais je ne pense pas que vous et moi reprenions jamais la mer ensemble. Vous jouez un peu trop facilement les favoris, les enfants gâtés, pour mon goût. Serait-ce vous, John Silver ? Quel vent vous amène ici, mon gaillard ?

– Je viens reprendre mon poste, Monsieur, répondit Silver.

– Ah ! dit le capitaine.

Et ce fut tout.

Quelle fête ce soir-là, avec tous mes amis autour de moi ! Quel repas ! Il y avait de la chèvre salée de Ben Gunn, des friandises et une bouteille de vin vieux, rescapée de l'*Hispaniola !* Jamais, j'en suis sûr, convives ne furent plus gais, plus joyeux. Et il y avait Silver, assis un peu dans l'ombre, à l'écart, mais mangeant de bon cœur, prompt à bondir quand l'un de nous avait besoin de quelque chose, se joignant même à nos éclats de rire... Exactement le même matelot affable, poli, obséquieux, irréprochable de la première partie de notre croisière.

XXXIV

Et dernier

Le lendemain matin, nous nous mîmes de bonne heure au travail, car le transport de cette grosse quantité d'or sur une distance de près d'un mile de la caverne à la plage, puis de là à l'*Hispaniola* sur trois miles de mer représentait une tâche considérable pour un aussi petit nombre d'hommes. Les trois mutins qui erraient encore dans l'île ne nous gênèrent guère ; une seule sentinelle placée sur l'épaulement de la colline nous garantissait contre tout assaut inopiné ; d'ailleurs, ils ne devaient plus être animés d'un grand esprit offensif.

Nou nous attelâmes allégrement à notre besogne. Gray et Ben Gunn faisaient la navette avec le canot, tandis que les autres, pendant leurs absences, descendaient et entassaient le trésor sur la plage. Deux barres seulement, pendues en bandoulière, constituaient une lourde charge pour un homme normal (charge qu'il était bien content de porter !...). Pour ma part, comme je ne pouvais pas servir à grand-chose dans ce déménagement qui requérait des athlètes, je passai mes journées dans la caverne, et je m'occupai à empaqueter les pièces dans des sacs à pain.

Quelle étrange collection ! Elle me rappela le magot de Billy Bones pour la diversité des monnaies ; mais elle était tellement plus importante, plus variée que je pris un plaisir extrême à la classer. Il y avait des pièces anglaises, françaises, espagnoles, portugaises, des louis et des georges, des doublons, des doubles guinées, des moidores, des sequins, les effigies de tous les monarques de l'Europe de ces cent dernières années, d'extraordinaires pièces orientales frappées de dessins qui ressemblaient à des bouts de ficelle ou à des toiles d'araignée, des pièces rondes, des pièces carrées, des pièces trouées en leur centre et qu'on aurait pu porter en collier...

Je crois que toutes les monnaies du monde étaient représentées dans cette collection. Elles étaient aussi nombreuses que des feuilles d'automne, et j'avais mal au dos à force de rester penché, mal aux doigts tant il y en avait à trier.

Pendant plusieurs jours ce travail se poursuivit ; chaque soir une fortune avait été embarquée, et une autre attendait le lendemain ; nous n'avions aucune nouvelle des trois mutins survivants.

Enfin (je pense que ce fut au cours de la troisième soirée) pendant que nous nous promenions, le docteur et moi, sur l'épaulement de la colline qui surplombe les terrains bas de l'île, le vent nous apporta, du sein des ténèbres épaisses du dessous, un bruit intermédiaire entre un cri et une chanson. Ce ne fut qu'une bouffée passagère, après laquelle le silence précédent se rétablit aussitôt.

– Dieu leur pardonne ! dit le docteur Livesey. Ce sont les mutins !

– Ils sont tous ivres, Monsieur ! ajouta Silver derrière nous.

J'avais oublié de vous dire que Silver jouissait d'une entière liberté et qu'en dépit des rebuffades quotidiennes qu'il essuyait, il semblait se croire redevenu un serviteur aussi privilégié qu'amical. Il avait une souplesse extraordinaire pour supporter les affronts et il essayait, avec une courtoisie infatigable, de s'insinuer à nouveau dans les bonnes grâces de chacun. Personne pourtant, je crois, ne le traitait avec plus de considération qu'un chien ; personne sauf Ben Gunn, qui avait encore la frousse de son ancien maître de timonerie, et moi qui estimais avoir envers lui, malgré tout, une certaine dette de reconnaissance (bien que je ne manquasse point de motifs pour le juger plus sévèrement que n'importe qui, car je l'avais vu méditant une nouvelle trahison sur le plateau). Le docteur, quant à lui, ne répondait que sur un ton bourru.

— Ils sont ivres, ou ils délirent ! grommela-t-il.

— Vous avez raison, Monsieur, répondit Silver. Et je suppose que nous nous en moquons pas mal, vous et moi.

— J'imagine que vous hésiteriez à me demander de vous appeler un être humain, ricana le docteur. Mes sentiments pourront donc vous surprendre, maître Silver. Mais si j'étais sûr qu'ils avaient le délire, et je suis moralement certain que l'un d'eux au moins est terrassé par la fièvre, je quitterais ce camp et je risquerais ma vieille carcasse pour apporter le secours de mes connaissances.

— Pardonnez-moi, Monsieur, mais vous auriez grand tort ! dit Silver. Vous perdriez la vie, soyez-en sûr ! Je suis maintenant avec vous, comme deux doigts de la main, et je ne voudrais pas voir notre camp amputé d'une unité, sans compter tout ce que je vous dois. Mais ces hommes-là seraient incapables de tenir parole... Non, même en admettant qu'ils veuillent la tenir, ils ne la tiendraient pas. Et, pis encore, ils ne croiraient pas que vous êtes capables de tenir la vôtre.

— Vous, au moins, conclut le docteur, vous êtes vraiment un homme de parole ; nous le savons par expérience !

Telles furent à peu près les dernières nouvelles que nous eûmes des trois pirates. Une fois, nous entendîmes dans le lointain un coup de fusil, et nous supposâmes qu'ils étaient en train de chasser. Après en avoir délibéré, nous décidâmes que nous les abandonnerions sur l'île, à l'immense satisfaction de Ben Gunn, je dois dire, et avec l'entière approbation de Gray. Nous leur laissâmes une bonne provision de poudre, des mousquets, notre réserve de chèvre salée, quelques médicaments, divers objets de nécessité, des outils, des vêtements, une voile de rechange, du cordage et, pour faire plaisir au docteur qui en avait exprimé le désir, un joli cadeau de tabac.

Un beau matin, nous levâmes l'ancre et nous quittâmes la baie du Nord ; l'*Hispaniola* arborait les couleurs que le capitaine avait hissées au-dessus du camp retranché.

Les trois mutins nous avaient probablement surveillés de plus près que nous ne l'avions cru. En effet, quand nous traversâmes la passe, nous fûmes obligés de longer de très près la pointe sud de l'île, et nous les aperçûmes alors tous les trois à genoux sur un promontoire de sable et levant les bras pour nous supplier de les emmener. Nous eûmes tous le cœur serré, je pense, à l'idée de les abandonner dans cet état de misère, mais nous n'avions pas le droit de courir le risque d'une nouvelle mutinerie ; d'ailleurs il aurait été bien cruellement miséricordieux de les rapatrier pour les remettre au bourreau ! Le docteur les héla, leur indiqua l'endroit où nous avions laissé nos provisions, mais ils continuèrent à nous appeler par nos noms, à nous adjurer d'avoir pitié d'eux et de ne pas les laisser mourir dans un tel lieu.

Quand ils virent enfin que la goélette poursuivait sa course et se mettait avec rapidité hors de portée de voix, l'un d'eux (j'ignore lequel) se redressa d'un bond, prit son mousquet, épaula et tira une balle qui passa en sifflant au-dessus de la tête de Silver et qui troua la grand-voile.

Nous nous abritâmes aussitôt derrière la rambarde ; quand je me hasardai à lancer un coup d'œil par-dessus, ils avaient déjà disparu du promontoire, et le promontoire lui-même se fondait dans le paysage insulaire qui s'éloignait. Avant midi, j'eus la joie indicible de constater que le plus haut rocher de l'Ile au Trésor s'était enfoncé dans le bleu de la mer.

Nous étions si peu nombreux que tous le monde à bord dut aider aux manœuvres, sauf le capitaine qui était étendu sur un matelas à l'arrière et qui donnait ses ordres ; certes, il était en bonne voie de guérison, mais il avait encore besoin d'immobilité. Nous mîmes le cap sur le port le plus proche de l'Amérique espagnole, car nous ne pouvions pas effectuer tout le voyage de retour sans un équipage frais ; des vents contraires et deux tempêtes que nous affrontâmes avant d'arriver dans ce port achevèrent en effet de nous épuiser.

Le soleil se couchait quand nous jetâmes l'ancre dans une baie magnifique ; nous fûmes aussitôt entourés de bateaux débordant de nègres, d'Indiens et de métis qui voulaient nous vendre des fruits et des légumes, et plongeaient pour aller chercher des pièces de monnaie. La vue de tous ces visages gais, la saveur des produits des tropiques et surtout les lumières qui commençaient à éclairer la ville nous offrirent le plus charmant des contrastes avec notre séjour sur l'île ; le docteur et le châtelain m'emmenèrent à terre. Ils firent connaissance du capitaine d'un vaisseau de ligne anglais, engagèrent la conversation avec lui, montèrent à son bord et les heures s'écoulèrent si agréablement que l'aube pointait quand nous rentrâmes sur l'*Hispaniola*.

Ben Gunn était sur le pont, tout seul ; ses premiers mots furent une confession qu'il nous fit en se tortillant comme un ver ; Silver avait disparu. Ben Gunn l'avait aidé à s'évader quelques heures plus tôt au moyen d'un bateau du port, et il nous certifia qu'il ne l'avait fait que pour nous sauver la vie, car « avec ce démon à une jambe », nous aurions été inévitablement massacrés. Mais ce n'était pas tout : le cuisinier n'était pas parti les mains vides : il avait pénétré dans une cale sans être vu, et il avait emporté un sac de monnaie qui contenait peut-être trois ou quatre cents guinées, rapine sans doute destinée à l'aider dans d'autres aventures.

Ma foi, je crois que nous fûmes tous ravis d'en être quittes à si bon compte avec lui !

Eh bien, pour résumer une longue histoire, je dirai seulement que nous engageâmes quelques matelots à bord de l'*Hispaniola,* que notre voyage se déroula sans incidents, et que la goélette atteignit Bristol juste au moment où Monsieur Blandy songeait sérieusement à faire partir un navire pour nous rechercher. De tous ceux qui avaient embarqué, cinq seulement débarquèrent. « Ils buvaient, et le diable avait fait le reste ! » Certes, nous n'étions pas dans un aussi mauvais cas que celui de ce navire dont ils chantaient :

> *« Le seul survivant de son équipage,*
> *Le seul, sur soixante-quinze au départ !... »*

Nous reçûmes tous une bonne part du trésor, et nous l'utilisâmes avec sagesse ou folie, selon le tempérament de chacun. Le capitaine Smollett est maintenant à la retraite. Gray ne se contenta pas de mettre son argent de côté : pris du désir de s'élever, il étudia son métier de marin ; à présent il est second et copropriétaire d'un grand bateau ; il s'est marié et il a des enfants. Quant à Ben Gunn, il reçut ses mille livres, qu'il dépensa ou perdit en trois semaines, ou plus exactement en dix-neuf jours, car le vingtième il redemanda de l'argent. Il eut alors une loge à garder, ce que sur l'île il avait tant redouté. Il vit encore ; il est devenu le favori et parfois le souffre-douleur des enfants du pays, et il chante bien à l'église le dimanche et les jours fériés.

De Silver, nous n'entendîmes plus jamais parler. Ce formidable marin avec une seule jambe est enfin sorti de mon existence, mais je parierais bien qu'il a retrouvé sa vieille négresse, et qu'il vit confortablement avec elle et le capitaine Flint. Je l'espère en tout cas, car ses chances de vivre confortablement dans l'autre monde sont très minces.

Le lingot d'argent et les armes demeurent encore, pour autant que je sache, à l'endroit où Flint les a enfouis. Ce n'est pas moi qui irai les déterrer. Rien au monde ne pourrait me faire revenir dans cette île maudite. Mes plus mauvais rêves sont ceux où j'entends le ressac battre ses côtes, et où je me dresse dans mon lit en croyant reconnaître la voix suraiguë du capitaine Flint : « Des pièces de huit ! Des pièces de huit ! »

LE MAITRE DE BALLANTRAE
(The Master of Ballantrae)

Traduit de l'anglais
par Théo Varlet

PRÉFACE

Stevenson et ses tribunaux secrets

Les masques tombent, les écrans se lèvent, les réticences s'évanouissent.

Tout ce que l'*Étrange Cas du Dr Jekyll et de Mr. Hyde* laisse dans l'ombre et sous-entendu est ici proclamé au grand jour.

Ce que R.L. Stevenson ne pouvait risquer sans provocation dans la parabole puritaine de l'*Étrange Cas,* l'atmosphère déchirée du *Maître de Ballantrae* lui a permis de le faire : un éloge du Mal auquel le lecteur adhère, fasciné.

Lorsque au début de l'hiver 1887-1888, il commence d'écrire ce qu'il croit être son troisième roman écossais, Stevenson ne songe pourtant pas à se prêter à une nouvelle allégorie métaphysique – ni à des aveux par procuration – à travers ses personnages. Il s'est enfermé dans un chalet de Saranac (dans les montagnes du nord de l'État de New York) pour rédiger en toute innocence un honnête roman d'aventures.

Innocence attestée par un alibi : c'est la relecture d'une œuvre du capitaine Marryat – *le Vaisseau Fantôme* – qui lui a donné envie de faire « un conte, une histoire, s'échelonnant sur de longues années et se déroulant dans bien des pays, sur la mer et la terre, dans la nature sauvage et dans la civilisation ; une histoire qui aurait les mêmes grandes caractéristiques, et qui pourrait être traitée selon la même méthode elliptique... [1] ».

Fils d'un riche marchand sucrier de Londres, Frederick Marryat (1792-1848) était marin dès l'âge de quatorze ans et capitaine à vingt-trois ans. Retraité à trente-huit ans, il emploiera ses loisirs à

---

1. « La Genèse du Maître de Ballantrae. »

produire une trentaine de romans d'aventures [1] où l'imagination ne compense pas toujours, hélas, la faiblesse de l'écriture. C'est le cas – malgré le recours à un fantastique naïf – du *Vaisseau Fantôme* (1839) ; le plus connu mais non le meilleur de ses livres.

Il raconte la vie, au XVIIe siècle, d'un jeune marin hollandais en quête du légendaire et sinistre vaisseau des mers australes, dont la rencontre est toujours suivie d'un malheur. Le père du héros en est devenu – on ne sait comment ni pourquoi – le capitaine. Et il ne pourra revenir parmi les vivants que si son fils vient le chercher à bord du bateau défunt, également surnommé le *Hollandais Volant*. Avant d'y parvenir, dans l'âge mûr, Philippe Van der Decken essuiera plusieurs naufrages annoncés – ou provoqués ? – par la vue du vaisseau fantôme ; et visitera malgré lui autant de pays. Entre autres : Goa (Indes portugaises) et une île au trésor, théâtre d'une tuerie réciproque.

Ce dernier incident ; un séjour aux Indes ; un héros lointain, aux absences mystérieuses entrecoupées de séjours au pays ; une succession de décors hétéroclites ; voilà le catalogue des (vagues) ressemblances entre *le Maître de Ballantrae* et *le Vaisseau Fantôme*. Entre un chef-d'œuvre tendu, incisif et la bouillie insipide où Marryat noie une intrigue surchargée de digressions fastidieuses, de situations conventionnelles et d'effets « téléphonés ».

En voulant épargner à son Écossais l'inconstance qui prive de crédibilité le poursuivant du *Vaisseau Fantôme,* Stevenson n'a pu s'empêcher de tomber dans le piège de l'écriture : croyant lever l'ancre pour un roman d'aventures, il la jette en plein cœur d'un sordide drame de famille. Virage thématique curieux mais non dépourvu de logique, car commandé par la construction du personnage de James Durie, le héros.

Pour orienter sa personnalité et justifier sa carrière d'aventurier, l'auteur a commencé par le pourvoir d'un environnement familial : le sombre manoir de Ballantrae, gouverné par un père rigide, et un domaine grevé d'hypothèques, dont la survie dépend des finances d'une cousine promise (ou condamnée) au rang d'épouse. Situation peu exaltante qui appelle, en compensation, les élans mal contrôlés d'une jeunesse tumultueuse.

Pour mettre en relief un tel caractère, il était tentant de créer l'opposition dramatique sans laquelle toute intrigue demeure linéaire et menacée par la monotonie. D'où la création d'un frère cadet, presque du même âge mais dissemblable. Taciturne, rangé, vertueux, économe, laborieux, terne et méjugé, Henry sera le repoussoir de James brillant causeur, insouciant libertin, dépensier, paresseux, séduisant et apprécié.

Quand le conflit entre le prétendant Jacobite et le souverain légitime déchire l'Écosse, Durie cadet prend le parti de l'ordre ; et donc ne

---

1. Parmi les plus connus, et traduits en français : *Peter Simple ou les aventures d'un aspirant de marine* (1833) ; *le Pacha aux Mille Queues* (1835) ; *le Pirate et les Trois Cutters* (1836) ; *Percival Keene* (1842) ; *M. Violet ou les Aventures d'un jeune émigré de 1830* (1843), etc.

change rien à son existence habituelle. L'aîné court partager les espérances – les illusions – du roi sans royaume. Une fois la romance interrompue et proscrit, il ira jusqu'au bout de l'illégalité demandant la fortune non plus à l'illusion mais au crime.

L'engrenage d'une aventure qui, dans les vues initiales de Stevenson, devait commencer ici et constituer un roman : *le* roman, elle, ne sera plus qu'une absence, une incidente, une parenthèse dans le drame de mœurs qui, au lieu de servir de prologue au roman, va l'absorber en entier.

Après avoir doté James Durie d'une personnalité aussi forte, il était dommage de la dissiper, de la vulgariser en s'attachant à ses pas et faux pas, de la faire disparaître dans une trappe ; mais il était trop facile de la gaspiller dans un exotisme répétant *l'Île au trésor,* ou de recopier l'épopée d'Alan Breck. Mieux valait jouer la difficulté et tout miser sur l'absence du Maître et rendre sa fascination encore plus forte qu'au temps de sa présence. Comme si, à distance, le Maître avait jeté sur Ballantrae et ses murs sombres un sortilège qui imprégnera peu à peu ses habitants.

Emprise d'autant plus obsédante que l'absence supprime les opportunités de la démentir ; elle va cristalliser la rivalité jusqu'ici insidieuse des deux frères. Stevenson n'a pas cédé à la facilité de les opposer corps présents et face à face : leur duel au sabre, à l'issue dérisoire, est plus une bavure qu'une exception. C'est dans l'esprit de leur entourage qu'ils s'affrontent avec le plus de violence. Et, séparés par l'absence et le mystère dont elle s'enveloppe, qu'ils se disputent l'estime du père, l'amour de la cousine, la sympathie de l'opinion publique, la gestion du domaine et le titre hautement symbolique de « Maître » de Ballantrae. Alors, le vrai roman, celui que son propre auteur n'attendait pas, peut commencer...

Lui-même subjugué par le Maître, et croyant obéir à la logique de ses personnages – une logique dictée par son inconscient – , Stevenson ne faisait que céder une fois de plus à l'exigence d'un démon qui, sous des masques multiples, hantait son œuvre fantastique depuis dix ans : le mythe du double. Lorsqu'un écrivain aussi allergique aux facilités de la stéréotypie rôde pendant dix ans autour du même sujet, il n'est plus question de constance thématique mais d'obsession.

Une obsession qu'il semblait avoir exorcisée dans *l'Étrange Cas du Dr Jekyll et de Mr. Hyde* mais dont le *Maître de Ballantrae* marque la résurgence. La rivalité des frères ennemis n'étant qu'une variante classique (fort répandue dans la littérature allemande du XVIIIe siècle) du mythe du Double.

Selon Otto Rank [1], l'usage du Double traduit une crainte angoissée de la mort. Il n'est pas sûr que Stevenson, malgré une santé délabrée, se soit attendu à disparaître à l'âge de quarante-quatre ans. Il n'est

---

1. *Une Étude sur le Double,* Denoël et Steele, 1932, p. 163.

pas sûr, non plus, qu'il ait perçu ou compris les avertissements d'un inconscient déjà préparé à une mort prématurée : c'est au lendemain d'une grave crise d'hémoptysie qu'est survenu le cauchemar d'où s'échappèrent le Dr Jekyll et Mr. Hyde. Mais d'autres signes montrent que, dans son inconscient au moins, l'auteur de *l'Ile au Trésor* n'était pas exempt d'une certaine crainte de la mort.

Celle-ci, affirme Rank, peut prendre, sous l'effet d'une surestimation narcissique du Moi, la forme d'un refus de vieillir. Thème familier du folklore suédois, il a trouvé son expression la plus célèbre dans *le Portrait de Dorian Gray.*

Il est significatif que Stevenson ait préféré, parmi tous ses livres, *Enlevé !* livre dont le héros, David Balfour, semble une projection adolescente de l'auteur. L'enfance ou l'adolescence occupent une place privilégiée dans l'œuvre de Stevenson : dans ses poèmes comme dans le choix des thèmes et personnages de ses romans. Par leur âge, Jim Hawkins (*l'Île au Trésor*), David Balfour (*Enlevé !* et *Catriona*), Richard Shelton (*la Flèche Noire*) sont très éloignés du terme normal de leur vie. Quant au Prince Othon, il se comporte en adolescent attardé. Comme le faisait Stevenson lui-même, jusqu'à son mariage avec l'ex-Mrs. Osbourne.

Mais le mariage, symbole du passage à l'âge adulte, va au contraire cristalliser chez lui une crise reflétée dans ses récits fantastiques. On y retrouve la plupart des représentations du mythe du Double recensées par Otto Rank.

Double à caractère subjectif : phénomène hallucinatoire visible seulement du sujet ; c'est le cas de *Markheim* (1885).

Le plus souvent, le Double donne lieu à une création objective. Ombre (chez beaucoup de conteurs allemands). Reflet : *Janet la Torte* (1881), *le Pourvoyeur de cadavres* (1884), *Histoire de Tod Lapraik* (1893). Scission du Moi en deux personnages de comportement opposé et se contrariant : condition remplie par le Dr Jekyll et Mr. Hyde, et plus encore par James et Henry Durie [1].

J'ai démontré ailleurs [2] que le drame intérieur de Stevenson, tel qu'on le décèle à travers les écrans du fantastique, commence par une crise d'identité. Elle est assumée dans *Will du Moulin* (1878) par un personnage en quête de lui-même, ou d'une voie qu'il ne trouvera jamais, sans que sa sérénité soit pour autant altérée. Ensuite, sous le choc du mariage avec l'ex-Mrs. Osbourne, c'est l'apparition d'un complexe de culpabilité et le recours au surnaturel comme instrument d'expiation. Enfin, devant l'impossibilité d'assoupir les tendances inavouables du Moi, c'est la création d'un double chargé de les assouvir ; et de supporter l'expiation méritée. Une évolution à laquelle la mort de Jekyll-Hyde semblait mettre un point final.

---

1. *Une Étude sur le Double.*
2. R.L. Stevenson ou le Fantastique de l'Expiation : préface à *l'Étrange Cas du Dr Jekyll et de Mr. Hyde.*

Et une évolution conforme à l'analyse du Mythe du Double proposée par Otto Rank. Le refus de vieillir n'est pas la seule manifestation de l'angoisse devant la mort. Sa caractéristique la plus frappante est « un puissant sentiment de culpabilité qui pousse le héros à ne plus prendre sur lui la responsabilité de certaines actions de son Moi, mais à en charger un autre Moi, un Double, qui est personnifié dans le Diable lui-même [1] ou dans un symbole. Les tendances et inclinations reconnues blâmables sont séparées du Moi et incorporées dans ce Double. Par ce détour, le héros peut s'adonner à ses penchants, croyant ne point encourir de responsabilité [2] ».

C'est la clé, explicitement proposée par l'auteur lui-même, du dualisme Jekyll-Hyde :

Le coupable, après tout, s'appelait Hyde, ne s'appelait que Hyde. Jekyll ne s'en portait pas plus mal ; il se réveillait le lendemain avec ses qualités supérieures ; il se hâtait même, lorsque c'était possible, de réparer le mal dont Hyde s'était rendu coupable (chapitre X).

Une clé applicable aussi à la rivalité des frères Durie. Leur incarnation bicéphale du « Maître » est encore plus conforme aux structures du mythe : elle est simultanée ; au contraire de l'Étrange Cas où le sujet et son double ne connaissent qu'une existence alternée. Pendant que Henry mène à Ballantrae une existence confite et moisie, respectable et laborieuse, James jouit au loin d'une vie aventureuse et libertine, répréhensible et parasite. Et il le peut, grâce à l'argent péniblement amassé par Henry. Le frère cadet s'emploie aussi à défaire ce que l'aîné a fait (l'emprise pernicieuse exercée sur le père, la belle-sœur, le neveu) et à réparer ses fautes : la pension versée à la villageoise que James a séduite.

Chez Stevenson, comme pour Otto Rank, le Double est bien l'alibi d'une mauvaise conscience.

Alibi artificiel. Donc fragile et provisoire. Promis à un terme proche et tragique, à une disparition qui entraînera celle de l'original.

Toute atteinte portée au Double – simple reflet ou produit d'une scission du Moi – se reproduit chez l'original. (C'est aussi le principe de l'envoûtement, opéré à partir d'une poupée figurant le sujet, et dans laquelle on plante des épingles pour faire souffrir celui-ci.)

L'inspiration de Stevenson ne déroge pas au principe. Dans l'Histoire de Tod Lapraik, il fait tirer par des villageois une balle d'argent sur le reflet du héros ; elle provoque au même instant, et loin de là, la mort de celui-ci, occupé à tisser dans son atelier.

Plus significative encore est la mort infligée au Double par le sujet lui-même – l'équivalent d'un suicide. Celui de Mr. Hyde rend définitive la disparition du Dr Jekyll. Henry Durie prononce sa propre condamnation lorsqu'il ordonne à l'Hindou Secundra de tirer son frère de la catalepsie où il l'a plongé. A la vue de James, ouvrant les yeux

---

1. Dostoïevski, *les Frères Karamazov* (note de O. Rank).
2. *Une Étude sur le Double*, p. 149.

au sortir de la mort artificielle pour les refermer aussitôt et sombrer dans la mort naturelle, Henry s'écroule, foudroyé.

Pourquoi ce suicide par procuration ? La création du Double n'était pas seulement une projection du désarroi intime, mais une délivrance. Oui, délivrance mais temporaire. Et bientôt : marché de dupes.

« Avec le développement de l'intelligence chez l'homme et la notion consécutive de culpabilité, le Double, qui, à l'origine était un substitut concret du Moi, devient maintenant un diable ou un contraire du Moi, qui détruit le Moi au lieu de le remplacer [1]. »

Le drame du Dr Jekyll en est le meilleur exemple. Hyde ayant entièrement envahi sa personnalité, il ne reste plus au médecin qu'à se détruire avec lui. La même situation se retrouve, mais plus implicite et sujette à une interprétation différente, dans le Maître de Ballantrae. La personnalité du bon Henry Durie a complètement été infectée par celle du frère retors. De persécuté, il est devenu persécuteur de son bourreau ; il se délecte des humiliations publiques qu'il inflige à son aîné lors de leur séjour à New York. Malade, Henry Durie ne survit que porté par la haine vouée à son frère. La mort de James, en ôtant à Henry l'objet de sa haine, lui ôte aussi le seul motif de rester en vie.

En substituant le châtiment à une situation dilatoire et intenable, le suicide par l'intermédiaire du Double prend dans le cas du Dr Jekyll la valeur d'une expiation. De la part d'Henry Durie, il est une dérobade illusoire.

« L'assassinat si fréquent du Double, par lequel le héros cherche à se garantir contre les persécutions de son propre Moi, n'est pas autre chose qu'un suicide sous la forme indolore de la mort d'un autre Moi. Cet acte donne à son auteur l'illusion inconsciente qu'il est séparé d'un Moi mauvais et blâmable, illusion du reste qui paraît être la condition de chaque suicide. Le personnage qui veut se suicider ne peut pas écarter par un suicide direct la peur de la mort que provoque en lui le danger qui menace son narcissisme. Il a bien recours à l'unique libération possible, le suicide, mais il est incapable de l'exécuter autrement qu'en tuant le fantôme du Double redouté et haï. »

Dans la mesure où les acteurs d'une fiction sont autant de projections de l'auteur : donc ses doubles, Stevenson commet bien le suicide, lorsqu'il fait mourir celui d'entre eux – qu'il soit ou non le double d'un autre – qu'il avait chargé d'assumer les tendances blâmables de son Moi. Il est directement concerné par le commentaire ci-dessus, révélant que ce genre·de suicide clandestin et par procuration est purement illusoire.

Que cet artifice n'ait pas apporté à l'auteur l'apaisement espéré, la série de morts tragiques ponctuant ses récits fantastiques de 1880 à 1886 est là pour le démontrer : Stevenson n'hésitait pas à se mettre en accusation devant ses tribunaux secrets ; mais l'inefficacité de la

---

1. *Une Étude sur le Double,* p. 163.

condamnation l'obligeait sans cesse à recommencer le procès. Jusqu'au jour où ces exécutions capitales par artifice seront rendues inutiles et dérisoires par la révélation du *Maître de Ballantrae* ; au terme de ce roman, la distinction entre le Bien et le Mal qui les inspirait s'est abolie puis inversée...

Paradoxe ou blasphème que les récits antérieurs à *l'Étrange Cas* rendaient impossible par leur structure rassurante. Elle se fondait sur une opposition sans équivoque à un personnage reconnu par tous les autres comme l'incarnation du Mal. Il suffisait de l'anéantir pour se délivrer à jamais du Mal. Ainsi isolé et circonscrit, le Mal apparaissait comme une anomalie, confirmée par le caractère surnaturel de son incarnation : fantôme *(Janet la Torte, le Pourvoyeur de cadavres)*, reflet *(Tod Lapraik, Markheim)* ou monstre *(Olalla)*.

Dans *l'Étrange Cas,* malgré la substitution du fantastique rationalisé au surnaturel, le Mal constitue encore une dérogation à l'ordre naturel, toujours aussi exceptionnelle puisque représentée par un accident chimique impossible à reproduire. Mais le Mal ne s'incarne plus de façon provocante... et rassurante, en un personnage qu'un halo mauvais a toujours maintenu en lisière de la communauté humaine.

Au contraire, le Mal s'est introduit de façon insidieuse et sournoise au cœur de celle-ci : dans son élite, en la personne de l'honnête Dr Jekyll dont il a pris possession peu à peu, et en secret. Désormais, l'Ennemi est dans la place : il l'occupera tout entière dans *le Maître de Ballantrae.*

Malgré cette intrusion clandestine, les amis du Dr Jekyll ont su garder leur vertu entière ; de leurs contacts avec lui, elle n'a retiré aucune souillure. Dans *le Maître de Ballantrae*, si l'auteur n'avait renoncé aux lunettes fumées du fantastique, on pourrait croire que le Maître, par l'usage d'un sortilège magique, a « enchanté » tous ceux qui l'approchaient. Être de chair et de sang, de banale origine naturelle, il a infecté ses semblables par contamination, comme dans les maladies contagieuses.

A son contact, le turbulent mais honnête chevalier Burke devient un « gentilhomme de fortune » ; ou, pour tout dire froidement : un pirate doublé d'un criminel. Mais il n'est pas besoin de contact, le charme opère avec encore plus de violence en son absence. La seule évocation du nom de James Durie change la populace amorphe de Durristeer en une meute aboyant calomnies et injures aux talons de Henry, pourtant remarquable d'équité, de modération, de labeur. A mesure que l'éloignement mystérieux de James se prolonge, il fait croître chez son père et sa belle-sœur l'aveuglement, la versatilité, des sentiments injustes et ingrats à l'égard de son frère cadet.

Aux deux principales victimes de l'atmosphère énervée et angoissée où s'est englué Ballantrae, il impose l'abandon de leurs principes de modération, de résignation, de droiture. Elles règlent leur comportement sur le sien qu'elles abominaient (dissimulation, ruse, mensonge, violence verbale) et même le dépassent : délation, violences physiques, tentatives de meurtre...

Jamais le Maître n'a voulu la mort de l'intendant Mackellar qui, pourtant, s'efforcera de le jeter par-dessus bord d'un bateau. Si le Maître a tenté de tuer son frère, c'est par le ridicule : pour le perdre dans l'estime des tiers. Il avait pour dessein de l'isoler, de l'affaiblir, non de le supprimer. Grandes manœuvres psychologiques auxquelles le cadet répond par des gestes vulgaires et des violences extrêmes. D'abord la fuite. Puis le scandale : en divulgant leur inimitié à la bonne société de New York. Enfin l'assassinat : grâce à des tueurs à gages chargés d'attirer James dans une expédition au cœur des forêts américaines.

Peu importent les mobiles, si le Bien et le Mal se confondent en un comportement semblable. Il serait vain de tenter entre eux une distinction devenue inutile. Et le dessein de Stevenson n'est pas de se contenter de leur confusion.

Il a doué le Maître de l'habileté suprême des seigneurs des châteaux sadiens, des bourreaux nazis s'accompagnant d'orchestres composés de musiciens suppliciés. Même déchu, il conserve une sinistre grandeur : en poussant ses victimes à s'avilir dans des excès auxquels lui-même n'a pas eu besoin de s'abaisser. En faisant de James Durie la victime de ceux dont il était le bourreau, Stevenson ne démontre pas l'abolition des pôles antinomiques que sont le Bien et le Mal, il proclame leur inversion.

Une inversion que l'*Étrange Cas du Dr Jekyll et de Mr. Hyde* dessinait déjà en filigrane. La sécheresse laconique de cette parabole déshumanisée semblait masquer des réticences propices à bien des interrogations. Et la rigueur implacable de son froid message invitait à bien des contestations. *A trop prouver, on ne prouve rien, à moins qu'on ne prouve le contraire.*

Son renoncement tragique ne donnait pas seulement au Dr Jekyll une dimension prométhéenne, il grandissait ce « criminel » jusqu'au pathétique. Il le dévoilait « tel qu'en lui-même enfin l'éternité le change » : un homme à la recherche d'un équilibre contrôlé des passions plutôt que de leur déchaînement ; et au lieu de jouir avec orgueil de sa dépravation, il en souffrait autant que du refoulement.

Incompris, déchiré, écrasé par le Destin, c'est Jekyll qui recueille aujourd'hui la sympathie du lecteur, et non les témoins vertueux de sa déchéance. Les « amis » acharnés à défendre une morale hypocrite au lieu de comprendre Jekyll apparaissent moins soucieux de l'aider que d'étouffer le scandale. Aussi la parabole s'est-elle inversée : par un éloge vigoureux du refoulement, elle en fait ressortir implicitement les méfaits.

Mais l'*Étrange Cas* ne représente guère qu'un aimable pied de nez comparé à l'outrage infligé à la morale par *le Maître de Ballantrae*. Outrage ? Non : dynamitage...

Dans l'*Étrange Cas,* l'auteur se bornait à donner au Bien l'image peu aguichante d'un notaire chichiteux et de quelques célibataires à l'existence confite et prude. Dans *le Maître de Ballantrae*, il est représenté par un carnaval de personnages médiocres ou besogneux, tous racornis par une vertu pas toujours à l'abri des défaillances.

Lord Durie, le père : à demi éteint ; sphynx en pantoufles ne rompant un mutisme immobile que pour étaler faiblesse, aveuglement, ingratitude. Mackellar l'intendant : poltron, servile, sournois, prodigue en bonnes intentions maladroites qui n'excluent pas le meurtre. Henry le fils cadet : laborieux et terne, il maquille en renoncement une absence de caractère. Longtemps incapable d'autorité et d'initiative, il finit par acquérir l'une et l'autre : c'est pour humilier et faire assassiner son frère. Fermé à toute passion, sauf à la haine. Lorsqu'il s'y abandonne, elle change ce misanthrope effacé et sédentaire en voyageur ravi de goûter l'accueil des salons américains et le plaisir de se conduire en bourreau. Sa femme et cousine : égoïste, naïve, inconstante. Elle néglige, pour un fripon habile, un mari dévoué et méritant dont elle ne soupçonne même pas les épreuves.

Mais comment ne serait-elle pas tombée dans l'erreur tant Stevenson a pris soin de culbuter les garde-fous de la conscience... A l'incarnation du Mal, le romancier accorde tout ce qu'il avait refusé à Mr. Hyde aussi bien qu'au Dr Jekyll : beauté, jeunesse, aisance, romantisme... Il ne lui est pas nécessaire de paraître pour séduire : son charme opère à distance, et ses victimes mêmes le subissent avec délices. Il venge Mr. Hyde dont la seule vue répandait le malaise, et le Dr Jekyll condamné à prendre ses plaisirs, en secret, dans les bas-fonds de Londres.

James Durie goûte les siens au grand jour dans les boudoirs et cafés de Paris, la ville-lumière de l'Europe. Et il s'y livre sans complexe : il ne souffre pas de remords comme Jekyll mais d'un manque de liquidités. Et au contraire du médecin désespéré, il ne connaît pas la corvée d'une double vie, l'obligation de réparer par une existence morne et charitable quelques heures de liberté provisoire.

Le monde lui appartient. Il a connu le vent du grand large, la liberté des mers, les ciels du bout du monde, les temples de l'Inde, les forêts de l'Amérique et les lumières de Paris. Il a servi pour rien un roi sans pain et sans royaume, il a éclairé par ses renseignements le gouvernement du roi légitime. Il a été proscrit, et l'ami des ministres qui l'avaient proscrit. Au péril de sa vie, il a conquis des navires, maîtrisé des coquins, amassé des trésors et séduit des femmes. Il n'a pas craint de roussir ses ailes de mauvais ange aux feux de l'Aventure même lorsqu'ils brûlaient d'une flamme noire à l'odeur de soufre. Il a tué et il a aimé. Il a joué et il a gagné.

Tel est le visage du Mal, tel est le mauvais ange byronien que désigne Stevenson à la réprobation publique... tout en mettant le lecteur au défi de le haïr.

Plus de masques, plus d'écrans, plus de réticences : le défi, l'éloge de Lucifer. Au terme de ce livre de mort et d'angoisse, au terme de cette guerre des nerfs qu'est *le Maître de Ballantrae*, le mal s'est libéré et Stevenson avec lui. Vengeance de l'art sur la morale...

Tout se passe comme si l'inspiration de Stevenson avait explosé, trop longtemps comprimée par l'esthétique aseptisante qui l'obligeait à donner au traître un visage de traître. Comme s'il était las d'avoir dû, pendant des années, composer avec ses inclinations profondes en des récits d'un manichéisme sommaire, et dont le caractère fabuleux travestissait ses tentatives d'aveu. Comme s'il regrettait d'avoir été, avec l'*Étrange Cas*, aussi près de sa vérité sans pouvoir la dire, en raison de la censure de sa femme. Comme s'il avait voulu donner avec *le Maître de Ballantrae* une version de *l'Étrange Cas* libérée des conventions que l'art impose à la Morale et où le Mal – au lieu du visage de croquemitaine que celle-ci impose à l'auteur – prendrait enfin le visage qu'il contemplait en secret : le visage de Narcisse, resplendissant de liberté.

Au-delà de ses qualités littéraires et de la maîtrise qu'elles confirment, *le Maître de Ballantrae* démontre que l'auteur ne mérite guère l'étiquette aimable de romancier d'aventures. *Le Maître de Ballantrae* n'est pas plus un roman d'aventures que *le Loup des Mers* de Jack London et *Moby Dick* de Melville ne sont des romans maritimes. Pour Stevenson, l'Aventure est la victoire du Mal. C'est pourquoi son œuvre, de facture aimable, certes, est comme celle de Charles Perrault et de la comtesse de Ségur ; à ne pas mettre dans des mains innocentes.

Le Maître de Ballantrae servit à son auteur de catharsis : l'apaisement qu'elle procura à son esprit coïncida avec celui que les mers du Sud apportaient à son corps. Dans le roman suivant, *Catriona,* il prit congé de son enfance en mariant David Balfour ; lequel prit congé de l'Aventure en devenant, grâce à son héritage recouvré, un des membres les plus en vue de l'« establishment ».

Il ne renonça pas à introduire le Mal dans *le Trafiquant d'épaves* (1892), mais sans provocation et par incidente, en la personne d'un aventurier victime de la fatalité, largement pourvu de circonstances atténuantes, et au fond : digne d'admiration... Comme l'ont toujours été tous ses aventuriers. Et il n'a jamais manqué de montrer des êtres purs et candides – les adolescents dans lesquels il se projetait –, cédant à leur fascination.

Long John Silver inspire à Jim Hawkins un effroi qui se nuance d'admiration ; de même que sa sinistre jambe de bois est rachetée par son gredin de perroquet. Les rapports sont plus cordiaux – quoique traversés d'orages entre David Balfour et Alan Breck. Mais le hors-la-loi, le criminel, qu'est celui-ci aux yeux de la loi, a pour lui la meilleure des excuses que puisse imaginer un romancier : son engagement politique.

L'Aventurier jouit d'un exotisme inaccessible au commun des assassins ou coupeurs de bourse ; et aussi d'un romantisme certain dû au fait qu'il met toujours sa vie en balance : le succès ou la mort. Pourquoi parler de crimes et de lois : l'aventure n'est qu'un jeu violent dont l'aventurier et le gagnant...

Parmi les admirateurs et critiques de Robert Louis Stevenson il n'en fut qu'un seul à ne pas être dupe de ces alibis ingénieux. Rompu à l'exploration en profondeur des consciences, Henry James savait à quoi s'en tenir. Mais il était trop discret pour le dire autrement qu'en ces termes affables : « Mr. Stevenson a beaucoup d'indulgence pour les aventuriers. »

Francis Lacassin

DÉDICACE DU « MAITRE DE BALLANTRAE »
A SIR PERCY FLORENCE ET LADY SHELLEY

Voici une histoire qui s'étend sur de nombreuses années et emmène le lecteur dans bien des pays. Grâce à des circonstances particulièrement favorables l'auteur la commença, la continua et la termina dans des décors éloignés les uns des autres et très différents. Avant tout, il s'est très souvent trouvé en mer. Le personnage et le destin des frères ennemis, le château et le parc de Durrisdeer, le problème du drap de Mackellar et de la forme à lui donner pour les grandes migrations ; tels furent ses compagnons sur le pont, dans bien des ports où l'eau reflétait les étoiles, telles furent les idées qui traversèrent souvent son esprit au chant de la voile qui claque et furent interrompues (quelquefois très brutalement) à l'approche des requins. Mon espoir est que l'entourage ayant ainsi présidé à la composition de cette histoire réussisse dans une certaine mesure à lui assurer la faveur des navigateurs et des amoureux de la mer que vous êtes.

Et au moins, cette dédicace vient de très loin : elle a été écrite sur les rivages hauts en couleur d'une île subtropicale à près de dix mille milles de Boscombe Chine et du Manoir : décors qui m'apparaissent tandis que j'écris, en même temps que je crois voir les visages et entendre les voix de mes amis.

Eh bien, me voilà une fois de plus reparti en mer ; sans aucun doute il en est de même de Sir Percy. Envoyons le signal B.R.D. !

R.L.S.
Waikiki, 17 mai 1889.

I

Ce qui se passa en l'absence du Maître [1]

Tout le monde aspire depuis longtemps à connaître la vérité vraie sur ces singuliers événements, et la curiosité publique lui fera sans nul doute bon accueil. Il se trouve que je fus intimement mêlé à l'histoire de cette maison, durant ces dernières années, et personne au monde n'est aussi bien placé pour éclaircir les choses, ni tellement désireux d'en faire un récit fidèle. J'ai connu le Maître. Sur beaucoup d'actions secrètes de sa vie, j'ai entre les mains des mémoires authentiques ; je fus presque seul à l'accompagner dans son dernier voyage ; je fis partie de cette autre expédition d'hiver, sur laquelle tant de bruits ont couru ; j'assistai à sa mort. Quant à mon feu Durrisdeer, je le servis avec amour durant près de trente ans, et mon estime pour lui s'accrut à mesure que je le connaissais mieux. Bref, je ne crois pas convenable que tant de témoignages viennent à disparaître : je dois la vérité à la mémoire de Mylord, et sans doute mes dernières années s'écouleront plus douces, et mes cheveux blancs reposeront sur l'oreiller plus paisiblement, une fois ma dette acquittée.

Les Duries de Durrisdeer et de Ballantrae [2] étaient une grande famille du Sud-Ouest, dès l'époque de David Ier [3]. Ces vers qui circulent encore dans le pays :

> *Chatouilleuses gens sont les Durrisdeer,*
> *Ils montent à cheval avec plusieurs lances* [4],

---

1. Le Maître, *Master,* titre du fils aîné de certaines familles écossaises, répondant à notre mot *chevalier,* quand c'est le titre du fils d'un baron. (Cette note et les suivantes sont – sauf indication contraire – du traducteur.)
2. La terminaison écossaise *ae* se prononce *ée.*
3. Roi d'Écosse : 1124-1153.
4. En dialecte écossais dans le texte.

portent le sceau de leur antiquité. Le nom est également cité dans une strophe que la commune renommée attribue (est-ce avec raison, je l'ignore) à Thomas d'Ercildoune lui-même, et que certains ont appliquée (est-ce avec justice, je n'ose le dire) aux événements de ce récit :

> *Deux Durie à Durrisdeer,*
> *Un qui harnache, un qui chevauche.*
> *Mauvais jour pour le mari*
> *Et pire jour pour l'épousée.* [1]

L'histoire authentique est remplie également de leurs exploits, lesquels, à notre point de vue moderne, seraient peu recommandables ; et la famille prend sa bonne part de ces hauts et bas auxquels les grandes maisons d'Écosse ont toujours été sujettes. Mais je passe sur tout ceci, pour en arriver à cette mémorable année 1745, où furent posées les bases de cette tragédie.

A cette époque, une famille de quatre personnes habitait le château de Durrisdeer, proche Saint-Bride, sur la rive du Solway [2], résidence principale de leur race depuis la Réforme. Le vieux Lord huitième du nom, n'était pas très âgé, mais il souffrait prématurément des inconvénients de l'âge. Sa place favorite était au coin du feu. Il restait là, dans son fauteuil, en robe de chambre ouatée, à lire, et ne parlant guère à personne, mais sans jamais un mot rude à quiconque. C'était le type du vieux chef de famille casanier. Il avait néanmoins l'intelligence fort développée grâce à l'étude, et la réputation dans le pays d'être plus malin qu'il ne semblait. Le Maître de Ballantrae, James, de son petit nom, tenait de son père l'amour des lectures sérieuses ; peut-être aussi un peu de son tact, mais ce qui était simple politesse chez le père devint chez le fils noire dissimulation. Il affectait une conduite uniment grossière et farouche : il passait de longues heures à boire du vin, de plus longues encore à jouer aux cartes ; on le disait dans le pays « un homme pas ordinaire pour les filles » ; et on le voyait toujours en tête des rixes. Mais, par ailleurs, bien qu'il fût le premier à y prendre part, on remarquait qu'il s'en tirait immanquablement le mieux, et que ses compagnons de débauche étaient seuls, d'ordinaire, à payer les pots cassés. Ce bonheur ou cette chance lui suscita quelques ennemis, mais, chez la majorité, rehaussa son prestige ; au point qu'on augurait pour lui de grandes choses, dans l'avenir, lorsqu'il aurait acquis plus de pondération. Une fort vilaine histoire entachait sa réputation ; mais elle fut étouffée à l'époque, et la légende l'avait tellement défigurée dès avant mon arrivée au château, que j'ai scrupule de la rapporter. Si elle est vraie, ce fut une action atroce de la part d'un si jeune homme ; et si elle est fausse, une infâme calomnie. Je dois faire remarquer d'abord qu'il se targuait sans cesse d'être absolument implacable, et qu'on l'en

---

1. En dialecte écossais dans le texte.
2. Golfe de la mer d'Irlande, forme la limite entre l'Angleterre et l'Écosse.

croyait sur parole : aussi avait-il dans le voisinage la réputation d'être
« un homme pas commode à contrarier ». Bref, ce jeune noble (il
n'avait pas encore vingt-quatre ans en 1745) était, pour son âge, fort
connu dans le pays. On s'étonnera d'autant moins qu'il fût peu question
du second fils, Mr. Henry (mon feu Lord Durrisdeer), lequel n'était
ni très mauvais, ni très capable non plus, mais un garçon de cette espèce
honnête et solide, fréquente parmi ses voisins. Il était peu question de
lui, dis-je ; mais il n'y avait effectivement pas grand-chose à en dire.
Il était connu des pêcheurs de saumon du firth [1], car il aimait beaucoup
à les accompagner ; il était en outre excellent vétérinaire et il donnait
un bon coup de main, presque dès l'enfance, à l'administration du
domaine. Combien ce rôle était difficile, vu la situation de la famille,
nul ne le sait mieux que moi ; et non plus avec quelle faible apparence
de justice un homme pouvait y acquérir la réputation d'être un tyran
et un ladre. Le quatrième personnage de la maison était Miss Alison
Graeme, une proche parente, orpheline et l'héritière d'une fortune
considérable que son père avait acquise dans le commerce. Cet argent
était fort nécessaire aux besoins de Mylord, car les terres étaient
lourdement hypothéquées ; et Miss Alison fut en conséquence destinée
à être l'épouse du Maître, ce qui lui plaisait assez, à elle ; mais quel
bon vouloir il y mettait, lui, c'est une autre question. C'était une fille
avenante et, en ce temps-là, très vive et volontaire ; car le vieux Lord
n'avait pas de fille à lui, et, sa femme étant morte depuis longtemps,
elle avait grandi au petit bonheur.

La nouvelle du débarquement du prince Charles [2] parvint alors à
ces quatre personnes, et les divisa. Mylord, en homme de coin du feu
qu'il était, inclinait à temporiser. Miss Alison prit le parti opposé, vu
son allure romanesque, et le Maître (bien que j'aie entendu dire qu'ils
ne s'accordaient pas souvent) fut pour cette fois du même avis.
L'aventure le tentait, j'imagine : il était séduit par cette occasion de
relever l'éclat de sa maison, et non moins par l'espoir de régler ses dettes
particulières, excessivement lourdes. Quant à Mr. Henry, il ne dit pas
grand-chose, au début : son rôle vint plus tard. Tous trois passèrent
une journée entière à discuter, avant de tomber d'accord pour adopter
un moyen terme : l'un des fils irait se battre pour le roi Jacques ; l'autre

---

1. Nom des golfes profonds, analogues aux fjords de Norvège, qui indentent le littoral de
l'Écosse.
2. Charles-Édouard Stuart, dit le Prétendant, ou le comte d'Albany. Né en 1720. Vint en
France en 1744, comptant y trouver des secours afin de reconquérir le trône d'Angleterre pour
son père Jacques-Édouard (dit le Chevalier de Saint-George, qui fut nommé Jacques III à la
seule cour de Louis XIV ; fils de Jacques II, exclu du trône d'Angleterre par la révolution de
1688). Il alla débarquer en Écosse, en 1745, réunit autour de lui beaucoup de chefs de clans
highlanders, entra dans Édimbourg, battit l'ennemi à Preston-pans, et pénétra jusqu'à Derby,
à deux journées de Londres. Mais l'irrésolution et l'indiscipline des chefs écossais le forcèrent
à la retraite. De retour en Écosse, il gagna la bataille de Falkirk, mais fut vaincu à Culloden
(1746). Il se vit obligé de se cacher et ne réussit qu'avec des peines inouïes à regagner la France.
Ses partisans s'appelaient les *jacobites*.

resterait avec Mylord, pour conserver la faveur du roi Georges [1]. Sans nul doute, cette décision fut inspirée par Mylord ; et, comme on le sait, maintes familles considérables prirent un parti analogue. Mais cette discussion terminée, une autre commença. Car Mylord, Miss Alison et Mr. Henry étaient tous d'un même avis : c'était au cadet de partir ; et le Maître, par impatience et vanité, ne voulait à aucun prix rester au château. Mylord argumenta, Miss Alison pleura, Mr. Henry fut plein de franchise. Rien n'y fit.

— C'est l'héritier direct de Durrisdeer qui doit chevaucher aux côtés de son roi, dit le Maître.

— Si nous jouions franc jeu, répliqua Mr. Henry, ce que vous dites serait plein de sens. Mais que faisons-nous en réalité ? Nous trichons aux cartes !

— Nous sauvons la maison de Durrisdeer, Henry ! reprit son père.

— Et puis voyez, James, dit Mr. Henry, si je pars et que le Prince ait le dessus, il vous sera facile de faire votre paix avec le roi Jacques. Mais si vous partez, et que l'expédition avorte, nous séparons le droit du titre. Et que serai-je, alors ?

— Vous serez Lord Durrisdeer, dit le Maître. Je mets sur table tout ce que je possède.

— Je ne joue pas un pareil jeu, s'écria M. Henry. Je me trouverais dans une situation que pas un homme d'honneur ne consentirait à supporter. Je ne serais ni chair ni poisson ! — ajouta-t-il. Et, peu après, il eut une autre expression, peut-être plus claire qu'il ne voulait : — C'est votre devoir d'être ici auprès de mon père, dit-il. Vous savez bien que vous êtes le favori.

— En vérité ? dit le Maître. Voilà l'envie qui parle ! Prétendriez-vous me supplanter... Jacob ? dit-il, en appuyant sur le mot avec malice.

Mr. Henry se leva sans répondre, et arpenta le bas bout de la salle, car il avait une faculté de silence admirable. Puis il s'en revint.

— Je suis le cadet, et je *dois* partir, dit-il. Mylord ici présent est le maître, et il dit que je partirai. Qu'avez-vous à répondre, mon frère ?

— J'ai à répondre ceci, Harry, répliqua le Maître. Lorsque des gens très obstinés se heurtent, il n'y a que deux moyens d'en sortir : se battre — et je crois bien que ni l'un ni l'autre ne voulons aller jusque-là — ou s'en rapporter au sort. Voici une guinée. Acceptez-vous la décision de la pièce ?

— J'en accepte le risque, dit Mr. Henry. Face, je pars ; pile, je reste.

— La pièce fut jetée. Elle retomba pile.

— Voici une leçon pour Jacob, dit le Maître.

— Toute notre vie, nous nous en repentirons ! dit Mr. Henry.

Et il quitta aussitôt la salle.

---

1. George II, roi d'Angleterre, né en 1683, succéda, en 1727, à son père George Ier, le premier roi d'Angleterre de la maison de Hanovre, qui était monté sur le trône en 1714 à la mort de la reine Anne, comme son plus proche héritier dans la ligne protestante, à l'exclusion du prétendant catholique, Jacques III (voir p. 215, note 2).

Quant à Miss Alison, elle ramassa la pièce d'or qui venait d'envoyer son fiancé à la guerre, et la projeta au travers du blason de la famille qui décorait la grande verrière de la fenêtre.

— Si vous m'aviez aimée autant que je vous aime, vous seriez resté ! s'écria-t-elle.

— Je ne vous aimerais pas autant, ma très chère, si je n'aimais l'honneur encore plus, déclama le Maître.

— Oh ! s'écria-t-elle, vous n'avez pas de cœur !... Je souhaite que vous soyez tué !

Et quittant la pièce, toute en pleurs, elle s'enfuit dans sa chambre.

Le Maître alors se tourna vers Mylord et, de son air le plus drôle, lui dit :

— En voilà une diablesse de femme !

— C'est plutôt vous qui êtes pour moi un diable de fils, répliqua son père ; vous qui avez toujours été mon favori, soit dit à ma honte. Jamais vous ne m'avez fait passer une heure agréable depuis votre naissance ; non, jamais une heure agréable, — et il le répéta une troisième fois.

Si ce fut la légèreté du Maître, ou son insubordination, ou le mot de Mr. Henry concernant le fils favori, qui troubla ainsi Mylord, je ne sais ; mais je croirais volontiers que ce fut ce mot, car tout démontre qu'à partir de cette heure Mylord fit plus de cas de Mr. Henry.

Bref, ce fut en très mauvais termes avec sa famille que le Maître partit pour le Nord, — et le souvenir de son départ en devint d'autant plus amer, lorsqu'il fut trop tard. Tant par menaces que par promesses, il avait rassemblé près d'une douzaine d'hommes, principalement fils de tenanciers. Tous avaient beaucoup bu lorsqu'ils se mirent en route, et leur cavalcade monta la côte et dépassa la vieille abbaye avec des cris et des chants, la cocarde blanche à tous les chapeaux. C'était une entreprise désespérée, pour une aussi faible troupe, que de traverser isolément la plus grande partie de l'Écosse. Et chacun le crut d'autant plus que, tandis que cette pauvre douzaine de cavaliers trottait sur la colline, un grand vaisseau de la marine royale, dont une seule embarcation aurait pu les anéantir, était mouillé dans la baie, enseigne déployée. L'après-midi, ayant donné au Maître une bonne avance, ce fut le tour de Mr. Henry. Il partit à cheval, tout seul, offrir son épée et porter une lettre de son père au gouvernement du roi George. Miss Alison resta enfermée dans sa chambre et ne fit que pleurer jusqu'après leur départ à tous deux ; seulement, elle cousit la cocarde au chapeau du Maître, et (comme le dit John-Paul) la cocarde était toute mouillée de pleurs lorsqu'il la lui porta.

Par la suite, Mr. Henry et Mylord s'en tinrent fidèlement à leur marché. Qu'ils accomplirent quelque chose, c'est plus que je n'en sais ; et qu'ils furent bien fermement attachés au roi, plus que je n'en saurais croire. Mais ils observèrent la lettre de la loyauté, correspondirent avec le Lord Président, se tinrent tranquilles chez eux, et n'eurent que peu ou point de rapports avec le Maître, tant que dura la lutte. Lui, de son côté, ne fut guère plus communicatif. Miss Alison, il est vrai, ne cessait de lui envoyer des exprès, mais je doute qu'elle reçut beaucoup de réponses. Macconochie fit le voyage une fois pour elle, et trouva les Highlanders devant Carlisle [1] et, non loin du Prince, le Maître à cheval et en haute faveur. Il prit la lettre (raconte Macconochie), l'ouvrit, la parcourut en pinçant les lèvres comme pour siffler, et la mit dans sa ceinture. Son cheval fit un écart ; elle tomba sans qu'il s'en aperçût, et Macconochie la ramassa par terre : – il l'a toujours gardée, et je l'ai vue entre ses mains. Des nouvelles, pourtant, arrivaient à Durrisdeer, par cette rumeur publique qui va se répandant à travers un pays, – ce qui m'a toujours émerveillé. Par ce moyen, la famille en sut davantage concernant la faveur du Maître auprès du Prince, et sur quel pied il était censé être. Par une condescendance singulière chez un homme aussi orgueilleux – mais plus ambitieux encore – il avait, paraît-il, gagné de la notoriété en flagornant les Irlandais. Sir Thomas Sullivan, le colonel Burke, et les autres, étaient ses amis de chaque jour, et il s'éloignait de plus en plus de ses compatriotes. Il prenait part à la fomentation des moindres intrigues ; il raillait Lord George [2] sur mille détails ; toujours de l'avis qui semblait bon au Prince, bon ou mauvais, il n'importe. En somme, – joueur comme il ne cessa de l'être toute sa vie, – il se souciait moins du succès de la campagne que de la haute faveur où il pouvait aspirer, au cas où par chance elle réussirait. D'ailleurs, il se comporta fort bien sur le champ de bataille ; personne ne le contestait, car il n'était pas lâche.

Ensuite vinrent les nouvelles de Culloden, apportées à Durrisdeer par un des fils de tenanciers, – l'unique survivant, affirmait-il, de tous ceux qui étaient partis en chantant sur la colline. Par un malheureux hasard, John-Paul et Macconochie avaient, le matin même, découvert la guinée – origine de tout le mal – enfoncée dans un buisson de houx. Ils s'en étaient allés « haut le pied » comme disaient les serviteurs à Durrisdeer, chez le changeur ; et il leur restait peu de chose de la guinée, mais encore moins de sang-froid. Aussi John-Paul ne s'avisa-t-il pas de se précipiter dans la salle où la famille était en train de dîner, en s'écriant que « Tam Macmorland venait d'arriver et – hélas ! hélas ! – il ne restait plus personne pour venir après lui ! »

Ils accueillirent ces paroles avec un silence de condamnés. Seulement, Mr. Henry se mit la main devant le visage, et Miss Alison cacha entièrement sa tête entre ses bras étendus sur la table. Quant à Mylord, il était couleur de cendre.

– J'ai encore un fils, dit-il. Oui, Henry, et je vous rends cette justice : c'est le meilleur qui reste.

C'était là une chose singulière à dire en pareil temps ; mais Mylord se souvenait toujours des paroles de Mr. Henry, et il avait sur la conscience des années d'injustice. C'était néanmoins une chose singulière, et plus que Miss Alison n'en pouvait supporter. Elle éclata,

---

1. Ville d'Angleterre, comté de Cumberland, prise par les jacobites en 1745.
2. Lord George Murray, principal commandant de l'armée écossaise.

blâmant Mylord pour ce mot dénaturé, et Mr. Henry parce qu'il était assis là en sécurité, alors que son frère était mort, et elle-même parce qu'elle avait parlé durement à son fiancé lorsqu'il était parti, l'appelant à présent la fleur des hommes, se tordant les mains, protestant de son amour, et criant son nom à travers ses larmes, – au point que les serviteurs en demeuraient stupéfaits.

Mr. Henry se leva, tenant toujours sa chaise. C'était à son tour d'être couleur de cendre.

– Oh ! s'écria-t-il soudain. Je sais combien vous l'aimiez.

– Tout le monde le sait, grâce à Dieu ! s'exclama-t-elle ; – puis, à Mr. Henry : – Il n'y a personne autre que moi à savoir une chose, – c'est que vous le trahissiez du fond du cœur.

– Dieu sait, gémit-il, ce fut de l'amour perdu des deux côtés.

Après cette scène, le temps s'écoula sans amener grand changement dans le château, sauf qu'ils étaient désormais trois au lieu de quatre, ce qui leur rappelait sans cesse leur perte. L'argent de Miss Alison était grandement nécessaire pour le domaine, et, l'un des frères étant mort, Mylord résolut bientôt qu'elle épouserait l'autre. Jour après jour, il agissait sur elle, assis au coin du feu, le doigt dans un livre latin, et les yeux fixés sur son visage avec une sorte d'attention aimable qui seyait fort bien au vieux gentilhomme. Pleurait-elle, il la consolait comme un vieillard qui a vu de pires temps, et qui commence à ne plus faire grand cas même du chagrin. S'irritait-elle, il se remettait à lire dans son livre latin, mais toujours en s'excusant avec politesse. Offrait-elle – comme elle le faisait souvent – de leur faire donation de tous ses biens, il lui démontrait combien cela s'accordait peu avec son honneur à lui, et lui rappelait que même si elle y consentait, Mr. Henry refuserait à coup sûr. *Non vi sed saepe cadendo* [1], tel était son mot favori ; et nul doute que cette persécution débonnaire n'emportât beaucoup de sa résolution ; nul doute encore qu'il n'eût sur la demoiselle une grande influence, car il avait servi de père et de mère ; et, sur ce point, elle-même était pleine de l'esprit des Duries, et aurait fait beaucoup pour la gloire de Durrisdeer, sauf toutefois, je pense, d'épouser mon pauvre maître, n'eût été – assez singulièrement – le fait de son extrême impopularité.

Celle-ci fut l'œuvre de Tam Macmorland. Tam n'était guère méchant ; mais il avait une fâcheuse faiblesse : la langue trop longue ; puis, en sa qualité de seul homme du pays qui fût parti – ou plutôt qui fût revenu –, les auditeurs ne lui manquaient pas. Ceux qui ont eu le dessous dans une lutte, je l'ai remarqué, tiennent toujours à se persuader qu'on les a trahis. D'après le récit de Tam, les rebelles avaient été trahis à tout bout de champ et par chacun de leurs officiers : trahis à Derby, trahis à Falkirk ; la marche de nuit fut un coup de traîtrise de Mylord George ; la bataille de Culloden fut perdue par la trahison des Macdonalds. Cette habitude d'accuser de trahison se développa chez

_____

1. Non par la force, mais en y revenant sans cesse.

l'imbécile, au point qu'il finit par y faire entrer Mr. Henry lui-même. Mr. Henry (à l'entendre) avait trahi les garçons de Durrisdeer : il avait promis de suivre avec des renforts ; et, en place, il avait été trouver le roi George.

– Oui, et dès le lendemain ! geignait Tam ; le pauvre bon Maître, et les pauvres chers gars qui l'accompagnaient, ne furent pas au haut de la côte, qu'il était en route, le Judas ! Ah ! oui ! il a réussi ; il va être Mylord, à présent, mais il y a bien des cadavres refroidis sur la bruyère du Highland !

Après quoi, s'il avait bu, Tam se remettait à larmoyer.

Parlez assez longtemps, vous trouverez des gens pour vous croire. Cette manière d'envisager la conduite de Mr. Henry se répandit peu à peu dans le pays : des gens l'affirmaient, qui savaient le contraire, mais se trouvaient à cours de sujets ; quant aux ignorants et aux malintentionnés, ils y prêtaient l'oreille, y ajoutaient foi, et redisaient ensuite cette parole d'Évangile. On s'écarta de Mr. Henry ; bientôt même, le populaire murmura sur son passage, et les femmes (toujours plus hardies parce qu'elles n'ont rien à craindre) lui criaient des reproches en pleine figure. Le Maître fut proclamé saint. On rappela qu'il n'avait jamais rien fait pour pressurer les tenanciers ; – et, en effet, il se contentait de dépenser l'argent. Il était un peu sauvage, peut-être, disaient les gens ; mais combien un garçon naturellement sauvage, qui se serait bientôt amendé, valait mieux qu'un fesse-mathieu et un étrangleur, toujours le nez dans ses registres de comptes, à persécuter les pauvres tenanciers ! Une vulgaire traînée, qui avait eu un enfant du Maître et qui, d'un commun accord, avait été fort mal traitée par lui, se posait néanmoins en une sorte de champion de sa mémoire. Un jour, elle jeta une pierre à Mr. Henry, en criant :

– Où est le brave garçon qui s'est fié à vous ?

Mr. Henry arrêta son cheval et la considéra, tandis que le sang lui coulait de la lèvre.

– Comment, Jess ? dit-il, vous aussi ? Vous devriez pourtant mieux me connaître.

Car c'était lui qui l'avait secourue pécuniairement.

La femme tenait prêt un autre caillou, qu'elle fit mine de jeter ; et lui, par un geste défensif, leva la main qui tenait la cravache.

– Quoi ! vous iriez battre une femme, vous vilain... s'écria-t-elle ; et elle s'enfuit en hurlant comme s'il l'avait frappée.

Le lendemain, le bruit courait dans le pays, comme un feu de bruyère, que Mr. Henry avait battu Jessie Broun qui en était à deux doigts de la mort. Je cite ce fait comme un exemple de la façon dont grossissait la boule de neige, une calomnie entraînant l'autre. A la fin, mon pauvre maître fut si perdu de réputation qu'il se mit à garder la maison comme Mylord. Cependant, soyez sûr qu'il ne prononça pas une plainte chez lui : le fond même du scandale était un sujet trop scabreux à traiter ; et Mr. Henry était très fier et singulièrement obstiné dans son silence. Mon vieux Lord en apprit sans doute quelque chose par John-Paul,

ou par un autre ; à tout le moins dut-il remarquer à la fin le changement
survenu dans les habitudes de son fils. Mais il est probable que lui-même
ignorait à quel point l'opinion publique était montée. Quant à Miss
Alison, elle était toujours la dernière à écouter les nouvelles, et ne s'y
intéressait guère.

Au plus fort de ces mauvaises dispositions (car elles se dissipèrent
comme elles étaient venues, personne n'eût su dire pourquoi) une
élection se préparait dans la ville de Saint-Bride, qui est la plus proche
de Durrisdeer, et se trouve sur l'Eau-de-Swift. On réclamait contre un
abus, j'ai oublié lequel, si je l'ai jamais su ; et l'on disait couramment
qu'il y aurait des têtes cassées avant le soir, et que le shérif [1] avait fait
venir de la troupe d'aussi loin que Dumfries. Mylord émit l'idée que
Mr. Henry devait s'y montrer, lui affirmant que cette apparition était
nécessaire pour l'honneur de la maison :

— L'on finira par dire, ajouta-t-il, que nous n'avons pas d'influence,
même dans notre voisinage.

— C'est une singulière influence que la mienne, répliqua Mr. Henry ;
— et, quand on l'eut poussé encore un peu : — je vous dirai la simple
vérité, ajouta-t-il, je n'ose montrer mon visage.

— Vous êtes le premier de notre maison qui ait jamais dit cela, s'écria
Miss Alison.

— Nous irons tous les trois, dit Mylord.

Et en effet, il mit ses bottes (pour la première fois depuis quatre ans,
— ce fut pour John-Paul toute une affaire de les lui enfiler), Miss Alison
revêtit son amazone, et tous trois montèrent à cheval et gagnèrent
Saint-Bride.

Les rues étaient pleines de la racaille de tout le pays, et l'on n'eut
pas plus tôt jeté les yeux sur Mr. Henry, que les sifflets partirent, et
les huées, et les cris : « Judas ! – Où est le Maître ? – Où sont les
pauvres gars qui s'en sont allés avec lui ? » Une pierre même fut lancée ;
mais la plupart se récrièrent que c'était une honte, à cause de Mylord
et de Miss Alison. Il ne fallut pas dix minutes pour persuader à Mylord
que Mr. Henry avait raison. Sans dire un mot, il fit faire volte-face
à son cheval et s'en retourna, le menton sur la poitrine. Miss Alison
non plus ne dit pas un mot ; elle n'en pensait pas moins, sans doute ;
sans doute elle eut sa fierté piquée, car c'était une Durie de la vraie
sorte ; et sans doute elle fut touchée au fond du cœur de voir son cousin
traité aussi indignement. Cette nuit-là, elle ne se coucha pas. J'ai souvent
blâmé Mylady ; mais, au souvenir de cette nuit, je suis prêt à lui tout
pardonner ; et, dès le matin, elle s'en alla trouver le vieux Lord à son
fauteuil habituel.

— Si Henry veut toujours de moi, dit-elle, il peut m'avoir à présent.
A lui-même, elle parla différemment.

---

1. Officier civil des comtés.

– Je ne vous apporte pas d'amour, Henry ; mais, Dieu le sait, toute la pitié du monde.

Le 1ᵉʳ juin 1748 eut lieu leur mariage. Ce fut en décembre de la même année que je vins frapper à la porte du château ; et depuis lors j'ai consigné l'histoire des événements à mesure qu'ils se déroulèrent sous mes yeux, comme un témoin en justice.

II

En l'absence du Maître

J'accomplis ma dernière étape, en cette froide fin de décembre, par une journée de gelée très sèche, et mon guide n'était autre que Patey Macmorland, le frère de Tam. Ce gamin de dix ans, à cheveux d'étoupe et à jambes nues, me débita plus de méchants contes que je n'en ouïs jamais ; car il avait bu parfois au verre de son frère. Je n'étais pas encore bien âgé moi-même ; ma fierté n'avait pas encore la haute main sur ma curiosité ; et, d'ailleurs, n'importe qui eût été séduit, par cette froide matinée, d'entendre tous les vieux racontars du pays et de se voir montrer au long du chemin tous les endroits où s'étaient passés des événements singuliers. Il me servit les contes des Claverhouse quand nous fûmes aux fondrières, et les contes du diable quand nous arrivâmes au haut de la côte. En longeant la façade de l'abbaye, ce fut le tour des vieux moines, et plus encore des contrebandiers, à qui les ruines servent de magasins, de qui, pour ce motif, débarquent à une portée de canon de Durrisdeer ; et tout le long de la route, les Duries et le pauvre Mr. Henry occupèrent le premier rang de la calomnie. J'étais donc grandement prévenu contre la famille que j'allais servir, et je fus à moitié surpris de voir s'élever, dans une jolie baie abritée, le château de Durrisdeer lui-même, construit à la mode française, ou peut-être italienne, car je ne suis guère compétent là-dessus ; et le lieu que j'aie jamais vu le plus embelli de jardins, de pelouses, de charmilles et de grands arbres. L'argent improductif absorbé dans tout cela eût rétabli entièrement la famille ; mais, en réalité, l'entretien seul du domaine coûtait une fortune.

Mr. Henry en personne m'accueillit dès la porte. C'était un grand jeune homme brun (comme tous les Duries), au visage franc et sans gaieté, très robuste de corps mais non de santé. Il me prit par la main sans la moindre morgue et me mit à l'aise par des propos simples et cordiaux. Il m'introduisit dans la salle, tout botté que je fusse, pour me présenter à Mylord. Il faisait encore jour ; et la première chose que je remarquai fut un losange de verre incolore au milieu des armoiries de la verrière, à la fenêtre. Je m'en souviens, je trouvai que cela déparait une salle autrement si belle, avec ses portraits de famille, le plafond de stuc à pendentifs, et la cheminée sculptée, où mon vieux Lord était assis dans un coin, à lire son Tite-Live. Il ressemblait à Mr. Henry, avec le même air franc et simple, quoique plus fin et agréable, et d'une conversation cent fois plus intéressante. Il me posa beaucoup de questions, sur l'Université d'Edimbourg où je venais de passer maître ès arts, et sur les différents professeurs, dont il paraissait bien connaître les noms et les qualités. Et ainsi, parlant de choses familières, je pris vite mon franc-parler dans ma nouvelle demeure.

Nous en étions là, quand Mme Henry entra dans la salle. Elle était dans un état de grossesse avancée, car elle attendait dans moins de six semaines la naissance de Miss Katharine et, à première vue, sa beauté me sembla médiocre ; de plus, elle me traita avec plus de condescendance que les autres ; aussi, sous tous rapports, je la plaçai au troisième rang dans mon estime.

Au bout de très peu de temps, j'avais cessé de croire un mot de toutes les histoires de Patey Macmorland, et j'étais devenu, ce que je suis toujours resté, un fidèle serviteur de la maison de Durrisdeer. Mr. Henry possédait la meilleure part de mon affection. C'est avec lui que je travaillais, et je trouvai en lui un maître exigeant, qui gardait toute sa bonté pour les heures où nous étions de loisir. Dans le bureau du régisseur, non seulement il me chargeait de besogne, mais il me surveillait avec sévérité. Un jour, cependant, il leva de son papier des yeux presque timides, et me dit :

— Mr. Mackellar, je crois devoir vous déclarer que je suis très satisfait de vous.

Ce fut son premier mot d'éloge ; et, de ce jour, son espèce de méfiance au sujet de mon travail se relâcha ; bientôt ce furent des Mr. Mackellar par-ci, Mr. Mackellar par-là, de toute la famille ; et pendant la plus longue durée de mon service à Durrisdeer, j'ai accompli toute chose à mon loisir et à ma fantaisie, et sans qu'on me chicanât d'un farthing. Alors même qu'il me tenait sévèrement, j'avais senti mon cœur se porter vers lui, en partie par pitié sans doute, car c'était un homme évidemment malheureux. Au beau milieu de nos comptes, il lui arrivait de tomber dans une profonde rêverie, les yeux fixés sans voir sur la page ou par la fenêtre, au-dehors ; et, à ces moments-là, l'air de son visage et les soupirs qu'il laissait échapper éveillaient en moi de vifs sentiments de curiosité et de commisération. Un jour, je me souviens, nous nous étions attardés à quelque affaire dans la chambre du régisseur. Cette pièce est au haut de la maison, et a vue sur la baie, et sur un petit promontoire boisé, au milieu des vastes grèves ; et là, se découpant en plein sur le soleil, qui s'enfonçait à l'horizon, nous aperçûmes les contrebandiers, un grand nombre d'hommes et de chevaux qui couraient sur le sable. Mr. Henry venait de regarder fixement vers l'ouest, et je le croyais ébloui par le soleil, lorsque tout à coup le voilà qui fronce les sourcils, se passe la main sur le front, et se tourne vers moi en souriant :

— Vous ne devineriez pas à quoi je pensais, dit-il. Je pensais que je serais plus heureux si je partais à cheval pour courir des dangers de mort avec cette troupe de bandits.

Je lui répondis qu'en effet il m'avait paru jouir de peu de gaieté ; mais que c'était une illusion fréquente d'envier les autres et de croire que le changement nous serait profitable ; et je citai Horace, en jeune émoulu de collège.

– C'est ma foi juste, dit-il. Et nous ferons mieux de nous remettre à nos comptes.

Bientôt après, j'eus vent des causes de sa tristesse. D'ailleurs, un aveugle même aurait vite découvert qu'une ombre pesait sur le château, l'ombre du Maître de Ballantrae. Mort ou vif (on le croyait mort à l'époque), cet homme fut le rival de son frère : son rival au-dehors, où personne n'avait jamais une bonne parole pour Mr. Henry, et où chacun regrettait et louangeait le Maître ; et son rival dans le château, non seulement auprès de son père et de sa femme, mais chez les domestiques mêmes.

C'étaient deux vieux serviteurs qui donnaient le branle. John-Paul, un petit homme chauve, solennel et ventru, grand professeur de piété et (tout compte fait) un serviteur vraiment fidèle, était le chef de la faction du Maître. Nul n'osait aller aussi loin que John. Il prenait plaisir à étaler publiquement son dédain de Mr. Henry, souvent même avec une comparaison offensante. Mylord et Mme Henry le réprimandaient, certes, mais jamais aussi résolument qu'ils l'auraient dû ; il lui suffisait de montrer son visage en pleurs et de commencer ses jérémiades sur le Maître, – « son petit gars », comme il l'appelait, – pour se faire tout pardonner. Quant à Mr. Henry, il laissait parler la chose en silence, parfois avec un regard navré, parfois avec un air sombre. Pas de rivalité possible avec le mort, il le savait ; et quant à blâmer un vieux serviteur pour un manque de fidélité, il n'y songeait même pas. Sa langue en eût été incapable.

Le chef de l'autre parti était Macconochie, un vieil ivrogne mal embouché, sans cesse à brailler et sacrer ; et j'ai toujours considéré comme un trait singulier de la nature humaine le fait que chacun de ces deux serviteurs fût ainsi destiné à être le champion de son contraire, et à condamner ses propres vices et faire bon marché de ses vertus, lorsqu'il les retrouvait chez un de ses maîtres. Macconochie eut vite fait de flairer mon inclination secrète, il me mit dans ses confidences, et déblatéra contre le Maître, des heures d'affilée, au point que mon travail en souffrait.

– Ils sont toqués, ici, s'écriait-il, et qu'ils soient damnés ! Le Maître... le diable les étouffe, de l'appeler ainsi ! c'est Mr. Henry qui doit être le maître, à cette heure ! Ils n'étaient pas tellement férus du Maître, quand ils l'avaient ici, je vous le garantis. Malheur sur son nom ! Jamais une bonne parole ne sortait de ses lèvres, pour moi ni pour personne ; rien que railleries, réprimandes et jurons profanes, – le diable soit de lui ! Personne n'a connu toute sa méchanceté : lui un gentilhomme !... Avez-vous jamais entendu parler, Mr. Mackellar, de Willy White le tisserand ? Non ? Eh bien, Willy était un homme singulièrement pieux ; un assommant individu, pas du tout dans mon genre, et je n'ai jamais pu le supporter ; seulement, il avait beaucoup de savoir-faire dans sa partie, et il sut tenir tête au Maître et le gourmander à plusieurs reprises. C'était un haut fait, pour le Maître de Ballantrae, d'entretenir une bisbille avec un tisserand, n'est-ce pas ?

Et Macconochie ricanait. En fait, il ne prononçait jamais le nom tout entier sans une espèce de râle haineux.

– Eh bien, il le fit. Jolie occupation ! d'aller beugler à la porte de cet homme, lui crier : Boû ! dans le dos, mettre de la poudre dans son feu, et des pétards sur sa fenêtre ; tant que notre homme se figurait que c'était le vieux Cornu [1] qui venait le chercher. Eh bien, pour abréger, Willy s'affecta. En fin de compte, on ne pouvait plus le faire lever de ses genoux, il ne cessait de prier avec de grands éclats, jusqu'à ce qu'il en mourût. Ce fut un meurtre véritable, de l'avis de chacun. Demandez à John-Paul : – il était franchement honteux d'un pareil jeu, lui, le bon chrétien ! Quel haut fait pour le Maître de Ballantrae !

Je lui demandai ce que le Maître lui-même en pensait.

– Comment le saurais-je ? dit-il. Jamais il ne disait rien.

Et il revint à sa manière habituelle de sacrer et maudire, répétant à tout coup : « Maître de Ballantrae », avec un ricanement nasillard. Ce fut au cours d'une de ces confidences qu'il me fit voir la lettre de Carlisle, qui portait encore l'empreinte du fer à cheval. En fait ce fut là notre dernière confidence ; car il s'exprima d'une façon tellement inconvenante sur Mme Henry, que je dus le réprimander vertement et, par la suite, le tenir à distance.

Mon vieux Lord était d'une amabilité uniforme envers Mr. Henry ; il avait même de jolies façons de gratitude, et parfois lui donnait une tape sur l'épaule, en disant, comme si tout le monde devait l'entendre : – « J'ai là un bon fils ! » Et, certes, il était reconnaissant, vu son grand sens de justice. Mais je crois que c'était tout, et je suis sûr que Mr. Henry pensait de même. Tout son amour allait au fils défunt. Non qu'il y fît guère allusion ; en ma présence, du moins, une seule fois. Mylord m'avait demandé en quels termes j'étais avec Mr. Henry, et je lui avais répondu la vérité.

– Oui, dit-il, en regardant brûler le feu, Henry est un bon garçon, un très bon garçon. Vous savez sans doute, Mr. Mackellar, que j'avais un autre fils ? Il n'était pas, je le crains, aussi vertueux que Mr. Henry ; mais, mon Dieu, il est mort, Mr. Mackellar ! et tant qu'il vivait, nous étions tous fiers de lui, très fiers. S'il ne fut pas tout ce qu'il eût dû être, sous certains rapports, ma foi, peut-être ne l'en aimions-nous que davantage !

Ces derniers mots, il les prononça en regardant pensivement le feu ; puis s'adressant à moi, avec une grande vivacité :

---

1. *Auld Hornie*, en dialecte écossais. – Le Diable.

– Mais je suis enchanté que vous vous accordiez si bien avec Mr. Henry. Vous trouverez en lui un bon maître.

Là-dessus, il ouvrit son livre, ce qui était sa manière habituelle de congédier. Mais il ne dut guère lire, et moins encore comprendre : le champ de bataille de Culloden, et le Maître, voilà sans doute ce qui occupait son esprit ; et ce qui occupait le mien, c'était une jalousie mauvaise contre le défunt, à la pensée de Mr. Henry, jalousie qui dès alors avait commencé de m'envahir.

J'ai réservé Mme Henry pour la fin ; c'est pourquoi l'expression de mes sentiments paraîtra naturellement plus forte : le lecteur en jugera. Mais je dois parler d'abord d'une autre affaire qui rendit plus étroite mon intimité avec mon maître. Je n'étais pas encore de six mois à Durrisdeer, que John-Paul tomba malade, et qu'il dut s'aliter. A mon humble avis, la boisson était l'origine de son mal ; mais il fut soigné, et se comporta lui-même, comme un saint dans le malheur ; et le ministre qui vint le voir se déclara fort édifié en se retirant. Le troisième matin de sa maladie, Mr. Henry vint me trouver avec une mine quasi patibulaire.

– Mackellar, dit-il, je vais vous demander un petit service. Nous payons une pension ; c'est John qui est chargé de la porter et, à présent qu'il est malade, je ne vois personne autre que vous à qui m'adresser. Il s'agit d'une commission très délicate : je ne l'exécute pas moi-même, et pour cause ; je n'ose envoyer Macconochie, car c'est un bavard, et je suis... j'ai... je suis désireux que cela n'aille pas aux oreilles de Mme Henry, ajouta-t-il, en rougissant jusqu'au cou.

A vrai dire, quand je sus qu'il me fallait porter de l'argent à une Jessie Broun, qui ne valait pas mieux qu'il ne fallait, j'imaginai que Mr. Henry avait là quelque farce de jeunesse à dissimuler. Je fus d'autant plus impressionné quand la vérité se fit jour.

C'était au haut d'une allée, donnant sur une petite rue de Saint-Bride, que Jessie avait son logement. L'endroit était fort mal peuplé, surtout de contrebandiers. Il y avait à l'entrée un homme au crâne fendu ; un peu plus haut, dans une taverne, des gens criaient et chantaient, bien qu'il ne fût pas neuf heures du matin. Bref, je n'ai jamais vu pire voisinage, même dans la grande ville d'Edimbourg, et je fus à deux doigts de m'en retourner. L'appartement de Jessie comprenait une pièce avec ses dépendances, et elle-même ne valait guère mieux. Elle refusa de me donner un reçu (que Mr. Henry m'avait dit de réclamer, car il était fort méthodique) avant d'avoir envoyé chercher des alcools, et sans que j'eusse trinqué avec elle ; et tout le temps elle ne cessa de se comporter d'une manière folâtre et détachée, – singeant parfois les manières d'une dame, parfois éclatant d'une gaieté sans cause, ou bien me faisant des agaceries et des avances qui me remplissaient de dégoût. Sur le chapitre de l'argent, elle fut tragique.

– C'est le prix du sang, dit-elle ; c'est ainsi que je le reçois ; le prix du sang de celui qui fut trahi ! Voyez à quoi j'en suis réduite ! Ah ! si le bon petit gas était de retour, cela marcherait autrement. Mais il est mort, – il est couché mort dans les montagnes du Highland, – le bon petit gas ! le bon petit gas !

Elle avait une telle façon inspirée de larmoyer sur le bon petit gas, mains jointes et yeux au ciel, qu'elle devait, je pense, l'avoir apprise des comédiens ambulants. Je crus voir que son chagrin était pure affectation et qu'elle insistait sur sa dégradation uniquement parce que c'était alors la seule chose dont elle pût se glorifier. Il serait faux de dire que je ne la plaignais pas, mais c'était avec un mélange de dégoût, et sa dernière façon d'agir balaya entièrement cette pitié. Lorsqu'elle en eut assez de me donner audience, elle apposa son nom au bas du reçu. « Voilà ! » dit-elle, et, lâchant une bordée de blasphèmes les moins féminins, elle m'enjoignit de partir et de porter cela au Judas qui m'avait envoyé. C'était la première fois que j'entendais qualifier de la sorte Mr. Henry ; je fus en outre déconcerté par la soudaine brutalité de sa voix et de ses allures, et sortis de la chambre sous une grêle de malédictions, comme un chien battu. Même dehors, je n'en fus pas quitte : la mégère ouvrit la fenêtre et, se penchant, continua de me vitupérer, tandis que je descendais l'allée. Les contrebandiers, sortant sur le seuil de la taverne, joignirent leurs sarcasmes aux siens, et l'un d'eux eut la cruauté de lancer à mes trousses un petit roquet féroce, qui me mordit à la cheville. C'était là un bon avertissement, au cas où j'en aurais eu besoin, d'éviter les mauvaises fréquentations ; et je tournai la bride vers le château, souffrant beaucoup de la morsure, et considérablement indigné.

Mr. Henry m'attendait dans le bureau du régisseur, simulant d'être occupé ; mais je vis bien qu'il était uniquement impatient de savoir les nouvelles de mon expédition.

– Eh bien ? dit-il, dès mon entrée.

Je lui racontai une partie de ce qui s'était passé, ajoutant que Jessie me paraissait loin de mériter ses bontés, et incapable de reconnaissance.

— Elle n'est pas mon amie, dit-il. En fait, je n'ai guère d'amis, et Jessie a quelque raison d'être injuste. Je ne dissimulerai pas ce que tout le pays connaît : elle fut assez mal traitée par un membre de la famille.

C'était la première fois que je l'entendais faire une allusion, même lointaine, au Maître ; et il me parut que sa langue se refusait presque à en dire autant. Mais il reprit :

– Voilà pourquoi je voulais qu'on n'en sût rien. Cela ferait de la peine à Mme Henry... et à mon père, ajouta-t-il, en rougissant de nouveau.

– Mr. Henry, dis-je, si vous m'en laissez prendre la liberté, je vous conseille de ne plus vous occuper de cette femme. De quelle utilité peut être votre argent à quelqu'un de son espèce ? Elle n'a ni sobriété, ni épargne, – et pour la reconnaissance, vous tireriez plutôt du lait d'une meule de rémouleur ; et si vous voulez mettre un terme à vos bontés, cela n'y changera rien, si ce n'est d'épargner les chevilles de vos messagers.

Mr. Henry eut un sourire.

– Mais je suis désolé pour votre cheville, dit-il l'instant d'après, avec le sérieux voulu.

– Et remarquez, continuai-je, que je vous donne cet avis après réflexion, et bien que mon cœur fût ému par cette femme, tout d'abord.

– N'est-ce pas ? vous voyez bien ! dit Mr. Henry. Et il faut vous souvenir que je l'ai connue jadis très convenable. Outre cela, bien que je ne parle guère de ma famille, sa réputation me tient à cœur.

Là-dessus, il coupa court à cet entretien, le premier que nous eûmes ensemble sur ce genre de sujet. Mais l'après-midi même, j'acquis la preuve que son père était parfaitement au courant de l'histoire, et que c'était seulement pour sa femme que Mr. Henry désirait le secret.

– J'ai bien peur que vous n'ayez fait aujourd'hui une commission pénible, me dit Mylord. Et, comme elle ne relève en aucune façon de vos attributions, je tiens à vous en remercier, et à vous rappeler en même temps (au cas où Mr. Henry l'aurait oublié) qu'il est fort à désirer que pas un mot n'en soit prononcé devant ma fille. Les réflexions sur les défunts, Mr. Mackellar, sont doublement pénibles.

La colère me remplit le cœur, et je faillis dire en face, à Mylord, combien peu c'était son rôle, de grandir l'image du défunt aux yeux de Mme Henry, et qu'il aurait beaucoup mieux fait de détrôner cette fausse idole ; car dès cette époque, je voyais très bien sur quel pied se trouvait mon maître vis-à-vis de sa femme.

Ma plume possède la clarté nécessaire pour raconter simplement une histoire ; mais rendre l'effet d'une multitude de petits détails, dont pas un seul ne mérite d'être rapporté ; traduire le langage des coups d'œil, et l'intonation de voix qui ne disent pas grand-chose, et condenser en une demi-page l'essentiel de presque dix-huit mois, – je désespère d'y arriver. La faute, pour parler net, fut toute à Mme Henry. Elle s'estimait fort méritante d'avoir consenti à ce mariage qu'elle supportait comme un martyre ; à quoi Mylord, à son insu ou non, l'excitait encore. Elle se faisait aussi un mérite de sa constance envers le défunt, quoique le simple prononcé de son nom fût apparu à une conscience plus droite comme une déloyauté envers le vivant. Là-dessus, également, Mylord lui donnait l'approbation de son attitude. Je suppose qu'il était heureux de parler de sa perte, et répugnait à le faire devant Mr. Henry. En tout cas, ils formaient une petite coterie à part dans cette famille de trois personnes, et c'était le mari qui en était exclu. Il semble que ce fût une vieille coutume, lorsque la famille se trouvait seule au château, que Mylord bût son vin au coin de la cheminée, et que Miss Alison, au lieu de se retirer, apportât un tabouret auprès de ses genoux, pour bavarder privément avec lui. Lorsqu'elle fut devenue l'épouse de mon maître, la même manière d'agir continua. Il m'eût semblé agréable de voir ce vieux gentilhomme si aimant avec sa fille, si je n'avais été partisan de Mr. Henry au point d'être fâché de son exclusion. Maintes fois, je l'ai vu prendre une résolution évidente, quitter la table et aller se joindre à sa femme et à Mylord Durrisdeer. Eux, de leur côté, ne manquaient jamais de lui faire bon accueil, se tournaient vers lui en souriant comme à un enfant intrus, et l'admettaient dans leur conversation avec un effort si peu dissimulé qu'il revenait bientôt s'attabler auprès de moi, et la salle de Durrisdeer était si vaste que nous entendions à peine le murmure des voix auprès de la cheminée. Il restait à les regarder, et moi de même ; et de temps en temps, à voir Mylord hocher tristement la tête, ou poser sa main sur le front de Mme Henry, ou elle la sienne sur son genou, en un geste consolateur, ou encore d'un échange de regards pleins de larmes, nous tirions la conclusion que l'entretien était retombé sur l'éternel sujet, et que l'ombre du défunt planait dans la salle.

A certains jours, je blâme Mr. Henry d'avoir pris le tout avec trop de patience ; mais nous devons nous rappeler qu'épousé par pitié, il avait accepté sa femme sous cette même condition. Une fois, je m'en souviens, il annonça qu'il avait trouvé quelqu'un pour remplacer le vitrail de la verrière, – ce qui rentrait clairement dans ses attributions, puisqu'il dirigeait toutes les affaires du château. Mais, pour les fervents du Maître, ce vitrail était une espèce de relique ; et au premier mot de remplacement, le sang monta à la face de Mme Henry.

– Vous m'étonnez ! s'écria-t-elle.

– C'est moi qui m'étonne, répliqua Mr. Henry, avec plus d'amertume que je ne lui en connus jamais.

Là-dessus, mon vieux Lord intervint avec ses discours apaisants, de sorte qu'avant même la fin du repas tout parut oublié. Néanmoins, après le dîner, lorsque le couple se fut retiré comme d'habitude au coin de la cheminée, nous vîmes la jeune femme pleurer, la tête sur le genou du vieillard. Mr. Henry soutint la conversation avec moi, sur quelque matière concernant le domaine, – car il ne savait guère parler que d'affaires, et sa société manquait un peu d'intérêt ; – mais il conversa ce jour-là avec plus de continuité, lançant à tout moment des regards vers la cheminée, et modifiant sans cesse l'intonation de sa voix, mais sans faire mine de s'arrêter. Le vitrail, en tout cas, ne fut point remplacé, et je pense qu'il y vit une grande défaite.

J'ignore s'il était ou non assez ferme ; mais Dieu sait qu'il était trop bon. Mme Henry affectait envers lui une sorte de condescendance qui, venant d'une femme, eût piqué mon amour-propre jusqu'au sang ; lui, acceptait cela comme une grâce. Elle le tenait à distance ; faisait mine de l'oublier, puis de se souvenir de lui, et se déridait un peu, comme on fait avec les enfants ; l'accablait d'une froide amabilité ; le reprenait en changeant de couleur et se mordant les lèvres, comme quelqu'un regrettant son malheur ; lui donnait des ordres avec un regard mauvais, lorsqu'elle ne se surveillait pas ; lorsqu'elle faisait attention lui demandait humblement, comme s'il se fût agi de faveurs inouïes, les services les plus naturels. Il n'opposait à tout cela que la plus inlassable complaisance ; il eût, comme on dit, baisé la trace de ses pas, et portait cet amour dans ses yeux comme l'éclat d'une lampe. Juste avant la naissance de Miss Katharine, il voulut tenir lieu de tous les serviteurs, et ne bougea plus de la chambre. Il était assis derrière le chevet du lit, aussi blanc (me dit-on) qu'un drap, et le font baigné de sueur ; et le mouchoir qu'il tenait à la main était tordu en une petite boule pas plus grosse qu'une balle de fusil. Durant plusieurs jours, il ne put supporter la vue de Miss Katharine ; et je doute même qu'il fut jamais ce qu'il eût dû être envers ma jeune Lady : – défaut de sentiment paternel dont on le blâma beaucoup.

Tel fut l'intérieur de cette famille jusqu'au 7 avril 1749, date où arriva le premier de ces événements destinés par la suite à briser tant de cœurs et perdre tant d'existences.

Ce jour-là, un peu avant l'heure du souper, j'étais assis dans ma chambre, lorsque John-Paul ouvrit brusquement la porte sans se donner la peine de frapper, et me dit qu'il y avait en bas quelqu'un désirant parler au régisseur ; – et il ricana en prononçant le mot.

Je demandai quel genre de personnage c'était, et son nom. Mais je compris alors d'où venait la mauvaise humeur de John, car le visiteur avait refusé de se nommer, excepté à moi, – affront pénible pour l'importance du majordome.

– Eh bien, dis-je, en riant sous cape, je vais voir ce qu'il me veut.

Je trouvai dans le vestibule un gros homme, très simplement vêtu, et enveloppé d'un manteau de marin, comme un nouveau débarqué, et c'était d'ailleurs son cas. Non loin, Macconochie était aux aguets, la langue hors de la bouche, et la main au menton, comme quelqu'un d'obtus qui réfléchit profondément ; et l'étranger, qui avait ramené son manteau sur son visage, paraissait mal à l'aise. Il ne m'eut pas plus tôt aperçu, qu'il s'avança à ma rencontre avec des manières démonstratives.

– Mon cher garçon, dit-il, un millier d'excuses pour vous avoir dérangé, mais je suis dans la plus gênante situation. Et il y a là un écouteur dont je connais trop bien la mine, et qui me regarde je voudrais savoir pourquoi. Les fonctions que vous remplissez dans cette famille, Monsieur, impliquent une certaine responsabilité (c'est d'ailleurs pourquoi j'ai pris la liberté de vous faire appeler) et vous êtes sans doute du parti honnête ?

– Je puis du moins vous affirmer, dis-je, que tous les gens de ce parti-là sont en parfaite sécurité à Durrisdeer.

– Mon cher garçon, dit-il, c'est bien ainsi que je l'entends. Voyez-vous, je viens d'être déposé à terre ici près par un très honnête homme, dont je ne me rappelle pas le nom, et qui va louvoyer et m'attendre jusqu'au matin, non sans danger pour lui ; et, à parler franc, j'ai mes raisons de croire que ce danger me concerne également. J'ai sauvé ma vie si souvent, Mr..., j'ai oublié votre nom, cependant très honorable, – que ma foi, je répugne assez à la perdre. Et cet écouteur là-bas, que je suis sûr de l'avoir vu devant Carlisle...

– Oh, monsieur, dis-je, vous pouvez vous fier à Macconochie jusqu'à demain.

– Bon, et c'est un plaisir de vous entendre parler de la sorte, dit l'étranger. Le fait est que mon nom n'est guère convenable à porter dans cette région de l'Écosse. Avec un gentleman comme vous, mon cher garçon, je ne veux rien cacher ; et si vous le permettez, je vais vous le glisser dans l'oreille. Je m'appelle Francis Burke, – le colonel Francis Burke ; et je suis venu ici, à mon plus grand péril, pour voir vos maîtres – vous me pardonnerez, mon brave garçon, de leur donner ce nom, car c'est là un détail que je n'aurais à coup sûr jamais deviné, au premier abord. Et si vous voulez bien avoir l'extrême obligeance d'aller leur dire mon nom, vous pourriez ajouter que je leur apporte des lettres dont j'aime à croire que la lecture leur fera très grand plaisir.

Le colonel Francis Burke était un de ces Irlandais du Prince, qui firent tant de mal à sa cause, et que détestaient tellement les Écossais, à l'époque de la révolte ; et je me rappelai aussitôt que le Maître de Ballantrae avait étonné tout le monde en se liant avec ces gens-là. A l'instant même, un vif pressentiment de la vérité envahit mon âme.

Si vous voulez entrer ici, dis-je, en lui ouvrant la porte d'une chambre, je vais avertir Mylord.

– Et ce sera fort bien à vous, Mr. Quel-est-donc-votre-nom, dit le colonel.

Je gagnai à pas lents l'extrémité de la salle. Ils étaient là tous trois : – mon vieux Lord à sa place, Mme Henry travaillant auprès de la fenêtre ; Mr. Henry (selon sa coutume) arpentant le bas bout. Au milieu, la table était dressée pour le souper. Je leur dis brièvement ce que j'avais à dire. Mon vieux Lord se laissa aller dans son fauteuil, Mme Henry se mit debout, d'un mouvement machinal, et elle et son mari se regardèrent dans les yeux, d'une extrémité à l'autre de la salle : ce fut le plus singulier regard de défi qu'ils échangèrent tous deux et, en même temps, leurs visages pâlirent. Puis Mr. Henry se tourna vers moi, non pour parler, mais pour me faire un signe du doigt. Mais cela me suffit, et je redescendis chercher le colonel.

A notre retour, tous trois étaient encore dans la situation où je les avais laissés ; ils n'avaient pas dû prononcer un mot.

– Mylord Durrisdeer, je pense ? dit le colonel en s'inclinant, et Mylord s'inclina en guise de réponse. – Et Monsieur, continua le colonel, est sans doute le Maître de Ballantrae,

– Je n'ai jamais pris ce titre, dit Mr. Henry ; je suis Henry Durie, pour vous servir.

Puis le colonel se tourna vers Mme Henry, et la salua, en portant son chapeau sur son cœur, et avec la plus parfaite galanterie.

– On ne peut s'y méprendre devant une aussi exquise lady, reprit-il. Je m'adresse à la séduisante Miss Alison, dont j'ai si souvent ouï parler ?

De nouveau, mari et femme échangèrent un regard.

– Je suis Mme Henry Durie, dit-elle ; mais, avant mon mariage, mon nom était Alison Graeme.

Alors, Mylord parla.

– Je suis vieux, colonel Burke, dit-il, et d'une santé délicate. Ce sera de votre part une grâce que d'être prompt. M'apportez-vous des nouvelles de... Il hésita, puis, avec un changement de ton singulier, il laissa échapper : – mon fils ?

– Mon cher Lord, je serai franc avec vous, comme un soldat, dit le colonel. J'en apporte.

Mylord leva la main ; il semblait faire un signe, mais était-ce pour lui donner du temps ou pour le faire parler, nul n'eût pu le deviner. A la fin, il prononça ce seul mot :

– Bonnes ?

– Mais oui, les meilleures du monde ! s'exclama le colonel. Car mon excellent ami et honoré camarade est à cette heure dans la belle ville de Paris et vraisemblablement, si je connais ses habitudes, il se met à table pour dîner... Mais parbleu, je crois que Mylady va s'évanouir !

Mme Henry, en effet, pâle comme la mort, s'était accotée à l'appui de la fenêtre. Mais quand Mr. Henry fit un mouvement comme pour l'élancer, elle se redressa avec une espèce de frisson.

– Je suis très bien, dit-elle, les lèvres blanches.

Mr. Henry s'arrêta, et une expression de colère passa sur ses traits. Au bout d'un instant, il se retourna vers le colonel.

– Vous n'avez pas de reproches à vous faire, dit-il, au sujet de ce malaise de Mme Durie. C'est trop naturel : nous avons tous ici été élevés comme frères et sœur.

Mme Henry lança à son mari un regard mêlé de soulagement et de reconnaissance. Dans ma façon de penser, cette phrase lui fit faire son premier pas dans les bonnes grâces de sa femme.

– Il faut tâcher de me pardonner, Mme Durie, car, en fait, je ne suis qu'un brutal d'Irlandais, dit le colonel ; et je mériterais d'être tué pour n'avoir pas su présenter la chose avec plus d'art devant une lady. Mais voici les propres missives du Maître ; une pour chacun de vous trois ; et à coup sûr (si je connais tant soit peu l'esprit de mon ami) il vous raconte son histoire avec meilleure grâce.

Tout en parlant, il tira de sa poche les trois lettres, les arrangea par ordre d'après leurs suscriptions, offrit la première à Mylord, qui la prit avidement, et s'avança vers Mme Henry, en lui tendant la deuxième.

Mais elle le repoussa d'un geste.

– A mon mari, dit-elle, d'une voix troublée.

Le colonel était prompt, mais ceci le démonta un peu.

– Bien entendu, dit-il ; sot que je suis ! Bien entendu !

Mais il tenait toujours la lettre.

Enfin, Mr. Henry avança la main, et il ne lui resta plus qu'à la donner. Mr. Henry prit les lettres (la sienne et celle de sa femme) et considéra leurs enveloppes, les sourcils froncés, comme s'il réfléchissait profondément. Il venait de m'étonner par son attitude parfaite ; mais à ce moment, il se surpassa.

– Permettez que je vous reconduise chez vous, dit-il à sa femme. L'événement été un peu brusque, et, d'ailleurs, vous souhaitez sans doute lire votre lettre en particulier.

De nouveau elle lui lança le même regard de surprise ; mais sans lui laisser de temps, il s'avança vers elle.

– Cela vaut mieux ainsi, croyez-moi, dit-il ; et le colonel Burke est trop intelligent pour ne pas vous excuser.

Là-dessus, il lui prit le bout des doigts et l'emmena hors de la salle.

Mme Henry ne reparut plus de la soirée ; et lorsque Mr. Henry alla lui rendre visite le lendemain matin, comme je l'ai su longtemps après, elle lui rendit la lettre, non décachetée.

– Oh ! lisez-la, et que ce soit fini ! s'écria-t-il.

– Épargnez-moi cela, dit-elle.

Et par ces deux phrases, à mon idée, chacun défit une grande part de ce qu'ils avaient si bien commencé auparavant. Mais la lettre, pour finir, parvint entre mes mains, et fut brûlée par moi, non décachetée.

Afin de relater avec une exactitude parfaite les aventures du Maître, après Culloden, j'écrivis dernièrement au colonel Burke, aujourd'hui chevalier de l'ordre de Saint-Louis, pour lui demander quelques notes écrites, car je ne pouvais guère me fier à ma mémoire après un si long intervalle. Sa réponse, je l'avoue, m'embarrassa un peu ; car il m'envoyait les mémoires complets de sa vie, n'ayant trait au Maître que çà et là ; s'étendant sur une période beaucoup plus longue que mon histoire entière, et dont certains passages me semblaient peu édifiants. Il me priait dans sa lettre, datée d'Édimbourg, de lui trouver un éditeur pour le tout, après en avoir fait l'usage que bon me semblerait. Je pense mieux servir mon dessein personnel et répondre à son désir, en imprimant tout au long certains passages. Mes lecteurs y trouveront un récit détaillé et, je crois, véridique, de quelques épisodes essentiels ; et si le style du chevalier séduit quelque éditeur, il sait à qui demander le reste, que je tiens à sa disposition. J'insère ici mon premier extrait, qui tiendra lieu du récit fait par le chevalier, après souper, dans la salle de Derrisdeer. Vous supposerez toutefois qu'il offrit à Mylord non pas le fait brutal, mais une version très expurgée.

III

Les pérégrinations du maître

(Extrait des Mémoires du Chevalier de Burke)

Je quittai Ruthven (est-il besoin de le dire ?) avec beaucoup plus de satisfaction que je n'y étais arrivé ; mais soit que je me trompai de chemin dans les solitudes, ou soit que mes compagnons m'abandonnè-rent, je me trouvai bientôt seul. Ma situation était fort désagréable ; car je n'ai jamais rien compris à cet affreux pays ni à ses sauvages habitants, et le dernier coup de la retraite du Prince nous avait rendus, nous autres Irlandais, plus impopulaires que jamais. Je réfléchissais à mes tristes perspectives, lorsque je découvris sur la colline un autre chevalier, que je pris d'abord pour un fantôme, car le bruit de sa mort, en plein front de bataille, à Culloden, avait couru dans l'armée entière. C'était le Maître de Ballantrae, fils de Mylord Durie, un jeune gentilhomme exceptionnellement brave et doué, et destiné par la nature aussi bien à faire l'ornement d'une cour, qu'à moissonner des lauriers sur le champ de bataille. Cette rencontre nous fit grand plaisir à tous deux, car il était de ces rares Écossais qui avaient traité les Irlandais avec bienveillance, et il pouvait à présent m'être des plus utiles en favorisant mon évasion. Toutefois, notre amitié ne devint plus intime qu'après une aventure romanesque comme une légende du roi Arthur.

C'était le second jour de notre fuite. Nous venions de passer la nuit sous la pluie, au flanc de la montagne. Il se trouva qu'un homme d'Appin, Alan Black Stewart [1] (ou quelque nom de ce genre, mais je l'ai revu depuis en France), suivait aussi notre chemin, et qu'il eut une pique avec mon compagnon. Des paroles fort inciviles furent échangées, et Stewart somma Ballantrae de mettre pied à terre et de lui rendre raison.

– Non, Mr. Stewart, dit le Maître, j'ai plutôt idée, pour l'heure, de faire la course avec vous.

Et il donna de l'éperon à son cheval.

Stewart courut derrière nous durant près d'un mille ; et – ce qui était un vrai enfantillage – je ne pus m'empêcher de rire lorsqu'en me retournant pour la dernière fois je le vis dans une montée, qui se tenait le flanc et n'en pouvait plus de courir.

– Quand même, ne pus-je m'empêcher de dire à mon compagnon, je ne laisserais personne courir ainsi derrière moi, après de telles paroles, sans lui donner satisfaction. La plaisanterie est bonne, mais elle fleure un peu la couardise.

Il me regarda en fronçant le sourcil.

– J'ose pourtant bien, dit-il, me mettre sur le dos l'homme le plus impopulaire d'Écosse ; et le courage est suffisant.

– Oh ! parbleu, dis-je, je puis vous en faire voir un plus impopulaire encore, et à l'œil nu. Et si vous n'aimez pas ma société, vous pouvez vous mettre sur le dos quelqu'un d'autre.

– Colonel Burke, dit-il, pas de querelle entre nous et, à ce propos, je dois vous avertir que je suis l'homme du monde le moins patient.

– Je suis aussi peu patient que vous, dis-je, et peu m'importe qui l'entend.

– De ce pas, dit-il, en retenant son cheval, nous n'irons guère loin. Je propose que nous fassions sur-le-champ de deux choses l'une : ou bien nous battre et en finir, ou bien conclure un pacte ferme de supporter n'importe quoi l'un de l'autre.

---

1. *Note de Mr. Mackellar.* – Ne s'agirait-il pas ici d'Alan Breck Stewart, connu par la suite comme le meurtrier d'Appin ? Le chevalier n'est pas très ferré sur les noms.

– Comme un couple de frères ? demandai-je.

– Je ne dis pas semblable bêtise, répliqua-t-il. J'ai un frère, moi, et je ne l'estime pas plus qu'un chou vert. Mais si nous devons réciproquement nous étriller un peu au cours de cette fuite, que chacun ose être lui-même comme un sauvage, et que chacun jure qu'il n'aura ni ressentiment ni mépris envers l'autre. Je suis un très méchant individu, au fond, et j'estime très fastidieuse l'affectation de la vertu.

– Oh ! je suis aussi méchant que vous, dis-je. Francis Burke n'a pas du lait battu dans les veines. Mais que décidons-nous ? Le combat ou l'amitié ?

– Bah ! dit-il, le mieux sera, je pense, de jouer la chose à pile ou face.

La proposition était trop chevaleresque pour ne pas me séduire ; et, aussi étrange que cela puisse paraître pour deux bons gentilshommes contemporains, nous lançâmes en l'air une demi-couronne (tels deux paladins de jadis) afin de savoir si nous allions nous couper la gorge ou devenir amis jurés. Une aventure plus romanesque n'a pas dû arriver souvent ; et c'est là pour moi un de ces exemples d'où il appert que les contes d'Homère et des poètes sont encore vrais aujourd'hui, – du moins chez les nobles et les gens de bon ton. La pièce décida la paix et nous scellâmes le pacte d'une poignée de main. Ce fut alors que mon compagnon m'expliqua pour quelle raison il avait fui Mr. Stewart, raison digne à coup sûr de son intelligence politique. Le bruit de sa mort, dit-il, était sa meilleure sauvegarde. Mr. Stewart l'ayant reconnu devenait un danger, et il avait pris le chemin le plus court pour s'assurer le silence du gentilhomme.

– Car, dit-il, Alan Black est trop vain pour raconter de lui-même pareille aventure.

Dans l'après-midi, nous atteignîmes les bords de ce loch [1] qui était notre but. Le navire était là, qui venait à peine de jeter l'ancre. C'était la *Sainte-Marie-des-Anges,* du Havre de Grâce. Le Maître, après avoir appelé par signaux une embarcation, me demanda si je connaissais le capitaine. Je lui répondis que c'était un mien compatriote de la plus entière probité, mais, je le craignais, assez timoré.

– Peu importe, dit-il. Malgré tout, il faut qu'il sache la vérité.

Je lui demandai s'il voulais parler de la bataille ? car si le capitaine apprenait le mauvais état des affaires, nul doute qu'il ne remît à la voile aussitôt.

– Et quand bien même ! dit-il ; les armes ne sont plus d'aucune utilité à présent.

– Mon cher ami, dis-je, qui pense aux armes ? Ce sont nos amis dont il faut se souvenir. Ils doivent être sur nos talons, voire le Prince en personne, et, si le navire est parti, voilà maintes existences précieuses en péril.

---

1. Ce terme désigne, en Écosse, aussi bien un lac qu'un bras de mer long et étroit.

– A ce compte, le capitaine et l'équipage ont aussi leurs existences, dit Ballantrae.

Il me servait là un faux-fuyant, déclarai-je ; et je ne voulais toujours pas qu'il dît rien au capitaine. Ce fut alors que Ballantrae me fit une réponse spirituelle, à cause de quoi (et aussi parce que l'on m'a blâmé pour cette affaire de la *Sainte-Marie-des-Anges*) je rapporte ici nos paroles textuelles.

– Francis, dit-il, rappelez-vous notre pacte. Je n'ai rien à objecter à ce que vous teniez votre langue, ce que je vous engage même à faire par la suite ; mais, d'après nos conventions, vous devez me laisser libre de parler.

Je ne pus m'empêcher de rire ; mais je persistai à l'avertir de ce qui en sortirait.

– Que le diable en sorte, peu m'en chaut, dit l'enragé garçon. J'ai toujours exactement suivi mes impulsions.

Comme chacun sait, ma prédiction se réalisa. Le capitaine n'eut pas plus tôt appris les nouvelles, qu'il coupa son amarre et reprit la mer. Avant l'aube, nous étions dans le Grand Minch [1].

Le navire était très vieux ; et le capitaine, encore que très honnête homme (et Irlandais en outre), était des moins capables. Le vent soufflait avec fureur, et la mer était excessivement grosse. Tout ce jour, il nous fut impossible de boire ni de manger ; nous allâmes nous coucher de bonne heure, non sans inquiétude ; et (comme pour nous donner une leçon) dans la nuit le vent passa subitement au nord-est, et se mit à souffler en ouragan. Nous fûmes éveillés par l'effroyable fracas de la tempête, et les pas précipités des matelots sur le pont ; de sorte que je crus notre dernière heure arrivée ; et ma terreur s'accrut démesurément à voir Ballantrae railler mes dévotions. C'est en des heures comme celle-là qu'un homme de pitié apparaît sous son vrai jour, et que nous découvrons (ce qu'on nous enseigne dès notre plus jeune âge) quelle faible confiance on peut mettre en ses amis profanes : je serais indigne de ma religion si je laissais passer l'occasion de faire cette remarque. Pendant trois jours nous restâmes dans l'obscurité de la cabine, sans autre chose qu'un peu de biscuit à grignoter. Le quatrième jour, le vent tomba, laissant le navire démâté et se balançant sur d'énormes lames. Le capitaine n'avait aucun soupçon des parages où nous avions été chassés ; il ignorait parfaitement son métier, et ne savait faire autre chose qu'invoquer la sainte Vierge : excellente pratique, certes, mais qui n'est pas tout le talent du marin. Nous avions pour unique espoir d'être recueillis par un autre navire ; mais s'il arrivait que ce navire fût anglais, cela ne profiterait guère au Maître ni à moi.

Les cinquième et sixième jours, nous fûmes ballottés sans remède. Le septième, on hissa de la toile, mais le navire était lourd, et nous ne fîmes guère que dériver. Tout le temps, en effet, nous avions porté

---

1. Détroit situé entre la côte N.O. de l'Écosse et les Hébrides septentrionales.

vers le sud-ouest, et, durant la tempête, nous avions dû être entraînés dans cette direction avec une violence inouïe. Le neuvième jour se leva froid et sombre, avec une grosse mer et tous les symptômes du mauvais temps. Dans cette situation, nous eûmes le ravissement d'apercevoir à l'horizon un petit navire, et de voir qu'il s'approchait et venait droit sur la *Sainte-Marie*. Mais notre joie ne fut pas de longue durée, car lorsqu'il fut assez proche pour mettre à la mer une embarcation, celle-ci fut immédiatement remplie d'une tourbe désordonnée de gens qui chantaient et criaient en ramant vers nous, et qui se répandirent sur notre pont, le coutelas nu au poing, et blasphémant effroyablement. Leur chef était un odieux sacripant, le visage noirci et les favoris frisés en bouclettes : il se nommait Teach, et c'était un pirate très notoire. Il frappait du pied le pont, s'écriant qu'il s'appelait Satan, et son navire l'*Enfer*. Il y avait dans ses allures quelque chose de l'enfant vicieux et de l'individu timbré, qui me stupéfia. Je glissai à l'oreille de Ballantrae que je ne serais certes pas le dernier à m'engager, et que je priais seulement Dieu qu'ils fussent à court de matelots. Il m'approuva d'un signe de tête.

— Parbleu, dis-je à Maître Teach, si vous êtes Satan, voici un diable pour vous.

Le mot lui plut ; et (pour ne m'appesantir sur ces détails révoltants) Ballantrae et moi, plus deux autres, fûmes admis comme recrues, mais le capitaine et tout le reste furent précités à la mer par la méthode de « la promenade sur la planche ». C'était la première fois que je la voyais expérimenter, mon cœur défaillit à ce spectacle, et Master Teach, ou l'un de ses acolytes, fit remarquer ma pâleur, d'un air très inquiétant. J'eus le courage de leur danser deux ou trois pas de gigue, et de lâcher quelque grossièreté, ce qui me sauva pour l'instant ; mais quand il me fallut descendre dans la yole, au milieu de ces mécréants, mes jambes faillirent se dérober sous moi ; et tant par dégoût de cette société, que par effroi des lames monstrueuses, je fus à peine capable d'user de ma langue en bon Irlandais, et de lancer quelques plaisanteries durant le trajet. Par la bénédiction de Dieu, il y avait un crincrin sur le bateau pirate, et je ne l'eus pas plus tôt aperçu que je m'en emparai ; et ma qualité de ménétrier me valut la chance merveilleuse de gagner leurs bonnes grâces. Pat-le-Violoneux [1], tel fut le sobriquet dont ils m'affublèrent ; mais je me souciais peu du nom, tant que ma peau était sauve.

Quel genre de pandémonium était ce navire, je ne saurais le décrire, mais il était commandé par un fou, et pourrait s'appeler un Bedlam [2] flottant. Buvant, braillant, chantant, querellant, dansant, jamais tous à la fois n'étaient sobres ; à certains jours même, s'il était survenu un grain, il nous aurait envoyés au fond ; ou si un vaisseau du roi avait

---

1. *Pat* ou Paddy, surnom générique donné aux Irlandais, en mémoire de leur patron, saint Patrick.
2. Le Charenton anglais.

passé près de nous, il nous aurait trouvés incapables de défense. Deux
ou trois fois, nous aperçûmes une voile et, lorsqu'on n'avait pas
beaucoup bu, on s'en emparait, Dieu nous pardonne ! et si nous étions
tous trop ivres, elle s'échappait, et je bénissais les saints à part moi.
Teach gouvernait, si l'on peut dire, bien qu'il ne fît régner aucun ordre,
par la terreur qu'il inspirait ; et je vis que notre homme était infatué
de son importance. J'ai connu des maréchaux de France moins
ouvertement bouffis de la leur ; ce qui jette un jour singulier sur la
poursuite des honneurs et de la gloire. En fait, à mesure que nous
avançons en âge, nous percevons mieux la sagacité d'Aristote et des
autres philosophes de l'antiquité ; et, bien que j'aie toute ma vie
recherché les distinctions légitimes, je puis, à la fin de ma carrière,
déclarer, la main sur la conscience, qu'il n'en est pas une, – non, et
pas même la vie non plus, – qui vaille d'être acquise ou conservée au
moindre préjudice de notre dignité.

Je fus longtemps avant de pouvoir m'entretenir en particulier avec
Ballantrae ; mais à la fin, une nuit, nous allâmes en rampant nous poster
sur le beaupré, alors que les autres étaient mieux occupés, et nous
causâmes de notre situation.

— Nul ne peut nous délivrer que les saints, dis-je.

— Mon opinion est tout autre, répliqua Ballantrae ; car je vais me
délivrer moi-même. Ce Teach est la dernière des nullités ; il ne nous
sert de rien, et nous expose sans cesse à être capturés. Je n'ai pas envie
de faire le pirate goudronné pour rien, ni de me laisser pendre si je
puis l'empêcher.

Et il m'exposa le plan qu'il avait conçu pour améliorer la discipline
du navire, ce qui nous donnerait la sécurité pour le présent, et l'espoir
d'une prochaine délivrance, lorsqu'on aurait gagné assez pour rompre
l'association.

Je lui avouai ingénument que j'avais les nerfs très éprouvés par cet
horrible milieu, et que je n'osais guère lui répondre de moi.

— Je ne me laisse pas effrayer aisément, répliqua-t-il, ni battre.

Quelques jours plus tard, survint un incident qui faillit nous faire
pendre tous, et qui offre l'exemple le plus extravagant de la folie qui
présidait à notre conduite. Nous étions tous très ivres ; et quelque
bedlamite ayant signalé une voile, Teach la prit en chasse, sans même
y regarder, et nous commençâmes le branle-bas de combat et les
vantardises des horreurs à venir. Ballantrae demeurait tranquillement
au bossoir, à regarder sous sa main en abat-jour ; mais quant à moi,
suivant ma politique vis-à-vis de ces sauvages, j'étais tout à la besogne
avec les plus actifs, et les divertissais par mes boutades irlandaises.

— Hissez le pavillon ! s'écria Teach. Montrez à ces jean-f... le
Jolly-Roger !

C'était, en l'occurrence, pure forfanterie, et qui pouvait nous coûter
une prise de valeur ; mais je ne me permis pas de discuter et, de ma
main, je hissai le pavillon noir.

Ballantrae s'en vint aussitôt vers l'arrière, avec un sourire sardonique.

– Vous aurez peut-être plaisir à apprendre, vous, chien d'ivrogne, dit-il, que vous donnez la chasse à un vaisseau royal ?

Teach brailla qu'il en avait menti ; mais il se précipita néanmoins aux bastingages, et tous l'imitèrent. Je n'ai jamais vu tant d'hommes ivres plus soudainement dégrisés. Le croiseur avait viré de bord à notre impudente démonstration ; ses voiles s'enflaient dans la nouvelle direction ; son enseigne se déployait, bien visible ; et, tandis que nous regardions, il y eut une bouffée de fumée puis une détonation, et un boulet plongea dans les vagues, à bonne distance de nous, trop court. On s'élança aux manœuvres, et la *Sarah* s'éloigna avec une célérité incroyable. Un matelot attrapa le fût de rhum qui était en perce sur le pont, et le fit rouler par-dessus bord. Quant à moi, je m'occupai du Jolly-Roger, l'amenai et le jetai à la mer, où je me serais volontiers précipité avec lui, tant j'étais vexé de ma maladresse. Pour Teach, il devint pâle comme la mort, et descendit sur-le-champ dans sa cabine. Deux fois seulement, de tout l'après-midi, il se montra sur le pont : il s'accouda au bordage de poupe, considéra longuement le vaisseau royal qu'on apercevait encore à l'horizon, s'acharnant après nous ; puis, sans mot dire, regagna sa cabine. On peut dire qu'il nous déserta ; et, n'eussent été un matelot fort capable que nous avions à bord, et la jolie brise qui souffla tout le jour, nous étions immanquablement pendus à la grand-vergue.

On imagine combien Teach fut humilié, voire inquiet pour son prestige aux yeux de l'équipage ; et la méthode qu'il employa pour regagner le terrain perdu fut tout à fait dans son caractère. Le lendemain matin, très tôt, l'odeur du soufre qui brûle s'échappa de sa cabine, et on l'entendit crier : « Enfer ! enfer ! » exclamation bien connue de l'équipage, qui remplit chacun d'appréhension. Puis il monta sur le pont, en parfait personnage de farce, le visage noirci, les cheveux et les favoris nattés, la ceinture bourrée de pistolets ; du sang plein le menton, il mâchait des fragments de verre, et brandissait un poignard. Je ne sais s'il avait emprunté ces façons aux Indiens de l'Amérique, dont il était originaire ; mais telle était sa coutume, et il préludait toujours ainsi à d'effroyables exécutions. Le premier qu'il trouva sur son chemin fut l'individu qui avait envoyé le rhum par-dessus bord, la veille. Celui-là, il lui transperça le cœur, en le traitant de mutin ; puis, sautant sur le cadavre, en beuglant et sacrant, il nous défia tous d'approcher. C'était le plus absurde spectacle ; et redoutable, aussi, car le vil personnage s'apprêtait, de toute évidence, à commettre un nouveau meurtre.

Soudain, Ballantrae s'avança.

– En voilà assez de cette représentation, dit-il. Croyez-vous nous faire peur avec vos grimaces ? On ne vous a pas vu hier, quand c'était utile ; mais nous nous sommes bien passés de vous, sachez-le.

Il se fit un murmure et un mouvement, parmi l'équipage, de plaisir et d'inquiétude, me sembla-t-il, en proportions égales. Teach, lui, poussa un hurlement féroce, et balança son poignard comme pour le projeter, – exercice qui lui était familier, ainsi qu'à beaucoup de marins.

– Faites-lui tomber cela de la main ! ordonna Ballantrae, si prompt et si net que mon bras lui obéit avant même que j'eusse compris.

Teach demeura stupide, sans s'aviser de ses pistolets.

– Descendez à votre cabine, s'écria Ballantrae. Vous remonterez sur le pont quand vous serez de sang-froid. Vous imaginez-vous que nous allons nous laisser pendre pour vous, brute d'ivrogne au visage noirci, espèce de boucher toqué ? Descendez !

Et il frappa du pied d'un air si menaçant que Teach s'encourut vers le capot d'échelle.

– Et maintenant, camarades, dit Ballantrae, un mot pour vous. Je ne sais si vous êtes des gentlemen de fortune pour la blague, mais moi pas. Je veux de l'argent, puis retourner à terre, le dépenser en homme. Et sur un point je suis bien résolu : je ne me laisserai pendre que si je ne puis l'éviter. Allons, donnez-moi un conseil ; je ne suis qu'un débutant ! N'y a-t-il pas moyen d'introduire un peu de discipline et de sens commun dans cette entreprise ?

L'un des hommes parla : il dit que, régulièrement, ils devraient avoir un quartier-maître ; et il n'eut pas plus tôt prononcé le mot, que tous furent de son avis. La chose passa par acclamation, Ballantrae fut fait quartier-maître, le rhum fut remis à sa discrétion, des lois furent votées à l'instar de celles d'un pirate nommé Roberts, et la dernière motion fut d'en finir avec Teach. Mais Ballantrae craignit qu'un autre capitaine plus effectif ne vînt contrebalancer son autorité, et il s'opposa fortement à la chose. Teach, dit-il, était bon assez pour aborder les navires et épouvanter les imbéciles avec sa figure noircie et ses blasphèmes ; nous ne pouvions guère trouver meilleur que Teach pour jouer ce rôle ; et, d'ailleurs, l'individu pouvant être considéré comme déposé, on diminuerait sa part de butin. Ce dernier argument décida l'équipage : la portion de Teach fut réduite à une pure dérision, – moindre que la mienne ! – et il ne resta plus à résoudre que deux difficultés : consentirait-il ; et qui irait lui annoncer les décisions prises ?

– Ne vous occupez pas de ça, dit Ballantrae. Je m'en charge.

Et il descendit par le capot d'échelle, pour aller seul affronter dans sa cabine le sauvage ivre.

– Voilà notre homme ! s'écria l'un des matelots. Trois hourras pour notre quartier-maître !

Les hourras furent aussitôt poussés avec unanimité. Ma voix ne fut pas la moins forte, et je crois bien que ces acclamations produisirent leur effet sur maître Teach dans sa cabine, tout comme nous avons vu naguère à quel point les clameurs de la rue peuvent troubler l'esprit des législateurs eux-mêmes.

Ce qui se passa au juste, on ne le sut jamais ; par la suite seulement, il transpira quelques détails de leur conversation ; mais nous fûmes tous aussi étonnés que contents de voir Ballantrae déboucher sur le pont bras dessus bras dessous avec Teach, et nous annoncer que ce dernier consentait à tout.

Je passe rapidement sur ces douze ou quinze mois durant lesquels

nous continuâmes de naviguer dans l'Atlantique Nord, tirant notre eau
et nos vivres des navires capturés et, bref, faisant de très bonnes affaires.
Certes, nul n'aimerait lire des mémoires d'aussi mauvais goût que ceux
d'un pirate, même involontaire, comme moi ! Les choses tournèrent
au mieux de nos desseins, et dorénavant Ballantrae suivait sans dévier
la ligne de conduite qu'il s'était tracée. Je croirais volontiers qu'un
gentilhomme doit nécessairement occuper la première place, même à
bord d'un écumeur de mer ; mais je suis d'aussi bonne naissance que
n'importe quel lord d'Écosse, et je confesse sans nulle honte que je
demeurai jusqu'à la fin Pat-le-Violoneux, et que je ne valais guère mieux
que le bouffon de l'équipage. En somme, ce n'était pas un théâtre propice
à manifester mes talents. Ma santé souffrait pour divers motifs ; je me
suis toujours trouvé mieux à ma place sur un cheval que sur un pont
de navire ; et, pour être franc, la crainte de la mer, alternant avec celle
de mes compagnons, affligeait sans cesse mon esprit. Je n'ai pas besoin
de rappeler mon courage : je me suis vaillamment comporté en maintes
batailles, sous les yeux de généraux illustres, et j'ai mérité mon dernier
avancement par un haut fait des plus remarquables, exécuté devant
de nombreux témoins. Mais lorsqu'il nous fallait procéder à un
abordage, le cœur défaillait à Francis Burke ; la petite coquille de noix
dans laquelle je devais embarquer, l'effroyable dénivellation des lames,
la hauteur du navire à escalader, la pensée qu'il pouvait y avoir là-haut
une nombreuse garnison en état de légitime défense, le ciel tempétueux
qui (sous le climat) étalait si souvent sur nos exploits sa sombre menace,
et jusqu'au hurlement du vent dans mes oreilles, étaient toutes
conditions fort déplaisantes à ma valeur. En outre, comme je fus
toujours de la plus exquise sensibilité, les scènes qui devaient suivre
notre succès me tentaient aussi peu que les chances de défaite. Par deux
fois, il se trouva des femmes à bord ; et j'ai beau avoir assisté à des
sacs de ville, et dernièrement, en France, aux plus affreux excès
populaires, il y avait dans le petit nombre des combattants, et dans
les dangers de cette immensité de mer à l'entour de nous, un je ne sais
quoi qui rendait ces actes de piraterie infiniment plus révoltants. J'avoue
franchement qu'il me fut toujours impossible de les exécuter avant d'être
aux trois quarts ivre. Il en allait de même pour l'équipage ; Teach en
personne n'était bon à rien, s'il n'était gorgé de rhum ; et la fonction
de Ballantrae la plus délicate consistait à distribuer les liqueurs en juste
quantité. Cela même, il s'en tirait à la perfection, car il était sur toutes
choses l'homme le plus capable que j'aie jamais rencontré, et du génie
le plus réel. Il ne cherchait pas à capter les bonnes grâces de l'équipage,
comme moi, par des bouffonneries continuelles, exécutées d'un cœur
anxieux ; mais, dans la plupart des occasions, il demeurait grave et
distant ; on eût dit un père au milieu d'une famille de jeunes enfants,
ou un maître d'école avec ses élèves.

Ce qui augmentait les difficultés de son rôle, c'est que les hommes
étaient d'invétérés mécontents ; la discipline de Ballantrae, toute minime
qu'elle fût, pesait à leur amour de la licence ; et, ce qui était pis, en

les empêchant de boire, il leur donnait le loisir de penser. Plusieurs, en conséquence, commencèrent à regretter leurs abominables forfaits ; l'un en particulier, bon catholique, et avec qui je me retirais parfois à l'écart pour dire une prière, surtout par mauvais temps, brouillard, pluie battante, etc., lorsque l'on ne nous remarquait pas ; et je suis sûr que deux criminels sur la charrette n'ont jamais accompli leurs dévotions avec une plus anxieuse sincérité. Mais le reste de l'équipage, n'ayant pas de semblables motifs d'espoir, se livrait à un autre passe-temps, celui des calculs. Tout le long du jour, ils ressassaient leurs parts, ou se dépitaient du résultat. J'ai dit que nos affaires allaient bien. Mais il faut remarquer ceci : que dans ce monde, en aucune entreprise de ma connaissance, les bénéfices ne sont à la hauteur de l'attente. Nous rencontrâmes de nombreux navires, et en prîmes beaucoup ; cependant bien peu contenaient de l'argent, leurs marchandises ne nous étaient à l'ordinaire d'aucun usage, – qu'avions-nous besoin d'une cargaison de charrues, ou même de tabac ? – et il est triste de songer au nombre d'équipages tout entiers auxquels nous avons fait faire la « promenade de la planche » pour guère plus qu'un stock de biscuits ou deux ou trois quartauts d'alcool.

Cependant, notre navire faisait beaucoup d'eau, et il était grand temps de nous diriger vers notre port de carénage, qui était l'embouchure d'une rivière environnée de marais. Il était bien entendu que nous devions alors nous séparer en emportant chacun sa part du butin, et ceci rendait nos hommes plus avides de l'augmenter encore, de sorte que la résolution était ajournée quotidiennement. Ce qui, pour finir, décida les choses, fut un banal incident, qu'un ignorant pourrait croire familier à notre façon de vivre. Mais je dois donner ici une explication. Sur un seul de tous les navires que nous abordâmes, le premier de ceux où se trouvaient des femmes, on nous opposa une résistance réelle. Dans cette occasion, nous eûmes deux tués et plusieurs blessés et, sans la valeur de Ballantrae, nous aurions été finalement repoussés. En tout cas, la défense (lorsqu'elle se produisait) était de nature à faire rire les plus mauvaises troupes de l'Europe ; en somme, le plus périlleux de notre métier était d'escalader le flanc du navire, et j'ai même vu de pauvres âmes nous jeter du bord une amarre, dans leur empressement à s'engager au lieu de passer sur la planche. Cette impunité constante avait rendu nos gens si mous, que je comprenais sans peine comment Teach avait fait une telle impression sur leurs esprits ; car, en fait, la société de ce lunatique était le plus grand danger de notre existence. Voici l'incident auquel j'ai fait allusion. Nous venions de découvrir fort près de nous dans le brouillard un petit navire toutes voiles dehors. Il marchait presque aussi bien que nous, – il serait plus vrai de dire : presque aussi mal, – et nous dégageâmes la pièce de chasse, pour voir si nous pourrions leur tirer deux ou trois coups aux oreilles. La mer était très forte, le roulis du navire indescriptible ; rien d'étonnant si nos canonniers firent feu à trois reprises sans atteindre, et de loin, leur but. Mais cependant sur l'autre navire on avait apprêté un canon de

poupe, que le brouillard épais nous dissimulait ; et comme ils avaient
de meilleurs pointeurs, leur premier boulet nous atteignit par l'avant,
réduisit nos deux canonniers en bouillie, si bien que nous fûmes tous
éclaboussés de sang, et plongea dans le gaillard où nous logions.
Ballantrae voulait qu'on mît en panne ; en réalité, il n'y avait rien dans
ce *contre-temps* [1] qui dût affecter l'esprit d'un soldat ; mais il eut une
prompte intuition du désir de l'équipage, et il était clair que ce coup
de hasard les avait tous dégoûtés de leur métier. Sur l'instant, nous
fûmes d'un commun accord : le navire s'éloignait de nous, il devenait
inutile de mettre en panne, la *Sarah* était trop avariée pour embarquer
un verre d'eau de plus ; c'était folie de tenir la mer davantage ; et sous
ces prétextes, on vira de bord immédiatement pour se diriger vers la
rivière. Je vis avec surprise la joie se répandre parmi l'équipage, et tous
se mettre à danser sur le pont en plaisantant, et chacun calculer de
combien sa part s'était accrue grâce à la mort des deux canonniers.

Il nous fallut neuf jours pour gagner notre port, tant la brise était
faible et notre carène avariée ; mais le dixième, avant l'aube, par une
légère brume, nous doublâmes la pointe. Peu après, la brume se leva
un instant et, avant de retomber, nous laissa voir un croiseur, tout
proche. Le coup était désagréable, survenant si près de notre asile. Il
y eut grande discussion pour savoir si l'on nous avait aperçus, et s'il
était vraisemblable qu'ils eussent reconnu la *Sarah*. Nous prenions
grand soin, en supprimant jusqu'au dernier membre des équipages
capturés, de ne laisser subsister aucune preuve contre nous, mais l'aspect
de la *Sarah* ne se pouvait dissimuler aussi aisément ; et surtout vers
la fin, une fois avariée, et quand nous eûmes poursuivi sans succès
plusieurs navires, sa description avait certainement été publiée. Cette
alerte aurait dû nous inciter à une séparation immédiate. Mais ici encore
le génie de Ballantrae me réservait une surprise. Teach et lui (et ce
fut son succès le plus remarquable) avaient marché la main dans la
main depuis le premier jour de son élection. Je l'ai souvent questionné
là-dessus, mais sans obtenir de réponse qu'une fois, où il me dit que
Teach et lui avaient passé une convention « qui surprendrait beaucoup
l'équipage, s'il l'apprenait, et qui le surprendrait lui-même encore plus,
si elle se réalisait ». Eh bien, cette fois encore, Teach et lui furent du
même avis ; et, de leur commun accord, l'ancre ne fut pas plus tôt
mouillée, que tout l'équipage se livra à une scène d'orgie indescriptible.
Dans l'après-midi, nous n'étions plus qu'une troupe de déments, jetant
les choses par-dessus bord, braillant plusieurs chansons à la fois, nous
querellant et nous battant, puis oubliant la querelle pour nous
embrasser. Ballantrae m'avait enjoint de ne rien boire et de simuler
l'ivresse si je tenais à ma vie ; et je n'ai jamais passé journée plus
fastidieuse, couché la plupart du temps sur le gaillard d'avant à

---

1. En français dans le texte.

considérer les marécages et les buissons qui semblaient enfermer de toutes parts notre petit bassin.

Peu après le crépuscule, Ballantrae vint trébucher contre moi, feignit de tomber, avec un rire d'ivrogne et, avant de se relever, me chuchota de « descendre dans la cabine et feindre de m'endormir sur une couchette, car on aurait bientôt besoin de moi ». Je fis comme il me le disait et, m'en allant dans la cabine, où il faisait tout à fait obscur, me laissait tomber sur la première couchette venue. Il s'y trouvait déjà un homme ; à la façon dont il me repoussa, je ne pouvais croire qu'il eût beaucoup bu ; et pourtant, lorsque j'eus trouvé une autre place, il parut se rendormir. Mon cœur se mit à battre avec force, car je voyais qu'il se préparait quelque coup désespéré. Alors descendit Ballantrae, qui alluma la lampe, regarda autour de lui dans la cabine, hocha la tête avec satisfaction, et retourna sur le pont sans mot dire. Je risquai un coup d'œil entre mes doigts, et vis que nous étions trois sur les couchettes à sommeiller ou faire semblant : moi, un certain Dutton et Grady, deux hommes résolus. Sur le pont, les autres en arrivaient à un point d'ivresse véritablement inhumain, et nul qualificatif raisonnable ne peut décrire les sons qu'ils émettaient à cette heure. J'ai entendu pas mal de cris d'ivrognes, pour ma part, dont beaucoup à bord de cette même *Sarah,* mais jamais rien qui ressemblât à ceux-ci, de sorte que j'en vins à croire que la boisson avait été droguée. Il se passa longtemps avant que ces cris et ces hurlements se réduisissent à de lugubres gémissements, puis au silence ; et cela me parut long, ensuite, jusqu'à ce que Ballantrae redescendît, cette fois avec Teach sur ses talons. Ce dernier se mit à jurer en nous voyant tous trois sur les couchettes.

— Ta ! ta ! dit Ballantrae, vous pouvez leur tirer un coup de pistolet aux oreilles. Vous savez quelle drogue ils ont absorbée.

Il y avait dans le plancher de la cabine un panneau sous lequel le plus précieux du butin avait été renfermé jusqu'au jour du partage. Il se fermait à l'aide d'un anneau muni de trois cadenas, dont les clefs étaient réparties, pour plus de sûreté, l'une à Teach, l'autre à Ballantrae, la troisième au capitaine en second, un nommé Hamond. Cependant, je fus surpris de voir que toutes trois étaient à cette heure dans la même main, et plus surpris encore (toujours regardant entre mes doigts) lorsque Teach et Ballantrae sortirent l'un après l'autre quatre ballots, très soigneusement ficelés et munis d'une courroie pour les porter.

— Et maintenant, dit Teach, allons-nous-en.

— Un mot, dit Ballantrae. J'ai découvert un homme qui, en dehors de vous, connaît un passage secret à travers le marais, et le sien a l'air plus court que le vôtre.

Teach s'écria qu'alors ils étaient perdus.

— Je ne vois rien de ce genre, dit Ballantrae. Car il y a encore d'autres particularités que je dois vous révéler. Premièrement, il n'y a pas de balles dans vos pistolets que, s'il vous en souvient, j'ai eu l'amabilité de charger tous les deux pour vous, ce matin. Deuxièmement, puisqu'un autre connaît le moyen de traverser, vous pensez bien que je ne vais pas m'encombrer d'un lunatique de votre espèce. Troisièmement, ces gentlemen (ce n'est plus la peine qu'ils fassent semblant de dormir) sont tous de mon parti, et vont maintenant procéder à l'opération de vous bâillonner et ficeler au mât ; et lorsque vos hommes s'éveilleront (s'ils s'éveillent jamais, après les drogues que nous avons mêlées à leur rhum) je suis sûr qu'ils auront l'obligeance de vous délier, et que vous n'aurez aucune difficulté à expliquer l'affaire des clefs.

Teach ne dit mot, et se laissa bâillonner et garrotter, en nous regardant comme un bébé effrayé.

– Vous voyez donc à présent, espèce d'imbécile, dit Ballantrae, pourquoi nous avons fait quatre ballots. Jusqu'ici, vous vous appeliez le capitaine Teach, mais je crois que vous êtes devenu le capitaine Learn [1].

Il ne nous restait plus rien à faire sur la *Sarah*. Tous quatre, chargés de nos quatre ballots, descendîmes sans bruit dans la yole, et laissâmes derrière nous le navire muet comme la tombe, sauf quelque vagissement d'ivrogne. La couche de brume reposant sur l'eau s'élevait à hauteur de poitrine ; Dutton, celui qui savait le chemin, était obligé de se tenir debout afin de diriger notre nage, ce qui nous forçait de ramer doucement, mais aussi nous sauva. Nous étions encore peu éloignés du navire, quand l'aube commença à poindre, et les oiseaux à tournoyer au ras de l'eau. Tout à coup Dutton se laissa retomber sur son séant, et nous susurra de ne plus faire le moindre bruit, et de prêter l'oreille. Nous entendîmes, indéniable, un très léger bruit d'avirons, sur un bord, et puis, mais plus éloigné, un bruit d'avirons, de l'autre. Il était clair qu'on nous avait aperçus, la veille ; c'étaient les embarcations du croiseur qui venaient nous couper la retraite ; et nous étions pris entre les deux, sans défense. Jamais, à coup sûr, on ne vit pauvres âmes en un péril aussi imminent ; et, tandis que nous restions penchés sur nos avirons, à prier Dieu que le brouillard tînt, la sueur me ruisselait du front. Alors nous entendîmes l'une des embarcations passer si près que nous aurions pu lancer dedans un biscuit. « En douceur, les hommes », disait bas un officier ; et je crus qu'ils entendraient battre mon cœur.

– Ne nous occupons plus du sentier, dit Ballantrae ; à tout prix nous mettre en sûreté : nageons droit au rivage.

Nous lui obéîmes avec les plus grandes précautions, nageant du mieux possible, presque couchés dans le fond de la yole, et nous dirigeant au hasard dans la brume, qui restait notre unique protection. Mais le ciel nous guida ; nous allâmes toucher contre un buisson, escaladâmes la rive avec nos trésors ; et, la brume commençant à se dissiper, faute de pouvoir cacher autrement la yole, nous la chavirâmes pour la couler. A peine étions-nous à couvert que le soleil se leva ; en même temps, du milieu du bassin, une grande clameur s'éleva, et nous apprit que

---

1. Jeu de mots, qui pourrait se traduire : ... capitaine Enseigne (*to teach* – enseigner, au sens actif)... capitaine Apprends (*to learn* – apprendre, au sens passif).

la *Sarah* venait d'être abordée. J'entendis par la suite faire grand
honneur de son exploit à l'officier qui s'en empara ; et, à la vérité, il
s'en était approché avec assez d'habileté ; mais je soupçonne qu'une
fois à bord, la capture fut aisée [1].

Je rendais grâce aux saints de notre évasion, lorsque je m'aperçus
que nous étions tombés en d'autres maux. Nous avions abordé au hasard
sur la côte d'un marécage étendu et périlleux ; et l'entreprise d'arriver
au sentier était pleine d'aléas, de fatigues et de dangers. Dutton était
d'avis d'attendre le départ du croiseur, pour aller repêcher la yole ;
car tout délai serait plus sage que de nous lancer à l'aveuglette dans
ce marais. L'un de nous retourna donc au rivage et, regardant à travers
le buisson, vit le brouillard complètement dissipé, et le pavillon anglais
flottant sur la *Sarah,* mais nul préparatif pour son appareillage. Notre
situation devenait fort inquiétante. Le marais était un lieu des plus
malsains ; dans notre rage d'emporter des richesses, nous avions presque
négligé les vivres ; il était nécessaire, en outre, de quitter ce voisinage
et d'arriver aux colonies avant la nouvelle de la capture ; et, pour
balancer toutes ces considérations, il y avait, en regard, les périls de
la traversée. Rien d'étonnant à ce que nous nous décidâmes pour
l'action.

La chaleur était déjà étouffante lorsque nous entreprîmes le passage,
ou plutôt la recherche du passage, à l'aide du compas. Dutton prit
l'instrument et l'un de nous trois se chargea de sa part du trésor. Je
vous assure qu'il surveillait activement le porteur, car c'était comme
son âme qu'il lui avait confiée. La brousse était aussi dense qu'un fourré ;
le terrain absolument perfide, si bien que souvent nous nous enfoncions
de la plus terrifiante manière, et qu'il fallait faire un détour ; la chaleur,
du reste, était accablante, l'atmosphère singulièrement lourde, et les
insectes piquants abondaient par myriades, au point que chacun de nous
marchait sous sa nuée propre. Ce fait a été souvent commenté, que
les personnes bien nées supportent la fatigue beaucoup mieux que les
gens du commun ; en sorte que les officiers forcés de marcher à pied
à côté de leurs hommes les humilient par leur endurance. La chose
se vérifia une fois de plus, car nous étions là, deux gentilshommes des
meilleures familles, d'une part ; et de l'autre, Grady, un vulgaire
matelot, d'un développement physique quasi gigantesque. Dutton reste
hors de cause, car j'avoue qu'il se comporta aussi bien que nous [2]. Mais
Grady, lui, ne tarda pas à se lamenter sur son sort ; il restait en arrière,
refusant de porter le ballot de Dutton lorsque venait son tour, réclamait
continuellement du rhum (nous n'en avions que trop peu) et finit même

---

1. *Note de Mr. Mackellar.* – On ne doit pas confondre ce Teach de la *Sarah* avec le célèbre
Barbe-Noire. Les dates et les faits ne concordent en rien. Il est possible que le second ait emprunté
à la fois le nom et imité les allures du premier dans ce qu'elles avaient d'excessif. – Le Maître
de Ballantrae eut bien des imitateurs !

2. *Note de Mr. Mackellar.* – En voici, je crois, une explication concordante avec le fait
invoqué : Dutton, exactement comme les officiers, avait, pour les stimuler, une certaine part
de responsabilité.

par nous menacer de derrière avec son pistolet tout armé, si nous ne lui accordions du repos. Ballantrae aurait voulu le combattre ; mais je l'en dissuadai, et nous fîmes halte pour manger quelque chose. Ce repas ne fit guère de bien à Grady : il recommença tout aussitôt à rester en arrière, grommelant et murmurant contre son sort et, finalement, faute d'attention à marcher exactement sur nos traces, il trébucha dans un endroit du bourbier où l'eau était profonde, poussa quelques cris affreux, et avant que nous eussions pu le secourir, il avait disparu avec sa charge. Sa fin et surtout ses cris nous terrifièrent ; cependant, la circonstance fut en somme heureuse et contribua à notre salut. En effet, Dutton eut alors l'idée de grimper sur un arbre d'où il put distinguer et me désigner, car j'étais monté derrière lui, un boqueteau élevé, qui repérait le sentier. Il s'avança ensuite d'autant plus négligemment, je suppose, car peu après, nous le vîmes s'enfoncer un peu et retirer ses pieds, pour enfoncer de nouveau, et cela par deux fois. Alors il se tourna vers nous, très pâle.

— Donnez-moi un coup de main, dit-il ; je suis dans un mauvais endroit.

— Je m'en moque, dit Ballantrae, s'arrêtant.

Dutton éclata en blasphèmes violents, s'enfonçant toujours davantage, tant que la lise atteignit presque sa ceinture. Il tira un pistolet :

— Aidez-moi, s'écria-t-il, ou bien mourez et soyez damnés !

— Non, dit Ballantrae, je plaisantais. Me voici.

Et il déposa son ballot avec celui de Dutton, que c'était son tour de porter.

— Ne vous risquez pas plus près, tant que je ne vous appelle, me dit-il, en s'avançant tout seul vers l'homme enlisé.

Celui-ci à présent restait tranquille, mais tenait toujours son pistolet, et la terreur que décelaient ses traits m'émut profondément.

— Pour l'amour de Dieu, dit-il, faites vite !

Ballantrae était tout proche de lui.

— Ne bougez pas, dit-il ; et il sembla réfléchir ; puis : Tendez-moi vos deux mains !

Dutton déposa son pistolet, et la surface était si aqueuse qu'il fut absorbé et disparut aussitôt ; avec un blasphème, il se baissa pour le reprendre ; au même instant, Ballantrae se pencha et le poignarda entre les épaules. Ses deux mains s'agitèrent au-dessus de sa tête, — je ne sais si ce fut de douleur ou pour se défendre ; mais une seconde plus tard, il retombait le nez dans la vase.

Ballantrae en avait déjà par-dessus les chevilles ; mais il se dépêtra et revint vers moi. Mes genoux s'entrechoquaient.

— Le diable vous emporte, Francis, dit-il. Je crois après tout que vous n'êtes qu'un poltron. Je viens de faire justice d'un pirate. Et nous voici entièrement libres de la *Sarah !* Qui peut dire à présent si nous avons trempé dans quelque irrégularité ?

Je lui assurai qu'il me faisait injure ; mais mon sens de l'humanité

était si touché par cette action atroce que le souffle me manquait pour
lui répondre.

– Allons, dit-il, tâchez d'être plus résolu. Notre besoin de cet homme
cessait du moment où il vous avait montré le sentier ; et vous ne nierez
pas que j'eusse été fou de laisser échapper une si belle occasion.

Je reconnus qu'il avait raison, en principe. Néanmoins, je ne pouvais
m'empêcher de verser des pleurs, – nullement déshonorants ; et il me
fallut boire une gorgée de rhum pour me rendre la force d'avancer.
Je le répète, je suis loin d'avoir honte de ma généreuse émotion : la
pitié honore le guerrier ; et cependant je ne saurais tout à fait blâmer
Ballantrae, dont le geste fut réellement heureux, car nous trouvâmes
le sentier sans autre mésaventure et, le même soir, vers le coucher du
soleil, nous atteignîmes l'extrémité du marais.

Nous étions trop harassés pour aller plus loin ; sur le sable sec, encore
échauffé par les rayons du soleil, et à l'abri d'un bois de pins, nous
nous couchâmes et fûmes aussitôt plongés dans le sommeil.

Nous nous éveillâmes très tôt, fort abattus, et commençâmes un
entretien qui faillit dégénérer en coups. Nous étions là, jetés sur la côte
des provinces du Sud, à mille milles de tout établissement français :
voyage redoutable, au cours duquel nous attendaient mille périls ; et
à coup sûr, si notre amitié fut jamais nécessaire, c'était en une pareille
heure. J'imagine que Ballantrae avait perdu le sens exact de la politesse ;
en fait, ma supposition n'a rien d'étrange, après notre longue
cohabitation avec de tels loups de mer ; mais bref, il me rabroua si
grossièrement, que tout homme d'honneur s'en serait formalisé.

Je lui dis sous quel aspect je voyais sa conduite ; il s'éloigna de
quelques pas, tandis que je le suivais, parlant toujours ; enfin, il m'arrêta
d'un geste.

– Francis, dit-il, vous savez ce que nous avons juré ; cependant, il
n'existerait pas de serment capable de me faire avaler pareilles
expressions, si je ne vous étais sincèrement attaché. Il est impossible
que vous en doutiez : vous en avez la preuve. Il me fallait emmener
Dutton, parce qu'il connaissait le passage, et Grady, parce que Dutton
ne voulait pas marcher sans lui ; mais quel besoin avais-je de vous ?
Vous êtes pour moi un danger perpétuel avec votre maudite langue
irlandaise. Régulièrement, vous devriez être à cette heure aux fers sur
le croiseur. Et vous me cherchez noise puérilement, pour des vétilles !

Je considère ce discours comme un des plus désobligeants qui furent
jamais et, aujourd'hui encore, je ne puis concilier son souvenir avec
celui du gentilhomme qu'était mon ami. Je lui renvoyai : que son accent
écossais, sans avoir rien d'exagéré, suffisait néanmoins à le rendre
incorrect et ridicule ; et, comme je parlais sans circonlocutions, l'affaire
aurait pu aller loin s'il ne s'était produit une alerte inquiétante.

Nous avions fait quelques pas sur le sable. L'endroit où nous avions
dormi, avec les ballots tout défaits, et de l'argent éparpillé alentour,
se trouvait alors entre nous et les pins ; et ce dut être de derrière ceux-ci
que l'étranger sortit. En tout cas, il y avait là devant nous un grand

et solide gaillard du pays, portant une large hache sur l'épaule, qui regardait bouche bée tantôt le trésor, juste à ses pieds, et tantôt notre combat, car nous venions de tirer nos épées. A peine l'eûmes-nous remarqué, il retrouva l'usage de ses jambes, et s'éclipsa derrière les pins.

Cette apparition était peu propre à nous rassurer. Deux hommes armés et vêtus en marins, que l'on trouve à se quereller auprès d'un trésor, non loin de l'endroit où l'on vient de capturer un pirate, – c'en était assez pour nous amener tout le pays. La querelle ne fut pas simplement interrompue : elle nous sortit de l'esprit ; en un clin d'œil, nos ballots étaient refaits et nous repartis, courant de la meilleure volonté du monde. Mais le malheur fut que nous ne connaissions pas le chemin, et qu'il nous fallut sans cesse retourner sur nos pas. Ballantrae avait en effet tiré de Dutton tous les renseignements possibles, mais il n'est pas aisé de voyager par ouï-dire ; et l'estuaire, qui forme un vaste havre irrégulier, nous présentait de tous côtés une nouvelle étendue d'eau.

Nous en perdions la tête et n'en pouvions plus de courir, lorsque, arrivant au haut d'une dune, nous nous vîmes encore une fois coupés par une autre ramification de la baie. Cette crique-ci, toutefois, était très différente de celles qui nous avaient arrêtés auparavant ; elle était formée par des rochers si abruptement taillés qu'un petit navire avait pu aborder tout contre, et s'y amarrer ; même, son équipage avait disposé une planche pour accéder au rivage. Là auprès, ils étaient assis, autour d'un feu, à manger. Quant au navire, c'était un de ceux que l'on construit aux Bermudes.

La soif de l'or et la grande haine que chacun nourrit envers les pirates étaient bien de quoi lancer tout le pays à nos trousses. De plus, nous n'étions maintenant que trop certains de nous trouver sur une sorte de presqu'île découpée à l'instar des doigts de la main ; et le poignet, c'est-à-dire l'accès à la terre ferme, que nous aurions dû suivre tout d'abord, était à cette heure probablement gardé. Ces considérations nous firent prendre un parti des plus téméraires. Aussi longtemps que nous l'osâmes, nous attendant sans cesse à percevoir des bruits de poursuite, nous restâmes couchés derrière les buissons, sur la dune. Puis, ayant repris haleine, et un peu plus présentables, nous descendîmes enfin, affectant un air très détaché, vers la compagnie assise auprès du feu.

C'étaient un trafiquant et ses nègres, du port d'Albany, dans la province de New York, qui revenaient des Indes, avec une cargaison ; – je ne puis me rappeler son nom. Nous fûmes stupéfaits d'apprendre qu'il s'était réfugié ici par crainte de la *Sarah* ; car nous n'avions pas idée que nos exploits fussent si notoires. Dès que l'Albanien sut qu'elle avait été prise la veille, il se leva d'un bond, nous donna un gobelet de rhum pour notre bonne nouvelle, et envoya ses nègres mettre à la voile sur le bermudan. De notre côté, nous profitâmes de la goutte pour devenir plus communicatifs, et nous offrir à la fin comme passagers. Il regarda de travers nos vêtements tachés de goudron et nos pistolets, et répondit poliment qu'il n'avait pas trop de place pour lui. Impossible, ni par nos prières, ni par nos offres d'argent, de plus en plus fortes, d'ébranler sa résolution.

– Je vois que vous n'avez pas confiance en nous, dit Ballantrae, mais je vais vous prouver la nôtre en vous disant la vérité. Nous sommes des Jacobites fugitifs, et nos têtes sont mises à prix.

Ce discours toucha visiblement l'Albanien. Il nous posa sur la guerre en Écosse maintes questions, auxquelles Ballantrae répondit fort patiemment. Puis, avec un clin d'œil, et d'un ton vulgaire, l'homme conclut :

– Il me semble que vous et votre prince Charles en avez pris plus que vous ne désiriez.

– Parbleu, c'est bien ça, dis-je. Et, mon cher ami, je souhaite que vous en donniez une nouvelle preuve, en nous prenant à votre bord.

Je dis cette phrase à la façon irlandaise, que l'on s'accorde à trouver assez plaisante. C'est un fait remarquable et qui témoigne de la faveur avec laquelle on regarde notre peuple, que cette façon ne manque guère son effet sur les honnêtes gens. Je ne saurais dire combien de fois j'ai vu un simple soldat esquiver une punition, ou un mendiant attraper une bonne aumône, grâce à son accent. Et, en fait, aussitôt que l'Albanien eut ri de moi, je fus tout à fait tranquille. Même alors, il est vrai, il posa beaucoup de conditions et, – entre autres, – nous enleva nos armes, avant de nous admettre à son bord. Ce fut le signal de l'appareillage et, un instant plus tard, nous filions sur la baie avec une bonne brise, bénissant Dieu de notre délivrance. Presque à l'entrée de l'estuaire, nous dépassâmes le croiseur et, un peu plus loin, la pauvre *Sarah* avec son équipage de prise ; et la vue de ces deux navires était bien propre à nous faire trembler. Sur le bermudan, toutefois, nous étions saufs et la réussite de notre coup d'audace nous parut plus heureuse, de nous rappeler ainsi le sort de nos compagnons. Malgré cela, nous n'avions guère que changé de piège, sauté de la poêle à frire dans le feu, couru de la vergue au billot, et fui l'hostilité ouverte du vaisseau de guerre, pour nous en remettre à la bonne foi douteuse de notre marchand albanien.

Plusieurs circonstances nous démontrèrent bientôt que nous étions plus en sûreté qu'on ne pouvait l'espérer. Les gens d'Albany, à cette époque, s'occupaient beaucoup de la contrebande, à travers le désert, avec les Indiens et les Français. Ces trafics illégaux relâchaient leur loyauté et, les mettant en relations avec le peuple le plus policé de la terre, divisaient leurs sympathies. Bref ils étaient comme tous les contrebandiers du monde, espions et agents tout prêts pour l'un et l'autre parti. Notre Albanien, en outre, était un homme vraiment honnête et très avide ; et pour mettre le comble à notre chance, il prit beaucoup de goût à notre société. Avant d'avoir atteint la ville de New York, nous avions fait une convention ferme, qu'il nous emmènerait sur son navire jusqu'à Albany, et de là nous mettrait sur le chemin pour gagner les frontières et les établissements français. Pour tout cela, nous eûmes à payer un bon prix ; mais ce ne sont pas les mendiants qui choisissent, ni les hors-la-loi qui dictent les marchés.

Nous remontâmes donc la rivière d'Hudson, un très beau fleuve, à mon avis, et descendîmes aux « Armes royales » en Albany. La ville regorgeait des milices de la province qui ne respiraient que massacre contre les Français. Le gouverneur Clinton, un personnage très actif, y était aussi et, d'après ce que j'entendis, l'esprit factieux de son Assemblée le rendait presque fou. Les Indiens des deux partis étaient sur le sentier de la guerre ; nous en vîmes des troupes qui ramenaient des prisonniers et (ce qui était pire) des scalps, d'hommes et de femmes, dont ils recevaient un bon prix ; mais je vous assure que cette vue n'était guère encourageante. En somme, nous ne pouvions arriver en un temps moins propice à nos desseins ; notre situation dans l'auberge principale était terriblement remarquable ; notre Albanien nous lanternait de mille manières, et semblait sur le point d'éluder ses engagements ; rien que des dangers, semblait-il, environnaient les pauvres fugitifs ; et pendant quelques jours, nous noyâmes nos soucis dans un train de vie fort désordonnée.

Ceci même tourna à bien ; et l'on a trop omis de remarquer, à propos de notre évasion, la manière providentielle dont tous nos pas furent conduits jusqu'au bout. Quelle humiliation pour la dignité humaine ! Ma philosophie, le génie supérieur de Ballantrae, notre valeur, en laquelle nous étions, je crois, égaux, – tout cela n'eût servi de rien, si la bénédiction de Dieu n'eût secondé nos efforts. Et comme il est exact, selon ce que l'Église nous enseigne, que les Vérités de la Religion sont, après tout, applicables entièrement à nos affaires quotidiennes ! Du moins, ce fut au cours de nos orgies que nous fîmes la connaissance d'un jeune homme d'esprit distingué, nommé Chew. C'était l'un des plus audacieux trafiquants indiens, très familier avec les pistes du désert, nécessiteux, dissolu, et, par une dernière chance heureuse, un peu brouillé avec sa famille. Nous lui persuadâmes de venir à notre aide ; il apprêta en secret tout ce qui était nécessaire à notre fuite et, un beau jour, nous nous esquivâmes d'Albany, pour nous embarquer, un peu plus loin, sur un canot.

Pour raconter les fatigues et les périls de ce voyage, et leur rendre pleine justice, il faudrait une plume autrement habile que la mienne. Le lecteur doit imaginer l'effrayante solitude qu'il nous fallait parcourir : fourrés, fondrières, rochers, précipices, rivières impétueuses et cascades fantastiques. Au milieu de ces paysages barbares, nous peinions tout le jour, parfois pagayant ou bien portant notre canot sur nos épaules ; et la nuit, nous dormions auprès d'un feu, environnés des hurlements des loups et autres bêtes féroces. Notre plan était de remonter l'Hudson jusqu'à sa source, au voisinage de Crown Point, où les Français ont un fort dans les fois, sur le lac Champlain. Mais il eût été fort dans les bois, sur le lac Champlain. Mais il eût été trop périlleux de le faire directement ; aussi nous passâmes par un tel labyrinthe de rivières, de lacs et de portages, que la tête m'en tourne à me les rappeler. En temps ordinaire, ces chemins étaient absolument déserts, mais le pays était alors en effervescence, les tribus sur le sentier de la guerre, les bois remplis d'éclaireurs indiens. A diverses reprises nous tombâmes sur l'une ou l'autre de ces troupes quand nous nous y attendions le moins ; et, un jour en particulier, je n'oublierai jamais comment, au lever de l'aube, nous fûmes soudain entourés par cinq ou six de ces diables peinturlurés, poussant une manière de cri rauque, et brandissant leurs hachettes. Cette rencontre fut inoffensive, d'ailleurs, comme les autres ; car Chew était bien connu et très apprécié des différentes tribus. C'était, en effet, un très honnête et respectable jeune homme ; mais on peut croire que, même avec l'avantage de sa société, ces rencontres n'allaient pas sans un réel danger. En vue de prouver notre amitié, nous devions de notre part puiser à notre stock de rhum, – et d'ailleurs, au fond, sous toute espèce de déguisement, c'est toujours la véritable affaire du trafiquant indien, de tenir un cabaret ambulant dans la forêt : et quand une fois les braves ont reçu leur bouteille de *scaura* (comme ils appellent cet abominable liquide) il convenait de nous mettre en route et de pagayer pour sauver nos scalps. Sitôt qu'ils avaient un peu bu, adieu toute convenance ; il ne leur restait plus qu'une idée : avoir encore du *scaura*. S'il leur avait aussi bien pris la fantaisie de nous donner la chasse, et que nous eussions été rattrapés, je n'aurais jamais écrit ces mémoires.

Nous étions arrivés à la partie la plus critique de notre trajet, où nous pouvions également nous attendre à tomber aux mains des Français ou des Anglais, lorsqu'il nous arriva un grand malheur. Chew fut pris d'un mal subit offrant tous les symptômes d'un empoisonnement et, au bout de quelques heures, il expirait au fond du canot. Nous venions de perdre à la fois notre guide, notre interprète, notre batelier et notre passeport, car il était tout cela réuni ; et nous nous trouvâmes réduits tout d'un coup et sans remède à la plus sombre détresse. Chew, qui s'enorgueillissait de son savoir, nous avait fait souvent des conférences géographiques ; et Ballantrae avait dû les écouter. Mais, pour ma part, ce genre d'enseignement m'a toujours causé un ennui souverain ; et, en dehors du fait que nous étions alors dans le pays des Indiens Adirondacks, et pas très loin de notre destination, si toutefois nous en avions trouvé le chemin, je ne savais rien d'autre. La sagesse de ma méthode apparut bientôt car, en dépit de toutes ses peines, Ballantrae n'était pas plus avancé que moi. Il savait bien que nous devions remonter un cours d'eau, puis, par voie de portage, en redescendre un autre ; et puis remonter un troisième. Mais il faut se rendre compte que dans un pays de montagnes, une foule de cours d'eau ruissellent de toutes parts. Et comment un gentilhomme, un parfait étranger dans cette partie du monde, ira-t-il les distinguer l'un de l'autre ? Et ce n'était pas là notre unique souci. Nous étions très novices dans la manœuvre du canot : les portages dépassaient presque nos forces, à ce point que je nous ai vus rester accablés de désespoir pendant toute une demi-heure, sans dire un mot ; et l'apparition d'un unique Indien, depuis que nous n'avions plus le moyen de converser avec eux, aurait amené fort probablement notre perte. Il n'est donc pas trop étonnant que Ballantrae fût d'une humeur plutôt sombre ; son habitude, de rejeter la faute sur des gens tout aussi capables que lui, s'accrut de façon intolérable, et son langage devint parfois inadmissible. Auparavant déjà, il avait contracté à bord d'un bateau pirate une manière de vous parler des plus inusitées entre gentlemen ; et, à cette époque, lorsqu'il était un peu fébrile, cette façon s'accentuait chez lui à l'excès.

Le troisième jour de ces tribulations, tandis que nous remontions un portage au milieu des rochers, avec le canot sur nos épaules, celui-ci tomba, et fut entièrement défoncé. Le portage menait d'un lac à l'autre, tous deux fort étendus ; la piste, à peine visible, aboutissait à l'eau, des deux extrémités et, à droite comme à gauche, la forêt vierge l'entourait. De plus, les bords des lacs étaient vaseux et absolument impraticables : ainsi, nous étions condamnés non seulement à nous passer d'embarcation et de la plus grande partie de nos provisions, mais à plonger dans les fourrés impénétrables, et abandonner le dernier fil conducteur qui nous restât, – le cours de la rivière. Nous mîmes chacun nos pistolets à nos ceintures, une hache sur l'épaule, nous fîmes un ballot de nos richesses et d'autant de vivres que nous en pouvions porter ; et, abandonnant le reste de notre avoir, jusqu'à nos épées, qui nous auraient beaucoup gênés parmi les bois, nous entreprîmes cette déplorable aventure. Les travaux d'Hercule, si bien décrits par Homère, étaient une bagatelle, comparés à ceux que nous subissions. Certains endroits de la forêt étaient un parfait massif jusqu'au niveau du sol, et nous devions nous y frayer un chemin comme des vers dans un fromage. Ailleurs, le terrain était profondément marécageux, et les arbres tout à fait pourris. J'ai sauté sur un grand fût renversé par terre, et m'y suis enfoncé jusqu'aux cuisses, comme dans de l'amadou. Une autre fois, en tombant, je voulus m'appuyer contre ce qui avait l'air d'un tronc solide, lequel sous mon toucher céda comme une feuille de papier. Trébuchant, tombant, nous enlisant jusqu'aux genoux, taillant notre chemin à la hache, à demi éborgnés par les épines et les branches, les vêtements en lambeaux, nous peinâmes tout le jour, et je doute que nous ayons fait deux milles. Le pis, c'est que nous pouvions rarement jeter un coup d'œil sur les alentours, et que nous étions perpétuellement détournés de notre chemin par des obstacles, – d'où il nous était impossible d'avoir le moindre indice sur la direction suivie.

Un peu avant le coucher du soleil, dans une clairière au bord d'un cours d'eau et environnée de montagnes farouches, Ballantrae jeta son chargement par terre.

– Je ne vais pas plus loin, dit-il.

Puis, il m'ordonna d'allumer du feu, maudissant ma race, en termes peu propres à un homme bien élevé.

Je le priai d'oublier qu'il eût jamais été un pirate, et de se souvenir qu'il avait été un gentilhomme.

– Êtes-vous fou ? s'écria-t-il. Ne me contrariez pas aujourd'hui !
Puis, montrant le poing aux montagnes :

– Quand je songe, s'écria-t-il, que je vais laisser mes os dans ce
misérable désert ! Plût à Dieu que je sois mort sur l'échafaud en bon
gentilhomme !

Il déclama cette phrase comme un acteur, et puis il s'assit, mordant
ses poings, les yeux fixés sur le sol, l'air aussi peu chrétien que possible.

Il m'inspira une véritable horreur, car je pensais qu'un soldat et un
gentilhomme aurait dû envisager sa fin avec plus de philosophie. Je
ne lui répliquai pas, néanmoins ; et comme la nuit tombait, glacée, je
fus bien aise d'allumer du feu pour mon propre compte. Dieu sait
cependant que, dans un lieu aussi découvert, et avec le pays plein de
sauvages, c'était là presque un acte de folie. Ballantrae ne semblait pas
me voir ; mais à la fin, comme je faisais griller un peu de blé, il leva
les yeux.

– Avez-vous jamais eu un frère ? demanda-t-il.

– Par la permission du ciel, dis-je, pas moins de cinq.

– Je n'en ai qu'un, reprit-il, d'une voix bizarre ; et, aussitôt : – Il
me paiera tout ceci, ajouta-t-il. – Et quand je lui eus demandé quel
rôle jouait son frère dans notre malheur ? – Comment ! s'écria-t-il,
il a pris ma place, il porte mon nom, il courtise ma femme ; et me
voilà seul ici avec un damné Irlandais, à claquer les dents au fond de
ce désert ! Oh ! quelle vulgaire dupe je fais !

Cette sortie était de tous points si opposée au caractère de mon ami,
que la stupéfaction émoussa mon juste ressentiment. Et puis, une
expression injurieuse, même vive, apparaît une bien petite affaire en
des conjonctures aussi angoissantes. Mais il faut noter un point
singulier. Une seule fois auparavant, il avait fait allusion à la dame
sa fiancée : nous arrivions alors devant New York, et il me dit que,
s'il avait joui de ses droits, il était alors en vue de sa propriété, car
Miss Alison Graeme possédait dans cette province des biens considérables. L'occasion était sans doute naturelle, ce jour-là ; mais aujourd'hui
qu'il nommait la dame pour la seconde fois, se produisait une
coïncidence bien digne de remarque : en ce même mois de novembre
1747 et, je crois ce même jour où nous étions perdus au milieu de ces
montagnes farouches, son frère épousait Miss Graeme [1]. Je suis le moins
superstitieux des hommes ; mais le doigt de la Providence est ici trop
visible pour n'en point faire l'observation.

Le jour suivant, puis l'autre, se passèrent en travaux analogues.
Ballantrae décidait à pile ou face de notre direction ; et une fois, comme
je lui reprochais cet enfantillage, il me fit une réponse que je n'ai jamais
oubliée :

– C'est le meilleur moyen que je connaisse d'exprimer mon dédain
de la raison humaine.

---

1. *Note de Mr. Mackellar.* – Erreur absolue : il n'était pas question de mariage à cette époque.
Voir plus haut mon récit personnel.

Ce fut, je crois, le troisième jour, que nous découvrîmes le cadavre d'un chrétien, scalpé et affreusement mutilé, gisant dans une mare de son sang ; les oiseaux du désert s'acharnaient sur lui à grands cris, aussi nombreux que des mouches. Je ne saurais dire à quel point ce spectacle nous fut odieux ; en tout cas, il me fit perdre mes dernières forces et tout espoir de ce monde. Le même jour, et peu après, nous traversions péniblement une partie de la forêt qui avait brûlé, quand je vis soudain Ballantrae, qui me précédait, se baisser derrière un tronc abattu. Je le rejoignis dans sa cachette, d'où l'on voyait aux alentours, sans être vu ; et, au fond du ravin proche, je découvris une forte troupe de sauvages armés en guerre, dont la marche allait couper notre chemin. Il y avait là peut-être l'équivalent d'un bataillon ; leurs torses étaient nus, enduits de graisse et de noir de fumée, et peinturlurés de céruse et de vermillon, suivant leur coutume barbare. Ils s'avançaient l'un derrière l'autre, à la file, comme des oies, et à un petit trot assez rapide, en sorte qu'ils mirent peu de temps à passer et à disparaître de nouveau parmi les bois. Pourtant, je crois bien que nous souffrîmes une plus forte torture d'hésitation et de suspens au cours de ces quelques minutes qu'il n'en tient d'ordinaire en toute la vie d'un homme. Ces Indiens étaient-ils Français ou Anglais ? voulaient-ils des scalps ou des prisonniers ? Devions-nous à tout hasard nous montrer, ou rester cachés pour continuer ensuite notre démoralisant voyage ? Ces questions auraient mis en échec le cerveau d'Aristote lui-même. Ballantrae se tourna vers moi. Un rictus affreux lui tordait la bouche et laissait voir ses dents, comme j'ai lu que cela se produit chez ceux qui meurent de faim. Il ne dit rien, mais toute sa personne semblait poser une question redoutable.

— Ils sont peut-être du parti anglais, chuchotai-je, et songez, alors ! ce que nous aurions de mieux à espérer, ce serait de recommencer pareille évasion !

— Je sais... je sais... dit-il. Cependant, il faut en finir.

Et soudain il tira son éternelle pièce de monnaie, l'agita dans le creux de ses mains, regarda, puis se coucha la face dans la poussière.

Addition de Mr. Mackellar

J'abandonne le récit du chevalier, parce que tous deux se querellèrent et se séparèrent le même jour ; et la façon dont le chevalier rapporte les querelles me semble (je dois l'avouer) tout à fait incompatible avec le caractère des deux personnages. Par la suite, ils errèrent isolément, et connurent des souffrances indicibles. A la fin, l'un, puis l'autre furent recueillis par une patrouille du fort Saint-Frédéric. Il n'y a plus à ajouter que deux choses. Primo (et c'est ce qui importe surtout à mon récit) le Maître, au cours de ces tribulations, enterra ses richesses, en un point qui n'a pas été retrouvé, mais dont il leva la topographie, à l'aide de son propre sang, sur la doublure de son chapeau. Et secundo, en arrivant ainsi dans le sou au fort, il fut accueilli comme un frère par le chevalier, qui plus tard lui paya son retour en France. La simplicité de caractère de Mr. Burke l'induit à cet excès de louer le Maître. A des yeux plus mondainement sages, il semblerait que le chevalier seul fût digne d'éloges. J'ai d'autant plus de plaisir à citer ce noble trait de mon honorable correspondant, que je crains de l'avoir blessé, quelques lignes plus haut. Je me dispense de tous commentaires sur aucune de ses opinions si extraordinaires et (à mon sens) immorales, car je le sais fort pointilleux en matière de respect. Mais sa version de la querelle dépasse vraiment ce que je puis reproduire ; car j'ai moi-même connu le Maître, et on ne peut imaginer homme moins susceptible de crainte. Je déplore cette négligence du chevalier, et d'autant plus que l'allure de son récit (à part quelques fioritures) me frappe par sa haute ingénuité.

IV

Persécutions que subit Mr. Henry

On devine sur quelle partie de ses aventures le colonel s'étendit principalement. A coup sûr, si nous les avions ouïes au complet, il est à croire que le cours des événements eût été modifié de beaucoup ; l'épisode du bateau pirate fut très expurgé. Et je n'entendis même pas jusqu'à la fin ce que le colonel voulut bien en révéler, car Mr. Henry, qui depuis un moment paraissait plongé en de sombres réflexions, se leva de son siège et (s'excusant auprès du colonel sur ce que des affaires le réclamaient) m'ordonna de le suivre au bureau.

Une fois là, il ne chercha plus à dissimuler son souci, et se mit à marcher de long en large avec un visage bouleversé, et se passant la main sur le front à diverses reprises.

— Nous avons à faire, commença-t-il enfin.

Mais il s'interrompit, déclara qu'il nous fallait boire un coup de vin et envoya chercher un *magnum* du meilleur. Ceci était tout à fait en dehors de ses habitudes et, davantage, quand le vin fut apporté, il avala coup sur coup deux verres, comme insoucieux de tout décorum. Mais de boire le remonta.

— Vous ne serez pas étonné, Mackellar, dit-il, d'apprendre que mon frère — que nous sommes tous heureux de savoir en sûreté — se trouve dans un certain besoin d'argent.

Je lui réponds que je m'en doutais, mais que le moment était mal choisi, car les fonds étaient bas.

— Pas les miens, dit-il. Il y a l'argent pour l'hypothèque.

Je lui rappelai que cette somme appartenait à Mme Henry.

— J'en répondrai auprès de ma femme, répliqua-t-il violemment.

— Et, puis, ajoutai-je, il y a l'hypothèque elle-même.

– Je sais, dit-il, et c'est là-dessus que je voulais vous consulter.

Je lui fis voir que ce n'était pas du tout le moment de détourner ces fonds de leur destination ; et aussi que, ce faisant, nous perdions le bénéfice de nos économies passées, pour replonger le domaine dans le bourbier. Je pris même la liberté de lui faire des remontrances ; et comme il persistait à m'opposer le même hochement de tête et un sourire d'amère résolution, mon zèle m'emporta tout à fait hors de mon rôle.

– Mais c'est de la folie en plein, m'écriai-je ; et quant à moi, je n'y prendrai aucune part.

– Vous avez l'air de vous figurer que je le fais pour mon plaisir, dit-il. Mais j'ai maintenant un enfant ; et, de plus, j'aime l'ordre et pour dire la simple vérité, Mackellar, je commençais à mettre ma fierté dans le domaine. – Il réfléchit une minute. – Mais que voulez-vous, poursuivit-il. Rien n'est à moi, rien. Depuis ce que je viens d'apprendre, mon existence a perdu toute valeur. Je suis réduit au nom et à l'ombre des choses, – oui, à l'ombre ; il n'y a pas de réalité dans mes droits.

– Ils se trouveront assez réels devant les tribunaux, répliquai-je.

Il me jeta un regard enflammé, et parut sur le point de dire quelque chose ; et je me repentis de ce que je venais de dire, car je voyais que, tout en parlant du domaine, il avait aussi en vue son mariage. Et alors, brusquement, il tira de sa poche la lettre toute froissée, la lissa sur la table avec rage, et me lut d'une voix tremblante ces mots : « Mon cher Jacob... voilà comme il débute, s'écria-t-il. – Mon cher Jacob, je vous ai donné ce nom une fois, vous vous le rappelez sans doute, et vous avez à présent réalisé la chose, et m'avez envoyé par-dessus les moulins... » Que pensez-vous de ceci, Mackellar, venant d'un frère unique ? J'affirme devant Dieu que je l'aimais bien ; je lui fus toujours attaché, et voilà ce qu'il m'écrit ! Mais je ne veux pas rester sous cette imputation – (marchant de long en large) – je le vaux bien ; je vaux mieux que lui, je le prouverai devant Dieu ! je ne saurais lui donner les sommes énormes qu'il réclame ; il sait que nos biens n'y suffiraient pas, mais je veux lui donner ce que j'ai, et c'est plus qu'il n'espère. J'ai supporté tout ceci trop longtemps... Voyez ce qu'il écrit encore, lisez vous-même : « Je vous connais pour un chien d'avaricieux... » Un chien d'avaricieux ! Moi, avaricieux ! Est-ce vrai, Mackellar ? le croyez-vous ? – (Je pensai réellement qu'il allait me frapper.) – Oh ! vous le croyez tous ! Eh bien, vous verrez, et il verra, et Dieu verra. Dussé-je ruiner le domaine et aller nu-pieds, je gorgerai cette sangsue. Qu'il demande tout... tout, et il l'aura ! Tout est à lui, régulièrement... Ah ! s'écria-t-il, et dire que j'avais prévu tout ceci, et pis, même, quand il refusa de me laisser partir.

Il se versa encore un verre de vin, et allait le porter à ses lèvres, quand je me permis de poser le doigt sur son bras. Il s'arrêta.

– Vous avez raison, dit-il. – Et il jeta dans l'âtre le verre avec son contenu. – Allons compter l'argent.

Je n'osai plus l'empêcher ; d'ailleurs, j'étais fort affecté de voir tellement bouleversé un homme d'habitude si retenu. Je m'assis à côté de lui, comptai l'argent, et l'empaquetai, pour la plus grande commodité du colonel, qui devait le prendre avec lui. Ceci fait, Mr. Henry s'en retourna dans la salle, où Mylord et lui passèrent la nuit à causer avec leur hôte.

Un peu avant l'aube, on m'appela pour escorter le colonel. Il eût préféré sans doute un autre convoyeur, car il s'estimait beaucoup ; mais nous ne pûmes lui en offrir un plus digne, car Mr. Henry ne devait pas se faire voir avec les contrebandiers. C'était une matinée de vent très âpre et, comme nous descendions sous la grande charmille, le colonel s'emmitoufla dans son manteau.

— Monsieur, dis-je, c'est une grosse somme d'argent que réclame votre ami. Je suppose qu'il a de très grands besoins.

— Supposons-le, dit-il (un peu sèchement, pensai-je, mais c'était peut-être à cause du manteau sur sa bouche).

— Je ne suis que le serviteur de la famille, repris-je. Vous pouvez causer sans détours avec moi. Je pense que nous n'avons pas grand-chose de bon à espérer de lui ?

— Mon cher ami, dit le colonel, Ballantrae est un gentilhomme des plus hautes capacités naturelles, et je l'admire et le révère jusqu'à la semelle de ses bottes.

Et alors, il me parut qu'il rencontrait une difficulté.

— Mais, malgré tout, dis-je, nous n'avons pas grand-chose de bon à espérer de lui ?

— Pour sûr, et vous avez raison de le croire, mon cher ami, dit le colonel.

Nous étions arrivés au bord de la crique où le canot l'attendait.

— Eh bien, dit-il, je reste à coup sûr votre débiteur pour vos civilités, Mr. Quel-est-votre-nom ; et pour dernier mot, et puisque vous montrez une curiosité si intelligente, je vous confierai un petit détail qui peut servir à la famille. Car je crois que mon ami a oublié de mentionner que le Secours-Écossais lui sert une pension plus forte qu'à aucun réfugié de Paris, et le plus honteux, Monsieur, ajouta-t-il en s'échauffant, – c'est qu'ils n'ont pas un traître sou pour moi !

Il mit son chapeau de côté en me regardant, comme s'il me rendait responsable de cette injustice ; puis il revint à son habituel excès de politesse, me serra la main, et descendit vers le canot, son argent sous le bras, et sifflant l'air pathétique de *Shule Aroon*. C'était la première fois que j'entendais cet air ; je devais l'entendre à nouveau, avec les paroles, comme on le verra, mais je me souviens que cette simple mesure me trotta dans la tête après que les contrebandiers l'eurent fait taire d'un : « Chut ! au nom du diable ! » Les avirons grincèrent, et je restai à regarder l'aube se répandre sur la mer, où le canot s'éloignait, vers le lougre qui l'attendait, sa voile d'avant masquée.

La brèche faite à notre budget nous embarrassa beaucoup, et entre autres conséquences, il me fallut faire le voyage d'Édimbourg et, là, obtenir un nouveau prêt, à des conditions fort onéreuses pour maintenir l'autre à flot ; et je fus ainsi, pendant près de trois semaines, absent du château de Durrisdeer.

Ce qui se passa dans l'intervalle, je n'eus personne pour me le raconter, mais à mon retour, je trouvai Mme Henry fort changée d'allures. Les entretiens de jadis avec Mylord étaient devenus rares ; elle avait parfois l'air d'adresser comme une prière muette à son mari, et il me sembla qu'elle lui parlait plus souvent ; enfin, elle était absolument férue de Miss Katharine. On croit peut-être que ce changement était agréable à Mr. Henry ? En aucune façon. Au contraire, chacune de ces innovations lui portait un coup ; il croyait y lire l'aveu des coupables désirs de sa femme. Cette fidélité constante au Maître, dont elle était si fière lorsque nous le pensions mort, elle avait à en rougir, depuis qu'elle le savait en vie, et cette vergogne était la source de sa nouvelle manière d'être. Je ne dois cacher aucune vérité ; et je le dirai ici nettement, ce fut, je crois, l'époque où Mr. Henry se comporta le plus mal. En public, il savait se contenir ; mais on percevait en lui une irritation profonde et latente. Avec moi, il prenait moins de précautions pour la dissimuler, et se montrait souvent des plus injustes. Même avec sa femme, il lui échappait des réponses acerbes : soit qu'elle l'eût froissé par quelque amabilité intempestive ; ou peut-être sans motif plausible, et par un simple épanchement spontané de l'irritation habituelle chez lui. Quand il s'oubliait de la sorte (ce qui jurait singulièrement avec les conditions de leur union), un malaise passait sur la société, et le couple se regardait avec une sorte d'étonnement douloureux.

Tout ce temps aussi, outre qu'il se nuisait par ce défaut d'humeur, il compromettait sa position par un silence dont je n'ose décider s'il provenait de la générosité ou de l'orgueil. Les contrebandiers revinrent à plusieurs reprises, amenant des messagers du Maître, et aucun ne s'en retourna les mains vides. Je n'osais plus discuter avec Mr. Henry ; il donnait ce qui lui était demandé, avec une sorte de noble rage. Peut-être parce qu'il se savait d'un naturel enclin à la parcimonie, il prenait un plaisir pervers à fournir sans trêve aux exigences de son frère. Peut-être la fausseté de sa position aurait aiguillonné un homme moins fier jusqu'au même excès. Mais le domaine gémissait, pour ainsi dire, sous le faix ; nos dépenses quotidiennes se restreignaient chaque jour ; les écuries se vidaient, il n'y resta plus que quatre bidets de fatigue ; les domestiques furent congédiés, ce qui fit murmurer hautement dans le pays, et raviva l'ancienne animosité contre Mr. Henry. Finalement, il fallut renoncer au voyage annuel d'Édimbourg.

Ceci advint en 1756. Il faut se rendre compte que depuis sept ans cette sangsue pompait le sang et la vie de Durrisdeer, et que durant tout ce laps de temps, mon maître s'était tu. C'était en effet de sa diabolique malice que le Maître s'adressait à Mr. Henry seul sur le chapitre des demandes, et qu'il n'en touchait pas un mot à Mylord. La famille avait considéré avec surprise nos économies. Elle s'était plainte, je n'en ai pas le moindre doute, que mon maître fût devenu d'une telle ladrerie, – défaut toujours méprisable, mais répugnant chez les personnes jeunes, et Mr. Henry n'avait pas trente ans.

A cette époque, je crois bien que mon maître et sa femme se voyaient à peine en dehors des repas. Immédiatement après la révélation du colonel Burke, Mme Henry avait fait des avances visibles à son mari ; on pourrait presque dire qu'elle lui fit alors une espèce de cour timide, en absolu contraste avec ses manières d'autrefois, indifférentes et hautaines. Je n'ai jamais eu le courage de blâmer Mr. Henry pour avoir décliné ces avances, non plus que de blâmer sa femme lorsqu'elle se piquait au vif de les voir rejeter. Mais ils devinrent de plus en plus étrangers l'un à l'autre, et finirent par ne plus guère se parler (comme je l'ai dit) en dehors des repas. Même le sujet du voyage à Édimbourg fut d'abord entamé à table, et il se trouva que Mme Henry était ce jour-là souffrante et mal disposée. Elle n'eut pas plus tôt compris où voulait en venir son mari, que le rouge lui monta au visage.

– C'en est trop, à la fin ! s'écria-t-elle. Je n'ai déjà pas tant de plaisirs dans l'existence, qu'on doive me priver de cette unique consolation. Il faut refouler ces honteux penchants ; nous sommes déjà la risée de tout le voisinage. Je ne souffrirai pas cette nouvelle insanité.

– Je n'y puis rien, répliqua, Mr. Henry.

– Rien ? s'écria-t-elle. Vous n'avez pas honte ! Heureusement, j'ai de l'argent à moi.

– Tout est mien, Madame, de par notre mariage, lança-t-il, rageusement. Et aussitôt, il quitta la salle.

Mon vieux lord leva les bras au ciel, et lui et sa fille se retirèrent au coin de la cheminée, ce qui me signifiait mon congé. J'allai retrouver Mr. Henry dans son refuge habituel, le bureau du régisseur. Il était assis au bord de la table, dans laquelle il enfonçait son canif, d'un air sinistre.

– Mr. Henry, dis-je, vous vous faites trop de tort, et il est temps que cela cesse.

– Oh ! s'écria-t-il, personne ne s'en aperçoit, ici. Ils se figurent que c'est tout naturel. J'ai de honteux penchants. Je suis un chien d'avaricieux (et il enfonça le canif jusqu'à la garde). Mais je ferai voir à cet individu, lança-t-il avec un juron, je lui ferai voir qui est le plus généreux.

– Ceci n'est pas de la générosité, dis-je, c'est simplement de l'orgueil.

– Croyez-vous que j'aie besoin de morale ? répliqua-t-il.

Je crus qu'il avait besoin de secours, et que je lui en donnerais, bon gré mal gré. Mme Henry ne fut pas plus tôt retirée chez elle, que je me présentai à sa porte, et lui demandai une audience.

Elle laissa voir un étonnement réel.

– Que désirez-vous de moi, Mr. Mackellar ? dit-elle.

– Dieu sait, Madame, répondis-je, que je ne vous ai jamais jusqu'ici importunée de mes libertés ; mais cette fois, la chose me pèse trop sur la conscience, et il faut que cela sorte. Peut-on véritablement être aussi aveugle que vous et Mylord ? Peut-on vivre depuis tant d'années avec un noble cœur comme Mr. Henry, sans mieux comprendre son caractère ?

– Que voulez-vous dire ? demanda-t-elle.

– Ne savez-vous donc pas où va son argent ? le sien... et le vôtre... et l'argent même du vin qu'il ne boit pas à table ?... A Paris !... à cet homme ! Huit mille livres qu'il a eues de nous en sept ans, et mon maître assez fou pour n'en rien dire !

– Huit mille livres ! répéta-t-elle. C'est impossible : les revenus n'y suffiraient pas.

– Dieu sait comment nous avons usé les farthings pour faire la somme, dis-je. Mais elle est de huit mille soixante, et des shillings. Si vous pouvez croire après cela que mon maître est regardant, je ne me mêle plus de rien.

– N'en dites pas davantage, Mr. Mackellar, répondit-elle. Vous avez parfaitement agi de vous en mêler, comme vous le dites trop modestement. Je suis fort à blâmer, et vous devez me croire incapable d'observation (et elle me regardait avec un singulier sourire), mais je veux sur-le-champ remettre les choses au point. Le Maître a toujours été d'un naturel fort irréfléchi ; mais il a un cœur d'or, il est la générosité incarnée. Je vais lui écrire moi-même. Vous ne pouvez vous figurer combien votre communication m'a fait de peine.

– J'avais espéré plutôt, Madame, vous faire plaisir, dis-je, – car j'étais furieux de la voir toujours penser au Maître.

– Et plaisir, dit-elle, plaisir aussi, bien entendu.

Le même jour (je ne puis dire que je ne les guettais pas), j'eus la satisfaction de voir Mr. Henry sortir de la chambre de sa femme en un état qui lui ressemblait fort peu ; car son visage portait des traces abondantes de pleurs, et néanmoins, il ne touchait plus terre. Je compris, à le voir, que sa femme lui avait fait amende honorable. – « Ah ! me dis-je en moi-même, j'ai fait aujourd'hui un beau coup ! »

Le lendemain, j'étais assis devant mes livres, quand Mr. Henry arriva doucement derrière moi, me saisit aux épaules et me secoua en manière de jeu.

– Ah ! ah ! je sais tout ; vous n'êtes donc pour finir qu'un individu sans foi, dit-il.

Ce fut sa seule illusion ; mais il la fit d'un ton plus éloquent que toute protestation de gratitude. Et là ne se borna pas ma réussite ; car lorsqu'un nouveau messager se présenta (et ce ne fut guère longtemps après) de la part du Maître, il n'emporta rien qu'une missive. Depuis quelque temps, c'était moi qui traitais ce genre d'affaires. Mr. Henry ne mettait pas la main à la plume et, moi-même, je n'usais que des termes les plus secs et les plus formalistes. Mais cette épître-là, je ne la vis même point. Elle ne devait pas être d'une lecture fort agréable, car Mr. Henry se sentait soutenu par sa femme, – et je remarquai, le jour où il l'expédia, qu'il avait une expression très satisfaite.

Les choses allaient mieux dans la famille, – sans toutefois prétendre qu'elles allaient bien. Du moins n'y avait-il plus désormais de malentendu : on était aimable des deux parts ; et je crois qu'un retour d'intimité n'était pas impossible entre mon maître et sa femme, s'ils eussent pu seulement, lui, mettre son orgueil dans sa poche, et elle oublier (ce qui était l'origine du mal) ses rêvasseries sur un autre homme. C'est merveille comme une pensée cachée transpire au-dehors ; c'est merveille à présent pour moi de me rappeler à quel point nous suivions le cours de ses sentiments. Elle avait beau être d'allures paisibles, et de dispositions égales, nous savions toujours quand son imagination l'emportait vers Paris. Et qui ne se serait figuré voir l'idole abattue par ma révélation ? C'est à croire que les femmes sont possédées du diable. Toutes ces années écoulées sans jamais revoir l'homme, bien peu de tendresse à se rappeler (d'un commun accord) même du temps où il était auprès d'elle, la nouvelle de sa mort et, depuis, sa rapacité sans cœur étalée à nu devant elle ; que tout cela ne pût suffire, et qu'elle gardât toujours la meilleure place en son cœur à ce maudit individu, il y a de quoi exaspérer un honnête homme. Je n'eus jamais beaucoup de sympathie naturelle pour la passion amoureuse, mais cette démence chez la femme de mon maître me dégoûta entièrement de la chose. Je me souviens d'avoir repris une servante parce qu'elle chantait une bêtise sentimentale tandis que j'étais dans ces dispositions ; et ma sévérité me valut la rancune de tous les cotillons du château. Je m'en souciais fort peu, mais cela amusait Mr. Henry, qui me raillait souvent sur notre impopularité jumelle. La chose est singulière (car ma mère était assurément la perle des femmes, et ma tante Dickson, qui paya mes études à l'Université, une femme remarquable), mais je n'ai jamais eu grande indulgence pour le sexe féminin, ni même peut-être beaucoup de compréhension ; et comme je suis loin d'être un homme hardi, j'ai toujours esquivé leur société. Non seulement je ne vois aucun motif de regretter ma défiance, mais j'ai remarqué invariablement que les pires catastrophes frappent ceux qui ont été moins sages. C'est par crainte de m'être montré injuste envers Mme Henry que j'ai jugé utile de consigner cette mienne tournure d'esprit. Et d'ailleurs la remarque m'est venue tout naturellement, à relire la lettre qui provoqua de nouveaux événements, et qui me fut, à mon grand étonnement, remise en particulier, une semaine environ après le départ du précédent messager.

LETTRE DU COLONEL BURKE (PAR LA SUITE CHEVALIER)
A MR. MACKELLAR

Troyes-en-Champagne, le 12 juillet 1756.

Mon cher Monsieur,

Vous serez sans doute surpris de recevoir une communication d'une personne si peu connue de vous ; mais cette fois où j'eus l'heureuse chance de vous rencontrer à Durrisdeer, j'ai distingué en vous un jeune homme du caractère le plus sérieux ; et j'admire cette qualité et l'estime à peine

*moins que le génie spontané ou la hardiesse chevaleresque du soldat.
Je m'intéresse en outre à la famille que vous avez l'honneur de servir,
ou plutôt, dont vous êtes l'humble et respectable ami ; et une conversation
que j'eus le plaisir d'avoir avec vous, un matin de très bonne heure, ne
m'est pas sortie de la mémoire.*

*Me trouvant ces jours-ci à Paris, où je m'étais rendu, de cette cité
fameuse où je suis en garnison, je m'informai de votre nom (que j'avais
oublié, je l'avoue) à mon ami le Maître de Ballantrae, et je saisis une
occasion favorable pour vous écrire et vous mander les nouvelles.*

*Le Maître de Ballantrae (la dernière fois que nous en parlâmes, vous
et moi) était titulaire, je crois vous l'avoir dit, d'une pension très
avantageuse du Secours-Écossais. On lui donna ensuite une compagnie,
puis bientôt un régiment. Mon cher Monsieur, je ne tenterai pas
d'expliquer la chose ; et non plus pourquoi moi-même, qui ai chevauché
à la droite des princes, on me berne sous divers prétextes, et on m'envoie
pourrir dans un trou perdu de province. Accoutumé comme je le suis
aux cours, je ne puis ne pas m'apercevoir que l'atmosphère ici n'est point
faite pour un vrai soldat ; et je n'ai aucun espoir d'avancement analogue,
dussé-je même m'abaisser à le solliciter. Mais notre ami a une aptitude
spéciale pour réussir par les dames ; et si tout ce que l'on raconte est
vrai, il jouissait d'une protection exceptionnelle. Vraisemblablement, la
chose s'est retournée contre lui, car lorsque j'eus l'honneur de lui serrer
la main, il sortait de la Bastille, où il s'était vu enfermer sur une lettre
de cachet ; et, malgré sa mise en liberté, il a perdu son régiment et sa
pension. Mon cher Monsieur, la simple franchise irlandaise me tiendra
lieu ici de savoir-faire, et je suis certain qu'un gentleman de votre
honnêteté sera d'accord avec moi.*

*Maintenant, Monsieur, le Maître est un homme dont j'admire le génie
au-delà de toute expression et, de plus, il est mon ami ; mais j'ai pensé
qu'un petit mot de la révolution survenue dans l'état de ses affaires ne
serait pas de trop, car, à mon avis, il est désespéré. Il parlait, la dernière
fois que je l'ai vu, d'aller aux Indes (où j'ai moi-même quelque espoir
d'accompagner mon illustre concitoyen Mr. Lally* [1]*, mais pour cela, il
aurait besoin, à ce que j'ai compris, de plus d'argent qu'il n'en avait
à sa disposition. Vous connaissez peut-être ce proverbe militaire : « Il
vaut mieux faire un pont d'or à l'ennemi qui fuit. » Vous me comprenez,
j'en suis persuadé, et je me dis, avec mes respects à Mylord Durie, à
son fils, et à la charmante Mme Durie.*

> *Mon cher Monsieur,*
> *Votre humble et obéissant serviteur.*
> *Francis Burke.*

---

1. Lally-Tollendal, d'origine irlandaise, gouverneur des établissements français dans l'Inde,
qu'il défendit peu habilement contre les Anglais.

Je portai sur-le-champ cette missive à Mr. Henry. Nous eûmes tous deux la même pensée : elle arrivait une semaine trop tard. Je me hâtai de répondre au colonel Burke, et le priai, au cas où il verrait le Maître, de lui garantir que son prochain messager recevrait satisfaction. Mais j'eus beau me hâter, j'arrivai trop tard et je ne pus détourner le coup qui nous menaçait : la flèche était décochée, elle devait atteindre son but. Ce serait à se demander si la Providence a le pouvoir (ou plutôt la volonté) de prédéterminer le résultat des événements ; car il est étrange de songer combien chacun de nous a accumulé, pendant longtemps et avec une aveugle ignorance, tous les éléments d'une catastrophe.

Depuis la réception de la lettre du colonel, j'avais une longue-vue dans ma chambre, et posais des questions aux tenanciers. Comme les contrebandiers ne se souciaient guère du secret, et qu'ils exerçaient leur métier par force autant que par ruse (du moins dans nos environs) j'eus tôt fait de connaître les signaux en usage, et je sus à une heure près quand il fallait attendre un messager. Je questionnai, dis-je, les tenanciers ; car, avec les fraudeurs eux-mêmes, affreux gredins qui allaient toujours armés, j'aurais difficilement pris sur moi de me frotter à eux. En fait (et la circonstance, par la suite, fut heureuse), j'étais un objet de risée pour quelques-uns de ces bravaches. Non seulement ils m'avaient gratifié d'un sobriquet, mais ils m'attrapèrent un soir dans un chemin de traverse, et comme ils étaient tous (selon leur expression) un peu gais, ils me contraignirent à danser pour leur amusement. La méthode employée consistait à taillader les bouts de mes chaussures avec leurs coutelas nus, en criant : « Bouts-carrés ! » Je n'en subis aucun mal physique, mais n'en fus pas moins déplorablement affecté, et dus garder le lit plusieurs jours : – scandaleux échantillon de l'état de l'Écosse, sur lequel il est inutile d'insister.

Dans l'après-midi du 7 novembre de cette malheureuse année, il m'arriva, tout en me promenant, de remarquer un feu sur le Muckleross. L'heure de mon retour approchait ; mais j'avais l'esprit si inquiet ce jour-là que, m'élançant à travers les buissons, j'escaladai la pointe nommée Craig Head. Le soleil était déjà couché, mais il subsistait à l'occident une vaste luminosité qui me laissa voir sur le Ross quelques contrebandiers occupés à entretenir leur signal et, dans la baie, le lougre immobile sous sa voilure carguée. Celui-ci venait évidemment de jeter l'ancre, mais la yole était déjà mise à l'eau, et faisait force de rames vers le débarcadère à l'extrémité de la grande charmille. Et cela, je le savais, ne pouvait signifier qu'une chose : la venue d'un messager à Durrisdeer.

Oubliant mes autres craintes, je dévalai la pente abrupte – où je ne m'étais jamais aventuré – et parvins à me cacher parmi les buissons du rivage assez tôt pour voir aborder la yole. Contrairement à son habitude, le capitaine Crail lui-même tenait la barre ; auprès de lui était assis un passager ; et les hommes manœuvraient avec difficulté, encombrés qu'ils étaient par une douzaine de valises, grandes et petites.

Mais l'affaire de les débarquer fut menée rondement, et bientôt le bagage fut empilé sur la rive, la yole s'en retourna vers le lougre, et le passager resta seul sur la pointe du roc. C'était un grand et svelte gentleman vêtu de noir, l'épée au côté et la canne de promenade au poignet. Il agita sa canne dans la direction du capitaine Crail, en guise d'adieu, et avec un mélange de grâce et de raillerie qui grava profondément le geste dans ma mémoire.

La yole ne se fut pas plus tôt éloignée avec mes ennemis jurés, que je retrouvai une partie de mon assurance, m'avançai sur la lisière des buissons, et fis halte de nouveau, partagé entre ma défiance naturelle et un sinistre pressentiment de la vérité. J'aurais pu rester là toute la nuit à balancer, mais l'étranger se retourna, m'aperçut dans la brume qui commençait à se lever, et me fit signe en me criant d'approcher. Je lui obéis, mais mon cœur était de plomb.

— Voici, mon brave, dit-il avec l'accent anglais, voici quelques objets pour Durrisdeer.

J'étais alors assez près de lui pour distinguer ses traits fins et son visage brun, mince et allongé, son regard vif, alerte et sombre, qui décelait l'homme de guerre et l'habitude du commandement. Il avait sur la joue une envie, qui ne lui seyait pas mal ; un gros diamant étincelait à son doigt ; ses habits, quoique de couleur uniforme, étaient d'une coupe et d'une élégance françaises ; ses manchettes, plus longues qu'il n'est d'usage, de dentelle très fine ; et je m'étonnais d'autant plus de le voir en si bel appareil, qu'il venait de débarquer d'un sale lougre de contrebandiers. Après m'avoir mieux examiné, il me toisa une seconde avec sévérité, et puis sourit :

— Je gage, mon garçon, dit-il, que je connais à la fois votre nom et votre surnom. J'avais deviné à votre écriture cette façon de vous vêtir, Mr. Mackellar.

A ces mots, je me mis à trembler.

— Oh ! dit-il, vous n'avez pas à avoir peur de moi. Je ne vous en veux pas pour vos ennuyeuses épîtres ; et j'ai l'intention de me servir beaucoup de vous. Vous m'appellerez Mr. Bally : c'est le nom que j'ai choisi, ou plutôt (car je parle à un grand formaliste) c'est ainsi que j'ai abrégé le mien. Allons, attrapez ceci, et cela – (et il m'indiquait deux des valises). – C'est tout ce que vous êtes capable de porter, et le reste peut fort bien attendre. Allons, ne perdons pas de temps, s'il vous plaît.

Son ton était si tranchant que je lui obéis comme par une sorte d'instinct, bien que mon esprit demeurât entièrement éperdu. Dès que j'eus empoigné les valises, il me tourna le dos et se mit en route sous la grande charmille, où déjà il commençait à faire noir, car le bois est épais et toujours vert. Je suivais, pliant sous ma charge, bien que je n'eusse pas conscience du fardeau : j'étais absorbé dans la stupéfaction de ce retour, et mon esprit oscillait comme une navette de tisserand.

Soudain, je déposai les valises sur le sol, et m'arrêtai. Il se retourna pour me regarder.

— Hé bien ? dit-il.

— Vous êtes le Maître de Ballantrae ?

— Vous me rendrez cette justice, dit-il, que je ne me suis pas caché de l'astucieux Mackellar.

— Et au nom de Dieu, m'écriai-je, que venez-vous faire ici ? Retournez, il en est encore temps.

— Non, merci, dit-il. Votre maître a choisi ce moyen, pas moi ; mais ayant fait ce choix, il doit (et vous aussi) en subir les conséquences. Et maintenant, ramassez mes affaires que vous avez déposées dans un endroit fort humide, et occupez-vous de la besogne dont je vous ai chargé.

Mais je n'avais plus aucune intention d'obéir ; je m'avançai jusqu'à lui.

— Si rien ne peut vous faire retourner, dis-je ; quoique, à tout point de vue, un chrétien ou un simple gentleman se ferait scrupule d'avancer...

— Voilà des expressions flatteuses, interrompit-il.

— Si rien ne peut vous décider à repartir, continuai-je, il y a néanmoins des convenances à respecter. Attendez ici avec votre bagage, et j'irai en avant préparer votre famille. Votre père est vieux, et... (j'hésitai)... il y a des convenances à respecter.

— En vérité, dit-il, ce Mackellar gagne à être connu. Mais écoutez un peu, mon garçon, et comprenez-le une fois pour toutes : – vous perdez votre salive avec moi, et je vais droit mon chemin, d'une force inéluctable.

— Ah ! dis-je. C'est ainsi ? Eh bien, nous allons voir !

Et, faisant volte-face, je courus à toutes jambes vers Durrisdeer. Il tâcha de me retenir, avec un cri de colère, et puis je crois que je l'entendis ricaner, et je suis certain qu'il me poursuivit deux ou trois pas et, sans doute, y renonça. Mais le fait est que j'arrivai quelques minutes plus tard à la porte du château, hors d'haleine, et seul. Je montai l'escalier quatre à quatre, fis irruption dans la salle, et m'arrêtai en présence de la famille, incapable de parler. Mais on devait lire dans mes yeux toute l'histoire, car ils se levèrent de leurs sièges, et me regardèrent, médusés.

— Il est venu, haletai-je enfin.

— Lui ? demanda Mr. Henry.

— Lui-même, dis-je.

— Mon fils ? s'écria Mylord. Imprudent ! imprudent garçon ! Oh ! que ne restait-il où il se trouvait en sûreté !

Mme Henry ne prononça pas une parole ; et je ne la regardai pas, je ne sais pourquoi.

— Eh bien, dit Mr. Henry, après avoir longuement pris sa respiration, où est-il ?

— Je l'ai laissé sous la grande charmille, dis-je.

— Menez-moi auprès de lui, dit-il.

Nous partîmes tous les deux, lui et moi, sans échanger un mot de plus ; et au milieu de l'allée nous rencontrâmes le Maître, qui arpentait

le gravier en sifflant et battant l'air avec sa canne. Il y avait encore
assez de lumière pour reconnaître un visage, mais non son expression.

— Ah ! Jacob ! dit le Maître. Voici donc Esaü de retour.

— James, dit Mr. Henry, pour l'amour de Dieu, appelez-moi par mon
nom. Je ne dirai pas que je suis bien aise de vous recevoir ; mais je
vous accueillerai le mieux possible dans la maison de nos pères.

— Ou dans *ma* maison ? ou la *vôtre* ? dit le Maître. Lequel des deux
alliez-vous dire ? Mais c'est une vieille plaie qu'il ne faut pas raviver.
Si vous n'avez pas voulu partager avec moi lorsque j'étais à Paris,
j'espère que vous ne refuserez pas à votre frère aîné une place au coin
du feu de Durrisdeer.

— Voilà qui est mal parler, dit Mr. Henry. Et vous sentez
admirablement la force de votre situation.

— Ma foi, je le pense, dit l'autre, avec un petit rire.

Et ce fut là, bien qu'ils ne se fussent pas donné la main, toute la
bienvenue des deux frères ; car le Maître se tourna ensuite vers moi
et m'ordonna de prendre son bagage.

Moi, de mon côté, je me tournai vers Mr. Henry pour avoir
confirmation ; et non sans quelque défi, peut-être.

— Aussi longtemps que le Maître sera ici, Mr. Mackellar, vous
m'obligerez beaucoup en regardant ses désirs comme vous feriez des
miens, dit Mr. Henry. Nous ne cessons de vous importuner : voulez-vous
avoir l'obligeance d'envoyer un des domestiques ? — et il appuya sur
le mot.

Si cette phrase signifiait quelque chose, elle était à coup sûr un blâme
bien mérité par l'étranger ; et cependant, sa diabolique imprudence était
telle, qu'il la prit au rebours.

— Et aurons-nous la vulgarité d'ajouter : Baissez le nez ? interrogea-t-
il doucement, en me regardant de côté ?

Quand bien même un royaume en eût dépendu, je n'aurais su
prononcer une parole : même appeler un domestique était hors de mon
pouvoir ; je préférai servir moi-même cet homme ; je me détournai en
silence et descendis la grande charmille, le cœur plein de rage et de
désespoir.

Il faisait obscur sous les arbres, et je marchai devant moi sans plus
savoir ce que j'étais venu faire là, jusqu'au moment où je faillis me
rompre le cou sur les valises. Ce fut alors que je fis une curieuse
remarque : tout à l'heure, j'en portais deux sans presque m'en
apercevoir ; à présent, une me suffisait, et au-delà. Il me fallut donc
faire deux voyages, ce qui me retint un bon moment éloigné de la salle.

Lorsque j'y entrai, les effusions de l'accueil avaient pris fin depuis
longtemps : on venait de se mettre à table ; mais, inadvertance qui me
piqua au vif, ma place avait été oubliée. Je venais de voir le retour
du Maître sous une face ; j'allais apercevoir l'autre. Il fut le premier
à remarquer mon arrivée, et eut un léger mouvement de recul analogue
au mien. Puis, il se leva avec vivacité.

— Voilà que j'ai pris la place du bon Mackellar ! s'écria-t-il. John,

mettez un autre couvert pour Mr. Bally ; j'affirme qu'il n'est venu
déranger personne ; et votre table est assez grande pour nous tous.

J'en crus à peine mes oreilles, et mes sens, lorsqu'il me saisit aux
épaules et, tout riant, m'assit à ma place ordinaire, – tant sa voix était
affectueuse et gaie. Et tandis que John mettait le nouveau couvert (il
y insista encore : pour lui), il alla s'accouder au fauteuil de son père,
en considérant le vieillard qui se détourna pour lever les yeux vers son
fils, avec une si douce tendresse mutuelle que je faillis, de stupéfaction,
me prendre la tête à deux mains.

Et tout fut à l'avenant. Ses lèvres n'eurent pas un mot rude, ni le
moindre ricanement. Renonçant même à son roide accent anglais, il
parlait la chère langue écossaise, qui donne plus de valeur aux paroles
tendres ; et bien qu'il conservât une gracieuse élégance fort étrangère
à nos façons de Durrisdeer, ses airs de cour se faisaient néanmoins
familiers, et nous flattaient, loin de nous humilier. Il ne s'en départit
point de tout le repas, buvant à ma santé avec un égard sensible, se
tournant pour adresser à John un mot aimable, caressant la main de
son père, contant avec gaieté des bribes de ses aventures, rappelant avec
bonheur les souvenirs de passé ; – tout ce qui émanait de lui était si
plein de grâce et d'accord avec sa distinction personnelle, que je ne
m'étonnais pas de voir Mylord et Mme Henry avec des visages
rayonnants, et derrière eux John faire son service avec des yeux pleins
de larmes.

Sitôt le souper terminé, Mme Henry se leva pour se retirer.

– Tiens, ce n'était pas votre habitude, Alison, dit le Maître.

– Ce l'est, à présent, répondit-elle ; – ce qui était notoirement faux ;
– et je vous donne le bonsoir, James, et je salue votre retour... d'entre
les morts, – acheva-t-elle après une hésitation, et d'une voix défaillante.

Le pauvre Mr. Henry, qui avait fait durant le repas une assez piètre
figure, s'assombrit encore : il aima de voir sa femme se retirer, malgré
le déplaisir de songer aux motifs qui la poussaient ; et l'instant d'après,
il fut confondu par la chaleur de son discours.

De mon côté, je sentis que j'étais de trop ; et j'allais suivre l'exemple
de Mme Henry, mais le Maître s'en aperçut.

– Ceci, Mr. Mackellar, dit-il, n'est guère aimable. Je ne vous laisse
par sortir : vous faites du fils prodigue un étranger ; et cela, laissez-moi
vous le rappeler, sous le toit de ses pères ! Allons, rasseyez-vous, et
buvez à la santé de Mr. Bally !

– Certes oui, Mr. Mackellar, dit Mylord, nous ne ferons un étranger
pas plus de lui que de vous. Je disais justement à mon fils, ajouta-t-il,
– en soulignant le mot avec sa complaisance ordinaire, – combien nous
apprécions tous vos services amicaux.

Je me rassis donc, et demeurai en silence, jusqu'à mon heure
habituelle ; et je me serais peut-être laissé abuser sur le caractère de
cet homme, n'eût été un incident où sa perfidie apparut en plein. Voici
le fait ; et le lecteur en jugera par lui-même, d'après ce qu'il sait de
la rencontre des deux frères. Mr. Henry était assis, un peu morne, en

dépit de tous ses efforts pour garder les apparences, vis-à-vis de Mylord. Soudain, le Maître se lève, fait le tour de la table, et va frapper sur l'épaule de son frère.

— Allons, allons, *Hairry* mon garçon, dit-il, — avec le fort accent qu'ils devaient avoir entre eux dans leur enfance — il ne faut pas vous laisser abattre par l'arrivée de votre frère. Tout est à vous, c'est certain, et je ne vous chicanerai pas sur grand-chose. Vous ne devez pas non plus me chicaner ma place au foyer paternel.

— C'est trop juste, Henry, dit mon vieux lord, en fronçant un peu le sourcil, chose rare chez lui. Vous avez été le frère aîné de la parabole dans le bon sens ; ne le soyez pas dans l'autre.

— Je me laisse facilement induire en erreur, dit Mr. Henry.

— Qui vous induit en erreur ? s'écria Mylord, un peu rudement, me sembla-t-il, pour un homme si doux. Vous avez mérité ma reconnaissance et celle de votre frère, mille et mille fois ; vous pouvez compter sur sa durée ; et c'est assez.

— Sans nul doute, Harry, vous pouvez y compter, dit le Maître ; et je crus voir une lueur féroce dans le regard que lui lança Mr. Henry.

Concernant les malheureux épisodes qui vont suivre, il y a quatre questions que je me suis souvent posées à cette époque, et que je me pose toujours. — L'homme était-il mû par un ressentiment particulier envers Mr. Henry ? ou par ce qu'il croyait être son intérêt ? ou par ce simple goût de la cruauté que manifestent les chats et que les théologiens attribuent au diable ? ou par ce qu'il eût appelé de l'amour ?... Je m'en tiens le plus fréquemment aux trois premières hypothèses ; — mais il est possible que sa conduite participât de toutes quatre. En effet : — L'animosité contre Mr. Henry expliquerait la façon haineuse dont il le traitait lorsqu'ils étaient seuls ; ses intérêts expliqueraient son attitude très différente devant Mylord ; ses intérêts encore, plus une pointe de galanterie, son désir de bonne entente avec Mme Henry ; et le plaisir du mal pour lui-même, les peines qu'il prenait sans cesse à entremêler et opposer ces diverses lignes de conduite.

En partie parce que j'étais si ouvertement l'ami de mon maître, en partie parce que, dans mes épîtres adressées à Paris, j'avais souvent pris la liberté de lui faire des remontrances, je fus englobé dans son diabolique amusement. Lorsque j'étais seul avec lui, il me harcelait de sarcasmes ; devant les autres, il était tout à fait aimable et familier. Ce contraste était d'abord pénible en soi ; puis il m'induisait sans cesse en erreur ; mais surtout, il comportait un élément d'injures inexprimable. Qu'il voulût ainsi me tenir en dehors de sa dissimulation, comme si mon témoignage même était trop vil pour compter, me blessait jusqu'à l'âme... Mais ce que j'en pensais n'a pas d'importance. Je le note simplement pour mémoire, et surtout parce que cette persécution me fit deviner plus tôt le martyre de Mr. Henry.

Ce fut sur lui que tomba le plus lourd. Comment répondre en public aux avances de celui qui ne perdait jamais une occasion de le mortifier en particulier ? Comment sourire à qui le trompait et l'insultait ? Il

était condamné à paraître malgracieux. Il était condamné au silence.
S'il eût été moins fier, s'il eût parlé, qui aurait cru la vérité ? La calomnie
en action avait donc réussi. Mylord et Mme Henry étaient les témoins
journaliers de ce qui se passait : ils auraient pu affirmer sous serment
que le Maître était un modèle de douceur et de longanimité, et
Mr. Henry la jalousie et l'ingratitude incarnées. Et ces défauts, si vilains
en quiconque, semblaient dix fois plus laids chez Mr. Henry ; car
personne ne pouvait oublier que la vie du Maître était en danger, et
qu'il avait déjà perdu sa fiancée, son titre et sa fortune.

— Henry, sortez-vous à cheval avec moi ? demanda un jour le Maître.

Et Mr. Henry, qui avait été mortifié par l'homme toute la matinée,
de répondre sèchement :

— Non.

— Je souhaiterais parfois vous voir plus aimable, Henry, dit l'autre
d'un air peiné.

Je cite cet exemple ; mais des scènes analogues avaient lieu sans cesse.
Rien d'étonnant si Mr. Henry était blâmé ; rien d'étonnant si je me
tourmentais, presque à en avoir la jaunisse ; et le simple souvenir de
cette période me fait bouillir le sang dans les veines.

A coup sûr, jamais en ce monde il n'y eut plus diabolique
machination : si perfide, si simple, si impossible à combattre. Et
pourtant, je crois, et croirai encore et toujours, que Mme Henry était
à même de lire entre les lignes ; elle aurait dû mieux connaître le
caractère de son mari ; après tant d'années de mariage, elle aurait dû
posséder ou capter sa confiance. Et mon vieux lord aussi, — ce gentleman
si avisé, où était sa faculté d'observation ? Mais il est vrai, la ruse était
pratiquée de main de maître, et aurait déçu un ange. D'autre part (en
ce qui concerne Mme Henry) j'ai remarqué que deux individus ne sont
jamais plus étrangers l'un à l'autre qu'en étant à la fois mariés et
brouillés : on les croirait alors sourds ou parlant une autre langue. En
troisième lieu (dans le cas de nos deux spectateurs) ils étaient aveuglés
par une prédilection invétérée. Et quatrièmement, le risque supposé du
Maître (supposé, dis-je, — on saura bientôt pourquoi) rendait toute
critique des moins généreuses ; et, en leur inspirant une continuelle et
tendre sollicitude au sujet de sa vie, les aveuglait encore plus sur ses
défauts.

Ce fut à cette époque que je commençai à mieux comprendre le
prestige des bonnes manières, et à déplorer profondément la vulgarité
des miennes. Mr. Henry avait l'essentiel du gentleman : une fois ému,
ou si la circonstance l'exigeait, il jouait son rôle avec esprit et dignité
; mais dans le commerce de tous les jours (il serait vain de le nier) il
manquait d'élégance. Le Maître, au contraire, ne faisait pas un geste
qui ne fût réfléchi et voulu. Et, par conséquent, lorsque l'un se montrait
aimable et l'autre malgracieux, le moindre trait de leurs personnes venait
confirmer leur attitude. Il y avait pis : car plus Mr. Henry s'empêtrait
dans les pièges de son frère, plus gauche il devenait ; et plus le Maître
jouissait de son odieux plaisir, plus il apparaissait aimable et souriant.

De sorte que la trame, en s'allongeant et progressant, se développait et se renforçait d'elle-même.

Entre autres astuces, cet homme mettait à profit le danger (comme je l'ai dit) qu'il était censé courir. Il en parlait à ceux qui l'aimaient, sous forme d'agréable badinage, ce qui le rendait plus intéressant. Il en faisait contre Mr. Henry une arme offensive cruelle. Je le vois encore poser son doigt sur le losange incolore de la verrière, un jour que nous étions seuls à trois dans la salle.

– C'est par là qu'a passé votre bienheureuse guinée, Jacob, dit-il.
– Et, comme Mr. Henry le regardait sombrement :
– Oh, ajouta-t-il, ne prenez donc pas inutilement cet air féroce, ma bonne mouche. Vous serez débarrassé de votre araignée dès qu'il vous plaira. Jusques à quand, ô Seigneur ? Quand serez-vous mûr pour me dénoncer, frère scrupuleux ? C'est une de mes distractions dans ce trou lugubre. J'ai toujours aimé les expériences.

De nouveau, Mr. Henry se contenta de fixer sur lui un regard sombre, et il changea de couleur. Mais le Maître, avec un éclat de rire, lui frappa sur l'épaule, en l'appelant balourd. Sur quoi mon maître fit un bond en arrière avec un geste qui me sembla fort menaçant ; et je suppose que l'autre pensa de même, car il parut un rien décontenancé, et jamais plus, à ma connaissance, il ne porta la main sur Mr. Henry.

Mais bien qu'il eût sans cesse à la bouche son danger, sous une forme ou l'autre, je trouvais sa conduite singulièrement imprudente, et commençais à me dire que le Gouvernement, – lequel avait mis sa tête à prix, – avait le sommeil bien dur. Je ne nierai pas quelle tentation m'effleura de le dénoncer ; mais deux considérations me retinrent. D'abord, s'il finissait honorablement sur l'échafaud, le personnage serait canonisé pour de bon dans les esprits de son père et de sa belle-sœur ; d'autre part, si j'étais le moins du monde mêlé à l'affaire, Mr. Henry n'échapperait pas aux soupçons. Et cependant, notre ennemi allait et venait au-dehors plus que je ne l'aurais cru possible, la nouvelle de son retour s'était répandue sur toute la côte, et jamais il ne fut inquiété. Parmi toutes les personnes au courant de sa présence, pas une qui fût cupide, – comme je songeais avec tristesse, – ni attachée au gouvernement ; et l'homme courait le pays à cheval, – beaucoup mieux reçu, en dépit d'un reste de l'impopularité passée, que Mr. Henry, – et, au regard des contrebandiers, bien plus en sûreté que moi.

Il n'était pas néanmoins sans avoir sa tablature ; et, comme il en résulta les plus graves conséquences, je dois relater l'affaire. Le lecteur n'a sans doute pas oublié Jessie Broun. Sa façon de vivre la mettait en contact fréquent avec les contrebandiers ; le capitaine Crail lui-même était de ses intimes ; et elle fut des premières à savoir la présence de Mr. Bally au château. A mon idée, elle n'avait cure depuis longtemps de la personne du Maître ; mais elle avait pris l'habitude de s'associer perpétuellement au nom du Maître : c'était le fond de toute sa comédie ; en conséquence, puisqu'il était revenu elle crut de son devoir à elle de hanter le voisinage de Durrisdeer. Le Maître ne pouvait sortir qu'il ne trouvât à l'attendre cette femme de scandale, presque toujours ivre. Elle hélait à grands cris « son bon petit gas », lui débitait des vers de mirliton, et même, paraît-il, fit semblant de pleurer sur son épaule. Je l'avoue, je me frottai les mains de cette persécution ; mais le Maître, si rude à autrui, était, pour soi-même, le moins patient des hommes. Il se passa d'étranges scènes en leur particulier. Certains disent qu'il leva sa canne sur elle, et que Jessie recourut à ses armes de jadis, – les pierres. Il est certain que pour finir il demanda au capitaine Crail d'attirer la femme dans un guet-apens, et que le capitaine repoussa la proposition, avec une chaleur inusitée. A la fin du compte, Jessie l'emporta. On réunit de l'argent, il y eut une entrevue, au cours de laquelle mon fier gentilhomme dut consentir à recevoir des baisers et des larmes ; et la femme fut installée dans un cabaret à elle, situé quelque part sur le Solway (mais où, je l'ai oublié) et, d'après le peu que j'en sais, des plus mal fréquentés.

Mais nous anticipons. Il y avait quelque temps que Jessie s'attachait à ses pas, lorsque le Maître vint un jour me trouver dans le bureau du régisseur, et me dit, avec plus de politesse qu'à l'ordinaire :

– Mackellar, il y a une maudite folle de traînée qui rôde aux alentours. Il ne m'est guère possible de m'en occuper moi-même, aussi j'ai recours à vous. Ayez l'obligeance de voir à ce que nos gens aient l'ordre strict de chasser cette traînée.

– Monsieur, dis-je, en tremblant un peu, vous pouvez faire vous-même vos sales commissions.

Sans dire un mot, il quitta la chambre.

Peu après arriva Mr. Henry.

– Voici du nouveau ! s'écria-t-il. Il paraît que tout ne suffit pas encore, et que vous voulez ajouter à mes maux. Il paraît que vous avez offensé Mr. Bally.

– Avec votre permission, Mr. Henry, répliquai-je, c'est lui qui m'a offensé ; et, à mon avis, grossièrement. Mais je n'ai peut-être pas assez considéré votre situation, en parlant ; et si vous le croyez aussi, lorsque vous saurez tout, mon cher maître, vous n'avez qu'un mot à dire. Pour vous, j'obéirai sur n'importe quoi, même jusqu'au péché, Dieu me pardonne !

Et je lui racontai ce qui venait de se passer.

Mr. Henry eut un sourire, – je n'ai jamais vu plus affreux sourire.

– Vous avez parfaitement agi, dit-il. Il boira jusqu'à la lie sa Jessie Broun.

Puis, apercevant le Maître au-dehors, il ouvrit la fenêtre, et lui cria, en l'appelant Mr. Bally, de monter un instant.

– James, dit-il, – quand notre persécuteur fut entré et qu'il eut refermé la porte derrière lui, en me regardant avec un sourire, comme s'il se figurait que j'allais être tancé, – vous êtes venu vous plaindre à moi de Mr. Mackellar. J'ai pris mes renseignements. Je n'ai pas besoin de vous dire que je le croirai toujours de préférence à vous ; car nous sommes seuls, et je vais user un peu de votre liberté. Mr. Mackellar est un gentleman que j'estime ; et vous devez tâcher, aussi longtemps que vous serez sous ce toit, de ne plus entrer en collision avec une personne que je soutiendrai quoi qu'il doive en coûter à moi ou aux miens. Quant à la commission que vous lui proposiez, vous pouvez aller vous-même vous dépêtrer des conséquences de votre méchanceté, et nul de mes serviteurs ne sera employé en pareil cas.

— Les serviteurs de mon père, je crois, dit le Maître.

— Allez donc lui raconter cette histoire, dit Mr. Henry.

Le Maître devint très pâle. Il me désigna du doigt.

— Je veux que vous renvoyiez cet homme, dit-il.

— Je ne le renverrai pas, dit Mr. Henry.

— Vous me le paierez joliment cher, dit le Maître.

— J'ai payé si cher déjà pour un mauvais frère, dit Mr. Henry, que j'ai fait banqueroute, même de craintes. Il ne reste plus d'endroit où vous puissiez me frapper.

— C'est ce que nous verrons, dit le Maître.

Et il se retira lentement.

— Que va-t-il faire, Mackellar ? demanda Mr. Henry.

— Laissez-moi partir, dis-je. Mon cher maître, laissez-moi partir : je vais vous attirer de nouveaux ennuis.

— Voudriez-vous me laisser tout seul ? demanda-t-il.

Notre incertitude sur le nouveau genre d'attaque ne fut pas longue. Jusqu'à cette heure, le Maître avait joué très serré avec Mme Henry. Il évitait délibérément de rester seul avec elle, ce que je pris d'abord pour un respect des convenances, mais ce que j'attribue aujourd'hui à une habileté plus insidieuse ; il ne la voyait pour ainsi dire qu'au moment des repas, et se comportait alors en frère affectueux. Jusqu'à cette heure, on peut dire, qu'il ne s'était pas directement interposé entre Mr. Henry et sa femme ; il s'était contenté de soustraire à l'un les bonnes grâces de l'autre. Or, tout ceci allait changer ; mais fut-ce par vengeance réelle, ou parce qu'il était las de Durrisdeer, et cherchait une distraction, le diable seul peut le dire.

Dès cette heure, en tout cas, il entreprit le siège de Mme Henry. Les opérations furent menées si habilement qu'elle-même s'en aperçut à peine, et que son mari dut y assister en silence. La première tranchée fut ouverte (semble-t-il) par accident. La conversation tomba, une fois de plus, sur les exilés de France ; puis elle dévia sur ce qu'ils chantaient.

— Voici une de leurs chansons, dit le Maître, si cela vous intéresse, qui m'a toujours paru très émouvante. Les vers en sont mauvais ; et cependant, peut-être à cause de ma situation, ils me sont toujours allés au cœur. Celle qui chante, je dois vous le dire, est supposée être la fiancée d'un exilé ; et les paroles expriment moins ses vraies pensées à elle que ce que lui espère d'elle, en ces terres lointaines – (et ici le Maître soupira). – Je vous assure que c'est un spectacle poignant, de voir une vingtaine de grossiers Irlandais, tous simples soldats, entonner cette chanson ; et l'on peut se rendre compte, à voir couler leurs larmes, à quel point elle les émeut. Elle commence ainsi, père – (dit-il, en prenant fort habilement Mylord pour auditeur), – et si je ne puis aller jusqu'au bout, vous songerez que c'est un cas ordinaire chez nous autres exilés.

Et alors il chanta cet air que j'avais entendu siffler par le colonel ; mais cette fois avec les paroles, frustes en effet, mais exprimant avec d'autant plus de force les désirs d'une pauvre fille envers son amant exilé. Je m'en rappelle ces quelques vers (si l'on peut dire) :

> *Oh ! je veux teindre en rouge mon jupon,*
> *Avec mon cher garçon, j'irai mendier mon pain,*
> *Dussent toutes mes amies souhaiter me voir morte*
> *Pour Willie dans les roseaux ! O !*

Il la chanta bien, mais la mima encore mieux. J'ai entendu des acteurs fameux, alors qu'il n'y avait pas un œil sec dans tout le théâtre d'Édimbourg, spectacle bien étonnant ; mais pas plus étonnant que de voir le Maître jouer de cette petite ballade, et de ceux qui l'écoutaient, comme d'un instrument. Parfois, on le croyait prêt à défaillir, puis il domptait sa faiblesse, tant que les paroles et la musique semblaient sortir de son cœur et de son passé propres, et viser directement Mme Henry. Et son art alla plus loin : car le tout fut si subtilement nuancé qu'il était impossible de le soupçonner de la moindre intention, et loin de faire étalage de son trouble, on eût juré qu'il s'efforçait de rester calme. Quand il eut fini, nous demeurâmes tous silencieux un moment. Il avait choisi l'heure du crépuscule, et personne ne distinguait les traits de son voisin ; mais il sembla que nous avions cessé de respirer ; seul, Mylord s'éclaircit la gorge. Le premier à faire un mouvement fut le chanteur, qui soudain se leva sans bruit, et se mit à marcher lentement et de long en large au bas bout de la salle, où Mme Henry se tenait d'habitude. Nous devions supposer qu'il luttait avec un reste d'émotion ; mais il revint bientôt s'asseoir, et s'embarqua dans un examen du caractère irlandais (toujours si mal interprété, et qu'il défendit) de sa voix normale ; et, par suite, les lumières n'étaient pas encore apportées, que nous causions tous comme à l'ordinaire. Même alors, toutefois, je crus remarquer une certaine pâleur sur le visage de Mme Henry ; en outre, elle se retira presque tout de suite.

Un nouvel indice fut l'amitié que cet insidieux démon sut inspirer à l'innocente Miss Katharine. Ils étaient toujours ensemble, la main dans la main, ou bien elle grimpait sur son genou : – on eût dit une paire d'enfants. Comme toutes ses actions diaboliques, celle-ci atteignit plusieurs buts. Ce fut pour Mr. Henry le dernier coup, de voir sa propre fille détournée de lui ; il en devint dur à l'égard de la pauvre innocente, ce qui le mit encore un cran plus bas dans l'estime de sa femme ; et (pour conclure) ce fut un trait d'union entre Mylady et le Maître. Sous cette influence, leur réserve ancienne se fondit chaque jour davantage. Bientôt, ce furent des promenades sous la grande charmille, des causeries dans le belvédère, et je ne sais quelle tendre familiarité. Je suis sûr que Mme Henry était comme beaucoup d'honnêtes femmes : elle avait la conscience en repos, mais peut-être s'aveuglait-elle un peu. Car même à un observateur aussi obtus que moi, son affection apparaissait plus tendre qu'il ne convient à une sœur. Sa voix s'enrichit de notes plus mélodieuses ; son regard s'illumina de douceur ; elle devint plus aimable avec nous tous, même avec Mr. Henry, même avec moi ; il émanait d'elle une sorte de bonheur discret et mélancolique.

Quel tourment pour Mr. Henry, d'assister à ces changements ! Et toutefois, notre délivrance finale en fut le résultat, comme je vais bientôt l'exposer.

Le but du Maître en restant au château était tout bassement (quelque dorure qu'on y mît) de soutirer de l'argent. Il avait projeté de faire fortune aux Indes françaises, comme l'écrivit le chevalier ; et c'était la somme nécessaire qu'il était venu chercher. Pour le reste de la famille, cela signifiait la ruine ; mais Mylord, dans son incroyable partialité, nous poussait continuellement à céder. La famille était à présent si réduite (elle comprenait juste le père et les deux frères) qu'il devenait possible d'entamer le patrimoine et d'aliéner une pièce de terre. A quoi Mr. Henry, d'abord par des allusions, puis par une pression directe, fut amené à consentir. Il n'y aurait jamais consenti, j'en suis persuadé, sans le faix du malheur sous lequel il succombait. N'eût été son désir passionné de voir son frère parti, il n'aurait jamais enfreint de la sorte ses propres sentiments et les traditions de sa race. Même ainsi, il leur vendit cher son acceptation. Il parla pour une fois sans détours, et fit voir la honteuse affaire sous son véritable jour.

— Vous remarquerez, dit-il, que c'est une injustice envers mon fils, si j'en ai jamais un.

— Mais il est peu probable que vous en ayez un, dit Mylord.

— Dieu le sait ! dit Mr. Henry. Et considérant la position cruellement fausse dans laquelle je me trouve vis-à-vis de mon frère, et aussi que vous, Mylord, êtes mon père, et avez le droit de me condamner, je signerai ce papier. Mais je dirai d'abord une chose : on m'y contraint d'une manière peu généreuse ; et ensuite, Mylord, quand vous serez tenté de comparer vos deux fils, je vous prie de vous rappeler ce que j'ai fait et ce que lui a fait. Les actes sont la vraie pierre de touche.

Mylord était l'homme le plus mal à l'aise que j'aie vu. Sa vieille face trouva moyen de s'empourprer.

— Le moment, je crois, n'est pas très bien choisi pour vous plaindre, Henry, dit-il. Cela diminue le mérite de votre générosité.

— Ne vous y trompez pas, Mylord, dit Mr. Henry. Ce n'est point par générosité envers lui que je commets cette injustice, c'est pour vous obéir.

— Devant des étrangers... commença Mylord, encore plus mal inspiré.

— Il n'y a ici que Mackellar, dit Mr. Henry, et il est mon ami. D'ailleurs, Mylord, comme Mackellar est le témoin fréquent de vos blâmes, il ne serait pas juste que je l'empêche d'ouïr une chose aussi rare que ma défense.

Pour un peu, Mylord serait revenu sur sa décision ; mais le Maître veillait.

— Ah ! Henry, Henry ! dit-il, c'est encore vous qui êtes le meilleur de nous tous. Rude, mais franc ! Ah ! mon ami, je voudrais avoir votre bonté.

A cette nouvelle preuve de la générosité de son favori, l'hésitation de Mylord cessa, et l'acte fut signé.

Dans le plus bref délai possible, la terre d'Ochterhall fut vendue bien au-dessous de sa valeur, et l'argent remis à notre sangsue, qui l'expédia en France par ses moyens privés. Ou du moins, il nous le fit croire, et j'ai soupçonné depuis qu'il n'alla pas aussi loin. Les manigances de l'homme avaient donc abouti heureusement, et ses poches, une fois de plus, regorgeaient de notre or ; mais nous attendions toujours la récompense de nos sacrifices, et le visiteur s'attardait à Durrisdeer. Était-ce par malignité, ou parce que le temps n'était pas encore venu pour lui de gagner les Indes, ou parce qu'il avait un espoir de réussite auprès de Mme Henry, ou bien par ordre du gouvernement, qui peut le dire ? Mais bref, il s'attarda, et durant des semaines.

J'ai dit, vous l'avez remarqué : par ordre du gouvernement ; car ce fut vers cette époque que le déshonorant secret de cet homme transpira au-dehors.

Ce qui me donna l'éveil fut le propos d'un tenancier, commentant le séjour du Maître, et surtout ma sécurité ; car ce tenancier était de sympathies jacobites, et avait perdu un fils à Culloden, ce qui aiguisait sa critique.

— Il y a un détail que je ne puis m'empêcher de trouver bizarre, me dit-il ; c'est le fait de son arrivée à Cockermouth.

— A Cockermouth ? dis-je, me rappelant alors ma surprise de voir l'homme débarquer en un tel *point de vue* [1], après un si long voyage.

— Eh bien oui, dit le tenancier, c'est là qu'il fut recueilli par le capitaine Crail. Vous vous figuriez qu'il était venu de France par mer ? Nous aussi.

Je retournai dans ma tête cette nouvelle, que j'allai communiquer à Mr. Henry.

— Voici un détail curieux, dis-je. Et je lui contai la chose.

— Qu'importe la façon dont il est venu, Mackellar, aussi longtemps qu'il est ici ? répliqua tristement Mr. Henry.

— Non, non, dis-je, pensez-y mieux. Cela ne sent-il pas la connivence gouvernementale ? Vous savez combien de fois déjà la sécurité de l'homme nous a étonnés.

— Attendez, dit Mr. Henry. Laissez-moi réfléchir.

Et peu à peu je vis naître sur son visage ce sourire féroce qui ressemblait un peu à celui du Maître.

— Donnez-moi du papier, dit-il.

_____

1. En français dans le texte.

Et, sans un mot de plus, il s'assit pour écrire à un gentleman de ses connaissances, – le nom est inutile, mais c'était quelqu'un de haut placé. Je fis porter cette lettre par le seul messager auquel je pusse me fier en l'occurrence, – Macconochie. Le vieil homme dut galoper, car il était revenu avec la réponse avant même que mon impatience osât commencer à espérer. En la lisant, Mr. Henry eut le même sourire féroce. « Voici le meilleur tour que vous nous ayez fait encore, Mackellar, dit-il. Avec ce document, je vais lui donner une fière secousse. Observez-nous au dîner. »

Au dîner donc, Mr. Henry proposa une visite où le Maître serait fort en vue ; et, comme il s'y attendait, Mylord objecta le danger.

– Oh ! dit Mr. Henry d'un air détaché, ce n'est plus la peine de m'en faire un secret. Je suis dans la confidence tout comme vous.

– La confidence ? dit Mylord. Un secret ? Que voulez-vous dire, Henry ? Je vous donne ma parole que je n'ai pas de secret dont vous soyez exclu.

Le Maître avait changé de contenance, et je vis qu'il était touché au défaut de la cuirasse.

– Comment ? lui dit Mr. Henry, d'un air fort étonné. Je sais que vous servez vos maîtres avec fidélité ; mais je me figurais que vous aviez eu pitié de notre père, et l'aviez tranquillisé.

– De quoi parlez-vous ? Je ne veux pas que l'on discute mes affaires en public. J'ordonne que cela cesse, s'écria le Maître, avec une folle impétuosité, plus digne d'un enfant que d'un homme.

– On n'attendait pas de vous semblable discrétion, je vous affirme, continua Mr. Henry. Car voici ce que m'écrit mon correspondant – (il déploya le papier, et lut :) « Il est en effet de l'intérêt du gouvernement comme du gentleman qu'il vaut mieux continuer d'appeler Mr. Bally, que cet accord demeure secret ; mais on n'eut jamais l'intention de laisser aujourd'hui encore sa famille dans les transes que vous dépeignez si chaudement ; et je suis heureux de venir le premier apaiser ses craintes. Mr. Bally est aussi bien que vous en sécurité dans la Grande-Bretagne. »

– Est-il possible ? s'écria Mylord, regardant son fils avec beaucoup d'étonnement, et plus encore de soupçon.

– Mon cher père, dit le Maître, qui s'était déjà ressaisi, je suis enchanté de pouvoir enfin parler. Mes instructions, à moi, étaient tout autres, et m'obligeaient de garder le secret à tout le monde, sans vous excepter, et même à vous expressément désigné, – comme je puis vous le faire voir par écrit, si je n'ai supprimé la lettre. Ils ont dû changer d'avis très promptement, car la chose est encore toute récente ; ou plutôt, Henry, votre correspondant aura mal interprété ce point, comme il a mal interprété les autres. A vous dire vrai, Monsieur, continua-t-il, avec toujours plus d'assurance, j'avais supposé que cette faveur inattendue accordée à un rebelle était un effet de votre intervention ; et l'ordre de garder le secret même de ma famille, le résultat d'un désir à vous de cacher votre bonté. C'est pourquoi j'obéissais aussi strictement

aux ordres. Il nous reste maintenant à deviner par quelle entremise
cette faveur s'est posée sur un coupable aussi notoire que moi. Car je
ne crois pas que votre fils ait besoin de se justifier de cette imputation
que renferme la lettre d'Henry. On n'a pas encore ouïe-dire qu'un Durie
fût jamais un traître ou un espion, ajouta-t-il avec superbe.

Il semblait donc sortir indemne de ce mauvais pas ; mais il comptait
sans une bévue qu'il avait commise, et sans la pénétration de Mr. Henry,
qui allait manifester quelque chose de l'esprit de son frère.

— Vous dites que l'affaire est toute récente ? dit Mr. Henry.

— Elle est récente, dit le Maître, d'un ton très assuré, mais non sans
une légère hésitation.

— Si récente que cela ? demanda Mr. Henry d'un air intrigué, et
déployant de nouveau sa lettre.

Elle ne contenait pas un mot touchant la date ; mais comment le
Maître l'aurait-il su ?

— En tout cas, la faveur est venue bien tard pour moi, dit-il, avec
un rire.

Au son de ce rire, faux comme une cloche fêlée, Mylord le regarda
encore une fois par-dessus la table, et je vis ses vieilles lèvres se pincer.

— Non, dit Mr. Henry, toujours examinant sa lettre, mais je me
rappelle votre expression. Vous disiez que c'était tout récent.

Et alors, nous eûmes la preuve de notre victoire, et le plus fort
exemple de l'incroyable faiblesse de Mylord, car ce fut lui qui intervint
pour épargner la honte à son favori.

— Je crois, Henry, dit-il, avec une sorte d'empressement piteux, je
crois superflu de disputer davantage. Nous nous réjouissons tous, pour
finir, que votre frère soit sauf : nous sommes tous d'accord là-dessus ;
et, en sujets reconnaissants, nous ne pouvons mieux faire que de boire
à la santé du roi et à sa clémence !

Le Maître était donc hors d'affaire ; mais il avait été réduit à se
défendre, il s'en était tiré sans gloire, et le prestige de son danger
personnel lui était publiquement retiré. Mylord, dans son for intérieur,
connaissait désormais son favori pour un espion du gouvernement ; et
Mme Henry (quel que fût son avis) se montra visiblement plus froide
envers le héros de roman déchu. C'est ainsi que le meilleur édifice de
duplicité possède quelque point faible, et il suffit de l'atteindre, pour
que tout croule ; et si, par cet heureux coup, nous n'avions pas ébranlé
l'idole, qui peut dire ce qui en aurait résulté pour nous lors du
dénouement ?

Toutefois, à l'époque, c'était comme si nous n'avions rien fait. Au
bout d'un jour ou deux, il avait effacé les traces de sa défaite, et, selon
toute apparence, restait aussi fort que jamais. Quant à Mylord
Durrisdeer, il était plongé dans sa prédilection paternelle ; il s'agissait
moins d'amour, qualité active, que d'une apathie torpide de ses autres
facultés ; et le pardon (pour employer aussi mal ce terme noble)
s'échappait de lui par pure faiblesse, comme des larmes séniles. Le cas
de Mme Henry était très différent ; et Dieu sait ce qu'il trouva à lui

dire, ou comment il parvint à esquiver son mépris. C'est l'un des pires privilèges du sentiment, que le ton de voix prenne plus d'importance que les mots, et celui qui parle, plus que ce qu'il dit. Mais le Maître dut trouver une excuse, ou peut-être même il découvrit le moyen de tourner ce scandale à son avantage ; car, après un temps de froideur, les relations se firent plus étroites que jamais entre lui et Mme Henry. Ils étaient perpétuellement ensemble. Je ne veux pas avoir l'air de jeter une ombre de blâme, en dehors de ce qui est dû à un aveuglement semi-volontaire, sur cette malheureuse lady ; mais je crois que, durant ces derniers jours, elle joua de très près avec le feu ; et que je me trompe ou non là-dessus, une chose du moins est claire et suffisante : Mr. Henry le croyait. Ce pauvre gentilhomme restait assis des journées entières dans ma chambre, avec un air si malheureux que je n'osais m'aventurer à lui parler ; cependant, il faut croire qu'il trouvait quelque réconfort dans ma simple présence et dans la conscience de ma sympathie. A d'autres fois, nous causions, et c'était une singulière causerie : personne n'était nommé, l'on ne citait aucun détail personnel ; mais nous avions le même sujet dans l'esprit, et nous le savions l'un et l'autre. C'est là un curieux exercice auquel on peut se livrer : parler d'une chose pendant des heures, sans la désigner, ni même y faire allusion. Et je me demandai si ce n'était pas à l'aide d'un artifice analogue que le Maître courtisait Mme Henry tout le long du jour (comme il était manifeste), sans jamais alarmer sa pudeur.

Pour montrer à quel point en étaient venues les choses, je rapporterai quelques mots de Mr. Henry, prononcés (j'ai des raisons pour ne pas l'oublier) le 26 février 1757. C'était par un temps hors de saison, un retour à l'hiver : pas de vent, un froid glacial, un monde tout blanc de givre, un ciel bas et gris, une mer noire et silencieuse comme l'ouverture d'un puits de mine. Mr. Henry était assis devant le feu, et se demandait (ce qui était devenu fréquent chez lui) si « un homme » doit « agir », si « une intervention serait opportune », et autre propositions générales, dont chacun de nous faisait l'application. J'étais à la fenêtre, regardant au-dehors, quand passèrent au-dessous de moi le Maître, Mme Henry et Miss Katharine, ce trio devenu sempiternel. L'enfant courait çà et là, enchantée de la gelée ; le Maître parlait à l'oreille de Madame avec une grâce qui semblait (même de si loin) insinuante et diabolique ; et elle, de son côté, regardait à terre comme absorbée dans son attention. Je sortis de ma réserve.

— Si j'étais de vous, Mr. Henry, dis-je, je m'ouvrirais franchement à Mylord.

— Mackellar, Mackellar, dit-il, vous ne voyez pas la fausseté de ma position. Je ne puis révéler d'aussi basses pensées à personne — à mon père encore moins ; ce serait me vouer à son plus profond mépris. La fausseté de ma situation, reprit-il, elle est en moi : ma personne n'attire pas la sympathie. Je possède leur reconnaissance, chacun me dit cela ; et je n'en suis pas plus riche ! Mais je ne figure pas dans leurs esprits ; ils ne sont tentés ni de penser comme moi, ni de penser à moi. C'est là ce qui me perd ! – (il se mit debout, et donna un coup de pied sur une bûche). – Mais il faut trouver un moyen, Mackellar, dit-il, me regardant tout à coup par-dessus son épaule ; – nous devons trouver un moyen. J'ai beaucoup de patience... beaucoup trop. Je me méprise, à la fin. Et cependant, il est sûr que personne jamais ne fut enveloppé dans une pareille trame !

Et il retomba dans sa méditation.

– Courage ! lui dis-je. Elle se rompra d'elle-même.

– J'ai depuis longtemps dépassé la colère, à cette heure, dit-il.

Et sa réponse avait si peu de rapport avec ma remarque, que je n'insistai pas.

V

Ce qui se passa dans la nuit du 27 février 1757

Le soir de l'entrevue racontée plus haut, le Maître sortit du château, et ne rentra que dans la journée du lendemain, ce fatal 27 février ; mais où il alla, et ce qu'il fit, personne ne se donna la peine de le demander avant le surlendemain. Si nous l'avions fait, cependant, ce que nous fîmes alors, fut fait sans rien savoir, et doit être jugé pareillement : aussi raconté-je les événements tels qu'ils nous apparurent à l'origine, et je garde tout ce que j'ai découvert depuis pour l'époque de la découverte. Car j'en suis arrivé maintenant à l'un des épisodes les plus sombres de mon récit, et je dois réclamer pour mon maître l'indulgence du lecteur.

Ce temps rigoureux dura toute la journée du 27. Le froid était mortel ; les gens que l'on croisait fumaient comme des cheminées ; les bûches s'empilaient dans l'âtre spacieux de la salle ; quelques oiseaux printaniers qui s'étaient déjà fourvoyés jusque dans nos contrées du nord assiégeaient les fenêtres du château, ou sautillaient sur le gazon gelé, comme dépaysés. Vers midi, un rayon de soleil perça, éclairant un merveilleux paysage hivernal et glacé de collines et de bois tout blancs. Là-bas, derrière le cap, le lougre de Crail attendait le vent, et de chaque ferme ou cottage, les fumées montaient droit dans l'air. Avec le soir, la trouée se referma dans la brume ; la nuit tomba, sombre, sans étoiles et excessivement froide : une nuit des plus hors de saison, digne d'événements singuliers.

Mme Henry se retira, selon sa nouvelle habitude, très tôt. Nous nous étions mis récemment à passer les soirées en jouant aux cartes, – nouveau symptôme que notre hôte s'ennuyait profondément de l'existence de Durrisdeer ; – et nous jouions depuis peu de temps, lorsque Mylord quitta sans bruit sa place au coin du feu et partit sans rien dire se réchauffer dans son lit. Les trois personnes restantes n'avaient ni sympathie ni politesse à échanger ; pas un de nous ne serait demeuré un instant pour en obliger un autre ; néanmoins, par la force de l'habitude, et comme on venait de distribuer les cartes, nous continuâmes la partie. Je dois dire que nous nous couchions tard ; et bien que Mylord se fût retiré plus tôt qu'à son ordinaire, la pendule avait déjà dépassé minuit, et les domestiques étaient au lit depuis longtemps. Je dois dire également que le Maître, bien que je ne l'aie jamais vu influencé par la boisson, avait bu abondamment, et se trouvait peut-être un peu échauffé sans toutefois qu'il y parût.

En tout cas, il recourut alors à une de ses transitions ; et, sitôt la porte refermée derrière Mylord, et sans le moindre changement de ton, il passa de la conversation polie habituelle à un torrent d'injures.

– Mon cher Henry, c'est à vous de jouer, venait-il de dire ; – et il continua : – il est vraiment curieux de vous voir, jusque dans cette mince affaire d'un jeu de cartes, déployer une telle rusticité. Vous jouez, Jacob, comme un vieux laird [1] à bonnet, ou un matelot dans une taverne. Même pesanteur, même avidité mesquine, *cette lenteur d'hébété qui me fait rager* [2] ; il est bizarre que j'aie un pareil frère. Même Bouts-Carrés montre une certaine vivacité lorsqu'il craint pour son enjeu ; mais toute la fastidiosité de jouer avec vous, je manque de mots pour l'exprimer.

Mr. Henry continua de regarder ses cartes, comme s'il méditait longuement quelque coup ; mais il avait l'esprit ailleurs.

– Bon Dieu ! ce sera-t-il jamais fini ? s'écria le Maître. *Quel lourdaud* [3]. Mais que vais-je embarrasser d'expressions françaises quelqu'un perdu dans une telle ignorance ? Un *lourdaud*, mon cher frère, est comme qui dirait un colas, un benêt, un croûton, un individu sans grâce, sans légèreté ni alacrité ; aucun talent de plaire, aucun brillant naturel : celui que vous pourrez voir quand vous le voudrez, en regardant un miroir. Je vous dis cela pour votre bien, je vous assure ; et en outre, Bouts-Carrés – (et il me regarda en étouffant un bâillement) – c'est une de mes distractions en ce lieu d'ennui, de vous retourner, vous et votre maître, comme des châtaignes au feu. Je prends un vif plaisir à votre cas, et observe que le surnom, tout grossier qu'il soit, a toujours le pouvoir de vous faire faire la grimace. Mais j'ai parfois plus de difficulté avec ce cher garçon-ci, qui semble s'être endormi sur ses cartes. Ne voyez-vous pas l'application de l'épithète que je viens de vous gloser, mon cher Henry ? Je vais vous la faire voir. Par exemple, avec toutes ces solides qualités que j'ai plaisir à vous reconnaître, je ne sache pas de femme qui ne me préfère, – ni, je pense (poursuivit-il avec la plus suave délibération) – je pense, qui ne continue à me préférer.

---

1. Titre écossais correspondant à celui de *lord*.
2. En français dans le texte.
3. En français dans le texte.

Mr. Henry déposa ses cartes. Il se leva très lentement, sans cesser de paraître absorbé en de profondes réflexions.

– Lâche ! dit-il doucement, comme à lui-même. Et puis, sans nulle hâte ni violence spéciales, il frappa le Maître sur la bouche.

Le Maître bondit et sembla transfiguré. Je ne le vis jamais aussi beau.

– Un coup ! s'écria-t-il. Je n'en recevrais pas du Dieu Tout-Puissant !

– Baissez la voix, dit Mr. Henry. Voulez-vous donc que votre père intervienne de nouveau en votre faveur ?

– Messieurs ! Messieurs ! m'écriai-je, tâchant de m'interposer.

Le Maître me prit par l'épaule, me tint à bout de bras, et s'adressant toujours à son frère :

– Savez-vous ce que cela signifie ? demanda-t-il.

– Ce fut le geste le plus délibéré de ma vie, répliqua Mr. Henry.

– Je veux du sang, j'aurai du sang pour cela, dit le Maître.

– Le vôtre, s'il plaît à Dieu, dit Mr. Henry.

Et il s'en alla décrocher à une panoplie du mur une paire de sabres nus. Puis il les présenta au Maître par les pointes.

– Mackellar, veillez à ce que le combat soit loyal. Je crois la chose indispensable.

– Vous n'avez pas besoin de m'insulter davantage, dit le Maître, qui prit l'un des sabres au hasard. Je vous ai haï depuis toujours.

– Mon père vient seulement de se mettre au lit, dit Mr. Henry. Il nous faut aller quelque part en dehors du château.

– La grande charmille conviendrait tout à fait, dit le Maître.

– Messieurs, dis-je, honte sur vous deux ! Allez-vous, fils de la même mère, détruire la vie qu'elle vous a donnée ?

– Si fait, Mackellar, dit Mr. Henry, avec la même tranquillité d'allures qu'il n'avait cessé de manifester.

– C'est ce que je saurai empêcher, dis-je.

Il y a ici une tache sur ma vie. A ces mots que je venais de prononcer, le Maître dirigea sa lame contre ma poitrine. Je vis la lueur courir le long de l'acier ; et je levai les bras au ciel en tombant à genoux devant lui.

– Non ! non ! m'écriai-je, comme un enfant.

– Il ne nous gênera plus, dit le Maître. C'est une bonne chose que d'avoir un lâche à son service.

– Il nous faut de la lumière, dit Mr. Henry, comme s'il ne s'était rien passé.

– Ce trembleur portera une couple de bougies, dit le Maître.

Soit dit à ma honte, j'étais encore tellement aveuglé par l'éclat de ce sabre nu que j'offris d'aller chercher une lanterne.

– Nous n'avons pas besoin de l-l-lanterne, dit le Maître, en me contrefaisant. Il n'y a pas un souffle d'air. Allons, debout, prenez une couple de bougies et marchez devant. Je viens derrière vous avec ceci. Et tout en parlant, il fit étinceler la lame.

Je pris les flambeaux et le précédai ; – je donnerais ma main droite pour racheter cette démarche ; mais un couard ne peut être qu'esclave, et tout en marchant, mes dents s'entrechoquaient. Il en était comme il l'avait dit : l'air, sans un souffle, était saisi par une constriction glacée, et tandis que nous avancions à la clarté des bougies, les ténèbres faisaient comme un toit par-dessus nos têtes. Pas un mot ne fut prononcé : on n'entendait d'autre bruit que le craquement de nos pas sur le chemin gelé. Le froid de la nuit tombait sur moi comme une seillée d'eau ; je ne tremblais pas que de terreur ; mais mes compagnons, nu-tête comme moi, et venant de la salle chauffée, ne semblaient pas même s'apercevoir du changement.

– Voici l'endroit, dit le Maître. Déposez les bougies.

J'obéis, et les flammes montèrent aussi droites que dans une chambre, au milieu des ramures givrées. Je regardai les deux frères prendre leurs places.

– J'ai un peu de lumière dans les yeux, dit le Maître.

– Je vous donnerai tous les avantages, répliqua Mr. Henry, en se déplaçant, car je crois que vous allez mourir.

Sa voix était plus triste qu'autre chose, mais avec une sonorité spéciale.

– Henry Durie, dit le Maître, deux mots avant de commencer. Vous êtes un escrimeur, vous savez tenir un fleuret ; mais vous ne savez pas quel changement cela fait de tenir un sabre ! Et à ce que je pense, c'est vous qui tomberez. Mais voyez la force de ma situation ! Si vous tombez, je m'évade de ce pays et vais rejoindre mon argent. Si je tombe, qu'advient-il de vous ? Mon père, votre femme, – qui est en galanterie avec moi, vous le savez très bien – comme ils me vengeront ! Aviez-vous pensé à cela, mon cher Henry ?

Il regarda son frère en souriant, puis fit un salut de salle d'armes. Sans dire un mot, Mr. Henry salua aussi, et les sabres se croisèrent.

Je ne suis pas juge du combat ; d'ailleurs, j'avais perdu la tête, de froid, de crainte et d'horreur ; mais il me semble que Mr. Henry prit et garda le dessus dès l'engagement, pressant son adversaire avec une furie contenue et bouillonnante. Il le serrait de plus en plus près, quand soudain le Maître fit un bond en arrière et étouffa un juron ; et je crois que ce mouvement lui mit une fois de plus la lumière dans les yeux. Ensuite, ils reprirent, sur le nouveau terrain ; mais d'un peu plus près, ce me semble, et Mr. Henry avec une ardeur toujours croissante, le Maître avec une confiance sans nul doute ébranlée. Car il est sûr qu'il se sentait perdu, et goûtait quelque chose de la froide agonie de la peur ; sinon, il n'eût pas tenté son coup de traître. Je ne puis dire que je le suivis, car mon œil inexpert n'était pas assez prompt pour saisir les détails, mais il dut empoigner la lame de son frère avec sa main gauche, – pratique non autorisée. – Il est sûr que Mr. Henry ne se sauva qu'en faisant un bond de côté ; et sûr aussi que le Maître, emporté par son élan, tomba sur un genou, et, avant qu'il pût faire un geste, il avait reçu le sabre dans le corps.

Je poussai un cri étouffé, et accourus ; mais le corps était déjà étendu sur le sol, où il se débattit un instant comme un ver écrasé, puis resta immobile.

— Regardez sa main gauche, dit Mr. Henry.

— Elle est pleine de sang, dis-je.

— A l'intérieur ? demanda-t-il.

— Elle est coupée à l'intérieur, répondis-je.

— Je le pensais, dit-il, en tournant le dos.

J'ouvris les vêtements de l'homme ; le cœur était muet : il ne battait plus.

— Dieu nous pardonne, Mr. Henry ! m'écriai-je. Il est mort !

— Mort ? répéta-t-il, avec stupeur ; puis, élevant la voix : – Mort ? mort ? dit-il. Et tout à coup il jeta sur le sol son sabre ensanglanté.

— Qu'allons-nous faire ? dis-je. Soyez vous-même, Monsieur. Il est trop tard, maintenant, il faut vous ressaisir.

Il se retourna, les yeux fixés sur moi.

— Oh ! Mackellar ! dit-il, en cachant son visage entre ses mains.

Je le tirai par son habit.

— Pour Dieu, pour nous tous, soyez plus courageux ! dis-je. Qu'allons-nous faire ?

Il me montra de nouveau son visage avec le même regard stupide.

— Faire ? dit-il. Et alors son regard tomba sur le corps, et il cria : Oh ! en portant la main à son front, comme s'il ne se souvenait plus ; et, me laissant là, il s'en fut vers le château, courant et titubant.

Je demeurai un instant pensif ; puis il m'apparut clairement que mon devoir était du côté des vivants ; et je courus après lui, laissant les bougies sur le sol glacé et le cadavre gisant à leur clarté sous les arbres. Mais j'eus beau courir, il avait de l'avance sur moi, et il était rentré dans la maison et monté à la salle, où je le trouvai debout devant le feu, le visage une fois de plus entre les mains. Il tremblait visiblement.

— Mr. Henry, Mr. Henry, dis-je, ceci va causer notre perte à tous.

— Qu'est-ce que j'ai fait ? s'écria-t-il. Puis me regardant avec une expression que je n'oublierai jamais :

— Qui va le dire au vieux [1] ? dit-il.

Le mot me frappa au cœur ; mais ce n'était pas le moment des faiblesses. J'allai lui verser un verre d'eau-de-vie.

— Buvez cela, dis-je, buvez tout.

Je le forçai d'avaler, comme un enfant ; et comme j'étais tout transi du froid nocturne, je suivis son exemple.

— Il faut qu'il le sache, Mackellar, dit-il, il faut qu'il sache.

Et il se laissa tomber dans un fauteuil – celui de Mylord, au coin de la cheminée – et fut secoué de sanglots spasmodiques.

Une détresse m'envahit ; il était clair que je n'avais rien à attendre de Mr. Henry.

— Allons, dis-je, restez ici, je me charge de tout.

---

1. L'« old man » anglais, appliqué au père, n'a rien d'irrespectueux.

Et prenant un flambeau à la main, je m'avançai hors de la pièce dans l'obscurité de la maison. Personne ne bougeait : il était à croire qu'on ne s'était aperçu de rien ; et j'avais à chercher le moyen d'accomplir le reste dans le même secret. Ce n'était pas l'heure des cérémonies : j'ouvris la porte de Mylady sans me donner la peine de frapper, et pénétrai directement chez elle.

— Il est arrivé un malheur ! s'écria-t-elle, de son lit, en se mettant sur son séant.

— Madame, dis-je, je vais retourner dans le corridor, et vous vous vêtirez au plus vite. Il y a beaucoup à faire.

Elle ne me harcela point de questions, et ne se fit pas attendre. Je n'avais pas eu le temps de préparer un mot de ce que je devais lui dire, lorsqu'elle apparut sur le seuil et me fit signe d'entrer.

— Madame, dis-je, si vous n'êtes pas résolue à montrer beaucoup de courage, j'irai m'adresser ailleurs ; car si personne ne m'aide cette nuit, c'en est fait de la maison de Durrisdeer.

— Je suis pleine de courage, dit-elle ; et elle me regarda avec une espèce de sourire, très pénible à voir, mais très brave aussi.

— On en est venu à un duel, dis-je.

— Un duel ? répéta-t-elle. Un duel ? Henry et...

— Et le Maître, dis-je. On a supporté si longtemps des choses, des choses dont vous ne savez rien, et que vous ne croiriez pas si je vous les disais. Mais cette nuit, cela a été trop loin, et lorsqu'il vous eut insultée...

— Attendez, dit-elle. Qui, il ?

— Oh ! Madame, m'écriai-je, donnant libre cours à mon amertume, vous me posez une telle question ? En ce cas, je n'ai plus qu'à chercher de l'aide ailleurs. Il n'y en a pas ici !

— Je ne sais en quoi je vous ai offensé, dit-elle. Pardon. Mais tirez-moi de cette incertitude.

Mais je n'osais parler encore ; je n'étais pas sûr d'elle ; et, dans ce doute, et avec la sensation d'impuissance qu'il créait en moi, je m'adressai à la malheureuse avec une sorte de colère.

— Madame, dis-je, il est question de deux hommes. L'un d'eux vous a insultée, et vous me demandez lequel. Je vais vous aider à répondre. Avec l'un de ces hommes vous avez passé toutes vos heures : l'autre vous l'a-t-il reproché ? Envers l'un, vous avez toujours été aimable, envers l'autre, comme Dieu me voit et nous juge, non, je ne le crois pas : vous en a-t-il moins aimée ? Ce soir, l'un de ces deux hommes a dit à l'autre, devant moi — moi, un étranger à gages — que vous étiez en galanterie avec lui. Sans que je dise un mot de plus, vous pouvez répondre à votre question : Qui était-ce. Mais, Madame, répondez encore à cette autre : S'ils en sont venus à cet affreux dénouement, à qui la faute ?

Elle me regarda comme égarée. — Grand Dieu ! exclama-t-elle une première fois ; puis une seconde fois, elle se répéta tout bas : — Grand

Dieu !... Par pitié, Mackellar, qu'est-il arrivé ? Je suis prête à tout entendre.

– Vous n'êtes pas prête, dis-je. N'importe ce qui est arrivé, il vous faut d'abord avouer que c'est par vore faute.

– Oh ! s'écria-t-elle en se tordant les mains, – cet homme me rendra folle ! Ne pouvez-vous *me* séparer de vos pensées ?

– Je ne pense aucunement à vous, m'écriai-je. Je ne pense à rien qu'à mon cher et infortuné maître.

– Ah ! s'écria-t-elle, en portant la main à son cœur, est-ce que Henry est mort ?

– Baissez la voix, dis-je. – L'autre.

Elle vacilla comme sous une rafale ; et j'ignore si ce fut par lâcheté ou par détresse, elle se détourna et regarda le parquet.

– Voilà de terribles événements, dis-je à la fin, lorsque son silence eut commencé à me faire peur ; – et nous avons besoin, vous et moi, de tout notre courage, si nous voulons sauver la maison.

Elle ne répondit rien. Je repris :

– Il y a miss Katharine, en outre. Si nous ne venons à bout d'étouffer cette affaire, le déshonneur sera son seul héritage.

Je ne sais si ce fut l'idée de son enfant, ou le simple mot de déshonneur qui la ranima ; mais je n'eus pas plus tôt parlé, qu'un soupir s'échappa de ses lèvres, un soupir tel que je n'en ouïs jamais : on eût dit qu'elle était écrasée sous une montagne, et qu'elle cherchait à rejeter ce faix. Un instant plus tard, elle avait recouvré la voix.

– Ce fut un combat, murmura-t-elle. Ce ne fut pas...

Et elle n'osait prononcer le mot.

– Ce fut un combat loyal du côté de mon maître, dis-je. Quant à l'autre, il fut tué tout juste comme il employait un coup de traîtrise.

– Impossible ! s'écria-t-elle.

– Madame, dis-je, la haine de cet homme flambe dans mon sein comme un feu ; oui, et malgré sa mort. Dieu sait, j'eusse arrêté le combat, si j'avais osé. J'avoue à ma honte que je ne l'ai pas fait. Mais en le voyant tomber, si ma pitié envers mon maître m'avait laissé le loisir de penser à autre chose, c'eût été pour me réjouir de cette délivrance.

Je ne sais si elle prit garde à mes paroles. Elle prononça :

– Et Mylord ?

– Je m'en charge, dis-je.

– Vous ne lui parlerez pas comme vous m'avez parlé ? demanda-t-elle.

– Madame, dis-je, n'avez-vous pas d'autre souci ? Remettez-moi Mylord.

– Et qui encore ? reprit-elle.

– Votre mari, dis-je.

Elle me regarda d'un air impénétrable.

– Allez-vous lui tourner le dos ? insistai-je.

Elle me regardait toujours. Puis sa main se posa de nouveau sur son cœur.

– Non, dit-elle.

– Dieu vous bénisse pour ce mot ! Allez donc le trouver : il est dans la salle. Parlez-lui, – peu importe ce que vous direz ; tendez-lui la main : dites : Je sais tout... et si Dieu vous en donne la grâce, ajoutez : Pardonnez-moi.

– Que Dieu vous fortifie, et vous inspire la pitié, dit-elle. Je vais trouver mon mari.

– Permettez-moi de vous éclairer, dis-je, en prenant le flambeau.

– Je trouverai bien ma route dans l'obscurité, dit-elle, avec un frisson ; – et ce frisson, je crois, était à mon adresse.

Nous nous séparâmes donc. Elle descendit l'escalier et se dirigea vers le mince rai de lumière qui filtrait par la porte de la salle, – tandis que je suivais le couloir jusqu'à la chambre de Mylord. Je ne saurais dire pourquoi, mais il m'était impossible de pénétrer chez ce vieillard comme je l'avais fait chez la jeune femme : bien à contrecœur, il me fallut frapper. Mais sa vieillesse avait le sommeil léger, ou peut-être il ne dormait pas ; et à mon premier coup, il me cria d'entrer.

Lui aussi, il se redressa dans son lit. Il avait la pâleur exsangue de la vieillesse ; et, malgré l'apparence d'une certaine carrure que lui donnaient ses vêtements de jour, il semblait à cette heure frêle et ratatiné, avec une tête (il avait enlevé sa perruque) guère plus grosse que celle d'un enfant. Ceci m'intimida non moins que son air égaré où se lisait le pressentiment d'un malheur. Ce fut, néanmoins, d'une voix calme qu'il me demanda ce que je lui voulais. Je posai mon flambeau sur une chaise, m'accoudai sur le pied du lit, et le regardai.

– Lord Durrisdeer, vous êtes bien persuadé que je suis un partisan dans votre famille.

– J'espère qu'il n'y a chez moi aucun parti, dit-il. Que vous aimiez mon fils sincèrement, cela j'ai toujours été heureux de le reconnaître.

– Oh, Mylord, ce n'est pas l'heure de ces politesses, répliquai-je. Si nous voulons faire la part du feu, il est nécessaire de voir les choses comme elles sont. Je suis un partisan, tous nous avons été des partisans ; c'est en qualité de partisan que je suis venu au milieu de la nuit pour plaider devant vous. Il faut que vous m'écoutiez : avant de sortir, je vous dirai pourquoi.

– C'est volontiers que je vous écouterai, Mr. Mackellar, dit-il, à toute heure du jour comme de la nuit, car je suis persuadé que vous ne direz rien sans motif. Vous avez parlé une fois très à propos, je ne l'ai pas oublié.

– Je suis ici pour plaider la cause de mon maître, dis-je. Je n'ai pas besoin de vous exposer sa manière d'agir. Vous savez dans quelle situation il est placé. Vous savez avec quelle générosité il a toujours accueilli les désirs de votre... vos désirs, – repris-je, arrêté par le nom de fils. – Vous savez... vous devez savoir... ce qu'il a souffert... ce qu'il a souffert à cause de sa femme.

– Mr. Mackellar ! s'écria Mylord, se dressant dans son lit comme un lion irrité.

– Vous avez dit que vous m'écouteriez ! Ce que vous ne savez pas, ce que vous devez savoir, l'une des choses dont je suis venu vous entretenir, c'est la persécution qu'il lui a fallu supporter en particulier. Vous n'avez pas le dos tourné, que celui que je n'ose vous nommer le harcèle des brocards les plus féroces ; il lui jette au nez – pardonnez-moi, Mylord, – il lui jette au nez votre partialité, l'appelle Jacob, l'appelle lourdaud, le poursuit de lâches railleries, insupportables à quiconque. Mais si l'un de vous se montre, sur l'instant tout change ; et mon maître est réduit à sourire et caresse l'homme qui vient de l'abreuver d'injures ; je le sais parce que j'ai reçu ma part de celles-ci, et je vous affirme que cette existence est insupportable. Depuis des mois il l'a subie ; elle a commencé avec la venue de cet homme ; c'est du nom de Jacob que mon maître a été salué le premier soir.

Mylord fit un mouvement comme pour sortir des draps et se lever.

– Si tout cela est vrai,... dit-il.

– Ai-je l'air de mentir ? interrompis-je, l'arrêtant de la main.

– Vous auriez dû me prévenir tout de suite.

– Ah ! Mylord, sans doute, je l'aurais dû, et vous pouvez bien honnir votre infidèle serviteur ! m'écriai-je.

– Je vais y mettre bon ordre, dit-il, et à l'instant même.

De nouveau, il alla pour se lever.

De nouveau, je l'arrêtai.

– Je n'ai pas fini, dis-je. Et plût à Dieu ! Tout ceci, mon cher et infortuné patron l'a enduré sans aide ni réconfort. Vos meilleures paroles, Mylord, ont été des paroles de reconnaissance. Mais il était votre fils, en outre ! Il n'avait pas d'autre père. Il était détesté dans tout le pays, Dieu sait avec quelle injustice. Il avait fait un mariage sans amour. Il se trouvait de toutes parts sans affection ni soutien, – le cher, généreux et noble cœur, seul avec son triste sort !

– Vos pleurs me font beaucoup d'honneur et beaucoup de honte, dit-il avec un trouble sénile. – Mais vous êtes un peu injuste. Henry m'a toujours été cher, très cher. James (je ne le nie pas, Mr. Mackellar), James m'est peut-être plus cher encore. Vous n'avez pas vu mon James sous un jour très favorable : ses malheurs l'ont aigri ; rappelez-vous combien ceux-ci furent grands et immérités. Malgré cela, aujourd'hui encore c'est lui qui a le caractère le plus affectueux. Mais il n'est pas question de lui. Tout ce que vous dites de Henry est parfaitement exact ; cela ne m'étonne pas, je connais toute sa magnanimité. Vous allez dire que je spécule sur celle-ci ? Peut-être. Il y a des qualités dangereuses, des qualités qui exposent à voir abuser d'elles. Mr. Mackellar, je veux m'acquitter avec lui ! je veux mettre ordre à tout cela. J'ai été faible, et, pis encore, aveugle.

– Je ne veux pas que vous vous blâmiez, Mylord, ayant sur la conscience tout ce qui me reste à vous dire, – répliquai-je. Vous n'avez pas été faible ; vous avez été abusé par un infernal hypocrite.

Rappelez-vous comme il vous a trompé sur le danger qu'il courait soi-disant ; il vous a trompé du commencement à la fin, à chaque pas. Je veux l'extirper de votre cœur, je veux tourner vos yeux sur votre autre fils. Ah ! c'est en lui que vous avez un vrai fils !

— Non, non, dit-il, deux fils... c'est deux fils que j'ai.

Je laissai échapper un geste de désespoir qui le surprit. Il me regarda en changeant de visage.

— Avez-vous pis encore à m'annoncer ? demanda-t-il, d'une voix défaillante.

— Bien pis, répondis-je. Cette nuit même, il a dit ces paroles à Mr. Henry : « Il n'y a pas de femme qui ne me préfère à vous, ni, je pense, qui ne continue à me préférer. »

— Je ne veux rien entendre contre ma fille, s'écria-t-il. Et sa vivacité à m'interrompre sur ce sujet me fit conclure que ses yeux n'étaient pas aussi aveugles que je l'avais cru, et qu'il avait suivi, non sans anxiété, les progrès du siège de Mme Henry.

— Je ne songe pas à la blâmer, dis-je. Il ne s'agit pas de cela. Ces paroles ont été dites en ma présence à Mr. Henry ; et si vous ne les trouvez pas assez claires, en voici d'autres qui vinrent après : « Votre femme, qui est en galanterie avec moi. »

— Ils se sont querellés ? dit-il.

Je fis un signe affirmatif.

— J'y cours, dit-il, allant une fois encore pour sortir de son lit.

— Non, non ! m'écriai-je, tendant vers lui mes mains jointes.

— Vous ne comprenez pas, dit-il. Ce sont là phrases impardonnables.

— Est-ce que rien ne vous fera comprendre, Mylord ? dis-je.

Ses yeux implorèrent la vérité.

Je me jetai à genoux contre le lit.

— Oh ! Mylord, m'écriai-je, pensez à celui qui vous reste ; pensez à ce pauvre pécheur que vous avez obtenu du ciel, que votre épouse vous a donné, que nous n'avons, aucun de nous, affermi comme il convenait ; pensez à lui, non à vous ; il souffre, lui aussi... pensez à lui ! Voici devant vous la porte des douleurs... la porte qui mène à Christ, à Dieu. Oh ! quelle est grande ouverte. Pensez à lui, de même qu'il a pensé à vous : *Qui va le dire à mon père ?* — Ce sont ses paroles textuelles. C'est pour cela que je suis venu ! c'est pourquoi je suis en train de plaider à vos pieds.

— Laissez-moi me lever, s'écria-t-il, me rejetant de côté. Il fut debout avant moi. Sa voix tremblait comme une voile au vent, mais il parlait avec force ; son visage était de neige, mais il avait les yeux secs et le regard assuré.

— C'est trop de discours, dit-il. Où cela s'est-il passé ?

— Sous la charmille, dis-je.

— Et Mr. Henry ? demanda-t-il.

Et, sur ma réponse, son vieux visage se plissa de rides méditatives.

— Et Mr. James ? dit-il.

— Je l'ai laissé par terre, dis-je, — à côté des bougies.

— Des bougies ? s'écria-t-il ; et, courant à la fenêtre, il l'ouvrit et regarda au-dehors. — Elles sont visibles de la route.

— Il n'y passe personne à cette heure, objectai-je.

— Peu importe, dit-il. Quelqu'un pourrait passer. Écoutez ! Qu'est cela ?

C'était, sur la baie, un bruit d'avirons maniés très discrètement. Je le lui dis.

— Les contrebandiers, reprit Mylord. Courez vite, Mackellar ; éteignez ces bougies. En attendant, je vais m'habiller ; et à votre retour, nous verrons ce qu'il convient de faire.

Je descendis l'escalier à tâtons, et gagnai la porte. Dans la distance, on distinguait une lueur qui faisait des points brillants dans la charmille ; par une nuit aussi noire, elle devait être visible en mer, à plusieurs milles ; et je me reprochai amèrement cette imprudence. Et combien davantage lorsque je fus arrivé sur les lieux ! Un des flambeaux était renversé, et sa bougie éteinte. Celle qui restait brûlait paisiblement, et faisait un grand rond de lumière sur le sol gelé. L'intérieur de ce cercle semblait, par contraste avec les ténèbres environnantes, plus clair que le jour. Au milieu, il y avait la flaque de sang ; et un peu plus loin, le sabre de Mr. Henry dont le pommeau était d'argent ; mais de corps, nulle trace. Mon cœur sursauta dans ma poitrine, mes cheveux se hérissèrent sur mon crâne, à ce spectacle inattendu, qui m'emplit d'une crainte affreuse. Je regardai de tous côtés ; la terre était si dure qu'elle ne portait aucune empreinte. Je tendis les oreilles jusqu'à me les endolorir ; mais la nuit se creusait au-dessus de moi comme une église vide ; pas la moindre vaguelette ne se brisait sur le rivage ; on eût pu entendre une épingle tomber dans le comté.

J'éteignis la bougie, et les ténèbres se refermèrent sur moi, absolues. Elles m'environnaient comme une foule dense ; et je retournai au château de Durrisdeer, la tête sans cesse tournée par-dessus l'épaule, en proie aux plus folles imaginations. Sur le seuil, une forme s'avança à ma rencontre ; et je faillis pousser un cri de terreur, lorsque je reconnus Mme Henry.

— Lui avez-vous parlé ? dit-elle.

— C'est lui qui m'a envoyé, dis-je. Il a disparu. Mais pourquoi êtes-vous ici ?

— Il a disparu ! répéta-t-elle. Qui a disparu ?

— Le cadavre, dis-je. Pourquoi n'êtes-vous pas auprès de votre mari ?

— Disparu ? dit-elle. Vous n'avez pas bien regardé. Retournez.

— Il n'y a plus de lumière, dis-je. Je n'ose pas.

— J'y verrai dans l'obscurité. Je suis restée ici longtemps, si longtemps, dit-elle. Allons, donnez-moi la main.

Nous retournâmes la main dans la main jusque sous la charmille, à l'endroit fatal.

— Prenez garde au sang ! dis-je.

— Au sang ! s'écria-t-elle, se rejetant en arrière.

— Je crois qu'il y en a. Je suis quasi aveugle.

– Non, dit-elle, rien ! N'avez-vous pas rêvé ?

– Ah ! plût à Dieu !

Elle aperçut le sabre, le ramassa, et, à la vue du sang, le laissa retomber en ouvrant les mains toutes grandes. – Ah ! s'écria-t-elle. Et puis, avec un réel courage, elle le reprit une seconde fois et l'enfonça jusqu'à la garde dans la terre gelée.

– Je vais l'emporter pour le nettoyer à fond, dit-elle, en regardant de nouveau de tous côtés. – Il n'est peut-être pas mort, ajouta-t-elle.

– Son cœur ne battait plus. Puis, me souvenant : Pourquoi n'êtes-vous pas auprès de votre mari ?

– Ce n'est pas la peine, dit-elle ; il ne me répondra pas.

– Lui, ne pas vous répondre ? Oh ! vous n'avez pas essayé.

– Vous avez le droit de douter de moi, répondit-elle, avec une simplicité digne.

A ces mots, et pour la première fois, elle m'inspira de la pitié.

– Dieu sait, Madame, dis-je, Dieu sait que je ne suis pas si dur que j'en ai l'air ; en cette nuit de malheur, comment peser ses paroles ? Mais je suis l'ami de tous ceux qui ne sont pas les ennemis d'Henry Durie.

– En tout cas, il est dur à vous d'hésiter au sujet de sa femme !

Je découvris, comme si un voile se déchirait, avec quelle noblesse elle supportait ce cruel malheur, et quelle générosité elle opposait à mes reproches.

– Rentrons. Il faut aller raconter ceci à Mylord, dis-je.

– Lui ? je n'oserai jamais, s'écria-t-elle.

– Vous verrez que c'est lui le moins ému de nous tous.

– Et malgré cela, je n'oserai jamais.

– Eh bien, dis-je, retournez auprès de Mr. Henry. Je verrai Mylord.

Nous retournions, moi portant les flambeaux, elle le sabre – singulier fardeau pour une femme – lorsqu'elle eut une autre idée.

– Devons-nous le dire à Henry ? demanda-t-elle.

– Mylord décidera, répondis-je.

Mylord était presque habillé lorsque j'entrai dans sa chambre. Il fronça les sourcils en m'écoutant.

– Les contrebandiers, dit-il. Mais était-il mort ou vivant ?

– Je l'ai cru... dis-je ; et je m'arrêtai, n'osant prononcer le mot.

– Je sais. Mais vous avez pu fort bien vous tromper. Pourquoi l'auraient-ils emporté, s'il n'était pas en vie ? Oh ! voilà une porte grande ouverte à l'espérance. Il faut faire courir le bruit qu'il est reparti – comme il est venu – à l'improviste. Nous devons à tout prix éviter le scandale.

Je vis qu'il songeait, comme nous autres, surtout à l'honneur de la maison. A présent que tous les membres vivants de la famille étaient plongés dans une irrémédiable douleur, il était singulier de nous voir tous préoccupés de cette entité abstraite, la famille en soi, nous efforçant de soutenir le rien immatériel de sa réputation : non seulement les Duries, mais jusqu'à l'intendant à gages.

– Allons-nous le dire à Mr. Henry ? demandai-je à Mylord.

– Je verrai, dit-il. Je veux d'abord lui rendre visite ; puis j'irai avec
vous examiner la charmille, et je réfléchirai.

Nous descendîmes à la salle. Mr. Henry était assis devant la table,
le front dans la main, comme un homme de pierre. Sa femme se tenait
un peu à l'écart, la main sur la bouche ; évidemment, elle n'avait pas
réussi à attirer son attention. Mylord s'avança lentement vers son fils ;
il avait l'air grave, certes, mais un peu froid, à mon avis. Quand il fut
près de lui, il avança les deux mains, et dit :

– Mon fils !

Avec un cri étouffé et inarticulé, Mr. Henry sauta au cou de son
père, en sanglotant. Ce fut une scène navrante.

– Oh ! père, s'écria-t-il, vous savez que je l'aimais ; vous savez que
je l'avais aimé au début ; je serais mort pour lui, – vous savez cela !
J'aurais donné ma vie pour lui, comme pour vous. Oh ! dites que vous
le savez ! Oh ! dites que vous me pardonnez ! Oh ! père, père, qu'ai-je
fait... qu'ai-je fait ? Et nous avons passé notre jeunesse ensemble !

Il sanglotait, caressait le vieillard, s'accrochait à son cou, comme
un enfant qui a peur.

Puis, il aperçut sa femme (pour la première fois, eût-on dit) qui
pleurait tout près de lui, et aussitôt il tomba à ses genoux.

– Oh ! mon amie, s'écria-t-il, vous avez aussi à me pardonner. Moi,
votre mari, j'ai toujours fait le malheur de votre existence. Mais
rappelez-vous quand j'étais petit ; Henry Durie était inoffensif, alors ;
il ne demandait qu'à être votre ami. C'est lui, c'est le vieil enfant qui
jouait avec vous... Oh ! pourrez-vous, pourrez-vous jamais me pardonner ?

Durant toute cette scène, Mylord semblait un froid et bénévole
spectateur, ayant gardé toute sa lucidité. Au premier cri, qui eût suffi
à nous attirer toute la maison, il m'avait dit à mi-voix :

– Fermez la porte. Et puis il hocha la tête en silence. Nous pouvons
le laisser avec sa femme, maintenant, dit-il. Prenez un flambeau,
Mr. Mackellar.

En accompagnant Mylord, je m'aperçus d'un phénomène singulier.
Bien qu'il fît tout à fait noir, et que la nuit fût en somme peu avancée,
je croyais sentir l'approche du matin. Il y avait un remuement parmi
les ramures vertes, qui faisaient le bruit d'une mer paisible, et des
bouffées d'air nous soufflant au visage faisaient vaciller la flamme de
la bougie. Cette agitation qui nous environnait augmenta, je pense, notre
hâte ; nous parcourûmes le théâtre du duel, où Mylord vit le sang avec
stoïcisme ; et, poussant plus loin vers le débarcadère, nous découvrîmes
enfin quelques indices de la vérité. Car tout d'abord, à l'endroit où une
flaque s'étalait en travers du chemin, la glace avait cédé sous un poids
qui devait excéder de beaucoup celui d'un homme. Ensuite, à quelques
pas au-delà, un jeune arbuste était cassé, et en bas, non loin du
débarcadère, où s'amarraient d'habitude les canots des contrebandiers,
une nouvelle tache de sang montrait évidemment la place où les porteurs
avaient déposé le corps pour reprendre haleine.

Nous nous occupâmes de laver cette tache avec de l'eau de mer, que nous transportions dans le chapeau de Mylord ; et, durant ce travail, une bouffée de vent passa tout à coup en gémissant, et nous laissa dans l'obscurité.

– Il va neiger, dit Mylord, et c'est le mieux que nous ayons à attendre. Retournons à présent ; nous ne pouvons faire plus dans l'obscurité.

Durant notre retour au château, comme le vent s'était calmé de nouveau, nous entendîmes autour de nous dans la nuit un fort crépitement ; et, une fois hors de l'abri des feuillages, nous vîmes qu'il pleuvait à verse.

La lucidité d'esprit de Mylord aussi bien que son activité physique n'avaient cessé, depuis le début de ces événements, d'exciter mon admiration. Il y mit le comble lors du conseil que nous tînmes à notre retour. Les contrebandiers s'étaient, à coup sûr, emparés du Maître, – mort ou vif, nous étions réduits aux conjectures ; – dès avant le jour, la pluie aurait effacé toutes traces de ce qui s'était passé ; et par là, elle nous serait favorable. Le Maître était arrivé à l'improviste, après la tombée de la nuit ; on pouvait maintenant faire croire qu'il était parti brusquement, avant le lever du jour ; et, pour rendre la chose plausible, il ne me restait plus qu'à monter dans sa chambre, afin de réunir et de cacher ses bagages. En fait nous demeurions à la merci des contrebandiers ; mais il n'y avait pas de remède à ce point faible de notre culpabilité.

Je l'écoutais, comme je l'ai dit, avec admiration, et m'empressais de lui obéir. Mr. et Mme Henry avaient quitté la salle ; Mylord alla se réchauffer dans son lit ; personne ne bougeait encore chez les domestiques ; et, lorsque je montai l'escalier de la tour, et pénétrai dans la chambre du mort, une sensation de lugubre solitude s'empara de moi. A ma grande surprise, je trouvai tout dans le désordre d'un départ. De ses trois valises, deux étaient déjà bouclées ; la troisième était ouverte et presque remplie. Aussitôt, je soupçonnai une portion de la vérité. Notre homme allait bien en effet partir ; il n'attendait plus que le capitaine Crail, comme Crail attendait le vent ; au début de la nuit, les matelots s'étaient aperçus d'un changement de temps ; le canot était venu pour en donner avis et emmener le passager à bord, et les gens du canot s'étaient heurtés à son corps sanglant. Mais il y avait plus. Ce départ prémédité jetait un nouveau jour sur son insulte inconcevable de la nuit précédente : c'était un trait du Parthe, et la politique, en lui, avait cessé de contenir la haine. Par ailleurs, la nature de cette insulte et la conduite de Mme Henry tendaient à une conclusion, que je n'ai jamais vérifiée, et qui ne peut plus aujourd'hui se vérifier avant le jugement suprême ; – la conclusion qu'il s'était à la fin oublié, qu'il avait été trop loin dans ses avances, et qu'elle l'avait repoussé. L'hypothèse est invérifiable, dis-je ; mais ce matin-là, lorsqu'elle m'apparut en présence des bagages, cette pensée me fut douce comme miel.

J'examinai un peu le contenu de la valise ouverte, avant de la refermer. Du linge et des dentelles admirables, plusieurs costumes complets, de ceux qu'il aimait à revêtir ; quelques livres des mieux choisis, les *Commentaires* de César, un volume de M. Hobbes, *la Henriade* de M. de Voltaire, un ouvrage sur les Indes, un sur les mathématiques, dépassant de beaucoup le niveau de mes études, – tels furent les objets que je remarquai avec des sentiments divers. Mais dans la valise ouverte, aucuns papiers d'aucun genre. Ceci me donna à réfléchir. Il était possible que notre homme fût mort : mais, puisque les contrebandiers l'avaient emporté, peu vraisemblable. Il était encore possible qu'il dût mourir de sa blessure ; mais le contraire l'était également. Et, en prévision de ce dernier cas, j'étais résolu à me pourvoir de quelques moyens de défense.

L'une après l'autre, je transportai les valises au plus haut de la maison, dans un galetas que nous tenions fermé à clef ; je retournai dans ma chambre, pris mes clefs ; et, remontant au grenier, j'eus la satisfaction d'en trouver deux qui s'adaptaient à merveille. L'une des valises contenait un portefeuille de chagrin, où je fis une incision à l'aide de mon canif. Désormais (autant que je pus en juger) notre homme était à ma merci. Il y avait là beaucoup de billets doux, principalement de l'époque de Paris ; et, ce qui nous était beaucoup plus utile, les brouillons de ses rapports au Secrétaire d'État anglais, avec les originaux des réponses : collection bien compromettante, et dont la publication eût déshonoré le Maître et mis sa vie en péril. Je riais tout seul en parcourant ces documents ; je me frottais les mains, je chantais tout haut, de jubilation. Le jour me surprit dans cette agréable besogne ; mais je ne me relâchai point de ma diligence, si ce n'est que j'allai à la fenêtre, jeter un coup d'œil au-dehors. Je vis la gelée disparue, la face du monde obscurcie de nouveau ; la pluie et le vent s'abattaient sur la baie ; – et j'acquis la certitude que le lougre avait quitté son mouillage, et que le Maître (mort ou vif) était à cette heure ballotté sur la mer d'Irlande.

Il est bon que je mentionne ici le peu que j'ai pu glaner par la suite sur les événements de cette nuit. Je mis longtemps à les rassembler ; car nous n'osions pas questionner ouvertement, et les contrebandiers me regardaient avec animosité, sinon avec mépris. Il se passa près de six mois avant que nous fussions même certains que notre homme vivait ; et des années, avant que j'apprisse d'un des matelots de Crail, devenu cabaretier grâce à son argent mal acquis, quelques détails qui ont pour moi un air de vérité. A son dire, les contrebandiers trouvèrent le Maître relevé sur un coude, promenant ses regards autour de lui, puis contemplant d'un regard stupide la bougie ou sa main tout ensanglantée. A leur venue, il recouvra ses esprits, leur ordonna de le porter à bord et de se taire ; et lorsque le capitaine lui demanda comment il avait été blessé, il répondit par un torrent d'affreux blasphèmes, et s'évanouit sur-le-champ. Ils tinrent conseil, mais comme ils attendaient le vent d'une minute à l'autre, et qu'ils étaient bien payés pour le passer en France, ils ne se soucièrent pas de tarder. En outre, il était fort aimé de ces abominables gredins ; ceux-ci se figuraient qu'il était sous le coup d'une sentence capitale, car ils ignoraient en quelle mésaventure il avait été blessé ; et ils jugèrent de bonne amitié de le mettre hors de danger. On l'emporta donc à bord, il guérit durant la traversée, et fut débarqué, en pleine convalescence, au Havre-de-Grâce. Il est encore à noter qu'il ne dit pas un mot du duel à personne, et que pas un contrebandier, aujourd'hui encore, ne sait dans quelle querelle ou par la main de quel adversaire il tomba. Chez tout autre, j'aurais attribué cette discrétion à une prudence naturelle ; chez lui, j'y vois de l'orgueil. Il ne supportait pas d'avouer, ni peut-être vis-à-vis de lui-même, qu'il eût été vaincu par celui qu'il avait outragé si longtemps et qu'il méprisait aussi cruellement.

VI

Ce qui se passa durant la deuxième absence du Maître

La grave maladie qui se déclara chez mon maître le lendemain matin fut le dernier malheur sans compensation qui le frappa ; et cette maladie même fut peut-être un bienfait déguisé, car nulle peine physique ne pouvait égaler les souffrances de son esprit. Mme Henry et moi veillions à son chevet. Mon vieux lord venait de temps en temps aux nouvelles, mais en général sans franchir le seuil. Une seule fois, je me souviens, alors que tout espoir était perdu, il s'avança jusqu'auprès du lit, considéra le visage de son fils, et s'en alla, avec un geste particulier de la tête et du bras levé, qui me revient à la mémoire comme quelque chose de tragique, tant il exprimait de douleur et de dédain pour les choses sublunaires. Mais la plupart du temps, Mme Henry et moi restions seuls dans la chambre, nous relayant la nuit, et, le jour, supportant notre compagnie réciproque, car ces veillées étaient plutôt lugubres. Mr. Henry, une serviette liée autour de son crâne rasé, s'agitait sans interruption dans son lit, qu'il frappait de ses poings. Sa langue n'arrêtait pas ; sa voix ne cessait de fluer, comme une rivière, à m'en donner presque la nausée. Chose remarquable, et pour moi mortifiante à l'excès, il parlait sans cesse de mesquineries vulgaires : allées et venues, chevaux – qu'il ordonnait de seller pour lui, se figurant peut-être (pauvre âme !) qu'il pouvait fuir sa maladie – jardinages, filets à saumon, et (ce qui me faisait le plus enrager) continuellement de ses affaires, additionnant des chiffres, et discutant avec ses fermiers. Jamais un mot de son père ou de sa femme, ni du Maître, à part une fois ou deux, où il fit un retour sur le passé, et se crut redevenu petit garçon, en train de jouer avec son frère. Ce fut d'autant plus émouvant que le Maître avait, paraît-il, couru un grand danger, et que Mr. Henry s'écria, à plusieurs reprises, avec une chaleur passionnée : « Oh ! Jammie va se noyer !... Oh ! sauvez Jammie ! »

Ceci, dis-je, nous toucha tous les deux, Mme Henry et moi, mais en général, les divagations de mon maître ne lui faisaient guère honneur. Il semblait avoir pris à tâche de justifier les calomnies de son frère et de prouver qu'il était d'un caractère sec, immergé dans les intérêts matériels. Si j'avais été seul, je n'en aurais pas levé un doigt ; mais je ne cessais, tout en l'écoutant, d'évaluer l'effet produit sur sa femme, et je sentais qu'il tombait chaque jour plus bas dans son estime. J'étais la seule personne à la surface du globe qui le comprît, et j'entendais qu'il y en eût une autre. Allait-il mourir là et périr avec ses vertus ; ou bien n'aurait-il la vie sauve que pour recouvrer ce patrimoine de chagrins, sa vraie mémoire : – je voulais qu'il fût pleuré de tout cœur, dans le premier cas, et accueilli avec simplicité, dans l'autre, par la personne qu'il aimait le plus, sa femme.

Ne trouvant pas l'occasion de m'exprimer librement, je m'avisai enfin de mettre ma révélation par écrit. Au lieu de me coucher, je consacrai plusieurs nuits où j'étais de loisir à préparer ce que je puis appeler mon bilan. Mais je m'aperçus que, si la rédaction en était facile, l'opération restante – c'est-à-dire de présenter la chose à Mylady – dépassait en quelque sorte les limites de mon courage. Plusieurs jours de suite, je promenai mes papiers sous mon bras, guettant le joint d'un propos qui m'eût servi d'introduction. Je ne puis nier qu'il s'en offrit plusieurs, mais à ces moments-là, je trouvais ma langue clouée à mon palais, et j'aurais pu, je crois, porter mon dossier jusqu'à l'heure actuelle, si un heureux incident n'était venu couper court à mes hésitations. Une nuit que j'allais une fois de plus quitter la chambre, sans avoir rien osé, et désespéré de ma couardise, Mme Henry me demanda :

– Que portez-vous donc là, Mr. Mackellar ? Voici plusieurs jours que je vous vois entrer et sortir avec ce même rouleau sous le bras.

Je revins sur mes pas, sans mot dire, déposai les papiers sur la table devant elle, et la laissai à sa lecture. Pour donner une idée de ce qui lui passa sous les yeux, je crois bon de reproduire ici une mienne lettre, la première du dossier, et dont j'ai gardé (suivant ma bonne habitude) le brouillon. Elle fera voir, en outre, la modestie du rôle que j'ai joué dans ces affaires, modestie qui fut contestée par certains.

« *Durrisdeer, 1757.*

Honorée Madame,

Je me flatte de ne pas outrepasser mon rôle sans juste raison, mais je vois le mal qu'a engendré dans le passé, pour votre noble maison, ce malheureux abus de la discrétion et des réticences, et les papiers sur lesquels j'ose appeler votre attention sont des papiers de famille qui méritent tous grandement d'être connus de vous.

J'annexe ci-après une série de notes indispensables, et suis, honorée Madame, de votre Seigneurie,
L'obligé et obéissant serviteur,

Ephraïm Mackellar.

Liste des documents

A. – Brouillon de dix lettres écrites par Ephraïm Mackellar, à l'honorable James Durie, esq., par respect Maître de Ballantrae, durant le séjour à Paris de ce dernier : datées... *(suivent les dates)... Nota :* A lire en même temps que B et C.

B. – Sept lettres originales dudit Maître de Ballantrae, audit Ephraïm Mackellar, datées... *(suivent les dates)...*

C. – Trois lettres originales dudit Maître de Ballantrae à l'honorable Henry Durie, esq,. datées... *(suivent les dates)... Nota :* A moi données par Mr. Henry pour y répondre. Les copies de mes réponses figurent ici sous les rubriques A4, A5 et A9. le contenu des communications de Mr. Henry, dont je ne retrouve pas les brouillons, peut se déduire de ce qu'écrivait ce frère dénaturé.

D. – Une correspondance, originaux et brouillons, comprenant une période de trois années, jusqu'en janvier de la présente année, entre lesdits Maître de Ballantrae et X..., sous-secrétaire d'État ; soit 27 lettres en tout. – *Nota :* Trouvé dans les papiers du Maître.

La lassitude de mes veilles et l'inquiétude m'empêchèrent de dormir. Toute la nuit, j'arpentai ma chambre, réfléchissant à ce qui résulterait de mon immixtion en des affaires aussi intimes, et, parfois, regrettant ma hardiesse. Dès la première aube, j'étais à la porte du malade. Mme Henry avait ouvert les volets et même la fenêtre, car le temps était doux. Elle regardait fixement devant elle, où il n'y avait rien d'autre à voir que le matin bleu répandu sur les bois. Au bruit de mes pas, elle ne tourna même pas la tête, – circonstance dont je n'augurai rien de bon.

– Madame, commençai-je ; et je répétai encore une fois : – Madame... Mais je ne trouvai rien de plus à dire. Mme Henry non plus ne prononça pas un seul mot pour me venir en aide. Alors je m'approchai de la table et réunis les documents épars ; mais je m'aperçus tout de suite que leur nombre avait diminué. Je les parcourus une fois, puis deux, sans retrouver la correspondance avec le secrétaire d'État, sur laquelle je comptais beaucoup pour l'avenir. Je regardai dans l'âtre. Parmi les tisons brûlants, des cendres de papiers frémissaient dans le courant d'air. A cette vue, ma timidité disparut.

– Grand Dieu ! Madame, m'écriai-je, d'un ton fort déplacé dans une chambre de malade, – Grand Dieu ! Madame, qu'avez-vous fait de mes papiers ?

– Je les ai brûlés, dit Mme Henry, en se tournant vers moi. – Il suffit, et c'est même trop, que vous et moi les ayons lus.

– Vous avez fait là une jolie besogne, cette nuit ! m'écriai-je. – Et tout cela, pour sauver la réputation d'un homme qui gagnait son pain en répandant le sang de ses amis, comme je gagne le mien avec de l'encre.

– Pour sauver la réputation de cette famille dont vous êtes un serviteur, Mr. Mackellar, répliqua-t-elle, et pour laquelle vous en avez déjà tant fait.

– Cette famille, je ne la servirai pas plus longtemps, m'écriai-je, car je désespère, à la fin ! Vous m'avez arraché mes armes, et vous nous laissez sans défense. J'aurais eu, en tout cas, ces lettres à lui brandir sur la tête ; mais désormais, que faire ? Notre situation est tellement fausse que nous ne pouvons mettre cet homme à la porte ; le pays prendrait feu contre nous ; et j'avais barre sur lui par ces seuls papiers... et les voilà disparus !... A présent, il peut revenir demain, et nous serons forcés de nous attabler avec lui, de sortir sur la terrasse avec lui, ou de faire sa partie de cartes, mettons, pour le distraire ! Non, Madame ! Que Dieu vous pardonne, s'Il en a envie, mais pour ma part, je ne saurais.

– J'admire votre simplicité, Mr. Mackellar, dit Mme Henry. Quel prix cet homme attache-t-il à l'honneur ? Aucun. Par contre, il sait combien nous l'apprécions ; il sait que nous préférerions mourir plutôt que de publier ces lettres. Croyez-vous qu'il n'userait pas de cette connaissance ? Ce que vous appelez votre arme, Mr. Mackellar, et qui en eût été une, en effet, contre quelqu'un doué d'un reste de pudeur, ne servirait contre lui pas plus qu'un sabre de bois. Il vous rirait au nez si vous l'en menaciez. Il foule aux pieds sa dégradation, c'est elle qui fait sa force. Il est vain de lutter contre de tels caractères.

Elle lança cette dernière phrase avec une sorte de désespoir et reprit ensuite plus posément :

– Non, Mr. Mackellar, j'ai réfléchi toute la nuit sur cette matière, et il n'y a pas d'issue. Papiers ou non, la porte de ce château lui est ouverte, c'est lui l'héritier légitime, songez-y ! Si nous prétendions la lui interdire, tout retomberait sur le pauvre Henry, et je le verrais lapider dans la rue. Ah ! si Henry venait à mourir, ce serait une autre affaire. Ils ont entamé le capital comme ils le jugeaient bon, mais le domaine revient à ma fille, et je voudrais voir qu'on y portât la main ! Mais si Henry vit, mon pauvre Mackellar, et que cet homme revienne, nous aurons à souffrir ; seulement, cette fois, ce sera ensemble.

Au fond, j'étais fort satisfait de la disposition d'esprit de Mme Henry ; et je ne pouvais nier qu'il n'y eût quelque apparence de vérité dans ce qu'elle avançait au sujet des papiers.

– N'en parlons plus, dis-je. Je regrette seulement d'avoir confié les originaux à une dame, ce qui était à tout prendre une façon d'agir peu régulière. Quant à quitter le service de la famille, ma langue seule a parlé, rassurez-vous. J'appartiens à Durrisder, Mme Henry, comme si j'y étais né.

Je dois lui rendre cette justice de dire qu'elle parut extrêmement soulagée ; et nous commençâmes cette journée, comme nous devions passer tant d'années, sur un terrain solide d'indulgence et d'estime réciproques.

Ce même jour, qui était sûrement prédestiné à la joie, apparurent chez Mr. Henry les premiers symptômes de guérison. Vers trois heures de l'après-midi, il recouvra sa lucidité, et me salua par mon nom, avec les plus vifs témoignages d'affection. Mme Henry était également dans la chambre, au pied du lit ; mais il ne fit pas mine de s'en apercevoir. Et d'ailleurs (la fièvre ayant disparu), il était si faible qu'il se borna à cet unique effort, et retomba dans sa léthargie. Les progrès de la convalescence furent lents mais continus ; au bout de quelques jours, son appétit revint ; au bout d'une semaine, on le vit reprendre des forces et de l'embonpoint ; et le mois n'était pas écoulé qu'il se levait et se faisait porter dans un fauteuil sur la terrasse.

Ce fut peut-être à cette époque que Mme Henry et moi éprouvâmes le plus d'inquiétude. Nous avions cessé de craindre pour sa vie ; mais cette crainte fut remplacée par une appréhension pire. Quotidiennement nous pensions voir venir le jour où il se retrouverait lui-même ; et cependant les jours passaient, sans que rien se produisît. Mr. Henry regagnait ses forces, il avait avec nous de longs entretiens sur des sujets variés, son père venait s'asseoir auprès de lui et repartait, sans qu'il fût fait la moindre allusion au drame, ou aux incidents qui l'avaient provoqué. S'en souvenait-il, et nous cachait-il son affreuse connaissance ? ou le tout s'était-il effacé de sa mémoire ? Tel était le problème qui nous tenait en suspens et nous faisait trembler tout le jour lorsque nous étions en sa compagnie, le problème qui nous tenait réveillés la nuit dans notre lit solitaire. Nous ne savions même quelle alternative espérer, tant l'une et l'autre apparaissaient troublantes et eussent décelé un cerveau dérangé. Obsédé par cette crainte, je surveillai sa conduite avec une attention extrême. Elle avait quelque chose de puéril : une gaieté fort étrangère à sa manière d'être antérieure, un intérêt vite éveillé, et alors très soutenu, pour des bagatelles qu'il avait jusque-là dédaignées. A l'époque où le mal le terrassa, j'étais son seul confident, je puis dire son seul ami, et il était en mauvais termes avec sa femme ; après sa guérison, tout changea, le passé fut oublié, sa femme devint son principal, voire son unique souci. Assuré de sa sympathie, il lui dédiait tous ses sentiments, comme fait un enfant avec sa mère ; il l'appelait dans tous ses besoins avec un peu de cette familiarité quinteuse qui dénote la certitude d'être écouté ; et je dois dire, pour être juste envers sa femme, qu'il ne fut jamais déçu. Pour elle, en effet, ce changement de conduite était des plus attendrissants ; elle y discernait, je pense, un reproche secret ; et même je l'ai vue, dans les premiers temps, quitter la chambre afin de pouvoir pleurer sans contrainte. A mes yeux, toutefois, cette modification ne paraissait pas naturelle ; et lorsque je la considère avec le reste, j'en viens à me demander, mélancoliquement, si sa raison était tout à fait intacte.

Comme ce doute s'est prolongé pendant plusieurs années, qu'il a duré en somme jusqu'au décès de mon maître, et a influé sur nos relations ultérieures, je dois l'examiner plus au long. Lorsque Mr. Henry fut en état de reprendre un soin partiel de ses affaires, j'eus maintes occasions de mettre à l'épreuve son exactitude. Il n'y avait pas défaut de compréhension, ni de volonté ; mais l'intérêt soutenu de jadis s'était entièrement évanoui ; il se fatiguait vite, et se mettait à bâiller ; en outre, il apportait dans les relations pécuniaires, où elle est certes très déplacée, une facilité qui confinait à la négligence. Au vrai, comme nous n'avions plus à lutter contre les exactions du Maître, il n'y avait plus de raison pour ériger la parcimonie en principe, ou batailler à propos d'un farthing. Au vrai encore, ce relâchement n'avait rien d'excessif, sinon j'y aurais refusé ma complicité. Mais il révélait, en somme, un changement très léger quoique fort perceptible ; et si l'on n'avait pas le droit de dire que mon maître eût perdu la raison, indéniablement son caractère s'était altéré. Il fut le même jusqu'à la fin, dans ses manières et son apparence, il lui restait dans les veines comme une chaleur de la fièvre, qui précipitait un peu ses mouvements, et faisait son discours notablement plus volubile, sans aller toutefois jusqu'à le rendre confus. Tout son être s'épanouissait aux impressions agréables, qu'il accueillait avec délices ; mais la moindre apparence de tracas ou de peine éveillait en lui une impatience visible, et il s'en débarrassait au plus vite. Ce fut à cette humeur qu'il dut la félicité de ses derniers jours ; et pourtant ce fut alors, ou jamais, qu'on eût pu l'appeler insensé. Un grand point dans la vie consiste à prévoir ce qu'il est impossible d'éviter ; mais Mr. Henry, lorsqu'il n'arrivait pas à écarter le souci par un effort mental, devait sur-le-champ et à tout prix en abolir la cause. Il imitait tour à tour l'autruche et le taureau. C'est à cette excessive lâcheté devant la douleur que je dois attribuer toutes les démarches outrancières et malheureuses de son existence ultérieure. C'est pour cette raison, à coup sûr, qu'il battit Mac Manus, le groom, chose tellement étrangère à sa manière d'agir antécédente, et qui provoqua tant de commentaires à l'époque. C'est encore à cette raison que j'attribue la perte totale de près de deux cents livres, dont la moitié eût été sauvée, si son impatience m'eût laissé faire. Mais il préférait une perte ou n'importe quel moyen désespéré, à la souffrance mentale prolongée.

Cette digression m'a entraîné bien loin de notre inquiétude immédiate : se rappelait-il, ou avait-il oublié son dernier geste tragique ; et s'il se le rappelait, sous quel jour le voyait-il ? La vérité nous apparut soudain, et ce fut là une des plus grandes surprises de ma vie. Il était sorti plusieurs fois, et commençait à se promener à mon bras ; il advint un jour que je me trouvai seul avec lui sur la terrasse. Il se tourna vers moi avec un sourire singulièrement furtif, comme en ont les écoliers pris en faute ; et il me dit, tout bas, et sans le moindre préambule :

– Où l'avez-vous enterré ?

Il me fut impossible de répondre un mot.

– Où l'avez-vous enterré ? reprit-il. Je veux voir sa tombe.

Je compris que mieux valait prendre le taureau par les cornes.

– Mr. Henry, dis-je, j'ai à vous annoncer une nouvelle qui vous réjouira beaucoup. Selon toute vraisemblance, vos mains sont pures de sang. Je raisonne d'après certains indices ; et ils semblent démontrer que votre frère n'était pas mort, mais évanoui, et qu'il fut transporté à bord du lougre. Présentement, il doit être tout à fait rétabli.

Son visage me demeura indéchiffrable.

– James ? demanda-t-il.

– Votre frère James, répondis-je. Je ne voudrais pas vous donner une fausse joie, mais en mon for intérieur, je crois qu'il est très probablement en vie.

– Ah ! dit Mr. Henry. Puis soudain, se levant de son siège avec plus d'alacrité qu'il n'en avait montré encore, il posa l'index sur ma poitrine et me cria pour ainsi dire tout bas : – Mackellar – (je cite ses paroles textuelles) – rien ne peut tuer cet homme. Il n'est pas mortel. Je l'ai sur le dos pour toute l'éternité... pour toute l'éternité de Dieu ! – Et, se rasseyant, il s'enfonça dans un silence obstiné.

Un jour ou deux plus tard, avec le même sourire coupable, et regardant d'abord autour de lui, comme pour s'assurer que nous étions seuls :

– Mackellar, dit-il, lorsque vous saurez quelque chose, avertissez-moi. Il nous faut prendre garde à lui, sinon il nous surprendra lorsque nous nous y attendrons le moins.

– Il n'osera plus se montrer ici, dis-je.

– Oh ! si fait ! dit Mr. Henry. Où que je sois, il y sera.

Et de nouveau il regarda autour de lui.

– Il ne faut pas vous préoccuper de la sorte, Mr. Henry, dis-je.

– Non, dit-il, votre avis est très bon. Nous n'y penserons jamais, excepté lorsque vous aurez des nouvelles. Et puis, on ne sait pas, ajouta-t-il ; il est peut-être mort !

Sa manière de prononcer la phrase me convainquit entièrement de ce que j'osais à peine soupçonner : à savoir que, bien loin de se repentir d'avoir voulu tuer son frère, il regrettait seulement de n'y avoir pas réussi. Je gardai pour moi cette découverte, craignant qu'elle ne lui portât préjudice vis-à-vis de sa femme. Mais j'aurais pu m'épargner l'embarras ; elle avait d'elle-même deviné le sentiment, et l'avait jugé tout à fait naturel. En somme, je peux dire que nous étions tous trois du même avis ; et aucune nouvelle n'eût été mieux venue à Durrisdeer que celle de la mort du Maître.

Ceci m'entraîne à parler de l'exception, mon vieux lord. Dès que mes inquiétudes au sujet de mon maître furent un peu moins vives, je m'aperçus d'un changement chez le vieux gentilhomme, son père, changement qui devait aboutir à de fatales conséquences.

Il avait le visage livide et tuméfié ; tout en lisant du latin, assis au coin du feu, il tombait en des somnolences, et son livre roulait dans les cendres ; à certains jours, il traînait le pied ; d'autres fois, il achoppait en parlant. L'aménité de ses allures devint excessive ; il s'excusait sans fin du moindre dérangement, et se préoccupait de chacun, de moi en particulier, avec la plus flatteuse politesse. Un jour qu'il avait envoyé chercher son notaire [1], et qu'il était resté enfermé longtemps avec lui, il s'avança péniblement à ma rencontre dans la salle, d'un pas, et me prit cordialement la main.

— Mr. Mackellar, dit-il, j'ai eu maintes occasions d'estimer vos services à leur juste valeur ; et aujourd'hui, en révisant mon testament, j'ai pris la liberté de vous nommer pour un de ses exécuteurs. Je vous crois suffisamment attaché à notre maison pour me rendre ce service.

A cette époque, il passait la plus grande partie de ses journées à dormir, et on avait souvent de la peine à l'éveiller ; il perdait toute notion du temps, et il avait plusieurs fois (spécialement à son réveil) demandé sa femme, ainsi qu'un vieux domestique dont la pierre tombale était verdie par la mousse. Si j'avais dû en témoigner sous serment, je l'aurais déclaré incapable de tester ; et cependant jamais volontés dernières ne furent rédigées avec plus de lucidité dans les moindres détails, ou ne décelèrent un jugement plus sûr des personnes et des choses.

Sa décadence, qui fut très prompte, eut lieu par degrés insensibles. Ses facultés s'affaiblissaient toutes à la fois de manière continue ; la force avait presque abandonné ses membres, sa surdité devint extrême, sa parole était réduite à un marmottement confus, et cependant jusqu'à la fin il réussit à manifester quelque chose de sa politesse et de sa bonté antérieures, serrant la main de quiconque l'aidait, me faisant cadeau d'un de ses livres latins, sur lequel il avait laborieusement tracé mon nom, — et nous rappelant de mille façons la grandeur de cette perte que nous avions pour ainsi dire déjà subie. Vers la fin, la faculté d'articuler lui revint par éclairs ; on eût dit qu'il avait oublié l'art de la parole, comme un enfant oublie sa leçon, et que parfois il s'en rappelait quelque chose. Son dernier soir, il rompit brusquement le silence par ce vers de Virgile :

Gnatique, patrisque, alma, precor, miserere, [2]

parfaitement prononcé, avec l'accent voulu. Nous tressaillîmes de l'entendre, surpris dans nos diverses occupations ; chacun se tourna vers lui, mais en vain : il était retombé dans son mutisme et son apparente stupeur. Un peu plus tard, nous eûmes beaucoup de peine à le mettre au lit ; et, dans la nuit, sans souffrance physique, il rendit le dernier soupir.

Je vins par la suite à m'entretenir de ces détails avec un docteur en médecine, homme d'une réputation si éminente que je me fais un scrupule de le nommer. Selon lui, père et fils souffraient de la même affection — née chez le père à la suite de ses chagrins successifs — due peut-être chez le fils à l'excitation de la fièvre. L'un et l'autre s'étaient

---

1. Je rendrai par ce mot le *lawyer* anglais, qui n'a pas d'équivalent exact en français.
2. O douce, aie pitié et du fils et du père.

rompu quelque artère du cerveau ; et il y avait sans doute dans la famille (ajoutait le docteur) une prédisposition aux accidents de cette nature. Le père succomba, le fils recouvra toutes les apparences de la santé ; mais il est à croire qu'il avait subi quelque destruction dans ces tissus délicats où l'âme réside et remplit ses fonctions terrestres ; – car au ciel, je l'espère, elle ne saurait être entravée par des accidents matériels. Et cependant, à plus mûre réflexion, ceci n'importe pas d'un iota ; car Celui qui nous jugera, sur ce que fut notre vie, est le même qui nous créa dans la fragilité.

La mort de mon vieux lord fut une nouvelle occasion de surprise pour ceux qui observaient la conduite de son successeur. Pour tout esprit réfléchi, les deux fils avaient à eux deux fait mourir leur père, et l'on peut même dire qu'en maniant le sabre, l'un d'eux l'avait tué de sa main, mais il ne parut point que cette considération vînt troubler mon nouveau lord. Il montra la gravité nécessaire ; mais d'affliction, à peine, si ce n'est de l'affliction badine : parlant du défunt avec une légèreté regrettable, citant de vieux traits de son caractère, et souriant alors en tout repos de conscience ; et d'ailleurs, le jour des obsèques arrivé, faisant les honneurs dans toutes les règles. Je m'aperçus, en outre, que son accession au tire lui causa un grand plaisir, et il fut très pointilleux à l'exiger.

Et voici qu'apparaît sur la scène un nouveau personnage, qui joua également un rôle dans l'histoire ; je parle du présent lord, Alexander, dont la naissance (17 juillet 1757) emplit la coupe du bonheur de mon pauvre maître. Il ne lui resta plus rien à désirer. Il n'en eût pas eu le loisir, d'ailleurs, car jamais père ne montra engouement aussi passionné. L'absence de son fils lui causait des inquiétudes continuelles. L'enfant était-il dehors ? Le père guettait les nuages et redoutait la pluie. De nuit ? il se levait pour aller le regarder dormir. Sa conversation devenait fatigante pour les étrangers, car il ne parlait plus guère que de son fils. Dans les matières concernant le bien, tout était disposé particulièrement en vue d'Alexander. Et c'était : « Mettons-nous-y tout de suite, afin que la futaie soit haute pour la majorité d'Alexander. » Ou bien : « Ceci tombera à point pour le mariage d'Alexander. » Chaque jour, cette préoccupation du père devenait plus visible, à maints détails, les uns touchants, les autres fort blâmables. Bientôt l'enfant put sortir avec lui, d'abord sur la terrasse, et tenu par la main, puis en liberté dans le domaine ; et ces sorties devinrent le principal souci de Mylord. Le son de leurs deux voix (qu'on entendait de loin, car ils parlaient fort) devint familier dans le voisinage ; et pour ma part, je le trouvais plus doux que le gazouillis des oiseaux. C'était un spectacle charmant de les voir revenir tous les deux chargés de bruyères, et le père aussi animé, voire parfois aussi crotté que le fils, car ils aimaient également toutes sortes de jeux enfantins, faire des trous dans le sable, endiguer des ruisseaux, et le reste ; et je les ai vus regarder les bêtes à travers une clôture avec le même ravissement puéril.

Ces randonnées me font songer à une scène bizarre dont je fus le témoin. Il y avait un chemin que je ne suivais jamais sans trouble, car je l'avais pris fréquemment pour remplir de fâcheuses missions, et il avait été le théâtre d'événements funestes à la maison de Durrisdeer. Mais le sentier était trop commode pour revenir de plus loin que le Muckle Ross ; et j'étais forcé, bien à regret, de m'en servir environ tous les deux mois. Mr. Alexander avait sept ou huit ans ; j'avais eu affaire ce matin-là tout au bout du domaine, et je m'en revenais par la charmille. C'était la saison où les bois revêtent leur livrée printanière, où les épines sont en fleur, où les oiseaux déploient leurs plus beaux chants. Le contraste de cette allégresse rendait pour moi la charmille plus sombre, et les souvenirs m'y oppressaient davantage. En cet état d'esprit, je fus fâché d'entendre, un peu plus haut sur le chemin, des voix que je reconnus pour celles de Mylord et de Mr. Alexander. Je continuai d'avancer, et ne tardai pas à les apercevoir, debout dans l'espace découvert où avait eu lieu le duel. Mylord avait la main sur l'épaule de son fils, et parlait avec une certaine gravité. Mais quand il leva la tête à mon approche, je vis ses traits s'épanouir.

– Ah ! dit-il, voilà ce bon Mackellar. Je viens justement de raconter à Sandie l'histoire de cet endroit-ci, comment il y eut un homme que le diable essaya de tuer, et comment ce fut lui, au contraire, qui faillit tuer le diable.

J'avais déjà trouvé singulier qu'il menât l'enfant là ; mais qu'il l'entretînt de son action, dépassait la mesure. Toutefois, le pis était encore à venir ; car il ajouta, se tournant vers l'enfant :

– Vous pouvez interroger Mackellar ; il était là, et il a tout vu.

– Est-ce vrai, Mr. Mackellar ? demanda le petit. Avez-vous vu réellement le diable ?

– Je ne connais pas l'histoire, répliquai-je ; et j'ai des affaires pressantes.

Ce fut tout ce que je dis, un peu aigrement, pour dissimuler mon embarras, et soudain l'amertume du passé avec cette affreuse scène aux bougies me remontèrent à la mémoire. Je m'avisai que, pour une différence d'une seconde dans la rapidité de la parade, cet enfant que j'avais sous les yeux eût pu ne jamais naître ; et l'émotion qui ne manquait jamais d'assaillir mon cœur sous cette sombre charmille se fit jour en ces mots :

– Mais ce qui est vrai, c'est que j'ai rencontré le diable dans ce bois, et que je l'ai vu désarmer. Loué soit Dieu que nous nous en soyons tirés vivants... Loué soit Dieu qu'il reste pierre sur pierre des murailles de Durrisdeer. Ah ! Mr. Alexander, quand vous reviendrez ici, fût-ce dans cent ans, et dans la plus belle et gaie société du pays, n'oubliez pas de vous recueillir un instant pour prier.

Mylord hocha gravement la tête.

– Ah ! dit-il, Mackellar a toujours raison. Oui, ôtez votre coiffure (lui-même se découvrit et étendit la main). O Seigneur, reprit-il, je Te remercie, et mon fils Te remercie, pour Tes grandes et manifestes bontés.

Accorde-nous un peu de répit ; défends-nous du méchant. Frappe-le, ó Seigneur, sur sa bouche menteuse !

Ces derniers mots lui échappèrent comme un cri ; et là-dessus, soit que la colère remémorée lui coupât la parole, ou soit qu'il s'aperçût de l'étrangeté de sa prière, il s'arrêta court ; puis, une minute après, il remit son chapeau sur sa tête.

— Je crois que vous oubliez une phrase, Mylord, dis-je. Pardonne-nous nos offenses, comme nous pardonnons à ceux qui nous ont offensés. Car le Royaume est Tien, et la puissance, et la gloire, pour les siècles des siècles. Amen.

— Ah ! c'est facile à dire, répliqua Mylord. C'est bien facile à dire, Mackellar. Moi, pardonner !... Mais j'aurais l'air d'un imbécile si j'avais l'audace de le prétendre.

— L'enfant, Mylord ! dis-je, non sans sévérité, car je trouvais ses expressions peu convenables en présence d'un enfant.

— Oui, c'est juste, dit-il. Ce sont histoires un peu sombres pour un gamin. Allons chercher des nids.

Ce fut sinon le même jour, du moins peu après, que Mylord, me trouvant seul, se déboutonna davantage sur le même sujet.

— Mackellar, dit-il, je suis à présent très heureux.

— Je le crois bien, Mylord, dis-je, et de vous voir ainsi me dilate le cœur.

— Le bonheur a ses obligations, ne croyez-vous pas ? dit-il rêveusement.

— J'en suis persuadé, dis-je, tout comme le malheur. Si nous n'étions ici-bas pour tâcher de faire mieux, à mon humble avis, plus tôt nous serions disparus, mieux cela vaudrait pour tout le monde.

— Oui, mais si vous étiez dans ma peau, lui pardonneriez-vous ?

La brusquerie de l'attaque me déconcerta un peu.

— C'est notre devoir strict, dis-je.

— Tu ! tu ! dit-il. Ce sont des mots. Vous-même, lui pardonnez-vous ?

— Eh bien... non ! dis-je. Dieu me pardonne, mais je ne peux pas.

— Serrons-nous la main là-dessus ! s'écria Mylord, presque gaiement.

— C'est une mauvaise occasion de se serrer la main, dis-je, pour des chrétiens. Je me réserve pour une autre, plus évangélique.

Je dis cela en souriant un peu ; mais Mylord, lui, quitta la chambre avec un grand éclat de rire.

Je ne trouve pas d'expression adéquate pour qualifier l'esclavage de Mylord à l'égard de l'enfant. Il était perdu dans cette pensée continuelle : affaires, amis, femme, tout était oublié, ou il ne se les rappelait que par un effort pénible, comme celui qui lutte avec une idée fixe. Cette obsession était surtout remarquable en ce qui concernait sa femme. Depuis que je connaissais Durrisdeer, elle n'avait cessé d'être le lest de ses pensées, et l'aimant de ses yeux ; mais désormais il l'ignorait entièrement. Je l'ai vu paraître sur le seuil d'une chambre, y jeter un regard circulaire, et passer devant Mylady comme devant un chien couché auprès du feu. C'était Alexander qu'il cherchait, et Mylady le savait bien. Je l'ai entendu lui parler si rudement que je faillis le lui faire remarquer : c'était pour une cause analogue, car elle avait contrarié Alexander. Sans doute, c'était là une sorte de châtiment qui pesait sur Mylady. Sans doute, la situation était renversée contre elle, comme seule la Providence sait le faire ; elle qui s'était, durant tant d'années, montrée inaccessible à toutes les marques de tendresse, c'était son tour d'être négligée ; elle est d'autant plus louable d'avoir fait bonne figure.

Il en résulta une situation étrange. Nous avions une fois de plus deux partis dans le château, mais j'étais à présent avec Mylady. Ce n'est pas que je perdis rien de mon affection pour mon maître. Mais, d'abord, il avait beaucoup moins besoin de ma société. Ensuite, le cas de Mr. Alexander n'était aucunement comparable à celui de Miss Katharine, pour laquelle Mylord n'avait jamais eu la moindre attention. Et, en troisième lieu, j'étais blessé par le changement qu'il manifestait envers sa femme, changement où je voyais une sorte d'infidélité. Je ne pouvais qu'admirer, d'ailleurs, la constance et la douceur qu'elle déployait. Peut-être ses sentiments à l'égard de Mylord, fondés primitivement sur la pitié, étaient-ils d'une mère plus que d'une épouse ; peut-être se plaisait-elle à voir, pour ainsi dire, ses deux enfants si heureux l'un avec l'autre ; d'autant que l'un avait autrefois souffert si injustement. Mais, malgré tout, et bien que je ne découvrisse en elle aucune trace de jalousie, elle se rejetait sur la société de la pauvre délaissée Miss Katharine ; et moi, de mon côté, j'en arrivais de plus en plus à passer mes heures de loisir avec la mère et la fille. J'attachais peut-être trop d'importance à cette division, car la famille était relativement heureuse ; pourtant le fait était là ; mais Mylord s'en apercevait-il ou non, je l'ignore. Je ne le crois pas, tant il était féru absolument de son fils ; mais nous autres le savions, et cette connaissance nous faisait parfois souffrir.

Ce qui nous inquiétait surtout, néanmoins, était le danger réel et croissant qui en résulait pour le petit. Mylord était son père ressuscité ; on pouvait craindre qu'à son tour le fils ne devînt un second Maître. Le temps a fait voir que ces craintes étaient fort exagérées. A coup sûr, il n'est pas aujourd'hui de plus digne gentilhomme dans toute l'Écosse, que le septième lord Durrisdeer. Touchant mon abandon de son service, il ne m'appartient pas de rien dire, surtout dans ces mémoires écrits uniquement pour justifier son père...

NOTE DE L'ÉDITEUR

On omet ici cinq pages du manuscrit de M. Mackellar. Leur lecture m'a laissé l'impression que celui-ci, dans sa vieillesse, était devenu un serviteur assez exigeant. Contre le septième lord Durrisdeer (avec lequel, en tout cas, nous n'avons rien à voir) il n'allègue aucun fait précis.

R.L.S.

... Mais nous avions la crainte, à cette époque, qu'il ne devînt, en la personne de son fils, une seconde édition de son frère. Mylady avait tenté d'instaurer un peu de saine discipline ; elle avait dû y renoncer, et laissait aller les choses, avec un secret déplaisir. Elle hasardait parfois quelques allusions ; et parfois, lorsqu'il lui revenait un exemple trop abusif de l'indulgence de Mylord, elle se trahissait par un geste, voire une exclamation. Quant à moi, cette crainte me hantait jour et nuit, moins à cause de l'enfant qu'à cause du père. Celui-ci s'était endormi, il rêvait son rêve, et un réveil trop brusque lui eût infailliblement été funeste. Je ne concevais pas qu'il pût survivre, et je me voilais la face à la perspective de son déshonneur.

Ce fut cette continuelle préoccupation qui me donna enfin le courage de parler : la chose mérite d'être contée en détail. Mylord et moi étions un jour assis à mon bureau, en train de régler quelque fastidieuse affaire ; il avait, je l'ai dit, perdu son intérêt d'autrefois en ce genre d'occupations ; il aspirait clairement à en avoir fini, et il avait l'air chagrin, las, et une idée plus vieux que je ne l'avais vu auparavant. Ce fut, je pense, son visage ravagé qui me fit soudain entreprendre une explication.

— Mylord, dis-je, la tête baissée, et feignant de poursuivre mon travail, ou plutôt laissez-moi vous appeler encore Mr. Henry, car je redoute votre colère, et je désire que vous pensiez aux jours d'autrefois...

— Mon bon Mackellar ! dit-il ; et cela d'un ton si doux que je faillis renoncer à mon dessein. Mais je me rappelai que je parlais pour son bien, et tins ferme mon drapeau.

— N'avez-vous jamais réfléchi à ce que vous faisiez ? demandai-je.

— Qu'est-ce que je fais ? répondit-il. Je n'ai jamais été fameux pour deviner les charades.

— Que faites-vous avec votre fils ? dis-je.

— Eh bien, dit-il, avec un ton presque de défi, et qu'est-ce que je fais avec lui ?

— Votre père était un excellent homme, dis-je, biaisant. Mais croyez-vous qu'il fut un père sage ?

Il prit un temps avant de parler ; puis répliqua :

— Je ne dis rien contre lui. J'en aurais beaucoup à dire, peut-être ; mais je me tais.

— C'est bien cela, dis-je. Vous en avez du moins sujet. Et cependant votre père était un excellent homme ; impossible d'être meilleur, sauf sur un point, ni plus sage. Où il achoppait, il est fort possible qu'un autre serait tombé. Ses deux fils...

Soudain, Mylord frappa violemment sur la table.

— Qu'est-ce ceci ? s'écria-t-il. Expliquez-vous !

— Je vais le faire, dis-je, d'une voix presque étouffée par les battements de mon cœur. Si vous continuez à gâter Mr. Alexander, vous marchez sur les traces de votre père. Prenez garde, Mylord, car votre fils, en grandissant, pourrait bien suivre celles du Maître.

Je n'avais aucunement l'intention de lui dire les choses aussi crûment ; mais une peur excessive inspire une manière de courage brutal, et même le plus brutal de tous. Je brûlai mes vaisseaux par ce simple mot. Je ne reçus pas de réponse. Quand je levai la tête, Mylord s'était mis debout ; mais l'instant d'après, il tombait pesamment sur le parquet. L'accès ne dura guère ; il revint à lui tout vertigineux, porta la main à sa tête, que je supportais alors, et dit, d'une voix entrecoupée : « Je me suis senti mal. » – Et peu après : « – Aidez-moi. » Je le remis sur ses pieds, et il resta debout, mais en se tenant à la table. – « Je me suis suis senti mal, Mackellar, répéta-t-il. Quelque chose s'est brisé en moi, Mackellar, ou a été sur le point de se briser, et puis tout s'est mis à tourner. J'étais, je pense, très en colère. Cela ne fait rien, Mackellar, cela ne fait rien, mon ami. Je ne voudrais pas faire tomber un cheveu de votre tête. Il y a trop de choses entre nous. L'une, particulièrement. Mais j'y pense, Mackellar, je vais aller voir Mme Henry, je pense que je ferai bien de l'aller voir.

Et il quitta posément la pièce, me laissant accablé de remords.

Bientôt, la porte s'ouvrit brusquement, et Mylady entra, en coup de vent. Ses yeux lançaient des éclairs.

– Qu'est-ce que c'est ? s'écria-t-elle. Qu'avez-vous fait à mon mari ? Est-ce que rien ne vous apprendra jamais votre position dans la maison ? Cesserez-vous jamais de faire le brouillon et de vous mêler de tout ?

– Mylady, répondis-je, depuis que je suis dans ce château, j'ai reçu beaucoup de mauvaises paroles. Pendant un temps, elles furent mon régime quotidien, et j'ai tout avalé. Mais aujourd'hui, vous pouvez m'appeler comme il vous plaira ; vous ne trouverez pas de nom assez dur pour qualifier ma maladresse. Elle procédait cependant de la meilleure intention.

Je lui avouai tout avec simplicité, tel que je l'expose ici. Après m'avoir écouté, elle se recueillit, et je m'aperçus que sa colère s'apaisait.

– Oui, dit-elle, votre intention était bonne. J'ai eu, moi aussi, la même idée, ou plutôt la même tentation, ce qui fait que je vous pardonne. Mais, grand Dieu, ne comprenez-vous pas qu'il n'en peut supporter davantage ? Il n'en peut plus supporter !... La corde est tendue à se rompre. Qu'importe l'avenir, si le présent est supportable ?

– Amen, dis-je. Je ne me mêlerai plus de rien. Je suis bien aise que vous reconnaissiez la pureté de mes intentions.

– Oui, dit Mylady ; mais une fois le moment venu, je pense que le courage vous a manqué ; car vous avez parlé d'une façon fort cruelle.

Elle se tut, me considéra ; puis soudain, elle eut un léger sourire, et me dit cette phrase singulière :

– Savez-vous ce que vous êtes, Mr. Mackellar ? Vous êtes une vieille fille.

Aucun autre incident notable ne survint dans la famille jusqu'au retour de cet oiseau de mauvais augure, le Maître. Mais je dois insérer ici un second extrait des mémoires du chevalier Burke, intéressant par lui-même, et tout à fait nécessaire à mon dessein. Ces pages contiennent nos seuls renseignements sur les voyages du Maître dans l'Inde ; et on y voit pour la première fois apparaître Secundra Dass. Un fait, en outre, y est clairement indiqué, fait dont la connaissance, il y a vingt ans, nous eût épargné bien des malheurs et des chagrins ! le fait que Secundra Dass savait l'anglais.

VII

Aventures du chevalier Burke dans l'Inde

(Extrait de ses mémoires)

Je m'étais donc égaré par les rues de cette ville, dont j'ai oublié le nom, et je la connaissais alors si mal que j'ignorais s'il me fallait prendre au Nord ou au Sud. Vu la soudaineté de l'alerte, je m'étais précipité au-dehors sans souliers ni bas ; j'avais perdu mon chapeau dans la bagarre ; mon violon de poche était tombé aux mains des Anglais ; j'avais pour seul compagnon le cipaye, pour seule arme ma seule épée, et pas un rouge liard en poche. Bref, j'étais absolument dans la situation d'un de ces calenders que M. Galland nous a fait connaître dans ses jolis contes. On sait que ces gentlemen rencontraient sans cesse des aventures extraordinaires ; et il m'en était réservé une si étonnante que je n'en suis pas encore revenu aujourd'hui.

Le cipaye était un très brave homme : il avait servi des années sous les couleurs françaises, et se serait laissé couper en morceaux pour un quelconque des braves concitoyens de Mr. Lally. C'est le même individu (son nom m'échappe) dont j'ai déjà conté un exemple étonnant de générosité d'âme, lorsqu'il nous trouva, M. de Fassac et moi, sur les remparts, entièrement perdus de boisson, et nous cacha sous de la paille tandis que le commandant passait par là. Je le consultai donc en toute franchise. Que faire ? La question était délicate. Nous décidâmes finalement d'escalader le mur d'un jardin, où nous pourrions dormir à l'abri des arbres, et, qui sait, nous procurer une paire de sandales et un turban. Nous n'avions que l'embarras du choix, dans cette partie de la ville, car le quartier comprenait uniquement des jardins clos de murs, et, à cette heure de la nuit, les allées qui les séparaient étaient désertes. Je fis la courte échelle au cipaye, et nous nous trouvâmes bientôt tous les deux dans un vaste enclos plein d'arbres. Ceux-ci dégouttaient de rosée, fort nuisible en ce pays, surtout pour les Blancs ; néanmoins, comme j'étais brisé de fatigue, je dormais déjà à moitié lorsque le cipaye vint me rappeler à la réalité. A l'autre bout de l'enclos, une lumière brillante avait soudainement paru, qui continua de brûler paisiblement parmi le feuillage. La circonstance était fort insolite, en un tel endroit et à cette heure ; et, dans notre situation, elle nous incitait à n'avancer qu'avec circonspection. J'envoyai le cipaye en reconnaissance, et il revint bientôt m'apporter la nouvelle que nous étions tombés au plus mal, car la maison appartenait à un homme blanc, qui était, selon toute vraisemblance, anglais.

— Ma foi, dis-je, s'il y a là un homme blanc, je veux lui donner un coup d'œil ; car, grâce à Dieu, il y a plus d'une sorte de Blancs !

Donc, le cipaye me conduisit à un endroit d'où je pouvais bien voir la maison. Elle était entourée d'une large véranda ; il y avait à terre une lampe, bien mouchée, et de chaque côté de la lampe se tenait assis un homme, jambes croisées, à la manière orientale. De plus, tous deux étaient enveloppés de mousselines comme deux indigènes ; mais pourtant l'un était non seulement un Blanc, mais quelqu'un bien connu de moi et du lecteur. C'était en personne ce Maître de Ballantrae, dont j'ai fait connaître maintes fois le génie et la valeur. J'avais ouï dire qu'il était venu aux Indes, mais je ne l'avais pas encore rencontré, et n'en avais rien appris. En tout cas, sitôt que je l'eus reconnu, et que je me vis en présence d'un si vieux camarade, je crus mes tribulations à leur fin. Je m'avançai au clair de lune, qui était très lumineux ; et, appelant Ballantrae par son nom, lui exposai en peu de mots ma triste situation. Il se retourna, sans paraître surpris le moins du monde, me regarda bien en face tandis que je parlais, et, quand j'eus fini, s'adressa à son compagnon dans le patois barbare du pays. Ce second individu, d'un aspect singulièrement délicat, et qui avait des jambes comme des cannes et des doigts comme des tuyaux de pipe [1], se mit debout.

— Le sahib, dit-il, comprend pas langage anglais. Je le comprends, moi, et je vois vous faire une petite méprise... Oh ! qui peut arriver à tout le monde. Mais le sahib aimerait savoir comment vous venir dans cette jardin.

— Ballantrae ! m'écriai-je, avez-vous la damnée impudence de me renier en face ?

Ballantrae, sans qu'un de ses muscles bougeât, me regardait fixement comme une statue dans une pagode.

— Le sahib comprend pas langage anglais, dit l'indigène, aussi doucereux que devant. Il aimer savoir comment vous venir dans cette jardin.

— Oh ! le diable l'emporte ! dis-je. Il aimerait savoir comme je venir dans cette jardin, n'est-ce pas ? Eh bien, mon brave, ayez l'obligeance de dire au sahib, en lui présentant mes respects, que nous voici deux soldats qu'il n'a jamais ni vus ni connus, mais que le cipaye est un fameux lapin, et moi aussi ; et que s'il ne nous donne pas bien à manger, plus un turban et des chaussures, et la valeur d'un mohur d'or en petite monnaie comme viatique, parbleu, mon ami, je pourrais vous faire voir un jardin où il va se passer des choses.

Ils poussèrent leur comédie au point de converser un moment en

---

1. *Note de Mr. Mackellar.* — Évidemment Secunda Dass. — E. Mck.

hindoustani ; et puis l'Hindou, avec le même sourire, mais en soupirant comme s'il était fatigué de se répéter, prononça :

– Le sahib aimerait savoir comment vous venir dans cette jardin.

– C'est donc comme ça ! dis-je. Et portant la main à mon épée, j'ordonnai au cipaye de dégainer.

L'Hindou de Ballantrae, toujours souriant, tira un pistolet de son sein, et, bien que Ballantrae ne fît pas un mouvement, je le connaissais assez pour être sûr qu'il se tenait prêt.

– Le sahib pense vous mieux partir, dit l'Hindou.

Eh bien, franchement, c'est ce que je croyais aussi ; car un coup de pistolet nous eût, sauf intervention de la Providence, fait pendre tous les deux.

– Dites au sahib que je ne le considère pas comme un gentleman, dis-je. Et je me détournai avec un geste de mépris.

Je n'avais pas fait trois pas que la voix de l'Hindou me rappela.

– Le sahib aimerait savoir si vous êtes un damné Irlandais, dit-il ; et à ces mots, Ballantrae sourit en s'inclinant très bas.

– Qu'est-ce que c'est ? dis-je.

– Le sahib dire vous demander votre ami Mackellar, dit l'Hindou. Le sahib il crie quitte.

– Dites au sahib que je lui donnerai un remède contre la blague écossaise, à notre prochaine rencontre, lançai-je.

Ils souriaient encore lorsque je me retirai.

Ma conduite n'est sans doute pas exempt de défauts ; et lorsqu'un homme, tout vaillant qu'il soit, en appelle à la postérité comme juge de ses exploits, il peut s'attendre presque infailliblement à subir le sort de César et d'Alexandre, et à trouver des détracteurs. Mais s'il y a une chose que l'on ne pourra jamais reprocher à Francis Burke, c'est d'avoir tourné le dos à un ami...

(Vient ensuite un passage que le chevalier Burke s'est donné la peine de raturer avant de m'envoyer son manuscrit. Sans doute s'y plaignait-il très naturellement de ce qu'il supposait être une indiscrétion de ma part ; bien que je n'aie souvenir d'en avoir commis aucune. Peut-être Mr. Henry fut-il moins réservé ; ou, plus simplement, il est possible que le Maître ait trouvé le moyen de parcourir ma correspondance, et qu'il ait ainsi lu la lettre de Troyes. Ce fut pour en tirer vengeance que cette cruelle plaisanterie fut infligée à Mr. Burke dans un aussi pressant besoin. En dépit de sa perversion, le Maître n'était pas dépourvu d'une certaine affectuosité ; il fut, je crois, sincèrement attaché à Mr. Burke dans les premiers temps ; mais cette idée de trahison tarit les sources déjà peu abondantes de son amitié, et son détestable caractère se fit voir à nu. – E. Mck.)

VIII

L'ennemi dans la place

C'est un fait singulier, que j'hésite au sujet d'une date, celle, surtout, d'un incident qui modifia si profondément ma vie, et nous envoya tous sur une terre étrangère. Mais à la vérité, toutes mes habitudes se trouvaient alors désorganisées, et je vois que mon journal est tenu à cette époque irrégulièrement, la date omise pendant une semaine et plus, et son allure générale dénote que son auteur était bien proche du désespoir. Ce fut vers la fin de mars, en tout cas, ou au début d'avril 1764. Après un lourd sommeil, je m'étais réveillé avec le pressentiment qu'il allait arriver un malheur. Ce pressentiment était si fort que je descendis en hâte, vêtu de ma chemise et de mon pantalon. Ma main, je me le rappelle, tremblait sur la rampe.

C'était une matinée froide et ensoleillée, avec une forte gelée blanche, les merles chantaient très suavement et très haut alentour du château de Durrisdeer, et le bruit de la mer emplissait les chambres. Je n'étais pas encore à la salle, lorsqu'un autre bruit m'arrêta : celui d'une conversation. Je m'avançai, puis m'arrêtai, croyant rêver. J'entendis à coup sûr une voix humaine, et ce dans la maison de mon maître, et cependant je ne la reconnaissais pas ; à coup sûr un langage humain, et ce dans mon pays natal ; et cependant, j'avais beau écouter, je n'y comprenais pas un mot. Un vieux conte me revint à l'esprit (d'une fée ou peut-être simplement d'une étrangère égarée) qui vint s'asseoir au foyer de mes pères, quelques générations auparavant, et y séjourna environ une semaine, parlant fréquemment dans une langue qui ne disait rien à ses auditeurs ; et elle s'en alla comme elle était venue, sous le couvert de la nuit, et sans laisser même un nom derrière elle. J'avais tant soit peu de peur, mais encore plus de curiosité ; j'ouvris donc la porte, et entrai dans la salle.

La vaisselle du souper garnissait encore la table ; les volets étaient encore fermés quoique le jour pénétrât par leurs insterstices ; et la vaste salle était éclairée uniquement par une seule bougie et les reflets mourants du feu. Devant l'âtre, il y avait deux hommes assis.

L'un, qui était enveloppé dans un manteau, et qui portait des bottes, je le reconnus tout de suite : l'oiseau de mauvais augure était de retour. De l'autre, qui se tenait tout contre les tisons rouges, ramassé sur lui-même, à l'instar d'une momie, je voyais seulement que c'était un étranger, d'un teint plus foncé que n'importe quel Européen, d'une constitution très frêle, avec un front singulièrement élevé, et un œil impénétrable. Plusieurs paquets et une petite valise gisaient au milieu de la pièce ; et à en juger sur ce modeste bagage, et sur les bottes du Maître, grossièrement rafistolées par un savetier de village peu scrupuleux, le méchant n'avait guère prospéré.

A mon entrée, il se leva ; nos regards se croisèrent, et je ne sais pourquoi, mon courage s'éleva comme une alouette dans un matin de mai.

– Ha ha ! dis-je, c'est donc vous ? – Et je fus enchanté de mon ton dégagé.

– Moi-même en personne, digne Mackellar, répliqua le Maître.

– Cette fois-ci, vous avez ramené ostensiblement « le chien noir [1] » avec vous, continuai-je.

– Cela s'applique à Secundra Dass ? demanda le Maître. Permettez-moi de vous présenter. C'est un gentilhomme natif de l'Inde.

– Hum ! fis-je. Je n'aime guère ni vous ni vos amis, Mr. Bally. Mais je vais faire entrer un peu de jour, et jeter un coup d'œil sur vous.

Et, ce disant, j'ouvris les volets de la fenêtre de l'Est.

A la lumière du matin, je pus voir que l'homme avait changé. Plus tard, quand nous fûmes tous réunis, je fus frappé davantage de voir combien le temps l'avait peu éprouvé ; mais ce premier abord fut différent.

– Vous vous faites vieux, dis-je.

Une ombre passa sur son visage.

– Si vous vous voyiez, vous n'insisteriez pas là-dessus.

– Baste ! répliquai-je, la vieillesse ne me dérange pas. Je me figure que j'ai toujours été âgé ; et me voici à présent, grâce à Dieu, mieux connu et plus considéré qu'autrefois. Tout le monde ne peut en dire autant, Mr. Bally ! Les rides de *votre* front marquent des calamités ; votre vie se referme sur vous comme une prison ; bientôt la mort viendra frapper à la porte, et je ne vois pas trop de quelle source vous tirerez vos consolations.

Ici, le Maître s'adressa en hindoustani à Secundra Dass, d'où je conclus (et non sans quelque plaisir, je l'avoue) que ma remarque lui était désagréable. Cependant, on peut bien penser que j'avais d'autres soucis, alors même que je raillais mon ennemi. Avant tout, je me demandais par quel moyen communiquer en secret et vite avec Mylord. Sur ce problème, durant le bref répit qui m'était accordé, je concentrai toutes les forces de mon âme ; lorsque soudain, levant les yeux, je découvris Mylord lui-même debout dans le cadre de la porte, et selon toute apparence, parfaitement calme. Il n'eut pas plus tôt rencontré mes yeux, qu'il franchit le seuil. Le Maître l'entendit venir, et s'avança de son côté. A quatre pieds d'intervalle, les deux frères firent halte, et restèrent à échanger des regards assurés ; puis Mylord sourit, fit une légère inclination, et se retourna vers moi, vivement.

– Mackellar, dit-il, il nous faut faire déjeuner ces voyageurs.

---

1. *The black dog,* – euphémisme familier pour : le diable.

Évidemment, le Maître était un peu décontenancé ; mais il n'en affecta que plus d'impudence de langage et d'attitude.

— Je suis affamé comme un faucon, dit-il. Voyez à ce que ce soit bon, Henry.

Mylord se tourna vers lui, avec le même sourire dur.

— Lord Durrisdeer, dit-il.

— Oh ! pas en famille ! répliqua le Maître.

— Chacun dans cette maison me donne le titre qui m'appartient, dit Mylord. S'il vous plaît de faire exception, je vous laisse à juger l'impression que cela fera sur les étrangers, et si l'on n'y verra pas un effet d'une jalousie impuissante.

J'aurais volontiers applaudi ; d'autant que Mylord, sans lui laisser le temps de répondre, me fit signe de le suivre, et sortit aussitôt de la salle.

— Venez vite, dit-il ; nous avons à balayer une vermine hors du château.

Et il se hâta le long des corridors, d'un pas si rapide que je pouvais à peine le suivre, jusqu'à la porte de John-Paul. Il l'ouvrit sans frapper, et entra. John était, en apparence, profondément endormi, mais Mylord ne fit même pas semblant de l'éveiller.

— John-Paul, dit-il de sa voix la plus calme, vous avez servi mon père longtemps, sinon je vous chasserais comme un chien. Si dans une demi-heure je vous trouve parti, vous continuerez à recevoir vos gages à Édimbourg. Si vous vous attardez ici ou à St-Bride, vieux serviteur, vieil homme et tout, je trouverai quelque moyen singulier de vous faire repentir de votre déloyauté. Debout ! et en route ! Que la porte par où vous les avez introduits serve à votre départ. Je ne veux plus que mon fils aperçoive votre figure.

— Je suis heureux de voir que vous prenez la chose aussi calmement, dis-je, une fois dehors et seuls.

— Calmement ? s'écria-t-il. Et il saisit avec brusquerie ma main pour la placer sur mon cœur, qui martelait sa poitrine à grands coups.

Cette révélation m'emplit d'étonnement et de crainte. Il n'était pas d'organisme capable de supporter pareille épreuve, surtout le sien, déjà ébranlé ; et je résolus de mettre un terme à cette situation contre nature. Je parlai :

— Il serait bon, je pense, que je touche un mot à Mylady.

Au vrai, c'était à lui de le faire, mais je comptais — et ce ne fut pas en vain — sur son indifférence.

— Oui, dit-il, faites. Je vais presser le déjeuner ; il nous faut paraître à table, même Alexander ; et n'ayons pas l'air troublé.

Je courus à la chambre de Mylady, et sans cruels préliminaires, lui révélai ma nouvelle.

— Je suis résolue depuis longtemps, dit-elle. Nous ferons nos paquets en cachette, aujourd'hui, et partirons en cachette la nuit prochaine. Grâce au ciel, nous avons une autre demeure ! Le premier navire en partance nous emmènera à New York.

– Et qu'adviendra-t-il de lui ? demandai-je.

– Nous lui laisserons Durrisdeer, s'écria-t-elle. Et grand bien lui fasse !

– Que non pas, avec votre permission, dis-je. Il trouvera un chien à ses grègues pour le retenir. Il aura le lit, la table, et un cheval de selle, s'il se conduit bien ; mais les clefs, si vous le jugez bon, Mylady, resteront aux mains du nommé Mackellar. Il en aura soin, je vous le garantis.

– Mr. Mackellar, s'écria-t-elle, je vous remercie pour cette idée. Tout sera laissé entre vos mains. S'il nous faut partir pour un pays barbare, du moins je vous remets le soin de nous venger. Expédiez Macconochie à St-Bride afin qu'il dispose les chevaux en secret et ramène le notaire. Mylord lui laissera une procuration.

A cet instant Mylord entra, et nous lui exposâmes notre plan.

– Je ne veux pas entendre parler de cela, s'écria-t-il ; il se figurerait que j'ai peur de lui. Je resterai chez moi, si Dieu veut, jusqu'à ma mort. Il n'est personne capable de m'en déloger. Une fois pour toutes, j'y suis, j'y reste, en dépit de tous les diables de l'enfer.

Je ne saurais donner une idée de la véhémence avec laquelle il s'exprimait ; nous en fûmes tous abasourdis, et surtout moi, qui venais de le voir si bien en possession de lui-même.

Mylady me lança un regard suppliant qui m'alla au cœur et me donna du courage. Je lui fis signe de partir, et quand elle m'eut laissé seul avec Mylord, j'allai retrouver celui-ci au bout de la salle, qu'il arpentait de long en large comme à demi fou, et lui posai avec fermeté la main sur l'épaule.

– Mylord, dis-je, je vais une fois de plus vous parler tout net ; si c'est pour la dernière fois, tant mieux, car je suis fatigué de ce rôle.

– Rien ne me fera changer, répondit-il. Dieu garde que je refuse de vous entendre ; mais rien ne me fera changer.

Il prononça ces mots avec décision, mais sans plus trace de violence, ce qui me rendit de l'espoir.

– Très bien, dis-je ; peu importe si je perds ma salive.

Je lui montrai un siège, où il s'assit tourné vers moi, et je commençai :

– Il fut un temps, je me souviens, où Mylady vous négligea beaucoup...

– Jamais je n'en ai parlé, tant qu'il a duré, me répliqua Mylord, tout rouge ; et c'est tout à fait changé, à présent.

– Savez-vous à quel point ? dis-je. Savez-vous à quel point c'est changé ? La situation est renversée, Mylord ! C'est Mylady qui mendie de vous un mot, un regard... oui, et elle les mendie en vain. Savez-vous avec qui elle passe ses journées, alors que vous êtes à baguenauder par le domaine ? Mylord, elle est bien aise de les passer avec un certain vieux régisseur du nom d'Ephraïm Mackellar ; et vous êtes, je crois, à même de vous rappeler ce que cela signifie, car, ou je me trompe beaucoup, vous avez vous-même été réduit à cette société-là.

– Mackellar ! s'écria Mylord, en se levant. O mon Dieu ! Mackellar !

– Ce n'est pas le nom de Mackellar, ni celui de Dieu, qui changeront rien à la vérité, dis-je ; et je vous expose ce qui est. Or, pour vous, qui avez tant souffert, est-ce le rôle d'un chrétien d'infliger cette même souffrance à autrui ? Mais vous êtes si entiché de vos nouveaux amis que vous en oubliez les anciens. Ils sont effacés de votre mémoire. Et cependant ils vous ont soutenu aux heures les plus sombres ; et Mylady la première. Mais songez-vous jamais à Mylady ? Songez-vous à ce qu'elle a souffert cette nuit-là... ou à l'époque qu'elle a été pour vous depuis ?... ou en quelle situation elle se trouve aujourd'hui ? Pas du tout ! Vous avez résolu dans votre orgueil de demeurer pour le braver, et elle doit rester avec vous. Oh ! l'orgueil de Mylord... voilà la grande affaire ! Et pourtant elle n'est qu'une femme, et vous êtes un homme grand et fort ! Elle est la femme que vous avez juré de protéger, et, par-dessus tout, la mère de votre fils !

– Votre langage est bien amer, Mackellar, dit-il ; mais, Dieu sait, je crains que vous ne disiez vrai. Je n'étais pas digne de mon bonheur. Rappelez Mylady.

Mylady était tout proche, attendant l'issue de la discussion. Lorsque je rentrai avec elle, Mylord nous prit à chacun la main, qu'il mit à la fois sur son cœur.

– J'ai eu deux amis dans mon existence, dit-il. Toute la consolation que j'ai jamais reçue provenait de l'un ou de l'autre. Puisque vous êtes tous les deux d'un même avis, je serais un monstre d'ingratitude... (ses mâchoires se contractèrent étroitement, et il nous regarda avec des yeux hagards)... Faites de moi ce que vous voudrez. Seulement, n'allez pas croire... (Il s'arrêta encore). – Faites ce que vous voudrez de moi : Dieu sait combien je vous aime et vous honore.

Et, lâchant nos deux mains, il nous tourna le dos et s'en alla regarder par la fenêtre. Mais Mylady courut à lui, l'appelant par son nom, et, se jetant à son cou, elle fondit en larmes.

Je sortis, fermant la porte derrière moi, et remerciant Dieu du fond de mon cœur.

Au déjeuner, suivant le dessein de Mylord, nous étions tous présents. Le Maître avait eu le loisir de changer ses bottes rapiécées et de faire une toilette convenable ; Secundra Dass n'était plus drapé dans ses étoffes, mais portait un habit simple et décent, qui lui messeyait étrangement. Tous deux étaient à la grande fenêtre, et regardaient au-dehors, quand la famille entra. Ils se retournèrent ; l'homme noir (comme on l'avait déjà surnommé dans le château) salua jusqu'à terre, mais le Maître alla se précipiter vers nous comme quelqu'un de la famille. Mylady l'arrêta, lui faisant la révérence dès le bas de la salle, et mettant ses enfants derrière elle. Mylord était un peu en avant : les trois cousins de Durrisdeer se rencontraient donc là face à face. L'œuvre du temps était inscrite sur tous les visages ; je croyais y lire un *memento mori ;* et ce qui m'affectait le plus, c'est que le méchant supportait mieux que tous le poids des années. Mylady était métamorphosée en matrone, bien faite pour présider une vaste tablée d'enfants et de subalternes.

Mylord s'était relâché dans toutes ses articulations ; il se voûtait ; il allait à petits pas pressés, comme s'il eût réappris de Mr. Alexander ; son visage était tiré, et semblait plus allongé que jadis ; et il y errait parfois un sourire singulièrement mêlé d'amertume et de souffrance. Mais le Maître plastronnait toujours, quoique peut-être avec effort, son front se barrait, entre les sourcils, de rides impérieuses ; ses lèvres se serraient comme pour ordonner. Il avait toute la gravité de Satan dans le *Paradis perdu,* et quelque chose de sa beauté. Je ne pouvais m'empêcher de l'admirer, surpris d'ailleurs qu'il ne m'inspirât pas plus de crainte.

Mais en fait (tout le temps que nous fûmes à table) son prestige semblait évanoui et ses crocs arrachés. Nous l'avions connu pour un magicien qui dominait les éléments, nous le revoyions transformé en un gentleman ordinaire, papotant comme ses voisins à la table du déjeuner. Car, à présent que le père était défunt, et Mylord et Mylady réconciliés, dans quelle oreille eût-il pu insinuer ses calomnies ? Je compris par une sorte de révélation à quel point j'avais surévalué sa finesse. Il possédait toujours sa malice ; il était aussi faux que jamais ; toutefois, par la disparition de ce qui faisait sa force, il était réduit à l'impuissance ; la vipère demeurait, mais à présent c'était sur une lime qu'elle gaspillait son venin. Deux autres pensées m'occupèrent aussi au cours du déjeuner : la première, qu'il était stupéfait – j'allais presque dire désespéré – de voir sa méchanceté absolument inefficace ; la deuxième, que peut-être Mylord était dans le vrai, et que nous aurions tort de fuir devant notre ennemi désemparé. Mais je resongeai au cœur bondissant de mon pauvre maître, et je me souvins que nous nous faisions lâches pour lui sauver la vie.

Le repas terminé, le Maître m'accompagna jusque dans ma chambre, et, prenant une chaise (que je ne lui offrais pas), il me demanda ce qu'on allait faire de lui.

– Mais, Mr. Bally, répondis-je, le château vous restera ouvert pour un temps.

– Pour un temps ? répéta-t-il. Je ne sais si je vous entends bien.

– C'est assez clair, dis-je. Nous vous gardons par convenance. Dès que vous vous serez déconsidéré publiquement par quelqu'une de vos frasques, nous vous mettrons dehors aussitôt.

– Vous êtes devenu un bien impudent drôle, dit le Maître, les sourcils froncés d'un air menaçant.

– J'ai appris à bonne école, répliquai-je. Et vous avez pu vous apercevoir qu'avec le décès de Mylord votre père, votre pouvoir a complètement disparu. Je ne vous crains plus, Mr. Bally ; je crois même – Dieu me pardonne ! – que je prends un certain agrément à votre société.

Il eut un éclat de rire, visiblement feint.

– Je suis venu les poches vides, dit-il, après une pause.

– Je ne crois pas que l'argent roule de nouveau, répliquai-je. Je vous préviens de ne pas faire fond là-dessus.

– J'aurais cependant quelque chose à dire.

– En vérité ? Je ne devine pas quoi, en tout cas.

– Oh ! vous affectez la confiance, dit le Maître. Ma position est toujours forte, – car vous craignez tous un scandale, et j'en profite.

– Pardonnez-moi, Mr. Bally, dis-je. Nous ne craignons pas le moins du monde un scandale qui vous atteindrait.

Il se remit à rire.

– Vous avez étudié l'art de la repartie. Mais la parole est aisée, et parfois bien trompeuse. Je vous le dis en face : je serai pour vous du vitriol dans le château. Vous feriez plus sagement de me lâcher la somme et de ne voir plus que mes talons.

Là-dessus il me salua de la main, et quitta la chambre.

Peu après, Mylord entra, accompagné du notaire, Mr. Carlyle. On fit monter une bouteille de vieux vin, dont nous bûmes un verre avant de nous mettre à la besogne. Les actes voulus furent ensuite rédigés et signés, et les terres d'Écosse remises en fidéicommis à Mr. Carlyle et à moi-même.

– Il y a un point, Mr. Carlyle, dit Mylord, quand tout fut réglé, sur lequel je voudrais que vous me rendiez service. Ce brusque départ coïncidant avec l'arrivée de mon frère va sans doute provoquer des commentaires. Je voudrais que vous persuadiez aux gens qu'il n'y a aucun rapport entre les deux faits.

– Je m'y essaierai, Mylord, dit Mr. Carlyle. Le Maî... Mr. Bally, donc, ne vous accompagne point ?

– C'est ce dont je vais vous parler, dit Mylord. Mr. Bally reste à Ballantrae, sous la surveillance de Mr. Mackellar ; et je ne veux pas qu'il sache où nous allons.

– Mais, la rumeur publique... commença le notaire.

– Ah ! Mr. Carlyle, n'oubliez pas que ceci doit rester entre nous, interrompit Mylord. Personne autre que vous et Mackellar ne doit être au courant de nos déplacements.

– Alors, Mr. Bally demeure ici ? Très bien, dit Mr. Carlyle. Les pouvoirs que vous laissez... (Mais il s'interrompit à nouveau). – Mr. Mackellar, nous avons là une bien lourde responsabilité.

– Sans doute, Monsieur, dis-je.

– Oui, sans doute, reprit-il. Mr. Bally n'aura pas voix au chapitre ?

– Pas la moindre, dit Mylord ; ni d'influence, j'espère. Mr. Bally n'est pas de bon conseil.

– Je saisis, dit le notaire. Entre parenthèses, est-ce que Mr. Bally a de l'argent ?

– J'entends qu'il n'ait rien, répondit Mylord. Je lui donne la table, le feu et la bougie dans ce château.

– Et en fait d'allocation ? Si je dois partager la responsabilité, vous sentez combien il est désirable que je comprenne vos intentions, dit le notaire. Sur le chapitre allocation ?

– Pas d'allocation, dit Mylord. Je désire que Mr. Bally vive très retiré. Nous n'avons pas toujours été satisfaits de sa conduite.

– Et en matière d'argent, ajoutai-je, il s'est montré un ménager déplorable. Jetez un coup d'œil, Mr. Carlyle, sur cette liste où j'ai réuni les différentes sommes qu'il a tirées de nous en ces derniers quinze ou vingt ans. Cela fait un joli total.

Mr. Carlyle esquissa un sifflement.

– Je n'avais pas idée de cela, dit-il. Excusez-moi encore une fois, Mylord, si je semble vous pousser ; mais il est réellement souhaitable que je pénètre vos intentions. Il se peut que Mr. Mackellar vienne à décéder, et que je me trouve seul fidéicommis. Ne serait-ce pas plutôt la préférence de Votre Seigneurie que Mr. Bally... que Mr. Bally... hum !... quitte le pays ?

Mylord regarda Mr. Carlyle.

– Pourquoi demandez-vous cela ? dit-il.

– Je soupçonne, Mylord, que Mr. Bally n'est pas une consolation pour sa famille, dit en souriant le notaire.

Le visage de Mylord se contracta soudain.

– Je voudrais qu'il fût en enfer ! s'écria-t-il.

Et il versa un verre de vin, mais d'une main si tremblante qu'il en répandit la moitié en buvant. C'était la deuxième fois que, au milieu de la conduite la plus sage et la plus pondérée, son animosité se faisait jour. Elle surprit Mr. Carlyle, qui ne cessa plus d'observer Mylord avec une curiosité discrète. Quant à moi, elle me rendit la certitude que nous agissions pour le mieux au regard de la santé de Mylord et de sa raison.

A part cet éclat, l'entrevue aboutit très heureusement. Sans doute Mr. Carlyle, comme tous les notaires, ne lâchait ses paroles qu'une à une. Mais il était sensible que nous avions amorcé un revirement d'opinion en notre faveur dans le pays ; et la mauvaise conduite même de cet homme achèverait certainement ce que nous avions commencé. Et, avant de partir, le notaire nous laissa entrevoir qu'il s'était déjà répandu au-dehors un certain soupçon de la vérité.

– Je devrais peut-être vous avouer, Mylord, dit-il, en s'arrêtant, le chapeau à la main, – que les dispositions prises par Votre Seigneurie dans le cas de Mr. Bally ne m'ont pas trop surpris. Quelques bruits d'une nature analogue ont transpiré, lors de son dernier séjour à Durrisdeer. On parlait d'une femme de Saint-Bride, avec laquelle vous vous êtes admirablement conduit, et Mr. Bally avec un haut degré de cruauté. La substitution d'héritier, encore, a été fort commentée. Bref, il y a eu pas mal de propos, à droite et à gauche ; et certains de nos Salomons de village ont motivé fortement leur opinion. Je restais dans l'expectative, comme il sied à mon habit ; mais la note de Mr. Mackellar m'a finalement ouvert les yeux. Je ne crois pas, Mr. Mackellar, que ni vous ni moi lui laissions prendre beaucoup de libertés.

La suite de cette importante journée se passa heureusement. C'était notre tactique de garder l'ennemi à vue, et je pris mon tour de guet comme les autres. Je crois que son attention s'éveilla, de se voir ainsi observé, et je sais que la mienne déclina peu à peu. Ce qui m'étonnait le plus était la dextérité singulière de cet homme à s'insinuer dans nos préoccupations. Vous avez peut-être senti (après un accident de cheval, par exemple) la main du rebouteur séparer avec art les muscles, les interroger, et appuyer avec force sur l'endroit blessé ? La langue du Maître, à l'aide de questions insidieuses, produisait le même effet ; et ses yeux, si prompts à tout remarquer. Je croyais n'avoir rien dit, et cependant tout m'avait échappé. Sans me laisser le temps de me reconnaître, il s'affligeait avec moi de ce que Mylady nous négligeait de la sorte, Mylord et moi, et de ce que Mylord gâtait aussi déplorablement son fils. Sur ce dernier point, je le vis (non sans une crainte irraisonnée) appuyer à diverses reprises. L'enfant avait manifesté à la vue de son oncle un certain éloignement ; l'idée me vint alors que son père avait été assez fou pour l'endoctriner, ce qui constituait un triste début ; et en regardant l'homme qui se tenait devant moi, toujours si aimable, si beau parleur, avec une telle diversité d'aventures à conter, je vis que c'était le vrai personnage destiné à séduire une imagination de garçon. John-Paul n'était parti que du matin ; on ne pouvait croire qu'il fût resté entièrement muet sur son sujet favori : nous avions donc ici Mr. Alexander dans le rôle de Didon, plein d'une ardente curiosité ; et là, le Maître, tel un diabolique Enée, rempli des sujets les plus agréables du monde pour une oreille juvénile : batailles, naufrages, évasions, et les forêts de l'Ouest, et (grâce à son dernier voyage) les antiques cités des Indes. Avec quelle ruse il saurait mettre en jeu ces appâts, et quel empire il s'assurerait ainsi, peu à peu, sur l'âme de l'enfant, tout cela m'apparut clairement. Il n'y avait pas de défense, aussi longtemps que l'homme serait au château, assez forte pour les éloigner l'un de l'autre ; car, s'il est malaisé de charmer les serpents, il n'est pas très difficile de fasciner un petit bout d'homme qui commence à peine à porter des culottes. Je me souvins d'un vieux marin qui habitait une maison isolée (il la nommait, je crois, Portobello) au-delà du faubourg de Figgate-Whins, et autour de qui les enfants de Leith se rassemblaient le samedi, pour écouter ses histoires émaillées de jurons, aussi nombreux que des corbeaux sur une charogne : – spectacle que j'ai souvent remarqué en passant, à l'époque où j'étais étudiant, au cours de mes promenades. Beaucoup de ces gamins allaient sans doute à l'encontre d'une défense expresse, beaucoup craignaient et même haïssaient la vieille brute en qui ils voyaient un héros ; et je les ai vus s'enfuir devant lui lorsqu'il était éméché, et lui jeter des pierres lorsqu'il était ivre. Et néanmoins ils venaient chaque samedi ! A plus forte raison un garçon comme Mr. Alexander devait tomber sous le charme d'un gentilhomme-aventurier à la belle prestance, au beau langage, à qui viendrait la fantaisie de l'enjôler ; or, ce prestige obtenu, comme il l'emploierait volontiers à pervertir l'enfant !

Notre ennemi n'avait pas encore nommé trois fois Mr. Alexander, que je pénétrais son dessein. Toutes ces réflexions et ces souvenirs me traversèrent en une seule onde, et je faillis reculer comme si un gouffre béant venait de s'ouvrir sur mon chemin. Mr. Alexander : là était le point faible, là était l'Ève de notre paradis éphémère ; et déjà le serpent sifflait et s'était mis en chasse.

Je poussai activement les préparatifs, je vous le garantis ; mes derniers scrupules avaient disparu, le danger de l'attente s'inscrivait devant moi en gros caractères. De cet instant je n'eus plus ni repos ni trêve. Je ne quittais mon poste auprès du Maître et de son Indien, que pour aller dans le grenier, boucler une valise ; j'envoyais Macconochie la porter au rendez-vous, par la poterne et le sentier sous bois ; et je retournais chez Milady pour un bref conciliabule. Tel fut le *verso* de notre vie à Durrisdeer, ce jour-là. Quant au *recto*, parfaite tranquillité apparente, comme il sied à une famille occupant le logis de ses aïeux ; quant au peu de trouble que nous laissâmes voir, le Maître ne put que l'attribuer au coup de son arrivée inattendue, et à la crainte qu'il avait accoutumé d'inspirer.

Le souper se passa correctement ; on échangea de froides civilités, et chacun se retira dans sa chambre respective. Je conduisis le Maître à la sienne. Nous l'avions mis porte à porte avec son Indien, dans l'aile nord, car cette partie du château était la plus éloignée, et susceptible d'être isolée par plusieurs portes du bâtiment principal. Je m'aperçus qu'il était un ami affectueux, ou un bon maître (au choix) pour son Secundra Dass : – il veillait à son bien-être ; il lui arrangea son feu, de sa main, lorsque l'Indien se plaignit du froid ; il surveilla la cuisson du riz qui faisait la nourriture de l'étranger ; il parlait aimablement avec lui en hindoustani, cependant que je restais avec mon bougeoir à la main, affectant d'être accablé de sommeil. A la fin, le Maître s'aperçut de mes bâillements.

– Je vois, dit-il, que vous avez conservé toutes vos anciennes habitudes : tôt couché, et tôt levé. Allez bâiller chez vous !

Une fois dans ma chambre, j'accomplis les rites du déshabillage, afin de gagner du temps ; et lorsque j'eus achevé le cycle des opérations, j'apprêtai mon briquet, et soufflai ma bougie. Une heure plus tard environ, je la rallumai, passai à mes pieds les chaussons de lisière que j'avais portés au chevet de Mylord, durant sa maladie, et m'en allai par la maison, avertir les voyageurs. Ils m'attendaient, tout habillés, – Mylord, Mylady, Miss Katharine, Mr. Alexander, et Christie, la femme de chambre de Milady ; – et je remarquai que, par suite du secret exigé, et en dépit de leur innocence, toutes ces personnes avançaient tour à tour dans l'entrebâillement des portes un visage blanc comme du papier. Nous nous glissâmes par la poterne dans une nuit de ténèbres où ne luisaient qu'une ou deux étoiles ; en sorte qu'au début nous allions à l'aveuglette et trébuchant parmi les buissons. A quelques cents yards plus haut sur le sentier, Macconochie nous attendait avec une grosse lanterne, et le reste du chemin s'accomplit assez facilement, quoique toujours dans un silence de mort. Un peu au-delà de l'abbaye, le sentier débouchait sur la grand-route ; et un quart de mille plus loin, au lieu dit Engles, où commence la lande, nous vîmes briller les lumières de deux voitures arrêtées au bord de la chaussée. On n'échangea que peu de mots, lors de la séparation, et sur des seuls sujets pratiques, une poignée de main silencieuse, des visages détournés, et ce fut tout ; les chevaux se mirent au trot, la lumière des lanternes s'éloigna sur la lande déserte, puis s'enfonça derrière Stony Brae ; et Macconochie et moi restâmes seuls avec notre lanterne sur la route. Mais nous attendîmes la réapparition des voitures sur la côte de Cartmore. Les voyageurs durent faire halte au sommet pour regarder une dernière fois en arrière, et voir notre lanterne demeurée sur le lieu de la séparation ; car une lampe fut prise à une voiture, et agitée par trois fois de haut en bas, en guise d'adieu. Après quoi ils repartirent, pour ne plus revoir le toit familial de Durrisdeer, en route vers une contrée barbare. Je n'avais jamais senti jusqu'alors l'étendue démesurée de cette voûte nocturne sous laquelle deux pauvres serviteurs – l'un vieux et l'autre déjà sur l'âge – se trouvaient pour la première fois délaissés ; je n'avais jamais senti auparavant à quel point mon existence dépendait de celle des autres. Une sensation d'isolement me brûla les entrailles comme du feu. On eût dit que les vrais exilés étaient nous qui demeurions au pays ; on eût dit que Durrisdeer et les rives du Solway, et tout ce qui constituait mon pays natal, son air si doux, sa langue si familière, s'en étaient allés bien au-delà des mers avec mes vieux maîtres.

Durant la fin de cette nuit-là, je me promenai de long en large sur le palier de la route, songeant au futur et au passé. Mes réflexions, qui d'abord se posaient tendrement sur ceux qui venaient de nous quitter, prirent peu à peu un tour plus viril en considérant ce qui me restait à faire. Le jour se leva sur les sommets de l'intérieur, les oiseaux se mirent à pépier, et la fumée des chaumières s'éleva parmi les creux de la rousse bruyère. Alors, me retournant vers les toits de Durrisdeer, qui étincelaient au bord de la mer dans le matin, je descendis le sentier.

A l'heure habituelle, je fis éveiller le Maître, et attendis paisiblement qu'il entrât dans la salle. Il regarda autour de lui, étonné de voir la pièce vide et trois seuls couverts dressés.

– Nous sommes en petit comité, dit-il. D'où vient cela ?

– C'est le comité auquel il faudra vous habituer, répondis-je.

Il me regarda avec une soudaine rudesse.

– Que veut dire tout ceci ?

– Vous et moi, avec votre ami Mr. Dass, formons à présent toute la compagnie, répliquai-je. Mylord, Milady et les enfants sont partis en voyage.

– Ma parole ! dit-il. Est-ce possible ? Voilà donc que j'ai fait fuir vos Volsques à Corioles ! Mais ce n'est pas une raison pour laisser refroidir notre déjeuner. Mr. Mackellar, veuillez vous asseoir – (et il prit, tout en parlant, le haut bout de la table, que j'avais l'intention d'occuper) – et tandis que nous mangerons, vous nous donnerez des détails sur cette évasion.

Il était plus troublé que son langage ne l'indiquait, je le voyais bien ; et je résolus d'imiter son sang-froid.

– J'allais vous prier d'occuper le haut bout de la table, dis-je, car, si je me trouve placé dans la situation d'un hôte vis-à-vis de vous, je ne puis oublier que vous êtes, tout compte fait, un membre de la famille.

Durant quelques minutes, il joua le rôle d'amphitryon, donnant à Macconochie des ordres que celui-ci recevait de mauvaise grâce, et s'occupant principalement de Secundra Dass, puis, d'un air détaché, il me demanda :

– Et où donc est allée ma chère famille ?

– Ah ! Mr. Bally, ceci est une autre question. Je n'ai pas reçu l'ordre de communiquer leur adresse.

– Mais à moi ?

– A quiconque.

– C'est moins direct ainsi, dit le Maître ; *c'est de bon ton* [1] : mon frère ira loin s'il continue. Et moi, cher Mr. Mackellar ?

– Vous aurez le vivre et le couvert, Mr. Bally. J'ai l'autorisation de vous confier les clefs de la cave, qui est très honnêtement garnie. Il vous suffira de rester bien avec moi, ce qui n'est pas difficile, pour ne manquer ni de vin ni de chevaux de selle.

Il renvoya Macconochie sous un prétexte.

– Et de l'argent ? demanda-t-il. Dois-je aussi rester bien avec mon bon ami Mackellar pour avoir de l'argent de poche ? Voilà un plaisant retour aux principes de l'enfance.

– On n'a pas fixé d'allocation, dis-je. Mais je prendrai sur moi de veiller à ce que vous soyez modérément pourvu.

– Modérément, répéta-t-il. Et vous le prendrez sur vous ? – (Il se redressa, et considéra la sombre série des portraits suspendus autour de la salle). – Au nom de mes ancêtres, je vous remercie, dit-il ; et puis, avec un retour d'ironie : – Mais on a dû certainement fixer une allocation pour Secundra Dass ? Il n'est pas possible qu'ils aient oublié cela ?

– Je vais en prendre note, et demander des instructions quand j'écrirai, dis-je.

Mais lui, changeant soudain d'allures, se pencha vers moi, un coude sur la table.

– Croyez-vous ceci entièrement sage ?

– J'exécute mes ordres, Mr. Bally.

– Profondément modeste, dit le Maître ; mais peut-être pas aussi exact. Vous me racontiez hier que mon pouvoir était tombé avec le décès de mon père. D'où vient alors qu'un pair du royaume s'enfuit sous le couvert de la nuit, loin d'un château où ses aïeux ont soutenu plusieurs sièges ? qu'il cache son adresse, ce qui pourrait causer des ennuis à Sa Gracieuse Majesté et au pays tout entier ? et qu'il me laisse en possession et sous la garde paternelle de son inappréciable Mackellar. Je flaire là-dessous une crainte très considérable et très réelle.

---

1. En français dans le texte.

Je cherchai à placer une dénégation peu convaincue ; mais il poursuivit sans m'écouter :

– Je la flaire, dis-je ; mais j'irai plus loin, je crois cette appréhension bien fondée. Je suis venu dans ce château avec une certaine répugnance. Considérant de quelle façon j'en suis parti la dernière fois, la nécessité seule était capable de m'y faire rentrer. De l'argent, voilà ce qu'il me faut. Vous ne voulez pas m'en donner de bon gré ? Hé bien, je saurai l'obtenir de force. Avant une semaine, sans quitter Durrisdeer, j'aurai découvert où ces imbéciles se sont enfuis. Je les poursuivrai ; et quand je les tiendrai, je torturerai cette famille de façon à la faire une fois de plus éclater en sanglots. Je verrai alors si Mylord Durrisdeer – (il prononça le nom avec une fureur et un mépris indicibles) – n'aimera pas mieux acheter mon départ ; et vous verrez tous, à ce moment, si je me décide pour le profit ou pour la vengeance.

J'étais stupéfait de l'entendre se découvrir ainsi. Mais il était exaspéré de l'heureuse fuite de Mylord ; il se sentait faire figure de dupe ; et il n'était pas d'humeur à mâcher ses paroles.

– Considérez-vous ceci comme entièrement sage ? lui dis-je, en copiant ses mots.

– Voilà vingt ans que je vis sur mon humble sagesse, répondit-il avec un sourire presque niais à force de fatuité.

– Pour aboutir enfin à être mendiant, dis-je ; si toutefois mendiant est un terme assez fort.

– Je vous ferai remarquer, Mr. Mackellar, s'écria-t-il, avec une chaleur impérative qui força mon admiration, que je suis d'une politesse scrupuleuse. Tâchez de m'imiter là-dessus, nous en serons meilleurs amis.

Au cours de tout ce dialogue, j'avais été gêné par les regards observateurs de Secundra Dass. Personne de nous, depuis le premier mot, n'avait fait mine de manger ; nous nous regardions dans le blanc des yeux – pour ainsi dire jusqu'au fond de l'âme ; et ceux de l'Indien me troublaient par certaines lueurs changeantes, comme s'il eût compris. Mais je rejetai cette idée, me répétant qu'il ne comprenait pas l'anglais, mais que, d'après le sérieux de nos inflexions, et les éclats de colère et de mépris du Maître, il devinait un entretien sur des sujets d'importance.

Durant une période d'environ trois semaines, nous continuâmes à vivre en commun dans le château de Durrisdeer. Ce fut là le début du plus singulier chapitre de ma vie, – celui que j'intitulerai mon intimité avec le Maître. Au début, son humeur était assez changeante : ou bien poli, ou bien recourant à son ancienne habitude de me bafouer en face ; mais, dans l'une ou l'autre manière, je lui rendais la pareille. Grâce à la Providence, je n'avais plus de mesure à garder avec lui ; et ce qui me fait peur, ce ne sont pas les sourcils froncés, mais les sabres nus. Je prenais même un certain plaisir à ces passes d'incivilité, et mes répliques n'étaient pas toujours mal inspirées. A la fin (nous étions à souper), j'eus une expression dont la drôlerie le séduisit tout à fait. Il se mit à rire aux éclats, puis s'écria :

— Qui donc aurait jamais cru que cette vieille femme pût avoir de l'esprit sous ses jupes !

— Ce n'est pas de l'esprit, Mr. Bally, dis-je : c'est de simple humour écossais, voire du plus sec. Et, en réalité, je n'ai jamais eu la moindre prétention à passer pour un homme d'esprit.

A partir de cette heure il cessa d'être grossier avec moi ; et tout se passa entre nous sous forme de facétie. Nos principales occasions de badinage étaient lorsqu'il lui fallait un cheval, ou une autre bouteille, ou de l'argent. Alors il s'en venait vers moi à la façon d'un écolier, et je faisais semblant d'être son père : cette comédie nous amusait beaucoup tous les deux. Je m'apercevais bien qu'il m'estimait davantage, ce qui chatouillait en moi ce triste privilège de l'homme : la vanité. Il lui arrivait même de se laisser aller (inconsciemment, je suppose) à un abandon mieux que familier, amical ; et, venant de l'homme qui m'avait détesté si longtemps, ce fut là le plus insidieux. Il ne sortait guère, et voire refusait parfois les invitations. « Non, disait-il, peu me chaut de ces épaisses cervelles de lairds à bonnet. Je resterai chez nous, Mackellar, nous boirons à nous deux une bouteille, en bavardant tranquillement. » Et, ma foi, n'importe qui eût trouvé parfaite l'heure des repas à Durrisdeer, tant la conversation était brillante. Maintes fois, il m'exprima sa surprise d'avoir pu dédaigner si longtemps ma société. « Mais voyez-vous, ajoutait-il, nous étions dans le camp opposé. Nous le sommes encore aujourd'hui ; mais ne parlons jamais de cela. Je ne vous estimerais pas à beaucoup près autant, si vous n'étiez aussi fidèle à votre maître. » Il faut considérer qu'il me semblait tout à fait hors d'état de nuire ; et que c'est pour nous une des formes les plus attrayantes de la flatterie que de voir rendre (après de longues années) une justice tardive à notre caractère et à notre rôle. Mais je ne songe pas à m'excuser. J'étais en faute, de me laisser cajoler par lui, et je crois bien que le chien de garde allait s'assoupir tout à fait, lorsqu'il eut un brusque réveil.

Je dois dire que l'Indien ne cessait de trôler çà et là par la maison. Il ne parlait jamais, sauf dans son patois, et avec le Maître ; il marchait sans bruit ; et on le rencontrait toujours où on l'attendait le moins, absorbé dans ses méditations ; il sursautait à votre approche et avait l'air de se moquer de vous par une de ses révérences jusqu'à terre. Il paraissait si paisible, si frêle, et tellement perdu dans ses pensées, que j'avais fini par le croiser sans faire attention à lui, voire en m'apitoyant sur le sort de cet innocent exilé si loin de son pays. Cependant il n'est pas douteux que l'individu ne cessait d'être aux écoutes ; et ce dut être grâce à son habileté et à ma confiance que notre secret fut connu du Maître.

C'était par une nuit tempêtueuse, après souper, et nous étions plus gais qu'à l'ordinaire, lorsque le coup tomba sur moi.

– Tout cela est très joli, dit le Maître, mais nous ferions mieux de boucler nos valises.

– Hé quoi ! m'écriai-je. Allez-vous partir ?

– Nous partons demain matin. Pour le port de Glasgow d'abord, pour la province de New York ensuite.

Je poussai un gémissement.

– Oui, reprit-il, je me vantais, j'avais dit une semaine, et il m'en a fallu près de trois. Mais peu importe, je me rattraperai ; je voyagerai d'autant plus vite.

– Mais avez-vous l'argent nécessaire ?

– Oui, cher et ingénu personnage, je l'ai, dit-il. Blâmez-moi si vous voulez pour ma duplicité, mais cependant que je soutirais des shillings à mon papa, j'avais mis à part une réserve en prévision des mauvais jours. Vous paierez votre passage, si vous tenez à nous accompagner dans notre mouvement tournant ; ce que j'ai suffira pour Secundra Dass et pour moi, mais tout juste ; – j'ai assez pour être dangereux, pas assez pour être généreux. Il y a, du reste, à notre chaise un strapontin extérieur, que je vous céderai moyennant une modeste compensation ; de sorte que toute la ménagerie fera route ensemble : le chien de garde, le singe et le tigre.

– Je vous accompagne, dis-je.

– J'y compte, dit le Maître. Vous m'avez vu battu ; je veux que vous me voyiez victorieux. Dans ce but, je hasarderai de vous faire tremper comme une soupe par ce mauvais temps.

– Et d'ailleurs, ajoutai-je, vous savez très bien que vous ne pourriez vous débarrasser de moi.

– Pas aisément, non, dit-il. Vous avez mis le doigt dessus avec votre parfait bon sens habituel. Je ne lutte jamais contre l'inévitable.

– Je suppose que les prières seraient inutiles avec vous ?

– Tout à fait, croyez-m'en.

– Et pourtant, si vous consentiez à me donner le loisir d'écrire... commençai-je.

– Et que répondrait Mylord Durrisdeer ?

– Oui, dis-je, c'est là le hic.

– Et en tout cas, voyez combien il sera plus expéditif que j'y aille moi-même ?... Mais nous perdons notre salive. Demain matin à sept heures, la chaise sera devant la porte. Car je pars de la porte, Mackellar ; je ne me faufile pas à travers bois pour retrouver ma chaise sur la route – dirai-je à Engles ?

J'étais alors tout à fait décidé.

– Voulez-vous m'accorder un quart d'heure à Saint-Bride, dis-je. J'ai quelques mots indispensables à dire à Carlyle.

– Une heure si vous préférez. Je ne vous cacherai pas que l'argent de votre strapontin est pour moi de quelque importance, et vous arriveriez toujours premier à Glasgow en allant à franc-étrier.

– Ma foi, dis-je, je ne me serais jamais attendu à quitter la vieille Écosse.

– Cela vos dégourdira, dit-il.

– Ce voyage sera funeste à quelqu'un, dis-je ; à vous, monsieur, j'espère. Quelque chose me le dit ; et ce quelque chose ajoute, en tout cas, que ce voyage est de mauvais augure.

– Si vous croyez aux prophéties, dit-il, écoutez cela.

Une bourrasque violente s'abattait sur le golfe de Solway, et la pluie fouettait les hautes fenêtres.

– Savez-vous ce que cela présage, sorcier ? dit-il, en patoisant : qu'il y aura un certain Mackellar malade comme pas un, en mer.

Une fois rentré dans ma chambre, je m'assis en proie à une pénible surexcitation, prêtant l'oreille au tumulte de la tempête, qui battait en plein ce mur du château.

L'inquiétude de mes esprits, les miaulements diaboliques du vent autour des poivrières, et la trépidation continuelle de la maçonnerie du château, m'empêchèrent absolument de dormir. Je restais devant mon bougeoir à contempler les ténébreux carreaux de la fenêtre, par où la tourmente paraissait devoir faire irruption à chaque instant ; et sur ce tableau noir je voyais se dérouler des conséquences qui me faisaient dresser les cheveux sur la tête. L'enfant corrompu, la maisonnée dispersée, mon maître mort ou pis que mort, ma maîtresse plongée dans la désolation – voilà ce que je vis se peindre vivement sur l'obscurité ; et la clameur du vent paraissait railler mon impuissance.

IX

Le voyage de Mr. Mackellar avec le Maître

La chaise arriva devant la porte au milieu d'un brouillard épais et humide. Nous prîmes congé en silence du château de Durrisdeer qui apparaissait avec ses chéneaux crachants et ses fenêtres closes comme un lieu voué à la mélancolie. Le Maître garda la tête à la portière, pour jeter un dernier regard sur ces murs éclaboussés et ces toits ruisselants, jusqu'à leur brusque disparition dans le brouillard ; et je pense qu'une tristesse réelle envahit cet homme à l'instant du départ ; à moins qu'il ne pressentît le dénouement ? Quoi qu'il en fût, lors de la longue montée sur la lande au partir de Durrisdeer, que nous fîmes en marchant côte à côte sous la bruine, il se mit à siffler, puis chanter, le plus triste de nos airs rustiques, celui qui fait pleurer les gens dans les tavernes, « Willie-le-Vagabond [1] ». Les paroles qu'il y appliqua, je ne les ai jamais entendues ailleurs, ni ne les ai vues imprimées ; quelques vers seulement,

_____

1. Wandering Willie.

mieux appropriés à notre exode, me sont restés à la mémoire. Un couplet
commençait :

Le home était le home, alors, ô mon ami, tout plein de chers visages;
Le home était le home, alors, ô mon ami, heureux pour les enfants,

et finissait à peu près ainsi :

> *Aujourd'hui quand l'aurore se lève au front de la lande,*
> *Déserte est la maison, et la pierre du foyer est froide;*
> *Qu'elle reste déserte, aujourd'hui que ses habitants s'en sont tous allés,*
> *Les chers cœurs, les cœurs fidèles, Qui aimaient le lieu d'autrefois.*

J'ai toujours été incapable d'apprécier le mérite de ces vers, car ils
furent auréolés pour moi par la mélancolie de l'air, et ils m'étaient alors
chantés (ou plutôt modulés) par un maître chanteur, et en un temps
si propice. Il me regarda quand il eut terminé, et vit mes yeux humides.

– Ah ! Mackellar, dit-il, croyez-vous donc que je n'ai jamais un
regret ?

– Je ne crois pas que vous seriez un aussi méchant homme, si vous
n'aviez toute l'étoffe voulue pour être bon.

– Non, pas toute, dit-il, pas toute. Vous vous trompez là-dessus, mon
évangéliste. La manie de ne pas vouloir de lacunes ! – Mais je crus
l'entendre soupirer en remontant dans la chaise.

Tout au long du jour nous voyageâmes par ce même temps
déplorable : le brouillard nous enserrait étroitement, les cieux ne
cessaient de pleurer sur ma tête. La route parcourait des ondulations
marécageuses, où l'on n'entendait d'autre bruit que le cri des oiseaux
sauvages dans la bruyère mouillée et le déversement des torrents gonflés.
Parfois, je me laissais aller au sommeil, et me trouvais plongé presque
aussitôt dans quelque sinistre cauchemar, dont je m'éveillais strangulé
d'horreur. Parfois, quand la côte était dure et que les roues tournaient
lentement, je surprenais les voix de l'intérieur, parlant dans cet idome
tropical, pour moi aussi peu articulé que le gazouillis des oiseaux.
Parfois, lors des montées plus longues, le Maître mettait pied à terre
et marchait à mon côté, presque sans rien dire. Et tout le temps, éveillé
comme endormi, je voyais la même perspective funèbre de catastrophe
imminente ; et les mêmes tableaux se déroulaient à mes yeux, mais ils
se peignaient alors sur un flanc de colline embrumé. L'un de ces
tableaux, il m'en souvient, m'apparut avec les couleurs d'une
hallucination authentique. Il représentait Mylord assis à une table dans
une petite chambre ; sa tête, d'abord cachée entre ses mains, se releva
lentement, et il tourna vers moi un visage que toute espérance avait
déserté. J'avais vu cette scène d'abord sur le noir de la fenêtre, ma
dernière nuit de Durrisdeer ; elle revint me hanter durant la moitié
du voyage ; mais il ne s'agissait pas là d'un symptôme de démence,
car je suis arrivé à la maturité et à la vieillesse sans que ma raison

ait décliné ; il ne faut y voir non plus (comme je fus alors tenté de le croire) un avertissement céleste, car tous les malheurs survinrent, sauf ce malheur, – et j'ai vu maints spectacles navrants, mais pas celui-là.

On avait décidé de voyager toute la nuit ; et, fait singulier, une fois le crépuscule tombé, je repris courage. Les lanternes allumées éclairant devant nous le brouillard, les croupes fumantes des chevaux et le postillon au trot, me faisaient voir intérieurement les choses sous un aspect plus aimable que durant le jour ; ou peut-être mon esprit était-il las de sa mélancolie. Du moins, je passai plusieurs heures éveillé, l'esprit assez dispos, quoique mouillé et mal à l'aise de corps ; après quoi je tombai dans un sommeil sans rêves. Cependant il est à croire que je conservai un reste d'activité, même au plus profond de mon sommeil, activité au moins en partie intelligente. Car je me réveillai tout à coup en plein, juste comme je déclamais :

> *Le home était le home, alors, ô mon ami,*
> *heureux pour les enfants.*

frappé d'y voir une adaptation, que je n'avais pas remarquée la veille, au but détestable que le Maître se proposait dans le voyage actuel.

Nous étions alors près de la ville de Glasgow, où nous fûmes bientôt pour déjeuner ensemble à l'auberge, et où (comme si le diable s'en mêlait) nous trouvâmes un navire prêt à mettre à la voile. Nous retînmes nos places dans la cabine, et deux jours plus tard, nous apportions nos effets à bord. Ce navire, qui s'appelait le *Nonesuch* [1], était très vieux et trop bien nommé. Au dire de chacun, ce voyage devait être son dernier ; les gens hochaient la tête sur les quais, et plusieurs étrangers m'arrêtèrent dans la rue pour m'avertir que ce bateau était pourri comme un fromage, beaucoup trop chargé, et qu'il sombrerait infailliblement à la première tempête. Nous fûmes en conséquence les seuls passagers. Le capitaine Mac Murtrie était un homme taciturne et méditatif, avec l'accent gaélique de Glasgow ; les matelots, des hommes de mer grossiers et ignorants ; aussi le Maître et moi en fûmes-nous réduits à notre compagnie réciproque.

Le *Nonesuch* sortit de la Clyde par un bon vent. La première semaine, le beau temps nous favorisa, et nous progressâmes heureusement. Je me découvris (et cela m'étonna) les qualités d'un marin né, en ce sens que je n'avais pas le mal de mer ; toutefois, j'étais loin de jouir de ma santé habituelle. Grâce au balancement du navire sur les lames, ou bien à l'air confiné, ou aux salaisons, ou au tout réuni, je me sentais l'âme assombrie et l'humeur péniblement irritée. La nature de la mission que je remplissais sur ce navire devait y contribuer ; mais pas plus ; car le mal (quel qu'il fût) provenait de mon entourage ; et si le navire n'en était pas responsable, c'était donc le Maître. La haine et la crainte sont

1. Le Sans-Pareil.

de mauvais compagnons de lit ; mais (soit dit à ma honte) je les ai
savourées en d'autres lieux, je me suis couché et levé, j'ai mangé et
bu avec elles, mais jamais, auparavant ni plus tard, je n'ai été si
complètement empoisonné, corps et âme, que je le fus à bord du
Nonesuch. J'avoue sans fard que je reçus de mon ennemi l'exemple de
la longanimité ; dans nos pires jours il déploya la patience la plus allègre,
entretenant la conversation avec moi aussi longtemps que je le
supportais et, lorsque je rebutais ses avances, allant se coucher sur le
pont pour lire. Le volume qu'il avait apporté à bord était la fameuse
Clarissa de Mr. Richardson, et, entre autres petites attentions, il m'en
lisait tout haut des passages ; et aucun diseur n'eût su donner plus de
force aux parties pathétiques de l'œuvre. Je lui répliquais par des extraits
de la Bible, qui constituait toute la bibliothèque – et qui était toute
nouvelle pour moi, car mes devoirs religieux (je l'avoue à regret) ont
toujours été et sont encore aujourd'hui des plus négligés. Il goûta les
mérites du livre en connaisseur qu'il était ; et parfois il me le prenait
des mains, le feuilletant en homme familiarisé avec le texte, et l'habile
déclamateur me donnait un Roland pour mon Olivier. Mais il était
curieux de voir combien peu il se faisait à lui-même l'application de
sa lecture ; elle passait loin au-dessus de sa tête comme le tonnerre d'été :
Lovelace et Clarissa, les récits de la générosité de David, les psaumes
de la Pénitence, les solennelles questions du Livre de Job, la poésie
touchante d'Isaïe n'étaient pour lui qu'une source de divertissement,
comme un râclement de crincrin dans un cabaret. Cette sensibilité
superficielle et cette obnubilation intime m'indisposèrent contre lui ;
elles s'accordaient trop bien avec cette impudente callosité que je savais
cachée sous le vernis de ses belles manières ; et tantôt il m'inspirait
le même dégoût que s'il eût été difforme – et d'autres fois la même
répulsion qu'un être à demi spectral. A certains moments je me le
figurais tel qu'un fantoche de carton – comme si un coup sec frappé
dans ce modelage superficiel n'eût rencontré par-dessous que le vide.
Cette appréhension (pas uniquement imaginaire, je crois) me fit détester
encore plus son voisinage ; il m'arrivait à présent de me sentir parcouru
d'un frisson à son approche ; j'ai failli plusieurs fois pousser un cri ;
d'autres jours, j'avais envie de le battre. A cette disposition d'esprit
contribuait sans doute le remords de m'être laissé aller, durant nos
derniers jours à Durrisdeer, à une certaine tolérance à son égard, et
si quelqu'un était venu me dire alors que j'y retomberais de nouveau,
je lui aurais ri au nez. Il se peut qu'il n'eût pas conscience de cette
ardeur extrême de mon ressentiment ; je crois néanmoins qu'il était
trop subtil pour cela ; il en était arrivé plutôt, après une longue vie
d'oisiveté, à un impérieux besoin de compagnie, qui l'obligeait à tolérer
mon aversion non dissimulée. Il est certain, en tout cas, qu'il aimait
s'écouter parler, comme d'ailleurs il aimait toutes les facultés et les
parties de son individu : – genre de faiblesse qui s'attache presque
fatalement aux méchants. Je l'ai vu, lorsque je me montrais récalcitrant,
s'embarquer en de longs discours avec le capitaine ; et ce, nonobstant

que l'autre ne dissimulât point son ennui, tambourinant des doigts et battant du pied, et répliquant par de simples grognements.

La première semaine écoulée, nous trouvâmes des vents contraires et du mauvais temps. La mer était grosse. Le *Nonesuch,* bateau de construction ancienne, et mal arrimé, roulait au-delà de toute expression. Nous ne faisions aucun progrès sur notre route. Une insupportable mauvaise humeur s'abattit sur le navire : hommes, quartiers-maîtres et officiers se querellaient tout le long du jour. Un gros mot d'une part, et un coup de l'autre, était pain quotidien. A certains moments, tout l'équipage à la fois refusait l'obéissance ; et nous autres de l'arrière prîmes deux fois les armes – c'était la première fois de ma vie que j'en portais – crainte d'une mutinerie.

Au pis de cette fâcheuse période survint une bourrasque de vent telle que nous nous attendions à sombrer. Je fus enfermé dans la cabine depuis un certain midi jusqu'au lendemain soir ; le Maître s'était amarré quelque part sur le pont ; Secundra Dass avait absorbé quelque drogue et gisait inerte ; et l'on peut dire que je passai toutes ces heures dans une entière solitude. Tout d'abord je fus paralysé par l'effroi, presque incapable de penser, et mon cerveau me semblait être congelé. Puis j'entrevis un rayon d'espérance. Si le *Nonesuch* sombrait, il entraînerait avec lui dans les abîmes de cette mer insondable l'être que nous craignions et haïssions tous, il n'y aurait plus de Maître de Ballantrae, les poissons joueraient à la poursuite au travers de ses côtes ; ses plans réduits à néant, ses innocents ennemis seraient en paix. Au début, comme je l'ai dit, ce n'était qu'un simple rayon d'espérance ; mais il ne tarda pas à s'épanouir en jour éblouissant. La mort de cet homme, sa suppression d'un monde qu'il rendait si cruel à beaucoup, – ces idées s'emparèrent de mon esprit. Je les dorlotais, je les savourais. J'imaginais le plongeon suprême du navire, les flots se refermant de toutes parts sur la cabine, ma brève lutte contre la mort, là, tout seul dans cet espace clos ; je dénombrais ces épouvantements, j'allais dire avec joie ; je sentais que je les supporterais tous, et davantage encore, si le *Nonesuch* abîmait avec lui sous les flots, dans la même catastrophe, l'ennemi de la famille de mon maître infortuné. Le second jour, vers midi, les hurlements du vent diminuèrent ; le navire donna une bande moins inquiétante, et je compris que le plus fort de la tempête était passé. J'ose espérer que je fus simplement déçu. Absorbé dans le vil égoïsme de ma passion haineuse, j'oubliais mes innocents compagnons de bord, et ne pensais qu'à moi et à mon ennemi. Pour moi, j'étais déjà vieux ; je n'avais pas eu de jeunesse, je n'étais pas fait pour les plaisirs du monde, j'avais peu d'attaches ; il n'importait pas le pile ou face d'un teston d'argent si j'étais noyé sur-le-champ dans l'Atlantique, ou si je survivais quelques années, pour mourir, peut-être de façon non moins affreuse, de maladie, sans personne à mon chevet. Je tombai à genoux – me retenant à un anneau, sans quoi j'eusse été précipité à l'instant par le roulis de la cabine – et, élevant la voix parmi les bruits de la tempête déclinante, je fis une prière impie afin d'obtenir ma propre mort. – « Ô Dieu !

m'écriai-je, je ressemblerais davantage à un homme, si je me levais pour abattre cette créature ; mais Tu m'as fait lâche dès le sein de ma mère. Ô Seigneur, Tu m'as fait tel, Tu connais ma faiblesse, Tu sais que tout visage de la mort me fait trembler. Mais voici que Ton serviteur est prêt, il dépouille sa cruelle faiblesse. Ô ! Que je donne ma vie pour celle de cette créature ; prends-les toutes deux, Seigneur ! prends les deux, et aie pitié de l'innocent ! » Telles furent à peu près les paroles, plus irrévérencieuses toutefois, et accompagnées de plus sacrilèges supplications, où je continuai à déverser mes sentiments. Dieu ne m'écouta pas, il me fit cette grâce : mais j'étais encore perdu dans ma détresse suppliante lorsque, soulevant la bâche goudronnée, quelqu'un fit entrer dans la cabine la lumière du couchant. Je me relevai plein de confusion, et fut tout surpris de m'apercevoir que je titubais et que j'avais les membres brisés comme si l'on m'eût roué. Secunda Dass, ayant cuvé sa drogue, se tenait dans un coin, à me considérer avec des yeux hagards, et par le vasistas ouvert, le capitaine me remerciait pour mes prières.

— Vous avez sauvé le navire, Mr. Mackellar, dit-il. Toute l'habileté nautique du monde n'eût pu le maintenir à flot ; nous pouvons bien le dire : La cité que le Seigneur ne garde pas, les sentinelles la gardent en vain.

J'étais abasourdi de l'erreur du capitaine, et aussi de la surprise craintive que l'Indien me manifesta d'abord, et des obséquieuses politesses dont il ne tarda pas à m'accabler. Je sais aujourd'hui qu'il dut m'entendre et saisir mon singulier genre de prières. En tout cas, il les avait certainement révélées aussitôt à son patron ; et, sachant tout ce que je sais aujourd'hui, je comprends aussi un mot qui lui échappa au cours de la conversation, ce soir-là, lorsque, levant la main et souriant, il dit : « Ah ! Mackellar ! chacun n'est pas un aussi grand lâche qu'il ne le croit, – ni un aussi bon chrétien. » Il ne se doutait pas à quel point il disait vrai ! Car les pensées qui m'avaient envahi au fort de la tempête gardaient leur emprise sur moi ; et les paroles involontaires qui m'étaient montées aux lèvres sous forme de prière continuaient à me tinter aux oreilles : – avec les humiliants résultats dont il convient de faire l'aveu loyal ; car je n'admettrais pas de jouer le rôle perfide qui consiste à dévoiler les péchés d'autrui en dissimulant les siens propres.

Le vent tomba, mais la mer restait grosse. Toute la nuit, le *Nonesuch* roula outrageusement ; le lendemain se leva, puis le surlendemain, sans apporter aucun changement. Traverser la cabine était quasi impossible ; de vieux matelots pleins d'expérience furent renversés sur le pont, et l'un d'eux cruellement meurtri dans sa chute ; on entendait gémir chaque membrure, chaque poulie du vieux bateau, et la grosse cloche des bossoirs d'ancre ne cessait de sonner lugubrement. Un de ces jours-là, le Maître et moi étions assis tout seuls à la coupée de l'arrière. Je dois dire que le *Nonesuch* avait une poupe surélevée. Tout autour de celle-ci couraient de hauts bastingages, qui donnaient prise au vent et alourdissaient le navire. Or, ces bastingages, vers les deux extrémités latérales, s'abaissaient en une belle volute sculptée à la vieille mode qui rejoignait la lisse de coursive. De cette disposition, mieux faite pour l'ornement que pour la commodité, il s'ensuivait que le garde-fou était interrompu ; et ce, précisément au bord extrême de la partie haute où (lors de certains mouvements du navire) elle eût été plus nécessaire. Ce fut là que nous nous assîmes, les jambes pendantes, le Maître situé entre moi et le bordage, et moi me retenant des deux mains à la grille du vasistas de cabine ; car je voyais le danger de notre position, d'autant que j'avais sans cesse sous les yeux un moyen d'apprécier l'amplitude de nos oscillations, en la personne du Maître, qui se détachait à contre-soleil dans la coupée des bastingages. Tantôt son front touchait au zénith et son ombre s'allongeait bien en dehors du *Nonesuch,* du côté opposé ; tantôt il redescendait jusqu'au-dessous de mes pieds, et la ligne d'horizon surgissait bien au-dessus de lui comme le plafond d'une chambre. Je considérais ce jeu, qui me fascinait de plus en plus, comme les oiseaux regardent, dit-on, les serpents. J'avais d'ailleurs l'esprit confondu par une étourdissante multiplicité de bruits : car on avait déployé toutes les voiles dans le vain espoir de tenir tête à la mer, et le navire retentissait de leurs claquements, comme une manufacture. Nous parlâmes d'abord de la révolte dont nous avions été menacés ; sujet qui nous conduisit à celui de l'assassinat ; et ce dernier offrit au Maître une tentation à laquelle il ne put résister. Il lui fallut me raconter une histoire, et me montrer par la même occasion toute l'étendue de sa méchanceté. C'était un exercice auquel il ne manquait pas de se livrer avec un grand déploiement d'affectation ; et d'ordinaire avec succès. Mais cette histoire-ci, racontée sur un diapason élevé au milieu d'un fracas aussi intense, et par un narrateur qui un instant me regardait du haut des cieux et l'instant d'après levait les yeux vers moi de plus bas que les semelles de mes souliers, — cette histoire-ci, dis-je, m'impressionna singulièrement.

— Mon ami le comte (ce fut ainsi qu'il débuta) avait pour ennemi un certain baron allemand, nouveau venu dans Rome. Peu importe sur quoi reposait l'inimitié du comte ; mais, comme il avait la ferme intention de se venger, et cela sans nuire à sa sûreté, il n'en laissait rien voir, même au baron. Car c'est le premier principe de la vengeance qu'une haine avouée est une haine impuissante. Le comte était un homme de goût délicat et scrupuleux ; il y avait de l'artiste en lui ; tout ce qu'il exécutait, il voulait que ce fût fait avec une exacte perfection, non seulement de résultat, mais de moyens et d'instruments. Sinon, il jugeait la chose manquée. Un jour qu'il errait à cheval en dehors des faubourgs, il rencontra un chemin de traverse peu fréquenté qui s'enfonçait dans les maremmes avoisinant Rome. D'un côté, il y avait un vieux tombeau romain ; de l'autre, une maison abandonnée dans un clos de chênes verts. Ce chemin le conduisit bientôt parmi les ruines. Au milieu, dans le flanc d'un monticule, il vit une porte béante, et, non loin, un pin isolé et rabougri, pas plus haut qu'un groseillier. L'endroit était désert et fort écarté ; une voix intérieure avertit le comte qu'il s'y trouvait quelque chose d'avantageux pour lui. Il attacha son cheval au pin, prit en main son briquet pour faire de la lumière, et pénétra dans le monticule. La porte donnait accès à un corridor de vieille maçonnerie romaine qui, un peu plus loin, se bifurquait. Le comte prit le boyau de droite, le suivit à tâtons dans les ténèbres, et s'arrêta contre une espèce de clôture à hauteur d'appui qui barrait entièrement le passage. En sondant avec le pied, devant lui, il trouva une arête de pierre polie, et au-delà, le vide. Alors, toute sa curiosité en éveil, il ramassa quelques bouts de bois épars sur le sol, et alluma du feu. Il avait devant lui un puits profond. Sans doute quelque paysan du voisinage s'était servi de son eau, jadis, et avait installé le garde-fou. Longtemps le comte resta penché sur la rampe à regarder au fond du puits. Celui-ci était de construction romaine, et, comme tout ce qui sortit des mains de ce peuple, bâti pour l'éternité : les parois étaient encore d'aplomb et les joints unis. A quiconque y tomberait, pas de salut possible. « Voyons, pensait le comte, une forte impulsion m'a conduit à cet endroit. Dans quel but ? Qu'y ai-je gagné ? pourquoi ai-je été amené à regarder dans ce puits ? » Soudain, le garde-fou céda sous son poids, il s'en fallut d'un rien qu'il ne fût précipité. Dans le bond qu'il fit en arrière, il écrasa le dernier brandon du feu, qui ne donna plus, au lieu de lumière, qu'une fumée infecte. « Ai-je été envoyé ici pour mourir ? » se dit-il, en tremblant de la tête aux pieds. Mais alors une idée l'illumina. Il s'avança, rampant sur les mains et les genoux, jusqu'à l'orifice du puits, et tâtonna dans l'air, au-dessus de lui. La rampe avait été assujettie à une paire de montants ; elle s'était arrachée d'un seul, et tenait encore par l'autre. Le comte la rajusta comme il l'avait trouvée ; de sorte que c'était la mort assurée pour le prochain visiteur. Puis il s'évada de la catacombe, pareil à un malade. Le lendemain, comme le baron et lui parcouraient à cheval le Corso, il affecta une vive préoccupation. L'autre (comme il le prévoyait) en demanda la cause ; et lui, après quelques feintes, avoua qu'il avait eu l'esprit frappé d'un songe extraordinaire.

« Il comptait avec cela tenir le baron, homme superstitieux, qui affectait de mépriser la superstition. Après quelques railleries, le comte parut tout à coup céder à une impulsion et avertit son ami de prendre garde, car c'était de lui qu'il avait rêvé. Vous connaissez suffisamment la nature humaine, mon excellent Mackellar, pour être certain d'une chose : à savoir que le baron n'eut pas de cesse qu'il n'eût ouï le songe. Sûr qu'il n'en démordrait pas, le comte le tint en suspens, afin de mieux enflammer sa curiosité ; puis, avec une répugnance affectée, il parut se laisser vaincre, et commença :

« Je vous préviens, il en résultera un malheur : quelque chose me le dit. Mais comme nous n'aurons de trêve, ni vous ni moi, qu'à cette condition, la faute en retombe sur votre tête !... Voici le songe. Vous étiez à cheval, je ne sais où, mais je suppose que c'était près de Rome, car vous aviez d'un côté un tombeau antique, et de l'autre un clos de chênes verts. Il me semblait vous crier, avec une terreur angoissée, de vous en retourner. Je ne sais si vous m'entendiez, mais vous vous obstiniez à aller de l'avant. La route vous conduisit parmi des ruines, en un lieu désert, où il y avait une porte dans le flanc d'un monticule, et tout près de la porte un pin rabougri. Là, vous mîtes pied à terre (je vous criais toujours de prendre garde) et, attachant votre cheval au pin, vous passâtes résolument la porte. A l'intérieur, il faisait noir ; mais, dans mon rêve, je continuais cependant à vous voir, et, prenant un embranchement vers la droite, vous arrivâtes à une petite chambre où il y avait un puits avec un garde-fou. Alors – je ne sais pourquoi – ma frayeur s'accrut démesurément, et je m'égosillai à vous appeler : il était encore temps, criais-je ; et je vous adjurais de fuir à l'instant hors de ce vestibule. Tel fut le mot que j'employai dans mon rêve, et il me parut alors avoir un sens clair ; mais aujourd'hui, éveillé, j'avoue ne plus savoir ce qu'il veut dire. Vous, sans faire la moindre attention à tous mes appels, restiez accoudé sur la rampe à regarder attentivement dans l'eau. Et alors, une communication vous fut faite. Je ne crois pas l'avoir comprise, mais l'épouvante me tira net de mon sommeil, et je me réveillai tremblant et sanglotant. Et maintenant, poursuivit le comte, je vous remercie de tout cœur pour votre insistance. Ce rêve me pesait comme un fardeau ; mais une fois raconté clairement et en plein jour, ce n'est plus une telle affaire. – Je ne sais, dit le baron. Certains points en sont étrangers. Une communication, dites-vous ? Oui, c'est un rêve singulier. Cela fera un conte pour amuser nos amis. – Je n'en suis pas si sûr, dit le comte. Il m'inspire quelque appréhension. Oublions-le plutôt. – Certainement », dit le baron. Et, de fait, il ne fut plus question du rêve. Quelques jours après, le comte proposa une randonnée dans la campagne et, comme leur amitié devenait chaque jour plus étroite, le baron accepta aussitôt. Lors du retour, le comte le mena, à son insu, par une route déterminée. Soudain, il arrêta son cheval et, poussant un cri, se mit la main devant les yeux. Quand il découvrit son visage, il était très pâle (car c'était un comédien achevé), et regardait fixement le baron. « Qu'avez-vous ? s'écria celui-ci, que vous arrive-t-il ? – Rien, dit le comte, ce n'est rien. Un étourdissement, je ne sais. Retournons vite. » Mais entre-temps le baron avait regardé autour de lui ; et là, sur la gauche de la route en regardant vers Rome, il vit un chemin de traverse poussiéreux, avec un tombeau d'un côté et un clos de chênes verts de l'autre. « Oui, dit-il d'une voix altérée, c'est cela, retournons vite à Rome. Je crains que vous ne soyez pas bien. – Oh ! pour l'amour de Dieu, s'écria le comte en frissonnant, vite à Rome, et que je me mette au lit ! » Ils s'en retournèrent presque sans mot dire ; et le comte, bien qu'il fût attendu dans le monde, s'alita en faisant croire à un accès de fièvre du pays. Le lendemain, on trouva, attaché au pin, le cheval du baron ; mais du baron lui-même, plus de nouvelles jusqu'à cette heure.

— Et maintenant, dites-moi, était-ce un assassinat ? conclut le Maître en s'interrompant brusquement.

– Êtes-vous sûr que c'était un comte ? demandai-je.

– Je ne suis pas certain du titre, dit-il ; mais c'était un gentilhomme de naissance ; et que le Seigneur vous préserve, Mackellar, d'un ennemi aussi subtil !

Il m'adressa ces derniers mots en souriant, de bien au-dessus de moi ; l'instant d'après, il était sous mes pieds. Je suivais ces évolutions avec une fixité puérile ; elles me rendaient vertigineux et absent, et je parlais comme dans un rêve.

– Et il haïssait le baron d'une grande haine ? demandai-je.

– Il en avait des sursauts dans le ventre, à son approche, dit le Maître.

– J'ai ressenti cela, dis-je.

– Réellement ! s'écria le Maître. En voilà des nouvelles ! Je me demande – mais je me flatte peut-être – si je ne suis pas la cause de ces perturbations gastriques ?

Il était fort capable d'affecter une posture gracieuse, même sans autre témoin que moi, et d'autant plus s'il avait un élément de péril. Il était alors assis un genou passé par-dessus l'autre, les bras croisés, suivant les oscillations du navire avec un parfait équilibre, que le poids d'une plume eût rompu. Tout à coup j'eus la vision de Mylord à la table, sa tête entre ses mains, avec la différence que cette fois, lorsqu'il me laissa voir son visage, celui-ci était lourd de reproche. Les mots de ma prière : – *Je ressemblerais davantage à un homme si j'abattais cette créature.* – frappèrent en même temps ma mémoire. Je rassemblai mes énergies, et (le navire penchant alors vers mon ennemi) lui décochai un coup de pied rapide. Il était écrit que j'aurais la honte de cette tentative mais non le profit. Soit indécision de ma part, soit promptitude incroyable de la sienne, il esquiva le coup, se remettant sur pieds d'un bond, et se rattrapant aussitôt à un étai.

Je ne sais combien de temps s'écoula. Je restai étendu à ma place sur le pont, accablé de terreur, de remords et de honte, lui debout, l'étai en main, adossé aux bastingages, et me regardant avec un singulier mélange d'expression. A la fin, il parla :

– Mackellar, je ne vous ferai pas de reproches, mais je vous offre un marché. De votre côté, je ne crois pas que vous désiriez voir publier cet exploit ; du mien, j'avoue franchement que je ne tiens pas à vivre dans une crainte continuelle d'être assassiné par mon voisin de table. Promettez-moi... mais non, dit-il, en s'interrompant, vous n'êtes pas encore en pleine possession de vous-même ; vous pourriez croire que je vous ai extorqué la promesse par intimidation ; et je ne veux laisser aucune porte ouverte au casuisme – cette malhonnêteté des consciencieux. Prenez le temps de réfléchir.

Là-dessus, il s'éloigna, vif comme un écureuil, le long du pont glissant, et disparut dans la cabine. Une demi-heure plus tard environ il reparut. J'étais toujours couché à la même place.

– Maintenant, dit-il, vous allez me donner votre parole, comme chrétien et fidèle serviteur de mon frère, que désormais je n'aurais plus rien à craindre de vous.

— Vous avez ma parole, dis-je.

— Votre main pour la ratifier, je l'exige.

— Vous avez le droit de faire vos conditions, répliquai-je ; et nous nous serrâmes la main.

Il se rassit à la même place et dans la même attitude périlleuse.

— Arrêtez ! m'écriai-je, en me cachant les yeux. Je ne supporte pas de vous voir dans cette posture. La moindre irrégularité de la mer vous jetterait par-dessus bord.

— Vous êtes bien incohérent, répondit-il avec un sourire, mais faisant comme je le lui demandais... Avec tout cela, Mackellar, sachez que vous avez haussé de quarante pieds dans mon estime. Me jugez-vous incapable d'apprécier à sa valeur la fidélité ? Mais pourquoi croyez-vous que je traîne Secundra Dass par le monde après moi ? Parce qu'il mourrait ou tuerait pour moi demain ; et je l'aime à cause de cela. Eh bien, vous trouverez peut-être ceci bizarre, mais je vous aime davantage pour votre geste de tantôt. Je vous croyais magnétisé par les dix commandements ; mais non – Dieu me damne ! – s'écria-t-il, la vieille femme a du sang dans les veines, après tout ! Ce qui ne change rien au fait, continua-t-il, souriant de nouveau, que vous avez bien fait de me donner votre parole ; car je ne crois pas que vous auriez jamais brillé dans votre nouvelle carrière.

— Je pense, dis-je, qu'il me faut demander pardon à vous et à Dieu pour cet attentat. Du moins, vous avez ma parole, que j'observerai fidèlement. Mais quand je songe à ceux que vous persécutez...

— La vie est bien singulière, dit-il ; et l'humanité aussi. Vous vous figurez que vous aimez mon frère. Je vous affirme que c'est là pure habitude. Interrogez votre mémoire ; et vous trouverez qu'en arrivant à Durrisdeer, vous n'avez vu en lui qu'un jeune homme ordinaire et borné. Il est aussi ordinaire et borné à présent, quoique moins jeune. M'eussiez-vous rencontré à sa place, c'est à moi que vous seriez aujourd'hui fermement attaché.

— Je ne dirai pas que vous étiez ordinaire, Mr. Bally, répliquai-je ; mais ici vous vous montrez borné. Vous venez de dire que vous vous fiez à ma parole. En d'autres termes, je l'appelle ma conscience, – la même qui se détourne instinctivement à votre approche, comme l'œil blessé par une lumière trop vive.

— Ah ! dit-il, mais c'est autre chose que je veux dire. Je veux dire, si je vous avais rencontré dans ma jeunesse. Il vous faut considérer que je n'ai pas toujours été comme aujourd'hui ; et même (si j'avais rencontré un ami dans votre genre) je ne le serais peut-être pas devenu.

— Mais, Mr. Bally, dis-je, vous vous seriez moqué de moi ; vous n'auriez jamais consenti à échanger dix mots de politesse avec ce Bouts-Carrés !

Mais il était alors trop bien parti sur cette nouvelle méthode de réhabilitation, avec laquelle il m'assomma tout le restant du voyage. Sans doute, dans le passé, il avait pris plaisir à se montrer plus noir que nature ; il faisait étalage de sa perversité, s'en revêtant comme d'une cotte d'armes. Et il n'était pas non plus assez illogique pour retrancher un iota de ses confessions. « Mais à présent que je vous connais pour un être humain, disait-il, je veux bien prendre la peine de m'expliquer. Car je vous assure que je suis sensible, et que j'ai mes vertus, comme mes voisins. » Je le dis, il m'assommait, car je n'avais qu'une réponse à lui faire, et vingt fois je la lui fis : « Abandonnez votre présent dessein, et retournez avec moi à Durrisdeer : alors, je vous croirai. »

Là-dessus, il hochait la tête. « Ah ! Mackellar, vous pourriez vivre mille ans sans comprendre mon caractère, disait-il ; ce combat est désormais inévitable, l'heure de la réflexion passée depuis longtemps, et celle de la pitié encore loin. Les hostilités ont commencé entre nous lorsque fut jetée en l'air cette pièce, dans la salle de Durrisdeer, il y a vingt ans ; nous avons eu nos hauts et nos bas, mais jamais aucun de nous deux n'a songé à capituler ; et, quant à moi, lorsque mon gant est jeté, ma vie et mon honneur en dépendent.

– Foin de votre honneur ! disais-je. Et, avec votre congé, ces comparaisons guerrières sont de trop haut vol pour l'affaire en question. C'est un peu de vil métal que vous voulez ; tel est le fond de votre dispute ; et quant aux moyens, lesquels employez-vous ? susciter le chagrin dans une famille qui ne vous a jamais fait de mal, débaucher (si possible) votre propre neveu, et crever le cœur de votre frère ! Un chemineau qui assomme à coups d'ignoble trique une vieille, en train de filer sa laine, et cela pour une pièce de un shilling et un cornet de prise... voilà un guerrier de votre espèce.

Lorsque je l'attaquais ainsi (ou dans le même genre) il se prenait à sourire, et à soupirer comme quelqu'un d'incompris. Une fois, je me souviens, il se défendit plus au long, et me servit quelques sophismes curieux, dignes d'être rapportés, comme éclairant son caractère.

– Vous ressemblez fort à un civil qui se figure que toute la guerre consiste en tambours et drapeaux, dit-il. La guerre (comme les Anciens disaient très justement) est l'*ultima ratio*. Profiter implacablement de nos avantages, voilà la guerre. Ah ! Mackellar, vous êtes un diantre de soldat, dans votre bureau de régisseur à Durrisdeer, où les tenanciers vous font grave injure !

– Je me soucie peu de ce que la guerre est ou n'est pas, répliquai-je. Mais vous m'assommez, de prétendre à mon respect. Votre frère est un homme bon, et vous en êtes un mauvais, – ni plus ni moins.

– Si j'avais été Alexandre... commença-t-il.

– Voilà comme nous nous leurrons nous-mêmes, m'écriai-je. Si j'avais été saint Paul, c'eût été tout un ; j'aurais de même gâché ma carrière comme vous me le voyez faire à présent.

– Je vous dit, s'écria-t-il, après m'avoir laissé parler, que si j'avais été le moindre petit chef des Highlands, si j'avais été le dernier des rois nègres au centre de l'Afrique, mon peuple m'eût adoré. Un mauvais homme, moi ? Mais j'étais né pour faire un bon tyran ! Demandez à Secundra Dass ; il vous dira que je le traite comme un fils. Mettez votre enjeu sur moi demain, devenez mon esclave, ma chose, une dépendance de moi-même, qui m'obéisse à l'instar de mes membres et de mon esprit, – et vous ne verrez plus ce mauvais côté que je tourne vers le monde, dans ma colère. Il me faut tout ou rien. Mais si c'est tout que je reçois, je le rends avec usure. J'ai le tempérament d'un roi, c'est ce qui fait ma perte.

– Ce qui fait plutôt la perte des autres, observai-je ; et c'est là le revers de la médaille avec la royauté.

– Vétilles ! s'écria-t-il ; aujourd'hui encore, sachez-le, j'épargnerais cette famille, à laquelle vous prenez si grand intérêt ; oui, aujourd'hui encore – et dès demain je les laisserais à leur petit train-train, et m'enfoncerais dans cette jungle de larrons et de coupe-jarrets qui se nomme le monde. Oui, je le ferais demain !... mais... mais...

– Mais quoi ? demandai-je.

– Mais j'exige qu'ils viennent m'en supplier à genoux. En public aussi, il me semble, ajouta-t-il avec un sourire. Du reste, Mackellar, je doute qu'il existe une salle assez grande pour donner la publicité que j'entends à cette cérémonie expiatoire.

– Vanité vanité ! moralisai-je. Et dire que cette puissance pour le mal procède de ce même sentiment qui pousse une fille à minauder devant sa glace !

– Oh ! il y a deux mots pour tout : le mot qui amplifie, le mot qui rapetisse ; vous n'avez pas le droit de me combattre avec un mot ! s'écria-t-il. Vous avez dit l'autre jour que je spéculais sur votre conscience ; si j'étais en votre humeur de dénigrement, je dirais que je table sur votre vanité. Vous avez la prétention d'être *un homme de parole* [1] ; la mienne est de n'accepter point la défaite. Appelez-la vanité, appelez-la vertu, grandeur d'âme, – qu'importe le terme ? Toutefois, reconnaissez en nous deux un trait commun : savoir, que nous vivons pour une idée.

On aura conclu, de ces propos familiers, et de cette patience excessive des deux parts, que nous vivions alors en excellents termes. C'était bien redevenu le cas, et cette fois plus sérieusement que la première. A part des discussions analogues à celle que j'ai tâché de reproduire, il régnait entre nous plus que de la considération, presque de la cordialité. Quand je tombai malade (peu après la grande tempête) il vint s'asseoir devant ma couchette pour me distraire par sa conversation, et il me traita par des remèdes efficaces, que je recevais en toute confiance. Lui-même insista sur ce fait. « Voyez-vous, dit-il, vous commencez à me mieux connaître. Il n'y a que peu de temps, sur ce bateau solitaire, où personne autre que moi n'a le plus petit rudiment de savoir, vous auriez été persuadé que j'avais des desseins sur votre vie. Et remarquez-le, c'est depuis le jour où j'ai découvert que vous aviez des desseins sur la mienne, que je vous ai montré plus de considération. Dites-moi donc si c'est le fait d'un esprit étroit. » – Je ne trouvai pas grand-chose à

---

1. En français dans le texte.

répondre. En ce qui me concernait, je croyais réellement à ses bonnes intentions ; peut-être suis-je encore plus dupe de sa fourberie, mais je croyais (et je crois toujours) qu'il me considérait avec une réelle sympathie. Fait bizarre et attristant ! dès le début de cette métamorphose, mon hostilité tomba, et ces visions obsédantes de mon maître s'évanouirent tout à fait. En sorte que, peut-être, il y avait du vrai dans la dernière vantardise qu'il m'adressa le 2 juillet, alors que notre long voyage touchait à sa fin, et que le calme plat nous retenait en mer, à l'entrée du vaste port de New York, par une chaleur suffocante, que remplaça peu après une stupéfiante cataracte de pluie. Je me tenais à la poupe, regardant les rivages verdoyants et tout proches, et les fumées éparses de la petite ville qui était notre destination. J'étais en train de réfléchir aux moyens de prendre les devants sur mon ennemi familier, et je ressentis une ombre de gêne, lorsqu'il s'approcha de moi, la main tendue.

— Je suis venu vous dire adieu, dit-il, et cela pour toujours. Car vous vous en allez chez mes ennemis, qui vont raviver tous vos anciens préjugés. Je n'ai jamais manqué de séduire tous ceux que j'ai voulu ; même vous mon bon ami, – pour vous appeler une dernière fois ainsi – même vous, gardez aujourd'hui en votre mémoire un portrait de moi tout différent, et que vous n'oublierez jamais. Le voyage n'a pas assez duré, sans quoi l'empreinte eût été plus profonde. Mais à présent, tout cela est fini, et nous revoilà en guerre. Jugez, d'après ce petit intermède, combien je suis dangereux ; et dites à ces idiots – (et il désigna la ville) – d'y réfléchir à deux fois, et même à trois, avant de me mettre au défi.

X

Ce qui se passa à New York

J'étais résolu, ai-je dit, à prendre les devants sur le Maître ; et cette résolution, grâce à la complicité du capitaine Mac Murtrie, fut exécutée sans peine : un canot étant à demi chargé sur un flanc du navire, et le Maître placé à son bord, cependant ma yole démarra de l'autre, qui m'emmenait seul. Je n'eus pas la moindre difficulté à me faire enseigner l'habitation de Mylord, où je me rendis en toute hâte. C'était, aux abords extérieurs de la ville, une résidence très convenable, située dans un beau jardin, avec des communs fort vastes, granges, resserres et écuries tout ensemble. C'était là que mon maître se promenait lors de mon arrivée ; il en faisait d'ailleurs son lieu favori ; car il était alors engoué d'exploitation agricole. Je l'abordai tout hors d'haleine, et lui communiquai mes nouvelles ; nouvelles qui n'en étaient pas, plusieurs navires ayant dépassé le *Nonesuch* dans l'intervalle.

– Nous vous attendions depuis longtemps, dit Mylord, et même, ces jours derniers, nous avions cessé de vous attendre. Je suis heureux de vous serrer la main encore une fois, Mackellar. Je vous croyais au fond de la mer.

– Ah ! Mylord, plût à Dieu que ce fût vrai ! m'écriai-je. Cela vaudrait mieux pour vous.

– Pas du tout, dit-il, d'un air sardonique. Je ne pouvais désirer mieux. La note à payer est longue, et, aujourd'hui, enfin ! je puis commencer à la régler.

Je me récriai devant son assurance.

– Oh ! dit-il, nous ne sommes plus à Durrisdeer, et j'ai pris mes précautions. Sa réputation l'attend ; j'ai préparé à mon frère sa bienvenue. D'ailleurs, le hasard m'a servi ; car j'ai retrouvé ici un marchand d'Albany qui l'a connu après 45, et qui le soupçonne fort d'un assassinat : il s'agirait d'un nommé Chew, Albanien également. Personne ici ne sera étonné de me voir lui refuser ma porte ; il ne sera pas autorisé à voir mes enfants, ni même à saluer ma femme ; quant à moi, j'admettrai envers un frère cette exception, qu'il puisse me parler. Je perdrais mon plaisir, autrement, – dit Mylord, en se frottant les mains.

Après quelques réflexions, il expédia des messagers, avec des billets convoquant les notables de la province. Je ne me rappelle pas sous quel prétexte, mais il réussit ; et lorsque notre vieil ennemi apparut sur la scène, il trouva Mylord en train de se promener à l'ombre des arbres, devant la façade de sa maison, avec le gouverneur de la ville d'un côté, et plusieurs grands personnages de l'autre. Mylady, qui était assise dans la véranda, se leva d'un air pincé, et emmena ses enfants à l'intérieur.

Le Maître, bien vêtu et une élégante épée de ville au côté, salua la compagnie d'une manière distinguée, et fit un signe de tête familier à Mylord. Mylord, sans tenir compte du salut, regarda son frère les sourcils froncés.

– Eh bien, monsieur, dit-il enfin, quel mauvais vent vous amène, ici en particulier, où (pour notre malheur commun) votre réputation vous a précédé ?

– Votre Seigneurie est priée d'être polie s'écria le Maître, avec un sursaut.

– Je tiens d'abord à être clair, répliqua Mylord ; car il est indispensable que vous compreniez votre situation. Chez nous, quand on ne vous connaissait pas bien, il était encore possible de garder les apparences ; ce serait tout à fait inutile dans cette province ; et j'ai à vous dire que de vous, je me lave les mains : j'y suis résolu. Vous m'avez déjà presque réduit à la mendicité, comme vous avez ruiné mon père avant moi, – après lui avoir brisé le cœur. Vos crimes échappent à la loi ; mais mon ami le gouverneur m'a promis aide et protection pour ma famille. Prenez garde, monsieur ! cria Mylord en le menaçant de sa canne ; si l'on vous surprend à dire deux mots à l'un de mes jeunes innocents, on saura bien étirer la loi pour vous en faire repentir.

– Ah ! dit le Maître, très lentement. Ainsi donc, voilà l'avantage d'une terre étrangère ! Ces messieurs ne sont pas au courant de notre histoire, je le vois. Ils ignorent que c'est moi le lord Durrisdeer ; ils ignorent que vous êtes mon frère cadet, et que vous êtes en mes lieu et place par suite d'un pacte de famille ; ils ignorent (sans quoi on ne les verrait pas aussi amicalement liés avec vous) que tout est mien jusqu'au dernier arpent devant Dieu Tout-Puissant, – et que jusqu'au dernier liard de l'argent que vous détenez à moi, vous le détenez comme un voleur, un parjure, et un frère déloyal !

– Général Clinton, m'écriai-je, n'écoutez pas ses mensonges. Je suis le régisseur du domaine, et il n'y a pas un mot de vrai dans tout cela. Cet homme est un rebelle confisqué, devenu espion à gages : telle est en deux mots son histoire.

Ce fut ainsi que (dans l'échauffement de l'heure) je laissai échapper son infamie.

– L'ami, dit le gouverneur en braquant sur le Maître un regard sévère, j'en sais sur vous plus long que vous ne croyez. Il nous est revenu quelques bribes de vos aventures dans les provinces, que vous ferez bien de ne pas me forcer à sonder. Il y a entre autres la disparition corps et biens de M. Jacob Chew ; il y a la question de savoir d'où vous veniez quand vous vous trouvâtes à terre avec tout cet argent et ces bijoux, alors que vous fûtes recueilli par un marchand albanien. Croyez-moi, si je laisse ces matières dans l'ombre, c'est en considération de votre famille, et par respect envers mon excellent ami lord Durrisdeer.

Un murmure d'approbation parcourut les rangs des provinciaux.

– J'aurai dû me rappeler quel prestige possède un titre dans un trou de ce genre-ci, dit le Maître, blanc comme un drap de lit : – n'importe l'injustice qui l'a procuré. Il ne me reste donc plus qu'à mourir à la porte de Mylord, où mon cadavre fera un très joyeux ornement.

– Assez de vos simagrées, s'écria Mylord. Vous savez fort bien que telle n'est pas mon intention ; je ne veux que nous protéger, moi contre vos calomnies, et ma demeure contre vos intrusions. Je vous donne à choisir. Ou bien je paye votre passage en Europe sur le premier bateau, et vous pourrez reprendre vos occupations auprès du gouvernement, quoique, Dieu sait ! je préférerais vous voir mendier sur les grand-routes ! Ou bien, si cela ne vous plaît pas, restez ici et soyez le bienvenu ! je me suis informé du coût minimum auquel on peut décemment ne pas mourir de faim à New York ; c'est la somme que vous aurez, payée chaque semaine ; et si vous ne connaissez pas de métier manuel susceptible de l'augmenter, il est temps de vous mettre à en apprendre un. La condition est : – que vous ne parliez à aucun membre de ma famille, sauf moi.

Je ne crois pas avoir vu jamais personne aussi pâle que le Maître ; mais il continua de poitriner, et sa bouche ne tremblait pas.

– Je viens ici d'être accueilli par des insultes fort imméritées, dit-il ; insultes auxquelles je n'ai pas la moindre idée d'échapper par la fuite. Donnez-moi votre pitance ; je la reçois sans rougir, car elle est mienne déjà – comme la chemise que vous avez sur le dos ; et je tiens à rester ici jusqu'à ce que ces messieurs me comprennent mieux. Déjà ils doivent deviner le pied fourchu, puisque, avec tout votre prétendu soin de l'honneur de la famille, vous vous faites un jeu de la dégrader en ma personne.

– Tout cela est très joli, dit Mylord ; mais pour nous qui vous connaissons depuis longtemps, soyez sûr que cela ne signifie rien. Vous choisissez le parti que vous croyez devoir vous être le plus avantageux. Prenez-le, si possible, en silence ; le silence vous conviendra mieux à la longue, croyez-moi, que cet étalage d'ingratitude.

– Oh ! gratitude, Mylord, s'écria le Maître, sur une gamme ascendante, et l'index levé de façon très ostensible. – Soyez en repos ; ma gratitude ne vous manquera pas. Il ne me reste plus qu'à saluer ces messieurs, que nous avons détournés du soin de leurs affaires.

Et il s'inclina devant chacun à tour de rôle, assura son épée, et se retira, laissant chacun ébaubi de sa conduite, et moi de celle de Mylord.

Alors, cette division de famille entra dans une nouvelle phase. Le Maître n'était en aucune façon aussi dépourvu que Mylord se le figurait, ayant sous la main, et tout dévoué à ses intérêts, un habile artiste en toutes sortes de travaux d'orfèvrerie. L'allocation de Mylord, moins réduite qu'il ne l'avait annoncé, suffisait au couple pour vivre ; et tous les gains de Secundra Dass pouvaient ainsi être mis de côté pour une occasion à venir. Je ne doute pas que ce fut fait. Selon toute apparence, le but du Maître était de réunir une somme suffisante, puis de se mettre en quête du trésor qu'il avait enfoui longtemps auparavant au cœur des montagnes. Il eût mieux fait de s'en tenir à ce projet strict. Mais, malheureusement pour lui et pour nous, il écouta sa colère. La honte publique de sa réception – je m'étonne fort qu'il ait pu y survivre – lui rongeait les moelles ; il était dans cette humeur où – selon le vieil adage – on se couperait le nez pour se défigurer ; et il en vint à s'afficher en spectacle cynique, dans l'espoir qu'un peu de sa honte rejaillirait sur Mylord.

Il dénicha, dans un quartier misérable de la ville, une maison en planches, petite et isolée, ombragée par deux ou trois acacias. Il y avait sur la façade un appentis ouvert, espèce de niche à chien, mais élevée à partir du sol environ comme une table, dans laquelle son humble constructeur avait jadis étalé sa marchandise. Ce fut cette niche qui séduisit l'imagination du Maître et lui inspira probablement sa tactique nouvelle. Il avait acquis à bord du bateau-pirate quelque habileté aux travaux d'aiguille, – assez, en tout cas, pour jouer le rôle de tailleur aux yeux du public ; il n'en fallait pas plus à sa vengeance. Il apposa au-dessus de la niche une pancarte avec cette inscription :

JAMES DURIE
Ci-devant MAÎTRE DE BALLANTRAE
Raccommode les Habits proprement.

SECUNDRA DASS
Gentilhomme déchu de l'Inde
Orfèvrerie fine.

Sous cette pancarte, lorsqu'il avait du travail, mon gentilhomme s'asseyait en tailleur dans la niche, et cousait activement. Je dis lorsqu'il avait du travail, mais les chalands qu'il recevait venaient surtout pour Secundra, et la couture du Maître était plutôt une toile de Pénélope. Il ne pouvait même prétendre gagner le beurre de son pain grâce à son genre d'industrie : il lui suffisait que le nom de Durie fût traîné dans la boue sur la pancarte, et que l'héritier de cette orgueilleuse famille trônât jambes croisées en public comme vivant témoignage de la ladrerie fraternelle. Et son plan réussit à un tel point qu'il y eut des murmures dans la ville et qu'un parti se forma, très hostile à Mylord. Par contre, la faveur de Mylord auprès du gouverneur devint plus apparente ; Mylady (elle ne fut jamais si bien reçue qu'alors dans la colonie) rencontrait des allusions pénibles ; dans une société de femmes, où c'est cependant le thème de conversation le plus naturel, le seul mot de couture lui était presque insupportable ; et je l'ai vue revenir toute bouleversée de ces réunions et jurant qu'elle n'irait plus dans le monde.

Entre-temps, Mylord demeurait dans sa belle maison, féru d'agriculture. Populaire dans son entourage, et insoucieux ou inconscient du reste, il engraissait ; sa face rayonnait d'activité ; même les chaleurs semblaient lui réussir ; et Mylady — en dépit de ses préoccupations secrètes — bénissait chaque jour le ciel de ce que son père lui eût légué un tel paradis. Elle avait contemplé, de derrière une fenêtre, l'humiliation du Maître ; et dès lors, elle parut soulagée. Je l'étais moins, pour ma part, car, avec le temps, des symptômes morbides se révélèrent dans les allures de Mylord. Heureux, il l'était sans doute, mais les causes de son bonheur étaient cachées ; même au sein de sa famille, il lui arrivait de savourer avec une joie visible quelque pensée secrète ; et j'eus enfin le soupçon (tout à fait indigne de nous deux) qu'il avait une maîtresse quelque part en ville. Cependant, il sortait peu, et ses journées étaient très occupées ; en fait, il y avait une heure unique de son temps, et cela très tôt dans la matinée, alors que Mr. Alexander étudiait ses leçons, dont j'ignorais l'emploi. Il faut bien se dire, en vue de justifier ce que je fis alors, que je gardais toujours des craintes sur l'intégrité de sa raison ; et avec notre ennemi se tenant coi ainsi dans la même ville que nous, je faisais bien d'être sur mes gardes. Donc, sous un prétexte, je changeai l'heure à laquelle j'enseignais à Mr. Alexander les principes de la numérotation et des mathématiques, et me mis en place à suivre les pas de mon maître.

Chaque matin, beau ou mauvais, il prenait sa canne à pomme d'or, mettait son chapeau en arrière sur sa tête – habitude récente, que j'attribuais à une excessive chaleur de son front – et partait pour faire un circuit déterminé. Son chemin passait d'abord sous d'aimables ombrages et le long d'un cimetière, où il s'asseyait un moment, s'il faisait beau, à méditer. Puis il gagnait le bord de l'eau, et revenait par les quais du port et la boutique du Maître. Arrivé à cette deuxième partie de son tour, Mylord Durrisdeer ralentissait le pas, comme pour mieux jouir du bon air et du paysage ; et devant la boutique, juste à mi-chemin entre celle-ci et le bord de l'eau, il faisait une brève halte, appuyé sur sa canne. C'était l'heure où le Maître jouait de l'aiguille, assis sur son établi. Les deux frères se considéraient avec des visages durs ; puis Mylord repartait en souriant tout seul.

Deux fois seulement, je dus m'abaisser à cette ingrate nécessité de jouer le rôle d'espion. Elles me suffirent à vérifier le but que poursuivait Mylord dans ses flâneries et l'origine secrète de son plaisir. C'était donc là sa maîtresse ; la haine, et non l'amour, lui donnait ce teint florissant. Des moralistes auraient peut-être été soulagés par une telle découverte ; j'avoue qu'elle m'inquiéta. Je trouvai cette situation des deux frères non seulement odieuse en elle-même, mais grosse de dangers possibles pour l'avenir ; et je pris l'habitude, pour autant que mes occupations le permettaient, d'aller, par un chemin plus court, assister secrètement à leur entrevue. Un jour que j'arrivais un peu tard, après avoir été empêché presque une semaine, je fus frappé de constater qu'il y avait du nouveau. Je dois dire qu'un banc s'adossait à la maison du Maître, où les clients pouvaient s'asseoir afin de parlementer avec le boutiquier ; sur ce banc, je trouvai Mylord assis, les bras croisés sur sa canne, et promenant sur la baie un regard satisfait. A moins de trois pieds de lui, le Maître était assis à coudre. Aucun des deux ne parlait ; et, dans cette nouvelle position, Mylord ne jetait même pas un coup d'œil sur son ennemi. Il se délectait de son voisinage, il faut croire, plus directement par cette proximité de leurs personnes ; et, sans aucun doute, il buvait à longs traits jouisseurs à la coupe de la haine.

Il ne se fut pas plus tôt éloigné que je le rattrapai sans me dissimuler davantage.

– Mylord, Mylord, dis-je, ceci n'est pas une manière d'agir.

– Je m'en engraisse, répliqua-t-il ; et non seulement ses mots, qui étaient déjà fort singuliers, mais l'expression de sa physionomie, me choquèrent.

– Je vous mets en garde, Mylord, contre ce laisser-aller aux mauvais sentiments, dis-je. Je ne sais si le péril est plus grand pour l'âme ou pour la raison ; mais vous prenez le chemin de les tuer toutes les deux.

– Vous ne pouvez pas comprendre, dit-il. Vous n'avez jamais eu sur le cœur pareilles montagnes d'amertume.

– Et à tout le moins, ajoutai-je, vous finirez sûrement par pousser cet homme à quelque extrémité.

– Au contraire, je le démoralise, répliqua Mylord.

Chaque matin, durant près d'une semaine, Mylord alla s'asseoir sur le même banc. C'était un lieu agréable, sous les acacias verts, ayant vue sur la baie et les navires, et non loin, des mariniers au travail chantaient. Les deux frères restaient là sans parler, sans qu'on les vît faire un mouvement, autre que celui de l'aiguille du Maître coupant son fil avec ses dents, car il s'obstinait à son simulacre d'industrie ; et c'est là que je me faisais un devoir de les rejoindre, étonné de moi-même et de mes compagnons. S'il venait à passer un des amis de Mylord, celui-ci l'appelait gaiement, et lui criait qu'il était en train de donner de bons conseils à son frère, lequel devenait à présent (ce qui le charmait) tout à fait habile. Et ce nouvel outrage, le Maître l'acceptait sans broncher ; mais ce qu'il avait dans l'esprit, Dieu seul le sait, ou peut-être Satan.

Tout à coup, un beau jour calme de cette saison dite « l'été indien », alors que les bois se nuent d'or, de rose et de pourpre, le Maître déposa son aiguille, et fut pris d'un accès d'hilarité. Il avait dû, je crois, le préparer longtemps en silence, car la note de son rire était des plus naturelles ; mais rompant soudain un pareil silence, et en des circonstances si éloignées de la gaieté il résonna sinistrement à mes oreilles.

— Henry, dit-il, j'ai pour une fois fait un pas de clerc, et pour une fois vous avez le bon esprit d'en profiter. La farce du tailleur prend fin aujourd'hui ; et je vous avoue (avec tous mes compliments) que vous y avez eu le beau rôle. Il en sortira du sang ; et vous avez trouvé à coup sûr un moyen admirable de vous rendre odieux.

Mylord ne dit pas un mot ; c'était juste comme si le Maître n'avait pas rompu le silence.

— Allons, reprit le Maître, ne faites pas l'imbécile ; cela gâterait votre attitude. Vous pouvez maintenant vous permettre (croyez-moi) d'être un peu aimable ; car je n'ai pas seulement une défaite à supporter. J'avais l'intention de poursuivre ce jeu tant que j'aurais amassé de l'argent pour un certain but. Je l'avoue franchement, je n'en ai pas le courage. Vous désirez, bien entendu, me voir quitter la ville ; je suis arrivé par une autre route à la même idée. Et j'ai une proposition à vous faire ; ou, si Votre Seigneurie l'aime mieux, une faveur à vous demander.

— Demandez, répondit Mylord.

— Vous avez peut-être ouï dire que j'ai eu autrefois dans ce pays un trésor considérable, reprit le Maître ; qu'on vous l'ait dit ou non, peu importe ; — tel est le fait ; et je fus contraint de l'enfouir en un lieu sur lequel j'ai des repères suffisants. C'est à recouvrer ce trésor que mon ambition se borne aujourd'hui ; et, comme il est à moi, vous ne me le chicanerez pas.

— Allez le chercher, dit Mylord. Je n'y vois pas d'inconvénient.

— Oui, dit le Maître ; mais, pour ce faire, il me faut des hommes et des moyens de transport. La route est longue et difficile, et le pays infesté d'Indiens sauvages. Avancez-moi seulement le nécessaire ; soit une somme globale, tenant lieu de mon allocation ; ou, si vous l'aimez mieux, sous forme de prêt, remboursable à mon retour. Et alors, si vous acceptez, vous m'aurez vu pour la première fois.

Mylord le regarda dans le blanc des yeux ; il avait sur les traits un sourire dur ; mais il ne dit rien.

— Henry, dit le Maître, avec une tranquillité redoutable, et se reculant un peu, — Henry, j'ai l'honneur de vous parler.

— Retournons à la maison, me dit Mylord, comme je le tirais par la manche ; et, se levant, il s'étira, assura son chapeau, et, toujours sans une syllabe de réponse, se mit en route paisiblement le long du quai.

J'hésitai une seconde entre les deux frères, car nous touchions à une crise aiguë. Mais le Maître avait repris son ouvrage, les yeux baissés, la main en apparence aussi sûre que devant ; et je décidai de courir après Mylord.

— Êtes-vous fou ? m'écriai-je, dès que je l'eus rattrapé. Laisserez-vous passer une aussi belle occasion ?

— Se peut-il que vous le croyiez encore ? demanda Mylord, ricanant à demi.

— Je voudrais tant qu'il sorte de la ville ! m'écriai-je. Je voudrais le savoir n'importe où, mais pas ici !

— J'ai dit mon avis, répliqua Mylord, et vous le vôtre. Cela suffit.

Mais je tenais à faire déguerpir le Maître. L'avoir vu reprendre patiemment ses travaux d'aiguille en était plus que je ne pouvais digérer. Personne au monde, et le Maître moins que tout autre, n'était capable de supporter une telle série d'outrages. Il y avait du sang dans l'air. Et je me jurai de ne rien négliger qui fût en mon pouvoir, s'il en était encore temps, pour détourner le crime. Ce même jour, donc, j'allai trouver Mylord dans son cabinet de travail, où il était à écrire.

— Mylord, dis-je, j'ai trouvé un bon placement pour mes petites économies. Malheureusement, je les ai laissées en Écosse ; il faudrait du temps pour les faire venir, et l'affaire est urgente. Y aurait-il moyen que Votre Seigneurie m'avançât la somme, sur ma signature ?

Il me lança un regard scrutateur.

— Je n'ai jamais mis le nez dans vos affaires, Mackellar, dit-il. Outre le montant de votre caution, vous ne devez pas valoir un farthing, que je sache.

— J'ai été longtemps à votre service, sans jamais dire un mensonge, ni vous demander une faveur pour moi, jusqu'à ce jour.

— Une faveur pour le Maître, répliqua-t-il tranquillement. Me prenez-vous pour un idiot, Mackellar ? Comprenez une fois pour toutes que je traite cette bête féroce à ma manière ; la crainte ni la prière ne peuvent m'en détourner ; et il faudrait pour me duper un leurre moins transparent que le vôtre. Je demande à être servi loyalement ; et non à ce que l'on manigance derrière mon dos, et que l'on me vole mon argent pour me tromper.

— Mylord, dis-je, voilà des expressions tout à fait impardonnables.

— Réfléchissez un peu, Mackellar, reprit-il, et vous verrez qu'elles s'appliquent bien à votre cas. C'est votre subterfuge qui est impardonnable. Niez, si vous l'osez, que cet argent soit destiné à éluder mes ordres, et je vous présente aussitôt mes excuses. Sinon, il vous faut avoir le courage d'entendre nommer votre conduite par son nom.

— Si vous croyez que mon dessein n'est pas uniquement de vous sauver... commençai-je.

— Oh ! mon vieil ami, dit-il, vous savez très bien ce que je pense ! Voici ma main, et de tout mon cœur ; mais d'argent, pas un patard.

Battu de la sorte de ce côté, j'allai droit à ma chambre, écrivis une lettre, courus la porter au port, car je savais qu'un navire allait mettre à la voile, et arrivai à la porte du Maître avant le crépuscule. J'entrai sans frapper et le trouvai assis avec son Indien, devant un bol de porridge au maïs et au lait. L'intérieur de la maison était propre et nu ; quelques livres sur un rayon en faisaient le seul ornement, avec, dans un coin, le petit établi de Secundra Dass.

— Mr. Bally, dis-je, j'ai près de cinq cents livres déposées en Écosse, toute l'épargne d'une existence laborieuse. Une lettre s'en va par ce bateau là-bas jusqu'au retour du bateau, et le tout est à vous, aux mêmes conditions que vous offriez à Mylord ce matin.

Il se leva de table, s'avança vers moi, me prit par les épaules, et me regarda au visage, en souriant.

— Et vous tenez beaucoup à l'argent ! dit-il. Et vous aimez l'argent plus que toute chose, excepté mon frère !

— Je crains la vieillesse et la pauvreté, dis-je, ce qui est tout différent.

— Ne chicanons pas sur les mots, et appelons cela comme vous voulez, reprit-il. Ah ! Mackellar, Mackellar ! si vous me faisiez cette offre pour l'amour de moi, avec quel plaisir je me jetterais dessus.

— Et toutefois, m'empressai-je de répondre, — je rougis de le dire, mais je ne puis vous voir dans cette misérable demeure sans vous plaindre. Ce n'est pas là mon unique sentiment, ni le principal ; toutefois, je l'éprouve ! Je serais heureux de vous voir délivré. Je ne vous fais pas mon offre pour l'amour de vous, loin de là ; mais, comme Dieu me voit — et j'en suis émerveillé : — sans la moindre inimitié.

— Ah ! dit-il, me tenant toujours les épaules, et me secouant tout doucement, vous m'estimez plus que vous ne croyez. Et j'en suis émerveillé, ajouta-t-il, en reprenant ma phrase et, je crois, mon intonation. — Vous êtes un honnête homme, et c'est pour ce motif que je vous épargne.

— Vous m'épargnez ? fis-je.

— Je vous épargne, répéta-t-il, en me lâchant et se retournant. Puis, me faisant face de nouveau : — Vous ne savez pas encore ce dont je suis capable, Mackellar ! Vous imaginiez-vous que j'avais avalé ma défaite ? Tenez, ma vie a été une succession de revers indus. Ce fou de prince Charlie, m'a fait manquer une affaire du plus bel avenir : là tomba ma fortune pour la première fois. A Paris, j'avais une fois de plus le pied sur l'échelle ; cette fois-là, il s'agit d'un accident : une lettre s'égare entre les mains qu'il ne fallait pas, et me revoilà sur le pavé. Une troisième fois, j'avais trouvé mon fait ; je me ménageai une place dans l'Inde avec des soins infinis ; et puis Clive arrive, mon rajah est par terre, et j'échappe à la catastrophe, tel un nouvel Enée, avec Secundra Dass sur mon dos. Trois fois j'ai mis la main sur la plus haute situation ; et j'ai à peine quarante-cinq ans. Je connais le monde comme bien peu le connaîtront au jour de leur mort : – la cour et les camps, l'Orient et l'Occident ; je sais où aller, j'aperçois mille détours. Me voici arrivé en pleine possession de mes moyens, robuste de santé, d'ambition peu commune. Eh bien, tout cela, j'y renonce ; peu m'importe si je meurs et que le monde n'entende plus parler de moi ; je ne désire plus qu'une chose, et je l'aurai. Faites attention, quand le toit tombera, que vous ne soyez enseveli sous les ruines.

En sortant de chez lui, tout espoir d'intervention perdu, je vis un rassemblement sur le bord du quai, et, levant les yeux, un grand navire qui venait de jeter l'ancre. Il paraît singulier que j'aie pu le voir avec une telle indifférence, car il apportait la mort aux frères de Durrisdeer. Après tous les tragiques épisodes de leur lutte, les outrages, les intérêts opposés, le duel fratricide de la charmille, il était réservé à quelque pauvre diable de Grub Street, griffonnant pour vivre, et insoucieux de ce qu'il griffonnait, de jeter un sort par-delà quatre mille milles d'océan, et d'envoyer ces deux frères en des solitudes barbares et venteuses, pour y mourir. Mais cette idée était bien éloignée de mon esprit ; et tandis que tous les provinciaux étaient mis en émoi par l'animation inusitée de leur port, je traversai leur foule pour retourner à la maison, tout occupé à me remémorer cette visite au Maître et ses discours.

Le même soir, on nous apporta du navire en question un petit paquet de pamphlets. Le lendemain, Mylord était invité par le gouverneur à une partie de plaisir ; l'heure approchait, et je le laissai un moment seul dans sa chambre à parcourir les pamphlets. Lorsque je revins, son front était retombé sur la table, ses bras larges étalés parmi les brochures froissées.

– Mylord ! Mylord ! m'écriai-je en courant à lui ; car je le croyais en proie à une attaque.

Il se releva comme mû par un ressort, les traits défigurés par la fureur, à un tel point que, si je l'avais rencontré au-dehors, je ne l'aurais pas reconnu. En même temps, il leva le poing comme pour me frapper. « Laissez-moi tranquilles ! » râla-t-il, et je m'encourus, aussi vite que mes jambes flageolantes me le permettaient, avertir Mylady.

Elle ne perdit pas de temps ; mais quand nous revînmes à la porte, celle-ci était fermée à clef, et de l'intérieur, il nous cria de le laisser en paix. Nous nous entre-regardâmes, tout pâles, – persuadés l'un et l'autre que la catastrophe était arrivée.

– Je vais écrire au gouverneur pour l'excuser, dit-elle. Il nous faut garder nos amis influents. Mais lorsqu'elle prit la plume, celle-ci tomba des doigts : Je ne saurais écrire, dit-elle. Et vous ?

– Je vais essayer, Mylady.

Elle suivit des yeux ce que j'écrivais. « Cela suffit, dit-elle quand j'eus terminé. Grâce à Dieu, j'ai vous sur qui me reposer ! Mais que peut-il bien lui être arrivé ? Quoi ? quoi donc ? »

A mon idée, je ne voyais aucune explication possible, et je ne trouvais pas nécessaire d'en chercher une ; je craignais à la vérité que la folie de mon maître ne vînt juste d'éclater, après avoir couvé longtemps, comme un volcan fait éruption ; mais cette pensée (par pitié pour Mylady) je n'osais la formuler.

– Il est urgent de chercher la conduite à tenir, dis-je. Devons-nous le laisser seul.

– Je n'ose le déranger, répondit-elle. C'est peut-être la nature qui réclame la solitude ; et nous ne savons rien. Oh ! oui, j'aime mieux le laisser comme il est.

– Je vais, en ce cas, faire porter cette lettre, Mylady, et reviendrai ensuite, si vous le permettez, m'asseoir auprès de vous.

– Je vous en prie ! s'écria Mylady.

Tout l'après-midi, nous restâmes l'un et l'autre silencieux, à surveiller la porte de Mylord. J'avais l'esprit occupé de la scène qui venait d'avoir lieu, et de sa singulière ressemblance avec ma vision. Je dois toucher un mot de celle-ci, car l'histoire, en se divulguant, a été fort exagérée, et je l'ai moi-même vue imprimée, avec mon nom cité comme référence. Or, voici qu'elle fut ma vision : Mylord était dans une chambre, avec son front sur la table, et quand il releva la tête, il avait cette expression qui me navra jusqu'à l'âme. Mais la chambre était tout à fait différente, l'attitude de Mylord devant la table n'était pas du tout la même et son visage, quand il le tourna vers moi, exprimait un degré pénible de fureur au lieu de cet affreux désespoir qui l'avait toujours (sauf une fois, comme je l'ai dit) caractérisé dans cette vision. Telle est la vérité que le public doit enfin connaître ; et si les divergences sont considérables, la coïncidence suffit à m'emplir de malaise. Tout l'après-midi, je le répète, je restai à méditer sur ce sujet, à part moi ; car Mylady en avait assez de ses ennuis, et il ne me serait jamais venu à l'idée de la tourmenter avec mes imaginations. Vers le milieu de notre attente, elle conçut un plan ingénieux, fit chercher Mr. Alexander, et lui dit d'aller frapper à la porte de son père. Mylord envoya promener le gamin, mais sans aucune rudesse, et l'espoir me vint que l'accès était passé.

Comme la nuit tombait, et que j'allumais la lampe, la porte s'ouvrit et Mylord apparut sur le seuil. La lumière trop faible ne permettait pas de discerner ses traits ; quand il parla, sa voix me sembla un peu altérée, quoique parfaitement posée.

– Mackellar, dit-il, portez vous-même ce billet à son adresse. Il est rigoureusement personnel. Il vous faut le remettre sans témoins.

– Henry, dit Mylady, vous n'êtes pas malade ?

– Non, non, dit-il, d'un ton agacé, je suis occupé. Pas du tout ; je suis simplement occupé. C'est une chose singulière qu'on veuille vous croire malade, quand vous avez des affaires ! Envoyez-moi à souper dans ma chambre, avec un panier de vin : j'attends la visite d'un ami. Pour rien autre chose, je ne veux être dérangé.

Et là-dessus il se renferma de nouveau chez lui.

Le billet portait l'adresse d'un certain capitaine Harris, à une taverne du port. Je connaissais Harris (de réputation) pour un dangereux aventurier, véhémentement soupçonné de piraterie dans le passé, et faisant alors le dur métier de trafiquant indien. Ce que Mylord pouvait bien avoir à lui dire, ou lui à dire à Mylord, cela passait mon imagination ; et non plus comment Mylord avait ouï parler de lui, sinon à l'occasion d'un procès peu honorable dont cet homme s'était récemment dépêtré. Bref, je remplis ma mission à contrecœur, et d'après le peu que je vis du capitaine, j'en revins préoccupé. Je le trouvai dans une petite pièce malodorante, assis devant une chandelle qui coulait et une bouteille vide ; il lui restait quelque chose d'une allure militaire, ou plutôt c'était là une affectation, car ses manières étaient triviales.

— Vous direz à Mylord, en lui présentant mes respects, que je serai chez Sa Seigneurie dans moins d'une demi-heure, dit-il, après avoir lu le billet ; puis il eut la vulgarité, en me montrant la bouteille vide, de vouloir me faire chercher à boire pour lui.

Je revins au plus vite, mais le capitaine me suivit de près, et il resta jusque tard dans la nuit. Le coq chantait pour la deuxième fois quand je vis (de ma fenêtre) Mylord le reconduire en l'éclairant jusqu'à la porte, — et tous deux, affectés par leurs libations, s'appuyaient parfois l'un sur l'autre pour confabuler. Cependant dès le matin, très tôt, Mylord sortit avec cent livres en poche. Je ne crois pas qu'il revint avec la somme ; mais je suis sûr qu'elle n'était pas destinée au Maître, car je rôdai toute la matinée aux abords de sa boutique. Ce fut la dernière fois que Mylord Durrisdeer sortit de chez lui jusqu'à notre départ de New York ; il se promenait dans le jardin, ou restait en famille, comme à l'ordinaire ; mais la ville ne le voyait plus, et ses visites quotidiennes au Maître paraissaient oubliées. Quant à ce Harris, il ne reparut plus, ou du moins pas avant la fin.

J'étais alors très opprimé par l'intuition des mystères parmi lesquels nous avions commencé de nous mouvoir. A lui seul, son changement d'habitudes dénotait que Mylord avait quelque grave souci ; mais quel était ce souci, d'où il provenait, ou pourquoi Mylord ne sortait plus de la maison ou du jardin, je ne le devinais pas. Il était clair, jusqu'à l'évidence, que les pamphlets avaient joué un certain rôle dans cette transformation. Je lisais tous ceux que je pouvais découvrir, et tous étaient des plus insignifiants, et contenaient les mêmes grossièretés scurriles que d'habitude : voire un grand politique n'y eût pu trouver matière à offense déterminée ; et Mylord s'intéressait peu aux questions publiques. La vérité est que le pamphlet origine de tout ne cessa de reposer sur le sein de Mylord. Ce fut là que je le trouvai pour finir, après son trépas, au milieu des solitudes du Nord. C'était en un tel lieu, en d'aussi pénibles circonstances, que je devais lire pour la première fois ces phrases ineptes et mensongères d'un pamphlétaire whig déclamant contre l'indulgence à l'égard des jacobites : – « Un autre Rebelle notoire, le M...e de B...e, va recouvrer son Titre. Cette Mesure a été longtemps ajournée, car il exerçait de peu honorables Fonctions en Écosse et en France. Son frère, L...d D...r, est connu pour ne valoir guère mieux que lui en Inclination ; et l'Héritier supposé, qui va être destitué, fut élevé dans les plus détestables Principes. Selon la vieille Expression, c'est *six de l'un et une demi-douzaine de l'autre* ; mais la Faveur d'une semblable Restauration est trop excessive pour passer inaperçue. » Un homme en possession de tous ses moyens ne se fût pas soucié pour deux liards d'un conte si évidemment absurde ; que le gouvernement eût conçu un tel projet, était inadmissible pour toute créature raisonnable, sauf peut-être l'imbécile dont la plume lui avait donné naissance ; et Mylord avait beau être peu brillant, son bon sens était remarquable. Qu'il pût admettre pareille invention, et garder le pamphlet sur son sein et ses phrases dans son cœur, cela prouve sa folie jusqu'à l'évidence. Sans doute la simple mention de Mr. Alexander, et la menace dirigée contre l'héritage de l'enfant, précipitèrent le coup si longtemps suspendu. Ou bien mon maître était réellement fou depuis quelque temps, et nous étions trop peu perspicaces ou trop habitués à lui pour discerner toute l'étendue de son mal.

Une semaine environ après la journée des pamphlets, je m'étais attardé sur le port, à faire un tour jusqu'à la maison du Maître, comme il m'arrivait souvent. La porte s'ouvrit, un flot de lumière s'étala sur la chaussée, et je vis un homme prendre congé avec des salutations amicales. Je ne saurais dire l'impression singulière que cela me fit de reconnaître l'aventurier Harris. Il me fallait conclure que la main de Mylord l'avait amené ici ; et je poursuivis ma promenade, envahi des pires suppositions. Il était tard quand je rentrai, et Mylord était occupé à faire sa valise pour un voyage.

– Pourquoi donc arrivez-vous si tard ? s'écria-t-il. Nous partons demain pour Albany, vous et moi ; vous n'avez que le temps de faire vos préparatifs.

– Pour Albany, Mylord ? Et dans quel but, grand Dieu !

– Changement d'air, répondit-il.

Et Mylady, qui semblait avoir pleuré, me fit signe d'obéir sans autre réplique. Elle me conta un peu plus tard (quand nous eûmes le loisir d'échanger quelques mots) qu'il avait soudain manifesté son intention après une visite du capitaine Harris, et que toutes ses tentatives, aussi bien pour le détourner de ce voyage que pour obtenir l'explication de son but, avaient eu aussi peu de succès.

XI

L'expédition dans le désert

Nous fîmes un heureux voyage en remontant cette belle rivière de l'Hudson, par un temps agréable, entre des hauteurs singulièrement embellies par les teintes de l'automne. Arrivés à Albany, nous descendîmes à l'auberge, et j'eus vite fait de percer à jour le dessein de mon maître, qui était de m'y garder prisonnier. Le travail qu'il inventa de me faire faire n'était pas tellement urgent que nous dussions l'exécuter loin des documents utiles, dans une chambre d'auberge, et non plus de telle importance qu'on m'obligeât de reproduire la même note à quatre ou cinq exemplaires. Je me soumis en apparence ; mais je pris de mon côté mes mesures particulières, et les nouvelles locales me furent communiquées chaque jour grâce à la bienveillance de notre hôte. C'est par ce canal que j'appris enfin une nouvelle que j'avais, pour ainsi dire, pressentie. Le capitaine Harris (me dit-on) avec « Mr. Mountain, le trafiquant », étaient partis pour remonter la rivière dans une barque. Je soutins mal le regard du patron de l'auberge, tant je soupçonnais que mon maître ne fût impliqué dans l'affaire. Cependant je me hasardai à dire que je connaissais un peu le capitaine, mais pas Mr. Mountain, et je demandai qui encore faisait partie de l'expédition. Mon informateur l'ignorait ; Mr. Mountain était descendu à terre pour quelques achats indispensables ; il avait parcouru la ville en achetant, buvant et jasant ; et il paraissait bien que l'expédition était organisée en vue de rechercher un trésor ; car il avait beaucoup parlé des grandes choses qu'il ferait à son retour. On n'en savait pas plus, aucun des autres n'étant venu à terre, et ils semblaient pressés d'arriver à un certain point avant les neiges.

Et de fait, le lendemain il tomba quelques flocons même en Albany ; mais il n'en fut rien de plus que de nous faire souvenir de ce qui nous attendait. Je prenais la chose à la légère, étant peu au courant du rude climat de cette province : il n'en est plus de même aujourd'hui, lorsque je me reporte en arrière ; et je me demande parfois si l'horreur des événements qu'il me faut à présent raconter ne provenait pas en partie des ciels sinistres et des vents farouches auxquels nous fûmes exposés, et du froid mortel qu'il nous fallut subir.

Comme la barque était passée, je crus d'abord que nous allions quitter la ville. Mais il n'en fut pas question. Mylord prolongeait son séjour en Albany, où nous n'avions pas d'affaires visibles, et me gardait auprès de lui, éloigné de mon véritable devoir, sous un prétexte de travail. C'est là-dessus que j'attends et que je mérite peut-être le blâme. Je n'étais pas assez obtus pour n'avoir pas mes idées à moi. Il m'était impossible de voir le Maître se confier aux mains de Harris, sans deviner là-dessous quelque manigance. La réputation de Harris était déplorable, et il avait été soudoyé en secret par Mylord ; mes informations me firent voir dans Moutain le trafiquant un personnage du même acabit ; leur entreprise commune, la recherche d'un trésor volé, était bien faite pour les inciter à un mauvais coup ; et la nature du pays où ils s'engageaient assurait l'impunité au crime. Eh bien, il est exact que toutes ces idées me vinrent, avec ces craintes et ces pressentiments du sort réservé au Maître. Mais il faut considérer que c'était moi-même qui avais essayé de le précipiter des bastingages du navire, au beau milieu de la mer ; moi-même qui, peu auparavant, avais offert à Dieu un marché très impie mais sincère, m'efforçant d'obtenir que Dieu se fît mon séide. Il est vrai encore que ma haine envers mon ennemi s'était considérablement atténuée. Mais j'ai toujours vu dans cette diminution une faiblesse de la chair, presque coupable, car mon esprit demeurait fermement dressé contre lui. Il est vrai encore que c'était une chose d'assumer la responsabilité et le danger d'un attentat criminel, et que c'en était une autre de laisser de gaieté de cœur Mylord courir le danger de s'avilir. Mais c'était sur cette dernière considération elle-même que reposait mon inaction. Car (eussé-je été capable d'intervenir) je pouvais bien ne pas sauver le Maître, mais je ne pouvais laisser Mylord devenir la fable du public.

Voilà donc pourquoi je n'agis pas ; et c'est encore sur les mêmes raisons que je me fonde pour justifier ma ligne de conduite. Nous vivions donc en Albany, mais bien que nous fussions tous deux étrangers dans la ville, Mylord avait quantité de connaissances au-delà du coup de chapeau. Mylord s'était muni de lettres d'introduction pour les notabilités de la ville et des environs ; il avait fréquenté d'autres personnes à New York : il sortait donc beaucoup, et j'ai le regret de dire qu'il était en même temps d'habitudes trop faciles. J'étais toujours couché, mais je ne dormais pas, lorsqu'il rentrait ; et il ne se passait guère de nuit où il ne trahît pas l'influence de la boisson. Le jour, il persistait à m'accabler de tâches sans fin, qu'il s'efforçait de diversifier avec une ingéniosité remarquable, telle une toile de Pénélope. Je ne m'y dérobais point, car j'étais payé pour obéir à ses ordres ; mais je ne prenais pas la peine de lui dissimuler que je le perçais à jour, et le raillais quelquefois en face.

— Je finirai par croire que vous êtes le diable et moi Michael Scott, lui dis-je un matin. Voilà que j'ai jeté un pont sur la Tweed et séparé les Eildons ; et maintenant vous me mettez à filer la corde de sable.

Il me considéra de ses yeux luisants, puis les détourna en remuant les lèvres, mais sans parler.

— Bon, bon, Mylord, dis-je, votre volonté est mon plaisir. Je recopierai ceci pour la quatrième fois ; mais je vous prierais d'inventer une nouvelle besogne pour demain ; car, ma foi, je suis las de celle-ci.

— Vous ne savez pas ce que vous dites, répliqua Mylord, en mettant son chapeau et me tournant le dos. C'est une chose singulière que vous preniez ainsi plaisir à me tourmenter. Un ami... mais il ne s'agit pas de cela. C'est une chose singulière. Je suis un homme que le mauvais sort n'a cessé de poursuivre. Je suis entouré de trames. Je ne fais que rencontrer des embûches. Le monde entier est ligué contre moi.

— Je ne raconterais pas de telles absurdités, si j'étais vous, dis-je ; mais je vais vous dire ce que je ferais. — Je me plongerais la tête dans l'eau froide, car vous avez bu la nuit dernière plus que vous n'en pouvez supporter.

— Croyez-vous ? dit-il, d'un air vivement intéressé. Cela me ferait du bien ? Je ne l'ai jamais essayé.

— Je me rappelle le temps où vous n'aviez pas besoin d'essayer, et je souhaite, Mylord, qu'il revienne. Mais la vérité est que si vous continuez ces excès, ils finiront par vous causer du désagrément.

— Il me semble que je ne supporte plus la boisson comme autrefois, dit Mylord. Je suis dompté par elle, Mackellar. Mais je ferai plus attention.

— C'est ce dont je vous prierais, répliquai-je. Il faut vous souvenir que vous êtes le père de Mr. Alexander : faites donc en sorte que l'enfant reçoive de vous un nom sans tache.

— Oui, oui, dit-il, vous êtes un homme de sens, Mackellar, et avez longtemps été à mon service. Mais je crois que vous n'avez plus rien à me dire ? ajouta-t-il, avec cette vivacité ardente et puérile qui lui était devenue si familière.

— Non, Mylord, plus rien, dis-je, assez sèchement.

— Alors, je m'en vais, dit Mylord, continuant à me regarder, tambourinant sur son chapeau qu'il avait retiré de nouveau. Je suppose que vous n'aurez pas à sortir. Non ? Je dois voir Sir William Johnson, mais je me tiendrai sur mes gardes. — Il resta une minute silencieux, puis, souriant : — Vous rappelez-vous cet endroit, Mackellar, — un peu avant Engles, — où le torrent coule très encaissé sous un bois de hêtres ? Je me rappelle y avoir été dans ma jeunesse — mon Dieu ! cela me fait l'effet d'une vieille ballade — j'étais à la pêche, et j'avais pris beaucoup de poisson. Oh ! j'étais heureux, alors. Je me demande, Mackellar, pourquoi je ne suis plus heureux, à présent ?

— Mylord, dis-je, si vous buviez avec plus de modération, vous pourriez le redevenir. C'est un vieux dicton que la bouteille est mauvaise consolatrice.

— Sans doute, dit-il, sans doute. Eh bien, je crois que je m'en vais.

— Au revoir, Mylord, dis-je.

— Au revoir, au revoir, dit-il. Et il sortit enfin de l'appartement.

J'offre ici comme un bon échantillon de ce qu'était mon maître dans la matinée ; et j'aurai donné de lui une idée bien fausse si le lecteur ne s'aperçoit pas d'une déchéance notable. De voir cet homme ainsi tombé, de le savoir accepté de ses compagnons comme un pauvre biberon hébété, bienvenu (s'il l'était) par simple considération de son titre ; et de me rappeler les vertus qu'il déployait jadis contre d'analogues revers de fortune, – n'était-ce pas irritant et aussi humiliant ?

Une fois dans les vignes, il était plus excessif. Je ne rapporterai qu'une scène, survenue peu avant la fin, qui est aujourd'hui encore fortement imprimée dans ma mémoire, et qui à l'époque me remplit d'une sorte d'horreur.

J'étais au lit, tout éveillé, lorsque je l'entendis monter l'escalier en titubant et en chantant. Mylord n'avait pas le don musical : son frère possédait toutes les grâces de la famille ; aussi quand je parle de chanter, il faut entendre une sorte de mélopée élevée, intermédiaire à la diction et au chant. Il sort quelque chose d'analogue de la bouche des enfants qui n'ont pas encore appris à se contraindre ; venant d'un homme mûr, cela produisait un effet bizarre. Il ouvrit la porte avec des précautions bruyantes ; jeta un coup d'œil à l'intérieur, en abritant de la main sa bougie ; crut que je dormais ; entra, déposa son bougeoir sur la table, et ôta son chapeau. Je le voyais en plein ; une vive surexcitation fiévreuse bouillait dans ses veines, et il restait à sourire devant la bougie d'une façon contrainte. Puis il leva le bras, claqua des doigts, et se mit à se déshabiller. Ce faisant, il oublia ma présence, et reprit sa chanson ; et alors je compris les paroles. C'étaient celles d'une vieille complainte, « les deux corbeaux », indéfiniment répétées.

> *Et sur ses os dénudés*
> *Le vent soufflera pour jamais.*

J'ai dit qu'il n'avait pas l'oreille musicale. Il n'observait aucune règle déterminée pour le ton, sauf qu'il montrait plutôt une tendance au mode mineur ; mais ses frustes modulations exerçaient un pouvoir singulier sur la sensibilité, et, d'accord avec les mots, elles exprimaient sur un mode barbare les sentiments du chanteur. Il avait débuté d'une façon vive et déclamatoire ; puis cette verve intempestive tomba, ses notes acquirent plus d'émotion, et elles s'abaissèrent, pour finir, à un diapason plaintif dont le pathétique m'était quasi intolérable. Par degrés correspondants, l'alacrité initiale de ses gestes déclina, et quand son déshabillage en fut arrivé aux culottes, il s'assit au bord du lit et se mit à larmoyer. Je ne sais rien de moins respectable que les pleurs d'un ivrogne, et je me détournai avec irritation de cette triste vue.

Mais il s'était arrêté de lui-même (il faut croire) sur cette pente glissante d'égoïste complaisance, laquelle n'offre à un homme, démoralisé par les chagrins et les libations répétées, d'autre terme que l'épuisement. Ses larmes ne cessaient de couler, et il restait assis là, aux trois quarts nu, dans l'air froid de la chambre. Je m'accusais tour à tour d'inhumanité et de faiblesse sentimentale, tantôt à demi relevé dans mon lit pour intervenir, tantôt m'exhortant à l'indifférence et invoquant le sommeil. Tout à coup, le *quantum mutatus ab illo* [1] me frappa l'esprit ; et rappelant à ma mémoire sa sagesse, sa constance et sa patience d'autrefois, je fus pris d'une pitié quasi désespérée, moins pour mon maître que pour les fils de l'homme.

Aussitôt je bondis de ma place, m'approchai de lui et posai ma main sur son épaule nue, qui était froide comme pierre. Il leva vers moi son visage tout gonflé et marqué de larmes comme celui d'un enfant. A cette vue, mon irritation se raviva en partie.

— Rougissez donc de vous-même, dis-je. Votre conduite est puérile. Je serais moi aussi à renifler, si j'avais voulu m'emplir l'estomac de vin. Mais je me suis couché en homme sobre. Allons, couchez-vous aussi, et terminez cette pitoyable comédie.

— Oh ! Mackellar, dit-il, j'ai le cœur navré !

— Navré ? Il y a de quoi, je pense. Quelles paroles chantiez-vous quand vous êtes rentré ? Ayez pitié de votre prochain, il pourra être question de pitié pour vous. Peu importe que vous soyez l'un ou l'autre, mais je ne suis pas partisan des à-moitié. Si vous voulez frapper, faites-le ; et si vous êtes un mouton, bêlez.

— C'est cela, s'écria-t-il soudain ; c'est cela, frapper ! voilà qui est parler ! Ami, j'ai supporté cela trop longtemps. Mais puisqu'on s'en prend à mon enfant, puisque le petit est menacé, — (sa vigueur passagère retomba) — mon petit Alexander ! — et ses larmes coulèrent de nouveau.

Je le saisis par les épaules et le secouai.

— Alexander ! dis-je. Pensez-vous jamais à lui ? Mais non ! Examinez-vous en brave, et vous verrez que vous vous leurrez vous-même. Femme, ami, enfant sont également oubliés, et vous êtes enseveli dans un égoïsme opaque.

— Mackellar, dit-il, avec un surprenant retour à sa manière et à son aspect d'autrefois, vous pourrez dire ce que vous voudrez de moi, mais il y a une chose que je ne fus jamais... je ne fus jamais égoïste.

— Je vais vous ouvrir les yeux malgré vous, dis-je. Depuis combien de temps sommes-nous ici ? Et combien de lettres avez-vous écrites à votre famille ? C'est la première fois, je pense, que vous en êtes séparé : avez-vous écrit du tout ? Savent-ils si vous êtes mort ou vivant ?

Je n'avais mis aucun ménagement à cette attaque : elle le rendit à sa noblesse primitive ; ses larmes s'arrêtèrent ; il me remercia, me dit ses regrets, se coucha, et s'endormit bientôt profondément. A peine levé, le lendemain matin, il s'attabla pour commencer une lettre à Mylady : lettre pleine de tendresse, mais qu'il n'acheva jamais. Car toutes communications avec New York se faisaient par mon entremise, et on a pu voir que c'était là une tâche ingrate. Quoi dire à ma maîtresse, et en quels termes, et jusqu'à quel point pousser le mensonge et la cruauté, — ces problèmes m'empêchaient souvent de dormir.

Cependant, Mylord attendait avec une impatience croissante les

---

1. Comme le voilà changé depuis autrefois !

nouvelles de ses complices. Harris, sans doute, lui avait promis de faire diligence ; le temps était déjà plus que passé de recevoir un mot de lui ; et l'attente est mauvaise conseillère chez un homme d'intelligence débilitée. La pensée de Mylord, dans cet intervalle, ne fut occupée qu'à suivre à travers le désert cette expédition dont la réussite lui importait si fort. Il évoquait sans cesse leur campement, leur avance, les aspects de la contrée, la perpétration suivant mille modes divers du même acte affreux, et le spectacle consécutif des os du Maître épars dans le vent. Ces méditations cachées et criminelles, je les voyais continuellement surgir dans sa conversation, comme des lapins hors de leurs trous. Et il n'est guère étonnant que le théâtre de sa méditation exerçât peu à peu sur lui une attraction physique.

On sait quel prétexte il invoqua. Sir William Johnson avait une mission diplomatique à remplir dans ces parages ; et Mylord et moi (par curiosité, soi-disant) partîmes en sa compagnie. Sir William était bien accompagné et libéralement fourni. Des chasseurs nous apportaient du gibier, chaque jour on pêchait du poisson pour nous dans les rivières, et le brandy coulait comme de l'eau. Nous marchions le jour et dressions notre camp pour la nuit, à la manière militaire ; on plaçait des sentinelles ; chacun avait ses fonctions désignées ; et Sir William était le centre où tout aboutissait. Cette expédition offrait maints détails qui eussent, en autre temps, été susceptibles de m'intéresser ; mais, pour notre malheur, la saison était des plus rudes, le ciel d'abord pur, mais les nuits glacées dès le début. Un vent douloureusement coupant soufflait presque sans arrêt, et nous étions assis dans le bateau avec des ongles bleus, et la nuit, cependant que nous nous rôtissions la figure au feu, nos habits semblaient de papier sur notre dos. Une effroyable solitude environnait nos pas ; la terre était absolument désertée, nulle fumée de feux, et, à part un unique bateau de marchands le deuxième jour, nulle rencontre de voyageurs. A vrai dire, il était tard en saison, mais cet abandon émut Sir William lui-même ; et je l'ai ouï plus d'une fois exprimer son inquiétude. « Je crains d'arriver trop tard ; ils doivent avoir déterré la hache », disait-il ; et les événements nous prouvèrent qu'il avait raisonné juste.

Je ne saurais dépeindre l'accablement de mon âme durant ce voyage. Je ne suis pas de ces esprits amoureux du nouveau ; voir l'hiver approcher et me trouver perdu si loin de toute habitation, cela m'oppressait comme un cauchemar ; il me semblait presque braver la puissance divine ; et cette idée, qui, je suppose, me classe parmi les lâches, s'aggravait encore de ma connaissance secrète du but que nous poursuivions. J'étais d'ailleurs accaparé par mes devoirs envers Sir William, que j'avais la corvée de distraire ; car Mylord était perdu dans un état voisin du somnambulisme, promenant sur la forêt un œil hagard, dormant à peine, et ne prononçant quelquefois pas vingt mots de la journée. Ce qu'il disait signifiait encore quelque chose ; mais cela concernait presque inévitablement cette troupe qu'il guettait avec une obstination démente. Il répétait souvent à Sir William, et toujours comme s'il s'agissait d'une nouveauté, qu'il avait « un frère quelque part dans la forêt », et il lui demandait sur les sentinelles eussent l'ordre de « s'informer de lui ». « J'attends avec impatience des nouvelles de mon frère », disait-il. Et parfois, en cours de route, il se figurait apercevoir un canot au loin sur le fleuve, ou un camp sur la rive, et il montrait une agitation fébrile. Il était impossible que Sir William ne fût pas frappé de ces bizarreries ; et à la fin, il me prit à part et me découvrit ses inquiétudes. Je me touchai le front en branlant la tête ; trop heureux de nous ménager un témoignage en cas de scandale possible.

— Mais alors, s'écria Sir William, est-il prudent de le laisser en liberté ?

— Ceux qui le connaissent mieux, dis-je, sont persuadés qu'il a besoin de distraction.

— Bien, bien, répondit Sir William, cela ne me regarde pas. Mais si j'avais su, vous ne seriez pas ici.

Notre avance parmi cette contrée sauvage s'était poursuivie une semaine environ sans encombre, lorsqu'un soir le camp fut établi en un lieu où le fleuve coulait entre de hautes montagnes revêtues de bois. On alluma les feux sur un terrain plat de la rive ; puis l'on soupa et l'on se coucha comme à l'ordinaire. La nuit était d'un froid meurtrier ; la constriction du gel me saisissait et me mordait à travers mes couvertures, au point que la douleur me tint éveillé ; et je fus de nouveau sur pied dès avant la pointe du jour, m'accroupissant auprès des feux, ou trottant çà et là au bord du fleuve, pour combattre l'engourdissement de mes membres. A la fin, l'aube se leva sur la blancheur des bois et des montagnes, et je vis les dormeurs roulés dans leurs sacs de couchage, et le fleuve tumultueux bouillonnant parmi des épieux de glace. Je restais à regarder autour de moi, serré dans mon gros paletot de fourrure de bison, et mon haleine fumant de mes narines gercées, lorsque, soudain, un singulier cri d'angoisse s'éleva de la lisière du bois. Les sentinelles y répondirent, les dormeurs se levèrent d'un bond ; quelqu'un pointa l'index, les autres suivirent des yeux la direction indiquée, et là, sur la lisière de la forêt, entre deux arbres, nous vîmes un homme qui tendait les deux bras, comme en extase. L'instant d'après il se mit à courir vers nous, tomba sur ses genoux à l'entrée du camp, et fondit en larmes.

C'était John Mountain, le trafiquant, échappé aux affreux périls ; et son premier mot, quand il recouvra la parole, fut pour demander si nous avions vu Secundra Dass.

— Vu quoi ? s'écria Sir William.

— Non, dis-je, nous ne l'avons pas vu. Pourquoi ?

— Pas vu ? dit Mountain. Alors, c'était moi qui avais raison.

Et il porta la main à son front.

— Mais quoi donc, en ce cas, le fait retourner en arrière ? cria-t-il. Qu'est-ce qui le ramène au milieu des cadavres ? Il y a là-dessous quelque maudit mystère.

Cette phrase excita vivement notre curiosité, mais je ferai mieux de raconter ici les événements selon leur ordre chronologique.

Voici une narration que j'ai puisée à trois sources différentes, qui ne concordent pas de tous points :

1º Une déposition par écrit de Mountain, où les faits criminels sont habilement déguisés ;

2º Deux conversations avec Secundra Dass ;

3º Plusieurs conversations avec Mountain lui-même, dans lesquelles il voulut bien se montrer entièrement franc ; car à vrai dire il me croyait de complicité.

Récit de Mountain le Trafiquant

L'équipage qui remonta le fleuve sous le double commandement du capitaine Harris et du Maître comptait en tout neuf personnes, dont il n'était pas une (à l'exception de Secundra Dass) qui n'eût mérité l'échafaud. Depuis Harris jusqu'au dernier, les voyageurs étaient bien connus dans cette colonie pour de parfaits et sanguinaires mécréants ; plusieurs réputés pirates, les autres fraudeurs de rhum ; tous fanfarons et ivrognes ; tous dignes associés, tous s'embarquant à la fois sans remords dans ce dessein perfide et meurtrier. Je ne pense pas qu'il y eut beaucoup de discipline établie ou un capitaine bien déterminé dans la bande ; mais Harris et quatre autres, Mountain lui-même, deux Écossais – Pinkerton et Hastie – et un nommé Hicks, savetier ivrogne, après une délibération en commun, fixèrent la route à suivre. Au point de vue matériel, ils étaient assez bien approvisionnés ; et le Maître en particulier s'était muni d'une tente afin de pouvoir s'isoler et s'abriter un peu.

Ce minime privilège indisposa contre lui les esprits de ses compagnons. Mais il était d'ailleurs dans une position si entièrement fausse (et voire absurde) que son habitude du commandement et sa faculté de plaire étaient rendues inutiles. Aux yeux de tous, à part Secundra Dass, il faisait figure de vulgaire dupe et de victime désignée, allant inconsciemment à la mort ; toutefois, il ne pouvait que se croire l'organisateur et le chef de l'expédition ; c'était en cette qualité qu'il agissait ; mais au moindre signe d'autorité ou de hauteur de sa part, ses imposteurs riaient sous cape. J'étais si habitué à le voir et à l'imaginer dans un rôle autoritaire et hautain que j'étais peiné et que je rougissais presque de songer à sa position au cours de ce voyage. Tarda-t-il lui-même à en acquérir le premier soupçon, je ne sais ; mais ce ne fut pas tout de suite, et la troupe s'était enfoncée dans le désert hors de portée de tout secours, sans qu'il s'éveillât pleinement à la réalité.

Voici comment le fait se produisit. Harris et quelques autres s'étaient retirés à part dans les bois pour délibérer, quand ils furent mis en éveil

par un froissement dans les buissons. Ils étaient tous accoutumés aux
ruses de la guerre indienne. Mountain avait non seulement vécu et
chassé, mais combattu et gagné quelque réputation parmi les sauvages.
Il savait se glisser à travers bois sans bruit, et suivre une piste comme
un chien ; et à l'occasion de cette alerte, il fut député par les autres
pour sonder le fourré. Il acquit bien vite la certitude qu'un homme
se mouvait dans son voisinage immédiat, avec précaution mais sans
art, parmi les feuilles et les branches ; et arrivé à un endroit avantageux,
il découvrit Secundra Dass qui rampait activement dans la direction
opposée, en jetant derrière lui des regards furtifs. A cette vue, il demeura
indécis entre le rire et la colère ; et ses complices, lorsqu'il fut revenu
leur conter la chose, se trouvèrent dans la même incertitude. On n'avait
plus à craindre une embuscade indienne ; mais d'autre part, puisque
Secundra Dass se mettait en peine de les épier, il était bien probable
qu'il savait l'anglais, et s'il savait l'anglais, il était certain que tous leurs
projets se trouvaient connus du Maître. La situation était bizarre. En
effet, si Secundra Dass savait et cachait qu'il savait l'anglais, Harris
était familiarisé avec plusieurs langues de l'Inde, et comme ses aventures
dans cette partie du monde n'avaient été rien moins que recommandables, il n'avait pas jugé utile de mentionner la chose. Chaque côté avait
donc ainsi son trou de vrille sur les délibérations de l'autre. Les
conspirateurs, aussitôt que cet avantage leur eut été exposé, retournèrent
au camp ; Harris, entendant que l'Hindou était une fois de plus chambré
avec son maître, se glissa jusque derrière la tente ; et les autres, assis
à fumer autour du feu, attendirent impatiemment son rapport. Lorsqu'il
revint enfin, son visage était sombre. Il en avait vu assez pour confirmer
les pires de ses soupçons. Secundra Dass connaissait bien l'anglais ; il
les avait durant plusieurs jours suivis et épiés ; le Maître était à cette
heure informé de tout le complot, et tous deux se proposaient pour
le lendemain de s'écarter de la troupe à un portage et de s'enfoncer
au hasard dans les bois ; préférant tous les risques de la famine, des
bêtes féroces et des sauvages, à leur position au milieu de traîtres.

Que faire, donc ? Les uns étaient d'avis de massacrer le Maître
sur-le-champ ; mais Harris leur affirma que ce serait là un crime sans
profit, puisque le secret du trésor périrait avec celui qui l'avait enterré.
D'autres voulaient abandonner l'entreprise et regagner New York ; mais
le mot prestigieux de trésor, et le souvenir de la longue route déjà
parcourue, en dissuada la majorité. J'imagine que c'étaient pour la
plupart des cervelles épaisses. Harris, il est vrai, avait quelques talents,
Mountain n'était pas bête, Hastie avait reçu quelque éducation ; mais
ces trois-là eux-mêmes avaient manifestement raté leur vie, et les autres
étaient la lie des ruffians coloniaux. La conclusion où ils en vinrent,
finalement, fut donc le simple résultat de la cupidité et de l'espoir plutôt
que de la raison. On allait temporiser, se tenir sur ses gardes et surveiller
le Maître, se taire désormais et ne plus offrir d'aliment à ses soupçons,
et s'en remettre entièrement (si j'ai bien compris) à la chance que leur

victime fût aussi cupide et déraisonnable qu'eux-mêmes, et consentît, pour tout dire, à leur livrer sa vie et son trésor.

Deux fois au cours de la journée suivante, Secundra Dass et le Maître purent se figurer qu'ils leur avaient échappé ; et deux fois, ils se trouvèrent cernés. Le Maître, si ce n'est que la seconde fois il pâlit un peu, ne montra aucun symptôme de découragement, s'excusa de la maladresse qui l'avait fait s'écarter, remercia comme d'un service ceux qui le recapturaient, et rejoignit la caravane avec toute sa vaillance et son entrain habituels. Mais il avait sûrement flairé quelque chose ; car dès lors lui et Secundra Dass ne se parlèrent plus qu'à l'oreille, et Harris écouta et grelotta en vain derrière la tente.

Le même soir, on annonça qu'il fallait abandonner les canots et continuer à pied, circonstance qui (en mettant fin à la confusion des portages) diminuait beaucoup les chances d'évasion.

A partir de ce moment il y eut entre les deux partis une lutte tacite, pour la vie d'un côté, pour le trésor de l'autre. Ils approchaient de cette région du désert où le Maître devait lui-même jouer le rôle de guide ; et, saisissant le prétexte, Harris et ses hommes le persécutaient en s'asseyant avec lui chaque soir autour du feu, et tâchant de le faire tomber dans quelque piège pour lui arracher des aveux. Laisser échapper son secret, il le savait bien, équivaudrait à signer son arrêt de mort ; d'autre part, il ne pouvait éluder leurs questions, et devait paraître les aider de tous ses moyens, sinon il avouait sa méfiance. Et cependant Harris m'affirme que le front de cet homme semblait exempt de soucis. Il s'asseyait au milieu de ces chacals, sa vie tenant à un cheveu, avec l'aise d'un hôte en belle humeur au coin de son feu ; il avait réponse à tout, — voire souvent réponse plaisante, esquivait les menaces, se dérobait aux insultes ; parlait, riait, écoutait, d'un air dégagé. Bref, il se conduisit de manière à désarmer les soupçons, et faillit ébranler leur certitude. En fait, Mountain m'avoua qu'ils auraient bientôt cessé de croire au récit du capitaine, et admis que leur victime désignée était dans une parfaite ignorance de leurs desseins, n'eût été le fait qu'il continuait (ingénieusement, il est vrai) à détourner leurs questions, et la preuve encore plus grande de ses efforts répétés pour leur échapper. Sa dernière tentative, qui provoqua le dénouement, je vais la raconter. Et d'abord, je dois dire que vers cette époque l'humeur des compagnons de Harris était devenue des plus mauvaises ; toute civilité était presque oubliée ; et sur un prétexte insignifiant, le Maître et Secundra avaient été dépouillés de leurs armes. De son côté, néanmoins, le couple menacé continuait à bien jouer la comédie de la confiance ; Secundra multipliait ses saluts, le Maître ses sourires ; et le dernier soir de la trêve, il avait même poussé la complaisance jusqu'à chanter pour divertir la compagnie. On observa aussi qu'il mangeait plus qu'à l'ordinaire et buvait copieusement, — non sans intention probable.

Bref, vers trois heures du matin, il sortit de sa tente, avec des plaintes et des gémissements, comme s'il souffrait d'indigestion. Secundra passa une heure à soigner devant tous son maître, qui finit par s'apaiser, et s'endormit sur le sol gelé derrière la tente. L'Indien, lui, rentra dans l'intérieur. Peu après, la sentinelle fut relevée ; on lui désigna le Maître, couché dans une de ces robes dites « buffalo » : et dès lors il ne cessa plus (a-t-il déclaré) d'avoir les yeux sur lui. Au point du jour, survint une bouffée de vent qui souleva un pan de la robe ; et en même temps le chapeau du Maître s'envola et alla retomber à quelques yards. La sentinelle, trouvant bizarre que le dormeur ne s'éveillât point, s'en approcha ; et l'instant d'après, avec un grand cri, elle annonçait au camp que le prisonnier s'était envolé. Il avait laissé derrière lui son Indien, qui faillit (dans le premier moment de surprise) payer de sa vie ce stratagème, et fut, en tout cas, cruellement maltraité ; mais Secundra, sous les menaces et les coups, s'obstina avec une fidélité singulière à jurer qu'il ne savait rien du plan de son maître, ce qui pouvait à la rigueur être vrai, ni de son évasion, ce qui était manifestement faux. Il ne restait donc plus aux conspirateurs qu'à s'en remettre du tout à l'habileté de Mountain. Il avait gelé la nuit ; le sol était très dur ; et, le soleil à peine levé, le dégel fut rapide. Mountain affirme hautement que peu d'hommes auraient suivi cette piste, et que moins encore (y compris les Indiens du pays) auraient pu la relever. Le Maître était déjà loin lorsque la poursuite prit le vent, et il dut cheminer avec une vélocité qui étonne, vu son peu d'accoutumance, car il était près de midi lorsque Mountain le découvrit. Dans cette conjoncture, le trafiquant était seul, tous ses compagnons le suivant, comme lui-même l'avait demandé, à plusieurs centaines de yards ; il savait le Maître désarmé ; il était en outre échauffé par l'exercice et le feu de la chasse ; et voyant sa proie si voisine, si dépourvue de défense, et visiblement fatiguée, il voulut se donner la gloriole d'effectuer la capture de sa propre main. Un pas ou deux encore l'amenèrent à l'orée d'une petite clairière ; le Maître était de l'autre côté, les bras croisés et assis le dos contre un gros roc. Il est possible que Mountain ait fait du bruit, il est certain, en tout cas, que le Maître releva la tête et fixa les yeux droit sur ce fourré où se cachait son persécuteur ; « je n'étais pas sûr qu'il me vît, raconte Mountain ; il regardait dans ma direction avec un air si résolu que tout mon courage s'échappa de moi comme le rhum s'échappe d'une bouteille. » Aussi, quand le Maître eut détourné les yeux, et sembla reprendre la méditation où il était plongé avant l'arrivée du trafiquant, Mountain se retira furtivement et retourna chercher l'aide de ses compagnons.

Et ici commence le chapitre des surprises, car l'éclaireur avait à peine informé les autres de sa découverte, et ils étaient encore à apprêter leurs armes pour tomber à la fois sur le fugitif, que lui-même s'avança au milieu d'eux, d'un pas tranquille et dégagé, les mains derrière le dos.

— Ah ! les camarades ! dit-il, en les voyant. La rencontre est heureuse. Retournons au camp.

Mountain n'avait pas parlé de sa faiblesse ni du regard déconcertant dirigé sur le fourré, de sorte que (pour les autres) son retour apparut spontané. Malgré cela, une rumeur s'éleva ; des blasphèmes éclatèrent, des poings furent brandis, et des canons de mousquets le menacèrent.

— Retournons au camp, dit le Maître. J'ai une explication à donner, mais il faut que vous soyez tous là. En attendant, mieux vaudrait relever ces armes, dont l'une ou l'autre pourrait si facilement partir, et emporter vos espérances de trésor. Il ne faut pas tuer, ajouta-t-il en souriant, l'oie aux œufs d'or.

Le prestige de sa supériorité se faisait sentir une fois de plus ; et la troupe, sans suivre un ordre déterminé, se mit en route vers le camp. Chemin faisant, il trouva l'occasion de dire quelques mots en particulier à Mountain.

— Vous êtes hardi, et fin, lui dit-il, mais je ne suis pas aussi certain que vous vous rendiez justice. J'aimerais vous voir considérer si vous ne feriez pas mieux, et voir s'il ne serait pas plus sûr, de me suivre, moi, au lieu de servir un aussi vulgaire bandit que Mr. Harris. Réfléchissez-y, conclut-il, en lui donnant une petite tape sur l'épaule, et ne vous pressez pas trop. Mort ou vif, vous trouverez qu'il ne fait pas bon se frotter à moi.

Quand on fut de retour au camp, où Harris et Pinkerton étaient restés à garder Secundra, tous deux se jetèrent sur le Maître comme des harpies, et furent démesurément surpris de s'entendre ordonner par leurs camarades de « reculer et d'écouter ce que le gentleman avait à dire ». Le Maître n'avait pas bronché devant leur assaut ; à cette preuve du terrain qu'il avait regagné, il ne trahit pas la moindre suffisance.

— Ne soyons pas si pressés, dit-il. Le repas d'abord et le discours public ensuite.

On fit donc un repas hâtif ; et aussitôt après, le Maître, appuyé sur un coude, entama son discours. Il parla longtemps, s'adressant à chacun (excepté Harris), trouvant pour chacun (avec la même exception) un mot de flatterie spéciale. Il les appela « honnêtes et hardis lurons », affirma n'avoir jamais vu plus joviale compagnie, besogne mieux faite, ou peines plus joyeusement supportées. « Mais alors, dit-il, si quelqu'un me demande pourquoi diable je me suis encouru, j'ai à peine besoin de répondre, car je crois que vous le savez tous très bien. Mais il y a autre chose que vous ne savez pas : c'est un point auquel j'arrive à présent, et où vous allez me prêter votre attention. Il y a un traître ici, un double traître ; c'est assez pour l'instant. Mais ici un autre gentleman viendra me demander : Pourquoi diable je suis revenu ? Eh bien, avant de répondre à cette question, j'en ai une à vous poser. Est-ce ce vil mâtin, ce Harris, qui parle hindoustani ? » s'écria-t-il en se relevant sur un genou et désignant l'homme en plein visage, avec un geste de menace indicible ; et puis, quand on lui eut répondu affirmativement : « Ah ! dit-il, voilà donc tous mes soupçons vérifiés, et j'ai bien fait de revenir. Maintenant, camarades, vous allez savoir la vérité pour la première fois. » Là-dessus, il s'embarqua dans une longue histoire, contée avec une adresse extraordinaire, comme quoi il avait depuis longtemps suspecté Harris, comment ses craintes s'étaient trouvées confirmées, et que Harris avait sans doute faussement rapporté ses conversations avec Secundra. Arrivé là, il tenta un coup d'audace, avec pleine réussite. « Vous vous figurez, je suppose, dit-il, que vous allez partager avec Harris ; vous vous figurez que vous veillerez vous-mêmes à la répartition. Vous ne croyez naturellement pas qu'un aussi plat gredin puisse vous flouer. Mais prenez garde ! Ces demi-crétins possèdent une espèce de ruse, comme le skuns a sa puanteur ; et ce vous sera peut-être une nouvelle de savoir que Harris a déjà pris soin de lui-même. Oui, pour lui la totalité du trésor est de l'argent trouvé. Vous, il vous faut le découvrir ou vous en passer. Mais lui a déjà été payé d'avance ; mon frère l'a payé pour me faire disparaître ; regardez-le, si vous en doutez, – regardez donc sa mine embarrassée de voleur pris sur le fait ! » Puis, cette heureuse impression produite, il raconta comme quoi il s'était échappé, puis ravisé, puis avait enfin pris son parti de revenir exposer la vérité devant la compagnie, et courir la chance avec eux tous encore une fois ; persuadé qu'il était de les voir déposer Harris sur-le-champ, et élire un autre chef. « Voilà toute la vérité, dit-il : et, à une seule exception près, je me remets absolument entre vos mains. Quelle est cette exception ? C'est l'homme que voilà assis là, cria-t-il, désignant de nouveau Harris ; cet homme qui doit mourir ! Les armes et les conditions me sont égales ; mettez-moi face à face avec lui, et ne me donneriez-vous autre chose qu'un bâton, en cinq minutes, je vous ferai voir une charogne en marmelade, bonne pour les chiens. »

Il faisait nuit noire quand il s'arrêta ; ils avaient écouté en un silence presque parfait, à peine si la lueur du feu permettait à chacun de juger de l'effet produit sur son voisin, persuasion ou condamnation. D'ailleurs, le Maître s'était mis à la place la mieux éclairée, pour faire converger tous les yeux sur son visage, – sans doute par un calcul prémédité. Le silence dura quelques minutes, puis on entama une discussion. Le Maître s'étendit à plat dos. Les mains croisées sous la nuque et un genou passé par-dessus l'autre, comme insoucieux du résultat. Et ici, je dois dire que son goût de la bravade l'emporta trop loin, et fit tort à sa cause. Du moins après avoir oscillé deux ou trois fois de part et d'autre, l'opinion se tourna finalement contre lui. Peut-être espérait-il renouveler l'aventure du bateau-pirate, et se voir élire, même à de dures conditions, comme chef ; et les choses allèrent si loin dans cette voie, que Mountain en fit nettement la proposition. Mais l'écueil sur lequel il échoua fut Hastie. On n'aimait guère ce garçon morose et lent, d'un caractère aigre et hargneux ; mais il avait étudié quelque temps pour être d'église au Collège d'Edimbourg, avant que son inconduite eût brisé sa carrière, et il se remémora dans cette circonstance, et appliqua ce qu'il avait appris. En fait, il n'en avait pas encore beaucoup dit, que le Maître se laissa négligemment rouler sur le côté, dans le but (pense Mountain) de cacher le désespoir qui envahissait ses traits. Hastie élimina la plus grande partie de ce qu'ils avaient entendu comme n'ayant rien à faire

avec la question ; ce qu'ils voulaient, c'était le trésor. Tout ce qui
concernait Harris pouvait bien être vrai, et on s'en occuperait en temps
et lieu. Mais qu'est-ce que cela avait à voir avec le trésor ? Ils avaient
écouté un déluge de mots ; mais la simple vérité était que Mr. Durie
avait une peur bleue, et qu'il s'était enfui à plusieurs reprises. Il était
ici, – repris ou revenu de lui-même importait peu à Hastie : mais l'urgent
était de mener l'affaire à terme. Quant à cette histoire de déposer et
d'élire des capitaines, il espérait bien que tous ici étaient des hommes
libres, et capables de se gouverner eux-mêmes. Tout cela n'était que
poudre aux yeux, comme la proposition de combattre Harris. « Il ne
combattra personne de ce camp, je vous le garantis, dit Hastie. Nous
avons eu assez de difficulté à lui enlever ses armes, et nous serions de
fiers imbéciles de les lui rendre. Mais si c'est de l'agrément que le
gentleman désire, je lui en fournirai, plus peut-être qu'il n'en a envie.
Car je n'ai aucunement l'intention de passer la fin de mes jours dans
ces montagnes, je n'y suis resté déjà que trop ; et je propose qu'il vous
dise immédiatement où est ce trésor, ou bien qu'il soit immédiatement
passé par les armes. Et voici, ajouta-t-il, en montrant son pistolet, celle
dont j'entends me servir. »

– Allons, vous êtes ce que j'appelle un homme, s'écria le Maître,
en se mettant sur son séant et regardant l'orateur avec un air
d'admiration.

– Je ne vous demande pas comment vous m'appelez, répliqua Hastie ;
lequel des deux ?

– La question est oiseuse, dit le Maître. Nécessité fait loi. Le vrai
est que nous sommes à portée de marche de l'endroit, et je vous y
mènerai demain.

Là-dessus, comme si tout était conclu, et conclu exactement selon
ses désirs, il regagna sa tente, où Secundra l'avait précédé.

Je ne puis repenser sans admiration à ces derniers tours et détours
de mon vieil ennemi ; c'est à peine si quelque pitié se mêle à ce sentiment,
si belle était sa vaillance, si hardi le front qu'il opposait à l'adversité.
Même à cette heure, où il se voyait entièrement perdu, où il s'apercevait
qu'il avait simplement changé d'ennemi, et abattu Harris pour susciter
Hastie, aucune trace de faiblesse ne se révéla dans son attitude, et il
rentra sous sa tente, déjà déterminé (faut-il croire) à affronter les
redoutables hasards de son suprême expédient, avec la même expression
d'aisance assurée et la même démarche gracieuse qu'il eût pu avoir en
sortant du théâtre pour aller à un souper de beaux esprits. Mais au
fond de lui-même, si nous avions pu y regarder, son âme voyait la mort.

Tôt dans la soirée, le bruit qu'il était malade se répandit dans le camp ;
et tout au matin, il fit venir Hastie à son chevet pour lui demander
d'un air inquiet s'il connaissait un peu de médecine. En fait, c'était
à une fatuité de ce dieu tombé d'étudiant qu'il s'adressait habilement.
Hastie l'examina ; et comme il était flatté, ignorant et très soupçonneux,
il ne savait plus du tout si le Maître était malade ou simulait. Dans
ce doute, il alla retrouver ses compagnons, et (nouvelle qui, de toute

façon, lui donnerait plus d'importance) leur annonça que le patient était en bonne voie pour mourir.

– Malgré tout, ajouta-t-il avec un blasphème, et dût-il crever en chemin, il faut qu'il nous mène ce matin jusqu'à ce trésor.

Mais ils furent plusieurs dans le camp (Mountain entre autres) que cette brutalité révolta. Ils auraient vu pistoleter le Maître, ou lui auraient eux-mêmes brûlé la cervelle, sans ressentir la moindre pitié ; mais ils semblaient impressionnés par sa vaillante lutte et sa défaite non équivoque du soir précédent ; peut-être aussi commençaient-ils déjà l'opposition à leur nouveau chef ; en tout cas, ils se hâtèrent de déclarer que (si l'hommme était malade) il aurait un jour de repos, quoi qu'en pût dire Hastie.

Le lundi matin, il était manifestement plus mal, et Hastie lui-même commença de montrer quelque souci d'humanité, car ce simple simulacre de doctorat suffisait à éveiller sa sympathie. Le troisième jour, le Maître fit venir Mountain et Hastie sous sa tente, leur annonça qu'il allait dormir, leur donna tous les détails concernant la position de la *cache*, et les pria de se mettre aussitôt en quête. Ils pourraient voir ainsi qu'il ne les trompait pas, et, le cas échéant, il serait à même de corriger leur erreur.

Mais alors s'éleva une difficulté sur laquelle il comptait sans doute. Aucun de ces hommes ne se fiait aux autres, aucun ne consentirait à rester en arrière. D'autre part, encore que le Maître semblât extrêmement bas, que sa parole fût réduite à un murmure, et qu'il fût la plupart du temps sans connaissance, il se pouvait à la rigueur que sa maladie fût feinte ; et si tous partaient à la chasse au trésor, ils pourraient bien être partis « chasser l'oie sauvage », et trouver au retour leur prisonnier envolé. On résolut donc, invoquant la sympathie, de ne pas s'éloigner, et à coup sûr nos sentiments sont si complexes, que plusieurs étaient sincèrement (sinon profondément) affectés de voir ainsi en danger de mort l'homme qu'ils avaient froidement résolu d'assassiner. Dans l'après-midi, Hastie fut appelé auprès de sa couche pour prier ; ce qu'il fit (tout incroyable que cela puisse paraître) avec onction ; vers huit heures du soir, les lamentations de Secundra leur apprirent que tout était fini ; et avant dix, l'Indien, à la clarté d'une torche fichée dans le sol, se mettait à creuser la tombe. Le jour suivant, à son lever, éclaira les funérailles du Maître, auxquelles tout le monde prit part avec le plus décent maintien ; et le corps fut mis en terre, enveloppé d'une robe de fourrure, la face découverte. Celle-ci était d'une pâleur de cire, et les narines étaient bouchées conformément à quelque rite oriental de Secundra. La tombe ne fut pas plus tôt comblée que les lamentations de l'Indien répandirent de nouveau la tristesse dans tous les cœurs ; et il paraît que cette bande de meurtriers, bien loin d'être agacés par ces clameurs, toutes pénibles qu'elles fussent et (dans cette région) préjudiciables à leur sûreté, s'efforcèrent rudement mais amicalement de le consoler.

Mais si la nature humaine est à l'occasion tendre jusque chez les pires individus, elle est aussi avant tout cupide, et ils laissèrent bientôt Secundra à son chagrin pour s'occuper de leurs intérêts. La *cache* du trésor étant toute proche, quoique non encore découverte, on résolut de ne pas lever le camp ; et le jour se passa, de la part des voyageurs, en vaines explorations dans les bois, cependant que Secundra gisait sur la tombe de son maître. Cette nuit-là, ils n'établirent pas de sentinelles, mais restèrent couchés alentour du feu à la façon coutumière des hommes des bois, les têtes tournées en dehors, comme les rayons d'une roue. Le matin les trouva dans la même disposition ; toutefois, Pinkerton, qui était à la droite de Mountain, entre celui-ci et Hastie, avait été (durant les heures d'obscurité) secrètement égorgé, et il gisait là, encore drapé, quant au corps, dans son manteau, mais offrant, plus haut, le spectacle abominable et affreux d'un crâne scalpé. Toute la bande était ce matin-là aussi pâle qu'une troupe de spectres, car l'obstination des Indiens à la guerre ou, pour parler plus correctement, à l'assassinat, était bien connue de tous. Mais ils en attribuaient la principale responsabilité à leur défaut de sentinelles, et, enflammés par le voisinage du trésor, ils se résolurent à demeurer où ils étaient. Pinkerton fut enterré non loin du maître ; les survivants passèrent encore ce jour-là en explorations, et s'en revinrent d'une humeur mêlée d'angoisse et d'espoir, étant presque assurés de toucher au but de leurs recherches, et se trouvant par ailleurs (avec le retour de l'obscurité) envahis par la crainte des Indiens. Mountain monta la première garde ; il affirme ne s'être pas endormi ni assis, et avoir veillé avec un soin continuel et soutenu, et ce fut même d'un cœur léger que (voyant aux étoiles que l'heure était venue) il s'approcha du feu pour éveiller son remplaçant. Celui-ci (Hicks le savetier) dormait du côté sous le vent du cercle, un peu plus loin donc que ceux au vent, et en une place obscurcie par les tourbillons de fumée. Mountain se pencha vers lui et le secoua par l'épaule ; sa main rencontra une humidité visqueuse ; et (comme le vent tournait juste alors) la clarté du feu se répandit sur le dormeur et fit voir qu'il était, comme Pinkerton, mort et scalpé.

Ils étaient évidemment tombés entre les mains d'un de ces Indiens partisans et sans chefs, qui suivent parfois une troupe durant des jours, et, en dépit de marches forcées et d'une surveillance assidue, ne cesseront de se tenir à sa hauteur et de prélever un scalp à chaque lieu de repos. Après cette découverte, les chercheurs de trésor, déjà réduits à une pauvre demi-douzaine, furent pris de panique, s'emparèrent de quelques objets indispensables, et, abandonnant le reste de leurs effets, plongèrent tout droit dans la forêt. Ils laissèrent leur feu brûler auprès de leur camarade mort sans sépulture. Tout le jour ils ne cessèrent de fuir, mangeant sans s'arrêter, de la main à la bouche, et comme ils n'osaient dormir, ils continuèrent d'avancer, au hasard, même pendant les heures d'obscurité. Mais les limites de l'endurance humaine sont vite atteintes ; quand ils se reposèrent à la fin, ce fut pour s'endormir profondément ; et quand ils se réveillèrent, ce fut pour découvrir que leur ennemi était toujours sur leurs talons, et que la mort et la mutilation avaient une fois de plus atteint et défiguré un de leurs camarades.

Alors ils perdirent la tête. Ils se trouvaient égarés dans le désert, leurs provisions s'épuisaient. Quant au détail de leurs maux ultérieurs, je l'épargne au lecteur de ce récit déjà trop prolongé. Il suffit de dire que lorsque à la fin une nuit se fut passée sans malheur et qu'ils respirèrent de nouveau, dans l'espoir que l'assassin avait abandonné la poursuite, Secundra et Mountain se trouvaient seuls. Le trafiquant est intimement persuadé que leur invisible ennemi était un guerrier de sa connaissance, qui l'avait épargné par faveur. Que cette grâce s'étendît à Secundra, il l'explique par l'hypothèse que l'Oriental passait pour insensé ; à cause d'abord que, au milieu des horreurs de la fuite et alors que les autres jetaient armes et vivres, Secundra ne cessa de marcher courbé sous le poids d'une pioche ; ensuite parce, dans les derniers jours, et avec une volubilité extrême, il se parlait sans arrêt à lui-même dans sa propre langue. Mais il avait toute sa raison quand il revenait à l'anglais.

— Vous croire il sera parti tout à fait ? demanda-t-il, lorsqu'ils se furent si heureusement éveillés sains et saufs.

— Je prie Dieu qu'il en soit ainsi, je crois, j'espère qu'il en est bien ainsi, avait répliqué Mountain de façon presque incohérente quand il me décrivit la scène.

Et en fait il était démoralisé au point que jusqu'à cette heure où il nous rencontra, le lendemain matin, il se demandait s'il n'avait pas rêvé, ou si c'était bien un fait, que Secundra, aussitôt après cette réponse et sans dire un mot de plus, était retourné sur ses pas, face à ces solitudes de l'hiver et de la faim, par un chemin dont chaque étape avait pour jalon un cadavre mutilé.

XII

L'expédition dans le désert (Suite)

Lorsqu'il fit ce récit devant Sir William Johnson et Mylord, Mountain avait, naturellement, supprimé les détails ci-dessus, et présentait l'expédition comme s'étant déroulée sans incident, jusqu'à la maladie du Maître. Mais la dernière partie fut évoquée avec force, tandis que le narrateur frémissait visiblement à rappeler ses souvenirs ; et grâce à notre situation, là, sur la limite même du Désert, grâce aux intérêts privés de chacun, il avait un auditoire tout disposé à partager ses émotions. Car le récit de Mountain non seulement changea la face du monde pour Mylord Durrisdeer, mais modifia positivement les projets de Sir William.

Ces projets, il me semble que je dois les exposer au lecteur. Des bruits d'une origine suspecte avaient couru dans Albany ; on parlait d'hostilités prêtes à éclater, et le diplomate indien s'était en conséquence hâtivement mis en marche à travers les solitudes, malgré l'approche de l'hiver, pour couper le mal dans sa racine. Or, ici, sur les frontières, il apprenait qu'il était venu trop tard ; et un choix difficile s'offrait à un homme (tout compte fait) guère plus hardi que prudent. Son attitude vis-à-vis des braves peinturlurés est comparable à celle de Mylord Président Culloden au milieu des chefs de nos Highlands, en 45 ; c'est-à-dire qu'il était à peu près, pour ces hommes, un simple porte-voix, et que les conseils de paix et de modération, s'ils devaient du tout prévaloir, ne le pouvaient que par son influence. Si donc il s'en retournait, la province serait ouverte à toutes les abominables tragédies de la guerre indienne, – maisons incendiées, voyageurs égorgés, et les hommes des bois prélèveraient leur répugnant tribut de scalps humains. D'autre part, s'avancer trop loin dans le nord, risquer une si faible troupe dans le désert, porter des paroles de paix chez des sauvages belliqueux se réjouissant déjà de reprendre la guerre : cette extrémité, on le conçoit fort aisément, répugnait à son esprit.

– Je suis venu trop tard, répéta-t-il coup sur coup, et, absorbé dans ses réflexions, il se prit la tête à deux mains, en battant du pied sur le sol.

A la fin il releva la tête et nous regarda, c'est-à-dire Mylord, Mountain et moi, assis autour d'un petit feu que nous avions allumé dans un coin du camp, afin d'être seuls.

– Mylord, à parler franchement, je vous avouerai mon indécision. Je crois tout à fait nécessaire de pousser de l'avant, mais pas du tout convenable d'avoir plus longtemps le plaisir de votre société. Nous sommes encore ici au bord du fleuve, et j'estime que le risque n'est pas grand vers le sud. Ne voulez-vous pas, vous et Mr. Mackellar, prendre un bateau avec son équipage et vous en retourner à Albany ?

Mylord avait écouté Sir William avec une attention qui faisait peine à voir, et, quand il eut fini de parler, il sembla perdu dans un songe. Il y avait dans son regard quelque chose de très troublant, quelque chose à mes yeux de non entièrement humain ; son visage était émacié, hâlé, vieilli, la bouche douloureuse, découvrant les dents par un rictus continuel, et l'iris de ses yeux nageait sans toucher aux paupières sur le champ du blanc injecté. Moi-même je ne pouvais le voir sans éprouver cette irritation sourde que nous inspire trop souvent, plus que tout autre sentiment, la maladie de ceux qui nous sont chers. Les autres, je m'en apercevais bien, étaient presque incapables de supporter sa proximité : Sir William évitait son contact, Mountain fuyait son regard, ou bien, s'il le rencontrait, blêmissait et s'interrompait dans son récit. Interpellé de la sorte, néanmoins, Mylord parut se ressaisir.

– A Albany ? dit-il, d'une voix naturelle.

– Jusqu'aux environs, du moins, répondit Sir William. Vous ne seriez pas en sûreté avant.

– Je suis très peu désireux de m'en retourner, dit Mylord. Je n'ai pas peur... des Indiens, ajouta-t-il en tressaillant.

– Je voudrais pouvoir en dire autant, reprit Sir William avec un sourire ; et cependant, s'il y avait quelqu'un à même de le dire, ce serait bien moi. Mais vous devez considérer ma responsabilité, et aussi que ce voyage est à présent devenu des plus dangereux, et que votre affaire – si toutefois vous en aviez une – est arrivée à sa conclusion par la triste nouvelle de famille que vous avez reçue. Je n'ai donc plus guère le droit de vous laisser poursuivre, et je courrais le risque d'être blâmé s'il devait survenir quelque aventure regrettable.

Mylord se tourna vers Mountain.

– De quoi donc a-t-il fait semblant de mourir ? demanda-t-il.

– Je n'entends pas Votre Honneur, dit le trafiquant, d'un air très troublé en s'interrompant de soigner des engelures cruelles.

Pendant quelques minutes, Mylord sembla tout déconcerté ; et puis non sans irritation :

– Je vous demande de quoi il est mort. La question est claire, je pense.

– Oh, je ne sais pas, dit Mountain. Hastie même l'ignorait. Sa maladie a paru lui venir naturellement, et il a trépassé.

– Là ! vous voyez bien ! conclut Mylord, en se tournant vers Sir William.

– Votre Seigneurie est trop profonde pour moi, répliqua Sir William.

– Pourtant, dit Mylord, c'est une affaire de succession ; le titre de mon fils peut être révoqué en doute ; et si personne ne peut dire de quoi cet homme est mort, il y a là matière à provoquer de graves soupçons.

– Mais, Dieu me damne ! cet homme est enterré, s'écria Sir William.

– C'est ce que je ne croirai jamais, répliqua Mylord, tremblant à faire peur. Je ne le croirai jamais, cria-t-il en se levant d'un bond. Avait-il l'*air* mort ? demanda-t-il à Mountain.

– L'air mort ? répéta le trafiquant. Il était tout blanc. Quoi ? qu'est-ce que vous croyez ? C'est moi, vous dis-je, moi qui ai jeté les pelletées sur lui.

Mylord agrippa de ses doigts contracturés l'habit de Sir William :

– Cet homme passe pour être mon frère, dit-il, mais chacun sait bien qu'il n'est pas naturel.

– Pas naturel ? reprit Sir William, comment cela ?

– Il n'est pas de ce monde, chuchota Mylord, ni lui ni le diable noir son serviteur. Je lui ai passé mon sabre au travers du corps, s'écria-t-il ; j'en ai senti la garde résonner sur son bréchet, son sang chaud m'a jailli au visage, à plusieurs reprises, répéta-t-il avec un geste fou. – Mais il n'est pas mort pour si peu, dit-il. (Et je poussai moi-même un gros soupir). – Pourquoi irais-je maintenant le croire mort ?... Non, tant que je ne l'aurai pas vu décomposé.

Sir William me regarda de côté, la mine allongée. Mountain en oubliait ses blessures, et nous considérait, béant.

– Mylord, dis-je, je vous conjure de rassembler vos esprits. – Mais j'avais la gorge tellement sèche, et la tête si perdue, qu'il me fut impossible de rien ajouter.

— Non, dit Mylord, il n'est pas croyable qu'il me comprenne. Mackellar, oui, car il sait tout, et il l'a vu enterré déjà une fois. Ce Mackellar, Sir William, est un très bon serviteur pour moi ; il l'a enterré de ses propres mains – avec l'aide de mon père – à la lueur de deux flambeaux d'argent. Cet autre homme est un esprit familier : il l'a ramené du Coromandel. Je vous aurais conté tout cela depuis longtemps, Sir William, si ce n'avait été un secret de famille. – Ces dernières remarques furent faites avec un sérieux mélancolique, et il semblait que son égarement fût passé. – Vous pourrez comprendre vous-même ce que tout cela veut dire, reprit-il. Mon frère tombe malade, il meurt, et est enterré, voilà ce qu'on raconte ; et cela paraît tout simple. Mais pourquoi le familier retourne-t-il sur ses pas ? Vous voyez vous-même, je pense, que ce point demande un éclaircissement.

— Je serai à votre service, Mylord, dans une demi-minute, dit Sir William en se levant. Mr. Mackellar, deux mots à part. – Et il m'entraîna hors du camp. Le gel grinçait sous nos pas, les arbres nous entouraient, chargés de givre, comme cette nuit de la Grande-Charmille. – Bien entendu, tout cela est de la folie pure, dit Sir William, dès que nous fûmes hors de portée d'être entendus.

— Oui, assurément, il est fou. La chose est, je crois, manifeste.

— Vais-je le faire saisir et lier ? demanda Sir William. Je m'en remets à votre avis. Si tout cela est pur délire, il faut certainement le faire.

Je regardai le sol devant moi, puis le camp, avec ses feux clairs et les gens qui nous considéraient, et puis, autour de moi, les bois et les montagnes. Il y avait une seule direction dans laquelle je ne pouvais regarder, celle de Sir William.

— Sir William, dis-je enfin, je crois que Mylord n'est pas dans son état normal, et je le crois depuis longtemps. Mais il y a des degrés dans la folie ; et si oui ou non il doit être enfermé, Sir William, je n'en suis pas bon juge.

— Je le serai, dit Sir William. Je demande des faits. Y avait-il dans tout ce jargon un seul mot de vérité ou de raison ? Vous hésitez ? demanda-t-il. Dois-je comprendre que vous avez déjà enterré ce gentleman auparavant ?

— Pas enterré, dis-je, puis reprenant enfin courage : – Sir William, dis-je, si je ne vous raconte pas d'abord une longue histoire, qui compromettrait une noble famille (et pas du tout moi), il m'est impossible de rendre l'affaire compréhensible pour vous. Dites un mot, et je la raconte, à tort ou à droit. Mais en tout cas, je puis vous dire sans scrupule que Mylord n'est pas aussi fou qu'il le semble. C'est là une affaire singulière, dont vous subissez malheureusement le contrecoup.

— Je n'ai aucune envie de savoir vos secrets, répondit Sir William ; mais je serai clair, et vous avouerai, quitte à être impoli, que ma présente société me procure peu d'agrément.

– Je serai le dernier à vous le reprocher, dis-je.

– Je ne vous demande ni blâme, ni louange, monsieur, répliqua Sir William. Je désire seulement être débarrassé de vous ; et à cet effet, je mets un bateau avec son équipage à votre disposition.

– L'offre est honnête, dis-je, après avoir réfléchi. Mais vous me permettrez de dire un mot contre elle. Nous sommes positivement curieux d'apprendre la vérité sur cette affaire, je le suis moi-même ; Mylord (c'est bien évident) ne l'est que trop. Le retour de l'Indien est une véritable énigme.

– Je le crois, moi aussi, interrompit Sir William ; et je propose (puisque je vais dans cette direction) de la sonder à fond. Que l'homme soit ou non retourné pour mourir sur la tombe de son maître, comme un chien, sa vie, du moins, est en danger, et je me propose de la sauver, si possible. Il n'y a rien à dire contre lui ?.

– Rien, Sir William.

– Et l'autre ? J'ai entendu Mylord, c'est vrai ; mais d'après la fidélité de son serviteur, je dois supposer qu'il avait quelques nobles vertus.

– Ne demandez pas cela ! m'écriai-je. L'enfer peut avoir de nobles flammes. Je l'ai connu depuis vingt ans, et je l'ai toujours haï, et toujours admiré, et toujours redouté servilement.

– Il me semble que je pénètre dans vos secrets, dit Sir William ; croyez-moi, c'est sans le vouloir. Il me suffit de voir cette tombe, et, si possible, de sauver l'Indien. A ces conditions, persuaderez-vous à votre maître de retourner à Albany ?

– Sir William, je vous dirai ce qui en est. Vous ne voyez pas Mylord à son avantage ; il peut même vous sembler bizarre que je l'aime tant ; mais je l'aime, et je ne suis pas le seul. S'il s'en retourne à Albany, ce ne sera que par force, et ce retour est l'arrêt de mort de sa raison, et peut-être de sa vie. Telle est ma sincère conviction ; mais je suis entre vos mains, et prêt à vous obéir, si vous voulez assumer la responsabilité de donner un tel ordre.

– Je ne veux aucune part de responsabilité ; précisément tous mes efforts tendent à l'éviter, s'écria Sir William. Vous insistez pour suivre cette expédition ; ainsi soit-il ! Et je me lave les mains de toute l'affaire.

Ayant dit ces paroles, il fit volte-face, et donna l'ordre de lever le camp. Mylord, qui n'avait cessé de rôder autour de nous, s'approcha aussitôt de moi.

– Qu'est-ce qu'on fait ? dit-il.

– Vous aurez votre volonté, répondis-je. Vous allez voir la tombe.

L'emplacement de la tombe du Maître fut, entre guides, aisément déterminé ; car elle se trouvait toute proche d'un des repères principaux du Désert, une certaine rangée de hauteurs, remarquables par leur forme et leur altitude, et où prenaient leur source maints torrents tributaires du lac Champlain, cette mer intérieure. Il était donc possible de couper tout droit dans cette direction, au lieu de remonter la piste sanglante des fugitifs ; et nous couvririons en quelque seize heures de marche une distance que leurs méandres affolés avaient allongée à plus de

soixante. On laissa les bateaux sous bonne garde au bord du fleuve ;
mais il était probable qu'au retour nous les trouverions pris dans les
glaces ; et le petit équipement avec lequel nous entreprîmes notre
expédition comprenait, outre une quantité de fourrures destinées à nous
protéger du froid, un arsenal de raquettes pour nous rendre le voyage
possible, lorsque tomberait la neige inévitable. Notre départ fut entouré
des plus grandes précautions ; la marche conduite avec une sévérité
militaire ; le camp nocturne soigneusement choisi et gardé. Ce fut une
considération de cette espèce qui nous arrêta, le second jour, à quelques
cents yards seulement de notre but : – la nuit allait tomber, le lieu
où nous nous trouvions faisait un camp très convenable pour une troupe
de notre importance ; bref, Sir William se détermina soudain à nous
faire faire halte.

Devant nous s'élevait une haute chaîne de montagnes dont nous
n'avions cessé tout le jour de nous rapprocher en ligne plus ou moins
directe. Dès la première lueur de l'aube, leurs pics d'argent avaient
été notre point de direction dans une forêt enchevêtrée et marécageuse,
coupée de torrents farouches, et parsemée de rocs énormes ; – j'ai dit
les pics d'argent, car déjà, sur les hauteurs, la neige tombait chaque
nuit ; mais la forêt et les terrains bas ne subissaient que l'haleine du
givre. Tout le jour, le ciel avait été chargé de sinistres vapeurs à travers
lesquelles le soleil blafard luisait comme une pièce d'un shilling ; tout
le jour, le vent nous souffla sur la joue gauche, sauvagement froid, mais
très pur à respirer. Vers la fin de l'après-midi, toutefois, le vent tomba ;
les nuages, faute de recevoir de nouveaux renforts, se dissipèrent ou
se résorbèrent ; le soleil se coucha derrière nous avec une splendeur
hivernale, et la blanche crête des montagnes se teignit de son mourant
éclat.

Il faisait déjà noir quand nous eûmes à souper. On mangea en silence,
et, le repas à peine terminé, Mylord s'esquiva d'auprès du feu et gagna
les abords du camp, où je me hâtai de le suivre. Le camp était un lieu
élevé, dominant un lac gelé de peut-être un mille dans sa plus grande
dimension ; tout autour de nous, la forêt tapissait les creux et les
hauteurs ; dans le ciel se dressaient les blanches montagnes ; et,
au-dessus d'elles, la lune planait dans l'azur sombre. Il n'y avait pas
un souffle d'air ; pas une feuille ne remuait ; et les bruits de notre camp
étaient silenciés et absorbés par la paix environnante. A cette heure
où le soleil et le vent avaient l'un et l'autre disparu, il semblait presque
faire chaud comme un soir de juillet ; – singulière illusion des sens,
alors que l'air, la terre et l'eau étaient pris et contractés par l'intensité
du gel.

Mylord (ou l'être que je continuais à appeler de ce nom bien-aimé)
se tenait debout, le coude dans une main, le menton dans l'autre,
considérant devant lui l'étendue de la forêt. Mon regard suivit le sien,
et se reposa presque avec plaisir sur les pins chargés de givre, qui se
dressaient sur les monticules illunés, ou s'enfonçaient dans l'ombre des
ravines. Tout proche, me disais-je, était la tombe de notre ennemi, enfin

parti là où les méchants cessent de nuire, et la terre recouvrait pour toujours ses membres autrefois si actifs. J'enviais presque, en songeant à lui, son bonheur d'en avoir fini avec les inquiétudes et les fatigues humaines, ce quotidien gaspillage d'énergies, ce fleuve quotidien des contingences qu'il nous faut passer à la nage, à tout risque, sous peine de honte ou de mort. Je réfléchissais à la douceur d'en être quitte avec ce voyage ; et cette idée m'entraîna par la tangente vers Mylord. Pourquoi Mylord n'était-il pas mort aussi ? Mylord, soldat mutilé, attendant en vain son congé, dérisoirement resté sur le front de bataille ? Je le revoyais doux et sage, avec son honnête fierté, fils peut-être trop respectueux, mari trop aimant, sachant souffrir et se taire, celui dont j'aimais à serrer la main. Tout à coup la pitié me monta à la gorge dans un sanglot ; j'aurais volontiers pleuré tout haut de me le rappeler et de le voir là ; et, debout auprès de lui, sous la lune éclatante, je priai avec ferveur, demandant ou bien la délivrance pour lui, ou bien pour moi la force de persévérer dans mon affection.

« Oh ! mon Dieu, dis-je, cet homme était tout, à mes yeux comme aux siens, et voilà qu'à présent j'ai horreur de lui. Il n'a pas fait le mal, du moins avant d'être brisé par le chagrin. Ce sont ses blessures honorables qui nous font horreur. Oh ! cache-les, mon Dieu, ou reprends-le, avant que nous le haïssions ! »

J'étais ainsi replié sur moi-même, lorsqu'un bruit s'éleva soudain dans la nuit. Il n'était ni très fort ni très proche ; mais, rompant ce silence profond et prolongé, il émut le camp telle une fanfare de trompettes. Je n'avais pas repris mon souffle, que Sir William était auprès de moi, suivi de près par la plupart des voyageurs, tous prêtant l'oreille attentivement. Je crus, en jetant un coup d'œil par-dessus mon épaule, voir sur leurs joues une pâleur autre que celle de la lune : les rais de l'astre mettaient un reflet brillant sur les yeux de certains et l'ombre noire emplissait les orbites des autres (selon qu'ils levaient ou baissaient la tête pour écouter), de telle sorte que tout le groupe offrait un aspect étrange d'animation et d'inquiétude. Mylord était au-devant d'eux, à demi penché, la main levée comme pour imposer silence, – changé en statue. Et toujours les sons s'élevaient, renouvelés à perdre haleine sur un rythme précipité.

Soudain, Mountain parla, d'une voix haut-chuchotante et entrecoupée, comme celle d'un homme délivré.

– Je comprends tout, maintenant, dit-il ; et, chacun se tournant pour l'écouter, – l'Indien devait connaître la *cache*. C'est lui, lui en train de déterrer le trésor !

– Oui, c'est évident, s'écria Sir William. Quelles oies nous étions de ne l'avoir pas deviné !

– Pourtant, reprit Mountain, le bruit est tout proche de notre camp. Et, vrai, je ne vois pas de quelle façon il a pu y être avant nous, à moins qu'il n'ait des ailes !

– La cupidité et la peur sont des ailes, fit observer Sir William. Mais ce bandit nous a donné une alerte, et j'ai bonne envie de lui rendre la pareille. Que dites-vous, gentlemen, d'une chasse au clair de lune ?

La chose fut agréée ; on se disposa à prendre Secundra sur le fait ; quelques Indiens de Sir William partirent en avant ; et une forte garde étant laissée à notre quartier général, on se mit en marche sur le sol accidenté de la forêt. Le givre craquait, la glace éclatait parfois bruyamment sous le pied ; et nous avions sur nos têtes la noirceur de la pinède, et la clarté intermittente de la lune. Notre chemin descendit dans un creux, et à mesure que nous nous y enfoncions, le bruit diminuait, et il s'évanouit presque. L'autre versant était plus découvert, parsemé simplement de quelques pins et de gros rochers espacés, qui faisaient des ombres d'encre parmi le clair de lune. Là, le bruit recommença, plus distinct ; on discernait à présent la sonorité du fer, et on pouvait mieux apprécier la hâte frénétique que le piocheur apportait à manier son outil. Quand nous atteignîmes le haut de la montée, deux ou trois oiseaux s'envolèrent et se mirent à tournoyer, ombres noires dans le clair de lune. Un instant après, notre regard plongeait, à travers un rideau d'arbres, sur un spectacle singulier.

Un étroit plateau, dominé par les blanches montagnes, et enserré de plus près par les bois, étalait sa nudité sous l'irradiation de la pleine lune. Des équipements grossiers, de ceux qui constituent la richesse des forestiers, étaient épars çà et là sur le sol dans un désordre sans nom. Au milieu se dressait une tente roide de givre, dont la porte béait sur un intérieur noir. Vers une extrémité de cette scène minuscule, gisaient les restes défigurés d'un homme. Sans nul doute, nous avions atteint le campement de Harris ; c'étaient là les effets abandonnés dans la panique de la fuite ; sous cette tente, le Maître avait rendu le dernier soupir ; et ce cadavre gelé que nous voyions était le corps du savetier ivrogne. On est toujours ému d'arriver sur le théâtre d'un événement tragique : le fait d'y arriver après des jours écoulés, et de le trouver (grâce à l'isolement du désert) toujours dans l'état primitif, eût ému les plus insouciants. Et néanmoins ce ne fut pas ce fait qui nous pétrifia sur place, mais la vue (à laquelle nous nous attendions pourtant) de Secundra enfoncé jusqu'à la cheville dans la tombe de son défunt maître. Bien qu'il eût rejeté la plupart de ses vêtements, une sueur abondante reluisait au clair de la lune sur ses bras et ses épaules grêles ; ses traits étaient contractés par l'inquiétude et l'attente, ses coups résonnaient sur la tombe, lourds comme des sanglots ; et derrière lui, étrangement difforme et d'un noir d'encre sur le sol givré, son ombre répétait en la parodiant sa gesticulation précipitée. A notre arrivée, des oiseaux de nuit s'élevèrent des branches pour s'y reposer bientôt, mais Secundra, l'attention tout absorbée dans sa besogne, ne s'aperçut de rien.

J'entendis Mountain chuchoter à Sir William : « Bon Dieu ! c'est la tombe ! Il est en train de le déterrer ! » C'était ce que nous avions tous deviné ; mais je frémis de l'entendre formuler en paroles. Sir William sursauta violemment, et s'écria :

– Holà ! damné chien sacrilège ! Qu'est ceci ?

Secundra sauta en l'air, avec un léger cri étouffé, l'outil s'échappa de ses mains, et il resta ébahi devant son interpellateur. L'instant d'après, vif comme une flèche, il s'élança vers la forêt, mais presque aussitôt, levant les bras dans un geste de résolution véhémente, il retournait sur ses pas.

— Eh bien, alors, vous venir, vous aider... dit-il. Mais Mylord s'était avancé jusqu'auprès de Sir William ; la lune éclairait en plein ses traits ; et Secundra, avant même d'avoir fini sa phrase, distingua et reconnut l'ennemi de son maître. « Lui ! » hurla-t-il en se tordant les mains et se ramassant sur lui-même.

— Allons, allons, dit Sir William. Personne ici ne vous fera de mal, si vous êtes innocent ; et si vous êtes coupable, toute retraite vous est fermée. Répondez, que faites-vous ici, entre les tombes des morts et les cadavres sans sépulture ?

— Vous pas assassin ? demanda Secundra. Vous homme loyal ? Vous mettre moi en sûreté ?

— Je vous mettrai en sûreté si vous êtes innocent, répliqua Sir William. Je vous l'ai déjà dit ; et vous n'avez pas de raison d'en douter.

— Là tous assassins, s'écria Secundra, voilà pourquoi ! Lui tuer... assassin, — (et il désigna Mountain) — ces deux loue-assassins — (il désigna Mylord et moi-même) — tous assassins pour le gibet ! Ah ! je voir vous tous au bout d'une corde. Maintenant je vais sauver le sahib : il verra vous tous au bout d'une corde. Le sahib — (il désigna la tombe) — lui pas mort. Lui enterré, lui pas mort.

Mylord poussa un léger grognement, se rapprocha de la tombe, et ne la quitta plus des yeux.

— Enterré et pas mort ? exclama Sir William. Quelle stupidité nous racontez-vous là ?

— Voyez, sahib, dit Secundra. Le sahib et moi, seuls avec assassins ; essayer tous moyens d'échapper, aucun moyen bon. Alors essayer ce moyen : bon moyen pays chaud, bon moyen dans l'Inde ; ici dans cet endroit damnément froid, qui sait ? Je vous dis dépêchez-vous vite : vous aider, vous allumer un feu : aider frictionner.

— Qu'est-ce qu'il raconte là ? s'écria Sir William. La tête me tourne.

— Je vous dis, je enterrer lui vivant. Je enseigner lui avaler sa langue [1]. Maintenant déterrer lui, dépêchez-vous vite, et lui pas de mal. Vous allumer du feu.

Sir William se tourna vers les plus rapprochés de ses hommes.

---

1. On reconnaît ici le procédé qu'emploient les fakirs indiens pour obtenir l'espèce d'insensibilité léthargique dont l'extraordinaire prolongation fait l'étonnement des voyageurs. Il paraît bien avéré que certains fakirs, s'étant placés (à la suite d'un entraînement prolongé, il est vrai) dans cet état de vitalité ralentie (analogue au sommeil hivernal des marmottes, par exemple) se seraient fait enterrer sous une dalle dûment scellée, et auraient passé dans leur tombe momentanée les quelques mois nécessaires à laisser germer, pousser et venir à maturité la moisson du blé semé sur le terreau dont avait été recouverte la dalle. — Le réveil s'obtient par le massage prolongé, les lotions tièdes et la respiration artificielle, pratiquée de bouche à bouche.

— Allumez du feu, dit-il. Il paraît que mon sort est de ne rencontrer que des fous.

— Vous homme bon, répondit Secundra. Maintenant je déterre le sahib.

Tout en parlant il revint à la tombe et se remit à la besogne. Mylord semblait avoir pris racine, et moi, à son côté, je redoutais je ne savais quoi.

La gelée n'était pas encore très profonde, et bientôt l'Indien rejeta sa pioche, et se mit à retirer la terre à pleines mains. Puis il dégagea le pan d'une robe de buffle ; et puis je vis des cheveux pris entre ses doigts ; un instant plus tard, la lune brillait sur quelque chose de blanc. Alors Secundra s'accroupit sur les genoux, raclant avec ses doigts graciles, respirant les joues gonflées ; et quand il s'écarta un peu, je vis la face du Maître complètement dégagée. Elle était d'une pâleur mortelle, les yeux clos, les oreilles et les narines bouchées, les joues creusées, le nez aminci comme chez les morts ; mais, bien qu'il fût demeuré tant de jours sous terre, la décomposition ne l'avait pas atteint, et (ce qui nous fit à tous un effet étrange) ses lèvres et son menton étaient revêtus d'une barbe épaisse.

— Mon Dieu ! s'écria Mountain, il avait la figure lisse comme celle d'un bébé quand nous l'avons déposé là.

— On dit que le poil pousse sur les morts, fit observer Sir William : mais sa voix était faible et embarrassée.

Secundra, sans faire attention à nos remarques, creusait aussi vite qu'un chien dans la terre meuble. D'instant en instant les formes du Maître, enveloppées dans la robe de buffle, devenaient plus distinctes au fond du trou ; la lune éclairait fortement, et les ombres des assistants, selon qu'ils approchaient ou se reculaient, tombaient et passaient sur l'homme en train d'émerger. Le spectacle nous poignait d'une horreur inconnue. Je n'osais regarder Mylord au visage ; mais, tant que dura la chose, je ne le vis pas respirer une seule fois, et l'un des hommes, qui se tenait un peu en arrière (je ne sais qui), éclata en sanglots.

— Maintenant, dit Secundra, vous aider moi retirer lui dehors.

Du temps qui s'écoula, je n'ai pas la moindre idée ; ce fut peut-être durant trois heures, ou bien cinq, que l'Indien peina pour ranimer le corps de son maître. Je sais seulement qu'il faisait toujours nuit, et que la lune, non encore couchée, mais déjà très basse, barrait le plateau de longues ombres, quand Secundra poussa un léger cri de satisfaction. Je me penchai vivement, et crus distinguer une modification sur les traits glacés du déterré. Un instant plus tard, je vis battre ses paupières, puis elles se soulevèrent tout à fait, et ce cadavre d'une semaine me regarda en face durant quelques instants.

Qu'il ait montré ce signe de vie, je puis quant à moi en jurer. J'ai ouï dire à d'autres qu'il s'efforça visiblement de parler, que ses dents apparurent dans sa barbe, et que son front se plissa d'une sorte d'agonie douloureuse. Cela se peut, je ne sais, j'étais occupé ailleurs. Car sitôt que se furent ouverts les yeux du mort, Mylord Durrisdeer tomba sur le sol, et quand je le relevai, il n'était plus qu'un cadavre.

Le jour vint, sans que Secundra pût être encore dissuadé de renoncer à ses vains efforts. Sir William, laissant une petite troupe sous mes ordres, repartit dès la première aube pour accomplir sa mission et toujours l'Indien frictionnait les membres du corps mort et lui insufflait son haleine dans la bouche. On eût pensé que de tels efforts devaient donner la vie à un marbre ; mais, sauf cet unique moment (qui fut celui de la mort de Mylord), le noir esprit du Maître se refusa à rentrer dans l'argile qu'il avait abandonnée ; et vers l'heure de midi enfin, le fidèle serviteur lui-même en fut convaincu. Il accepta la chose avec une quiétude égale.

– Trop froid, dit-il. Bon moyen dans l'Inde, pas bon ici.

Puis, ayant réclamé quelque nourriture, qu'il dévora en affamé sitôt placée devant lui, il s'approcha du feu et prit place à mon côté. En ce lieu même, dès qu'il eut fini de manger, il s'étendit de son long, et s'endormit d'un sommeil d'enfant, dont il me fallut le réveiller, quelques heures plus tard, afin qu'il assistât aux doubles funérailles. Il ne se départit pas de sa conduite ; il semblait avoir oublié sur l'instant, et du même effort, son chagrin envers son maître et la terreur que Mountain et moi lui inspirions.

Un des hommes laissés avec moi savait un peu tailler la pierre ; et avant que Sir William fût revenu nous prendre, je fis graver sur un bloc de rocher cette inscription, dont la copie viendra tout à point clore ma narration :

J. D.

HÉRITIER D'UN GRAND NOM D'ÉCOSSE,

MAÎTRE DES ARTS ET EN TALENTS,

ADMIRÉ EN EUROPE, ASIE, AMÉRIQUE,

EN GUERRE COMME EN PAIX,

SOUS LA TENTE DES CHASSEURS SAUVAGES

ET DANS LES FORTERESSES DES ROIS, APRÈS AVOIR TANT

ACQUIS, ACCOMPLI ET SOUFFERT,

GÎT ICI OUBLIÉ.

H. D.

SON FRÈRE,

APRÈS UNE VIE DE SOUFFRANCES IMMÉRITÉES

BRAVEMENT SUPPORTÉES,

MOURUT PRESQUE À LA MÊME HEURE,

ET REPOSE DANS CE TOMBEAU

AVEC SON FRATERNEL ENNEMI.

LA PIÉTÉ DE SA FEMME

ET D'UN VIEUX SERVITEUR

A ÉLEVÉ UN MONUMENT

À TOUS DEUX.

ENLEVÉ !
OU LES AVENTURES DE DAVID BALFOUR I
(Kidnapped)

**Traduit de l'anglais
par Théo Varlet**

ENLEVÉ !

Mémoires sur les Aventures de

DAVID BALFOUR

en l'an 1715

Comment il fut enlevé et fit naufrage ; ses souffrances dans une île déserte ; son voyage dans les Highlands sauvages ; sa rencontre avec Alan Breck Stewart et d'autres célèbres Jacobites de la Haute Écosse ; avec tout ce qu'il a souffert du fait de son oncle Ebenezer Balfour de Shaws, ainsi appelé faussement. Écrits par lui et à présent publiés par

ROBERT LOUIS STEVENSON

PRÉFACE

Une île dont le trésor est l'amour

Enlevé ! (1886) et sa suite, *Catriona* (1893), forment le cycle des Aventures de David Balfour. Un ensemble beaucoup moins célèbre que *l'Ile au Trésor* (1882) et pourtant révélateur des progrès de l'écriture de Stevenson, et de la maturation d'un talent qui lui a permis de s'élever, en quatre ans, du roman pour la jeunesse au roman tout court.

Mutation accomplie sans que l'auteur ait eu à renoncer à la candeur et au lyrisme qui, berçant le récit de *l'Ile au Trésor,* en firent le succès. Comme dans celui-ci, le héros d'*Enlevé !* est un adolescent infortuné et courageux. Et son aventure s'inscrit encore dans les années 1750, un espace temporel cher à l'auteur et dans lequel il inscrira un autre de ses chefs-d'œuvre, *le Maître de Ballantrae.*

Stevenson a donné pour décor à *Enlevé* celui de son Écosse natale dont le passé le passionnait. L'Écosse de Walter Scott – traditions farouches, mystères et légendes, antagonismes secrets... Mais une Écosse aperçue à travers la sensibilité du grand poète de l'aventure que sera « Tusitala » (le conteur d'histoires) comme l'appelaient les indigènes des mers du Sud.

Enlevé ! déploie les sortilèges de l'aventure avec autant de magie que dans *l'Ile au Trésor ;* mais cette aventure s'insère dans un roman de mœurs combiné lui-même en roman historique. L'ensemble étant traversé de conjurations, de coups d'épée, d'enlèvements, de signes de reconnaissance (le bouton d'argent) et de malentendus.

Juin 1751 : un jeune orphelin s'en va à la rencontre de la vie un matin où les merles sifflent dans le jardin de la maison vide. Pour seules richesses dans sa poche : une bible, la recette de l'eau de lys (souveraine contre la goutte, la colique, les foulures) et l'adresse d'un oncle qui doit prendre soin de lui. Il le fera d'une étrange manière. Échappant aux tentatives homicides de ce parent cupide, il est séquestré par des pirates et pourchassé par une armée avant de reparaître à Edimbourg, le 24 août 1751, pour réclamer son héritage et le rang qui lui est dû.

Conçu à l'origine comme un roman historique, *Enlevé !* démarre comme un roman de mœurs à la Dickens et se transforme en un roman d'aventures où l'Histoire ne fournit plus que de simples repères. Tout bascule lorsque, pour échapper aux infortunes réservées par Dickens à un autre David, le jeune Balfour se fait jeter sur un bateau de pirates qui recueille un naufragé du nom d'Alan Breck.

Aussitôt c'est l'amitié, la révolte commune contre les pirates, l'évasion, une brève période de liberté abrégée par un malentendu et une longue fuite dans la bruyère. Pendant cette clandestinité commune, David découvre la clé de la vie – et la clé du livre : l'amitié. Amitié orageuse entre ces deux hommes trop pauvres pour ne pas être fiers – et même, en ce qui concerne Alan Breck : orgueilleux.

Partisan des Stuart et du roi Jacques III exilé en France, et se proclamant lui-même fils de roi à tout propos, Alan finit par agacer David qui, conscient du ridicule et de l'inconfort de leur situation, lui conseille d'aller plutôt se débarbouiller. Cette amitié entrelardée de reparties mordantes, le choc entre ces deux caractères ombrageux allaient bouleverser l'architecture du roman, les personnages échappant à l'auteur pour suivre leur propre logique.

Le fait divers authentique que l'auteur se proposait de romancer (le meurtre d'Appin dont le véritable Alan Breck fut soupçonné en raison de sa présence dans les parages) s'estompe au profit de l'étude des rapports psychologiques entre un aventurier banni bardé de médailles et de références généalogiques et un jeune orphelin qui, fort de sa victoire contre un oncle assassin et des pirates à sa solde, n'entendait pas s'en laisser conter par qui que ce soit.

Situation savoureuse et génératrice de tant de développements imprévus, que l'auteur doit se résigner à mettre un terme à son roman sans l'avoir vraiment achevé, tout en laissant espérer une suite possible. Il s'en expliquait ainsi en septembre 1886, peu après la fin de la publication en feuilletons : « Ce que vous dites des deux parties dans *Enlevé !,* personne ne l'a ressenti aussi douloureusement que moi. Je l'avais commencé à moitié pour le plaisir, à moitié pour faire bouillir la marmite ; et soudainement tout bascula. David et Alan s'échappèrent du canevas et je m'aperçus que j'étais dans un autre monde. »

Quant à l'impossibilité d'épuiser en un seul volume le sujet ainsi infléchi par les personnages, Stevenson s'en était déjà expliqué auprès de son propre père, en avril 1886.

« Le problème de David a été tranché aujourd'hui. Je vais laisser la porte ouverte à une suite, si le public s'y accroche, et cela sauvera du néant un tas de bons matériaux inemployés. [...] Que des lecteurs aussi exigeants que les Britanniques s'y accrochent, c'est plus que douteux ; je souhaite qu'ils le fassent, car je pourrais écrire facilement et avec plaisir un second volume... »

Le public s'accrocha, mais l'auteur... décrocha au profit d'autres travaux. Le second épisode des aventures de David Balfour ne parut qu'en 1893. Sept ans après le premier, et douze ans après le déclic nocturne qui entraîna la lente genèse de ce grand roman.

Ce déclic eut lieu en octobre 1881, à Davos dans les Alpes Suisses, d'où l'auteur écrivait à son père Thomas Stevenson. « La nuit dernière, dans mon lit, il m'est venu à l'esprit que je pourrais écrire l'assassinat de Red Colin – une histoire des domaines confisqués. J'ai tout ce qu'il me faut pour cela excepté : *Procès des fils de Rob Roy et Anecdotes,* Edimbourg, 1818, et le second volume du « Backwood Magazine ».

« Vous pourriez aussi monter dans ma chambre et donner un coup d'œil aux *Procès Criminels* d'Arnot et voir ses remarques sur cette affaire (le procès de James Stewart à Appin pour le meurtre de Campbell de Glenure, 1752). »

On reconnaît là le fait divers qui, par la proximité de la présence d'Alan, l'entraîna avec David dans une clandestinité commune et difficile. Ce crime devait à lui seul fournir la matière d'un roman écossais à la Walter Scott, dont l'auteur, emporté par ses personnages, s'éloigna. Sans ce bienheureux dérapage, il serait passé à côté du véritable sujet qui allait mettre cinq années à mûrir.

Pendant celles-ci Stevenson écrivit trois romans *(La Flèche noire, Prince Othon, L'Étrange cas du Dr Jekyll et de Mr. Hyde)* ; et des pièces de théâtre, en collaboration avec William Henley. Au cours de l'hiver 1884-1885, à Bournemouth, les deux amis accouchèrent de trois pièces : *Admiral Guinea, Beau Austin, Macaire.* Stevenson crut vraiment que sa voie n'était pas dans le roman mais dans le théâtre. Celui-ci ne partagea pas son point de vue...

Stevenson avait tracé le canevas d'une quatrième pièce : *The Hanging Judge* (il le réutilisera en 1894 pour un roman inachevé : *Hermiston le juge pendeur*). Mais devant le peu d'enthousiasme rencontré par les trois précédentes tentatives, Stevenson renonça à écrire *The Hanging Judge,* au profit d'un roman destiné au magazine « Young Folks », où le succès de *l'Ile au Trésor* rendait sa prose toujours la bienvenue.

En mars 1885, après quelques commentaires désabusés sur leurs perspectives théâtrales, il annonçait son repli stratégique à W. Henley. « Aussi vite que possible, je dois empoigner sérieusement *Enlevé !* ou sinon me passer de pain... »

Cette première mention du titre *Enlevé !* signifie que David Balfour a fait intrusion dans l'événement historique fixé par le meurtre d'Appin. Intrusion indispensable : le seul débouché qui puisse lui rapporter rapidement de l'argent, l'hebdomadaire « Young Folks », s'adressait aux adolescents. D'où la nécessité de donner la vedette – comme dans *L'Ile au Trésor* et *La Flèche Noire* – à un jeune garçon : le meurtre d'Appin sera vu et raconté par celui-ci. Stevenson s'est diverti à en faire l'un de ses ancêtres, en lui donnant le nom de Balfour, emprunté à la famille de sa mère.

L'utilisation comme narrateur-acteur d'un adolescent, et la nécessité de retracer ses origines et son intrusion vont déjà modifier l'éclairage du roman. En dépit du contexte historique d'*Enlevé !,* l'auteur pourra dire en avril 1886 que c'est, à cette date, celle de ses œuvres la plus riche en humanité et psychologie. Résultat dû à une double maturation : celle de l'auteur et celle du sujet.

Après sa lettre d'adieu au théâtre, adressée à Henley en mars 1885, et malgré l'urgence alimentaire invoquée, Stevenson laissa dormir, ou plutôt mûrir le sujet d'*Enlevé !* pendant plus de huit mois. Une lettre du 25 janvier 1886, à Thomas Stevenson, révèle que l'auteur parvenait au stade où, le sujet étant fixé, il convient de l'orner de détails et personnages secondaires propres à donner de la couleur. « La Société pour la propagation de la science chrétienne me fournit un catéchiste dont j'essaierai de faire l'homme adéquat. J'ai un autre catéchiste, l'aveugle voleur de grands chemins que j'ai transféré de Long Island à Mull. »

Thomas Stevenson s'intéressait de près au travail de son fils (ils avaient visité ensemble certains des lieux évoqués) et il le pourvoyait en suggestions et documents. C'est lui qui, dès 1881, dénicha à Inverness le document essentiel, comme nous l'apprend son fils dans une lettre d'août 1893 à Sidney Colvin. « ... Une brochure jacobite de laquelle David a été engendré en entier, et à laquelle je me sentais le devoir de rester fidèle. Je devrais la faire relier en velours frappé d'or, si j'avais la moindre gratitude ! et le plus beau de tout est que le nom de David Balfour n'y est mentionné nulle part. Un bel exemple de la genèse d'un livre ! »

A la même brochure *(The Trial of James Stewart for the Murder of Colin Campbell Factor of His Majesty on the Forfeited Estate of Ardshiel),* Stevenson a emprunté le personnage d'Alan Breck, expressément nommé, sa haine de Campbell, son physique et jusqu'à son costume. Il n'a ajouté – mais c'était l'essentiel – que son orgueil chatouilleux.

Le dernier feuilleton d'*Enlevé !,* en juillet 1886, laissait David Balfour à la porte d'une banque : la Société des Lins Britanniques. Il se morfondit pendant sept ans dans son antichambre avant de connaître l'amour et le mariage dans *Catriona* (1893).

Henry James, grand admirateur de Stevenson, se désolait de voir la destinée de David Balfour indéfiniment en suspens. Il fut le premier auquel l'auteur annonça – de Vailima, en octobre 1891 – « la seconde partie d'*Enlevé !* est enfin en chantier... ».

En février 1892, il précise à Sidney Colvin (futur éditeur de sa Correspondance et de ses Œuvres Complètes) qu'il en est au chapitre VIII, Alan Breck n'arrivant qu'au chapitre X. A J.M. Barrie enfin, il annonce, le 1er novembre 1892 : « Je viens juste de finir *David Balfour.* » C'est sous ce titre que le deuxième épisode parut de décembre 1892 à septembre 1893 dans le magazine américain « Atlanta ».

Catriona, titre définitif du deuxième épisode, est d'une tonalité différente du premier. Plus romantique, et plus sage à la fois, la clé du livre n'étant plus l'amitié et ses fougues aventureuses, mais l'amour et ses douces inquiétudes. C'est une magnifique étude de la naissance de l'amour chez l'adolescent. Une œuvre démentant – mais pour une fois seulement – le jugement de Henry James selon lequel les femmes n'avaient pas leur place dans l'œuvre de R.L. Stevenson : « Pourquoi un homme se marierait-il quand il peut faire tournoyer un sabre d'abordage ou chercher un trésor caché [1] ? »

On regrettera cependant de ne retrouver dans *Catriona* qu'un Alan Breck intermittent et assagi. Mais ce roman est le seul où R.L. Stevenson se soit résolu à pousser la destinée d'un adolescent jusqu'à sa conclusion logique : le mariage. Et c'est pourquoi le cycle de *David Balfour*, par sa continuité et par son écriture, se situe au-dessus de *La Flèche Noire* et de *l'Ile au Trésor* qui sont seulement des romans d'aventures (la qualification n'est en rien péjorative).

Robert Louis Stevenson ne s'y est pas trompé. Dès le 5 septembre 1893, il écrivait à Georges Meredith : « ... *Catriona,* dont je suis parfois tenté de penser que c'est ma meilleure œuvre. » Déjà dans une lettre à Marcel Schwob (19 janvier 1891), il mettait *Enlevé !* au même rang que *Le Maître de Ballantrae.* Ces trois titres représentent en effet, même s'ils ne sont pas les plus célèbres, ses trois chefs-d'œuvre.

Francis LACASSIN

---

1. Extrait de H. James : *Partial Portraits* (1888).

DÉDICACE

Mon cher Charles Baxter,

Si jamais vous lisez cette histoire, vous vous poserez probablement plus de questions que je ne me soucierais de fournir de réponses : comme, par exemple, comment il se trouve que le meurtre Appin ait eu lieu dans l'année 1751, comment les rochers de Torr ont glissé si près d'Earraid, ou pourquoi le compte rendu imprimé du procès est muet sur tout ce qui touche à David Balfour. Ce sont des noix qu'il n'est pas dans mes possibilités de casser. Mais si vous me mettez en cause sur le point de savoir si Alan est coupable ou innocent, je crois pouvoir défendre mon texte. A ce jour vous trouverez la tradition d'Appin nettement en faveur d'Alan. Si vous vous informez, vous pourrez même entendre dire que les descendants de l'« autre homme » qui a tiré le coup de feu sont encore aujourd'hui dans le pays. Mais le nom de cet autre homme, demandez autant que vous voudrez, vous ne l'apprendrez pas ; car le Highlander donne une valeur à un secret pour lui-même et pour l'exercice consistant, comme il convient, à le garder. Je pourrais continuer longtemps pour justifier un point et en reconnaître un autre indéfendable ; il est plus honnête de confesser immédiatement à quel point je suis peu accessible au désir d'exactitude. Ce n'est pas un ouvrage pour la bibliothèque de l'écolier, mais pour la salle de classe le soir en hiver, quand les devoirs sont terminés et qu'approche l'heure d'aller se coucher ; et l'honnête Alan, qui, de son temps, était un sinistre saltimbanque avaleur de feu, n'a pas dans ce nouvel avatar d'intention plus désespérée que de distraire un jeune gentleman de son « Ovide » et de l'emmener avec lui pour un instant dans les Highlands et le siècle dernier, et de le mettre ensuite au lit avec quelques images attrayantes à mêler à ses rêves.

Quant à vous, mon cher Charles, je ne vous demande même pas d'aimer ce conte. Mais quand il sera plus âgé, peut-être votre fils l'aimera-t-il. Il sera peut-être heureux de trouver le nom de son père sur la page de garde ; et en attendant, il me plaît de le faire figurer là, en souvenir de bien des jours qui furent heureux et de quelques autres (qui sont peut-être aujourd'hui aussi agréables à se remémorer) qui furent tristes. S'il est étrange pour moi de regarder en arrière, à la fois dans le temps et l'espace pour me reporter à ces aventures lointaines de notre jeunesse, cela doit être plus étrange pour vous qui suivez les mêmes rues – qui pouvez demain ouvrir la porte du vieux Spéculatif, où nous avons commencé à aller de pair avec Scott et Robert Emmet et le cher et obscur Macbean – ou qui pouvez tourner au coin de l'enclos où cette grande société, les L.J.R., tient ses réunions et boit sa bière assise sur les sièges de Burns et de ses compagnons. Je crois vous voir, vous déplaçant en plein jour, apercevant avec vos yeux naturels les endroits qui sont devenus pour votre compagnon une partie du décor de ses rêves. Comme dans les intervalles des affaires d'aujourd'hui, le passé doit éveiller des échos dans votre mémoire ! Que ces échos ne s'éveillent pas trop souvent sans qu'il s'y mêle d'amicales pensées de votre ami.

R.L.S.

I

Je me mets en route
pour le château de Shaws

Je commence le récit de mes aventures à une certaine matinée des premiers jours de juin, l'an de grâce 1751, celle où pour la dernière fois je fermai à double tour la porte de la maison paternelle. Le soleil brillait déjà sur les cimes des montagnes lorsque je descendis la route ; et quand j'atteignis le presbytère, les merles sifflaient dans les lilas du jardin, et la brume qui flottait dans la vallée au lever de l'aurore commençait à se dissiper.

M. Campbell, le ministre d'Essendean, m'attendait à la porte de son jardin. L'excellent homme me demanda si j'avais déjeuné. Je lui répondis que je n'avais besoin de rien. Alors il prit ma main entre les siennes, et la mit affectueusement sous son bras.

– Allons, Davie, mon petit, dit-il ; je vais vous accompagner jusqu'au gué, pour vous donner un pas de conduite.

Et nous nous mîmes en route silencieusement.

– Êtes-vous triste de quitter Essendean ? dit-il, après un temps.

– Ma foi, monsieur, dis-je, si je savais où je vais, ou ce qui doit advenir de moi, je vous répondrais ingénument. Essendean est un endroit sympathique, et j'y ai été assez heureux ; mais je n'en suis jamais sorti. Mon père et ma mère étant morts, je ne serais pas plus près d'eux à Essendean que dans le royaume de Hongrie ; et, à dire vrai, si je me croyais destiné à me perfectionner là où je vais, j'irais très volontiers.

– Bien, répliqua M. Campbell, très bien, Davie. C'est donc à moi de vous dire votre bonne aventure, autant que je sache. Après le décès de votre mère, lorsque votre père (ce digne et bon chrétien) commença sa dernière maladie, il me confia une lettre qui renferme, paraît-il, votre héritage. « Dès que je serai mort, dit-il, et que la maison et le mobilier seront vendus (et c'est chose faite, Davie), remettez cette lettre à mon fils, et envoyez-le au château de Shaws, non loin de Cramond. C'est là que je suis né, et c'est là que mon fils doit retourner. Mon fils est un garçon sérieux (dit votre père) ; il peut faire le voyage sans crainte, je n'en doute pas, et il sera bien reçu partout où il ira. »

— Le château de Shaws ! Qu'est-ce que mon père avait à voir avec le château de Shaws ?

— Ma foi, je ne saurais vous le dire, Mais le nom de cette famille, petit Davie, est celui que vous portez : Balfour de Shaws. C'est une maison ancienne, probe et respectable. Votre père, d'ailleurs, était un homme de savoir comme il convenait à sa situation ; il dirigeait son école mieux que n'importe qui ; et il n'avait pas non plus les manières ni le langage d'un simple magister ; car (vous vous en souvenez) j'étais heureux de l'avoir à la cure lorsque je recevais la noblesse ; et ceux de ma famille, les Campbell de Kilremont, les Campbell de Dunswire, les Campbell de Minch, et les autres, tous gentilshommes réputés, se plaisaient en sa compagnie. Enfin, pour vous mettre en possession de tous les éléments du problème, voici la lettre testamentaire elle-même, que notre frère défunt vous adressa de sa main.

Il me donna la lettre, qui portait ces mots : « A Ebenezer Balfour de Shaws, Esquire, en son château de Shaws, pour lui être remise par mon fils Davie Balfour. » Mon cœur battit violemment à la pensée de l'avenir grandiose qui s'ouvrait ainsi devant un garçon de dix-sept-ans, fils d'un magister de village dans la forêt d'Ettrick.

— Monsieur Campbell, bégayai-je, si vous étiez à ma place, iriez-vous ?

— A coup sûr, dit le ministre, j'irais, et tout de suite. Un vaillant garçon comme vous doit arriver à Cramond (qui est tout près d'Edimbourg) en deux jours de marche. Au pis-aller, en supposant que vos hautes relations (bien que vous leur soyez apparenté, il me semble) vous reçoivent mal, vous en serez quitte pour revenir sur vos pas, frapper à la porte du presbytère. Mais j'espère que vous serez bien reçu, comme votre pauvre père le prévoit, et que vous finirez par devenir un grand personnage... Et maintenant, mon petit Davie, avant votre départ, ma conscience m'ordonne de vous mettre en garde contre les dangers du monde.

Il chercha autour de lui un siège commode, avisa une grosse pierre sous un hêtre de la route, s'y installa en faisant une lippe sérieuse, et, comme le soleil tombait sur nous entre deux cimes, il étala, pour s'abriter, son mouchoir de poche sur son tricorne. Puis, l'index levé, il me mit en garde contre un grand nombre d'hérésies, qui ne me tentaient nullement, et m'exhorta à réciter attentivement mes prières et à lire la Bible. Ensuite, il me traça le tableau de la grande maison où j'allais m'introduire, et de la conduite que je devais garder avec ses hôtes.

— Soyez souple, Davie, dans les petites choses, dit-il. Souvenez-vous bien que, malgré votre bonne naissance, vous avez un passé rustique. Ne nous faites pas honte, Davie, ne nous faites pas honte ! Dans ce vaste château là-bas, avec toute cette domesticité, du plus grand au

plus petit, montrez-vous aussi fin, circonspect, prompt d'idées et lent
à parler que quiconque. Pour le *laird* [1]... souvenez-vous que c'est le
laird ; je ne vous en dit pas plus. C'est un plaisir que d'obéir à un laird ;
du moins pour la jeunesse.

– Oui, monsieur, peut-être ; en tout cas, je vous promets de faire
tous mes efforts.

– Voilà qui est bien dit, répliqua gaiement M. Campbell. Et
maintenant, venons-en à la matérielle, ou (pour faire un jeu de mots)
à l'immatérielle. J'ai ici un paquet qui contient quatre choses. (Il le
tira, tout en parlant, et non sans difficulté de la poche intérieure de
son habit.) De ces quatre choses, la première est votre dû légitime :
le petit pécule provenant des livres et du mobilier de votre père, que
j'ai rachetés dans le but de les revendre à bénéfice au magister son
remplaçant. Les trois autres sont des cadeaux que Mme Campbell et
moi serions heureux de vous voir accepter. Le premier, qui est rond,
vous servira surtout comme premier viatique ; mais, ô Davie, c'est une
goutte d'eau dans la mer : il vous aidera durant quelques pas, puis
s'évanouira comme la rosée du matin. Le second, qui est plat et carré,
et chargé d'écriture, vous accompagnera dans la vie comme un bon
bâton pour la route, et un bon oreiller pour votre tête dans les maladies.
Et quant au dernier, qui est cubique, il vous aidera, et c'est l'objet de
mes prières, à passer dans un monde meilleur.

Là-dessus, il ôta son chapeau, et se mit à prier à haute voix et en
termes émouvants, pour un jeune homme qui s'en allait vers le monde ;
puis soudain il m'attira contre lui et m'embrassa très fort ; puis me
tenant à bout de bras, il me regarda d'un visage qui luttait contre la
tristesse ; et puis faisant une pirouette et me criant : bon voyage, il
s'en retourna par où il était venu, mi-trottinant, mi-courant. Il y avait
de quoi rire pour tout autre ; mais je n'avais nulle envie de rire. Je
le suivis des yeux aussi longtemps qu'il fut visible et il ne cessa de se
hâter, sans se retourner une seule fois. Je compris alors qu'il avait du
chagrin de mon départ ; et ma conscience me fit d'amers reproches parce
que, de mon côté, j'étais au comble de la joie de quitter ce paisible
coin rustique, pour m'en aller vers une grande maison animée, chez
des nobles riches et respectés, et de mon nom et de mon sang.

« Davie, Davie, me dis-je, fut-il jamais si noire ingratitude ? Se peut-il
que le seul prestige d'un nom te fasse oublier bienfaits et amis anciens ?
Fi ! rougis donc ! »

Je m'assis sur la pierre que venait de quitter le brave homme, et
j'ouvris le paquet afin d'examiner mes cadeaux. Celui qu'il appelait
cubique ne m'avait pas inspiré de doutes : je savais que c'était cette
petite Bible de poche. Celui qu'il appelait rond était une pièce d'un
shilling. Le troisième, destiné à m'aider si merveilleusement toute ma

---

1. Titre du *lord,* en Écosse.

vie, en santé comme en maladie, était une petite feuille de gros papier jauni, qui portait écrite à l'encre rouge la formule suivante :

Pour confectionner l'eau de lis de la vallée

— Prendre des fleurs de lis de la vallée, les mettre dans un sachet et faire infuser. Boire une cuillerée ou deux selon le cas, de cette infusion. Elle rend la parole aux muets par paralysie de la langue. Elle est bonne contre la goutte ; elle ranime le cœur et fortifie la mémoire ; et si l'on met les fleurs dans un flacon bien bouché que l'on dépose dans une fourmilière pendant un mois, on trouve, en les retirant, un suc provenant des fleurs, que l'on garde dans une fiole. Ce suc est bon, en maladie comme en santé, et aux hommes comme aux femmes...

Plus bas, le ministre avait ajouté, de sa main :

Pour les foulures également frottez-en la partie malade ; et pour la colique, une grande cuillerée toutes les heures.

A coup sûr, je ris de ces naïvetés ; mais ce fut d'un rire mal assuré ; et je me hâtai de mettre mon paquet au bout de mon bâton pour aller passer le gué et gravir la colline de l'autre rive. Bientôt, en arrivant sur l'herbeuse route charretière qui traverse la lande, j'aperçus pour la dernière fois l'église d'Essendean, les arbres entourant la cure, et les grands cyprès du cimetière où mon père et ma mère étaient enterrés.

II

J'arrive au terme de mon voyage

Dans la matinée du second jour, en arrivant au haut d'une côte, je découvris tout le pays qui s'étalait devant moi, s'abaissant jusqu'à la mer. Au milieu de cette descente, sur une longue colline, la ville d'Edimbourg fumait comme un four à chaux. Un pavillon flottait sur le château, et des navires circulaient ou étaient à l'ancre dans le *firth* [1], c'étaient les seuls objets que, malgré la distance, je distinguais nettement ; et leur vue m'inspira un soudain regret de mon pays natal.

Peu après, j'arrivai devant une chaumière habitée par un berger, qui m'indiqua en gros la route de Cramond ; et, de proche en proche, je m'acheminai vers l'ouest de la capitale, par Colinton, et débouchai enfin sur la grande route de Glasgow. Là, j'eus l'agréable surprise de

---

1. Les *firths* sont des golfes étroits et profonds, analogues aux fjords de Norvège, qui indentent le littoral de l'Écosse. Dans le nord de ce pays, on les appelle *lochs*.

rencontrer un régiment qui marchait à la fois de tous ses pieds suivant
la cadence des fifres, précédé par un vieux général à figure rouge monté
sur un cheval gris, et suivi d'une compagnie de grenadiers, coiffés de
bonnets de pape. L'orgueil de vivre m'emplit la cervelle, à voir les habits
rouges et à entendre leur musique joyeuse.

Un peu plus loin, on me dit que j'étais sur la paroisse de Cramond,
et je commençai à m'informer du château de Shaws. Ce nom paraissait
surprendre ceux à qui je demandais mon chemin. Je me figurai d'abord
que mon apparence rustique et la simplicité de mon costume tout
poudreux s'accordaient mal avec la grandeur de l'endroit en question.
Mais après avoir, deux ou trois fois, reçu la même réponse, faite du
même air, je finis par comprendre que c'était le nom même de Shaw
qui les interloquait.

Afin de me tranquilliser, je tournai ma question autrement ; et avisant
un brave homme assis sur le brancard de sa charrette, qui débouchait
d'une traverse, je lui demandai s'il connaissait une maison appelée le
château de Shaws.

Il arrêta son cheval et me regarda ainsi que les autres.

— Oui, dit-il. Pourquoi ?

— Est-ce un grand château ?

— Sans doute. C'est un très grand château.

— Oui, mais les gens qui l'habitent ?

— Les gens ? s'écria-t-il. Êtes-vous fou ? Il n'y a pas de gens là – ce
qu'on appelle des gens.

— Comment ! Et M. Ebenezer ?

— Ah ! si ! dit l'homme ; il y a le laird, si c'est lui que vous cherchez.
Que pouvez-vous bien lui vouloir, l'ami ?

— Je m'étais laissé dire que je trouverais une place chez lui, dis-je,
m'efforçant de prendre un air modeste.

— Hein ! s'écria le charretier, d'un ton si perçant que son cheval en
tressaillit ; puis plus doucement :

— Ma foi, l'ami, ce ne sont pas mes affaires ; mais vous me semblez
un garçon raisonnable ; et si vous voulez m'en croire, vous passerez
au large de Shaws.

L'individu que je rencontrai ensuite était un sémillant petit homme
à perruque blanche, que je reconnus pour un barbier en tournée ; et,
sachant que les barbiers sont grands bavards, je lui demandai tout à
trac quel genre d'homme était M. Balfour de Shaws ?

— Tut ! tut ! dit le barbier ; ce n'est pas un homme ; non, pas un
homme du tout.

Et il m'interrogea fort curieusement sur mes affaires ; mais je lui tins
tête comme il le faut, et il s'en alla chez son prochain client sans être
mieux renseigné.

Je ne saurais exprimer quel coup tout cela portait à mes illusions.
Plus vagues étaient les accusations, moins elles m'agréaient, car elles
laissaient le champ libre à l'imagination. Que pouvait bien avoir ce grand
château, pour que chacun, dans la paroisse, tressautât et me regardât

dans le blanc des yeux, lorsque je lui en demandais le chemin ? Quel était donc ce gentilhomme, dont la mauvaise réputation courait ainsi les routes ? Si j'avais pu regagner Essendean en une heure de marche, j'aurais abandonné sur-le-champ l'aventure, pour retourner chez M. Campbell. Mais l'ayant déjà poussée aussi loin, le simple amour-propre m'interdisait d'y renoncer avant une épreuve plus décisive ; j'étais forcé, par respect humain, d'aller jusqu'au bout ; et, malgré mon déplaisir de ces insinuations, malgré les lenteurs croissantes de mon avance, je persistai à demander mon chemin et continuai d'avancer.

Le soleil allait se coucher, lorsque je rencontrai une grosse femme brune, l'air acerbe, qui descendait lourdement la côte. Cette femme, lorsque je lui posai la question habituelle, fit volte-face, me raccompagna jusqu'au haut de la montée qu'elle venait de descendre, me désigna un grand bâtiment massif qui s'élevait isolé dans une prairie au fond de la vallée voisine. Le pays d'alentour était agréable, ondulé de collines basses, joliment irrigué et boisé, et couvert de moissons que je jugeai admirables ; mais le château lui-même semblait une ruine ; aucun chemin n'y conduisait ; nulle fumée ne montait de ses cheminées ; il n'y avait pas trace de parc. Mon cœur se serra.

– Ça ! m'écriai-je.

Le visage de la femme s'éclaira d'une colère mauvaise.

– Oui, c'est ça, le château de Shaws ! s'écria-t-elle. Le sang l'a bâti ; le sang l'a maçonné ; le sang l'abattra ! Voyez ! s'écria-t-elle encore – je crache par terre, et je lui fais les cornes. Noire soit sa chute ! Si vous voyez le laird, répétez-lui ce que vous entendez ; redites-lui que cela fait la douze cent dix-neuvième fois que Jennet Clouston a appelé la malédiction du ciel sur lui et sa maison, communs et écuries, homme, hôte et maître, femme, fille ou fils... Noire, noire soit leur chute !

Et la femme, dont le ton s'était haussé à une sorte d'incantation modulée, se retourna d'un bond, et disparut. Je restai cloué sur place, les cheveux hérissés. En ce temps-là, on croyait encore aux sorcières, leurs malédictions faisaient trembler ; et d'avoir vu celle-ci se rencontrer tellement à point comme un mauvais augure me détournant de pousser plus loin, – mes jambes se dérobèrent sous moi.

Je m'assis, contemplant le château de Shaws. Plus je la regardais, plus je trouvais jolie la campagne environnante. Elle était toute parsemée de buissons d'épine en fleur ; les troupeaux paissaient dans les prairies ; des freux volaient dans le ciel ; tout révélait une terre et un climat heureux ; et néanmoins la bâtisse qui se dressait là-bas me faisait une impression lugubre.

Tandis que j'étais assis au bord du fossé, des paysans passèrent, qui revenaient des champs, mais le courage me manqua pour leur donner le bonsoir. A la fin, le soleil se coucha, et alors, je vis s'élever sur le ciel jaune un filet de fumée, guère plus gros, me semblait-il, que la fumée d'une chandelle ; néanmoins, elle était là, et représentait du feu, de la chaleur, de la cuisine, et un vivant pour l'allumer. J'en fus réconforté.

Je me mis en route au long d'un sentier à peine visible sur l'herbe, qui conduisait dans cette direction. Il était bien minime pour être le seul accès d'un endroit habité ; pourtant, je n'en voyais pas d'autre. J'arrivai bientôt à des pilastres de pierre, auprès desquels s'élevait une loge de portier sans toit, mais surmontée d'un blason. Évidemment, on avait eu l'intention de construire là un grand portail ; mais il était resté inachevé : au lieu de portes de fer forgé, une couple de fascines étaient liées transversalement d'un tortil de paille ; et comme le parc n'avait pas de murs, ni aucune trace d'avenue, la piste que je suivais contournait le pilastre de droite, et s'avançait sinueusement vers le château.

L'aspect de celui-ci devenait plus sinistre à mesure que j'approchais. On eût cru voir l'aile unique d'une maison inachevée. Ce qui eût dû être l'extrémité centrale de l'aile était béant par les étages supérieurs, et profilait sur le ciel ses escaliers coupés et les assises tronquées de sa maçonnerie. Beaucoup de fenêtres n'avaient pas de carreaux, et les chauves-souris pénétraient dans la maison et en sortaient comme des pigeons d'un pigeonnier.

La nuit tombait, et trois des fenêtres d'en bas, qui étaient très hautes et étroites, et solidement grillées, s'éclairaient déjà des lueurs vacillantes d'un modeste foyer.

Était-ce donc là le palais que je croyais rencontrer? Était-ce entre ces murs que j'allais trouver de nouveaux amis et commencer une vie de haute fortune? En vérité, dans la maison de mon père à Essen-Waterside, le feu se voyait d'un mille loin, avec sa brillante clarté, et la porte s'ouvrait à tout mendiant qui frappait.

Je m'avançai avec défiance et, en prêtant l'oreille, j'entendis un bruit d'assiettes entrechoquées, et aussi une petite toux sèche et répétée, qui revenait par quintes; mais pas un bruit de voix, pas un aboiement de chien.

La porte, autant que j'en pus juger dans la demi-obscurité, consistait en un panneau de bois tout hérissé de clous. Je levai le bras, tandis que mon cœur défaillait sous ma jaquette, et je frappai une fois. Puis je restai à écouter. Un silence de mort régnait dans la maison. Une minute entière, il n'y eut que le bruit léger des chauves-souris, en l'air. Je frappai une seconde fois, et tendis l'oreille de nouveau. Mon ouïe s'était alors si bien adaptée au silence que je percevais de la maison le tictac lent de l'horloge qui comptait les secondes; mais l'habitant, quel qu'il fût, gardait une immobilité de mort, et devait même retenir son souffle.

J'ai presque tenté de m'encourir ; mais la colère me retint, et je me mis, en place, à faire pleuvoir une grêle de coups de pied et de poing sur la porte, et à appeler à grands cris M. Balfour. J'étais en plein travail, lorsque la toux se fit entendre au-dessus de moi. Je sautai en arrière et, levant la tête, vis une figure d'homme en bonnet de nuit, et la gueule évasée d'un tromblon, à une fenêtre du premier étage.

– Il est chargé, dit une voix.

– J'apporte une lettre, dis-je, pour M. Ebenezer Balfour de Shaws. Est-il ici ?

– De qui, la lettre ? demanda l'homme au tromblon.

– Cela ne vous regarde pas, dis-je, car j'étais de plus en plus irrité.

– Bon, répliqua-t-il, posez-la sur le seuil, et allez-vous-en.

– Jamais de la vie ! m'écriai-je. Je la remettrai en mains propres à M. Balfour, ainsi que je le dois. C'est une lettre d'introduction.

– Une quoi ? cria la voix, vivement.

Je répétai ce que je venais de dire.

– Qui êtes-vous donc, vous-même ? questionna-t-on enfin, après une pause considérable.

– Je ne rougis pas de mon nom. On m'appelle David Balfour.

A ces mots, je suis sûr que l'homme tressaillit, car j'entendis le tromblon heurter l'appui de la fenêtre ; et ce fut après un silence prolongé, et avec un singulier changement de ton, que l'on me posa cette question :

– Est-ce que votre père est mort ?

La surprise me coupa la respiration, et il me fut impossible de répondre. Je demeurai béant.

– Oui, reprit l'homme, c'est qu'il est mort, il n'y a pas de doute ; et voilà pourquoi vous venez démolir ma porte... (Encore une pause, et puis, avec méfiance :) – Allons, l'ami, je vais vous faire entrer.

Et il disparut de la fenêtre.

III

Je fais connaissance de mon oncle

Il se fit alors un grand riqueraque de chaînes et de verrous, la porte fut ouverte précautionneusement, et refermée derrière moi sitôt que je l'eus franchie.

– Allez dans la cuisine, et ne touchez à rien, dit la voix ; tandis que l'hôte de la maison s'occupait à réassujettir les défenses de la porte, je m'avançai à tâtons jusque dans la cuisine.

A la lueur du feu qui brûlait assez clair, je distinguai la chambre la plus nue que j'aie jamais vue. Une demi-douzaine de plats garnissaient l'étagère ; il y avait sur la table, pour le souper, une jatte de *porridge* [1], une cuiller de corne, et un gobelet de petite bière. En dehors des objets susdits, rien, sous la voûte de pierre de cette grande salle vide, que des coffres fermés à clef et alignés le long du mur, et un buffet d'angle à cadenas.

---

1. Bouillie cuite, généralement de farine d'avoine.

Sitôt la dernière chaîne en place, l'homme me rejoignit. C'était un individu de taille moyenne, rond de dos, étroit d'épaules, au visage terreux, et qui pouvait avoir aussi bien cinquante ans que soixante-dix. Son bonnet de nuit était de flanelle, comme la robe de chambre qu'il portait en guise d'habit et de gilet, sur sa chemise en loques. Il ne s'était pas rasé depuis longtemps ; mais ce qui me gênait surtout et m'intimidait, c'est qu'il ne voulait ni détourner les yeux de moi ni me regarder en face. Quels étaient son emploi ou sa condition, il m'était impossible de le deviner ; mais il avait plutôt l'air d'un vieux propre à rien de domestique, laissé à la garde de cette grande maison, moyennant la table et le couvert.

– Avez-vous faim ? demanda-t-il, le regard au niveau de mon genou. Voulez-vous cette goutte de porridge ?

Je lui exprimai ma crainte que ce fût là son propre souper.

– Oh ! dit-il ; je puis fort bien m'en passer. Je me contenterai de l'ale, pour humecter ma toux.

Il but environ la moitié du gobelet, sans me quitter des yeux ; puis soudain il avança la main :

– Voyons cette lettre.

Je lui dis que la lettre était pour M. Balfour, et non pour lui.

Et qui croyez-vous donc que je suis ? dit-il. Donnez-moi la lettre d'Alexandre !

– Vous savez le nom de mon père ?

– Ce serait drôle que je ne le sache pas, car c'était mon frère ; et, bien que vous n'ayez pas l'air de nous aimer beaucoup, ni moi, ni ma maison, ni mon excellent porridge, je suis votre oncle, Davie mon ami, et vous mon neveu. Ainsi, donnez cette lettre, asseyez-vous, et mangez.

Si j'avais été plus jeune d'un an ou deux, je crois bien que la honte et l'amertume de la déception m'auraient fait fondre en larmes. En tout cas, je ne pus trouver un mot, et me contentai de lui passer la lettre ; puis je m'assis devant le porridge, sans aucun appétit, malgré mon âge.

Cependant, mon oncle, penché sur l'âtre, tournait et retournait la lettre entre ses doigts.

– Savez-vous ce qu'elle contient ? demanda-t-il, soudain.

– Vous voyez bien, monsieur, que le cachet est intact.

– Oui, mais qu'est-ce que vous venez faire ici ?

– Vous donner la lettre.

– Non, dit-il d'un air rusé, vous avez dans doute quelque espérance.

– J'avoue, dis-je, qu'en apprenant que j'avais des parents à leur aise, j'ai nourri d'espoir d'en être secouru. Mais je ne suis pas un mendiant ; je ne vous demande rien, et ne veux aucune faveur qui ne me soit accordée spontanément. Car, si pauvre que je semble, j'ai des amis qui seront trop heureux de me venir en aide.

– Ta ! ta ! ta ! fit l'oncle Ebenezer, ne vous fâchez donc pas avec moi. Nous nous entendrons fort bien. Et sur ce, Davie, mon ami, si vous avez fini du porridge, j'en tâterai moi aussi un peu. Oui, continua-t-il, après m'avoir repris l'escabeau et la cuiller, – c'est une bonne et saine nourriture... c'est une admirable nourriture que le porridge. (Il marmotta un bout de bénédicité, et attaqua.) Votre père aimait beaucoup la viande, je m'en souviens ; il était gourmet, sinon gourmand ; mais moi, je ne fais guère que grignoter.

Il but une gorgée de petite bière, ce qui lui rappela sans doute les devoirs de l'hospitalité, car ses paroles suivantes furent :

— Si vous avez soif, vous trouverez de l'eau derrière la porte.

Je ne répondis pas à mon oncle, mais restai campé sur mes deux pieds, à le regarder de haut, le cœur plein de colère. De son côté, il mangeait comme quelqu'un de pressé, et jetait des coups d'œil furtifs tantôt sur mes souliers, tantôt sur mes bas rustiques. Une seule fois, où il hasarda plus haut son regard, nos yeux se rencontrèrent ; et un voleur pris la main dans le sac n'aurait pas laissé voir malaise plus intense. Cela me fit rêver, et je me demandai si sa timidité venait d'un manque trop prolongé de société, et si je ne pourrais pas, avec un peu d'effort, l'amener à disparaître, et changer ainsi mon oncle en un tout autre homme. Je fus rappelé à moi par sa voix aigre.

— Votre père est mort depuis longtemps ?

— Trois semaines, monsieur.

— C'était un renfermé, qu'Alexandre, — un renfermé, un silencieux. Il ne parlait déjà pas beaucoup étant jeune. Vous a-t-il dit grand-chose de moi ?

— Je ne savais même pas, monsieur, avant que vous me l'ayez dit, qu'il eût un frère.

— Mon Dieu, mon Dieu ! dit Ebenezer. Et non plus de Shaws, je suppose ?

— J'en ignorais même le nom, monsieur, dis-je.

— Quand j'y pense ! dit-il. Quel singulier caractère !

Néanmoins, il avait un air étrangement satisfait, mais était-ce de lui, ou de moi, ou de la conduite de mon père, impossible de le discerner. Mais d'évidence, il paraissait bien surmonter cette antipathie et ce mauvais vouloir qu'il avait manifesté dès l'abord à l'encontre de ma personne ; car il se leva soudain, traversa la pièce, et vint me donner une tape sur l'épaule.

— Nous nous entendrons ! s'écria-t-il. Je suis ma foi bien aise de vous avoir fait entrer... Et maintenant, allez vous coucher.

A ma surprise, sans allumer ni lampe ni chandelle, il me précéda dans le corridor, s'avançant à tâtons dans les ténèbres, et respirant très fort. Nous montâmes un escalier, et il s'arrêta devant une porte, qu'il ouvrit. J'étais sur ses talons, l'ayant suivi de mon mieux tout trébuchant ; mais alors il me dit d'entrer, et que c'était là ma chambre. Je lui obéis, mais au bout de quelques pas je m'arrêtai et lui demandai une lumière pour y voir à me coucher.

— Tu ! tu ! dit l'oncle Ebenezer, il y a de la lune assez.

— Ni lune, ni étoiles, monsieur, il fait noir comme dans un four, dis-je ; je ne trouve pas le lit.

— Tu ! tu ! tu ! tu ! dit-il. Des lumières dans une maison, je n'aime pas ça du tout. J'ai trop peur des incendies. La bonne nuit, David, mon ami.

Et sans plus me laisser le temps de protester il tira la porte, et je l'entendis tourner la clef de l'extérieur.

Je ne savais si je devais rire ou pleurer. Cette chambre était une vraie glacière, et le lit, que je découvris enfin, humide comme un trou à tourbe ; mais j'avais heureusement apporté mon ballot et mon plaid, et me roulant dans celui-ci, je m'étendis sur le parquet, tout contre le bois de lit, et ne tardai pas à m'endormir.

Aux premières lueurs du jour, j'ouvris les yeux pour me retrouver dans une grande chambre, tendue de cuir gaufré, garnie de beaux meubles de brocart, et éclairée par trois grandes fenêtres. Dix ans plus tôt, ou mieux vingt, cette chambre devait être aussi plaisante que possible à qui s'y endormait ou s'y éveillait ; mais l'humidité, la poussière, l'abandon, les souris et les araignées avaient fait de la besogne depuis lors. Un certain nombre de vitres, aussi, étaient cassées ; et du reste il en allait de même pour toute la maison, au point que je soupçonne mon oncle d'avoir, à une époque donnée, soutenu un siège contre ses voisins furieux, – menés peut-être par Jennet Clouston.

Cependant, le soleil brillait au-dehors ; et comme j'avais très froid dans cette malheureuse chambre, je heurtai et criai, tant que mon geôlier vint me délivrer. Il m'emmena derrière la maison, où il y avait un puits avec un seau, et me dit que je pouvais « m'y laver la figure si je le désirais ». Quand j'eus fait, je retrouvai le chemin de la cuisine, où il avait allumé le feu et préparait le porridge. Il y avait sur la table deux jattes et deux cuillers de corne, mais la même unique mesure de petite bière. Mes yeux durent se fixer sur ce détail avec quelque surprise, et mon oncle dut s'en apercevoir ; car il sembla répondre à ma pensée, en me demandant si je tenais à boire « de l'ale » – comme il disait.

Je lui répondis que c'était en effet mon habitude, mais qu'il n'avait pas à se mettre en frais.

– Non, non, dit-il, il faut ce qu'il faut.

Il prit dans le buffet un deuxième gobelet, puis, à ma grande surprise, au lieu de tirer de la bière, il versa dans l'un des gobelets tout juste la moitié de l'autre. Il y avait dans ce geste une sorte de noblesse qui me coupa la respiration. Certes, mon oncle était avare, mais il l'était de façon si parfaite que son vice en devenait quasi respectable.

Notre repas terminé, mon oncle Ebenezer ouvrit un tiroir, y prit une pipe en terre et une carotte de tabac, dont il coupa la dose voulue avant de la remettre sous clef. Puis il s'assit au soleil qui pénétrait par l'une des fenêtres, et fuma en silence. De temps à autre, ses yeux venaient rôder autour de moi, et il me lançait quelque question. Une fois, ce fut : « – Et votre mère ? » et sur ma réponse qu'elle aussi était morte, « – Oui, c'était une brave femme ! » Puis, après un nouveau silence, « – Quels sont donc ces amis à vous ? »

Je lui racontai que c'étaient divers gentlemen du nom de Campbell. En réalité, un seul, c'est-à-dire le ministre, avait jamais fait attention à moi ; mais je commençais à croire que mon oncle ne m'estimait pas suffisamment, et, me trouvant seul avec lui, je ne voulais pas lui laisser imaginer que j'étais abandonné de tous.

Il parut réfléchir ; puis :

– Davie mon ami, dit-il, vous avez eu là une bonne inspiration, de venir chez votre oncle Ebenezer. J'estime beaucoup la famille ; et je me conduirai comme il faut avec vous ; mais jusqu'à ce que j'aie découvert à quoi il sied de vous mettre, – magistrature, théologie, ou bien carrière militaire, pour laquelle les jeunes gens ont tant de goût, – je ne voudrais pas voir rabaisser les Balfour devant ces Campbell du Highland, et je vous prierai de tenir votre langue. Pas de lettres ; pas de messages ; pas un seul mot à personne ; ou bien... voici ma porte.

– Oncle Ebenezer, dis-je, je n'ai aucune raison de croire que vous me voulez autre chose que du bien. Malgré cela, je tiens à vous dire que j'ai aussi ma fierté. Ce n'est pas de mon propre mouvement que je suis venu vous trouver ; et si vous me montrez encore la porte, je vous prends au mot.

Il sembla tout décontenancé.

– Ta ! ta ! ta ! ne vous emportez pas ! Laissez-moi un jour ou deux. Je ne suis pas sorcier, pour vous découvrir une fortune au fond d'une jatte de porridge ; mais laissez-moi seulement un jour ou deux, et ne dites rien à personne, et, aussi sûr que je vis, je ferai pour vous ce qui est juste.

– Très bien, cela suffit. Si vous avez l'intention de m'aider, nul doute que j'en serai fort aise, et nul doute que je vous en aurai de la reconnaissance.

Il me sembla (trop tôt, je l'avoue) que je prenais le dessus avec mon oncle ; et je me mis tout de suite à exiger que mon lit et les draps fussent aérés et séchés au soleil ; car pour rien au monde je ne coucherais dans un pareil fumier.

– Est-ce ici ma maison, ou bien la vôtre ? dit-il de sa voix perçante ; mais aussitôt il se reprit : Non, non, ce n'est pas cela que je veux dire. Ce qui m'appartient vous appartient, David mon ami, et ce qui est à vous est à moi. « Le sang est plus épais que l'eau » ; et nous sommes seuls, vous et moi, à porter le nom.

Et là-dessus il divagua sur sa famille, et sa grandeur passée, et comme quoi son père avait entrepris d'agrandir la maison, et que lui-même avait arrêté les travaux comme un vain gaspillage... Ceci me rappela de lui faire la commission de Jennet Clouston.

– La boiteuse ! s'écria-t-il. Douze cent quinze fois ? C'est le nombre de jours qui se sont écoulés depuis que je l'ai fait vendre ! Parbleu, David, je la ferai rôtir sur la tourbe rouge avant de trépasser. C'est une sorcière !... une sorcière avérée ! Je veux tout de suite en parler au greffier des Assises !

Là-dessus, il ouvrit un coffre, et en tira un très vieil habit bleu avec son gilet, bien conservés, et un assez beau chapeau de castor, également sans dentelle. Il les revêtit ; puis, ayant pris une canne dans le buffet, il referma tout à clef. Il allait sortir, quand une idée l'arrêta.

– Je ne puis cependant vous laisser seul dans la maison, dit-il. Il va falloir que je vous enferme...

Le sang me monta au visage.

– Si vous m'enfermez, dis-je, vous m'aurez vu comme ami pour la dernière fois.

Il devint très pâle et se mordit les lèvres.

– Ce n'est pas le moyen, dit-il en considérant rageusement un angle du parquet, ce n'est pas le moyen de gagner mes bonnes grâces, David.

– Monsieur, malgré le respect dû à votre âge et à notre sang commun, je ne fais pas cas de vos bonnes grâces pour un rouge liard. On m'a appris à avoir bonne opinion de moi-même, et seriez-vous dix fois le seul oncle et l'unique famille que j'aie au monde, je n'achèterais pas votre faveur à ce prix.

L'oncle Ebenezer alla à la fenêtre et regarda une minute au-dehors. Je le voyais trembler et se contorsionner, comme un paralytique. Mais quand il se retourna, son visage était souriant.

– Bon, bon, dit-il, nous devons supporter et souffrir. Je ne sortirai pas, et tout sera dit.

– Oncle Ebenezer, répliquai-je, je ne comprends rien à tout ceci. Vous en usez avec moi comme avec un voleur ; vous avez horreur de m'avoir chez vous ; vous me le montrez à chaque mot et à chaque minute ; il est impossible que vous m'aimiez ; et, de mon côté, je vous ai parlé comme je ne croyais pas devoir parler jamais à personne. Pourquoi donc voulez-vous me garder, alors ? Laissez-moi m'en retourner... laissez-moi m'en retourner chez mes amis, chez ceux qui m'aiment !

– Non ! non, non, non ! dit-il très vite. Je vous aime beaucoup ; nous nous entendrons très fort bien ; et, pour l'honneur de la maison, je ne puis vous laisser retourner sur vos pas. Restez tranquillement ici, comme un brave enfant ; restez tranquillement ici, encore un peu, et vous verrez que nous nous entendrons.

– Bien monsieur, dis-je après un instant de réflexion, je resterai. Il est plus juste que je sois aidé par ma famille que par des étrangers ; et si nous ne nous entendons pas, je ferai de mon mieux pour que ce ne soit pas de ma faute.

IV

Je cours un grand danger dans le château de Shaws

Quoique si mal commencée, la journée se passa fort bien. Nous eûmes encore du porridge froid à midi, et du porridge chaud le soir : porridge et petite bière, mon oncle ne sortait pas de là. Il parla peu, et de la même façon que précédemment, me lançant une question à la fois après un silence prolongé ; mais tentais-je d'amener la conversation sur mon avenir, il se dérobait aussitôt. Dans un pièce attenante à la cuisine, où il me laissa entrer, je découvris abondance de livres, latins et anglais, qui me firent passer agréablement l'après-midi. Même, le temps s'écoula si bien en cette excellente compagnie que j'en arrivais presque à aimer mon séjour de Shaws ; mais il suffisait de la vue de mon oncle, et de ses yeux jouant à cache-cache avec moi, pour raviver toute ma défiance.

Je découvris quelque chose que me fit rêver. C'était une dédicace sur la feuille de garde d'un livre pour enfants (un volume de Patrick Walter), sans nul doute écrit de la main de mon père, et ainsi conçue : « *A mon frère Ebenezer, pour son cinquième anniversaire de naissance.* » Or, voici ce qui me déroutait : comme mon père était le cadet, il avait dû ou bien commettre une erreur étrange, ou bien savoir écrire avant sa cinquième année, d'une main experte, nette et virile.

J'essayai de n'y plus penser ; mais j'eus beau prendre les plus intéressants auteurs, anciens ou récents, histoire, poésie, romans, cette préoccupation de l'écriture de mon père me hantait ; et lorsque enfin je retournai à la cuisine, pour m'attabler une fois de plus devant le porridge et la petite bière, les premiers mots que j'adressai à l'oncle Ebenezer furent pour lui demander si mon père avait appris très vite.

– Alexandre ? Non pas, répondit-il. J'ai été moi-même bien plus prompt ; j'étais un garçon fort avancé. Oui, j'ai su lire et écrire aussi tôt que lui.

Je comprenais de moins en moins ; mais une idée me passa par la tête, et je demandai à mon oncle si mon père et lui étaient jumeaux. Il fit un bond sur son escabelle, et en laissant choir la cuiller de corne sur le carreau.

– Pourquoi diantre me demandez-vous cela ? dit-il, en m'empoignant par le revers de ma jaquette, et me regardant cette fois dans le blanc des yeux. Les siens étaient si petits et clairs, mais luisants comme ceux d'un oiseau, avec de singuliers clignotements.

– Que voulez-vous dire ? demandai-je, très calme, car j'étais beaucoup plus fort que lui, et ne m'effrayais pas aisément. Lâchez donc ma jaquette. Ce ne sont pas là des façons.

Mon oncle parut faire un grand effort sur lui-même.

– Parbleu, ami David, dit-il ; il ne faut pas me parler ainsi de votre père. Voilà où est votre erreur. Il se rassit tout tremblant, et fixa les yeux sur son assiette. « C'était mon frère unique », ajouta-t-il, mais sans la moindre émotion dans la voix. Puis ramassant sa cuiller, il se remit à manger, mais sans cesser de trembler.

Or, cette dernière scène, ces mains portées sur ma personne et cette soudaine profession d'amour envers mon défunt père dépassaient tellement ma compréhension que je fus saisi à la fois de crainte et d'espérance. D'une part, je me demandais si mon oncle n'était pas fou, et susceptible de devenir dangereux ; d'autre part, il me revint à l'esprit (tout à fait involontairement, et même malgré moi) une manière d'histoire sous forme de complainte que j'avais ouï chanter, d'un pauvre garçon qui était héritier légitime et d'un méchant parent qui l'empêchait d'obtenir son bien. Pourquoi mon oncle eût-il joué ce rôle, vis-à-vis d'un neveu qui arrivait, presque mendiant, à sa porte, s'il n'avait eu au fond du cœur une raison de le craindre ?

Hanté par cette idée, que je repoussais mais qui s'implantait fortement dans ma cervelle, j'en vins à imiter ses regards subreptices ; en sorte que nous étions attablés comme un chat et une souris, chacun surveillant l'autre à la dérobée. Il ne trouva plus un mot à dire, mais il était occupé à retourner quelque pensée en lui-même ; et plus je le regardais, plus j'acquérais la certitude que cette pensée était loin de m'être favorable.

Après avoir débarrassé la table, il tira, juste comme le matin, une pipée unique de tabac, attira un escabeau dans l'angle de la cheminée, et resta assis un moment à fumer, en me tournant le dos.

– David, dit-il enfin, j'y songe ; puis il fit une pause et répéta : – J'y songe. Il y a cet argent que je vous ai à moitié promis avant votre naissance.... ou plutôt que j'ai promis à votre père. Oh ! rien de légal, comprenez-le ; tout juste un badinage de gentleman après boire. Eh bien ! j'ai mis cet argent de côté – grosse dépense, mais enfin une promesse est une promesse – et la somme est devenue aujourd'hui l'affaire de juste exactement... juste exactement... (il fit une pause, et balbutia) – de juste exactement quarante livres ! Ces derniers mots furent lancés avec un regard de côté par-dessus son épaule ; mais l'instant d'après, il ajoutait, dans une sorte de cri : – d'Écosse !

La livre d'Écosse étant la même chose que le shilling anglais [1], la différence entraînée par ce correctif était énorme. Je voyais bien, d'ailleurs, que toute l'histoire n'était qu'un mensonge inventé dans un but que je m'évertuais à deviner ; et je ne cherchai pas à atténuer le ton railleur de ma réponse :

– Oh ! réfléchissez un peu ! Livres sterling, plutôt !

---

1. C'est-à-dire environ 1 fr. 25 (1886), au pair, tandis que la livre anglaise (livre sterling) valait 25 francs de la même époque.

– C'est ce que je dis, répliqua mon oncle ; livres sterling ! Et si vous voulez bien aller à la porte une minute, juste pour voir si la nuit est belle, je vais sortir la somme et vous rappellerai.

Je lui obéis, riant en moi-même de mépris, à le trouver si facile à tromper. La nuit était sombre, avec de rares étoiles au bas du ciel ; et, tandis que j'étais sur le pas de la porte, j'entendis un gémissement sonore de vent au loin sur la colline. Je prévis que le temps allait changer et se mettre à l'orage ; mais je ne devinais guère toute l'importance que cela devait avoir pour moi avant la fin de la soirée.

Mon oncle me rappela, puis il me compta dans la main trente-sept guinées d'or ; il avait le reste dans sa main, en petites pièces d'or et d'argent [1], mais le cœur lui manqua, et il fourra ce complément dans sa poche.

– Là, dit-il, cela vous apprendra ! Je suis un peu bizarre, et déconcertant pour les étrangers ; mais je ne connais que ma parole, et vous en avez la preuve.

Cependant mon oncle avait un air si malheureux, que je restai pétrifié devant sa générosité, et que je ne pus trouver de mots pour l'en remercier.

– Pas un mot ! dit-il. Pas de merci ; je n'en veux pas. Je fais mon devoir ; je ne dis pas que tout le monde en aurait fait autant ; mais pour ma part (ce qui n'empêche pas d'être prévoyant) ce m'est un plaisir de faire du bien au fils de mon frère ; et ce m'est un plaisir de penser qu'à présent nous allons nous entendre comme il sied à des amis si proches.

Je lui retournai le compliment de mon mieux ; mais je ne cessais de me demander ce qui allait s'ensuivre, et pourquoi il s'était dessaisi de ses précieuses guinées ; car pour ce qui était de la raison qu'il m'en donnait, un enfant n'y aurait pas cru.

Il me regarda de côté.

– Et à présent, dit-il, donnant donnant.

Je lui affirmai que j'étais disposé à lui prouver ma juste reconnaissance, et je m'attendais à une demande exorbitante. Néanmoins, lorsqu'il eut enfin rassemblé son courage pour parler, il se contenta de me dire (fort exactement, à mon avis) qu'il se faisait vieux et un peu cassé, et qu'il espérait me voir l'aider à tenir la maison et son bout de potager.

Je répondis en lui offrant aussitôt mes services.

Eh bien, dit-il commençons. (Il tira de sa poche une clef rouillée.) Voici, dit-il, voici la clef de la tour de l'escalier, au bout de la maison. L'on n'y accède que de l'extérieur, car cette partie du bâtiment est restée inachevée. Allez-y, montez l'escalier ; et descendez-moi le coffre qui est en haut... Il contient des papiers, ajouta-t-il.

– Puis-je avoir une lumière, monsieur ? dis-je.

---

1. La guinée valant 21 shillings et la livre sterling 20, ce reste des 40 livres faisait 23 shillings de 1886.

– Non, dit-il d'un air plein de ruse. Pas de lumière dans ma maison.

– Parfait, monsieur. L'escalier est-il bon ?

– Magnifique. Et, comme je m'en allais : Tenez-vous au mur, ajouta-t-il, il n'y a pas de rampe. Mais les marches sont excellentes sous le pied.

Je sortis dans la nuit. Le vent gémissait toujours au loin, bien que pas un soufle n'en parvînt au château de Shaws. Il faisait encore plus noir que tantôt ; et j'eus soin de longer le mur qui me conduisit à la porte de la tour d'escalier, à l'extrémité de l'aile inachevée. J'avais mis la clef dans la serrure et lui avais donné un tour, lorsque soudain, sans bruit de vent ni de tonnerre, tout le ciel s'illumina d'un vaste éclair, et les ténèbres se refermèrent instantanément. Je dus mettre la main sur mes yeux pour me réhabituer à l'obscurité ; et j'étais en fait à demi aveuglé lorsque je pénétrai dans la tour.

Il y faisait si noir qu'il semblait impossible d'y respirer ; mais, tâtonnant des pieds et des mains, je heurtai le mur et la marche inférieure de l'escalier. Le mur, au toucher, était de pierre lisse ; les marches, elles aussi, bien que hautes et étroites, étaient de maçonnerie polie, et régulières et fermes sous le pied. Me rappelant la recommandation de mon oncle au sujet de la rampe, je longeai la paroi de la tour, et m'avançai à tâtons, et le cœur battant, dans l'obscurité de poix.

Le château de Shaws avait cinq bons étages de haut, sans compter les mansardes. Néanmoins, il me sembla, en avançant, que l'escalier devenait plus aéré, et une idée plus éclairé ; et je me demandais quelle pouvait bien être la cause de ce changement, lorsqu'un deuxième éclair de chaleur s'illumina instantanément. Si je ne poussai pas un cri, ce fut parce que la terreur me serrait à la gorge ; et si je ne tombai pas, ce fut plutôt par l'intervention du Ciel que grâce à mes forces. Car non seulement l'éclair brilla de toutes parts à travers les fissures de la muraille ; non seulement je me vis escaladant un échafaudage à jour ; mais la même lueur passagère me montra que les marches étaient d'inégale longueur, et que j'avais à cet instant un pied à deux pouces du vide.

C'était donc là le magnifique escalier ! pensai-je ; et en même temps une bouffée de courage dû à la colère me monta au cœur. Mon oncle m'avait envoyé ici, assurément, pour courir de grands risques, – et peut-être pour mourir. Je me jurai de tirer au clair ce « peut-être », dussai-je me casser le cou. Je me mis à quatre pattes ; et, avec une lenteur de limace, tâtant devant moi pouce par pouce, et éprouvant la solidité de chaque pierre, je poursuivis mon ascension. L'obscurité, par contraste avec l'éclair, me semblait avoir redoublé, et ce n'était pas tout, car à présent les oreilles me bourdonnaient, et j'étais étourdi par un grand remue-ménage de chauves-souris dans le haut de la tour, et les sales bêtes, en voletant vers le bas, se cognaient parfois à mon corps et à ma figure.

La tour, j'aurais dû le dire, était carrée ; et chaque marche d'angle était constituée par une grande dalle de forme différente, pour joindre les volées. Or, j'étais arrivé à l'un de ces tournants, lorsque, en tâtant devant moi, comme toujours, ma main effleura une arête, au-delà de laquelle il n'y avait plus que le vide. L'escalier n'allait pas plus haut : faire monter l'escalier, dans l'obscurité, par quelqu'un qui ne le connaissait pas, c'était envoyer ce quelqu'un à la mort ; et, bien que, grâce à l'éclair et à mes précautions, je fusse sauf, à la simple idée du danger que je venais de courir et de l'effrayante hauteur d'où j'aurais pu tomber, mon corps se couvrit de sueur et mes membres se dérobèrent.

Mais je savais maintenant ce que je voulais savoir, et, faisant demi-tour, je me mis à redescendre, le cœur plein d'une colère furieuse. Comme j'étais à mi-chemin, une rafale de vent survint, qui ébranla la tour, puis s'éloigna ; la pluie commença ; et je n'étais pas encore au niveau du sol qu'elle tombait à seaux. J'avançai ma tête dans la tourmente et regardai dans la direction de la cuisine. La porte, que j'avais refermée derrière moi en partant, était à présent grande ouverte ; il s'en échappait une faible lueur ; et j'entrevis une forme debout sous la pluie, immobile comme celle d'un homme qui écoute. Et alors il y eut un éclair aveuglant, qui me découvrit en plein mon oncle, là où j'avais cru le voir en effet ; et presque aussitôt le roulement du tonnerre éclata.

Mon oncle s'imagina-t-il que ce bruit était celui de ma chute, ou bien y discerna-t-il la voix de Dieux dénonçant son crime, je le laisse à penser. Le fait est, du moins, qu'il fut saisi comme d'une terreur panique, et qu'il s'enfuit dans la maison, laissant la porte ouverte derrière lui. Je le suivis le plus doucement possible, et, pénétrant sans bruit dans la cuisine, m'arrêtai à le considérer.

Il avait eu le temps d'ouvrir le buffet d'angle et d'en sortir une grosse bouteille clissée d'eau-de-vie, et il était alors assis à la table, le dos tourné vers moi. A tout moment il était pris d'un effrayant accès de frisson ; il gémissait alors tout haut, et, portant la bouteille à ses lèvres, buvait à pleine gorge l'alcool pur.

Je m'avançai jusqu'auprès de lui, et soudain, abattant mes deux mains à la fois sur ses épaules, je m'écriai : « Ah ! »

Mon oncle poussa un cri inarticulé pareil au bêlement d'un mouton, leva les bras au ciel, et tomba sur le carreau, comme mort. J'en fus un peu affecté ; mais j'avais d'abord à m'occuper de moi, et n'hésitai pas à le laisser où il était tombé. Les clefs étaient pendues dans le buffet ; et j'étais résolu à me procurer des armes avant que mon oncle eût repris avec ses sens la faculté de me nuire. Le buffet contenait quelques fioles, de médicaments, sans doute ; beaucoup de factures et d'autres paperasses, dans lesquelles j'aurais volontiers fouillé, si j'en avais eu le temps, et divers objets qui ne pouvaient m'être d'aucune utilité. J'examinai ensuite les coffres. Le premier était plein de farine ; le second de sacs d'argent et de liasses de papiers ; dans le troisième, entre autres choses (principalement des habits), je trouvai un *dirk* [1] highlander rouillé et d'aspect formidable, avec son fourreau. Je cachai cette arme sous mon gilet, et retournai auprès de mon oncle.

Il gisait comme il était tombé, en un tas, un genou relevé et un bras allongé ; sa figure était d'un bleu étrange, et il semblait avoir cessé de respirer. La peur me prit, qu'il fût mort ; j'allai chercher de l'eau et lui en aspergeai la face. Il revint à lui : sa bouche tressaillit et ses paupières se soulevèrent. Enfin il m'aperçut, et ses yeux révélèrent une terreur qui n'était pas de ce monde.

— Allons, allons, dis-je, debout !

— Êtes-vous en vie ? pleurnicha-t-il. Oh ! mon ami, êtes-vous en vie ?

— Je le suis, dis-je ; mais ce n'est pas grâce à vous !

Il s'était mis sur son séant et tirant sa respiration avec de profonds soupirs.

— La fiole bleue ! dit-il... dans l'armoire... la fiole bleue !

Son souffle se ralentissait.

Je courus au buffet, et y trouvai en effet une fiole médicinale bleue, dont l'étiquette prescrivait la dose, que j'administrai en toute hâte à mon oncle.

— C'est mon mal, dit-il, reprenant vie peu à peu ; j'ai une maladie, David... au cœur.

Je le mis sur une chaise et le considérai. A vrai dire, je ressentais quelque pitié envers cet homme qui avait l'air si malade, mais j'étais plein de juste colère aussi ; et je lui énumérai les points sur lesquels je voulais des explications : — pourquoi il me mentait à chaque mot ; pourquoi il craignait de me voir le quitter ; pourquoi il n'aimait pas que l'on insinuât que mon père et lui fussent jumeaux... « Est-ce parce que c'est vrai ? » demandai-je ; pourquoi il m'avait donné cet argent auquel j'étais convaincu de n'avoir pas droit ; et enfin pourquoi il avait tenté de me faire mourir. Il m'écouta d'un bout à l'autre en silence ; puis, d'une voix entrecoupée, il me pria de le laisser se mettre au lit.

— Je vous le dirai demain, dit-il, aussi vrai que je vais mourir.

Et il était si faible que je ne pus faire autrement que de consentir. Toutefois, je l'enfermai dans sa chambre, et mis la clef dans ma poche ; puis, retournant à la cuisine, j'y fis une flambée comme elle n'en avait pas connu depuis des années ; et, m'enveloppant de mon plaid, je m'étendis sur les coffres, et m'endormis.

---

1. Sorte de poignard.

V

Je vais à Queensferry

La pluie tomba toute la nuit, abondamment, et le matin il souffla du nord-ouest un vent d'hiver qui emporta et dispersa les nuages. Malgré tout, le soleil n'était pas encore levé, ni la dernière étoile disparue, que je m'en allai jusqu'à la rivière où je fis un plongeon dans un endroit calme et profond. Tout revigoré de mon bain, j'allai m'asseoir à nouveau devant le feu, que je bourrai, et examinai sérieusement ma situation.

L'inimitié de mon oncle ne faisait plus de doute. Sans conteste, je tenais ma vie entre mes mains, car il n'épargnerait rien pour venir à bout de me supprimer. Mais j'étais jeune et hardi, et comme beaucoup de jeunes gens élevés à la campagne, j'avais une haute opinion de mon habileté. J'étais venu frapper à sa porte, ne valant guère mieux qu'un mendiant, et à peine plus qu'un enfant ; il m'avait accueilli par la trahison et la violence ; et ce serait une belle revanche que de prendre à mon tour le dessus et de le mener comme un mouton.

J'étais là, le genou entre les mains, et souriant au feu. Je me voyais en imagination lui tirer ses secrets l'un après l'autre et m'impatroniser finalement chez lui comme son maître et seigneur. Le sorcier d'Essendean avait, dit-on, fabriqué un miroir dans lequel on lisait l'avenir ; ce miroir devait être fait d'autre substance que de charbon flambant ; car entre toutes les figures et les tableaux que je vis défiler devant mes yeux, il ne s'offrit pas un navire ni un matelot à bonnet de fourrure, ni une matraque réservée à ma folle tête, ni la moindre apparence de ces tribulations prêtes à fondre sur moi.

A la fin, tout gonflé de mes imaginations, je montai à l'étage, mettre en liberté mon prisonnier. Quand mon oncle fut levé, il me souhaita le bonjour poliment, et je lui répondis avec un sourire de hautaine suffisance. Peu après, nous étions assis à déjeuner, tout comme la veille.

– Eh bien ! monsieur, dis-je, d'un ton railleur, n'avez-vous plus rien à dire ? Et, comme il ne répondait pas : – Il serait temps, je crois, de nous expliquer. Vous m'avez pris pour un Jean-Tout-Cru [1] de la campagne, sans plus d'intelligence ou de courage qu'une tête de poireau. je vous avais pris pour un brave homme, ou du moins guère pire qu'un autre. Il paraît que nous nous trompions tous les deux. Quelle raison

---

1. Johnnie Raw.

vous pouvez avoir de me craindre, de me berner, et d'attenter à ma vie... ?

Il bafouilla qu'il s'agissait d'une plaisanterie, et qu'il aimait beaucoup les farces ; mais, voyant que je souriais, il prit un autre ton, et me jura qu'il s'expliquerait sitôt après le déjeuner. Je lisais sur son visage qu'il n'avait pas de mensonge tout prêt, mais qu'il était à l'œuvre pour en forger un ; et j'allais, je crois, le lui dire, lorsque nous fûmes interrompus par des coups frappés à la porte.

J'ordonnai à mon oncle de rester assis ; j'allai ouvrir, et je vis sur le seuil un jeune garçon, presque un enfant, vêtu en matelot. A mon apparition, il se mit aussitôt à danser quelques pas d'un air de cornemuse (que je n'avais jamais entendu, ni vu), claquant des doigts en mesure, et d'un pied très expert. Cependant, il était bleu de froid ; et il avait sur le visage une expression à mi-chemin des larmes et du rire, qui s'accordait mal avec cette apparente gaieté, et qui me toucha fort.

– Ce qu'on s'amuse, camarade ! s'écria-t-il, d'une voix éraillée.

Je lui demandai avec calme ce qui l'amusait tant.

– Oh ! je m'amuse ! dit-il ; et il se mit à chanter :

Car c'est mon délice, qu'une belle nuit,
Au beau temps de l'année.

– Ma foi, dis-je, si vous n'avez pas d'autre commission, je vais avoir l'incivilité de vous fermer la porte au nez.

– Halte ! frère ! s'écria-t-il. Vous ne savez donc pas rire, ou tenez-vous à ce que je reçoive une rossée ! J'apporte une lettre du vieil Heasy-Oasy à M. Belflower [1]. (Il me montra la lettre tout en parlant.) Et j'ajoute, camarade, que j'ai cruellement faim.

– Eh bien ! dis-je, entrez dans la maison ; et je vous donnerai un morceau, dussé-je me passer de manger.

Je l'introduisis et le fis asseoir à ma place où il attaqua avidement les restes de notre déjeuner, tout en me lançant des clins d'œil et me faisant des tas de grimaces, attitude que le pauvre être considérait sans doute comme virile. Cependant, mon oncle avait lu la lettre et réfléchissait ; soudain, il se leva d'un air plein de vivacité, et me tira à part dans le coin le plus reculé de la pièce.

– Lisez cela, dit-il en me remettant la lettre.

La voici, étalée devant moi, et je la copie :

Auberge de Hawes, à Queensferry.

Monsieur,
Je suis ici à l'ancre prêt à larger mes amarres, et vous envoie mon mousse pour vous en aviser. Si vous avez quelque autre commission pour les pays d'outre-mer, c'est aujourd'hui qu'il faut vous décider, car le vent nous est propice pour sortir du firth. Je ne vous cacherai pas que j'ai

---

1. « Tout-doux » et « jolie-fleur », à peu près pour : Hoseason et Balfour.

eu des difficultés avec votre agent, M. Rankeillor ; difficultés qui, si elles
ne sont pas tôt résolues, pourraient vous attirer des ennuis. J'ai tiré un
chèque sur vous, entre parenthèses, et suis, monsieur,
    Votre très humble et obéissant serviteur.

                                              Elias Hoseason

— Vous voyez, David, reprit mon oncle, aussitôt que j'eus fini, je
suis en affaires avec cet Hoseason, le capitaine d'un brick de commerce,
le *Covenant,* de Dysart. Maintenant, si vous voulez que nous
accompagnions ce garçon, j'irai voir le capitaine à son auberge, ou mieux
à bord du *Covenant,* pour le cas où il aurait des papiers à signer ; et,
loin de perdre du temps, nous pousserions par la même occasion jusque
chez le notaire [1], M. Rankeillor. Après ce qui s'est passé, vous ne me
croiriez sans doute pas sur parole ; mais vous en croirez M. Rankeillor.
C'est l'agent d'affaires de la moitié de la noblesse du pays ; il est vieux,
sans doute, mais très respecté ; et, de plus, il a connu votre père.

Je réfléchis une minute. Il s'agissait d'aller à un port d'embarquement,
sans nul doute populeux, où mon oncle n'oserait tenter aucune violence
contre moi ; en attendant la compagnie de ce mousse m'était une
sauvegarde. Une fois là-bas, je comptais obliger mon oncle à aller chez
le notaire, même si son offre actuelle n'était pas sérieuse ; et peut-être
aussi, dans le fond du cœur, souhaitais-je voir de près la mer et des
navires. Il faut se rappeler que j'avais passé toute ma jeunesse dans
les montagnes de l'intérieur, et que je venais, deux jours auparavant,
de voir pour la première fois le Forth étalé devant moi comme une
dalle bleue, avec les navires faisant voile à sa surface, pas plus gros
que des joujoux. Tout compte fait, ma décision fut prise.

— Très bien, dis-je, allons à Queensferry.

Mon oncle mit son habit et son chapeau, et se boucla au côté un
vieux coupe-choux rouillé ; puis on éteignit le feu, et, la porte fermée,
nous nous mîmes en route.

Le vent, établi dans ce rhumb glacial du nord-ouest, nous soufflait
presque au visage. On était en juin ; l'herbe était toute blanche de
marguerites, et les arbres de fleurs ; mais, à en juger d'après nos ongles
bleus et nos poignets douloureux, on se serait cru en hiver, par une
gelée de décembre.

L'oncle Ebenezer marchait dans le fossé, se balançant de droite à
gauche comme un vieux laboureur qui revient des champs. Il ne
prononça pas un mot de toute la route ; et je fus réduit à la conversation
du mousse. Il me raconta qu'il s'appelait Ransome, et qu'il naviguait
depuis l'âge de neuf ans, mais qu'il ne savait plus actuellement son
âge, car il avait perdu son compte. Il me fit voir ses tatouages,
découvrant sa poitrine en plein vent malgré mes remontrances, car je

---

1. C'est ainsi que je rendrai le *lawyer* anglais, sans équivalent réel en français.

croyais que c'était assez pour le tuer ; il me débita les plus affreux jurons dont il se souvint, mais plus en écolier vicieux qu'en homme ; et il se vanta d'une absurde quantité de méfaits qu'il avait soi-disant commis : larronneries, fausses accusations, voire assassinats ; mais le tout avec un tel manque de vraisemblance dans le détail, avec un accent si peu convaincu et si hésitant, que j'étais plus disposé à le plaindre qu'à le croire.

Je l'interrogeai sur le brick (le plus fin navire qui eût jamais navigué, affirma-t-il) et sur le capitaine Hoseason, dont il fit aussi le plus grand éloge. Heasy-Oasy (comme il l'appelait toujours) était, à l'entendre, un homme qui ne craignait rien du ciel ni de la terre ; il eût, comme on dit, « donné toutes voiles dehors en plein Jugement Dernier ». Il était grossier, farouche, sans scrupules et brutal ; ce en quoi mon pauvre mousse s'était appris à révérer les qualités de l'homme et du marin. Il n'admettait qu'un défaut dans son idole :

– Ce n'est pas un marin, avouait-il. C'est M. Shuan qui dirige le brick ; M. Shuan, le meilleur marin de la terre, à part la boisson ; ah ! je vous crois, qu'il boit ! Tenez, regardez ça.

Et, rabattant son bas, il me fit voir une large blessure fraîche et rouge qui me glaça le sang.

– Il m'a fait ça... C'est M. Shuan qui m'a fait ça, dit-il, avec fierté.

– Comment, m'écriai-je, vous supportez qu'il vous traite aussi brutalement ? Vous n'êtes pas un esclave, pour vous laisser faire ainsi !

– Non, dit le pauvre imbécile changeant aussitôt de ton, et je le lui ferai voir. Regardez. (Et il me montra un long poignard à gaine qu'il m'affirmait avoir volé.) – Oh ! dit-il, qu'il essaie un peu ; je l'en défie ; je l'aurai. Oh ! ce ne serait pas le premier !

Et il appuya son affirmation d'un pauvre, bête et vilain juron.

Je n'ai jamais ressenti pour quiconque en ce vaste monde pitié pareille à celle que m'inspira ce triste fou ; et je commençai à comprendre que le brick *Covenant* (malgré sa pieuse dénomination [1]) ne valait guère mieux qu'un enfer flottant.

– N'avez-vous donc pas d'amis ? dis-je.

Il me répondit qu'il avait eu un père dans un port anglais, j'ai oublié lequel.

– Lui aussi était un homme, dit-il ; mais il est mort.

– Au nom du ciel, m'écriai-je, ne pourriez-vous trouver une occupation honorable à terre ?

– Oh ! non, dit-il, en clignant, et d'un air très méfiant ; on me mettrait à un métier. Je connais un truc qui vaut deux fois mieux, ah ! oui.

Je lui demandai quel métier pouvait bien être aussi redoutable que le sien actuel, où sa vie était continuellement menacée, non seulement par le vent et la mer, mais par l'horrible cruauté de ceux qui étaient ses maîtres. Il avoua que j'avais raison ; puis il se mit à faire l'éloge

---

1. Le *covenant* (1637) était l'acte d'association par lequel les presbytériens s'engageaient à repousser les tentatives de Charles Ier pour introduire en Écosse le rite anglican.

de sa vie, et à vanter le plaisir d'aller à terre avec de l'argent en poche,
et de le dépenser comme un homme, et d'acheter des pommes, et de
crâner, et d'épater les pieds-boueux de gamins.

— Et puis, ça ne va pas si mal que ça, dit-il ; il y en a de plus mal
lotis que moi ; il y a les *vingt-livres*. Oh ! ma mère ! Il faudrait que vous
les voyiez embarquer. Tenez, j'ai vu un homme aussi vieux que vous
je pense — (je lui paraissais vieux) — il avait même de la barbe... eh
bien, nous n'étions pas plus tôt sortis de la rivière, et il n'eut pas plus
tôt cuvé la drogue... Dieu ! comme il criait et se démenait ! Je me suis
joliment payé sa tête, je vous assure ! Et puis il y a les petits, aussi :
oh ! petits par rapport à moi ! Je vous assure que je les mets au pas.
Quand nous emmenons des petits, j'ai une garcette à moi pour les rosser.

Et il continua ainsi, tant qu'à la fin je compris qu'il entendait par
les *vingt-livres* ces infortunés criminels qu'on envoie outre-mer pour
être esclaves en Amérique du Nord, ou les encore bien plus malheureux
innocents qui étaient enlevés ou « trépanés [1] » (selon l'expression
consacrée) pour satisfaire des intérêts ou des vengeances particulières.

Nous arrivâmes alors en haut de la côte, et découvrîmes le Ferry
et le Hope. Le Firth de Forth, comme on sait, se rétrécit en ce point
jusqu'à n'avoir plus que la largeur d'une rivière moyenne, ce qui a
permis d'y établir un bac commode pour aller vers le nord, et de
transformer l'autre rive en un port bien abrité pour toute sorte de
navires. Juste au milieu de l'étroit se trouve une île avec des ruines ;
sur la rive sud on a bâti une jetée pour le service du bac ; et à l'entrée
de la jetée, de l'autre côté de la route, j'aperçus, adossée à un joli jardin
de houx et d'aubépine, la maison qu'on nomme l'auberge de Hawes.

La ville de Queensferry est située à l'ouest, et le voisinage de l'auberge
paraissait très désert à cette heure, car le bac venait juste de partir
vers le nord avec ses passagers. Une yole, cependant, était amarrée le
long de la jetée, avec des matelots endormis sur les bancs. C'était là,
me dit Ransome, l'embarcation du navire qui attendait le capitaine ;
et environ à un demi-mille du bord, et tout seul au mouillage, il me
montra le *Covenant* lui-même. A bord, on se préparait à appareiller ;
on hissait les vergues à leur place ; et le vent qui soufflait de cette
direction m'apportait le chant des matelots qui halaient sur les cordages.
Après tout ce que je venais d'entendre, au long du chemin, je considérai
ce navire avec une répulsion extrême ; et du fond du cœur je m'apitoyai
sur les pauvres âmes condamnées à partir avec lui.

Nous nous étions arrêtés tous trois au sommet de la côte. Mais je
traversai la route et m'adressant à mon oncle :

— Je crois devoir vous prévenir, monsieur, dis-je, que pour rien au
monde je n'irai à bord du *Covenant*.

Il parut s'éveiller d'un songe.

— Eh ! dit-il ; Qu'est-ce que c'est ?

---

1. *Kidnapped or trepanned.*

Je répétai ma phrase.

– Bon, bon, dit-il, nous en passerons par vos volontés. Mais pourquoi rester ici ? Il fait un froid mortel ; et si je ne m'abuse, le *Covenant* va bientôt prendre la mer.

VI

Ce qui advint à Queensferry

Dès que nous fûmes arrivés à l'auberge, Ransome nous fit monter à une petite chambre contenant un lit et chauffée comme un four par un grand feu de houille. A une table proche de la cheminée, un homme de haute taille, basané, l'air sérieux, était assis à écrire. En dépit de la chaleur de la pièce, il portait une lourde vareuse de mer boutonnée jusqu'au col, et un gros bonnet de fourrure enfoncé jusqu'aux oreilles ; et cependant je n'ai jamais vu personne, même un juge au tribunal, avoir l'air plus à son aise, ou plus attentif et maître de soi, que ce capitaine marin.

Il se leva tout de suite, et, s'avançant vers Ebenezer, lui tendit sa large main.

– Je suis honoré de vous voir, monsieur Balfour, dit-il, d'une belle voix de basse, et heureux que vous arriviez à temps. La brise est bonne, et la marée va tourner ; avant ce soir nous apercevrons le vieux réchaud à charbon [1] qui brûle sur l'île de May.

– Capitaine Hoseason, répliqua mon oncle, vous faites trop grand feu dans votre chambre.

– C'est une habitude que j'ai, monsieur Balfour. J'ai froid par tempérament ; je suis à sang froid, monsieur. Il n'y a pas de fourrure ni de flanelle – non, monsieur, et pas de rhum bouillant, capable de réchauffer ce qu'on appelle ma température. Il en va de même, monsieur, pour la plupart des gens qui ont été *carbonisés* [2], comme on dit, dans les mers tropicales.

– Bon, bon, répliqua mon oncle, nous sommes tous comme on nous a faits.

Mais il se trouva que cette fantaisie du capitaine joua un grand rôle dans mes malheurs. Car j'avais eu beau me promettre de ne pas perdre de vue mon parent, mon impatience de voir de plus près la mer était telle, et cette pièce étouffante m'incommodait tellement, qu'à peine m'eut-il dit de « descendre jouer une minute », je fus assez naïf pour le prendre au mot.

---

1. Éclairage des phares d'Angleterre, au XVIIIe siècle.
2. *Carbonadoed.*

Je sortis donc, laissant les deux hommes attablés devant une bouteille et un grand tas de papiers ; et, traversant la route en face de l'auberge, je descendis me promener sur la grève. Grâce à la direction du vent, de simples vaguelettes, pas plus fortes que je n'en avais vu sur les lacs, clapotaient au long du rivage. Mais les herbes étaient nouvelles pour moi, – les unes vertes, d'autres brunes et allongées, et certaines avec des petites vésicules qui éclataient entre mes doigts. Même si avant dans le Firth, la senteur marine de l'eau était des plus prononcées et fort stimulante ; le *Covenant,* d'ailleurs, déployait ses voiles, appendues aux vergues en paquets ; et ce spectacle pittoresque mit en moi des désirs de lointains voyages et de pays exotiques.

Je regardai aussi les matelots de la yole : – solides gaillards basanés, des mouchoirs de couleur autour du cou, l'un avec une paire de pistolets fichés dans ses poches, deux ou trois armés de matraques noueuses, et tous munis de couteau à gaine. Je fis la causette avec l'un d'eux, qui avait l'air moins farouche que ses compagnons, et lui demandai quand le brick appareillait. Il me répondit qu'on lèverait l'ancre sitôt le jusant établi, et il ajouta qu'il laissait sans regret ce port dénué de tavernes et de violoneux ; mais le tout entrelardé de si affreux blasphèmes que je le quittai bien vite.

Cela me fit songer à Ramsome, qui me paraissait le moins mauvais de la bande, et qui ne tarda pas à sortir de l'auberge pour accourir à moi et me demander un bol de punch. Je lui répondis que je ne lui en donnerais certes pas, car pas plus lui que moi n'étions d'âge à nous accorder une boisson aussi forte. « Mais un verre d'ale, cela oui, et avec plaisir », dis-je. Il fit la grimace et me dit des injures ; mais il fut bien aise, après tout, d'accepter l'ale ; et nous nous attablâmes dans la grande salle de l'auberge, tous deux buvant et mangeant de bon appétit.

L'idée me vint alors que, le patron étant un homme de ce comté, je ne ferais pas mal de me le concilier. Je lui offris donc un verre, comme c'était assez l'habitude en ce temps-là ; mais il était beaucoup trop grand seigneur pour trinquer avec d'aussi piètres chalands que Ransome et moi, et il allait quitter la salle, lorsque je le rappelai pour lui demander s'il connaissait M. Rankeillor.

– Ça oui, dit-il, et c'est même bien un brave homme. Mais dites-donc, n'est-ce pas vous qui êtes venu avec Ebenezer ? Et quand je lui eus répondu affirmativement : – Vous ne seriez pas un ami à lui ? demanda-t-il, voulant dire, à la mode d'Écosse, si je ne serais pas son parent.

Je répondis que non, pas du tout.

– Je le pensais, dit-il, et cependant vous avez comme un faux air de M. Alexandre.

Je hasardai l'opinion qu'Ebenezer semblait mal vu dans le pays.

– Pas de doute, dit l'aubergiste. C'est un méchant vieux, et il y a beaucoup de gens qui aimeraient le voir gigoter au bout d'une corde, – Jennet Clouston, par exemple, et tant d'autres qu'il a fait expulser de chez eux. Mais cela, c'était avant que le bruit ne courût au sujet de M. Alexandre ; – à propos de sa mort.

– Quel bruit ? demandai-je.

– Oh ! simplement qu'il l'aurait tué, dit le patron. Ne l'avez-vous pas ouï dire ?

– Et pourquoi l'aurait-il tué ?

– Pourquoi, sinon pour avoir le château ?

– Quel château ? Shaws ?

– Nul autre, que je sache.

– Quoi, l'ami, dis-je, en vérité ? Est-ce que mon... est-ce qu'Alexandre était le fils aîné ?

– Bien sûr, dit le patron. Autrement, pourquoi l'aurait-il tué ?

Et là-dessus il partit, comme il attendait impatiemment de le faire depuis le début.

Naturellement, j'avais deviné tout cela depuis longtemps ; mais deviner est une chose, et savoir en est une autre. Je restai abasourdi par ce coup de bonne fortune. Je pouvais difficilement me figurer que ce même pauvre garçon qui avait piétiné dans la poussière depuis Ettrick Forest, deux jours auparavant, était aujourd'hui l'un des riches de la terre, possédant un château et de vastes terres, et qu'il pouvait dès demain matin monter son cheval. Ces agréables idées, et mille autres, se pressaient en foule dans mon esprit, cependant que je regardais droit devant moi par la fenêtre de l'auberge sans faire attention à ce que je voyais. Mais à la fin mes yeux se fixèrent sur le capitaine Hoseason debout sur la jetée au milieu de ses matelots et leur parlant avec autorité. Peu après il s'en revint sur ses pas vers la maison, sans rien de cette lourdeur qui caractérise l'homme de mer, redressant sa haute taille avec une allure virile, et portant toujours sur ses traits la même expression grave et réfléchie. Je me demandai s'il était possible que les histoires de Ransome fussent réelles, et je n'y croyais plus qu'à moitié, tant elles s'accordaient mal avec l'aspect de cet homme. Mais, en réalité, il n'était pas aussi bon que je le supposais, ni du tout aussi méchant que le faisait Ransome ; car il y avait en lui deux hommes, et il laissait le meilleur à terre en mettant le pied à bord de son navire.

Après cela, je m'entendis appeler par mon oncle, que je trouvai sur la route avec le capitaine. Ce fut ce dernier qui m'adressa la parole, et ce (chose très flatteuse pour moi) d'un air grave, comme à son égal.

– Monsieur, dit-il, M. Balfour me dit le plus grand bien de vous ; et pour ma part votre mine me revient. Je voudrais demeurer plus longtemps ici, afin de faire plus ample connaissance avec vous ; mais il nous faut profiter du peu de temps que nous avons. Vous allez venir passer une demi-heure à bord de mon brick, jusqu'à ce que le jusant soit établi, et nous boirons un bol de punch ensemble.

Or, j'aspirais indiciblement à voir l'intérieur d'un navire ; toutefois, je ne voulais pas me jeter dans la gueule du loup, et je répondis que mon oncle et moi avions rendez-vous avec un avoué.

– Oui, oui, dit-il, il m'en a touché deux mots. Mais écoutez : le canot vous déposera au môle de la ville, à un jet de pierre à peine de chez Rankeillor. (Et alors, se baissant soudain, il me glissa dans l'oreille :) Méfiez-vous du vieux renard : il vous veut du mal. Venez à bord, et là je vous parlerai. (Puis, passant son bras sous le mien, il poursuivit à voix haute, en m'entraînant vers le canot :) Mais, dites-moi, que je puis-je vous rapporter des Carolines ? Un ami de M. Balfour n'a qu'à parler. Un rouleau de tabac ? Une parure de plumes indienne ? Une peau de bête fauve ? Une pipe en pierre ? L'oiseau-moqueur qui miaule absolument comme un chat ? L'oiseau-cardinal, qui est rouge comme sang ? Faites votre choix et dites ce qui vous plaît.

Nous étions arrivés au canot, où il me fit entrer. Je ne songeai pas à résister ; je croyais (pauvre fou) avoir découvert un bon ami et un auxiliaire, et j'étais heureux de voir le navire. Sitôt que chacun fut installé, le canot déborda et se mit en marche sur les eaux ; et je pris tant de plaisir à ce mode inédit de locomotion, j'étais si étonné en voyant, de notre position relativement basse, la côte s'éloigner et le brick grandir à mesure que nous en approchions, que je ne comprenais rien à ce que disait le capitaine, et que je dus lui répondre tout de travers.

Dès que nous fûmes rangés le long du bord (je restais ébahi de l'élévation du navire, du fort murmure que faisait la marée contre ses flancs, et des cris joyeux des matelots au travail), Hoseason, affirmant que lui et moi devions monter à bord les premiers, donna l'ordre d'envoyer un palan de la grand-vergue. Cet engin m'éleva en l'air et me déposa sur le pont, où le capitaine, déjà prêt à me recevoir, renfonça aussitôt son bras sous le mien. Je m'arrêtai une minute, un peu étourdi par l'instabilité de tout ce qui m'entourait, peut-être un peu effrayé, mais toutefois fort amusé par la nouveauté du spectacle. Cependant, le capitaine me désignait les apparaux les plus curieux et m'en disait les noms et l'usage.

— Mais où est mon oncle ? fis-je soudain.

— Aïe, répondit Hoseason, voilà le hic !

Je me sentis perdu. D'un effort désespéré je me dégageai de lui et courus aux bastingages. Là-bas, le canot ramait vers la ville, avec mon oncle assis à l'arrière. Je poussai un cri perçant : « Au secours ! au secours ! à l'assassin ! » à faire retentir les deux rives du mouillage, et mon oncle se retourna sur son banc, et me montra une face pleine de cruauté et de terreur.

Je n'en vis pas davantage. Déjà des mains vigoureuses m'arrachaient des lisses du navire ; puis je me crus frappé par la foudre ; je vis un grand éclair de feu, et tombai sans connaissance.

VII

Je prends la mer
sur le brick « Covenant », de Dysart

Je revins à moi dans l'obscurité, souffrant beaucoup, mains et pieds liés, et assourdi par des bruits insolites. Mes oreilles étaient emplies d'une rumeur d'eaux pareilles à celle d'un énorme ru de moulin, de la pesante retombée des embruns, du tonnerre des voiles, et des cris aigus des matelots. Mon univers tantôt se haussait vertigineusement, tantôt s'enfonçait vertigineusement en moi ; et j'étais physiquement si faible et brisé, et j'avais l'esprit tellement confus, qu'il me fallut longtemps pour rattraper au vol mes idées vacillantes, tandis que la douleur me lancinait à nouveau, – pour comprendre que je devais être enfermé quelque part dans le ventre de cet infâme navire, et que la brise devait avoir renforcé en bourrasque. Avec la nette perception de mon état, un sombre désespoir s'empara de moi, joint au remords cuisant de ma folie, et à une rage furieuse contre mon oncle, qui me priva encore une fois de mes sens.

Lorsque je revins de nouveau à moi, le même tumulte, la même agitation violente et désordonnée continuaient de me secouer et de m'assourdir. En outre, à ma détresse et à mes douleurs s'ajoutait le malaise qu'éprouve un terrien non habitué à la mer. Durant cette période de ma jeunesse aventureuse, j'ai souffert beaucoup de maux, mais aucun ne me ravagea autant l'esprit et le corps, ou me laissa aussi peu d'espérance, que ces quelques heures passées à bord du brick.

J'entendis un coup de canon, et me figurai que la tempête était devenue trop forte pour nous, et que l'on tirait le signal de détresse. L'idée de la délivrance, me vînt-elle par la mort aux profondeurs de la mer, je l'accueillis avec joie. Cependant, ce coup de canon n'était pas un signal de détresse, mais (comme je l'appris plus tard) une habitude du capitaine, que je relate ici pour montrer que le plus méchant homme peut avoir son bon côté. Nous passions alors à quelques milles au large de Dysart, où le brick avait été construit, et où la vieille Mme Hoseason, mère du capitaine, était venue habiter depuis quelques années ; et qu'il fît route dans l'une ou l'autre direction, le *Covenant* ne passait jamais devant la ville, de jour, sans tirer le canon et hisser les couleurs.

Je n'avais aucun moyen d'évaluer le temps écoulé ; le jour et la nuit étaient pareils dans ce malodorant recoin des entrailles du navire où j'étais emprisonné ; et la misère de ma position doublait la longueur des heures. Je n'ai donc aucun moyen d'évaluer quel laps de temps je restai à attendre que le navire s'entrouvrît sur un écueil, ou qu'il s'enfonçât la tête la première dans les abîmes de la mer. Mais à la fin, le sommeil me déroba la conscience de mes maux.

Je fus réveillé par l'éclat d'une lanterne sourde qu'on approchait de mon visage. Un petit homme d'environ trente ans, avec des yeux verts et une blonde chevelure ébouriffée, était devant moi à me considérer.

— Eh bien, dit-il, comment ça va ?

Je lui répondis par un sanglot. Mon visiteur alors me tâta le pouls et le front, puis se mit à laver et panser la blessure de mon crâne.

— Aïe ! dit-il, un sale coup. Allons, l'ami, gai ! Tout n'est pas perdu ; vous avez mal débuté, mais cela ira mieux par la suite. Avez-vous eu à manger ?

Je lui répondis que je n'avais aucun appétit, sur quoi il me donna un peu d'eau et de brandy dans un gobelet d'étain, et me laissa de nouveau seul.

Quand il revint me voir, j'étais couché à moitié endormi, les yeux grands ouverts dans les ténèbres. Ma faiblesse était passée, mais se trouvait remplacée par un vertige et une nausée qui me semblaient presque pires. J'avais mal, en outre, dans tous les membres, et les cordes qui me liaient me semblaient être de feu. Le remugle du trou dans lequel je gisais s'était comme incorporé à moi ; et durant le long intervalle écoulé depuis sa première visite, j'avais souffert des tortures de la crainte, tantôt à cause des allées et venues des rats, qui me trottinaient jusque sur la figure, et tantôt grâce aux sinistres imaginations qui hantent le lit des fiévreux.

La lueur de la lanterne apparaissant par l'ouverture d'une trappe me parut être la lumière des cieux ; elle eut beau ne me faire voir que la grossière et sombre membrure du navire qui était ma prison, j'en aurais crié de bonheur. L'homme aux yeux verts fut le premier à descendre l'échelle, et je vis qu'il titubait légèrement. Il était suivi du capitaine. Aucun des deux ne prononça une parole ; mais le premier vint m'examiner et pansa ma blessure comme il l'avait déjà fait, tandis que Hoseason me dévisageait avec un regard singulièrement sombre.

— A présent, monsieur, voyez vous-même, dit le premier ; une grosse fièvre, pas d'appétit, l'obscurité, le défaut de nourriture... Vous comprenez ce que cela signifie.

— Je ne suis pas sorcier, monsieur Riach, dit le capitaine.

— Avec votre permission, monsieur, dit Riach, vous avez une tête saine sur vos épaules, et une langue capable d'interroger en bon écossais ; mais je ne vous laisserai aucune échappatoire ; je veux que ce garçon soit ôté de ce trou et mis dans le gaillard d'avant.

— Ce que vous pouvez vouloir, monsieur, ne regarde personne autre que vous, riposta le capitaine ; mais je puis vous dire ce qui en sera. Il est ici, et ici il restera.

— En admettant que vous ayez été payé comme il faut, dit l'autre, je vous demande humblement la liberté de dire que moi je ne l'ai pas été. Je suis payé, et pas trop, pour être le second officier de ce vieux sabot ; et vous savez fort bien que je fais de mon mieux pour gagner mon salaire. Mais je n'ai été payé pour rien autre.

– Si vous vouliez bien retirer votre main de la poêle, monsieur Riach, je n'aurais pas à me plaindre de vous, répliqua le capitaine ; et au lieu de jouer aux charades, je me permettrai de dire que vous ferez mieux de réserver votre haleine pour refroidir votre porridge. On a besoin de nous sur le pont, ajouta-t-il, d'un ton sec, en mettant le pied sur l'échelle.

Mais M. Riach le retint par la manche.

– En admettant que vous ayez été payé pour commettre un assassinat...

Hoseason se retourna sur lui, tout flambant de colère.

– De quoi ? s'écria-t-il. Qu'est-ce que vous dites là ?

– Je dis apparemment ce que vous êtes capable de comprendre, dit M. Riach, qui le regardait fixement dans les yeux.

– Monsieur Riach, j'ai fais trois croisières avec vous, répondit le capitaine. Durant ce temps, j'ai appris à vous connaître ; je suis un homme raide, et dur aussi ; mais pour ce que vous venez de dire là ; – pouah ! – c'est d'un mauvais cœur et d'une conscience troublée. Si vous dites que le garçon va mourir...

– Mais oui, il va mourir ! dit Riach.

– Eh bien, monsieur, n'est-ce pas suffisant ? dit Hoseason. Flanquez-le où il vous plaira.

Là-dessus, le capitaine remonta l'échelle ; et moi, qui étais demeuré silencieux durant toute cette singuliere conversation, je vis M. Riach se retourner sur lui et lui faire une révérence jusqu'à terre, évidemment dérisoire. Malgré mon état de faiblesse, je compris deux choses : que le second avait une pointe de boisson, comme le capitaine l'avait insinué, et aussi que (ivre ou non) j'avais sans doute en lui un ami appréciable.

Cinq minutes après, mes liens étaient coupés, j'étais enlevé sur des épaules, porté dans le gaillard d'avant, et déposé tout à trac sur un tas de couvertures, – où je commençai par perdre connaissance.

Ce me fut une bénédiction de rouvrir les yeux au jour, et de me retrouver dans la société des hommes. Le gaillard d'avant était assez spacieux, tout entouré de couchettes sur lesquelles les hommes de la bordée en bas étaient assis à fumer, ou couchés endormis. Comme le temps était calme, et le vent bon, le panneau était ouvert, et non seulement la claire lumière du jour, mais de temps à autre (grâce au roulis) un rai poussiéreux de soleil y pénétraient et m'éblouissaient délicieusement. Je n'eus pas plus tôt fait un mouvement, d'ailleurs, que l'un des hommes vint me donner à boire une potion réconfortante préparée par M. Riach, et m'enjoindre de rester tranquille, afin d'être vite rétabli. Je n'avais rien de cassé, ajouta-t-il : « Un bon coup sur le crâne, ce n'est rien, dit-il. L'ami, c'est moi qui vous l'ai donné ! »

Je restai là plusieurs jours, étroitement surveillé, et non seulement je recouvrai la santé, mais j'en vins à connaître mes compagnons. C'étaient des gens grossiers, comme la plupart des matelots, retranchés de toutes les douceurs de la vie, et condamnés à rouler ensemble sur les mers, avec des maîtres non moins cruels. Plusieurs, parmi eux, avaient navigué avec les pirates et vu des choses dont j'aurais honte même de parler ; plusieurs avaient déserté les vaisseaux du roi, et portaient autour du cou la cravate de chanvre, ce dont il ne se cachaient pas ; et tous, comme on dit, étaient à couteaux tirés avec leurs meilleurs amis. Cependant, je n'avais été renfermé que peu de jours avec eux, et je me repentais déjà de ce premier jugement que j'avais porté sur eux à la jetée du Ferry, les déclarant de dégoûtantes brutes. Nulle catégorie d'individus n'est absolument mauvaise ; mais chacune a ses défauts et ses qualités propres ; et mes camarades de bord ne faisaient pas exception à la règle. A coup sûr, ils étaient grossiers, sans doute, et mauvais ; mais ils avaient aussi des vertus. Il leur arrivait d'être obligeants, de paraître simples même pour ma simplicité de rustique, et ils avaient quelques lueurs d'honnêteté.

Il y avait un homme d'environ quarante ans qui restait assis des heures au bord de ma couchette, pour me parler de sa femme et de son enfant. C'était un pêcheur, que la perte de son bateau avait contraint à naviguer au long cours. Or, des années ont beau s'être écoulées depuis, je ne l'ai pas oublié. Sa femme (qui était « jèune par rapport à lui », me répétait-il) attendit en vain le retour de son homme ; jamais plus il ne devait allumer le feu pour elle le matin, ni veiller l'enfant aux jours de maladie. En réalité, la plupart de ces pauvres gens (comme l'événement le montra) faisaient leur dernier voyage ; la mer profonde et ses poissons cannibales les ont reçus ; et il n'est pas généreux de mal parler des morts.

Entre autres bons tours qu'ils me firent, ils me restituèrent mon argent, qui avait été partagé entre eux ; il en manquait environ un tiers, à vrai dire, mais je fus bien aise de le ravoir, car j'en attendais grand bien dans le pays où j'allais. Le navire était frété pour les Carolines ; et il ne faut pas croire que j'y allais simplement comme exilé. Le commerce était déjà beaucoup réduit ; depuis lors, et avec la révolte des colonies et la formation des États-Unis, il a naturellement cessé ; mais en ce temps de ma jeunesse, des Blancs étaient vendus comme esclaves dans les plantations, et c'était le sort auquel mon méchant oncle m'avait condamné.

Le mousse Ransome (qui m'avait le premier parlé de ces atrocités) arrivait parfois de la dunette où il couchait et avait son service, tantôt avec un membre cruellement meurtri, qu'il serrait contre lui sans se plaindre, et tantôt dans des rages folles contre M. Shuan. J'en avais le cœur navré ; mais les hommes tenaient en grande estime le premier officier, qui était, disaient-ils, « le seul marin de toute la bande, et pas si mauvais que ça, une fois sobre ». De fait, je découvris qu'il y avait entre nos deux seconds un singulier contraste : M. Riach était morose, hargneux et féroce quand il était sobre, et M. Shuan n'aurait pas fait de mal à une mouche si ce n'est après avoir bu. Quant au capitaine, on me dit que la boisson n'avait aucune prise sur cet homme de fer.

Je m'efforçai, durant le peu de temps dont je disposai, de faire un homme, je devrais plutôt dire un garçon, de ce pauvre être, Ransome. Mais c'est tout au plus s'il avait sa raison. Il ne se rappelait rien du temps qui avait précédé son embarquement ; il savait tout juste que son père fabriquait des horloges, et qu'il avait dans un salon un sansonnet qui sifflait *le Pays du Nord ;* tout autre souvenir avait disparu au cours de ces années de rude labeur et de cruautés. Il se faisait de la terre ferme une idée singulière, cueillie dans des histoires de matelots : c'était pour lui un endroit où les garçons étaient mis à une sorte d'esclavage appelé métier, et où les apprentis étaient sans cesse fouettés et colloqués en d'humides cachots. Il croyait que dans les villes, un individu sur deux était un racoleur, et que dans une maison sur trois, on drogue et on assassine les gens de mer. Je lui racontai que moi-même avais été fort bien traité sur cette terre ferme qui l'épouvantait ainsi ; que j'avais été affectueusement nourri et élevé par mes parents et amis. S'il venait d'être battu, il pleurait amèrement et jurait de s'enfuir ; mais s'il était dans son humeur habituelle de cerveau brûlé, ou (plus encore) s'il avait pris un verre d'alcool dans la dunette, il ne faisait que se moquer de moi.

C'était M. Riach (Dieu lui pardonne) qui donnait à boire au garçon ; et sans doute le faisait-il par bonté ; mais outre que cela nuisait à sa santé, le spectacle était pitoyable de voir cette malheureuse créature abandonnée tituber, danser et bavarder à tort et à travers. Certains de nos hommes riaient, mais pas tous ; d'autres prenaient un air sombre et farouche (ils songeaient, peut-être, à leur jeunesse, ou à leurs enfants) et lui ordonnaient de cesser ses folies et de reprendre sa raison. Pour moi, je rougissais de le regarder, et je revois encore dans mes songes l'infortuné gamin.

Cependant, il faut savoir que le *Covenant* ne cessait de rencontrer des vents debout et de lutter contre des grosses mers, en sorte que le panneau était presque toujours fermé, et le gaillard d'avant éclairé par une seule lampe de roulis suspendue à un bau. Tout l'équipage était continuellement au travail ; il fallait toutes les heures établir ou réduire la voilure ; la fatigue aigrissait l'humeur des hommes ; le bruit des querelles entre couchettes ne cessait de tout le jour ; et comme je n'avais pas le droit de mettre le pied sur le pont, vous pouvez vous figurer combien j'étais las de cette vie, et impatient de la voir changer.

Elle allait changer, en effet, comme je vais le dire ; mais il me faut rapporter d'abord une conversation que j'eus avec M. Riach, et qui me donna du courage pour supporter mes maux. Le rencontrant à un degré favorable d'ivresse (car, sobre, il ne me regardait même pas), je lui fis jurer le secret, et lui racontai mon histoire.

Il affirma que c'était un véritable roman ; qu'il ferait de son mieux en ma faveur : qu'il me procurerait papier, plume et encore, pour écrire un mot à M. Campbell, et un autre à M. Rankeillor ; et que si je ne lui avais pas menti, il pariait dix contre un qu'il réussirait (avec leur aide) à me tirer de là et à me rétablir dans mes droits.

– En attendant, ajouta-t-il, du courage ! Vous n'êtes pas le premier, croyez-moi. Il y en a beaucoup en train de piocher le tabac, outre-mer, qui devraient monter à cheval devant leur porte, au pays ; beaucoup, des tas ! La vie n'est faite que de vicissitudes, après tout. Tenez, moi, par exemple : je suis fils de *laird,* et docteur plus qu'à moitié, et me voilà ici, à faire le Jacques devant Hoseason !

Je crus poli de lui demander son histoire.

Mais il se mit à siffler.

– Pas la moindre histoire, dit-il. Je voulais rire, voilà tout.

Et il sortit du gaillard d'avant.

VIII

La dunette

Un soir, vers onze heures, un homme de la bordée de M. Riach (qui était sur le pont) descendit chercher sa vareuse ; et aussitôt après on chuchota par tout le gaillard d'avant que « Shuan l'avait eu, pour finir ». Pas besoin de nommer la victime : nous la connaissions tous ; mais nous n'avions pas encore eu le temps de nous bien enfoncer l'idée dans la tête, ni même d'en parler, quand le capot se rouvrit, et le capitaine Hoseason descendit l'échelle. Il jeta vivement un regard circulaire sur les couchettes, à la lumière vacillante de la lampe ; puis j'eus la surprise de le voir s'avancer vers moi et m'adresser la parole d'un ton bienveillant.

– Mon ami, dit-il, nous avons besoin de vos services dans la dunette. Vous allez prendre la place de Ransome. Allons, vite à l'arrière.

Il parlait encore que deux matelots apparurent au haut de l'échelle, portant Ransome entre leurs bras ; et, comme à cet instant le navire faisait une embardée, la lampe oscilla et sa lumière tomba en plein sur la face du garçon. Elle était blanche comme une cire, et on eût cru y voir une sorte d'effrayant sourire. Mon sang se figea dans mes veines, et je retins mon souffle comme si j'avais reçu un coup.

– Allons, vous, à l'arrière, vite, filez donc ! me cria Hoseason.

Et, laissant là les matelots et le garçon (qui ne parlait ni ne remuait), je grimpai l'échelle en hâte.

Le brick se démenait par embardées vives et capricieuses à travers une houle longue, écumeuse. Il courait une bordée sur tribord, et à gauche, sous l'arche qui faisait la grand-voile, je vis le soleil encore très haut. A cause de l'heure tardive, cela me surprit beaucoup ; mais j'étais trop ignorant pour tirer cette juste conclusion : – que nous avions contourné l'Écosse, et nous nous étions maintenant à son nord-ouest, entre les Orcades et les Shetland, après avoir évité les dangereux courants du Pentland Firth. Pour moi, qui avais été enfermé si longtemps, et ne savais rien des vents debout, je nous croyais déjà plus d'à moitié chemin de l'Atlantique. Du reste, une fois passé mon étonnement de ce soleil tardif, je n'y fis plus attention, et m'en allai le long du pont. Je courais dans l'intervalle des coups de mer, me retenant à des cordages, mais néanmoins, sans un des hommes en haut, qui avait toujours été bon pour moi, j'aurais passé par-dessus bord.

La dunette, où j'allais désormais coucher et servir, était élevée de six pieds au-dessus du pont, et, vu la taille du brick, de bonnes dimensions. Elle contenait une table et un banc fixés au plancher, et deux couchettes, l'une pour le capitaine, et l'autre pour les deux seconds, alternativement. Elle était du haut en bas garnie de tiroirs renfermant les effets des officiers et une partie des provisions du bord ; il y avait au-dessus un second magasin, où l'on accédait par une écoutille située au milieu du pont ; en fait, le meilleur des vivres et de la boisson, avec la totalité de la poudre, étaient réunis en cet endroit ; et toutes les armes à feu, excepté les deux caronades de bronze réglementaires, s'alignaient dans un râtelier, au fond de la dunette. La plupart des coutelas se trouvaient ailleurs.

Une petite fenêtre munie de deux volets latéraux, et un vasistas au plafond l'éclairaient pendant le jour ; et, dès l'obscurité, une lampe y brûlait sans interruption. Elle brûlait quand j'y pénétrai, peu brillamment, il est vrai, mais assez pour me faire voir M. Shuan assis à la table, devant sa bouteille de brandy et un gobelet d'étain. C'était un homme grand, bien bâti et très basané, et il regardait devant lui d'un air stupide.

Il ne s'aperçut pas de mon arrivée, il ne fit pas un mouvement lorsque le capitaine entra derrière moi et s'accouda sur la couchette voisine, en regardant le second d'un air sombre. J'avais très peur de Hoseason, et non sans raison ; mais quelque chose me disait qu'alors même je n'avais rien à craindre ; aussi je lui glissai dans l'oreille : « Comment va-t-il ? » Il hocha la tête comme s'il ne savait pas et ne voulait pas savoir, et ses traits se contractèrent.

Ensuite M. Riach entra. Il lança au capitaine un regard signifiant que le garçon était mort, aussi clair que la parole, et prit place parmi nous ; en sorte que nous étions tous trois muets, à dévisager M. Shuan, lequel, de son côté, restait assis sans mot dire, les yeux fixés sur la table.

Soudain, il avança la main pour prendre la bouteille. M. Riach s'élança, et la lui retira, plus par surprise que par violence, s'écriant, avec un juron, que cela suffisait pour aujourd'hui, et qu'il finirait par attirer la vengeance de Dieu sur le navire. Et, tout en parlant ainsi (les portes de gros temps étaient ouvertes sur leurs glissières), il lança la bouteille à l'eau.

M. Shuan fut debout en un clin d'œil ; il gardait son air absent, mais il était prêt à tuer, et il l'aurait fait pour la deuxième fois de la nuit, si le capitaine ne s'était interposé entre lui et sa victime prétendue.

– Assis ! hurla le capitaine. Brute de porc ! ne savez-vous donc pas ce que vous avez fait ? Vous avez assassiné le garçon.

M. Shuan sembla comprendre, car il se rassit, et porta sa main à son front.

– Mais, dit-il, il m'avait apporté un gobelet sale !

A ces mots, le capitaine, M. Riach et moi, nous entre-regardâmes une seconde d'un air effaré ; puis Hoseason marcha sur son premier officier, l'empoigna par l'épaule, le poussa sur sa couchette, et lui ordonna de se déshabiller et de dormir, comme on le ferait avec un enfant méchant. Le meurtrier se rebiffa un peu, mais il se mit en devoir d'obéir, et retira ses bottes.

– Ah ! s'écria M. Riach, d'une voix lugubre, vous auriez dû l'empêcher depuis longtemps. C'est trop tard, à présent !

– Monsieur Riach, dit le capitaine, ce qui s'est passé cette nuit ne doit jamais être connu à Dysart. Le mousse a passé par-dessus bord, monsieur ; voilà tout ; et je donnerais cinq livres de ma poche pour que cela fût vrai ! (Il se retourna vers la table.) Pourquoi diantre avez-vous jeté cette bonne bouteille ? ajouta-t-il. C'est absurde. Allons, David, donnez-m'en une autre. Elles sont dans l'armoire du bas. (Et il me tendit une clef.) Vous avez besoin aussi d'en boire un verre, monsieur, dit-il à Riach. C'était un bien vilain spectacle.

Tous deux se mirent donc à boire ; et, cependant, le meurtrier, qui s'était couché, se releva sur un coude pour nous examiner, eux et moi, l'un après l'autre.

Dès le lendemain, j'étais assez bien au courant de mes nouvelles fonctions. Elles consistaient à servir les repas, que le capitaine prenait à des heures régulières, s'attablant avec l'officier qui n'était pas de service ; tout le long du jour, il me fallait courir porter à boire à l'un ou à l'autre de mes trois maîtres ; et la nuit, je dormais dans une couverture à même le plancher, au fond de la dunette, et juste dans le courant d'air des deux portes. Ce genre de couche était fort froid et dur ; on ne m'y laissait même pas dormir tranquille ; car l'un ou l'autre s'en venait du pont chercher à boire, et, lors des changements de quart, ils s'asseyaient à deux et quelquefois trois ensemble pour faire du punch. Comment ils ne tombaient pas malades, et moi aussi, je me le demande.

Par ailleurs, du reste, mon service était facile. Pas de nappe à mettre ; les repas consistaient en porridge d'avoine ou en salaisons, à part deux fois la semaine où on faisait le pudding. J'étais assez maladroit ; et (faute d'avoir le pied marin) je tombais quelquefois avec ce que j'apportais ; mais M. Riach et le capitaine se montraient d'une patience remarquable. Ils s'efforçaient, croyais-je, d'apaiser leur conscience, et sans doute n'auraient-ils pas été aussi bons pour moi, s'ils n'avaient été pire avec Ransome.

Quant à M. Shuan, la boisson, le souvenir de son crime, ou les deux, avaient dû lui détraquer la cervelle. Il ne me paraissait plus avoir toute sa raison. Il ne s'habituait pas à ma présence, me regardait sans cesse

avec de grands yeux, et, plus d'une fois, il recula devant ce que je lui
servais avec une sorte de terreur. Je compris fort bien tout de suite
qu'il ne se rendait pas un compte exact de ce qu'il avait fait, et dès
mon second jour de dunette, j'en eus la preuve. J'étais seul avec lui,
et il venait de me considérer longuement, lorsque tout à coup, le voilà
qui se dresse, pâle comme la mort, et s'approche de moi, à ma grande
épouvante. Mais il ne me voulait pas de mal.

— Vous n'étiez pas ici, avant ? interrogea-t-il.

— Non, monsieur.

— C'était un autre mousse ? redemanda-t-il ; et, sur ma réponse,
— Ah ! je le pensais ! Puis il alla se rasseoir, sans un mot de plus, sauf
pour réclamer du brandy.

On peut trouver la chose bizarre, mais, en dépit de l'horreur qu'il
m'inspirait, je m'apitoyais sur lui. Il était marié, et sa femme habitait
Leith ; mais j'ai oublié s'il avait ou non des enfants ; j'espère que non.

En somme, cette vie ne me fut pas trop pénible, tant qu'elle dura,
et (comme on va le lire) ce ne fut pas long. Je mangeais comme eux
du meilleur ; leurs pickles même, qui étaient la grande friandise, j'en
avais ma part ; et si j'avais voulu, j'aurais été ivre du matin au soir,
grâce à M. Shuan. J'avais aussi de la compagnie, — une bonne compagnie
en son genre. M. Riach, qui avait fait ses études, causait avec moi
comme un ami, quand il n'était pas dans ses humeurs noires, et me
parlait d'un tas de choses curieuses, et souvent instructives. Même le
capitaine, encore qu'il me tînt à distance la plupart du temps, se déridait
parfois un peu, et me disait les beaux pays qu'il avait visités.

L'ombre du pauvre Ransome, en tout cas, pesait sur nous quatre,
et en particulier sur M. Shuan et moi, très lourdement. Et de plus j'avais
mes propres soucis. J'étais là, faisant cette vile besogne pour trois
individus que je méprisais, et dont l'un, au moins, avait mérité la
potence ; ceci pour le présent ; et pour l'avenir, je ne pouvais que me
voir esclave parmi des nègres, à cultiver du tabac. M. Riach, par
prudence peut-être, ne me laissait plus dire un mot de mon histoire ;
le capitaine, à la première ouverture, m'envoya promener comme un
chien, sans vouloir m'écouter. A mesure que les jours passaient, je
tombais dans un désespoir plus profond, et je finis par bénir le travail
qui m'empêchait de penser.

IX

L'homme à la ceinture pleine d'or

Le mauvais sort qui avait jusque-là poursuivi le *Covenant* ne fit que s'accentuer durant la semaine suivante. Un jour, il tenait sa route passablement ; le lendemain, il reperdait tout le chemin gagné. Finalement, nous fûmes drossés si loin dans le sud que l'on mit en panne et que l'on roula sur place toute la durée du neuvième jour, en vue du cap Wrath et de l'abrupte côte rocheuse qui le prolonge de part et d'autre. Les officiers tinrent conseil, et prirent une décision que je ne saisis pas bien, mais dont je vis le résultat : savoir que nous mîmes à profit ce vent contraire en nous dirigeant vers le sud.

L'après-midi du dixième jour, la houle tomba, et il survint un brouillard blanc, humide et opaque. On n'y voyait pas d'une extrémité du brick à l'autre. Chaque fois que je traversais le pont, cet après-midi-là, je voyais les hommes et les officiers accoudés au bastingage, guettant l'approche «des brisants», me dit-on ; et sans bien comprendre le mot, je flairais le danger, et j'étais ému.

Vers dix heures du soir, comme je servais le souper à M. Riach et au capitaine, le navire heurta contre quelque chose avec fracas, et des cris de détresse retentirent. Mes deux maîtres se levèrent d'un bond.

– Nous avons touché ! dit M. Riach.

– Non, monsieur, dit le capitaine. Nous venons simplement de couler un bateau.

Et ils s'élancèrent au-dehors.

Le capitaine avait dit vrai. Nous avions abordé dans le brouillard une barque, qui s'était ouverte en deux et avait sombré avec tout son monde, à l'exception d'un homme. Celui-ci (nous l'apprîmes par la suite) était à l'arrière comme passager, et les autres sur les bancs, à ramer. Lors de l'abordage, la poupe avait été lancée en l'air, et l'homme (il avait les mains libres, mais était empêtré d'un surtout de frise qui lui venait à mi-jambe) avait réussi s'agripper au beaupré du brick. Il fallait de la chance et beaucoup d'agilité pour se tirer d'un aussi mauvais pas. Et cependant, lorsque le capitaine l'introduisit dans la dunette, que je le vis pour la première fois, il semblait aussi frais et dispos que moi.

Il était de petite taille, mais bien bâti et vif comme une chèvre ; son visage exprimait la franchise, mais il était tout brûlé du soleil, et profondément grêlé de petite vérole ; ses yeux étaient singulièrement clairs et pleins d'une sorte de folie vacillante qui inspirait la sympathie et la crainte ; dès qu'il eut retiré son surtout, il déposa sur la table une paire de beaux pistolets à crosse d'argent, et je vis qu'il portait une longue épée au côté. Ses manières étaient d'ailleurs élégantes, et il complimenta fort joliment le capitaine. Bref, je pensai de cet homme, à première vue, que j'aimerais mieux l'avoir pour ami que pour ennemi.

Le capitaine, de son côté, faisait ses remarques, mais il s'occupait davantage des habits que de la personne. Et en vérité, sous le surtout, il apparut d'une élégance bien raffinée pour la dunette d'un brick de commerce : chapeau à plume, gilet rouge, culotte de velours noir, habit bleu à boutons d'argent et fines dentelles d'argent ; tous vêtements de prix, quoiqu'un peu gâtés par le brouillard, et par le fait de coucher tout habillé.

— Je suis désolé, monsieur, pour votre barque, dit le capitaine.

— Il y a quelques braves gens partis au fond de l'eau, dit l'étranger, que j'aimerais mieux voir sur la terre ferme plutôt qu'une demi-douzaine de barques.

— De vos amis ? dit Hoseason.

— Des amis comme il n'y en a pas chez vous. Ils seraient morts pour moi comme des chiens.

— Tant pis, monsieur, dit le capitaine, toujours le regardant – il y a plus d'hommes sur la terre que de bateaux pour les y mettre.

— C'est ma foi vrai, s'écria l'autre, et vous me semblez un gengleman de profonde pénétration.

— J'ai été en France, dit le capitaine d'une telle façon qu'il voulait dire évidemment plus que sa phrase n'en avait l'air.

— Ma foi, monsieur, dit l'autre, il y a maints jolis garçons logés à la même enseigne.

Sans doute, monsieur, dit le capitaine, et de jolis habits aussi.

— Oh ! dit l'étranger, est-ce par là que vient le vent ? Et il porta vivement la main à ses pistolets.

— Ne soyez pas si pressé, dit le capitaine. Ne faites pas un malheur avant d'en savoir la nécessité. Vous avez sur le dos un habit de soldat français et dans la bouche une langue écossaise, c'est certain ; mais il en va de même aujourd'hui pour quantité d'honnêtes gens, et qui n'en valent pas moins.

— Ouais ? dit le gentilhomme au bel habit. Seriez-vous du parti honnête ?

Il voulait dire : Êtes-vous jacobite, car de chaque côté, dans ce genre de dissensions civiles, on revendique pour soi le privilège de l'honnêteté.

— Ma foi, monsieur, répondit le capitaine, je suis un protestant bon teint, et j'en remercie Dieu. (C'était le premier mot quelconque de religion que je lui entendais prononcer, mais je sus plus tard qu'il était fort assidu à l'église, une fois à terre.) – Malgré cela, continua-t-il, je regrette de voir un de mes semblables mis le dos au mur.

— En vérité, demanda le jacobite. Eh bien, monsieur, pour être franc avec vous, je suis l'un de ces gentlemen qui eurent des ennuis vers l'an 45-46 ; et (toujours pour être franc avec vous) si je tombais entre les mains de ces messieurs de l'habit rouge, il est probable que cela irait mal pour moi. Maintenant, monsieur, j'allais en France ; il y avait un

vaisseau français en train de croiser par ici afin de m'emmener ; mais
nous l'avons perdu dans le brouillard... comme je souhaiterais de tout
cœur que vous eussiez fait vous-même ! Et voici tout ce que je puis
dire : Si vous voulez me mettre à terre là où je me rendais, j'ai sur
moi le nécessaire pour vous récompenser largement de votre peine.

— En France ? dit le capitaine. Non, monsieur, cela je ne le puis.
Mais là d'où vous venez... nous pourrions en causer.

Et alors, par malheur, il m'aperçut dans mon coin, et m'envoya à
la cambuse chercher le souper du gentilhomme. Je ne perdis pas de
temps, je vous assure. Quand je fus de retour dans la dunette, le
gentilhomme avait retiré d'autour de sa taille une ceinture pleine
d'espèces, et versé quelques guinées sur la table. Le capitaine regardait
tour à tour les guinées, la ceinture, et le visage du gentilhomme ; il
me parut fort intéressé.

— Moitié de cela, s'écria-t-il, et je suis votre homme !

L'autre rafla les guinées dans la ceinture, qu'il rajusta sous son gilet.

— Je vous ai expliqué, monsieur, dit-il, que pas un liard de cet or
ne m'appartient. Il appartient à mon chef – (il porta la main à son
chapeau) – mais tandis que je serais seulement un fidèle messager, d'en
sacrifier une partie afin de sauver le reste, j'agirais comme un misérable
si je rachetais ma carcasse trop cher. Trente guinées sur la côte, ou
soixante, si vous me déposez dans le loch Lynnhe. Voyez si cela vous
va ; sinon, tant pis pour vous.

— Très bien, dit Hoseason. Et si je vous livre aux soldats ?

— Vous feriez un marché de dupe, dit l'autre. Mon chef, laissez-moi
vous le dire, monsieur, est confisqué, comme tout honnête homme en
Écosse. Ses biens sont entre les mains de celui qu'on appelle le roi
George, dont les fonctionnaires recueillent le produit, ou du moins
essaient. Mais pour l'honneur de l'Écosse, les pauvres tenanciers
n'oublient pas leur chef exilé ; et cet argent qu'ils lui envoient fait partie
de ces mêmes revenus que convoite le roi George. Or, monsieur, vous
me semblez comprendre les choses : mettez cet argent à la portée du
gouvernement, et qu'est-ce qui vous en reviendra ?

— Bien peu, à coup sûr, dit Hoseason ; puis : – S'il le savait, ajouta-t-il
froidement. Mais je suppose, le cas échéant, que je saurais tenir ma
langue.

— Oui, mais je vous garde un tour ! s'écria le gentilhomme.
Trahissez-moi, et je vous rends la pareille. Que l'on mette la main sur
moi, et je révèle la somme.

— Allons, dit le capitaine, il faut ce qu'il faut. Soixante guinées, et
tope. Voilà ma main.

— Et voici la mienne, dit l'autre.

Et là-dessus, le capitaine sortit (un peu précipitamment, à mon avis)
et me laissa seul dans la dunette avec l'étranger.

A cette époque (peu après 45) un grand nombre de gentilshommes
exilés revenaient, au péril de leur vie, soit pour voir leurs amis, soit
pour trouver de l'argent, et quant aux chefs highlanders dont les biens

avaient été confisqués, il était de notoriété que leurs tenanciers se
privaient afin de leur envoyer de l'argent, et les membres de leur clan
affrontaient les soldats pour le recevoir, et forçaient le blocus de notre
flotte de guerre pour le porter à l'étranger. Tout cela, bien entendu,
je le savais ; mais j'avais là sous les yeux un homme dont la vie était
compromise pour tous ces motifs et d'autres encore, car c'était non
seulement un rebelle et un messager clandestin, mais il avait pris du
service chez le roi Louis de France. Et comme si tout cela ne suffisait
pas, il avait autour de la taille une ceinture pleine de guinées d'or.
Quelles que fussent mes opinions, je ne pouvais regarder un tel homme
sans un vif intérêt.

— Ainsi, vous êtes jacobite ? dis-je, en posant un plat devant lui.

— Oui, dit-il en se mettant à manger. Et vous, à voir votre longue
figure, seriez plutôt un whig [1].

— Entre les deux, répondis-je, crainte de le désobliger ; car j'étais en
réalité aussi bon whig que M. Campbell avait pu me faire.

— Alors, vous n'êtes rien du tout, dit-il. Mais à mon avis, monsieur
Entre-les-deux, cette bouteille-ci est vide, et ce serait dur d'aller payer
soixante guinées pour qu'on vous chicane encore une goutte à boire.

— Je vais demander la clef, dis-je. Et je sortis sur le pont.

Le brouillard était toujours aussi dense, mais la houle presque
entièrement tombée. On avait mis le brick en panne, car on ne savait
plus au juste où l'on se trouvait, et le vent (ou le peu qui en restait)
ne pouvait nous servir pour notre route. Quelques matelots guettaient
encore les brisants ; mais le capitaine et les deux officiers étaient dans
la coursive, leurs têtes rapprochées. Je sentis (je ne sais pourquoi) qu'ils
méditaient un mauvais coup ; et le premier mot que j'entendis, en
m'approchant d'eux tout doucement, fit plus que me confirmer dans
cette opinion.

Ce fut M. Riach qui s'écria, soudain comme frappé d'une idée :

— Ne pouvons-nous l'attirer hors de la dunette ?

— Il est mieux là, répliqua Hoseason ; il n'a pas de place pour se
servir de son épée.

— Oui, c'est vrai, dit Riach ; mais ce sera difficile d'en venir à bout.

— Bah ! dit Hoseason. Il suffit de nous mettre un de chaque côté de
lui, comme pour causer, et de lui immobiliser les bras ; ou, si vous le
préférez, monsieur, nous pouvons nous élancer par les deux portes, et
le terrasser avant qu'il ait le temps de dégainer.

A ces mots, je fus saisi à la fois de crainte et de fureur envers ces
traîtres, avides et sanguinaires individus. Ma première idée fut de fuir ;
ma seconde fut plus hardie.

— Capitaine, dis-je, le gentilhomme demande à boire, et sa bouteille
est finie. Voulez-vous me donner la clef ?

Tous deux tressaillirent et se retournèrent.

---

1. *Whig* ou *whigamore* était un terme familier pour désigner ceux qui étaient attachés au
roi George (R. L. S.).

— Ma foi, voici notre meilleure chance de mettre la main sur les armes à feu ! s'écria Riach. Puis, s'adressant à moi : — Écoutez bien, David, savez-vous où sont les pistolets ?

— Oui, oui, dit Hoseason ; David le sait ; David est un brave garçon. Voyez-vous, David mon ami, ce Highlander là-bas est un danger pour le brick outre qu'il est ennemi juré du roi George, que Dieu bénisse !

Je n'avais pas encore reçu autant de David depuis mon arrivée à bord ; mais je répondis : Oui, comme si ce qu'on me disait était tout naturel.

— L'ennui, reprit le capitaine, c'est que toutes nos armes à feu, grandes ou petites, se trouvent sous le nez de cet homme, dans la dunette ; la poudre également. Or, si moi, ou l'un des officiers, s'en allait pour les chercher, cela lui donnerait l'éveil. Tandis qu'un garçon comme vous, David, peut facilement escamoter une poire à poudre et un pistolet ou deux. Et si vous vous en tirez comme il faut, je ne l'oublierai pas, au moment où il sera bon pour vous d'avoir des amis, c'est-à-dire quand nous arriverons à la Caroline.

M. Riach lui glissa quelques mots à l'oreille.

— Très bien, monsieur, dit le capitaine ; puis à moi : — Et songez, David, que cet homme a une ceinture pleine d'or, et vous y mettrez les doigts, je vous en donne ma parole.

Je lui répondis que je ferais comme il le désirait, bien que j'eusse à peine la force de parler ; et alors il me donna la clef de l'armoire aux liqueurs, et je m'en retournai lentement vers la dunette. Qu'allais-je faire ? Ces gens étaient des misérables et des voleurs : ils m'avaient ravi à mon pays ; ils avaient tué le pauvre Ransome ; devais-je encore leur tenir la chandelle pour un autre assassinat ? Mais, d'autre part, j'avais devant les yeux la crainte de la mort ; car que pouvaient un enfant et un seul homme, fussent-ils braves comme des lions, contre tout l'équipage d'un navire ?

J'étais encore à retourner la chose dans mon esprit, sans me fixer à rien, lorsque j'entrai dans la dunette, et vis le jacobite qui mangeait sous la lampe. A cette vue, ma résolution fut aussitôt prise. Je n'en tire nul orgueil, car ce ne fut point de mon propre mouvement, mais par une sorte d'impulsion, que je marchai droit à la table, et posai la main sur l'épaule de l'homme.

— Tenez-vous à être tué ? lui demandai-je.

Il se leva d'un bond, et ses yeux me questionnèrent mieux que s'il avait parlé.

— Oh ! m'écriai-je, ce sont tous assassins ici ; le navire en est plein ! Il ont déjà tué un mousse. C'est votre tour, à présent.

— Ouais, dit-il ; mais ils ne m'ont pas encore ; Puis, me regardant avec curiosité : — Vous me seconderiez ?

— C'est bien mon intention. Je ne suis pas un voleur, encore moins un assassin. Je vous seconderai.

— Très bien donc ; quel est votre nom ?

— David Balfour ; et puis, songeant qu'un homme aussi bien vêtu devait aimer les gens distingués, j'ajoutai pour la première fois : – de Shaws.

L'idée ne lui vint pas de mettre en doute ma parole, car un Highlander a l'habitude de voir des gens de la plus haute noblesse dans la plus grande pauvreté ; mais comme lui-même n'avait pas de particule, la puérile vanité qu'il portait en lui se révolta.

– Mon nom est Stewart, dit-il, en se redressant. C'est Alan Breck qu'on m'appelle. Un nom de roi me paraît bon assez, quoique je le porte tout simple, sans aucun nom de ferme à ajouter au bout.

Et, après m'avoir administré cette rebuffade, comme s'il s'agissait d'un sujet de la plus haute importance, il s'occupa d'inventorier nos moyens de défense.

La dunette était bâtie très solidement, pour résister aux coups de mer. De ses cinq ouvertures, le vasistas et les deux portes étaient assez larges pour laisser passer un homme. Les portes, d'ailleurs, pouvaient se clore hermétiquement ; elles étaient en cœur de chêne, à coulisses, et munies de crochets pour les tenir fermées ou bien ouvertes, selon le besoin. Celle qui était déjà fermée, je l'assujettis de cette manière, et j'allais faire glisser l'autre à sa place, lorsque Alan m'arrêta.

– David, dit-il – car je ne puis me rappeler le nom de votre terre, et je me permettrai donc de vous appeler David tout court – cette porte ouverte est la meilleure de nos défenses.

– Il vaudrait mieux la fermer, dis-je.

– Non pas, David, dit-il. Voyez-vous, je n'ai que deux yeux ; mais aussi longtemps que cette porte sera ouverte et que j'y aurai les yeux, la plupart de mes ennemis seront en face de moi, là même où je souhaite les trouver.

Puis il me donna un coutelas tiré du râtelier (où il y en avait quelques-uns, outre les armes à feu), le choisissant avec grand soin, tout en hochant la tête et disant qu'il n'avait jamais vu d'aussi pitoyables armes ; et ensuite il m'attabla devant une poire à poudre, un sachet de balles et tous les pistolets, qu'il me donna ordre de charger.

– Et ce sera là une meilleure besogne, permettez-moi de vous le dire, pour un gentilhomme de bonne naissance, que de frotter des assiettes et verser à boire à de vils goudronnés de marins.

Là-dessus, il se campa au milieu de la pièce, faisant face à la porte, et, tirant sa longue rapière, fit l'épreuve du champ disponible.

– Il faut que je m'en tienne aux coups de pointe, dit-il, en hochant la tête, et c'est très regrettable. Cela ne convient pas à mon genre, qui est surtout la garde haute. Et maintenant, chargez-nous ces pistolets, et faites attention à ce que je vais vous dire.

Je lui promis de ne pas perdre un mot. J'avais la gorge serrée, la bouche sèche, les yeux troubles ; la pensée de tous ces individus qui allaient bientôt fondre sur nous me faisait battre le cœur ; et la mer, que j'entendais clapoter alentour du brick, et où je songeais que mon cadavre serait jeté avant le matin, la mer m'obsédait étrangement.

– Tout d'abord, combien sont-ils contre nous ? demanda-t-il.

Je les comptai ; et j'étais si bouleversé que je dus recommencer deux fois.

— Quinze, dis-je.

Alan siffla.

— Tant pis, dit-il, nous n'y pouvons rien. Et maintenant, suivez-moi bien. C'est mon rôle dans la bataille. Vous n'avez rien à y voir. Et surtout rappelez-vous de ne pas tirer de ce côté à moins qu'ils ne m'aient renversé ; car j'aime mieux dix ennemis en face de moi qu'un ami comme vous tirant des coups de pistolet dans mon dos.

Je lui avouai qu'en effet je n'étais pas un fameux tireur.

— Et voilà une brave parole ! s'écria-t-il, admirant beaucoup mon ingénuité. Maints fiers gentilshommes n'oseraient en dire autant.

— Mais, monsieur, dis-je, il y a cette autre porte, derrière vous, qu'ils pourraient bien enfoncer.

— Oui, dit-il, et c'est là une part de votre besogne. Sitôt les pistolets chargés, vous allez monter sur ce lit contre la fenêtre ; et, s'ils s'attaquent à la porte, vous tirerez dessus. Mais ce n'est pas tout. Faisons de vous un soldat, David. Qu'avez-vous encore à garder ?

— Le vasistas, dis-je. Mais en vérité, monsieur Stewart, il me faudrait avoir des yeux de tous les côtés pour surveiller porte et vasistas ; quand j'aurai le nez à l'une, je tournerai le dos à l'autre.

— Très juste, dit Alan. Mais n'avez-vous pas aussi des oreilles ?

— A coup sûr! m'écriai-je. J'entendrai casser le carreau.

— Vous avez quelques rudiments de bon sens, dit Alan, avec un sourire amer.

X

Le siège de la dunette

Mais la trêve allait expirer. Ceux du pont avaient attendu mon retour, avec une impatience croissante ; et Alan n'avait pas fini de parler, que la tête du capitaine se montra dans l'ouverture de la porte.

— Halte ! s'écria Alan, qui pointa son épée vers lui.

Le capitaine fit halte, mais sans sourciller ni reculer d'un pas.

— Une épée nue ? dit-il. Singulier remerciement de l'hospitalité !

— Regardez-moi, dit Alan. J'ai eu des rois pour aïeux ; je porte un nom de roi. J'ai sur mon blason un chêne. Voyez-vous mon épée ? Elle a tranché les têtes de plus de whigs que vous n'avez d'orteils à vos pieds. Appelez votre vermine à votre suite, monsieur, et en garde ! Plus tôt commencera la lutte, plus tôt vous goûterez de cet acier au travers du corps.

Le capitaine, sans lui répondre, me lança un mauvais regard :

– David, fit-il, je m'en souviendrai.

Et le son de sa voix me fit passer un frisson par tous les membres. Un instant après il avait disparu.

– Et maintenant, dit Alan, faites bien attention, car on va en venir aux mains.

Alain tira son *dirk,* qu'il tint de la main gauche, pour le cas où l'on passerait sous son épée. De mon côté, je grimpai sur la couchette avec une paire de pistolets, et, le cœur serré, ouvris la fenêtre que je devais surveiller. Je ne découvrais qu'une petite partie du pont, mais cela suffisait à nos besoins. La mer avait calmi, la brise était constante et gonflait paisiblement les voiles ; et il régnait sur le navire un grand silence, qui me permit d'entendre un murmure de voix. Peu après, un cliquetis d'acier retentit sur le pont, et je compris que l'on distribuait les coutelas, et que l'un d'eux était tombé ; ensuite, le silence à nouveau.

Je ne sais si j'avais réellement peur ; mais mon cœur battait comme celui d'un oiseau, à petits coups précipités ; et mes yeux étaient si troublés que je les frottais continuellement, sans arriver à les éclaircir. D'espoir, je n'en avais aucun ; mais au contraire une sorte de rage désespérée à l'égard du monde entier, qui me faisait aspirer à vendre ma vie le plus chèrement possible. Je voulus prier, je m'en souviens, mais cette sorte de précipitation qui emportait mon esprit, comme si j'avais couru, m'empêchait de trouver les mots ; et je me bornai à souhaiter que l'affaire s'engageât et que tout fût fini.

Elle commença soudain par une ruée de pas et de hurlements, puis une exclamation d'Alan, un bruit de lutte, et quelqu'un poussa un cri comme s'il était blessé. Je regardai par-dessus mon épaule, et vis M. Shuan dans le cadre de la porte, croisant l'épée avec Alan.

– C'est lui qui a tué le mousse ! m'écriai-je.

– Occupez-vous de votre fenêtre ! dit Alan ; mais avant de reprendre son poste, je le vis passer son épée à travers le corps du second.

Ce ne fut pas trop tôt que je regardai de mon côté ; car j'avais à peine la tête à la fenêtre, que cinq hommes, portant une vergue de rechange en guise de bélier, passèrent devant moi et prirent position devant la porte, pour l'enfoncer. De ma vie, je n'avais encore tiré un coup de pistolet, et rarement un coup de fusil ; pas, en tout cas, sur mes semblables. Mais il le fallait ; et juste comme ils balançaient la vergue, je m'écriai : « Attrapez ! » et tirai dans le tas.

Je dus en blesser un, qui poussa un cri et recula d'un pas, tandis que les autres s'arrêtaient, un peu décontenancés. Ils n'avaient pas eu le temps de se remettre, que j'envoyais encore une balle par-dessus leurs têtes ; et à mon troisième coup (aussi peu efficace que le second) toute la bande laissa choir la vergue et s'encourut.

Alors, j'inspectai de nouveau l'intérieur de la dunette. Elle était remplie de fumée, grâce à mes coups de pistolet, dont j'avais encore les oreilles assourdies. J'aperçus Alan, toujours debout ; mais à présent son épée ruisselait de sang jusqu'à la garde ; et lui-même était si gonflé de son triomphe et campé dans une si fière attitude qu'il avait l'air

invincible. A ses pieds, M. Shuan gisait sur le plancher, à quatre pattes ;
le sang lui sortait de la bouche ; et il s'affaissait de plus en plus,
effroyablement pâle. Mais tandis que je le regardais, ceux de derrière
la porte le saisirent aux talons et l'entraînèrent hors de la dunette. Il
dut expirer en cet instant même.

– Voilà toujours un de vos wighs en moins ! s'écria Alan ; puis se
tournant vers moi, il demanda si j'avais fait beaucoup de besogne.

Je lui répondis que j'en avais touché un, le capitaine, me semblait-il.

– Et moi, j'en ai abattu deux, dit-il... Non ; il n'y a pas encore assez
de sang versé ; ils vont revenir. A votre poste, David. Ce n'était là que
la goutte avant le repas.

Je repris ma place, rechargeant les trois pistolets que j'avais tirés,
l'œil et l'oreille aux aguets.

Nos ennemis étaient, non loin sur le pont, en train de discuter, à
voix haute si haute que deux ou trois mots parvinrent jusqu'à moi,
dominant le bruit des flots.

– C'est Shuan qui s'y est mal pris, disait une voix.

Et un autre répondit :

– Taisez-vous donc. C'est lui qui a « payé le poivre ».

Les voix se perdirent dans un murmure confus. Mais cette fois,
quelqu'un parlait presque toujours seul, comme pour exposer un plan ;
après quoi, il y eut deux ou trois réponses brèves, comme si les hommes
avaient reçu des ordres. Je conclus qu'ils allaient revenir à la charge,
et avertis Allan.

– C'est ce que nous devons souhaiter, dit-il. Tant que nous n'aurons
pas fini par les dégoûter de nous, il n'y aura pas de sommeil ni pour
vous ni pour moi. Mais à présent, attention, cela va devenir sérieux.

Mes pistolets étaient prêts, et je n'avais rien à faire que d'écouter
et d'attendre. Durant la lutte, il ne m'était pas même resté le loisir
d'avoir peur ; mais depuis que tout était tout redevenu calme, je ne
songeais plus qu'à cela. L'idée des épées affilées, le froid de l'acier me
hantaient ; aussi, au moment où j'entendis s'approcher des pas furtifs,
et où des vêtements d'hommes frôlèrent la muraille de la dunette, je
compris qu'ils prenaient leurs postes dans l'ombre, et faillis pousser
un cri.

Cela se passait du côté d'Alan ; et je me figurais presque n'avoir plus
de rôle à jouer dans le combat, quand je perçus le bruit d'une chute
étouffée, sur le toit, au-dessus de ma tête.

Un coup de sifflet retentit. C'était le signal. Une troupe serrée s'élança,
coutelas au poing, contre la porte ; au même moment, le carreau du
vasistas vola en éclats, et un homme passa au travers, qui se laissa
tomber sur le plancher. Avant qu'il se fût relevé, je lui avais mis un
pistolet entre les deux épaules, et j'allais le tuer ; mais au contact de
cet être vivant, ma chair se révolta, et je fus aussi incapable de presser
sur la gâchette que je l'eusse été de m'envoler.

Il avait perdu son coutelas en tombant, et quand il sentit le pistolet
le toucher, il se déroba vivement et me saisit à-bras-le-corps, avec un

blasphème furieux ; sur quoi je retrouvai mon courage, ou ce fut peut-être la terreur qui produisit ce résultat ; mais je poussai un cri et lui déchargeai mon pistolet en pleine poitrine. Il fit entendre un affreux gémissement et roula sur le plancher. Juste alors, le pied d'un second individu, qui avait déjà passé les jambes par le vasistas, me heurta le crâne ; et aussitôt, m'emparant d'un autre pistolet, je tirai dans la cuisse de cet homme, ce qui lui fit lâcher prise et s'abattre en bloc sur le cadavre de son compagnon. Impossible de manquer le but, et inutile de viser ; je lui plaçai le pistolet sur le cœur ; et fis feu.

Je serais sans doute resté là, à contempler mes victimes, si Alan ne m'avait appelé à son aide et rendu à la situation.

Il avait jusqu'ici tenu la porte ; mais un des matelots, profitant de ce qu'il était occupé par ailleurs, s'était faufilé sous son épée, et l'avait saisi au torse. Alan le poignardait de la main gauche, mais cet homme s'accrochait à lui comme une sangsue. Un autre avait pénétré, le coutelas levé. Les visages se pressaient à la porte. Je nous crus perdus, et, brandissant mon coutelas, je tombai sur eux, de flanc.

Mais je n'eus pas le loisir de me rendre utile. Le lutteur lâcha prise enfin ; Alan bondit en arrière pour prendre du champ, puis chargea comme un taureau, en mugissant. Leur ramas fondit devant lui comme de l'eau : faisant volte-face, ils s'encoururent, et trébuchèrent l'un contre l'autre dans leur précipitation. L'épée étincelait à son poing comme du vif-argent et s'enfonçait dans le tas de nos ennemis en fuite ; et chaque éclair provoquait le hurlement d'un blessé. J'en étais encore à nous croire perdus, que – joie ! – tous avaient disparu, et Alan les pourchassait au long du pont comme un chien de berger ramène un troupeau.

Néanmoins, il fut prompt à revenir, car il était aussi prudent que brave ; et cependant, les matelots fuyaient toujours en hurlant, comme s'il était encore à leurs trousses. Nous les entendîmes dégringoler pêle-mêle dans le gaillard d'avant, et refermer le panneau derrière eux.

La dunette ressemblait à un charnier ; il y avait trois morts à l'intérieur, un autre expirait en travers du seuil, et nous étions là, Alan et moi, victorieux et sans blessure.

Il vint à moi les bras ouverts.

– Dans mes bras ! s'écria-t-il ; et il m'embrassa fortement sur les deux joues. David ! je vous aime comme un frère. Et dites, ami, ajouta-t-il dans une sorte d'extase, n'ai-je pas bien combattu ?

Puis retournant à nos ennemis, il les transperça chacun de son épée, et les jeta dehors l'un après l'autre. Ce faisant, il ne cessait de marmotter, de chanter et de siffler à part lui, comme quand on cherche à se rappeler un air ; seulement, *lui*, cherchait à en composer un. Il avait la figure rouge, et les yeux brillants comme un enfant de cinq ans qui a trouvé un nouveau joujou. Et alors il s'assit sur la table, l'épée au poing ; l'air qu'il composait se dégagea peu à peu avec plus de netteté ; et finalement il entonna de toute sa voix une chanson en gaélique.

Je la traduis, non en vers (car j'y suis inhabile) du moins en bon

anglais. Il chanta souvent par la suite cet air, qui devint populaire ;
je l'ai entendu, et il me l'a expliqué maintes fois.

> *Ceci est le chant de l'épée d'Alan :*
> *Le forgeron l'a faite,*
> *Le feu l'a durcie ;*
> *Et elle luit au poing d'Alan Breck.*

> *Ils étaient nombreux et leurs yeux brillaient,*
> *Ils étaient prompts,*
> *Nombreuses leurs mains ;*
> *L'épée était seule.*

> *Les daims légers s'assemblent sur les collines,*
> *Ils sont nombreux, la colline est solitaire ;*
> *Les daims légers s'évanouissent,*
> *La colline reste.*

> *Venez à moi des collines de bruyère,*
> *Venez des îles de la mer,*
> *O aigles à la vue perçante,*
> *Voici votre repas !*

Or, cette chanson qu'il composa (paroles et musique) à l'heure de
notre victoire n'est rien moins que juste envers moi, qui le soutins dans
la mêlée. M. Shuan et cinq autres avaient été tués tout à fait ou mis
hors de combat ; mais de ceux-ci, deux étaient tombés sous mes coups,
les deux arrivés par le vasistas. Quatre autres étaient blessés, dont un
(et non le moins dangereux) de ma main. En sorte que, tout compte
fait, j'avais ma large part de tués et de blessés, et pouvais réclamer
une place dans les vers d'Alan. Mais les poètes sont obligés de penser
à leurs rimes ; et en bonne prose parlée, Alan me rendait plus que justice.

Mais, à cette heure, je me souciais peu du tort qui m'était fait.
D'abord, je ne connaissais pas un mot de gaélique ; puis, sans doute
par suite de la longueur de l'attente, par suite de la fatigue de nos deux
engagements, et surtout de l'horreur que je ressentais d'y avoir participé,
la lutte ne fut pas plutôt achevée que j'allai tout chancelant m'asseoir
sur une chaise. J'avais la poitrine tellement serrée que je respirais à
peine ; je revoyais comme dans un cauchemar les deux hommes que
j'avais tués ; et soudain, avant de pouvoir soupçonner ce qui m'arrivait,
je me mis à pleurer et sangloter comme un enfant.

Alan me frappa sur l'épaule, me disant que j'étais un brave garçon,
et n'avais besoin que de dormir.

— Je vais prendre le premier quart, dit-il. Vous m'avez bien secondé,
David, d'un bout à l'autre et je ne voudrais pas vous perdre, pour Appin
entier, — non, pas même pour Breadalbane.

Je dressai donc mon lit sur le plancher ; et il prit la première veille,

le pistolet au poing et l'épée sur les genoux, durant trois heures, à la
montre du capitaine qui pendait au mur. Puis il me fit lever, et je pris
ma faction, durant trois heures. Elles n'étaient pas écoulées qu'il faisait
grand jour. C'était une matinée calme ; une longue houle régulière nous
balançait et faisait courir le sang de côté et d'autre sur le plancher de
la dunette, tandis que la pluie épaisse tambourinait sur le toit. Durant
tout mon quart, rien ne bougea ; et le battement de la barre m'apprit
qu'il n'y avait personne au gouvernail. En fait (comme je l'appris plus
tard) il y avait tant de morts et de blessés, et les autres matelots étaient
d'une telle humeur, que M. Riach et le capitaine durent prendre leurs
quarts alternativement comme Alan et moi, sinon le brick aurait pu
se jeter à la côte sans que nul s'en souciât. Heureusement, la nuit avait
été calme, car le vent était tombé dès le début de la pluie. Néanmoins,
d'après la clameur des nombreux goélands qui pêchaient à grands cris
alentour du navire, je devinai que nous avions dérivé fort près d'une
des îles Hébrides ; et à la fin, en regardant par la porte de la dunette,
j'aperçus les hauts sommets rocheux de la Skye, sur la droite, et un
peu plus en arrière, la bizarre silhouette de Rum.

XI

Le capitaine met les pouces

Alan et moi nous déjeunâmes vers six heures du matin. Le sol était
jonché de verre cassé et d'affreux caillots de sang qui me coupaient
l'appétit. Par ailleurs, notre situation était non seulement agréable, mais
réjouissante : nous avions délogé les officiers de leur cabine, nous
disposions de tous les vins et liqueurs du navire, de tout ce qu'il y avait
de plus fin à manger, les pickles, par exemple, et le pain de bonne qualité.
C'en était assez pour nous mettre de belle humeur ; mais le plus
amusant, c'est que les deux plus assoiffés hommes que produisit jamais
l'Écosse (depuis que M. Shuan était mort) se trouvaient enfermés à
l'avant et condamnés à ce qu'ils haïssaient davantage : – l'eau claire.

– Et croyez-moi, dit Alan, nous aurons de leurs nouvelles avant
longtemps. On peut empêcher un homme de se battre, mais non de
boire.

Nous étions dans les meilleurs termes. Alan, surtout, s'exprimait de
la plus chaleureuse façon ; et, prenant un couteau sur la table, il coupa
pour me le donner un des boutons d'argents de son habit :

– Je les ai eus de mon père, Duncan Stewart ; et je vous donne celui-ci
en mémoire de la nuit passée. Partout où vous irez, faites voir ce bouton,
et les amis d'Alan Breck seront tout à vous.

Il prononça ces paroles comme s'il eût été Charlemagne à la tête de ses armées ; et j'avoue que, malgré mon admiration pour sa vaillance, je courais sans cesse le danger de sourire de sa vanité ; je dis le danger, car si je ne m'étais retenu, je n'ose penser à la querelle qui en serait résultée.

Sitôt notre repas terminé, il fouilla dans l'armoire du capitaine pour trouver une brosse ; puis, ayant retiré son habit, il l'examina et en brossa les taches, avec une attention et une patience que je croyais réservées aux femmes. Sans nul doute, il n'en avait pas d'autre, et de plus (comme il le disait) cet habit appartenant à un roi, il convenait de le soigner royalement.

Du reste, quand je l'eus vu éplucher méticuleusement les brins de fil restés à la place du bouton coupé, je compris mieux toute la valeur de son cadeau.

Il n'avait pas fini, que M. Riach nous héla du pont. Il demandait à parlementer. Me hissant à travers le vasistas et m'asseyant sur le rebord, pistolet au poing, et le front haut, quoique en moi-même je craignisse les éclats de verre, je le hélai à mon tour et lui enjoignis de parler. Il s'avança jusqu'au coin de la dunette, et monta sur un rouleau de corde, afin d'avoir le menton au niveau du toit. Nous nous regardâmes une minute sans rien dire. M. Riach n'avait pas dû se mettre trop en avant au cours de la lutte, car il s'en était tiré avec une éraflure à la joue ; mais il avait l'air découragé et très las d'avoir passé toute la nuit sur pied, tant pour faire son quart que pour soigner les blessés.

— Quelle vilaine histoire ! dit-il enfin, hochant la tête.

— Ce n'est pas nous qui avons commencé.

— Le capitaine désire parler à votre ami. Ils pourraient causer par la fenêtre.

— Et comment savoir quelle trahison il nous réserve ?

— Aucune, David, répliqua M. Riach, et quand bien même il en aurait l'intention, je vous l'avoue carrément, les hommes refuseraient de le suivre.

— Vous en êtes-là ?

— Je vous en dirai davantage. Il n'y a pas que les hommes. Moi aussi, j'ai peur, David. — (Et il m'adressa un sourire.) — Non, poursuivit-il, tout ce que nous demandons est qu'on nous laisse tranquilles.

Je conférai avec Alan, la trêve fut accordée, et engagement pris de chaque côté ; mais ce n'était pas assez pour M. Riach, car il me pria de lui donner une goutte, si instamment et me rappelant si bien ses bontés passées, que je finis par lui tendre un gobelet contenant deux doigts de brandy. Il en but une moitié, et emporta le reste à l'autre bout du pont afin, je suppose, de partager avec son supérieur.

Peu après, le capitaine s'en vint (comme il était convenu) à l'une des fenêtres, et y resta sous la pluie, le bras en écharpe, la mine pâle et défaite, et l'air si vieux que je regrettai d'avoir tiré sur lui.

Alan lui porta un pistolet à la figure.

— Retirez donc ça ! dit le capitaine. N'avez-vous pas ma parole, monsieur, ou est-ce pour me braver ?

– Capitaine, dit Alan, je vous soupçonne de manquer à votre parole. Hier soir, après m'avoir chipoté et marchandé comme une verdurière, vous me donnâtes votre parole, et votre main pour la sceller ; or, vous savez trop bien quel fut le résultat. Le diable emporte votre parole !

– Bon, bon, monsieur, dit le capitaine, cela ne vous profitera guère de jurer. – (Et au vrai, le capitaine était tout à fait exempt de ce défaut.) – Mais nous avons à parler d'autre chose, continua-t-il amèrement. Vous avez bien arrangé mon brick ! Il ne me reste plus assez d'hommes pour le manœuvrer ; et mon premier officier (qui n'était pas de trop) a reçu votre épée dans le cœur et a trépassé sans dire ouf. Il ne me reste plus, monsieur, qu'à retourner au port de Glasgow, chercher des hommes ; et là (s'il vous plaît) vous trouverez des gens à qui parler.

– Ouais ! dit Alan ; et pardieu, je saurai leur parler, moi aussi ! A moins que personne ne sache l'anglais dans cette ville, j'ai une bonne histoire à leur conter. Quinze marins goudronnés d'un côté, et un homme avec la moitié d'un garçon de l'autre. Dites, n'est-ce pas honteux ?

Hoseason devint très rouge.

– Non ! continuait Alan, cela ne me va pas. Ils vous faut juste me débarquer comme convenu.

– Soit, dit Hoseason, mais mon premier officier est mort – vous savez de quelle façon. Il ne reste parmi nous personne de familier avec cette côte, monsieur; et elle est très dangereuse pour la navigation.

– Je vous donne à choisir, dit Alan. Déposez-moi à pied sec en Appin, ou Ardgour, ou en Morven, ou Arisaig, ou Morar ; autrement dit où vous voudrez, dans un rayon de trente milles de mon pays à moi ; partout, sauf dans un pays de Campbells. La cible est large. Si vous la manquez, c'est que vous êtes aussi nul en marine que je vous ai trouvé nul au combat. Quoi ! Les pauvres gens de mon pays passent avec leurs *cobles* [1] d'une île à l'autre, et par tous les temps, voire de nuit, pour tout dire.

– Un coble n'est pas un navire, monsieur, dit le capitaine. Cela n'a aucun tirant d'eau.

– Eh bien, alors, à Glasgow, si bon vous semble ! dit Alan. Rira bien qui rira le dernier.

– Je n'ai pas envie de rire, dit le capitaine. Mais tout ceci coûtera de l'argent, monsieur.

– Bien, monsieur, je ne suis pas une girouette. Trente guinées, si vous me déposez sur le rivage ; et soixante, si vous me mettez dans le loch Linnhe.

– Mais voyons, monsieur, nous sommes ici à quelques heures de navigation seulement d'Ardnamurchan, dit Hoseason. Donnez-moi les soixante, et je vous y dépose.

– Et, pour vous faire plaisir, je serai en danger d'avoir à mes trousses

---

1. Petite embarcation employée pour la pêche (R. L. S.). A peu près notre « lougre ».

les habits-rouges, s'écria Alan. Non, monsieur, si vous voulez soixante guinées, méritez-les, en me mettant chez moi.

— C'est risquer mon brick, monsieur, dit le capitaine, et votre vie par-dessus le marché.

— A prendre ou à laisser, dit Alan.

— Seriez-vous capable de nous piloter, au moins ? demanda le capitaine qui réfléchissait, en fronçant les sourcils.

— Ma foi, j'en doute, dit Alan. Je suis plutôt un homme de combat (comme vous avez pu en juger) qu'un homme de mer. Mais j'ai été assez souvent pris et déposé sur cette côte pour savoir quelque chose de sa configuration.

Le capitaine hocha la tête, de plus en plus renfrogné.

— Si j'avais perdu moins d'argent par ce malheureux voyage, dit-il, j'aimerais mieux vous voir pendu plutôt que de risquer mon brick, monsieur, mais qu'il en soit comme vous le désirez. Aussitôt que j'aurai un peu de vent de côté (et cela va venir, ou je me trompe beaucoup) nous nous y mettrons. Mais il y a encore une chose. Nous pouvons rencontrer un vaisseau royal, et nous serions visités, monsieur, sans qu'il y ait de ma faute ; il y a des croiseurs devant cette côte, et vous savez pour qui. Or, monsieur, si cela devait arriver, vous me laisseriez l'argent.

— Capitaine, dit Alan, si vous apercevez une enseigne royale, ce sera votre affaire de fuir. Et maintenant, puisque vous êtes, paraît-il, un peu à court de brandy à l'avant, je vous propose un échange : une bouteille de brandy contre deux seaux d'eau.

Telle fut la dernière clause du traité. Elle fut dûment exécutée des deux parts ; et ainsi Alan et moi nous pûmes enfin laver la dunette, et effacer les traces du carnage, et le capitaine et M. Riach retrouvèrent leur bonheur, qui avait nom : boire.

XII

Où il est question du Renard-Rouge

Nous n'avions pas achevé de nettoyer la dunette, qu'une brise se leva, du N.-N.-E. Elle emporta au loin la pluie et amena le soleil.

Une explication est ici nécessaire, et le lecteur fera bien de suivre sur la carte. Le jour où le brouillard nous enveloppa et où nous coulâmes le bateau d'Alan, nous avions embouqué le Little Minch. Le soir après la bataille, nous étions en panne à l'est de l'île Canna, ou plus exactement entre celle-ci et l'île Eriskay située au sud de Long Island. Or, de là, pour gagner le loch Linnhe, le plus direct eût été de passer par le Sound of Mull. Mais le capitaine n'avait pas de carte ; il craignait d'aventurer son brick au milieu des îles ; et comme la brise le favorisait, il aima mieux prendre par l'ouest de Tiree et longer la côte sud de la grande île de Mull.

Tout le jour la brise se maintint dans la même direction, fraîchissant au lieu de diminuer ; et, dans l'après-midi, une houle s'établit, venant du large des Hébrides. Nous devions, pour contourner les îles intérieures, nous diriger vers le sud-ouest, en sorte qu'au début nous eûmes cette houle par le travers, ce qui nous fit rouler fortement. Mais après la nuit tombée, quand nous eûmes doublé la pointe de Tiree et que nous mîmes le cap plus à l'est, la mer nous venait juste en poupe.

Cependant, le début de la journée, avant que la houle se levât, fut très agréable ; car nous voguions sous un beau soleil, au centre d'un panorama d'îles montagneuses. Alan et moi étions assis dans la dunette avec les portes ouvertes de chaque côté (le vent venait juste de l'arrière) à fumer l'excellent tabac du capitaine. Ce fut alors que nous nous contâmes nos histoires réciproques, ce qui fut précieux pour moi, car j'appris ainsi à connaître ce sauvage pays du Highland où je devais aborder si peu de temps après. A cette époque, où la grande révolte [1] avait juste pris fin, il fallait y réfléchir à deux fois avant de se risquer sur la bruyère.

Ce fut moi qui donnai l'exemple, en lui racontant mes malheurs, qu'il écouta avec beaucoup de sympathie. Mais lorsque je vins à faire mention de mon excellent ami M. Campbell le ministre, Alan prit feu et déclara qu'il haïssait quiconque portait ce nom.

– Mais, dis-je, c'est un homme à qui vous seriez fier de tendre la main.

– Je ne sais trop ce que je pourrais offrir à un Campbell si ce n'est du plomb. Je tirerais volontiers sur tous ceux de ce nom, comme sur des corbeaux. Si j'étais à mon lit de mort, je ramperais sur les genoux jusqu'à la fenêtre de ma chambre pour en abattre un.

– Bon Dieu, Alan, m'écriai-je, que vous ont fait les Campbell ?

– Eh bien, vous savez que je suis un Appin Stewart, et que les Campbell depuis longtemps persécutent et exterminent ceux de mon nom ; oui, et ils nous ont arraché des terres par trahison – mais jamais à la pointe de l'épée ! cria-t-il très haut, en assenant un grand coup de poing sur la table. (Mais je n'y fis pas attention, car je savais cet argument familier aux vaincus.) Il y a bien autre chose encore, continua-t-il, et le tout du même tonneau : langage mensonger, papiers menteurs, tours de vieux routiers, et, toujours sous les apparences de la légalité, ce qui est encore plus irritant.

– Vous qui êtes si prodigue de vos boutons, dis-je, je doute fort que vous soyez bon juge en matière d'affaires.

– Ah ! dit-il, en retrouvant son sourire, j'ai reçu ma prodigalité de

---

1. Ou deuxième insurrection « jacobite » (1745-47), en faveur du prétendant Jacques-Édouard Stuart, exclu du trône par la révolution de 1688.

la même main qui m'a donné les boutons, c'est-à-dire de mon pauvre père, Duncan Stewart, béni soit-il. C'était le plus charmant homme de sa race ; et la meilleure épée des Highlands, David, ce qui revient à dire : du monde, je le sais bien, car c'est lui qui m'a enseigné à tirer. Il fit partie de la Garde-Noire [1], dès les premiers enrôlements ; et, comme d'autres gentilshommes partisans, il se faisait suivre d'un écuyer pour lui porter son fusil, dans les marches. Or, le roi, dit-on, eut envie de voir un assaut d'épée du Highland. Mon père et trois autres nobles furent choisis, et envoyés à Londres, comme les meilleurs tireurs. On les mena donc au palais où, pendant deux heures d'affilée, ils déployèrent tout l'art de l'épée, devant le roi George [2] et la reine Caroline, et Cumberland le Boucher, et un tas d'autres que j'ignore. Et quand ce fut fini, le roi (qui n'était après tout qu'un vil usurpateur) leur donna de belles paroles et leur mit en main à chacun trois guinées. Or, en sortant du palais, ils passèrent devant une loge de portier ; et mon père, se disant qu'il était sans doute le premier gentilhomme highlander qui fût jamais passé par là, crut devoir donner au pauvre portier une haute idée de sa qualité. Il déposa donc les trois guinées du roi dans la main de cet homme, comme si c'était son habitude ordinaire. Les trois autres qui le suivaient font de même ; et les voilà dans la rue, sans un penny. certains disent que ce fut un tel, le premier à gratifier le portier du roi ; d'autres, que ce fut tel autre ; mais la vérité est que ce fut Duncan Stewart, comme je suis prêt à le soutenir aussi bien avec l'épée qu'avec le pistolet. Tel était mon père, Dieu ait son âme !

— Il n'a pas dû vous laisser beaucoup.

— C'est vrai. A part mes culottes, il m'a laissé peu de chose. Et c'est pourquoi j'en suis venu à m'enrôler, ce qui a nui grandement à ma réputation, et me ferait encore plus de tort si je tombais aux mains des habits-rouges.

— Hé quoi ! m'écriai-je, vous avez fait partie de l'armée anglaise ?

— Oui, moi-même, dit Alan. Mais j'ai déserté du bon côté, à Preston-Pans [3], et cela me console un peu.

Je n'étais pas de cet avis, car je tenais la désertion devant l'ennemi pour une faute impardonnable contre l'honneur. Toutefois, en dépit de ma jeunesse, je sus taire ma pensée.

— Mais, mon ami, dis-je, c'est la peine de mort !

— Oui, au cas où ils me prendraient, ce serait haut et court pour Alan ! Mais j'ai dans ma poche mon brevet signé du roi de France, qui me protégerait un peu.

— J'en doute fort.

1. Formée après la première insurrection des jacobites écossais (1715-1716).
2. George II (1727-1760) ; la reine Caroline, son épouse, princesse allemande ; le duc de Cumberland, leur ministre, mérita son surnom par son effroyable cruauté, à la bataille de Culloden (27 avril 1746) où fut écrasée la deuxième insurrection jacobite.
3. Ou plus exactement Preston, à 12 kilomètres à l'Est d'Édimbourg, où Charles-Édouard, fils aîné du Prétendant, à la tête des montagnards écossais, battit les troupes royales, le 2 octobre 1745.

– Moi aussi, répliqua-t-il sèchement.

– Mais bon Dieu, mon ami, m'écriai-je, vous qui êtes un rebelle condamné, un déserteur, et un homme du roi de France, pourquoi donc revenez-vous en ce pays ? C'est braver la Providence.

– Bah ! je suis revenu tous les ans depuis 46.

– Et quoi donc vous pousse, ami ?

– Eh bien, voyez-vous, je m'ennuie de mes amis et de chez moi. La France est un beau pays, sans doute ; mais j'y regrette la bruyère et les daims. Et puis j'ai certaines petites commissions à remplir. Des fois, ce sont quelques gars que je ramène au roi de France : des recrues, pour tout dire ; et puis aussi un peu d'argent. Mais l'affaire la plus importante est celle de mon chef, Ardshiel.

– Je croyais que votre chef s'appelait Appin.

– Oui, mais Ardshiel est le capitaine du clan, dit-il (ce qui ne m'avança guère). Voyez-vous, David, celui qui toute sa vie a été un si grand personnage, et qui descend des rois et porte leur nom, est présentement réduit à vivre dans une ville de France comme un simple particulier. Lui qui avait quatre cents épées à sa suite, je l'ai vu, de mes yeux, acheter du beurre au marché, et le rapporter chez lui dans une feuille de chou. C'est plus qu'affligeant, c'est une honte pour nous tous de sa famille et de son clan. Il y a les petits, en outre, les enfants et l'espoir d'Appin, qui doivent apprendre à lire et à tenir une épée, dans ce lointain pays. Or, les tenanciers d'Appin ont à payer une rente au roi George ; mais leur cœur est ferme, ils sont fidèles à leur chef ; et tant par amour que par un rien de pression, et voire une menace ou deux, les pauvres gens raclent une seconde rente pour Ardshiel. Eh bien, David, c'est moi qui suis chargé de la porter. Et, frappant sur sa ceinture, il fit sonner les guinées.

– Ils payent donc deux fois ? m'écriai-je.

– Oui, David, deux fois.

– Quoi ! Deux rentes ? répétai-je.

– Oui, David. J'ai raconté une autre histoire à cette espèce de capitaine ; mais je vous dis la vérité. Et je m'étonne moi-même du peu de pression qu'il y faut. Mais cela, c'est l'affaire de mon bon parent, cet ami de mon père, James des Glens ; James Stewart, c'est-à-dire : le demi-frère d'Ardshiel. C'est lui qui ramasse l'argent et en fait la répartition.

Ce fut la première fois que j'entendis le nom de ce James Stewart, qui devint plus tard si fameux au temps de sa pendaison. Mais j'y fis peu d'attention sur le moment, car j'avais l'esprit trop préoccupé par la générosité de ces pauvres Highlanders.

Je trouve cela noble, m'écriai-je. Je suis un whig, ou peu s'en faut, mais je trouve cela noble !

– C'est vrai, vous êtes un whig, mais vous êtes aussi un gentilhomme, ce qui explique vos sentiments. Toutefois, si vous apparteniez à la race maudite des Campbell, vous grinceriez des dents, au contraire. Si vous étiez le Renard-Rouge...

Et sur ce nom ses mâchoires se serrèrent, et il se tut. Je n'ai jamais vu de visage plus féroce que celui d'Alan après qu'il eut nommé le Renard-Rouge.

– Et qui est le Renard-Rouge ? demandai-je, effrayé mais pourtant curieux.

– Qui il est ? s'écria Alan. Eh bien, je vais vous le dire. Lorsque les hommes des clans eurent été écrasés à Culloden, et la bonne cause perdue, alors que les chevaux piétinaient jusqu'aux paturons dans le meilleur sang du Nord, Ardshiel fut obligé de fuir comme un cerf traqué sur les montagnes – lui, sa femme et ses enfants. Nous eûmes toutes les peines du monde à le faire embarquer. Et il tenait encore la bruyère, que ces gredins d'Anglais, faute de lui prendre la vie, s'attaquèrent à ses biens. On le dépouilla de ses droits, en le dépouillant de ses terres ; on arracha les armes à tous ceux du clan, qui avaient porté les armes depuis trente siècles ; oui, et jusqu'aux habits de leurs dos – tant que c'est devenu un crime de porter un plaid de tartan [1], et qu'on peut vous mettre en prison si vous avez un kilt [2] autour des jambes. Mais il y a une chose qu'ils n'ont pas pu tuer. C'est l'amour que ceux du clan portent à leur chef. Ces guinées en sont la preuve. Et alors voici qu'apparaît un homme, un Campbell, cette tête-rouge de Colin de Glenure...

– Est-ce lui que vous appelez le Renard-Rouge ? demandai-je.

– Allez-vous me le reprocher, s'écria farouchement Alan. Oui, c'est lui. Il arrive, exhibe des papiers du roi George, qui le nomment soi-disant agent royal sur les terres d'Appin. Au début, il file doux, et s'efforce d'amadouer Sheamus – c'est-à-dire James des Glens, l'agent de mon chef. Mais entre temps il lui vient aux oreilles ce que je vous ai raconté ; comme quoi les pauvres manants d'Appin, fermiers, laboureurs, bouviers, se dépouillent jusqu'à leurs plaids pour trouver une seconde rente, qui est envoyée outre-mer, à Ardshiel et ses pauvres enfants. Comment avez-vous jugé cela, quand je vous l'ai dit ?

– Je l'ai jugé noble, Alan, répondis-je.

– Et vous ne valez guère mieux qu'un simple whig ! s'écria-t-il. Mais quand cela parvint à Colin Roy, le noir sang des Campbell lui bouillit dans les veines. Il grinça des dents, attablé devant son vin. Quoi ! un Stewart aurait une bouchée de pain, et lui ne pourrait l'empêcher ? Ah ! Renard-Rouge, si jamais je te tiens au bout de mon fusil, le Seigneur ait pitié de toi ! – (Alan s'arrêta pour ravaler sa colère) – Eh bien, David, que fait-il ? Il met toutes les fermes à louer. Et il se dit, dans son noir cœur : Je vais trouver d'autres tenanciers qui enchériront sur ces Stewarts, ces Maccols et ces Macrobs (car ce sont les noms de mon clan, David), et alors, pense-t-il, Ardshiel n'aura plus qu'à tendre son bonnet sur les routes de France.

– Et après, dis-je, qu'est-ce qui arriva ?

---

1. L'étoffe dite « écossais », à carreaux.
2. Le jupon court des highlanders.

Alan déposa sa pipe, éteinte depuis longtemps, et mit ses deux mains à plat sur ses genoux.

— Ah ! dit-il, vous ne le devineriez jamais ! Car ces mêmes Stewarts, ces mêmes Maccolls et ces Macrobs (qui avaient deux rentes à payer, l'une au roi George, par la force brutale, l'autre à Ardshiel, de bonne volonté) lui offrirent un meilleur prix que tous les Campbell de l'Écosse ; et il avait été les chercher au loin — jusqu'aux bords de la Clyde et à la Croix d'Edimbourg, — les priant et les suppliant de venir, car il y avait un Stewart à affamer et un chien de Campbell à tête rouge à favoriser !

— Ma foi, Alan, dis-je, l'histoire est singulière, et bien belle aussi. Tout whig que je suis, je suis enchanté que cet homme ait été battu.

— Lui battu ? répéta Alan. Vous ne connaissez pas les Campbells, et encore moins le Renard-Rouge ! Lui battu ? Non ; et il ne le sera pas, avant que son sang ne teigne la colline ! Mais s'il vient un jour, ami David, où je trouve le temps et le loisir de lui faire un peu la chasse, il n'y a pas assez de bruyère dans toute l'Écosse pour le mettre à l'abri de ma vengeance !

— Ami Alan, lui dis-je, ce n'est sage ni chrétien de proférer ces paroles de colère. Elles ne feront aucun mal à celui que vous appelez le Renard-Rouge, et aucun bien à vous. Racontez-moi simplement l'histoire. Que fit-il ensuite ?

— Votre remarque est juste, David, dit Alan. C'est bien vrai, que cela ne lui fait pas de mal ; et tant pis ! Mais sauf en ce qui concerne la religion (et là-dessus mon avis est tout différent, sinon je ne serais pas chrétien) je pense assez comme vous.

— Votre avis n'a rien à voir ici, on sait bien que la religion interdit la vengeance.

— Ah ! comme on sent que vous avez reçu votre éducation d'un Campbell ! Le monde serait trop beau pour eux et leurs pareils, s'il n'existait des choses comme un gars avec son fusil derrière un buisson de bruyère ! Mais revenons à l'histoire. Voici donc ce qu'il fit.

— Oui, dis-je, continuez.

— Eh bien, David, ne pouvant se débarrasser des loyaux paysans par les bons moyens, il jura d'en venir à bout par les mauvais. Ardshiel devait mourir de faim : tel était le résultat final à obtenir. Et puisque ceux qui le nourrissaient dans son exil refusaient de se laisser acheter — de gré ou de force il les chasserait. Il envoie donc chercher des gens de loi, des paperasses et des habits-rouges pour le seconder. Et les pauvres gens de ce pays durent tous faire leurs paquets et décamper, chaque fils hors de la maison paternelle, chacun loin de l'endroit où il avait été nourri et élevé, et où il avait joué dans son enfance. Et qui vint les remplacer ? Des gueux à jambes nues. Le roi George peut attendre ses rentes ; il lui faudra s'en passer et économiser le beurre sur son pain. Mais qu'importe à Colin le Rouge ? Faire du mal à Ardshiel, cela lui suffit ; s'il peut retirer le manger de la table de son

chef, et les jouets des mains de ses enfants, il rentrera chez lui en
chantant victoire.

– Permettez-moi une remarque, dis-je. Soyez sûr que s'ils recueillent
moins de rentes, soyez sûr que le gouvernement a mis la main au plat.
Ce n'est pas la faute à ce Campbell, ami, c'est par ordre qu'il le fait.
Et si demain vous tuez ce Colin, vous en porterez-vous mieux ? Il sera
aussitôt remplacé par un autre agent, juste le temps de faire la route.

– Vous êtes un brave garçon dans le combat, dit Alan, mais l'ami,
vous avez du sang whig en vous !

Il parlait assez doucement, mais il y avait sous son mépris une telle
colère que je crus bon de changer de conversation. J'exprimai mon
étonnement de voir qu'avec les Highlands couverts de troupes, et gardés
comme une ville assiégée, un homme dans sa situation pût aller et venir
sans être pris.

– C'est plus facile que vous ne croyez, dit Alan. Un versant de colline
découvert, voyez-vous, équivaut tout entier à une grand-route : s'il y
a une sentinelle à un endroit, vous passez par un autre. Et puis la bruyère
est d'un grand secours. Et partout il y a des maisons amies et des granges
et du foin. Et encore, quand on parle d'un pays couvert de troupes,
ce n'est là qu'une manière de parler. Un soldat ne couvre que juste
l'espace de ses semelles de souliers. J'ai pêché avec une sentinelle de
l'autre côté du torrent et j'ai ramené une belle truite. Je suis resté dans
un buisson de bruyère à six pieds d'une autre sentinelle, et j'ai appris
de lui à siffler un air vraiment joli. Tenez, le voici.

Et il me le siffla.

– Et d'ailleurs, reprit-il, cela ne va plus aussi mal qu'en 46. Les
Highlands sont ce qu'on appelle pacifiés. Rien d'étonnant, s'il ne reste
pas un fusil ni un sabre, de Cantyre au cap Wrath, sauf ceux que les
gens avisés ont cachés dans le chaume de leur toit. Mais je voudrais
savoir, David, combien cela va durer ? Pas longtemps, dirait-on, avec
des gens comme Ardshiel en exil, et au pays des gens comme le
Renard-Rouge en train de siroter du vin et d'opprimer les pauvres.
Mais il est difficile de savoir ce que le peuple supportera ou non... Ou
comment Colin-le-Rouge pourrait cavalcader sur tout mon malheureux
pays d'Appin, sans rencontrer jamais un brave garçon pour lui envoyer
une balle.

Sur quoi Alan se mit à rêver, et resta longtemps sans rien dire.

J'ajoute ici, à propos de mon ami, qu'il était habile sur les instruments
de musique, en particulier sur la cornemuse, et poète réputé dans sa
langue ; il avait lu assez de livres français et anglais ; c'était un tireur
immanquable, un bon pêcheur à la ligne, un excellent escrimeur aussi
bien à l'épée qu'à son arme spéciale [1]. Quant à ses défauts, il les portait
sur le visage, et je les connaissais déjà tous. Mais le pire, sa propension
puérile à prendre la mouche et à chercher querelle, il s'en départit avec

_____

1. La « claymore », espèce de sabre particulière à l'Écosse.

moi, en considération de la bataille de la dunette. Mais si ce fut parce que je m'étais bien comporté, ou parce que j'avais été le témoin de ses beaucoup plus grandes prouesses, je ne saurais le dire. Car il avait beau estimer hautement le courage chez les autres, il l'admirait surtout chez Alan Breck.

XIII

La perte du brick

Il était déjà tard dans la soirée, et il faisait aussi sombre qu'il était possible à cette époque de l'année (c'est-à-dire qu'il faisait encore très clair) lorsque Hoseason avança la tête par la porte de la dunette.

— Dites donc, fit-il, venez un peu voir si vous êtes capable de nous piloter.

— Allez-vous nous jouer un tour ? demanda Alan.

— Est-ce que j'ai l'air disposé à jouer un tour ? s'écria le capitaine. J'ai autre chose à penser... Mon brick est en danger.

A sa mine préoccupée, et surtout au ton inquiet sur lequel il parlait de son brick, nous vîmes bien que c'était sérieux ; aussi Alan et moi, sans crainte de guet-apens, sortîmes sur le pont.

Le ciel était clair ; il ventait dur, et il faisait cruellement froid. Le crépuscule s'attardait à l'horizon, et la lune, presque pleine, resplendissait. Le brick louvoyait au plus près, pour doubler la pointe sud-ouest de l'île de Mull, dont nous avions les sommets (que dominait Ben More, empanaché de brume) par bâbord avant. Malgré l'orientation défavorable de sa voilure, le *Covenant* coupait les lames à grande vitesse, tanguant et roulant, poursuivi par la houle d'ouest.

En somme, la nuit n'était pas trop mauvaise pour tenir la mer ; et je me demandais ce qui pouvait bien préoccuper ainsi le capitaine, lorsque le brick s'élevant soudain au sommet d'une haute lame, il désigna quelque chose en nous criant de regarder. Par le bossoir sous le vent, une sorte de fontaine jaillit sur la mer, au clair de lune, et aussitôt après nous entendîmes un rugissement sourd.

— Comment appelez-vous cela ? demanda le capitaine d'un air sombre.

— La mer qui brise sur un écueil, dit Alan. Mais nous savons où il est ; que voulez-vous de mieux ?

— Oui, dit le capitaine ; si c'était le seul.

Et, en effet, tandis qu'il parlait, une deuxième fontaine jaillit vers le sud.

— Là ! dit Hoseason, vous l'avez vu. Si j'avais connu ces récifs, si j'avais une carte, ou si Shuan vivait encore, ce n'est pas soixante guinées, non, ni même six cents, qui m'auraient fait risquer mon brick dans un pareil cimetière ! Mais vous, monsieur, qui deviez nous piloter, n'avez-vous rien à dire ?

– Je crois, dit Alan, que ces rochers sont ceux qu'on appelle les Torran.

– Y en a-t-il beaucoup ? demanda le capitaine.

– A vrai dire, monsieur, répondit Alan, je ne suis pas pilote, mais j'ai dans l'idée qu'ils occupent dix milles d'étendue.

M. Riach et le capitaine se regardèrent.

– Il y a une passe, je suppose ? dit le capitaine.

– Sans doute, dit Alan, mais où ? Cependant je crois me rappeler que l'eau est plus libre vers la terre.

– Vraiment ? dit Hoseason. Il nous faut donc serrer le vent. Monsieur Riach, il nous faut doubler la pointe de Mull d'aussi près que possible ; mais alors la terre va nous intercepter la brise, avec ce cimetière de navires sous notre vent ! N'importe ! Nous y sommes, il ne nous reste plus qu'à poursuivre.

Il donna un ordre à l'homme de barre, et envoya Riach à la hune de misaine. Il n'y avait sur le pont que cinq hommes, y compris les officiers ; les seuls qui fussent aptes (ou du moins aptes et de bonne volonté) pour la manœuvre. Ce fut donc à M. Riach de monter en haut, et il s'installa dans la hune, surveillant la mer et nous criant sur le pont ce qu'il apercevait.

– La mer dans le sud est pleine de brisants, héla-t-il ; puis, au bout d'une minute : elle semble plus libre vers la terre.

– Eh bien, monsieur, dit Hoseason à Alan, nous allons essayer votre route. Mais je crois que je pourrais aussi bien me fier à un violoneux aveugle. Priez Dieu que vous soyez dans le vrai !

– Priez Dieu que je le sois ! me dit Alan. Mais où ai-je entendu cela... Bah ! ce qui doit arriver arrive.

A mesure que nous approchions de la pointe, les écueils se multipliaient jusque sur notre route ; et les appels de M. Riach nous faisaient sans cesse modifier notre course. Plusieurs fois, ce fut juste à temps, car nous passâmes si près d'un récif à bâbord que la mer en brisant dessus nous envoya jusque sur le pont une averse d'embruns.

La nuit claire nous laissait voir ce danger aussi nettement que s'il eût fait jour, et nous en étions peut-être encore plus alarmés. Elle me laissait voir aussi la mine du capitaine qui se tenait auprès de l'homme de barre, tantôt sur un pied, tantôt sur l'autre, et parfois soufflant dans ses mains, mais toujours aux écoutes et aux aguets, et aussi ferme que l'acier. Ni lui ni M. Riach n'avaient fait bonne figure dans le combat ; mais je vis qu'ils étaient braves dans leur métier, et les admirai d'autant plus qu'Alan me parut bien pâle.

– Pardieu, David, dit-il, ce genre de mort ne me plaît guère.

– Hé quoi ! Alan ! m'écriai-je, auriez-vous peur ?

– Non, dit-il, en se passant la langue sur les lèvres, mais vous avouerez que cette fin est par trop froide.

A ce moment, après avoir beaucoup louvoyé de côté et d'autre pour éviter les récifs, quoique toujours serrant de près le vent et la terre, nous avions dépassé Iona et arrivions à hauteur de Mull. Le courant de marée à la pointe de l'île était très violent, et menaçait de jeter le brick à la côte. On mit deux hommes à la barre, et Hoseason lui-même leur donnait parfois un coup de main. Le spectacle était singulier, de ces trois hommes vigoureux pesant de tout leurs poids sur le timon, qui se révoltait comme un être vivant, et les forçait à reculer. C'est alors que nous aurions couru le plus grand danger, si la mer n'eût été libre d'obstacles sur une certaine étendue. M. Riach, d'ailleurs, annonça d'en haut qu'il voyait la mer dégagée devant.

– Vous aviez raison, dit Hoseason à Alan. Vous avez sauvé le brick, monsieur ; et ne l'oublierai pas quand viendra l'heure des comptes.

Et je crois qu'il n'en avait pas seulement l'intention, mais qu'il l'aurait fait, tant le *Covenant* tenait de place dans son cœur. Mais ce n'est là qu'une hypothèse, les choses ayant tourné autrement qu'il ne le prévoyait.

– Appuyez d'un point en dehors, héla M. Riach. Récif au vent !

Mais à la même minute le flux s'empara du brick et lui déroba le vent. Les voiles retombèrent, inertes. Le navire fut emporté comme un jouet, et presque aussitôt il talonna contre un écueil avec une violente secousse qui nous fit tous tomber à plat sur le pont et faillit projeter M. Riach à bas de sa hune.

Je fus debout à l'instant. Le récif sur lequel nous avions touché était situé tout proche de la pointe sud-ouest de Mull, en face d'une petite île appelée Earraid, qui surgissait, basse et noire, à bâbord. Tantôt les lames déferlaient en plein sur nous ; tantôt elles ne faisaient qu'engager plus avant sur le récif le pauvre brick, que nous entendions se disloquer à mesure ; et les claquements des voiles, les sifflements du vent, l'écume emportée dans le clair de lune complétaient si bien ce tableau d'épouvante, que je dus en perdre à moitié la tête, car je me demandais si tout ce qui se passait était bien réel.

Je m'aperçus bientôt que M. Riach et les hommes s'affairaient autour de la yole, et, toujours dans le même état d'absence, je courus à leur aide. Mais dès que j'eus mis la main à la besogne, je recouvrai ma lucidité. La tâche n'était pas aisée, car la yole était amarrée au milieu du pont, et tout encombrée de cordages, et le déferlement des coups de mer m'obligeait sans cesse à lâcher prise ; néanmoins nous peinions comme des chevaux, de toutes nos forces.

A ce moment, les blessés capables de se mouvoir se hissèrent par le canot d'échelle et vinrent nous assister, et ceux qui ne pouvaient bouger de leurs couchettes me perçaient le cœur en nous suppliant à grands cris de les secourir.

Le capitaine ne faisait rien. Il semblait frappé de stupeur. Il se tenait aux étais, parlant tout seul et gémissant à chaque fois que le navire retombait sur l'écueil. Son brick lui était plus cher que tout au monde ; il avait pu assister, de longs jours, au supplice du pauvre Ransome ;

mais à présent qu'il s'agissait de son brick, on eût dit qu'il partageait sa souffrance.

De tout le temps que nous travaillâmes autour de l'embarcation, je me rappelle une seule chose : que je demandai à Alan quel était le pays dont nous apercevions la côte ; et il répondit que c'était le pire possible pour lui, car ce territoire appartenait aux Campbell.

Nous avions chargé un des blessés de veiller aux lames et de nous avertir de leur venue. Or, nous allions enfin mettre le canot à la mer, quand cet homme poussa un cri : « Pour l'amour de Dieu, tenez bon ! » Nous comprîmes, à son intonation, qu'il s'agissait d'un coup de temps plus qu'ordinaire ; et en vérité la lame qui survint était si monstrueuse qu'elle enleva le brick et le laissa retomber sur le flanc. Je ne sais si le cri vint trop tard, ou si je me tenais mal ; mais la soudaine inclinaison du navire me projeta par-dessus les bastingages dans la mer.

Je m'enfonçai et bus un coup ; puis je revins à la surface, entrevis la lune, et coulai de nouveau. On dit que la troisième fois est la bonne. En ce cas, je ne dois pas être fait comme tout le monde, car je ne veux pas écrire combien de fois je coulai, et combien de fois je remontai. Cependant, j'étais roulé, battu, asphyxié par l'eau que j'avalais ; et le tout m'ahurissait au point que je n'avais ni peur ni regret.

A la fin, je m'aperçus que j'étais cramponné à une pièce de bois, grâce à laquelle je flottais à peu près. Alors je restai tranquille dans l'eau, et commençai à revenir à moi.

C'était la vergue de rechange que j'avais saisie, et je m'étonnai de voir à quelle distance du brick elle m'avait dérivé. Je hélai le brick ; mais il était évident qu'on n'entendait pas mes cris. Le navire tenait bon, mais j'étais trop loin et trop bas situé pour voir si le canot avait enfin été mis à la mer.

Tout en hélant le brick, je m'aperçus qu'entre lui et moi il y avait un espace exempt de grosses lames, mais qui était tout blanc sous la lune et couvert de remous. Parfois cette zone se déplaçait en bloc, de côté, comme la queue d'un serpent vivant ; parfois elle disparaissait entièrement, puis se remettait à bouillonner. Je ne devinais pas de quoi il s'agissait, et je m'en effrayai d'abord davantage, mais je compris bientôt que ce devait être le « raz » ou courant de jusant qui m'avait emporté si vite et roulé si rudement, et qui, à la fin, comme fatigué de ce jeu, m'avait rejeté avec la vergue sur sa limite extrême, vers la terre.

J'étais alors immobile, et m'aperçus bientôt que l'on peut mourir de froid aussi bien qu'en se noyant. Le rivage d'Earraid était tout proche ; j'apercevais au clair de lune les taches sombres de la bruyère et les roches pailletées de mica.

Il serait singulier, me dis-je, que je ne puisse aller jusque-là !

Je ne savais pas nager, car la rivière d'Esson était faible dans notre voisinage ; mais en m'appuyant des deux bras sur la vergue, et en lançant des coups de pied, je vis bientôt que j'avançais. L'exercice était rude, et mes progrès terriblement lents ; mais au bout d'une heure occupée à ruer et barboter, je me trouvai assez avancé entre les pointes d'une baie sablonneuse dominée par des collines basses.

La mer était tout à fait paisible ; on n'entendait pas de ressac ; la lune resplendissait ; mais je songeai que je n'avais jamais vu endroit si désert et lugubre. C'était pourtant la terre : l'eau devint si peu profonde que j'abandonnai ma vergue et m'avançai à pied dans le gué. Étais-je plus las que reconnaissant, je ne sais ; les deux, en tout cas : fatigué comme je ne l'avais jamais été avant cette nuit, et reconnaissant comme j'espère l'avoir été souvent, quoique jamais avec plus de motif.

XIV

L'îlot

Mon arrivée à terre inaugura la plus malheureuse période de mes aventures. Il était une heure du matin, et bien que le vent fût intercepté par la terre, la nuit était glaciale. Je n'osai m'asseoir, de crainte de geler, mais je retirai mes souliers et marchai çà et là sur le sable, pieds nus et me battant les flancs désespérément. Pas un bruit d'homme ni de bétail ; pas un chant de coq, bien que ce fût le temps de leur premier éveil ; les lames seules brisaient au loin, me rappelant mes dangers et ceux de mon ami. Cette promenade au long de la mer, à cette heure matinale, et dans cet endroit désert, m'inspirait une sorte de terreur.

Dès que le jour pointa, je remis mes souliers et grimpai sur une colline – la plus rude escalade que j'entrepris jamais, – ne cessant de trébucher entre de gros blocs de granit, ou sautant de l'un à l'autre. Quand j'atteignis le sommet, l'aurore était venue. On ne voyait plus trace du brick, qui avait dû être soulevé de l'écueil et sombrer. Le canot, également, était devenu invisible. L'océan était vide de voiles ; et sur l'espace que je découvrais de la terre, n'apparaissaient ni un homme ni une maison.

Je n'osais penser à ce qui était advenu de mes compagnons, et j'avais peur de regarder plus longtemps ce paysage vide. D'ailleurs, la fatigue, mes habits mouillés, et mon estomac qui commençait à crier famine me tourmentaient suffisamment. Je me mis donc en route vers l'est, dans l'espoir de découvrir une maison où je pourrais me réchauffer, et peut-être avoir des nouvelles de ceux que j'avais perdus. Au pis-aller, je réfléchis que le soleil, une fois levé, aurait vite fait sécher mes vêtements.

Je dus bientôt m'arrêter devant une coupure du rivage, une sorte de crique par où la mer semblait s'enfoncer très loin dans les terres, et comme je n'avais aucun moyen de traverser cette crique, il me fallut changer de direction afin de la contourner. La marche était toujours très dure ; en fait, non seulement Earraid tout entier, mais la partie avoisinante de Mull (appelée le Ross) n'est qu'un chaos de blocs de granit entremêlés de bruyère. Au début, la crique allait se rétrécissant comme je l'avais prévu ; mais bientôt, j'eus la surprise de la voir s'élargir de nouveau. Je me grattai la tête sans découvrir la vérité ; mais à la fin, en arrivant sur une élévation, je compris soudain que j'avais été jeté sur une petite île déserte, et que la mer salée m'entourait.

Au lieu du soleil qui, en se levant, m'aurait séché, ce fut la pluie qui tomba, mêlée à un brouillard épais ; et ma situation devint lamentable.

J'étais sous la pluie à frissonner, me demandant ce que j'allais devenir, lorsque je m'avisai que la crique était peut-être guéable. Je retournai au point le plus étroit et m'avançai dans l'eau. Mais à moins de trois yards du bord, je m'enfonçai brusquement jusque par-dessus les oreilles ; et si je n'y restai pas, je l'attribue à la providence plutôt qu'à mon adresse. Je n'en fus pas plus mouillé (c'était impossible), mais j'eus encore plus froid, et la perte de ce nouvel espoir me rendit plus malheureux.

Et alors, tout d'un coup, je me rappelai la vergue. Elle, qui m'avait transporté parmi le jusant, me ferait certainement passer en sûreté cette petite crique paisible. J'entrepris donc avec audace de traverser l'île, pour chercher la vergue et la rapporter. Ce fut un voyage extrêmement pénible, et si l'espoir ne m'avait pas soutenu, je me serais jeté à terre sans plus rien tenter. La soif, causée par l'eau salée, ou par un début de fièvre, me tourmentait, et je dus faire halte pour boire un peu de l'eau bourbeuse accumulée par la pluie dans une crevasse.

J'atteignis enfin la baie, plus mort que vif ; et au premier coup d'œil je compris que la vergue s'était éloignée vers le large. Je m'avançai pour la troisième fois, dans la mer. Le sable était lisse et ferme, et s'abaissait graduellement ; je marchai dans l'eau jusqu'au moment où elle atteignit mon cou et où les vaguelettes me mouillèrent le visage. Mais à cette profondeur mes pieds commençaient à perdre prise, et je n'osai m'aventurer plus loin. Quant à la vergue, je la voyais se balancer tout tranquillement à quelque vingt pieds devant moi.

Je m'étais bien comporté jusque-là ; mais à cette suprême déception je regagnai le rivage, et me jetai sur la grève en pleurant.

Le temps que je passai sur l'île est pour moi un si affreux souvenir qu'il m'est impossible d'y insister. J'ai lu des histoires de naufragés, mais ils ont toujours les poches pleines d'outils, ou bien une caisse de provisions est jetée à terre avec eux, comme par un fait exprès. Mon cas était tout différent. Je n'avais rien dans les poches que de l'argent et le bouton d'Alan ; et, élevé dans l'intérieur du pays, j'étais aussi dépourvu de savoir que de ressources.

Je n'ignorais pas, toutefois, que les coquillages sont considérés comme bons à manger ; et sur les rochers de l'îlot, je trouvai une grande quantité de patelles, que j'eus d'abord beaucoup de peine à arracher de leurs places, ignorant qu'il était nécessaire de faire vite. Il y avait encore de ces petits coquillages que nous appelons des « boucs [1] », et dont le nom correct est bigorneau. De ces deux genres-là, je fis toute ma nourriture, les dévorant froids et crus comme je les trouvais ; et j'étais si affamé qu'au début ils me parurent délicieux.

Peut-être n'était-ce pas la bonne saison, ou peut-être y avait-il une mauvaise influence dans la mer aux alentours de mon île. En tout cas, je n'eus pas plutôt mangé mes premières poignées que je fus pris de vertiges et de nausées, et passai quelque temps dans un état voisin de la mort. Un second essai de la même nourriture (je n'en avais pas d'autre) me réussit et me rendit des forces. Mais aussi longtemps que je fus sur l'île, je ne sus jamais ce qui m'attendait après avoir mangé ; parfois tout allait bien, et parfois je tombais dans un malaise affreux ; et je ne pus jamais reconnaître quelle espèce déterminée de coquillages m'était nuisible.

Tout le jour, la pluie tomba à flots ; l'île en était trempée comme une éponge ; impossible d'y découvrir un endroit sec ; et quand je me couchai cette nuit-là, entre deux blocs de rocher qui formaient une sorte de toit, mes pieds trempaient dans une flaque.

Le deuxième jour, je parcourus l'île dans toutes les directions. Pas une place qui en valût mieux que l'autre ; tout était rocs et désolation ; rien de vivant que des volatiles que je n'avais pas le moyen de tuer, et des goélands qui hantaient les écueils en quantité prodigieuse. Mais la crique, ou canal, qui séparait l'île de la terre principale du Ross, s'ouvrait au nord sur une baie, laquelle à son tour donnait dans le détroit d'Iona. Ce fut là dans ce voisinage que j'établis mon home ; quoique si j'avais réfléchi à ce seul mot de home, en pareil lieu, j'aurais sûrement éclaté en sanglots.

Mon choix ne manquait pas de bonnes raisons. Il y avait dans cette partie de l'île une sorte de cabane, ressemblant à une hutte à cochons, où les pêcheurs venaient dormir au besoin ; mais le toit de gazon avait fini par tomber à l'intérieur, si bien que la cabane n'offrait aucun abri, moins même que mes rochers. Fait plus important, les coquillages dont je vivais croissaient par là en grande abondance ; à marée basse, j'en pouvais ramasser un boisseau d'un coup : et c'était là une commodité évidente. Mais l'autre raison était plus intime. Je ne pouvais m'accoutumer à cette affreuse solitude, et ne cessais de regarder tout autour de moi (comme un homme pourchassé) partagé entre la crainte et l'espérance de voir arriver une créature humaine. Or, d'un peu plus haut, sur le monticule dominant la baie, je découvrais au loin sur Iona une grande église antique et des toits de maisons. Et de l'autre côté, sur le bas pays du Ross, je voyais monter de la fumée, matin et soir, comme s'il y avait une demeure cachée dans un creux de terrain.

Je pris l'habitude de contempler cette fumée, lorsque j'étais mouillé et glacé et à demi affolé par la solitude ; et je pensais à ces gens assis

1. *Buckies,* vu leur forme de cornes, sans doute.

au coin du feu, tant que le cœur m'en brûlait. Je faisais de même pour les toits d'Iona. Bref, cet aperçu des habitations des hommes et de leur vie familière avait beau aiguiser mes souffrances, il maintenait par ailleurs l'espoir en vie, et m'aidait à manger mes coquillages crus (qui me devinrent bientôt un objet d'écœurement) et me préservait de l'espèce d'effroi que je ressentais une fois seul parmi les rocs inertes, les oiseaux, la pluie, et la mer froide.

Je dis que cette vue maintenait l'espoir en vie ; car je ne croyais pas possible qu'on pût me laisser mourir sur les côtes de mon pays natal, en vue d'un clocher et des fumées des habitations. Mais le deuxième jour se passa ; et tant que dura la lumière, je ne cessai de guetter l'apparition d'un bateau sur le Sound ou d'hommes sur le Ross, mais aucun secours ne s'approcha de moi. Il pleuvait toujours, et je me réfugiai dans le sommeil, aussi trempé que possible, avec un cruel mal de gorge, mais un rien consolé, peut-être, d'avoir dit bonsoir à mes proches voisins, les gens d'Iona.

Charles II affirmait qu'on pouvait passer la nuit dehors un plus grand nombre de jours de l'année en Angleterre que nulle part ailleurs. C'est bien le point de vue d'un roi, ayant un palais à sa disposition et des rechanges de vêtements secs. Mais il a dû être plus favorisé, durant sa fuite de Worcester, que moi sur mon île misérable. Nous étions au cœur de l'été, et pourtant la pluie dura plus de douze heures, et le temps ne s'éclaircit que l'après-midi du troisième jour.

Ce fut le jour des événements. Dès le matin, j'aperçus un daim rouge, un mâle pourvu d'une belle paire d'andouillers, debout sous la pluie au plus haut de l'île ; mais il ne m'eut pas plus tôt vu me lever de dessous mes rochers, qu'il détala dans la direction opposée. Je me dis qu'il avait passé le détroit à la nage ; mais je n'imaginai pas ce qui pouvait bien attirer un être vivant sur Earraid.

Un peu plus tard, comme je ramassais mes patelles, je fus surpris de voir une pièce d'or tomber à mes pieds sur un rocher et rebondir jusque dans la mer. Quand les matelots m'avaient rendu mon argent, ils avaient gardé, outre un bon tiers de la somme totale, la bourse de cuir de mon père ; si bien que depuis lors je portais mon or à même une poche fermée par un bouton. Je compris alors que cette poche devait être trouée, et j'y portai la main précipitamment. Mais c'était là barricader l'étable après que la vache a été volée. J'avais pris la mer à Queensferry avec près de cinquante livres ; à présent, je ne retrouvais plus que deux guinées et un shilling d'argent.

Il est vrai que je ramassai un peu plus tard une troisième guinée, qui brillait sur un espace gazonné. Le tout faisait une fortune de trois livres quatre shillings, monnaie anglaise, pour un garçon, l'héritier légitime d'un domaine, qui était à cette heure mourant de faim sur la pointe extrême des sauvages Highlands.

Cet état de mes affaires acheva de me démoraliser ; et de fait ma situation, ce troisième matin, était réellement pitoyable. Mes habits s'en allaient en lambeaux, mes bas en particulier n'existaient pour ainsi dire plus, et j'avais les jambes dénudées ; mes mains étaient complètement ramollies à force d'être mouillées ; ma gorge me faisait très mal, ma faiblesse devenait extrême, et l'affreuse nourriture à laquelle j'étais condamné m'inspirait un dégoût tel que sa seule vue me soulevait le cœur.

Et cependant, le pis était encore à venir.

Il y a, vers le nord-ouest d'Earraid, un roc de bonne hauteur que (pour son sommet plat et la vue qu'il donnait sur le Sound) j'avais pris l'habitude de fréquenter. Car je ne restais guère à la même place, sauf pour dormir ; ma misère ne me laissait pas de repos, et je ne faisais que me harasser par de continuelles et vaines allées et venues sous la pluie.

Néanmoins, dès que le soleil se dégagea, je m'étendis sur le haut du roc pour me sécher. Le réconfort du soleil est une chose inexprimable. Il me fit envisager avec espoir ma délivrance, dont j'avais commencé à douter ; et je promenais mes regards avec un intérêt nouveau sur la mer et le Ross. Au sud de mon roc, une avancée de l'île me cachait le large, de sorte qu'un bateau pouvait fort bien s'approcher à mon insu de ce côté jusqu'aux abords immédiats.

Or, tout à coup, un lougre à voile brune et monté par deux hommes déboucha de cette pointe, le cap sur Iona. Je le hélai, puis tombai à genoux sur le roc en levant les bras et adressant des prières aux pêcheurs. Ils étaient assez proches pour m'entendre ; je distinguais même la nuance de leurs cheveux ; et il n'est pas douteux qu'ils me virent, car ils me crièrent quelque chose en gaélique, et se mirent à rire. Mais le bateau ne se détourna pas, et continua de faire voile, sous mes yeux, vers Iona.

Je ne pouvais croire à semblable perversité, et courant le long de la côte de roc en roc, j'invoquais leur pitié à grands cris. Ils étaient déjà hors de portée de ma voix, que je continuais mes appels et mes signaux ; et quand ils eurent disparu, je pensai que mon cœur allait éclater. De toute la durée de mes tribulations, je ne pleurai que deux fois. Une première, quand je dus renoncer à atteindre la vergue, et la deuxième, lorsque ces pêcheurs firent la sourde oreille à mes cris. Mais cette fois, je pleurai et hurlai comme un enfant gâté, arrachant le gazon avec mes ongles, et m'égratignant la figure contre la terre. Si un désir suffisait à tuer, ces deux pêcheurs n'auraient pas vu le matin, et je serais probablement mort sur mon île.

Ma rage un peu tombée, il me fallut manger de nouveau, mais ce fut avec un dégoût presque insurmontable. Évidemment, j'aurais mieux fait de m'abstenir, car ma pêche m'empoisonna de nouveau. Je ressentis les mêmes souffrances que la première fois : ma gorge douloureuse m'empêchait presque de déglutir, il me prit un accès de frissons violents, dont mes dents s'entrechoquaient ; et ma sensation de malaise dépassait tout ce qu'on peut exprimer en écossais ou en anglais. Je me crus prêt à mourir, et me recommandai à Dieu, pardonnant à tous, y compris mon oncle et les pêcheurs. Dès que je me fus ainsi résigné au pis, une sérénité descendit en moi ; je remarquai que la nuit serait belle, que mes vêtements étaient presque secs ; bref, que j'étais en meilleure posture que jamais, depuis mon atterrissage sur l'île ; et je finis par m'endormir, avec une pensée de gratitude.

Le lendemain (mon quatrième jour de cette affreuse existence) je sentis que mes forces physiques étaient presque épuisées. Mais le soleil brillait, l'air était doux, et ce que je réussis à manger des coquillages me profita et ranima mon courage.

J'étais à peine de retour sur mon roc (c'était ma première occupation, sitôt après avoir mangé) que j'aperçus un bateau qui descendait le Sound, le cap, me semblait-il, dans ma direction.

Je me mis aussitôt à espérer et à craindre démesurément ; car je me figurais que ces hommes s'étaient repentis de leur cruauté et revenaient à mon secours. Mais une autre déception comme celle de la veille était plus que je n'en pouvais supporter. Je tournai donc le dos à la mer, et ne la regardai pas avant d'avoir compté plusieurs centaines. Le bateau se dirigeait toujours vers l'île. Après cela, je comptai jusqu'à mille, le plus lentement possible, mon cœur battant à rompre. Et alors je n'eus plus de doute : il s'en venait droit sur Earraid !

Je ne pus me contenir davantage, et courus au bord de la mer, où je m'avançai, d'un roc à l'autre, tant que je pus aller. C'est merveille si je ne me noyai pas ; car au moment où je fus forcé de m'arrêter enfin, mes jambes flageolaient, et ma bouche était si sèche qu'il me fallait l'humecter avec de l'eau de mer, avant d'être capable de héler.

Cependant, la barque approchait ; je reconnus alors que c'était la même barque et les mêmes hommes que la veille. Je le voyais à leurs cheveux, que l'un avait d'un jaune pâle et l'autre bruns. Mais cette fois il y avait avec eux un troisième personnage qui semblait être d'une condition supérieure.

Dès qu'ils furent à portée d'appel, ils amenèrent la voile et restèrent sur place. En dépit de mes supplications, ils n'approchèrent pas davantage, et, ce qui m'effraya le plus, le nouvel homme poussait des hi-hi de rire tout en parlant et me regardant.

Puis il se leva dans la barque et m'adressa un long discours, débité avec volubilité et de grands gestes de la main. Je lui répondis que j'ignorais le gaélique. Cela parut l'irriter beaucoup, et je commençai à soupçonner qu'il s'était figuré parler anglais. En prêtant mieux attention, je saisis à plusieurs reprises le mot « quelconque » ; tout le reste était du gaélique, et je n'y entendais pas plus qu'à du grec ou de l'hébreu.

— Quelconque, dis-je, pour lui montrer que j'avais saisi un mot.

— Oui, oui... oui, oui, dit-il, en regardant les autres, comme pour leur dire : « Vous voyez bien que je parle anglais », et se remit dur comme fer à son gaélique.

Cette fois, je cueillis au passage un autre mot, « marée ». Alors, j'eus une lueur d'espérance. Je me rappelai qu'il désignait continuellement avec sa main la terre ferme du Ross.

– Voulez-vous dire qu'à marée basse... ? m'écriai-je, sans pouvoir achever.

– Oui, oui, dit-il. Marée.

Là-dessus, je tournai le dos à leur barque (où mon conseilleur avait recommencé à hennir de rire), refis par sauts et par bonds, d'une pierre à l'autre, le chemin par où j'étais venu, et traversai l'île en courant comme je n'avais jamais couru. En moins d'une demi-heure, j'arrivai sur les bords de la crique ; et en vérité, elle s'était réduite à un mince filet d'eau, où je m'élançai. Je n'en eus pas plus haut que les genoux, et pris pied sur l'île principale avec un cri de joie.

Un garçon élevé au bord de la mer ne serait pas demeuré un jour entier sur Earraid, car c'est ce qu'on appelle une île de marée, et sauf en période de morte-eau, on peut y accéder ou la quitter deux fois en vingt-quatre heures, soit à pied sec, soit, au pis-aller, en se déchaussant. Même moi, qui voyais la marée baisser et monter sous mes yeux dans la baie, et qui même attendais le reflux pour ramasser mes coquillages, – même moi, dis-je, si j'avais un peu réfléchi, au lieu de me révolter contre mon sort, j'aurais eu tôt fait de pénétrer le mystère et de m'évader. Rien d'étonnant à ce que les pêcheurs ne m'aient pas compris. L'étonnant, c'est plutôt qu'ils aient deviné ma déplorable illusion, et qu'ils se soient dérangés pour revenir. J'étais resté exposé au froid et à la faim sur cette île durant près de cent heures. N'eussent été les pêcheurs, j'aurais pu y laisser mes os, par sottise pure. Et même ainsi, je l'avais payé cher, non seulement par mes souffrances passées, mais par ma situation actuelle : j'étais fait comme un mendiant, je pouvais à peine marcher, et je souffrais beaucoup de la gorge.

J'ai vu des méchants et des sots, beaucoup des deux ; et je crois que les uns et les autres expient à la fin ; mais les sots d'abord.

XV

Le garçon au bouton d'argent
à travers l'île de Mull

Le Ross de Mull, sur lequel je venais d'arriver, était raboteux et sans chemin frayé, juste comme l'île que je venais de quitter : ce n'était que boue, bruyère et grosses pierres. Il y a peut-être des routes dans ce pays, pour ceux qui le connaissent bien ; mais, pour ma part, je n'avais d'autre flair, ni d'autre point de ralliement que Ben More.

Je me dirigeai tant bien que mal sur la fumée que j'avais vue si souvent de l'île ; ma fatigue extrême et les difficultés du chemin m'empêchèrent d'atteindre avant cinq ou six heures du soir la maison au fond du petit creux. Elle était basse et allongée, recouverte de gazon et bâtie en pierre sans mortier ; et devant, sur un tertre, un vieux gentleman était assis, fumant sa pipe au soleil.

Grâce au peu d'anglais qu'il savait, il me fit comprendre que mes compagnons de bord étaient arrivés à terre sains et saufs, et qu'ils avaient cassé la croûte dans cette maison même.

– Y en avait-il un, demandai-je, vêtu comme un gentilhomme ?

Il me répondit que tous portaient de grands surtouts grossiers ; toutefois, celui qui était venu seul portait culottes et bas, tandis que les autres avaient des pantalons de matelots.

– Ah ! dis-je, et il avait sans doute aussi un chapeau à plume ?

Il me répondit que non, et qu'il était nu-tête, comme moi.

Je crus d'abord qu'Alan avait perdu son chapeau ; mais ensuite je me souviens de la pluie, et jugeai plus vraisemblable qu'il l'avait mis à l'abri sous son surtout. L'idée me fit sourire, tant parce que mon ami était sauvé, qu'à cause de sa fatuité en matière de costume.

Mais le vieux gentleman, se frappant le front, s'écria que je devais être le garçon au bouton d'argent.

– Mais oui, répondis-je, un peu étonné.

– Eh bien, alors, dit le vieux gentleman, je suis chargé de vous dire que vous devez rejoindre votre ami dans son pays, près de Torosay.

Il me demanda ensuite comment je m'en étais tiré, et je lui contai mon histoire. Un homme du sud aurait certainement ri ; mais ce vieux gentleman (je l'appelle ainsi à cause de ses manières, car il n'avait que des loques sur le dos) m'écouta jusqu'au bout sans manifester autre chose qu'une compassion sérieuse. Quand j'eus fini, il me prit par la main, m'introduisit dans sa cahute (c'est le mot) et me présenta à sa femme comme si elle eût été la reine et moi un duc.

La bonne ménagère posa devant moi un pain d'avoine et un coq de bruyère froid, tout en me tapotant l'épaule et me souriant, car elle ne savait pas l'anglais ; et le vieux gentleman (pour ne pas être en reste) me fit un punch très fort de leur eau-de-vie locale. Tout le temps que je mangeai, et ensuite en buvant le punch, je pouvais à peine croire à mon bonheur ; et la maison, bien qu'elle fût obscurcie par la fumée de la tourbe et pleine de trous comme une écumoire, me faisait l'effet d'un palais.

Le punch me procura une forte transpiration et un sommeil sans rêves ; les bonnes gens me laissèrent dormir ; et il était près de midi, le lendemain, lorsque je repris la route, la gorge déjà en meilleur état, et mon courage tout à fait restauré par le bon gîte et les bonnes nouvelles. J'eus beau presser le vieux gentleman, il ne voulut pas accepter d'argent, et il me donna même un vieux bonnet pour me couvrir la tête ; mais je reconnais volontiers que je ne fus pas plus tôt hors de vue de sa maison, que je lavai soigneusement ce cadeau dans une fontaine au bord de la route.

Et je me disais : « Si ce sont là les sauvages Highlanders, je souhaiterais voir mes compatriotes aussi sauvages. »

Non seulement j'étais parti tard, mais je dus me fourvoyer la moitié du chemin. À la vérité, je rencontrai beaucoup de gens, grattant leurs misérables carrés de terre incapables de nourrir un chat, où paissaient des vaches minuscules, de la taille à peu près d'un baudet. Le costume du Highland étant interdit par la loi depuis la rébellion, et le peuple condamné au vêtement des basses-terres, qu'il détestait, la variété des accoutrements faisait un curieux spectacle.

Les uns allaient nus, à part un paletot flottant ou surtout, et portaient leur pantalon sur l'épaule comme un fardeau inutile ; d'autres s'étaient confectionné un simulacre de tartan avec d'étroites bandes d'étoffe bigarrée cousues ensemble comme un couvre-pied de vieille femme ; d'autres encore portaient toujours le *philabeg* [1] du Highland, mais, à l'aide de quelques points faufilés entre les jambes, l'avaient métamorphosé en une sorte de pantalon hollandais. Tous ces déguisements étaient prohibés et punis, car on appliquait la loi avec sévérité, dans l'espoir de briser l'esprit de clan ; mais dans cette île perdue au bout du monde, il y avait peu de gens pour y faire attention, et encore moins pour l'aller raconter.

Tous semblaient être dans une grande pauvreté ; chose sans doute naturelle, à présent que l'on avait mis fin à la rapine, et que les chefs ne tenaient plus table ouverte. Les routes (jusqu'à cette piste rustique et sinueuse que je suivais) étaient infestées de mendiants. Et là encore je notai une différence avec la partie du pays où j'étais né. Car nos mendiants du Lowland – même ceux en robe, patentés – avaient une manière à eux de basse flagornerie, et si vous leur donniez un patard, en réclamant la monnaie, ils vous rendaient poliment un liard. Mais ces mendiants du Highland se drapaient dans leur dignité, ne demandaient l'aumône que pour acheter de la prise (à leur dire) et ne rendaient pas la monnaie.

À coup sûr, je ne m'en souciais guère, à part l'intérêt que cela m'offrait chemin faisant. Mais ce qui m'ennuyait davantage, peu de gens savaient l'anglais, et ceux-là (à moins qu'ils ne fussent de la confrérie des mendiants) n'étaient guère désireux de mettre leur anglais à mon service. Je savais que j'allais à Torosay, et je leur redisais le mot avec un geste d'interrogation ; mais au lieu d'un geste de réponse, ils me répliquaient par une kyrielle de gaélique qui m'ahurissait ; il n'y a donc rien d'étonnant si je déviai de la bonne route aussi souvent que je la suivais.

Enfin, vers huit heures du soir, et déjà recru de fatigue, j'arrivai à une maison isolée où je demandai l'hospitalité. Je venais d'essuyer un refus, lorsque je m'avisai de la puissance de l'argent dans un pays aussi pauvre, et présentai une de mes guinées entre le pouce et l'index. Aussitôt, l'homme de la maison, qui avait jusque-là fait semblant d'ignorer l'anglais et m'avait chassé de son seuil par gestes, se mit à parler aussi clairement qu'il en était besoin, et consentit, moyennant

---

1. Ou *kilt,* jupon court des montagnards écossais.

cinq shillings, à me donner le gîte pour la nuit et à me guider le lendemain jusqu'à Torosay.

Je dormis mal cette nuit-là, dans la crainte d'être volé ; mais je n'avais pas besoin d'avoir peur, car mon hôte n'était pas larron, mais simplement très pauvre et des plus fourbes. Il n'était pas seul dans sa pauvreté, car le matin il nous fallut faire environ cinq milles jusqu'à la maison de ce qu'il appelait un riche homme pour changer une de mes guinées. Ce riche l'était peut-être pour Mull ; on ne l'aurait guère jugé tel dans le sud ; car il dut réunir toutes ses richesses, – la maison fut retournée de fond en comble et un voisin mis à contribution, avant de parfaire une somme de vingt shillings en argent. Le shilling de reste, il le garda pour lui, soutenant qu'il oserait à peine avoir chez lui « sous clef » une somme aussi importante. D'ailleurs, il se montra fort poli et bien élevé, nous fit asseoir tous deux avec sa famille pour dîner et prépara du punch dans un beau saladier de porcelaine, ce qui réjouit mon coquin de guide à un point tel qu'il ne voulut plus repartir.

J'étais prêt à me mettre en colère, et pris à témoin le riche homme (il s'appelait Hector Maclean) qui venait d'assister à notre marché et au paiement des cinq shillings. Mais Maclean avait pris sa part du punch et il jura qu'aucun gentleman ne quitterait sa table une fois le saladier préparé. Il ne me resta plus qu'à me rasseoir et à écouter des toasts jacobites et des chants gaéliques, jusqu'à l'heure où tout le monde fut ivre et où chacun s'alla coucher dans son lit ou dans la grange.

Le jour suivant (quatrième de mes pérégrinations) nous fûmes sur pied avant cinq heures ; mais mon coquin de guide se remit aussitôt à boire, car il était trois heures quand je parvins à le faire sortir de la maison, et cela (comme on va le voir) pour aboutir à un autre désagrément.

Aussi longtemps que nous descendîmes un val de bruyère qui s'allongeait devant la maison de M. Maclean, tout alla bien ; si ce n'est que mon guide regardait sans cesse derrière lui, et lorsque je lui demandais pourquoi, il me répondait par une grimace. Mais à peine avions-nous franchi la crête d'une colline et perdu de vue les fenêtres de la maison, il me dit que j'avais Torosay juste devant moi et qu'un sommet (qu'il me désigna) était mon meilleur repère.

– Peu m'importe, dis-je, puisque vous venez avec moi.

L'impudent fourbe me répondit en gaélique qu'il ne savait pas l'anglais.

– Mon bon ami, dis-je, je m'aperçois que votre anglais va et vient facilement. Dites-moi ce qui pourrait le ramener. Est-ce encore de l'argent qu'il vous faut ?

– Cinq shillings de plus, dit-il, et je vous y conduis.

Après quelque réflexion, je lui offris deux, qu'il s'empressa d'accepter, mais il tint absolument à les avoir en main tout de suite, – « pour la chance », comme il disait, bien que ce fût plutôt pour le malheur.

Les deux shillings ne le menèrent pas beaucoup plus loin qu'un nombre égal de milles, au bout desquels il s'assit au bord de la route et retira ses *brogues* [1] de ses pieds comme pour se reposer.

J'étais à présent chauffé au rouge.

– Ha ! dis-je ; vous ne savez plus l'anglais ?

Il me répondit cyniquement :

– Non.

Ma colère déborda, et je levai la main pour le frapper. Lui, tirant un couteau de dessous ses haillons, se ramassa sur lui-même en soufflant comme un chat irrité. Alors, emporté par ma colère, je m'élançai sur lui, détournai son couteau de la main gauche et le frappai de mon poing droit sur la bouche. J'étais un garçon robuste et très en colère et lui un tout petit homme : il tomba pesamment à mes pieds. Par bonheur, il lâcha son couteau dans sa chute.

Je le ramassai, ainsi que les brogues, lui souhaitai le bonjour, et me remis en route, le laissant pieds nus et désarmé. Je riais tout seul, chemin faisant, car j'étais assuré d'en avoir fini avec le drôle, pour plusieurs raisons. D'abord, il savait bien qu'il n'aurait plus de mon argent ; puis les brogues ne valaient guère dans ce pays que quelques sous ; et enfin, le couteau, – en réalité un poignard, – était de port interdit par la loi.

Après une demi-heure de marche environ, je rattrapai un homme grand, déguenillé, qui allait assez vite, mais en tâtant devant lui avec un bâton. C'était un aveugle ; et il me raconta qu'il était catéchiste, ce qui eût dû me rassurer. Mais sa physionomie me prévenait contre lui : elle était sombre, menaçante et fausse ; et, de plus, je vis l'acier d'une crosse de pistolet dépasser le rabat de sa poche de paletot. Le port de cet objet entraînait une amende de quinze livres sterling à la première contravention, et la déportation aux colonies en cas de récidive. Je ne voyais pas non plus très bien la nécessité d'être armé pour enseigner la religion, ni ce qu'un aveugle pouvait faire d'un pistolet.

Je lui racontai mes démêlés avec mon guide, car j'étais fier de mon exploit, et ma vanité fut plus forte que ma prudence. La mention des cinq shillings le fit se récrier si haut que je résolus de passer les deux autres sous silence, et me félicitai de ce qu'il ne pût me voir rougir.

– C'était donc trop, demandai-je, assez penaud.

– Trop ! s'écria-t-il. Hé quoi, je vous guiderai moi-même jusqu'à Torosay pour un coup d'eau-de-vie. Et vous aurez le plaisir de ma société (celle d'un homme instruit) par-dessus le marché.

Je lui répondis que je ne voyais pas très bien comment un aveugle pouvait servir de guide ; mais il se mit à rire et dit que son bâton valait pour lui des yeux d'aigle, ajoutant :

– Dans l'île de Mull, en tout cas, où je connais par cœur chaque pierre et chaque buisson de bruyère. Ainsi tenez, dit-il en agitant son bâton de droite et de gauche comme pour s'en assurer, – par là-bas coule un torrent, et il provient de cette petite colline qui a sur son

---

1. Espèce de chaussure grossière, généralement en peau de daim, propre aux Highlanders.

sommet une pierre penchée ; et c'est juste au pied de cette colline que passe la route de Torosay ; et le chemin où nous sommes, destiné aux troupeaux, est tout piétiné, tandis que l'herbe y pousse, à la traversée de la lande.

Je dus reconnaître qu'il avait raison de tous points, et lui avouai mon étonnement.

— Ha ! dit-il, ceci n'est rien. Croiriez-vous qu'avant la promulgation de la loi, et quand on avait des armes dans le pays, je savais tirer. Oui, je savais ! s'écria-t-il, puis, d'un air sournois : — Si j'avais quelque chose qui ressemblât à un pistolet, je vous montrerais comment je fais.

Je lui répondis que je n'avais rien de ce genre, et m'écartai de lui davantage. Il ne savait pas que son pistolet dépassait alors très visiblement de sa poche, et que je voyais reluire au soleil l'acier de la crosse. Mais par bonheur pour moi, il n'en savait rien, et, se figurant que l'arme était cachée, il mentait effrontément.

Il se mit ensuite à me poser des questions insidieuses, pour savoir d'où je venais, si j'étais riche, si je pouvais lui changer une pièce de cinq shillings (qu'il avait à cette heure même dans sa poche, affirmait-il) ; et cependant il ne cessait d'appuyer dans ma direction, tandis que je m'efforçais de l'éviter. Nous cheminions alors sur une sorte de piste à bestiaux herbeuse, qui franchissait les collines vers Torosay, et nous changions de côté sans arrêt, tels des danseurs dans un chassé-croisé. J'avais si clairement le dessus que je m'enhardis, et pris un réel plaisir à ce jeu de colin-maillard ; mais le catéchiste se mettait plus en colère à mesure, et finalement il lança des jurons en gaélique et s'efforça de m'envoyer son bâton dans les jambes.

Alors je lui annonçai qu'à vrai dire j'avais un pistolet tout comme lui, et que s'il n'obliquait pas vers le sud à travers la colline, je lui ferais sauter la cervelle.

Il devint aussitôt des plus polis ; et après avoir un moment tâché de m'amadouer, sans succès, il me maudit une fois de plus en gaélique, et s'éloigna. Je suivis du regard ses enjambées parmi les flaques et la bruyère, qu'il tapotait avec son bâton, jusqu'à ce qu'il eût tourné le bout d'une colline et disparu dans le prochain creux. Puis je me remis en route vers Torosay, trouvant bien plus agréable d'être seul que de voyager avec cet homme de savoir. J'avais joué de malheur, ce jour-là, car ces deux hommes dont je venais de me débarrasser, l'un après l'autre, étaient les pires que je rencontrai jamais dans les Highlands.

À Torosay, sur le Sound de Mull et orientée vers la terre ferme de Morven, il y avait une auberge dont le patron était un Maclean, et, paraît-il, de très grande famille ; car dans les Highlands plus que chez nous encore, on estime que tenir une auberge est un métier distingué, à cause peut-être qu'il participe de l'hospitalité, ou encore parce qu'on y est ivrogne et fainéant. Il parlait bien anglais, et découvrant que j'avais quelque instruction, m'essaya d'abord en français, où il me battit sans peine, puis en latin, où nous fûmes, je crois, égaux. Cet agréable tournoi nous mit dès l'abord sur un pied amical ; et je m'assis à boire du punch avec lui (ou, pour être plus exact, je m'assis et le regardai boire) tant qu'il fut ivre au point de pleurer sur mon épaule.

Comme sans y songer, je lui montrai, pour voir, le bouton d'Alan ; mais je me rendis compte qu'il ne l'avait ni vu ni connu. D'ailleurs, il avait quelque grief contre la famille et les amis d'Ardshiel, et avant d'être ivre, il me lut une satire, en très bon latin, mais des plus mordantes, qu'il avait composée en vers élégiaques contre une personne de ce nom.

Quand je lui parlai de mon catéchiste, il branla la tête, et me dit que j'avais eu de la chance de m'en dépêtrer.

– C'est un homme des plus dangereux, dit-il, que ce Duncan MacKrieg ; il sait tirer au jugé à plusieurs yards, et on l'a souvent accusé de vols sur les grands chemins, et une fois même d'assassinat.

– Mais le bouquet, dis-je, c'est qu'il se prétend catéchiste.

– Et pourquoi pas ? répliqua mon hôte. Il l'est bien en effet. C'est Maclean de Duart qui l'a nommé à ces fonctions, à cause de son infirmité. Mais peut-être est-ce regrettable, car il est toujours par les routes, allant d'un endroit à un autre pour faire réciter leur catéchisme aux jeunes personnes ; et sans nul doute, c'est pour le pauvre diable une grande tentation.

Finalement, lorsqu'il fut incapable de boire davantage, notre homme me conduisit à un lit, où je me couchai d'excellente humeur, ayant traversé la plus grande partie de cette longue et recourbée île de Mull, d'Earraid à Torosay, et fait cinquante milles à vol d'oiseau, mais (vu mes erreurs) beaucoup plus près de cent, en quatre jours et sans trop de fatigue. Du reste, je me trouvais en bien meilleures dispositions, de corps et d'esprit, au bout de cette longue marche, que je ne l'étais au commencement.

XVI

Le garçon au bouton d'argent à travers Morven

Il y a un service régulier de bateau entre Torosay et Kinlochaline sur la terre ferme. Les deux rives du Sound sont dans le pays du puissant clan des Macleods, et ceux qui traversèrent avec moi appartenaient presque tous à ce clan. D'ailleurs, le patron du bateau s'appelait Neil Roy Macrob ; et comme le clan des Macrobs se rattachait à celui d'Alan, et qu'Alan lui-même m'avait envoyé passer l'eau ici, je tenais beaucoup à causer en particulier avec Neil Roy.

Sur ce bateau encombré, la chose était naturellement impossible, et le passage fut une opération très longue. Il n'y avait pas de vent, et comme le bateau était mal équipé, nous ne pouvions manœuvrer que deux avirons d'un bord, et un de l'autre. Les hommes s'évertuaient, néanmoins, avec assez de zèle, les passagers leur donnaient parfois un coup de main, et tout le monde soutenait la cadence avec des mélopées de mer en gaélique. Et ces chants, l'air salin, la bonne humeur et la gaieté générales formaient, par ce beau temps, le plus agréable spectacle.

Mais il y eut un épisode douloureux. À l'entrée du Loch Aline, nous rencontrâmes un grand navire de haute mer, à l'ancre. Je supposai d'abord que c'était là un des croiseurs royaux qui surveillaient cette côte, été comme hiver, afin d'empêcher toute communication avec les Français. Mais de plus près on s'aperçut que le navire était marchand ; et ce qui me surprit davantage, non seulement ses ponts, mais aussi la rive, étaient tout noirs de monde, et des canots faisaient continuellement la navette entre la terre et le navire. De plus près encore, nous entendîmes s'élever une vaste rumeur de deuil, les gens du bord et ceux du rivage s'adressant les uns aux autres des appels et des lamentations, à percer le cœur.

Alors je compris que c'était là un bateau d'émigrants destiné aux colonies américaines.

Notre embarcation vint se ranger sous sa muraille, et les exilés s'appuyèrent aux bastingages, pleurant et tendant les bras vers mes compagnons, parmi lesquels ils comptaient des amis. Je ne sais combien de temps aurait duré la chose, car ils semblaient n'avoir pas conscience du temps, mais à la fin, le capitaine du navire, qui avait l'air à demi éperdu (ce qui n'avait rien d'étonnant) parmi ces cris et cette confusion, vint à la coupée, et nous ordonna de nous éloigner.

Là-dessus, Neil démarra, et le chanteur principal de notre bateau entonna un air mélancolique, qui fut repris aussitôt, à la fois par les émigrants et par leurs amis du rivage, en sorte que de toutes parts résonnaient comme des lamentations funèbres. Je voyais couler les larmes sur les joues des hommes et des femmes du bateau, cependant qu'ils maniaient leurs avirons ; et les circonstances comme la musique de ce chant (celui qu'on appelle *Lochaber no more* [1]) me touchaient moi-même profondément.

À Kinlochaline, je tirai Mac Neil à part sur le rivage, et lui dis que je le croyais fermement un des hommes d'Appin.

— Et pourquoi pas ? dit-il.

— Je cherche quelqu'un, dis-je ; et j'ai dans l'idée que vous devez avoir de ses nouvelles. Il s'appelle Alan Breck Stewart.

Et, très sottement, au lieu de lui faire voir le bouton, je m'efforçai de lui glisser un shilling dans la main.

Il se recula.

— Vous m'offensez gravement, dit-il ; et ce n'est pas du tout une façon de se conduire entre gentlemen. L'homme dont vous demandez des

---

1. « Lochaber, je ne te verrai plus », chant populaire en ÉCOSSE.

nouvelles est en France ; mais quand bien même il serait dans ma poche, et que vous ayez la panse pleine de shillings, je ne voudrais pas que l'on fît mal à un cheveu de sa tête.

Je sentis que je m'y étais pris à rebrousse-poil, et, sans perdre de temps à m'excuser, je lui fis voir le bouton dans le creux de ma main.

– Très bien, très bien, dit Neil ; mais je crois que vous auriez dû commencer par là. Enfin, si c'est vous le garçon au bouton d'argent, tout va bien, et j'ai l'ordre de veiller à ce que vous arriviez à bon port. Mais si vous voulez me permettre de vous parler net, il y a un nom que vous ne devez jamais prononcer : c'est celui d'Alan Breck ; et il y a une chose que vous ne devez jamais faire : c'est offrir votre sale argent à un gentleman highlander.

Il ne m'était pas très facile de m'excuser, car je ne pouvais guère lui dire (c'était pourtant la vérité) que je n'aurais jamais songé qu'il pût prétendre à la qualité de gentleman, avant qu'il me l'eût dit. Neil, de son côté, ne tenait pas à prolonger la conversation, mais seulement à remplir ses instructions et en avoir fini avec moi ; et il s'empressa de m'indiquer mon chemin. Je devais passer la nuit à Kinlochaline, à l'auberge publique ; traverser Morven le lendemain jusqu'à Ardgour, et m'arrêter le soir chez un certain John de la Claymore, qui était averti de mon arrivée ; le troisième jour, passer un *loch* [1] à Corran et un autre à Balachulish, et puis demander James des Glens à Aucharn en Duror d'Appin. Il y avait à passer l'eau plusieurs fois, comme on a pu voir ; car dans toute cette contrée la mer s'avance profondément dans les montagnes et enserre leurs contreforts. Le pays en est d'autant plus facile à défendre et malaisé à parcourir, mais aussi plus abondant en paysages extraordinairement farouches et grandioses.

Neil me donna plusieurs autres avis : ne parler à personne en chemin, éviter les whigs, les Campbell et les habits-rouges ; quitter la route et me cacher dans la bruyère si je voyais venir quelqu'un de ces derniers, « car il n'est jamais bon de se rencontrer avec eux » ; et bref, de me comporter comme un voleur ou un agent jacobite, ce pour quoi Neil me prenait peut-être.

L'auberge de Kinlochaline était plus misérable que la dernière étable à cochons de la terre, pleine de fumée, de vermine et de silencieux Highlanders. Je fus peu satisfait, non seulement de mon gîte, mais de moi-même, pour m'être aussi mal comporté avec Neil, et je songeais que je serais aussi bien dehors. Mais je me trompais, comme je devais voir bientôt, car je n'étais pas d'une demi-heure à l'auberge (me tenant sur le seuil la plupart du temps, pour éviter la fumée de tourbe qui me piquait aux yeux) qu'un orage éclata tout proche, les torrents se gonflèrent sur la petite colline où se trouvait l'auberge, et une extrémité de la maison fut envahie par un véritable fleuve. Les logements publics étaient plutôt mauvais par toute l'Écosse, en ce temps-là, mais je trouvai

---

1. Ce terme désigne, en Écosse, aussi bien un lac qu'un bras de mer étroit et allongé (*firth,* dans le Sud).

quand même singulier, en quittant le coin du feu pour gagner mon lit, de devoir patauger dans l'eau jusque par-dessus les chevilles.

Je m'étais mis en route depuis peu, le lendemain matin, lorsque je rejoignis un petit homme trapu, d'allures solennelles, qui marchait à pas comptés, les orteils en dehors, lisant parfois dans un livre et parfois marquant la page avec son doigt, et vêtu simplement et décemment, d'une façon quasi cléricale.

Je trouvai en lui un nouveau catéchiste, mais tout différent de l'aveugle de Mull ; car il était de ceux-là envoyés, par la Société d'Edimbourg pour la Propagation de la Foi chrétienne, évangéliser les coins les plus sauvages des Highlands. Il s'appelait Henderland ; il parlait la langue traînante du Sud, que j'aspirais d'entendre ; et non seulement nous étions du même pays, mais nous nous découvrîmes bientôt un autre lien de commun intérêt. Car mon excellent ami, le pasteur d'Essendean, avait consacré ses loisirs à mettre en gaélique un certain nombre d'hymnes et de livres pieux, dont Henderland usait dans son ministère, et qu'il tenait en haute estime. C'était même un de ces livres qu'il avait à la main lorsque je le rencontrai.

Nous marchâmes de compagnie jusqu'à Kingairloch. Chemin faisant, il s'arrêtait pour causer avec tous les passants et les laboureurs que nous rencontrions ou dépassions ; et j'avais beau ignorer le sujet de leurs entretiens, je compris que M. Henderland devait être bien aimé dans la région, car j'en vis beaucoup tirer leur tabatière de corne, et y prendre une prise avec lui.

Je le mis au courant de mes affaires, autant que je le jugeai à propos ; c'est-à-dire autant qu'elles ne concernaient pas Alan. Je lui donnai Balachulish comme l'endroit où je me rendais, pour retrouver un ami ; car je réfléchis que Aucharn, voire même Duror étaient trop compromettants, et auraient pu le mettre sur la voie.

De son côté, il me parla beaucoup de son œuvre et des gens qu'il fréquentait, prêtres fugitifs et jacobites, de la loi de désarmement, du costume, et de maintes autres curiosités du pays et de l'époque. Il se montra modéré, blâma le parlement sur divers points, et spécialement parce que la loi punissait ceux qui portaient le costume, de façon plus sévère que ceux qui portaient des armes.

Cette modération m'inspira le désir de l'interroger sur le Renard-Rouge et les tenanciers d'Appin ; car ces questions, me disais-je, semblaient assez naturelles dans la bouche d'un voyageur qui se rendait dans ce pays.

C'était, à son dire, une déplorable affaire.

– On se demande, ajouta-t-il, où les tenanciers trouvent l'argent, car ils meurent de faim à la lettre... (Vous n'auriez pas sur vous une prise, monsieur Balfour. Non ? Du reste, mieux vaut que je m'en abstienne.) Mais ces tenanciers (comme je vous le disais) sont sans aucun doute en partie contraints. James Stewart de Duror (celui qu'on appelle James des Glens) est le demi-frère d'Ardshiel, le capitaine du clan ; et c'est

un homme devant lequel on s'incline très bas, et qui mène les gens
à la baguette. Et puis il y a celui qu'on nomme Alan Breck...

– Ah ! m'écriai-je, parlez-moi donc de lui !

– Que dire du vent qui souffle où il veut ? dit Henderland. Il est ici
et là ; ici aujourd'hui, et parti demain ; un vrai chat de bruyère. Il serait
à nous guetter de ce buisson là-bas que cela ne m'étonnerait nullement...
N'auriez-vous pas par hasard quelque chose qui ressemble à une prise,
monsieur Balfour ?

Je lui répondis que non, et qu'il m'avait déjà demandé plusieurs fois
la même chose.

– C'est fort possible, dit-il en soupirant. Mais je trouve singulier que
vous n'en ayez pas... Cependant, comme je vous le disais, c'est un hardi
et dangereux compère que cet Alan Breck ; et bien connu pour être
le bras droit de James. Sa vie est déjà mise à prix ; il est sans aucun
scrupule ; et je me demande, au cas où un tenancier hésiterait à payer,
s'il ne lui planterait pas son dirk dans l'estomac.

– Vous nous donnez de lui une triste idée, monsieur Henderland,
dis-je. S'il n'y a rien autre chose que de la crainte des deux côtés, je
me soucie peu d'en connaître davantage.

– Non pas, dit M. Henderland ; il y a de l'amour aussi ; et une
abnégation à faire honte aux gens comme vous et moi. Leur conduite
ne manque pas de beauté, non peut-être au point de vue chrétien, mais
au point de vue humain. Alan Breck lui-même, d'après tout ce que j'ai
entendu dire, est un chevalier digne de respect. Tel grippe-sous
hypocrite qui siège au premier rang de l'église, dans notre partie du
pays, et qui passe pour bon aux yeux du monde, est peut-être bien pire
que ce dévoyé verseur de sang humain. Oui, certes, nous avons des
leçons à recevoir d'eux... Vous allez peut-être croire que j'ai vécu trop
longtemps dans les Highlands, ajouta-t-il, avec un sourire.

Je lui répondis que je n'en croyais rien ; que j'avais vu beaucoup de
choses louables chez les Highlanders ; et que, pour tout dire,
M. Campbell lui-même était Highlander.

– Oui, dit-il. Il est ma foi de bonne race.

– Et que va faire l'agent du roi ? demandai-je.

– Colin Campbell ? Fourrer sa tête dans un guêpier.

– Il va donc mettre dehors les tenanciers de force, à ce que j'entends ?

– Oui. Mais l'affaire a eu des hauts et des bas, comme on dit. D'abord,
James des Glens s'est rendu à Edimbourg, et à obtenu de l'avocat (un
Stewart, bien entendu, – ils tiennent tous ensemble comme les doigts
de la main) de faire suspendre la procédure. Et puis Colin Campbell
est revenu à la charge, et l'a emporté devant les Barons de l'Échiquier.
Et à cette heure on me dit que demain on fera déloger les premiers
des tenanciers. L'opération doit commencer à Duror, sous les fenêtres
mêmes de James, procédé qui ne me paraît guère sage, à mon humble
avis.

– Croyez-vous qu'ils fassent résistance ? demandai-je.

– Ma foi, dit Henderland, ils sont désarmés, – ou censés l'être, – car il y a toujours une quantité d'acier caché en de bons endroits. Et puis Colin Campbell fait intervenir les soldats. Mais malgré tout, si j'étais de sa femme, je n'aurais pas de repos qu'il ne soit rentré chez lui. Ce sont de drôles de clients, ces Appin Stewart.

Je lui demandai s'ils étaient pires que leurs voisins.

– Que non pas, dit-il. Et c'est le plus triste de l'histoire. Car si Colin Roy réussit à faire exécuter sa volonté en Appin, il lui faut tout recommencer dans le pays voisin, que nous appelons Mamore, et qui appartient aux Camerons. Il est agent du roi pour les deux, et dans les deux il devra expulser les tenanciers ; et, à vous parler franchement, monsieur Balfour, je suis persuadé que s'il échappe aux uns, il recevra la mort chez les autres.

Nous continuâmes de la sorte à causer et à cheminer la plus grande partie du jour. Enfin, M. Henderland, après m'avoir dit tout le plaisir qu'il prenait à ma société, et sa joie d'avoir rencontré un ami de M. Campbell (« que je me permettrai, ajouta-t-il, d'appeler : ce doux chantre de notre Sion covenantaire »), me proposa d'abréger mon étape, et de passer la nuit sous son toit, un peu au-delà de Kingairloch. À vrai dire, cette offre me combla de joie, car je n'avais pas grand goût pour Jean de la Claymore, et depuis ma double mésaventure, d'abord avec le guide, et puis avec le patron gentleman, j'appréhendais un peu la rencontre de nouveaux Highlanders. Je me hâtai donc d'accepter, et arrivai dans l'après-dînée à une petite maison isolée sur la rive du Linnhe Loch. Le soleil avait déjà quitté le flanc dénudé des montagnes d'Ardgour, mais brillait encore sur celles d'Appin ; le loch était paisible comme un lac, à part les mouettes qui piaillaient alentour de ses bords ; et tout le paysage avait un aspect étrangement solennel.

Nous ne fûmes pas plutôt arrivés à la porte de sa demeure, que M. Henderland, à ma grande surprise (car j'étais alors accoutumé à la politesse des Highlanders), me dépassa brutalement, se précipita dans la maison, saisit un pot et une petite cuiller de corne, et se mit à fourrer de la prise dans son nez en quantité démesurée. Puis il éternua copieusement, et me regarda avec un sourire un peu niais.

– C'est un vœu que j'ai fait, dit-il. Je me suis promis de n'en jamais avoir sur moi. Sans doute la privation est grande ; mais quand je songe aux martyrs, non seulement du Covenant écossais, mais des autres lieux de la chrétienté, je rougis de ma mortification.

Quand nous eûmes mangé (et le porridge avec du lait battu formaient toute la nourriture du bonhomme), il prit un air grave et me dit qu'il avait à remplir son devoir envers M. Campbell, c'est-à-dire s'enquérir de l'état de mon âme devant Dieu. Je le trouvais un tantinet ridicule ; mais il n'avait pas encore parlé depuis longtemps que mes yeux se mouillèrent de larmes. Il y a deux choses dont on ne se lasse jamais, la bonté et l'humilité ; nous n'en découvrons guère dans ce monde si dur, chez les gens froids et arrogants ; mais M. Henderland avait sur les lèvres leur langage authentique. Et malgré la fatuité que m'inspiraient mes aventures, dont je m'étais tiré, comme on dit, tambour battant, il m'eut vite fait tomber à genoux auprès d'un simple et pauvre vieillard, à notre commune satisfaction.

Avant d'aller nous mettre au lit, il m'offrit, en guise de viatique, six pence, pris à une réserve minime qu'il gardait dans le mur de torchis de sa maison. Je restai interdit devant cet excès de bonté. Mais il me pressa tellement que je crus plus convenable d'accepter, et je le laissai en conséquence plus pauvre que moi.

XVII

La mort du Renard-Rouge

Le lendemain, M. Henderland me trouva un homme possédant une barque à lui, et qui devait, l'après-midi même, traverser le Linnhe Loch pour aller pêcher sur la rive d'Appin. Il obtint de me faire emmener par cet homme, qui était de ses ouailles ; et de cette façon, il m'épargna une longue journée de voyage, et le coût de deux traversées que j'aurais dû autrement effectuer par les bacs publics.

Il était près de midi quand nous débordâmes. Le ciel était sombre, chargé de nuages, et le soleil luisait par de brèves éclaircies. Les eaux du loch étaient très profondes et calmes, presque sans rides. Je dus en porter quelques gouttes à mes lèvres, afin de me convaincre qu'elle était réellement salée. Les montagnes de chaque bord étaient hautes, abruptes et nues, très sombres et sinistres dans l'ombre des nuages, mais mille petits cours d'eau y faisaient une dentelle d'argent lorsque le soleil les éclairait. Je trouvais ce pays d'Appin un pays bien farouche, pour voir des gens l'aimer autant que faisait Alan.

Il n'y eut qu'un seul incident notable. Nous venions de nous mettre en route, lorsque le soleil donna sur une petite masse rouge se déplaçant le long de la rive, vers le nord. Ce rouge ressemblait beaucoup à celui des habits de soldats ; de temps à autre aussi, de brèves étincelles et des éclairs en jaillissaient, comme si le soleil frappait sur de l'acier poli.

Je demandai à mon batelier ce que ce pouvait être ; et il me répondit que c'étaient sans doute des soldats rouges appelés de Fort-William en Appin, contre les pauvres tenanciers du pays. Cette vue m'attrista ; et soit à cause de mon souci d'Alan, soit par une espèce de prémonition, j'avais beau ne voir les troupes du roi George que pour la deuxième fois, je ne les portais pas dans mon cœur.

Nous arrivâmes enfin si près de la pointe qui forme l'entrée du Loch Leven, que je priai mon batelier de m'y débarquer. Cet homme (qui était honnête et se souvenait de sa promesse au catéchiste) aurait bien voulu me transporter jusqu'à Balachulish ; mais comme c'eût été m'éloigner de ma destination secrète, j'insistai, tant que je fus déposé à terre sous le bois de Lettermore (ou Lettervore, car j'ai entendu prononcer des deux façons), dans le pays d'Alan, Appin.

Ce bois était formé de hêtres, qui poussaient sur un flanc de montagne abrupt et crevassé dominant le loch. Il était percé de trouées garnies de fougères, et traversé en son milieu, du nord au sud, par une route ou voie cavalière, au bord de laquelle se trouvait une fontaine. Ce fut là que je m'assis pour manger du pain d'avoine de M. Henderland, et réfléchis à ma situation.

J'y fus harcelé, non seulement par une nuée de moustiques féroces, mais par les doutes de mon esprit. Que devais-je faire ? Pourquoi aller rejoindre un homme comme Alan, peut-être un assassin ? Ne serait-il pas plus sage de regagner tout droit le pays du sud, par ma simple jugeote et à mes frais ? Que penseraient de moi M. Campbell et même M. Henderland, lorsqu'ils viendraient à connaître ma folle présomption ? – Tels étaient les doutes qui m'assaillaient alors, plus véhéments que jamais.

Comme j'étais assis à réfléchir de la sorte, je perçus, venant du bois, le bruit d'une troupe d'hommes et de chevaux ; et peu après, au tournant de la route, quatre voyageurs parurent. Le chemin était à cette place si étroit et mauvais qu'ils marchaient en file et menaient leurs montures par la bride. Le premier était un grand gentleman à cheveux rouges, au visage impérieux et congestionné, qui tenait son chapeau à la main pour s'éventer, car il était suant et hors d'haleine. A son correct vêtement noir et à sa perruque blanche, je reconnus le second pour un notaire. Le troisième était un valet, et plusieurs pièces de son costume étaient de tartan, ce qui me fit voir que son maître appartenait à une famille highlander, et était en outre ou bien hors la loi, ou bien en singulièrement bonne odeur auprès des autorités, car le port du tartan était contraire à la loi. Eussé-je été mieux au courant de ces choses, j'aurais vu que son tartan était aux couleurs d'Argyle (ou Campbell). Ce serviteur avait un portemanteau volumineux bouclé sur son cheval, et un filet de citrons (destinés à la confection du punch) pendu à l'arçon de sa selle : – coutume assez générale chez les voyageurs aimant leurs aises, dans cette partie du pays.

Pour le quatrième, qui fermait la marche, j'avais déjà vu son pareil, et je reconnus tout d'abord en lui un huissier du sheriff.

Je n'eus pas plutôt vu venir ces gens, que je me résolus (sans raison déterminée) à poursuivre mon aventure ; et quand le premier fut arrivé à ma hauteur je me levai d'entre les fougères et lui demandai la route d'Aucharn.

Il fit halte et me considéra, d'un air que je trouvai singulier ; et puis, se tournant vers le notaire, – « Mungo, dit-il, beaucoup tiendraient bon compte de cet avertissement. Me voici sur la route de Duror pour l'affaire que nous savons ; et voici un jeune homme qui sort tout juste de la fougeraie, et s'enquiert si je suis sur la route d'Aucharn.

– Glenure, dit l'autre, ce n'est pas là un sujet de plaisanterie.

Tous deux s'étaient alors rapprochés de moi et me considéraient de près, tandis que les deux suivants s'étaient arrêtés à distance environ d'un jet de pierre.

— Et qu'allez-vous chercher en Aucharn, dit Colin Roy Campbell de Glenure, celui qu'on nommait le Renard-Rouge, car c'était lui que j'avais arrêté.

— L'homme qui y demeure, dis-je.

— James des Glens, dit Glenure, pensivement. Puis, au notaire : Croyez-vous qu'il rassemble ses gens ?

— En tout cas, dit le notaire, nous ferons mieux de rester ici, et d'attendre que les soldats nous rejoignent.

— Si c'est pour moi que vous vous inquiétez, dis-je, sachez que je ne suis ni de ses gens ni des vôtres, mais un honnête sujet du roi George, qui ne doit rien à personne et qui ne craint personne.

— Fort bien dit, ma foi, répliqua l'agent royal. Mais si je puis me permettre une question, que fait cet honnête homme aussi loin de son pays ? Et pourquoi se rend-il chez le frère d'Ardshiel ! J'ai de l'autorité ici, je dois vous le dire, je suis agent du roi pour plusieurs de ces domaines, et j'ai douze pelotons de soldats sous mes ordres.

— J'ai comme entendu raconter dans le pays, dis-je, un peu piqué, que vous êtes un monsieur pas commode.

Il me regardait d'un air indécis.

— Eh bien, dit-il, votre langage est hardi ; mais je ne déteste pas la franchise. Si vous m'aviez demandé la route de chez James Stewart en tout autre jour que celui-ci, je vous l'aurais indiquée, en vous souhaitant bon voyage. Mais aujourd'hui... hein, Mungo ?

Et il se retourna vers le notaire.

Mais précisément comme il se retournait, un coup de feu partit de plus haut sur la colline ; et, comme la détonation nous parvenait, Glenure tomba sur la route.

— Ah ! je suis mort ! s'écria-t-il, à plusieurs reprises.

Le notaire l'avait relevé et le tenait entre ses bras, tandis que le serviteur se penchait sur lui en se tordant les mains. Alors, le blessé promena de l'un à l'autre des yeux égarés, et il se fit dans sa voix un changement qui allait au cœur.

— Prenez garde à vous, dit-il, je suis un homme mort.

Il s'efforça d'écarter ses vêtements comme pour chercher sa blessure, mais ses doigts glissaient sur les boutons. Après quoi, il poussa un grand soupir, sa tête roula sur son épaule, et il trépassa.

Le notaire n'avait pas dit un mot, mais son profil était aiguisé comme une plume à écrire et blanc comme la face du mort ; le serviteur éclata en sanglots, tel un enfant ; et moi, de mon côté, je restais à les regarder, béant d'horreur. L'huissier du sheriff, dès la détonation, avait aussitôt couru au-devant des soldats, pour hâter leur venue.

À la fin, le notaire déposa le mort dans son sang sur la route, et se releva en titubant.

Ce fut peut-être ce mouvement qui me rappela à moi-même ; car il ne l'eut pas plutôt exécuté que je me mis à escalader la colline, en m'écriant : « À l'assassin ! à l'assassin ! »

Si peu de temps s'était écoulé que, parvenu au haut de la première pente, d'où l'on découvrait une partie des montagnes, j'aperçus, à une faible distance, l'assassin en fuite. C'était un gros homme, vêtu d'un habit noir à bouton de métal et portant une longue carabine.

– Par ici ! m'écriai-je, je le vois !

Là-dessus, le meurtrier jeta un bref regard par-dessus son épaule et se mit à courir. Un instant après, il fut caché par une étroite lisière de hêtres ; puis il réapparut plus haut, grimpant comme un singe, car la pente redevenait très raide ; puis il s'enfonça derrière un contrefort, et je ne le vis plus.

Tout ce temps, je n'avais cessé, moi aussi, de courir, et je me trouvais à une assez grande élévation, lorsqu'une voix me cria d'arrêter.

J'étais à l'orée du bois supérieur, de sorte qu'en faisant halte pour regarder en arrière, j'aperçus toute la partie découverte de la colline au-dessous de moi.

Le notaire et l'huissier du sheriff se tenaient un peu plus haut que la route, criant et gesticulant pour me faire revenir ; et à leur gauche, les habits-rouges, mousquet au poing, débouchant isolément du bois inférieur, commençaient l'escalade.

– Pourquoi voulez-vous que je revienne ? m'écriai-je. Avancez !

– Dix livres à qui attrapera ce garçon ! cria le notaire. C'est un complice. Il était aposté ici pour nous arrêter à causer.

À ces mots (que j'entendis très distinctement, bien qu'ils fussent adressés aux soldats, et non à moi), je fus saisi d'un nouveau genre de terreur. En effet, c'est une chose de courir le péril de sa vie, et c'en est tout à fait une autre de courir à la fois le péril de sa vie et celui de son honneur. La menace, en outre, était venue si soudainement, comme le tonnerre dans un ciel clair, que j'en restais tout ébaubi et déconcerté.

Les soldats commencèrent à s'égailler ; les uns couraient ; d'autres épaulèrent leurs armes et me couchèrent en joue ; et cependant, je restais immobile.

– Cachez-vous ici derrière les arbres, dit une voix toute proche.

Sans bien savoir ce que je faisais, j'obéis ; et à cet instant, les détonations retentirent et les balles sifflèrent entre les hêtres.

À l'abri de leurs fûts, je trouvai Alan Breck debout, une canne à pêche à la main. Il ne me donna pas de bonjour, car ce n'était pas l'heure des civilités ; il dit seulement : « Venez ! » et se mit à courir le long du flanc de montagne, vers Balachulish ; et moi, comme un mouton, je le suivis.

Tantôt nous courions entre les hêtres ; tantôt nous nous arrêtions derrière de légers bossellements du flanc de montagne ; ou bien nous allions à quatre pattes dans la bruyère. C'était une course mortelle : mon cœur semblait prêt à éclater entre mes côtes ; et je n'avais ni le temps de réfléchir ni le souffle pour parler. Je me souviens seulement de ma surprise à voir Alan se redresser par instants de toute sa hauteur pour regarder en arrière ; et à chaque fois, il nous arrivait du lointain une grande huée et des cris de soldats.

Un quart d'heure plus tard, Alan fit halte, se tapit dans la bruyère, et se tourna vers moi.

– Maintenant, dit-il, c'est pour de bon. Faites comme moi, si vous tenez à votre peau.

Et à la même allure, mais cette fois avec beaucoup plus de précautions, nous revînmes sur nos pas en traversant le flanc de montagne par le chemin déjà parcouru, mais peut-être un peu plus haut ; tant qu'enfin Alan se laissa tomber à terre dans le bois supérieur de Lettermore, où je l'avais trouvé d'abord, et resta plaqué, le nez dans les fougères, à panteler comme un chien.

Mes flancs me faisaient un tel mal, j'avais la tête si vertigineuse, la langue me sortait de la bouche, si brûlante et sèche, que je m'abattis à côté de lui, comme mort.

XVIII

Je cause avec Alan dans le bois de Lettermore

Alan revint à lui le premier. Il se leva, alla jusqu'à la lisière du bois, regarda un peu au-dehors, et puis revint s'asseoir.

– Eh bien, dit-il, la poursuite a été chaude, David.

Je ne lui répondis rien, et ne relevai même pas la tête. J'avais vu commettre un assassinat ; j'avais vu un grand gentleman plein de vie et de force supprimé, en un instant ; l'horreur de ce spectacle me poignait encore, mais ce n'était là qu'une partie de mes soucis. Ce meurtre avait abattu l'homme haï d'Alan ; et voilà qu'Alan se dissimulait derrière les arbres et fuyait devant les soldats. Que sa main eût tiré, ou que sa tête eût ordonné, cela ne faisait pas grande différence. À mon sens, mon unique ami dans cette contrée sauvage était criminel au premier chef ; il me faisait horreur ; je ne pouvais plus le regarder en face ; j'aurais aimé mieux me retrouver seul, abandonné sous la pluie dans mon île, que parmi la tiédeur de ce bois, aux côtés d'un meurtrier.

– Êtes-vous encore fatigué ? demanda-t-il.

– Non, dis-je, le nez toujours dans les fougères ; non, je ne suis plus fatigué, à présent, et je peux parler. Vous et moi, il faut nous séparer. Je vous aime beaucoup, Alan, mais vos voies ne sont pas les miennes, non plus que celles de Dieu ; et le résumé de tout cela est que nous devons nous séparer.

– Tout de même, David, je ne me séparerai pas de vous sans raison plausible, dit Alan, avec une profonde gravité. Si vous savez quelque chose contre ma réputation, le moins que vous puissiez faire, en faveur d'une vieille connaissance, est de me le dire ; et si vous avez seulement pris en dégoût ma compagnie, c'est à moi de juger si je suis insulté.

– Alan, dis-je, à quoi bon tout ceci ? Vous savez très bien que cet homme, ce Campbell, est là-bas couché dans son sang sur la route.

Il resta un moment silencieux, puis :

– Avez-vous jamais ouï conter l'histoire de l'Homme et des Bonnes-Dames ? – euphémisme par lequel il désignait les fées.

– Non, dis-je, et je n'ai aucun désir de l'entendre.

– Avec votre permission, monsieur Balfour, je vous la conterai tout de même, dit Alan. L'Homme, il faut que vous le sachiez, avait été jeté sur un rocher en mer, où il paraît que les Bonnes-Dames avaient coutume de venir se reposer, quand elles passaient en Irlande. Ce rocher se nomme le Skerryvore, et n'est pas loin de l'endroit où nous fîmes naufrage. Eh bien, l'Homme se lamentait et demandait à revoir son petit enfant avant de mourir, à si grands cris que la reine des Bonnes-Dames eut pitié de lui, et envoya un oiseau qui rapporta l'enfant dans un sac et le déposa à côté de l'Homme durant son sommeil. Quand donc l'Homme s'éveilla, il y avait à côté de lui un sac, et dans ce sac quelque chose qui remuait. Eh bien, c'était un de ces messieurs qui mettent toujours les choses au pis ; et, pour plus de sûreté, il planta son poignard au beau milieu du sac. Après quoi il l'ouvrit, et trouva son enfant mort. J'ai comme une idée, monsieur Balfour, que vous ressemblez beaucoup à cet homme.

– Voulez-vous dire que vous n'avez pas trempé dans ce crime ? m'écriai-je en me dressant à demi.

– Je vous dirai tout d'abord, monsieur Balfour de Shaws, entre nous, que si je m'en allais pour tuer un gentleman, ce ne serait pas dans mon propre pays, afin d'attirer des ennuis sur mon clan ; et je ne me trouverais pas sans épée ni fusil, et avec une longue canne à pêche sur l'épaule.

– C'est ma foi vrai ! dis-je.

– Et maintenant, reprit Alan, qui tira son dirk et posa la main dessus d'une certaine façon, – je jure sur le Saint-Acier que je n'ai eu ni dessein ni rôle, ni acte ni pensée dans cette chose.

– J'en rends grâces à Dieu ! m'écriai-je. Et je lui tendis la main.

Il ne parut pas la voir.

– Et voilà bien des embarras pour un Campbell, dit-il. Ils ne sont pas si rares, que je sache.

– Du moins, repris-je, vous ne pouvez m'en vouloir réellement, car vous savez bien ce que vous m'avez dit, sur le brick. Mais la tentation et l'action sont deux, j'en rends grâces au Ciel encore une fois. Nous pouvons tous être tentés ; mais ôter la vie à quelqu'un, de sang-froid, Alan ! (Je restai une minute avant de pouvoir ajouter :)

– Et savez-vous qui a commis ce crime ? Connaissez-vous l'homme à l'habit noir ?

— Je ne me souviens pas trop de son habit, dit Alan, d'un air malicieux ; mais j'ai dans l'idée qu'il était bleu.

— Bleu ou noir, le connaissez-vous ? dis-je.

— En conscience, je ne pourrais le jurer. Il a passé tout près de moi, je l'avoue, mais par un singulier hasard, j'étais juste occupé à rajuster mes brogues.

— Pouvez-vous jurer que vous ne le connaissez pas, Alan ? m'écriai-je, mi en colère, mi-tenté de rire de ses dérobades.

— Pas encore, dit-il ; mais j'ai une mémoire étonnamment douée pour l'oubli, David.

— Et pourtant, dis-je, il y a une chose que j'ai vue clairement, c'est que vous vous exposiez avec moi pour attirer les soldats.

— C'est fort possible, dit Alan ; et ainsi ferait n'importe quel gentleman. Vous et moi étions innocents du fait.

— Raison de plus, puisque nous étions soupçonnés à tort, pour ne pas nous en mêler ! L'innocent doit à coup sûr passer avant le coupable.

— Ma foi, David, il reste à l'innocent quelque chance d'être acquitté en justice ; mais pour le gars qui a tiré la balle, je crois que sa vraie place est dans la bruyère. Ceux qui n'ont trempé dans aucune petite difficulté doivent se bien mettre dans l'esprit la situation de ceux qui n'ont pas eu ce bonheur. La religion, du reste, nous l'ordonne. Car, si c'était l'inverse, et que le camarade que je n'ai précisément pas bien vu eût été à notre place, et nous à la sienne (ce qui n'avait rien d'impossible), je crois que nous lui serions joliment obligés nous-mêmes d'avoir attiré les soldats à ses trousses.

Devant cette obstination d'Alan je renonçai. Mais il avait l'air si naïf, et il était tellement convaincu de ce qu'il disait, et prêt à se sacrifier pour ce qu'il jugeait être son devoir, qu'il me fermait la bouche. Les paroles de M. Henderland me revinrent, que nous pouvions nous-mêmes recevoir des leçons de ces sauvages Highlanders. Or, je venais de recevoir la mienne. La morale d'Alan était sens dessus dessous ; mais il était prêt, telle qu'elle fût, à lui sacrifier sa vie.

— Alan, dis-je, je n'affirmerai pas que c'est ainsi que je comprends la religion, mais tout de même, je vous approuve. Et, pour la deuxième fois, je vous tends la main.

Alors il me la prit entre les deux siennes, disant que je l'avais bien sûr ensorcelé, car il n'était rien qu'il ne me pardonnât. Il prit ensuite un air très sérieux, pour me dire que nous n'avions pas de temps à perdre, mais devions l'un et l'autre fuir loin de ce pays ; lui, parce qu'il était déserteur, et que tout Appin allait être fouillé comme un appartement, et chacun forcé de rendre bon compte de ses faits et gestes ; et moi, parce que je me trouvais sans nul doute impliqué dans l'assassinat.

— Oh ! dis-je, tenant à lui donner une petite leçon, je ne crains pas la justice de mon pays.

— Comme si c'était votre pays ! dit-il. Ou comme si vous deviez être jugé ici, dans un pays de Stewarts !

– C'est toujours l'Écosse.

– Ami, vous m'étonnez parfois. C'est un Campbell qui vient d'être tué. Eh bien, le procès aura lieu à Inverara, la capitale des Campbells ; avec quinze Campbells sur le banc du jury, et le plus gros Campbell de tous (c'est-à-dire le Duc) siégeant au-dessus d'eux. Justice, David ? La même justice, exactement, que Glenure a rencontrée ce tantôt sur la route.

Cela m'effraya un peu, je l'avoue, et m'eût effrayé davantage encore si j'avais pu deviner l'exactitude des prédictions d'Alan ; car il n'exagérait que sur un point, et il y eut seulement onze Campbells au jury ; il est vrai que les quatre autres eussent été aussi dans la main du Duc, et qu'en fait la chose n'avait guère d'importance. Cependant, je m'écriai qu'il était injuste envers le duc d'Argyle, lequel (tout whig qu'il fût) n'en était pas moins un sage et honnête gentilhomme.

– Bah ! dit Alan, notre homme est un whig, sans doute ; mais je ne puis nier qu'il fut toujours un bon chef pour son clan. Et que dirait ce clan, s'il voyait un Campbell tué, sans personne de pendu, avec leur propre chef comme président du procès ?... Mais j'ai souvent remarqué, ajouta-t-il, que vous autres du bas-pays n'avez pas le discernement très net de ce qui est bien ou mal.

Là-dessus, je finis par éclater de rire, et, à ma surprise, Alan fit chorus, d'un rire aussi franc que le mien.

– Allons, allons, dit-il, nous sommes dans les Highlands, David ; et quand je vous dis de courir, croyez-m'en, courez. Sans doute la chose est dure, de se cacher et d'avoir faim dans la bruyère, mais il est encore plus dur d'être bouclé dans une prison d'habits-rouges.

Je lui demandai de quel côté nous allions fuir ; et quand il m'eut répondu : « vers les Basses-Terres », je fus davantage incliné à me joindre à lui ; car, en somme, j'étais impatient de m'en retourner et de prendre ma revanche sur mon oncle. En outre, Alan me paraissait tellement persuadé qu'il ne saurait être question de justice dans l'affaire, que je finissais par craindre qu'il n'eût raison. De toutes les morts, celle qui me plairait la moins est encore le gibet ; et l'image de cette sinistre machine se peignait dans mon cerveau avec une netteté extraordinaire (telle que je l'avais vue jadis figurée au haut d'une ballade populaire), et elle m'ôtait tout appétit pour les cours de justice.

– Je risquerai la chose, Alan, dis-je, j'irai avec vous.

– Mais songez-y, dit Alan, ce n'est pas une mince affaire. Vous coucherez sur la dure et sans abri, vous aurez maintes fois l'estomac creux. Votre lit sera celui du coq de bruyère, et votre vie celle du daim pourchassé, et vous dormirez les armes à la main. Certes, ami, il nous faudra jouer des jambes, avant d'être à l'abri. Je vous dis cela dès le départ, car cette vie m'est bien connue. Mais si vous me demandiez quelle autre chance il vous reste, je vous répondrais : Aucune. Ou bien prendre la bruyère avec moi, ou bien être pendu.

– Le choix est facile, dis-je ; et nous échangeâmes une poignée de main.

– Et maintenant, donnons encore un peu de fil à retordre aux habits-rouges, dit Alan.

Et il m'entraîna vers la lisière nord-est du bois.

En regardant entre les fûts, on découvrait un vaste versant de montagne, qui dévalait très abrupt dans les eaux du Loch. C'était un terrain difficile, hérissé de pierres branlantes, de bruyères et de souches de hêtres ; et tout là-bas, vers Balachulish, de minuscules soldats rouges s'en allaient par monts et par vaux, plus petits à chaque minute. Leurs cris avaient cessé, et j'aime à croire qu'ils avaient d'autre emploi pour le peu qui leur restait de souffle ; mais ils s'attachaient toujours à la piste, et nous croyaient sans doute devant eux.

Alan riait tout seul en les regardant.

– Ouais, dit-il, ils seront plutôt las avant d'être au bout ! Et donc vous et moi, David, pouvons nous asseoir et manger un morceau, et respirer un brin, et boire une lampée à ma gourde. Ensuite nous irons à Aucharn, chez mon parent James des Glens, où je dois prendre mes habits, mes armes, et de l'argent pour notre voyage. Et alors, David, nous pourrons crier : « À nous, Fortune ! » et nous couperons par la bruyère.

Nous restâmes donc pour manger et boire, en un lieu d'où l'on voyait le soleil s'abaisser sur un panorama de ces grandes et farouches montagnes désertes où j'étais désormais condamné à errer avec mon compagnon. Ce fut en partie alors, en partie plus tard, chemin faisant vers Aucharn, que nous nous contâmes réciproquement nos aventures. Je rapporterai ici de celles d'Alan ce qui me paraît le plus intéressant ou utile.

Aussitôt que la lame eut passé, il courut aux bastingages, il m'aperçut, me perdit de vue, me redécouvrit, ballotté dans le raz ; et finalement, il m'entrevit m'agrippant à la vergue. Ce détail lui donna l'espoir que je finirais bien par arriver à terre, et lui inspira de laisser derrière lui ces indications et ces messages qui m'avaient amené (pour mes péchés) jusqu'en ce malencontreux pays d'Appin.

Cependant, ceux qui étaient restés sur le brick avaient mis à la mer la yole, et deux ou trois matelots y avaient déjà pris place, quand survint une deuxième lame, plus haute que la première, qui enleva le brick et l'aurait sans doute envoyé au fond, s'il n'avait rencontré une saillie de roc, où il resta échoué. Quand il avait touché d'abord, ç'avait été par l'avant, de sorte que la poupe était restée jusqu'ici la plus basse. Mais cette fois la poupe fut projetée en l'air, et l'avant plongea sous les flots ; et à l'instant, l'eau commença de s'engouffrer dans le gaillard d'avant comme un ru de moulin.

Je vis Alan pâlir rien qu'à me conter la suite. Car il y avait deux hommes cloués par leurs blessures dans les couchettes ; et ceux-ci, devant l'invasion de l'eau et s'imaginant que l'on sombrait, se mirent à pousser des cris si déchirants que tous ceux qui se trouvaient sur le pont se jetèrent pêle-mêle dans la yole et s'éloignèrent à force de rames. Ils n'étaient pas à deux cents yards, que survint une troisième lame de fond. Le brick, soulevé, fut dégagé du récif ; ses voiles s'enflèrent pour une minute, et il sembla s'élancer à leur poursuite, mais en s'abaissant toujours sur l'eau ; il s'enfonçait de plus en plus, comme si une main l'eût tiré par en dessous ; et à la fin, la mer se referma sur le *Covenant,* de Dysart.

Tout le temps qu'ils ramèrent vers le rivage, personne ne parla, car ces cris de détresse les avaient frappés d'horreur ; mais à peine eurent-ils mis le pied sur le rivage que Hoseason sembla se réveiller d'un songe, et leur enjoignit de s'emparer d'Alan. Ils rechignaient à cette besogne, qui ne les tentait guère ; mais Hoseason, se démenant comme un beau diable, leur criait qu'Alan était seul, qu'il avait sur lui une grosse somme, qu'il avait causé la perte du brick et la noyade de leurs compagnons, et que ce serait faire d'une pierre deux coups, en se procurant la richesse et la vengeance. Ils étaient sept contre un ; cette partie du rivage n'offrait pas de rochers où Alan pût s'adosser ; et les matelots se mirent en devoir de le cerner.

— Et alors, le petit homme aux cheveux rouges... je ne sais plus comment il s'appelle.

— Riach, dis-je.

— C'est ça, dit Alan, Riach ! Ce fut lui qui intervint en ma faveur, demandant aux hommes s'ils ne craignaient pas la justice, et ajoutant : « Parbleu, je soutiendrai moi-même cet homme des Highlands. » Ce n'était pas un trop mauvais petit homme, ce petit homme aux cheveux rouges. Il avait quelques rudiments d'honnêteté.

— C'est vrai, dis-je, il a été aimable pour moi à sa manière.

— Et il le fut pour Alan aussi, ma parole, j'ai trouvé que sa manière avait du bon ! Mais voyez-vous, David, la perte du bateau et les cris de ces pauvres gens l'avaient fort impressionné, cet homme ; et je pense que c'était à cause de cela.

— Je le croirais volontiers, dis-je, car il était aussi enragé que les autres, au début. Mais comment Hoseason prit-il la chose ?

— J'ai idée qu'il dut la prendre fort mal, dit Alan. Mais le petit homme me cria de m'enfuir, et, vrai, je jugeai son avis excellent, et je m'enfuis. Quand je les aperçus pour la dernière fois, ils étaient tous ensemble en un groupe sur le rivage, comme des gens qui ne s'accordent pas trop bien.

— Que voulez-vous dire par là ? demandai-je.

— Eh bien, on jouait des poings, et je vis un homme s'affaisser comme une masse. Mais je trouvai inutile de m'attarder. Voyez-vous, cette extrémité de Mull est une terre de Campbells, et ne vaut rien pour un gentleman de ma sorte. N'eût été ce détail, je serais demeuré à vous attendre moi-même, et bien entendu, j'aurais donné un coup de main au petit homme. – (Il était amusant de voir Alan insister sur la taille de M. Riach, car, à vrai dire, l'un n'était guère plus petit que l'autre.) – Ainsi, continua-t-il, je pris mes jambes à mon cou, et à chaque fois que je rencontrais quelqu'un, je lui criais qu'il y avait un naufrage sur la côte. Ah ! mon ami, ils ne restaient guère à me tarabuster de

questions ! Si vous les aviez vus galoper vers le rivage ! Et une fois là,
ils constataient qu'ils avaient eu l'agrément de courir, ce qui est très
bon pour un Champbell. J'imagine que ce fut un châtiment pour le
clan que le brick ait coulé d'un bloc, sans se mettre en pièces. Mais
ce fut un malheur pour vous, quand même ; car si quelques débris
avaient été jetés à la côte, ils l'auraient explorée en long et en large
et vous auraient bientôt découvert.

XIX

La maison de la crainte

La nuit tomba comme nous marchions toujours, et les nuages, qui
s'étaient un peu dissipés dans l'après-midi, se rassemblèrent plus denses,
de sorte que l'obscurité devint, pour la saison, fort profonde. Notre
chemin passait au flanc de montagnes abruptes ; et bien qu'Alan
continuât à s'avancer d'un pas assuré, je ne voyais pas du tout comment
il se dirigeait.

A la fin, vers dix heures et demie, nous arrivâmes en haut d'une
lande, et découvrîmes des lumières au-dessous de nous. On eût dit que
la porte ouverte d'une maison répandait un flot de clarté, foyer et
chandelles réunis ; et tout autour de la maison, cinq ou six personnes
circulaient précipitamment, munies chacune d'une torche allumée.

– Il faut que James ait perdu la tête, dit Alan. Si c'étaient les soldats,
au lieu de vous et moi, il serait dans de beaux draps ! Mais j'imagine
qu'il a posté une sentinelle sur la route, et il sait parfaitement que des
soldats ne découvriraient pas le chemin par où nous sommes venus.

Et il siffla par trois fois, d'une façon particulière. Ce fut un singulier
spectacle, de voir, au premier coup, toutes les torches s'immobiliser,
comme si leurs porteurs étaient saisis de crainte ; et, au troisième, le
va-et-vient reprendre comme devant.

Après avoir ainsi rassuré le monde, nous descendîmes la bruyère,
et fûmes accueillis à la porte de la cour (car l'endroit ressemblait à
une ferme cossue) par un grand bel homme de cinquante ans passés,
qui interpella Alan en gaélique.

– James Stewart, dit Alan, je vous prierai de parler écossais, car ce
jeune gentilhomme qui est avec moi ne connaît pas notre langue. Voici,
dit-il en passant son bras sous le mien, un jeune gentilhomme des
Basses-Terres, et un laird dans son pays, en outre, mais je crois plus
sain pour lui de ne pas prononcer son nom.

James des Glens se tourna un instant vers moi, et me salua de façon
courtoise ; puis s'adressant de nouveau à Alan :

— Voilà un terrible malheur, s'écria-t-il, qui causera bien des maux à notre pays.

Et il se tordait les mains.

— Bah ! répondit Alan, il vous faut accepter l'aigre avec le doux, ami. Colin Roy est mort : tenez-vous pour satisfait.

— Certes, dit James ; et par ma foi, je voudrais qu'il fût encore vivant ! C'est très joli de se bouffir et de fanfaronner avant le coup ; mais à présent que la chose est faite, Alan, qui va en subir les conséquences ? Le malheur est arrivé en Appin, — songez-y, Alan ; c'est Appin qui doit payer ; et je suis chargé de famille.

Pendant cet entretien, je regardais les serviteurs qui m'entouraient. Les uns, montés sur des échelles, fouillaient dans le toit de chaume de la maison et des bâtiments de la ferme, d'où ils extrayaient des fusils, des sabres et autres armes de guerre ; d'autres les emportaient, et je comprenais, aux coups de pioche résonnant plus bas dans la lande, qu'on les y enterrait. Malgré leur activité à tous, aucune méthode ne réglait leurs efforts ; on s'arrachait un même fusil, on s'entre-heurtait avec les torches allumées ; et James se détournait sans cesse de son entretien avec Alan pour crier des ordres que personne n'avait l'air d'entendre. Les visages, à la lueur des torches, semblaient ravagés de hâte et de panique ; et les voix, sans s'élever plus haut qu'un chuchotement, avaient une intonation à la fois anxieuse et irritée.

A ce moment, une fille sortit de la maison, portant un gros paquet ; et j'ai souvent ri, depuis, à me rappeler de quelle façon l'instinct d'Alan fut mis en éveil par un seul aspect.

— Qu'est-ce que cette fille tient là ? demanda-t-il.

— Nous mettons un peu la maison en ordre, Alan, dit James, à sa manière inquiète et tant soit peu flagorneuse. On va fouiller Appin aux lumières, et nous devons avoir tout comme il faut. Nous enterrons quelques fusils et sabres dans la mousse, voyez-vous ; et ce paquet, je pense, doit contenir votre uniforme français. Nous allons l'enterrer, n'est-ce pas ?

— Enterrer mon uniforme français ! s'écria Alan. Que non, ma foi !

Et, s'emparant du paquet, il se retira dans la grange pour se vêtir, après m'avoir recommandé à son parent.

James m'emmena dans la cuisine, et s'assit avec moi devant la table, souriant d'abord de façon tout hospitalière. Mais bien vite il reprit son air préoccupé, et, les sourcils froncés, se rongea les ongles. A peine si, de temps à autre, il se rappelait ma présence ; et alors il m'accordait un mot ou deux, avec un sourire gêné, puis retombait dans ses craintes personnelles. Sa femme, assise au coin du feu, pleurait, le visage entre ses mains ; son fils aîné, accroupi à terre, parcourait un grand monceau de papiers, et de temps en temps il en brûlait un dont il surveillait jusqu'au bout la combustion ; cependant, une servante à face rouge farfouillait dans la pièce, aveuglée par la peur, et ne cessant de geindre à mesure ; et de temps à autre l'un des hommes de la cour avançait la tête et demandait des instructions.

A la fin, James n'y tint plus, et, s'excusant de l'impolitesse, me demanda la permission de se retirer. « Je suis d'ailleurs de piètre compagnie, monsieur, dit-il, mais il m'est impossible de songer à autre chose qu'à ce terrible malheur, et aux suites qui vont sans doute en résulter pour trop d'innocents. »

Un peu plus tard, il s'aperçut que son fils brûlait un papier qu'à son avis il eût fallu conserver ; et son irritation éclata et devint pénible à voir. Il bourra le garçon de taloches répétées.

— Est-ce que vous devenez fou ? s'écria-t-il. Voulez-vous donc faire pendre votre père ?

Et, oubliant ma présence, il s'emporta contre lui longuement, en gaélique. Le jeune homme ne répondit rien ; mais la femme, au mot de pendre, ramena son tablier sur son visage et sanglota plus fort.

Tout cela était bien triste à voir et à entendre pour un étranger comme moi, et je fus enchanté du retour d'Alan. Il était redevenu lui-même dans son uniforme français, bien que, à vrai dire, celui-ci fût à présent trop usagé et délabré pour mériter encore l'épithète de beau. Je fus alors emmené par un autre des fils qui me donna les vêtements de rechange qui m'étaient depuis si longtemps nécessaires, ainsi que des brogues highlanders en cuir de daim, un peu gênantes au début, mais très commodes au pied après quelque usage.

Lorsque je rentrai, Alan avait dû raconter son histoire, car il semblait convenu que j'allais fuir avec lui et tous étaient occupés de mon équipement. On nous donna une épée à chacun et des pistolets, en dépit de mes protestations à l'égard de la première, dont j'ignorais le maniement ; et avec ces armes, quelques munitions, un sac de farine d'avoine, une casserole de fer et une gourde d'eau-de-vie française, nous fûmes prêts pour la bruyère. L'argent, toutefois, manquait. Il me restait environ deux guinées, la ceinture d'Alan avait été confiée à d'autres mains, et ce fidèle messager n'avait plus que dix-sept pence pour toute fortune ; et quant à James, il avait, paraît-il, tellement dépensé en voyages à Édimbourg et frais de justice pour ses tenanciers, qu'il ne put réunir plus de trois shillings cinq pence et demi, presque uniquement en billon.

— Ce n'est pas assez, dit Alan.

— Il vous faut trouver une cachette sûre ici auprès, dit James, et me le faire savoir. Vous avez à déguerpir au plus vite, Alan, voyez-vous. Ce n'est pas l'heure de se laisser arrêter pour une guinée ou deux. Ils vont à coup sûr relever votre piste, à coup sûr vous poursuivre et, je le crains fort, à coup sûr vous imputer le malheur d'aujourd'hui. Si cela vous concerne, cela me concerne également, moi qui suis votre proche parent et vous ai reçu chez moi pendant que vous étiez dans le pays. Et si l'on s'en prend à moi... (il s'arrêta pour se mordre les doigts, tout pâle). Ce serait une triste chose pour nos amis, que je vienne à être pendu !

— Ce serait un triste jour pour Appin, dit Alan.

— Ma gorge se serre, rien que d'y penser, reprit James. O ami, ami...

ami Alan ! vous et moi avons parlé comme des insensés ! s'écria-t-il
en cognant du poing sur le mur, à ébranler la maison.

— C'est ma foi vrai, dit Alan ; et mon ami des Basses-Terres ici
présent (il me désigna d'un hochement de tête) m'a donné sur ce chef
un bon avis, que j'aurais dû écouter.

— Mais voyez, reprit James, du même ton que précédemment, si l'on
vient à m'inquiéter, Alan, c'est alors que vous aurez besoin d'argent.
Car avec tout ce que j'ai dit et ce que vous avez dit, les soupçons pèseront
véhémentement sur nous deux. Y aviez-vous songé ? Eh bien, vous
n'avez qu'à me suivre ici dehors et vous verrez que j'ai dû apposer
une affiche contre moi-même ; il me faudra offrir une récompense pour
votre capture ; oui, je le devrai, moi ! C'est un singulier procédé à
employer entre d'aussi bons amis que nous ; mais si je suis rendu
responsable de cet affreux malheur, il me faudra me défendre, ami. Le
comprenez-vous ?

Il parlait avec une vivacité plaintive, et tenait Alan par le revers de
son habit.

— Oui, dit Alan, je le comprends.

— Et il vous faudra quitter le pays, Alan, — oui, et l'Écosse aussi,
— vous et votre ami des Basses-Terres également. Car il me faudra faire
afficher votre ami des Basses-Terres. Vous le comprenez, Alan, dites
que vous le comprenez !

Je crus voir Alan rougir un peu.

— C'est un coup singulièrement rude pour moi qui l'ai amené ici,
James, dit-il en rejetant la tête en arrière. — Cela équivaut presque à
faire de moi un traître.

— Mais, Alan mon ami ! s'écria James, regardez les choses en face.
Il sera affiché de toute façon ; Mungo Campbell ne manquera pas de
le faire ; qu'importe si je l'affiche aussi ? Et puis, Alan, je suis chargé
de famille.

Il y eut une courte pause ; après quoi il ajouta :

— Et d'ailleurs, Alan, ce sera un jury de Campbells.

— Il y a ceci de bon, dit Alan d'un air pensif, que personne ne sait
son nom.

— Et personne ne le saura, Alan ! Je vous en donne ma parole, s'écria
James, exactement comme s'il eût en effet connu mon nom et renoncé
à un avantage. — Mais seulement quel costume il avait, de quoi il avait
l'air, et son âge, et cœtera. Je ne puis faire moins.

— Le fils de votre père m'étonne, s'écria Alan avec sévérité. Serait-ce
pour le vendre que vous faites un cadeau à ce garçon ? Est-ce pour
le livrer ensuite que vous lui avez changé ses habits ?

— Non, non, Alan, dit James. Non, non : le costume qu'il a retiré,
— les habits dans lesquels l'a vu Mungo.

Mais il me parut légèrement interdit ; car il se rattachait au moindre
fétu, et ne cessait tout le temps, je crois bien, de voir les faces de ses
ennemis héréditaires siégeant au tribunal et sur le banc des jurés, avec
le gibet à l'arrière-plan.

– Eh bien, monsieur, me dit Alan, que dites-vous de tout cela ? Vous êtes ici sous la sauvegarde de mon honneur, et c'est mon rôle de veiller à ce que rien ne soit fait que ce qui vous plaira.

– Je n'ai qu'un simple mot à dire, répliquai-je, car je suis parfaitement étranger à cette discussion. Mais le vulgaire bon sens nous ordonne de rejeter la responsabilité sur celui à qui elle incombe, c'est-à-dire, dans le cas présent, sur l'homme qui a tué. Affichez-le, comme vous dites, dirigez sur lui le pourchas ; et que d'honnêtes et innocents individus puissent se montrer sans crainte.

Mais à cette proposition, Alan et James se récrièrent d'horreur, m'adjurant de tenir ma langue ; il n'y avait pas à y songer, ajoutèrent-ils ; car que diraient les Camerons ? (ceci me confirma dans l'idée qu'un Cameron avait sans doute fait le coup), et ne voyais-je donc pas que le garçon pourrait être pris ? – « Vous n'y pensiez sûrement pas ? » conclurent-ils, avec un sérieux si ingénu que les bras m'en tombèrent et que je désespérai de les convaincre.

– Très bien donc, dis-je, affichez-moi si cela vous amuse, affichez Alan, affichez le roi George ! Nous sommes tous les trois innocents, et il paraît que c'est justement ce qu'il vous faut. Mais en tout cas, monsieur, dis-je à James, me ressaisissant après ce léger accès d'humeur, je suis l'ami d'Alan, et si je puis être utile à ses amis, je ne renâclerai pas devant le danger.

Je crus d'autant plus opportun de céder de bonne grâce que je voyais le trouble d'Alan ; et de plus (me disais-je en moi-même) sitôt que j'aurais le dos tourné, ils ne manqueraient pas de m'afficher, comme ils parlaient, que j'y consentisse ou non. Mais sur ce point je vis que je me trompais ; car je n'eus pas plus tôt achevé ma phrase que, d'un bond, Mme Stewart se levait de son fauteuil, courait à nous, et venait pleurer d'abord sur mon épaule, puis sur celle d'Alan, remerciant Dieu de notre bonté envers sa famille.

– Quant à vous, Alan, ce n'était rien que votre devoir strict, dit-elle. Mais pour ce garçon qui, en arrivant ici, nous a vus sous un aussi triste jour, et a vu le père faire figure de solliciteur, lui qui aurait plutôt le droit de commander à l'instar d'un roi, – pour vous, mon garçon, reprit-elle, j'ai le cœur navré de ne pas savoir votre nom, mais je me rappelle vos traits ; et aussi longtemps que mon cœur battra dans ma poitrine, je ne cesserai de penser à vous et de vous bénir.

Et là-dessus elle m'embrassa et de nouveau éclata en sanglots, au point que j'en demeurai confus.

– Allons, allons, dit Alan, d'un air un peu sot. Le jour vient de très bonne heure en ce mois de juillet ; et demain il y aura un joli remue-ménage en Appin, une jolie cavalcade de dragons, et on criera : « Cruachan [1] ! » et les habits-rouges courront ; cela doit nous engager, vous et moi, à partir au plus vite.

_____

1. Cri de ralliement des Campbells (R. L. S.).

On se sépara donc, et nous nous remîmes en route, appuyant un peu à l'est, par une belle nuit douce et obscure, et à travers le même pays accidenté que précédemment.

XX

La fuite dans la bruyère :
les rocs

Nous marchions et nous courions alternativement ; et à mesure que le matin approchait, nous marchions moins souvent et courions davantage. Bien que le pays semblât, à première vue, un désert, il s'y trouvait des cabanes et des chaumières habitées. Nous dûmes passer à côté d'au moins vingt d'entre elles, nichées aux lieux les plus secrets des montagnes. En arrivant à l'une de ces maisons, Alan me laissa sur la route et alla lui-même heurter au mur et parler un moment à la fenêtre avec le dormeur qu'il avait réveillé. C'était afin de communiquer les nouvelles ; et la chose était, dans ce pays, si bien considérée comme un devoir, qu'Alan dut faire halte et s'en acquitter au cours même de sa fuite pour la vie ; et chacun s'en acquittait si bien que dans plus de la moitié des logis où il s'adressa, on était déjà au courant du meurtre. Dans les autres, autant que je pus comprendre (car je restais à distance et l'on parlait une langue étrangère), la nouvelle était reçue avec plus de consternation que d'étonnement.

En dépit de notre hâte, le jour pointait, que nous étions encore loin de tout asile. Il nous trouva dans une vallée fantastique, parsemée de rochers, où courait une rivière torrentueuse. Des montagnes farouches l'encaissaient ; il n'y venait ni herbes ni arbres ; et j'ai souvent imaginé, depuis, que cette vallée pouvait bien être celle de Glencoe [1], où eut lieu le massacre au temps du roi Guillaume. Mais quant au détail de notre itinéraire, je l'ignore absolument ; notre chemin suivait tantôt des raccourcis, tantôt de grands détours ; notre allure était précipitée, nous voyagions surtout de nuit ; et les noms de lieux par lesquels on répondait à mes questions étant en gaélique, je les ai oubliés depuis longtemps.

Les premières lueurs du matin, donc, nous découvrirent cet affreux paysage, et je vis le front d'Alan se plisser.

– Ce n'est pas l'endroit qui nous convient, me dit-il. On viendra forcément par ici.

Et il se mit à courir plus vite jusqu'au bord de l'eau, en un point où la rivière était coupée en deux bras par trois rochers. Elle se

---

1. En celtique : *Vallée des larmes,* où Mac-Jan de Glencoe et sa tribu, au nombre de 50, furent massacrés en trahison par ordre du capitaine Campbell, le 13 janvier 1692, sous le règne de Guillaume III.

précipitait avec un épouvantable bruit de tonnerre qui me résonnait
dans le ventre ; et un nuage d'embrun flottait sur le courant. Sans
regarder ni à droite ni à gauche, Alan s'élança d'un bond sur le rocher
du milieu, s'y laissa retomber à quatre pattes pour se retenir, car le
rocher n'était pas large, et il aurait pu facilement passer par-dessus.
Je n'avais pas encore eu le loisir d'évaluer la distance ou de comprendre
le danger, que je l'avais suivi, et qu'il m'avait empoigné et arrêté.

Nous étions donc là, côte à côte sur un étroit rocher tout glissant
d'embrun ; il nous restait un bras encore plus large à sauter, et la rivière
mugissait tout alentour de nous. Quand je me vis là, une affreuse nausée
de crainte m'envahit, et je me cachai les yeux, de la main. Alan me
secoua ; je le voyais parler, mais le bruit du rapide et le trouble de
mon esprit m'empêchaient de l'entendre ; je m'aperçus toutefois que
son visage rougissait de colère, et qu'il frappait du pied le rocher. Le
même coup d'œil me montra les eaux profondes, et l'embrun suspendu
dans l'air ; aussi je me voilai de nouveau la face, en frissonnant.

L'instant d'après, Alan m'avait mis aux lèvres la gourde d'eau-de-vie
et il m'obligeait d'en boire la valeur d'un gobelet, ce qui me fit remonter
le sang au cerveau. Puis, se faisant un porte-voix de ses mains qu'il
appliqua contre mon oreille, il cria : « Pendu ou noyé ! » et, me
tournant le dos, il sauta par-dessus le deuxième bras du courant, et
prit terre sans encombre.

J'étais alors sur le rocher, ce qui me laissait plus de place ; l'eau-de-vie
chantait à mes oreilles ; j'avais encore sous les yeux ce bon exemple,
et juste assez de raison pour discerner que si je ne sautais pas sans
retard, je ne sauterais pas du tout. Je fléchis sur mes jarrets et m'élançai,
avec cette espèce de fureur désespérée qui tient parfois lieu de courage.
En vérité, ce furent mes mains seules qui atteignirent l'autre bord ; elles
glissèrent, se rattrapèrent, glissèrent de nouveau ; et j'allais retomber
dans le courant, lorsque Alan me saisit, d'abord par les cheveux, puis
au collet, et, d'un grand effort, m'attira sur la rive.

Sans dire un mot, il reprit sa course à toutes jambes, et il me fallut
me remettre debout et courir derrière lui. J'étais fatigué, avant cela,
mais je me sentais affreusement brisé, et à moitié ivre de l'eau-de-vie ;
je trébuchais tout courant, un point de côté horrible me lancinait ; et
lorsque Alan fit halte sous un gros roc qui se dressait parmi beaucoup
d'autres, ce ne fut pas trop tôt pour David Balfour.

Un gros roc, dis-je ; mais c'étaient en réalité deux blocs qui
s'arc-boutaient par leurs sommets, de vingt pieds de haut chacun et,
à première vue, inaccessibles. Même Alan (qui paraissait doué de quatre
mains) dut s'y reprendre à deux fois pour arriver au haut. À la troisième
tentative, et en se mettant debout sur mes épaules, et de là s'élançant
avec une telle violence que je pensai avoir l'échine rompue, il réussit
à y prendre pied. Une fois là-haut, il me tendit son ceinturon de cuir ;
et avec l'aide de ce ceinturon et d'une couple de crevasses où se posa
mon pied, je me hissai à côté de lui.

Je découvris alors pourquoi il était monté là ; car les deux blocs,

étant un peu creusés à leurs sommets qui se rejoignaient, formaient
une sorte d'assiette ou de coupe, où trois et même quatre hommes
auraient pu se cacher à l'aise.

Cependant, Alan n'avait pas prononcé une parole, mais il avait couru
et grimpé avec une frénésie de hâte farouche et muette qui indiquait
chez lui la crainte de quelque danger imminent. Même quand nous
fûmes tous deux sur le roc, il ne dit rien, non plus qu'il ne dérida son
front soucieux : il se tapit tout à plat, et, ne gardant qu'un œil au-dessus
du rebord de notre lieu d'asile, promena tout autour de l'horizon un
regard investigateur. L'aurore était venue, très pure ; nous découvrions
les flancs pierreux de la vallée, et son fond parsemé de rochers, et la
rivière qui serpentait d'un bord à l'autre et formait de blanches
cascades ; mais pas la moindre fumée d'habitation, et nul être vivant,
que des aigles croassant alentour d'une falaise.

Alors enfin Alan se dérida.

— Oui, dit-il, à cette heure nous avons une chance ; puis me regardant
avec quelque ironie : Vous n'êtes pas un fameux sauteur !

Je dus rougir d'humiliation, car il ajouta aussitôt :

— Bah ! je ne vous en blâmerai guère. Avoir peur d'une chose et
pourtant l'accomplir, c'est ce qui fait l'homme brave par excellence.
Or, il y avait là-bas de l'eau, et l'eau est capable de m'intimider
moi-même. Non, non, ajouta-t-il, ce n'est pas vous qui êtes à blâmer,
c'est moi.

Je lui en demandai la cause.

— Parce que je me suis conduit comme un imbécile, cette nuit. Pour
commencer, je me suis trompé de route, et cela dans mon pays natal
d'Appin ; aussi, le jour nous a surpris où nous n'aurions pas dû être ;
en conséquence, nous nous trouvons ici exposés à quelque danger et
à plus d'inconfort. Et ensuite (ce qui est le pire des deux, pour qui
est familiarisé avec la bruyère comme moi) je suis parti sans bouteille
à eau, et nous sommes condamnés à passer ici tout un long jour d'été
sans rien à boire que de l'alcool pur. Vous pouvez croire que c'est là
une petite affaire ; mais avant la tombée de la nuit, David, vous m'en
direz des nouvelles.

J'étais fort désireux de lui donner meilleure opinion de moi, et lui
offris, s'il consentait à vider l'eau-de-vie, de descendre et de courir
jusqu'à la rivière, remplir la gourde.

— Non, dit-il, je ne voudrais pas gaspiller ce bon alcool. Il nous a
rendu cette nuit un fameux service, car sans lui, à mon humble avis,
vous seriez encore perché sur cette pierre là-bas. Et qui plus est, vous
avez pu remarquer (vous, si observateur) qu'Alan Breck Stewart a
peut-être marché un peu plus vite qu'à son ordinaire.

— Vous ! m'écriai-je, vous couriez à tout rompre.

— En vérité ? Eh bien, dans ce cas, je vous garantis qu'il n'y avait
pas de temps à perdre. Et maintenant, assez causé ; faites un somme,
garçon, et je veillerai.

Je m'installai donc pour dormir. Un peu de terre tourbeuse s'était amassée entre les sommets des deux blocs, et il y poussait quelques fougères, dont je me fis un lit. Le dernier bruit que je perçus était le croassement des aigles.

Il pouvait être neuf heures du matin, lorsque je fus réveillé brutalement par Alan, dont la main me comprimait la bouche.

– Chut ! susurra-t-il. Vous ronfliez.

– Eh mais, dis-je, surpris de lui voir le visage anxieux et assombri, – où est le mal ?

Il lança un coup d'œil par-dessus le rebord du roc, et me fit signe de l'imiter.

Le soleil était haut et ardait dans un ciel sans nuages. La vallée apparaissait nette comme une peinture. À environ un demi-mille en amont se trouvait un campement d'habits-rouges ; ils étaient rassemblés autour d'un grand feu, sur lequel plusieurs faisaient la cuisine ; et tout près, sur le haut d'un roc presque aussi élevé que le nôtre, se tenait une sentinelle, dont les armes étincelaient au soleil. Tout le long de la rivière, vers l'aval, d'autres sentinelles se succédaient, ici très rapprochées, ailleurs plus largement espacées ; les unes comme la première, debout sur des points culminants, les autres au niveau du sol et se promenant de long en large, pour se rencontrer à mi-chemin. Plus haut dans la vallée, où le terrain était plus découvert, la chaîne de postes se prolongeait par des cavaliers, que nous voyions au loin marcher de côté et d'autre. Plus bas, c'étaient encore des fantassins ; mais comme le cours d'eau s'y enflait brusquement par l'adjonction d'un fort affluent, ils s'espaçaient davantage, et surveillaient uniquement les gués et les pierres de traverse.

Je leur jetai un simple coup d'œil et me recouchai aussitôt à ma place. C'était un spectacle étrange, de voir cette vallée, si déserte à l'aube, tout étincelante d'armes et parsemée d'habits et pantalons rouges.

– Vous le voyez, David, dit Alan, c'est bien ce que je craignais : ils surveillent les bords du torrent. Ils ont commencé d'arriver voilà environ deux heures ; mais, ami, vous êtes un rude dormeur ! Nous sommes dans une mauvaise passe. S'ils montent sur les versants de la vallée, ils n'auront pas besoin de longue-vue pour nous découvrir ; mais si par bonheur ils ne quittent pas le fond, nous pouvons nous en tirer. Les postes sont plus clairsemés, en aval ; et, vienne la nuit, nous tâcherons de passer entre deux.

– Et qu'allons-nous faire jusque-là ? demandai-je.

– Rester ici, et rissoler.

Cet authentique mot écossais, rissoler [1], résumait en effet l'histoire de cette journée que nous avions alors à passer. On doit se souvenir que nous étions sur le sommet dénudé d'un bloc de rocher, telles des châtaignes à la poêle ; le soleil tombait d'aplomb sur nous, impitoyablement ; le roc devint brûlant au point que l'on pouvait à peine en

---

1. Birstle.

supporter le contact ; et le minuscule espace de terre et de bruyère qui
restait un peu plus frais ne pouvait recevoir que l'un de nous deux à
la fois. Nous nous relayâmes pour rester couchés, sur le roc nu, position
fort analogue à celle du saint qui fut martyrisé sur un gril ; et je vis
une singularité frappante dans le fait que, sous la même latitude et à
peu de jours d'intervalle, j'eusse pu souffrir si cruellement, d'abord du
froid sur mon île, et à présent de la chaleur sur ce rocher.

Cependant, nous manquions d'eau, et n'avions à boire que de l'alcool
pur, ce qui était pis que rien ; mais nous tenions la gourde aussi fraîche
que possible, en la plongeant dans la terre, et nous trouvâmes quelque
soulagement à nous humecter de son contenu les tempes et la poitrine.

Tout le jour, les soldats ne cessèrent de s'activer dans le fond de
la vallée, tantôt à relever les sentinelles, tantôt à envoyer des patrouilles
en reconnaissance parmi les rocs. Ceux-ci étaient en si grand nombre
que chercher des hommes entre eux équivalait à chercher une aiguille
dans une botte de foin, et, vu l'inutilité de la tâche, elle se trouvait
exécutée avec peu de soin. Pourtant, nous voyions les soldats fouiller
les bruyères de leurs baïonnettes, ce qui me donnait froid dans le dos,
et de temps à autre ils rôdaient alentour de notre rocher, et nous osions
à peine respirer.

Ce fut dans cette occasion que j'entendis pour la première fois parler
bon anglais. Un homme s'en vint poser la main sur la face ensoleillée
du bloc sur lequel nous étions, et la retira aussitôt avec un juron. « Je
vous garantis que c'est chaud ! » dit-il ; et je fus surpris de l'entendre
manger la moitié des mots et chanter pour ainsi dire en parlant, et
aussi de cette singulière manie d'élider les *h*. J'avais déjà, il est vrai,
entendu Ransome ; mais il empruntait ses façons à toutes sortes de gens,
et il parlait si mal en somme, que j'attribuais le tout à son enfantillage.
Mon étonnement fut d'autant plus fort, de retrouver cette manière de
parler dans la bouche d'un homme fait ; et au vrai, je ne m'y suis jamais
habitué, pas plus d'ailleurs qu'à la grammaire anglaise, comme peut-être
un œil très exercé pourrait çà et là le découvrir jusque dans les présents
mémoires.

La fastidiosité et les souffrances de ces heures passées sur notre rocher
ne firent que s'accroître à mesure que le jour s'avançait ; le roc devenait
toujours plus brûlant et le soleil plus féroce. Nous avions à supporter
des vertiges et des nausées, avec des douleurs aiguës comme des
rhumatismes. Je me rappelai alors, et me suis souvent rappelé depuis,
ces vers de notre psaume écossais :

> *La lune durant la nuit ne te blessera pas,*
> *Non plus que, de jour, le soleil.*

Et ce fut bien réellement par la permission de Dieu que nous
n'attrapâmes d'insolation ni l'un ni l'autre.

A la fin, vers deux heures, le supplice était devenu intolérable, et
en outre de la douleur à subir, il nous fallait résister à une tentation.

Car le soleil était à cette heure un peu dans l'ouest, et il y avait un espace d'ombre sur le flanc de notre rocher, qui était le côté invisible aux soldats.

– Autant une mort que l'autre, dit Alan. Et se laissant glisser par-dessus le rebord, il sauta à terre du côté de l'ombre.

Je le suivis sans hésiter, et m'étendis aussitôt de mon long, tout épuisé et vertigineux de cette interminable torture. Nous demeurâmes sans bouger une heure ou deux, courbaturés de la tête aux pieds, anéantis, et exposés sans remède aux yeux de tout soldat qui fût passé par là. Mais personne ne vint, car tous prenaient l'autre côté ; si bien que notre rocher demeurait notre égide, même dans cette nouvelle situation.

Peu à peu nous recouvrâmes quelques forces ; et comme les soldats s'étaient alors rapprochés de la rivière, Alan fut d'avis que nous pourrions tenter de fuir. À ce moment, je n'avais plus peur que d'une chose au monde : retourner sur le rocher ; tout le reste m'était égal. Nous nous mîmes donc aussitôt en ordre de marche, et entreprîmes de nous glisser d'un roc à l'autre successivement, tantôt rampant à plat ventre dans l'ombre, tantôt galopant dans l'intervalle, le cœur sur les lèvres.

Après avoir exploré méthodiquement ce côté de la vallée, et peut-être alourdis par la touffeur de l'après-midi, les soldats s'étaient fort relâchés de leur vigilance, et somnolaient à leur poste ou ne surveillaient plus que les rives du torrent ; aussi, de la façon que je viens de dire, descendant la vallée et obliquant un peu vers la hauteur, nous nous éloignâmes par degrés de leur voisinage. Il eût fallu avoir cents yeux tout autour de la tête, pour rester caché sur ce terrain inégal et à portée de voix de toutes ces sentinelles dispersées. Lorsque nous avions à franchir un espace découvert, la promptitude ne suffisait pas, il fallait encore scruter à l'instant, outre les embûches de tout le paysage, la solidité de chacune des pierres sur lesquelles nous devions poser le pied ; car l'après-midi était tombé à un silence tel qu'un simple caillou faisait, en roulant, le bruit d'un coup de pistolet, et réveillait tous les échos des hauteurs et des précipices.

Au coucher du soleil, en dépit de l'allure si lente de nos progrès, nous avions déjà parcouru quelque distance, bien que la sentinelle sur le roc fût toujours visible. Mais nous arrivâmes alors devant un objet qui nous fit oublier toutes nos craintes. C'était un torrent profond et rapide qui se précipitait devant nous, pour rejoindre le courant principal.

Nous nous jetâmes à terre sur son bord et plongeâmes dans l'eau nos têtes et nos bras ; et je ne saurais dire ce qui était le plus délicieux, du grand frisson éprouvé au contact de la torrentueuse fraîcheur ou des avides gorgées que nous en avalions.

Nous restâmes là (cachés par les rives), buvant coup sur coup, nous baignant le torse, laissant pendre nos poignets dans l'eau vive, jusqu'à ce que la fraîcheur les endolorît, et pour finir, ainsi admirablement revigorés, nous sortîmes le sac à farine et fîmes le drammach dans notre casserole de fer. Ce mets – simple pâte de farine d'avoine délayée dans l'eau froide – ne laisse pas d'être fort appétissant pour quelqu'un d'affamé ; et quand il n'y a pas moyen de faire du feu, ou si l'on a (comme dans notre cas) toute raison de n'en pas faire, le drammach est le meilleur soutien de ceux qui ont pris la bruyère.

Sitôt la nuit tombée, nous nous remîmes en route, d'abord avec les mêmes précautions, puis bientôt avec plus de hardiesse, nous redressant de tout notre haut et allant d'un bon pas. Le chemin était très compliqué, suivant des flancs de montagne abrupts, et longeant des précipices ; des nuages s'étaient rassemblés, au coucher du soleil, et la nuit était froide et obscure ; aussi je marchais sans grande fatigue, mais dans une crainte continuelle de tomber ou de rouler à bas des pentes, et sans soupçonner rien de notre direction.

La lune se leva comme nous étions encore en route ; elle était à son dernier quartier, et resta longtemps voilée de nuages ; mais à la fin, elle se dégagea claire et me montra une foule de sombres cimes montagneuses, tandis qu'elle se reflétait loin au-dessous de nous dans le bras étroit d'un loch maritime.

A cette vue, nous fîmes halte tous deux, moi frappé d'étonnement de me trouver à pareille hauteur et marchant (me semblait-il) sur les nuages ; Alan pour vérifier sa direction.

Il fut apparemment satisfait, et il dut à coup sûr nous juger hors de portée des oreilles ennemies ; car toute la dernière partie de notre course nocturne, il trompa l'ennui du chemin en sifflant des tas d'airs, guerriers, joyeux, mélancoliques ; airs de danse qui faisaient accélérer le pas ; airs de mon pays du sud qui faisaient aspirer au retour et à la fin de mes aventures ; et tous, parmi les grandes montagnes sombres et désertes, nous tenaient compagnie le long du chemin.

XXI

La fuite dans la bruyère :
la grotte de Corrynakiegh

Si tôt que vienne le jour, au début de juillet, il faisait encore noir quand nous atteignîmes notre but, une gorge à la cime d'une haute montagne, avec un ruisseau courant au milieu, et d'un côté une grotte peu profonde creusée dans le rocher. Des hêtres formaient en ce lieu un joli petit bois, qui se changeait, un peu plus loin, en sapinière. Le torrent était plein de truites, les bois de pigeons de roche ; sur l'autre flanc de la montagne, des huppes sifflaient sans arrêt et les coucous étaient nombreux. Du débouché de la gorge, nous dominions une partie de Mamore, et le loch maritime qui sépare Appin de ce district ; ce paysage, vu d'une telle hauteur, faisait mon délice et mon admiration.

La gorge se nommait le Heugh de Corrynakiegh ; et bien que, vu son élévation et sa proximité de la mer, elle fût soudain plongée dans les nuages, elle ne laissait pas d'être un lieu plaisant, et les cinq jours que nous y restâmes se passèrent agréablement.

Nous dormions dans la grotte, sur un lit de bruyère que nous coupions à cet effet et recouvert par le vaste surtout d'Alan. Il y avait, à un détour de la gorge, un endroit profondément caché, où nous nous risquions à faire du feu ; de sorte que nous pouvions nous réchauffer quand les nuages nous enveloppaient, et cuisiner du porridge chaud et faire griller les petites truites que nous attrapions à la main vers les pierres et les rives en surplomb du torrent. C'était là, du reste, notre plus grand plaisir et notre principale occupation ; et tant pour garder notre farine en prévision des mauvais jours que par un esprit de divertissante rivalité, nous passions une bonne partie de nos journées au bord de l'eau, le torse nu, et farfouillant dans l'eau à la recherche de ces poissons. Les plus gros que nous prîmes pesaient bien un quart de livre ; mais leur chair était très savoureuse, et une fois grillée sur les charbons, il s'en fallait d'une simple pincée de sel qu'elle ne fût exquise.

Alan ne laissait point passer une occasion de m'apprendre à user de mon épée, car mon ignorance le désolait ; et je crois aussi, comme je le battais souvent à la pêche, qu'il n'était pas fâché de passer à un exercice où il m'était si évidemment supérieur. Cette supériorité, il la déployait un peu plus peut-être qu'il n'eût fallu, car il me harcelait durant ces leçons de criailleries incessantes, et me pressait de si près que j'étais persuadé qu'il allait me donner de sa lame au travers du corps. Je fus souvent tenté de lui tourner les talons, mais néanmoins je tins bon, et tirai quelque profit de son enseignement ; ne fût-ce que de tomber en garde avec un air d'assurance, – et il n'en faut souvent pas davantage. Aussi, bien que je ne parvinsse jamais à satisfaire mon maître, je n'étais pas trop mécontent de moi-même.

Cependant, il ne faut pas croire que nous négligions notre affaire capitale, c'est-à-dire notre fuite.

– Il se passera du temps, me dit Alan le premier matin, avant que les habits-rouges s'avisent d'explorer Corrynakiegh ; il nous faut donc à présent faire dire à James qu'il doit nous trouver de l'argent.

– Et comment le lui faire dire ? demandai-je. Nous sommes ici dans un désert, et nous n'osons plus en sortir. À moins que les oiseaux du ciel ne deviennent nos messagers, je ne vois pas comment nous pourrions faire.

– Ouais ? dit Alan. Vous n'êtes guère un homme de ressource, David.

Et il se mit à réfléchir, en considérant les tisons du feu. Puis, ramassant un bout de bois, il en façonna une croix, dont il noircit les quatre extrémités sur les charbons. Après quoi, il me regarda d'un air un peu gêné.

– Voudriez-vous me prêter mon bouton, dit-il. Cela peut avoir l'air un peu bizarre, de redemander un cadeau, mais j'avoue que cela m'ennuierait d'en couper un autre.

Je lui donnai le bouton. Il le noua sur la lanière arrachée à son surtout, dont il s'était servi pour assembler la croix ; et quand il eut complété son œuvre en y attachant un petit rameau de hêtre et un de sapin, il considéra le tout avec satisfaction.

— Maintenant, dit-il, il y a un petit *clachan* (ce qu'on appelle un hameau, en Angleterre), pas très loin de Corrynakiegh, et il se nomme Koalisnacoan. Là demeurent quelques amis à moi auxquels je confierais ma vie, et d'autres dont je ne suis pas tout à fait aussi sûr. Voyez-vous, nos têtes valent de l'argent ; James lui-même a dû les mettre à prix ; et quant aux Campbells, ils n'épargneront rien pour nuire à un Stewart. S'il en était autrement, je redescendrais moi-même à Koalisnacoan, et remettrais ma vie entre les mains de ces gens, d'un cœur aussi léger que je confierais mon gant à d'autres.

— Mais les choses étant ainsi ?

— Les choses étant ainsi, je serais peu désireux qu'ils me voient. Il y a de mauvaises gens partout, et, qui pis est, des gens faibles. Quand donc l'obscurité reviendra, je me faufilerai jusque dans ce hameau et irai déposer cet objet que je viens de fabriquer à la fenêtre d'un bon ami à moi, John Breck Marccoll, métayer d'Appin.

— Parfait, dis-je ; et quand il aura trouvé cet objet, que pensera-t-il ?

— Eh bien, dit Alan, il serait à souhaiter qu'il eût un peu plus de jugeote, car j'ai ma foi bien peur qu'il n'y voie pas grand-chose. Mais voici ce que j'ai eu dans l'esprit. Cette croix ressemble à la *croix goudronnée*, ou *croix de feu*, qui est le signal du rassemblement, dans nos clans ; mais il comprendra bien que le clan ne doit pas se soulever, car ma croix sera posée sur sa fenêtre, sans aucune inscription. Il se dira donc en lui-même : *Le clan ne doit pas se soulever, mais il se passe quelque chose.* Puis il verra mon bouton, et qu'il a appartenu à Duncan Stewart. Et alors il se dira en lui-même : *Le fils de Duncan est dans la bruyère et il a besoin de moi.*

— Bon, dis-je, c'est entendu. Mais à supposer qu'il se le dise, il y a pas mal de bruyère depuis ici jusqu'au Forth.

— Très juste, dit Alan. Mais alors John Breck verra la branche de hêtre et le rameau de sapin, et il se dira (s'il a la moindre jugeote, ce dont malheureusement je doute) : *Alan doit être caché dans un bois où il y a des sapins et des hêtres.* Alors, il pensera : *La chose n'est pas tellement commune dans ces parages* ; et puis il viendra nous donner un coup d'œil dans Corrynakiegh. Et s'il ne le fait pas, David, le diable peut bien l'emporter, pour ce que je me soucie de lui, car il ne vaudrait pas alors le sel de son porridge.

— Eh, ami, dis-je pour rire un brin, vous êtes très ingénieux ! Mais ne serait-il pas plus simple de lui laisser quelques mots d'écrit ?

— Votre observation est excellente, monsieur Balfour de Shaws, dit Alan, plaisantant à son tour. Oui, ce serait à coup sûr beaucoup plus simple pour moi de lui écrire, mais ce serait pour John Breck un rude travail que de me lire... Il lui faudrait aller à l'école pendant deux ou trois ans, et possible serions-nous fatigués de l'attendre.

Cette nuit-là donc, Alan emporta sa « croix de feu » et la déposa sur la fenêtre du métayer. Il revint tout soucieux ; car les chiens avaient aboyé et des gens étaient sortis des maisons, et il avait cru entendre un cliquetis d'armes et voir un habit-rouge venir sur l'un des seuils. A tout événement, nous nous tînmes le lendemain sur la lisière du bois et guettâmes, afin, si c'était John Breck qui arrivait, de nous trouver là pour le guider, et si c'étaient des habits-rouges, d'avoir le temps de déguerpir.

Vers midi, un homme apparut, gravissant le flanc pelé de la montagne, en plein soleil, et surveillant en même temps les environs, de dessous sa main en visière. Alan, dès qu'il le vit, siffla ; l'homme se détourna et s'avança quelque peu vers nous ; alors mon ami lança un autre « pîîp ! » et l'homme se rapprocha encore ; et ainsi, de proche en proche, les coups de sifflet le guidèrent jusqu'à nous.

C'était un petit homme haillonneux, hirsute et barbu, d'environ quarante ans, fortement marqué de petite vérole, et l'air à la fois endormi et farouche. Bien que son anglais fût très mauvais et rudimentaire, Alan (suivant sa très noble coutume chaque fois que je me trouvais là) ne lui permit pas d'employer le gaélique. Peut-être ce langage étranger le fit-il paraître plus rustre qu'il ne l'était en effet ; mais je crus voir qu'il avait bien médiocre bonne volonté de nous servir, et que le peu qu'il en avait provenait de la crainte.

Alan prétendait lui faire porter un message à James ; mais le métayer ne voulut pas entendre parler de message. « Il oublier lui », dit-il, de sa voix graillonnante, et, faute d'une lettre, il se laverait les mains de nous.

Je m'attendais à voir Alan pris au dépourvu, car nous n'avions pas de quoi écrire dans ce désert. Mais il était plus inventif que je ne l'imaginais. Il chercha dans les bois tant qu'il eût trouvé une rémige de pigeons de roche, qu'il tailla en guise de plume ; il se fit une manière d'encre en délayant un peu de poudre de sa poire dans quelques gouttes d'eau du torrent ; et déchirant un coin de son brevet militaire de français (qu'il gardait dans sa poche, comme un talisman contre le gibet) il s'assit et écrivit ce qui suit :

Cher Parent,
Veuillez envoyer l'argent par le porteur à l'endroit qu'il sait.
Votre affectionné cousin, A. S.

Et il remit le papier au métayer qui promit de faire toute diligence, et, l'emportant avec lui, redescendit la hauteur.

Il fut trois longs jours parti, mais dans l'après-midi du troisième, vers cinq heures, nous entendîmes sortir du bois un coup de sifflet, auquel Alan répondit, et le métayer remonta le bord du cours d'eau, en regardant après nous de droite et de gauche. Il semblait moins lourd que l'autre fois, et de fait, il était apparemment bien aise d'en avoir fini avec une aussi dangereuse mission.

Il nous apportait les nouvelles du pays : celui-ci grouillait d'habits-rouges ; on découvrait des armes, et le pauvre monde avait des ennuis chaque jour ; et James avec plusieurs de ses serviteurs étaient déjà emprisonnés à Fort-William, véhémentement soupçonnés de complicité. Le bruit courait de tous côtés qu'Alan Breck avait tiré le coup de feu ; et il y avait un arrêté contre lui et moi, stipulant cent livres de récompense.

Le tout était aussi mauvais que possible, et le petit billet que le métayer nous remit, de la part de Mme Stewart, était d'une tristesse déplorable. Par ce billet, elle conjurait Alan de ne pas se laisser prendre, lui affirmant que, s'il tombait aux mains des troupes, elle le tenait, ainsi que James, pour mort. L'argent qu'elle nous envoyait était tout ce qu'elle avait pu réunir ou emprunter, et elle priait le ciel qu'il nous suffît. Enfin, elle joignait à son envoi une des affiches qui donnaient notre signalement.

Nous parcourûmes celui-ci avec beaucoup de curiosité et une crainte non moins grande, en partie comme on se regarde dans un miroir, en partie comme on regarderait dans l'âme d'un canon de fusil braqué sur soi, pour juger si sa visée est correcte. On nous décrivait Alan comme « un homme petit, grêlé, remuant, de trente-cinq ans à peu près, portant chapeau à plumes, habit à la française, bleu, à boutons d'argent, et à dentelles fort détériorées, gilet rouge et culottes de peluche noire » ; et moi comme « un garçon grand et fort d'environ dix-huit ans, portant un vieil habit bleu en haillons, un vieux bonnet de Highlander, un long gilet de laine grossière, des culottes bleues ; jambes nues, souliers des Basses-Terres, sans empeigne ; parle comme un Lowlander ; de barbe, point ».

Alan était très flatté de voir ses beaux effets si bien décrits et détaillés ; toutefois, quand il en arriva au mot « détériorées », il eut pour ses dentelles un coup d'œil plutôt mortifié. Pour moi, je trouvai que je faisais bien piètre figure sur l'affiche ; mais j'en étais d'ailleurs assez heureux, car depuis que j'avais quitté ces nippes, le signalement avait cessé d'être un danger pour devenir une source de sécurité.

— Alan, dis-je, il vous faudra changer de costume.

— Non, ma foi ! dit Alan, je n'en ai pas d'autre. Ce serait du joli, si je retournais en France avec un bonnet.

Cela me fit faire une autre réflexion ; à savoir que, si je venais à me séparer d'Alan et de ses vêtements révélateurs, je serais à l'abri d'une arrestation, et pourrais, sans plus me cacher, aller à mes affaires. Et ce n'était pas tout ; car à supposer que l'on m'arrêtât une fois seul, il n'y avait contre moi guère de présomption ; mais à supposer que je fusse pris en société de l'assassin présumé, mon cas prendrait mauvaise tournure. Par générosité, je m'abstins de dire mon avis sur ce sujet ; mais je n'en pensais pas moins.

J'en pensai d'autant plus encore, lorsque le métayer tira d'une bourse verte quatre guinées d'or, plus la majeure partie d'une cinquième, en petites pièces. C'était, à vrai dire, au-delà de ce que je possédais. Mais Alan, avec moins de cinq guinées, devait aller jusqu'en France ; moi, avec deux à peine, je ne dépasserais pas Queensferry, en sorte que, toutes proportions gardées, la société d'Alan était non seulement un danger pour ma vie, mais un fardeau pour ma bourse.

Mais il n'y avait aucune considération de ce genre dans l'honnête cervelle de mon compagnon. Il se figurait me servir, m'aider, me protéger. Et que pouvais-je faire, sinon enrager en silence et courir ma chance avec lui ?

— C'est bien peu, dit Alan, mettant la bourse dans sa poche, mais cela suffira pour ce que j'ai à faire. Et maintenant, John Breck, vous allez me rendre mon bouton, car ce gentilhomme et moi nous remettons en route.

Mais le métayer, après avoir fouillé dans la sacoche de crin pendue devant lui, à la façon highlander (quoique par ailleurs il portât le costume des Basses-Terres, avec un pantalon de matelot), se mit à rouler des yeux ahuris, et prononça enfin : « Son idée, il l'aura perdu », voulant signifier qu'il croyait l'avoir perdu.

— Quoi ! s'écria Alan, vous auriez perdu mon bouton, qui appartint à mon père avant moi ? Mais je vais vous dire ce que j'ai dans l'idée, John Breck, j'ai dans l'idée que c'est là le pire coup que vous ayez fait depuis le jour de votre naissance.

Et, tout en parlant, il se mit les mains à plat sur les genoux, et regarda le métayer, avec un sourire sur les lèvres, mais dans les yeux cette lueur dansante qui prédisait malheur à ses ennemis.

Peut-être le métayer était-il honnête ; ou bien il avait eu intention de le tromper, et alors, se trouvant seul avec nous deux dans un lieu désert, il revint à l'honnêteté comme au procédé le plus sûr ; du moins, et soudain, il retrouva le bouton, qu'il rendit à Alan.

— Eh bien, cela vaut mieux pour l'honneur des Maccolls, dit Alan. Puis à moi :

— Voici mon bouton que je vous rends et je vous sais gré de vous en être séparé, ce qui va bien de pair avec toutes vos amitiés envers moi.

Puis il prit très chaleureusement congé du métayer :

— Car, dit-il, vous m'avez fort bien servi, et avez hasardé votre tête, et je vous considérerai toujours comme un brave homme.

Finalement, le métayer s'en alla d'un côté ; et Alan et moi (ayant rassemblé nos effets) partîmes par un autre, pour reprendre notre fuite.

XXII

La fuite dans la bruyère :
le marais

Après sept heures d'une marche pénible et ininterrompue, nous atteignîmes, au début de la matinée, la fin d'une chaîne de montagnes. Devant nous s'étalait une plaine basse, entrecoupée et déserte, que nous avions à traverser. Le soleil, qui venait de se lever, nous donnait en plein dans les yeux ; une brume légère et ténue flottait comme une fumée à la surface du marécage ; si bien que (disait Alan) vingt escadrons de cavalerie auraient pu s'y trouver à notre insu.

Aussi, en attendant que la brume se levât, nous nous arrêtâmes dans un creux de la pente, fîmes le drammach et tînmes conseil de guerre.

– David, dit Alan, voici le hic. Resterons-nous ici jusqu'à la nuit, ou pousserons-nous de l'avant, à tout hasard ?

– Ma foi, dis-je, je suis assez fatigué, mais je pourrais encore marcher autant pourvu qu'alors nous soyons au bout.

– Oui, mais nous n'y serons pas, dit Alan, ni même à moitié. Voilà notre situation. Appin, c'est pour nous la mort sans phrases. Au sud, tout appartient aux Campbells, et il n'y faut pas songer Au nord... eh bien, il n'y a pas grand-chose à gagner en allant au nord ; ni pour vous, qui désirez atteindre Queensferry, ni pour moi, qui veux aller en France. Cela étant, il nous reste l'est.

– Va pour l'est ! dis-je assez gaiement ; mais je me disais en moi-même : « Oh ! l'ami, si seulement vous adoptiez un point de compas et m'en laissiez prendre un autre, cela vaudrait mieux pour tous les deux ! »

– Eh bien donc, à l'est, voyez-vous, nous avons les marais, dit Alan. Une fois là, c'est pile ou face. Sur cette étendue plate et rase, où se cacher ! Viennent les habits-rouges à monter sur une hauteur, ils vous découvriront à des milles ; et le diable soit des sabots de leurs chevaux, ils vous rattraperont comme pour rire. Ce n'est pas là un bon endroit, David ; et même, je dois ajouter qu'il est plus mauvais de jour que de nuit.

– Alan, dis-je, écoutez ce que j'en pense. Appin équivaut pour nous à la mort. Nous n'avons ni l'un ni l'autre trop d'argent, et guère non plus de farine ; à force de chercher, ils finiront bien par découvrir où nous sommes ; le risque est égal, et je vote pour aller de l'avant jusqu'à ce que nous tombions.

Alan fut enchanté.

– Il y a des fois, dit-il, où votre genre est un peu trop original et whig pour convenir à un gentilhomme de ma sorte, mais il y a d'autres moments où vous vous montrez plein d'esprit ; et c'est alors, David, que je vous aime comme un frère.

La brume se leva et se dissipa, nous laissant voir une étendue de pays aussi vide que la mer ; seuls, les oiseaux de marais et les courlis piaulaient par-dessus, et dans la distance, vers l'est, une harde de daims faisait des points mobiles. Une partie de cette étendue était rousse de bruyère ; le reste, coupé de fondrières, d'étangs et de trous à tourbe ; ici, la bruyère était noircie par le feu ; plus loin, toute une forêt de sapins morts dressaient encore leurs squelettes. On ne vit jamais plus lugubre désert ; mais il était du moins libre de troupes, ce qui était pour nous le principal.

Nous descendîmes donc dans cette plaine et entreprîmes d'atteindre, par un chemin fastidieusement contourné, sa limite orientale. Tout autour (il ne faut pas l'oublier) s'élevaient les cimes de montagnes d'où nous pouvions être à chaque instant découverts ; il convenait donc de nous tenir dans les parties creuses du marais, et quand celles-ci nous écartaient de notre direction, de n'avancer sur la surface nue qu'avec d'infinies précautions. Parfois, durant des demi-heures entières, il nous fallait ramper d'un buisson à l'autre, tels des chasseurs qui vont surprendre un daim. C'était de nouveau une journée pure, avec un soleil éclatant ; l'eau de notre gourde à eau-de-vie fut bientôt épuisée ; et, ma foi, si j'avais pu imaginer ce que cela signifiait, de ramper la moitié du temps à plat ventre et de marcher, le reste, plié en deux, j'aurais sans doute reculé devant une entreprise aussi harassante.

A peiner, puis nous reposer pour peiner encore, la matinée se passa ; et vers midi nous nous couchâmes dans un épais fourré de bruyère, pour dormir. Alan prit le premier quart ; et il me sembla que je venais à peine de fermer les yeux quand il m'éveilla pour prendre le second. Nous n'avions pas de montre pour nous renseigner ; et afin d'en tenir lieu, Alan ficha dans le sol une baguette de bruyère : dès que son ombre atteindrait un point déterminé vers l'est, je saurais qu'il était temps de l'éveiller. Mais j'étais alors si recru que j'aurais bien dormi douze heures d'affilée ; j'avais le goût du sommeil dans la gorge ; mes membres dormaient tandis même que mon esprit veillait ; la chaude senteur de la bruyère avec le bourdonnement des abeilles sauvages, se liguaient pour m'engourdir ; et de temps à autre une secousse me traversait et m'apprenait que je venais de sommeiller.

La dernière fois que je me réveillai, il me sembla revenir de plus loin, et je crus voir que le soleil avait fait beaucoup de chemin dans le ciel. Je regardai la baguette de bruyère, et faillis pousser un cri, car j'avais trahi ma consigne. J'étais éperdu de crainte et de honte ; et à ce que je vis, en regardant autour de moi sur le marais, mon cœur cessa de battre. Car, sans nul doute, un corps de cavaliers était survenu pendant mon sommeil, et ils arrivaient sur nous du sud-est, développés en éventail et poussant leurs chevaux çà et là parmi les fourrés de bruyère.

Lorsque je réveillai Alan, il jeta un coup d'œil aux soldats d'abord,
puis au repère et à la position du soleil, et fronça les sourcils en me
lançant un bref regard, à la fois menaçant et inquiet. Mais ce fut là
tout le reproche que je reçus de lui.

— Qu'allons-nous faire ? demandai-je.

— Nous allons jouer les lièvres, dit-il. Voyez-vous cette montagne
là-bas ? — et il m'en désignait une à l'horizon nord-est.

— Oui, dis-je

— Eh bien donc, dirigeons-nous dessus. Elle se nomme Ben Adler ;
c'est une montagne âpre et déserte, pleine de trous et de bosses, et
pourvu que nous y soyons avant le matin, nous sommes sauvés.

— Mais, Alan, m'écriai-je, il nous faudra couper au beau milieu de
ces soldats qui arrivent !

— Je le sais, dit-il, mais si nous nous laissons rabattre sur Appin,
nous sommes deux hommes morts. Ainsi donc, David mon ami, du
nerf !

Là-dessus il se mit à courir à quatre pattes, d'une vélocité incroyable,
comme si c'eût été là son allure naturelle. Cependant, il ne cessait de
faire des détours, en suivant les parties basses du marais qui nous
dissimulaient le mieux. En de certains endroits, les buissons avaient
été brûlés, ou du moins atteints par le feu ; et il nous montait à la figure
(car nous avions le nez près de terre) une poussière aveuglante et
asphyxiante, aussi subtile que de la fumée. Nous n'avions plus d'eau
depuis longtemps ; et cette façon de courir à quatre pattes entraîne une
faiblesse et une fatigue écrasantes, qui vous brisent les membres et font
se dérober vos poignets sous votre poids.

De temps à autre, il est vrai, quand nous trouvions un fourré
convenable, nous nous y arrêtions pour souffler, et, en écartant les
branches, nous regardions derrière nous les dragons. Ils ne nous avaient
pas vus, car ils ne se détournaient pas. Ils étaient un demi-régiment,
peut-être, et couvraient bien deux milles de terrain, qu'ils battaient à
fond, à mesure de leur avance. Je ne m'étais pas éveillé trop tôt : une
minute de plus et il nous aurait fallu fuir sous leur nez, au lieu de leur
échapper latéralement. Même dans ces conditions, la moindre anicroche
pouvait nous perdre ; et à chaque fois qu'un coq de bruyère s'enlevait
des buissons avec un claquement d'ailes, nous gardions une immobilité
de mort et n'osions plus respirer.

La douleur et la faiblesse de mes membres, l'épuisement de mon cœur,
les égratignures de mes mains et l'irritation de ma gorge et de mes
yeux dans la fumée continuelle des cendres et de la poussière m'étaient
bien vite devenus tellement insupportables que j'aurais volontiers
renoncé à poursuivre. Seule, la crainte d'Alan me prêtait une sorte de
courage artificiel qui me permettait d'avancer. Quant à lui (et l'on doit
se souvenir qu'il était encombré de son grand surtout), son visage avait
d'abord passé au cramoisi, mais à la longue ce cramoisi se marbra de
taches blanches ; il avait la respiration rauque et sifflante ; quand nous
faisions halte et qu'il me chuchotait ses avis à l'oreille, sa voix était

méconnaissable. Mais par ailleurs il n'avait aucunement l'air abattu, il ne perdait rien de son agilité, et j'étais émerveillé de son endurance.

A la fin, comme la nuit tombait, nous entendîmes un bruit de trompettes, et, regardant derrière nous, entre les bruyères, nous vîmes la troupe faire son rassemblement. Quelques minutes plus tard, le feu était allumé et le camp dressé pour la nuit vers le centre de la plaine.

A cette vue, je priai et suppliai Alan qu'il nous permît de nous coucher et de dormir.

– Il n'y aura pas de sommeil pour nous cette nuit ! répondit-il. Une fois reposés, ces dragons là-bas vont vous cerner le marais, et personne ne sortira plus d'Appin que la gent ailée. Nous venons de l'échapper belle, et vous voudriez nous faire perdre ce que nous avons gagné ! Non, non, il faut que le jour, en se levant, nous trouve, vous et moi, en lieu sûr au haut de Ben Adler.

– Alan, dis-je, ce n'est pas la bonne volonté, c'est la force qui me manque. Si je pouvais, j'irais ; mais, aussi sûr que je vis, je n'en peux plus.

– Très bien, dit Alan, je vous porterai donc.

Je le regardai, croyant qu'il plaisantait ; mais non ! le petit homme était parfaitement sérieux ; et je rougis de le voir si résolu.

– Laissez ! dis-je, je vous suis.

Il me lança un coup d'œil qui signifiait : « Bravo, David ! » et se remit à courir de toute sa vitesse.

La nuit avait amené quelque fraîcheur et même un peu (mais guère) d'obscurité. Le ciel était sans nuages ; nous étions encore en juillet, et très haut dans le nord ; au plus sombre de la nuit, il aurait fallu de bons yeux pour lire, mais néanmoins j'ai vu souvent des journées d'hiver plus sombres en plein midi. Une rosée dense tombait et trempait la plaine comme de la pluie ; et elle me ranima tout d'abord. Quand nous fîmes halte pour souffler et que j'eus le loisir de contempler autour de moi la nuit claire et douce, les profils comme endormis des montagnes, et derrière nous le feu, réduit par la distance à un point brillant sur le marais, une exaspération soudaine me saisit de devoir me traîner ainsi misérablement et manger de la poussière comme un ver.

D'après ce que j'ai lu dans les livres, je crois que bien peu de ceux qui tinrent jamais une plume ont réellement connu la fatigue, sinon ils l'auraient décrite plus fortement. Je n'avais plus souci de ma vie, ni passée ni future, et je me souvenais à peine qu'il existât un garçon nommé David Balfour ; je pensais non plus à moi, mais uniquement à chacun de mes pas, dont le suivant me paraissait devoir être le dernier, avec désespoir, – et à Alan, la cause de tout, avec haine. Alan possédait la vraie méthode militaire : c'est le rôle de l'officier de faire en sorte que ses hommes continuent à exécuter les choses sans savoir pourquoi, et dans des circonstances où, si on le leur permettait, ils se coucheraient sur place et se laisseraient tuer. Et je pense que j'aurais fait un assez bon simple soldat, car, durant ces dernières heures, il ne me vint pas à l'idée que j'eusse la liberté de faire autre chose qu'obéir jusqu'au bout, et mourir en obéissant.

Le jour vint peu à peu, après des années, me sembla-t-il. Nous avions alors passé le plus fort du danger et pouvions marcher debout comme des hommes, au lieu de ramper comme des bêtes. Mais quel couple nous devions faire, miséricorde ! allant courbés en deux comme des aïeuls, butant comme des enfants et pâles comme la mort. Nous n'échangions plus un mot ; chacun serrait les dents et regardait fixement devant lui ; chacun levait le pied et l'abaissait comme ceux qui soulèvent des poids, dans une fête de village ; et tout cela, parmi les piaulements des oiseaux de marais et tandis que la lumière grandissait peu à peu à l'orient.

Alan, dis-je, faisait comme moi. Non pas que je lui accordais un seul regard, car j'avais trop à faire de surveiller mes pas ; mais parce que évidemment il devait être aussi abruti de fatigue que moi et qu'il regardait aussi peu ou nous allions, sans quoi nous ne nous serions pas jetés en aveugles dans une embuscade.

Voici comment la chose arriva. Nous descendions une pente de lande broussailleuse, Alan ouvrant la marche, et moi d'un pas ou deux en arrière, tels un violoneux et sa femme, quand soudain il se fit un remuement dans les bruyères : trois ou quatre individus en haillons surgirent, et, une seconde plus tard, nous étions couchés sur le dos, un poignard chacun à la gorge.

Peu m'importait, je crois ; la souffrance causée par ce traitement brutal n'était rien en comparaison de celles qui m'emplissaient déjà ; et j'étais trop heureux d'avoir cessé de marcher, pour me soucier d'un poignard. Je regardais à l'envers la face de l'homme qui me tenait, et je la revois toute hâlée de soleil, avec des yeux très brillants, mais je n'avais pas peur de lui. J'entendis Alan parler tout bas en gaélique avec un autre ; et ce qu'ils pouvaient dire m'était bien égal.

Ensuite les poignards se relevèrent, on nous prit nos armes et on nous assit nez à nez dans la bruyère.

– Ce sont les gens de Cluny, dit Alan. Nous ne pouvions mieux tomber. Nous n'avons qu'à rester ici avec ces sentinelles avancées, jusqu'à ce que le chef soit prévenu de notre arrivée.

Or, Cluny Macpherson, le chef du clan Vourich, avait été l'un des promoteurs de la grande rébellion, six ans auparavant ; sa tête était mise à prix, et je le croyais depuis longtemps en France avec les autres chefs de ce parti vaincu. Malgré ma fatigue, je me réveillai à moitié, d'étonnement.

– Quoi, m'écriai-je, Cluny est encore ici ?

– Mais oui, il y est ! dit Alan. Toujours dans son pays, et gardé par son clan. Le roi George ne pourrait mieux faire.

J'allais lui en demander plus, mais Alan me donna mon congé.

– Je suis un peu fatigué, dit-il, et j'aimerais bien faire un petit somme.

Et, sans plus de mots, il se laissa rouler face contre terre dans un épais buisson de bruyère et s'endormit instantanément.

Je n'aurais su l'imiter. Vous avez entendu des sauterelles bruire dans l'herbe, aux jours d'été ? Eh bien, je n'eus pas plus tôt fermé les yeux que mon corps, et surtout ma tête, mon estomac et mes poignets me parurent pleins de sauterelles bruissantes ; et je dus rouvrir mes yeux aussitôt, et m'agiter et me retourner, et me relever et me recoucher, et regarder le ciel qui m'éblouissait, ou les sauvages et répugnantes sentinelles de Cluny qui regardaient par-dessus la crête de la lande et conversaient en gaélique.

Telle fut la façon dont je me reposai, jusqu'au retour du messager. Cluny, rapporta-t-il, désirait nous voir ; il nous fallut nous relever et repartir. Alan était d'excellente humeur, son somme l'avait remis, il avait très faim, et envisageait agréablement la perspective d'un coup à boire et d'un plat de *collops*[1] chauds dont le messager lui avait dit deux mots. Pour ma part, la seule mention de nourriture me donnait la nausée. A ma mortelle fatigue s'ajoutait à présent une sorte de légèreté vertigineuse qui ne me permettait pas de marcher. J'allais tout de travers, comme un ivrogne ; le sol me semblait inconsistant comme une nuée, les montagnes légères comme des plumes, et l'air, plein de remous comme un torrent, m'emportait de çà de là. Enfin, une sorte d'effroi désespéré m'accablait, et j'aurais pleuré de me sentir en cet état.

Je vis Alan froncer les sourcils en me regardant ; et, le croyant fâché, j'éprouvai, à l'instar d'un enfant, une crainte irraisonnée. Je me rappelle aussi que je souriais, et ne parvenais pas à ne plus sourire, malgré tous mes efforts, car je sentais cette manifestation déplacée. Mais mon excellent compagnon n'avait dans l'esprit que bonté à mon égard ; deux des hommes me prirent sous les bras, et je fus emporté à une allure rapide (ou du moins qui me parut telle, car elle devait être assez modérée, en fait) à travers un dédale de torrents à sec et de ravins, au cœur de cette mélancolique montagne de Ben Adler.

XXIII

La Cage de Cluny

Nous arrivâmes enfin au bas d'un bois excessivement abrupt, qui escaladait la pente rocailleuse d'une montagne couronnée par une falaise nue.

– C'est ici, dit un de nos guides.

Et nous commençâmes l'ascension.

Les arbres se cramponnaient à la pente comme des marins aux étais

---

1. Sorte de fricandeau de venaison.

d'un navire ; et leurs troncs semblaient être les montants d'une échelle que nous gravissions.

Tout en haut, et juste à l'endroit où la falaise jaillissait des ramures, nous trouvâmes cette bizarre demeure, connue dans le pays sous le nom de *la Cage de Cluny*. On avait réuni plusieurs troncs par un entrelacs de petites branches, fortifié de pilotis leurs intervalles et garni de terre battue en guise de plancher le terrain enclos par cette barricade. Un arbre, qui sortait du flanc de la montagne, constituait, tout en vie, la maîtresse-poutre du toit. Les murs étaient de branchages tressés et revêtus de mousse. La forme générale de la maison était celle d'un œuf ; et elle se trouvait à demi suspendue et reposait à demi, comme un nid de guêpes sur un buisson de ronces, dans ce fourré de l'abrupte pente.

L'intérieur pouvait contenir à l'aise de cinq à six personnes. Une saillie de roc avait été ingénieusement transformée en âtre ; et la fumée, s'élevant le long de la falaise et se confondant presque avec sa teinte, devait être peu à peu invisible d'en bas.

Ce n'était là qu'une des cachettes de Cluny ; il avait encore des grottes et des souterrains en divers lieux du pays ; et, d'après les rapports de ses éclaireurs, il passait de l'un à l'autre selon que les soldats se rapprochaient ou s'éloignaient. Par cette manière de vivre, et grâce à l'affection de son clan, non seulement il était demeuré toute cette période en sûreté, alors que tant d'autres avaient fui ou avaient été pris et tués, mais il demeura encore quatre ou cinq années avant de passer finalement en France, sur l'ordre exprès de son maître. Il ne tarda pas à y mourir, et il est curieux de songer qu'il dut y regretter sa Cage du Ben Adler.

En arrivant sur le seuil, nous le trouvâmes assis devant la cheminée de roc, en train de surveiller les apprêts culinaires. Il était vêtu très simplement, avec un bonnet de nuit à fronces qui lui couvrait les oreilles, et fumait une mauvaise pipe écourtée. Néanmoins, il avait les allures d'un roi, et ce fut avec majesté qu'il se leva pour nous recevoir.

— Allons, monsieur Stewart, avancez, monsieur, dit-il, et introduisez votre ami dont je ne sais pas le nom.

— Et comment allez-vous, Cluny, dit Alan. J'aime à croire que vous vous portez à merveille, monsieur. Et je suis honoré de vous voir, et de vous présenter mon ami le laird de Shaws, M. David Balfour.

Alan, lorsque nous étions seuls, ne pouvait mentionner mon titre, sans un soupçon d'ironie ; mais avec des étrangers, il faisait résonner les syllabes comme un héraut d'armes.

— Entrez tous deux, messieurs, dit Cluny. Soyez les bienvenus sous mon toit. Cette demeure, certes, est bizarre et rustique ; mais j'y ai reçu, monsieur Stewart, une personne royale... vous savez sans doute de qui je veux parler. Nous boirons un coup à votre santé, et dès que ce mien maladroit de cuisinier aura apprêté les collops, nous dînerons et ferons une partie de cartes, comme il convient à des gentilshommes. Ma vie est un peu monotone, dit-il, en versant l'eau-de-vie ; je vois peu de monde, et reste à me tourner les pouces et à me remémorer un grand jour qui est passé, et à attendre cet autre grand jour qui, nous l'espérons

tous, est en bon chemin. Et ainsi donc, je vous propose cette santé :
A la Restauration !

Nous choquâmes nos verres, et bûmes. Assurément, je ne souhaitais
pas de mal au roi George ; et si lui-même eût été là en personne, il
aurait probablement fait comme moi. Je n'eus pas plutôt absorbé la
goutte, que je me sentis beaucoup mieux, et je pus regarder et écouter,
encore un rien obnubilé, peut-être ; mais plus avec le même effroi
irraisonné ni la même détresse mentale.

Le lieu était à coup sûr bizarre, comme notre hôte. Au cours de
sa longue vie cachée, Cluny avait acquis toutes sortes de manies, à
l'instar d'une vieille fille. Il avait sa place déterminée, où nul autre ne
devait s'asseoir ; tout dans la Cage était rangé avec un ordre immuable,
que personne ne devait troubler ; sa principale fantaisie était la cuisine,
et tout en nous congratulant, il ne cessait de surveiller la confection
des collops.

De fois à autre, il allait voir ou recevait chez lui sa femme et un
ou deux amis sûrs, sous le couvert de la nuit ; mais la plupart du temps,
il vivait dans une complète solitude, et ne parlait qu'à ses sentinelles
ou à ses clients, qui le servaient dans la cage. Le matin, dès son réveil,
l'un d'eux, qui était barbier, venait le raser et lui apporter les nouvelles
du pays, dont il était des plus friands. Curieux comme un enfant, il
posait des questions sans fin ; certaines réponses le secouaient de rires
homériques, et il pouffait encore, à se les rappeler, des heures après
le départ du barbier.

Néanmoins, ses questions n'étaient pas toujours d'un caractère
oiseux ; car il avait beau être séquestré de la sorte, et, comme les autres
gentilshommes terriens de l'Écosse, dépouillé de pouvoirs juridiques,
il n'en exerçait pas moins sur son clan une justice patriarcale. On venait
jusque dans sa cachette lui soumettre des litiges ; et les hommes de
son pays, qui se moquaient de la Cour d'assises, déposaient leurs
rancunes et payaient des amendes, sur un mot de ce hors-la-loi confisqué
et pourchassé. Lorsqu'il était en colère, ce qui lui arrivait souvent, il
donnait ses ordres et lançait des menaces de châtiment, à l'instar d'un
roi ; et ses clients tremblaient et rampaient devant lui comme des enfants
devant un père trop vif. A son entrée, il leur serrait à chacun la main,
cérémonieusement, tout en faisant, comme eux, le salut militaire. Bref,
j'avais là une belle occasion de voir un peu fonctionner le mécanisme
intérieur d'un clan écossais ; et ce, avec un chef proscrit, fugitif, dont
le pays était occupé par des troupes qui galopaient de tous côtés à sa
recherche, quelquefois à un mille de sa retraite ; et alors que le dernier
de ces pauvres hères qu'il taxait et menaçait aurait gagné une fortune
en le livrant.

Ce premier jour, sitôt que les collops furent prêts, Cluny, de sa main,
exprima dessus le jus d'un citron (car il était bien approvisionné en
friandises de ce genre) et nous invita à nous mettre à table.

– Ce sont les pareils, dit-il, en parlant des collops, que j'ai servis
à Son Altesse Royale, dans cette maison même ; jus de citron à part,

toutefois, car, à cette époque-là, nous étions trop heureux d'avoir à manger, sans nous soucier de raffinements. Et il y avait plus de dragons que de citrons dans mon pays, en 46.

Je ne sais si les collops étaient réellement très bons, mais le cœur me levait, à les voir, et j'y touchai à peine. Cependant, Cluny nous racontait des anecdotes ayant trait au prince Charles dans la Cage, citant les paroles mêmes des interlocuteurs et se levant de sa place pour nous faire voir où se tenait chacun. De tout ce qu'il dit, je conclus que le prince était un aimable et spirituel garçon, comme il convient au descendant d'une race de rois policés, mais que sa sagesse était loin de valoir celle de Salomon. Je soupçonnai également que, durant son séjour dans la Cage, il s'enivra souvent ; ainsi donc, le vice qui a depuis, d'un commun accord, ruiné sa santé avait dès lors commencé de se manifester.

Nous avions à peine fini de manger que Cluny sortit un vieux paquet de cartes crasseuses, tels qu'on en trouve dans les auberges de dernier ordre ; et ses yeux s'allumèrent quand il nous proposa de faire une partie.

Or, c'était là une des choses que l'on m'avait enseignées, dès mon enfance, à éviter comme un déshonneur : mon père soutenait que ce n'était le propre ni d'un chrétien ni d'un gentilhomme d'exposer son bien et de convoiter celui d'autrui, selon les combinaisons de bouts de carton peint. Sans doute, j'aurais dû plaider ma fatigue et l'excuse était bien suffisante ; mais je crus de mon devoir d'affirmer mes principes. Je dus rougir très fort, mais je parlai avec fermeté et déclarai que, sans prétendre à juger autrui, c'était là, à mes yeux, une matière où je n'avais rien à voir.

Cluny s'arrêta de mêler les cartes.

— Que diable veut dire ceci ? s'exclama-t-il. Ce langage est bon chez des whigs collet-monté ; mais pas sous le toit de Cluny Macpherson !

— Je mettrais ma main au feu pour M. Balfour, dit Alan. C'est un gentilhomme honnête et courageux, et je tiens à ce que vous vous rappeliez qui vous le dit. Je porte un nom royal, dit-il, en mettant son chapeau de côté, et moi comme tous ceux que j'appelle mes amis sont de bonne société pour les plus huppés. Mais ce gentilhomme est las, et ferait mieux de dormir ; s'il n'a pas envie de jouer aux cartes, cela ne doit nous déranger ni vous ni moi. Et je suis tout prêt, monsieur, à jouer n'importe quel jeu que vous puissiez nommer.

— Monsieur, dit Cluny, sous ce pauvre toit qui est le mien, je tiens à ce que vous sachiez que tout gentilhomme peut suivre son bon plaisir. Si votre ami a la fantaisie de se tenir la tête en bas, libre à lui. Et si lui, ou vous, ou n'importe qui, n'est pas entièrement satisfait, je m'estimerai honoré d'aller dehors avec lui.

Je n'avais aucune envie de voir ces deux amis se couper la gorge à mon occasion.

— Monsieur, dis-je, je suis très fatigué, comme le dit Alan ; et, qui plus est, comme vous avez sans doute des fils, je vous dirai qu'il s'agit d'une promesse faite à mon père.

— Suffit, monsieur, suffit, dit Cluny.

Et il me désigna un lit de bruyère dans un coin de la Cage. Néanmoins, il restait assez mécontent, et me regardait de travers en grommelant. Et il faut bien avouer que tant mes scrupules que la façon de les exprimer fleuraient le covenantaire et se trouvaient fort déplacés chez de farouches jacobites des Highlands.

Une singulière pesanteur, due à l'eau-de-vie, ou peut-être à la venaison, m'accablait ; et à peine couché, je fus pris d'une sorte de fièvre, qui ne me quitta plus de toute la durée de notre séjour dans la Cage. Tantôt j'étais bien éveillé et comprenais ce qui se passait ; tantôt le bruit des voix, ou celui des ronflements, faisait pour moi la rumeur d'un torrent lointain ; et les plaids accrochés au mur se contractaient et se développaient tour à tour comme les ombres que le foyer projetait sur le plafond. J'ai dû aussi parler ou m'écrier, car je me rappelle mon étonnement aux réponses que je recevais de temps à autre ; toutefois, je n'étais pas hanté par un cauchemar déterminé, mais par une terreur confuse, profonde et horrifiante, — terreur que m'inspiraient et le lieu où je me trouvais, et le lit où j'étais couché, et les plaids pendus aux murs, et les voix, et le feu, et moi-même.

Le client-barbier, qui était aussi docteur, fut mandé pour me donner ses soins ; mais comme il parlait gaélique, je n'entendis rien à son diagnostic, et j'étais trop accablé pour en demander la traduction. Je savais seulement que j'étais malade, et cela me suffisait.

Je fis peu attention à ce qui m'entourait, tant que je restai dans ce triste état. Mais Alan et Cluny passaient presque tout leur temps à jouer aux cartes, et je suis sûr qu'Alan avait dû gagner, au début ; car il me souvient de m'être relevé sur mon séant et de les avoir vus absorbés dans leur jeu, avec une pile étincelante d'au moins soixante ou cent guinées sur la table. Cela faisait un effet étrange, de voir toute cette richesse dans un nid accroché à la falaise et entrelacé à des arbres vivants. Et même alors, il me sembla qu'Alan jouait bien gros jeu, lui, qui ne possédait au monde qu'une bourse verte et l'affaire de cinq livres.

Le deuxième jour, la chance tourna. Vers midi, je fus comme à l'ordinaire éveillé pour le dîner, et comme à l'ordinaire refusai de manger, et l'on me fit boire une potion où le barbier avait mis infuser des plantes amères. Le soleil, pénétrant par la porte ouverte de la Cage, m'éblouissait douloureusement. Cluny, assis devant la table, mordillait le parquet de cartes. Alan, penché sur mon lit, approcha de mes yeux son visage ; et le trouble de la fièvre me le fit voir de la plus monstrueuse grosseur.

Il me demanda de lui prêter mon argent.

— Pour quoi faire ? dis-je.

— Oh ! un simple prêt, répondit-il.

— Mais pourquoi ? répétai-je. Je ne comprends pas.

— Fi ! David ! voudriez-vous me refuser un prêt ? Certes, je l'aurais

refusé, si j'avais eu ma lucidité ! Mais tout ce que je désirais alors était
qu'il éloignât son visage, et je lui remis mon argent.

Le matin du troisième jour, alors que nous avions déjà passé
quarante-huit heures dans la Cage, je m'éveillai en meilleures
dispositions d'esprit, encore très faible et las, mais voyant les choses
de leurs dimensions exactes et sous leur aspect normal de tous les jours.
J'avais même de l'appétit ; je me levai spontanément de mon lit ; et
après, avoir déjeuné, m'avançai jusqu'au seuil de la Cage et m'assis
à l'extérieur, au haut du bois. Le ciel était gris, l'air fade et insipide ;
et je passai toute la matinée comme dans un rêve, que troublaient seules
les allées et venues des éclaireurs de Cluny et des serviteurs apportant
provisions ou rapports ; car à cette heure le danger était loin, et il tenait
pour ainsi dire cour ouverte.

Lorsque je rentrai, Alan et lui avaient déposé leurs jeux et
questionnaient un client. Le chef, se retournant vers moi, m'adressa
la parole en gaélique.

— Je ne sais pas le gaélique, monsieur, dis-je.

Or, depuis l'affaire des cartes, tout ce que je disais avait le privilège
d'agacer Cluny.

— Votre nom a plus de sens que vous, en ce cas, dit-il avec irritation,
car il est de bon gaélique. Mais voici la chose. Mon éclaireur rapporte
que la voie est libre dans le sud, et il s'agit de savoir si vous aurez
la force de repartir ?

Les cartes étaient sur la table, mais plus l'or ; rien qu'un tas de petits
papiers écrits, tous du côté de Cluny. Alan, d'ailleurs, avait un drôle
d'air, comme assez mal satisfait ; et je fus saisi d'un pressentiment.

— Je ne sais si j'ai toutes les forces qu'il faudrait, dis-je, en regardant
Alan ; mais le peu d'argent que nous avons doit nous mener très loin.

Alan se mordit la lèvre inférieure, et baissa les yeux.

— David, dit-il enfin, j'ai tout perdu : telle est la simple vérité.

— Mon argent aussi ?

— Votre argent aussi, dit Alan avec un soupir. Vous n'auriez pas
dû me le donner. Je deviens fou quand je touche un jeu de cartes.

— Ta ta ta ! dit Cluny. Tout cela était pour rire ; ce serait trop absurde.
Naturellement, vous allez ravoir votre argent, et même le double, si
vous me le permettez. Que je le garde, moi ? que je puisse gêner en
quelque chose des gentilshommes dans votre situation ? Ce serait là
une chose singulière ! s'écria-t-il.

Et il se mit, en rougissant beaucoup, à extraire l'or de sa poche.

Alan ne dit rien, et continua de regarder à terre.

— Voulez-vous venir un instant avec moi jusqu'à la porte, monsieur ?
dis-je à Cluny.

Il me répondit qu'il en serait fort aise, et me suivit à l'instant, mais
d'un air confus et la tête basse.

— Et maintenant, monsieur, dis-je, j'ai d'abord à vous remercier de
votre générosité.

— Absurdité des absurdités ! s'écria Cluny. Où voyez-vous de la

générosité ? Je n'y vois, moi, qu'un malheureux incident ; mais que
voulez-vous que je fasse, – enfermé dans ma cage comme dans un
rucher, – sinon atteler mes amis à une partie de cartes, lorsque j'en
trouve l'occasion ? Et s'ils perdent, bien entendu, on n'irait pas
s'imaginer...

Il n'acheva pas.

– Oui, dis-je, s'ils perdent, vous leur rendez leur argent ; et s'ils
gagnent, ils emportent le vôtre dans leurs goussets ? J'ai dit que je
reconnaissais votre générosité ; mais pour moi, monsieur, avouez que
la situation a quelque chose de pénible.

Il régna un bref silence, au cours duquel Cluny sembla sur le point
de parler, mais il ne dit rien. Cependant il rougissait de plus en plus.

– Je suis jeune, dis-je, et je vous demande un avis. Conseillez-moi
comme si j'étais votre fils. Mon ami a loyalement perdu cet argent après
vous avoir loyalement gagné une somme beaucoup plus forte ; puis-je
accepter qu'on me la rende ? Est-ce vraiment ce que je dois faire ? Quoi
que je fasse, vous voyez vous-même que cela doit paraître dur à
quiconque est doué d'amour-propre.

– C'est assez dur pour moi également, monsieur Balfour, dit Cluny,
et vous m'avez tout l'air de m'avoir tendu un méchant piège. Je
n'admettrais pas que des amis soient venus chez moi pour recevoir des
affronts ; non, s'écria-t-il avec une irritation soudaine, pas plus que pour
leur en infliger.

– Vous voyez donc, monsieur, que je n'avais pas tellement tort, et
que le jeu est une triste occupation pour des gentilshommes. Mais
j'attends toujours votre réponse.

A coup sûr, si jamais Cluny détesta quelqu'un, ce fut David Balfour.
Il me considéra d'un œil belliqueux, et le défi lui monta aux lèvres.
Mais il fut désarmé, soit par ma jeunesse, soit par son propre sens de
la justice. A coup sûr, l'affaire était humiliante pour nous tous, et pour
Cluny en particulier ; sa conduite lui fit d'autant plus d'honneur.

– Monsieur Balfour, dit-il, je vous crois trop subtil et trop
covenantaire, mais vous avez malgré cela l'étoffe d'un parfait
gentilhomme. Sur ma foi d'honnête homme, vous pouvez prendre cet
argent, – c'est là ce que je dirais à mon fils, – et voici ma main qui
en répond.

XXIV

La fuite dans la bruyère :
la dispute

Nous passâmes le loch Errocht sous le couvert de la nuit, et gagnâmes, le long de sa rive orientale, non loin de l'embouchure du loch Rannech, une autre cachette, où nous conduisit un des clients de la Cage. Ce garçon portait notre bagage, avec par-dessus le marché le grand surtout d'Alan, et trottait allégrement sous ce faix, dont la moitié m'écrasait à l'ordinaire, comme un robuste poney de montagne porte sa plume à l'oreille ; c'était pourtant un homme que j'aurais, en combat loyal, cassé en deux sur mon genou.

L'allègement était grand, certes, de marcher les mains libres ; et sans cela, peut-être, et la sensation résultante de liberté et d'alacrité, je n'aurais pas marché du tout. Je ne faisais que relever de maladie, et rien dans l'état de mes affaires n'était bien propre à me donner du cœur à la fatigue ; nous voyagions, comme je l'ai dit, parmi les plus lugubres déserts de l'Écosse, sous un ciel chargé de nuages, et la division couvait aux cœurs des voyageurs.

Nous fûmes longtemps sans rien dire, marchant côte à côte ou l'un derrière l'autre, tous les deux d'un air rogue ; moi irrité et blessé dans mon amour-propre, et tirant mon peu de forces de ces deux sentiments violents et coupables ; Alan irrité et honteux, honteux d'avoir perdu mon argent, irrité de ce que j'avais si mal pris la chose.

Le désir de la séparation ne m'en trottait que plus dans la cervelle ; et plus je l'approuvais, plus je rougissais de mon approbation. C'eût été une belle action, et généreuse certes, pour Alan, de se tourner vers moi et de me dire : « Allez-vous-en, je suis dans le plus extrême danger, et ma compagnie ne fait rien qu'augmenter le vôtre. » Mais que moi j'allasse me tourner vers cet ami qui à coup sûr me chérissait, et lui dire : « Vous courez un grand danger, le mien est beaucoup plus faible, votre amitié m'est un fardeau ; allez-vous-en, supportez tout seul vos risques et vos malheurs... » Non, c'était impossible ; et j'avais les joues brûlantes, de l'imaginer seulement dans mon for intérieur.

Et pourtant, Alan s'était conduit comme un enfant, et voire pis ; comme un enfant perfide. M'avoir soutiré mon argent alors que j'étais presque inconscient ressemblait fort à un vol ; et pourtant il était ici, faisant route avec moi, sans un sou vaillant, et, à ce que je pouvais voir, tout disposé à vivre sur l'argent qu'il m'avait contraint de mendier. Au vrai, j'étais prêt à le partager avec lui, mais j'enrageais de le voir ainsi escompter ma bonne volonté.

Je ne sortais pas de ces deux considérations ; et je n'aurais pu ouvrir la bouche sur l'une ou l'autre sans faire preuve de la plus noire ingratitude. Je fis donc ce qui était presque aussi mal : je ne disais mot, et ne jetais même pas un regard sur mon compagnon, si ce n'est du coin de l'œil.

A la fin, comme nous avions traversé le loch Errocht et cheminions en terrain uni, où la marche était aisée, il ne put supporter plus longtemps mon silence, et se rapprocha de moi.

– David, dit-il, cette façon de prendre un petit incident n'est guère amicale. J'ai à vous exprimer mes regrets, et voilà tout. Et maintenant, si vous avez quelque chose à dire, allez-y.

– Oh ! répliquai-je, je n'ai rien à dire.

Il parut déconcerté, ce qui m'enchanta bassement.

– Non ? reprit-il, d'une voix un tant soit peu tremblante, même quand j'avoue que j'ai eu tort ?

– Évidemment, vous avez eu tort, dis-je, d'un ton glacé ; et vous reconnaîtrez que je ne vous ai fait aucun reproche.

– Aucun, dit-il ; mais vous savez fort bien que vous avez fait pis. Faut-il nous séparer ? Vous l'avez déjà proposé une fois. Allez-vous le répéter une seconde ? Il y a suffisamment de montagnes et de bruyère d'ici aux deux mers, David ; et j'avoue que je n'ai pas grand désir de rester où l'on ne tient pas à m'avoir.

Cette phrase me perça comme un glaive, et me sembla mettre à nu ma déloyauté.

– Alan Breck ! m'écriai-je ; puis : – Me croyez-vous capable de vous tourner le dos dans votre urgente nécessité ? Vous n'oseriez pas me le dire en face. Toute ma conduite serait là pour vous démentir. Il est vrai que je me suis endormi dans le marais ; mais c'était de fatigue ; et il est mal à vous de me le reprocher...

– C'est ce que je n'ai pas fait, interrompit Alan.

– Mais à part cela, continuai-je, qu'ai-je fait pour que vous m'égaliez à un chien par une telle supposition ? Je n'ai jamais manqué à un ami, jusqu'à cette heure, et il n'y a pas de raison pour que je commence par vous. Il y a entre nous des choses que je ne puis oublier, même si vous le pouviez.

– Je ne vous dirai qu'un mot, David, dit Alan, avec beaucoup de calme, c'est que je vous ai longtemps dû la vie, et qu'à présent je vous dois de l'argent. Vous devriez tâcher de me rendre ce fardeau léger.

Cette parole était bien faite pour me toucher, et elle le fit d'une certaine manière, mais qui n'était pas la bonne. Je sentis que ma conduite était mauvaise ; et je devins non seulement irrité contre lui, mais irrité contre moi par-dessus le marché. J'en fus d'autant plus cruel.

– Vous voulez que je parle, dis-je. Eh bien donc, je parlerai. Vous reconnaissez vous-même que vous m'avez rendu un mauvais service ; j'ai maintenant un affront à avaler ; je ne vous l'avais jamais reproché, je ne vous en avais jamais rien dit ; c'est vous qui commencez. Et voilà que vous me blâmez de n'être pas disposé à rire et à chanter, comme

si je devais être heureux de cet affront. Ne faudra-t-il pas tout à l'heure
que je vous en remercie à genoux ! Vous devriez songer un peu plus
à autrui, Alan Breck. Si vous songiez davantage à autrui, vous parleriez
sans doute moins de vous ; et quand un ami qui vous chérit a laissé,
sans un mot, passer une offense, vous devriez bien n'y plus faire allusion,
au lieu de la transformer en une arme pour lui briser le cœur. De votre
propre aveu, c'est vous qui étiez à blâmer ; ce n'est donc pas à vous
de me chercher noise.

– Cela va bien, dit Alan ; plus un mot.

Et, retombés dans notre silence antérieur, nous arrivâmes au bout
de notre étape, mangeâmes et nous couchâmes, sans avoir prononcé
une parole.

Le lendemain à l'aube, le client de Cluny nous passa de l'autre côté
du loch Rannoch, et nous donna son avis sur le chemin qu'il croyait
le meilleur pour nous : – gagner aussitôt les hautes régions des
montagnes ; faire un crochet[1] par les sources des *glens*[1] Lyon, Lochay
et Dorchart, et descendre vers les Basses-Terres par Kippen et la rive
méridionale du Forth[2]. Alan n'aimait guère cet itinéraire qui traversait
le pays de ses ennemis jurés, les Campbells Glenorchy. Il objecta qu'en
appuyant vers l'est, nous serions tout de suite chez les Athole Stewarts,
une race de ses nom et parenté, quoique soumise à un autre chef, et
que nous arriverions ainsi par un chemin beaucoup plus direct et facile
au but de notre course. Mais le client, qui était aussi le principal
éclaireur de Cluny, trouva réponse à tout, dénombrant les corps de
troupes cantonnées dans chaque district, et alléguant, pour finir (à ce
que je crus comprendre) que nous ne serions nulle part aussi peu
inquiétés que dans un pays de Campbells.

Alan céda enfin, quoique à regret.

– C'est l'une des contrées les plus arides de l'Écosse, dit-il. Il n'y
a rien par là que je sache, si ce n'est de la bruyère, des corbeaux et
des Campbells. Mais je vois que vous êtes un homme de sens ; qu'il
en soit fait selon votre désir !

Nous suivîmes donc cet itinéraire ; et durant la plus grande partie
des trois nuits, nous voyageâmes parmi des cimes de montagnes et des
sources de rivières torrentueuses, ensevelis fréquemment dans le
brouillard, battus par un vent et une pluie presque continuels, et pas
un seul instant réjouis par un rayon de soleil.

Le jour, nous nous couchions pour dormir dans la bruyère
ruisselante ; la nuit, nous escaladions sans trêve des pentes à nous casser
le cou, au long d'affreux précipices. Nous nous trompions quelquefois
de chemin ; nous étions quelquefois enveloppés dans un brouillard si
dense qu'il nous fallait attendre qu'il s'éclaircît. Du feu, on n'y pouvait
songer. Notre seule nourriture était le drammach et un morceau de

---

1. Terme générique désignant aussi bien une rivière, un torrent que leur vallée.
2. Fleuve dont l'embouchure forme le golfe considérable du Firth of Forth.

viande froide que nous avions emporté de la Cage ; mais quant à la boisson, Dieu sait que l'eau ne nous manquait pas.

Ce furent des heures abominables, rendues plus odieuses encore par le caractère sinistre du temps et du pays. Je ne cessais d'avoir froid ; je claquais des dents ; j'avais un fort mal de gorge, comme sur mon île ; un point de côté, qui ne me quittait pas, me lancinait ; et quand je m'endormais sur ma couche humide, c'était pour revivre en imagination les pires de mes aventures, – pour voir la tour de Shaws dans la lueur de l'éclair, Ransome emporté à dos d'homme, Shuan agonisant sur le plancher de la dunette, ou Colin Campbell s'efforçant de déboutonner son habit. Après ces cauchemars, je me réveillais au crépuscule, pour m'asseoir dans le même trou d'eau où j'avais dormi, et manger le drammach froid ; la pluie me chassait au visage ou me dégoulinait le long du dos en ruisselets de glace ; le brouillard nous enveloppait sinistrement de ses plis, – ou bien, si le vent soufflait, il s'entr'ouvrait soudain et nous découvrait l'abîme de quelque val ténébreux où des torrents se précipitaient à grand bruit.

La rumeur d'une infinité de cours d'eau s'élevait de toutes parts. Cette pluie incessante avait débondé les sources de la montagne ; chaque ravine se dégorgeait comme une citerne ; chaque torrent était en pleine crue et son lit débordé. Durant nos courses nocturnes, leurs voix solennelles emplissaient les vallées, tantôt de roulements de tonnerre, tantôt de rugissements furieux. Je comprenais alors l'histoire du Kelpie des Eaux, ce démon des rivières, que la légende a enchaîné au torrent, où il gémit et hurle, en l'attente de l'infortuné voyageur. Alan et moi finissions par y croire, ou tout comme ; et quand le fracas du torrent s'élevait au-dessus de son diapason ordinaire, je ne m'étonnais plus (j'étais toutefois encore un peu scandalisé) de voir mon ami faire le signe de croix à la façon des catholiques.

C'est à peine, au cours de ces errances affreuses, si nous eûmes la moindre communication, même en paroles. Il est vrai que je n'aspirais plus qu'au tombeau, et c'est là ma meilleure excuse. Mais en outre j'ai toujours été d'un naturel rancunier, lent à m'offenser, plus lent à oublier l'offense, et j'étais alors exaspéré autant contre moi que contre mon compagnon. Durant presque deux jours, il se montra d'une inlassable complaisance ; muet, mais toujours prêt à me venir en aide, et toujours espérant (je le voyais très bien) que ma lubie se dissiperait. Durant ce même temps, je me renfermai en moi-même, à ruminer ma colère, repoussant avec rudesse ses offres de service, et n'arrêtant pas plus mes yeux sur lui que s'il eût été un buisson ou une pierre.

La deuxième nuit, ou plutôt l'aube du troisième jour, nous trouva sur une hauteur des plus pelées, en sorte qu'il nous fut impossible de suivre notre programme habituel et de nous coucher aussitôt pour manger et dormir. Avant que nous eussions atteint un abri, le ciel, de gris était devenu très clair, car malgré la pluie persistante, les nuages passaient plus haut ; et Alan me regarda en face, avec quelques signes d'inquiétude.

— Vous devriez me laisser porter votre paquet, dit-il, pour la neuvième fois peut-être depuis que nous avions quitté l'éclaireur au bord du loch Rannoch.

— Je le porte très bien, je vous remercie, dis-je, froid comme glace.

Alan rougit fortement :

— Je ne vous l'offrirai plus, dit-il. Je ne suis pas un homme patient, David.

— Je n'ai jamais dit que vous l'étiez, répondis-je, tout juste comme l'eût fait ridiculement un gamin de dix ans.

Alan ne me répliqua rien, mais sa conduite répondit pour lui. Il y a tout lieu de croire que, dorénavant, il s'accordait l'absolution plénière pour l'aventure de chez Cluny ; et, remettant son chapeau de côté, il marcha d'un air crâne, sifflant des airs, et me lançant des sourires obliques et provocateurs.

Nous devions, la troisième nuit, traverser l'extrême ouest du pays de Balquhidder. Il faisait pur et froid, il y avait de la gelée dans l'air, et un vent du nord qui dispersait les nuages et faisait briller les étoiles. Les torrents étaient gros, bien entendu, et emplissaient toujours les ravins de leur tumulte ; mais je notai qu'Alan ne songeait plus au Kelpie, et qu'il était d'excellente humeur. Quant à moi, le beau temps arrivait trop tard ; j'avais couché dans la boue si longtemps que (selon le mot de la Bible) mes habits mêmes « avaient horreur de moi » ; j'étais rompu de fatigue, affreusement mal à l'aise et cousu de douleurs et de frissons ; le froid du vent me transperçait, et son bruit m'emplissait les oreilles. Ce fut dans ce triste état que j'eus à supporter de la part de mon compagnon quelque chose qui ressemblait fort à une persécution. Il parlait beaucoup, et jamais sans allusion piquante. « Whig » était le meilleur qualificatif qu'il trouvât à me donner. « Voici, disait-il, voici un fossé à sauter pour vous, mon petit whig ! Vous êtes un si fier sauteur ! » Et ainsi de suite, tout le temps avec une voix railleuse et perfide.

C'était bien ma faute, à moi et à personne d'autre, je le savais ; mais j'étais trop misérable pour me repentir. Je me sentais incapable de me traîner beaucoup plus loin ; avant peu, il me faudrait me coucher pour mourir sur ces montagnes détrempées, comme un mouton ou un renard, et mes os blanchiraient là comme ceux d'un animal. Ma tête se perdait, sans doute ; mais peu à peu je prenais goût à cette idée, je trouvais enviable de mourir ainsi, seul dans le désert, où les aigles farouches environneraient mes derniers moments. Alan regretterait alors sa conduite, me disais-je ; il se souviendrait, après ma mort, de tout ce qu'il me devait, et ce souvenir lui serait une torture. Je continuai donc de la sorte, comme un petit sot et un mauvais cœur d'écolier malade, à nourrir ma vengeance contre un frère humain, alors que j'aurais dû plutôt me mettre à genoux et demander pardon à Dieu. Et au contraire, à chacune des attaques d'Alan, je m'applaudissais. « Ah ! me disais-je, je vous apprête mieux que cela ; quand je me coucherai pour mourir,

vous croirez recevoir un soufflet au visage. Ah ! quelle revanche, alors !
ah ! comme vous regretterez votre ingratitude et votre cruauté ! »

Cependant, mon état empirait toujours. Une fois déjà, j'étais tombé :
mes jambes s'étaient dérobées subitement sous moi, et la chose avait
frappé Alan sur le coup ; mais je fus si vite relevé, et me remis en marche
d'un air si naturel, qu'il eut bientôt oublié l'incident. Des bouffées de
chaleur me parcouraient, avec de soudains frissons. Mon point de côté
devenait intolérable. Enfin, je sentis que je ne pouvais me traîner plus
loin ; et là-dessus, le souhait me vint tout à coup d'en finir avec Alan,
de donner libre cours à ma colère, et de terminer ma vie d'une façon
plus rapide. Il venait justement de m'appeler « whig ». Je fis halte.

– Monsieur Stewart, dis-je, d'une voix qui vibrait comme une corde
de violon, vous êtes plus âgé que moi, et devriez savoir vous tenir.
Croyez-vous qu'il soit bien sage ou spirituel de me jeter au nez mes
opinions politiques ? Je m'imaginais que, lorsqu'ils différaient sur ce
point, c'était le propre des gentlemen de différer avec politesse ; et par
ailleurs je puis vous le dire, je suis capable de trouver une ironie
meilleure que certaines des vôtres.

Alan s'était arrêté me faisant face, le chapeau de côté, les mains dans
les poches de sa culotte, la tête un peu sur l'épaule. Il m'écouta, avec
un sourire mauvais que je distinguais au clair d'étoiles ; et quand j'eus
fini de parler, il se mit à siffler un air jacobite. C'était l'air composé
en dérision de la défaite du général Cope à Preston-pans :

> *Hohé, Johnnie Cope, marchez-vous toujours ?*
> *Est-ce que vos tambours sont toujours battants ?*

Et il me revint à l'esprit que, le jour de cette bataille, Alan faisait
partie de l'armée royale.

– Pourquoi choisissez-vous cet air, monsieur Stewart ? dis-je. Est-ce
pour me faire souvenir que vous avez été battu des deux côtés.

L'air s'arrêta sur les lèvres d'Alan.

– David ! dit-il.

– Mais il est temps que ces manières cessent, continuai-je ; et je tiens
à ce que vous parliez désormais civilement de mon roi et de mes bons
amis les Campbells.

– Je suis un Stewart... reprit Alan.

– Oh ! dis-je, je sais que vous portez un nom royal. Mais il faut vous
rappeler que, depuis que j'ai été dans les Highlands, j'ai vu pas mal
de gens dans le même cas ; et le moins que je puisse dire de ces gens-là,
c'est qu'ils ne feraient pas mal de se débarbouiller.

– Savez-vous bien que vous m'insultez ? dit Alan d'une voix très
grave.

– Je le regrette, dis-je, car je n'ai pas fini, et si l'exorde de mon sermon
vous déplaît, je crains fort que sa péroraison ne vous plaise guère non
plus. Vous avez été poursuivi sur le champ de bataille par les hommes
de mon parti ; le divertissement n'est pas du meilleur goût, de venir

braver un garçon de mon âge. Whigs et Campbells, les uns et les autres vous ont battu ; vous avez fui comme un lièvre devant eux. Il vous convient de ne parler d'eux qu'avec respect.

Alan demeurait parfaitement immobile, et les pans de son surtout claquaient au vent derrière lui.

— C'est un malheur, dit-il. Voilà des choses qu'on ne peut laisser passer.

— Je ne vous demande rien de tel. Je suis prêt tout comme vous.

— Prêt ?

— Prêt, répétai-je. Je ne suis ni vantard ni fanfaron comme certains que je pourrais nommer. Allons !

Et, tirant mon épée, je tombai en garde ainsi qu'Alan lui-même me l'avait enseigné.

— David ! s'écria-t-il. Êtes-vous fou ? Je ne puis tirer l'épée contre vous, David. Ce serait un véritable meurtre.

— Vous l'aviez prévu quand vous m'insultiez, dis-je.

— C'est vrai ! s'écria Alan.

Et il resta une minute, la main à son menton, qu'il tourmentait, comme examinant un problème insoluble.

— C'est la pure vérité, dit-il, en tirant son épée.

Mais je n'avais pas encore engagé ma lame, qu'il rejeta la sienne loin de lui et se laissa tomber à terre.

— Non, non, répétait-il, non, non... je ne peux pas, je ne peux pas.

A cette vue, le restant de ma colère s'échappa de moi ; et je ne fus plus que malade, triste, hagard, et m'étonnant de moi-même. J'aurais donné tout au monde pour reprendre ce que j'avais dit ; mais, une parole une fois lâchée, qui peut la rattraper ? Je me rappelai toute la bonté et le courage passés d'Alan, comment il m'avait aidé, ranimé et soutenu durant nos mauvais jours ; et puis mes insultes me revinrent, et je vis que j'avais perdu pour jamais cet ami si dévoué. En même temps, le malaise qui pesait sur moi me parut redoubler, et ma douleur au côté devint aiguë comme un glaive. Je pensai m'évanouir sur place.

Alors, il me vint une idée. Nulle excuse ne pouvait effacer ce que j'avais dit ; inutile d'y songer, aucune ne couvrirait l'offense ; mais là où une excuse était vaine, un simple cri d'appel au secours était capable de me ramener Alan. J'abdiquai mon amour-propre :

— Alan ! dis-je ; si vous ne me secourez pas, je vais mourir ici même.

Il se dressa d'un bond, et me regarda.

— C'est la vérité, repris-je. J'en suis à ce point. Oh ! être sous un toit... j'y mourrais plus content.

Je n'avais pas à jouer la comédie ; que je le voulusse ou non, je parlais d'une voix larmoyante capable d'attendrir un cœur de pierre.

— Pouvez-vous marcher ? demanda Alan.

— Non, dis-je, pas tout seul. Cette dernière heure, mes jambes faiblissaient sous moi ; j'ai au côté un point pareil à un fer rouge ; je respire à peine. Si je meurs, me pardonnerez-vous, Alan ? Au fond du cœur, je vous aimais toujours... même quand j'étais le plus en colère.

– Chut ! chut ! dit Alan. Ne dites pas cela ! David, mon ami, vous savez bien... (Il ravala un sanglot). – Je vais vous passer mon bras autour de la taille, continua-t-il, oui, c'est cela même qu'il faut faire ! Maintenant, appuyez-vous sur moi, fort. Dieu sait où il y a une habitation ! Nous sommes en Balquhidder, pourtant ; il n'y doit pas manquer de maisons, ni voire de maisons amies... Cela va-t-il mieux comme ça, David ?

– Oui, dis-je, je peux marcher ainsi ; et je pressai son bras de ma main.

Il faillit de nouveau sangloter.

– David, dit-il, je suis un très méchant homme ; je n'ai ni raison ni bonté ; j'avais oublié que vous n'étiez qu'un enfant ; je ne voyais pas que vous alliez mourir tout debout. David, vous tâcherez de me pardonner, n'est-ce pas ?

– Oh ! ami, ne parlons plus de cela ! dis-je. Nous n'avons ni l'un ni l'autre à nous faire de reproches, voilà tout. Il nous faut souffrir et supporter, ami Alan... Oh ! mais que mon point me fait mal ! N'y a-t-il pas de maison quelque part ?

– Je vous trouverai une maison. David, dit-il avec force. Nous allons descendre ce ravin ; il doit à coup sûr s'y trouver des maisons. Mon pauvre petit, ne seriez-vous pas mieux sur mon dos ?

– Oh ! Alan ! dis-je ; avec mes douze bons pouces de plus que vous !

– Pas tant que cela, s'écria-t-il, avec un sursaut. Peut-être l'affaire d'un pouce ou deux... Je ne veux pas dire toutefois que je suis réellement ce qu'on appelle un homme grand... Et après tout, ajouta-t-il, en baissant le ton d'une manière risible, quand j'y réfléchis, je crois que vous pourriez avoir raison... Oui, ce peut être un pied, ou pas loin... ou même davantage, peut-être, qui sait !

Il était délicieusement drôle d'entendre Alan ravaler ses mots par crainte d'une nouvelle dispute. J'aurais ri, si mon point ne m'en eût empêché ; mais si j'avais ri, je pense que j'aurais pleuré en même temps.

– Alan ! m'écriai-je, pourquoi êtes-vous si bon avec moi ? Pourquoi vous souciez-vous d'un si ingrat individu ?

– Ma foi, je ne sais, dit Alan. Car je me figurais précisément vous aimer à cause que vous ne vous disputiez jamais... et voilà qu'à présent je vous en aime davantage !

XXV

En Balquhidder

A la porte de la première maison que nous rencontrâmes, Alan frappa, geste qui était peu sûr dans une telle région des Highlands, que les Bruyères de Balquhidder. Nul grand clan n'y prédominait ; rien qu'une foule de petites branches et de débris sans cohésion, et ce qu'on nomme « des gens sans chef », refoulés par l'avance des Campbells dans le pays sauvage qui s'étend vers les sources du Forth et de la Teith. Il s'y trouvait et des Stewarts et des Maclarens, ce qui revenait au même, car les Maclarens suivaient à la guerre le chef d'Appin et ne faisaient qu'un avec ce dernier clan. Beaucoup aussi appartenaient à ce vieux clan proscrit et sans nom des Macgregors à tête rouge. Ils avaient toujours été mal vus, et alors pis que jamais, car ils se trouvaient isolés de tous les partis et factions de l'Écosse entière. Leur chef, Macgregor de Macgregor, était en exil ; son plus immédiat successeur pour cette partie du clan habitant Balquhidder, James More, le fils aîné de Rob Roy, était prisonnier dans le château d'Edimbourg, et attendait son procès, ils étaient en dissension avec Hautes et Basses-Terres, avec les Grahames, les Maclarens et les Stewarts ; et Alan, qui embrassait la querelle de tout ami, voire éloigné, désirait vivement les éviter.

Le hasard nous favorisa, car la maison que nous rencontrâmes appartenait aux Maclarens. Alan y fut non seulement le bienvenu à cause de son nom, mais on l'y connaissait de réputation. On me mit au lit sans plus tarder, et un docteur fut mandé, qui me trouva dans un bien triste état. Était-ce un bon docteur, ou faut-il l'attribuer à ma robuste jeunesse, – mais je ne fus alité qu'une semaine, et, dès la fin du mois, j'étais tout disposé à reprendre la route.

Cependant mon ami refusa de m'abandonner, malgré toutes mes instances ; et à vrai dire, la témérité de son séjour prolongé faisait un sujet d'étonnement pour les deux ou trois amis qui étaient dans le secret. Il se cachait de jour dans un creux de bruyère, sous un petit bois ; et de nuit, quand la voie était libre, il venait me rendre visite dans la maison. Inutile de dire que j'étais heureux de le voir ; notre hôtesse, Mme Maclaren, n'estimait rien de trop bon pour un tel hôte ; et comme Duncan Dhu (c'était le nom de notre hôte) possédait chez lui une cornemuse, et qu'il aimait beaucoup la musique, ma convalescence fut pour ainsi dire une longue fête, et nous avions pris l'habitude de faire de la nuit le jour.

Les soldats nous laissaient tranquilles ; une seule fois, une colonne de deux compagnies et quelques dragons passa dans le bas de la vallée,

où je pus les percevoir de mon lit, par la fenêtre. Le plus étonnant,
c'est qu'aucun magistrat ne vint m'interroger, et qu'on ne me posa
aucune question sur l'endroit d'où je venais ni celui où j'allais ; et en
ces temps agités, on ne s'inquiéta pas plus de moi que si j'avais été
dans le désert. Pourtant, bien avant mon départ, ma présence était
connue de tous les habitants de Balquhidder et des hameaux
avoisinants ; beaucoup venaient me voir, et ceux-ci (à la mode du pays)
communiquaient les nouvelles à leurs voisins. Les affiches, d'ailleurs,
avaient été imprimées. Il y en avait une d'épinglée au pied de mon
lit, où je pouvais lire mon propre portrait, si peu flatteur, et, en gros
caractères, le prix du sang auquel était estimée ma vie. Duncan Dhu,
avec tous ceux au courant de mon arrivée en compagnie d'Alan, ne
pouvaient garder aucun doute sur ma personnalité ; et les autres avaient
certainement leurs soupçons. Car j'avais bien pu changer de vêtements,
mais non d'âge et de figure ; et les garçons des Basses-Terres âgés de
dix-huit ans n'étaient pas si communs dans cette partie du monde, et
surtout dans ces temps-là, pour qu'on pût manquer d'établir un lien
entre les choses, et de me retrouver sur l'affiche. C'était bien le cas,
du reste. Ailleurs, on garde un secret entre deux ou trois amis intimes,
et quelquefois il transpire ; mais chez ces membres de clan, un secret
dit à toute une région sera gardé tout un siècle.

Il n'arriva qu'un incident digne d'être mentionné ; ce fut la visite
que je reçus de Robin Oig, l'un des fils du notoire Rob Roy. On le
recherchait de tous côtés sous l'inculpation d'avoir enlevé une jeune
femme de Balfron et de l'avoir épousée (affirmait-on) de force. Il ne
s'en promenait pas moins dans Balquhidder, à l'instar d'un gentilhomme
entre les quatre murs de sa propriété. C'était lui qui avait tué James
Maclaren aux brancards de sa charrue, et la querelle n'était pas vidée ;
néanmoins il pénétrait sous le toit de ses ennemis comme un voyageur
de commerce entre dans une auberge publique.

Duncan eut le temps de me glisser le nom du visiteur ; et nous nous
entre-regardâmes avec inquiétude. Il faut savoir que l'heure approchait
de la venue d'Alan ; il était peu probable que l'un et l'autre se
convinssent ; et toutefois si nous cherchions à l'avertir ou à lui faire
un signe, nous ne manquerions pas de mettre sur ses gardes un homme
aussi compromis que le Macgregor.

Il déploya en entrant beaucoup de politesse, mais comme s'il les
adressait à des inférieurs ; il tira son bonnet à Mme Maclaren, mais
le renfonça sur sa tête pour parler à Duncan ; puis, ayant ainsi bien
établi les distances (croyait-il) il s'approcha de mon lit et s'inclina.

– On m'a dit, monsieur, que vous vous nommez Balfour.

– Je m'appelle David Balfour, dis-je, pour vous servir.

– Je vous dirais bien aussi mon nom, monsieur, répondit-il, s'il n'était
un peu terni depuis quelque temps ; et peut-être vous suffira-t-il de savoir
que je suis le propre frère de James Mac Drummond ou Macgregor,
dont vous ne pouvez manquer d'avoir ouï parler.

– Certes, dis-je, un peu intimidé, non plus que de votre père, Macgregor-Campbell.

Et je me mis sur mon séant et lui fis une inclination, de mon lit ; car je crus bon de le féliciter, au cas où il serait fier d'avoir un père hors la loi.

Il s'inclina à son tour, et reprit :

– Mais ce que j'ai à vous dire, monsieur, le voici. En l'année 45, mon frère souleva une partie de la « gregara » et mit en ligne six compagnies pour frapper un coup du bon côté ; et le chirurgien qui suivait notre clan et guérit la jambe de mon frère quand elle eut été cassée, à l'échauffourée de Preston-Pans, était un gentilhomme qui se nommait précisément comme vous. C'était le frère de Balfour de Baith ; et si vous êtes à un degré quelconque parent de ce gentilhomme, je suis venu pour nous mettre, moi et mes gens, à votre service.

Il faut dire que je n'en savais pas plus de ma généalogie qu'un chien d'horticulteur ; mon oncle, il est vrai, s'était targué de nos hautes attaches ; mais elles n'avaient rien à voir dans le cas présent ; et il ne me resta que la mortification amère d'avouer mon ignorance.

Robin me signifia d'un ton sec qu'il regrettait de s'être trompé, me tourna le dos sans ombre de salut, et tandis qu'il se dirigeait vers la porte, je l'entendis parler de moi à Duncan comme d'un « vaurien de sans-famille qui ne connaissait pas son père ». Tout irrité que je fusse de ces expressions, et honteux de mon ignorance, je ne pus m'empêcher de rire, à voir un homme sous le coup de la loi (il fut dûment pendu trois ans plus tard) si pointilleux sur les origines de ses connaissances.

Juste sur le pas de la porte, il se trouva nez à nez avec Alan qui entrait ; et tous deux firent un pas en arrière pour se considérer en chiens de faïence. Ni l'un ni l'autre n'avaient guère de carrure, mais tous les deux semblèrent en vérité se gonfler d'orgueil. Tous deux portaient une épée, et, d'un geste de la hanche, ils en dégagèrent la poignée, de façon à l'avoir toute prête sous la main.

– Monsieur Stewart, je pense, dit Robin.

– Ma foi, monsieur Macgregor, ce n'est pas un nom dont il faille rougir, répondit Alan.

– Je ne vous savais pas dans mon pays, monsieur.

– J'ai dans l'idée que je suis dans le pays de mes amis les Maclarens, dit Alan.

– Reste à savoir, répliqua l'autre. On pourrait dire deux mots à ce sujet. Mais j'ai ouï conter, je crois, que vous saviez vous servir de votre épée.

– Si vous n'êtes pas sourd de naissance, monsieur Macgregor, vous en aurez ouï conter bien davantage. Je ne suis pas le seul qui sache tirer l'épée en Appin ; et cette fois où mon parent et capitaine, Ardshiel, eut un entretien avec un gentilhomme de votre nom, il n'y a pas si longtemps, je n'ai pas ouï conter que le Macgregor ait eu le dessus.

– Parlez-vous de mon père ?

– Ma foi, ça ne m'étonnerait pas, dit Alan. Le gentilhomme en question avait le mauvais goût d'ajouter Campbell à son nom.

– Mon père était vieux, répliqua Robin. Le combat était inégal. Vous et moi ferions mieux la paire, monsieur.

– J'y pensais, dit Alan.

J'étais presque sorti de mon lit, et Duncan s'était rapproché de ces deux coqs de combat, tout prêt à intervenir s'il devenait utile. Mais quand cette parole fut prononcée, c'était le cas ou jamais ; et Duncan, à vrai dire, un peu pâle, se jeta entre eux.

– Messieurs, dit-il, je vois la chose tout autrement. Voici ma cornemuse, et vous voilà deux gentilshommes qui en jouez, paraît-il, excellemment. On discute depuis longtemps la question de savoir qui de vous en joue le mieux. L'occasion est bonne de la résoudre.

– Eh bien, monsieur, dit Alan, toujours s'adressant à Robin, dont il n'avait point encore détourné les yeux, pas plus que Robin de lui, – eh bien, monsieur, j'ai ouï dire, moi aussi, quelque chose de ce genre. Êtes-vous musicien, comme on dit ? Sonnez-vous un peu de la cornemuse ?

– J'en joue comme un Macrimmond ! s'écria Robin.

– Ce qui n'est pas peu dire, répliqua Alan.

– J'ai dit des choses plus hardies, et contre de plus forts adversaires.

– Il est facile d'en faire l'épreuve, conclut Alan.

Duncan Dhu se hâta de décrocher la cornemuse qui constituait le meilleur de son bien, et plaça devant ses hôtes un gigot de mouton et une bouteille de cette boisson nommée « Atholl brose », et qui est faite de vieux whisky, de miel épuré et de crème, longuement mixtionnés, dans l'ordre et les proportions voulus. Les deux ennemis étaient encore tout prêts à la querelle ; mais ils s'assirent, de part et d'autre du feu de tourbe, avec un excessif déploiement de politesse. Maclaren les pressa de goûter son gigot et la « brose de la maîtresse de maison », ajoutant que sa femme était une Athole et possédait un renom universel pour son habileté dans la préparation du breuvage. Mais Robin repoussa ces présents de l'hospitalité, comme mauvais pour le souffle.

– Je vous ferai observer, monsieur, dit Alan, que je ne me suis rien mis sous la dent depuis tantôt dix heures, ce qui pour le souffle doit être pis que toutes les broses d'Écosse.

– Je ne prendrai sur vous aucun avantage, monsieur Stewart, répliqua Robin. Mangez et buvez ; je ferai de même.

Ils mangèrent tous les deux un peu de gigot et burent un verre de brose à la santé de Mme Maclaren ; puis, après beaucoup de cérémonies, Robin prit la cornemuse et joua quelques notes d'une manière entraînante.

– Oui, vous savez jouer, dit Alan ; et prenant l'instrument des mains de son rival, il joua d'abord le même air, d'une façon identique à celle de Robin, puis se perdit en des variations qu'il ornait à mesure de ces fioritures en notes d'agrément, chéries des cornemuseurs, et qu'ils nomment « gazouillis ».

J'avais pris plaisir au jeu de Robin, mais celui d'Alan me ravit.

— Ce n'est pas trop mal, monsieur Stewart, dit son rival ; mais vous ne montrez guère d'imagination dans votre gazouillis.

— Moi ! s'écria Alan ; et le sang lui monta au visage. Je vous en donne le démenti !

— Vous reconnaissez-vous donc battu sur la cornemuse, dit Robin, que vous cherchez à la remplacer par l'épée ?

— Voilà qui est fort bien dit, monsieur Macgregor, répliqua Alan ; et provisoirement (il appuya sur le mot avec force) je retire mon démenti. J'en appelle à Duncan.

— Vous n'avez besoin d'en appeler à personne, dit Robin. Vous êtes meilleur juge que tous les Maclarens de Balquhidder ; car c'est la vérité de Dieu que vous êtes un très passable joueur, pour un Stewart. Donnez-moi la cornemuse.

Alan la lui donna ; et Robin entreprit d'imiter et de corriger quelques-unes des variations d'Alan, qu'il se rappelait parfaitement.

— Oui, vous êtes musicien, dit Alan, d'un air pensif.

— Et maintenant, soyez juge vous-même, monsieur Stewart, dit Robin.

Et reprenant les variations dès leur début, il en fit quelque chose de tout nouveau, avec tant d'ingéniosité et de sentiment, et avec une imagination si originale et une telle subtilité dans les notes d'agrément, que je fus émerveillé de l'entendre.

Alan, tout rouge, se mordait les doigts d'un air sombre, comme s'il eût reçu un affront sanglant.

— Assez ! s'écria-t-il. Vous savez jouer... contentez-vous de cela.

Mais Robin, d'un geste, réclama le silence, et entama un air de pibroch[1], sur une cadence lente. Le morceau était joli en soi, et joué avec noblesse ; mais il paraît aussi qu'il était spécial aux Appin Stewarts, et fort aimé d'Alan. Dès les premières notes, ses traits se détendirent ; quand la mesure s'accéléra, il ne tint plus en place sur son siège ; et bien avant la fin du morceau, toute trace de sa colère avait disparu, et il n'avait plus de pensée que pour la musique.

— Robin Oig, dit-il, quand celui-ci eut terminé, vous êtes un grand cornemuseur. Je ne suis pas digne de jouer dans le même royaume que vous. Par mes os ! Vous avez plus de musique dans votre poche que moi dans me cervelle ! Et bien qu'il me reste l'idée que je serais capable de vous en montrer d'une autre avec le froid acier, je vous le dis d'avance, — cela me ferait de la peine. Je n'aurais pas le cœur de transpercer un homme qui sait sonner de la cornemuse aussi bien que vous.

La querelle était vidée. Toute la nuit, la brose circula et la cornemuse

---

1. La musette écossaise.

passa de main en main ; et les trois hommes étaient fort émus par ce qu'ils avaient bu, avant que Robin songeât à s'en retourner.

XXVI

Fin de la fuite : nous passons le Forth

Le mois d'août, comme je l'ai dit, n'était pas encore terminé, mais il était fort avancé, le temps restait beau et chaud et promettait une récolte abondante et précoce, quand je fus déclaré apte à partir. Notre argent avait tant diminué qu'il importait avant tout de nous hâter ; car, faute d'arriver bientôt chez M. Rankeillor, ou s'il ne nous secourait pas dès notre arrivée, nous n'avions plus qu'à mourir de faim. Alan était persuadé, en outre, que la surveillance devait s'être beaucoup relâchée ; et la ligne du Forth, voire même le Stirling Bridge, le principal des ponts qui franchissent le fleuve, devaient être gardés avec une vigilance médiocre.

— C'est un axiome capital en matière militaire, dit-il, d'aller où l'on vous attend le moins. Notre difficulté, c'est le Forth ; vous savez le dicton : « Le Forth a bridé le sauvage Highlander. » Eh bien, si nous cherchons à contourner ce fleuve par sa source et à redescendre par Kippen ou Balfron, c'est exactement là qu'ils nous attendront pour nous mettre le grappin dessus. Mais si nous coupons droit à ce vieux pont de Stirling, je gage mon épée qu'on nous laisse passer sans nous inquiéter.

La première nuit donc, nous nous arrêtâmes à Strathire, dans la demeure d'un Maclaren ami de Duncan, où nous couchâmes le 21 du mois, et nous en repartîmes vers la tombée de la nuit pour l'étape suivante. Le 22, nous dormîmes dans un fourré de bruyère, sur le flanc du mont Uam Var, en vue d'une harde de daims. Ces dix heures de sommeil, par une belle journée chaude et éventée, sur un terrain bien sec, furent les plus agréables que j'aie jamais goûtées. Cette nuit-là, nous rencontrâmes l'Allan Water et descendîmes son cours. En arrivant sur l'arête des hauteurs, nous découvrîmes sous nos pieds tout le Carse de Stirling, étalé comme une crêpe avec au milieu la ville et le château sur sa colline, et la lune se reflétant sur les eaux du Forth.

— Maintenant, dit Alan, si cela vous intéresse, vous revoilà dans votre pays. Nous avons franchi la limite des Highlands à la première heure ; et à présent, lorsque nous aurons passé cette eau sinueuse, nous pourrons jeter nos bonnets en l'air.

Sur l'Allan Water, tout auprès de son confluent avec le Forth, nous trouvâmes un petit îlot de sable tout plein de bardanes, de séneçons et autres plantes basses, juste suffisantes à nous couvrir si nous restions couchés à plat. Nous y dressâmes notre camp, sous les canons du château de Stirling, dont les tambours battaient à l'occasion de quelque revue de la garnison. Des moissonneurs travaillèrent tout le jour dans un champ qui bordait la rivière, et nous entendions le bruit des faux sur les pierres à aiguiser, avec les voix des gens, et même leurs paroles. Il convenait de rester cachés et de nous taire. Mais le sable de notre petite île était chaud de soleil, les plantes vertes donnaient de l'ombre à nos têtes, nous avions à boire et à manger en abondance, et pour couronner le tout, nous étions en vue du port.

Dès que les moissonneurs eurent quitté le travail et que le crépuscule commença de tomber, nous retournâmes à gué sur la rive et nous nous dirigeâmes vers le pont de Stirling, en traversant les champs et passant sous les clôtures.

Le pont se trouve juste au pied de la colline du château. C'est un vieux pont haut et étroit, avec des poivrières tout le long du parapet ; et l'on peut imaginer avec quel intérêt je l'examinai, moins comme lieu célèbre dans l'histoire que comme représentant les portes de la liberté pour Alan et pour moi. La lune n'était pas encore levée quand nous arrivâmes ; quelques lumières brillaient sur la façade de la forteresse, et au-dessus, dans la ville, quelques fenêtres éclairées ; mais tout était parfaitement tranquille, et il ne semblait pas y avoir de sentinelles pour garder le passage.

J'allais pousser de l'avant, mais mon ami fut plus avisé.

— Tout a l'air bien paisible, dit-il ; mais malgré cela nous allons nous mettre en observation derrière un talus, pour voir.

Nous attendîmes un quart d'heure, des fois chuchotant, ou bien restant à écouter, sans rien entendre que le clapotis des flots contre les piles du pont. Finalement survint une vieille femme clopinant sur une canne à béquille. Elle s'arrêta non loin de notre cachette, marmottant quelque chose à part elle et se plaignant de la longueur du chemin ; puis elle se mit à grimper la forte rampe qui donne accès au pont. La femme était si minuscule dans cette nuit si noire, que nous l'eûmes bientôt perdue de vue ; mais nous entendions décroître peu à peu le bruit de ses pas et de sa canne, et la toux qui lui prenait par accès.

— Elle doit avoir traversé, maintenant, susurrai-je.

— Non, dit Alan, son pas sonne toujours creux sur le pont.

Et juste alors : — Qui vive ! cria une voix, et nous entendîmes la crosse d'un mousquet résonner sur les dalles. Il faut croire que la sentinelle s'était endormie, et nous aurions pu essayer de passer inaperçus ; mais à présent, elle était éveillée, et la chance perdue.

— Cela n'ira jamais, dit Alan. Cela ne peut, cela ne peut pas marcher pour nous, David.

Et, sans rien ajouter, il s'éloigna en rampant à travers champs ; et un peu plus loin, lorsqu'on ne put plus nous voir, il se remit debout et prit une route qui se dirigeait vers l'Est. Je n'y comprenais rien ;

et de fait, l'amère déception que je venais de subir m'empêchait d'être satisfait de rien. Il n'y avait qu'un moment, je me voyais déjà frappant à la porte de M. Rankeillor pour réclamer mon héritage, comme un héros de romance, et je me retrouvais ici, vagabond pourchassé, du mauvais côté du Forth.

– Eh bien ? dis-je.

– Eh bien, dit Alan, que voulez-vous ! Ils ne sont pas aussi bêtes que je l'imaginais. Nous avons encore le Forth à passer, David, – maudites soient les pluies qui l'ont engendré et les versants de colline qui l'ont guidé !

– Et pourquoi nous diriger vers l'Est ?

– Oh ! un hasard ! on ne sait jamais. S'il nous est impossible de passer le fleuve, il nous faut examiner ce que nous pouvons faire avec le firth[1].

– Il y a des gués sur la rivière, et pas sur le firth, dis-je.

– A coup sûr, il y a des gués, et même un pont, ricana Alan ; mais à quoi bon, si tout est gardé ?

– Eh bien, dis-je, mais une rivière se passe à la nage.

– Pour ceux qui savent nager, répliqua-t-il ; mais je ne pense pas que vous ni moi soyons fameux dans cet art ; et quant à moi, je nage comme une brique.

– Ce n'est pas pour vous contredire, Alan, repris-je, mais je crois que vous voyez les choses en noir. S'il est difficile de passer une rivière, il saute aux yeux qu'il l'est encore plus de passer un bras de mer.

– Mais il existe des bateaux, dit Alan, ou je me trompe beaucoup.

– Oui, et il existe aussi de l'argent, dis-je. Mais comme nous n'en avons ni l'un ni l'autre, c'est juste comme s'ils n'avaient jamais été inventés.

– Croyez-vous ? dit Alan.

– Je le crois.

– David, vous êtes un homme de peu d'imagination et d'encore moins de foi. Mais laissez-moi affûter mes esprits, et si je ne réussis pas à obtenir un bateau, ni à l'emprunter, ni à le voler, eh bien ! j'en fabriquerai un !

– Ah ! Ah ! je vous vois venir, dis-je. Mais il y a autre chose : si nous passons un pont, il n'ira pas le raconter ; mais si nous passons le firth, le bateau restera où il ne devrait pas être ; – on verra que quelqu'un l'y a conduit... et tout le pays avoisinant sera en rumeur.

– Ami, s'écria Alan, si je fais un bateau, je ferai quelqu'un pour le ramener ! Ainsi donc, ne me tarabustez plus de vos niaiseries, mais avancez (car c'est ce qui nous reste à faire) – et laissez Alan réfléchir pour vous.

Toute la nuit, en conséquence, nous longeâmes la rive nord du Carse, sous les hautes cimes du mont Ochil, passant auprès d'Alloa, de Clackmannan et de Culross, que nous évitâmes. Vers dix heures du

---

1. Le golfe profond, embouchure dudit fleuve.

matin, affamés et éreintés, nous atteignîmes le petit clachan de
Limekilns. Ce hameau est situé tout au bord de l'eau, en face de la
ville de Queensferry, mais de l'autre côté du Hope. Des fumées
s'élevaient de la ville et du hameau, ainsi que des villages et des fermes,
de toutes parts. On faisait la moisson; deux navires étaient à l'ancre,
et des embarcations allaient et venaient sur le Hope. Le spectacle était
pour moi des plus plaisants; et je ne pouvais me rassasier de contempler
ces belles pentes vertes et cultivées et tout ce monde affairé dans les
champs et sur les eaux.

Malgré tout, sur la rive sud, se trouvait la maison de M. Rankeillor,
où je ne doutais pas que m'attendît la fortune; et j'étais ici, moi, sur
la rive nord, revêtu de piètres nippes d'un aspect barbare, avec trois
shillings d'argent pour tout potage, ma tête mise à prix, et pour seule
compagnie un individu hors la loi.

— Alan, dis-je, et penser que là-bas de l'autre côté se trouve tout
ce que le cœur peut désirer! Et les oiseaux traversent; et les bateaux
aussi... Tout le monde traverse, sauf moi ! Oh, ami, quel crève-cœur !

A Limekilns, nous entrâmes dans un petit cabaret, qu'une simple
branche pendue par-dessus la porte désignait comme tel, et nous
achetâmes un peu de pain et de fromage, d'une fille de bonne mine
qui était au comptoir. Nous fîmes un paquet de nos vivres et les
emportâmes dans l'intention d'aller les manger sous un bosquet du
rivage, que l'on apercevait à un tiers de mille plus loin. Tout en
marchant, je ne cessais de regarder l'autre rive et de pousser des soupirs.
De son côté, Alan s'était mis à rêver. Enfin, il s'arrêta.

— Avec-vous fait attention à la fille qui nous a vendu ceci ? dit-il,
en tapant sur le pain et le fromage.

— Sans doute, répondis-je, elle a l'air d'une bien brave fille.

— C'est votre avis, s'écria-t-il. Ami David, voilà de bonnes nouvelles !

— Au nom de tout ce que nous vénérons, pourquoi cela ? dis-je. Qu'en
peut-il résulter de bon ?

— Eh bien, dit Alan, avec un de ses plaisants regards, j'avais quasi
espéré que cela pourrait nous faire avoir ce bateau.

— Le contraire serait plus vraisemblable, dis-je.

— Cela vous plaît à dire. Je ne prétends pas que la fille devienne
amoureuse de vous, je veux seulement qu'elle s'apitoie sur vous, David.
A quelle fin, il n'est pas du tout nécessaire qu'elle voie en vous un phénix
de beauté. Voyons (et il m'examina curieusement). Je vous aimerais
un peu plus pâle ; mais à part cela, vous convenez bien à mon dessein :
— vous avez un air tout à fait réussi de chemineau haillonneux, et on
dirait que vous avez dérobé votre paletot d'un épouvantail à moineaux.
Allons, chaud ! retournons au cabaret pour avoir notre barque.

Je le suivis tout riant.

— David Balfour, dit-il, vous êtes à votre manière un très drôle de
gentilhomme, et non moins drôle est l'emploi que je vous réserve ici.
Mais si vous avez quelque amitié pour mon cou (sans parler du vôtre)
j'aime à croire que vous voudrez bien prendre cette affaire au sérieux.

Nous allons jouer une comédie qui n'est guère, au fond, moins grave pour nous deux, que l'échafaud. Ne l'oubliez pas, je vous prie, et conduisez-vous en conséquence.

– Bon, bon, fis-je, ce sera comme vous le désirez.

Aux approches du hameau, il m'obligea de prendre son bras et de m'appuyer dessus en feignant d'être recru de fatigue ; et quand il poussa la porte du cabaret, il semblait me porter à demi. La fille (comme il était naturel) parut étonnée de notre prompt retour ; mais Alan ne prit pas le loisir de lui donner des explications ; il me fit asseoir, demanda une tasse d'eau-de-vie qu'il me fit avaler à petites gorgées, puis rompant le pain et le fromage, il m'aida à manger comme une bonne d'enfants : le tout avec un air sérieux, inquiet, prévenant, qui en eût imposé à un juge. Rien d'étonnant si la fille se laissa prendre à la scène que nous jouions, du pauvre gars malade et harassé, avec son très affectueux ami. Elle s'approcha de nous et se tint adossée à la table voisine.

– Est-ce qu'il a du mal ? demanda-t-elle enfin.

A ma vive surprise, Alan la regarda avec une sorte de fureur.

– Du mal ? s'écria-t-il. Il a marché plus de centaines de milles qu'il n'a pas de poils au menton, et couché plus souvent dans la bruyère humide que dans des draps secs. Du mal, qu'elle dit ! Assez de mal, dirait-on ! Ah bien oui, du mal !

Et il continua de ronchonner tout seul, en me donnant à manger d'un air bourru.

– Il est bien jeune pour cela, dit la fille.

– Trop jeune, dit Alan sans la regarder.

– Il ferait mieux d'aller à cheval, dit-elle.

– Et où voulez-vous que je lui trouve un cheval ? s'écria Alan, qui se tourna vers elle avec la même irritation feinte. – Faudrait-il pas que je le vole ?

J'aurais cru que ces rebuffades allaient la faire fuir, comme en effet elles lui clouèrent la bouche un moment. Mais mon ami savait très bien ce qu'il faisait ; et malgré sa naïveté en certaines matières, il avait un grand fonds de malice pour des affaires de ce genre.

– Vous n'avez pas besoin de me dire, hasarda-t-elle enfin, que vous êtes des nobles.

– Eh bien, dit Alan, un peu radouci (contre sa volonté peut-être) par cette réflexion ingénue, et quand bien même nous le serions ? Avez-vous jamais ouï dire que d'être noble vous mette de l'argent dans les poches ?

Elle poussa un soupir comme si elle-même eût été quelque grande dame dans le malheur.

– Non, dit-elle, c'est bien vrai.

Je m'irritais cependant du rôle que je jouais, et restais muet, entre la honte et l'amusement ; mais là-dessus il me fut impossible de me contenir davantage, et je priai Alan de me laisser, ajoutant que je me trouvais mieux. Les mots me restaient dans la gorge, car j'ai toujours détesté de prendre part à des mensonges ; mais mon embarras lui-même fut un trait de vérité de plus, et la fille attribua évidemment ma voix rauque à la faiblesse et à mes fatigues.

– N'a-t-il donc pas d'amis ? dit-elle, des larmes plein la voix.

– Si fait ! dit Alan, à condition de les rejoindre ! – des amis, de riches amis, des lits pour s'y coucher, de bonnes choses à manger, des docteurs pour le soigner, – et voici qu'il lui faut patauger dans la boue et dormir dans la bruyère comme un mendiant.

– Et pourquoi cela ? dit la fille.

– Ma chère amie, dit Alan, je ne puis vous le dire sans danger ; mais au lieu de vous le conter, voici ce que je vais faire : je vais vous siffler un bout de cet air.

Et, s'allongeant en travers de la table, et sifflant pour qu'on l'entendît à peine, mais avec beaucoup de sentiment, il lui glissa quelques mesures de « C'est Charlie mon bien-aimé [1] ».

– Chut ! dit-elle, en regardant vers la porte.

– Voilà pourquoi, dit Alan.

– Si jeune ! s'écria la fille.

– Il est vieux assez pour...

Et Alan se frappa de l'index un coup sur la nuque, afin de signifier que j'étais vieux assez pour perdre ma tête.

– Ce serait une honte infâme, s'écria-t-elle, toute rouge.

– C'est ce qui arrivera, néanmoins, dit Alan, si nous ne trouvons un moyen.

La fille, se détournant, s'encourut hors de la pièce et nous laissa seuls : Alan, mis en belle humeur par la réussite de ses ruses, et moi très fâché d'être qualifié de jacobite et traité comme un enfant.

– Alan, m'écriai-je, je n'en supporterai pas davantage.

– Il faut vous résigner, pourtant, ami David. Car si vous découvrez le pot aux roses, à cette heure, vous tirerez peut-être votre vie du feu, mais Alan Breck est un homme mort.

La chose était si évidente que je me contentai de soupirer, et mon soupir servit le dessein d'Alan, car il fut entendu par la fille qui s'en revenait tout courant avec une assiette de pudding blanc une bouteille d'ale forte.

– Pauvre agneau ! dit-elle.

Et elle n'eut pas plus tôt posé l'assiette devant nous, qu'elle me flatta l'épaule d'un petit geste amical, comme pour me réconforter. Puis elle nous pria de manger, sans plus rien avoir à payer, car l'auberge lui appartenait, ou du moins à son père, qui était parti pour la journée à Pittencrieff. Nous ne nous le fîmes pas dire deux fois, car du pain et du fromage sont froide nourriture, et le pudding avait une odeur exquise ; et tandis que nous étions à manger, elle reprit sa place contre la table voisine, nous considérant et réfléchissant d'un air préoccupé, tout en tiraillant les cordons de son tablier.

---

1. *Charlie is my darling,* chanson jacobite.

– Je vois que vous avez la langue un peu longue, dit-elle enfin à Alan.

– Peut-être, dit Alan, mais, voyez-vous, je sais à qui je m'adresse.

– Ce n'est pas moi qui vous trahirai, dit-elle, si c'est cela que vous voulez dire.

– Non. Cela ne vous ressemblerait pas. Mais je vais vous dire ce que vous pourriez faire : vous pourriez nous aider.

– Je ne saurais, dit-elle, secouant la tête. Non, je ne saurais.

– Même si vous en aviez la possibilité ?

Elle ne répondit rien.

– Écoutez, ma fille, dit Alan, il y a des barques dans le royaume de Fife, car j'en ai vu deux (au moins) sur le rivage, en arrivant par ce bout de la ville. Or, si nous pouvions avoir une barque pour passer en Lothian sous le couvert de la nuit, et un individu discret, de la bonne sorte, pour ramener cette barque et se taire, il y aurait deux âmes sauvées, – la mienne très vraisemblablement, – la sienne sans le moindre conteste. Faute de cette barque, il ne nous reste que trois shillings au monde ; et où aller, et que faire, et quelle autre perspective nous reste-t-il que la corde du gibet, – je vous en donne ma parole, je l'ignore ! Nous laisserez-vous dans le besoin, bonne fille ? Irez-vous vous coucher dans votre lit tiède et penser à nous, quand le vent hurlera dans la cheminée et que la pluie fouettera le toit ? Irez-vous manger votre repas devant un bon feu et songer à ce mien pauvre gars malade, en train de se mordre les poings de froid et de faim, sur la lande nue ? Malade ou bien portant, il lui faut marcher ; avec la mort qui le tient à la gorge, il lui faut trimarder sous la pluie au long des routes ; et lorsque, couché sur les froides pierres, il rendra le dernier soupir, il n'aura d'amis auprès de lui que moi et Dieu.

A cet appel fait à sa pitié, je vis la fille bouleversée, tentée de nous secourir, et craignant pourtant de n'aider que des malfaiteurs. Je me décidai donc à intervenir et à vaincre ses scrupules en lui avouant une part de la vérité.

– Connaissez-vous, dis-je, M. Rankeillor, du Ferry ?

– Rankeillor le notaire ? dit-elle. Je crois bien.

– Eh bien, dis-je, c'est chez lui que je vais ; ainsi, jugez si je suis un malfaiteur ; et je vous dirai de plus que, malgré l'atroce méprise qui met ma vie en danger, le roi George n'a pas de meilleur ami que moi dans l'Écosse entière.

Son visage s'éclaircit, tandis que celui d'Alan s'assombrissait.

– En voilà plus que je n'en demandais, dit-elle. M. Rankeillor est un homme connu.

Et elle nous pressa de terminer notre repas, puis de sortir au plus vite du hameau pour aller nous cacher dans le petit bois du rivage.

– Et fiez-vous à moi, ajouta-t-elle. Je trouverai bien moyen de vous faire passer l'eau.

Sans rien attendre de plus, nous lui donnâmes une poignée de main, torchâmes l'assiette, et repartîmes dans la direction de Limekilns, jusqu'au bois. Il était constitué par une vingtaine de sureaux, d'aubépines, plus quelques jeunes frênes, d'un feuillage trop peu dense pour nous dissimuler aux passants de la route ou de la plage. Il nous fallut y rester, cependant, et faire contre mauvaise fortune bon cœur, grâce au temps radieux et chaud, à nos fermes espoirs de délivrance, et discutant surtout ce qu'il nous restait à faire.

Nous n'eûmes, de tout le jour, qu'une seule alerte ; un cornemuseur ambulant vint s'asseoir auprès de nous dans le bois. C'était un ivrogne au nez rouge, aux yeux chassieux, qui portait dans sa poche une énorme flasque de whisky, et qui nous raconta longuement tous ses démêlés avec un tas de gens, depuis le Lord président de la Cour de Session qui lui avait refusé justice, jusqu'aux baillis d'Inverkeithing, qui lui en avaient donné plus qu'il n'en désirait. Il était impossible qu'il ne conçût pas de soupçons à voir deux hommes rester toute une journée cachés dans un fourré, sans prétexte plausible. Tant qu'il demeura là, ses questions indiscrètes nous mirent sur des charbons ; et quand il fut parti, comme il n'était pas homme à tenir sa langue, notre impatience devint extrême de partir aussi.

Le soleil se coucha dans le même ciel pur ; la nuit tomba, paisible et douce ; des lumières apparurent dans les maisons et les hameaux, puis, l'une après l'autre, s'éteignirent ; mais il était passé onze heures et nous éprouvions depuis longtemps les tourments de l'attente, lorsque nous entendîmes un bruit d'avirons grinçant sur leurs tolets. Nous regardâmes sur l'eau et vîmes la fille elle-même qui ramait vers nous dans une barque. Elle n'avait voulu confier nos affaires à personne, pas même à son amoureux si elle en avait un, mais sitôt son père endormi, elle était sortie de la maison par la fenêtre, et, dérobant la barque d'un voisin, s'en était venue toute seule à notre secours.

Je ne savais, dans ma confusion, trouver de paroles pour la remercier ; mais elle n'était pas moins confuse à l'idée de les entendre. Elle nous supplia de ne pas perdre de temps et de nous taire, disant (très justement) que tout dépendait pour nous de la promptitude et du silence ; et au bout de quelques minutes, elle nous déposa sur la rive du Lothian, non loin de Carridon, nous serra les mains à tous deux, et reprit le large, ramant vers Limekilns, sans que fût dit un mot de son service non plus que de notre gratitude.

Même après son départ, nous ne trouvâmes rien à dire, et de fait, aucune parole n'eût été à la hauteur de semblable bonté. Mais Alan resta un moment sur la plage à hocher la tête.

– C'est une bien brave fille, dit-il enfin. David, c'est une bien brave fille.

Et une heure plus tard, comme nous étions couchés dans une dépression du rivage et que je dormais à moitié, il s'étendit de nouveau en considérations sur l'excellence de son naturel. Pour ma part, je ne sus que me taire, car la naïveté de cette fille m'emplissait le cœur de remords et de crainte : remords pour ce que nous avions abusé de son ignorance ; crainte de l'avoir peut-être impliquée dans les dangers qui nous menaçaient.

XXVII

J'arrive chez M. Rankeillor

Le lendemain, nous décidâmes qu'Alan disposerait de son temps jusqu'au coucher du soleil, mais qu'à l'heure où il commence à faire noir, il se cacherait dans les champs du bord de la route, auprès de Nowhalls, et n'en bougerait pas avant de m'avoir entendu siffler. Je lui proposai comme signal « La chère maison d'Airlie », que j'aimais beaucoup ; mais il objecta que l'air était trop connu, et qu'un paysan quelconque pourrait le siffler par hasard ; et il m'apprit au lieu de cela un court fragment d'un air des Highlands qui n'a cessé de me hanter depuis et me hantera sans doute à mon lit de mort. Chaque fois qu'il me revient, je me trouve reporté à ce dernier jour de mes incertitudes, et je revois Alan assis au fond du creux de sable, sifflant et battant la mesure avec un doigt, tandis que ses traits se dégageaient peu à peu dans l'aube grise.

Je fus avant le lever du soleil dans cette longue rue de Queensferry. C'était un bourg bien construit, avec des maisons en pierre de taille, recouvertes d'ardoise pour la plupart ; un hôtel de ville moins beau, je pense que celui de Peebles, et une rue de moins grand air ; mais néanmoins le tout réuni me fit rougir de mes vieilles hardes.

A mesure que le matin s'avançait, les feux commencèrent à s'allumer, les fenêtres à s'ouvrir, les gens à sortir des maisons ; et cependant mon souci et ma détresse ne faisaient que croître. Je voyais bien à présent que je manquais absolument de base, que je n'avais aucune preuve certaine de mes droits, pas plus que de mon identité. Si mes espoirs n'étaient qu'un leurre, je me trouverais amèrement déçu et engagé dans une mauvaise passe. Même si tout marchait au gré de mes désirs, il faudrait sans doute du temps pour faire valoir mes prétentions ; et de quel temps disposais-je, avec moins de trois shillings en poche, et sur les bras un condamné à embarquer et faire évader ? Certes, si mon espérance se brisait, cela pourrait bien finir pour l'un et l'autre par le gibet. Et tout en continuant à me promener çà et là et voyant des gens me regarder de travers de la rue ou des fenêtres, et me désignant de la tête en parlant de moi avec des sourires, je fus pris d'une crainte nouvelle, savoir qu'il pourrait bien ne m'être pas facile d'arriver à m'entretenir avec le notaire, et à plus forte raison de le convaincre de ma véracité.

Pour tout au monde je n'aurais eu l'audace d'interpeller quelqu'un de ces respectables bourgeois ; je rougissais à l'idée de leur parler ainsi affublé de haillons poudreux ; et je me figurais que si je leur demandais la maison d'un si grand personnage que M. Rankeillor, ils m'éclateraient de rire au nez. J'errais donc de çà et là, par la rue, sur le port, comme un chien qui a perdu son maître, avec, pour ainsi dire, un rongement intérieur, et parfois un mouvement de désespoir. Il faisait grand jour, pour finir ; il pouvait être neuf heures du matin ; j'étais éreinté de rôder de la sorte, et m'étais par hasard arrêté devant une très belle maison du côté de la terre, une maison ornée de belles fenêtres aux vitres brillantes, des arabesques fleuries sur les frontons, des murs fraîchement crépis, et un chien de chasse assis sur le seuil, à bâiller comme un propriétaire. Or, j'étais ainsi à envier ce muet animal, quand la porte vint à s'ouvrir, et il en sortit un homme au visage malicieux, vermeil, aimable et posé, à lunettes et perruque bien poudrée. Mon accoutrement était tel que personne ne pouvait jeter les yeux sur moi sans me regarder une seconde fois, et ce gentleman parut si frappé de mon extérieur misérable, qu'il s'en vint droit à moi et me demanda ce que je faisais là.

Je lui répondis que j'étais venu à Queensferry pour une affaire, et prenant soudain courage, je le priai de m'indiquer la maison de M. Rankeillor.

— Eh bien, dit-il, c'est précisément celle dont je viens de sortir ; et par un bien singulier hasard, M. Rankeillor, c'est moi.

— Alors, monsieur, dis-je, j'ai à vous demander la faveur d'un entretien.

— J'ignore votre nom, dit-il, et ne vous connais pas.

— Je m'appelle David Balfour.

— David Balfour, répéta-t-il, en haussant le ton avec surprise. Et d'où arrivez-vous, monsieur David Balfour ? demanda-t-il en me regardant avec sévérité dans le blanc des yeux.

— J'arrive de maints endroits fort singuliers, monsieur ; mais il vaudrait mieux, je crois, que je vous dise quoi et comment d'une façon plus privée.

Il sembla réfléchir un peu, se tenant la lèvre entre les doigts et laissant errer son regard tantôt sur moi, tantôt sur la chaussée.

— Oui, dit-il, cela vaut mieux sans doute.

Et il me fit entrer chez lui ; cria à quelqu'un d'invisible qu'il serait occupé toute la matinée, et m'emmena dans une petite pièce poussiéreuse pleine de livres et de dossiers. Là, il s'assit et me fit asseoir ; mais je crus le voir jeter un coup d'œil légèrement inquiet tour à tour sur sa belle chaise et sur mes haillons sordides.

— Et maintenant, dit-il, si vous avez quelque affaire, je vous prie d'être bref et d'en venir tout de suite au point essentiel. *Nec gemino bellum trojanum oritur ab ovo* [1]..., comprenez-vous ? dit-il, avec un regard pénétrant.

— Je suivrai même jusqu'au bout le précepte d'Horace, monsieur, répondis-je en souriant, et je vous amènerai tout de suite *in medias res* [2].

Il eut un signe de tête satisfait, et au vrai, sa citation latine était destinée à m'éprouver. Malgré cela, et bien que je me sentisse un peu encouragé, le sang me monta au visage quand j'ajoutai :

— J'ai toute raison de me croire des droits au titre de Shaws.

Il prit un registre sur un rayon, et l'ouvrit devant lui.

— Et alors ? dit-il.

Mais je restais là sans plus savoir que dire.

— Allons, allons, monsieur Balfour, dit-il. Où êtes-vous né ?

— A Essendean, monsieur, le 12 mars 1733.

Il parut suivre sur un registre ce que je disais ; mais je ne savais où il voulait en venir.

— Vos père et mère ? dit-il.

— Mon père fut Alexandre Balfour, maître d'école du village, et ma mère Grace Pittarow ; sa famille devait être d'Angus.

— Avez-vous quelques papiers prouvant votre identité ?

— Non, monsieur ; mais ils sont entre les mains de M. Campbell, le ministre, et on pourrait facilement le faire venir. M. Campbell, en outre, répondrait pour moi ; et je ne crois pas que même mon oncle oserait me renier.

— Vous parlez de M. Ebenezer Balfour ? dit M. Rankeillor.

— Lui-même, dis-je.

— Que vous avez vu ?

— Par qui j'ai été reçu dans son propre château.

— Avez-vous jamais rencontré quelqu'un du nom de Hoseason ?

— Oui, pour mes péchés, dis-je ; car c'est grâce à lui et à mon oncle que je fus enlevé en vue de cette ville, emmené sur mer, où je fis naufrage, et c'est après mille tribulations diverses que je me voici aujourd'hui devant vous sous ces misérables haillons.

— Vous fîtes naufrage, dites-vous, reprit M. Rankeillor. Où cela ?

— En vue de l'extrémité sud de l'île de Mull, dis-je. L'île sur laquelle je fus jeté se nomme Earraid.

— Ah ! dit-il, en souriant, vous êtes plus fort que moi en géographie. Mais jusqu'ici, je dois reconnaître que cela concorde en tous points avec mes autres renseignements. Mais vous dites que vous fûtes enlevé ; en quel sens ?

— Au sens textuel du mot, monsieur. Je me rendais chez vous, quand je fus attiré à bord du brick, assommé de coups, jeté à fond de cale, et j'ignorai tout jusqu'à ce qu'on eût pris le large. On me destinait aux plantations ; sort auquel, grâce à la Providence, j'ai échappé.

---

1. Ne pas faire commencer la guerre de Troie à l'œuf de Léda.
2. Au cœur du sujet.

– Le brick s'est perdu le 27 juin, dit-il, consultant son registre, et nous voici le 24 août. Il y a là une lacune considérable, monsieur Balfour, de deux mois. Elle a déjà inquiété beaucoup vos amis ; et j'avoue que je ne serai pas satisfait que vous ne l'ayez comblée.

– Ma foi, monsieur, dis-je, ces deux mois n'ont été que trop bien remplis ; mais avant de poursuivre, j'aimerais être sûr que je parle à un ami.

– Nous tournons dans un cercle vicieux, dit l'avocat. Je ne puis être convaincu avant de vous avoir entendu. Je ne puis être votre ami avant d'être renseigné comme il faut. Si vous étiez plus confiant, cela vaudrait mieux pour vous. Et vous savez, monsieur Balfour, que nous avons dans ce pays un proverbe disant que ceux qui font le mal craignent aussi le mal.

– Vous ne devez pas oublier, monsieur, dis-je, que j'ai déjà souffert de ma confiance ; et que je fus embarqué comme esclave par l'homme même (si j'ai bien compris) dont vous gérez les affaires.

Je n'avais cessé de gagner du terrain avec M. Rankeillor, et je prenais plus d'assurance à mesure. Mais à cette saillie, que je lançai en souriant presque, moi aussi, il se mit à rire.

– Non, non, dit-il, cela ne va pas aussi mal, *Fui, non sum* [1]. J'ai été, en effet, l'agent d'affaires de votre oncle ; mais depuis que vous (*imberbis juvenis custode remoto* [2],)avez été courir la prétentaine dans l'ouest, il a passé beaucoup d'eau sous les ponts ; et si les oreilles ne vous ont pas tinté, ce n'est pas faute qu'on ait parlé de vous. Le jour même de votre naufrage, M. Campbell est arrivé dans mon bureau, vous réclamant à tous les vents. J'ignorais votre existence, mais j'avais connu votre père ; et d'après certaines choses de compétence (nous y viendrons tout à l'heure) j'étais disposé à craindre le pis. M. Ebenezer admit vous avoir vu ; il déclara (ce qui semblait improbable) vous avoir remis des sommes importantes ; et que vous étiez parti pour le continent d'Europe, dans l'intention de parfaire votre éducation, ce qui était plausible et digne d'éloges. Interrogé pourquoi vous ne l'aviez pas fait savoir à M. Campbell, il déposa que vous aviez exprimé le plus vif désir de rompre avec votre passé. Interrogé à nouveau sur le lieu de votre résidence, il affirma qu'il l'ignorait, mais vous croyait à Leyde. J'ai ici la minute de ses réponses. Je ne suis pas absolument certain que quelqu'un le crut, poursuivit M. Rankeillor en souriant ; et du reste il goûta si peu certaines de mes expressions, qu'il me mit à la porte de chez lui. Nous ne savions plus que faire ; car, en dépit des soupçons que nous pouvions garder, il n'y avait pas ombre de preuve. Juste à point, arrive le capitaine Hoseason, avec l'histoire de votre noyade ; tout était donc terminé sans autres conséquences que le chagrin de M. Campbell, le préjudice causé à ma bourse, et une nouvelle tache à la réputation de votre oncle, qui n'en avait nullement besoin. Et maintenant, monsieur Balfour, vous

---

1. Je l'ai été et ne le suis plus.
2. Imberbe jouvenceau libre de gardien.

avez compris la marche des choses, et pouvez juger jusqu'à quel point vous avez lieu de vous fier à moi.

En réalité, il se montra plus pédantesque que je ne puis l'exprimer, et intercala une foule de citations latines, dans son discours ; mais celui-ci fut débité avec une belle franchise du regard et du geste, qui réussirent presque à vaincre ma défiance. De plus, je pouvais voir qu'il me traitait désormais comme si j'étais à l'abri du soupçon ; et ce premier point de mon identité paraissait bien établi.

– Monsieur, dis-je, en vous contant mon histoire, je vais remettre la vie d'un ami à votre discrétion. Donnez-moi votre parole qu'elle vous sera sacrée. En ce qui me concerne, je n'ai pas besoin d'autre garantie que votre mine.

Il me donna sa parole avec le plus grand sérieux.

– Mais, ajouta-t-il, voilà de bien inquiétants préliminaires ; si votre histoire contient quelque entorse à la légalité, je vous prie de vous souvenir que je suis homme de loi, et de glisser légèrement.

Je lui narrai mes aventures dès le début, et il m'écouta les lunettes sur le front et les yeux fermés, en sorte que je le croyais parfois endormi. Mais loin de là ! pas un mot ne lui échappait (je le constatai ensuite) et j'étais émerveillé tant par sa promptitude que par la précision de sa mémoire. Même les baroques noms gaéliques, si peu familiers, qu'il entendait pour la première fois, il les retint, et me les rappela des années plus tard. Mais quand je vins à prononcer tout au long le nom d'Alan Breck, il se passa une scène curieuse. La renommée de ce nom avait en effet couru toute l'Écosse, avec les nouvelles du meurtre d'Appin et l'offre de récompense, et il ne m'eut pas plus tôt échappé que le notaire se trémoussa dans son fauteuil et ouvrit les yeux.

– A votre place, monsieur Balfour, je ne dirais pas de noms sans motif sérieux, surtout les noms highlanders, dont beaucoup sont contraires à la loi.

– C'est vrai, dis-je, j'aurais peut-être mieux fait de me taire ; mais l'ayant laissé échapper, il ne me reste qu'à continuer.

– Pas du tout, dit M. Rankeillor. Je suis un peu dur d'oreille, comme vous avez pu le remarquer ; et je ne suis pas sûr du tout d'avoir saisi le nom correctement. Nous appellerons votre ami M. Thomson, si vous le voulez bien, – afin d'éviter les commentaires. Et à l'avenir, j'agirai de même avec tout Highlander que vous pourrez avoir à mentionner, – qu'il soit mort ou vivant.

Je comprenais très bien qu'il avait dû entendre comme il faut le nom, et qu'il avait déjà deviné que j'en arrivais au meurtre. Qu'il préférât simuler ainsi l'ignorance, ce n'était pas mon affaire ; je me bornai donc à sourire, ajoutai que ce nom n'avait guère la tournure highlander, et passai. Pour toute la suite de mon histoire, Alan fut M. Thomson ; ce qui m'amusa d'autant plus qu'il eût lui-même goûté ce subterfuge. De même, James Stewart devint le parent de M. Thomson ; Colin Campbell, M. Glen ; quant à Cluny, lorsque j'en fus à cette partie de mes aventures, je l'affublai du nom de « M. Jameson, chef highlander ».

C'était la farce la plus évidente, et je m'étonnais que le notaire tînt
à la prolonger ; mais, au fait, elle était bien dans les mœurs de l'époque,
alors qu'il y avait deux partis dans l'État, et que les gens paisibles, sans
opinions bien tranchées à eux, cherchaient tous les moyens pour éviter
de froisser l'un et l'autre.

– Bien, bien, dit le notaire, après que j'eus fini, c'est un vrai poème
épique, une odyssée véritable que votre histoire. Il vous faudra,
monsieur, la mettre en bon latin, lorsque vos études seront plus
avancées ; ou même en anglais, si vous voulez, quoique pour ma part
je préfère la langue classique, plus vigoureuse et expressive. Vous avez
beaucoup roulé : *quae regio in terris* [1]... quelle paroisse d'Écosse
(traduction libre) n'a pas retenti de vos exploits ? Vous avez montré
d'ailleurs une propension singulière à vous mettre dans de fausses
positions ; mais aussi, après tout, à vous y bien comporter. Ce
M. Thomson me paraît un gentilhomme non dénué de précieuses
qualités, quoique peut-être un peu sanguinaire. Il ne me déplairait pas
le moins du monde qu'(avec tous ses mérites) il fût au fond de la mer
du Nord, car cet homme, M. David, nous est un cruel embarras. Mais
vous avez parfaitement raison de lui manifester pareil attachement ;
sans nul doute, il vous a prouvé le sien. *It comes* [2] – pouvons-nous dire ;
– il fut votre sincère ami ; et non moins *paribus curis vestigia figit* [3],
car j'ose dire que vous n'aviez qu'une pensée au sujet de la potence.
Mais baste, ces jours sont heureusement révolus ; et je crois (selon toute
humaine vraisemblance) que vous allez voir la fin de vos maux.

Tout en moralisant de la sorte sur mes aventures, il me regardait
avec tant de bonne humeur et de bienveillance que je contenais à peine
ma satisfaction. J'avais été si longtemps errant parmi des gens sans
aveu, à faire mon lit sur les montagnes et à ciel ouvert, que j'étais au
septième ciel de me retrouver assis sous un toit, dans une maison bien
tenue, à causer amicalement avec un gentleman bien vêtu. J'en étais
là de mes réflexions lorsque mes yeux tombèrent sur mon ignoble
défroque, et la confusion me ressaisit aussitôt. Mais le notaire vit mon
regard et comprit. Il se leva, cria dans la cage d'escalier de mettre un
second couvert ; car M. Balfour resterait à dîner, et me conduisit à
une chambre à coucher située à l'étage supérieur. Une fois là, il mit
devant moi de l'eau et du savon, avec un peigne ; il sortit des vêtements
qui appartenaient à son fils ; puis, me disant à tantôt, il me laissa faire
ma toilette.

---

1. Quel pays au monde...
2. Il fut un compagnon de route.
3. Il vous emboîta le pas avec des soucis égaux.

XXVIII

Je vais quérir mon héritage

Tant bien que mal, je modifiai mon aspect ; et je fus enchanté en me regardant au miroir, de trouver que le chemineau était un souvenir du passé, et que David Balfour était ressuscité. Toutefois, je rougissais un peu de la métamorphose, et surtout de mon costume d'emprunt. Quand j'eus fini, M. Rankeillor vint me prendre sur l'escalier, me complimenta, et me remmena dans son bureau.

– Asseyez-vous, monsieur Balfour, dit-il, et maintenant que vous ressemblez un peu plus à vous-même, voyons quelles nouvelles je puis bien avoir à vous conter. Vous vous demandez, à coup sûr, ce qui a pu se passer entre votre oncle et votre père. A coup sûr, l'histoire est singulière ; et je rougis presque de vous l'exposer. Car, ajouta-t-il, avec un réel embarras, tout repose sur une histoire d'amour.

– En vérité, dis-je, cette histoire me paraît incompatible avec mon oncle.

– Mais votre oncle, M. David, n'a pas toujours été vieux, répondit le notaire, et, ce qui vous étonnera peut-être davantage, il n'a pas toujours été laid. Il avait bel air, et galant ; on se mettait aux portes pour le regarder passer sur son cheval fringant. Je l'ai de mes yeux vu, et, je le confesse ingénument, pas toujours sans envie ; car je n'étais qu'un garçon du commun, tout ainsi que mon père ; à l'époque, c'était un motif de *Odi te, quia bellus es, Sabelle* [1].

– Cela me fait l'effet d'un rêve, dis-je.

– Évidemment, dit le notaire, vous êtes jeune. Mais ce n'est pas tout, car il avait un caractère à lui qui semblait annoncer de grandes choses. En 1715, voilà-t-il pas qu'il s'enfuit pour aller rejoindre les rebelles. Ce fut votre père qui courut à sa poursuite, le trouva dans un fossé, et le ramena *multum gementem* [2], à la risée de tout le pays. Mais *majora canamus* [3] – les deux jeunes gens devinrent amoureux de la même dame. M. Ebenezer, qui était le joli-cœur et le chéri, – le gâté aussi, – ne pouvait aucunement douter de son triomphe ; et lorsqu'il découvrit son erreur, il poussa des cris de paon. Tout le pays le sut ; tantôt il restait à la maison, malade, avec tous ses benêts de parents autour de son lit, à pleurer ; tantôt il rôdait de cabaret en cabaret, et déposait ses tristesses dans le giron de Tom, Dick et Harry. Votre père, M. David,

---

1. Je te déteste, Sabellus, parce que tu es beau garçon (Catulle).
2. Tout en pleurs.
3. Chantons de plus hauts sujets (Virgile).

était un exquis gentilhomme, mais faible, d'une faiblesse déplorable. Il prit toutes ces folies au sérieux ; et un beau jour – excusez du peu ! – il renonça à la dame. Elle n'était pas si sotte, cependant ; c'est d'elle que vous tenez sans doute votre parfait bon sens ; et elle refusa d'être ainsi ballottée de l'un à l'autre. Ils allèrent tous deux la supplier à genoux ; et pour finir elle les mit tous deux à la porte. Cela se passait en août ; mon Dieu ! l'année même où je sortis du collège. La scène dut être du plus haut comique !

Je songeais à part moi que c'était là une sotte affaire, mais sans oublier que mon père y était mêlé.

– Sans doute, monsieur, a-t-elle eu sa note de tragédie ? répondis-je.

– Mais non, pas le moins du monde, riposta le notaire. Car la tragédie suppose quelque objet appréciable de dispute, quelque *dignus vindice nodus* [1] ; et ce beau coup-là était simplement dû à la pétulance d'un jeune âne qu'on a trop gâté, et qui aurait eu besoin plutôt d'être dûment sanglé et bâté. Mais ce n'était pas l'avis de votre père ; et pour finir, de concession en concession de la part de ce dernier, et d'un paroxysme à l'autre d'égoïsme sentimental chez votre oncle, ils en vinrent à conclure une espèce de marché, dont vous n'avez éprouvé que trop les fâcheux résultats. L'un prit la dame, l'autre le titre. Or, monsieur David, on parle beaucoup de charité et de générosité ; mais dans la triste condition humaine, je me dis souvent que tout va pour le mieux quand un gentleman consulte son homme d'affaires et use de tous les moyens que la loi lui offre. En tout cas cette prouesse donquichottesque de votre père, injuste en soi, a engendré une infinie ribambelle d'injustices. Vos père et mère ont vécu et sont morts pauvres ; vous avez été pauvrement élevé ; et pendant ce temps-là, de quel bon temps ont joui les tenanciers sur le domaine de Shaws ! Et je pourrais ajouter (si cela m'importait en rien) quel bon temps pour M. Ebenezer !

– Pourtant, le plus curieux de tout, dis-je, c'est que le caractère d'un homme puisse changer à ce point.

– Exact, dit M. Rankeillor. Et toutefois j'imagine que cela se fit assez naturellement. Il ne pouvait se figurer avoir joué un beau rôle. Ceux qui étaient au courant lui battaient froid ; les autres, voyant un frère disparaître et l'autre succéder à son titre, firent courir des bruits d'assassinat ; et ainsi, de toutes parts il arriva qu'on le fuyait. L'argent était sa seule consolation. Il se mit donc à chérir l'argent. Il était égoïste durant sa jeunesse, il est toujours égoïste aujourd'hui qu'il est vieux ; et le résultat de toutes ces belles manières et de ces sentiments délicats, vous les avez éprouvés.

– C'est parfait, monsieur, dis-je, mais dans tout ceci, qu'est-ce que je deviens ?

– Le domaine est à vous, sans conteste, répondit le notaire. Peu importe ce que votre père a signé ; vous héritez du patrimoine [2]. Mais

---

1. Un nœud justifiant la vengeance.
2. On rappelle que le droit d'aînesse est toujours en vigueur dans le Royaume-Uni.

votre oncle est homme à défendre l'indéfendable ; et c'est, j'imagine,
votre identité qu'il révoquerait en doute. Un procès est chose toujours
coûteuse, et un procès de famille chose toujours scandaleuse ; en outre
de quoi, si l'un ou l'autre de vos hauts faits avec votre ami M. Thomson
venaient à être connus, nous pourrions bien nous brûler les doigts.
L'enlèvement, à coup sûr, serait un bel atout dans notre jeu, pourvu
toutefois que nous fussions à même de le prouver. Mais il peut être
difficile à prouver ; et bref, mon avis est de passer un compromis avec
votre oncle, peut-être même lui laissant Shaws où il s'est impatronisé
depuis un quart de siècle, et de vous contenter, pour l'heure, d'une
honnête provision.

Je lui répondis que je ne demandais pas mieux que d'être
accommodant, et que je répugnais naturellement à laver en public le
linge sale de la famille. Et alors (à part moi) je commençai à entrevoir
les premiers linéaments du plan que nous devions mettre en œuvre par
la suite.

– Le principal, dis-je, est de lui faire peur avec l'enlèvement.

– A coup sûr, dit M. Rankeillor, et si possible en dehors des
tribunaux. Car, notez-le, monsieur David, nous trouverions bien des
hommes du *Covenant* qui jureraient de votre séquestration ; mais une
fois devant les juges, il nous serait impossible d'arrêter leur déposition,
et ils lâcheraient certainement un mot ou deux de votre ami M.
Thomson. Chose que (d'après ce que vous avez laissé entendre) je ne
crois nullement désirable.

– Eh bien, monsieur, dis-je, voici mon idée. Et je lui développai mon
projet.

– Mais ceci impliquerait ma rencontre avec le Thomson, dit-il, quand
j'eus fini.

– Je le crois, en effet, monsieur.

– Diable ! diable ! s'écria-t-il, en se frottant les sourcils. Non,
monsieur David, j'ai bien peur que votre plan soit irréalisable. Je n'ai
rien à dire contre votre ami, M. Thomson : je ne sais rien contre lui
et si je savais quelque chose, – notez-le, monsieur David, – il serait
de mon devoir de le faire arrêter. Or, je m'en remets à vous : est-il
sage que nous nous rencontrions ? Il peut avoir quelque chose à se
reprocher. Il peut ne vous avoir pas tout dit. Il ne s'appelle peut-être
même pas Thomson ! s'écria le notaire, avec un clignement ; car il y
a de ces individus qui vous ramassent leur nom au bord des routes,
comme d'autres grappillent des baies de houx.

– C'est à vous de décider, monsieur, répliquai-je.

Mais il était clair que mon plan le séduisait, car il demeura tout pensif
jusqu'à ce qu'on appelât pour dîner en compagnie de Mme
Rankeillor, et cette dame nous eut à peine laissés seuls devant une
bouteille de vin, qu'il se remit à discuter ma proposition. Quand et
où devais-je retrouver mon ami M. Thomson ; étais-je assuré de sa
discrétion ? A supposer que nous venions à bout de piper le vieux renard,
consentirais-je à ceci et cela ? – telles furent les questions, et d'autres

du même genre, qu'il me posait à de longs intervalles, tout en dégustant son vin, tout pensif. Quand j'eus résolu ses doutes, à son apparente satisfaction, il tomba dans une méditation plus profonde, en oubliant même son bordeaux. Il prit ensuite un crayon et une feuille de papier, et se mit à écrire en pesant chaque mot ; enfin, il appuya sur un timbre, et son clerc parut.

— Torrance, dit-il, vous me rédigerez ceci dans les formes, pour ce soir ; et quand vous aurez fini, vous aurez l'obligeance de vous tenir prêt avec votre chapeau à nous accompagner, ce monsieur et moi, car on aura sans doute besoin de vous comme témoin.

— Hé quoi ! monsieur, dis-je sitôt le clerc sorti, vous risquez la chose ?

— Ma foi, on le dirait, me répondit-il en remplissant mon verre. Mais assez parlé affaires. D'avoir vu Torrance me rappelle une joyeuse petite aventure d'il y a quelques années, un jour où j'étais allé procéder avec ce brave nigaud à la Croix d'Edimbourg. Nous avions été chacun de notre côté, et lorsque arrivèrent les quatre heures, Torrance avait bu un coup de trop, et il ne me reconnaissait plus son maître ; et moi, qui avais oublié mes lunettes, j'y voyais si peu sans elles, que, je vous en donne ma parole, je ne reconnaissais pas mon clerc.

Et il se mit à rire de tout son cœur.

Je lui avouai que la rencontre était bizarre, et souris par complaisance ; mais ce qui m'étonna beaucoup, tout au long de l'après-midi, il ne cessa de revenir et d'appuyer sur son anecdote, qu'il ressassait avec des détails et des rires toujours nouveaux ; si bien que je ne savais plus, à la longue, que croire, et rougissais de la niaiserie de mon ami.

Environ l'heure que j'avais fixée à Alan, nous quittâmes la maison, M. Rankeillor et moi, bras dessus bras dessous, suivis par Torrance qui portait l'acte dans sa poche et à la main un panier fermé. Dans la traversée de la ville, le notaire distribua des saluts à droite et à gauche, et fut arrêté vingt fois par des gentlemen qui l'entretenaient des intérêts publics ou de leurs affaires privées ; et je vis à quel point il était populaire dans le comté. Enfin, les maisons dépassées, nous nous dirigeâmes le long des quais vers l'auberge Hawes et l'embarcadère du bac, théâtre de mon infortune. Je ne pus voir l'endroit sans émotion, me rappelant combien de ceux qui s'y étaient trouvés avec moi ce jour-là avaient disparu depuis : Ransome, préservé ainsi, j'aimais à le croire, du mal à venir ; Shuan, parti où je n'oserais le suivre ; et les pauvres âmes que le brick avait entraînées avec lui lors de son suprême plongeon. A tous ceux-là, j'avais survécu ; et j'avais traversé indemne toutes ces épreuves et ces mortels dangers. Mon seul sentiment eût dû être la gratitude ; et pourtant, il me fut impossible de considérer ces lieux sans compassion pour autrui et sans un frisson d'horreur rétrospective.

J'en étais là, lorsque soudain M. Rankeillor, poussant un cri, porta sa main à sa poche, et se mit à rire.

— Eh bien, dit-il, si ce n'est pas grotesque. Après tout ce que j'ai dit, voilà que j'ai oublié mes bésicles !

Là-dessus, naturellement, je pénétrai le sens de son anecdote, et vis
que s'il avait laissé chez lui ses lunettes, c'était à dessein, de façon à
se donner l'avantage de l'aide d'Alan, sans l'inconvénient de le
reconnaître. Et de fait, c'était bien imaginé ; car (à supposer que les
choses vinssent à tourner mal) comment Rankeillor eût-il pu jurer de
l'identité de mon ami, et comment eût-on pu le forcer à porter un
témoignage contre moi ? Malgré tout, il avait mis du temps à
s'apercevoir de cet oubli, et il avait entretenu et reconnu assez de gens
au cours de notre traversée de la ville ; et je ne doutais pas qu'il n'y
vît très convenablement.

Dès que nous eûmes dépassé le Hawes (où je reconnus le patron qui
fumait sa pipe sur le seuil, et m'étonnai de ne pas le trouver plus vieilli),
M. Rankeillor changea l'ordre de marche, passa derrière Torrance et
m'envoya en éclaireur. Je gravis la pente, sifflant de temps à autre mon
air gaélique ; et à la fin j'eus la joie d'obtenir une réponse et de voir
Alan se lever de derrière un buisson. Il était un peu démoralisé d'avoir
passé tout un long jour à rôder par le comté, et fait un triste repas
dans une auberge proche de Dundas. Mais au seul aspect de mes
vêtements, son visage se rasséréna ; et lorsque je lui eus fait par de la
prospérité de mes affaires, et du rôle que j'entendais lui faire jouer pour
le reste, il devint tout à coup un nouvel homme.

— Vous avez eu une excellente idée, dit-il, et je dois ajouter que vous
n'auriez pu mettre la main sur quelqu'un de plus propre à tout arranger
qu'Alan Breck. Ce n'est pas une chose (notez-le) que n'importe qui pourrait
faire, il y faut un gentleman de sens. Mais j'ai idée que votre
notaire languit de me voir.

Donc, je hélai à grands gestes M. Rankeillor, qui arriva seul et que
je présentai à M. Thomson.

— Monsieur Thomson, enchanté de faire votre connaissance, dit-il.
Mais j'ai oublié mes besicles ; et notre ami, M. David que voici (il me
frappa sur l'épaule) vous dira que je suis quasi aveugle et que vous
ne devrez pas être surpris si je vous croise demain sans vous reconnaître.

Il croyait, par ce discours, faire plaisir à Alan ; mais la fatuité du
Highlander était prête à s'insurger devant moins que cela.

— Eh bien, monsieur, dit-il d'un ton rogue, je dirai que la chose
importe d'autant moins que nous nous rencontrons ici pour une fin
particulière, qui est de faire rendre justice à M. Balfour : et à ce que
je puis augurer, il est peu vraisemblable que nous ayons jamais, vous
et moi, d'autres relations. Mais j'accepte votre excuse, qui était fort
opportune.

— Je n'en attendais pas moins de vous, monsieur Thomson, dit
Rankeillor cordialement. Et maintenant, comme vous et moi sommes
les principaux acteurs dans cette entreprise, il est nécessaire que nous
soyons bien d'accord : à quelle fin je vous prierai de me donner le bras,
car, tant à cause de l'obscurité que par le défaut de mes besicles, je
n'y vois guère à me conduire. Quant à vous, monsieur David, vous
trouverez en Torrance un agréable conteur. Je dois néanmoins vous

rappeler qu'il est tout à fait superflu qu'il en sache plus, tant sur vos aventures que sur celles de M... hum ! de M. Thomson.

En conséquence, tous deux nous précédèrent, enfoncés bientôt dans leur conversation, et Torrance et moi leur fîmes escorte.

La nuit était tout à fait tombée quand nous arrivâmes en vue du château de Shaws. Dix heures devaient être sonnées ; il faisait doux et obscur, avec un agréable zéphyr du sud-ouest dont le bruit dans les feuilles couvrait celui de nos pas ; et en approchant, nous n'aperçûmes aucune trace de lumière sur toute la façade. Sans doute, mon oncle était-il déjà au lit, ce qui convenait mieux pour notre plan. A une cinquantaine de yards de la porte, nous chuchotâmes nos dernières dispositions ; puis le notaire, Torrance et moi, nous avançâmes en silence et nous dissimulâmes derrière l'angle de la maison. Dès que nous fûmes en place, Alan marcha vers la porte sans se cacher et se mit à frapper.

XXIX

J'entre dans mon royaume

Durant plusieurs minutes, Alan heurta sur l'huis à tour de bras, sans que ses coups éveillassent d'autres échos que ceux de la maison et du voisinage. A la fin, cependant, je perçus le bruit d'une fenêtre qu'on relevait doucement. A l'obscure clarté du ciel, il devait voir Alan debout comme une ombre noire, sur le perron ; les trois témoins étaient cachés entièrement à ses regards ; de sorte qu'il n'y avait là rien de susceptible d'alarmer un honnête propriétaire. Néanmoins, il scruta d'abord en silence son visiteur, et quand il parla, sa voix eut un accent de menace.

— Qu'est-ce que c'est ? dit-il. Ce n'est pas une heure pour les gens convenables ; et je n'ai rien à faire avec les hiboux de nuit. Que venez-vous faire ? J'ai ici un tromblon.

— Est-ce vous monsieur Balfour ? répliqua Alan, faisant un pas en arrière et regardant au-dessus de lui dans les ténèbres. Prenez garde avec ce tromblon ; c'est dangereux quand ces outils-là explosent.

— Que venez-vous faire ? et qui êtes-vous ? reprit mon oncle, avec colère.

— Je n'ai aucune envie de crier mon nom à tout le voisinage, dit Alan ; mais ce que je viens faire est une autre histoire, car cela vous regarde plus que moi ; et si vous y tenez pour de bon, je vais le mettre en musique et vous le chanter.

— Et de quoi s'agit-il ? demanda mon oncle.

— De David, répondit Alan.

— De quoi, de quoi ? s'écria mon oncle, d'une voix toute changée.

– Faut-il vous dire le reste du nom ?

Il y eut un silence ; puis :

– Je crois qu'il vaut mieux vous faire entrer, dit mon oncle avec une hésitation.

– Je le suppose, dit Alan, mais reste à voir si j'y consentirai. Or, je vais vous dire ce que je pense. Je pense que c'est ici sur le pas de la porte que nous devons conférer de cette affaire ; et ce sera ici ou nulle part ; car je tiens à vous faire comprendre que je suis un gentilhomme aussi roide d'échine que vous, et de meilleure famille.

Ce changement de ton déconcerta Ebenezer ; il resta un moment à le digérer ; puis il dit :

– Bon, bon, il faut ce qu'il faut !

Et il referma la fenêtre.

Mais il mit longtemps à descendre l'escalier, et plus longtemps encore à déverrouiller la porte, envahi de regrets (je suppose) et de nouveaux accès de crainte, toutes les deux marches et à chaque verrou et barre. A la fin, pourtant, les gonds grincèrent, mon oncle se glissa au-dehors, et, comme Alan s'était reculé d'un pas ou deux, s'assit sur la marche supérieure du perron, toujours armé de son tromblon.

– Et souvenez-vous que j'ai ici mon tromblon, et que si vous avancez d'un pas vous êtes mort.

– Voilà un discours bien civil, dit Alan, pas de doute.

– Mais aussi, dit mon oncle, ce n'est pas une façon de faire, et il faut que je me tienne prêt à tout. Et puisque nous nous comprenons tous les deux, vous pouvez dire ce qui vous amène.

– Eh bien, dit Alan, vous qui êtes si malin, vous n'aurez pas manqué de voir que je suis un gentilhomme des Highlands. Mon nom n'a rien à voir dans l'affaire ; mais le comté de mes amis n'est pas loin de cette île de Mull, dont vous avez ouï parler. Or, un bateau a fait naufrage de ce côté ; et un beau jour qu'un gentilhomme de ma famille était à chercher du bois pour son feu sur les sables, il rencontra un jeune homme à demi noyé. Il le fait revenir à lui ; et, de concert avec d'autres gentilshommes, il le prend et l'enferme dans un vieux château en ruine où, depuis ce jour, il n'a cessé d'être une grande cause de dépense pour mes amis. Mes amis sont un tantinet sauvages, et moins scrupuleux au sujet de la loi que tels que je pourrais nommer; et découvrant que le jeune homme avait des relations convenables, et qu'il était votre propre neveu, monsieur Balfour, ils m'ont demandé de venir un peu vous voir et conférer avec vous de cette matière. Et je puis vous dire avant toute chose que, si nous ne tombons d'accord sur les conditions, il est peu vraisemblable que vous entendiez plus jamais parler de lui. Car mes amis, ajouta Alan avec simplicité, ne sont pas très versés dans les belles manières.

Mon oncle s'éclaircit la gorge.

– Je m'en soucie fort peu, dit-il. Ce n'était qu'un mauvais garnement, et je ne veux plus rien avoir à démêler avec lui.

– Oui, dit Alan, je vois où vous voulez en venir : vous faites semblant de n'en avoir cure, afin de diminuer sa rançon.

– Non, dit mon oncle, c'est la vérité vraie. Je ne me soucie aucunement du jeune homme, et je ne paierai pas la moindre rançon, et vous pouvez faire de lui des choux ou des raves, pour ce que j'en ai cure.

– Baste, monsieur ! dit Alan. « Le sang est plus épais que de l'eau », nom d'un diable ! Vous ne pouvez décemment abandonner le fils de votre frère ; et si vous le faisiez, et qu'on vînt à le savoir, vous ne seriez pas très populaire dans votre voisinage, ou je me trompe beaucoup.

– Je ne suis déjà pas très populaire, de toute façon, répliqua Ebenezer; et je ne vois pas comment on viendrait à le savoir. Pas par moi, en tout cas; non plus que par vous ni vos amis. Ainsi donc, voilà du verbiage inutile, mon bon.

– Ce sera donc David qui racontera tout, dit Alan.

– Comment ça ? dit mon oncle vivement.

– Oh ! c'est tout simple, dit Alan. Mes amis garderaient sans doute votre neveu aussi longtemps qu'il y aurait quelque apparence de tirer de l'argent de lui ; mais faute de cela, je suis bien persuadé qu'ils le laisseront aller où il voudra, et que le diable l'emporte !

– Oui, mais c'est que je ne tiens guère à cela non plus, dit mon oncle. Je ne verrais pas volontiers la chose.

– Je le pensais bien, dit Alan.

– Et pourquoi donc ? demanda Ebenezer.

– Eh bien, M. Ebenezer, à ce qu'il me semble, c'est de deux choses l'une : ou bien vous aimez David et vous payez pour le ravoir ; ou bien vous ne manquez pas de bonnes raisons pour n'avoir pas envie de lui, et vous payez pour que nous le gardions. Le premier cas étant éliminé, reste donc le deuxième, et je serais fort désireux que vous disiez oui, car cela ferait un joli sou dans ma poche et dans celles de mes amis.

– Je ne comprends pas très bien, dit mon oncle.

– Non ? dit Alan. Eh bien, écoutez : vous ne tenez pas à ravoir le jeune homme ; alors, que voulez-vous qu'on fasse de lui, et combien êtes-vous disposé à payer ?

Mon oncle ne fit pas de réponse, mais s'agita désespérément sur son siège.

– Allons, monsieur, s'écria Alan. Je tiens à vous faire savoir que je suis gentilhomme ; je porte un nom royal ; je n'ai pas envie de faire le pied de grue à la porte de votre maison. Ou bien répondez-moi civilement, et cela sur-le-champ ; ou, par le pic de Glencoe ! je vous passe trois pieds de fer au travers des boyaux !

– Eh, l'ami ! s'écria mon oncle en se redressant, donnez-moi une minute ! Qui vous fâche ainsi ? Je ne suis qu'un homme tout simple, et non un maître à danser ; et je m'efforce d'être civil, autant qu'il est moralement possible. Quant à votre discours farouche, il ne vous fait pas honneur. Des boyaux ! dites-vous ? Que deviendrais-je sans mon tromblon !

— De la poudre et vos vieilles mains ne sont rien que l'escargot vis-à-vis de l'hirondelle, comparé à l'acier brillant aux mains d'Alan, dit l'autre. Avant que votre doigt vacillant ait trouvé la détente, ma garde résonnera sur votre bréchet.

— Eh, l'ami ! qui songe à le nier ? dit mon oncle. Agissez à votre guise, je ne vous contredis pas. Dites-moi seulement combien vous voulez, et vous verrez que nous nous entendrons fort bien.

— Ma foi, monsieur, je ne désire rien qu'un marché honnête. En deux mots voulez-vous que le jeune homme soit tué ou séquestré ?

— O Seigneur ! s'écria Ebenezer. Seigneur mon Dieu ! quel langage est-ce là ?

— Tué ou séquestré ? répéta Alan.

— Oh ! séquestré, séquestré, vagit mon oncle. Pas de sang, s'il vous plaît.

— Comme vous voudrez ; mais ce sera plus cher.

— Plus cher ? Irez-vous souiller vos mains d'un crime ?

— Baste ! dit Alan, les deux sont un crime. Et tuer est plus facile, plus bref et plus sûr. Garder le jeune homme est besogne fâcheuse et fastidieuse.

— Je tiens à ce qu'il soit gardé, cependant, répliqua mon oncle. Je n'ai jamais rien eu à faire avec quoi que ce soit de moralement mauvais et je ne vais pas commencer pour faire plaisir à un sauvage Highlander.

— Vous êtes singulièrement scrupuleux, dit-il.

— Je suis un homme de principes, dit Ebenezer, simplement ; et si je dois payer pour cela, je paierai. Et d'ailleurs, ajouta-t-il, vous oubliez que le jeune homme est le fils de mon frère.

— Bon, bon, dit Alan. Causons maintenant du prix. Je ne vois pas très bien comment je le fixerai. J'aimerais d'abord avoir quelques petits détails. J'aimerais savoir, par exemple, ce que vous avez donné à Hoseason la première fois.

— Hoseason ! s'écria mon oncle, ahuri. Pourquoi ?

— Pour enlever David, dit Alan.

— C'est un mensonge ! c'est un mensonge noir ! Il n'a jamais été enlevé ! Il a menti par sa gorge, celui qui vous a raconté cela ! Enlevé ? jamais de la vie !

— Ce n'est pas ma faute, ni la vôtre, dit Alan, ni celle de Hoseason, si l'on ne peut se fier à lui.

— Que voulez-vous dire ? s'écria Ebenezer. Hoseason vous a-t-il raconté ?

— Voyons, sinistre crapule, comment le saurais-je autrement ? s'écria Alan. Hoseason et moi sommes associés ; nous partageons les bénéfices ; aussi vous pouvez voir combien cela vous sert de mentir. Et je vous dirai tout franc que vous avez fait un marché de dupe, en laissant un homme comme le marin pénétrer si avant dans vos affaires privées. Mais il est trop tard pour y remédier ; et il vous faut vous coucher comme vous avez fait votre lit. Et la question présente est celle-ci : combien lui avez-vous donné ?

— Vous l'a-t-il dit ? demanda mon oncle.

— Cela me regarde, dit Alan.

— Eh bien, dit mon oncle, peu m'importe ce qu'il vous a raconté, il en a menti, et la vérité solennelle de Dieu est celle-ci : je lui ai donné vingt livres. Mais je serai tout à fait franc avec vous : à part cela il devait vendre le jeune homme à la Caroline, ce qui lui eût rapporté davantage encore, mais pas de ma poche, voyez-vous.

— Merci, monsieur Thomson, c'est tout à fait suffisant, dit le notaire en s'avançant.

Et puis, avec beaucoup de politesse :

— Bonsoir, monsieur Balfour, dit-il.

Et : — Bonsoir, oncle Ebenezer, dis-je.

Et : — Charmante nuit, monsieur Balfour, ajouta Torrance.

Mon oncle ne prononça pas une parole, d'un sens ni de l'autre ; mais il resta assis à sa place sur la marche supérieure du perron à nous regarder comme un homme changé en statue. Alan lui retira son tromblon ; et le notaire, le prenant par le bras, le fit lever du seuil, l'emmena dans la cuisine, où nous le suivîmes tous, et l'assit sur une chaise devant l'âtre où le feu s'éteignait parmi les tisons à demi consumés.

Une fois là, nous restâmes tous à le considérer un moment, fort réjouis de notre succès, mais éprouvant néanmoins une sorte de commisération devant la honte de cet homme.

— Allons, allons, monsieur Ebenezer, dit le notaire, il ne faut pas vous laisser abattre, car je vous garantis que nous ne vous ferons pas des conditions trop dures. En attendant, donnez-nous les clefs de la cave, et Torrance ira nous chercher une bouteille de vin de votre père, à l'occasion de cet événement.

Puis, se tournant vers moi et me serrant la main :

— Monsieur David, dit-il, je vous souhaite toute la prospérité possible dans votre nouvelle fortune, que je crois méritée.

Et puis, à Alan, avec une malice piquante :

— Monsieur Thomson, je vous fais mon compliment ; vous avez conduit les choses avec une parfaite maestria ; mais en un point vous avez tant soit peu dépassé les limites de ma compréhension. Dois-je entendre que votre nom est James ? ou Charles ? à moins que ce ne soit George, peut-être ?

— Et pourquoi serait-ce un de ces trois noms-là, monsieur ? riposta Alan, se redressant comme s'il eût flairé une offense.

— C'est, monsieur, que vous parliez d'un nom de roi, reprit Rankeillor, et comme il n'y eut jamais de roi Thomson, ou que, du moins, sa renommée n'est pas venue jusqu'à moi je me figurais que vous faisiez allusion à votre nom de baptême.

C'était là probablement le coup qu'Alan devait ressentir le plus vivement, et je dois avouer qu'il le prit très mal. Il ne répondit rien, mais se retira dans le fond de la cuisine, où il s'assit, boudant. Mais je m'en allai le retrouver, lui pris la main, et le remerciai d'avoir été l'instrument principal de mon succès ; et alors il retrouva peu à peu son sourire, et se laissa enfin persuader de se joindre à la société.

Cependant, on avait rallumé le feu et débouché une bouteille de vin ; on tira du panier un bon souper, auquel Torrance et moi fîmes honneur, ainsi qu'Alan. Le notaire et mon oncle passèrent dans la pièce voisine pour délibérer. Ils restèrent enfermés une heure ; durant ce laps de temps, un accord fut conclu, et mon oncle et moi scellâmes le contrat d'une cérémonieuse poignée de main. Aux termes de cet acte, mon oncle s'engageait à solder les honoraires de M. Rankeillor et à me payer les deux tiers nets du revenu annuel de Shaws.

Ainsi le mendiant de la ballade était de retour chez lui ; et quand je me couchai cette nuit-là sur les coffres de la cuisine, j'étais un homme riche et portant un nom dans le pays. Alan, Torrance et Rankeillor dormirent et ronflèrent sur leurs dures couches ; mais pour moi qui avais passé sous le ciel et sur la terre et les cailloux tant de jours et de nuits, et souvent l'estomac vide et dans la crainte de la mort, cet heureux changement dans ma situation me démoralisa plus que nulle autre des néfastes vicissitudes qui l'avaient précédé ; et je restai jusqu'à l'aube à regarder les reflets du feu au plafond et à faire des plans d'avenir.

XXX

Au revoir

En ce qui me concernait personnellement, j'étais arrivé au port, mais j'avais toujours Alan sur les bras, Alan à qui j'étais si redevable, et je voyais sous un jour tout nouveau le meurtre, et James des Glens. Sur ces deux chapitres, je m'ouvris à Rankeillor, le lendemain matin vers six heures, en nous promenant de long en large devant le château de Shaws, d'où l'on découvrait à perte de vue les champs et les bois qui avaient appartenu à mes ancêtres et qui m'appartenaient aujourd'hui. Tout en discutant ces graves questions, mes yeux parcouraient ce paysage avec délices et mon cœur bondissait d'orgueil.

Sur l'évidence de mon devoir à l'égard de mon ami, le notaire n'avait aucun doute ; je devais à tout prix l'aider à quitter le pays. Au sujet de James, néanmoins, il était d'un avis différent.

– M. Thomson, dit-il, est une chose, et le parent de M. Thomson en est une tout autre. Je connais mal les faits, mais je présume qu'un

haut seigneur (que nous appellerons, si vous voulez bien, le duc d'A. [1])
a quelque chose à voir, et doit même éprouver quelque animosité contre
lui. Sans doute, le duc d'A. est un parfait gentilhomme ; mais, monsieur
David, *timeo qui nocuere deos* [2]. Si vous cherchez à lui ravir sa
vengeance, souvenez-vous qu'il y a un moyen de supprimer votre
témoignage : c'est de vous mettre sur la sellette. Vous y seriez à la
même sauce que le parent de M. Thomson. Vous me répondrez que
vous êtes innocent ; mais ne l'est-il pas aussi, lui ? Et pour vous, un
procès capital devant un jury highlander, concernant une querelle
highlander, et avec un juge highlander comme président, vous
conduirait tout droit à la potence.

Or, j'avais déjà fait toutes ces réflexions et je ne leur trouvais pas
de réponse satisfaisante ; ce fut donc en toute sincérité que je répondis :

— En ce cas, monsieur, je n'ai d'autre perspective que la corde,
n'est-ce pas ?

— Mon cher garçon, s'écria-t-il, allez au nom de Dieu, et faites ce
que vous croyez juste. Il serait triste à mon âge d'aller vous conseiller
de choisir la sécurité avec la honte. Je retire ce que j'ai dit, et m'en
excuse. Allez et faites votre devoir, et soyez pendu, s'il le faut, comme
un gentilhomme. Il y a de pires choses au monde que d'être pendu.

— Guère, monsieur, dis-je en souriant.

— Si fait, monsieur ! s'écria-t-il, beaucoup. Et il vaudrait mieux pour
votre oncle (sans chercher plus loin) qu'il fût à gigoter honorablement
au bout d'une corde.

Puis il rentra dans la maison (toujours fort animé, et visiblement
très content de moi) pour m'écrire deux lettres, qu'il commentait à
mesure.

— Celle-ci, me dit-il, est pour mes banquiers, la Société des Lins
Britanniques, et elle ouvre un crédit à votre nom. Consultez M.
Thomson, il trouvera des moyens ; et ce crédit vous permettra de les
réaliser. Vous serez, j'en suis persuadé, bon ménager de vos finances ;
mais en faveur d'un ami comme M. Thomson, je ne reculerais pas
devant la prodigalité. Du reste, pour son parent, voici le meilleur
moyen ; vous allez trouver l'avocat général pour lui raconter votre
histoire et lui offrir votre témoignage ; qu'il l'accepte ou non, c'est une
tout autre affaire, qui dépend du duc d'A., afin que vous arriviez bien
recommandé chez le Lord Avocat, je vous donne ici une lettre pour
un homonyme à vous, le lettré M. Balfour de Pilrig, un homme que
j'estime. Cela fera meilleur effet que vous soyez présenté par une
personne de votre nom ; et le laird de Pilrig est très considéré dans
le monde judiciaire et se trouve en bons termes avec le Lord Avocat
Grant. A votre place, je ne le harcèlerais pas de détails ; et même (ne
l'oubliez pas) je juge inutile que vous parliez de M. Thomson. Prenez
exemple sur le laird : c'est un bon modèle ; avec l'Avocat général, soyez

---

1. Le duc d'Argyll (R. L. S.).
2. Je crains les dieux capables de nuire.

discret ; et, en toutes ces matières, puisse le Seigneur vous guider, monsieur David !

Là-dessus, il prit congé de nous et se mit en route avec Torrance pour le Ferry, cependant qu'Alan et moi nous dirigions vers la ville d'Edimbourg. Tout en marchant au long du sentier, et encore quand nous fûmes arrivés à hauteur des piliers et de la loge inachevés, nous regardâmes une dernière fois le château de mes pères. Il se dressait dans sa nudité vaste, sans une fumée, tel un lieu inhabité ; mais à l'une des fenêtres du haut, la mèche d'un bonnet de nuit frétillait de haut en bas et d'avant en arrière, tel un lapin au bord de son terrier. Je n'avais reçu guère de bienvenue lors de mon arrivée, et moins encore d'amabilités durant mon séjour ; mais mon départ fut suivi longuement des yeux.

Nous cheminions, Alan et moi, avec lenteur ; nous avions peu de goût pour causer, voire pour parler. La même idée nous obsédait l'un et l'autre, savoir : que l'heure de notre séparation était proche ; et le souvenir de tous les jours passés m'accablait de mélancolie. Nous parlâmes néanmoins de ce qu'il convenait de faire ; et il fut résolu qu'Alan resterait dans le comté, tantôt par ci, tantôt par là, mais venant une fois par jour à un endroit désigné où je serais à même de communiquer avec lui, soit en personne, soit par messager. Entre-temps, j'irais trouver ce notaire Appin Stewart, homme par conséquent digne de toute confiance, à qui je m'en remettrais pour nous dénicher un bateau et ménager à Alan un embarquement sûr. Le tout ne fut pas plus tôt réglé que la parole sembla nous faire défaut ; et mes tentatives de badinage avec Alan sur son nom de M. Thomson, et les siennes avec moi, sur mes nouveaux habits et mon domaine, laissaient trop voir que nous étions plus près des larmes que du rire.

Nous arrivâmes sur la colline de Corstorphine, et quand nous fûmes près du lieu dit le Repos-bien-gagné, d'où l'on découvre les étangs de Corstorphine et au loin la ville avec son château sur la hauteur, nous fîmes halte, car nous comprîmes tacitement que c'était là où nos chemins divergeaient. Il me répéta encore une fois ce qui avait été convenu entre nous : l'adresse du notaire, l'heure à laquelle je pourrais trouver Alan chaque jour, et la façon dont devrait s'annoncer quiconque s'en viendrait vers lui. Je lui donnai ensuite tout l'argent que j'avais (deux ou trois guinées reçues de Rankeillor) afin qu'il ne mourût pas de faim dans l'intervalle, et nous restâmes un moment à regarder Edimbourg en silence.

— Allons, au revoir, dit Alan, qui me tendit sa main gauche.

— Au revoir, dis-je.

Et je donnai à sa main une légère pression, puis redescendis la côte.

Aucun de nous ne regarda l'autre en face, et aussi longtemps qu'il resta en vue je ne jetai pas un seul regard sur l'ami que je laissais derrière moi. Mais en me dirigeant vers la ville, je me sentis infiniment perdu et esseulé et dus résister à la tentation de m'asseoir au bord du fossé et de pleurer comme un enfant.

Il était près de midi lorsque je passai devant l'église de l'Ouest et le Marché-aux-Herbes pour pénétrer dans les rues de la capitale. La hauteur démesurée des bâtiments, élevés de dix à quinze étages, les étroites voûtes d'entrées qui vomissaient à chaque instant du monde, les marchandises aux étalages des boutiques, la circulation et la rumeur incessantes, les mauvaises odeurs et les beaux habits, et cent autres détails trop infimes pour les mentionner, me frappaient d'une sorte d'hébétude, au point que je laissais la foule m'emporter de çà de là ; mais tout le temps je ne cessais de penser à Alan, resté là-bas au Repos-bien-gagné, et tout le temps (bien qu'on dût me croire plutôt enchanté de ces belles choses et de leur nouveauté), le remords, eût-on dit, comme d'une mauvaise action me rongeait le cœur, telle une dent de glace.

La main de la Providence conduisit ma dérive, et je me trouvai aux portes de la Société des Lins Britanniques.

NOTE DU TRADUCTEUR

Ainsi se termine, de façon en apparence quelque peu abrupte, l'ouvrage de Robert Louis Stevenson qui porte en anglais le titre de Kidnapped !

Sans le scrupuleux respect du texte que j'ai toujours observé à l'égard du Maître écossais et dont je ne puis me départir ici plus qu'ailleurs, il eût été facile de modifier le dernier chapitre et d'adapter la fin du volume aux habitudes courantes du lecteur français. Quelques pages auraient suffi, pour montrer David Balfour accueilli à la banque avec les honneurs dus à son rang et remis en possession de sa fortune, tandis que l'ami Alan était embarqué à prix d'or et passé en sûreté de l'autre côté de l'eau.

Mais le respect de Stevenson n'est pas seul en cause, et un autre motif m'a encore engagé à donner ce chapitre tel quel. Les pages que je viens d'esquisser en un sec schéma, l'auteur lui-même les a écrites, avec sa magie coutumière... Seulement, cette « conclusion » forme le début d'un autre livre ; car, à peine sorti de la banque, David Balfour va entrevoir l'aimable Catriona, fille d'un chef highlander proscrit, et cette simple rencontre remet tout en cause. Être un riche « laird » terrien ne compte pas, devant l'amour qui naît. L'entrée en possession de l'héritage et du titre n'est plus de la sorte un dénouement, mais bien un point de départ nouveau : l'intérêt rebondit... et les admirateurs de Stevenson – tous ceux donc qui viennent de lire le présent volume – ne peuvent manquer d'aller chercher la continuation des Aventures de David Balfour dans Catriona *publié dans la même collection. Avec quantité d'épisodes passionnants, amoureux ou terribles, où reparaît en premier plan la curieuse et attachante figure d'Alan, on y trouvera, comme l'annonce le sous-titre :*

« *Les tribulations de David Balfour relatives à l'assassinat d'Appin ;
ses démêlés avec le lord Avocat-Général Grant ; sa captivité sur la Roche
de Bass ; son voyage en Hollande et en France ; plus ses rapports singuliers
avec James More Drummond ou Mac Gregor, fils du fameux Rob Roy,
et avec sa fille Catriona, – le tout écrit par lui-même et mis aujourd'hui
en lumière par Robert Louis Stevenson.* »

T. V.

CATRIONA
OU LES AVENTURES DE DAVID BALFOUR II
(Catriona)

**Traduit de l'anglais
par Théo Varlet**

CATRIONA

Mémoires sur les Nouvelles Aventures de

DAVID BALFOUR

DANS SON PAYS ET A L'ÉTRANGER

Dans lesquelles sont relatés ses mésaventures concernant le meurtre d'Appin, ses ennuis avec le Procureur Général Grant ; sa captivité sur le Bass Rock, son voyage en Hollande et en France, et ses singulières relations avec James More Drummond ou MacGregor, un fils du célèbre Rob Roy, et sa fille Catriona. Écrites par lui et maintenant publiées par

ROBERT LOUIS STEVENSON

DÉDICACE

À CHARLES BAXTER, AVOUÉ

Mon Cher Charles,

C'est le destin des suites d'histoires de décevoir ceux qui les ont attendues ; et mon David, que nous avons laissé à se morfondre pendant plus d'un lustre dans le bureau de la Bristish Linen Company, doit s'attendre à ce que sa réapparition tardive soit accueillie par des coups de sirène sinon par des projectiles. Cependant, quand je me rappelle l'époque de nos explorations, je ne suis pas sans un certain espoir. Il devrait être resté dans notre ville natale quelque descendance de l'élu ; une certaine jeunesse aux longues jambes et à la tête chaude doit répéter aujourd'hui nos rêves et nos vagabondages qui datent d'un si grand nombre d'années ; il goûtera le plaisir, qui aurait dû être le nôtre, de refaire, parmi des rues dont on donne le nom et les maisons portant un numéro, les promenades de David Balfour, d'identifier Dean, et Silvermills, et Broughton, et Hope Park, et Pilrig, et le pauvre vieux Lochend – s'il est toujours debout, et les Genêts de Figgate – s'il en reste ; ou de pousser (à l'occasion d'un long congé) jusqu'à Gillane ou le Bass. Ainsi, peut-être, son œil sera-t-il ouvert pour apercevoir la série des générations, et il estimera avec surprise ce que son don de la vie peut avoir à la fois de capital et de futile.

Vous êtes toujours – comme la première fois que je vous ai vu, comme la dernière fois que je me suis adressé à vous – dans cette vénérable cité que je dois toujours considérer comme mon domicile. Et je suis venu si loin ; et les spectacles et les pensées de ma jeunesse me poursuivent ; et je vois comme dans une vision la jeunesse de mon père, et de son père, et tout le flot de vies qui s'écoule là-bas, loin vers le nord, dans un bruit de rires et de sanglots, pour me lancer à la fin, comme par une crue subite, sur ces îles lointaines. Et j'admire le romanesque de la destinée, devant lequel je m'incline.

Vailima Upolu, Samoa, 1892.
R.L.S.

Première partie

LE PROCUREUR GÉNÉRAL

I

Un « mendiant à cheval »

Le 25 août 1752, vers deux heures de l'après-midi, on put me voir, moi David Balfour, sortir de la *Société des Lins Britanniques* : un employé m'escortait porteur d'un sac d'espèces, et les plus huppés négociants de la banque me reconduisirent jusqu'à la porte. Deux jours plus tôt, et la veille au matin encore, j'étais pareil à un mendiant de grande route, vêtu de haillons, et réduit à mes derniers shillings ; j'avais pour compagnon un condamné de haute trahison, et ma tête même était mise à prix, pour un assassinat qui soulevait l'émotion de tout le pays. Aujourd'hui, entré en possession de mon héritage, j'étais un *laird* [1] foncier ; un garçon de banque m'accompagnait chargé de mon or, j'étais muni de lettres de recommandation ; bref, j'avais (comme dit le proverbe) tous les atouts dans mon jeu.

Deux choses venaient contrebalancer tant de belles promesses. D'abord la négociation si ardue et périlleuse que j'avais encore à traiter ; ensuite, le milieu dans lequel je me trouvais. La grande ville noire, avec l'agitation et le bruit de tous ces gens innombrables, faisait pour moi un monde nouveau, au sortir des landes marécageuses, des sables maritimes et des paisibles campagnes où j'avais vécu jusqu'alors. La foule des bourgeois, en particulier, me déconcertait. Le fils de Rankeillor était petit et mince : ses habits ne m'allaient pas du tout, et j'étais réellement mal qualifié pour me pavaner devant un garçon de banque. Évidemment, si je continuais ainsi, je ferais rire de moi, et (ce qui était plus grave, dans mon cas) j'éveillerais les commentaires. Je résolus donc de me procurer des habits à ma taille ; et, en attendant, je marchai

---

1. Un lord, en Écosse.

à côté de mon porteur et lui donnai le bras, comme si nous étions une paire d'amis.

Je m'équipai chez un fripier des Luckenbooths. Je ne pris pas du trop luxueux, car je ne voulais pas avoir l'air d'un mendiant à cheval », mais bien du simple et du cossu, afin d'être respecté de la valetaille. Puis, chez un armurier, je choisis une épée ordinaire, appropriée à ma condition. Je me sentis plus rassuré avec cette arme, bien qu'elle fût plutôt (pour un aussi piètre escrimeur) un danger de surcroît. Le garçon, qui n'était pas dénué d'expérience, jugea mon équipement bien choisi.

– Rien de voyant, me dit-il ; c'est un costume simple et convenable. Pour la rapière, il est vrai qu'elle sied à votre rang ; mais si j'étais de vous, j'aurais dépensé mon argent à mieux que ça.

Et il me proposa d'aller au bas Cowgate, pour acheter des caleçons d'hiver chez une de ses cousines qui en faisait d'« absolument inusables ».

Mais j'avais à m'occuper de choses plus pressantes. Je me voyais dans cette vieille cité noire, qui ressemblait à une véritable garenne à lapins, tant par le nombre de ses habitants que par l'enchevêtrement de ses galeries et de ses impasses. En pareil lieu, un étranger n'avait certes aucune chance de retrouver un ami, à plus forte raison si cet ami était également étranger. A supposer même qu'il découvrît le bon immeuble, les gens habitaient si serrés dans ces hautes maisons, qu'il pouvait fort bien chercher toute la journée avant de tomber sur la bonne porte. Il existait bien un moyen, qui était de prendre un de ces guides appelés « caddies », qui jouaient le rôle de pilotes, et vous conduisaient où vous aviez besoin, puis, une fois vos courses faites, vous ramenaient à votre gîte. Mais ces caddies, à force d'être employés à ce genre de service qui les oblige de connaître chaque maison et chaque personne de la ville, avaient fini par former une confrérie d'espions ; et j'avais ouï raconter par M. Campbell qu'ils communiquaient entre eux, qu'ils professaient une curiosité inouïe des affaires de leurs employeurs, et qu'en somme ils étaient les yeux et les bras de la police. Il n'eût guère été sage, dans ma situation, de m'attacher aux trousses un furet de cette espèce. J'avais à faire trois visites, d'une urgence égale : à mon parent M. Balfour de Pilrig, à l'avoué Stewart, qui était l'agent d'affaires d'Appin, et à William Grant Esquire de Prestongrange, procureur général d'Écosse. La visite à M. Balfour n'était guère compromettante ; et d'ailleurs, Pilrig étant aux environs, je me faisais fort de trouver le chemin tout seul, à l'aide de mes deux jambes et de la langue écossaise. Mais il en allait différemment pour les deux autres. La visite chez l'agent d'affaires d'Appin, alors qu'il n'était bruit que de l'assassinat d'Appin, était non seulement dangereuse en soi, mais elle s'accordait aussi mal que possible avec l'autre. Je pouvais, de toute façon, m'attendre à passer un mauvais quart d'heure chez le procureur général Grant ; mais aller le trouver tout droit au sortir de chez l'agent d'Appin ne contribuerait certainement pas à arranger mes affaires, et pourrait fort bien causer la perte de l'ami Alan. Un tel procédé, d'ailleurs, m'eût donné l'air de courir avec le lièvre et de chasser avec les chiens, ce qui n'était pas de mon goût. Je résolus donc d'en finir tout de suite avec M. Stewart et le côté jacobite de l'affaire, et d'utiliser dans ce but comme guide le porteur mon compagnon. Mais je venais à peine de lui donner l'adresse qu'il survint une ondée – peu sérieuse, mais je pensais à mes habits neufs – et nous cherchâmes un abri sous une voûte, à l'entrée d'une petite rue en cul-de-sac.

Comme tout ici était nouveau pour moi, je m'avançai de quelques pas sous la voûte. L'étroite chaussée pavée dévalait en pente rapide. Des maisons d'une hauteur vertigineuse s'élevaient des deux côtés, et chaque étage successif faisait saillie sur le précédent, elles ne laissaient entre elles, par le haut, qu'un étroit ruban de ciel. A en juger par ce que je pouvais voir à travers les fenêtres, et par l'aspect honorable des allants et venants, ces maisons devaient être habitées par des gens très bien. Le spectacle m'intéressait comme un roman.

Je regardais toujours, lorsqu'un bruit soudain de pas secs et cadencés, joint à un cliquetis d'acier, me fit tourner la tête. Je vis un détachement de soldats en armes, et, au milieu d'eux, un homme de haute taille revêtu d'un surtout. Il marchait à demi courbé, avec une sorte d'humilité souple et insinuante, tout en esquissant des mains le geste d'applaudir, et sa mine était à la fois sournoise et distinguée. Je crus voir ses yeux s'arrêter sur moi, mais il me fut impossible de rencontrer son regard. Ce cortège nous dépassa et s'arrêta dans le cul-de-sac, devant une porte que vint ouvrir un laquais en superbe livrée, et deux des soldats emmenèrent le prisonnier à l'intérieur de la maison, tandis que les autres restaient au-dehors, appuyés sur leurs mousquets.

Il ne peut rien se passer dans les rues d'une ville sans qu'il survienne à l'instant des badauds et des gamins. Ce fut le cas ici ; mais la plupart se dispersèrent tout de suite, et il ne resta que trois personnes. L'une d'elles, une jeune fille, était vêtue comme une dame, et portait à sa coiffure une cocarde aux couleurs des Drummond. Quant à ses compagnons (ses suivants, pour mieux dire) c'étaient de haillonneux domestiques, comme j'en avais vu à la douzaine, au cours de mon voyage à travers les Highlands. Tous trois conversaient en gaélique. Le son de cette langue était doux à mes oreilles, car il me rappelait Alan ; et, bien que la pluie eût cessé, et que mon porteur me pressât de partir, je me rapprochai du groupe, afin d'écouter. Tancés avec véhémence par la dame, les autres s'excusaient servilement, d'où je conclus qu'elle appartenait à la maison d'un chef. Cependant, tous trois ne cessaient de fouiller dans leurs poches, et, à ce que je pus voir, ils avaient à eux tous ensemble la valeur d'un demi-farthing [1]. Je souris à part moi, de voir que tous les gens du Highland sont bien pareils, en ce qui concerne les belles révérences et la bourse plate.

Tout à coup la jeune fille vint à se retourner, et j'aperçus enfin son

_____
1. Quelque chose comme un liard.

visage. Avec quelle étonnante facilité un jeune visage féminin s'impose à l'esprit d'un homme, et s'y loge à demeure, comme si l'apparition venait à point exaucer tous ses vœux ! La jeune fille avait des yeux d'un éclat splendide, pareils à des étoiles, et je crois bien que ses yeux jouèrent un rôle, mais ce que je me rappelle le plus nettement, ce sont ses lèvres, qui étaient entrouvertes lorsqu'elle se retourna. Et alors, n'importe le motif, je restai bouche bée comme un sot. Elle, de son côté, ne s'attendant pas à voir quelqu'un aussi près d'elle, me dévisagea un peu plus longtemps, et peut-être avec plus de surprise que ne l'exigeaient les convenances.

En vrai provincial, je me mis dans la tête qu'elle examinait mes habits neufs ; aussi, je rougis jusqu'aux oreilles, et il est à croire que ma rougeur lui inspira d'autres réflexions, car elle entraîna ses domestiques vers le fond de l'impasse, où ils reprirent leur discussion hors de portée de mon ouïe.

Maintes fois déjà auparavant, quoique jamais avec cette soudaine intensité, j'avais admiré des demoiselles ; mais comme je craignais fort les railleries du beau sexe, j'étais, en pareil cas, plutôt enclin à reculer qu'à avancer. J'avais cette fois-ci, eût-on pu croire, d'autant plus de raison de suivre ma pratique ordinaire que je venais de rencontrer cette jeune personne dans la rue, en train apparemment de suivre un prisonnier, et accompagnée de deux Highlanders de mauvaise mine et très déguenillés. Mais une considération me retint : sans nul doute la demoiselle croyait que j'avais cherché à surprendre ses secrets, et je ne pouvais, avec mes habits neufs et mon épée, et porté au pinacle de ma nouvelle fortune, admettre une semblable supposition. Le « mendiant à cheval » ne tolérait pas d'être ravalé si bas, à tout le moins par cette jeune personne.

Je la rejoignis donc, et lui tirai mon chapeau neuf, de ma leçon la plus civile.

— Madame, lui dis-je, je crois de mon simple devoir de vous avertir que j'ignore le gaélique. Il est vrai que je vous écoutais, car j'ai moi-même des amis par-delà la frontière des Highlands, et le son de leur langue m'est cher ; mais pour ce qui est de vos affaires privées, vous auriez parlé grec que j'en saurais tout juste autant.

Elle me fit une petite révérence lointaine.

— Il n'y a pas de mal, dit-elle, avec un joli accent, qui approchait fort de l'anglais, mais qui était plus agréable. Un chien peut bien regarder un évêque.

— Je n'ai eu aucune intention de vous offenser, répliquai-je. Je ne suis pas au courant des manières citadines ; c'est même aujourd'hui pour la première fois que j'ai franchi les portes d'Edimbourg. Prenez-moi pour ce que je suis, à savoir : un garçon de la campagne ; je préfère vous le dire que vous le laisser découvrir.

— Au fait, les étrangers n'ont guère coutume de s'aborder ainsi en pleine rue, répliqua-t-elle. Mais si vous êtes de la campagne, c'est différent. Je suis tout comme vous de la campagne ; je suis du Highland, comme vous le voyez, et je m'en sens d'autant plus loin de chez moi.

— Et moi, il n'y a pas huit jours que j'ai passé la frontière, dis-je. Il y a moins de huit jours, j'étais dans les montagnes de Balwhidder.

— Balwhidder ? s'écria-t-elle. Vous venez de Balwhidder ! Ce nom réjouit tout mon être. Pour si peu de temps que vous y soyez resté, vous devez connaître de mes parents ou amis ?

— J'ai logé chez un excellent honnête homme appelé Duncan Dhu MacLaren.

— Duncan ! je le connais très bien, et vous le qualifiez comme il faut ! et tout honnête qu'il soit, sa femme ne l'est pas moins.

— Vous dites vrai, ce sont d'excellentes gens, et qui habitent un bien joli endroit.

— Où a-t-il son pareil dans tout le vaste monde ? J'aime cette terre, son odeur, et jusqu'aux racines qui s'y enfoncent.

J'étais absolument captivé par la fougue de la jeune fille.

— Je regrette de ne vous avoir pas apporté un rameau de ces bruyères, lui dis-je. Assurément j'ai eu tort de vous parler à première vue, mais puisque nous avons des connaissances communes, je vous prie en grâce de ne pas m'oublier. David Balfour est le nom qu'on me donne. Et je suis dans un jour de bonheur, car je viens tout juste d'entrer en possession de mon patrimoine, et j'ai tout récemment échappé à un mortel danger. En mémoire de Balwhidder, je souhaite que vous vous rappeliez mon nom, comme je me rappellerai le vôtre, en mémoire de ce jour de bonheur.

— On ne prononce pas mon nom, répliqua-t-elle, d'un air très altier. Il y a plus de cent ans qu'il n'a circulé sur les lèvres des hommes, sauf à la dérobée. Je suis sans nom, comme les « Dames de la Paix »[1]. Le seul que j'emploie est : Catriona Drummond.

Je savais maintenant à quoi m'en tenir. Dans toute l'Écosse il n'y avait de proscrit qu'un seul nom, celui des MacGregor. Pourtant, loin de fuir cette peu désirable relation, je m'y enfonçai davantage.

— Je me suis trouvé avec quelqu'un qui était dans votre cas, repris-je. C'est sans doute un de vos amis. On l'appelait Robin Oig.

— Vraiment ! Vous avez vu Rob ?

— J'ai passé une soirée avec lui.

— C'est en effet un oiseau nocturne, fit-elle.

— Nous avions avec nous une cornemuse, repris-je ; aussi vous devinez comme le temps a passé.

— Vous ne pouvez être un ennemi, en tout cas, dit-elle. Son frère était là il n'y a qu'un moment, avec les habits-rouges[2] autour de lui. C'est lui que je nomme mon père.

— En vérité ! m'écriai-je. Vous seriez la fille de James More ?

1. Les fées, que la superstition commune n'ose désigner par leur vrai nom.
2. Les soldats anglais.

– Je suis sa fille unique ; la fille d'un prisonnier. Se peut-il que je l'oublie ainsi, même pour une heure, à causer avec des étrangers !

Ici, l'un des domestiques, s'adressant à elle en mauvais anglais, lui demanda ce qu'il devait faire « pour le tabac ». D'un seul coup d'œil j'inventoriai ce petit homme bancal à cheveux roux et grosse tête, que je devais à mon dam retrouver par la suite.

– Il n'en peut être question aujourd'hui, Neil, lui répondit-elle. Comment voulez-vous avoir du tabac sans argent ? Cela vous apprendra, pour une autre fois, à être plus soigneux, mais je pense que James More ne sera pas très satisfait de son Neil fils de Tom.

– Miss Drumond, dis-je, je vous ai appris que j'étais dans un jour de bonheur. Me voici escorté d'un garçon de banque. Et souvenez-vous que j'ai reçu l'hospitalité dans votre pays de Balwhidder.

– Ce n'est personne des miens qui vous l'a offerte.

– C'est vrai, mais je suis redevable à votre oncle au moins de quelques airs de cornemuse. En outre, je vous ai offert mon amitié, et vous avez été assez distraite pour ne la point refuser en temps opportun.

– S'il s'agissait d'une grosse somme, vous auriez pu en tirer quelque mérite, répliqua-t-elle ; mais je vais vous dire ce dont il s'agit. James More est retenu en prison ; et depuis quelque temps, on l'amène ici chaque jour chez le procureur général.

– Chez le procureur général ! m'écriai-je. Est-ce là...

– C'est la maison de lord Grant de Prestongrange, procureur général. C'est ici qu'on amène mon père continuellement. Dans quel but, je n'en ai pas la moindre idée ; mais il paraît y avoir pour lui une lueur d'espoir. Toutefois, on ne me permet pas d'aller le visiter ni même de lui écrire, et nous attendons sur le pavé du roi pour le saisir au vol, et quand il passe, nous lui donnons ou bien son tabac à priser, ou bien autre chose. Et voilà que cet oiseau de malheur, Neil, fils de Duncan, a perdu ma pièce de quatre *pence,* qui devait payer le tabac, et James More devra s'en passer, et il croira que sa fille l'a oublié.

Je pris dans ma poche une pièce de six pence et la remis à Neil en lui disant d'aller faire son emplette. Puis, me tournant vers Miss Drumond, j'ajoutai :

– Ces six pence me viennent de Balwhidder.

– Ah ! fit-elle, je vois que les Gregara ont en vous un ami !

– Je ne veux pas, répliquai-je, vous induire en erreur. Je ne me soucie pas plus des Gregara que de James More et de ses faits et gestes, mais depuis le peu de temps que je viens de passer dans cette rue, il me semble que je ne suis plus tout à fait un étranger pour vous. Dites plutôt : « Un ami de Miss Catriona », et vous ne risquerez pas de vous tromper.

– L'un ne peut aller sans l'autre, déclara-t-elle.

– Je veux quand même essayer, fis-je.

– Et qu'allez-vous penser de moi, sinon que je tends la main au premier venu ?

– Je ne penserai rien, sinon que vous êtes une fille dévouée.

— Je veux au moins pouvoir vous rembourser. Où est-ce que vous demeurez ?

— A vrai dire, je ne demeure encore nulle part, puisqu'il n'y a pas tout à fait trois heures que je suis dans cette ville ; mais si vous voulez bien me donner votre adresse, je me permettrai de venir moi-même chercher mes six pence.

— Puis-je me fier à vous là-dessus ? demanda-t-elle.

— N'ayez aucune crainte, répondis-je.

— C'est que James More ne tolérait pas le contraire. Je demeure passé le village de Dean, sur la rive nord de l'eau, chez Mme Drumond-Ogilvy d'Allardyce, mon amie intime, qui se fera un plaisir de vous remercier.

— Vous m'y verrez donc aussitôt que mes affaires me le permettront, répliquai-je.

Puis, le souvenir d'Alan me revenant à l'esprit, je me hâtai de prendre congé d'elle.

Cependant, je ne laissai pas de m'avouer que notre brève entrevue nous avait mis bien vite à l'aise, et qu'une jeune dame vraiment comme il faut se serait montrée plus réservée. Ce fut, je crois, l'employé de banque qui me détourna de ces idées peu flatteuses.

— Je vous avais pris pour un garçon d'une certaine jugeote, commença-t-il, en faisant la moue. Mais il n'y a guère d'apparence que vous alliez loin, de ce pas. Un fou et son argent se sont bientôt séparés. Hé mais ! c'est que vous êtes un vert galant ! et plein de vice, encore ! De jacasser avec des poupées d'un sou.

— Si vous osez parler de cette jeune dame...

— Une dame ! s'écria-t-il. Dieu nous bénisse, quelle dame ! *Catau* une dame ? La ville en est pleine, de dames de son espèce ! On voit bien, l'ami, que vous ne connaissez pas encore Edimbourg.

La moutarde me monta au nez.

— En voilà assez, fis-je, conduisez-moi où je vous ai dit, et fermez votre bouche médisante.

Il ne m'obéit qu'à moitié, car sans plus s'adresser à moi directement, il chantonna pour moi tout le long de la route, en guise d'allusion non moins cynique, et d'une voix outrageusement fausse :

Comme Mary Lee descendait la rue, sa mante s'envola,
Elle jeta sur ses dessous un regard en coulisse,
Et nous sommes tous venus de l'Est et de l'Ouest, tous venus à la fois,
Nous sommes tous venus de l'Est et de l'Ouest courtiser Mary Lee.

II

L'avocat highlander

M. l'avocat Charles Stewart logeait au bout du plus interminable escalier que possédât jamais une maison : au quinzième étage pour le moins ; et lorsque j'arrivai à sa porte, qu'un clerc vint ouvrir en me disant que son maître était là, il me restait à peine assez de souffle pour envoyer promener mon porteur.

– Vous, filez, à l'Est et à l'Ouest, lui dis-je.

Et lui prenant des mains le sac d'espèces, j'entrai derrière le clerc.

La première pièce était le bureau de ce dernier, et il avait sa chaise devant un pupitre jonché de paperasses juridiques. Dans l'autre chambre, qui faisait suite à celle-là, un petit homme alerte était penché sur un dossier. A peine leva-t-il les yeux à mon entrée ; même il garda son doigt sur la page, comme tout disposé à me renvoyer et à reprendre son étude. Je fus médiocrement satisfait de cet accueil, et moins encore de voir que le clerc était posté à souhait pour entendre ce que nous dirions.

Je demandai au petit homme s'il était bien M. Charles Stewart, l'avocat.

– En personne, répondit-il ; et si je puis me permettre également cette question, vous-même qui êtes-vous ?

– Mon nom ne vous est pas plus familier que mes traits, répliquai-je ; mais je vous apporte le gage d'un ami que vous connaissez bien. Que vous connaissez bien, répétai-je en baissant la voix, mais dont peut-être vous êtes moins désireux d'entendre parler pour l'instant. Et les petites affaires que j'ai à vous exposer sont plutôt de nature confidentielle. Bref, je crois préférable que nous soyons tout à fait entre nous.

Il se leva sans mot dire, en reposant son papier d'un air contrarié, envoya son clerc faire une commission au-dehors, et referma sur lui la porte de l'appartement.

– Voilà, monsieur, dit-il en se rasseyant, vous pouvez parler à votre aise et sans aucune contrainte ; toutefois, avant que vous ne commenciez, je tiens de mon côté à vous prévenir que je me méfie ! Je le sais d'avance : vous êtes vous-même un Stewart, ou l'envoyé d'un Stewart. Le nom est beau, certes, et le fils de mon père serait mal venu de le déprécier. Mais je commence à en avoir les oreilles rebattues.

– Je m'appelle Balfour, lui répliquai-je, David Balfour de Shaws. Quant à celui qui m'envoie, son gage parlera pour lui.

Et je tirai de ma poche le bouton d'argent.

– Cachez cela, monsieur ! s'écria l'avocat. Inutile de le nommer, ce diable de garnement, je reconnais son bouton ! Et que le diable l'emporte ! Où est-il à présent ?

Je lui avouai mon ignorance. Tout ce que je savais, c'était qu'Alan avait sur la rive nord une cachette sûre (à son avis du moins) où il resterait jusqu'à ce qu'on lui eût trouvé un bateau ; et qu'il m'avait fixé un rendez-vous pour l'en informer.

— J'ai toujours été d'avis que je serais pendu à cause de ma parenté, s'écria l'avocat ; et je crois parbleu que le moment est venu ! Il veut qu'on lui trouve un bateau ! Et avec l'argent de qui ? Cet homme est fou !

— Monsieur Stewart, dis-je, c'est là que j'interviens dans l'affaire. Voici un sac de bonnes espèces, et si cela ne suffit pas, il y en a encore là où je les ai prises.

— Je n'ai pas besoin de vous demander votre opinion politique, lança-t-il.

— En effet, repartis-je avec un sourire : je suis aussi whig [1] qu'on peut l'être.

— Un instant, un instant, fit M. Stewart. Qu'est-ce que tout cela veut dire ? Vous êtes un whig ? Mais alors pourquoi êtes-vous ici avec le bouton d'Alan ? et que signifie cette louche manigance où je vous trouve engagé, monsieur le Whig ? Voici un rebelle condamné, un assassin présumé, dont la tête est mise à prix deux cents livres, et après m'avoir demandé de m'occuper de lui, vous venez me raconter que vous êtes un whig ! J'ai beau connaître des tas de whigs, je ne me souviens guère en avoir vu de pareils !

— Que cet homme soit un rebelle condamné, je le regrette d'autant plus qu'il est mon ami. Je ne puis souhaiter qu'une chose, c'est qu'il eût été mieux inspiré. Et un assassin présumé, c'est également trop vrai, pour son malheur ; mais on l'accuse à tort.

— C'est vous qui le dites.

— D'autres que vous me l'entendront dire aussi avant qu'il soit longtemps. Alan Breck est innocent, tout comme James.

— Oh ! fit M. Stewart, les deux affaires n'en font qu'une. Si Alan est hors de cause, James ne saurait être inculpé.

Là-dessus je lui exposai en peu de mots comment j'avais fait la rencontre d'Alan, par quel hasard je me trouvai présent lors de l'assassinat d'Appin, avec les diverses péripéties de notre fuite à travers la bruyère, et comme quoi j'avais recouvré mes biens. « Ainsi donc, monsieur, continuai-je, vous voilà au courant des faits, et vous voyez vous-même par suite de quelles circonstances je suis mêlé aux affaires de vos parents et de vos amis, affaires que j'aurais souhaitées (pour notre bien à tous) plus simples et moins sanguinaires. Vous voyez par vous-même également que j'ai là en suspens telles négociations qu'il n'eût guère été convenable de soumettre à un homme de loi pris au

---

1. Partisan du roi George, auquel s'opposait le prétendant James, ou Jacques Ier, dit aussi « le Chevalier », par ses partisans « tories », nombreux surtout en Écosse.

hasard. Il ne me reste plus qu'à vous demander si vous voulez bien vous en occuper ?

— Je n'en ai guère envie ; mais puisque vous êtes venu me trouver avec le bouton d'Alan, je n'ai pas le choix. Quelles sont vos instructions ? ajouta-t-il en prenant sa plume.

— Il faut avant tout faire sortir Alan du pays, répondis-je ; mais je n'ai pas besoin de vous le répéter.

— Il y a peu de chances pour que je l'oublie, fit M. Stewart.

— Ensuite, continuai-je, la petite somme que je dois à Cluny. Je trouverais malaisément un moyen de la lui faire parvenir, tandis que pour vous, cela n'offre aucune difficulté. Il s'agissait de deux livres, cinq shillings et trois pence et demi, monnaie sterling [1].

Il en prit note.

— Puis il y a un M. Henderland, prédicateur et missionnaire autorisé en Ardgour, à qui j'aimerais bien envoyer du tabac à priser ; et comme j'imagine que vous êtes en relations avec vos amis d'Appin (qui est tout proche), c'est là une commission qui peut se joindre à l'autre.

— Nous disons du tabac à priser. Combien ?

— Mettons deux livres.

— Deux, répéta-t-il.

— Il y a ensuite la fille Alison Hastie, de Limekilns. C'est elle qui nous a aidés, Alan et moi, à passer le Forth. Il me semble que j'aurais la conscience plus tranquille si je pouvais lui faire avoir une bonne robe des dimanches appropriée à son rang, car en vérité nous lui devons la vie tous les deux.

— Je vois avec plaisir que vous êtes généreux, monsieur Balfour, dit l'avocat, en prenant ses notes.

— Je rougirais de ne pas l'être pour mon premier jour de richesse, répliquai-je. Et maintenant, si vous voulez faire le total et y joindre vos honoraires, j'aimerais savoir s'il me restera quelque argent de poche. Ce n'est pas que j'hésiterais à donner tout ce que j'ai ici pour mettre Alan en sûreté ; ni que je sois à court par ailleurs ; mais ayant retiré une telle somme le premier jour, cela ferait, je crois, mauvais effet que je retourne chercher de l'argent dès le lendemain. Assurez-vous néanmoins que je vous donne assez, car je suis fort peu désireux de vous rencontrer de nouveau.

— Allons, je suis bien aise de voir que vous êtes prudent, fit M. Stewart. Mais il me semble que vous risquez, en laissant à ma discrétion une somme aussi importante.

Il prononça ces mots avec un ricanement bonhomme.

— Tant pis, je cours la chance, répliquai-je... Ah ! il me reste un service à vous demander : c'est de m'indiquer un logis, car je n'ai pas de toit où reposer ma tête. Mais ce logis, il faut que j'aie l'air de l'avoir

---

1. Pour la différencier de la monnaie d'Écosse, dont la livre ne valait qu'environ un shilling d'Angleterre.

ncontré par hasard : il ne ferait pas bon que le lord procureur général
ienne à prendre ombrage de nos relations.

— Calmez vos inquiétudes. Je ne prononcerai pas votre nom,
onsieur ; et je suis persuadé que le lord procureur général a jusqu'ici
enviable privilège d'ignorer votre existence.

Je m'aperçus que je m'étais mal exprimé. Je répliquai :

— En ce cas, voilà un beau jour qui s'apprête pour lui, car il va
l'apprendre, fût-il sourd, et pas plus tard que demain, lorsque j'irai le
voir.

— Lorsque vous irez le voir ! répéta l'avocat. Est-ce moi qui suis fou,
ou bien vous ? Qu'avez-vous besoin d'aller chez le procureur général ?

— Mais simplement pour me livrer, dis-je.

— Monsieur Balfour, s'écria-t-il, vous moquez-vous de moi ?

— Non, monsieur, fis-je, bien que vous ayez, ce me semble, pris avec
moi quelque liberté de ce genre. Mais je tiens à vous faire entendre
une fois pour toutes que je ne suis pas en dispositions de plaisanter.

— Ni moi non plus, repartit Stewart. Et je tiens à vous faire entendre
(comme vous dites) que votre manière d'agir me plaît de moins en
moins. Vous venez ici me trouver pour me faire un tas de propositions,
qui vont m'entraîner dans une série de démarches très douteuses et
me mettre en contact pour longtemps avec des personnes très suspectes.
Et vous me racontez après cela que vous allez, en sortant de chez moi,
faire votre paix avec le procureur général ! Non, il n'y a pas de bouton
d'Alan qui tienne, toute la garde-robe d'Alan ne me ferait pas faire
un pas de plus.

— A votre place, je prendrais la chose un peu plus calmement, dis-je,
et peut-être arriverions-nous à éviter ce qui vous dérange. Pour ma part,
le seul moyen que je vois, c'est de me livrer ; mais il est possible que
vous en voyiez un autre, et je ne puis vous dissimuler que j'en serais
fort aise. Car je crois que mes relations avec sa seigneurie auraient peu
de chances de m'être salutaires. Un seul point m'apparaît clairement,
c'est que je dois donner mon témoignage ; car j'espère sauver ainsi
l'honneur d'Alan (ou ce qu'il en reste) ; et, chose plus grave, la tête
de James.

Il resta muet quelques secondes, puis prononça :

— Mon ami, jamais on ne vous laissera donner pareil témoignage.

— C'est ce que nous verrons, répliquai-je ; je suis têtu, quand je m'y
mets.

— Mais, grande bourrique ! s'écria Stewart, c'est à James qu'ils en
veulent : James doit être pendu — Alan de même, s'ils peuvent l'attraper
— mais James en tout cas ! Allez donc raconter au procureur général
ce que vous venez de me dire, et vous verrez s'il ne trouve pas un moyen
de vous museler.

— J'ai meilleure opinion que cela du procureur général, fis-je.

— Au diable le procureur général ! s'écria-t-il. Comprenez donc qu'il
s'agit des Campbell ! Mon ami, vous allez avoir sur le dos tout le clan
et sa séquelle ; et le procureur général aussi, le pauvre ! Il est stupéfait

que vous ne voyiez pas où vous en êtes ! S'il n'y a pas moyen de vou
faire taire par la douceur, c'est la force qu'ils emploieront. Ils peuven
vous mener à l'échafaud, ne voyez-vous pas ça ? s'écria-t-il, en m
martelant la cuisse avec son index.

— Si fait, répliquai-je, la même chose m'a été dite pas plus tard qu
ce matin par un autre avocat.

— Et qui était-ce ? demanda Stewart. Il a du moins parlé sensément.

Je le priai de me dispenser de le nommer, car il s'agissait d'un
respectable vieux whig bon teint, qui avait fort peu envie de se voir
mêlé en de pareilles affaires.

— Je crois que tout le monde y sera mêlé, pour finir ! s'écria Stewart.
Mais que vous disait-il ?

Je lui racontai ce qui s'était passé entre Rankeillor et moi devant
le château de Shaws.

— Eh bien donc, vous serez pendu ! dit-il. Vous serez pendu avec
James Stewart. Voilà votre avenir révélé.

— J'ai quand même meilleur espoir, repartis-je ; mais je ne saurais
nier que je cours des risques.

— Des risques ! fit-il ; et après une nouvelle pause, il reprit : Je devrais
vous remercier de votre fidélité envers mes amis ; vous montrez pour
eux les meilleures dispositions, si toutefois vous avez le courage d'y
persévérer. Mais je vous avertis que vous jouez gros jeu. Tout Stewart
que je suis, je ne voudrais pas être à votre place pour tous les Stewart
qui furent jamais depuis Noé. Des risques ? C'est vrai, je vais un peu
loin ; mais passer en cour d'assise devant un jury de Campbell présidé
par un Campbell, et cela dans un pays Campbell et au sujet d'une dispute
entre Campbell... Pensez de moi ce que vous voudrez, Balfour, mais
c'est plus fort que moi.

— Cela provient sans doute de ce que nous n'avons pas la même
manière de penser, répliquai-je ; c'est mon père qui, par son exemple,
m'a enseigné la mienne.

— Honneur à sa mémoire ! il a laissé un fils digne de son nom. Mais
je ne voudrais pas que vous me jugiez trop sévèrement. Ma situation
est plus que difficile. Tenez, monsieur, vous me dites que vous êtes whig :
eh bien, moi, je me demande ce que je suis. Pas whig, à coup sûr ;
non, cela je ne le pourrai pas. Mais – je vous le glisse dans l'oreille,
mon ami – je ne suis peut-être pas fort attaché à l'autre parti.

— Est-ce vrai ? m'écriai-je. Je n'en attendais pas moins d'un homme
intelligent comme vous.

— Chut ! pas de flatteries ! On est intelligent des deux côtés. Mais
pour ce qui me concerne en particulier, je ne veux aucun mal au roi
George ; et quant au roi James, Dieu le bénisse ! il ne me dérange pas
du tout, de l'autre côté de l'eau. Je suis avocat, voyez-vous : j'aime
mes bouquins et mon râtelier ; j'aime un bon procès, une cause bien
conditionnée, une prise de bec au Palais avec d'autres hommes de loi,
sans compter une partie de golf le samedi soir. Vous arrivez bien, avec
vos *plaids* et vos *claymores*, du Highland !

– Le fait est, avouai-je, que vous tenez fort peu du « farouche Highlander ».

– Peu ! reprit-il. Dites plutôt pas du tout, mon ami ! Et pourtant, je suis né dans les Hautes-Terres, et quand le clan joue du pipeau, qui est-ce qui doit danser, sinon moi ? Le clan et le nom, cela passe avant tout. C'est exactement comme vous le disiez : mon père me l'a enseigné, et cela me fait un joli métier ! Ce n'est que trahison, traîtres qu'il faut passer en contrebande dans un sens ou dans l'autre ; et le recrutement pour la France, et les recrues expédiées aussi en contrebande ; et leurs procès... quel fléau, ces procès ! Je viens juste d'en introduire un pour le jeune Ardshiel, mon cousin : il réclame un bien en vertu de son contrat de mariage – un bien confisqué ! J'ai eu beau leur représenter que c'était fou : ils s'en moquaient pas mal ! Et il m'a fallu harceler un autre avocat aussi peu enthousiaste que moi de la chose, car c'était pour tous deux notre perte assurée – une tare noire, l'équivalent du mot suspect marqué au fer rouge sur notre épaule, tel le nom des paysans sur leurs vaches. Et qu'y puis-je ? Je suis un Stewart, pas vrai ? et je dois défendre mon clan et ma famille. Et tenez, encore pas plus tard qu'hier, un des nôtres, un jeune Stewart, vient d'être emmené au Château. Pourquoi. Oh ! je le sais : il a enfreint la loi de 1736, il a fait du racolage pour le roi Louis [1]. Et vous allez voir qu'il me réclamera pour son défenseur, ce qui fera une nouvelle tare à ma réputation ! Je vous le dis franchement : si je connaissais le moindre mot d'hébreu, j'enverrais tout au diable et je me ferais pasteur.

– Votre situation est en effet pénible, concédai-je.

– Rudement pénible ! s'écria-t-il. Et c'est pourquoi je vous admire tant – vous qui n'êtes pas un Stewart – d'aventurer votre tête aussi loin dans une affaire de Stewart. Et pourquoi cela, je me le demande, à moins que vous ne le fassiez par respect du devoir.

– J'espère bien qu'il en est ainsi, dis-je.

– Eh bien, reprit-il, c'est une noble qualité. Mais voici mon clerc qui rentre, et, avec votre permission, nous allons tous les trois manger un morceau. Je vous donnerai ensuite l'adresse d'un très brave homme, qui sera enchanté de vous avoir comme pensionnaire. Et je vous remplirai vos poches, en outre, avec l'argent de votre sac. Car cette affaire n'est pas à beaucoup près aussi coûteuse que vous l'imaginez – pas même en ce qui concerne le bateau.

Je lui fis signe que son clerc pouvait entendre.

– Bah ! ne vous inquiétez pas de Robbie. C'est un Stewart aussi, le pauvre ! et il a fait sortir en contrebande plus de recrues françaises et de papistes militants qu'il n'a de poils sur la figure. C'est précisément Robin qui dirige cette branche de mon commerce. Qui avons-nous pour le moment, Rob, prêt à passer l'eau ?

– Il y aurait Andie Scougal, avec le *Thirstle*, répondit Rob. J'ai vu

---

1. Louis XV de France.

Hoseason, l'autre jour, mais il paraît qu'il est sans bateau. Puis il y a Tam Stebo ; mais je ne suis pas trop sûr de lui. Je l'ai vu en conciliabule avec d'assez singuliers personnages ; et s'il s'agissait de quelqu'un d'important, je laisserais Tam de côté.

— Sa tête vaut deux cents livres, Robin, dit Stewart.

— Parbleu, ne serait-ce pas Alan Breck ? s'écria le clerc.

— Tout juste, fit son maître.

— Vent de bise ! c'est du sérieux. Je vais tâter Andie, alors : Andie vaudra mieux.

— Il semble que ce soit une affaire de conséquence, interrompis-je.

— A n'en plus finir, monsieur Balfour, dit Stewart.

— Votre clerc vient de citer un nom, repris-je : Hoseason. Ce doit être mon homme, je pense : Hoseason, du brick *Convenant*. Auriez-vous confiance en lui ?

— Il ne s'est pas très bien conduit avec Alan et vous, dit M. Stewart, mais mon opinion générale sur cet homme est assez différente. S'il avait fait marché avec Alan pour le prendre à son bord, je suis persuadé qu'il aurait tenu ses engagements. Qu'en dites-vous, Rob ?

— Nul capitaine au monde n'est plus honnête qu'Éli, répondit le clerc. Je me fierais à la parole d'Éli... vrai, même s'il s'agissait du Chevalier, ou d'Appin lui-même.

— C'est du reste lui qui a amené le Docteur [1], n'est-ce pas ?

— C'est lui-même.

— Et c'est lui aussi, je crois, qui l'a remmené ?

— Certes, et il l'a remmené la bourse pleine ! s'écria Robin. Et Éli le savait.

— Allons, je vois qu'il est difficile de bien connaître les gens, dis-je.

— C'est précisément là ce que j'ai oublié quand vous êtes entré ici, monsieur Balfour, dit l'avocat.

III

Je me rends à Pilrig

Le lendemain matin, je ne me fus pas plus tôt réveillé dans mon nouveau gîte que je me levai pour mettre mes nouveaux habits ; et mon déjeuner à peine avalé, je sortis afin de poursuivre mon entreprise. Alan, j'en avais le ferme espoir, était pourvu ; quant à James, l'affaire était plus délicate, et tous ceux à qui j'avais confié mon projet s'accordaient à dire que mon intervention risquait fort de me coûter cher. Je n'étais arrivé au faîte de la montagne que pour m'en précipiter ; je n'étais

---

1. Ceci doit se rapporter au premier voyage du Dr Cameron. *(Note de David Balfour.)*

parvenu, après tant de si rudes épreuves, à être riche, considéré, à porter des habits citadins et une épée au côté, qu'à cette seule et unique fin de commettre un véritable suicide, et même ce suicide de la pire espèce, qui consiste à se faire pendre aux frais du roi.

Quelles raisons m'y poussaient ? Tout en descendant High Street, puis en obliquant vers le nord par Leith Wind, je me le demandais. Tous d'abord je me répondis que c'était pour sauver James Stewart ; et sans nul doute le souvenir de sa détresse, et les pleurs de sa femme, et les quelques paroles que j'avais laissé échapper à cette occasion agissaient puissamment sur moi. Or, un instant de réflexion me fit voir que c'était (ou devait être) chose tout à fait indifférente, au fils de mon père, que James mourût dans son lit ou sur le gibet. James était à vrai dire le cousin d'Alan, mais en ce qui concernait Alan, le mieux eût été de me tenir tranquille, et de laisser le roi, et sa grâce d'Argyll, et les corbeaux, en prendre à leur aise avec les os de son parent. Et je ne pouvais non plus oublier qu'à l'heure où nous étions tous trois enveloppés dans le même péril, James n'avait pas montré tant d'inquiète sollicitude ni pour Alan ni pour moi.

Il me vint ensuite à l'idée que j'agissais dans l'intérêt de la justice ; et le mot me parut beau, et je me persuadai (puisque nous faisions de la politique, chacun à notre détriment) que la justice importait avant tout, et que la mort d'un innocent portait une atteinte à la société tout entière. Puis ce fut derechef le Malin qui me donna un échantillon de sa logique ; il me railla de prétendre m'intéresser à ces questions sublimes, et me déclara que je n'étais rien de plus qu'un enfant vain et bavard, qui avait débité de grands mots à Rankeillor et à Stewart, et que je me considérais par orgueil comme engagé à soutenir cette fanfaronnade. Voire, et il retourna l'arme dans la plaie ; car il m'accusa d'une sorte d'artificieuse lâcheté, pour vouloir au coût d'un risque léger me procurer une sécurité plus grande. D'une part, en effet, tant que je ne me serais pas dénoncé et disculpé, je pouvais chaque jour rencontrer Mungo Campbell ou l'agent du shérif et être reconnu et impliqué dans l'assassinat d'Appin ; et, d'autre part, à supposer que je me tirasse convenablement de mes aveux, je respirais désormais avec plus de liberté. J'eus beau examiner bien en face ce raisonnement, je n'y découvris rien dont j'eusse à rougir. Quant à l'autre : « Voici les deux chemins, pensai-je, et l'un comme l'autre aboutit au même point. Il est injuste que James soit pendu si je puis le sauver ; et je m'estimerais grotesque d'avoir tant bavardé pour finalement ne rien faire. Il est heureux pour James des Glens que je me sois vanté prématurément, car me voici engagé à bien faire. Outre le nom d'un gentilhomme, j'en ai aussi la fortune ; il serait triste de découvrir que je n'en ai pas l'étoffe. » Mais je songeai alors que c'était là une inspiration profane, et je murmurai une prière, afin d'obtenir tout le courage qui me serait nécessaire, avec la grâce d'aller droit à mon devoir comme un soldat marche à la bataille, et aussi celle d'en revenir sain et sauf comme tant d'autres.

Cette façon de raisonner aboutit à m'affermir dans ma décision ; toutefois elle était loin de me rendre insensible aux dangers qui m'environnaient, ni au sort trop probable qui m'attendait, si je persévérais dans cette voie, de rencontrer au bout l'échelle du gibet. La matinée était pure et belle, mais le vent orienté à l'est faisait courir dans mes veines un léger frisson, en me rappelant l'automne, les feuilles mortes, les défunts couchés dans leurs tombes. Le diable s'en mêlait vraiment, puisque je devais mourir en pleine prospérité, et pour le compte d'autrui ! Sur le sommet de Calton Hill, bien que ce ne fût pas la saison habituelle de cet amusement, quelques gamins couraient à grands cris avec leurs cerfs-volants. Ces jouets se détachaient très net sur le ciel ; j'en vis un grand s'élever à une hauteur considérable, et puis s'abattre à pic parmi les ajoncs ; et à cette vue je me dis : « Voilà l'image de Davie. »

Après avoir franchi Mouters-Hill, mon chemin coupait l'extrémité d'un village situé à flanc de coteau parmi des cultures. De chaque maison s'élevait le ronflement des métiers ; les abeilles vrombissaient dans les jardins ; sur le pas de leurs portes, les voisines s'entretenaient dans une langue étrangère ; et j'appris par la suite que c'était là un village français, Picardy, dont les tisserands travaillaient pour la Société des Lins. Je m'y fis indiquer à nouveau la direction de Pilrig, qui était mon but ; et un peu plus loin je vis au bord de la route une potence où se balançaient deux pendus enchaînés. Ils étaient enduits de goudron, suivant l'usage ; le vent les faisait tournoyer, leurs chaînes cliquetaient, et les oiseaux voltigeaient à grands cris à l'entour de ces macabres pantins. Ce spectacle imprévu matérialisait si bien mes craintes que je n'en finissais pas de le contempler et de m'abreuver d'horreur. Et comme j'errais çà et là aux abords de la potence, voilà-t-il pas que je tombai sur une hideuse vieille, assise derrière un des montants, et qui branlait la tête en se parlant tout haut, avec des signes de l'index et des salutations.

— Dites, la mère, qui sont ces deux-là ? lui demandai-je, en désignant les cadavres.

— Bénédiction sur ta jolie tête ! s'écria-t-elle. Deux amoureux à moi ; rien que deux de mes anciens amoureux, mon petit chéri.

— Pourquoi ont-ils été suppliciés ? demandai-je.

— Oh, rien que pour la bonne cause, dit-elle. Je leur avais pourtant prédit la manière dont ça finirait. Deux shillings d'Écosse : pas une miette de plus ; et voilà deux jolis garçons pendus pour ça ! Ils les avaient pris à un gosse de Brouchton.

— Ouais ! dis-je, parlant à moi-même et non à la vieille folle ; et ils ont fini de la sorte pour une si piètre affaire ? C'est vraiment n'avoir pas de chance.

— Donne-moi ta menotte, chéri, dit-elle, que je te dise la bonne aventure.

– Non, la mère, répliquai-je ; je vois bien assez loin sur mon chemin. Cela ne vaut rien de voir trop loin devant soi.

– Je la lirai donc sur ta figure, dit-elle. Je vois une jolie fille aux yeux brillants, et je vois un tout petit homme en bel habit, et un gros homme à perruque poudrée, et je vois l'ombre de la potence, chéri, qui s'étale tout en travers de ton chemin. Donne-moi ta main, petit, et la vieille Merren te dira tout comme il faut.

Les deux coups de hasard, par lesquels elle semblait désigner Alan et la fille de James More, me frappèrent fortement ; et je pris la fuite, jetant à la vieille sorcière un sou avec lequel elle se mit à jouer, toujours assise dans l'ombre mouvante des pendus.

N'eût été cette rencontre, j'aurais cheminé assez agréablement sur la route de Leith. L'antique chaussée courait parmi des champs cultivés avec un soin que je n'avais remarqué autre part ; je prenais plaisir, d'ailleurs, à me trouver au sein de cette paix rustique ; mais les chaînes de la potence me cliquetaient dans la tête ; et les grimaces et les moues de la vieille sorcière, jointes au souvenir des morts, me tourmentaient comme un cauchemar. Finir sur le gibet, l'extrémité est dure ; et que l'on vienne à y être pendu pour deux shillings d'Écosse, ou (comme disait M. Stewart) pour avoir fait son devoir, une fois que l'on est goudronné, enchaîné et accroché, la différence est minime. Je me figurais voir suspendu à leur place David Balfour, et d'autres jeunes gens passeraient, allant à leurs affaires, sans souci de lui ; et de vieilles folles assises au pied de la potence leur diraient la bonne aventure ; et des jeunes filles bien élevées passeraient, en détournant la tête et se bouchant le nez. Je les vis distinctement : elles avaient des yeux gris, et les cocardes de leurs coiffures étaient aux couleurs des Drummond.

J'étais dans les plus tristes dispositions d'esprit, quoique toujours bien décidé, quand j'arrivai en vue de Pilrig, joli castel à pignon situé au bord de la route parmi de jeunes bois de belle venue. A mon arrivée, le cheval du laird, tout sellé, attendait devant la porte son maître, qui lui-même était dans son bureau, où il était à la fois grand philosophe et très musicien. Il me fit dès l'abord le meilleur accueil et, après avoir lu la lettre de Rankeillor, se mit obligeamment à ma disposition.

– Et de quoi s'agit-il, cousin David ? me demanda-t-il – puisque nous sommes, paraît-il, cousins –, qu'est-ce que je puis faire pour vous ? Un mot pour Prestongrange ? Certes, je vous le donnerai volontiers. Mais que doit contenir ce mot ?

– Monsieur Balfour, répondis-je, si je vous racontais toute mon histoire comme elle est arrivée, je suis d'avis (et Rankeillor l'a été avant moi) que vous en seriez peu édifié.

– Je regrette de vous entendre parler ainsi, mon cousin.

– Je ne partage pas ce regret, monsieur Balfour ; je n'ai pas à me reprocher rien qui doive m'en inspirer, pas plus qu'à vous pour moi, en dehors des faiblesses inhérentes à l'humanité. « La faute du premier péché d'Adam, le manque de droiture originelle, et la corruption de ma nature », voilà ce dont j'ai à répondre, et on m'a enseigné, je l'espère, d'où me viendra le salut. (Je voyais bien que mon interlocuteur aurait meilleure opinion de moi si je savais mon catéchisme, et c'est pourquoi je parlai de la sorte.) Mais en fait d'honneur mondain, je n'ai pas d'infraction grave à me reprocher ; et mes ennuis me sont survenus tout à fait contre ma volonté, et, autant que j'en puis juger, sans qu'il y ait de ma faute. Mon malheur est d'avoir été impliqué dans une intrigue politique, dont il paraît que votre plus cher désir est de ne rien savoir.

— Allons, c'est parfait, monsieur David, répliqua-t-il. Je vois avec plaisir que vous êtes bien tel que Rankeillor vous dépeint. Quant à ce que vous dites des intrigues politiques, vous ne faites que me rendre justice. Je m'efforce d'être au-dessus de tout soupçon, et par conséquent d'éviter leur domaine. Reste à savoir en quoi je pourrais bien vous aider, si je dois tout ignorer de l'affaire.

— Eh bien, monsieur, dis-je, il me semble que vous pourriez écrire à sa seigneurie que je suis un jeune homme d'assez bonne famille et d'une fortune convenable : l'un et l'autre, je crois, sont vrais.

— J'ai là-dessus l'affirmation de Rankeillor, dit M. Balfour, et je la tiens pour une garantie suffisante.

— Vous pouvez encore ajouter (si vous en croyez ma parole sur ce point) que je fréquente assidûment l'église, que je suis fidèle au roi George, et que j'ai été élevé dans ces principes.

— Rien de tout cela ne saurait vous nuire.

— Ensuite, proposai-je, vous pourriez dire que je sollicite un entretien de sa seigneurie sur une affaire de haute importance, qui a trait au service de Sa Majesté et à l'administration de la justice.

— Devant ignorer l'affaire, dit le laird, je ne prendrai pas la responsabilité de qualifier sa gravité. Je supprime donc « haute importance ». Pour le reste je veux bien m'exprimer selon votre désir.

— Et puis, monsieur, ajoutai-je, en me passant légèrement le pouce sur le cou, puis je serais fort désireux que vous glissiez un mot susceptible de contribuer à ma sauvegarde.

— Votre sauvegarde ? reprit-il, contribuer à votre sauvegarde ? Voilà une expression qui me défrise un peu. Si l'affaire est tellement dangereuse, j'avoue que je n'aime guère de m'y engager à l'aveuglette.

— Il me semble que je puis en deux mots vous faire sentir où est l'enclouure.

— Cela vaudrait mieux, en effet.

— Eh bien, il s'agit de l'assassinat d'Appin, Il leva les bras au ciel.

— Messieurs ! messieurs ! s'écria-t-il.

L'expression de son visage aussi bien que son ton me firent craindre un instant d'avoir perdu mon protecteur.

— Laissez-moi vous expliquer... commençai-je.

— Je vous remercie beaucoup ; je ne veux plus rien savoir, interrompit-il. Je refuse en bloc de plus rien entendre là-dessus. En faveur de votre nom et de Rankeillor, et peut-être un peu à cause de vous-même, je ferai mon possible pour vous aider ; mais je ne veux plus rien entendre au sujet des faits. Et mon tout premier devoir est de vous avertir. Ce sont là des eaux profondes, monsieur David, et vous n'êtes qu'un jeune homme. Prenez garde, et réfléchissez-y à deux fois.

— Il est probable que j'y ai réfléchi plus souvent que cela, monsieur Balfour, répliquai-je, et j'attirerai à nouveau votre attention sur la lettre de Rankeillor, où j'espère et je crois bien qu'il a consigné son approbation de ce que je veux faire.

— Bon, bon, fit-il ; et il répéta : Bon, bon ! Je ferai pour vous tout mon possible. — Il prit une plume et du papier, resta un moment à réfléchir, et se mit à écrire avec beaucoup d'attention.

— Vous dites que Rankeillor approuve ce que vous avez dans l'idée ? interrogea-t-il soudain.

— Après quelques objections, monsieur, il m'a conseillé d'aller de l'avant, à la grâce de Dieu.

— C'est bien le nom à invoquer en l'espèce, dit M. Balfour, se remettant à écrire. Puis il signa, relut ce qu'il avait écrit, et m'interpella de nouveau : — Voici donc, monsieur David, une lettre d'introduction où j'apposerai mon sceau sans la clore, et que je vous remettrai ouverte, selon l'usage. Mais comme j'agis à tâtons, je vais vous la lire, afin que vous voyiez si elle répond bien à vos fins.

« *Pilrig, ce 26 août 1751.*

« *Mylord,*
« *Je vous écris ces lignes afin d'attirer votre attention sur mon homonyme et cousin, David Balfour, Esquire de Shaws, jeune gentilhomme d'irréprochable naissance et de fortune convenable. Il a reçu en outre le bénéfice plus précieux encore d'une éducation religieuse, et ses opinions politiques sont tout à fait selon le cœur de votre seigneurie. Bien que M. Balfour ne m'ait pas fait de confidences, je sais qu'il a des révélations à vous faire, concernant le service de Sa Majesté et l'administration de la justice, envers quels objets le zèle de votre seigneurie est notoire. Je dois ajouter que l'intention de ce jeune gentilhomme est connue de plusieurs de ses amis, qui l'approuvent, et qui en attendent avec un espoir inquiet l'issue heureuse ou l'échec.* »

— Sur quoi, poursuivit M. Balfour, j'ai signé après les formules habituelles. Notez que j'ai dit : plusieurs de vos amis ; j'espère que vous êtes à même de justifier ce pluriel ?

— Parfaitement, monsieur : mon dessein est connu et approuvé de plus d'un. Et votre lettre, dont je me fais une joie de vous remercier, est telle que je pouvais l'espérer.

— C'est tout ce qu'on pouvait tirer de moi, dit-il ; et, considérant ce que je sais de l'affaire où vous avez l'intention de vous embarquer, il me reste à prier Dieu que ce soit suffisant.

IV

Lord Prestongrange, procureur général

Mon cousin me retint à déjeuner, « pour l'honneur de la maison », comme il dit ; et je n'en fis que plus de diligence lors de mon retour. Mon seul désir était d'en avoir fini avec la démarche suivante et de me trouver compromis à fond. Pour quelqu'un placé dans ma situation, en effet, ce geste, qui équivalait à refermer la porte sur l'hésitation et la tentation, était en lui-même des plus tentants. Je fus donc très désappointé quand j'appris, en arrivant à l'hôtel de Prestongrange, que le maître était sorti. Son absence était alors réelle, je le crois, et le resta encore plusieurs heures ; mais je suis persuadé que le procureur général rentra ensuite chez lui, et retrouva des amis dans un appartement voisin, alors qu'on avait déjà dû oublier mon arrivée. Je serais parti une douzaine de fois, n'eût été ce désir intense d'en finir sans retard avec ma déposition et de pouvoir ensuite aller me coucher la conscience tranquille. Tout d'abord je lus, car le petit cabinet où l'on m'avait introduit renfermait un assortiment de livres. Mais j'ai bien peur d'avoir lu sans grand profit ; de plus, comme le temps était couvert, le crépuscule tomba de bonne heure, et mon cabinet n'étant éclairé que par une fenêtre des plus exiguës, je me vis finalement obligé de renoncer à cette distraction de pis-aller, et tout le temps que j'attendis encore s'écoula dans le plus lourd désœuvrement. Un bruit de conversation dans la pièce voisine, les agréables sons d'un clavecin, et à un moment la voix d'une dame qui chantait furent seuls à me tenir compagnie.

J'ignore l'heure qu'il pouvait être, mais il faisait nuit depuis longtemps, lorsque la porte de mon cabinet s'ouvrit et j'aperçus, se détachant sur un fond éclairé, un homme de haute taille qui s'arrêta sur le seuil. Je me levai aussitôt.

– Y a-t-il quelqu'un là-dedans ? interrogea-t-il. Qui est là ?

– Je suis porteur d'une lettre que le laird de Pilrig envoie au lord procureur général, répondis-je.

– Y a-t-il longtemps que vous attendez ?

– Je préfère ne pas chercher à savoir depuis combien d'heures.

– C'est la première nouvelle que j'en entends, répliqua-t-il, avec un petit rire. Les laquais vous auront oublié. Mais enfin vous tombez bien, car je suis Prestongrange.

En disant ces mots, il passa devant moi pour gagner la pièce voisine où il me fit signe de le suivre ; et là, ayant allumé une bougie, il prit place devant un secrétaire. La salle était oblongue, de bonnes proportions, entièrement garnie de livres. Cette minuscule tache de lumière perdue dans un angle faisait ressortir la belle prestance et le visage volontaire de mon hôte. Il était rouge, l'œil humide et luisant, et je m'aperçus qu'avant de s'asseoir il tituba quelque peu. Il venait sans nul doute de souper copieusement, mais il restait tout à fait maître de sa raison et de sa langue.

– Allons, monsieur, asseyez-vous, me dit-il, et voyons la lettre de Pilrig.

Il la parcourut d'abord négligemment, et leva les yeux en me saluant lorsqu'il rencontra mon nom ; mais je crus voir son attention redoubler vers les derniers mots qu'il relut par deux fois. On devine bien que pendant ce temps le cœur me battait, car je venais de franchir le Rubicon et d'arriver en plein sur le champ de bataille.

– Je suis heureux de faire votre connaissance, monsieur Balfour, dit-il, quand il eut fini. Permettez-moi de vous offrir un verre de bordeaux.

– Avec votre permission, mylord, je ne crois pas que cela me serait bon, répliquai-je. Je suis venu ici, comme cette lettre a dû vous l'apprendre, pour une affaire qui me concerne assez gravement ; et n'étant guère habitué au vin, je craindrais de le mal supporter.

– Libre à vous, dit-il. Mais si vous le permettez, je ferai quand même venir une bouteille pour moi.

Il pressa sur un timbre, et comme par enchantement un valet de pied parut, apportant vin et verres.

– Bien sûr, vous ne trinquez pas avec moi ? demanda le procureur général. Allons, je bois à notre plus ample connaissance ! En quoi puis-je vous être utile ?

– Je dois peut-être commencer par vous déclarer, mylord, que je suis venu ici sur votre invitation expresse.

– Vous avez donc un avantage sur moi, car j'avoue que je vous ignorais complètement jusqu'à ce soir.

– C'est exact, mylord, mon nom vous est en effet nouveau. Et néanmoins vous êtes depuis quelque temps déjà extrêmement désireux de faire ma connaissance, et vous l'avez déclaré en public.

– Mettez-moi plutôt sur la voie, fit-il. Je ne suis pas Daniel.

– Il suffira sans doute de vous dire, repris-je, que si j'étais d'humeur à plaisanter – ce qui est loin d'être le cas – rien ne m'empêcherait de réclamer deux cents livres à votre seigneurie.

– A quel titre ?

– A titre de récompense offerte pour ma personne.

Il repoussa son verre définitivement, et se redressa dans son fauteuil où jusque-là il était resté allongé.

– Que voulez-vous dire ? fit-il.

– *Un garçon grand et vigoureux d'environ dix-huit ans,* citai-je. *Parle avec l'accent du Lowland. Barbe, néant.*

– Je reconnais ces termes, dit-il, lesquels, si vous êtes venu ici dans la malencontreuse intention de vous gausser, pourraient bien devenir des plus préjudiciables à votre sûreté.

– Mon présent but, repris-je, est des plus sérieux, puisqu'il implique une question de vie ou de mort, et vous m'avez entendu exactement. Je suis le garçon qui parlait avec Glenure quand celui-ci fut tué.

– Je dois donc croire, en vous voyant ici, que vous vous prétendez innocent ?

– La conclusion est évidente. Je suis un très loyal sujet du roi George, mais si j'avais quoi que ce fût à me reprocher, je n'aurais pas eu l'audace de m'aventurer dans votre antre.

– J'en suis bien aise, dit-il. Ce crime infâme, monsieur Balfour, est de nature à ne permettre aucune indulgence. Ce sang a été versé traîtreusement. Il a été versé en opposition directe à Sa Majesté et à tout l'appareil de nos lois, par ceux qui sont leurs adversaires notoires et publics. J'attache à ceci la plus haute importance. Je ne nierai pas que je considère ce crime comme dirigé personnellement contre Sa Majesté.

– Et malheureusement, mylord, ajoutai-je, d'un ton un peu sec, dirigé personnellement aussi contre un autre grand personnage qu'il est inutile de nommer.

– Si vos paroles signifient quelque chose ; je dois vous déclarer que je les considère comme indignes d'un bon sujet ; si elles étaient prononcées en public, je ne les laisserais pas passer ainsi. Vous ne semblez pas vous rendre compte de la gravité de votre situation, sans quoi vous prendriez mieux garde de ne pas l'empirer par des mots qui visent l'intégrité de la justice. La justice, dans ce pays, et entre mes humbles mains, ne fait pas acception de personnes.

– Vous me donnez trop de part dans mon propre langage, mylord. Je n'ai fait que répéter les propos courants du pays, que j'ai entendus partout sur mon chemin et prononcés par des gens de toutes opinions.

– Lorsque vous avez acquis plus de discernement vous saurez qu'on ne doit pas écouter de tels propos, et moins encore les répéter. Mais je vous absous de la mauvaise intention. Ce noble seigneur, que nous honorons tous, et qui a été touché au plus profond par cette nouvelle barbarie, est trop haut placé pour que ces injures l'atteignent. Le duc d'Argyll – vous voyez que je suis franc avec vous – prend la chose à cœur comme moi, et comme nous y sommes tenus l'un et l'autre par nos fonctions judiciaires et le service de Sa Majesté ; et je souhaiterais que tout le monde, dans cette triste époque, fût également pur de vindicte familiale. Mais du fait que c'est un Campbell qui est tombé victime de son devoir – et quel autre qu'un Campbell se serait exposé ainsi ? Je puis le dire, moi qui ne suis pas un Campbell – et puisqu'il se trouve que le chef de cette noble maison est aujourd'hui (pour notre plus grand bien) à la tête du ministère de la Justice, les esprits étroits et les langues malveillantes se donnent libre cours dans tous les cabarets du pays ; et j'estime qu'un jeune gentilhomme comme M. Balfour est bien mal avisé de se faire leur écho. – Il avait parlé jusque-là sur un ton oratoire, comme s'il eût été au tribunal, mais il reprit alors des façons de gentilhomme. – Tout cela entre parenthèses, ajouta-t-il. Il ne vous reste plus qu'à m'apprendre ce que je dois faire de vous.

— Je croyais que ce serait plutôt moi qui l'apprendrais de votre seigneurie, répliquai-je.

— Exact, reprit le procureur général. Mais, voyez-vous, c'est avec de bonnes recommandations que vous vous présentez à moi. Cette lettre (et il la souleva un instant de la table) porte le nom d'un brave et honnête wigh ; et — extra-judiciairement, monsieur Balfour — il reste toujours la possibilité d'un accommodement. Je vous le dis, et je vous le dis d'avance, afin que vous soyez mieux sur vos gardes, votre sort dépend de moi uniquement. Dans une affaire de ce genre (soit dit sauf respect) je suis plus puissant que la Majesté royale ; et si vous me contentez — et si bien entendu vous satisfaites ma conscience — dans la suite de notre entretien, je vous affirme que celui-ci peut rester entre nous.

— Que voulez-vous dire ? demandai-je.

— Eh bien, je veux dire ceci, monsieur Balfour, que si vous me donnez satisfaction, pas une âme n'aura besoin de savoir même que vous êtes venu chez moi ; et vous remarquerez que je n'appelle pas mon greffier.

Je vis où il voulait en venir.

— Je suppose, dis-je, qu'il est inutile que personne soit informé de ma visite, encore que je ne voie pas exactement ce que je gagne par là. Je ne rougis pas du tout d'être venu ici.

— Et vous n'en avez aucune raison, dit-il, comme pour m'encourager. Et vous n'avez pas non plus à en redouter les conséquences.

— Mylord, repris-je, permettez-moi de vous dire que je ne me laisse pas facilement effrayer.

— Et je n'ai certes pas la moindre intention de vous effrayer. Mais passons à l'interrogatoire ; et laissez-moi vous avertir de ne rien avancer en dehors des questions que je vais vous poser. Cela pourrait influer directement sur votre sûreté. J'ai une discrétion considérable, c'est vrai ; mais elle a des bornes.

— Je tâcherai de suivre le conseil de votre seigneurie.

Il étala sur la table une feuille de papier, où il inscrivit un en-tête.

— Vous étiez, paraît-il, présent, au bord de la route, dans le bois de Lettermore, au moment du coup fatal, débuta-t-il. Était-ce par hasard ?

— Par hasard, répondis-je.

— Comment êtes-vous entré en conversation avec Colin Campbell ?

— Je lui demandais mon chemin pour aller à Aucharn.

Je remarquai qu'il n'écrivait point cette réponse.

— Hum ! c'est vrai, fit-il. Je l'avais oublié. Mais savez-vous, monsieur Balfour, à votre place, j'insisterais le moins possible sur vos relations avec les Stewart. Cela risquerait d'embrouiller nos affaires. Je ne désire pas encore regarder ces détails comme essentiels.

— J'aurais cru, mylord, que tous les faits réels étaient d'égale importance en une pareille cause.

— Vous oubliez que nous jugeons des Stewart, répliqua-t-il, d'un ton très significatif. Si nous devions jamais en venir à vous juger, vous, ce serait tout différent ; et j'insisterais sur ces questions que je désire à présent effleurer. Mais reprenons : je vois ici dans la déposition de Mungo Campbell que vous êtes encouru aussitôt vers le haut de la colline. Pourquoi ?

— Pas aussitôt, mylord, et j'ai couru parce que je voyais l'assassin.

— Alors, vous l'avez vu ?

— Aussi nettement que je vois votre seigneurie, mais pas d'aussi près.

— Vous le connaissez ?

— Non, mais je le reconnaîtrais.

— Dans votre poursuite, vous n'avez donc pas réussi à le rattraper ?

— Je n'ai pas réussi.

— Était-il seul ?

— Il était seul.

— Il n'y avait personne d'autre dans le voisinage ?

— Alan Breck Stewart était dans un petit bois peu éloigné.

Le procureur général reposa sa plume.

— Je crois, dit-il, que nous jouons aux propos interrompus, et vous verrez que cet amusement finira mal pour vous.

— Je me borne à suivre le conseil de votre seigneurie, en répondant à ce qu'on me demande.

— Vous ferez bien de réfléchir pendant qu'il en est temps encore. J'ai beau vous traiter avec la plus grande sollicitude, vous ne semblez pas l'apprécier, et vous risquez de la rendre vaine par votre défaut de prudence.

— J'apprécie votre sollicitude, mais elle me semble faire fausse route, répliquai-je d'une voix défaillante, car je sentais que nous étions enfin aux prises. Je suis venu vous exposer certains renseignements, afin de vous convaincre qu'Alan reste entièrement étranger au meurtre de Glenure.

Le procureur général resta un moment indécis, les lèvres pincées et fixant sur moi des yeux de chat en colère.

— Monsieur Balfour, dit-il enfin, je vous préviens tout net que vous prenez une voie peu conforme à votre intérêt personnel.

— Mylord, dis-je, je suis aussi éloigné que votre seigneurie de songer dans cette affaire à mes intérêts personnels. Dieu m'en est témoin, je n'ai qu'un but, c'est d'obtenir que justice soit rendue et l'innocent absous. Si en poursuivant ce but je viens à encourir la disgrâce de votre seigneurie, je la supporterai de mon mieux.

À ces mots il se leva de son fauteuil, alluma un second flambeau, et resta une minute à me regarder fixement. Je vis avec surprise un sérieux profond se répandre sur ses traits, et je crois même qu'il pâlit un peu.

— Vous êtes ou bien très naïf, ou au plus haut degré l'inverse, dit-il, et je vois qu'il me faut agir avec vous plus ouvertement. C'est ici une cause politique — eh oui, monsieur Balfour, que cela nous plaise ou non, la cause est politique — et je tremble en songeant aux suites qu'elle peut avoir. Une cause politique, j'ai à peine besoin de le rappeler à un jeune homme de votre éducation, nous l'envisageons d'un tout autre point de vue que si elle était simplement criminelle. La maxime *Salus populi suprema lex* peut occasionner de grands abus, mais elle a cette force que l'on retrouve seulement dans les lois de la nature : j'entends qu'elle a force de nécessité. Je vous développerai ce point, si vous m'y autorisez, un peu plus au long. Vous voudriez me faire croire...

— Avec votre permission, mylord, je ne voudrais vous faire croire que ce que je puis prouver, interrompis-je.

— Ta ta ta ! mon jeune gentilhomme, soyez un peu moins pointilleux et laissez un homme qui pourrait à tout le moins être votre père user de son langage imparfait, et exprimer ses humbles conceptions, même si elles ont le malheur de ne pas concorder avec celles de M. Balfour. Vous voudriez me faire croire, dis-je, à l'innocence de Breck. J'y attache d'autant moins d'importance que nous ne pouvons mettre la main sur lui. Mais l'innocence de Breck n'est pas un sujet limité à Breck lui-même. Une fois admise, elle ferait tomber toutes les présomptions qui se dressent contre un tout autre criminel : contre un homme vieilli dans la trahison, qui a par deux fois déjà pris les armes contre son roi et par deux fois obtenu son pardon ; un fauteur de désordre, et, qu'il ait ou non tiré lui-même le coup de feu, le principe indubitable du forfait en question. Inutile d'ajouter que je parle de James Stewart.

— Et c'est précisément pour affirmer l'innocence d'Alan et celle de James que je suis venu trouver en particulier votre seigneurie, et cette innocence je suis prêt à l'établir par mes témoignages lors du procès.

— A quoi je répondrai aussi précisément, monsieur Balfour, que, dans ce cas, votre témoignage ne sera pas requis par moi, et je vous prie instamment de vous en abstenir.

— Vous êtes à la tête de la justice dans ce pays, m'écriai-je, et vous me proposez un crime !

— Je suis un homme qui consacre tous ses soins aux intérêts de ce pays, répliqua-t-il, et je vous impose une nécessité politique. Le patriotisme n'est pas toujours moral au sens strict du mot. Vous devriez en être heureux, il me semble : c'est là votre salut même ; les faits parlent hautement contre vous ; et si je m'efforce encore de vous détourner d'un lieu très dangereux, c'est en partie bien entendu parce que je ne suis pas insensible à l'honnêteté de votre démarche ; en partie à cause de la lettre de Pilrig ; mais c'est aussi et surtout parce que je fais passer dans cette affaire mon devoir politique avant mon devoir judiciaire. Je vous le répète aussi franchement : voilà pourquoi je n'ai pas besoin de votre témoignage.

— Je ne voudrais pas avoir l'air de faire un mot, alors que je ne fais qu'exprimer l'évidence de notre position, repris-je. Mais si votre seigneurie n'a pas besoin de mon témoignage, l'autre partie, je pense, serait fort désireuse de l'obtenir.

Prestongrange se leva et se mit à arpenter la pièce de long en large.

— Vous n'êtes pas tellement jeune, dit-il, que vous ne deviez vous rappeler très bien l'an 45 et la commotion qui secoua tout le pays [1]. Je lis dans la lettre de Pilrig que vous êtes attaché à l'Église et à l'État. Or, qui les a sauvés en cette année fatale ? Je ne parle pas de Son Altesse Royale ni de ses canons, qui furent des plus utiles en leur temps ; car le pays a été sauvé et la bataille gagnée avant même que Cumberland marchât sur Drummossie. Qui l'a sauvé ? je le répète ; qui a sauvé la religion protestante et tout le corps de nos institutions civiles ? Le feu lord président Culloden, d'une part : il a joué un rôle viril et il en a été bien peu récompensé – tout comme moi, que vous voyez devant vous, toutes mes énergies bandées vers le même but, et dont la seule récompense sera la conscience du devoir accompli. Outre le président, qui encore ? Vous connaissez la réponse aussi bien que moi : c'est quasi un scandale, et vous-même en commençant y avez fait une allusion que j'ai relevée. Cet autre sauveur fut le Duc avec le grand clan des Campbell. Or, voici un Campbell traîtreusement assassiné, et cela dans le service du roi. Le Duc et moi sommes Highlanders. Mais nous sommes des Highlanders civilisés, et il n'en va pas de même pour la grande masse de nos familles et de nos clans. Ceux-là sont restés sauvages dans leurs qualités et dans leurs défauts. Ils sont encore barbares, autant que les Stewart ; mais les Campbell l'ont été pour la bonne cause, et les Stewart pour la mauvaise. Et maintenant soyez juge. Les Campbell réclament vengeance. S'ils ne l'obtiennent pas – si ce James échappe – ils nous créeront des difficultés. Il y aura, autrement dit, des troubles dans les Highlands, qui sont mécontents et fort loin d'être désarmés : le désarmement est une farce...

– Là-dessus je suis bien de votre avis, interrompis-je.

– Ces troubles dans les Highlands feraient le bonheur de notre vieil et vigilant ennemi, poursuivit sa seigneurie, qui brandissait l'index tout en marchant ; et je vous donne ma parole que nous reverrions un nouveau 45 avec les Campbell de l'autre côté. Pour épargner la vie de ce Stewart – que condamnent par ailleurs une demi-douzaine d'autres charges, en dehors de celle-ci – prétendez-vous jeter votre pays dans la guerre, mettre en danger la foi de vos pères, et exposer la vie et la fortune de combien de milliers d'innocents ?.. Ce sont là des considérations qui pour moi l'emportent, et qui j'espère ne l'emporteront pas moins pour vous, monsieur Balfour, si vous êtes un ami de votre pays, du bon ordre et de la vraie religion.

– Vous me parlez en toute franchise, et je vous en remercie, répliquai-je. Je vais de mon côté essayer de vous rendre la politesse. Je crois que votre règle de conduite est juste. Je crois que ces hauts devoirs s'imposent à votre seigneurie ; je crois que vous en avez chargé votre conscience en prêtant serment pour les hautes fonctions que vous exercez. Mais à moi, qui ne suis qu'un homme ordinaire – ou pas même encore un homme – , les devoirs ordinaires me suffisent. Je ne puis

---

1. Lors de la Grande Rébellion de l'Écosse, en faveur du Prétendant.

considérer que deux choses : une pauvre créature exposée au péril imminent et injuste d'une mort ignominieuse ; et les pleurs et les cris de sa femme qui me résonnent encore dans la tête. Je ne vais pas plus loin, mylord. C'est ainsi que je suis fait. Si le pays doit succomber, qu'il succombe. Et je prie Dieu, si c'est là de ma part un aveuglement obstiné, qu'il daigne m'éclairer avant qu'il ne soit trop tard.

Il m'avait écouté sans bouger, et resta de même encore un instant.

— Voilà un obstacle imprévu, fit-il, à haute voix, mais se parlant à lui-même.

— Et qu'est-ce que votre seigneurie va faire de moi ? demandai-je.

— Vous savez que si je voulais vous coucheriez en prison ?

— Mylord, j'ai couché en de pires endroits.

— Allons, mon garçon, reprit-il, une chose ressort clairement de notre entretien, c'est que je puis me fier à votre parole. Jurez-moi sur l'honneur que vous serez entièrement muet non seulement sur ce que nous avons dit ce soir, mais sur ce qui regarde l'affaire d'Appin, et je vous laisse aller librement.

— Je veux bien vous le jurer pour jusqu'à demain soir ou tout autre jour prochain qu'il vous plaira de me fixer. Ce n'est pas pour avoir l'air de jouer au plus fin ; mais si je vous donnais cette promesse sans rien spécifier, votre seigneurie aurait atteint son but.

— Je ne songeais aucunement à vous tendre un piège, dit-il.

— J'en suis bien assuré, repartis-je.

— Voyons, reprit-il, c'est demain dimanche. Venez me voir lundi matin à huit heures, et donnez-moi votre promesse pour jusque-là.

— Volontiers, mylord. Et au sujet de ce qui vous est échappé, je vous la donne pour aussi longtemps qu'il plaira à Dieu d'épargner vos jours.

— Vous remarquerez, dit-il encore, que je n'ai pas usé de menaces.

— J'ai reconnu là la noblesse de votre seigneurie. Mais je ne suis pas encore tout à fait assez naïf pour ne pas discerner la nature de celles que vous n'avez pas émises.

— Allons, fit-il, bonne nuit. Je vous souhaite de bien dormir, car je crois que pour ma part j'en serai incapable.

Là-dessus il poussa un soupir, prit un flambeau, et me reconduisit jusqu'à la porte de la rue.

V

Dans l'hôtel du procureur général

Le lendemain, dimanche 27 août, j'eus l'occasion, depuis si longtemps espérée, d'entendre plusieurs des fameux prédicateurs d'Edimbourg, qui m'étaient déjà familiers grâce aux éloges de M. Campbell. Hélas ! que n'étais-je plutôt à Essendean, assis devant la chaire du digne M. Campbell ! car le tumulte de mes pensées, qui me ramenaient continuellement à mon entretien avec Prestongrange, me privait de toute attention. J'étais en effet beaucoup moins touché par les raisonnements théologiques que par le spectacle des fidèles emplissant les églises, spectacle pareil à ce que je me figurais d'un théâtre, ou plutôt, vu mes dispositions d'esprit, d'une cour d'assises ; surtout à l'église de l'Ouest, avec ses trois étages de galeries, où j'allai dans le vain espoir de rencontrer miss Drummond.

Le lundi, je me livrai pour la première fois aux mains d'un barbier, et fus satisfait du résultat. Puis je me rendis chez le procureur général. Devant sa porte se montraient encore une fois les habits rouges des soldats, qui mettaient dans l'impasse une tache de couleur éclatante. Je cherchai des yeux la jeune dame et ses domestiques : on n'en voyait pas trace. Mais je ne fus pas plus tôt introduit dans cette espèce de cabinet ou d'antichambre, où j'avais passé des heures si fastidieuses le samedi, que j'aperçus dans un coin la haute silhouette de James More. Il semblait en proie à une pénible agitation, s'étirant les bras et les jambes, et laissant errer ses yeux çà et là sur les murs de la petite salle. Je sentis renaître ma pitié pour le sort de l'infortuné. Cette pitié, jointe à mon vif intérêt pour sa fille me poussèrent à l'aborder.

— Je vous souhaite le bonjour, monsieur, lui dis-je.

— Le bonjour à vous pareillement, monsieur, répondit-il.

— Vous avez rendez-vous avec Prestongrange ?

— Oui, monsieur, et je souhaite que votre affaire avec ce gentilhomme soit plus agréable que la mienne.

— J'espère du moins que la vôtre sera vite expédiée, car vous passez avant moi, il me semble.

— Non, tout le monde passe avant moi, fit-il, en haussant les épaules et tendant les mains vers le ciel. Ah, monsieur, les temps sont changés, car il n'en a pas toujours été ainsi. Il n'en était pas ainsi quand le glaive pesait dans la balance, mon jeune monsieur, et quand les vertus du soldat faisaient vivre leur homme.

Il y avait dans la voix de l'individu une espèce de nasillement highlander qui me porta singulièrement sur les nerfs.

— Ma foi, monsieur MacGregor, lui dis-je, il me semble que la principale qualité pour un soldat est de savoir se taire et sa première vertu de ne jamais murmurer.

Il me fit une inclination en se croisant les bras sur la poitrine.

— Je m'aperçois que vous savez mon nom — bien que ce nom je n'aie pas le droit de m'en servir moi-même. Mais c'est inévitable : j'ai montré mon visage et crié mon nom trop souvent à la barbe de mes ennemis. Je ne dois pas m'étonner si l'un et l'autre sont connus de maintes personnes que je ne connais pas.

— Que vous ne connaissez pas le moins du monde, monsieur, repris-je, pas plus que n'importe qui ; mais si vous tenez à le savoir, c'est Balfour que je m'appelle.

— Le nom est honorable, répliqua-t-il avec politesse ; il est porté par beaucoup de gens comme il faut. Et maintenant que j'y repense, un jeune gentilhomme, votre homonyme, était chirurgien-major de mon bataillon, en 45.

— C'était, je crois, un frère de Balfour de Baith, dis-je, car j'étais alors ferré sur le major.

— C'est bien cela, monsieur, dit James More. Et puisque j'ai été le compagnon d'armes de votre parent, permettez-moi de vous serrer la main.

Il me donna une poignée de main cordiale et prolongée, tout en me considérant d'un air épanoui, comme s'il retrouvait un frère.

— Ah ! fit-il, les temps sont bien changés depuis que votre cousin et moi entendions siffler les balles à nos oreilles.

— C'était un cousin très éloigné, je pense, dis-je, d'un ton sec, et je vous dirai même que je ne l'ai jamais eu devant les yeux.

— Bon, bon, cela ne change rien. Quant à vous — je ne crois pas que vous vous y trouviez en personne, monsieur — je ne me rappelle vraiment pas votre figure, qui n'est cependant pas de celles qu'on oublie.

— En l'année dont vous parlez, monsieur MacGregor, je recevais la férule à l'école paroissiale.

— Si jeune ! s'écria-t-il. Oh ! alors, vous ne pouvez vous figurer ce que cette rencontre signifie pour moi. A l'heure de mon adversité, et ici dans la maison de mon ennemi, retrouver le sang d'un vieux frère d'armes — cela me rend du cœur, monsieur Balfour, tout comme les appels du *pibroch* highlander. Ah, monsieur, il est bien triste pour beaucoup d'entre nous ce retour en arrière, et il fait verser des larmes à certains. J'ai vécu dans mon pays comme un roi ; mon épée, mes montagnes et la foi de mes amis et parents me suffisaient. A présent, je gis dans un cachot infect ; et savez-vous bien, monsieur Balfour — continua-t-il en me prenant par le bras et m'entraînant à sa suite —, savez-vous, monsieur, que je manque du plus simple nécessaire ? La malice de mes ennemis m'a dépouillé entièrement de mes ressources. Je suis sous le coup, vous le savez, monsieur, d'une accusation inventée de toutes pièces, et dont je suis aussi innocent que vous. On n'ose pas me faire comparaître pour me juger, et en attendant on me tient en prison, dénué de tout. Ah ! si j'avais rencontré plutôt votre cousin, ou même son frère Baith ! L'un comme l'autre, j'en suis sûr, auraient été trop heureux de me secourir ; tandis qu'un étranger relatif comme vous...

Je rougirais de rapporter ici tout ce qu'il me lâcha encore de paroles quémandeuses, ou les réponses que je lui fis, aussi brèves que rogues. Il y avait des moments où j'étais tenté de lui fermer la bouche en lui jetant quelque menue monnaie ; mais je ne sais si ce fut par pudeur ou par fierté – pour moi-même ou pour Catriona – ou encore parce que je croyais ce père indigne de sa fille, ou à cause de l'antipathie que m'inspirait cette atmosphère de fausseté évidente qui émanait de sa personne – ce geste me fut totalement impossible. Et toujours il me débitait ses cajoleries, et toujours il me faisait arpenter la petite salle, trois pas aller, trois pas retour, et j'avais déjà, par quelques répliques très sèches, fort échauffé mon mendiant, sans toutefois réussir à le décourager, lorsque Prestongrange apparut sur le seuil et m'entraîna vivement dans son grand cabinet.

– J'en ai pour un instant à être occupé, me dit-il ; et afin de ne pas vous laisser à attendre les bras croisés, je vais vous présenter à mes trois aimables filles, dont peut-être vous aurez entendu parler, car elles sont, je crois, plus célèbres que leur papa. Par ici.

Il m'emmena à l'étage au-dessus, dans une autre pièce oblongue, où je vis une vieille dame anguleuse qui brodait au tambour, et trois jeunes filles, les plus jolies peut-être de l'Écosse, groupées devant une fenêtre.

– Je vous présente mon nouvel ami, M. Balfour, dit-il, en me tenant par le bras. David, je vous présente ma sœur, miss Grant, qui veut bien diriger ma maison à ma place, et qui se fera un plaisir de vous être agréable. Et voici – continua-t-il en se tournant vers les trois demoiselles – voici mes trois aimables filles. Dites-le-moi franchement, monsieur David : laquelle des trois est la plus jolie ? Je suis sûr que vous n'aurez pas l'audace de me servir la réponse du brave Alan Ramsay !

A l'instant, toutes les trois, et jusqu'à la vieille miss Grant, se récrièrent contre cette saillie qui me fit monter le rouge à la figure, car je connaissais les vers en question. Je trouvais cette allusion impardonnable chez un père, et j'étais étonné de voir ces dames rire tout en protestant, d'un air peu convaincu d'ailleurs.

Prestongrange mit cette gaieté à profit pour quitter la pièce, et me laisser seul en cette société, aussi déplacé qu'un poisson hors de l'eau. J'ai toujours dû reconnaître, en songeant à ce qui suivit, que je me montrai superlativement sot ; et ces dames étaient certes bien élevées pour avoir autant de patience avec moi. La tante, assise auprès de nous devant son métier, se bornait à nous adresser de temps à autre un regard ou un sourire ; mais les demoiselles, et en particulier l'aînée, qui était aussi la plus belle, me gratifièrent de mille attentions auxquelles j'étais bien incapable de répondre. J'avais beau me répéter que j'étais un jeune homme de quelque valeur aussi bien que de fortune passable ; et que je n'avais nulle raison d'avoir honte devant ces jeunes filles, dont l'aînée était à peine plus âgée que moi, et dont aucune fort probablement n'était de moitié aussi instruite. Ce raisonnement ne changeait rien à la chose ; et il y avait des moments où le rouge me montait au visage, de me dire que j'étais rasé ce jour-là pour la première fois.

Comme la conversation, malgré tous leurs efforts, se traînait avec peine, l'aînée prit pitié de mon embarras, se mit à son instrument, où elle était passée maîtresse, et pour me distraire un moment, joua et chanta, aussi bien en écossais qu'en italien. Je retrouvai quelque assurance, et me ressouvenant de cet air qu'Alan m'avait appris dans notre cachette voisine de Carriden, je m'enhardis si bien que j'en sifflai une mesure ou deux et demandai à la jeune fille si elle connaissait cela.

Elle secoua la tête.

— C'est la première note que j'en entends, fit-elle. Sifflez-le moi tout du long. Et puis encore une fois, ajouta-t-elle lorsque j'eus fini.

Elle le reprit alors sur le clavier et, à mon étonnement, l'enrichit aussitôt de variations harmonieuses, et chanta, tout en jouant, avec une expression des plus comiques et en patoisant :

« L'ai-je pas bien attrapé ?
Voilà-t-il pas l'air que vous siffliez ? »

— Vous voyez, dit-elle, je fais aussi des vers, seulement ils ne riment pas. Et elle reprit :

« Je suis miss Grant, fille du procureur ;
Vous, m'est avis, êtes David Balfour. »

Je lui exprimai toute l'admiration que me causait son talent.

— Et comment appelez-vous cet air ? me demanda-t-elle.

— J'ignore son vrai nom, répondis-je. Mais je l'appelle *l'air d'Alan*. Elle me regarda bien en face.

— Moi, je l'appellerai *l'air de David,* reprit-elle ; toutefois s'il ressemble un tant soit peu à celui que votre homonyme d'Israël joua à Saül, je ne m'étonne plus que ce roi en retira peu de profit, car sa musique est bien lugubre. Cet autre nom que vous lui donnez, je ne l'aime pas ; aussi lorsque vous aurez envie que je vous rejoue votre air, il vous faudra me le demander en l'appelant par le mien.

Ce fut dit d'une façon significative qui me donna un coup au cœur.

— Et pourquoi cela, miss Grant ? demandai-je.

— Parce que, fit-elle, s'il vous arrive jamais d'être pendu, je mettrai sur cet air votre confession suprême et je la chanterai.

Je ne pouvais plus douter qu'elle ne fût en partie initiée à mon histoire et au danger que je courais. Sous quelle forme, et jusqu'à quel point, il m'était plus difficile de l'imaginer. Mais elle savait du moins que le nom d'Alan était compromettant, et elle me donnait ainsi l'avis de le passer sous silence ; elle savait aussi sans doute que j'étais soupçonné de quelque crime. Je compris d'ailleurs que par la rudesse de ses dernières paroles (qu'elle fit suivre immédiatement d'un morceau de musique très bruyant) elle voulait couper court à ce genre de conversation. Je me tenais à côté d'elle, affectant d'écouter et d'admirer, mais en réalité plongé dans le tourbillon de mes pensées. J'ai toujours constaté que cette jeune dame était amie du mystère ; et à coup sûr cette première entrevue constitua pour moi un mystère insondable. J'appris seulement beaucoup plus tard que la journée du dimanche avait été bien employée, le garçon de banque retrouvé et interrogé, ma visite à Charles Stewart découverte, et la conclusion tirée que j'étais fort intime avec James et Alan, et très probablement en relations suivies avec ce dernier. D'où il résultait cette allusion transparente que l'on m'adressait par-dessus le clavecin.

Au beau milieu du morceau de musique, l'une des plus jeunes demoiselles, qui était à la fenêtre donnant sur l'allée, cria à ses sœurs de venir vite, car « les Yeux Gris » étaient de nouveau là. Toutes trois y furent rassemblées aussitôt, se poussant pour mieux voir. La fenêtre où elles coururent se trouvait dans un renfoncement au bout de la pièce, et comme elle donnait au-dessus de la porte d'entrée, elle commandait obliquement l'allée.

– Venez, monsieur Balfour, criaient-elles, venez voir ! C'est la plus belle fille du monde ! Voilà plusieurs jours qu'elle rôde à l'entrée de l'impasse, toujours accompagnée de quelques domestiques de mauvaise mine, et malgré cela elle a tout à fait l'air d'une grande dame.

Je n'avais pas besoin de regarder ; et je ne regardai pas non plus deux fois, ni longtemps. Je craignais qu'elle ne vînt à m'apercevoir, en train de la regarder du haut de cette chambre de musique, tandis qu'elle était là dehors, que son père était aussi dans la maison, en train peut-être de demander la vie en pleurant, et alors que moi-même je venais tout juste de rejeter ses prières. Mais ce simple coup d'œil suffit pour me rendre meilleure opinion de moi-même et diminuer de beaucoup la terreur que m'inspiraient les jeunes dames. Elles étaient belles, indiscutablement, mais Catriona ne l'était pas moins, et celle-ci possédait en outre une sorte d'éclat pareil à celui d'un charbon ardent. Autant les autres me déconcertaient, autant elle me stimulait. Je me souvins qu'avec elle j'avais causé facilement. Si je ne pouvais en faire autant avec ces jolies personnes, il y avait peut-être bien de leur faute. A mon embarras se mêla peu à peu un sentiment d'ironie qui l'atténua ; et désormais lorsque la tante levait les yeux de dessus sa broderie pour un sourire, ou que les trois jeunes filles me traitaient comme un enfant du haut de leur grandeur, je croyais lire : « Par ordre du papa », inscrit sur leurs visages, et j'avais quelque peine à m'empêcher de sourire.

Enfin le papa revint, toujours aussi aimable, l'air heureux et la parole aisée.

– Allons, petites filles, dit-il, je dois vous reprendre M. Balfour ; mais j'espère que vous avez réussi à lui persuader de revenir dans cette maison ; où je serai toujours enchanté de le recevoir.

Elles me firent chacune un petit compliment d'un sou, et je fus emmené.

S'il comptait sur cette visite à sa famille pour vaincre ma résistance, son échec fut complet. Je n'étais pas niais au point de ne pas sentir que j'avais fait bien piètre figure et que sitôt mon dos tourné les jeunes filles avaient bâillé à se décrocher la mâchoire. Je sentais bien que je m'étais montré fort peu souple et gracieux ; et j'aspirais à l'occasion de prouver que je possédais quelque chose des qualités inverses, le sérieux et la ténacité.

Or, je devais être servi à souhait, car la scène où le procureur allait me faire prendre part était d'un caractère tout différent.

VI

Umquile, Maître [1] de Lovat

Dans le cabinet de Prestongrange nous attendait un homme que j'abhorrai à première vue, comme on abhorre un furet ou un perce-oreille. Il était cruellement laid, mais avec toute l'apparence d'un gentilhomme ; ses manières tranquilles n'excluaient pas des sursauts brusques et des gestes violents ; et sa petite voix grêle prenait à sa volonté des inflexions aigres et menaçantes.

Le procureur nous présenta l'un à l'autre d'une façon familière et amicale.

– Fraser, dit-il, voici ce M. Balfour dont nous avons causé. Monsieur David, voici M. Simon Fraser, à qui nous donnions jadis un autre titre, mais c'est là de l'histoire ancienne. M. Fraser a une communication à vous faire.

Puis il s'écarta de nous pour aller tout au bout des rayons chargés de livres faire semblant de consulter un volume in-quarto.

Je restai donc, pour ainsi dire, seul avec la personne au monde à laquelle peut-être je m'attendais le moins. Les termes de la présentation ne pouvaient me laisser de doute : celui que j'avais devant moi n'était autre que le banni Maître de Lovat et le chef du grand clan Fraser. Je savais qu'il avait conduit ses gens dans la rébellion ; je savais que pour ce crime la tête de son père – le vieux lord, ce renard gris des montagnes – était tombée sur le billot, que les terres de ses parents avaient été confisquées, et leur noblesse flétrie. Mais j'ignorais ce qu'il faisait là dans la demeure de Grant ; j'ignorais qu'il avait comparu sur le banc des accusés, renié tous ses principes, et qu'il jouissait désormais de la faveur gouvernementale, à ce point de jouer le rôle de substitut du procureur dans l'assassinat d'Appin.

– Eh bien, monsieur Balfour, me dit-il, qu'est-ce donc que je viens d'apprendre sur votre compte ?

---

1. *Master,* titre de noblesse écossais.

– Il ne m'appartient pas de faire des suppositions, répondis-je, mais si c'est le procureur qui vous a renseigné, il est pleinement au courant de mes opinions.

– Je puis vous dire que je m'occupe de l'assassinat d'Appin, continua-t-il ; je dois y figurer comme assesseur de Prestongrange ; et mon examen des interrogatoires me permet de vous affirmer que vos opinions sont tout à fait erronées. La culpabilité de Breck est manifeste ; et votre déposition, par laquelle vous reconnaissez l'avoir vu sur la colline au moment même du crime, ne fera qu'assurer sa pendaison.

– Il vous sera plutôt difficile de le pendre avant de l'avoir attrapé, observai-je. Et pour le reste je vous abandonne très volontiers à vos sentiments.

– Le Duc a été mis au courant, reprit-il. Je viens tout juste de voir Sa Grâce, et il s'est exprimé devant moi avec une noble liberté digne du grand seigneur qu'il est. Il a parlé de vous nommément, monsieur Balfour, et vous a promis sa gratitude anticipée, au cas où vous vous laisseriez guider par ceux qui comprennent beaucoup mieux que vous-même vos intérêts et ceux du pays. La gratitude n'est pas un vain mot sur ces lèvres-là : *experto crede*. Vous savez sans doute quelque chose de mon nom et de mon clan ; vous connaissez le funeste exemple et la fin déplorable de mon père, sans parler de mes propres erreurs. Eh bien ! j'ai fait ma paix avec ce bon Duc ; il a parlé en ma faveur à notre ami Prestongrange : me voici de nouveau le pied à l'étrier, et le soin m'est en partie confié de poursuivre les ennemis du roi George et de châtier cette dernière offense et cet odieux outrage envers Sa Majesté.

– La situation est certes digne du fils de votre père, répliquai-je.

Il me regarda en fronçant ses sourcils chauves.

– Je vois que vous aimez à employer le genre ironique. Mais je suis ici pour faire mon devoir, je suis ici pour accomplir de bonne foi ma mission, et c'est en vain que vous tâcherez de m'en détourner. De plus, laissez-moi vous dire que pour un jeune homme d'esprit et d'ambition tel que vous, un bon coup d'épaule au début vaut mieux que dix années de labeurs. Le coup d'épaule est à votre disposition : choisissez ce en quoi vous voulez être poussé, le Duc veillera sur vous avec la sollicitude d'un père affectueux.

– Il me manque, je le crains, la docilité d'un fils, répliquai-je.

– Et vous vous figurez pour de bon, monsieur, s'écria-t-il, que toute la politique de ce pays va, pour un gamin rétif, subir un bouleversement ? On fait une pierre de touche de ce procès, tous ceux qui veulent désormais réussir devront pousser à la roue. Voyez-moi par exemple. Croyez-vous que c'est pour mon plaisir que je me mets dans la situation tellement odieuse de poursuivre un homme aux côtés duquel j'ai tiré l'épée ? Je n'ai pas le choix.

– Mais je pense, monsieur, que vous avez abdiqué votre choix en vous mêlant de cette rébellion dénaturée. Mon cas par bonheur est autre.

Je suis loyal, moi, et je puis regarder en face sans inquiétude aussi bien le Duc que le roi George.

— C'est donc par là que le vent souffle ? fit-il. Je vous garantis que vous êtes tombé dans la pire des erreurs. Prestongrange a eu jusqu'ici la politesse extrême (il me l'a dit) de ne pas réfuter vos allégations ; mais vous ne devez pas croire pour cela qu'on les envisage sans de véhéments soupçons. Vous vous dites innocent ? Mon cher monsieur, les faits vous déclarent coupable.

— Voilà où je vous attendais, répliquai-je.

— La déposition de Mungo Campbell ; votre fuite sitôt le meurtre accompli ; votre longue course secrète... Mais, mon brave jeune homme ! Il y a là assez de preuves pour faire pendre un jeune veau, et à plus forte raison un David Balfour ! Je serai du procès ; j'y élèverai la voix ; je parlerai alors tout autrement que je ne le fais aujourd'hui, et beaucoup moins à votre satisfaction, si faible soit-elle déjà ! Ah ! vous pâlissez ! cria-t-il. J'ai trouvé la clef de votre cœur effronté. Vous êtes livide, vos yeux s'égarent ! Vous voyez la tombe et le gibet de plus près que vous ne l'imaginiez.

— C'est là, je l'avoue, une faiblesse naturelle, dis-je. Je ne la crois pas déshonorante. Le déshonneur...

— Le déshonneur vous attend sur l'échafaud, interrompit-il.

— Il ne fera que m'égaler à mylord votre père, repris-je.

— Ho, ho ! mais pas du tout, s'écria-t-il, et vous ne voyez pas encore le fonds des choses. Mon père a été supplicié pour une grande cause, et pour s'être mêlé des affaires des rois. Vous serez pendu, vous, pour un ignoble assassinat de quelques sous. Vous y avez personnellement joué un rôle de traître, en arrêtant à causer l'infortunée victime, et vos complices sont un ramas de haillonneux domestiques highlanders. Et cela peut se démontrer, mon noble monsieur Balfour – cela peut se démontrer, et cela *sera* démontré, fiez-vous-en à moi qui ai mis la main à la pâte – , cela peut se démontrer, et cela sera démontré, que vous étiez payé pour le faire. Je vois d'ici les regards qu'on échangera dans la salle lorsque j'apporterai mon témoignage, et qu'il sera établi que vous, un jeune homme bien élevé, vous êtes laissé entraîner à cette action ignoble moyennant quelques hardes de rebut, une bouteille d'eau-de-vie d'Écosse, et trois shillings cinq pence et un demi-penny en monnaie de cuivre.

Je fus comme souffleté par l'apparence de vérité que renfermaient ces derniers mots : des vêtements, une bouteille d'*usquebaugh,* et trois shillings cinq pence et un demi-penny en billon, c'était à peu près tout ce qu'Alan et moi avions emporté d'Aucharn ; et je compris que dans leurs cachots les gens de James avaient parlé.

— J'en sais plus que vous ne croyez, n'est-ce pas ? reprit-il, avec triomphe. Et pour ce qui est de donner cette tournure à la chose, mon grand monsieur David, vous n'allez pas vous imaginer que le gouvernement de la Grande-Bretagne et de l'Irlande sera jamais à court de témoins. Nous avons ici en prison des hommes qui pour sauver leur

vie jureront tout ce qu'on voudra ; tout ce que je voudrai, si vous l'aimez
mieux. Vous pouvez donc juger quelle part de gloire vous en reviendra
si vous choisissez la mort. D'une part, la vie, le vin, les femmes, et
un duc pour faire vos quatre volontés ; de l'autre, une corde à votre
cou, et une potence où cliquetteront vos os, et pour transmettre à ceux
de votre nom la plus abjecte histoire qui fût jamais contée d'un assassin
à gages. Et tenez ! s'écria-t-il d'une voix atrocement perçante, voyez
ce papier que je tire de ma poche. Regardez le nom qu'il porte : c'est
le nom du grand David, n'est-ce pas, et l'encre est à peine sèche.
Devinez-vous sa nature ? C'est un mandat d'arrêt, et je n'ai qu'à presser
ce timbre à côté de moi pour le faire exécuter sur-le-champ. Une fois
en prison grâce à ce papier, vous n'avez plus d'autre aide à espérer
que celle de Dieu !

Je l'avoue, j'étais grandement épouvanté par tant de vilenie, et fort
démontré par l'imminence et la hideur du péril. M. Simon avait déjà
tiré gloire des altérations de mon teint ; mais pour lors j'étais devenu
certainement aussi pâle que ma chemise ; et d'ailleurs ma voix tremblait.

— Il y a un gentilhomme dans cette pièce, m'écriai-je. J'en appelle
à lui. Je remets ma vie et mon honneur entre ses mains.

Prestongrange referma bruyamment son livre.

— Je vous avais prévenu, Simon, dit-il ; vous avez joué votre va-tout,
et vous avez perdu. Monsieur David, continua-t-il, je vous prie de croire
que je ne suis pour rien dans cette dernière épreuve que vous venez
de subir. Je tiens à vous déclarer combien je suis heureux que vous
vous en soyez tiré aussi brillamment. C'est presque un service que vous
m'avez rendu, sans vous en douter. Car si notre ami ici présent avait
eu plus de succès que moi hier soir, il en serait résulté qu'il est meilleur
juge des hommes que moi ; il en serait résulté que nous n'occupons
pas du tout notre vraie place, M. Simon et moi. Et je sais que notre
ami Simon est ambitieux, continua-t-il, en donnant une légère tape sur
l'épaule de Fraser. Quant à cette comédie, elle est terminée ; je suis
de plus en plus porté en votre faveur, et quelle que doive être la solution
de cette malheureuse affaire, je ferai en sorte que vous soyez ménagé.

C'étaient là d'excellentes paroles, et je pus voir en outre qu'entre
ces deux personnages qui m'étaient opposés régnait non pas l'amour,
mais plutôt un grain d'authentique zizanie. Quoi qu'il en fût, il était
indéniable que cette scène avait été prévue, voire même concertée de
leur commun accord ; il était net que mes adversaires se disposaient
à m'éprouver par tous les moyens ; et à cette heure (la persuasion, les
flatteries, et les menaces ayant été essayées en vain) je ne pouvais que
me demander à quel nouvel expédient ils allaient recourir. L'angoisse
de la dernière épreuve, d'ailleurs, troublait encore ma vue, et faisait
flageoler mes jambes ; et je dus me borner à balbutier la même phrase :

— Je remets ma vie et mon honneur entre vos mains.

— Bon, bon, fit Prestongrange, nous ferons en sorte de les
sauvegarder. Et en attendant, revenons à des moyens plus doux. Il ne
faut pas que vous gardiez rancune de ses paroles à mon ami M. Simon,

qui n'a fait qu'obéir à son devoir. Et si même vous avez conçu quelque grief contre moi, qui par ma présence semblais lui donner mon approbation, je ne veux pas que ce grief s'étende aux membres innocents de ma famille. Ceux-ci tiennent beaucoup à vous revoir, et je ne puis admettre que mes jeunes personnes soient désappointées. Elles iront demain à Hope Park, et je crois tout à fait convenable que vous les escortiez. Venez me voir d'abord, car il est possible que j'aie quelque chose de particulier à vous dire ; après quoi vous serez renvoyé sous la garde de mes demoiselles. Réitérez-moi votre promesse de garder le silence jusqu'à ce moment-là.

J'aurais mieux fait de refuser tout de suite, mais réellement je n'avais plus la force de résister. Je fis ce qu'il me demandait, et pris congé sans savoir comment ; puis lorsque je me retrouvai dans l'impasse, délivré, et que la porte se fut refermée derrière moi, je m'adossai à un mur et m'essuyai le visage. Cette apparition hideuse (c'est bien le mot) de M. Simon vibrait dans ma mémoire comme un bruit soudain vibre dans l'oreille après qu'il a cessé. Toutes les histoires que j'avais lues et entendues, concernant le père de cet homme, sa duplicité, ses innombrables et perpétuelles trahisons, surgissaient devant moi et complétaient ce que je venais d'éprouver de sa part. Chaque fois qu'elle me revenait, l'ingénieuse malignité de cette calomnie dont il avait eu l'intention de stigmatiser mon honneur me faisait tressaillir de nouveau. Le sort de l'homme pendu au gibet sur la route de Leith m'apparaissait à peine distinct de celui que je devais désormais envisager comme le mien. De la part de deux hommes faits, voler de si peu que rien un enfant était à coup sûr une vile entreprise ; mais mon histoire à moi, telle devait être présentée aux juges par Simon Fraser, lui faisait à tous points de vue un digne pendant pour l'ignominie et la lâcheté.

Les voix de deux hommes en livrée causant sur le seuil de Prestongrange me rappelèrent à moi-même.

— Va, dit l'un, porter ce billet le plus vite possible chez le capitaine.

— Est-ce pour rappeler encore le *cateran* [1] ? demanda l'autre.

— On le dirait, répliqua le premier. Le maître et Simon ont besoin de lui.

— Prestongrange est devenu fou, reprit le deuxième. Il finira par coucher avec James More.

— Bah, ce n'est pas ton affaire ni la mienne, conclut le premier.

Et, se séparant, l'un partit exécuter sa commission, et l'autre rentra dans l'hôtel.

Je vis dans cet incident un symptôme des plus alarmants. J'étais à peine sorti qu'ils envoyaient aussitôt chercher James More, à qui M. Simon faisait sans doute allusion quand il parlait d'hommes en prison disposés à racheter leur vie à tout prix. Mes cheveux se hérissèrent sur mon crâne, et l'instant d'après tout mon sang fit un

---

1. Chef de clan highlander.

bond au souvenir de Catriona. Pauvre fille ! son père allait être pendu pour des méfaits très peu défendables. Et, chose qui était encore moins de mon goût, il semblait à cette heure prêt à sauver son individu par la pire honte et le plus vil des lâches assassinats – l'assassinat par faux témoignage ; et pour mettre le comble à nos malheurs, j'étais moi-même désigné pour lui servir de victime.

Je me mis à marcher vivement et au hasard, ne connaissant plus rien qu'un désir de mouvement, d'air et de larges horizons.

VII

Je pèche contre l'honneur

Entièrement à mon insu, j'arrivai sur les *Lang dykes*, grand chemin rural longeant du côté nord la cité qu'il domine. Je découvrais cette dernière dans toute son étendue noire, se déroulant depuis le château debout sur son rocher au-dessus du *loch*, en une longue rangée de clochers, de pignons et de cheminées fumantes. A cette vue mon cœur se gonfla dans mon sein. Ma jeunesse, je l'ai dit, était déjà formée aux dangers ; mais un danger comme celui que je venais de voir en face le matin même, au milieu de ce qu'on appelle la sécurité d'une ville, m'ébranlait en dépit de mon expérience. Péril d'esclavage ; péril de naufrage, péril d'épée et d'arme à feu, j'avais affronté le tout sans faiblir ; mais le péril embusqué dans la voix aigre et le visage gras de Simon, ou plutôt de lord Lovat, m'accablait entièrement.

Je m'assis au bord du lac à un endroit où les roseaux descendaient dans l'eau et je m'y trempai les poignets et m'humectai le front. Si j'avais pu le faire en sauvegardant quelque peu mon amour-propre, j'aurais pris la fuite et abandonné mon dessein téméraire. Mais, soit courage, soit lâcheté, ou même les deux peut-être, je me crus engagé sans possibilité de retraite. J'avais bravé ces hommes, je continuerais à les braver ; quoi qu'il pût advenir, je resterais fidèle à ma parole.

Le sentiment de ma constance releva mes esprits quelque peu, mais de guère. Je n'en gardais pas moins comme un poids de glace autour du cœur, et la vie m'apparaissait une bien sinistre aventure. Deux mortels entre tous excitaient ma pitié. L'un était moi-même, dépourvu d'amis et perdu au milieu des dangers. L'autre était cette enfant, la fille de James More. J'avais beau la connaître à peine, je ne l'en avais pas moins examinée et jugée. Je voyais en elle une fille d'un honneur intègre et quasi viril ; je l'estimais capable de mourir d'un déshonneur ; et cependant je croyais son père tout juste en train de marchander sa misérable vie contre la mienne. Il en résultait que j'associais dans mes pensées la jeune fille et moi. Je n'avais vu d'abord en elle qu'une rencontre de hasard, bien qu'elle me plût étrangement ; je la voyais à cette heure brusquement rapprochée de moi, comme étant la fille de mon ennemi mortel, et pour ainsi dire de mon assassin. J'estimais dur le sort qui m'obligeait à être harcelé et persécuté sans cesse pour le compte d'autrui, et à ne jouir moi-même d'aucun plaisir. J'avais de quoi manger, avec un lit pour y dormir lorsque mes préoccupations me le permettaient ; mais à part cela ma richesse ne m'était d'aucun secours. Si je devais être pendu, ma vie serait apparemment brève ; si je devais au contraire me tirer de cette mauvaise passe, mes jours pourraient encore me sembler longs avant d'arriver à leur fin. Tout à coup son visage me revint à la mémoire, tel que je l'avais vu d'abord, avec les lèvres entrouvertes. Aussitôt la faiblesse se répandit dans mon sein, et la vigueur dans mes jambes, et je me mis résolument en route dans la direction de Dean. Puisque je devais être pendu demain et que trop probablement je coucherais ce soir dans un cachot, je voulais m'entretenir une fois encore avec Catriona.

Stimulé par la marche et ranimé par la pensée de cette rencontre, je finis plus ou moins par retrouver du courage. En traversant le bourg de Dean, situé au bord du fleuve, dans le creux d'une vallée, je demandai ma route à un meunier, lequel me fit gravir la hauteur par un chemin facile et redescendre du côté opposé, jusqu'à une petite maison de bonne apparence entourée de pommiers et de prairies. J'étais plein de courage en pénétrant dans le jardin ; mais ce courage retomba tout à plat lorsque je me trouvai en présence d'une sévère et hautaine vieille dame, qui se promenait par là, coiffée d'une mantille blanche avec un chapeau d'homme par-dessus.

— Que venez-vous cherchez ici ? me demanda-t-elle.

Je lui répondis que j'étais en quête de miss Drummond.

— Et quelle affaire pouvez-vous bien avoir avec Miss Drummond ? répliqua-t-elle.

Je lui exposai que l'ayant rencontrée le samedi précédent j'avais été assez heureux pour lui rendre un léger service, et c'était à l'invitation de cette jeune dame que j'étais venu ici.

— Ah ! c'est donc vous Sixpense ! s'écria-t-elle, d'un ton fort narquois. Un beau présent, un fameux gentilhomme. Et avez-vous un autre nom pour vous désigner, ou êtes-vous baptisé Sixpence ? interrogea-t-elle.

Je lui déclinai mon nom.

— Dieu merci ! s'écria-t-elle. Ebenezer avait donc un fils ?

— Non, madame, répondis-je. Je suis fils d'Alexandre. C'est moi qui suis le laird de Shaws.

— Vous aurez du fil à retordre avant d'établir vos droits, fit-elle.

— Je m'aperçois que vous connaissiez mon oncle, dis-je ; et vous apprendrez peut-être avec d'autant plus de plaisir que l'affaire est arrangée.

— Et qu'est-ce que vous voulez à miss Drummond ? reprit-elle.

— Je suis venu réclamer mes six pence, madame. Il y a des chances pour qu'étant le neveu de mon oncle, je me montre un garçon économe.

– Vous avez donc en vous un grain d'esprit ? remarqua la vieille dame, non sans quelque plaisir. Je m'attendais à ce que vous soyez un simple nigaud – vous et vos six pence, et votre *jour de bonheur,* et votre *pour l'amour de Balwhidder* – (ce par quoi je fus heureux d'apprendre que Catriona n'avait pas oublié toute notre conversation). Mais tout ceci est à côté, reprit-elle. Dois-je entendre que vous êtes venu ici pour chercher une compagne ?

– Voilà une question à coup sûr prématurée, dis-je. La demoiselle est jeune, moi aussi, par malheur. Je ne l'ai vue qu'une fois. Je ne nierai pas, ajoutai-je, résolu à essayer de la franchise, je ne nierai pas qu'elle m'a beaucoup trotté par la tête depuis que je l'ai rencontrée. C'est là quelque chose, mais ce serait tout à fait différent de m'engager, et je crois que je vous paraîtrais bien sot de le faire.

– Vous avez la langue bien pendue, à ce que je vois, dit la vieille dame. Moi aussi, grâce à Dieu ! J'ai été assez bête pour me charger de la fille de ce brigand : une jolie tâche que j'ai assumée là ; mais c'est fait, et je la mènerai à ma guise. Voulez-vous dire, monsieur Balfour de Shaws, que vous épouseriez la fille de James More, même celui-ci étant pendu ? Eh bien donc, là où il n'y a pas de mariage possible, il ne peut y avoir aucun genre de relations, et tenez-le-vous pour dit. C'est délicat, les filles, ajouta-t-elle avec un hochement de tête ; et j'en ai été une aussi, et jolie ; bien qu'on ne le croirait guère à voir mes joues ridées.

– Lady Allardyce, lui dis-je, car tel est je crois votre nom, il me semble que vous tenez les deux rôles dans le dialogue, et c'est là un médiocre moyen d'arriver à s'entendre. Vous me portez un vrai coup droit, en me demandant si j'épouserais, au pied du gibet, une jeune personne que j'ai n'ai vue qu'une fois. Je vous ai répondu que je ne m'engagerais pas ainsi à la légère. Toutefois je vous en dirai davantage. Si, comme j'ai toute raison de l'espérer, je continue à aimer cette jeune fille, il faudra autre chose que son père, ou même que le gibet, pour nous empêcher, elle et moi, de nous réunir. Quant à ma famille, je l'ai trouvée au bord de la route, tel un enfant abandonné ! Je suis loin de devoir quelque chose à mon oncle ; et si je me marie jamais, ce sera pour complaire à une seule personne : à moi-même.

– J'avais déjà ouï des propos de ce genre, alors que vous n'étiez pas encore né, repartit Mme Ogilvy, et c'est peut-être pourquoi j'y attache aussi peu d'importance. Il y a beaucoup de choses à considérer. Ce James More est un parent à moi, soit dit à ma honte Mais plus la famille est estimable, plus elle a de pendus et de décapités, ç'a toujours été l'histoire de la malheureuse Écosse. Et s'il n'y avait que la pendaison ! Pour ma part, il me semble que j'aimerais mieux voir James à la potence, car c'en serait au moins fini de lui. Catrine est une assez brave fille, elle a bon cœur, et se laisse tarabuster du matin au soir par un vieux trognon comme moi. Mais, voyez-vous, il y a un point faible. Elle est entichée de ce grand gueux d'hypocrite, son père, et folle à fond des Gregara, et des noms proscrits, et du roi James, et autres balivernes.

Et vous vous trompez joliment si vous vous figurez qu'elle se laisserait mener par vous. Vous dites que vous ne l'avez vue qu'une fois...

— Que je lui ai parlé une seule fois, aurais-je dû plutôt dire. Je l'ai vue de nouveau ce matin d'une fenêtre de l'hôtel Prestongrange.

Il est probable que je lui débitai cette phrase parce qu'elle sonnait bien ; mais je reçus la juste récompense de ma vanité.

— Qu'est-ce que c'est ? cria la vieille dame, renfrognée soudain. Je croyais que vous l'aviez rencontrée d'abord devant la porte du procureur ?

Je lui avouai qu'elle ne se trompait pas.

— Hum ! fit-elle ; et puis soudain, sur un ton assez aigre : Je n'ai rien que votre parole comme garantie de vos noms et qualité. A vous entendre, vous êtes Balfour de Shaws ; mais à ce qu'il me semble vous seriez plutôt Balfour du Diable. Il se peut que vous soyez venu ici pour ce que vous dites, et il se peut également que vous y soyez venu pour le diable sait quoi ! Je suis assez bonne whig pour me tenir tranquille, et pour avoir conservé à tous mes gens leurs têtes sur leurs épaules. mais je ne le suis pas tout à fait au point de me laisser berner. Et je vous le dis tout net, c'est trop de porte du procureur par-ci, et de fenêtre du procureur par-là pour un homme qui vient solliciter la main de la fille d'un MacGregor. Vous pouvez aller porter cela au procureur qui vous a envoyé, avec mon parfait amour. Et je vous baise la main, monsieur Balfour, dit-elle, en joignant le geste à la parole ; et je vous souhaite bon voyage pour retourner d'où vous êtes venu.

— Si vous voyez en moi un espion... m'écriai-je.

La suite me resta dans la gorge. Je m'attardai un moment à lancer des regards meurtriers à la vieille dame, puis la saluai, prêt à m'éloigner.

— Allons, bon ! voilà notre galant fâché ! s'écria-t-elle. Si je vois en vous un espion ? Pour qui d'autre voulez-vous que je vous prenne ? — moi qui ne sais rien de vous ? Mais j'admets que je me sois trompée ; et comme je ne puis me battre avec vous, je dois vous présenter un grand sabre ! Allons, allons, poursuivit-elle, vous n'êtes pas si mauvais garçon dans votre genre ; vous devez avoir quelques vices compensateurs. Mais dites donc, David Balfour, vous êtes diablement rustique ! Il faudra vous corriger de cela, mon garçon, assouplir votre échine, et penser un tout petit peu moins à votre précieux moi ; et il vous faudra essayer de comprendre que les femmes ne sont pas des grenadiers. Mais vous en êtes bien incapable. Jusqu'à votre dernier jour vous ne vous y connaîtrez pas plus aux femmes que je ne m'y entends à couper les truies.

Je n'avais jamais ouï pareilles expressions de la bouche d'une dame, les deux seules dames que j'avais connues jusqu'alors, Mme Campbell et ma mère, étant très dévotes et très convenables ; et j'imagine que mon étonnement dut se peindre sur mon visage, car Mme Ogilvy lança soudain un éclat de rire.

— Ma parole, s'écria-t-elle, en luttant contre sa gaieté, vous faites la figure de bois la plus réussie... Et vous épouseriez la fille d'un *cateran* highlander ! Davie, mon cher, il nous faudra en faire l'essai, ne fût-ce que pour voir les petits qui en sortiront. Et maintenant, poursuivit-elle, il n'y a aucune utilité à ce que vous vous attardiez ici, car la jeune fille n'est pas à la maison, et je crains bien que la vieille ne soit pas la compagnie qu'il faut au fils de votre père. Outre cela, je n'ai personne que moi pour veiller à ma réputation, et je suis restée assez longtemps avec un séduisant jeune homme. Vous reviendrez un autre jour chercher vos six pence, me cria-t-elle de loin comme je me retirais.

Mon escarmouche avec cette déconcertante dame rendit à mon esprit une hardiesse qui lui eût autrement fait défaut. Depuis deux jours l'image de Catriona s'était mêlée à toutes mes pensées ; elle constituait leur arrière-plan, de sorte que je ne pouvais rester seul avec moi-même sans qu'elle surgît dans un recoin de mon âme. Mais à cette heure elle devint tout à fait proche : je croyais la toucher, elle que je n'avais touchée qu'une fois ; je me laissais aller vers elle en un attendrissement bienheureux. A envisager le monde qui m'entourait, il m'apparaissait comme un désert effrayant, où les hommes s'avancent tels des soldats en marche, observant leur devoir comme ils peuvent, et pour offrir à ma vie quelque joie je ne voyais que Catriona. Je m'émerveillais de pouvoir m'appesantir sur de telles considérations en cette heure où le danger me guettait avec le déshonneur ; et j'avais honte en considérant ma jeunesse. Il me restait mes études à compléter ; il me restait à choisir une occupation utile ; il me restait encore à prendre ma part du travail en un monde où tous doivent travailler ; il me restait encore à apprendre, et à savoir, et à me prouver à moi-même que j'étais un homme ; et j'avais assez de raison pour rougir de me voir prématurément tenté par ces joies et ces devoirs ultérieurs et sacrés. Toute mon éducation s'insurgeait en moi contre ces velléités ; car je n'avais pas été nourri de fadaises, mais du pain dur de la vérité. Je savais qu'on n'a pas le droit de prétendre à faire un mari, quand on n'est pas aussi préparé à devenir un père ; et jouer au père était pour un gamin comme moi une simple dérision.

J'étais plongé dans ces pensées et arrivé presque à mi-chemin de la ville lorsque je vis s'avancer vers moi une silhouette qui augmenta le trouble de mon cœur. J'avais, me semblait-il, un nombre infini de choses à lui dire, mais je ne savais par où commencer ; et me souvenant à quel point l'autre matin j'avais eu la langue liée chez Prestongrange, je me persuadai que j'allais rester muet. Mais à son approche mes craintes s'envolèrent ; le souvenir même de ce que je venais de penser à part moi ne me troubla point ; et je pus causer avec elle aussi aisément et raisonnablement que je l'aurais fait avec Alan.

– Oh ! s'écria-t-elle, vous êtes allé chercher vos six pence : les avez-vous eus ?

Je lui répondis que je ne les avais pas eus, mais que puisque je l'avais rencontrée, ma course ne serait pas vaine.

– Il est vrai que je vous ai déjà vue ce matin, ajoutai-je ; et je lui expliquai où et comment.

– Moi, je ne vous ai pas vu, dit-elle. J'ai beau avoir de grands yeux, il y en a de meilleurs pour voir de loin. Mais j'ai entendu chanter dans la maison.

– C'était miss Grant, répliquai-je, l'aînée et la plus jolie.

– On dit qu'elles sont toutes belles.

– Elles pensent la même chose de vous, miss Drummond, et elles se pressaient toutes à la fenêtre pour vous contempler.

– C'est un malheur que je sois tellement aveugle, reprit-elle, sinon je les aurais vues aussi. Et vous étiez dans la maison? Vous avez dû bien vous amuser avec la belle musique et les jolies demoiselles.

– Voilà justement où est votre erreur; car j'étais aussi peu à mon aise qu'un poisson de mer sur la cime d'une montagne. A vrai dire, je suis mieux fait pour me trouver avec des hommes farouches qu'avec de jolies demoiselles.

– Eh bien, moi aussi, je finirais volontiers par le croire! lança-t-elle; et sa réflexion nous fit rire tous les deux.

– Mais voici une chose singulière, repris-je. Je n'ai pas du tout peur de vous, et cependant je me serais volontiers enfui loin des misses Grant. Et j'ai eu peur aussi de votre cousine.

– Oh! tous les hommes ont peur d'elle, je crois, s'exclama-t-elle. Mon père lui-même en a peur.

Au nom de son père je restai interdit. Je la regardai marcher à mon côté; je me rappelai l'individu, le peu que je savais de lui et tout ce que j'en devinais; et les comparant tous deux l'un avec l'autre, mon silence m'apparut comme une trahison.

– A propos, dis-je, j'ai rencontré votre père pas plus tard que ce matin.

– Vraiment? s'écria-t-elle d'un ton joyeux qui me sembla une raillerie personnelle. Vous avez vu James More? Vous lui avez parlé, en ce cas?

– Oui, je lui ai même parlé, répondis-je.

Les choses prirent alors pour moi la plus mauvaise tournure qu'il était humainement possible. Elle me jeta un regard de pure reconnaissance.

– Ah! que je vous en remercie! fit-elle.

– Vous me remerciez pour bien peu, répliquai-je, et puis je m'arrêtai. mais la contrainte que je m'imposais était trop grande : il me fallut me soulager un peu.

– Je lui ai parlé assez mal, repris-je, car il ne m'a guère plu; je lui ai parlé assez mal, et il s'est mis en colère.

– Vous avez été bien mal inspiré; et vous l'êtes encore plus de le raconter à sa fille! s'écria-t-elle. Mais ceux-là qui ne l'aiment ni ne le choient, je refuse de les connaître.

– Je prendrai la liberté d'ajouter un mot, dis-je, commençant à trembler. Peut-être votre père et moi ne sommes de la meilleure humeur chez Prestongrange. Nous y avons tous les deux, je crois, des affaires inquiétantes, car c'est une maison dangereuse. J'avais pitié de lui d'ailleurs, et je lui ai parlé le premier, s'il est vrai que j'aurais pu m'exprimer plus sagement. Et à ce propos m'est avis que vous verrez bientôt ses affaires s'arranger.

– Ce ne sera toujours pas grâce à vos bons soins, je pense, répliqua-t-elle ; et il vous est fort obligé pour votre pitié.

– Miss Drummond, m'écriai-je, je suis seul au monde...

– Et cela ne m'étonne pas, dit-elle.

– Ah, laissez-moi parler ! repris-je. Je ne veux plus que parler une fois, et puis je vous laisserai, si vous le voulez, pour toujours. Je suis venu aujourd'hui dans l'espoir d'entendre un mot aimable dont j'ai un besoin cruel. Ce que j'ai dit devait vous offenser, je m'en rends compte, et je le savais en le disant. Il m'eût été facile de dire des douceurs, comme de vous mentir ; ne comprenez-vous pas quelle envie j'ai eue de le faire ? Ne voyez-vous pas éclater la confiance de mon cœur ?

– Je pense que vous venez de faire beaucoup de besogne, monsieur Balfour. Je pense que notre rencontre sera unique, et que nous saurons nous séparer en gens comme il faut.

– Oh, que j'aie au moins quelqu'un pour croire en moi ! suppliai-je, je n'y puis plus tenir autrement. Le monde entier est ligué contre moi. Comment vais-je affronter mon horrible destin ? Si je n'ai personne pour croire en moi, cela m'est impossible. Non, je ne saurai pas, et cet homme n'a plus qu'à mourir.

Elle marchait toujours, en regardant droit devant elle et le nez au vent ; mais à mes paroles, ou à l'accent dont je les prononçai, elle fit halte.

– Qu'est-ce que vous dites ? demanda-t-elle. De quoi parlez-vous ?

– C'est mon témoignage qui peut sauver la vie d'un innocent, dis-je, et ce témoignage on ne me laissera pas le donner. Vous-même, que feriez-vous ? Vous comprenez ce que cela signifie, vous dont le père est en danger. Abandonneriez-vous cette pauvre créature ? Ils ont tout essayé sur moi. Ils ont voulu m'acheter ; ils m'ont offert monts et merveilles. Et aujourd'hui ce limier m'a dit où j'en étais, et jusqu'où il irait pour m'égorger et me déshonorer. Je vais avoir participé au meurtre ; je vais avoir retenu Glenure à cause pour de l'argent et de vieux habits ; je vais être tué et avili. Si c'est de la sorte que je dois tomber, encore à la fleur de l'âge – si c'est là l'histoire qu'on va raconter de moi dans toute l'Écosse – si vous allez le croire vous aussi et que mon nom passe en proverbe – Catriona, comment le supporterai-je ? Ce n'est pas possible ; c'est au-delà des forces humaines.

Je lâchais mes mots en tourbillon, l'un poussant l'autre, et quand je me tus je vis qu'elle me considérait d'un air bouleversé.

– Glenure ! Il s'agit du meurtre d'Appin ! fit-elle, à voix basse, mais avec une surprise extrême.

J'étais retourné sur mes pas afin de l'accompagner, et nous étions arrivés alors presque au haut de la lande qui domine le village de Dean. A ces mots, tout hors de moi, je me plaçai devant elle.

– Pour l'amour de Dieu, m'écriai-je, pour l'amour de Dieu, qu'est-ce que j'ai fait? Et je portai mes poings à mes tempes. Qu'est-ce qui m'a poussé? Il faut que je sois ensorcelé pour dire ces choses!

— A nom du ciel, qu'avez-vous donc? s'écria-t-elle.

— J'ai donné ma parole, me lamentai-je, j'ai donné ma parole, et voilà que je l'ai violée. O Catriona!

— Dites-moi donc de quoi il s'agit, reprit-elle; est-ce de ces choses que vous n'auriez pas dû dire? Et croyez-vous que je n'aie pas d'honneur? ou que je sois capable de trahir un ami? Tenez, je lève la main droite, et je vous fais serment.

— Ah! j'étais sûr de votre loyauté! m'exclamai-je. Mais moi – moi que voici! Moi qui ce matin encore les affrontais et les bravais, moi qui m'exposais à mourir sur l'échafaud plutôt que de commettre le mal – voilà qu'au bout de quelques heures il me suffit d'un simple bavardage pour jeter mon honneur au vent. « Une chose ressort clairement de notre conversation, m'a-t-il dit, c'est que je peux me fier à votre parole. » Où est ma parole à présent? Qui me croira désormais? Vous-même ne le pourriez plus. Je suis déchu sans remède; je n'ai plus qu'à mourir!

Je débitai toute cette tirade d'une voix mouillée de pleurs mais ces pleurs n'étaient pas sincères. Elle reprit :

— Votre désolation me navre, mais la vérité vous êtes trop naïf. Moi, j'irais ne plus vous croire, dites-vous? Ma confiance en vous est absolue. Quant à ces hommes, je ne veux pas penser à eux! Des hommes qui s'efforcent de vous prendre au piège et de vous perdre! Fi! ce n'est pas le moment de s'humilier. Relevez plutôt la tête! Ne songez-vous pas que je vais au contraire vous admirer comme un grand héros du Bien – vous, un garçon à peine plus âgé que moi! Et parce que vous avez dit un mot de trop à l'oreille d'une amie qui mourrait plutôt que de vous trahir – il n'y a certes pas de quoi en faire une telle affaire! C'est une chose que nous devons oublier tous les deux.

— Catriona, fis-je, en la regardant avec inquiétude, est-ce vrai? Auriez-vous encore confiance en moi?

— N'en croirez-vous pas les larmes de mes yeux? s'écria-t-elle. Je pense de vous tout le bien du monde, monsieur David Balfour. Ils peuvent vous pendre; je ne vous oublierai jamais, j'aurai beau vieillir, je me souviendrai toujours de vous. J'estime qu'il est noble de mourir ainsi; je vous envierai votre gibet.

— Et qui sait après tout si je ne suis pas comme un enfant qui a peur des fantômes, repris-je. Peut-être se sont-ils simplement moqués de moi.

— C'est ce que je veux savoir, dit-elle. Je dois tout entendre. Puisque le mal est fait de toute façon, je dois tout entendre.

Je m'étais assis au bord de la route; elle prit place à mon côté, et je lui exposai toute l'affaire, à peu près comme je l'ai écrite, ne supprimant rien autre que mes réflexions au sujet de la conduite de son père.

— Allons, dit-elle quand j'eus fini, vous êtes un héros, c'est certain,

et je n'aurais jamais cru cela ! Et je vois aussi que vous êtes en danger.
Oh ! Simon Fraser ! Quand je pense à cet homme ! Pour obtenir la vie
et ce sale argent, trafiquer d'une telle manigance ! Et elle s'interrompit
pour lancer un mot bizarre qui lui était familier, et qui appartient, je
pense, à son vocabulaire personnel : Quelle torture ! fit-elle, voyez le
soleil !

En effet, il allait disparaître derrière les montagnes.

Elle me pria de revenir bientôt, me donna la main, et me laissa dans
un tourbillon de pensées heureuses. Je tardai à regagner mon logis, car
je redoutais d'y être immédiatement arrêté. Je fis un léger souper dans
une taverne, et passai la plus grande partie de la nuit à errer solitaire
parmi les champs d'orge. L'image de Catriona m'obsédait si fort que
je me figurais la porter dans mes bras.

VIII

Le spadassin

Le lendemain, 29 août, je me présentai au rendez-vous du procureur,
vêtu d'un habit fait à ma taille, et qu'on venait seulement de me livrer.

— Tiens, tiens, dit Prestongrange, vous êtes aujourd'hui bien beau ;
mes demoiselles vont avoir un charmant cavalier. Allons, j'y vois une
amabilité de votre part, une vraie amabilité, monsieur David. Oh, nous
allons nous entendre fort bien, et je suis persuadé que vos ennuis vont
bientôt prendre fin.

— Vous avez des nouvelles pour moi ? m'écriai-je.

— Dépassant toute votre attente. Votre témoignage va pour finir être
reçu et vous serez libre d'assister, si vous le voulez, en ma compagnie,
au procès qui aura lieu à Inverary, le jeudi 21 du mois prochain.

J'étais beaucoup trop ébahi pour trouver un mot à dire.

— En attendant, reprit-il, sans vouloir vous demander de renouveler
votre promesse, je vous recommande la discrétion la plus absolue.
Demain, on entendra votre déposition préalable ; et en dehors de cela,
vous savez que moins on en dit, plus tôt les choses s'arrangent.

— Je tâcherai de m'en souvenir. C'est vous, je suppose, que je dois
remercier pour ce comble de bonté, et je vous en remercie de tout cœur.
Après ce qui s'est passé hier, mylord, cette nouvelle m'ouvre les portes
du paradis. Je n'arrive pas à me persuader que ce soit vrai.

— Bah, avec un petit effort, vous arriverez bien à y croire. Et je suis
bien aise d'apprendre que vous m'avez de l'obligation, car il se pourrait
que vous soyez à même de me la prouver d'ici peu (il toussota), voire
tout de suite. L'affaire s'est grandement modifiée. Votre témoignage,
dont je ne veux pas vous ennuyer pour aujourd'hui, transformera sans

doute l'aspect de la cause pour tous ceux qu'elle implique, et cela fait que j'ai moins de scrupule à prendre avec vous un moyen détourné.

– Mylord, interrompis-je, excusez-moi de vous interrompre, mais comment cela s'est-il produit ? Les obstacles dont vous m'avez parlé samedi me semblaient à moi-même tout à fait insurmontables. Comment cela s'est-il arrangé ?

– Mon cher monsieur David, fit-il, il ne m'est absolument pas permis de divulguer (même à vous, comme vous dites) les secrets de l'État ; et vous vous contenterez, s'il vous plaît, de savoir le fait en gros.

Il me parlait avec un sourire paternel, sans cesser de jouer avec une plume neuve ; il me semblait impossible qu'il pût y avoir en lui la moindre trace de perfidie ; néanmoins quand il eut attiré à lui une feuille de papier, trempé sa plume dans l'encre, et recommencé à parler, je n'en fus plus aussi assuré, et me mis instinctivement sur la défensive.

– Il y a un point que je désire élucider, commença-t-il. Je l'ai tout d'abord laissé de côté à dessein, mais la réserve a cessé d'être utile. Ceci, bien entendu, ne fait pas partie de votre interrogatoire, qui suivra d'autre part ; il s'agit d'une curiosité à moi personnelle : Vous dites que vous avez rencontré Alan Breck sur la colline ?

– Oui, mylord.

– C'était immédiatement après l'assassinat ?

– En effet.

– Lui avez-vous parlé ?

– Je lui ai parlé.

– Vous le connaissiez déjà auparavant, je crois ? fit-il, négligemment.

– Je ne vois pas quelle raison vous avez de le supposer, mylord, répliquai-je ; mais c'est là un fait exact.

– Et quand l'avez-vous quitté ensuite ?

– Je réserve ma réponse, mylord. La question me sera posée aux assises.

– Monsieur Balfour, reprit-il, ne comprenez-vous pas que rien de ceci ne peut vous porter préjudice ? Je vous ai promis la vie et l'honneur, et croyez-moi, je sais tenir ma parole. Vous êtes donc libéré de toute inquiétude. Alan, paraît-il, vous vous croyez capable de le sauver ; et vous me parlez de votre gratitude, que je crois (s'il faut le dire) n'avoir pas trop mal méritée. Il y a là beaucoup de considérations diverses qui tendent toutes au même but ; et je ne me persuaderai jamais que vous ne puissiez nous aider (si vous y consentez) à mettre à Alan, comme on dit, du sel sur la queue.

– Mylord, répondis-je, je vous donne ma parole que je ne devine même pas où se trouve Alan.

Il se tut le temps de respirer, puis demanda :

– Ni comment on pourrait le retrouver ?

Je restai devant lui muet comme une bûche.

– Et voilà donc votre reconnaissance, monsieur David ! fit-il. Puis il y eut un nouveau silence. Allons, reprit-il, en se levant, je joue de malheur, et il n'y a pas moyen de nous entendre. N'en parlons plus ;

on vous apprendra plus tard où, quand et comment nous recevrons votre témoignage. Pour le moment, mes demoiselles vous attendent. Elles ne me pardonneraient pas de retenir leur cavalier.

Je fus donc livré aux mains de ces grâces, que je trouvai mieux parées que je ne le croyais possible : elles me donnaient l'impression d'un charmant bouquet.

Comme nous sortions de l'hôtel, il se produisit un petit incident qui par la suite m'apparut très gros d'importance. Je perçus un coup de sifflet fort et bref comme un signal, et regardant autour de moi, j'entrevis un instant la tête rousse de Neil fils de Tom fils de Duncan. L'instant d'après il avait disparu, et je ne vis même pas le bout de la robe de Catriona, aux pas de laquelle je le crus naturellement attaché.

Mes trois gardiennes me firent sortir de la ville par Bristo et la lande de Brunstfield ; de là un sentier nous conduisit à Hope park, beau jardin coupé d'allées sablées, garni de bancs et de tonnelles, et surveillé par un garde. Le trajet me sembla un peu long ; les deux plus jeunes demoiselles affectaient un air d'aimable ennui qui m'humiliait cruellement, l'aînée me considérait avec une expression où il perçait quelquefois de l'ironie ; et si je me rendais justice mieux que la veille, ce n'était pas sans effort. A notre arrivée dans le parc, je tombai sur un cercle de huit ou dix jeunes gens (plusieurs étaient des officiers, la cocarde au chapeau, les autres en majeure partie des avocats) qui s'empressèrent à l'envi autour de ces beautés ; et bien que je fusse présenté à chacun d'eux dans les termes les plus flatteurs, on eût dit que tous m'avaient oublié instantanément. Les jeunes gens pris en groupe sont pareils à des animaux sauvages ; ils s'attaquent à un étranger ou le dédaignent sans politesse et même sans humanité ; et je suis sûr que si je m'étais trouvé parmi des singes, ceux-ci m'auraient montré tout autant de l'une et de l'autre. Parmi ces avocats se trouvaient des beaux esprits, et parmi les militaires des hâbleurs ; je ne saurais dire lequel de ces deux opposés m'agaçait davantage. Tous avaient une façon de manier leurs épées et leurs basques d'habits, pour laquelle je les aurais volontiers (et ce par jalousie pure) chassés à coups de pied hors du parc. Je suppose que, de leur côté, ils m'enviaient fort la belle compagnie dans laquelle j'étais arrivé. Quoi qu'il en soit, je fus bientôt laissé en arrière, et marchai sur les traces de toute cette gaieté, dans la morne compagnie de mes seules pensées.

J'en fus tiré par l'un des officiers, le lieutenant Hector Duncansby, un jeune blanc-bec highlander, qui me demanda si je ne m'appelais pas « Palfour ».

Je lui répondis affirmativement, quoique sans aménité, car son ton était à peine poli.

— Ah ! ah ! Palfour, fit-il ; et il répéta encore : Palfour, Palfour !

— Je crains que mon nom ne soit pas de votre goût, monsieur, dis-je, irrité contre moi-même de laisser voir mon irritation à un individu aussi grossier.

— Ce n'est pas cela, répliqua-t-il, je pensais à autre chose.

– Je ne vous conseillerai pas d'en faire une habitude, monsieur, repris-je. Je suis certain que cela ne vous profiterait pas.

– Sauriez-fous par où Alan Grigor a troufé les pincettes ? dit-il.

Je lui demandai ce qu'il pouvait bien vouloir dire par là, et il me répondit avec un ricanement, que j'avais sans doute trouvé le tisonnier au même endroit que je l'avais avalé.

Il ne me resta plus aucun doute sur son intention, et les joues me brûlèrent.

– Avant de venir faire des affronts à un gentilhomme, dis-je, je commencerais à votre place par apprendre à parler anglais.

Avec un signe de tête et un clin d'œil il me prit par la manche, et m'entraîna paisiblement hors de Hope park. Mais nous ne fûmes pas plus tôt hors de la vue des promeneurs qu'il changea de façons.

– Fous êtes un tamné faurien tes Passes-Terres ! s'écria-t-il.

Et il m'envoya sur la mâchoire un coup de son poing fermé.

Je le payai largement de retour ; sur quoi il fit un pas ou deux en arrière et me tira son chapeau cérémonieusement.

– Foilà assez te coups, il me semble, dit-il. Che serai l'offensé, car a-t-on chamais fu semplaple présomption que te tire à un chantilhomme qui est officier du Roi qu'il ne sait pas parler l'anclais te Tieu ? Nous afons tes épées au côté, et foici le King's park tout proche. Marcherez-fous tefant, ou fous montrerai-che le chemin ?

Je lui rendis son salut, lui dis d'aller devant, et le suivis. Tout en marchant, il grommelait à part lui *Anclais te Tieu* et *Hapit tu Roi,* si bien que j'aurais pu le croire sérieusement offensé. Mais la manière dont il avait entamé la conversation suffisait à le démentir. Manifestement cet homme était venu dans l'intention de me chercher querelle à droit ou à tort ; manifestement j'étais tombé dans un nouveau piège de mes ennemis ; et je ne doutais pas, vu mon inexpérience, que je dusse être la victime de notre rencontre.

Pendant que nous avancions dans cet âpre désert rocailleux du King's park, je fus tenté une demi-douzaine de fois de prendre mes jambes à mon cou et de m'enfuir, tant j'aimais peu montrer mon ignorance de l'escrime, et tant je répugnais à mourir ou même à être blessé. Mais je réfléchis que si leur malice pouvait aller jusqu'à ce point, elle ne reculerait sans doute plus devant rien; et périr par l'épée, voire sans élégance, était quand même préférable au gibet. Je me dis aussi que par l'imprudente vivacité de mon langage et la promptitude de mon poing je m'étais mis dans une impasse absolue; et même si je prenais la fuite mon adversaire me poursuivrait sans doute et me rattraperait, ce qui ajouterait la honte à mon malheur. Aussi, toute réflexion faite, je ne cessai pas de marcher derrière lui, à peu près comme j'aurais suivi le bourreau et sans guère plus d'espoir.

Nous contournâmes l'extrémité des Roches Longues et pénétrâmes dans le Marais du Chasseur. Là, sur un carré de beau gazon, mon adversaire dégaina. Nous n'avions pour témoins que les oiseaux; et je n'eus d'autre ressource que de suivre son exemple et de tomber en garde

de mon mieux. Ce mieux ne suffit sans doute pas à M. Duncansby :
il aperçut quelques défauts dans mes manœuvres, s'arrêta, me considéra
attentivement et se mit à rompre et avancer tout en battant l'air de
sa lame. Comme Alan ne m'avait rien appris de ce genre, et que j'étais
en outre assez troublé par le voisinage de la mort, je me déconcertai
tout à fait, et restai hébété, avec le désir de m'enfuir.

– Qu'est-ce qui fous prend ? s'écria le lieutenant.

Et d'un engagement brusque, il me fit sauter mon épée et l'envoya
voler au loin parmi les buissons.

A deux reprises cette manœuvre se répéta ; et je rapportais pour la
troisième fois mon arme déshonorée, lorsque je m'aperçus qu'il avait
remis l'épée au fourreau et qu'il m'attendait avec un certain air de dépit,
et les mains croisées sous ses basques.

– Tu Tiaple si che fous touche ! s'écria-t-il.

Et il me demanda ironiquement de quel droit je provoquais des
« chentilshommes » alors que je ne savais pas distinguer l'un de l'autre
les deux bouts d'une épée.

Je lui répondis que c'était la faute de mon éducation ; et qu'il me
rendrait cette justice de reconnaître que je lui avais donné toute la
satisfaction qu'il était malheureusement en mon pouvoir de lui offrir,
et que je m'étais battu en homme.

– Et c'est la férité, dit-il. Che suis très prafe moi-même, et harti
comme un lion. Mais me pattre comme fous l'afez fait, sans rien safoir
de l'escrime, ch'afoue que che ne l'aurais pas osé. Et che recrette le
coup de poing ; quoique à mon afis le fôtre était le frère aîné ; et le
crâne m'en cuit encore. Et ch'affirme que si ch'afais su te quoi il
retournait, che n'aurais pas mis la main tans une telle affaire.

– Voilà qui est noblement dit, répliquai-je, et je suis assuré que vous
ne consentirez pas une seconde fois à faire le jeu de mes ennemis
personnels.

– Fraiment non, Palfour, dit-il ; et che pense qu'on a très mal agi
afec moi te me donner à compattre une fieille femme, ou plutôt une
espèce te camin ! Et che le tirai au Maître, et che le profoquerai, par
Tieu, lui-même !

– Et si vous saviez de quelle nature est le grief de M. Simon contre
moi, repris-je, vous seriez encore plus vexé d'avoir été mêlé à de telles
histoires.

Il jura qu'il me croyait fort bien, que tous les Lovat étaient faits de
même farine, et que le diable était le meunier qui l'avait moulue ; puis
me prenant soudain par la main, il me déclara que j'étais, pour finir,
un très gentil garçon, que c'était une infinie pitié de m'avoir négligé
ainsi, et que s'il en trouvait l'occasion, il veillerait lui-même à faire
mon éducation.

– Vous pouvez me rendre un service meilleur encore, dis-je ; et quand
il m'eut demandé sa nature, j'ajoutai : C'est de venir avec moi trouver
l'un de mes ennemis et de lui attester de quelle façon je me suis comporté
aujourd'hui. Ce sera là un vrai service. Car bien qu'il m'ait envoyé un

noble adversaire pour la première fois, l'intention secrète de M. Simon n'est autre que de me faire assassiner. Il en viendra un second, puis un troisième ; et par ce que vous avez vu de mon habileté à manier le fer, vous pouvez juger du sort qui m'attend.

— Ce sort ne me tenterait guère moi non plus, si ch'étais aussi peu homme que fous ne fous l'êtes montré, s'écria-t-il. Mais che fous rentrai chustice, Palfour. Conduisez-moi !

Si j'avais marché lentement pour entrer dans ce maudit parc, j'avais les pieds plutôt légers pour en sortir. Ils allaient en mesure sur un excellent vieil air, aussi ancien que la Bible, et dont les paroles sont : « Nul doute, l'amertume de la mort est passée. » Comme j'avais une soif ardente, je bus au puits de Sainte-Marguerite, dans la descente du chemin, et cette eau me parut d'une suavité exquise. Nous traversâmes l'Asile, remontâmes Canongate, puis par Netherbow, arrivâmes tout droit à la porte de Prestongrange. Nous causions chemin faisant pour convenir des détails. Le valet de pied nous déclara que son maître était chez lui, mais qu'il s'était occupé d'affaires très sérieuses avec d'autres gentlemen, et qu'il avait fait condamner sa porte.

— Mon affaire ne prendra que trois minutes, et elle ne peut attendre, lui dis-je. Vous ajouterez qu'elle n'est aucunement privée, et que je serais même enchanté d'avoir des témoins.

Notre homme se retira d'assez mauvaise grâce pour exécuter la commission, nous n'hésitâmes pas à le suivre jusque dans l'antichambre, d'où je pus ouïr un instant dans la pièce voisine le bruit confus de plusieurs voix. En effet, ils étaient trois autour d'une table, à savoir : Prestongrange, Simon Fraser et Erskine, shériff de Perth ; et comme ils se trouvaient réunis pour délibérer précisément sur l'assassinat d'Appin, mon arrivée les troubla un peu, mais ils décidèrent de me recevoir.

— Tiens, c'est vous, monsieur Balfour, qu'est-ce qui vous ramène donc ici ? et qui est ce monsieur qui vous accompagne ? demanda Prestongrange.

Quant à Fraser, il tenait les yeux baissés vers la table.

— Il est ici pour fournir un petit témoignage en ma faveur, mylord, témoignage qu'il est à mon avis très nécessaire que vous entendiez, répondis-je.

Et je me tournai vers Duncansby.

— Chai seulement à tire ceci, fit le lieutenant, c'est que che me suis pattu auchourd'hui afec Palfour tans le marais tu Chasseur, ce tont ch'ai crand recret à présent, et il s'est contuit aussi pien qu'on peut l'exicher t'un chentilhomme. Et ch'ai peaucoup de consitération pour Palfour, conclut-il.

— Je vous remercie de votre obligeance, fis-je.

Là-dessus Duncansby salua la compagnie et se retira, comme nous en étions convenus précédemment.

— Qu'ai-je à voir dans cette affaire ? me demanda Prestongrange.

— Je vais l'exposer en deux mots à votre seigneurie. J'ai amené ce gentilhomme, un officier du Roi, pour me rendre ce témoignage. J'aime à croire que désormais mon honneur est à couvert, et jusqu'à une certaine date, que votre seigneurie connaît, il sera tout à fait inutile de dépêcher contre moi d'autres officiers. Je ne puis consentir à me battre successivement avec toute la garnison du château.

Les veines se gonflèrent sur le front de Prestongrange, et il me lança un regard de courroux.

— C'est je crois le diable qui m'a découplé ce chien de garçon-là dans les jambes, s'écria-t-il ; et, se tournant furieux vers son voisin, il ajouta : Voici de votre besogne, Simon. Je reconnais votre intervention dans cette affaire, et, laissez-moi vous le dire, elle ne me plaît pas. Il est déloyal, quand nous avons convenu d'un procédé, d'en faire agir secrètement un autre. C'est une trahison. Quoi ! vous me laissez envoyer ce garçon là-bas, avec mes propres filles ! Et parce que j'ai laissé échapper un mot devant vous... Fi, monsieur, gardez vos hontes pour vous seul !

Simon était d'une pâleur mortelle.

— J'en ai assez de me voir renvoyé comme une balle entre le Duc et vous, s'écria-t-il. Que vous finissiez par vous arranger ou par rompre, vous vous débrouillerez tous les deux. Je refuse de plus faire la navette, de recevoir vos instructions opposées, et d'être blâmé des deux côtés. Et si je vous disais ce que je pense de toute votre histoire de Hanovre, vous en entendriez de dures.

Mais à ce moment le shériff Erskine, qui avait gardé son sang-froid, insinua doucement :

— Il ne nous reste plus, je crois, qu'à déclarer à M. Balfour que son caractère de bravoure est dûment établi. Il peut dormir en paix. Jusqu'à la date à laquelle il a bien voulu faire allusion il ne sera plus mis à l'épreuve.

Son sang-froid rappela les deux autres à la raison, et avec une politesse un peu vague, ils se hâtèrent de me congédier.

IX

La bruyère en feu

Cet après-midi, pour la première fois, j'étais furieux en quittant Prestongrange. Le procureur s'était joué de moi. Il avait prétendu que mon témoignage serait reçu et que je serais, moi, indemne ; et à la même heure, non seulement Simon s'attaquait à ma vie par l'intermédiaire de l'officier highlander, mais Prestongrange lui-même (et cela résultait de ses paroles) avait un projet d'action contre moi. Je fis le compte de mes ennemis : Prestongrange ayant derrière lui toute l'autorité royale ; le Duc soutenu par les Highlands de l'ouest, qu'appuyait de son côté, dans le nord, le parti de Lovat disposant d'une force égale ; et enfin tout le ramas des espions et maniganceurs jacobites. Et en me rappelant James More et la tête rousse de Neil fils de Duncan, je songeai que peut-être il y avait un quatrième confédéré, et que les débris de la vieille et indomptable race des « caterans » de Rob Roy étaient ligués contre moi avec les autres.

Une chose m'était indispensable : un ami puissant ou un conseiller avisé. Il ne devait pas manquer dans le pays de gens de cette espèce, à la fois capables et désireux de me seconder, ou sinon Lovat pas plus que le Duc et Prestongrange n'auraient eu recours à de tels expédients. J'enrageais à l'idée que peut-être dans cette rue même je coudoyais mes champions sans m'en douter.

A cet instant précis, comme s'il eût deviné mes pensées, un gentleman me frôla en passant, puis me jeta un regard significatif, et tourna le coin d'une petite rue. Je l'avais reconnu du coin de l'œil – c'était Stewart l'avocat ; et bénissant l'heureuse chance, je m'empressai de le suivre. A peine entré dans la petite rue, je le vis arrêté sous un porche d'escalier ; il me fit un signe et disparut aussitôt. Sept étages plus haut je le retrouvai sur le seuil d'un appartement, qu'il referma derrière nous quand nous y fûmes entrés. L'appartement était tout à fait vide, sans la moindre trace de meubles ; car c'en était un que Stewart était chargé de louer.

– Nous serons forcés de nous asseoir par terre, me dit-il ; mais nous sommes plus tranquilles ici par le temps qui court, et il me tardait de vous voir, monsieur Balfour.

– Comment cela va-t-il pour Alan ? lui demandai-je.

– Tout à fait bien, répondit-il. Andie la cueille sur la plage de Gillane, demain mercredi. Il aurait bien voulu vous dire adieu, mais du train dont vont les choses, la crainte m'a engagé à vous tenir séparés. Mais venons-en au principal : comment marche votre affaire ?

– Eh bien, dis-je, pas plus tard que ce matin on m'a appris que mon témoignage serait reçu, et que je ferais le voyage d'Inverary avec le procureur, ni plus ni moins.

– Allons donc ! s'écria Stewart. Je ne croirai jamais cela.

– J'en doute moi-même un peu. Mais j'aimerais beaucoup entendre vos raisons.

– Eh bien, je vous l'avoue franchement, j'en deviens fou furieux, lança Stewart. Si je pouvais de mes seules mains jeter bas leur gouvernement, je l'arracherais comme une pomme pourrie. Je me mets avec Appin et avec James des Glens ; et d'ailleurs, c'est mon devoir de défendre mon cousin. Écoutez mon point de vue et je vous laisserai tirer la conclusion vous-même. La première chose qu'ils aient à faire c'est de se débarrasser d'Alan. Ils ne peuvent condamner James comme complice tant qu'ils n'auront pas condamné Alan. Ils ne peuvent condamner Alan comme auteur principal du crime ; c'est une loi élémentaire : on ne met pas la charrue avant les bœufs.

– Et comment peuvent-ils condamner Alan, s'ils ne l'attrapent pas ?

– Ah, c'est qu'il y a un moyen d'éviter cette arrestation. Loi élémentaire également. Ce serait trop commode si par suite de l'évasion d'un malfaiteur un autre restait impuni. Afin d'y obvier on cite le principal auteur et on le met hors la loi pour sa non-comparution. Or, il y a quatre endroits où un individu peut être cité : à son domicile ; en un lieu où il a résidé quarante jours ; au bourg du comté où il ressortit d'ordinaire ; ou enfin (si on est fondé à croire qu'il a quitté l'Écosse) *à la Croix d'Edimbourg et aux môle et rivage de Leith, pendant soixante jours*. Le but de cette dernière stipulation est évident à première vue : c'est à savoir que les navires sortants aient le loisir de transmettre les nouvelles, et que la citation soit autre chose qu'une formule. Or, prenez le cas d'Alan. Il n'a pas de domicile à ma connaissance ; je serais obligé à celui qui me montrerait l'endroit où il a vécu quarante jours de suite depuis 45 ; il n'y a pas de comté où il ressortisse d'ordinaire ou d'extraordinaire ; s'il a un domicile quelconque, ce dont je doute, ce doit être en France, avec son régiment ; et s'il n'est pas encore sorti d'Écosse (comme nous le savons et comme ils le supposent) il doit être évident au plus obtus que c'est ce à quoi il aspire. Où donc, et de quelle façon doit-il être cité ? Je vous le demande, à vous profane.

– Vous l'avez dit en propres termes, fis-je. Ici, à la croix et aux môle et rivage de Leith, pendant soixante jours.

– Vous êtes plus fort en droit écossais que Prestongrange, alors ! s'écria l'avocat. Il a fait citer Alan une fois ; le 25, jour de notre première rencontre. Et, où cela ? Où ? mais à la Croix d'Inverary, le bourg principal des Campbell ! Je vous le dis entre nous, monsieur Balfour – ils ne cherchent pas Alan.

– Que me dites-vous là, m'écriai-je. Ils ne le cherchent pas ?

– Autant que je puis comprendre. Ils ne tiennent pas à le trouver, à mon humble avis. Ils croient peut-être qu'il pourrait se défendre avec succès, moyennant quoi James, celui qu'ils poursuivent en réalité, leur échapperait. Ce n'est pas un procès, vous le voyez, c'est une conjuration.

– Je puis pourtant vous affirmer que Prestongrange m'a questionné attentivement sur Alan, repris-je ; mais au fait, quand j'y repense, il n'a guère insisté.

– Voyez-vous ! fit-il. Mais laissons cela ! Je puis avoir raison ou me tromper, ce n'est après tout qu'une hypothèse, et je reprends mes faits. Il m'est venu aux oreilles que James et les témoins – les témoins, monsieur David ! – sont enfermés au cachot, et de plus chargés de fers, à la prison militaire de Fort-William ; personne n'a le droit de les visiter, pas plus qu'eux d'écrire. Les témoins, monsieur Balfour ! avez-vous jamais entendu rien de pareil ? Je vous affirme, le plus vieux Stewart et le plus forban de toute la clique n'a jamais nargué la loi avec plus d'impudence. C'est un pur camouflet au décret parlementaire de 1700, touchant l'incarcération illégale. Je n'ai pas plus tôt appris la chose que j'ai envoyé une requête au lord ministre de la Justice. Je viens de recevoir sa réponse. Tenez, voilà de la jurisprudence pour vous ! voilà la justice !

Il me mit en main un papier, ce même papier aux mots doucereux, à l'allure papelarde, qui a été publié depuis dans le pamphlet intitulé « par un spectateur » et vendu « au profit de la pauvre veuve et des cinq enfants » de James.

— Vous le voyez, dit Stewart, comme il n'oserait pas me refuser l'accès auprès de mon client, il *prie l'officier commandant de me laisser entrer.* Il le prie ! – le lord ministre de la Justice d'Écosse prie un officier. Le but d'une telle expression n'est-il pas évident ? On espère que l'officier sera suffisamment obtus, ou suffisamment tout à fait l'inverse, pour résister à la prière. Ce qui m'obligerait à faire le voyage une seconde fois entre ici et le Fort-William. Puis viendrait un nouveau délai jusqu'à ce que j'obtienne une autre autorisation, et qu'on ait désavoué l'officier – un militaire notoirement ignorant de la loi, etc., – je connais l'antienne. Puis le voyage une troisième fois ; et nous serions immédiatement talonnés par le procès avant que j'aie reçu mes premières instructions. N'ai-je pas raison d'appeler ceci une conjuration ?

— C'en a tout l'air, fis-je.

— Et je veux même vous le démontrer sans conteste, reprit-il. Bien qu'ils aient le droit de retenir James en prison, ils ne peuvent m'interdire de lui rendre visite. Ils n'ont pas le droit de retenir les témoins ; mais serai-je autorisé à les voir, eux qui devraient être libres comme le lord ministre de la Justice lui-même ? Tenez, lisez : *D'ailleurs, il refuse de donner aucun ordre aux gardiens de la prison qui ne sont coupables d'avoir fait rien de contraire aux devoirs de leur charge.* Rien de contraire ! Oh, messieurs ! Et le décret de 1700 ? Monsieur Balfour, j'en ai le cœur qui éclate, la bruyère est en feu dans ma poitrine.

— Et en bon anglais, dis-je, cette phrase signifie que les témoins vont rester en prison et que vous ne les verrez pas.

— Et que je ne les verrai pas jusqu'au jour d'Inverary, quand la cour siégera, exclama-t-il, et il faudra entendre alors Prestongrange parler des graves responsabilités de sa charge et des grandes facilités accordées à la défense ! Mais je saurai les y prendre, monsieur David. J'ai formé le projet d'entretenir les témoins en pleine route, et de voir si je ne puis extorquer un peu de justice au *militaire notoirement ignorant des lois* qui commandera l'escorte.

La chose se passa ainsi – ce fut en effet sur la route, près de Tynedrum, et par la connivence d'un officier de l'armée, que M. Stewart entretint de l'affaire les témoins pour la première fois.

— Il n'y a plus rien qui puisse me surprendre dans cette histoire, remarquai-je.

— Je vous réserve cependant une surprise ! s'écria-t-il. Voyez-vous ceci ? et il me montra un imprimé tout frais sorti de la presse. Voici le libellé : tenez, le nom de Prestongrange figure sur la liste des témoins, où je ne trouve en revanche pas la moindre trace d'un Balfour quelconque. Mais ce n'est pas la question. Qui croyez-vous qui ait payé l'impression de ce papier ?

— Il me semble que ce devrait être le roi George, dis-je.

— Oui, mais il se trouve que c'est moi ! exclama-t-il. Ce n'est pas qu'il n'ait été imprimé par et pour eux-mêmes, pour les Grant et les Erskine, et pour cette sinistre fripouille de Simon Fraser. Mais pouvais-je, *moi*, arriver à en obtenir un exemplaire ? Non ! Je devais aller en aveugle plaider ma défense ; je devais entendre les chefs d'accusation pour la première fois devant la cour en présence du jury !

— N'est-ce pas contraire à la loi ? demandai-je.

— Je ne puis dire cela, répondit-il. C'est une faveur si naturelle et si constamment accordée (avant cette absurde affaire) que la loi ne s'en est jamais préoccupé. Mais admirez ici le doigt de la providence ! Un étranger visite l'imprimerie Fleming, voit une épreuve à terre, la ramasse et me l'apporte. Par une chance extraordinaire, c'était justement ce libellé. Aussitôt je le fais composer à nouveau – imprimer aux frais de la défense : *sumptibus moesti rei ;* a-t-on jamais eu idée de cela ? – et le voici pour tout le monde, le grand secret éventé, chacun peut le lire à présent. Mais comment croyez-vous que je trouve cela, moi qui réponds de la vie de mon cousin ?

— Vrai, il me semble que vous devez le trouver mauvais, dis-je.

— Vous voyez donc où nous en sommes, conclut-il, et pourquoi je vous ai ri au nez quand vous m'avez dit que votre témoignage serait reçu.

Ce fut alors à mon tour. Je lui exposai brièvement les menaces et les offres de M. Simon, et tout l'épisode du spadassin, avec la scène qui avait suivi chez Prestongrange. Sur mon premier entretien, conformément à ma promesse, je me tus ; et sa révélation était d'ailleurs superflue. Tout le temps que je parlai, Stewart ne cessa de branler la tête comme un automate ; et je n'eus pas plus tôt fermé la bouche qu'il ouvrit la sienne pour me donner son avis en deux mots, qu'il accentua fortement l'un et l'autre :

— Disparaissez vite.

— Je n'y suis pas, dis-je.

— Je vais donc vous y mener, fit-il. A mon point de vue, il vous faut disparaître immédiatement. Cela ne se discute même pas ! Le procureur, par un dernier reste de pudeur, a arraché votre salut à Simon et au Duc. Il a refusé de vous faire votre procès, il a refusé aussi de vous faire assassiner ; et voilà l'origine de leur différend, car Simon et le Duc ne savent pas plus garder leur foi envers leurs amis qu'envers leurs ennemis. Vous ne serez donc pas jugé, et vous ne serez pas assassiné ; mais ou je me trompe fort ou vous allez être enlevé et séquestré comme lady Grange. Je vous parie tout ce que vous voudrez – c'est cela leur moyen.

— Vous m'y faites penser, dis-je ; et je lui parlai du coup de sifflet et du suivant à tête rousse, Niel.

— Partout où se trouve James More, il y a un gros scélérat, ne l'oubliez jamais, dit-il. Son père valait mieux, quoiqu'il fût habile du mauvais côté de la loi, et pas assez ami de ma parentèle pour que je veuille perdre ma salive à le défendre ! Mais quant à James c'est un

vaurien et un bandit. Cette apparition de la tête rousse de Neil me
plaît aussi peu qu'à vous. Elle me paraît bizarre : méfiance ! cela sent
mauvais. C'est le vieux Lovat qui a préparé le coup de lady Grange ;
si le jeune doit manigancer le vôtre, cela ne sortira pas de la famille.
Pourquoi James More est-il en prison ? Pour le même crime :
séquestration. Ses gens sont coutumiers du fait. Il va donc prêter à
Simon leurs bons offices, et la prochaine nouvelle que nous entendrons,
ce sera que James a fait sa paix, ou bien qu'ils s'est évadé ; et vous,
vous serez à Benbecula ou à Applecross.

— Vous mettez les choses au pis, remarquai-je.

— Ce que je veux, reprit-il, c'est que vous disparaissiez de vous-même
avant qu'ils ne vous mettent le grappin dessus. Cachez-vous jusqu'à
l'heure du procès, et sautez sur eux au dernier moment lorsqu'ils s'y
attendront le moins. Ceci toujours à supposer, monsieur Balfour, que
votre témoignage vaille une dose aussi excessive de péril et de tracas.

— Sachez donc une chose, fis-je. J'ai vu l'assassin et ce n'était pas
Alan.

— En ce cas, par Dieu ! mon cousin est sauvé ! s'écria Stewart. Vous
tenez sa vie entre vos lèvres ; et il n'y a ni temps ni péril ni argent
à épargner pour vous faire figurer au procès. (Il vida ses poches sur
le plancher.) Voici tout ce que j'ai sur moi, reprit-il. Prenez, vous en
aurez besoin avant qu'il soit longtemps. Descendez cette rue-ci jusqu'au
bout, il y a là un chemin qui conduit aux Lang Dykes, et croyez-moi,
qu'on ne vous renvoie plus à Edimbourg avant la fin de la lutte.

— Mais où vais-je aller ? demandai-je.

— Je voudrais pouvoir vous le dire ! fit-il, mais tous les endroits où
je vous enverrais sont précisément ceux où l'on vous cherchera. Non,
il faut vous débrouiller vous-même, et que Dieu soit votre guide ! Cinq
jours avant le procès, soit le 16 septembre, faites-moi tenir un mot à
Stirling, à l'auberge des *King's Arms,* et si vous vous en êtes tiré
jusque-là, je ferai en sorte que vous arriviez à Inverary.

— Encore une chose, dis-je. Ne pourrais-je voir Alan ?

Il parut hésiter.

— Peuh ! j'aimerais mieux pas. Mais je dois avouer qu'Alan y tient
beaucoup, et qu'il sera caché cette nuit dans ce but, auprès de
Silvermills. Si vous êtes certain de n'être pas suivi, monsieur Balfour
— mais faites-y bien attention ! — restez en lieu sûr, et inspectez la route
pendant une bonne heure avant de vous y risquer. Ce serait une terrible
chose pour vous et moi s'il vous arrivait malheur !

X

L'homme aux cheveux roux

Il était environ trois heures et demie quand je débouchai sur les Lang Dykes. J'avais adopté Dean comme destination. Catriona y habitait ; il y avait beaucoup de chances pour que ses parents les Glengyle MacGregor fussent employés contre moi ; c'était donc là un des quelques endroits d'où j'aurais dû me tenir écarté ; mais je n'étais qu'un tout jeune homme, je commençais à être amoureux pour de bon : aussi n'eus-je rien de plus pressé que de me diriger de ce côté. Par acquit de conscience, néanmoins, je pris une mesure de précaution. En arrivant au haut d'une petite montée de la route, je me jetai brusquement parmi les orges et y restai tapi. Au bout d'un moment, un homme passa, qui avait l'air d'un Highlander, mais que je voyais pour la première fois. Peu après arriva Neil aux cheveux roux. Il fut suivi par un meunier sur sa charrette, après quoi je ne vis plus que d'indubitables paysans. C'en était assez néanmoins pour faire rebrousser chemin au plus téméraire ; mais cela ne fit au contraire que renforcer ma résolution. Il n'y avait rien d'étonnant, me disais-je, à ce que Neil suivît cette route, puisqu'elle menait tout droit chez la fille de son chef ; quant à l'autre Higlander, si je devais me détourner pour tous ceux que je rencontrais, je n'arriverais jamais nulle part. Et, m'étant ainsi payé de ces arguments sophistiques, je me remis en marche et arrivai peu après quatre heures chez Mme Drummond-Ogilvy.

Les deux dames étaient à la maison. En les apercevant toutes les deux par la porte ouverte, je tirai mon chapeau et, croyant amuser la douairière, prononçai :

– Voici un garçon qui vient chercher sixpence.

Catriona accourut à ma rencontre et j'eus la surprise de voir la vieille dame montrer un empressement quasi égal. Je sus longtemps après qu'elle avait le matin même dépêché un exprès à cheval à Queensferry, chez Rankeillor, qu'elle connaissait pour le fondé de pouvoirs de Shaws, et à cette heure elle avait dans sa poche une lettre de mon brave ami qui faisait de ma personne et de mon avenir le tableau le plus flatteur. Mais je n'eus pas besoin de la lire pour connaître les intentions de Mme Ogilvy. Tout rustique que je fusse, je l'étais moins qu'elle ne l'imaginait ; et il apparut aussi clairement, voire à mon esprit campagnard, qu'elle était décidée à machiner une alliance entre sa cousine et un certain garçon imberbe qui était quelque chose comme un laird dans le Lothian.

– Sixpence prendra bien la soupe avec nous, Catrine, dit-elle. Courez le dire à l'office.

Et durant le bref espace de temps où nous demeurâmes seuls, elle se donna beaucoup de mal pour me séduire : toujours habilement, toujours sous couleur de raillerie, sans cesser de m'appeler Sixpence, mais avec un air bien fait pour me rehausser à mes propres yeux. Lorsque Catriona fut de retour, son intention devint encore plus apparente, et elle me détailla les charmes de la jeune fille comme un maquignon fait d'un cheval. Je rougis à l'idée qu'elle pût me croire aussi stupide. Tour à tour, j'imaginais que la jeune fille se laissait naïvement donner en spectacle, et alors j'aurais volontiers roué de coups la vieille folle ; ou bien, je me figurais que toutes deux agissaient de concert pour m'empaumer, et à cette idée, je restais entre elles deux sombre comme la malveillance personnifiée. Pour finir, la courtière de mariages eut une meilleure inspiration, qui fut de nous laisser à nous deux. Lorsque l'on a tant soit peu excité mes soupçons, il n'est pas toujours commode de les apaiser. Mais j'avais beau savoir qu'elle appartenait à une race de brigands, il me suffisait de regarder Catriona dans les yeux pour avoir foi en elle.

— Je ne dois pas vous interroger ? me dit-elle avec vivacité, dès le premier instant que nous nous trouvâmes seuls.

— Si fait, aujourd'hui je puis parler en toute innocence, répliquai-je. Je suis délié de mon serment, et d'ailleurs, après ce qui s'est passé ce matin, je ne l'aurais pas renouvelé si on me l'avait demandé.

— Racontez-moi, dit-elle. Ma cousine ne tardera guère.

Je lui racontai donc d'un bout à l'autre l'aventure du lieutenant, que je rendis aussi drôle que possible, et certes il y avait matière à rire dans cette insanité.

— Vous êtes donc aussi peu fait, il me semble, pour la société des hommes grossiers que pour celle des belles dames ! reprit-elle, quand j'eus terminé. Mais se peut-il que votre père ne vous ait pas appris à tenir une épée ? Ce n'est pas d'un gentilhomme ; je n'ai jamais ouï dire chose semblable de personne.

— C'est en tout cas fort gênant, répliquai-je ; et je crois que mon excellent homme de père a été bien mal inspiré de me faire apprendre le latin au lieu des armes. Mais vous voyez que je fais de mon mieux, et que je reste ferme comme l'épouse de Loth tandis qu'on me tape dessus.

— Savez-vous ce qui m'amuse ? reprit-elle. Eh bien, voici. Telle que je suis faite, j'aurais dû plutôt être un garçon. En moi-même c'est ainsi que je me considère toujours, et je ne cesse de me raconter ceci ou cela qui est censé m'arriver. Je me vois donc aller sur le terrain, et je me souviens alors que je suis en réalité une fille, et que je ne sais pas tenir une épée ni donner un coup de poing convenablement ; et me voilà obligée de faire dévier mon histoire, en sorte que le combat n'ait pas lieu et que je m'en tire quand même à ma gloire, tout comme vous avec le lieutenant ; et c'est moi le garçon qui fais les beaux discours d'un bout à l'autre, tout comme M. David Balfour.

— Vous êtes une fille sanguinaire, lui dis-je.

– Bah, je sais qu'il est convenable de coudre et de filer, et de faire de la tapisserie ; mais si vous n'aviez pas d'autre occupation dans le vaste monde, je crois que vous trouveriez vous aussi que c'est bien monotone. Ce n'est pas toutefois que j'aie envie de tuer. Avez-vous déjà tué quelqu'un ?

– Cela m'est arrivé, par hasard. Deux fois, ni plus ni moins, et je suis encore d'âge à être au collège ! Mais quand je vois la chose à distance, je n'en ai aucun regret.

– Mais quel effet cela vous a-t-il fait, alors, sur le coup ? demanda-t-elle.

– Ma foi, je me suis assis par terre et j'ai pleuré comme un gosse.

– Je comprends cela ! s'écria-t-elle. Je sens d'où provenaient ces larmes. Mais de toute façon je ne voudrais pas tuer, à moins de faire comme Catherine Douglas qui eut le bras cassé en le mettant dans les gâches du verrou. C'est elle ma principale héroïne. N'aimeriez-vous pas de mourir ainsi – pour votre roi ?

– Ma foi, répondis-je, mon amour pour mon roi, dont Dieu bénisse la figure renfrognée, est plus modéré ; et j'ai vu la mort d'assez près aujourd'hui pour être un peu plus attaché à l'idée de vivre.

– Voilà ! dit-elle, voilà bien les hommes ! Toutefois vous devriez apprendre l'escrime. Je n'aimerais pas avoir un ami qui ne sache pas tirer l'épée. Mais ce n'est donc pas avec l'épée que vous avez tué ces deux-là ?

Ce fut ainsi qu'elle m'arracha l'histoire de notre combat sur le brick, combat que j'avais omis dans mon premier récit de mes aventures.

– Oui, dit-elle, vous êtes brave. Et quant à votre ami, je l'admire et je l'aime.

– Oh, cela ne m'étonne pas, repris-je. Il a ses défauts comme tout le monde ; mais il est brave et loyal et bon, que Dieu le bénisse ! Le jour est loin où j'oublierai Alan ! – Et à son souvenir, à l'idée que je n'avais qu'à le vouloir pour causer avec lui le soir même, je faillis succomber à l'émotion.

– Où ai-je donc la tête que je ne vous ai pas communiqué la nouvelle ! s'écria-t-elle. Il s'agissait d'une lettre de son père, disant qu'elle pourrait le voir le lendemain au château où il venait d'être transporté, et que ses affaires s'arrangeaient. Cela ne paraît pas vous faire plaisir, dit-elle. Prétendez-vous juger mon père sans le connaître ?

– Je suis à mille lieues de le juger, répliquai-je. Et je vous donne ma parole que je me réjouis d'apprendre que vous avez le cœur plus léger. Si j'ai montré peu de joie, comme il est probable, vous avouerez que le jour est assez mal choisi pour chercher des accommodements, et que les gens au pouvoir ne méritent guère qu'on s'accommode avec eux. Simon Fraser me pèse très fort sur l'estomac.

– Ah ! s'écria-t-elle, n'allez pas mettre ces deux-là sur le même pied ; rappelez-vous que Prestongrange et James More, mon père, sont du même sang.

– Je n'en savais rien, fis-je.

— Il est bien singulier que vous soyez si peu au courant, reprit-elle. Que l'un s'appelle Grant, et l'autre MacGregor, n'importe, ils sont toujours du même clan. Ce sont tous fils d'Appin, de qui, je crois, notre pays tire son nom.

— De quel pays parlez-vous ? demandai-je.

— Du pays qui est le mien et le vôtre.

— C'est mon jour de découvertes, il me semble, car j'ai toujours pensé que ce pays s'appelait l'Écosse.

— L'Écosse est le nom du pays que vous appelez Irlande, répliqua-t-elle. Mais le vrai nom de cette terre que nous foulons aux pieds, et dont nos os sont faits, c'est Alban. Elle s'appelait Alban lorsque nos aïeux ont combattu pour elle contre Rome et Alexandre ; et elle s'appelle encore ainsi dans notre langue maternelle que vous avez oubliée.

— Ma foi, dis-je, cela m'est toujours resté inconnu. — Car je n'avais pas le cœur de la reprendre au sujet du Macédonien.

— Mais vos pères et mères se le transmettaient, ce langage, d'une génération à l'autre, reprit-elle. Et il se chantait autour des berceaux bien avant qu'il fût question de vous et de moi ; et votre nom le rappelle encore. Ah, si vous saviez le parler, vous découvririez en moi une tout autre femme. Le cœur n'emploie pas d'autre langage que celui-là.

Je fis avec les deux dames un très bon repas, servi dans une vieille argenterie et arrosé d'excellent vin, car Mme Ogilvy était riche. Notre conversation ne fut pas moins agréable ; mais aussitôt que je vis le soleil approcher de son déclin et les ombres s'allonger, je me levai pour me retirer. Ma résolution était bien prise d'aller dire adieu à Alan et il me fallait voir le bois du rendez-vous et le visiter, à la lumière du jour. Catriona me reconduisit jusqu'à la porte du jardin.

— Est-ce dans longtemps que je vais vous revoir ? me demanda-t-elle.

— Il m'est impossible de vous le dire, répliquai-je. Peut-être dans longtemps, peut-être jamais.

— Qui sait ? fit-elle. Et cela vous attriste ?

Je la regardai en inclinant la tête.

— Moi bien, en tout cas, dit-elle, je ne vous ai pas vu beaucoup, mais je vous mets très haut dans mon estime. Vous êtes franc, vous êtes brave, bientôt vous serez tout à fait un homme. Je serai fière de l'apprendre. Si vous rencontrez le pis, s'il vous arrivait ce que nous craignons – oh dites ! songez que vous avez une amie. Longtemps après votre mort, quand je serai une vieille femme, j'enseignerai aux petits enfants le nom de David Balfour, parmi mes pleurs. Je leur conterai notre séparation, et ce que je vous ai dit et fait. *Dieu vous accompagne et vous guide, votre petite amie l'en prie :* voilà ce que je vous dis – leur conterai-je – et voici ce que je fais...

Elle me prit la main et la baisa. La surprise m'arracha un cri comme si j'avais reçu une blessure et le rouge me monta violemment au visage. Elle me regarda et me fit un signe de tête.

– Oh oui, monsieur David, dit-elle, voilà ce que je pense de vous. Le cœur a suivi les lèvres.

Je lisais sur le visage de cette noble enfant l'enthousiasme d'un esprit chevaleresque, mais rien d'autre. Elle m'avait baisé la main comme elle eût baisé celle du prince Charles, avec un élan plus sublime que n'en peut connaître l'humanité pétrie de la commune argile. Rien encore ne m'avait aussi bien fait sentir toute l'étendue de mon amour, ni quels sommets il me restait à atteindre pour me rendre digne de son idéal. Je pouvais me dire néanmoins que j'avais fait quelques progrès, et qu'en pensant à moi son cœur avait battu plus vite.

Après l'honneur qu'elle venait de me faire, je ne pouvais plus lui offrir de banales politesses. Il m'était même difficile de parler ; une certaine modulation de sa voix avait frappé directement à la source de mes larmes.

– Dieu soit loué pour votre bonté, ô chère ! dis-je. En lui donnant le nom qu'elle s'était donné elle-même, j'ajoutai : – Adieu, ma petite amie !

Puis, la saluant, je m'éloignai.

Je devais, pour gagner Silvermills, descendre le cours de la Leith, et me diriger sur Stockbridge. Le sentier courait dans le bas du ravin, au milieu duquel l'eau bruissait tumultueusement ; des rais de soleil diagonaux s'allongeaient de l'ouest parmi les ombres et à chaque tournant la vallée me découvrait un nouveau paysage et un nouveau monde. Avec Catriona derrière moi et Alan devant, j'étais comme transporté. Le lieu aussi, l'heure et la chanson de l'eau, m'agréaient infiniment ; et je ralentis l'allure pour mieux regarder devant et derrière moi. Telle fut la cause (providence à part) grâce à laquelle je distinguai un peu en arrière de moi une tête rousse cachée entre des buissons.

La colère me sauta au cœur et je fis volte-face pour rétrograder dans une gorge étroite que je venais de dépasser. Le sentier longeait de près les buissons où j'avais remarqué la tête ; et quand je parvins à la hauteur du fourré, tous mes muscles étaient bandés en prévision d'une attaque. Rien de semblable n'arriva et je passai sans voir personne, ce qui augmenta mes craintes. Il faisait encore jour mais le lieu était extrêmement isolé. Si mes persécuteurs avaient laissé échapper cette belle occasion, je devais en conclure qu'ils ne visaient pas seulement David Balfour. La vie d'Alan et celle de James pensaient sur mon âme avec la lourdeur de deux gros bœufs.

Catriona était encore dans le jardin, à se promener toute seule.

– Catriona, lui dis-je, me voici de retour.

– Avec un autre visage, dit-elle.

– Je porte la vie de deux hommes en sus de la mienne, fis-je. Ce serait un péché et une honte de ne point surveiller tous mes pas. Je me suis déjà demandé si je faisais bien de venir ici. Je ne voudrais pas que ce fût le moyen de nous mener à mal.

– Je pourrais vous en nommer une qui le souhaite encore moins, et qui n'aime pas du tout ce que vous venez de dire là, s'écria-t-elle. Qu'ai-je donc fait, après tout ?

— Oh ! vous !... s'il n'y avait que vous ! répliquai-je. Mais depuis mon départ j'ai été de nouveau pisté, et je puis vous dire le nom de celui qui me suit. C'est Neil, fils de Duncan, un homme à vous ou à votre père.

— A coup sûr, vous faites erreur, dit-elle, en pâlissant. Neil est à Edimbourg, où il exécute les ordres de mon père.

— C'est ce que je crains, dis-je, du moins pour la dernière partie de votre phrase. Mais quant à ce qu'il soit à Edimbourg, je crois pouvoir vous démontrer qu'il n'en est rien. Car vous avez sûrement un signal, un signal d'alarme, capable de le faire accourir à votre aide, s'il était quelque part à portée d'entendre et d'accourir.

— Tiens, comment savez-vous cela ?

— Au moyen d'un talisman magique que Dieu m'a donné lorsque je suis venu au monde et qui s'appelle Sens-commun. Ayez l'obligeance de faire votre signal, et je vous montrerai la tête rousse de Neil.

Il n'est pas douteux que je parlais roide et sec. J'étais plein d'amertume. J'en voulais à la jeune fille et à moi-même et nous détestais tous les deux ; elle pour le vil troupeau dont elle était issue, moi pour la folle témérité de m'être fourré dans un pareil guêpier.

Catriona porta ses doigts à ses lèvres et siffla une fois, sur une note excessivement forte, claire et ascendante, aussi nourrie que l'eût poussée un laboureur. Une minute nous attendîmes en silence ; et j'allais la prier de réitérer, lorsque j'entendis, sur le flanc du ravin, le bruit d'une course à travers la broussaille. En souriant, je lui désignai la direction et un instant après Neil bondissait dans le jardin. Ses yeux flamboyaient, et il avait à la main la lame nue d'un « couteau noir » (comme on dit en Highland) ; mais quand il m'aperçut à côté de sa maîtresse, il s'arrêta comme foudroyé.

— Il est venu à votre appel, dis-je ; vous voyez s'il était bien près d'Edimbourg, et de quelle nature sont les ordres de votre père. Demandez-le-lui. Si par l'intermédiaire de votre clan, je dois perdre la vie, ou les autres vies qui dépendent de moi, il faut au moins que j'aille en toute connaissance de cause là où je dois aller.

Elle l'interpella vivement en gaélique. Au souvenir de l'exacte politesse que montrait Alan sur ce point, je faillis éclater d'un rire amer ; à coup sûr, en présence de mes soupçons, c'était bien l'heure où elle aurait dû se servir de l'anglais.

Ils échangèrent deux ou trois répliques, et je pus comprendre que Neil était furieux, en dépit de son obséquiosité.

Puis, elle se tourna vers moi :

— Il jure que ce n'est pas vrai.

— Catriona, répliquai-je, est-ce que vous l'en croyez ?

Elle fit le geste de se tordre les mains.

— Comment le saurais-je ? s'écria-t-elle.

— Mais il faut à tout prix que je sache, dis-je. Je ne puis demeurer dans cette incertitude ! Catriona, tâchez de vous mettre à ma place, tout comme je prends Dieu à témoin que je tâche de me mettre à la vôtre. De telles paroles n'auraient jamais dû être prononcées entre vous et moi ; non, jamais de telles paroles ; j'en ai le cœur navré. Tenez, gardez-le ici jusqu'à deux heures du matin, et cela me suffira. Proposez-le-lui.

Une fois de plus, ils usèrent du gaélique.

— Il me répond qu'il doit suivre les ordres de James More, mon père, dit-elle, plus pâle que jamais, et d'une voix presque défaillante.

— Me voici donc renseigné, fis-je, et que Dieu pardonne aux méchants !

Elle ne répliqua rien, mais continua de me regarder avec la même pâleur.

— Voilà du joli ! repris-je. Il me faut donc périr et les deux autres avec moi !

— Hé ! que me reste-t-il à faire ? s'écria-t-elle. Puis-je aller à l'encontre des ordres de mon père, alors qu'il est en prison et que sa vie est en danger ?

— Mais nous allons peut-être un peu vite, dis-je. Cet homme est peut-être aussi un menteur. Il n'a peut-être pas d'ordres réels ; c'est peut-être Simon qui dirige tout, sans que votre père en sache rien ?

Elle éclata en sanglots sous nos yeux à tous deux ; et j'éprouvai une douleur aiguë de la voir dans une aussi terrible perplexité.

— Allons, repris-je, gardez-le seulement une heure, et je risquerai le coup, en priant Dieu de vous bénir.

Elle me tendit la main.

— Je suis bien à plaindre, sanglota-t-elle.

— Une heure entière, n'est-ce pas ? dis-je, en serrant sa main dans les miennes. Trois vies en dépendent, jeune fille !

— Une heure entière, fit-elle, en implorant le pardon de son Rédempteur.

J'estimai que je n'avais plus rien à faire là, et je pris ma course.

XI

Le bois de Silvermills

Sans perdre un instant, aussi vite que je pus jouer des jambes, je descendis la vallée jusqu'au-delà de Stockbridge et de Silvermills. Alan m'avait prévenu qu'il serait chaque nuit entre minuit et deux heures « dans un petit bois à l'est de Silvermills et au sud du ru de moulin qui est dans le sud ». Je trouvai facilement ce bois, qui croissait sur une pente abrupte, au bas de laquelle coulait rapide et profond le ru de moulin. Une fois là, je me mis à marcher plus posément et à réfléchir de façon plus sensée à ma situation. Je m'aperçus que j'avais fait un marché de dupe avec Catriona. On ne pouvait supposer que Neil avait été envoyé seul pour exécuter sa mission, mais peut-être était-il le seul à dépendre de James More, auquel cas j'aurais fait tout ce qui était en mon pouvoir pour faire pendre le père de Catriona, sans améliorer en rien ma situation. A vrai dire, ces deux idées me répugnaient également. A supposer qu'en retenant Neil auprès de Catriona je l'eusse empêché de communiquer avec ses complices, ceux-ci restaient libres de me pister et d'arriver ainsi à découvrir la retraite d'Alan.

J'étais arrivé à l'extrémité orientale du bois lorsque ces deux considérations me frappèrent comme un coup de massue. Mes pieds s'arrêtèrent d'eux-mêmes et mon cœur avec eux. – Quel jeu absurde ai-je donc joué? pensai-je. Et je tournai aussitôt les talons pour m'en aller.

Dans ce mouvement, je fis face à Silvermills. Le sentier contournait le village par un crochet, mais ne cessait de rester bien en vue ; et personne, ni du Highland ni du Lowland, ne s'y montrait. C'était pour moi une de ces conjonctures dont Stewart m'avait conseillé de profiter. Je courus donc tout le long du ru de moulin, dépassai la corne orientale du bois, que je traversai par son milieu, et revins à sa lisière occidentale, d'où je surveillai de nouveau le sentier, sans me laisser voir. Il était toujours désert, et cela me rendit quelque courage.

Durant plus d'une heure je restai caché dans la lisière des arbres et ni lièvre ni aigle n'eût fait un guet plus vigilant. Au début de cette heure le soleil était déjà couché, mais le jour était encore clair et le ciel tout doré ; mais avant qu'elle fût écoulée, il faisait presque noir, les formes des objets et leurs distances se confondaient, et la surveillance devenait difficile. Cependant aucun être humain venant de Silvermills n'avait dirigé ses pas vers l'est, et les seuls qui fussent allés vers l'ouest étaient d'honnêtes paysans qui rentraient chez eux pour la nuit en compagnie de leurs femmes. Fussé-je pisté par les limiers d'Europe les plus rusés, cela dépassait l'ordre de la nature qu'ils pussent avoir le moindre soupçon de ma retraite ; aussi, pénétrant un peu plus loin dans le bois, je me couchai à terre pour attendre Alan.

J'avais déployé une très grande attention pour surveiller non seulement le sentier, mais encore tous les champs et les buissons à portée de ma vue. Je renonçai à cet exercice. La lune, à son premier quartier, luisait faiblement dans le bois ; la paix de la campagne m'environnait ; et ces deux ou trois heures que je passai étendu sur le dos m'offrirent une occasion favorable de faire mon examen de conscience.

Deux choses m'apparurent clairement tout d'abord : que je n'avais plus le droit de retourner à Dean ce jour-là, et que (y étant allé) je n'avais pas le droit de rester étendu ici. Ce bois, où Alan devait venir, était précisément le seul de toute l'Écosse qui me fût interdit, par toute juste considération. Je le reconnaissais, et je n'en restais pas moins, sans savoir pourquoi. Je voyais avec combien peu de mesure j'avais traité Catriona quelques heures plus tôt ; comment je lui avais rebattu les oreilles des deux existences dont j'étais responsable, et je l'avais ainsi forcée de compromettre son père ; et comment, ces deux existences, je les exposais ici à nouveau, de gaieté de cœur. Une conscience tranquille est faite, pour les huit dixièmes, de courage. Le doute ne m'eut pas plus tôt envahi, que je me trouvai désarmé devant une foule de pensées menaçantes. Brusquement, je me relevai. Si j'allais à cette heure trouver Prestongrange, le surprendre (comme il était encore facile) avant son sommeil et lui faire ma soumission plénière ? Qui eût pu m'en blâmer ? Ni Stewart l'avocat : il me suffirait de lui dire que j'étais pisté, incapable de m'échapper, contraint à la reddition. Ni Catriona : pour elle également, j'avais une réponse toute prête ; à savoir que je ne pouvais la laisser mettre son père en danger. Ainsi, en un moment, je pouvais me délivrer de tous mes ennuis, lesquels après tout et en réalité ne me regardaient en rien ; je me dégageais de l'assassinat d'Appin, je me mettais hors de portée de tous les Stewart et les Campbell, de tous les whigs et les tories du monde, et je vivais désormais à ma guise, libre de m'amuser et de travailler à mon avancement, et de consacrer quelques heures de ma jeunesse à courtiser Catriona, ce qui serait évidemment une occupation plus convenable que de me cacher et de courir et d'être poursuivi comme un voleur traqué, et de renouveler encore une fois les terribles épreuves de ma fuite en compagnie d'Alan.

Cette capitulation ne m'inspira d'abord aucune honte, et je m'étonnai seulement de ne l'avoir conçue ni réalisée plus tôt. Je cherchai à découvrir l'origine de cette métamorphose. Je la fis remonter à mon abattement spirituel, lequel provenait de mon insouciance de naguère, due elle-même à ce vieux, commun, trivial et ignoble péché ; la complaisance égoïste. Et le texte sacré me revint aussitôt à l'esprit : « Comment Satan pourrait-il chasser Satan ? »

– Hé quoi ! pensai-je, par complaisance égoïste, en suivant les chemins faciles et en obéissant à l'attrait d'une jeune fille, j'ai pris le dégoût de mon honneur, j'ai mis en péril l'existence de James et celle d'Alan, et je vais chercher à m'évader par le même chemin que j'ai déjà parcouru ? Non ! le mal causé par la complaisance égoïste doit être guéri par l'abnégation de soi-même ; la chair que j'ai flattée doit être crucifiée. Je me demandai alors quelle voie me serait la plus pénible à suivre. C'était de quitter le bois sans attendre Alan, et de me remettre en route seul, dans les ténèbres et entouré de hasards obscurs et menaçants.

Si j'ai pris le soin de rapporter en détail cette phase de mes réflexions, c'est parce que je crois leur exposé susceptible de quelque utilité, et qu'il peut servir d'exemple à la jeunesse. Mais la raison intervient (comme on dit) même pour planter des choux, et il y a place, même en morale et en religion, pour le bon sens. L'heure fixée par Alan approchait, et la lune avait disparu. Si je partais, comme je ne pouvais en toute conscience siffler mes espions pour les mettre à mes trousses, ils pourraient bien me perdre dans l'obscurité, et s'attacher par erreur à Alan. Si je restais, au contraire, je pouvais à tout le moins mettre mon ami sur ses gardes, ce qui serait peut-être son salut. J'avais compromis la sûreté d'autrui dans un moment de complaisance égoïste ; remettre autrui en péril, et cette fois-ci dans le simple but de faire pénitence, n'eût guère été raisonnable. Aussi, je ne me fus pas tôt levé de ma place que je m'y recouchai, mais déjà dans une autre disposition d'esprit, à la fois m'étonnant de ma faiblesse passée et me réjouissant de mon actuel sang-froid.

Peu après il se fit un craquement dans le fourré. Mettant ma bouche à ras de terre, je sifflai deux ou trois notes de l'air d'Alan. Une réponse me parvint, sur le même ton assourdi, et bientôt nous nous abordâmes dans les ténèbres.

— C'est enfin vous, Davie ? chuchota-t-il.

— C'est bien moi, répondis-je.

— Dieu ! mon ami comme j'ai langui à vous attendre ! fit-il. Le temps m'a paru bien long. Toute la journée, je l'ai passée à l'intérieur d'une meule de foin, où je ne voyais pas le bout de mes dix doigts, et puis deux heures encore à vous attendre ici, et vous n'arriviez jamais ! Enfin vous voilà ; mais il n'était que temps, car je m'embarque demain ! Demain ? que dis-je ? aujourd'hui, plutôt.

— Oui, Alan mon ami, aujourd'hui, c'est vrai. Il est passé minuit, déjà, et vous vous embarquez aujourd'hui. Vous aurez un long trajet à faire.

— Nous taillerons une longue bavette auparavant, répliqua-t-il.

— Certes oui, et j'en ai joliment à vous raconter.

Et je lui appris ce qu'il devait savoir, en un pêle-mêle qui se débrouilla peu à peu. Il m'écouta, posant de rares questions, et riant de temps à autre, d'un air amusé. Son rire, surtout là dans cette obscurité où il nous était impossible de nous voir, éveillait en mon cœur une sympathie extraordinaire.

— Oui, David, vous êtes un drôle de corps, dit-il quand j'eus achevé de parler ; un drôle de pistolet pour finir, et je ne me souviens pas d'avoir jamais rencontré votre pareil. Quant à votre histoire, Prestongrange est un whig tout comme vous, aussi je ne dirai rien de lui ; je crois même, pardieu ! qu'il serait votre meilleur ami, si seulement vous pouviez avoir confiance en lui. Mais Simon Fraser et James More sont des animaux de mon espèce, et je les qualifierai comme ils le méritent. C'est le grand diable noir qui est le père des Fraser, chacun sait cela ; et pour les Gregara, je n'ai jamais pu les sentir depuis que je sais me tenir debout sur mes deux pieds. J'ai mis le nez en marmelade à l'un d'eux, il m'en souvient, quand j'étais encore si peu ferme sur mes jambes que je me suis étalé sur lui. Ce fut un beau jour pour mon père, Dieu ait son âme ! et il y avait certes de quoi. Je ne puis nier que Robin ne fût assez bon cornemusier, conclut-il ; mais pour James More, que le diable l'écarte de moi !

— Nous avons une chose à considérer, repris-je. Charles Stewart se trompe-t-il ou non ? Est-ce à moi seul qu'ils en ont, ou à nous deux ?

– Et quel est votre avis, à vous qui êtes si plein d'expérience ?

– Cela me passe, répliquai-je.

– Et moi aussi. Croyez-vous que cette fille vous tiendrait parole ?

– Je le crois.

– Alors, il n'y a plus rien à dire. Et en tout cas, c'est conclu et réglé : il se mettra d'ici peu avec les autres.

– Combien croyez-vous qu'ils soient ? demandai-je.

– Cela dépend, dit Alan. S'il ne s'agissait que de vous, on enverrait probablement deux ou trois jeunes gaillards, mais si on pense avoir affaire à moi aussi, je dirais plutôt dix ou douze.

Je n'y pus résister, et laissai fuser un léger éclat de rire.

– Et je crois que de vos deux yeux vous m'en avez vu repousser tout autant, voire plus du double ! s'écria-t-il.

– Peu importe, fis-je, puisque me voici bien débarrassé d'eux pour le moment.

– Vous le croyez, répliqua-t-il ; mais je ne serais pas du tout surpris qu'ils soient en train de cerner ce bois. Voyez-vous, ami David, ce sont gens du Highland. Il y a parmi eux des Fraser, je suppose, et des Gregara ; et je ne puis nier que les uns comme les autres, et en particulier les Gregara, ne soient des individus habiles et expérimentés. On ne connaît pas grand-chose tant qu'on n'a pas conduit un troupeau de bétail (mettons) pendant dix lieues à travers un pays de plaine peuplé, avec les soldats noirs peut-être à ses trousses. C'est de cette façon que j'ai acquis le meilleur de ma perspicacité. Et ne protestez pas : cela vaut mieux que la guerre ; laquelle toutefois vient immédiatement après, bien qu'elle soit somme toute une assez piètre affaire. Or, les Gregara ont beaucoup pratiqué ce sport.

– J'avoue que ce genre d'éducation m'est resté étranger, déclarai-je.

– Et je remarque en vous cette lacune à chaque instant. Mais voilà le bizarre chez vous autres élevés au collège : vous êtes ignorants, et vous ne vous en apercevez pas. J'ignore le grec et l'hébreu, mon bon ami ; mais je sais que je ne les connais pas – voilà la différence. Ainsi vous voilà. Vous restez couché sur le ventre un bout de temps à l'abri de ce bois, et vous me racontez que vous avez semé ces Fraser et MacGregor. Pourquoi ! *Parce que je ne les vois plus,* dites-vous. Hé, tête de bois, c'est ainsi qu'ils gagnent leur vie.

– Soit, mettons les choses au pis. Mais qu'allons-nous faire ?

– J'y pensais justement. Nous pouvons nous séparer. Ce n'est guère de mon goût ; et d'ailleurs, je vois des raisons contre. Primo, il fait maintenant une obscurité peu banale, et il est à la rigueur possible que nous leur échappions. Si nous restons ensemble, nous ne laissons qu'une piste ; si nous allons séparément, nous en laissons deux ; et c'est tant mieux pour ces messieurs. Et puis, secundo, s'ils relèvent nos traces, cela peut encore finir par un combat, Davie ; et là, je vous avoue que je serais désireux de vous avoir à mes côtés, et je crois que cela ne vous nuirait pas de m'avoir aux vôtres. Ainsi, à mon idée, il nous faut sortir de ce bois pas plus tard que dans une minute, et nous diriger sur Gilliane, où je dois trouver mon bateau. Cela nous rappellera un peu le vieux temps, Davie ; et le moment venu, nous aviserons à ce qu'il convient de faire. Je répugne à vous laisser ici, sans moi.

– Eh bien, soit ! à votre idée ! fis-je. Allez-vous repasser par chez les gens qui vous ont donné asile ?

– Diantre que non ! Ils ont été très gentils pour moi, mais je crois qu'ils seraient fort ennuyés de revoir mon charmant visage. Car, par le temps qui court, je ne suis pas tout à fait ce qu'on appelle « l'hôte désiré ». J'en tiens d'autant plus à votre compagnie, monsieur David Balfour de Shaws : rengorgez-vous. Car, sans compter deux bouts de causette ici dans le bois avec Charles Stewart, je n'ai guère dit ni blanc ni noir depuis le jour de notre séparation à Corstorphine.

Là-dessus il se leva, et nous nous mîmes en marche silencieusement vers l'est à travers le bois.

XII

De nouveau en route avec Alan

Il était entre une et deux heures environ ; la lune (je l'ai déjà dit) était couchée ; un vent d'ouest assez fort, charriant de gros nuages déchiquetés venait de se lever brusquement, et nous nous mîmes en route par la nuit la plus sombre qui favorisa jamais fugitif ou criminel. La blancheur du chemin nous guida jusque dans la ville endormie de Broughton, après quoi nous traversâmes Picardy, et je revis ma vieille connaissance le gibet aux deux voleurs. Un peu plus loin, une lumière éclairant une fenêtre haute de Lochend nous fournit un utile repère. Nous dirigeant d'après lui, mais non sans nous fourvoyer beaucoup, nous engageant parmi les blés, et trébuchant et tombant dans les sillons, nous coupâmes à travers champs, pour arriver enfin sur la lande herbue et marécageuse qu'on appelle les Figgate Whins. Là, nous nous couchâmes sous une touffe d'ajoncs, et passâmes à dormir le reste de la nuit.

Le jour nous éveilla vers cinq heures. C'était une belle matinée ; le grand vent d'ouest soufflait toujours, mais les nuages avaient fui vers l'Europe. Alan s'était déjà relevé à demi et souriait tout seul. Je n'avais pas encore vu mon ami depuis notre séparation, et je le regardai avec plaisir, il avait toujours sur le dos son même grand surtout ; mais de plus il portait maintenant une paire de houseaux tricotés qui lui venaient jusqu'au-dessus des genoux. Apparemment il les avait mis pour se déguiser, mais comme la journée s'annonçait chaude, ils étaient plutôt hors de saison.

– Dites, Davie, fit-il, n'est-ce pas une charmante matinée ? Voilà un jour comme tous devraient être. C'est fort différent des entrailles de ma meule de foin ; et tandis que vous étiez à ronfler stupidement, j'ai fait quelque chose qui m'arrive bien rarement.

— Quoi donc ?

— Oh, j'ai dit mes prières, voilà tout.

— Et où sont ces messieurs, comme vous dites ? lui demandai-je.

— Dieu le sait, répondit-il ; et quoi qu'il en soit cela ne change rien pour nous. Allons, debout ! Davie ! En avant ! que la Fortune nous guide une fois de plus ! Nous aurons toujours fait une charmante promenade.

Nous marchâmes donc vers l'est par le bord de la mer, dans la direction où les fours des salines fumaient à l'embouchure de l'Esk. En vérité le soleil brillait plus radieux qu'à l'ordinaire sur le Trône d'Arthur et les verdoyants Pentlands ; et la douceur du jour semblait mettre Alan sur des épines.

— C'est un vrai péché, dit-il, de quitter l'Écosse par un beau jour comme celui-ci ! Je me demande si je n'aimerais pas mieux rester au risque d'être pendu.

— Oui, Alan, mais vous ne voudriez pas, répliquai-je.

— Ce n'est pas que la France ne soit aussi un bon pays, reprit-il, mais ce n'est pas la même chose. La France est belle, soit, mais ce n'est pas l'Écosse. Je l'aime bien quand j'y suis ; et pourtant je regrette presque les marais d'Écosse et le relent de la tourbe écossaise.

— Si c'est là tout l'objet de vos regrets, Alan, ce n'est pas grand-chose.

— Et je ne suis guère fondé à me plaindre, d'ailleurs, quand je viens tout juste d'être délivré de cette meule de foin du diable.

— Vous étiez donc bien fatigué de votre meule de foin ?

— Fatigué n'est pas le mot. Je ne suis pas très précisément homme à me laisser abattre ; mais j'aime mieux l'air frais et l'espace libre autour de moi. Je suis comme le vieux Douglas le Noir, qui aimait mieux entendre le chant de l'alouette que le cri de la souris. Et cet endroit, voyez-vous, Davie, bien que propice comme cachette, je dois l'avouer, était noir comme poix de l'aube au crépuscule. Il y a eu certains jours (ou nuits, car comment les distinguer) qui m'ont paru aussi longs que tout un hiver.

— Comment saviez-vous que l'heure était venue d'aller au rendez-vous ? demandai-je.

— Le bonhomme m'apportait mon manger, avec une goutte d'eau-de-vie, et un bout de chandelle pour y voir, vers onze heures. Et quand j'avais avalé un morceau, il était à peu près temps de gagner le bois. Une fois là, je restais à m'ennuyer de vous rudement, Davie — (et ce disant, il me posa la main sur l'épaule) — et quand je jugeais que les deux heures étaient à peu près écoulées — sauf quand Charles Stewart venait me parler de ses démarches — je m'en retournais à la maudite meule de foin. Mais c'était une occupation peu drôle, et je bénis le Seigneur d'en avoir fini.

— Qu'est-ce que vous faisiez tout seul ? demandai-je.

— Ma foi, répondit-il, ce que je pouvais. A des moments je jouais aux osselets. Je suis très adroit aux osselets, mais ce n'est guère réjouissant de jouer sans personne pour vous admirer. D'autres fois je faisais des chansons.

– Sur quoi ?

– Oh, sur les daims et la bruyère, et sur les vieux chefs d'autrefois qui sont tous morts depuis longtemps, et sur tout ce avec quoi on fait des chansons en général. Et puis des fois je faisais semblant d'avoir une cornemuse et d'en jouer. Je jouais de grands airs, et je me figurais que je les jouais terriblement bien. Je voudrais un jour entendre leurs pareils ! Mais le principal est que ce soit fini.

Là-dessus il me remit sur mes aventures, qu'il écouta de nouveau d'un bout à l'autre, en exigeant plus de détails, et avec une satisfaction extraordinaire, jurant par moments que j'étais un singulier client.

– Ainsi vous avez eu peur de Sim Fraser ? demanda-t-il une fois.

– Certes oui ! m'écriai-je.

– J'en aurais eu peur moi aussi, Davie. Et c'est en effet un terrible individu. Mais il n'est que juste de rendre au diable ce qui lui est dû ; et je puis vous affirmer qu'il se conduit fort bien sur les champs de bataille.

– Il est donc brave ?

– Brave ! Il est brave comme l'acier de mon épée.

Le récit de mon duel le mit hors de lui.

– Quand j'y pense ! s'écria-t-il. Je vous ai pourtant fait voir le truc à Corrynakiegh. Et trois fois – trois fois désarmé ! C'est une honte pour moi qui vous ai appris ! Allons, en garde, cessez votre histoire ; vous n'irez pas plus loin sur cette route avant que vous ne sachiez faire plus d'honneur à vous-même et à moi.

– Mais Alan, ripostai-je, c'est de la folie pure. Ce n'est pas l'heure de m'apprendre l'escrime.

– Je ne puis trop rien dire là contre, avoua-t-il. Mais trois fois, mon ami ! Et vous vous teniez là comme un bonhomme de paille et vous couriez ramasser votre épée comme un chien à qui on jette un mouchoir ! Davie, ce Duncansby doit être quelqu'un de tout à fait peu ordinaire ! Il faut qu'il soit d'une habileté hors ligne. Si j'avais le temps, je m'en retournerais tout droit lui proposer la botte moi-même. Cet homme doit être un prévôt.

– Quelle bêtise, répliquai-je ; vous oubliez que ce n'était que moi.

– Non, mais trois fois !

– Quand vous savez vous-même que je suis absolument nul !

– Eh bien vrai, je n'ai jamais rien entendu de pareil.

– Je vous promets une chose, Alan, la prochaine fois que nous nous reverrons, je serai plus expérimenté. Vous n'aurez pas toujours à subir la honte d'avoir un ami qui ne sait pas tirer.

– Ouais, la prochaine fois ! Et quand sera-ce, je voudrais bien le savoir ?

– Eh bien, Alan, j'y ai déjà songé un peu, et voici mon plan. J'ai envie de devenir avocat.

– C'est un métier ennuyeux, David, et assez canaille en outre. L'habit du roi vous conviendrait mieux.

– Hé oui, évidemment, ce serait le moyen de nous retrouver. Mais comme vous porteriez l'habit du roi Louis et moi celui du roi George, nous aurions une jolie rencontre.

– Il y a du vrai là-dedans, avoua-t-il.

– Avocat donc, voilà ce que je veux être, continuai-je, et ce métier me paraît plus approprié à un monsieur qui s'est fait désarmer *trois fois*. Mais voici le bon de la chose : c'est que l'un des meilleurs collèges pour ce genre d'études – celui d'ailleurs où mon cousin Pilrig a fait les siennes – est le collège de Leyde en Hollande. Hein, qu'en dites-vous, Alan ? Un cadet du *Royal Écossais* ne peut-il obtenir un congé, passer les frontières, et aller voir un étudiant de Leyde ?

– Mais je le crois certes bien qu'il le peut ? s'écria-t-il. Voyez-vous, je suis au mieux avec mon colonel, le comte Drummond-Melford ; et ce qui est encore préférable, j'ai un cousin qui est lieutenant-colonel dans un régiment écossais de Hollande. Rien ne me sera plus facile que d'obtenir un congé pour aller voir le lieutenant-colonel Stewart de Halkett. Et Lord Melford, qui est un homme très savant, et qui écrit des livres comme César, sera sans doute très heureux d'utiliser mes observations.

– Lord Melford est donc un auteur ? demandai-je, car tout comme Alan estimait les soldats, j'estimais les nobles qui écrivent des livres.

– C'est cela même, Davie. On croirait qu'un colonel a mieux que cela à faire. Mais je n'ai rien à dire puisque je fais des chansons.

– Eh bien donc, repris-je, il ne vous reste plus qu'à me donner une adresse où je puisse vous écrire en France ; et dès que je serai arrivé à Leyde je vous enverrai la mienne.

– Le mieux sera de m'écrire aux bons soins de mon chef, répondit-il, Charles Stewart d'Ardsheil, Esquire, en la ville de Melun, Ile-de-France. Cela peut prendre longtemps, comme cela peut aller vite, mais la lettre finira toujours par m'arriver.

Nous déjeunâmes d'un églefin à Musselburgh, où je pris un plaisir énorme à écouter Alan. Son surtout et ses houseaux étaient des plus singuliers par cette chaude matinée, et peut-être un mot d'explication à leur endroit eût-il été sage ; mais Alan traita ce sujet comme une affaire, ou plutôt comme une diversion. Il adressa à la patronne de la maison quelques compliments sur la cuisson de notre églefin ; et tout le reste du temps il ne cessa de lui parler d'un rhume qui lui était tombé sur la poitrine ; et il lui énumérait gravement toutes sortes de symptômes et de douleurs, et il écoutait avec de grandes démonstrations d'intérêt tous les remèdes de vieille femme qu'elle lui indiquait de son côté.

Nous quittâmes Musselburgh avant l'arrivée du premier coche d'Edimbourg, car (comme le dit Alan) il valait beaucoup mieux pour nous éviter cette rencontre. Le vent, quoique toujours fort, était tiède, le soleil brillait de tout son éclat, et Alan souffrit bientôt en conséquence. De Prestonpans il me fit faire le détour par le champ de bataille de

Gladsmuir, où il s'échauffa plus que de raison en me décrivant les phases du combat. Puis, de son allure aisée d'autrefois, nous arrivâmes à Cockenzie. Bien qu'on fût en train d'y construire des sécheries de harengs pour le compte de Mistress Cadell, l'endroit, à moitié plein de maisons en ruine, semblait une ville déchue et quasi déserte ; mais le cabaret était propre, et Alan, qui n'en pouvait plus de chaleur, dut s'y accorder une bouteille de bière, et répéter à la nouvelle patronne son histoire de rhume tombé sur la poitrine, avec cette différence que les symptômes avaient changé.

J'étais assis à l'écouter, lorsque je m'avisai que je ne l'avais jamais ouï adresser trois mots sérieux à une femme, mais qu'au contraire il ne cessait de plaisanter et de les railler et de se moquer d'elles à part lui, tout en apportant à cette tâche une dose particulière d'énergie et d'intérêt. Je lui en fis la remarque, à un moment où la bonne femme fut appelée au-dehors.

– Que voulez-vous ! me dit-il. Avec les femmes ont doit toujours partir du pied droit ; il faut leur raconter une petite histoire pour les amuser, ces pauvres agneaux ! C'est ce que vous devriez apprendre à faire, Davie : il suffit de saisir le principe, c'est comme pour un métier. Or, si j'avais eu affaire à une fille jeune, ou du moins jolie, elle ne m'aurait jamais entendu parler de mon rhume. Mais, Davie, une fois qu'elles sont trop vieilles pour chercher à plaire, elles s'établissent apothicaires. Pourquoi ? je n'en sais rien. Elles sont tout juste comme Dieu les a faites, je suppose. Mais je crois qu'il faut être idiot pour ne pas avoir remarqué la chose.

Et alors, la patronne revenant, il se détourna de moi, comme s'il était avide de renouer la précédente conversation. La dame eut bientôt passé du rhume d'Alan au cas d'un sien beau-frère habitant Aberlady, dont elle nous exposa dans le plus grand détail la dernière maladie et la mort. Son récit n'était parfois qu'assommant, parfois assommant et tragique en même temps, car elle parlait avec componction. Il en résulta que je tombai dans une rêverie profonde, regardant par la fenêtre sur la route, sans presque me rendre compte de ce que je voyais. Tout à coup je tressaillis.

– Nous lui avons mis des sinapismes aux pieds, disait la bonne femme, et une brique chaude sur le ventre, et nous lui avons donné de l'hysope et de l'eau de pouliot, et un bel et bon emplâtre de soufre...

– Monsieur, dis-je, l'interrompant avec beaucoup de calme, il y a un de mes amis qui vient de passer devant la maison.

– En vérité ? repartit Alan, comme si la chose n'avait aucune importance. Et il reprit : – Vous disiez, madame ! – Et l'ennuyeuse vieille continua.

Bientôt, néanmoins, il la paya avec une pièce d'une demi-couronne, et elle dut sortir pour aller chercher de la monnaie.

– Était-ce celui aux cheveux roux ? me demanda Alan.

– Vous y êtes, répondis-je.

– Qu'est-ce que je vous disais dans le bois ? s'écria-t-il. Et pourtant c'est bizarre qu'il soit ici. Était-il seul ?

– Tout à fait seul, à ce que j'ai pu voir.

– Est-il passé ?

– Tout droit, et sans regarder ni à droite ni à gauche.

– Voilà qui est encore plus étrange. J'ai dans l'idée, Davie, qu'il nous faudrait déguerpir. Mais dans quelle direction ? – Au diable ! Cela ressemble joliment au vieux temps.

– Il y a toutefois une grosse différence, repris-je, c'est que cette fois nous avons de l'argent dans nos poches.

– Et une autre grosse différence, monsieur Balfour, répliqua-t-il, c'est que cette fois nous avons des limiers à nos trousses. Ils sont sur la piste ; ils sont en pleine chasse, David. C'est une sale affaire, et que le diable l'emporte.

Et il se mit à réfléchir profondément avec un air que je lui connaissais bien.

– Dites donc, patronne, fit-il, quand la bonne femme fut revenue, y a-t-il une autre route derrière votre cabaret ?

Elle répondit qu'il y en avait une, et qui menait de tel côté.

– En ce cas, monsieur, me dit-il, je pense que cette route sera plus courte pour nous. Et je vous dis au revoir, ma brave femme ; et je n'oublierai pas l'eau de giroflée.

Nous sortîmes en traversant le potager de la vieille, et prîmes un sentier à travers champs. Alan regardait de tous côtés avec attention, et quand il nous vit arrivés dans un petit creux du pays, hors de vue, il s'assit par terre.

– Tenons conseil de guerre, Davie, dit-il. Mais tout d'abord, je vais vous donner une petite leçon. Supposez que j'aie fait comme vous, qu'est-ce que cette bonne vieille là-bas aurait pensé de nous deux ? Simplement que nous étions sortis par la porte de derrière. Et que se rappelle-t-elle à présent ? Un joli garçon bavard, aimable, un peu timbré, qui souffre de la poitrine, le pauvre ! et qui s'est fort intéressé au beau-frère. O Davie, mon ami, tâchez d'apprendre à avoir un peu de jugeote.

– J'y tâcherai, Alan.

– Et maintenant, parlons de celui aux cheveux roux. Allait-il vite ou lentement ?

– Couçi-couça.

– Il n'avait pas l'air trop pressé ?

– Pas le moins du monde.

– Hum ! cela me paraît bizarre. Nous ne l'avons pas du tout aperçu ce matin sur les Whins ; il nous a dépassés, il n'a pas l'air de regarder ; et pourtant le revoici sur notre route. Parbleu, Davie, voilà qu'il me vient une idée. Je pense que ce n'est pas à vous qu'ils en veulent, mais bien à moi ; et je pense qu'ils savent fort bien où ils vont.

– Ils le savent ! repris-je.

– Je pense qu'Andie Scougal m'a vendu – lui ou son second qui était en partie au courant de l'affaire – ou encore cette espèce de clerc de Charlie, ce qui serait aussi ennuyeux ; et si vous voulez savoir mon intime conviction, je pense qu'il va y avoir des têtes cassées sur la plage de Gillane.

– Alan, m'écriai-je, si vous ne vous trompez pas il y aura là du monde, et à revendre. Cela ne servirait à rien de casser des têtes.

– Ce serait quand même un soulagement, répondit Alan. Mais attendez un peu, attendez ; je réfléchis – et grâce à ce joli vent de terre de l'ouest, je crois qu'il me reste une chance. Voici comment, Davie. Je n'ai pas rendez-vous avec ce Scougal avant le crépuscule. *Mais*, a-t-il dit, *si j'attrape un peu de vent d'ouest je serai là peut-être plus tôt, et je vous attendrai derrière l'île de Fidra.* Or si ces messieurs savent l'endroit, ils savent l'heure également. Voyez-vous où je veux en venir, Davie ? Grâce à Johnnie Cope et autres idiots en habits rouges, je connais ce pays comme ma poche ; et si vous êtes disposé à faire encore un temps de galop avec Alan Breck, nous pouvons rebrousser vers l'intérieur et rejoindre le bord de la mer auprès de Dirleton. Si le bateau n'est pas là, je n'aurai plus qu'à regagner ma meule de foin. Mais de toute façon, je pense que nous laisserons ces messieurs à siffler sur leurs pouces.

– Je crois en effet qu'il y a quelque chance, dis-je. Faites à votre idée, Alan.

XIII

La plage de Gillane

Je tirai moins de profit du pilotage d'Alan que celui-ci n'avait fait de ses marches sous les ordres du général Cope ; je suis incapable de dire par où nous passâmes. J'ai pour excuse que nous allions excessivement vite. Tantôt nous courions, ou bien nous trottions, et le reste du trajet fut exécuté à un pas frénétique. Par deux fois, alors que nous étions lancés à toute vitesse, nous allâmes contre des paysans ; mais quoique nous débouchâmes d'un tournant en plein sur le premier, Alan fut aussi prêt à la riposte qu'un mousquet chargé.

– Avez-vous vu mon cheval ? lui lança-t-il, haletant.

– Non, l'ami, je n'ai pas vu de cheval aujourd'hui, riposta le paysan.

Et Alan prit le loisir de lui expliquer comme quoi nous voyagions ensemble ; que notre monture s'était échappée, et qu'il était à craindre qu'elle ne fût retournée à son écurie, à Linton. De plus même, il dépensa son souffle (dont il ne lui restait que trop peu) à maudire son malheur et ma stupidité qui en avait été soi-disant la cause.

– Ceux qui ne peuvent pas dire la vérité, me fit-il observer quand nous fûmes repartis, doivent avoir grand soin de laisser derrière eux des indices honnêtes et commodes. Si les gens ne savent pas ce que vous faites, Davie, les voilà terriblement intrigués ; mais s'ils croient le savoir ils ne s'en soucient pas plus que moi de la soupe aux pois.

Comme nous avions d'abord pris vers l'intérieur, notre route finit par être orientée presque en plein nord : nous avions comme repères, à gauche la vieille église d'Aberlady ; à droite, le sommet du Berwick Law ; si bien que nous atteignîmes de nouveau la côte, non loin de Dirleton. Depuis North Berwick jusqu'à Gillane Ness, court de l'est à l'ouest une rangée de quatre petites îles, Craiglieth, Lamb, Fidra et Eyebrough, remarquables par leur diversité de grandeur et de forme. Fidra, la plus singulière, est un bizarre îlot à deux bosses, sur lesquelles se détache un pan de ruine ; et je me souviens que lorsque nous en fûmes plus près, la mer apparaissait comme un œil humain par une ouverture de ces ruines. A l'abri de Fidra existe un bon mouillage pour les vents d'ouest, et c'est là que nous pûmes voir le *Thistle* qui se balançait dans l'éloignement.

Le rivage, à hauteur des ces îlots, est tout à fait désert. On n'y voit aucune habitation humaine, et il n'y passe guère que de petits vagabonds qui s'en vont jouer. Le village de Gillane est situé de l'autre côté du Ness, les gens de Dirleton vont à leur travail dans les champs de l'intérieur, et ceux de North Berwick tout droit de leur port à la pêche ; si bien que cette partie de la côte est tout à fait solitaire. Mais je me souviens qu'en rampant à plat ventre parmi cette multitude de bosses et de creux, nous inspections avec soin les alentours, et nos cœurs martelaient nos côtes, car il y avait une telle réverbération du soleil sur la mer, un tel bruissement du vent dans les herbes courbées, et un tel remue-ménage de lapins déboulant et de mouettes s'envolant, que ce désert me faisait l'effet d'un lieu habité. Nul doute qu'il ne fût sous tous rapports bien choisi pour un embarquement secret, à condition que le secret eût été gardé ; et même à présent qu'il avait transpiré, et que l'endroit était surveillé, il nous fut possible de ramper sans être vus jusqu'à la lisière des dunes, où elles dominent directement la plage et la mer.

Mais arrivé là, Alan s'arrêta court.

— Davie, fit-il, voilà une passe dangereuse ! Aussi longtemps que nous restons ici nous sommes tranquilles ; mais je n'en suis pas beaucoup plus près de mon bateau ni de la côte de France. Et de l'instant où nous nous dressons pour faire un signal au brick, c'est une autre affaire. Car où pensez-vous que soient ces messieurs ?

— Peut-être ne sont-ils pas encore arrivés, dis-je. Et même s'ils le sont, il y a une chose certaine en notre faveur. Ils auront pris leurs dispositions pour s'emparer de nous, c'est vrai. Mais ils s'attendront à nous voir arriver de l'est, alors que nous voici dans leur ouest.

— Ah ! dit Alan, je voudrais que nous soyons un peu en force, et qu'il s'agît d'une bataille, nous les aurions joliment fait manœuvrer !

Mais ce n'est pas le cas ; et en réalité, la chose est moins enthousiasmante pour Alan Breck. J'hésite, Davie.

– Le temps presse, Alan, fis-je.

– Je le sais, répondit-il. Je ne connais que ça, comme disent les Français. Mais c'est une situation rudement épineuse. Oh ! si je pouvais seulement savoir où sont ces messieurs !

– Alan, repris-je, je ne vous reconnais plus. Voici le moment ou jamais.

– « Non, non, ce n'est pas moi », chantonna Alan, avec une singulière expression mi-confuse mi-drolatique.

« Ce n'est ni vous ni moi, dit-il, ni vous ni moi, Non, ma parole, ami Johnniel ! ni vous ni moi. »

Et tout d'un coup il se dressa de toute sa hauteur, et agitant un mouchoir de sa main droite, il descendit sur la plage. Je me levai moi aussi, mais restai en arrière de lui, à inspecter les dunes de l'est. Son apparition ne fut pas remarquée tout de suite : Scougal ne l'attendait pas aussi tôt, et *ces messieurs* guettaient dans le sens opposé. Mais bientôt on prit l'éveil à bord du *Thistle,* où tout devait être paré, car le branle-bas ne dura qu'un instant sur le pont, et nous vîmes aussitôt une yole contourner la poupe du bâtiment et faire force de rames vers le rivage. Presque en même temps, et peut-être à un demi-mille de nous dans la direction de Gillane Ness, une silhouette humaine surgit d'un monticule de sable pour la durée d'un clin d'œil, faisant de grands gestes avec les bras ; et bien qu'elle eût disparu dans le même instant, les mouettes de ce côté persistèrent quelque temps à tournoyer effarouchées.

Alan n'avait rien vu de ceci, car il regardait uniquement le navire et la yole, en mer.

– Tant pis ! dit-il, quand je l'eus mis au courant. Le canot là-bas n'a plus qu'à bien ramer, sinon j'aurai du fil à retordre.

Cette partie de la plage était étroite et plate, et excellente à marcher par marée basse ; un petit cours d'eau cressonneux qui se jetait dans la mer la coupait en un point ; et les dunes couraient tout le long de son bord supérieur comme le rempart d'une ville. Nos yeux ne pouvaient discerner ce qui se passait par derrière dans les dunes, notre hâte ne pouvait accélérer l'allure du canot : le temps s'arrêta pour nous durant cette angoissante expectative.

– Il y a une chose que je voudrais connaître, dit Alan, ce sont les instructions de ces messieurs. Nous valons quatre cents livres à nous deux : vont-ils tirer sur nous, David ? Ils seraient à bonne portée, du haut de cette longue bosse de sable.

– Moralement impossible, dis-je. C'est un fait qu'ils ne peuvent avoir de fusils. La chose a été machinée trop secrètement ; des pistolets, ils en ont peut-être, mais non pas des fusils.

– Je crois que vous avez raison, dit Alan. Mais avec tout cela, ce canot me fait joliment languir.

Et il claqua des doigts et siffla vers l'embarcation comme on siffle un chien.

Elle avait déjà fait environ un tiers du chemin, et nous nous étions avancés tout au bord de l'eau, si bien que le sable mou recouvrait mes souliers. Il n'y avait plus rien à faire qu'attendre, nous occuper tout entiers à suivre la lente approche du canot, et regarder le moins possible vers la longue façade impénétrable des dunes, au-dessus de laquelle s'élevaient les mouettes, et qui cachait sans doute les manœuvres de nos ennemis.

— C'est un bien bel endroit pour s'y faire tirer dessus, dit soudain Alan. Ah, mon ami, je voudrais avoir votre courage.

— Alan, m'écriai-je, qu'est-ce que vous dites ? Vous êtes pétri de courage ; c'est le courage qui vous distingue, comme je suis prêt à l'attester à défaut d'autres témoins.

— Et vous pourriez vous tromper fort. Ce qui me distingue surtout c'est ma grande perspicacité et ma connaissance des choses. Mais pour ce vieux courage froid et rassis en face de la mort, je ne suis pas digne de vous tenir la chandelle. Prenez-nous tous les deux ici présents sur le sable. Moi, je brûle uniquement d'être parti ; vous (pour autant que je sache) vous vous demandez si vous ne resterez pas. Croyez-vous que je pourrais faire cela, ou que je le voudrais ? Certes non ! Primo, parce que je n'en ai pas le courage et que je ne l'oserais pas ; et secundo, parce que je suis un homme d'une telle perspicacité que je vous enverrais au diable d'abord.

— Voilà donc où vous voulez en venir ? m'écriai-je. Ah ! mon ami Alan, vous pouvez bien entortiller de vieilles femmes, mais moi vous n'y réussirez pas.

Et au souvenir de ma tentation dans le bois, je me raidis dur comme fer.

— J'ai une mission à remplir, continuai-je. Je me suis engagé envers votre cousin Charles ; je lui ai donné ma parole.

— Belle mission qu'il vous sera impossible de remplir ! fit Alan. Vous allez être mal engagé une fois pour toutes avec ces messieurs de la dune. Et pourquoi cela ? ajouta-t-il avec un sérieux plein de menace. Dites-le-moi donc, mon petit homme ! Allez-vous être escamoté comme lady Grange ? Vont-ils vous planter un poignard dans le corps et vous enterrer dans un creux ? Ou bien au rebours vont-ils vous impliquer avec James ? Sont-ce des gens de confiance ? Irez-vous vous mettre la tête dans la gueule de Simon Fraser et autres whigs ? conclut-il avec une amertume extraordinaire.

— Alan, m'écriai-je, ce sont tous scélérats et perfides, j'en conviens avec vous. Raison de plus pour qu'il reste un homme d'honneur dans un tel pays de brigands ! J'ai donné ma parole, et je la tiendrai. J'ai dit depuis longtemps à votre cousine que je ne reculerais devant rien. Vous le rappelez-vous ? – c'était la nuit où Colin le Roux fut tué. Je ne reculerai donc pas. Je reste ici. Prestongrange m'a promis la vie ; s'il doit être parjure, c'est ici que je mourrai.

— Va bien, va bien, fit Alan.

Cependant, nous n'avions plus en aucune façon ni vu ni entendu nos poursuivants. A la vérité, nous les avions pris au dépourvu : toute la bande (comme je devais l'apprendre par la suite) n'était pas encore entrée en scène ; ceux qui étaient déjà là se trouvaient dispersés dans les creux du côté de Gillane. Ce fut toute une affaire de les héler et de les rassembler, tandis que le canot faisait force de rames. Ces individus en outre n'étaient que des couards : un vil ramassis de Highlanders voleurs de bestiaux, appartenant à des clans divers, sans un gentilhomme avec eux pour leur servir de chef. Plus ils nous considéraient, Alan et moi, sur la plage, moins (je suis porté à le croire) notre mine leur revenait.

Quel que fût celui qui avait trahi Alan ce n'était pas le capitaine : celui-ci était en personne dans la yole, tenant la barre et activant ses rameurs, comme un homme qui y va de tout cœur. Déjà il était proche, et le canot volait – déjà la figure d'Alan tournait au cramoisi grâce à l'émotion de la délivrance, lorsque nos amis des dunes, soit par dépit de voir leur proie leur échapper, soit dans l'espoir d'effrayer Andie, poussèrent soudain une clameur aiguë faite de voix nombreuses.

Ce bruit, s'élevant d'une côte en apparence tout à fait déserte, était en vérité fort intimidant, et les hommes du canot cessèrent à l'instant de ramer.

– Qu'est-ce que c'est que ça ? héla le capitaine, qui était arrivé à portée de la voix.

– Des amis à moi, répondit Alan. Et il s'avança aussitôt à gué dans l'eau peu profonde qui le séparait du canot. – Davie, me dit-il, en faisant halte, Davie, ne venez-vous pas ? Je suis navré de vous laisser.

– Je ne bouge pas d'un cheveu, répondis-je.

Il resta en place une fraction de seconde, jusqu'aux genoux dans l'eau salée, indécis.

– Qui veut sa perte aille à sa perte, prononça-t-il ; et, barbotant jusqu'au-dessus de la ceinture, il fut hissé à bord de la yole, laquelle vira de bord aussitôt vers le bâtiment.

J'étais resté sur place, les mains derrière le dos. Alan s'assit la tête tournée vers moi sans me quitter des yeux ; et le canot s'éloigna tranquillement. Tout d'un coup je me sentis prêt à verser des larmes, et je me vis le plus solitaire et abandonné garçon de toute l'Écosse. Sur quoi je tournai le dos à la mer et fis face aux dunes. Il n'y avait personne à voir ni à entendre ; le soleil brillait sur le sable humide et sur le sec, le vent sifflait sur la dune, les mouettes poussaient des cris sinistres. Je remontai la plage, où les puces de sable sautillaient gauchement sur les varechs épars. Nulle autre trace de mouvement ou de bruit dans ce misérable endroit. Et pourtant je savais qu'il y avait là des hommes, en train de m'observer, dans un but inconnu. Ce n'étaient pas des soldats, car ils se seraient jetés sur nous et nous auraient pris depuis longtemps déjà ; c'étaient sans doute de vulgaires scélérats soudoyés pour ma perte, afin de me séquestrer, ou bien de me massacrer tout net. D'après la situation des intéressés, la première hypothèse était la plus vraisemblable, mais d'après ce que je savais de leur caractère et de leur ardeur en cette affaire, je croyais la deuxième fort plausible, et mon sang se glaçait dans mes veines.

J'eus l'idée folle de dégager mon épée du fourreau ; car j'avais beau être hors d'état de me battre comme un gentilhomme fer contre fer, je me croyais apte à porter quelques coups dans une lutte hasardeuse. Mais je perçus à temps la folie de la résistance. C'était là sans doute le moyen commun dont étaient convenus Prestongrange et Fraser. Le premier, j'en étais bien sûr, avait fait quelque chose pour m'assurer la vie ; quant au deuxième, il y avait des chances pour qu'il eût glissé un avis contraire dans l'oreille de Neil et de ses compagnons ; et si je mettais flamberge au vent je faisais peut-être le jeu de mon pire ennemi, et j'assurais moi-même ma perte.

Ces réflexions me conduisirent au haut de la plage. Je jetai un coup d'œil en arrière : le canot était à proximité du brick, et Alan déployait son mouchoir en signe d'adieu. Je lui répondis en agitant la main. Mais Alan lui-même s'était réduit pour moi à une faible importance, en regard du sort qui m'était réservé. J'enfonçai fortement mon chapeau sur ma tête, serrai les mâchoires, et gravis droit devant moi le talus de sable ondulé. L'escalade fut pénible, car la pente était abrupte, et le sable fuyait sous les pieds comme une onde. Mais j'arrivai finalement au sommet, et, m'agrippant aux longues herbes flexibles, je m'y hissai et y pris pied solidement. A la même minute, six ou sept gueux en haillons, tous le poignard à la main, s'élancèrent et m'encadrèrent de toutes parts. J'avoue ingénument que je fermai les yeux en attendant la mort. Quand je les rouvris, les bandits s'étaient rapprochés un tout petit peu sans mot dire ni se presser. Tous les yeux convergeaient sur les miens, et je fus singulièrement frappé de leur éclat, et de la crainte qu'ils exprimaient à mon approche. Je leur tendis mes mains vides : sur quoi l'un des hommes me demanda, avec un fort accent du Highland, si je me rendais.

— Tout en protestant, répondis-je, si vous savez ce que cela signifie, et j'en doute.

A ces mots, ils se jetèrent sur moi tous ensemble comme un vol d'oiseaux sur une charogne, me saisirent, m'enlevèrent mon épée, avec tout l'argent de mes poches, me lièrent bras et jambes d'un solide filin, et m'étendirent sur l'herbe de la dune. Puis ils s'assirent en demi-cercle autour de leur prisonnier et le contemplèrent en silence comme un animal féroce, voire un lion ou un tigre prêt à bondir. Mais cette curiosité se relâcha bientôt. Ils se rassemblèrent en un groupe, se mirent à parler en gaélique, et très cyniquement se partagèrent mes dépouilles sous mes yeux. J'avais cependant comme distraction de pouvoir suivre de ma place les progrès de l'évasion de mon ami. Le canot accosta le brick, puis fut hissé à bord, les voiles s'enflèrent, et le bâtiment disparut vers le large derrière les îles et la pointe de North Berwick.

Dans l'espace de deux heures environ, la foule des Highlanders loqueteux, où Neil se joignit des premiers, ne cessa de s'accroître, si bien qu'ils étaient à la fin près d'une vingtaine. Chaque nouvel arrivant était accueilli par une abondance de paroles qui donnaient l'impression de reproches et d'excuses ; mais je remarquai une chose, c'est qu'aucun de ceux qui étaient venus en retard ne reçut rien de mes dépouilles. La dernière discussion fut si vive et acerbe que je les crus prêts à en venir aux mains. Après quoi la compagnie se sépara, le plus gros de la bande s'en retourna vers l'est, et trois hommes seulement, Neil et deux autres, restèrent à veiller sur le captif.

– Je pourrais vous nommer quelqu'un qui sera peu satisfait de votre besogne, Neil Duncanson, dis-je, quand le reste de la troupe se fut éloigné.

Il me répondit pour m'assurer que je serais traité avec douceur, car il savait « que je connaissais la dame ».

Notre conversation se borna là, et nul autre humain ne se montra sur cette partie de la côte avant l'heure où le soleil eût disparu derrière les montagnes du Highland, lorsque le crépuscule était déjà sombre. A ce moment j'aperçus un homme du Lothian, grand, maigre et osseux, au teint basané, qui s'avançait vers nous parmi les dunes, monté sur un cheval de labour.

– Garçons, cria-t-il, avez-vous vu un papier comme celui-ci ?

Et il en éleva un dans sa main. Neil en tira un autre, que le nouveau venu examina à travers ses besicles de corne ; puis, déclarant que tout allait bien et que nous étions ceux qu'il cherchait, ce dernier mit pied à terre. Je fus alors installé à sa place, mes pieds liés sous le ventre du cheval, et nous nous mîmes en route, guidés par le Lowlander. Son chemin était assurément très bien choisi, car nous ne rencontrâmes sur tout le trajet qu'un seul couple – un couple d'amoureux – et ceux-ci, nous prenant sans doute pour des contrebandiers, s'enfuirent à notre approche. A un moment nous contournâmes dans le sud le pied du Berwick Law ; à un autre, comme nous franchissions une hauteur découverte, j'aperçus les lumières d'un hameau et le vieux clocher d'une église parmi des arbres peu éloignés, mais quand même trop pour appeler au secours, si j'en avais eu l'intention. A la fin le bruit de la mer se fit entendre. Le clair de lune, quoique assez faible, me permit de distinguer les trois grosses tours et les murs démantelés de Tantallon, cette vieille forteresse principale des Douglas Rouges. Le cheval fut attaché à brouter au fond du fossé, et l'on me transporta à l'intérieur, dans la cour d'abord, puis dans une salle de pierre toute délabrée. Là, comme la nuit était fraîche, mes porteurs allumèrent un grand feu au centre du dallage. On me délia les mains, on me plaça contre le mur du fond et, le Lowlander ayant sorti des vivres, je reçus un morceau de pain d'orge et un gobelet d'eau-de-vie de France. Après quoi, je restai seul une fois de plus avec mes trois Highlanders. Ils s'installèrent tout près du feu à boire et à causer ; le vent soufflait par les brèches, refoulant flammes et fumée, et hurlait dans les tours. Mais à la fin, comme je ne craignais plus pour ma vie, et que j'étais épuisé de corps et d'esprit par les fatigues de la journée, je me tournai sur le flanc et m'endormis, au bruit de la mer qui battait le pied de la falaise.

Il me fut impossible de deviner l'heure à mon réveil, mais la lune était au bas du ciel et le feu tombé. Mes pieds furent alors détachés, et je fus emporté parmi les ruines et descendu au long de la falaise par un sentier vertigineux jusqu'à un creux du rocher où s'abritait une barque de pêcheur. Je fus passé à bord, et sous un beau clair d'étoiles, nous nous éloignâmes du rivage.

XIV

Le Bass

Je n'avais aucune idée de l'endroit où l'on m'emmenait ; mais je m'attendais toujours à voir apparaître un navire, cependant que me trottait par la tête une expression de Ransome : – les *vingt livres*. Si je devais une seconde fois courir le même danger d'aller aux plantations, la chose, croyais-je, finirait mal pour moi : je n'avais à espérer aujourd'hui ni second Alan, ni second naufrage, ni vergue de rechange ; et je me voyais binant le tabac sous les coups de fouet. Cette pensée me glaça ; l'air était vif sur l'eau, les planches du bateau trempées d'humidité ; et je frissonnai, blotti contre l'homme de barre. Celui-ci était l'homme basané que j'ai qualifié plus haut de Lowlander ; on l'appelait Dale, et plus familièrement Andie le Noir. Ayant perçu la vibration de mon frisson, il me tendit avec bonté une grossière vareuse pleine d'écailles de poisson, que je fus bien aise d'endosser.

– Je vous remercie de votre obligeance, lui dis-je, et je me permettrai en retour de vous donner un avis. Vous prenez en cette affaire une grande responsabilité. Vous n'êtes pas comme ces ignorants et barbares Highlanders, mais vous connaissez la loi et les risques de ceux qui l'enfreignent.

– Je ne suis pas tout à fait ce qu'on appelle un fanatique de la loi, répliqua-t-il, en temps ordinaire ; mais pour ce qui est de cette affaire, j'agis sous bonne garantie.

– Qu'allez-vous faire de moi ? demandai-je.

– Rien de mal, répondit-il, rien de mal. Vous avez des amis influents, je crois. Vous vous en tirerez bien.

La surface de la mer prit peu à peu une teinte grise, de petites éclaboussures de rose et de rouge, telles des braises en ignition, apparurent dans l'est ; et en même temps les oies sauvages se levèrent, et se mirent à crier alentour du sommet du Bass. Cet îlot, comme chacun sait, n'est guère qu'un bloc de rocher, mais ce bloc est assez grand pour y creuser une ville. Bien qu'il y eût très peu de mer, le ressac était très fort autour de sa base. A mesure que l'aube grandissait, je distinguais plus nettement les falaises verticales, rayées de fientes d'oiseaux pareilles au givre matinal, le sommet en pente tout vert de gazon, l'essaim d'oies blanches qui criaient sur ses flancs, et, s'élevant tout au bord de la mer, la bâtisse noire et délabrée de la prison.

A cette vue je compris d'un seul coup la vérité.

– C'est là que vous me conduisez ! m'écriai-je.

– Tout simplement au Bass, mon petit homme, dit le basané : là où les vieux saints ont été avant vous, et je ne crois pas que vous puissiez espérer mieux comme prison.

– Mais personne n'y habite, m'écriai-je ; ce n'est plus qu'une ruine depuis longtemps.

– Vous prendrez d'autant plus de plaisir à la société des oies, fit Andie, sèchement.

Comme le jour devenait plus clair je remarquai dans la cale, parmi les grosses pierres dont les pêcheurs lestent leurs bateaux, plusieurs mannes et paniers, avec une provision de bois à brûler. Le tout fut déchargé sur les rochers. Andie, moi-même et les trois Highlanders (je les appelle miens, encore que ce fût l'inverse) nous débarquâmes ensuite. Le soleil n'était pas levé que le bateau s'éloigna, faisant retentir les échos de la falaise au bruit des avirons sur les tolets, et nous restâmes seuls dans notre réclusion.

Andie Dale – le Préfet du Bass, comme je l'appelais en manière de plaisanterie – était à la fois le berger et le garde-chasse de ce petit, mais riche domaine. Il avait à s'occuper de la douzaine à peu près de moutons qui se nourrissaient et s'engraissaient de l'herbe de la partie inclinée, tels des animaux broutant le toit d'une cathédrale. Ils avaient également la surveillance des oies sauvages qui nichaient dans les falaises ; et celles-ci sont d'un produit extraordinaire. Les jeunes constituent un mets succulent, et au prix moyen de deux shillings pièce, les gourmets les achètent volontiers ; les oiseaux adultes mêmes sont estimés pour leur huile et leurs plumes ; et le traitement du ministre de North Berwick est aujourd'hui encore partiellement payé en oies sauvages, ce qui rend la paroisse enviable aux yeux de certains. Pour accomplir ces diverses fonctions, aussi bien que pour préserver les oies des braconniers, Andie avait l'occasion fréquente de coucher sur l'îlot et d'y passer plusieurs jours de suite, et nous vîmes qu'il y était chez lui comme un fermier dans sa ferme. Nous ordonnant à tous de charger quelqu'un des colis sur nos épaules, besogne à laquelle je m'empressai de participer, il nous fit passer par une porte fermant à clef, qui était l'unique accès de l'île, puis à travers les ruines du fort, et nous arrivâmes à la maison du gouverneur. Nous vîmes, aux cendres de l'âtre et au lit dressé dans un coin, qu'il en avait fait son établissement principal.

Ce lit, il m'offrit de l'occuper, ajoutant que sans doute j'avais des prétentions à la noblesse.

– Ma noblesse n'a rien à voir avec ce sur quoi je couche, répliquai-je. Dieu merci, j'ai couché sur la dure avant ce jour, et puis le faire encore sans regrets. Tout le temps que je serai ici, maître Andie, puisque tel est votre nom, je jouerai mon rôle et occuperai ma place parmi vous tous ; et je vous prie en outre de m'épargner vos railleries, qui, sachez-le, ne me plaisent guère.

Il grommela un peu à ce discours, mais réflexion faite, il parut l'approuver. D'ailleurs, c'était un homme à la mine sérieuse et raisonnable, un bon whig et un presbytérien ; il lisait chaque jour dans une bible de poche, et il était à la fois capable et désireux de parler sérieusement de la religion, où il inclinait fortement vers les abus caméroniens. Sa morale était d'une teinte plus douteuse. Je découvris qu'il s'occupait beaucoup de contrebande, et qu'il avait fait des ruines de Tentallon un dépôt de marchandises fraudées. Par exemple, je ne crois pas qu'il estimât à deux liards la vie de n'importe qui. Mais cette portion de la côte du Lothian est restée jusqu'à nos jours plus sauvage et le peuple y est plus grossier que n'importe où ailleurs en Écosse.

Un incident de ma captivité fut rendu mémorable par une conséquence qui en résulta longtemps après. Il y avait à cette époque stationné dans le Forth un navire de guerre, le *Seahorse,* capitaine Palliser. Il arriva qu'il fit une croisière durant le mois de septembre, boulinant du Fife au Lothian, et opérant des sondages pour relever les écueils sous-marins. Un beau matin très tôt nous vîmes apparaître le navire à deux milles environ dans l'est. Il mit à la mer un canot, afin d'examiner les rochers Wildfire et le Satan's Bush, dangers notoires de la côte. Puis, ayant ramené le canot à bord, il prit le vent arrière et mit le cap droit sur le Bass. La circonstance était fort désagréable pour Andie et les Highlanders ; tout ce qui concernait ma séquestration devait rester secret, et si ce malencontreux capitaine de navire venait à débarquer, elle risquait tout au moins de devenir publique. Je formais une minorité unique, je ne suis pas Alan pour attaquer un si grand nombre d'adversaires, et je n'étais pas sûr du tout qu'un navire de guerre fût propre le moins du monde à améliorer ma situation. Tout bien considéré, je promis à Andie bonne conduite et obéissance, et fus emmené vivement au sommet du rocher, où nous nous couchâmes tous, au bord de la falaise, guettant et dissimulés en divers lieux. Le *Seahorse* s'avança si près que je m'attendais à le voir s'échouer ; et nous pûmes, de notre surplomb vertigineux, voir les hommes d'équipage à leurs postes et entendre les coups de sifflet du chef de manœuvre. Puis il vira brusquement et lâcha une bordée de je ne sais combien de grosses pièces. Le rocher trembla sous ce bruit de tonnerre, la fumée s'envola par-dessus nos têtes, et les oies se levèrent en une multitude outrepassant le calcul et la croyance. Leurs cris et leurs battements d'ailes formaient un spectacle inouï et j'imagine que si le capitaine Palliser était venu si près du Bass c'était un peu en vue de se procurer ce plaisir puéril. Il devait le payer cher un jour. Durant son approche j'eus l'occasion de faire sur le gréement de ce navire certaines remarques qui me permirent de le reconnaître désormais à plusieurs milles de distance, et ce fut par ce moyen (Providence à part) que je détournai d'un ami un grand malheur, et infligeai au capitaine Palliser lui-même une forte déception.

Tout le temps de mon séjour sur le rocher nous ne manquâmes de rien. Nous avions de la petite bière et de l'eau-de-vie, et soir et matin du gruau pour faire notre porridge. A plusieurs reprises une barque vint, de Castleton, nous apporter des quartiers de mouton, car le troupeau de l'île, nourri spécialement pour le marché, devait rester intact. Les oies étaient malheureusement hors de saison, et nous n'y touchâmes point. Nous pêchions nous-mêmes, et plus souvent encore nous faisions pêcher les oies pour nous : lorsque l'une d'elles avait fait une prise, nous l'effrayions et lui faisions lâcher sa proie avant qu'elle ne l'eût avalée.

Le caractère singulier du lieu, et les nouveautés dont il abondait m'amusaient et me tenaient en haleine. L'évasion étant impossible, j'avais mon entière liberté, et j'explorais continuellement la superficie de l'île partout où le pied de l'homme pouvait s'y poser. L'ancien jardin de la prison était également curieux, avec ses fleurs et ses plantes redevenues sauvages, et quelques cerises mûres sur un buisson. Un peu plus bas se trouvait une chapelle ou ermitage ; qui l'a construit ou habité, on l'ignore, et l'idée de son antiquité faisait souvent l'objet de mes méditations. La prison aussi, où je bivouaquais alors avec des Highlanders voleurs de bestiaux, était un lieu plein d'histoire, tant profane que sacrée. J'estimais singulier que tant de saints et de martyrs y eussent passé si récemment, sans même y laisser un feuillet de leurs bibles, ou un nom gravé sur les murs, tandis que les soldats qui montaient la garde sur les remparts avaient empli le voisinage de leurs souvenirs – entre autres des pipes cassées, en quantité énorme, et des boutons de métal provenant de leurs habits. Il y avait des fois où je me figurais entendre les pieux accents des psaumes s'élever des cachots des martyrs et voir les soldats arpenter les remparts avec leurs pipes allumées, tandis que l'aube se levait derrière eux sur la mer du Nord.

Les récits d'Andie contribuaient sans doute beaucoup à me mettre ces idées en tête. Il était au courant de l'histoire du rocher, et il la savait dans le dernier détail, jusqu'au nom des soldats, son père en ayant fait partie. Il possédait d'ailleurs le don naturel de conter, au point que les personnages semblaient parler et les événements s'accomplir devant vous. Ce don qu'il avait et mon assiduité à l'écouter nous rapprochèrent peu à peu. J'avoue franchement qu'il me plaisait ; je vis bientôt que je lui étais également sympathique, et de fait, je m'étais efforcé dès le début de capter sa bienveillance. Un incident bizarre, et que je vais conter, réalisa la chose au-delà de mon attente ; mais même dans les premiers jours nos relations étaient cordiales pour celles d'un prisonnier avec son geôlier.

Je nierais l'évidence si je prétendais que mon séjour sur la Bass fut uniquement désagréable. Je m'y trouvais en sûreté, et pour ainsi dire à l'abri de toutes mes tribulations. Aucun mal ne m'était réservé ; une impossibilité matérielle, le roc et la mer profonde, m'interdisaient toute nouvelle tentative ; je savais que ma vie et mon honneur étaient saufs, et il y avait des fois où je m'en réjouissais comme d'un bien volé. D'autre fois mes pensées étaient toutes différentes. Je me rappelais avec quelle force je m'étais exprimé devant Rankeillor et devant Stewart ; je songeais que ma captivité sur le Bass, en vue d'une bonne partie des côtes du Fife et du Lothian, était une chose que l'on attribuerait plutôt à mon invention qu'à la réalité ; et aux yeux de ces deux gentlemen du moins, je devrais passer pour un vantard et un lâche. Parfois je prenais ce point de vue un peu à la légère ; je me disais qu'aussi longtemps que je serais en bons termes avec Catriona Drummond, l'opinion du reste des hommes était sans importance ; et je déviais alors dans ces méditations d'un amant qui sont exquises pour lui-même et qui ne peuvent manquer de paraître si étonnamment niaises à un lecteur. Mais parfois il me venait une autre crainte : ma vanité me frappait d'une véritable panique, et ces probables jugements sévères me semblaient d'une injustice intolérable. Là-dessus se déroulait un autre enchaînement d'idées, et je n'avais pas plus tôt commencé à m'inquiéter des jugements des hommes sur moi que mon souvenir était hanté par James Stewart dans sa prison et par les lamentations de sa femme. Alors, la colère s'emparait de moi : je ne me pardonnais plus de rester inactif : il me semblait que si j'étais le moins du monde un homme, je n'avais plus qu'à fuir au vol ou à la nage, hors de mon lieu de sûreté ; et c'était en de pareilles dispositions et pour apaiser mes scrupules que je m'appliquais tout particulièrement à gagner le bon vouloir de Andie Dale.

Finalement, par un beau matin où nous étions tous les deux seuls sur le sommet du rocher, je fis allusion à une récompense. Il me regarda, rejeta la tête en arrière, et se mit à rire.

— Oui, cela vous amuse, maître Dale, dis-je, mais si vous jetiez un coup d'œil sur ce papier, vous changeriez peut-être de gamme.

Les stupides Highlanders ne m'avaient pris au moment de ma capture que mon argent liquide, et le papier que je montrai alors à Andie était un récépissé de la Société des Lins Britanniques, libellé pour une somme importante.

Il le lut.

— Hé mais, vous n'êtes pas si mal en point, fit-il.

— Je pensais bien que cela modifierait votre opinion, répliquai-je.

— Baste ! cela me fait voir que vous êtes en situation de me corrompre ; mais je ne suis pas de ceux qu'on corrompt.

— Nous allons examiner cela encore un peu. Et premièrement je vais vous démontrer que je sais de quoi je parle. Vous avez l'ordre de me garder jusqu'après le jeudi 21 septembre.

— Vous ne vous trompez pas de beaucoup. Je dois vous laisser partir, sauf ordres contraires, le samedi 23.

Je sentis bien qu'il y avait quelque chose d'extrêmement insidieux dans cet arrangement. Le fait de me voir réapparaître juste à temps pour arriver trop tard discréditerait d'autant mieux mon explication, si j'étais tenté d'en fournir une ; et cela excita mon ardeur à la lutte. Je repris :

– Tenez, Andie, vous qui connaissez le monde, écoutez-moi, et pensez à ce que je vais vous dire. Je sais qu'il y a de grands personnages mêlés à cette affaire, et je n'ai aucun doute que vous ne vous appuyez sur leurs noms. J'ai vu moi-même plusieurs d'entre eux depuis le début de mon aventure, et leur ai parlé en face. Mais quel genre de crime ai-je donc commis ? ou à quel genre de procès dois-je succomber ? Être appréhendé le 30 août par quelques Highlanders loqueteux, transporté à un tas de vieilles pierres qui furent peut-être mais ne sont plus ni fort ni prison, mais seulement le logis du garde-chasse du Bass Rock, et être remis en liberté le 23 septembre, aussi secrètement que je fus tout d'abord arrêté – cela vous fait-il l'effet d'être quelque chose de légal ? cela vous fait-il l'effet d'être juste ? ou cela ne ressemble-t-il pas davantage à une basse et sale intrigue, dont ceux qui la dirigent sont eux-mêmes honteux ?

– Je ne vous dis pas le contraire, Shaws, répondit Andie. Cela paraît joliment souterrain. Et si les gens n'étaient bons vrais whigs et presbytériens pur sang, je les aurais envoyés promener plus loin que le Jourdain et Jérusalem, plutôt que de m'en mêler.

– Le maître de Lovat est donc un fameux whig, dis-je, et un beau presbytérien.

– Je ne sais rien de lui. Je n'ai pas été en relation avec les Lovat.

– Non, c'est avec Prestongrange que vous aurez traité.

– Ah, ça, je ne vous le dirai pas, fit Andie.

– Peu importe, si je le sais.

– Il y a une chose dont vous pouvez être bien assuré, Shaws, c'est que vous aurez beau faire, je ne traite pas avec vous, et je ne traiterai jamais.

– Eh bien, Andie, je vois qu'il me faut vous parler sans détours.

Et je lui exposai les faits dans leurs grandes lignes.

Il m'écouta jusqu'au bout avec une religieuse attention, et quand je me tus, un court débat se livra en lui.

– Shaws, dit-il enfin, je vais m'expliquer à cœur ouvert. Telle que vous la racontez, l'histoire est étrange, et peu croyable ; mais cela m'est tout à fait égal qu'elle soit différente de ce que vous l'imaginez. Quant à vous, vous m'avez l'air d'un assez bon jeune homme. Mais moi, qui suis plus âgé et plus judicieux, je vois peut-être un peu plus loin et plus clair que vous dans l'affaire. Il n'y aura aucun mal pour vous à ce que je vous garde ici ; loin de là, je crois que vous vous en trouverez beaucoup mieux. Il n'y aura pas de mal, pour le pays – rien qu'un Highlander de pendu – et Dieu sait si c'est un débarras ! D'autre part, il y aurait un mal considérable à ce que je vous laisse aller. Donc, parlant comme un bon whig et comme votre loyal ami, et aussi comme prudent ami de moi-même, le simple fait est que vous n'avez plus, je pense, qu'à rester avec Andie et les oies.

– Andie, m'écriai-je, en posant ma main sur son genou, ce Highlander est innocent !

– Oui, c'est regrettable, fit-il. Mais voyez-vous, dans ce monde, tel que Dieu l'a fait, on n'a pas toujours ce qu'on désire.

XV

L'histoire de Tod Lapraik, contée par Andie le Noir

Je n'ai pas encore dit grand-chose des Highlanders. Tous trois faisaient partie des clients de James More, ce qui resserrait l'accusation autour du cou de leur maître. Ils comprenaient tous quelques mots d'anglais, mais Neil était le seul qui jugeât en savoir assez pour le causer couramment ce en quoi ses interlocuteurs ne partageaient pas toujours son avis. Ces êtres frustres et naïfs montraient beaucoup plus de délicatesse qu'on n'en pouvait attendre à voir leurs haillons et leur aspect farouche, et ils devinrent spontanément comme trois domestiques pour Andie et pour moi.

Grâce à leur réclusion dans ce lieu solitaire, parmi les ruines d'une antique prison, et au milieu des continuels bruits lugubres de la mer et des oiseaux, je ne tardai pas à découvrir en eux des symptômes de terreurs superstitieuses. Quand ils n'avaient rien à faire, ou bien ils se livraient au sommeil, pour lequel ils avaient un appétit immodéré, ou bien Neil entretenait ses compagnons d'histoires qui ne manquaient pas d'être d'un genre terrifiant. Si aucun de ces plaisirs n'était à leur portée – si par exemple ils dormaient sans que le troisième parvînt à les imiter – ce dernier restait à surveiller les alentours avec une inquiétude croissante, et à le voir, tressaillant, blême, les mains crispées, on sentait tous ses nerfs bandés comme un arc. Je ne pus jamais savoir la nature exacte de leurs craintes, mais leur attitude était saisissante, et le lieu où nous étions, d'un caractère bien propice aux alarmes. Je ne trouve pas de mots pour le qualifier en anglais, mais Andie se servait d'une expression écossaise dont il ne se départait point :

– Oui, disait-il, c'est un endroit pas ordinaire, le Bass.

C'est toujours ainsi que j'y repense. C'était un endroit pas ordinaire de nuit, pas ordinaire de jour ; et c'étaient des bruits pas ordinaires que les appels des oies, et le ressac des lames, et les échos des rochers, qui nous obsédaient les oreilles. L'impression existait surtout par temps modéré. Lorsque les vagues devenaient plus fortes elles rugissaient autour de l'île comme un tonnerre ou comme les tambours des armées, terribles mais joyeuses ; et c'était par les jours calmes qu'on prenait peur à force d'écouter – et cela n'arrivait pas seulement aux Highlanders, comme je l'éprouvai moi-même à plusieurs reprises, tant les voûtes du rocher contenaient et répercutaient de bruits légers et sépulcraux.

Ceci me rappelle une histoire que j'ai entendue, et une scène à laquelle j'ai pris part, qui modifièrent du tout au tout notre façon de vivre, et qui contribuèrent puissamment à mon départ. Il arriva qu'une nuit où je songeais auprès du feu, le petit air d'Alan me revint à la mémoire et je me mis à le siffler. Une main se posa sur mon bras, et la voix de Neil m'ordonna de cesser, car c'était « une musique pas naturelle ».

— Pas naturelle ? demandai-je. Comment cela ?

— Non, dit-il, elle a été faite par un fantôme, et qui n'avait pas de tête sur le corps.

— Bah, répondis-je, il ne peut y avoir de fantôme ici, Neil ; car il n'est pas probable qu'ils se donneraient la peine de venir faire peur aux oies sauvages.

— Ouais ? dit Andie, c'est ce que vous en pensez ? Mais je puis vous dire qu'il y a eu ici pis que des fantômes.

— Qu'y a-t-il de pis que des fantômes, Andie ? fis-je.

— Des sorciers, répondit-il, ou un sorcier à tout le moins. Et c'est même une étrange histoire. Et si vous le désirez, je vais vous la raconter.

Bien entendu, nous acceptâmes avec ensemble, et le Highlander même qui savait le moins d'anglais fit comme les autres et apprêta toute son attention.

Histoire de Tod Lapraik

Mon père, Tam Dale, paix à ses os, fut dans son jeune temps un garçon bizarre et inquiet, avec peu de sagesse et moins encore de crainte de Dieu. Il raffolait des filles et raffolait de la bouteille et raffolait des aventures ; mais je n'ai jamais ouï dire qu'il s'employa beaucoup à rien d'honnête. De fil en aiguille, il s'enrôla finalement comme soldat et fut mis en garnison dans ce fort, ce qui fit la première fois qu'un Dale posa le pied sur le Bass. Service de misère ! Le gouverneur brassait son *ale* lui-même ; que peut-on imaginer de pire ? La Roche était ravitaillée de la terre ferme, la chose était mal organisée, et il y avait des fois où ils en étaient réduits à pêcher ou à tirer des oies afin d'avoir à manger. Pour comble, c'était l'époque de la Persécution. Les cellules où l'on crevait de froid étaient toutes remplies de saints et de martyrs, le sel de la Terre, ce qui était une indignité. Et bien que Tam Dale fût là portant son fusil comme simple soldat, et qu'il aimât les filles et la bouteille, comme je l'ai dit, il n'avait pas l'esprit tranquille au sujet de son emploi. Il avait entrevu la gloire de l'Église ; il y avait des fois où la colère lui montait de voir maltraiter les saints du Seigneur, et la honte le couvrait de ce qu'il dût tenir la chandelle (ou porter le fusil) à une si noire affaire. Certaines nuits, lorsqu'il était de faction, dans le silence du gel couvrant tout, l'un des prisonniers entonnait un psaume, et les autres se joignaient à lui, et le chant sacré montait des différentes cellules – ou cachots, je veux dire – si bien que ce vieux rocher isolé en mer semblait un morceau de ciel. La noire honte était sur son âme, ses péchés se dressaient devant lui sur le Bass, et par-dessus tout, ce péché capital, qu'il dût mettre la main à persécuter l'Église du Christ. Mais la vérité est qu'il regimbait à l'Esprit. Le jour venu, il y avait ses compagnons pour l'étourdir, et ses bonnes résolutions le quittaient.

En ce temps-là, demeurait sur le Bass un homme de Dieu, nommé Peden le Prophète. Personne ne l'a jamais valu depuis, et beaucoup se demandent s'il avait eu son pareil avant lui. Il était hirsute comme une vieille sorcière, effrayant à entendre, avec une mine comme le jour du Jugement. Il avait une voix pareille à celle des oies, qui vous résonnait dans la poitrine, et des paroles comme des charbons ardents.

Or, il y avait une fille sur la Roche, et je crois qu'elle avait peu à y faire, car ce n'était pas un endroit pour une femme convenable ; mais il paraît qu'elle était gentille et elle s'accordait fort bien avec Tam Dale. Il arriva que Peden était à se promener dans son jardin en priant, lorsque Tam et la fille passèrent par là, et la fille ne se mit-elle pas à rire aux éclats des dévotions du saint ! Il se redressa et les regarda tous deux, et les genoux de Tam s'entrechoquèrent à son aspect. Mais quand il parla, ce fut avec plus de tristesse que de colère. – Pauvre ! pauvre créature ! dit-il, et c'était la fille qu'il regardait, je vous ai entendu crier et rire, dit-il, mais le Seigneur vous prépare un coup mortel, et ce châtiment soudain ne tirera de vous qu'un seul cri ! – Peu de temps après elle alla se promener sur la falaise avec deux-trois soldats, et c'était un jour de bourrasque. Survint un coup de vent qui la souleva par ses jupes, et partez avec armes et bagages ! Et il fut remarqué par les soldats qu'elle n'avait poussé qu'un seul cri.

Sans doute ce châtiment eut quelque poids sur Tam Dale ; mais ce fut bref, et il n'en devint pas meilleur. Un jour qu'il flânait avec un autre soldat : – Diable m'emporte ! fit Tam, qui était un blasphémateur endurci. Et Peden était là, le regardant d'un air sombre et terrible ; Peden avec ses yeux flamboyants, et qui tendait vers lui sa main aux ongles noirs – car il méprisait la chair. Fi ! fi donc, pauvre homme, s'écria-t-il, ô le pauvre insensé ! *Diable m'emporte,* dit-il, et moi je vois le diable à son côté. – La conscience de son crime et la grâce envahirent Tam comme la mer profonde ; il jeta par terre la pique qu'il avait à la main. – Jamais plus je ne porterai les armes contre la cause du Christ, fit-il. Et il tint parole. Il eut à subir de dures punitions au début, mais le gouverneur, le voyant résolu, lui donna son congé, et il alla demeurer à North Berwick, et il eut depuis ce jour un bon renom parmi les honnêtes gens.

Ce fut dans l'année 1706 que le Bass tomba en la possession des Dalrymples, qui chargèrent deux hommes de le garder. Tous deux étaient bien qualifiés, car ils avaient tous deux été soldats de la garnison, et savaient la manière avec les oies, et leurs saisons et leur valeur. Outre cela ils étaient tous deux – ou tous deux semblaient être – des hommes sérieux et de bonne compagnie. Le premier était justement Tam Dale, mon père. Le deuxième était un certain Lapraik, que les gens appelaient surtout Tod Lapraik, peut-être à cause de son caractère. Eh bien, Tam alla voir Lapraik pour ses affaires, et m'emmena par la main, car j'étais un tout petit garçon. Tod avait sa demeure dans l'ancien cloître, au-dessous du cimetière de l'église. C'est un cloître sombre et lugubre, outre que l'église a toujours eu mauvais renom depuis le temps de James VI ; et quant à la demeure de Tod, elle était située dans le coin le plus sombre, et ne plaisait guère aux gens bien renseignés. La porte était au loquet ce jour-là, et mon père et moi entrâmes sans frapper. Tod était tisserand de profession, et nous le trouvâmes assis devant son métier ; mais ce gros homme au teint blanc comme saindoux avait une espèce de sourire béat qui me donna le frisson. Sa main tenait la navette, mais il avait les yeux fermés. Nous l'appelâmes par son nom, nous le secouâmes par l'épaule. Rien n'y fit ! Il restait là sur son banc, et tenait la navette, et souriait blanc comme saindoux.

– Dieu nous bénisse ! dit Tam Dale, ceci n'est pas naturel.

Il avait à peine prononcé le mot, que Tod Lapraik revint à lui.

– C'est vous Tam ? dit-il. Hé l'ami, je suis heureux de vous voir. Il m'arrive parfois de tomber en pâmoison de la sorte, dit-il ; cela provient de l'estomac.

Eh bien, ils se mirent à bavarder concernant le Bass et lequel des deux en aurait la garde, et peu à peu ils en vinrent aux gros mots, et se séparèrent fâchés. Je me rappelle bien qu'en retournant à la maison avec mon père, il répéta plusieurs fois dans les mêmes termes qu'il n'aimait pas du tout Tod et ses pâmoisons.

– Des pâmoisons, dit-il. Il me semble que des gens ont été brûlés pour des pâmoisons comme celle-là.

Eh bien, mon père eut le Bass, et Tod put se brosser le ventre. On s'est souvenu de quelle façon il avait pris la chose. – Tam, dit-il, vous avez eu le dessus avec moi cette fois-ci encore, et j'espère, dit-il, que vous trouverez au moins tout ce que vous attendez sur le Bass. Expression que depuis on a trouvée singulière. A la fin l'époque arriva pour Tam de dénicher les jeunes oisons. C'était une affaire dont il avait bien l'habitude, car il avait fréquenté les falaises depuis sa jeunesse, et il ne se fiait à personne d'autre qu'à lui-même. Il était donc là suspendu par une corde le long de la falaise, là où elle est le plus élevée et le plus abrupte. Au moins vingt gars étaient en haut, tenant la corde et attentifs à ses signaux. Mais à l'endroit où Tam était suspendu il n'y avait rien que la falaise et la mer en bas, et les oies criaient et volaient. C'était une belle matinée de printemps, et Tam sifflait en dénichant les jeunes oisons. Bien souvent je lui ai entendu raconter son aventure, et chaque fois la sueur lui découlait du front.

Il arriva, voyez-vous, que Tam regarda en l'air, et il aperçut un gros oiseau, et l'oiseau becquetait la corde. Il trouva cela pas ordinaire et en dehors des habitudes de l'animal. Il songea que les cordes sont singulièrement fragiles, et le bec des oies et les roches du Bass singulièrement acérés, et que deux cents pieds étaient un peu plus qu'il ne se souciait de tomber.

– Brrou ! cria Tam. Va-t'en, oiseau ! Brrou ! va-t'en donc ! dit-il.

L'oie regarda de son haut Tam dans la figure, et il y avait quelque chose de pas ordinaire dans les yeux de la bête. Elle ne lui jeta qu'un coup d'œil, et se retourna vers la corde. Mais à présent elle besognait et luttait comme une forcenée. Jamais oie n'a fait la besogne que celle-là besognait ; et elle semblait connaître fort bien son métier, usant la corde entre son bec et une saillie de roche tranchante.

Le cœur de Tam se glaça de terreur. – Cet être n'est pas un oiseau, pensa-t-il. Les yeux lui tournèrent dans le crâne, et le jour s'obscurcit autour de lui. – S'il me prend une faiblesse, pensa-t-il, c'en est fait de Tam Dale. Et il fit au gars le signal de le remonter.

Et il semblait que l'oie comprenait les signaux. Car le signal ne fut pas plus tôt fait qu'elle lâcha la corde, déploya ses ailes, poussa un grand cri, fit un tour de vol, et se précipita droit sur les yeux de Tam Dale. Tam avait un couteau, il fit briller le froid acier. Et il sembla que l'oie connaissait les couteaux, car l'acier n'eut pas plus tôt brillé au soleil qu'elle poussa un cri, mais plus aigu, comme le désappointement, et s'envola derrière la saillie de la falaise, et Tam ne la vit plus. Et aussitôt que cette bête fut partie, la tête de Tam lui retomba sur l'épaule, et on le hissa comme un cadavre, ballottant contre la falaise.

Un coup d'eau-de-vie (il n'allait jamais sans) lui rendit ses esprits, ou ce qu'il en restait. Il se mit sur son séant.

– Courez, Georgie, courez au bateau, et amarrez-le bien, mon ami – courez ! s'écria-t-il, ou cette oie va l'emporter, dit-il.

Les garçons le regardèrent ahuris et voulurent lui persuader de se tenir tranquille. Mais rien ne put le calmer, tant que l'un d'eux ne fût parti en avant pour monter la garde sur le bateau. Les autres lui demandèrent s'il allait redescendre.

– Non, répondit-il, et ni vous ni moi, dit-il, et aussitôt que j'arriverai à me remettre sur mes deux jambes nous quitterons cette falaise de Satan.

En vérité, ils ne perdirent pas de temps, et cela n'était pas trop nécessaire, car ils n'étaient pas arrivés à North Berwick que Tam était tombé dans le délire de la fièvre. Il y demeura tout l'été ; et qui est-ce qui eut l'obligeance de venir le visiter ? Notre Tod Lapraik ! On s'est avisé par la suite qu'à chaque fois que Tod était venu chez lui la fièvre avait redoublé. Je n'en sais rien ; mais ce que je sais bien c'est comment cela finit.

C'était à peu près la même saison de l'année qu'aujourd'hui : mon grand-père était allé pêcher ; et comme un gosse je l'accompagnais. Notre prise fut superbe, je m'en souviens, et la manière dont se présentait le poisson nous conduisit tout près du Bass où nous rencontrâmes un autre bateau qui appartenait à un nommé Sandie Fletcher, de Castleton. Il est mort depuis, sans quoi vous auriez pu aller le voir. Or donc Sandie nous héla.

– Qu'est-ce qu'il y a là-bas sur le Bass ? dit-il.

– Sur le Bass ? dit grand-père.

– Oui, dit Sandie. Sur le côté vert du Bass.

– Qu'est-ce qu'il peut bien y avoir ? dit grand-père. Il ne vient sur le Bass que des moutons.

– Ç'a tout l'air d'être un homme, fit Sandie, qui était plus proche que nous.

– Un homme ! disons-nous, et cela ne plaisait guère à personne. Car il n'y avait pas de bateau qui eût pu amener quelqu'un, et la clef de la prison était suspendue au-dessus du chevet de mon père à la maison.

Les deux bateaux restèrent ensemble pour se tenir compagnie, et nous avançâmes plus près. Grand-père avait une longue-vue, car il avait été marin, et capitaine d'un lougre, et il l'avait perdu sur les sables de la Tay. Et quand nous eûmes regardé à la longue-vue, plus de doute, c'était un homme. Il était sur un bout de la lande verte, un peu plus bas que la chapelle du côté sous le vent, et il sautait et dansait comme un fou à une noce.

– C'est Tod, dit grand-père. Et il passa la lunette à Sandie.

– Oui, c'est lui, dit Sandie.

– Ou quelqu'un à sa ressemblance, dit grand-père.

– C'est tout pareil, fit Sandie. Diable ou sorcier, je vais essayer mon fusil sur lui, fit-il.

Et il alla chercher une canardière qu'il avait apportée, car Sandie était connu dans tout le pays pour un tireur fameux.

– Attendez un peu, Sandie, fit grand-père ; il nous faut d'abord y voir plus clair, dit-il, ou bien cela pourrait nous coûter cher à tous les deux.

– Allons donc ! dit Sandie, c'est sans nul doute un jugement de Dieu, et damné soit l'individu !

– Peut-être que oui, peut-être que non, dit mon grand-père, le digne homme ! Mais songez-vous au procureur fiscal, avec qui, je crois, vous avez déjà eu maille à partir ? dit-il.

C'était trop vrai, et Sandie fut un peu décontenancé.

– Eh bien, Eddie, fit-il, et quel serait votre moyen ?

– Le voici, dit grand-père. Moi qui ai le bateau le plus rapide, je vais retourner à North Berwick, et vous resterez ici et tiendrez l'œil sur ça. Si je ne trouve pas Lapraik, je vous rejoindrai et à nous deux nous irons lui causer. Mais si Lapraik est chez lui, je hisserai le pavillon du port, et vous pourrez y aller sur ça à coups de fusil.

Eh bien, ce fut arrangé ainsi entre eux deux. Je n'étais qu'un gosse et restai dans le bateau de Sandie, où j'espérais mieux voir la suite. Mon grand-père donna à Sandie un teston d'argent pour glisser dans son fusil avec les balles de plomb, car c'est plus sûr contre les fantômes.

Et puis l'un des bateaux cingla vers North Berwick, et l'autre resta sur place à surveiller l'être de mauvais augure sur le flanc du ravin.

Tout le temps que nous fûmes là il sauta et gambada et tourna comme un toton, et nous pensions par moments entendre ronfler son tournoiement. J'ai vu des filles, les folles princesses, sauter et danser un soir d'hiver, et être encore à sauter et danser quand le jour d'hiver était revenu. Mais il y avait autour d'elles des gens pour leur tenir compagnie, et des garçons pour les exciter ; mais cet être-ci était tout seul. Et il y avait avec elles un violoneux se démanchant le coude au coin de la cheminée ; mais cet être-ci n'avait d'autre musique que le concert des oies sauvages. Et les filles étaient des jeunesses avec le sang rouge et frémissant et courant dans leurs membres ; mais celui-ci était un gros, gras homme suifeux, et avancé en âge. Dites ce que vous voudrez, je dois dire ce que je crois. Il y avait de la joie dans le cœur de la créature ; la joie de l'enfer, soit, mais de la joie quand même. Bien souvent je me suis demandé pourquoi les sorciers et sorcières vendent leurs âmes (qui sont leur plus précieux bien) alors qu'elles sont des vieilles femmes ridées et ratatinées ou des vieux décatis ; et alors je me rappelle Tod Lapraik dansant toutes ces heures tout seul dans le noir triomphe de son cœur. Sans doute ils brûlent pour cela au fin fond de l'enfer, mais ils ont eu d'abord du bon temps ici-bas ! – et le Seigneur nous pardonne.

Eh bien, en définitive, nous vîmes le pavillon de marée monter à la tête du mât sur les rochers du port. Sandie n'attendait que cela. Il épaula son fusil, visa longuement, et pressa la détente. Le coup partit, et puis un grand hurlement s'éleva du Bass. Et nous étions là nous frottant les yeux, et nous regardant les uns les autres comme des hébétés. Car avec le coup et le hurlement l'être avait disparu soudain. Le soleil brillait, le vent soufflait, et il n'y avait plus rien que l'herbe nue là où le Phénomène avait sauté et dansé rien qu'une seconde plus tôt.

Tout le trajet de retour je poussai des cris de terreur au souvenir de cette disparition. Les hommes faits ne valaient pas beaucoup mieux ; on n'entendit guère dans le bateau de Sandie qu'invoquer le nom de Dieu ; et quand nous fûmes au môle, les rochers du port étaient noirs de gens qui nous attendaient. Il paraît qu'on avait trouvé Lapraik dans une de ces « pâmoisons », tenant la navette et souriant. Un garçon fut envoyé hisser le pavillon, et les autres restèrent dans la maison du tisserand. Vous pouvez être sûrs que cela ne leur plaisait guère ; mais il en résulta la conversion de plusieurs qui étaient là priant tout bas (car personne n'eût osé prier haut) et contemplant cette effroyable créature qui tenait la navette. Puis, tout d'un coup, et avec un cri terrible, Tod sauta de son banc et tomba en avant sur le métier – cadavre sanglant.

Quand le cadavre fut examiné, les chevrotines n'avaient pas touché le corps du sorcier ; impossible de retrouver un seul grain de plomb ;

mais il avait reçu le teston d'argent de mon grand-père en plein milieu du cœur.

Andie venait à peine d'achever son récit lorsque survint un incident des plus futiles, mais qui était gros de conséquences. Neil, comme je l'ai dit, était lui-même un conteur renommé. J'ai ouï dire depuis qu'il connaissait toutes les histoires des Highlands ; et ce savoir lui valait une grande estime de la part de ses compagnons, comme de la sienne propre. Le conte d'Andie lui en rappela un autre qu'il avait déjà entendu.

– Moi avais connu l'histoire déjà, dit-il. Ce était l'histoire de Uistean More MacGillie Phadrig et de Cavar Vore.

– Ce n'est pas vrai ! s'écria Andie. C'est l'histoire de mon père (Dieu ait son âme !) et de Tod Lapraik. Et je le répéterais à votre barbe, ajouta-t-il ; et rentrez votre langue dans votre mufle du Highland !

Avec les Highlanders, on le sait et l'histoire l'a montré, la noblesse du Lowland vit en bonne intelligence ; mais il en va tout autrement pour le peuple. Je m'étais aperçu qu'Andie était sans cesse sur le point de se quereller avec nos trois MacGregor, et je compris cette fois que l'heure critique était venue.

– Ce n'est pas des mots à employer avec des chentlemen, dit Neil.

– Des gentlemen ! s'écria Andie, des gentlemen, vous ? Mais vous n'êtes que des patauds du Highland ! Si Dieu permettait que vous vous voyiez tels que les autres vous voient, vous vous jetteriez un sou !

Neil lança un juron en gaélique, et à la minute le « couteau noir » surgit dans sa main.

Il n'y avait pas de temps à perdre : j'attrapai par la jambe le Highlander, et avant d'avoir pu me reconnaître je l'avais fait tomber et lui tenais sa main armée. Ses camarades s'élancèrent à la rescousse. Contre les trois Gregara nous n'étions, Andie et moi, que deux hommes sans armes, et notre situation semblait désespérée, lorsque Neil s'écria dans sa langue, ordonnant aux autres de se retirer ; puis il me fit sa soumission dans les termes les plus serviles et me livra même son couteau, que je lui restituai dès le matin sur ses promesses réitérées.

A la suite de cet incident, deux choses m'apparurent bien claires : d'abord que je ne devais pas faire grand fond sur Andie, car il s'était collé contre le mur sans plus bouger, pâle comme le mort, jusqu'au dénouement de l'affaire ; ensuite que je me trouvais dans une situation privilégiée vis-à-vis des Highlanders, lesquels devaient avoir reçu les ordres les plus stricts de me ramener sain et sauf. Mais si peu courageux que se fût montré Andie, je n'eus pas de reproches à lui faire sur le chapitre de la reconnaissance. Je ne veux pas dire qu'il m'accabla de remerciements mais ses dispositions et allures se modifièrent ; et comme il garda une rancune prolongée à nos compagnons, les rapports entre lui et moi n'en devinrent que plus étroits.

XVI

Le témoin manquant

Le 17, jour où j'avais rendez-vous avec l'avocat, ma révolte contre mon destin fut à son comble. Je savais qu'il m'attendait aux *King's Arms,* je prévoyais ce qu'il me dirait lors de notre prochaine rencontre, et ces idées me causaient un tourment horrible. La vérité n'était pas vraisemblable, je devais le reconnaître, et je trouvais cruellement dur de passer pour un menteur et un lâche, alors que je n'avais en conscience rien omis de ce qu'il m'était possible de faire. Je me répétais cette formule avec une sorte d'amère satisfaction, et je recensais de ce point de vue les diverses phases de ma conduite. Je m'étais comporté envers James Stewart comme l'eût fait un frère ; le passé ne m'offrait rien dont je n'eusse le droit de m'enorgueillir, et il n'y avait que le présent à considérer. Je ne pouvais traverser la mer à la nage, pas plus que m'envoler par les airs, mais il me restait Andie. Je lui avais rendu service, je lui étais sympathique : je disposais là d'un levier puissant. Par acquit de conscience, je me devais de faire sur Andie une dernière tentative.

L'après-midi finissait : on n'entendait sur tout le Bass d'autre bruit que le clapotis et les bouillonnements d'une mer très calme ; et mes quatre compagnons étaient tous disséminés, les trois MacGregor vers le haut du rocher, Andie avec sa bible en un coin ensoleillé des ruines. C'est là que je le trouvai dormant profondément, et dès son réveil je l'entrepris avec une certaine chaleur et un grand appareil d'argumentation.

— Si je croyais que cela pût vous être utile, Shaws ! répliqua-t-il, en me considérant par-dessus ses besicles.

— C'est pour sauver autrui, repris-je, et pour tenir ma parole. Que peut-il y avoir de meilleur ? Ne connaissez-vous donc pas l'Écriture, Andie ? Vous qui avez la bible sur vos genoux ! *De quoi sert à un homme de gagner l'univers ?*

— Oui, dit-il, cela parle hautement en votre faveur. Mais qu'adviendra-t-il de moi ? J'ai ma parole à tenir tout aussi bien que vous. Et que me demandez-vous, sinon de vous la vendre pour de l'argent ?

— Andie, ai-je prononcé le mot argent ? m'écriai-je.

— Ouat ! le mot ne fait rien ; la chose y est quand même. Elle revient à ceci : au cas où je vous sers de la façon que vous désirez, je perds mes moyens d'existence. Il est donc clair que vous avez à me donner l'équivalent, et même un peu plus, pour votre dignité personnelle. Et n'est-ce pas là de la corruption ? Et encore si j'étais sûr de toucher !

Mais à ce que je vois nous en sommes loin ; et si vous veniez à être pendu, où en serais-je, moi ? Non, la chose n'est pas possible. Et allez-vous-en comme un brave garçon, et laissez Andie lire son chapitre.

J'étais au fond très satisfait du résultat obtenu : et le sentiment que j'éprouvai ensuite fut, je dirais presque, de la reconnaissance envers Prestongrange, qui m'épargnait, à l'aide de ce moyen violent et illégal, les dangers, tentations et perplexités. Mais cette manière de voir, aussi piètre que couarde, ne pouvait se prolonger beaucoup, et le souvenir de James reprit possession de mon âme. Le 21, jour fixé pour le procès, m'apporta la pire détresse morale que j'aie jamais éprouvée, sauf peut-être sur l'îlot d'Earraid. De longues heures je restai couché sur la lande inclinée, entre le sommeil et la veille, le corps inerte mais l'âme pleine d'agitation. Par instants je somnolais ; mais le palais de justice d'Inverary et le prisonnier cherchant de tous côtés son témoin manquant, me poursuivaient dans mon sommeil ; et je me réveillais en sursaut, l'âme ensinistrée, le corps douloureux. Je crus voir qu'Andie m'observait, mais je ne fis guère attention à lui. En vérité, je trouvais mon pain amer et ma vie accablante.

Le lendemain matin (vendredi 22) de bonne heure, une barque arriva chargée de provisions, et Andie me remit un pli. L'enveloppe ne portait pas d'adresse mais était cachetée du sceau gouvernemental. Elle renfermait deux billets. « M. Balfour peut maintenant se rendre compte qu'il est trop tard pour intervenir. On surveillera sa conduite et on récompensera sa discrétion. » Tel était le contenu du premier billet, qu'on avait dû écrire à grand-peine de la main gauche. Ces expressions ne renfermaient absolument rien qui pût compromettre leur auteur, même s'il venait à être découvert ; et le sceau redoutable qui tenait lieu de signature était apposé sur un feuillet distinct ne portant pas trace d'écriture. Je fus forcé de m'avouer qu'en cela mes adversaires savaient ce qu'ils faisaient, et je digérai de mon mieux la menace qui perçait sous la promesse.

Mais la deuxième missive était de loin la plus surprenante. Elle était libellée d'une main féminine, et disait : « On informe Maister Dauvit Balfour qu'une amie veille sur lui et que cette amie a des yeux gris. » Ce document, qui me tombait entre les mains à pareille heure et sous le sceau du gouvernement, me parut si extraordinaire que j'en demeurai stupide. Les yeux gris de Catriona s'illuminèrent dans ma mémoire. Je songeai, avec un sursaut de joie, que c'était elle, l'amie. Mais qui pouvait avoir écrit le billet, pour l'insérer de la sorte dans celui de Prestongrange ? Et, suprême merveille, pourquoi jugeait-on utile de me faire parvenir sur le Bass ce renseignement consolateur mais des plus futiles ? Quant à celle qui l'avait écrit, ce ne pouvait être que miss Grant. Ses sœurs, il m'en souvenait, avaient fait des remarques sur les yeux de Catriona, et l'avaient surnommée d'après leur couleur ; et elle-même avait l'habitude de prononcer mon nom avec un fort accent, pour se moquer, j'imagine, de ma rusticité. De plus, il fallait qu'elle habitât dans la maison même d'où provenait cette missive. Il ne me restait donc qu'un détail à élucider, et à savoir comment Prestongrange avait pu la mettre dans le secret de l'affaire, ou lui laisser inclure son folâtre billet sous le même pli que le sien propre. Mais ici encore je tenais un indice. Car, premièrement, la demoiselle avait un caractère assez dominateur, et il se pouvait bien que papa fût sous son influence plus que je ne le croyais. Et, deuxièmement, il convenait de se rappeler la politique constante du procureur : son attitude était toujours restée cordiale, et il n'avait jamais, même au plus fort de notre débat, posé le masque de l'amitié. Il devait bien supposer que mon emprisonnement m'avait irrité. Ce petit message plaisant et amical était peut-être destiné à apaiser ma rancune.

Je l'avouerai sans détours, j'éprouvai un élan soudain envers cette belle miss Grant, qui s'intéressait à mes affaires avec tant de condescendance. L'évocation de Catriona suffit à m'incliner vers de plus douces et plus lâches résolutions. Si le procureur était au courant de mes relations avec elle – si je devais lui accorder à lui un peu de cette « discrétion » que sa lettre mentionnait – jusqu'où cela ne pouvait-il pas m'entraîner ! *C'est en vain que l'on tend le filet sous les yeux des oiseaux,* dit l'Écriture. Eh bien, les oiseaux sont sans doute plus sages que les hommes ! Car je vis le piège, et j'y tombai néanmoins !

J'étais dans ces dispositions, le cœur en tumulte, et les yeux gris brillaient devant moi comme deux étoiles, lorsque Andie vint interrompre ma rêverie.

– Je vois que vous avez reçu de bonnes nouvelles, me dit-il, en me dévisageant avec curiosité.

A l'instant m'apparurent dans un éclair James Stewart et la cour d'Invérary, et une révolution soudaine se fit en moi. Je me rappelai que les procès durent parfois plus longtemps qu'on ne le prévoit. Dussé-je même arriver trop tard à Invérary, je pouvais encore faire une tentative dans l'intérêt de James. Dans l'intérêt de mon honneur, en tout cas, cette tentative produirait le plus grand bien. En un instant, et sans réflexion apparente, mon plan fut élaboré.

– Andie, demandai-je, c'est toujours pour demain ?

Il m'assura que rien n'était changé.

– Et pour l'endroit ? continuai-je.

– Quel endroit ? fit Andie.

– Celui où l'on doit me débarquer ?

Il avoua que rien n'avait été prévu à ce sujet.

– Parfait, alors, dis-je, ce sera donc à moi d'en décider. Le vent est à l'est, mon chemin se dirige vers l'ouest ; préparez votre barque, je vous la loue ; remontons le Forth toute la journée, et débarquez-moi demain à deux heures le plus loin dans l'ouest que vous pourrez arriver.

– Oh ! le gredin ! s'écria-t-il. Vous voulez encore essayer d'atteindre Invérary ?

– Tout juste, Andie.

– Eh bien, vous n'êtes pas commode à battre ! Et moi qui ai passé toute la journée d'hier à m'apitoyer sur vous ! Tenez, je n'ai jamais été tout à fait sûr jusqu'à présent de ce que vous vouliez faire en réalité. C'était bien là donner de l'éperon à un cheval boiteux !

– Deux mots entre nous, Andie, fis-je. Mon plan a encore un autre avantage. Nous partons en laissant les Highlanders sur le rocher, et l'une de vos barques de Castleton viendra les prendre demain. Ce Neil a un drôle d'œil quand il vous regarde ; qui sait si, une fois que je ne serai plus là, on ne tirera pas de nouveau les couteaux ; ces rouquins sont étrangement rancuniers. D'ailleurs, si l'on venait à vous poser des questions, vous avez votre excuse toute prête. Nos vies étaient en danger avec ces sauvages ; comme vous répondez de ma sûreté, vous avez pris le parti de me soustraire à leur voisinage et de me garder le reste du temps à bord de votre barque. Et voulez-vous savoir, Andie ? ajoutai-je, en souriant, je crois que c'est là ce que vous pouvez faire de mieux.

– Il est vrai que je n'en tiens pas pour Neil, répliqua Andie, ni lui pour moi, je pense ; et je n'aimerais pas d'en venir aux mains avec cet homme. Tam Anster vaudra mieux que lui pour garder les bêtes, du reste. (Car ce Tam Anster, qui avait amené la barque, était du Fife, où l'on parle peu le gaélique.) Pas de doute ! reprit Andie, Tam les soignera mieux. Et ma foi ! plus j'y pense, moins je trouve que l'on a besoin de nous ici. L'endroit – oui, parole ! ils ont oublié l'endroit. Mais dites, Shaws, vous avez une fameuse tête quand vous vous y mettez ! Et d'ailleurs je vous dois la vie, conclut-il, avec plus de sérieux, et me tendant la main pour toper.

Sur quoi, sans un mot de plus, nous montâmes vivement à bord de la barque, et mîmes à la voile. Les Gregara s'occupaient alors du déjeuner, car les apprêts culinaires étaient de leur ressort habituel ; mais l'un d'eux se trouvant sur le rempart, il s'aperçut de notre fuite quand nous n'étions pas encore à vingt brasses du bord ; et tous trois se mirent à courir parmi les ruines jusqu'au débarcadère, exactement comme des fourmis autour d'un nid défoncé, nous hélant à grands cris pour nous faire revenir. Nous étions encore sous le vent du rocher, et dans son ombre, laquelle s'étendait au loin sur les eaux, mais nous arrivâmes bientôt presque à la fois dans le vent et au soleil. La voile s'enfla, la barque s'inclina jusqu'au bordage, et nous fûmes en un instant hors de portée des voix. Quelles terreurs envahirent ces hommes sur ce rocher où ils se trouvaient alors abandonnés sans le soutien de nul être civilisé, sans même la protection d'une bible, on ne peut se l'imaginer. Il ne leur restait même pas d'eau-de-vie pour se consoler, car en dépit de la précipitation et du secret de notre départ, Andie avait trouvé moyen de l'emporter.

Notre premier soin fut de débarquer Anster dans une crique voisine des Roches Glenteithy, afin que la délivrance de nos Highlanders pût s'effectuer le lendemain. Puis nous remontâmes le Forth. La brise, qui soufflait si bien au début, déclina bientôt, mais sans jamais nous manquer tout à fait. Durant tout le jour nous ne cessâmes d'aller, quoique souvent à peine, et ce fut dans la nuit tombée que nous arrivâmes au Queensferry. Pour sauvegarder la lettre de la consigne reçue par Andie (consigne bien ébréchée déjà) il me fallut rester à bord, mais je ne crus pas mal faire de communiquer par écrit avec la terre. Sous l'enveloppe de Prestongrange, dont le sceau gouvernemental surprit sans doute beaucoup mon correspondant, j'écrivis, éclairé par le falot de la barque, les quelques mots indispensables, et Andie les porta à Rankeillor. Il revint au bout d'une heure, avec une bourse pleine d'argent et l'assurance qu'un bon cheval m'attendrait tout sellé le lendemain à deux heures au bassin de Clackmann. Après quoi, et la barque dansant sur son ancre de pierre, nous nous installâmes pour dormir à l'abri de la voile.

Le lendemain nous fûmes dans le bassin bien avant deux heures ; et il ne me resta plus qu'à attendre. Ma mission m'inspirait peu d'entrain. J'aurais saisi volontiers tout prétexte plausible pour m'en dispenser ; mais il n'en existait aucun, et mon trouble était non moins grand que si j'avais couru à un plaisir longtemps désiré. Peu après une heure le cheval était au bord de l'eau, et je vis son conducteur le promener çà et là en attendant que je prisse terre, ce qui augmenta démesurément mon impatience. Andie me libéra à la minute précise, se montrant ainsi homme de parole à la rigueur, mais ne faisant guère bonne mesure à ses patrons ; et quelque cinquante secondes après deux heures j'étais en selle et galopais vers Stirling. En un peu plus d'une heure j'eus dépassé cette ville, et je gravissais déjà la côte d'Alan Water, lorsque survint une petite tempête. La pluie m'aveuglait, le vent faillit me jeter à bas de ma selle, et quand les premières ombres de la nuit me surprirent dans un lieu désert un peu à l'est de Balwhidder, je n'étais plus très sûr de ma direction, et mon cheval commençait à être fourbu.

Dans la précipitation de mon départ, et afin de m'éviter la recherche et l'importunité d'un guide, j'avais (autant qu'il était possible à un cavalier) suivi le même chemin que dans mon voyage avec Alan. Je ne me dissimulais point que par là je courais un grand risque, dont la tempête faisait maintenant une réalité. Ce fut, je crois, aux environs d'Uam Var que je m'orientai pour la dernière fois : – il pouvait être six heures. Je m'estimai en somme très heureux d'atteindre à onze heures ma destination, qui était la maison de Duncan Dhu. Le cheval seul eût pu dire où je m'étais fourvoyé dans l'intervalle. Je sais que nous tombâmes à deux reprises, et une autre fois je passai par-dessus ma selle, et fus roulé quelques secondes par un torrent mugissant. La monture et son cavalier avaient de la boue jusqu'aux yeux.

Duncan me donna les nouvelles du procès. On le suivait dans toutes ces régions du Highland avec une attention religieuse ; les nouvelles s'en répandaient d'Inverary aussi vite qu'on pouvait aller ; et je me réjouis d'apprendre qu'il n'était pas encore terminé le samedi vers la fin de la soirée : l'on était porté à croire qu'il se prolongerait jusqu'au lundi. Sous le coup de fouet de cette révélation je refusai de m'asseoir pour manger ; et Duncan ayant bien voulu me servir de guide, je me remis en route à pied, le morceau en main et mangeant tout en marchant. Duncan avait emporté un flacon d'usquebaugh et une lanterne, laquelle nous éclairait juste assez pour nous permettre de trouver des maisons où la rallumer, car l'ustensile était outrageusement mal clos et s'éteignait à chaque rafale. La plus grande partie de la nuit nous cheminâmes à l'aveuglette sous la pluie battante, et le jour nous trouva perdus dans la montagne. Une hutte était proche sur le versant d'un ravin ; nous y reçûmes des vivres et des indications ; et un peu avant la fin du prêche, nous étions aux portes de l'église d'Inverary.

La pluie avait un peu lavé le haut de ma personne, mais je restais crotté jusqu'aux genoux ; je ruisselais d'eau ; j'étais si fatigué que je me traînais à peine, et ma mine était celle d'un déterré. J'avais certainement plus besoin de changer de costume et de me mettre au lit que de tous les bienfaits de la religion. Néanmoins, persuadé que le grand point pour moi était de me faire voir aussitôt en public, je poussai la porte, pénétrai dans l'église avec sur mes talons Duncan aussi sale que moi, et, trouvant une place vacante toute proche, je m'y installai.

— Troisièmement, mes frères, et entre parenthèses, la loi elle-même doit être considérée comme un intermédiaire de la grâce, disait le ministre, sur le ton de quelqu'un qui se complaît à développer un argument.

C'était en l'honneur des assises qu'il prêchait en anglais. Il y avait là les juges avec leur escorte armée, non loin de la porte des hallebardes luisaient dans un coin, et la foule des hommes de loi se pressait sur les bancs plus nombreuse qu'à l'ordinaire. Le texte était tiré de l'épître aux Romains, cinquième et treizième versets – le ministre était fort habile ; et tous les dignes occupants de l'église – depuis le duc d'Argyll et mylords Elchie et Kilkerran jusqu'aux hallebardiers de leur suite – étaient absorbés, sourcils contractés, dans l'attention d'un profond recueillement. Seuls le ministre et un petit nombre de ceux qui étaient près de la porte s'aperçurent de notre entrée sur le moment et n'y pensèrent aussitôt plus ; le reste, ou bien ne nous entendit pas ou bien ne fit pas attention à nous ; et je restai là sans être remarqué au milieu de mes amis et de mes ennemis.

Le premier que je distinguai fut Prestongrange. Il se tenait roide comme un cavalier en selle, remuant les lèvres avec délices, sans quitter des yeux le pasteur ; le thème était évidemment à son goût. Un peu plus loin, Charles Stewart, l'air à moitié endormi, avait les traits pâles et tirés. Quant à Simon Fraser, il faisait tache, et quasi scandale, parmi cette assemblée recueillie : il se fourrait les mains dans les poches, s'étirait les jambes, se raclait la gorge, haussait ses sourcils chauves, et promenait les yeux à droite et à gauche, soit avec un bâillement, soit avec un sourire narquois. Ou bien encore, il prenait la bible posée devant lui, la parcourait, faisait semblant d'en lire quelques lignes, la feuilletait de nouveau, et la rejetait pour bâiller de toutes ses forces ; le tout comme par gageure.

Tout en s'agitant de la sorte, il vint à poser sur moi son regard. Il resta pétrifié une seconde, puis arracha un feuillet de sa bible, griffonna dessus quelques mots au crayon, et le passa à son plus proche voisin, en lui glissant un mot tout bas. Le billet atteignit Prestongrange, qui me lança un bref coup d'œil ; puis elle parvint à M. Erskine ; de là au duc d'Argyll, qui se tenait entre les deux autres lords de la session, et Sa Grâce se retourna pour me fixer d'un œil arrogant. De tous les intéressés, Charles Stewart fut le dernier à remarquer ma présence ; et lui aussi se mit à crayonner et à passer des dépêches, que je fus incapable de suivre parmi la foule jusqu'à leurs destinataires.

Mais le passage de ces notes avait éveillé l'attention ; tous ceux qui étaient dans le secret (ou se figuraient l'être) se chuchotaient des renseignements ; les autres s'interrogeaient ; et le ministre lui-même semblait tout décontenancé par le mouvement qui se propageait dans l'église, et par la rumeur soudaine et les chuchotements. Sa voix s'altéra, il pataugea visiblement, et ne put recouvrer l'aisance convaincue et le ton assuré de son débit. Ce fut sans doute une énigme pour lui jusqu'à son dernier jour de savoir par quel mystère un sermon, qui avait progressé triomphalement jusqu'à sa quatrième partie, avait bien pu tourner si mal dans la cinquième.

Quant à moi, je restais toujours à ma place, trempé, éreinté, fort inquiet de ce qui allait advenir ensuite, mais tout à fait enchanté de mon succès.

XVII

L'exposé

Le dernier mot de la bénédiction sortait à peine de la bouche du ministre, que Stewart me saisissait par le bras. Nous fûmes les premiers à quitter l'église, et il fit une si singulière diligence que nous nous trouvâmes sains et saufs entre les quatre murs d'une maison avant que la rue ne commençât d'être envahie par les fidèles qui regagnaient leurs demeures.

– J'arrive encore à temps ? demandai-je.

– Oui et non, répondit-il. La cause est entendue ; le jury délibère, et il aura la bonté de nous faire connaître demain matin sa manière de voir, telle que j'aurais pu la prononcer moi-même il y a trois jours, avant le début de la comédie. Dès le début cette décision a été évidente. Le condamné la connaissait ; il me disait voici deux jours : « Vous pouvez faire tout ce que vous voudrez pour moi, je sais ce qui m'attend par ce que le duc d'Argyll vient de dire à M. MacIntosh : « Oh ! ç'a été un vrai scandale ! »

> Le grand Argyll qui allait devant
> Fit tonner canons et fusils,

et le massier lui-même criait « Cruachan ! » Mais maintenant que vous revoilà, je ne désespère plus. Le chêne dominera encore le myrte ; nous battrons les Campbell dans leur propre ville. Que Dieu m'accorde de voir ce jour !

Il se trémoussait avec surexcitation, tout en vidant ses malles sur le plancher pour me trouver des vêtements de rechange, et il m'encombra de son aide tandis que je me changeais. Ce qui me restait à faire, ou comment je devais le faire, il ne m'en dit rien, et je crois même qu'il n'y songea pas un seul instant. « Nous rosserons bien les Campbell ! » Il ne sortait pas de là. Et j'achevai de me persuader que ce qui avait l'apparence d'un honnête procès légal n'était au fond qu'une lutte de clans, et entre deux des plus sauvages. Mon ami l'avocat n'était pas à mon sens le moins acharné. Celui qui ne l'eût vu jamais que figurer à une séance devant le lord aumônier, ou manœuvrer ses crosses de golf en poursuivant une balle sur le terrain de Fruntsfield, celui-là n'eût certes pas reconnu le même personnage dans ce volubile et violent partisan.

Les « conseils » de James Stewart étaient au nombre de quatre : – le shériff Brown de Colstoun et le shériff Miller, M. Robert MacIntosh et M. Stewart junior de Stewart Hall. L'avocat les réunit à dîner après le sermon, et je fus très aimablement compris dans l'invitation. Sitôt la nappe desservie, et le premier bol de punch mixtionné avec art par le shériff Miller, on entama le sujet d'actualité. Je fis un récit bref de ma capture et de mon internement, puis on m'interrogea longuement sur le détail de l'assassinat. Je dois rappeler que c'était la première fois que je parlais de l'affaire devant des hommes de loi, et le résultat fut très décevant pour les autres, et, je dois l'avouer, décourageant pour moi.

– En résumé, dit Colstoun, vous démontrez qu'Alan se trouvait sur les lieux, vous l'avez entendu proférer des menaces contre Glenure ; et tout en nous affirmant que ce n'est pas lui qui a tiré, vous donnez fortement l'impression qu'il était de connivence avec lui, et qu'il a consenti, voire indirectement coopéré, à l'action. Vous le montrez, de plus, favorisant de tout son pouvoir au péril de sa liberté, la fuite du criminel. Et la suite de votre témoignage (du moins en ce qui importe) repose uniquement sur la parole d'Alan ou de James, les deux accusés. Bref, vous ne brisez pas, mais vous allongez seulement d'un personnage la chaîne qui relie notre client au meurtrier ; inutile de dire que l'intervention d'un troisième complice renforce cette apparence de complot qui a été dès le début la pierre d'achoppement.

– Je suis du même avis, dit le shériff Miller. Nous pouvons tous, je crois, remercier Prestongrange d'avoir écarté de votre chemin un témoin fort gênant. Et c'est surtout, je crois, M. Balfour lui-même qui peut lui avoir de l'obligation. Car vous parlez d'un troisième complice, mais M. Balfour (à mon point de vue) me fait tout l'effet d'en être un quatrième.

— Permettez, messieurs ! intervint Stewart, l'avocat. Il y a un autre point de vue à considérer. Nous avons ici un témoin – ne discutons pas s'il est d'importance ou non – un témoin dans ce procès qui a été enlevé par ce tas de sinistres bandits, les Glengyle MacGregor, et séquestré pendant près d'un mois sur le Bass dans un amas de ruines. Remuez cela et voyez quelle boue vous en faites rejaillir sur les débats ! Messieurs, c'est une histoire qui fera du bruit dans le monde ! Il serait singulier qu'avec une pression comme celle-là, nous n'arrivions pas à extraire l'acquittement de notre client.

— Et supposez que demain nous soulevions le cas de M. Balfour, dit Stewart Hall. Je serais fort étonné que nous ne rencontrions pas sur notre chemin tant d'obstacles que James serait pendu avant que nous ayons découvert un tribunal pour nous entendre. C'est un grand scandale, mais je pense qu'aucun de vous n'en a oublié un plus grand encore, je veux dire l'affaire de lady Grange. Alors qu'elle était encore en prison, mon ami M. Hope de Rankeillor a fait tout ce qui était humainement possible ; et à quoi est-il arrivé ? Il n'a même pas obtenu l'autorisation de la voir ! Eh bien ! il en sera de même aujourd'hui ; on usera des mêmes armes. Ceci est un spécimen, messieurs, des rivalités de clan. La haine du nom que j'ai l'honneur de porter brûle en haut lieu. Il n'y a rien ici à considérer que la pure et simple vendetta Campbell et l'ignoble intrigue Campbell.

On se figure aisément qu'il abordait là un sujet bienvenu, et je demeurai quelque temps au milieu de ce savant conseil, presque étourdi par leurs propos mais fort peu éclairé sur le contenu de ces derniers. L'avocat se laissa entraîner à quelques expressions un peu vives. Colstoun se crut obligé de le reprendre ; les autres intervinrent à leur tour, de plus en plus bruyamment ; le duc d'Argyll fut battu à plate couture ; le roi Georges attrapa en passant quelques horions ; et il n'y eut qu'un personnage d'oublié, ce fut James des Glens.

Au milieu de ce hourvari, M. Miller gardait son calme. C'était un gentleman d'un certain âge, au teint vermeil et souriant ; il parlait d'une voix grave et posée, détachant les mots comme un acteur, afin de leur donner toute leur valeur ; et même à cette heure où il restait muet, assis avec sa perruque posée à côté de lui, son verre dans ses deux mains, la bouche plaisamment froncée, et le menton en avant, il personnifiait la malice égayée. Il avait évidemment son mot à dire, et il attendait l'occasion favorable.

Elle se présenta bientôt. Dans l'un de ses discours, Colstoun avait fait mention de leurs devoirs envers leur client. La transition plut, j'imagine, au shériff son confrère. D'un geste et d'un regard celui-ci mit la tablée dans sa confidence.

— Cela me fait penser à un détail que l'on oublie, dit-il. L'intérêt de notre client passe à coup sûr avant tout ; mais le monde ne finira pas faute de James Stewart. – Là-dessus il leva les yeux au ciel. – Reste à ne pas négliger, par exemple, un certain M. George Brown, un M. Thomas Miller, et un M. David Balfour. M. David Balfour tient un sujet de plainte admirable, et je crois, messieurs, pourvu que son histoire fût convenablement présentée – je crois qu'il resterait pas mal de perruques sur le carreau.

D'un seul mouvement toute la table se tourna vers lui.

– Convenablement mise au point et présentée, son histoire est de nature à entraîner des conséquences, reprit-il. L'administration de la justice tout entière serait totalement discréditée, du plus haut fonctionnaire au plus bas ; et il me semble qu'ils auraient besoin d'être remplacés. – Il pétillait de malice en disant ces mots. Il conclut : – Et je n'ai pas besoin de vous démontrer que cette cause de M. Balfour serait singulièrement profitable à ceux qui y coopéreraient.

Ainsi donc ils couraient tous un lièvre différent. La cause de M. Balfour signifiait pour eux le genre de discours qu'on y prononcerait, les magistrats qui seraient évincés, et ceux qui succéderaient à leurs charges. Je ne rapporterai que deux spécimens de leurs propos. On m'offrit de tâter Simon Fraser, dont le témoignage, si j'arrivais à l'obtenir, serait fatal pour Argyll et Prestongrange. Miller approuva fort cette tentative. – Nous avons devant nous un rôti juteux, dit-il, et il y en a plus qu'il n'en faut pour nous tous. – Et on eût cru les voir tous se lécher les babines. Stewart l'avocat se voyait prêt à se venger de son ennemi capital, le Duc, et il ne se tenait plus de joie.

– Messieurs, s'écria-t-il en remplissant son verre, je bois au shériff Miller. Ses capacités juridiques sont connues de chacun. De ses talents culinaires, le bol qui est devant vous en est un témoignage. Mais quand il s'agit de politique !... Et il vida son verre.

– Oui, mais ce n'est pas de la politique comme vous l'entendez, répliqua Miller, frappé. Je dirais plus volontiers que c'est une révolution, et je crois pouvoir vous garantir que la cause de M. Balfour fera époque pour les historiens. Mais convenablement dirigée, monsieur Stewart, dirigée avec amour, cette révolution sera pacifique.

– Hé ! je ne m'inquiète pas si l'on frotte un peu les oreilles à des damnés Campbell ! s'écria Stewart, en abattant son poing sur la table.

On peut imaginer que je n'étais guère satisfait, et cependant j'avais peine à m'empêcher de rire devant la naïveté de ces vieux intrigants. Mais je n'étais pas disposé à voir toutes les épreuves que j'avais endurées profiter à l'avancement du shériff Miller ou servir à faire une révolution dans le Parlement. Je pris donc la parole en affectant la plus grande modestie.

– J'ai à vous remercier, gentlemen, de vos bons avis, dis-je. Je voudrais toutefois, si vous le permettez, vous poser deux ou trois questions. Il y a une chose, par exemple, que nous avons un peu négligée : Est-ce que ce procès aura de bons résultats pour notre ami James des Glens ?

Ils parurent un peu interdits, et me donnèrent des réponses variées, mais qui concordaient sur un point, à savoir que l'unique espoir de James était dans la clémence du roi.

— Allons plus loin, fis-je. Sera-t-elle profitable à l'Écosse ? Un dicton prétend que c'est un mauvais oiseau celui qui abîme son propre nid. Je me souviens avoir ouï dire dans mon enfance qu'il y avait eu à Édimbourg une émeute à l'occasion de laquelle la feue reine qualifia notre pays de barbare ; et j'ai toujours pensé que nous avions plus perdu que gagné à cette émeute. Puis ç'a été l'an 45, qui a fait tellement parler de l'Écosse ; mais je n'ai jamais ouï dire que nous ayons gagné quelque chose aux événements de 45. Et nous voici arrivés à la cause de M. Balfour, comme vous l'appelez. M. le shériff Miller affirme qu'elle fera époque pour les historiens, et cela ne m'étonnerait pas. Je craindrais seulement qu'ils n'y voient surtout une époque de malheur et de réprobation publique.

Avec son acuité d'esprit Miller avait déjà flairé où je voulais en venir, et il s'empressa de m'emboîter le pas.

— Voilà qui est fortement exprimé, monsieur Balfour, dit-il. Votre observation est de poids.

— Nous devons aussi nous demander si le procès sera utile au roi George, continuai-je. M. le shériff Miller semble très rassuré sur ce point ; mais je doute que vous soyez à même de démolir la maison sous les pieds de Sa Majesté sans qu'Elle reçoive quelques horions, dont l'un ou l'autre pourrait lui être fatal.

Je leur préparais la réponse, mais nul ne souffla mot.

— Quant à ceux auxquels la cause profiterait, continuai-je, M. le shériff Miller nous a cité plusieurs noms, parmi lesquels il a eu l'amabilité de mentionner le mien. Il voudra bien m'excuser si je ne suis pas de son avis. Dans cette affaire je ne crois pas avoir reculé le moins du monde tant qu'il y avait une existence à sauver ; mais j'avoue que je me suis vu fort malheureux pour un jeune homme qui se destine au barreau et qui n'a pas encore vingt ans, de se donner les allures d'un brouillon et d'un factieux. Pour ce qui est de James — en l'état des choses, avec la sentence quasi prononcée — il paraît n'avoir plus d'autre espoir que dans la clémence royale. Ne peut-on donc s'adresser directement à Sa Majesté, sauvegarder l'honneur public de ces hauts justiciers, et me tenir à l'écart d'une situation qui me paraît devoir être ma perte.

Ils restaient tous le nez baissé dans leurs verres, et je sentis qu'ils désapprouvaient mon attitude en cette affaire. Mais Miller fit contre mauvaise fortune bon cœur.

— Si notre jeune ami m'autorise à présenter son idée sous une forme plus précise, dit-il, je vois qu'il nous propose d'introduire dans un mémoire à la Couronne le fait de sa séquestration, avec peut-être quelques chefs de la déposition qu'il était prêt à faire. Ce plan a des chances de succès. Il est capable autant qu'un autre (sinon mieux) de sauver notre client. Peut-être Sa Majesté aura-t-elle la bonté de ressentir quelque gratitude envers tous ceux qui contribueront à ce mémoire, lequel passerait sans difficulté pour un geste du meilleur loyalisme ; et sa rédaction même pourrait indiquer ce point de vue.

Ils échangèrent des hochements de tête, non sans quelques soupirs, car la première alternative correspondait sans doute mieux à leurs aspirations.

– Écrivez donc, monsieur Stewart, s'il vous plaît, poursuivit Miller ; et il serait fort à propos que le papier fût signé de nous cinq ici présents, comme délégués du « condamné ».

– Cela ne peut toujours faire de mal à aucun de nous, dit Colstoun, en poussant un nouveau soupir : – il venait pendant dix minutes de se voir lord procureur général.

Sur quoi ils se mirent sans grand enthousiasme à rédiger le mémoire ; – mais bientôt ils s'échauffèrent à la tâche, et je me bornai à les regarder et répondre parfois aux questions. Le document fut rédigé à souhait : il exposait d'abord les faits me concernant, la récompense offerte pour mon arrestation, ma reddition, la pression exercée sur moi ; ma séquestration, et mon arrivée à Inverary lorsqu'il était trop tard. Il énumérait ensuite les raisons de loyalisme et d'intérêt public pour lesquelles on avait décidé de renoncer aux moyens légaux ; et il concluait par un appel véhément à la pitié du roi en faveur de James.

Je trouvai qu'on me sacrifiait un peu trop, et qu'on me représentait quasi sous les espèces d'un boutefeu que ma cohorte de légistes avait à grand-peine détourné des moyens extrêmes. Mais je laissai passer la chose, et me bornai à suggérer que l'on me déclarât prêt à donner mon témoignage et à fournir ceux d'autres personnes devant toute commission d'enquête. Je demandai aussi que l'on me remît sur-le-champ un exemplaire du mémoire.

Colstoun sifflota et poussa quelques « Hum ! »

– C'est un document des plus confidentiels, ajouta-t-il.

– Et ma situation vis-à-vis de Prestongrange est des plus délicates, ripostai-je. Il n'est pas douteux que j'ai dû éveiller sa sympathie à première vue, pour qu'il m'ait toujours traité si amicalement depuis lors. Sans lui, gentlemen, je serais mort à cette heure, ou j'attendrais ma condamnation aux côtés de ce malheureux James. C'est pourquoi je tiens à lui communiquer la substance de ce document dès qu'il sera recopié. Il vous faut également considérer que cette mesure me servira de sauvegarde. J'ai ici des ennemis qui ont toujours eu la main lourde, Sa Grâce est dans son propre pays, tout comme Lovat ; et s'il planait le moindre doute sur mes procédés je pourrais fort bien me réveiller en prison.

Ne trouvant rien à répondre à ces arguments, ma société de conseillers finit par m'accorder ce que je désirais, en y mettant toutefois cette condition, que je remettrais le papier à Prestongrange avec les compliments exprès de tous les signataires.

Le procureur était au château où il dînait avec Sa Grâce. Par l'intermédiaire de l'un des domestiques de Colstoun, je lui fis tenir un billet pour lui demander audience, et reçus l'avis d'aller aussitôt le rejoindre dans une certaine maison de la ville. Je l'y trouvai seul dans une chambre. Son visage était impénétrable ; mais je n'étais pas assez peu observateur pour n'avoir pas aperçu des hallebardes dans le vestibule, ni assez niais pour ne pas deviner qu'il était prêt à me faire arrêter sur-le-champ, s'il le jugeait à propos.

— Ainsi donc, monsieur Balfour, vous êtes ici ? dit-il.

— Et je crains de n'y être guère le bienvenu, mylord, répliquai-je. Mais je voudrais avant d'aller plus loin vous exprimer ma reconnaissance pour les continuels bons offices de votre seigneurie, même s'ils sont destinés à prendre fin désormais.

— Vous m'avez déjà parlé de votre gratitude, fit-il sèchement, et je doute que ce soit pour cette raison que vous m'avez fait quitter la table afin de venir vous écouter. Je me rappellerais aussi, à votre place, que vous êtes encore sur un terrain très mouvant.

— Plus à présent, mylord, je crois, et si votre seigneurie veut bien jeter un coup d'œil sur ce papier, vous serez peut-être de mon avis.

Il le lut très attentivement jusqu'au bout, les sourcils contractés ; puis il revint sur un passage et sur un autre dont il sembla peser et comparer la teneur. Ses traits se détendirent un peu.

— Cela pourrait être plus mauvais, dit-il ; quoique je craigne encore d'avoir à payer cher pour la connaissance que j'ai faite de M. David Balfour.

— Ou plutôt pour votre indulgence envers cet infortuné jeune homme, mylord.

Il relut à nouveau le papier, et peu à peu son humeur se rasséréna.

— Mais à qui dois-je ce bon office ? demanda-t-il enfin. On a dû examiner d'autres projets, il me semble. Qui est-ce qui a proposé cette méthode particulière ? Est-ce Miller ?

— Mylord, c'est moi, répliquai-je. Ces messieurs n'ont pas montré pour moi tellement d'égards que je veuille me priver du peu de crédit, qui me revient légitimement, et leur épargner les responsabilités qu'ils doivent en conscience supporter. Et je dois à la vérité de dire qu'ils étaient tous partisans d'un moyen qui aurait eu de singuliers résultats dans le Parlement, et qui eût représenté pour eux (suivant l'une de leurs expressions) un rôti juteux. Lors de mon intervention, ils étaient, je crois, sur le point de se partager les diverses fonctions de la magistrature. Notre ami, M. Simon, aurait été reçu à composition.

— Voilà bien nos amis ! fit en souriant Prestongrange. Et quelles ont été vos raisons de les contredire, monsieur David ?

Je les lui exposai sans détour, faisant toutefois ressortir avec plus de force et d'étendue celles qui regardaient Prestongrange lui-même.

— Vous me rendez plus que justice, reprit-il. J'ai lutté pour votre intérêt aussi fortement que vous contre le mien. Mais comment êtes-vous ici aujourd'hui ? interrogea-t-il. En voyant les débats se prolonger, l'inquiétude m'a pris de vous avoir assigné un délai trop juste, et je vous attendais pour demain. Mais aujourd'hui, l'idée ne m'en serait jamais venue.

Je n'allais naturellement pas trahir Andie.

— Je suppose qu'il y a des bêtes très fatiguées tout le long du chemin, dis-je.

— Si j'avais su que vous étiez un pareil bandit, vous auriez goûté plus longtemps du Bass.

— A ce propos, mylord, je vous rends votre lettre.

Et je lui tendis l'enveloppe à l'écriture contrefaite.

— Il y avait aussi une feuille avec le sceau.

— Je ne l'ai plus. Elle ne portait même pas d'adresse, et n'aurait pas compromis un chat. Pour le second billet, je l'ai, et avec votre permission, je le garde.

Il parut légèrement contrarié, mais n'insista pas. Il reprit :

— Demain, nous n'aurons plus rien à faire ici, et je m'en retournerai par Glasgow. Je serais très heureux de vous avoir en ma compagnie, monsieur David.

— Mylord... commençai-je.

Il m'interrompit.

— Je ne nierai pas que je vous demande cela comme un service. Je désire même que, lors de votre arrivée à Édimbourg, vous descendiez chez moi. Vous avez dans les misses Grant de très chaleureuses amies, qui seront enchantées de vous posséder auprès d'elles. Si vous croyez que je vous ai été de quelque utilité, je vous offre là un moyen de vous acquitter envers moi, et bien loin d'y perdre, vous en recueillerez peut-être des avantages par la même occasion. Il n'est pas donné à tous les jeunes inconnus d'être introduits dans la société par le procureur général du Roi.

Bien souvent déjà (au cours de nos brèves relations) ce gentilhomme m'avait fait tourner la tête ; il est certain que pour un instant il me la fit tourner de nouveau. Je retrouvais toujours inaltérée l'ancienne fiction de la faveur spéciale où me tenaient ses filles, dont l'une avait eu l'extrême obligeance de rire de moi, tandis que les deux autres avaient à peine daigné s'apercevoir de mon existence. Et maintenant j'allais demeurer chez lui à Édimbourg ; j'allais être poussé dans le monde sous sa protection ! Qu'il eût assez de bonne volonté pour me pardonner, c'était déjà surprenant : qu'il désirât me seconder et me servir me paraissait impossible ; et je me mis à chercher ce qu'il en attendait par la suite. Une chose était évidente. Si je devenais son hôte, toute palinodie m'était fermée : je ne pourrais plus revenir sur mes dispositions actuelles ni introduire aucune action judiciaire. Et d'ailleurs, ma présence sous son toit n'enlevait-elle pas au mémoire toute efficacité ? On ne pouvait en effet prendre au sérieux une plainte dont le principal auteur serait l'hôte du magistrat le plus incriminé. Tout en considérant ce point de vue, je ne pus dissimuler tout à fait un sourire.

— Il s'agit en quelque sorte de mettre opposition au mémoire, dis-je.

— Vous êtes clairvoyant, monsieur David, dit-il, et vous ne devinez pas trop mal. Le fait est que cela me servira pour ma défense. Toutefois peut-être n'estimez-vous pas à leur juste valeur mes sentiments amicaux, qui sont tout à fait réels. J'ai pour vous, monsieur David, un respect mêlé de terreur, conclut-il, en souriant.

— Je suis plus que disposé, je suis sincèrement désireux d'aller au-devant de vos souhaits, dis-je. J'ai fait le projet de me consacrer au barreau, et le soutien de votre seigneurie serait pour moi sans prix. Je suis en outre profondément reconnaissant à vous et à votre famille pour l'intérêt et la sympathie que vous m'avez montrés. Mais voici la difficulté : il y a un point sur lequel nous divergeons. Vous vous efforcez de faire pendre James Stewart ; moi, je m'efforce de le sauver. Pour autant que mon voyage avec vous contribuerait à la défense de votre seigneurie, je suis aux ordres de votre seigneurie ; mais pour autant qu'il aiderait à la pendaison de James Stewart, vous me voyez au regret.

Il étouffa un juron, et dit avec amertume :

— Vous devriez certainement comparaître ; la barre plus que le barreau est une scène bien faite pour vos talents. — Puis il resta un moment silencieux, et reprit enfin : — Je vous dirai qu'il n'est plus question de James Stewart, ni pour ni contre. James est mort d'avance ; sa vie est reçue et prise ; achetée (si vous l'aimez mieux) et vendue ; aucun mémoire ne peut le secourir — aucune compromission d'un fidèle M. David ne peut lui être nuisible. Qu'il vente haut, qu'il vente bas, il n'y a plus de pardon pour James Stewart : et tenez-vous-le pour dit ! Je reste seul en cause : vais-je me maintenir ou tomber ? Je ne vous cache pas que je suis en péril. Et M. David Balfour veut-il savoir pourquoi ? Ce n'est pas pour avoir procédé indûment contre James ; là-dessus je suis à couvert. Ce n'est pas non plus pour avoir séquestré M. David sur un rocher ; c'est tout bonnement pour n'avoir pas pris la voie simple et naturelle, où l'on m'a poussé à diverses reprises, d'envoyer M. David au tombeau ou au gibet. Voilà l'origine du scandale — l'origine de ce maudit mémoire — et il donna une claque sur le papier étalé sur son genou. — C'est mon indulgence à votre égard qui me vaut ces difficultés. Je voudrais savoir si votre délicatesse de conscience est trop grande pour vous permettre de m'aider à en sortir.

Il y avait certes beaucoup de vrai dans ce qu'il venait de dire. Si la situation de James était désespérée, quoi de plus naturel que de me porter au secours de l'homme qui était devant moi, de celui qui m'avait secouru si souvent, et qui m'offrait à cette heure encore un modèle de patience ? D'ailleurs non seulement j'étais fatigué, mais je commençais à avoir honte de mon attitude continuelle de suspicion et de dérobade. Je prononçai :

— Si vous voulez me dire où et quand, j'irai à point nommé rejoindre votre seigneurie.

Il me serra les mains.

— Mes filles aussi, je pense, ont des nouvelles pour vous, dit-il, en me congédiant.

Je m'éloignai, enchanté d'avoir fait ma paix, mais la conscience non tout à fait en repos ; et je me demandai, chemin faisant, si, après tout, je ne m'étais pas montré un rien trop facile. Mais il y avait à considérer le fait que cet homme, qui aurait pu être mon père, était un homme de talent et un grand dignitaire, et qu'à l'heure de ma détresse il m'avait tendu une main secourable. Je fus d'excellente humeur le reste de cette soirée, que je passai avec les avocats. La compagnie était certes des meilleures, mais la dose de punch fut peut-être exagérée ; aussi, bien que j'allasse me mettre au lit de bonne heure, je ne me souviens guère comment j'y arrivai.

XVIII

« *La balle en place* »

Le lendemain, dissimulé dans le cabinet particulier des juges, j'entendis rendre le verdict et condamner James. Les paroles du Duc me sont restées mot pour mot ; et puisque ce fameux discours est devenu un objet de controverse, je crois bien faire de rapporter ici ma version. Après avoir rappelé l'an 45, le chef des Campbell, siégeant comme avocat général, s'adressa en ces termes à l'infortuné Stewart : « Si vous aviez eu le dessus dans cette rébellion, c'est vous qui auriez fait la loi en ce lieu même où vous êtes présentement jugé ; à nous qui sommes aujourd'hui vos juges, on nous eût fait notre procès devant une de vos parodies de tribunaux ; et en ce cas vous auriez pu vous rassasier du sang de tout homme ou de tout clan que vous avez en aversion.

— Voilà qui s'appelle vider le fond du sac, pensai-je. Et c'était bien là l'impression générale.

Ce discours eut un succès prodigieux chez les jeunes avocats : ils le tournèrent en dérision, et il ne se passait guère un repas sans que l'un d'eux reprît la phrase : « Et en ce cas vous auriez pu vous rassasier. » On en fit des chansons qui amusèrent alors, et qui sont presque toutes oubliées. Je me rappelle ces premiers vers de l'une d'elles :

> *De qui vous faut-il le sang, t-il le sang ?*
> *Est-ce d'un homme ou d'un clan ?*
> *Ou du sauvage Highland*
> *Qu'il vous faut le sang, le sang ?*

Une autre était sur mon air favori, *La Maison d'Airlie,* et commençait ainsi :

Un jour qu'Argyll siégeait au tribunal,
On lui servit un Stewart à dîner.

Et l'un des couplets disait :

Alors le Duc se dresse, et crie au cuisinier :
Je considère ainsi qu'un très sensible outrage
Qu'on me fasse souper et me remplir la panse
Avec le sang d'un clan que j'ai en aversion.

James fut assassiné ni plus ni moins que si le Duc avait pris un fusil pour le cribler de plomb. J'étais renseigné là-dessus, mais d'autres l'étaient moins, et furent d'autant plus affectés par les scandaleux agissements qui se produisirent au cours des débats. L'un des principaux fut à coup sûr cette sortie du juge. Elle fut suivie de près par une autre d'un juré, qui lança au beau milieu de la plaidoirie de Colstoun pour la défense : « Je vous en prie, monsieur, abrégez, nous en avons plein le dos. » – ce qui parut le comble de l'impudence et de la naïveté. Mais plusieurs de mes nouveaux amis légistes furent encore plus choqués par une innovation qui avait déshonoré et même vicié les débats. Un certain témoin ne fut même pas appelé. Son nom, pourtant, était imprimé à la quatrième page de la liste, où l'on peut encore le voir : « James Drummond, alias MacGregor, alias James More, précédemment tenancier à Inveronachile » ; et sa déposition avait été reçue, selon la coutume, par écrit. Il s'était rappelé ou avait inventé (Dieu lui pardonne) de quoi mettre du plomb aux semelles de James Stewart, et donner en même temps des ailes aux siennes propres. On avait toute raison de vouloir porter ce témoignage à la connaissance d'un jury, sans exposer son auteur aux dangers d'un contre-examen ; et la manière dont on le présenta fut une surprise pour tous. Car le papier circula de main en main, comme une curiosité, parmi les juges ; il traversa le box du jury, où il fit son effet ; et il s'évanouit derechef (comme par hasard) avant d'être arrivé au conseil du prisonnier. On jugea le procédé extrêmement déloyal ; et quant à moi j'étais rempli de honte pour Catriona et d'inquiétude pour moi-même, à y voir mêlé le nom de James More.

Le jour suivant, je me mis en route avec Prestongrange, en nombreuse compagnie, pour Glasgow. Là, je m'impatientai de devoir rester quelque temps dans un mélange de plaisirs et d'affaires. Je logeais chez mylord, qui m'encourageait à la familiarité ; j'avais ma place aux fêtes ; j'étais présenté aux hôtes de marque ; et en somme je faisais figure plus qu'il ne convenait tant à mon rôle qu'à mon rang ; si bien que, en présence d'étrangers, il m'arrivait de rougir pour Prestongrange. Il faut avouer que l'aperçu que j'avais pris du monde dans ces derniers mois était bien fait pour assombrir mon humeur. J'avais vu beaucoup d'hommes, dont quelques-uns dignitaires en Israël tant par la naissance que par les talents ; mais personne parmi eux n'avait les mains nettes. Quant aux Brown et Miller, dont j'avais vu l'égoïste avidité, je ne pouvais plus les prendre au sérieux. Prestongrange était encore le meilleur ; il m'avait sauvé, ou plutôt épargné, alors que d'autres étaient résolus à m'assassiner tout net ; mais le sang de James criait contre lui ; et sa présente dissimulation à mon égard m'apparaissait indigne de pardon. Qu'il dût affecter de prendre plaisir à ma compagnie me mettait presque hors de moi. Je le considérais le cœur plein d'une rage sourde, et je songeais : « Ah ! tu as beau me dire : ami, ami ! si tu étais seulement franc au sujet de ce mémoire, ne me jetterais-tu pas dehors à coups de pied ? » En quoi je lui faisais – comme la suite l'a démontré – la plus grave injure ; et je pense qu'il était à la fois beaucoup plus sincère, et beaucoup plus habile comédien que je ne l'imaginais.

Mais j'étais confirmé dans mon incrédulité par la conduite de cette cour de jeunes avocats qui l'entouraient dans l'espoir d'obtenir son patronage. La soudaine faveur dont jouissait un garçon jusqu'alors inconnu les perturba tout d'abord considérablement ; mais deux jours ne s'étaient pas écoulés que je me trouvai moi-même environné de flatteries et d'adulations. J'étais le même jeune homme, et ni meilleur ni plus méritant, qu'ils avaient rejeté un mois plus tôt ; et à cette heure il n'y avait pas de civilité trop bonne pour moi. Le même, dis-je ? Non, pas tout à fait, à preuve le surnom que l'on m'appliquait derrière mon dos. Me voyant si lié avec le procureur, et se persuadant que je devais voler haut et loin, ils avaient emprunté un terme du jeu de golf, et m'appelaient « la balle en place ». Je m'entendais dire que j'étais à présent « l'un d'eux » ; j'allais tâter de leurs draps fins ; moi qui étais déjà familiarisé avec la rudesse de la paille la plus grossière ; et l'un de ceux à qui j'avais été présenté, dans Hope Park, eut l'audace de me rappeler cette rencontre. Je lui répondis que je n'avais pas le plaisir de me la rappeler.

– Comment, fit-il, mais c'est miss Grant elle-même qui m'a présenté à vous ! Je m'appelle Untel.

– Cela se peut très bien, monsieur, répliquai-je ; mais je n'en ai pas gardé le souvenir.

Il n'insista plus ; et au milieu du dégoût qui me submergeait d'ordinaire, j'éprouvai un instant de plaisir.

Mais je ne veux pas m'étendre sur cette période. Lorsque j'étais dans la compagnie de ces jeunes politiques, j'étais partagé entre la honte que j'éprouvais pour mes façons communes, et le mépris qu'ils m'inspiraient avec leur duplicité. Des deux maux, j'estimais Prestongrange le moindre ; et tandis que je restais roide et guindé avec ces jeunes fous, je savais assez dissimuler mes sentiments d'hostilité envers le procureur, pour être (comme le disait jadis M. Campbell) « souple avec le laird ». Celui-ci même s'aperçut de la différence, et me conseilla d'être plus de mon âge, et de me faire des amis de mes jeunes compagnons.

Je lui répondis que j'étais lent à me faire des amis.

– Soit, je retire le mot, dit-il. Mais il existe un : Bonjour et bonsoir, monsieur David. C'est avec ces mêmes jeunes gens que vous êtes destiné

à passer vos jours et à traverser la vie : votre éloignement à un air
de hauteur ; et si vous ne réussissez pas à affecter des manières un peu
plus dégagées, je crains que vous ne rencontriez des difficultés sur votre
chemin.

— Il n'est pas toujours commode de faire une bourse de soie avec
une oreille de truie, répliquai-je.

Le 1er octobre au matin, je fus réveillé par les claquements de fers
d'un courrier. Avant que le messager n'eût mis pied à terre, j'étais à
ma fenêtre, et je vis qu'il avait mené son cheval grand train. Quelques
minutes plus tard, je fus mandé chez Prestongrange, que je trouvai en
robe de chambre et bonnet de nuit, attablé devant ses lettres éparses.

— Monsieur David, me dit-il, j'ai des nouvelles pour vous. Elles
concernent certains de vos amis, dont je vous crois parfois un peu
honteux, car vous n'avez jamais fait allusion à leur existence.

Je me sentis rougir.

— Je vois que vous m'entendez, et ce symptôme équivaut à une
réponse. Je dois certes vous féliciter sur votre excellent goût en matière
de beauté ; mais savez-vous bien, monsieur David, que cette jeune fille
me paraît fort entreprenante ? Elle se multiplie. Le gouvernement
d'Écosse trouve un obstacle dans miss Katrine Drummond, à peu près
comme il lui est arrivé il n'y a pas bien longtemps avec un certain
M. David Balfour. Ces deux-là ne feraient-ils pas un bon couple ? Sa
première intervention dans la politique... Mais je ne dois pas vous
raconter cela, car les autorités ont décrété que vous l'apprendriez d'une
autre bouche plus jeune. Ce nouvel échantillon, toutefois, est plus
sérieux ; et j'ai le regret de devoir vous annoncer qu'elle est en prison.

Je poussai un cri.

— Oui, reprit-il, la petite dame est en prison. Mais je ne voudrais
pas vous mettre au désespoir. A moins que (aidé de vos amis et de
leurs mémoires) vous n'arriviez à me renverser, elle n'a rien à craindre.

— Mais qu'a-t-elle fait ? De quoi l'accuse-t-on ? m'écriai-je.

— Cela pourrait presque s'appeler haute trahison, répliqua-t-il. Elle
a forcé les portes du château royal d'Édimbourg.

— Je suis fort ami de cette demoiselle. Je sais que vous ne railleriez
pas si la chose était sérieuse.

— Et c'est pourtant sérieux en un sens ; car ce bandit de Catrine – que
nous pourrions aussi bien appeler Cateran – a lâché de nouveau sur
le monde ce peu recommandable individu, son papa.

Je voyais se justifier une de mes prévisions : James More était de
nouveau en liberté. Il avait prêté ses hommes pour me tenir prisonnier ;
il avait offert son témoignage dans le procès d'Appin, et son témoignage
derechef avait servi (peu importe par quel subterfuge) à influencer le
jury. A cette heure il avait reçu sa récompense, et il était libre. Les
autorités avaient beau faire croire à une évasion ; je ne m'y laissais pas
prendre : – je savais que c'était là l'accomplissement d'un marché. Par
le fait même, je n'avais plus à m'inquiéter le moins du monde pour
Catriona. Elle pouvait passer pour avoir fait sortir son père de prison ;

elle pouvait le croire elle-même. Mais dans toute l'affaire je reconnaissais le main de Prestongrange ; et j'étais sûr que, loin de permettre qu'elle fût punie, il ne lui laisserait même pas faire son procès. En conséquence je lâchai cette exclamation bien peu politique :

– Ah ! je m'y attendais !

– Vous avez pourtant quelquefois beaucoup de discernement ! répliqua Prestongrange.

– Qu'est-ce donc que mylord veut entendre par là ? demandai-je.

– Je m'étonnais simplement, reprit-il, qu'étant assez fin pour tirer ces conclusions, vous ne sachiez pas aussi les garder pour vous. Mais vous aimeriez, je crois, connaître le détail de l'affaire. J'en ai reçu deux versions : la moins officielle des deux est la plus complète et de beaucoup la plus intéressante, car elle est due à l'alerte plume de ma fille aînée. Voici ce qu'elle m'écrit : « Il n'est bruit dans toute la ville que d'un joli méfait, et ce qui rendrait la chose encore plus remarquable (si on le savait) c'est que le malfaiteur est une protégée de sa seigneurie mon papa. Vous avez sans doute trop à cœur votre devoir (sans parler du reste) pour avoir oublié les Yeux-Gris. Voilà-t-il pas qu'elle s'affuble d'un chapeau à larges bords, d'un grand surtout d'homme, et d'une épaisse cravate ; elle retrousse ses jupes jusque Dieu sait où, s'applique deux paires de guêtres sur les jambes, prend à la main une paire de souliers rapiécés, et en route pour le château ! Là, elle se fait passer pour un savetier aux gages de James More, et pénètre dans le cachot de celui-ci, tandis que le lieutenant (qui aimait à rire) plaisante avec ses soldats sur le surtout du savetier. Puis on entend une dispute et un bruit de coups à l'extérieur. Sort le savetier, l'habit au vent, les bords du chapeau rabattus sur le nez, et il s'enfuit poursuivi par les brocards du lieutenant et de ses hommes. Ceux-ci ne riaient plus d'aussi bon cœur lorsqu'ils eurent ensuite l'occasion de visiter le cachot, car ils n'y trouvèrent plus qu'une grande et jolie fille aux yeux gris, en habit féminin ! Quant au savetier, il était « au diable vauvert par-delà les montagnes », et il est probable que la malheureuse Écosse devra faire son deuil de son absence. Ce soir-là, j'ai bu en public à la santé de Catriona. En somme, toute la ville l'admire, et je crois que les élégants porteraient à leur boutonnière des morceaux de ses jarretières, s'ils réussissaient à s'en procurer. Je serais même allée volontiers la voir dans sa prison, mais je me suis rappelé à temps que je suis la fille à mon papa ; je lui ai donc, en place, écrit un billet que j'ai confié au fidèle Doig, et vous reconnaîtrez j'espère que je sais être politique quand je veux. Le même fidèle nigaud va vous dépêcher cette lettre par le courrier en compagnie de celles des soi-disant sages, de sorte que vous entendrez Tom le fou en même temps que Salomon. A propos de nigauds, dites-le à David Balfour. Je voudrais voir la tête qu'il fera en se figurant une fille aux longues jambes dans une telle situation ! sans parler des folâtreries de votre affectionnée fille, et sa respectueuse amie. » Sur quoi ma gredine a signé, continua Prestongrange. Et vous

voyez, monsieur David, que ce que je vous dis est entièrement exact :
mes filles vous considèrent avec le plus affectueux enjouement.

– Le nigaud leur est bien obligé, ripostai-je.

– Mais n'est-ce pas un joli tour ? reprit-il. Cette vierge du Highland
n'est-elle pas une sorte d'héroïne ?

– J'ai toujours bien pensé qu'elle avait un grand cœur. Et je gage
qu'elle ne sait rien... Mais je vous demande pardon, je touche à des
sujets prohibés.

– Je vous garantis qu'elle ne savait rien, reprit-il très ouvertement.
Je vous garantis qu'elle croyait braver le roi George en face.

Le souvenir de Catriona et l'idée qu'elle était en prison m'émurent
étrangement. Je voyais que Prestongrange l'admirait, et qu'il ne pouvait
s'empêcher de sourire en songeant à ce qu'elle avait fait. Quant à miss
Grant, sa mauvaise habitude de taquiner n'empêchait pas son
admiration d'éclater. Je fus pris d'un élan soudain.

– Je ne suis pas la fille de votre seigneurie... commençai-je.

– Que je sache ! fit-il en souriant.

– Je m'exprime comme un sot, repris-je ; ou plutôt j'ai mal débuté.
Il ne serait sans doute pas convenable pour miss Grant d'aller la voir
en prison ; mais pour ma part je m'estimerais un peu courageux ami
si je ne volais à l'instant auprès d'elle.

– Ah bah ! monsieur David ; je croyais que vous et moi avions fait
un marché.

– Mylord, quand j'ai fait ce marché j'étais fort touché de votre bonté,
mais je ne puis nier que j'étais mû également par mon propre intérêt.
Il y avait de l'égoïsme dans mon cœur, et j'en ai honte à présent. Il
se peut que votre seigneurie ait besoin pour sa sécurité de dire que ce
fâcheux David Balfour est votre ami et votre hôte. Dites-le donc ; je
n'y contredirai pas. Mais quant à votre patronage, je vous le rends tout
entier. Je ne vous demande qu'une chose – laissez-moi libre, et
donnez-moi un mot pour la voir dans sa prison.

Il me regarda d'un œil sévère.

– Vous mettez, je crois, la charrue avant les bœufs, dit-il. C'était
une part dans mon amitié que je vous accordais, mais votre ingrate
nature ne semble pas s'en être aperçue. Et quant à mon patronage,
il n'est pas donné encore, ni même, à vrai dire, offert. Il se tut un instant,
puis ajouta : je vous en préviens, vous ne vous connaissez pas
vous-même. La jeunesse est une saison hâtive : vous considérez tout
cela autrement d'ici un an.

– Eh bien ! je préfère être de cette jeunesse-là ! m'écriai-je. J'en ai
trop vu de l'autre sorte chez ces jeunes avocats qui flagornent votre
seigneurie et se mettent même en peine de me faire la cour. Et j'ai vu
cela aussi chez les vieux. Ils sont intéressés, tous jusqu'au dernier ! Voilà
pourquoi j'ai l'air de ne pas me fier à l'amitié de votre seigneurie.
Pourquoi donc auriez-vous de l'amitié pour moi ? Mais vous-même
m'avez avoué que vous y aviez intérêt !

Je m'interrompis, confus d'avoir été aussi loin. Il me surveillait d'un visage impénétrable.

– Mylord, je vous demande pardon, repris-je. Je n'ai à ma disposition qu'une langue brutale et rustique. Je crois qu'il serait simplement convenable que je vois mon amie dans sa prison ; mais je n'oublierai jamais que je vous dois la vie ; et si c'est pour le bien de votre seigneurie, je resterai ici. Par pure reconnaissance.

– Vous auriez pu dire cela en moins de mots, fit Prestongrange avec amertume. Il est facile, et il est parfois agréable, de dire en bon écossais : Oui.

– Ah mais, mylord, je crois que vous ne me comprenez pas encore tout à fait ! m'écriai-je. Pour vous-même, à cause de mon salut, et à cause de la bonté que vous dites me porter – je consens : pour cela, mais non pour me procurer un bien quelconque. Si je me tiens à l'écart de cette jeune fille durant son épreuve, je n'en retirerai aucun avantage ; je peux y perdre, mais non y gagner. J'aime mieux faire tout de suite naufrage que de bâtir sur ces fondations.

Il resta pensif un instant, puis sourit.

– Vous me rappelez l'homme au long nez, dit-il : si vous regardiez la lune au télescope, c'est David Balfour que vous verriez là-haut. Mais il en sera fait à votre volonté. Je vous demanderai encore un service, et puis vous serez libre. Mes secrétaires sont surchargés de besogne : ayez la bonté de me recopier ces quelques pages – dit-il, en parcourant avec affection plusieurs gros rouleaux manuscrits – et quand ce sera terminé, je prierai Dieu qu'il vous accompagne ! Je n'irai jamais prendre à ma charge la conscience de M. David ; mais si vous en aviez laissé une partie (comme par hasard) dans le fossé, vous verriez qu'on n'en fait que mieux son chemin.

– Peut-être, mylord, mais pas tout à fait dans la même direction, ripostai-je.

– Allons, il sera dit que vous aurez le dernier mot ! s'écria-t-il gaiement.

Il avait d'ailleurs tout sujet d'être gai, car il avait enfin obtenu ce qu'il désirait, pour atténuer la portée du mémoire, ou pour avoir une réponse toute prête, il tenait à me voir en public faire figure de l'un de ses intimes. Mais si j'allais me montrer aussi publiquement comme visiteur de Catriona dans sa prison, le monde ne manquerait pas d'en tirer des conclusions, et la vraie nature de l'évasion de James More ne ferait plus de doute pour personne. Tel était le petit problème que je lui avais posé à l'improviste, et auquel il avait si vivement trouvé une solution. J'allais être retenu à Glasgow par cette besogne de copie, que je ne pouvais en toute honnêteté refuser ; et pendant ces heures où je resterais occupé, on se débarrasserait de Catriona. J'ai honte d'écrire cela en parlant d'un homme qui m'accablait de ses bontés, mais je l'ai toujours estimé faux comme une cloche fêlée.

XIX

Je suis livré aux dames

Cette copie était une besogne fastidieuse, et je ne tardai pas à m'apercevoir qu'il n'y avait aucun péril en la demeure, et que mon travail n'était qu'un prétexte. Je ne l'eus pas plus tôt achevé que je montai à cheval ; j'utilisai tout ce qui me restait de jour, et quand je me vis à la fin perdu dans la nuit complète, demandai l'hospitalité dans une maison située au bord de l'Almond Water. Avant le jour, j'étais de nouveau en selle, et les boutiques d'Édimbourg s'ouvraient à peine quand j'arrivai au galop par West Brow et laissai mon cheval fumant à la porte du lord procureur. J'avais un mot d'écrit pour Doig, le factotum de mylord qui était censé le mettre dans tous ses secrets. C'était un digne petit homme d'apparence vulgaire, bouffi de graisse et plein de suffisance. Je le trouvai déjà devant son pupitre et dans la même antichambre où j'avais rencontré James More. Il lut le billet scrupuleusement d'un bout à l'autre comme un chapitre de la Bible.

– Humph ? dit-il, c'est que vous arrivez un peu trop tard, monsieur David. L'oiseau s'est envolé – nous l'avons laissé partir.

– Miss Drummond a été remise en liberté ? m'écriai-je.

– Que oui, fit-il, pourquoi donc voudriez-vous que nous la gardions, hein ? Cela n'aurait fait plaisir à personne de la voir passer en jugement.

– Et à présent, où est-elle ?

– Dieu le sait ! fit Doig, en haussant les épaules.

– Elle est retournée chez lady Allardyce, je suppose ?

– Cela se pourrait.

– En ce cas, j'y vais tout droit.

– Mais vous mangerez bien une bouchée avant de partir ?

– Ni bouchée ni cuillerée. J'ai pris une bonne jatte de lait à Ratho.

– Bien, bien. Mais vous pourrez laisser ici votre cheval et vos effets, car il est probable que nous vous reverrons.

– Non, non. Je ne veux aller aujourd'hui à pied pour rien au monde.

Comme Doig patoisait de façon marquée, je m'étais laissé aller par contagion à prendre un accent beaucoup plus paysan qu'il ne m'était habituel – et j'en fus d'autant plus honteux quand une autre voix se mit à fredonner derrière mon dos ce couplet d'une ballade :

> *Va-t'en m'seller ma bonne jument noire,*
> *Va m'seller la jument et apprêt'la-moi vite*
> *Pour que j' descend' la rue Catchope*
> *Et que j'aille voir la dame de mon cœur.*

Je me retournai, mais la jeune personne gardait les mains cachées dans les manches de son peignoir du matin, comme pour me tenir à distance. Je n'en vis pas moins qu'il y avait de la sympathie dans le regard qu'elle m'adressait.

– Tous mes respects à miss Grant, dis-je en m'inclinant.

– Pareillement, monsieur David, répondit-elle avec une profonde révérence. Et je vous prie de vous rappeler que c'est comme pour les vieilles truies grasses : que la viande et la masse n'ont jamais fait de tort à personne. La masse [1], je ne puis vous l'offrir, car nous sommes bons protestants. Mais la viande, je la signale à votre attention. Et cela ne m'étonnerait pas si je trouvais à vous glisser dans l'oreille quelque chose qui vaudrait la peine de rester.

– Mademoiselle Grant, dis-je, je crois être déjà votre débiteur pour quelques mots joyeux – autant qu'aimables, je pense – écrits sur un bout de papier sans signature.

– Un bout de papier sans signature ? répéta-t-elle, en faisant une grimace drolatique, et d'ailleurs fort jolie, comme si elle cherchait à se rappeler.

– Ou je me trompe beaucoup, continuai-je. Mais en vérité, nous aurons tout le temps de reparler de cela, puisque votre père a la bonté de faire de moi votre hôte pour quelque temps ; et le nigaud ne vous demande pour cette fois que de lui octroyer sa liberté.

– Vous vous donnez des noms durs, fit-elle.

– M. Doig et moi nous sommes tout disposés à en emprunter de plus durs à votre plume experte, répliquai-je.

– Il me faut admirer une fois de plus la discrétion des hommes, répliqua-t-elle. Mais puisque vous ne voulez pas manger, allez-vous-en tout de suite ; vous n'en serez que plus vite revenu, car vous allez faire un voyage inutile. Allez-vous-en, monsieur David, reprit-elle, en ouvrant la porte :

> Il a sauté sur un bon coursier gris,
> Et le voilà galopant comme il faut :
> Je suis bien sûr qu'il ne traînera pas,
> Car il va voir sa bonne damoiselle.

Je ne me le fis pas dire deux fois, et justifiai la citation de miss Grant en me dirigeant vers Dean.

La vieille lady Allardyce se promenait seule dans son jardin, avec son chapeau et sa mantille, et munie pour s'appuyer d'un bâton de bois noir à monture d'argent. Quand je fus descendu de cheval, et que je m'approchai d'elle avec des révérences, je vis le rouge lui monter au visage, et elle releva la tête avec un air d'impératrice.

– Que venez-vous faire à ma pauvre porte ? s'écria-t-elle en parlant

---

1. Jeu de mots intraduisible, sur « mass », qui signifie à la fois : « messe » et « masse ».

très fort du nez. Je ne puis vous en empêcher. Les mâles de ma race sont morts et enterrés ; je n'ai ni fils ni mari pour défendre ma porte ; n'importe quel mendiant peut venir me tirer la barbe – et j'en ai de la barbe, voilà le pire de tout ! ajouta-t-elle, comme à la cantonade.

Je fus extrêmement déconcerté par cet accueil, et sa dernière remarque, qui semblait d'une folle, me laissa presque incapable de parler.

– Je vois que j'ai encouru votre disgrâce, madame, fis-je. Malgré cela, j'aurai l'audace de vous demander à voir Mlle Drummond.

Elle me jeta un regard de courroux, ses lèvres se plissèrent de mille rides, sa main trembla sur son bâton. Elle s'écria :

– C'est à moi que vous venez demander de ses nouvelles ! Plût à Dieu que je pusse vous en donner !

– Elle n'est donc pas ici ?

Elle avança le menton et, poussant une exclamation, fit un pas vers moi. Je reculai incontinent.

– Hors d'ici, bouche menteuse ! s'écria-t-elle. Hé quoi ! vous venez me demander de ses nouvelles ! Elle est en prison, où vous l'avez fait mettre – voilà tout ce que je sais d'elle. Et de tous les gens que j'aie jamais vus en culotte, penser que ce doive être vous ! Effronté gredin ! s'il me restait un mâle de mon nom, je lui ferais si bien épousseter votre justaucorps que vous vous en égosilleriez.

Je ne crus pas nécessaire de m'attarder plus longtemps auprès d'elle, d'autant que son irritation ne faisait que croître. Même, comme je me dirigeais vers le montoir, elle me suivit, et je n'ai pas honte d'avouer que je m'éloignai au trot avec un seul étrier, et rattrapai l'autre en route.

Faute de savoir où m'adresser ailleurs pour continuer mes recherches, il ne me resta plus qu'à retourner chez le procureur. Je fus bien reçu par les quatre dames, qui étaient alors réunies, et je dus leur communiquer les nouvelles de Prestongrange et de ce qui se disait dans le pays de l'ouest, dans le détail le plus infini et à mon grand ennui. Cependant la jeune demoiselle, avec qui je désirais tellement de me retrouver seul, m'observait d'un air taquin et semblait prendre plaisir au spectacle de mon énervement. A la fin, après que j'eus subi un repas en leur compagnie, et alors que j'étais sur le point de solliciter un entretien en présence de sa tante, elle s'en alla au casier à musique et, s'accompagnant d'un air, se mit à chanter sur un ton élevé : « Qui ne veut pas quand il a peur, quand il voudra ne pourra plus. » Mais ce fut la fin de ses rigueurs, et aussitôt après m'avoir fait des excuses dont je ne me souciais guère, elle m'emmena avec elle dans la bibliothèque de son père. Je ne dois pas manquer d'ajouter qu'elle était parée comme une grâce, et belle comme le jour.

– Maintenant, monsieur David, asseyez-vous ici et taillons une bavette à nous deux, fit-elle. J'ai beaucoup à vous raconter, et il paraît en outre que je me suis montrée fortement injuste envers votre bon goût.

– En quelle manière, mademoiselle Grant ? demandai-je. Je suis persuadé de n'avoir jamais manqué de respect à personne.

– Je m'en porterais garante pour vous, monsieur David, répliqua-t-elle. Votre respect, tant envers vous-même qu'envers vos humbles voisins, a toujours été sans égal, et c'est fort heureux. Mais là n'est pas la question. Vous avez reçu un billet de moi ?

– Je me suis permis d'en faire la supposition, et ce fut là de votre part une attention délicate.

– Il doit vous avoir prodigieusement étonné. Mais commençons par le commencement. Vous vous rappelez peut-être qu'un jour vous avez eu la complaisance d'accompagner trois fort ennuyeuses demoiselles à Hope Park ? J'ai d'autant moins de raisons de l'oublier que vous avez eu alors l'attention particulière de me faire connaître les principes de la grammaire latine, chose qui s'est gravée profondément dans ma reconnaissance.

– Je crains d'avoir été tristement pédant, fis-je, accablé de confusion à ce ressouvenir. Mais vous devez considérer que je n'ai aucun usage de la société féminine.

– Ne parlons donc plus de la grammaire latine, reprit-elle. Mais d'où vient que vous avez abandonné celles qui vous étaient confiées ? « Il l'a rejetée, il l'a reniée, sa seule, sa chère Annie ! » fredonna-t-elle ; et sa seule chère Annie ainsi que ses deux sœurs ont dû rentrer chez elles toutes seules à la queue leu leu, tels des canards verts ! Il paraît que vous êtes retourné trouver mon papa, chez qui vous vous êtes montré excessivement martial, et que vous avez passé de là dans le royaume de l'inconnu, lequel avait, paraît-il, quelque rapport avec le Rocher du Bass ; les oies sauvages sont peut-être plus de votre goût que les jolies filles.

Durant toute cette raillerie le regard de la demoiselle me faisait supposer que j'allais entendre du meilleur.

– Vous prenez plaisir à me tourmenter, fis-je, et je suis un jouet bien inoffensif ; mais permettez-moi d'implorer votre pitié. Pour le moment, je ne souhaite qu'une chose, c'est d'apprendre des nouvelles de Catriona.

– L'appelez-vous de ce nom en sa présence, monsieur David Balfour ? me demanda-t-elle.

– A vrai dire je n'en suis pas trop sûr, bégayai-je.

– En tout cas, cela ne me paraît pas convenable vis-à-vis d'étrangers, reprit miss Grant. Et pourquoi vous intéressez-vous tellement aux affaires de cette jeune personne ?

– J'ai su qu'elle était en prison.

– Eh bien ! apprenez maintenant qu'elle en est sortie. Que vous faut-il de plus ? Elle n'a désormais plus besoin de champion.

– C'est peut-être moi qui ai besoin d'elle, mademoiselle.

– Allons, cela vaut mieux. Mais regardez-moi bien en face : ne suis-je pas plus jolie qu'elle ?

– Je serais le dernier à le nier. Il n'y a pas votre égale dans toute l'Écosse.

– Eh bien ! vous avez choisi entre nous deux, et vous n'avez plus besoin de parler de l'autre. Ce n'est pas du tout le moyen de plaire aux dames, monsieur Balfour.

– Mais, Mademoiselle, repris-je, il n'y a pas que la beauté qui compte.

– Dois-je entendre par là que je ne vaux pas grand-chose ?

– Vous devez entendre par là, s'il vous plaît, que je ressemble au coq sur le fumier de la fable, dis-je. Je vois la belle perle – et j'aime bien de la voir – mais le grain de mil fait mieux mon affaire.

– Bravissimo ! s'écria-t-elle. Voilà enfin une parole bien dite, et pour vous en récompenser je vais vous raconter une histoire. Le soir même de votre désertion, je rentrai tard d'une maison amie – où je fus très admirée, quoi que vous en pensiez – et qu'est-ce que j'apprends ? qu'une jeune fille voilée d'un tartan désire me parler ! Elle était là depuis au moins une heure, me dit la servante, et elle pleurait toute seule en m'attendant. J'allai la trouver de ce pas ; elle se leva pour me recevoir et je la reconnus aussitôt. « Les Yeux Gris », me dis-je en moi-même, mais en me gardant bien de lui montrer ma surprise. « Vous voilà enfin, miss Grant ! » fit-elle, en se levant et me jetant un regard attentif et désolé. « Oui, il m'a dit vrai, vous êtes jolie à tout le moins. » – « Je suis comme Dieu m'a faite, ma chère, répliquai-je, mais je vous serais bien obligée si vous pouviez me dire ce qui vous amène chez moi si tard dans la soirée. » – « Madame, me dit-elle, nous sommes parentes, nous sommes toutes les deux sorties du sang des fils d'Alpin. » – « Ma chère, je me soucie des fils d'Alpin autant que d'un trognon de chou. Les larmes de votre visage sont un meilleur argument. » Et là-dessus j'eus la faiblesse de l'embrasser, chose que vous aimeriez tellement de faire, mais je gage que vous n'en auriez pas l'audace. Je dis que ce fut de ma part une faiblesse, car je ne connaissais d'elle que son extérieur, mais c'était là ce que je pouvais faire de plus sage. Elle est très ferme et très brave de caractère, mais je la crois peu habituée aux caresses ; et par ce baiser (qui l'effleura d'ailleurs à peine) je gagnai son cœur. Je ne livrerai pas les secrets de mon sexe, monsieur David ; je ne vous dirai pas de quelle façon elle m'enjôla, parce que c'est le même procédé qu'elle emploiera avec vous. Ah ! oui, c'est une bonne fille ! Elle est limpide comme de l'eau de roche.

– Comme vous la jugez bien, m'écriai-je.

– Eh bien donc, elle me conta ses ennuis, continua miss Grant, elle me dit son inquiétude au sujet de son papa, sa colère si peu justifiée contre vous et sa perplexité après votre départ. « C'est alors que je m'avisai en fin de compte, dit-elle, que nous étions parentes et que M. David vous avait appelé la plus jolie des jolies. Je me dis en moi-même : « Si elle est si jolie, elle ne peut manquer aussi d'être bonne ! Et là-dessus j'ai mis mes souliers. » A ce moment-là, je vous ai pardonné, monsieur David. Lorsque vous étiez dans ma société, vous sembliez sur des charbons ardents ; à en juger par les apparences, si jamais j'ai vu un homme qui ne demandait qu'à s'en aller, c'était bien vous ; et c'était de mes deux sœurs et de moi que vous étiez si désireux de vous éloigner ; mais alors je me rappelai que vous aviez fait quelque attention à moi en partant, et que vous aviez eu l'obligeance de parler de mes charmes ! C'est de cette heure-là que date notre amitié et que la grammaire latine m'est apparue sympathique.

– Il vous restera toujours bien assez de temps pour me railler, répliquai-je ; et je crois en outre que vous ne vous rendez pas justice. Ce fut Catriona qui amollit tellement votre cœur à mon égard. Elle est trop naïve pour discerner comme vous la roideur de son ami.

– Je n'en jurerais pas, monsieur David. Les filles sont clairvoyantes. Mais, quoi qu'il en soit, elle est tout à fait votre amie, comme je l'ai pu voir. Je l'ai emmenée auprès de sa seigneurie mon papa ; et Sa procurerie, étant au degré voulu de son bordeaux, fut assez bonne pour nous recevoir toutes les deux. – « Voici les Yeux-Gris dont on vous a tant rebattu les oreilles ces jours passés, lui dis-je. Elle est venue vous prouver que nous disions vrai, et je dépose à vos pieds la plus jolie fille des trois Lothians. » Mais je faisais à part moi une restriction jésuitique. Elle joignit le geste à mes paroles : elle se mit à genoux devant lui – je ne voudrais pas jurer qu'il n'en vit pas deux, ce qui rendait la prière plus irrésistible, car vous êtes tous un tas de pachas – elle lui raconta ce qui s'était passé ce soir-là, et comment elle avait empêché le domestique de son père de vous suivre, et quelle émotion fut la vôtre ; et elle lui demanda avec larmes de lui accorder votre vie à tous deux (dont aucune ne courait le moindre danger) si bien que je vous assure que j'étais fière de mon sexe, tant c'était fait avec grâce, et honteuse pour ce sexe, à cause de la mesquinerie de l'occasion. Elle n'en avait pas dit long, je vous l'assure, que le procureur avait repris tout son sang-froid, en voyant ses desseins les plus cachés percés à jour par une jeune fille et découverts à la plus insubordonnée de ses filles. Mais en nous y mettant à nous deux, nous réussîmes à l'apaiser. Quand on sait le prendre – c'est-à-dire quand il est pris par moi – il n'y a personne qui vaille mon papa.

– Il s'est montré bon pour moi, fis-je.

– Mais il s'est montré bon aussi pour Katrine, et j'étais là pour la voir, répliqua-t-elle.

– Et elle a plaidé pour moi ?

– Elle a plaidé, et de façon très émouvante. Je ne voudrais pas vous répéter ce qu'elle a dit – je vous trouve déjà assez vain.

– Que Dieu l'en récompense ! m'écriai-je.

– Et M. Balfour aussi, j'imagine ? fit-elle.

– Vous êtes trop injuste envers moi, à la fin ! exclamai-je. Je frémirais de la savoir en des mains aussi maladroites. Croyez-vous que je prendrais avantage de ce qu'elle a demandé ma grâce ? Elle en ferait autant pour un chien nouveau-né. Je puis m'enorgueillir de mieux que cela, si vous voulez le savoir. Elle m'a baisé cette main que voici. En vérité, elle l'a fait. Et pourquoi ? Parce qu'elle croyait que je jouais un beau rôle et qu'elle assisterait peut-être à ma mort. Ce n'était pas à cause de moi... Mais je n'ai pas besoin d'aller vous raconter cela, à vous, qui ne pouvez me regarder sans rire. C'était à cause de la bravoure qu'elle m'attribuait. Il n'y a, je crois, en dehors de moi que ce pauvre prince Charles à qui on ait fait cet honneur. N'y avait-il pas de quoi me rendre fou d'orgueil ? et ne croyez-vous pas que mon cœur se brise quand j'y repense.

— Je ris beaucoup de vous, et beaucoup plus que l'exigerait la civilité, reprit-elle ; mais je vous dirai une chose : à savoir que si vous lui parlez de la sorte vous aurez quelques lueurs d'espoir.

— Moi ? m'écriai-je ; mais je n'oserais jamais. Je peux vous le dire à vous, miss Grant, parce que ce que vous pensez de moi m'est tout à fait égal. Mais elle ? pas de danger !

— Il me semble que vous avez les plus grands pieds de toute l'Écosse.

— C'est exact, ils ne sont pas petits, fis-je, en les regardant.

— Ah ! pauvre Catriona, s'exclama miss Grant.

Mais je me bornai à la considérer ; car bien que je comprenne aujourd'hui ce qu'elle voulait dire (et peut-être non sans raison), je n'ai jamais été prompt à la réplique dans ce genre de propos folâtres.

— Ma foi, tant pis, monsieur David, fit-elle, quoi qu'en dise ma conscience, je vois qu'il me faudra être votre porte-parole. Elle saura qu'à la nouvelle de son emprisonnement vous avez couru tout droit vers elle ; elle saura que vous avez refusé de prendre le temps de manger ; et de notre conversation elle en saura autant que je crois convenable pour une fille de son âge et de son inexpérience. Croyez-moi, vous serez de cette façon beaucoup mieux servi que par vous-même, car je ne mettrai pas les grands pieds dans le plat.

— Vous savez donc où elle est ?

— Je le sais, monsieur David, mais je ne vous le dirai pas.

— Et pourquoi cela ?

— Eh bien, reprit-elle, je suis votre bonne amie, comme vous l'apprendrez bientôt ; mais je suis encore plus amie de mon papa. Je vous assure que vous ne m'en ferez jamais démordre, et vous pouvez cesser de me faire vos yeux de mouton : et adieu pour cette fois à votre David Balfourerie.

— Mais il y a encore une chose, m'écriai-je. Il y a encore une chose qu'il faut empêcher, car elle causerait sa perte à elle, et à moi aussi.

— Allons, fit-elle, soyez bref, je vous ai déjà consacré la moitié de ma journée.

— Lady Allardyce croit... commençai-je ; elle suppose... elle pense que je l'ai séduite.

Le rouge monta au visage de miss Grant, si bien que je restai tout d'abord interdit de lui trouver l'oreille si sensible ; mais je ne tardai pas à m'apercevoir qu'elle luttait plutôt contre une envie de rire, ce en quoi je fus entièrement confirmé par le tremblement de sa voix quand elle me répliqua :

— Je prendrai la défense de votre réputation. Vous pouvez vous en remettre à moi.

Et là-dessus elle quitta la bibliothèque.

XX

Je continue à vivre dans la bonne société

Durant deux mois presque jour pour jour je restai l'hôte de la famille Prestongrange, où je perfectionnai ma connaissance du barreau et de la fleur de la société édimbourgeoise. Et qu'on n'aille pas s'imaginer que mon éducation fut livrée au hasard : au contraire, j'étais extrêmement occupé. J'étudiais le français, afin d'être mieux préparé à aller à Leyde ; je me mis à l'escrime, et travaillai dur jusqu'à trois heures par jour avec des progrès notables ; sur le conseil de mon cousin Pilrig, qui était excellent musicien, on me mit à une école de chant ; et par l'ordre de mademoiselle Grant, à une autre pour la danse, où je dois dire que je me montrai beaucoup moins décoratif. Néanmoins tous s'accordaient à reconnaître que cela me donnait un maintien plus dégagé ; et il est incontestable que j'appris à manier mes basques d'habit et mon épée avec plus de désinvolture, et à me tenir dans un salon comme si je m'y trouvais chez moi. Jusqu'à mes habits furent revisés avec le plus grand soin ; et le détail le plus insignifiant, telle la hauteur à laquelle je nouais mes cheveux, ou la nuance de mon ruban, se discutait entre les trois demoiselles comme une chose d'importance. Somme toute, il est certain que mon apparence se perfectionna beaucoup et qu'elle acquit un petit air à la mode qui eût fort étonné les bonnes gens d'Essendean.

Si les deux plus jeunes demoiselles étaient toujours prêtes à discuter un point de mon costume, c'est parce que cela s'accordait avec leurs préoccupations habituelles. Par ailleurs elles ne semblaient pas s'apercevoir le moins du monde de ma présence ; toujours plus que jolies, avec une sorte de cordialité sans cœur, elles ne cachaient cependant pas à quel point je les ennuyais. Quant à la tante, femme douée d'une égalité d'humeur singulière, je pense qu'elle m'accordait à peu près autant d'intérêt qu'au reste de la famille, ce qui n'était guère. Mes principaux amis restaient donc la sœur aînée et le procureur lui-même, et notre intimité s'accrut beaucoup de notre participation à un plaisir commun. Avant l'arrivée de la cour nous passâmes quelques jours au château de Grange, y tenant table ouverte avec une noble prodigalité, et ce fut là que tous trois nous prîmes l'habitude de nous promener à cheval ensemble par la campagne – habitude qui se maintint par la suite à Édimbourg, autant que le promettaient les nombreuses occupations de Prestongrange. Lorsque le grand air, l'exercice, les difficultés du chemin ou les incidents du mauvais temps nous avaient mis en bonne harmonie, je perdais entièrement ma timidité ; nous oubliions que nous étions des étrangers, et la conversation, cessant d'être un devoir, n'en coulait qu'avec plus d'abondance. Ce fut alors que je leur racontai mon histoire, par bribes détachées, depuis l'époque où je partis d'Essendean : ma navigation et mon combat sur le *Covenant,* mes tribulations sur la bruyère, etc. L'intérêt qu'ils prirent à mes aventures donna naissance à une promenade que nous fîmes un peu plus tard, un jour où les tribunaux ne siégeaient pas. Il faut que j'en parle un peu plus au long.

Partis à cheval de bonne heure, nous passâmes d'abord près du château de Shaws : il était encore très tôt, et les bâtiments, d'où ne s'élevait aucune fumée, se dressaient au milieu d'un vaste espace couvert de givre. Arrivé là, Prestongrange mit pied à terre, me confia son cheval, et s'en alla rendre visite à mon oncle. Mon cœur se gonfla de ressentiment, à la vue de cette morne demeure et à la pensée du vieil avare qui grelottait à l'intérieur dans sa cuisine glacée.

— Voilà mon château, dis-je, et mes parents.

— Pauvre David Balfour ! fit miss Grant.

Ce qui se passa au cours de cette entrevue m'est toujours resté ignoré ; mais elle ne dut pas être des plus agréables pour Ebenezer. En sortant de chez lui, Prestongrange était soucieux.

— Vous ne tarderez pas, je crois, à être le vrai laird, monsieur David, me dit-il, en se tournant à demi vers moi, un pied à l'étrier.

— Je n'en affecterai aucun chagrin, répliquai-je, et, à dire vrai, miss Grant et moi avions occupé la durée de son absence à imaginer les embellissements du domaine : bosquets, parterres, terrasse, à peu près tel que je les ai réalisés depuis.

Nous poussâmes ensuite jusqu'à Queensferry, où Rankeillor nous fit bon accueil. Il ne se tenait plus de joie à recevoir un tel hôte. Le procureur me fit l'extrême amitié d'examiner à fond mes affaires, et il passa près de deux heures enfermé dans le bureau de l'avocat, lui témoignant (à ce que j'ai appris) beaucoup de sollicitude envers moi et d'intérêt pour mon avenir. Afin de passer le temps, miss Grant et moi, accompagnés du jeune Rankeillor, nous prîmes une barque pour aller à Limekilns, de l'autre côté du Hope. Rankeillor fils se rendit du dernier ridicule (un ridicule qui frisait, à mon avis, la grossièreté) en complimentant la jeune demoiselle, et je m'étonnai (bien que ce soit là une faiblesse trop commune à mon sexe) de l'en voir plutôt flattée. Cela eut ceci de bon qu'une fois arrivés sur l'autre rive elle usa de son ascendant sur lui pour lui faire garder la barque, tandis qu'elle et moi nous allions un peu plus loin jusqu'au cabaret. Cette idée venait d'elle, car ce que je lui avais dit d'Alison Hastie l'avait charmée, et elle désirait connaître la jeune fille en personne. Cette fois-ci encore, nous la trouvâmes seule – je crois d'ailleurs que son père travaillait toute la journée aux champs – et elle accueillit par une belle révérence le jeune gentilhomme et la belle jeune dame en costume d'amazone.

– C'est là tout le bonjour que j'aurai ? fis-je, en lui tendant la main.
Ne reconnaissez-vous donc plus les anciens amis ?

– Seigneur ! qu'est-ce que je vois ! s'écria-t-elle. Puis : Vrai Dieu, c'est
le garçon déguenillé !

– Lui-même, répliquai-je.

– J'ai bien des fois repensé à vous et à votre ami, et je suis bien
contente de vous voir en ces beaux habits, s'écria-t-elle. Mais je pensais
bien que vous aviez retrouvé vos parents, à voir le superbe cadeau que
vous m'avez envoyé ; je vous en remercie de tout mon cœur.

– Là, me dit miss Grant, sortez bien vite, comme un brave enfant.
Je ne suis pas venue ici pour rester à tenir la chandelle ; c'est elle et
moi qui allons bavarder.

Elle ne resta guère plus de dix minutes dans la maison, mais quand
elle en sortit je remarquai deux choses : d'abord qu'elle avait les yeux
rouges, et ensuite qu'une broche d'argent avait disparu de son corsage.
J'en fus très touché.

– Je ne vous ai jamais vue si bien parée, lui dis-je.

– Davie, mon ami, pas de discours pompeux ! fit-elle.

Et jusqu'à la fin de la journée elle se montra plus taquine envers
moi qu'à son ordinaire.

Les lumières s'allumaient lorsque nous rentrâmes de cette excursion.

Je restai un bon moment sans autres nouvelles de Catriona, car
Mlle Grant restait absolument impénétrable et me fermait la bouche
par des plaisanteries. A la fin, un jour qu'en revenant de promenade
elle me trouva seul dans le salon, penché sur ma leçon de français,
je crus lui voir un air inhabituel : son teint était plus coloré, ses yeux
étincelaient, et lorsqu'elle me regardait elle semblait refréner un léger
sourire. On eût dit la malice personnifiée. Tout en parcourant la pièce
à pas précipités, elle s'avisa de soulever à propos de rien une discussion
que rien ne justifiait (du moins de mon côté). Je me débattis comme
Chrétien dans la fondrière [1], plus je m'efforçais de m'en tirer, plus je
m'enfonçais ; tant et si bien qu'elle finit par déclarer, avec beaucoup
de chaleur, qu'elle n'accepterait de personne une telle réponse, et que
je devais lui demander pardon à genoux.

Tout ce fracas immotivé m'échauffa la bile.

– Je n'ai rien dit qui puisse réellement vous froisser, répliquai-je ;
et quant à me mettre à genoux, c'est là une attitude que je réserve pour
Dieu seul.

– Et si je veux être servie comme une déesse ! s'écria-t-elle, en agitant
ses boucles brunes et me regardant avec des yeux animés. Tout homme
qui passe à portée de mes jupes en usera ainsi avec moi !

– Je veux bien vous demander pardon pour la forme, tout en jurant
que je ne sais pas pourquoi, repartis-je. Mais quant à ces postures de
théâtre, vous pouvez vous adresser à d'autres.

---

1. Allusion à un épisode du petit livre protestant intitulé : *Le Pèlerinage du nommé Chrétien.*

– O David ! fit-elle. Même si je vous en priais ?

Je m'avisai alors que je luttais contre une femme, autant dire contre un enfant, et cela sur un détail de pure forme.

– Je trouve cette requête puérile, fis-je, et indigne de vous, comme il est indigne de moi d'y obéir. Néanmoins, je ne veux pas vous refuser ; et que le péché, si c'en est un, retombe sur votre tête.

Et là-dessus je mis en effet un genou en terre.

– Voilà, s'écria-t-elle, voilà la vraie posture qui convient, j'ai enfin réussi à vous y amener.

Et puis brusquement :

– Attrapez ! fit-elle, en me jetant un billet plié ; et, rieuse, elle s'enfuit hors de la pièce.

Le billet ne portait ni date ni indication de lieu. Il disait : « *Cher monsieur David, je reçois chaque jour de vos nouvelles par ma cousine, miss Grant, et ce m'est un plaisir de les entendre. Je suis en très bonne santé, dans un bon endroit chez de braves gens mais dans l'obligation étroite de rester cachée. J'espère toutefois que nous finirons par nous revoir. Je sais tous vos bons procédés par mon affectionnée cousine, qui nous aime tous les deux. Elle me fait vous envoyer ce mot, qu'elle me regarde écrire. Je vous prierai d'obéir à tout ce qu'elle vous ordonnera, et je reste votre amie dévouée. Catriona MacGregor Drummond.*
– P.S. - N'irez-vous pas voir ma cousine Allardyce ? »

Je range parmi mes plus rudes campagnes (comme disent les soldats) d'avoir suivi ce dernier avis et d'être allé à la maison voisine de Dean. Mais je trouvai la vieille dame complètement transformée et souple comme un gant. Je n'ai jamais pu deviner par quels moyens miss Grant l'avait ainsi retournée ; je suis sûr en tout cas qu'elle n'eut garde de se montrer, dans cette affaire où son papa n'était déjà que trop compromis. C'était lui, en effet, qui avait persuadé à Catriona de quitter la maison de sa cousine, ou plutôt de n'y pas retourner, pour l'héberger en place dans une famille de Glasgow composée de gens honorables, tout à la dévotion du procureur, et en qui elle pouvait avoir d'autant plus de confiance qu'ils étaient de son clan à elle et de sa famille. Ceux-ci la tinrent cachée jusqu'à ce que tout fût mûr à point, l'encouragèrent et l'aidèrent à tenter la délivrance de son père, et après sa sortie de prison la reçurent de nouveau dans la même retraite. Ce fut ainsi que Prestongrange s'assura et employa son instrument, et jamais le moindre mot ne transpira de ses relations avec la fille de James More. On jasa bien un peu sur l'évasion de ce triste personnage, mais le gouvernement riposta par une démonstration énergique : l'un des geôliers de la prison fut fouetté, le lieutenant de garde (mon pauvre ami Duncansby) fut cassé, et quant à Catriona, tout le monde fut trop heureux que son crime fût passé sous silence.

Je ne pus jamais amener miss Grant à lui porter une réponse.

– Non, me disait-elle, lorsque j'insistais, non, je ne veux pas remettre les grands pieds dans le plat.

Cela me faisait d'autant plus de peine à entendre que je savais qu'elle voyait ma petite amie plusieurs fois par semaine, et qu'elle lui portait de mes nouvelles chaque fois que j'avais été sage, comme elle disait. A la fin, elle m'accorda ce qu'elle appelait une récompense, où je vis bien plutôt une dérision. Miss Grant était à coup sûr une amie autoritaire, et voire tyrannique, pour tous ceux qu'elle aimait, et il y avait parmi ceux-ci une certaine vieille demoiselle noble, très étourdie et très spirituelle, qui logeait au plus haut d'un immeuble situé dans une étroite ruelle, avec une nichée de linottes en cage, et tout le jour assaillie de visiteurs. Miss Grant aimait beaucoup m'y conduire : je dus faire à son amie le récit de mes tribulations ; et miss Tobie Ramsay (car c'était son nom) fut très aimable et m'apprit quantité de choses qu'il me fallait connaître du vieux temps et de l'état ancien de l'Écosse. J'ajouterai que la fenêtre de sa chambre, grâce à l'étroitesse de la ruelle, donnait vue, à moins de trois pieds de distance, sur une lucarne grillagée éclairant l'escalier de la maison d'en face.

Sous un prétexte quelconque, miss Grant m'y laissa un jour en compagnie de miss Ramsay. La dame me paraissait distraite et comme préoccupée. J'étais, de mon côté, fort mal à mon aise, car il faisait froid, et la fenêtre, contrairement à l'ordinaire, était ouverte. Tout à coup la voix de miss Grant, qui semblait venir de l'extérieur, frappa mes oreilles.

— Dites, Shaws ! cria-t-elle, regardez vite par la fenêtre et voyez ce que je vous ai apporté.

Jamais spectacle ne me charma davantage. Dans les profondeurs de la ruelle régnait une pénombre claire qui permettait de voir distinctement entre les murs noirs et enfumés. Or là, tout proche à la lucarne grillée, deux visages me considéraient en souriant : celui de miss Grant et celui de Catriona.

— Là ! fit Grant, j'ai voulu qu'elle vous vît dans vos beaux habits, comme la demoiselle de Limekilns ; et j'ai voulu aussi lui faire voir ce que je suis capable de faire de vous quand je m'y mets sérieusement.

Je me rappelai alors qu'elle avait ce jour-là insisté sur ma toilette plus que d'habitude ; et je pense qu'elle avait pris le même soin pour Catriona. Car miss Grant, cette joyeuse et sensible demoiselle, ne s'en préoccupait pas moins étonnamment de chiffons.

— Catriona ! fut la seule parole que je pus émettre.

Pour elle, sans rien dire du tout, elle se contenta de me faire signe de la main en souriant, et on l'entraîna aussitôt de derrière la lucarne.

La vision se fut à peine évanouie que je me précipitai jusqu'à la porte de la maison, que je trouvai fermée à clef. Je retournai auprès de miss Ramsay et la suppliai de me livrer la clef, mais j'aurais pu aussi bien supplier le donjon. Elle avait, me dit-elle, donné sa parole, et elle m'exhorta à être sage. Je ne pouvais enfoncer la porte, ce qui d'ailleurs n'eût pas été honnête ; je ne pouvais sauter par la fenêtre qui se trouvait au septième étage. Tout ce que je pus faire fut de me pencher dans la ruelle et de guetter leur réapparition au bas de l'escalier. Je ne vis pas grand-chose, tout juste le dessus de leurs têtes à chacune, ridiculement posé sur un rond de jupes, telle une paire de pelotes à épingles. Catriona ne regarda même pas en l'air pour me dire adieu, car miss Grant, comme je le sus plus tard, l'en empêcha, en lui disant que l'on ne paraissait jamais moins à son avantage que vue du haut en bas. Dès que je fus remis en liberté, je retournai chez le procureur et reprochai à miss Grant sa cruauté.

— Je regrette votre désappointement, fit-elle obstinément. Pour ma part, j'ai eu beaucoup de plaisir. Vous aviez meilleur air que je ne l'aurais cru ; vous aviez l'air – si cela ne doit pas vous rendre trop fat – d'un fort joli jeune homme, quand vous vous êtes montré à la fenêtre. Il faut vous dire que l'on ne voyait pas vos pieds, ajouta-t-elle d'un ton rassurant.

— Oh! m'écriai-je, laissez mes pieds tranquilles, ils ne sont pas plus grands que ceux de mon voisin.

— Ils sont même plus petits que d'autres, reprit-elle, mais je parle au figuré comme le prophète de la Bible.

— Je ne m'étonne plus si on les lapidait de temps à autre, répliquai-je. Mais vous, méchante fille, comment avez-vous pu faire cela ? Comment avez-vous eu un seul instant le cœur de me tenter ainsi ?

— L'amour est comme les gens, dit-elle : il a besoin d'être alimenté.

— O Barbara, laissez-moi la voir comme il faut, suppliai-je. Vous le pouvez bien ; vous, vous la voyez quand vous voulez. Accordez-moi une demi-heure.

— Qui est-ce qui dirige cette négociation d'amour ? Vous ou moi ? demanda-t-elle.

Et comme je continuais à la presser de mes instances, elle adopta un expédient infaillible, qui consistait à singer mes intonations lorsque je prononçais le nom de Catriona. Grâce à moi elle réussit à me tenir sous sa coupe durant quelques jours.

Personne ne fit jamais la moindre allusion au mémoire, et moi encore moins. Prestongrange et Sa Grâce le lord président n'y avaient prêté, j'imagine, aucune attention ; ils le gardèrent pour eux, en tout cas, le public n'en fut pas instruit ; et, le moment venu, le 8 novembre, par un jour de tempête et de bourrasque furieuse, l'infortuné James des Glens fut dûment pendu à Lettermore près Ballaculish.

Tel fut donc le résultat final de mes efforts ! D'autres innocents ont péri avant James et il en périra vraisemblablement après lui (en dépit de tous les progrès) jusqu'à la consommation des siècles. Et jusque-là encore des jeunes gens, ignorant la duplicité de la vie et des hommes, lutteront comme je l'ai fait, prendront d'héroïques résolutions, courront des risques infinis, et la série des événements les rejettera de côté et continuera sa marche irrésistible. James fut donc pendu ; et cependant j'habitais chez Prestongrange, et je lui étais reconnaissant de ses soins paternels. Il fut pendu ; et voilà qu'en rencontrant M. Simon dans la rue je ne manquai pas de lui tirer mon chapeau comme un bon petit garçon devant son pasteur. Il avait été pendu par ruse et violence, et le monde allait son train, sans qu'il y eût pour un sou de différence, et les traîtres de cet affreux complot étaient d'honorables et bons pères de famille qui allaient à l'église et recevaient la communion !

Mais j'avais eu un aperçu de cette détestable chose qui a nom politique ; je l'avais vue de derrière, dans sa hideuse nudité, et j'étais guéri pour la vie de tout désir d'y jouer à nouveau un rôle. Le chemin que j'ambitionnais de suivre était uni, paisible et intime, et j'y pourrais tenir ma tête à l'abri des dangers et ma conscience hors des voies de la tentation. Car, rétrospectivement, je comprenais que loin d'avoir agi avec noblesse, au contraire, avec le plus grand déploiement de discours pompeux et de préparatifs, je n'avais abouti à rien.

Le 25 du même mois, un bateau devait appareiller de Leith, et on m'avertit à l'improviste de faire mes malles pour me rendre à Leyde. Je ne pouvais naturellement rien dire à Prestongrange, car depuis trop longtemps j'abusais de son hospitalité. Mais à sa fille je pus ouvrir mon cœur, lamentant mon destin de me voir expédié loin de mon pays, et lui assurant que si elle ne me procurait pas une suprême entrevue avec Catriona, je pourrais bien au dernier moment refuser de partir.

— Ne vous ai-je pas donné mon avis là-dessus ? me demanda-t-elle.

— Je le sais, répondis-je, et je sais aussi que je vous ai déjà beaucoup d'obligations, et que je suis contraint d'obéir à vos ordres. Mais vous avouerez que vous êtes une demoiselle parfois un peu trop joyeuse pour qu'on se fie à vous entièrement.

— Eh bien, je vais vous donner un moyen. Soyez à bord dès neuf heures du matin : le navire n'appareille qu'à une heure ; gardez votre barque ; et si vous n'êtes pas satisfait de mes adieux lorsque je vous les enverrai, je vous permets de revenir à terre et de chercher Katrine tout seul.

N'en pouvant obtenir davantage, je fus bien forcé de me contenter de cette promesse.

Le jour vint enfin de nous séparer. Elle et moi nous avions été fort intimes et familiers ; je lui devais beaucoup ; et l'attente de notre séparation m'enlevait le sommeil, tout comme celle des pourboires que je devais distribuer aux domestiques. Je savais qu'elle me trouvait trop timide, et je désirais profiter de cette occasion pour me relever à ses yeux. En outre, après tant de démonstrations d'une amitié, je crois, réelle des deux parts, il eût paru bien froid d'être cérémonieux. En conséquence, je pris mon courage à deux mains, apprêtai mes discours, et à la dernière occasion que nous eûmes de nous trouver en tête à tête, je lui demandai très hardiment la permission de l'embrasser en manière d'adieu.

— Vous vous oubliez étrangement, monsieur Balfour, dit-elle. Je ne vous ai jamais, que je sache, donné aucun droit de vous prévaloir de nos relations.

Je restai devant elle comme une horloge arrêtée, sans plus savoir que faire, encore moins que dire, lorsque brusquement elle me jeta ses bras autour du cou et m'embrassa de la meilleure volonté du monde.

— Ô l'éternel enfant ! s'écria-t-elle. Pouviez-vous penser que je nous

laisserais nous séparer comme deux étrangers ? parce que je suis
incapable de garder mon sérieux devant vous cinq minutes de suite,
il ne faut pas vous imaginer que je ne vous aime pas beaucoup ; l'envie
de rire le dispute en moi à l'amitié, dès que je jette les yeux sur vous.
Et maintenant, pour compléter votre éducation, je vais vous donner
un conseil dont vous aurez besoin avant qu'il soit longtemps. Ne
demandez jamais rien à une femme ; elle vous répondrait non ; il n'existe
pas de fille capable de résister à la tentation. Les théologiens prétendent
que c'est la faute de notre mère Ève, parce qu'elle n'a pas su refuser
quand le serpent lui a présenté la pomme : ses filles ne peuvent faire
autrement.

— Puisque je vais si tôt perdre mon joli professeur, commençai-je.

— Hé hé, voilà qui est galant ! dit-elle, en faisant la révérence.

— Je voudrais vous poser une seule question, continuai-je. Puis-je
demander à une jeune fille de m'épouser ?

— Vous croyez donc que vous ne pourriez l'épouser sans cela ? Ou
bien qu'elle irait vous l'offrir d'elle-même ?

— Vous voyez bien que vous ne pouvez rester sérieuse.

— Je serai toujours sérieuse pour une chose. Davie, je serai toujours
votre amie.

Le lendemain matin, comme je montais à cheval, les quatre dames
étaient toutes à la même fenêtre d'où nous avions autrefois jeté les yeux
sur Catriona, et comme je m'éloignais, toutes me dirent adieu en agitant
leurs mouchoirs. L'une des quatre du moins était vraiment triste, et
à cette idée et en songeant qu'il y avait déjà trois mois que j'étais venu
frapper à leur porte pour la première fois, la tristesse se mêla dans
mon esprit à la reconnaissance.

Deuxième partie

PÈRE ET FILLE

XXI

Mon voyage en Hollande

Le navire était à l'ancre bien en dehors du môle de Leith, en sorte que nous devions, nous les passagers, nous y rendre au moyen de canots. Ce n'était aucunement désagréable, car le calme plat régnait, par un temps très froid et nuageux qui laissait traîner sur l'eau une légère brume. Tandis que j'approchais du navire sa coque m'était donc entièrement cachée, mais ses grands mâts se dressaient haut et clair dans l'azur comme un étincellement de feu. C'était un bateau marchand très spacieux et commode, mais lourd de l'avant, et chargé à l'excès de sel, de saumon salé et de beaux bas de fil destinés aux Hollandaises. Dès mon arrivée à bord je fus salué par le capitaine – un nommé Sang (de Lesmahago, je crois), vieux loup de mer cordial et familier, mais pour l'instant fort affairé. Les autres passagers n'étaient pas encore arrivés, si bien que je pus me promener librement sur le pont, et examiner le paysage à loisir, tout en me demandant ce qu'allaient être ces adieux que l'on m'avait promis.

Devant moi, Édimbourg tout entier avec les monts Pentland s'irradiait dans une buée lumineuse çà et là surmontée de gros nuages opaques ; de Leith on ne voyait que le haut des cheminées, et à la surface de l'eau où reposait le brouillard, rien du tout. Sortant de ce brouillard, je perçus bientôt un bruit cadencé d'avirons, puis je vis émerger (comme de la fumée d'un incendie) une embarcation. A l'arrière se tenait gravement un homme tout emmitouflé contre le froid, et à son côté une gracieuse forme féminine dont la vue arrêta les battements de mon cœur. Je n'avais pas eu le temps de reprendre haleine et de m'apprêter à la recevoir, qu'elle prenait pied sur le pont. En souriant, je lui fis mon plus beau salut, qui s'était à présent bien perfectionné depuis ce jour, datant de plusieurs mois, où je le fis pour la première fois à sa seigneurie. Nous avions certainement beaucoup changé tous les deux :

elle semblait avoir grandi comme un jeune et bel arbuste. Elle avait maintenant une sorte de jolie réserve qui lui seyait tout à fait, en lui donnant l'air de s'estimer davantage et d'être devenue tout à fait femme. Pour le reste la main de la même magicienne avait opéré sur tous deux, et Miss Grant, si elle ne pouvait nous rendre jolis tous les deux, nous avait du moins rendus l'un et l'autre élégants.

La même exclamation, formulée presque de même, jaillit de nos lèvres : chacun de nous croyait que l'autre était venu par politesse lui faire ses adieux, mais nous découvrîmes dans un éclair que nous allions naviguer ensemble.

— Oh, pourquoi Baby ne me l'a-t-elle pas dit ? s'écria-t-elle ; et puis elle se rappela qu'elle avait reçu une lettre, sous condition de ne la décacheter qu'une fois arrivée à bord. Ce pli contenait un billet pour moi, ainsi libellé :

« *Cher Davie – Que pensez-vous de mon adieu ? et que dites-vous de votre compagne de bord ? L'avez-vous embrassée, ou le lui avez-vous demandé ? J'allais signer ici, mais vous trouveriez ma question ambiguë, et pour ce qui me regarde, je connais la réponse. Ajoutez donc ici un tas de bons conseils. Ne soyez pas trop timide, et pour l'amour de Dieu, n'essayez pas d'être trop audacieux ; rien ne vous convient plus mal. Je reste.*

« *Votre affectionnée amie et gouvernante,*

« *Barbara GRANT.* »

J'écrivis par politesse un mot de réponse sur une feuille tirée de mon calepin. Je le joignis à un autre billet de Catriona, scellai le tout de mon nouveau cachet aux armes des Balfour, et le fis porter par le domestique de Prestongrange qui attendait toujours dans son canot.

Nous pûmes ensuite nous considérer mutuellement tout à loisir, et d'un commun accord nous nous prîmes les mains encore une fois.

— Catriona ! dis-je. C'était là le premier et le dernier mot de mon éloquence.

— Vous êtes heureux de me revoir ?

— Heureux n'est pas assez dire. Mais nous sommes trop amis pour faire des phrases inutilement.

— N'est-elle pas la meilleure des filles ? reprit-elle une fois de plus. Je n'ai jamais vu fille plus honnête ni plus belle.

— Et pourtant elle ne se souciait pas plus d'Alpin que d'un trognon de chou.

— Oh, elle le disait. Mais c'est pour l'amour du nom et de la noble race qu'elle m'a reçue avec bonté.

— Non, je vais vous dire pourquoi elle l'a fait. Il y a de par le monde toutes sortes de visages. Il y a celui de Barbara ; en la regardant chacun l'admire, et la trouve une belle, bonne, et joyeuse fille. Et puis il y a le vôtre, qui est tout différent – je n'ai jamais si bien compris cette différence qu'aujourd'hui. Vous ne pouvez vous voir vous-même, et c'est pourquoi vous ne le comprenez pas ; mais c'est pour l'amour de votre visage qu'elle vous a accueillie avec bonté. Et tout le monde en eût fait autant.

– Tout le monde ? fit-elle.

– Tout être vivant ! répliquai-je.

– C'est donc pour cela que les soldats du château m'ont si bien accueillie ?

– Allons, je vois que Barbara vous a appris à me mystifier.

– Elle m'a appris bien d'autres choses encore. Elle m'a enseigné beaucoup concernant M. David – tout le mal qu'elle pense de lui, et le peu qui n'est pas aussi mauvais, par-ci par-là, ajouta-t-elle en souriant, elle ne m'a rien caché de M. David, excepté seulement qu'il naviguerait sur le même navire que moi. Et à ce propos, pourquoi donc partez-vous ?

Je le lui expliquai.

– Ainsi donc, fit-elle, nous n'avons plus que quelques jours à passer ensemble, après quoi nous nous dirons un adieu éternel ! Moi, je vais retrouver mon père à un endroit qui s'appelle Helvoetsluis, et de là nous gagnerons la France, pour y vivre en exil aux côtés de notre chef.

Je ne sus prononcer qu'un « Ah ! » car le nom de James More se refusait à sortir de mes lèvres.

Elle fut prompte à s'en apercevoir, et à deviner quelque chose de ma pensée. Elle reprit :

– Il y a une observation que je dois vous faire avant tout, monsieur David. Je pense que deux de mes parents ne se sont pas conduits très bien avec vous. L'un d'eux est James More, mon père, et l'autre le laird de Prestongrange. Prestongrange se sera justifié lui-même, ou sa fille l'aura fait à sa place. Mais pour James More mon père, je n'ai que ceci à en dire : il a souffert la prison ; c'est un brave et honnête soldat et un bon gentilhomme highlander ; il a toujours ignoré le but poursuivi par eux ; mais s'il eût compris que ce but portait préjudice à un jeune seigneur comme vous, il aurait préféré la mort. C'est au nom de tout ce que vous aimez que je vous prie de pardonner cette erreur à mon père et à sa famille.

– Catriona, répondis-je, je veux désormais ignorer cette erreur. Je ne sais plus qu'une chose – c'est que vous êtes allée trouver Prestongrange pour lui demander ma vie à genoux. Oh, je sais bien que c'était pour votre père que vous y alliez, mais une fois là vous avez plaidé aussi pour moi. C'est là une action dont je ne puis parler. Oui, il y a deux choses dont le ressouvenir m'accable : d'abord la bonté de vos paroles lorsque vous vous êtes qualifiée ma petite amie, et ensuite le fait que vous avez plaidé pour ma vie. Qu'il ne soit plus jamais question entre nous de pardon ni d'offense.

Après quoi nous restâmes silencieux ; Catriona regardait le spectacle du pont, et moi je la regardais. Nous nous taisions toujours, lorsqu'une petite brise s'étant levée du nord-ouest, on commença d'établir les voiles et on leva l'ancre.

Outre nous deux, il y avait six passagers, qui occupaient toute la cabine. Trois étaient de riches marchands de Leith, Kirkcaldy et Dundee, tous associés pour la même affaire en Haute-Allemagne. Un autre, un Hollandais, retournait dans son pays ; les deux dernières étaient de dignes épouses de marchands. C'est à l'une d'elles que Catriona était spécialement recommandée. Mme Gebbie (car tel était son nom) se trouva pour notre grand bonheur sujette au mal de mer, et resta jour et nuit étendue sur le dos. Nous étions d'ailleurs, Catriona et moi, les seuls êtres jeunes à bord de la *Rose,* à l'exception d'un pâle mousse qui s'occupait de la table comme moi autrefois ; aussi nous laissa-t-on entièrement à nous-mêmes. A table, nous étions voisins, et je prenais à la servir un plaisir sans égal. Sur le pont, je lui accommodais un siège moelleux avec mon manteau. Le temps fut singulièrement beau pour la saison ; les journées et les nuits étaient pures et glacées, la brise douce et régulière, et pas une voile ne battit de toute la traversée de la mer du Nord. Aussi, à part les moments où nous marchions pour nous réchauffer, nous restions sur le pont depuis les premiers rayons du soleil jusqu'à des huit et neuf heures du soir, sous les claires étoiles. Parfois les marchands ou le capitaine Sang nous adressaient un coup d'œil bienveillant, ou bien ils échangeaient avec nous quelques mots aimables et s'éloignaient aussitôt ; mais la plupart du temps, ils étaient à causer harengs, guipure et fil, ou à supputer la lenteur du voyage, et ils nous laissaient à nos préoccupations, qui n'avaient guère d'intérêt que pour nous-mêmes.

Au début, nous nous croyions fort spirituels, et nous avions beaucoup à nous dire : je me mettais en peine de faire le beau, et elle s'efforçait, je crois, de jouer à la demoiselle d'expérience. Mais nous ne tardâmes pas à reprendre l'un vis-à-vis de l'autre des allures plus simples. Je remisai mon anglais gourmé et correct (si l'on peut dire) et j'oubliai de faire mes courbettes et mes plongeons d'Édimbourg. Elle, de son côté, adopta une sorte d'aimable familiarité. En même temps, notre conversation déclina, sans que personne de nous deux s'en plaignît. Parfois elle me disait un conte de bonne femme. Elle en connaissait une quantité surprenante, qu'elle tenait pour la plupart de Neil, mon ami aux cheveux roux, et les disait fort joliment. Quoique puérils, ces contes étaient d'ailleurs assez jolis mais le plaisir pour moi était d'entendre sa voix, et de songer que je l'écoutais me les dire. D'autres fois, nous nous taisions tout à fait, sans même échanger un regard, goûtant un plaisir complet dans la douceur de notre voisinage. Je ne parle ici que pour moi. Ce que la jeune fille avait dans l'esprit, je ne suis pas sûr de me l'être jamais demandé, et ce qui était dans le mien, j'avais peur d'y réfléchir. Je n'ai plus besoin d'en faire un secret, ni pour moi ni pour le lecteur : j'étais complètement amoureux. Elle s'interposait entre moi et le soleil. Elle avait grandi brusquement, comme je viens de le dire, mais d'une croissance normale ; elle resplendissait de santé, d'allégresse et de bonne humeur ; je comparais sa démarche à celle d'une jeune biche, et sa taille à un hêtre des

montagnes. Je ne souhaitais plus rien que de rester auprès d'elle sur
le pont ; et je déclare ici que je n'accordais pas une pensée à l'avenir ;
heureux de ce que m'offrait le présent, je ne cherchais pas à m'imaginer
ce qui adviendrait ensuite, et ma seule préoccupation était de savoir
si j'allais prendre sa main dans la mienne et l'y garder. Mais j'étais
trop avare des joies que je possédais pour rien livrer à l'inconnu.

Le peu que nous disions concernait ordinairement nous deux ou l'un
de nous, de telle sorte que si quelqu'un s'était donné la peine de nous
écouter, il aurait pu nous prendre pour les pires égoïstes du monde.
Un jour que nous nous livrions à cette occupation, nous en vînmes
à parler des amis et de l'amitié, et je me rends compte aujourd'hui que
nous effleurions là un sujet brûlant. Nous vantions les beautés de
l'amitié, que nous avions à peine soupçonnées jusque-là, nous disions
qu'elle renouvelait l'existence, et mille allusions voilées du même genre,
qui ont été dites depuis la création du monde par les jeunes couples
dans notre situation. Puis nous commentâmes cette circonstance
singulière, que quand des amis se rencontrent, c'est comme s'ils
existaient pour la première fois, bien que chacun d'eux ait vécu déjà
longtemps à perdre son temps avec les autres.

— Ce n'est pas tout à fait mon cas, dit-elle, et je pourrais vous raconter
en dix mots les quatre quarts de ma vie. Je ne suis qu'une fille, et
qu'est-ce qui peut arriver à une fille de toute façon ? Mais j'ai suivi
le clan, en 45. Les hommes marchaient avec des épées et des mousquets,
et certains d'entre eux par brigades portant la même sorte de tartan.
Ils n'étaient pas les derniers à marcher, je vous assure. Et il y avait
des gentilshommes des Lowlands, avec leurs tenanciers montés, et des
trompettes qui sonnaient, et il y avait un grand concert de pibrochs
de guerre. Je trottais sur un petit poney du Highland, à la droite de
mon père James More, et de Glengyle en personne. Et voici une belle
chose que je me rappelle, c'est que Glengyle m'embrassa sur les deux
joues, parce que (dit-il) « parente, vous êtes la seule dame du clan
qui soyez venue avec nous ! » alors que je n'étais qu'une gamine de
douze ans tout au plus ! J'ai vu le prince Charles aussi, et ses yeux
bleus ; comme il était joli ! Il m'a donné sa main à baiser en présence
de toute l'armée. Oh oui, c'étaient là les beaux jours, mais cela me paraît
un songe lointain dont je me suis réveillée. Vous savez trop bien
comment cela s'est passé : et ce furent les pires jours de tous, quand
les habits-rouges occupèrent le pays, et que mon père et mon oncle
se cachaient dans la montagne, et que je devais leur porter à manger
au milieu de la nuit, ou avant le lever du jour quand les coqs chantaient.
Oui, j'ai marché dans la nuit, maintes fois, et le cœur me battait fort
par peur de l'obscurité. Le plus curieux, c'est que je n'ai pas rencontré
de revenants ; mais on dit qu'ils ne font rien aux jeunes filles. Puis vint
le mariage de mon oncle, et ce fut plus terrible que tout. Sa femme
s'appelait Jane Kay ; et cette nuit-là, la nuit où nous l'emmenâmes loin
de ses amis selon les vieilles traditions, elle m'avait prise avec elle dans
sa chambre à Inversnaid. Elle voulait et ne voulait pas : cet instant-ci

elle voulait épouser Bob, et l'instant d'après elle ne voulait plus le voir. Je n'ai jamais vu femme si indécise. Sûrement toute sa personne disait à la fois oui et non. Mais aussi elle était veuve, et je n'ai jamais pu croire qu'une veuve fût une bonne femme.

— Catriona, interrompis-je, qu'est-ce qui vous fait croire cela ?

— Je ne sais pas : je dis la chose comme je la sens. Et puis, épouser un autre homme ! Quelle horreur ! Mais il s'agit d'elle. Elle se remaria donc à mon oncle Robin, et elle l'accompagna à l'église et au marché, et puis elle s'ennuya, ou bien elle n'osa plus se montrer, et pour finir, elle s'enfuit, et retourna dans sa famille, et dit que nous l'avions mise dans le lac, et je ne vous dirai pas le reste. Je n'ai jamais plus estimé beaucoup les femmes depuis lors, et ainsi enfin mon père James More vint à être jeté en prison, et vous savez le reste aussi bien que moi.

— Et de tout ce temps-là vous n'avez pas eu d'amis ? fis-je.

— Non, j'en ai été bien près avec deux-trois filles de la montagne, mais on ne peut appeler cela des amies.

— Eh bien, mon histoire à moi est bien simple, dis-je. Je n'ai jamais eu d'amis jusqu'à ce que je vous aie rencontrée.

— Et ce brave M. Stewart ?

— C'est vrai, je l'oubliais. Mais lui, c'est un homme, et c'est tout différent.

— Je le crois volontiers. Oh oui, c'est tout différent.

— Il y en a eu encore un autre, fis-je. J'ai cru autrefois que j'avais un ami, mais j'ai reconnu que je m'étais trompé.

Elle voulut savoir son nom.

— C'était un garçon, repris-je. Nous étions les deux meilleurs élèves de la classe de mon père, et nous pensions nous aimer beaucoup l'un l'autre. Or, vint le temps où il fut envoyé à Glasgow chez un commerçant, qui était son cousin issu de germain : il m'écrivit deux-trois fois par le courrier ; puis il trouva de nouveaux amis, et j'ai eu beau lui écrire jusqu'à plus soif, il n'y prit garde. Ah ! Catriona, il m'a fallu longtemps pour pardonner cela à la vie. Il n'y a rien de plus décevant que de perdre ce qu'on croyait un ami.

Elle se mit alors à me presser de questions sur sa figure et son caractère, car nous nous préoccupions beaucoup chacun de ce qui concernait l'autre ; si bien qu'enfin, pour mon malheur, je me rappelai ses lettres, et j'allai chercher le paquet dans la cabine.

— Tenez, voici ses lettres, dis-je, avec toutes celles que j'aie jamais reçues de lui. Après cela, je n'ai plus rien à raconter de moi ; vous savez le reste aussi bien que moi.

— Voulez-vous me permettre de les lire ? fit-elle.

Je le lui offris, si elle voulait s'en donner la peine ; elle me pria de la laisser, le temps de les lire toutes. Or, dans le paquet que je lui avais remis, se trouvaient non seulement les lettres de mon ami félon, mais une ou deux de M. Campbell alors qu'il était en ville à l'Assemblée, et pour compléter tout ce qui me fut jamais écrit, le petit mot de Catriona, et les deux que j'avais reçus de Miss Grant, l'un quand j'étais sur le Bass et l'autre à bord de ce navire même. Mais pour ce qui était de cette dernière, je n'y songeai pas sur le moment.

J'étais dans un tel état de sujétion à la volonté de mon amie que peu m'importait ce que je faisais, ni même presque si j'étais en sa présence ou non ; elle s'était emparée de moi comme une sorte de fièvre lente qui brûlait continuellement dans mon sein, nuit et jour, et endormi comme éveillé. Il arriva donc qu'après être allé à l'avant du bateau, à l'endroit où l'étrave élargie refoulait les vagues, je fus moins pressé de retourner auprès d'elle qu'on ne pouvait l'imaginer ; et je prolongeai même mon absence afin de varier mon plaisir. Je ne pense pas être d'un naturel fort épicurien ; mais j'avais jusqu'alors rencontré si peu d'agrément dans ma vie que l'on me pardonnera peut-être d'insister là-dessus plus qu'il ne convient.

Lorsque je retournai auprès d'elle j'eus comme l'impression pénible de quelque chose de cassé, tant elle me restitua le paquet avec froideur.

— Vous les avez lues ? fis-je ; et ma voix me parut ne pas avoir son intonation tout à fait naturelle, car je me creusais la tête pour chercher ce qui pouvait l'indisposer contre moi.

— Aviez-vous l'intention de me les faire lire toutes ? demanda-t-elle.

Je lui répondis par un « oui » défaillant.

— Les dernières aussi ? reprit-elle.

Je compris alors où nous en étions, mais je ne voulus pas lui mentir.

— Je vous les ai données toutes sans arrière-pensée, fis-je, en supposant bien que vous les liriez. Je ne vois de mal dans aucune.

— C'est donc que je suis faite autrement que vous, répliqua-t-elle. Je remercie Dieu de cette différence. Ce n'était pas une lettre à me montrer. Ce n'était même pas une lettre à écrire.

— Il me semble que vous parlez de votre amie, Barbara Grant ?

— Il n'y a rien de plus décevant que de perdre ce qu'on croyait une amie, fit-elle, reproduisant mes paroles.

— Ne serait-ce pas plutôt parfois l'amitié qui est imaginaire ? m'écriai-je. Croyez-vous réellement que ce soit juste de me reprocher quelques lignes qu'une tête à l'évent m'a écrites sur un bout de papier ? Vous savez vous-même avec quel respect je me suis toujours conduit — et je ne m'en serais jamais départi.

— Et nonobstant vous allez jusqu'à me montrer cette lettre ! Je ne veux pas de pareils amis. Je saurai très bien m'en passer, monsieur Balfour, d'elle — ou de vous.

— Voici de belle reconnaissance !

— Je vous suis très obligée. Je vous prierai d'emporter vos... lettres. Elle semblait ne pouvoir prononcer le mot, comme s'il se fût agi d'un juron.

— Vous ne me le répéterez pas deux fois, répliquai-je. Et, rassemblant le tas, je m'avançai de quelques pas vers l'avant, et les jetai à la mer, de toutes mes forces. Durant les quelques minutes qui suivirent je m'y serais jeté aussi volontiers.

Je passai le reste du jour à me promener de long en large, furieux.

Avant le coucher du soleil, j'épuisai presque la série des injures pour l'en accabler. Tout ce que j'avais appris de l'orgueil du Highland me paraissait surpassé, en voyant une jeune fille, presque une enfant, se gendarmer à ce point pour une allusion aussi futile, et cela contre son amie intime, dont elle n'avait cessé de me prêcher les louanges. Je pensais à elle avec une amertume poignante, comme on pense à un enfant en colère. Si je l'avais embrassée, me disais-je, peut-être eût-elle fort bien pris la chose ; et simplement parce que c'était mis par écrit, et avec un ragoût de plaisanterie, elle va se mettre dans ce ridicule courroux. Décidément, il y a dans le sexe féminin un défaut de compréhension à faire pleurer les anges sur la triste condition des hommes.

Nous fûmes de nouveau côte à côte au souper, mais quel changement ! Elle était envers moi aigre comme lait caillé ; sa figure semblait celle d'une poupée de bois ; je l'aurais volontiers battue et trépignée, si elle m'en avait fourni le moindre prétexte. Pour comble, sitôt le repas terminé, elle s'appliqua à prendre soin de cette Mme Gebbie qu'elle avait un tant soit peu négligée auparavant. Mais elle voulait rattraper le temps perdu, il faut croire ; et pendant tout le reste de la traversée elle se montra singulièrement assidue auprès de ladite matrone, et sur le pont elle se mit à faire beaucoup plus attention au capitaine Sang qu'il ne me semblait nécessaire. Ce n'est pas que le capitaine cessât de se montrer digne et paternel ; mais je détestais de la voir le moins du monde familière avec personne autre que moi.

Bref, elle fut si attentive à m'éviter, et sut si bien s'entourer constamment d'autres personnes, qu'il me fallut guetter longtemps l'occasion de la trouver seule ; et lorsque je l'eus trouvée, je n'en profitai guère, comme on va l'apprendre.

— Je ne vois réellement pas en quoi je vous ai offensée, lui dis-je ; cela ne saurait être irrémédiable, en tout cas. Voyons, essayez de me pardonner.

— Je n'ai rien à vous pardonner, fit-elle ; et ses paroles semblaient lui arracher la gorge. Je vous suis très obligée pour tous vos bons offices. Et elle m'adressa la huitième partie d'une révérence.

Mais je m'étais exercé d'avance à lui en dire plus, et ce plus je ne manquai pas de le lui débiter.

— Encore un mot, dis-je. Si je vous ai réellement scandalisée en vous montrant cette lettre, cela ne peut toucher miss Grant. Ce n'est pas à vous qu'elle l'a écrite, mais à un pauvre garçon tout ordinaire, qui aurait dû avoir le bon sens de ne pas vous la montrer. Si vous devez me blâmer...

— Je vous conseille de ne plus me parler de cette fille, en tout cas ! fit Catriona. C'est elle que je ne veux plus voir, même à son lit de mort.
— Elle s'éloigna de moi, pour se rapprocher aussitôt, et me crier :
— Voulez-vous me jurer que vous n'aurez plus jamais de relations avec elle ?

– Certes non, je ne serai jamais injuste à ce point envers elle, fis-je, ni tellement ingrat.

Et cette fois ce fut moi qui m'éloignai.

XXII

Helvoetsluis

Vers la fin du voyage le temps empira beaucoup : le vent sifflait dans les cordages, la mer devenait houleuse, et le navire se mit à danser à grand bruit parmi les lames. La mélopée des matelots virant au cabestan ne cessait presque plus, car nous côtoyions continuellement des bancs de sable. Vers neuf heures du matin, dans une éclaircie du soleil d'hiver, entre deux averses de grêle, j'aperçus pour la première fois la Hollande – sous forme d'une rangée de moulins à vent qui viraient à la brise. Ce fut aussi en voyant pour la première fois ces mécaniques dégingandées que j'eus la sensation immédiate d'aller à l'étranger, dans un monde et une existence nouveaux. Vers onze heures et demie on jeta l'ancre à l'entrée du port de Helvoet, à un endroit où la mer déferlait parfois, faisant rouler le navire outrageusement. On pense bien qu'à part Mme Gebbie, nous étions tous sur le pont, les uns en manteaux, les autres enveloppés dans les prélarts du bord, tous cramponnés à des cordages, et plaisantant de notre mieux à l'instar de vieux mathurins.

Puis une embarcation, qui marchait de travers comme un crabe, s'approcha péniblement du bord, et son patron héla notre capitaine en hollandais. Le capitaine Sang se dirigea, l'air fort troublé, vers Catriona ; et comme nous les entourions, la nature de la difficulté nous fut révélée à tous. La *Rose* avait comme destination le port de Rotterdam, où les autres passagers étaient fort impatients d'arriver, à cause d'un départ qui devait avoir lieu le soir même dans la direction de la Haute-Allemagne. Grâce à la quasi-tempête qui soufflait, le capitaine se déclarait capable d'assurer cette correspondance à la condition de ne pas perdre de temps. Mais James More avait donné rendez-vous à sa fille à Helvoet, et le capitaine s'était engagé à relâcher en vue du port et à la déposer dans une barque envoyée de terre suivant l'usage. L'embarcation était bien là, et Catriona était prête, mais notre capitaine tout comme le patron de la chaloupe hésitaient devant le danger, et le premier n'était pas d'humeur à s'attarder.

– Miss Drummond, dit-il, votre père ne serait pas très content si vous alliez vous casser une jambe, voire vous noyer, par notre faute. Suivez mon conseil, et continuez avec nous jusqu'à Rotterdam. Vous n'aurez qu'à prendre passage sur un coche d'eau pour descendre la

Meuse jusqu'au Brill, et de là vous prendrez une patache qui vous ramènera à Helvoet.

Mais Catriona ne voulait entendre parler d'aucun changement. Elle pâlissait à la vue des lames écumantes, des trombes d'eau qui retombaient par instants sur le gaillard d'avant, et du canot qui dansait et plongeait sans discontinuer parmi les vagues ; mais elle s'en tenait strictement aux ordres de son père. – Mon père, James More, l'a décidé ainsi – elle ne sortait pas de là. Je trouvai fort sot et même absurde de voir une jeune fille se refuser avec tant d'obstination à d'aussi bons avis ; mais le fait est qu'elle avait pour cela d'excellentes raisons, qu'elle n'avait garde de nous dire. Les coches d'eau et les pataches sont très commodes, mais il faut d'abord payer pour en faire usage, et tout ce qu'elle possédait au monde se réduisait à deux shillings un penny et demi, monnaie sterling. Ignorant donc sa pénurie – qu'elle était trop fière pour leur révéler – capitaine et passagers parlèrent en vain.

– Mais vous ne savez ni le français ni le hollandais, objectait l'un.

– C'est tout à fait exact, fit-elle, mais depuis l'an 45, il y a tellement d'honnêtes Écossais à l'étranger que je m'en tirerai fort bien, croyez-le.

La jolie naïveté rustique de ses paroles en fit rire quelques-uns, tandis que d'autres s'impatientaient et que M. Gebbie se mettait dans une réelle colère. Il savait (puisque sa femme avait accepté de veiller sur la jeune fille) que son devoir était d'aller la déposer à terre et la mettre en sûreté ; mais rien ne l'eût amené à le faire, car cela lui eût fait manquer sa correspondance ; et je crois qu'il voulait apaiser sa conscience en faisant la grosse voix. Pour finir il s'en prit au capitaine Sang, et lui déclara sur un ton irrité que sa conduite était honteuse, que c'était vouloir la mort que de quitter le navire, et qu'en tout cas il ne pouvait jeter une innocente jeune fille dans une embarcation pleine de grossiers pêcheurs hollandais, et l'abandonner à son sort. C'était bien là mon avis ; je tirai à part le second, m'arrangeai avec lui pour qu'il me fît expédier mes malles par coche d'eau à une adresse que je connaissais dans Leyde, et je me dressai pour faire signe aux pêcheurs.

– Je descendrai à terre avec cette jeune personne, capitaine Sang, dis-je. Il m'est indifférent d'aller à Leyde par ce chemin ou par l'autre.

Au même instant je sautai dans la barque, mais j'accomplis ce geste avec si peu d'adresse que je roulai dans la cale avec deux des pêcheurs.

Du canot l'entreprise apparaissait encore plus périlleuse que du navire, car celui-ci nous dominait de sa masse, et menaçait à chaque instant de nous écraser, en oscillant et se cabrant sur son amarre. Je commençai à croire que j'avais fait un marché de dupe ; il était de toute impossibilité que Catriona pût passer à mon bord, et j'allais être déposé à Helvoetsluis tout seul et sans autre espoir de récompense que le plaisir d'embrasser James More si je le désirais. Mais je comptais sans la bravoure de la jeune fille. Elle m'avait vu sauter avec fort peu d'hésitation apparente (quoique celle-ci fût trop réelle) et elle n'était aucunement disposée à se laisser battre par son ci-devant ami. Cramponnée à un étai, elle se tenait debout sur les bastingages, tandis que le vent s'engouffrait dans ses jupes, ce qui rendait la tentative plus dangereuse, et nous découvrait ses bas plus haut qu'il n'est de règle dans les villes. Elle ne perdit pas une minute et ne laissa le temps à personne d'intervenir. De mon côté je lui tendis les bras : le navire s'abaissa tout à coup vers nous, le patron fit avancer sa barque plus près que la sécurité ne l'eût exigé, et Catriona s'élança dans l'espace. Je fus assez heureux pour la recevoir dans mes bras, et grâce aux pêcheurs qui vinrent à notre aide, je réussis à ne pas tomber. Elle resta un moment agrippée à moi de toutes ses forces, et respirant à coups précipités ; puis, comme elle me tenait toujours à deux mains, on nous mit à notre place à l'arrière, contre l'homme de barre ; le capitaine Sang avec tout l'équipage et les passagers nous applaudirent en criant adieu, et le canot se dirigea vers la terre.

Dès qu'elle revint un peu à elle, Catriona se détacha de moi avec brusquerie, sans prononcer une parole. Je me tus également, et d'ailleurs, avec le hurlement du vent et le jaillissement des embruns, ce n'était guère l'occasion de parler. Notre équipage, tout en se fatiguant beaucoup, n'avançait guère qu'avec une extrême lenteur, si bien que la *Rose* eut tout le temps de lever l'ancre et de s'éloigner avant notre arrivée à l'entrée du port.

Nous ne fûmes pas plutôt en eau calme que le patron, suivant le stupide usage hollandais, arrêta son bateau et nous réclama le prix du passage. L'homme exigeait par passager deux florins – soit de trois à quatre shillings en monnaie anglaise. Mais là-dessus Catriona jeta les hauts cris. Elle avait, disait-elle, demandé au capitaine Sang, et le tarif n'était que de un shilling anglais. Et elle ajouta : « Croyez-vous que je serais venue à votre bord sans m'en informer auparavant ? » – Le patron lui répliqua vertement dans un idiome où les jurons seuls étaient anglais et le reste hollandais ; si bien que pour en finir (la voyant près de pleurer) je glissai à la dérobée six shillings dans la main du bandit, sur quoi il eut l'obligeance d'accepter d'elle, sans plus de contestation, un unique shilling. J'étais bien entendu fort agacé et honteux. J'admets que l'on soit regardant, mais non avec une telle âpreté ; et ce fut assez froidement que je demandai à Catriona, comme le bateau se remettait en route vers la terre, où son père lui avait donné rendez-vous.

— Je dois m'informer de lui auprès d'un honnête marchand écossais nommé Sprott, me répondit-elle. Et puis tout d'une haleine : Je tiens à vous remercier beaucoup – vous êtes pour moi un vaillant ami.

— Il sera temps assez de le dire quand je vous aurai remise entre les mains de votre père, fis-je, ne croyant pas si bien dire. Je pourrai lui raconter à quel point sa fille s'est montrée loyale envers lui.

— Hélas non ! je ne suis pas une fille loyale, s'écria-t-elle, avec un accent des plus douloureux. Mon cœur n'est pas assez fidèle.

— Bien peu cependant auraient fait ce bond, même pour obéir aux ordres d'un père, répliquai-je.

— Je ne puis admettre que vous croyiez cela de moi, s'écria-t-elle de nouveau. Comment aurais-je pu rester en arrière lorsque vous l'aviez fait avant moi, ce bond ? Et d'ailleurs ce n'était pas mon unique motif.

Là-dessus, toute rougissante, elle me fit l'aveu de sa pauvreté.

— Dieu nous soit en aide ! m'écriai-je, en voilà un procédé insensé, de faire débarquer la bourse vide sur le continent d'Europe ! J'estime cela peu convenable... pas du tout, même !

— Vous oubliez que James More, mon père, est un gentilhomme pauvre. C'est un malheureux exilé.

— Mais il me semble que tous vos amis ne sont pas de malheureux exilés, m'exclamai-je. Était-ce honnête à eux de prendre aussi peu de soin de vous ? Était-ce honnête de ma part ? L'était-ce de la part de miss Grant, qui vous a conseillé de partir, et qui en deviendrait folle si elle venait à l'apprendre ? Était-ce même honnête de la part de ces Gregory chez qui vous logiez, et qui vous traitaient avec affection ? C'est une bénédiction que je me sois trouvé là ! Supposez votre père empêché par accident, qu'adviendrait-il de vous, ici, abandonnée toute seule sur une rive étrangère ? J'en frémis rien que d'y penser.

— C'est que je leur ai menti à tous, répliqua-t-elle. Je leur ai raconté que j'étais bien pourvue. Je le lui ai dit à *elle* aussi. Je ne voulais pas humilier James More à leurs yeux.

Je découvris par la suite qu'elle aurait dû au contraire l'humilier jusqu'à terre, car le mensonge ne venait primitivement pas d'elle, mais bien de lui, et c'est pour l'honneur de cet individu qu'elle fut contrainte à persévérer. Mais sur le moment j'ignorais ce détail, et la seule idée de son dénuement et des dangers où elle aurait pu tomber m'avait hérissé presque à me faire perdre la raison.

— Bon, bon, bon, fis-je, cela vous apprendra à vous conduire plus sagement.

Je laissai provisoirement ses malles à une auberge du port, où je me fis indiquer, grâce à mon français tout neuf, l'adresse de la maison Sprott. Elle était assez éloignée, et tout en nous y rendant, nous examinions la ville avec stupeur. De fait, elle offrait à des Écossais de nombreux sujets d'étonnement : les canaux et les arbres s'y entremêlaient aux maisons ; celles-ci, toutes isolées et bâties en jolies briques d'un rouge tirant sur le rose, offraient des perrons et des bancs de pierre bleue à l'entrée de chaque porte ; et toute la ville était si propre qu'on eût pu y manger sur la chaussée. Sprott était chez lui, penché sur ses registres, dans une salle à plafond bas, très sobre et nette, décorée de porcelaines, de tableaux et d'un globe terrestre à monture de cuivre. C'était un homme de large carrure, au teint vermeil, au regard oblique. Il n'eut même pas la politesse de nous offrir un siège.

— James MacGregor est-il actuellement à Helvoetsluis, monsieur ? lui demandai-je.

— Je ne connais personne de ce nom, me répondit-il, d'un air rechigné.

— Puisqu'il vous faut tant de précision, repris-je, je tournerai autrement ma question, et je vous demanderai où nous pourrions trouver dans Helvoetsluis un M. James Drummond, alias MacGregor, alias James More, ex-tenancier d'Inveronachile ?

— Monsieur, fit-il, quand il serait en enfer, je l'ignore, et pour ma part je préférerais qu'il y fût.

— Cette jeune personne est la fille de ce gentilhomme, monsieur, repris-je, et parlant devant elle, j'espère que vous serez comme moi d'avis qu'il ne convient guère de mettre en doute son honnêteté.

— Je ne veux rien avoir à démêler ni avec lui ni avec elle, ni avec vous ! s'écria-t-il en grossissant la voix.

— Avec votre permission, monsieur Sprott, dis-je, cette jeune personne est venue d'Écosse pour le voir, et c'est probablement par suite d'une erreur qu'on l'a envoyée chez vous pour se renseigner. En admettant qu'il y ait erreur, j'estime néanmoins que cette erreur nous met, vous et moi – moi qui suis par hasard son compagnon de voyage – dans l'obligation de venir en aide à une compatriote.

— Vous voulez donc me rendre enragé ? s'écria-t-il. Je vous répète que je ne connais ni lui ni sa progéniture et que je m'en soucie encore moins. Sachez que cet homme me doit de l'argent.

— C'est fort possible, monsieur, répliquai-je, plus en colère à présent que lui. Mais en tout cas, moi je ne vous dois rien ; cette jeune personne est sous ma protection, et comme je ne suis en aucune façon habitué à ces manières, je ne les trouve pas du tout de mon goût.

Tout en disant cela et sans trop songer à ce que je faisais, je me rapprochai de lui d'un pas ou deux : et cet heureux hasard me fournit le seul argument susceptible d'agir sur cet homme. Son visage se décolora.

— Pour l'amour de Dieu, n'allez pas si vite, monsieur ! s'écria-t-il. Je n'ai pas eu la moindre intention de vous offenser. Moi, voyez-vous, je ressemble un peu à un bon chien de garde, j'aboie plus que je ne mords. A m'entendre, on pourrait croire que je suis un peu rogue ; mais pas du tout ! C'est au fond un très bon garçon que Sandie Sprott ! Et vous n'imagineriez jamais tout le désagrément que cet homme m'a causé.

— Fort bien, monsieur, répliquai-je. En ce cas, je prendrai encore une fois la liberté d'avoir recours à votre obligeance pour vous demander vos dernières nouvelles de M. Drummond.

— Tout à votre service, monsieur ! reprit-il. Pour cette jeune personne (à qui je présente mes respects) il l'aura simplement oubliée. C'est que je le connais, voyez-vous ; il m'a fait perdre assez d'argent. Il ne pense qu'à lui-même : clan, roi ou fille, il enverrait tout promener, pourvu qu'il puisse s'emplir la panse ! Oui, et son répondant avec ! Car dans un sens on pourrait presque m'appeler son répondant. Le fait est que nous nous sommes mis ensemble dans une affaire commerciale, qui finira, je crois, par coûter cher à Sandie Sprott. Notre homme est autant dire mon associé ; et malgré cela je vous donne ma parole que je n'ai pas la moindre idée de l'endroit où il peut être. Il se peut qu'il vienne ici à Helvoet ; il se peut qu'il y vienne ce matin, comme il se peut qu'on reste un an sans l'y voir ; rien ne m'étonnerait de lui – sinon une chose, à savoir qu'il me rembourse mon argent. Vous voyez dans quelle situation je me trouve vis-à-vis de lui ; et vous comprenez que je ne vais pas aller m'occuper de cette jeune personne, comme vous dites. Une chose est sûre et certaine, c'est qu'elle ne peut demeurer ici. Car, monsieur, je suis célibataire. Si j'allais la prendre chez moi, il est plus que probable que ce chien d'enfer s'arrangerait à son retour pour me la faire épouser.

– Cessons ce discours, dis-je. Je placerai cette jeune personne chez des gens plus aimables. Donnez-moi papier, plume et encre, afin que je laisse ici pour James More l'adresse de mon correspondant à Leyde. Il n'aura qu'à s'adresser à moi pour savoir où trouver sa fille.

Ce mot, je l'écrivis et le cachetai. Durant cette opération Sprott nous fit spontanément l'offre opportune de s'occuper des malles de miss Drummond, et même les envoya prendre à l'auberge par un commissionnaire. Je lui avançai à cet effet un dollar ou deux, dont il me donna décharge par écrit.

Après quoi, emmenant à mon bras Catriona, je quittai la demeure de ce déplaisant personnage. De toute la scène, elle n'avait pas prononcé un seul mot, s'en remettant à moi de décider et de parler pour elle. De mon côté j'avais eu soin de ne pas la regarder une seule fois, crainte de l'humilier ; et même à cette heure, où le cœur me bondissait encore de colère et d'indignation, je pris sur moi d'affecter une contenance tout à fait tranquille.

– Maintenant, lui dis-je, nous allons retourner à cette auberge où l'on parle français, afin de manger un morceau, et nous informer des moyens de transport pour aller à Rotterdam. Je ne serai pas tranquille avant de vous avoir remise de nouveau entre les mains de Mme Gebbie.

– Je vois qu'il faut prendre son parti, répondit-elle, quoique si cela doive faire plaisir à quelqu'un, je doute que ce soit à elle. Et je vous rappellerai de nouveau ceci, que je possède en tout et pour tout un shilling et trois sous.

– Et je vous rappellerai de nouveau ceci, répliquai-je, que c'est un bonheur que je sois venu avec vous.

– Croyez-vous donc que je pense à autre chose depuis le temps ? fit-elle, et je crus la sentir s'appuyer un peu plus fort sur mon bras. C'est vous qui êtes mon meilleur ami.

XXIII

Pérégrinations en Hollande

La patache, qui est une sorte de long chariot garni de banquettes, nous transporta en quatre heures dans la grande ville de Rotterdam. À notre arrivée il faisait noir depuis longtemps ; mais les rues étaient brillamment éclairées et pleines de types exotiques – des juifs barbus, des nègres, et des hordes d'hétaïres, très indécemment parées de joyaux et allant jusqu'à arrêter les marins par la manche ; nous étions étourdis par le bruit incessant des conversations ; et le plus inattendu c'est que ces étrangers parurent aussi étonnés de notre aspect que nous du leur. Je m'efforçai de faire bonne contenance, tant à cause de la jeune fille que par amour-propre ; mais je dois reconnaître que je me sentais pareil à un mouton égaré, et que le cœur me battait d'inquiétude. Deux ou trois fois je m'informai du port et du navire la *Rose* ; mais, ou bien je tombai sur des gens qui ne parlaient que le hollandais, ou bien ils ne comprirent pas mon français. M'engageant à tout hasard dans une rue, j'arrivai devant une file de maisons éclairées, aux portes et aux fenêtres desquelles se pressaient des femmes peintes : elles se mirent à ricaner et à nous interpeller au passage, et je fus bien aise de ce que nous ne comprenions pas leur idiome. Un peu plus loin, nous débouchâmes sur un espace libre avoisinant le port.

– Nous voilà sauvés, à présent, m'écriai-je, à la vue des mâts. Prenons par ici le long du quai. Nous rencontrerons sûrement quelqu'un sachant l'anglais, et peut-être finirons-nous par trouver le navire.

Nous fûmes presque aussi heureux, en effet ; car vers neuf heures du soir, nous faillîmes nous jeter dans les bras tout simplement du capitaine Sang ! Il nous raconta qu'ils avaient fait la traversée dans un laps de temps incroyablement court, la forte brise ayant tenu jusqu'à leur arrivée au port ; grâce à quoi tous ses passagers s'étaient déjà mis en route pour continuer leur voyage. Il nous était impossible de courir après les Gebbie jusqu'en Haute-Allemagne, et il fallait nous rabattre sur notre unique connaissance, le capitaine Sang lui-même. Il nous fut d'autant plus agréable de trouver cet homme bien disposé et désireux de nous venir en aide. Il déclara fort aisé de trouver une bonne famille de marchands, qui hébergeraient Catriona jusqu'à ce que la *Rose* eût pris son chargement ; il déclara qu'il la ramènerait à Leith pour rien et la remettrait saine et sauve entre les mains de M. Gregory. En attendant, comme nous avions besoin de manger, il nous invita à une table d'hôte encore ouverte. Il semblait non seulement fort bien disposé, comme je l'ai dit, mais encore assez bruyant, ce qui me surprit beaucoup.

Je ne devais pas tarder à en connaître la raison. Car à la table d'hôte, ayant commandé du vin du Rhin, il en but largement et se trouva bientôt inexprimablement ivre. Dans cette occurrence, comme il arrive trop souvent chez tous les hommes, et en particulier chez ceux de sa pénible profession, il perdit le peu de bon sens et de bonnes manières qu'il possédait, et il se comporta avec la jeune fille d'une façon scandaleuse. Il rappela la figure qu'elle avait faite sur la lisse du navire, et ses plaisanteries furent de si mauvais goût que mon unique ressource fut de l'emmener aussitôt.

Elle sortit de la table d'hôte étroitement cramponnée à moi, et me disant :

— Emmenez-moi, David. Gardez-moi, *vous*. Avec vous je n'ai pas peur.

— Et vous n'en avez aucune raison, ma petite amie ! m'écriai-je, prêt à fondre en larmes d'attendrissement.

— Où est-ce que vous m'emmenez ? reprit-elle. Quoi qu'il arrive, ne me quittez pas, je vous en supplie.

— Au fait, où vais-je vous emmener ? dis-je en m'arrêtant, car j'avais jusque-là marché devant moi en aveugle. Arrêtons-nous, que je réfléchisse. Mais je ne vous quitterai pas, Catriona ; que le Seigneur me le rende au centuple, si je vous manque ou vous contrarie.

En guise de réponse elle se rapprocha de moi.

— Voici, dis-je, l'endroit le plus paisible que nous ayons encore vu dans le tourbillon de cette ville. Asseyons-nous un peu sous cet arbre et examinons ce qu'il nous convient de faire.

Cet arbre (comment l'oublierais-je ?) se trouvait tout auprès du port. La nuit était noire, mais des lumières brillaient dans les maisons, et plus près de nous sur les navires silencieux ; nous avions d'une part l'illumination de la ville, d'où s'élevait le murmure des pas et des voix innombrables, de l'autre l'obscurité où la mer clapotait contre les carènes. J'étalai mon manteau sur un moellon de pierre à bâtir et j'y fis asseoir Catriona. Elle aurait préféré ne pas me lâcher, car elle frémissait encore de l'affront qu'elle venait de recevoir ; mais comme je voulais penser librement je me dégageai et me mis à marcher de long en large devant elle, à la façon des contrebandiers, comme nous disions, me torturant la cervelle pour trouver un expédient. Au cours de ces réflexions incohérentes, il me revint tout d'un coup à la mémoire que, dans la chaleur et la hâte de notre départ, j'avais laissé le capitaine Sang payer notre écot à la table d'hôte. Là-dessus je me mis à rire aux éclats, jugeant qu'il n'avait que ce qu'il méritait. En même temps, par un geste machinal, je portai la main à la poche où je gardais mon argent. Il est probable que cela s'était produit dans la ruelle où les femmes nous avaient bousculés, mais il y a une chose certaine, c'est que ma bourse avait disparu.

— Vous avez trouvé une bonne idée ? fit-elle, me voyant faire halte.

Dans l'extrémité où nous nous trouvions, mon esprit se nettifia soudain comme un verre grossissant, et je vis qu'il ne me restait plus le choix des moyens. Je n'avais ni sou ni maille, mais dans mon portefeuille se trouvait toujours ma lettre de change sur le marchand de Leyde : la seule chose qui nous restait à faire était d'aller à Leyde, et nous devions nous y rendre sur nos deux jambes.

— Catriona, dis-je, je vous sais brave et je vous crois robuste. Vous jugez-vous capable de marcher trente milles en terrain plat ? (La distance se trouva être à peine des deux tiers, mais telle était mon évaluation.)

— David, me répondit-elle, avec vous auprès de moi, j'irai n'importe où et ferai n'importe quoi. A la condition que vous ne me laissiez pas seule dans cet affreux pays, je ferai tout ce que vous voudrez.

— Même partir maintenant et marcher toute la nuit ?

— Je ferai tout ce que vous me direz de faire, sans vous demander jamais pourquoi. J'ai été envers vous d'une laide ingratitude ; maintenant faites de moi ce qu'il vous plaira ! Et je pense, ajouta-t-elle, que miss Barbara Grant est la meilleure demoiselle du monde, et je ne vois pas en tout cas ce qu'elle pouvait vous refuser.

C'était là pour moi du grec et de l'hébreu ; mais j'avais d'autres préoccupations, et tout d'abord celle de savoir comment sortir de cette ville par la route de Leyde. Le problème fut dur à résoudre ; et il était une ou deux heures du matin lorsque nous en vînmes à bout. Une fois hors des maisons, il n'y avait ni lune ni étoiles ; seule la blancheur de la route nous guidait au milieu des ténèbres qui nous environnaient de toutes parts. Ce qui rendait la marche encore plus difficile était une vraie gelée à glace qui tomba tout à coup dans les petites heures et transforma la grande route en une authentique patinoire.

— Ma foi, Catriona, dis-je, nous ressemblons ici aux fils du roi et aux filles des « bonnes dames » dans vos histoires fantastiques du Highland. Nous arriverons tantôt sur « les sept montagnes, les sept ravins et les sept bruyères ». (C'était là une expression qui revenait fréquemment dans ses contes et que j'avais retenue.)

— Hélas ! fit-elle, il n'y a ici ni ravins ni montagnes. Je ne nierai pas cependant que les arbres et par-ci par-là un bout de plaine ne soient jolis par ici. Mais notre pays vaut encore mieux.

— Je voudrais pouvoir en dire autant de nos compatriotes, fis-je, me souvenant de Sprott et de Sang, et peut-être aussi de James More.

— Je ne me plaindrai jamais du pays de mon ami, reprit-elle.

Et elle mit dans ces mots une intonation si particulière que je crus en voir l'expression sur son visage.

J'eus un haut-le-corps et faillis m'étaler sur le verglas, du coup.

— J'ignore ce que vous voulez dire, Catriona, repris-je, quand je me fus un peu ressaisi, mais nous n'avons pas encore eu d'aussi bonne journée ! Je regrette de le dire, alors qu'elle vous a apporté de tels désagréments ; mais quant à moi je le répète : je n'en ai pas encore eu d'aussi bonne.

— C'est un beau jour que celui où vous m'avez montré tant d'amour.

— Et pourtant je regrette d'être heureux ainsi, continuai-je, alors que je vous vois sur cette route dans la nuit noire.

— Où donc serais-je mieux dans tout le vaste monde ? s'écria-t-elle. Je ne me sens vraiment en sûreté qu'avec vous.

— Je suis donc tout à fait pardonné ?

— Et vous, ne me pardonnez-vous pas cette minute, que vous deviez en reparler ? Mon cœur n'a pour vous que de la gratitude. Mais quand même je serai franche, ajouta-t-elle, avec une sorte de brusquerie ; je ne pardonnerai jamais à cette fille.

— C'est encore de miss Grant qu'il est question ? Vous avez dit vous-même que c'était la meilleure personne du monde.

— Elle l'est bien en effet, mais quand même je ne lui pardonnerai jamais. Jamais, jamais je ne lui pardonnerai, et je ne veux plus entendre parler d'elle.

— Eh bien, dis-je, ceci dépasse tout ; et je m'étonne que vous puissiez vous complaire en de tels enfantillages. Comment ! voici une jeune dame qui s'est montrée pour nous deux la meilleure amie du monde, et à qui nous devons de savoir nous habiller et nous tenir à peu près convenablement, comme peuvent le voir tous ceux qui nous ont connus l'un et l'autre avant et après.

Mais Catriona s'arrêta court au beau milieu de la route.

— Ah ! c'est comme ça ! s'écria-t-elle. Eh bien, si vous continuez à parler d'elle, je retourne à la ville, et qu'il advienne de moi ce que Dieu voudra ! Sinon, faites-moi la grâce de parler d'autre chose.

Je fus déconcerté au-delà de toute expression ; mais je m'avisai qu'elle dépendait entièrement de mon aide, qu'elle appartenait au sexe faible, qu'elle était encore presque un enfant, et que c'était à moi d'avoir de la sagesse pour deux.

— Ma chère petite, lui répliquai-je, ce que vous dites là n'a pas le sens commun ; mais Dieu me garde de rien faire qui vous soit désagréable. Quant à parler de miss Grant, je n'en ai cure, et il me semble que c'est vous qui avez commencé. Mon unique dessein (si je vous ai bien entendue) visait votre seul perfectionnement car je déteste jusqu'à l'apparence de l'injustice. Mais n'allez pas vous figurer que je ne désire pas vous voir une honnête fierté et une aimable délicatesse féminine ; ces qualités vous siéent bien, mais ici vous les manifestez à l'excès.

— Eh bien, avez-vous fini ? fit-elle.

— J'ai fini.

— C'est fort heureux.

Et nous continuâmes notre chemin, mais sans plus rien dire.

Cette marche dans la nuit opaque, où nous ne voyions que des ombres et n'entendions que le bruit de nos pas, était vraiment fantastique. Tout d'abord nous restâmes animés l'un contre l'autre de sentiments hostiles ; mais l'obscurité, le froid, le silence, que seuls les coqs ou bien les chiens de garde interrompaient de temps à autre, eurent tôt fait de rabaisser nos amours-propres jusqu'à terre ; et en ce qui me regarde, je n'attendais pour parler qu'une occasion propice.

Avant le lever du jour survint une pluie tiède, qui balaya le verglas de dessous nos pieds. J'offris mon manteau à ma compagne et cherchai à l'en envelopper ; mais d'un ton impatienté, elle m'enjoignit de le conserver.

– Je me garderai bien d'en rien faire, répliquai-je. Moi, je suis un grand vilain garçon qui a vu toutes sortes de temps, et vous n'êtes qu'une délicate et jolie jeune fille ! Ma chère, vous ne voudriez pas me faire cette injure ?

Sans plus insister elle me permit de la couvrir ; et ce faisant je profitai de l'obscurité pour laisser ma main s'attarder un instant sur son épaule d'une façon caressante.

– Vous devriez tâcher d'avoir un peu plus de patience avec votre ami, lui dis-je.

Je crus la sentir s'appuyer imperceptiblement contre ma poitrine, – mais ce ne fut peut-être là qu'une imagination.

– Votre bonté est inépuisable, fit-elle.

Nous poursuivîmes notre chemin en silence ; mais à présent tout était changé, et le bonheur illuminait mon cœur tel un feu de joie dans l'âtre.

Avant le jour la pluie cessa, et ce fut par une matinée simplement brumeuse que nous entrâmes dans la ville de Delft. Les maisons à pignons rouges s'alignaient en bon ordre des deux côtés d'un canal ; les servantes étaient dehors à laver et frotter jusqu'aux pavés de la voie publique. La fumée s'élevait de cent cheminées ; et je ressentis fortement qu'il était l'heure de déjeuner.

– Catriona, dis-je, je crois que vous avez encore un shilling et trois sous ?

– Vous les voulez, fit-elle. Et elle me remit sa bourse. Que n'est-ce plutôt cinq livres ! Mais qu'allez-vous en faire ?

– Et pourquoi donc avons-nous marché toute la nuit, comme un couple de bohémiens, sinon parce que dans cette malheureuse ville de Rotterdam j'ai été dépouillé de ma bourse et de tout ce que je possédais. Je vous le dis à présent parce que je pense que le plus mauvais est passé ; mais il nous reste encore une bonne trotte à faire avant de rejoindre mon argent, et si vous refusez de m'acheter un morceau de pain, il me semble que je vais défaillir.

Elle me considéra, les yeux dilatés. A la lueur du petit jour je la vis blême d'épuisement, et mon cœur se remplit de pitié. Mais pour sa part elle éclata de rire.

– Quelle torture ! Nous voici donc des mendiants ? s'écria-t-elle. Vous aussi ? Oh, c'est tout ce que je pouvais désirer ! Comme je suis heureuse de vous acheter à déjeuner ! Mais ce serait plus drôle si j'avais dû danser pour vous procurer à manger ! Car je crois qu'ils ne sont pas très familiarisés avec nos danses, par ici, et ils auraient peut-être payé pour les voir.

Je lui aurais donné volontiers un baiser pour cette bonne parole, un baiser non pas d'amour mais de pure admiration. Car cela enthousiasme toujours un homme de voir une femme vaillante.

Nous achetâmes une jatte de lait à une femme de la campagne qui ne faisait que d'arriver à la ville, et à un boulanger un morceau d'excellent pain, tout chaud et odorant, que nous mangeâmes tout en poursuivant notre chemin. Cette route qui mène de Delft à La Haye s'étend sur cinq milles en une avenue ombragée d'arbres, avec un canal d'un côté et de superbes pâturages de l'autre. Ici du moins le pays était agréable.

— Et maintenant, David, dit-elle, qu'allez-vous faire de moi ?

— Nous allons en parler, et le plus tôt sera le mieux. Je peux aller chercher de l'argent à Leyde ; cela ira tout seul. Mais l'ennui c'est de savoir que faire de vous jusqu'à la venue de votre père. J'ai cru voir hier soir que vous sembliez peu disposée à vous séparer de moi.

— Je fais plus que de sembler, fit-elle.

— Vous n'êtes qu'une toute jeune fille, et je ne suis, moi, qu'un bien jeune garçon. Voilà une grave difficulté. Comment allons-nous faire ? A moins peut-être de vous faire passer pour ma sœur ?

— Et pourquoi pas ? Si vous voulez bien que je le sois.

— Oh, je voudrais bien que vous le soyez en réalité, m'écriai-je. Je serais fier d'avoir une sœur comme vous. Mais il y a un hic : vous vous appelez Catriona Drummond.

— Eh bien, je m'appellerai Catriona Balfour. Qui le saura ? On ne nous connaît pas ici.

— Si vous croyez la chose convenable. J'avoue que cela me rend perplexe. J'aurais trop de regrets de vous avoir mal conseillée.

— David, je n'ai ici d'autre ami que vous.

— A vrai dire, je suis trop jeune pour être votre ami. Je suis trop jeune aussi pour vous conseiller, comme vous pour être conseillée par moi. Je ne vois pas ce que nous pouvons faire d'autre, et pourtant je tenais à vous avertir.

— Il ne me reste pas le choix. Mon père James More n'en a pas trop bien agi avec moi, et ce n'est pas la première fois que cela lui arrive. Je vous tombe sur les bras comme un sac de farine, et je ne puis que m'en remettre à votre bon plaisir. Si vous voulez bien de moi, c'est parfait. Si vous n'en voulez pas (elle se rapprocha de moi pour me poser la main sur le bras), David, vous me faites peur.

— Ne craignez rien, je devais seulement vous avertir... commençai-je ; puis je me ressouvins que c'était moi qui tenais la bourse, et que ce n'était pas le moment de faire le difficile. Catriona, repris-je, ne vous y méprenez pas : je cherche simplement à faire mon devoir envers vous, petite fille ! Me voici seul en route vers cette ville étrangère, où je serai un étudiant solitaire ; et voici que la chance s'offre à moi de vous garder un moment avec moi, comme une sœur ; vous ne pouvez manquer de comprendre, ma chère, que j'aimerais vous avoir ?

— Eh bien, mais je suis ici. La chose est réglée d'avance.

Je l'admets, c'était mon devoir de parler plus clairement. Je sais que ce fut là de ma part une grave infraction à l'honneur, et je me félicite de n'en avoir pas été puni davantage. Mais je me rappelais combien sa susceptibilité avait été éveillée par cette allusion à un baiser que renfermait la lettre de Barbara ; maintenant qu'elle dépendait de moi, comment aurais-je été plus hardi ? En outre, à vrai dire, je ne voyais pas d'autre moyen plausible pour me débarrasser d'elle. Et j'avoue que la tentation était forte.

Un peu après La Haye, elle se mit à boiter et ce fut à grand-peine qu'elle vint à bout de terminer le trajet. Par deux fois elle dut se reposer sur le bord du chemin, mais elle s'en excusa gentiment et se déclara la honte du Highland et de la race qui lui avait donné le jour, aussi bien qu'un encombrement pour moi. Elle ajouta que ce n'était pas sa faute, car elle était peu habituée à marcher chaussée. Je voulus lui faire ôter ses souliers et ses bas pour continuer pieds nus. Mais elle me représenta que les femmes de ce pays, même sur les routes de l'intérieur, se montraient toutes chaussées.

– Il ne faut pas que mon frère puisse rougir de moi, fit-elle, d'un air fort enjoué, malgré le démenti que lui donnait son visage.

Il y a dans cette ville où nous nous rendions un parc aux allées sablées de sable fin, où les ramures entrelacées formaient une voûte touffue, et qu'embellissaient des berceaux de verdure. Ce fut là que je laissai Catriona, pour aller seul me mettre en quête de mon correspondant. Arrivé chez lui, j'usai de mon crédit, et le priai de m'indiquer un gîte convenable et tranquille. Mon bagage n'étant pas encore arrivé, je le priai de vouloir bien se porter garant de moi auprès des gens de la maison ; et j'ajoutai que ma sœur étant venue pour un moment partager mon logis, il me faudrait deux chambres. Tout cela était fort joli, mais par malheur M. Balfour, qui dans sa lettre de recommandation était entré dans beaucoup de détails, n'y faisait aucune mention de ma sœur. Cela rendit mon Hollandais extrêmement perplexe ; et me regardant par-dessus les bords d'une grosse paire de besicles – il était lui-même piètrement bâti, et me faisait songer à un lapin malade – il me soumit à un interrogatoire serré.

Je fus pris de terreur. Supposons, me disais-je, qu'il admette mon histoire, supposons qu'il invite ma sœur à venir chez lui, et que je la lui amène. J'aurais un bel embrouillamini à tirer au clair, et je réussirais peut-être en fin de compte à nous déshonorer tous les deux. Aussi m'empressai-je de lui dépeindre ma sœur comme étant un caractère fort timide : elle craignait tellement de voir de nouvelles figures que je l'avais laissée provisoirement dans un lieu public. Et alors, embarqué sur le fleuve du mensonge, il me fallut suivre la loi commune en pareille circonstance, et m'y enfoncer plus avant que de raison. J'ajoutai quelques détails tout à fait superflus sur la mauvaise santé de miss Balfour durant son enfance et sur la vie retirée qu'elle menait depuis. Au beau milieu de ces contes ma sottise m'apparut, et je rougis jusqu'aux oreilles.

Loin de s'y laisser prendre, le vieux gentleman manifestait plutôt le désir de se débarrasser de moi. Mais c'était avant tout un homme d'affaires, et il trouvait mon argent bon à prendre : sans trop se préoccuper de ma conduite, il eut la complaisance extrême d'envoyer son fils avec moi pour me guider à la recherche d'un logis et me servir de répondant. Cela m'obligeait à présenter le jeune homme à Catriona. La pauvre chère enfant, convenablement remise par son repos, se conduisit à la perfection : elle prit mon bras et m'appela son frère avec plus d'aisance que je n'en mis à lui répondre. Mais il survint une anicroche : s'imaginant bien faire, elle se montra assez aimable envers mon Hollandais ; et je dus m'avouer que miss Balfour avait bien vite surmonté sa timidité. Il y avait de plus la différence de nos langages. Je parlais comme dans le Lowland, en traînant les mots ; elle prononçait l'anglais comme on le fait dans la montagne, assez agréablement, mais avec une correction grammaticale plutôt médiocre, si bien que pour un frère et une sœur nous faisions un couple fort disparate. Mais le jeune homme n'était qu'un balourd, dépourvu même de l'esprit nécessaire pour voir qu'elle était belle, ce qui lui valut mon mépris. Et dès qu'il nous eut procuré un abri pour nos têtes, il nous rendit le service encore plus grand de nous quitter.

XXIV

Ce qu'il advint d'un exemplaire d'Heineccius

Notre logement se trouvait à l'étage d'une maison adossée à un canal. Il comprenait deux chambres, et il fallait passer par la première pour entrer dans la seconde ; chacune d'elles possédait une cheminée à feu ouvert ; et comme elles étaient situées du même côté de la maison, leurs fenêtres à toutes deux donnaient également vue sur la cime d'un arbre planté au-dessous de nous dans une cour, sur un bout de canal et sur des maisons d'architecture hollandaise que dominaient sur l'autre bord un clocher d'église. Dans ce clocher était suspendue toute une ribambelle de cloches qui faisaient une harmonie délicieuse ; et dès que le soleil se montrait il brillait en plein dans nos deux chambres. Une taverne toute proche nous fournissait une nourriture supportable.

Le premier soir nous étions tous les deux fort fatigués, elle surtout. Nous n'échangeâmes pas de discours, et je l'envoyai se coucher aussitôt qu'elle eut mangé. Le matin venu, mon premier soin fut d'envoyer un mot à Sprott pour lui réclamer les malles, et un billet à Alan adressé chez son chef ; puis, les deux plis dépêchés et le déjeuner de Catriona servi, je l'éveillai. Je fus un peu confus lorsque je la vis s'avancer dans son unique costume, et avec la boue du chemin sur ses bas. L'enquête à laquelle je m'étais livré m'avait appris qu'il se passerait bien quelques jours avant que ses malles pussent être rendues à Leyde, et il m'apparut nécessaire de lui procurer des effets de rechange. Elle refusa tout d'abord de me laisser faire cette dépense, mais je lui rappelai qu'elle était désormais la sœur d'un homme riche et qu'elle devait se vêtir conformément à son rang. Nous n'avions pas fait deux magasins qu'elle était tout à fait entrée dans mes vues et que ses yeux brillaient de plaisir. Je me réjouis de la voir manifester son contentement avec une telle ingénuité. Mais le plus extraordinaire fut que je m'y passionnai moi-même : je trouvais toujours qu'on ne lui avait pas encore acheté suffisamment, ni des choses assez belles, et je ne me lassais pas de la contempler sous ces diverses parures. Bref, je commençais à comprendre un peu l'intérêt excessif que miss Grant prenait à la toilette ; car à vrai dire, quand on a une belle personne à orner, la tâche s'embellit également. Les dentelles hollandaises, je dois le dire, étaient étonnamment jolies et bon marché, mais je n'oserais jamais avouer quel prix je payai pour lui avoir une paire de bas. Tout compte fait, je dépensai à ce genre d'amusement une somme telle que j'hésitai un bon moment à faire de nouveaux frais ; et par manière de compensation, je laissai nos chambres quasi vides. Pourvu que nous eussions des lits, que Catriona fût un peu bien vêtue, et que je manquasse point de lumière pour la contempler, nous étions pour mon compte assez richement logés.

Ces achats terminés, je fus bien aise de la laisser rentrer chez nous avec toutes nos emplettes, et de m'en aller seul faire une longue promenade durant laquelle je me chapitrai. J'avais donc recueilli sous mon toit, et pour ainsi dire sur mon sein, une jeune fille des plus belles et que son innocence mettait en péril. Ma conversation avec le vieux Hollandais, et les mensonges auxquels je me trouvais contraint, m'avaient déjà permis de comprendre sous quel jour ma conduite devait apparaître à autrui : et à cette heure, les transports d'admiration que je venais d'éprouver et la prodigalité avec laquelle je m'étais livré à mes futiles achats m'incitaient à l'envisager comme fort hasardeuse. Je me demandai, au cas où j'aurais eu en réalité une sœur, si je la compromettrais de la sorte, puis jugeant le cas insoluble, je transformai ma question en celle-ci : confierais-je de la sorte Catriona aux mains d'un autre chrétien ? Et la réponse à cette question me fit monter le rouge au front. Puisque je me trouvais pris au piège d'une situation équivoque où j'avais moi-même fait tomber la jeune fille, c'était une raison de plus pour m'y conduire avec une scrupuleuse honnêteté. Elle dépendait exclusivement de moi pour son pain et son gîte ; au cas où j'alarmerais sa pudeur, elle n'avait aucune retraite. De plus, j'étais son hôte et son protecteur ; et m'étant mis dans cette situation irrégulière, je n'aurais aucune excuse si j'en profitais pour poursuivre même les plus honnêtes visées ; car avec les occasions qui s'offraient à moi, et qu'aucun parent raisonnable ne m'eût offertes un instant, ces plus honnêtes visées mêmes devenaient déloyales. Je compris qu'il me fallait être extrêmement réservé dans mes relations avec elle, sans rien exagérer toutefois, car, si je n'avais aucun droit de prendre des allures d'amoureux, je devais garder continuellement, et si possible agréable-ment, celles d'un hôte. Il était clair que j'allais avoir besoin de beaucoup de tact et de savoir-faire, de plus peut-être que mon âge ne le comportait. Mais je m'étais jeté dans une voie où les anges eux-mêmes auraient hésité à me suivre, et il n'y avait d'autre moyen de sortir de cette situation que de m'y bien conduire tant que je m'y trouvais. J'établis une série de règlements pour ma conduite ; je priai Dieu de me donner la force de les observer, et, en guise d'adjuvant plus humain, j'achetai un livre d'études juridiques. Ne voyant plus rien d'autre à faire, j'abandonnai ces graves considérations. Aussitôt mon esprit bouillonna d'une effervescence agréable, et je ne touchais plus terre en regagnant notre chez-nous. Comme je songeais à ce mot de chez nous, je revis en imagination celle qui m'attendait entre ces quatre murs, et mon cœur bondit dans ma poitrine.

Sitôt de retour, mes ennuis commencèrent. Elle accourut au-devant de moi avec un plaisir évident et touchant. Elle était vêtue, en outre, uniquement des nouveaux effets que je lui avais achetés, et qui lui allaient admirablement bien ; et il lui fallut se promener par la chambre et me faire des révérences pour les déployer et me les faire admirer. Hors d'état de prononcer un mot, je m'y prêtai d'assez mauvaise grâce.

— Allons, me dit-elle, puisque vous ne vous souciez pas de mes beaux ajustements, regardez ce que j'ai fait de nos deux chambres.

Et elle me montra notre intérieur proprement balayé et les feux allumés dans les deux cheminées.

Je saisis avec joie cette occasion de me montrer un peu plus sévère que je n'en avais envie.

— Catriona, lui dis-je, je suis très mécontent de vous : vous ne devez jamais plus mettre la main à ma chambre. Tant que nous sommes ici ensemble il faut que l'un de nous deux prenne la direction ; il est plus convenable que ce soit moi qui suis à la fois l'homme et l'aîné ; et pour commencer tel est l'ordre que je vous donne.

Elle m'adressa une révérence des plus séduisantes, et me dit :

— David, si vous vous mettez à être méchant, je vais vous faire de belles manières. Je serai très obéissante, comme il se doit, puisque tout ce que j'ai sur moi vous appartient jusqu'au dernier fil. Mais il ne faut pas non plus que vous soyez trop méchant, car je n'ai personne autre que vous.

Cette repartie me frappa vivement, et par manière de pénitence, je me hâtai d'effacer tout le bon effet de mon récent discours. Le progrès était plus facile dans cette nouvelle direction, car il n'y avait qu'à suivre la pente où Catriona, rieuse, me précédait. En la voyant ainsi, dans la clarté du feu, charmante et mutine, mon cœur acheva de s'amollir. Nous prîmes notre repas avec infiniment de gaieté tendre, et nous nous sentions si bien réunis que notre rire même avait l'air d'une caresse.

Au milieu de cet entretien, je me rappelai mon devoir, m'excusai tant bien que mal, et d'un air bourru me plongeai dans mon livre d'études, un gros volume instructif de feu Dr Heineccius, que je venais d'acheter et que j'étais destiné à lire beaucoup les jours suivants, trop heureux parfois de n'avoir personne pour me demander ce que je lisais. Je crus voir qu'elle me boudait un peu, et cela me piqua. De fait, par cette occupation, je la laissais entièrement à elle-même, d'autant qu'elle n'aimait guère la lecture, et n'avait du reste pas de livre. Mais que pouvais-je faire d'autre ?

De tout le reste de la soirée nous n'échangeâmes donc pour ainsi dire pas un mot.

Je me serais battu. La colère et le repentir m'empêchèrent celle nuit-là de me mettre au lit, et je me promenai de long en large à pieds nus, jusqu'à n'en pouvoir plus de froid, car le feu s'était éteint, et il gelait à pierre fendre. L'idée qu'elle était dans la chambre voisine, et qu'elle m'écoutait peut-être marcher, le souvenir de ma morosité, que je devais continuer à pratiquer sous peine de déshonneur, me mettaient hors de moi. Je me trouvais entre Charybde et Scylla. Que doit-elle penser de moi ? telle était d'une part la pensée qui me faisait retomber continuellement dans ma faiblesse. Que va-t-il advenir de nous ? telle était l'autre qui m'endurcissait à nouveau dans ma résolution. Cette nuit d'insomnie et de déchirements intimes ne fut qu'un premier échantillon de celles, nombreuses, que je devais encore passer par la suite, à me promener comme un dément, ou bien à pleurer comme un enfant, ou encore à prier (du moins je l'espère) comme un chrétien.

Mais prier n'est pas bien difficile, et on s'habitue à souffrir. En sa présence, et par-dessus tout si je me permettais le moindre début de familiarité, je n'étais plus guère maître de ce qui pouvait s'ensuivre. D'autre part, demeurer tout le jour dans la même chambre qu'elle, et feindre de m'intéresser à Heineccius, était au-delà de mes forces. Je finis donc par m'aviser d'un autre expédient. Je m'absentai le plus possible, et assistai régulièrement aux cours, – trop souvent avec un défaut d'attention dont j'ai retrouvé ces jours-ci un témoignage dans un cahier datant de cette période, alors que je cessais d'écouter le docte professeur pour griffonner en marge de ce cahier quelques vers latins exécrables, moins mauvais toutefois que je l'aurais cru. Ce procédé offrait quasi autant d'inconvénients que d'avantages. Il abrégeait à vrai dire la durée de mon épreuve, mais tant que je la subissais la tentation n'en était que plus vive. Car à force d'être livrée à la solitude, Catriona en vint à accueillir mon retour avec une ferveur croissante, et j'avais grand-peine à lui résister. Il me fallait repousser d'une façon barbare ces avances amicales ; et mon rejet la blessait parfois si cruellement que j'étais contraint pour l'apaiser de me déroidir et de lui prodiguer les amabilités. Si bien que notre temps se passait en haut et bas, en piques et déceptions, qui faisaient pour moi, si j'ose dire, une vraie crucifixion.

Mon inquiétude essentielle avait trait à cette inconcevable naïveté de Catriona, qui me surprenait autant qu'elle m'emplissait de pitié et d'admiration. Elle semblait n'avoir aucune idée de notre situation, aucune conscience de mes luttes ; elle accueillait avec une joie aussi ingénue tout indice de ma faiblesse ; et quand je me trouvais ramené dans mes retranchements, elle ne dissimulait pas toujours son chagrin. En de certaines heures je songeais à part moi : « Si elle était éperdument amoureuse, et si elle mettait tout en œuvre pour me séduire, elle ne se comporterait pas autrement. »

Il y avait un point sur lequel nous guerroyions particulièrement, à savoir la question de ses vêtements. Mon bagage n'avait pas tardé à me rejoindre de Rotterdam, ainsi que le sien de Helvoet. Elle possédait maintenant, pour ainsi dire, deux garde-robes, et il finit par être convenu entre nous, de façon tacite, que lorsqu'elle était bien disposée envers moi elle portait *mes* habits et, dans le cas contraire, les *siens*. C'était là une espèce d'injure qu'elle me faisait, et pour ainsi dire un reniement de sa gratitude ; au fond je le ressentais moi aussi de même, mais j'avais en général le bon esprit de paraître ignorer ce détail.

Une fois, pourtant, je me laissai entraîner à un enfantillage pire que le sien. Voici la chose. Je rentrais du cours, la pensée pleine d'amour non moins que d'ennui ; mais cet ennui ne tarda point à se dissiper, et voyant à un étalage une de ces fleurs « forcées » comme les Hollandais savent si bien en produire, je cédai à mon désir et l'achetai pour Catriona. J'ignore le nom de cette fleur, qui était rose, mais, croyant qu'elle ferait plaisir à ma compagne, je la lui apportai à la maison le cœur plein d'une douce joie. Je l'avais quittée vêtue de *mes* habits, mais je vis à mon retour qu'elle en avait changé et qu'elle avait pris une figure à l'avenant. Je me bornai à la regarder de la tête aux pieds, serrai les mâchoires, ouvris brusquement la fenêtre, jetai ma fleur par la croisée, et puis, partagé entre la fureur et la prudence, ressortis précipitamment de la chambre, dont je claquai la porte avec violence.

L'escalier était raide, et je faillis tomber, ce qui me rendit à moi-même. Reconnaissant aussitôt la folie de ma conduite, je me dirigeai non vers la rue comme j'en avais eu d'abord l'intention, mais vers la cour de la maison, qui restait toujours déserte. Là, je vis ma fleur (qui m'avait coûté beaucoup plus qu'elle ne valait) accrochée dans les branches d'un arbre dépouillé. Je restai devant le canal, laissant errer mes yeux sur la glace. Des gens de la campagne passaient, filant sur leurs patins, et je les enviai. Je ne voyais pas d'issue à la chausse-trape où je me trouvais pris. Je ne voyais même pas comment je pourrais retourner à la chambre que je venais de quitter. Je ne doutais plus d'avoir à cette heure révélé mes sentiments secrets : et pour comble de malheur, je m'étais, par la même occasion, montré grossier (et cela avec une triste puérilité) envers mon innocente pensionnaire.

Elle dut me voir, j'imagine, par la fenêtre ouverte. Je n'étais pas resté là longtemps, que je perçus un grincement de pas sur la neige durcie, et me retournant avec quelque irritation (car je n'étais pas d'humeur à me laisser importuner) je vis Catriona qui s'approchait. Elle s'était de nouveau changée, jusques et y compris les bas à coins.

– N'allons-nous pas faire notre promenade, aujourd'hui ? me demanda-t-elle.

Je la regardai comme à travers un brouillard.

– Où est votre broche ? fis-je.

Elle porta la main à son corsage, et rougit très fort.

– Je l'aurai oubliée, répondit-elle. Je vais monter la chercher, et après cela nous ferons notre promenade, pas vrai ?

L'intonation suppliante qu'elle mit dans ces derniers mots m'ébranla ; il me fut impossible de lui répondre une syllabe, et je dus me borner à acquiescer d'un signe de tête ; puis, dès qu'elle se fut éloignée, je grimpai dans l'arbre et repris ma fleur, que je lui offris à son retour, en disant :

– Je l'ai achetée pour vous, Catriona.

A l'aide de sa broche, et je dirai presque avec tendresse, elle l'attache sur sa poitrine.

– La façon dont je l'ai traitée ne lui a guère fait de bien, repris-je, en rougissant.

– Je ne l'en aimerai pas moins, soyez-en sûr, fit-elle.

Nous ne parlâmes guère ce jour-là ; elle me parut un peu sur la réserve, mais sans hostilité. Quant à moi, tout le temps de cette promenade, puis quand nous fûmes de retour chez nous, et que ma fleur eut été placée dans un pot rempli d'eau, je songeai au caractère énigmatique des femmes. Je me disais tantôt qu'elle était parfaitement stupide d'avoir ignoré mon amour ; tantôt qu'elle l'avait certainement aperçu depuis longtemps, mais qu'en fille avisée et douée de l'instinct féminin des convenances, elle avait dissimulé.

Nous faisions chaque jour notre promenade. Au-dehors dans les rues je me sentais plus rassuré ; je me relâchais un peu de ma contrainte ; et pour commencer, il n'était pas alors question d'Heineccius. Il en résultait que ces heures-là étaient non seulement un allégement pour moi, mais un plaisir notable pour ma pauvre enfant. Lorsque je rentrais vers l'heure fixée pour nos sorties, je la trouvais généralement prête et rayonnante d'espoir. Elle tenait à les prolonger le plus possible, et paraissait craindre (tout comme moi) l'heure du retour. Il n'est guère de campagne ou de bord de l'eau des environs de Leyde, il n'est guère de rue ni d'avenue, où nous n'ayons flâné. En dehors des promenades, je la faisais se confiner strictement dans notre logis ; et ce par crainte qu'elle ne rencontrât quelqu'un de connaissance, ce qui eût rendu notre situation encore plus difficile. La même appréhension m'empêchait de la laisser aller à l'église, pas plus que je n'y allais moi-même, et je faisais le simulacre de lire l'office en particulier dans notre appartement.

Un jour qu'il neigeait très fort, et que je n'avais pas jugé bon de nous aventurer au-dehors, j'eus la surprise de la trouver qui m'attendait tout habillée.

– Je ne veux pas me passer de ma promenade, s'écria-t-elle. Vous n'êtes jamais bon garçon, David, à l'intérieur ; je ne vous aime jamais si bien qu'au grand air. Nous ferions mieux de nous mettre bohémiens et de coucher le long des routes.

Ce fut la meilleure promenade que nous eussions encore faite : elle se serrait contre moi sous la neige tombante ; celle-ci nous recouvrait et fondait sur nous, et les gouttes d'eau roulaient comme des larmes au long de ses joues avivées par le grand air et jusque dans sa bouche souriante. A cette vue je me sentis fort comme un géant ; je l'aurais saisie dans mes bras pour l'emporter au bout du monde ; et nous ne cessâmes de parler avec une liberté plus douce que je ne saurais le dire.

Il faisait nuit noire quand nous nous retrouvâmes à la porte de la maison. Elle pressa mon bras sur son sein.

– Un bon merci pour ces bonnes heures, fit-elle, d'un ton grave pénétré.

En m'inspirant un souci immédiat cette interpellation me mit sur mes gardes ; et nous ne fûmes pas plus tôt dans la chambre, sous la lampe allumée, qu'elle revit l'étudiant d'Heineccius dans son habituelle attitude obstinément rechignée. Elle en fut à coup sûr plus blessée qu'à l'ordinaire, et je sais quant à moi qu'il me fut plus difficile de soutenir mon rôle d'indifférent. Même au repas, j'osai à peine me dérider et lever les yeux sur elle ; et il ne fut pas plus tôt achevé que je me replongeai dans mon jurisconsulte, avec plus d'attention apparente et moins de compréhension que jamais. Tout en lisant, je croyais entendre mon cœur battre comme une horloge de nos aïeux. Mais tout en affectant d'étudier fort, je jetais des coups d'œil furtifs sur Catriona. Elle était assise par terre à côté de ma grande malle, et la clarté du feu tombait à plein sur elle, avec des alternatives de lumière et d'ombre fondues en subtils dégradés. Par instants son regard se portait sur les flammes, et puis il se dirigeait de nouveau vers moi ; alors, effrayé de moi-même, je tournais les pages de mon Heineccius comme si j'avais cherché le texte à l'église.

Tout à coup elle éleva la voix :

– Oh ! pourquoi donc mon père ne vient-il pas ?

Et elle répandit aussitôt un déluge de larmes.

Je bondis, lançai Heineccius droit dans le feu, courus auprès d'elle, et passai mon bras autour de sa taille que secouaient les sanglots.

Elle me repoussa avec vivacité.

– Vous n'aimez plus votre amie, dit-elle, moi qui serais si heureuse, pourtant, si vous le permettiez... Oh ! que vous ai-je donc fait pour que vous me haïssiez de la sorte ?

– Moi, vous haïr ! m'écriai-je, en la serrant plus fort. Mais, aveugle fille, ne voyez-vous donc rien dans mon malheureux cœur ? Croyez-vous donc, lorsque je reste là à lire dans ce livre imbécile que je viens de brûler et que le diable emporte, que je pense à autre chose qu'à vous ? Il ne s'est pas encore passé de soir où je n'aie pleuré de vous voir assise là toute seule. Et qu'y pouvais-je ? Vous êtes ici sous ma sauvegarde ; voulez-vous donc me punir pour cela ? Est-ce donc pour cela que vous repousseriez votre aimant serviteur ?

A ces mots, d'un petit geste brusque, elle se rejeta contre moi. Je levai mon visage vers le sien, que je baisai, et elle cacha son front dans ma poitrine, en m'enlaçant étroitement. J'étais dans un absolu vertige, comme un homme ivre. Puis je perçus une voix qui résonnait faible et étouffée dans l'épaisseur de mes vêtements.

– L'avez-vous embrassée réellement ? fit-elle.

Un tel sursaut de surprise me traversa que j'en fus tout secoué.

– Miss Grant ! m'écriai-je, tout éperdu. Hé oui ! je lui ai demandé de l'embrasser en nous séparant, et elle me l'a permis.

– Bah ! tant pis ! s'écria-t-elle. Vous m'avez embrassée aussi, en tout cas.

A l'étrange douceur de cette parole, je compris où nous en étions tombés ; je me relevai, et la remis debout.

– Cela ne peut continuer ainsi, fis-je. Non, cela ne peut absolument continuer ainsi. O Catriona, Catriona. Puis il y eut une pause durant laquelle je restai totalement privé de la parole. Je repris enfin : Allez vous coucher. Allez, et laissez-moi.

Elle m'obéit et s'éloigna docile comme un petit enfant. Mais je ne tardai pas à m'apercevoir qu'elle s'était arrêtée sur le seuil.

– Dormez bien, David, me dit-elle.

– Et vous aussi, dormez bien, ô mon amour ! m'écriai-je, dans un élan de tout mon être.

Et je la serrai de nouveau contre moi, à la briser. Un instant plus tard je l'avais repoussée hors de ma chambre et, fermant la porte avec violence, je restai seul.

Le lait était donc répandu, le mot fatal prononcé, et la vérité avouée. Je m'étais insinué tel un malhonnête homme dans l'affection de cette pauvre fille ; elle était à ma merci ; et quelle arme défensive me restait-il ? Je crus avoir un symbole dans le fait qu'Heineccius, mon ancien protecteur, était à présent consumé. Je me repentais, mais sans trouver le courage de me blâmer pour ce suprême échec. Il m'eût été impossible de résister à la hardiesse de son innocence ou à cette suprême tentation qu'étaient ses larmes. Et tout ce que j'avais comme excuse ne faisait que me montrer mieux la grandeur de ma faute – car je semblais avoir escompté les avantages que m'offraient et sa nature sans défense, et notre situation.

Qu'allions-nous devenir désormais ? Nous ne pouvions plus demeurer sous le même toit. Mais où irais-je ? ou irait-elle ? Sans plus de volonté de notre part que de faute, la vie avait conspiré pour nous claquemurer ensemble dans cet étroit appartement. La tentation folle me prit de l'épouser sur-le-champ, mais je repoussai cette tentation avec horreur. Elle n'était qu'une enfant, elle s'ignorait elle-même, j'avais surpris sa faiblesse, je ne devais pas continuer à faire fond sur cette surprise ; je devais la garder non seulement à l'abri de tout reproche, mais libre comme elle était venue à moi.

Assis par terre devant l'âtre, je réfléchissais, me rongeant de remords, et me creusant la tête en vain pour trouver une issue. Vers deux heures du matin, lorsqu'il ne resta plus que trois tisons rouges et que la maison dormait ainsi que toute la ville, je perçus dans la chambre voisine un petit bruit de sanglots étouffés. Elle me croyait endormi, la pauvre petite ; elle regrettait sa faiblesse – qu'elle appelait peut-être, Dieu lui pardonne, sa faute – et dans la nuit noire elle s'abandonnait aux larmes. La tendresse et l'amertume, l'amour, le repentir et la pitié se disputaient son âme ; je crus de mon devoir d'apaiser ces pleurs.

– Oh ! si vous pouviez me pardonner ! m'écriai-je, je vous en prie, pardonnez-moi ! Oublions tout cela, efforçons-nous d'oublier !

Il n'y eut pas de réponse, mais les sanglots cessèrent. Je demeurais longtemps les mains jointes, comme je les avais en parlant ; puis le froid de la nuit s'empara de moi ; je frissonnai, et la raison me revint.

– Tu ne peux rien à tout ceci, Davie, me dis-je. Mets-toi au lit comme un enfant sage et essaie de dormir. Tu y verras plus clair demain.

XXV

Le retour de James More

Au matin, j'avais fini par m'endormir d'un mauvais sommeil lorsque je fus réveillé par un coup frappé à ma porte. Je me hâtai d'aller ouvrir, mais je crus défaillir, accablé sous la violence de sentiments contradictoires, en voyant sur le seuil, vêtu d'un manteau de brigand et d'un démesuré chapeau à galons, James More.

Peut-être aurais-je dû éprouver un bonheur sans mélange puisque dans un sens cet homme surgissait comme une réponse à mes vœux. Je m'étais redit à satiété que je devais me séparer de Catriona, et je m'étais creusé la tête pour trouver un moyen quelconque de nous séparer. Or, bien que ce moyen fût venu à moi sur ses deux jambes, la joie restait le dernier de mes sentiments. Il faut considérer néanmoins que, tout en me délivrant du fardeau de l'avenir, son arrivée n'en faisait pas moins peser la plus noire menace sur le présent, si bien qu'au premier moment où je me trouvai devant lui en chemise et en culotte je faillis bondir en arrière frappé d'une balle.

– Enfin, dit-il, je vous trouve, monsieur Balfour.

Il me tendit sa large main blanche, que je pris avec hésitation, tout en regagnant mon poste dans le cadre de la porte, comme si je songeais à lui barrer le passage.

– Il est singulier, reprit-il, de voir à quel point nos intérêts s'enchevêtrent. Je vous dois mes excuses pour ma regrettable intrusion dans les vôtres, mais je m'y suis laissé entraîner par ma confiance envers ce faux visage de Prestongrange. J'ai honte de vous avouer que j'ai jamais pu me fier à un homme de loi (il haussa les épaules d'une manière bien française), mais l'apparence de cet homme est si trompeuse !... Et maintenant il paraît que vous vous êtes très noblement occupé de ma fille, dont on m'a envoyé vous demander l'adresse.

– Je crois, monsieur, lui dis-je, d'un air fort contraint, qu'il sera nécessaire que nous ayons tous les deux une explication.

– Il n'y a rien qui cloche ? demanda-t-il. Mon agent, M. Sprott...

– Pour l'amour de Dieu, modérez votre voix ! m'écriai-je. Elle ne doit pas nous entendre avant que nous ayons eu cette explication.

– Elle est donc ici ?

– Voilà la porte de sa chambre.

– Vous êtes ici seul avec elle ?

– Et qui voudriez-vous que je fasse loger avec nous ?

Je lui rendrai cette justice d'avouer qu'il pâlit.

– C'est fort incorrect, fit-il. C'est une circonstance des plus incorrectes. Vous avez raison : il faut que nous ayons une explication.

Disant ces mots, il passa devant moi, et je dois reconnaître que le vieux gredin prit à ce moment une extraordinaire dignité. D'où il était, il pouvait enfin voir dans ma chambre, et il la fouilla du regard. Un rayon de soleil matinal qui pénétrait par les carreaux de la fenêtre en faisait ressortir la nudité ; on n'y voyait rien d'autre que mon lit, mes malles, ma cuvette de toilette, avec quelques habits en désordre, et la cheminée sans feu ; ce logis misérable, à l'aspect froid et désolé, convenait aussi peu que possible pour abriter une jeune personne. En même temps, je me ressouvins des vêtements que je lui avais achetés ; et je reconnus que ce contraste de pauvreté et de prodigalité offrait mauvaise apparence.

Il chercha par toute la pièce un siège. N'en trouvant d'autre que mon lit, il prit place sur le bord de celui-ci ; et, après avoir fermé la porte, je ne pus éviter d'aller m'y asseoir à son côté, car ce singulier entretien, quelle que dût en être l'issue, devait autant que possible avoir lieu sans éveiller Catriona ; et il nous fallait pour cela rester l'un près de l'autre et parler bas. Mais nous faisions un couple vraiment grotesque : lui dans son grand surtout que le froid de ma chambre rendait tout à fait de circonstance ; moi grelottant en chemise et en culotte ; lui avec une physionomie de juge, et moi (sans parler de mon air) avec à peu près les sentiments d'un homme qui a ouï les trompettes du jugement dernier.

– Eh bien ? fit-il.

– Eh bien.... commençai-je.

Mais je me trouvai hors d'état de poursuivre.

– Vous dites qu'elle est ici ? reprit-il, mais cette fois avec un rien d'impatience qui me stimula.

– Elle est dans la maison, répondis-je, et je n'ignorais pas que ce détail pourrait être qualifié d'incorrect. Mais vous devez considérer à quel point toute l'affaire a été dès le début incorrecte ! Voilà une jeune personne que l'on débarque sur les côtes d'Europe avec deux shillings et un penny et demi. Elle est adressée à ce M. Sprott d'Helvoet, que vous venez d'appeler votre agent. Tout ce que je puis dire, c'est qu'il ne sut que blasphémer et jurer au seul énoncé de votre nom, et je fus contraint de le soudoyer de ma poche pour qu'il acceptât de recevoir ses effets en dépôt. Vous parlez de circonstances incorrectes, monsieur Drummond. Disons plutôt, si vous le voulez bien, que c'était une barbarie de l'exposer à une telle avanie.

— Mais c'est ce que je ne comprends pas du tout, fit James. Ma fille avait été confiée aux soins de gens honorables, dont j'ai oublié le nom.

— Ils s'appelaient Gebbie, répliquai-je ; et il n'est pas douteux qu'à Helvoet M. Gebbie devait descendre à terre avec elle. Mais il ne l'a pas fait, monsieur Drummond ; et vous pouvez remercier Dieu que je me sois trouvé là pour le remplacer.

— Ce M. Gebbie aura de mes nouvelles avant longtemps. Quant à vous, vos auriez pu songer que vous étiez un peu jeune pour occuper un emploi de ce genre.

— Mais il n'y avait pas à choisir entre moi et quelqu'un d'autre : c'était entre moi et personne, m'écriai-je. Personne ne s'est offert à me remplacer, et je dois dire que vous me manifestez bien peu de gratitude pour ce que j'ai fait.

— J'attendrai pour cela de mieux connaître l'obligation que je vous ai.

— Soit, mais il me semble que vous n'avez qu'à ouvrir les yeux pour vous en rendre compte. Votre enfant était abandonnée, elle se trouvait jetée en pleine Europe avec tout au plus deux shillings, et sans connaître deux mots d'aucune des langues qu'on y parle : voilà, je dois le dire, un charmant procédé ! Je l'ai amenée ici. Je lui ai donné le nom et l'affection d'une sœur. Tout ceci n'a pas été sans m'occasionner des déboires, mais je les passe sous silence. C'étaient là des services dus à une jeune personne dont j'honore le caractère ; et je crois que ce serait aussi un charmant procédé si j'allais chanter ses louanges à son père !

— Vous êtes un jeune homme, commença-t-il.

— Vous me l'avez déjà dit, fis-je avec beaucoup de chaleur.

— Vous êtes un homme très jeune, répéta-t-il, ou sinon vous auriez compris la signification de votre démarche.

— Vous en parlez fort à votre aise, lui lançai-je. Hé ! que pouvais-je faire d'autre ? Il est vrai que j'aurais dû prendre à mon service une femme pauvre et honnête pour l'avoir en tiers avec nous, mais je vous affirme que j'y pense pour la première fois ! Mais où l'aurais-je trouvée, moi étranger à la ville. Et laissez-moi vous faire remarquer à mon tour, monsieur Drummond, que j'aurais dû pour cela débourser de l'argent. Car voici exactement où nous en sommes, j'ai été contraint de payer pour votre négligence ; et il n'y a rien d'autre à en dire, sinon que vous avez été assez peu aimant et assez négligent pour égarer votre fille.

— Quand on vit dans une maison de verre on ne jette pas de pierres au voisin, dit-il ; et quand nous aurons achevé d'examiner la conduite de miss Drummond, nous pourrons porter un jugement sur son père.

— Mais je refuse, moi, de prendre cette attitude, répliquai-je. L'honneur de miss Drummond est bien au-dessus de tout examen, comme son père devrait le savoir. Le mien aussi, et c'est moi qui vous l'affirme. Il ne nous reste que deux moyens d'en sortir. L'un est que

vous m'exprimiez vos remerciements comme il sied entre gentilshommes, et que ce soit fini. L'autre (si vous êtes assez difficile pour
ne vous point déclarer satisfait) c'est de me payer ce que j'ai dépensé
et qu'il n'en soit plus question.

Il fit un geste de la main comme pour me calmer.

– Là, là, fit-il. Vous allez trop vite, monsieur Balfour. Il est heureux
que j'aie appris à me montrer patient. Et vous oubliez, je crois, que
je n'ai pas encore vu ma fille.

A ce discours et au changement que j'aperçus dans les allures de
notre homme aussitôt que le mot d'argent eut été prononcé entre nous,
je repris quelque confiance.

– Je croyais que ce serait plus convenable – si vous voulez bien
excuser mon sans-gêne de m'habiller en votre présence – que je m'en
aille d'abord et que vous la voyez seule.

– Je n'en attendais pas moins de vous, répliqua-t-il, avec une politesse
marquée.

C'était un bon symptôme, et en me rappelant l'impudente mendicité
de notre homme chez Prestongrange, je commençai à relever la tête.
Résolu à poursuivre mon avantage, je lui dis :

– Si vous avez l'intention de séjourner quelque temps à Leyde, cette
chambre est toute à votre disposition ; je n'aurai pas de peine à en
trouver une autre pour moi, et ce sera le meilleur moyen de réduire
le déménagement au minimum, puisque je serai seul à le faire.

– Ma foi, monsieur, répliqua-t-il en bombant la poitrine, je ne rougis
point de la pauvreté qui m'est advenue au service de mon roi ; je ne
vous cacherai pas que mes affaires sont en très mauvais état ; et, pour
le moment, il me serait bien impossible d'entreprendre un voyage.

– Jusqu'à ce que vous ayez l'occasion de communiquer avec vos amis,
repris-je, peut-être sera-t-il convenable pour vous (et j'en serai
moi-même honoré) de vous considérer comme mon invité ?

– Monsieur, dit-il, devant une offre aussi cordiale, je ne puis
m'honorer davantage qu'en imitant votre franchise. Votre main,
monsieur David ; vous êtes doué du caractère que j'estime le plus :
vous êtes de ceux-là dont un gentilhomme peut accepter une faveur
sans que cela tire à conséquence. Je suis un vieux soldat, continua-t-il,
en considérant la chambre d'un air assez dégoûté, et vous n'avez pas
à craindre que je vous sois un fardeau. Trop souvent j'ai mangé sur
le bord du fossé, et bu à ce même fossé, sans avoir d'autre toit que
la pluie.

– Je dois vous dire, fis-je, que c'est vers cette heure-ci que l'on nous
apporte nos déjeuners de la taverne. Si vous le voulez, je vais y aller
maintenant avertir que l'on ajoute un couvert pour vous et qu'on retarde
le repas d'une heure, ce qui vous donnera le temps de causer avec votre
fille.

A ces mots, je crus voir ses narines se dilater.

– Oh ! une heure, fit-il, c'est peut-être beaucoup. Mettons une
demi-heure, monsieur David, ou même vingt minutes, cela suffira très

bien. Et à ce propos, ajouta-t-il, en me retenant par mon habit, qu'est-ce que vous buvez le matin, de la bière ou du vin ?

— A vous dire vrai, monsieur, je ne bois tout simplement que de l'eau claire.

— Ta, ta, ta, vous vous abîmerez l'estomac, à ce régime, croyez-en un vieux routier. L'eau-de-vie de chez nous est peut-être ce qu'il y a de plus sain ; mais à son défaut on peut se contenter de vin du Rhin ou de Bourgogne blanc.

— Je veillerai à ce que vous en soyez pourvu.

— Allons, très bien, nous finirons par faire un homme de vous, monsieur David !

En ce moment-là, je songeais peut-être un peu au singulier beau-père qu'il ferait, mais je ne me souciais pas de lui autrement ; toutes mes pensées se concentraient sur sa fille : je résolus de l'avertir un peu de la visite qu'elle allait recevoir. Je m'approchai donc de sa porte et, frappant sur le panneau, lui criai :

— Miss Drummond, voici enfin votre père qui est arrivé.

Puis je m'en allai faire ma commission, ayant ainsi (grâce à deux mots) singulièrement compromis mes affaires.

XXVI

A trois

Étais-je vraiment si blâmable, ou méritais-je plutôt la pitié ? Je laisse à autrui d'en juger. Encore qu'assez grande, ma sagacité faiblit à l'égard des dames. Il est vrai qu'au moment où je réveillai Catriona, je pensais surtout à l'effet produit sur James More, et pour une raison similaire, lorsque je fus revenu auprès de lui et que nous nous attablâmes à déjeuner, je continuai de traiter la demoiselle avec déférence et réserve, ce qui, je le crois encore, était le plus sage. Son père avait jeté le doute sur l'innocence de notre amitié, et c'était mon premier devoir de dissiper ce doute. Mais il y a aussi une excuse pour Catriona. Nous nous étions livrés à une scène de tendre passion, mêlée de réciproques caresses ; je l'avais rejetée loin de moi avec véhémence ; en pleine nuit je l'avais appelée à haute voix d'une chambre à l'autre ; elle avait passé des heures à veiller et à pleurer ; et il n'est pas croyable que je fusse resté absent de ses pensées d'oreiller. Lorsque, après cela, elle s'entendit éveiller avec un cérémonial inaccoutumé, sous le nom de miss Drummond, et qu'elle se vit traitée désormais avec beaucoup de déférence et de réserve, elle tomba dans une erreur complète sur la nature de mes sentiments intimes : elle s'abusa même au point d'aller s'imaginer que je me repentais et que je m'efforçais de me dégager d'elle.

Le malentendu qui s'éleva entre nous paraît avoir été celui-ci : alors que dès l'instant où je jetai les yeux sur le grand chapeau de James More je pensai uniquement à lui, à son retour et à ses soupçons, elle s'en préoccupa si peu qu'elle les remarqua à peine, et tous ses soucis et ses actes se rapportèrent à ce qui s'était passé entre nous la nuit précédente. Cela s'explique, d'un côté par l'innocence et la hardiesse de son caractère, et de l'autre par la raison que James More, ayant si mal réussi dans son entretien avec moi, ou s'étant vu fermer la bouche par mon invitation, ne lui dit pas un mot sur ce sujet. Au déjeuner, conséquemment, il s'avéra bientôt que nous étions en désaccord. Je m'attendais à lui voir porter des habits à elle ; au lieu de cela je la vis, comme si elle ignorait son père, vêtue des meilleurs que je lui avais achetés, et qu'elle croyait le plus à mon goût. Je m'attendais à la voir imiter mon affectation de réserve, et se montrer d'une exacte correction ; au lieu de cela je la vis animée, quasi égarée, les yeux pleins d'un feu extraordinaire, m'appelant par mon petit nom avec une tendresse quasi suppliante, et tâchant de deviner et mes pensées et mes désirs, à l'instar d'une épouse qui craint les soupçons.

Mais cela ne dura guère. En la voyant si insouciante de ses propres intérêts, que j'avais compromis et que je m'efforçais à présent de sauvegarder, je redoublai en guise de leçon la froideur de mon attitude. Mais plus je me reculais, plus elle se rapprochait ; plus je devenais strictement poli, plus elle trahissait l'étroitesse de notre intimité, si bien que son père lui-même, s'il eût été moins occupé à manger, se serait aperçu du contraste. Nous en étions là quand soudain elle se transforma du tout au tout, et je me dis, avec beaucoup de soulagement, qu'elle avait enfin compris.

Je passai toute la journée à mes cours ou en quête d'un nouveau logis ; et quoique l'heure de notre promenade coutumière me parût tristement vide, je me réjouis tout compte fait de voir mon chemin déblayé, la jeune fille sous la garde de qui de droit, son père satisfait, ou du moins consentant, et moi-même libre de poursuivre honorablement mes amours. Au souper, comme à tous nos autres repas, ce fut James More qui fit les frais de la conversation. Il racontait bien, mais malheureusement il était impossible de le croire. D'ailleurs, je parlerai bientôt de lui plus au long. Le repas terminé, il se leva, prit son grand manteau, et il me sembla qu'il me regardait, en disant que ses affaires l'appelaient au-dehors. Je crus qu'il m'invitait ainsi à partir également, et me levai ; aussitôt la jeune fille, qui m'avait à peine dit bonjour à mon entrée, se mit à me faire de grands yeux comme pour m'interdire de bouger. Je restai entre eux deux comme un poisson hors de l'eau, à les regarder alternativement ; ni l'un ni l'autre ne paraissait me voir : elle considérait le parquet, tandis que lui boutonnait son manteau. Mon embarras s'en accrut démesurément. Cette indifférence affectée révélait chez elle une colère toute prête à éclater. De sa part à lui j'y vis un symptôme des plus alarmants : persuadé qu'une tempête allait en sortir, et courant au plus pressé, je m'approchai de lui et me livrai pour ainsi dire entre ses mains.

– Puis-je faire quelque chose pour vous, monsieur Drummond ? lui demandai-je.

Il étouffa un bâillement, où je vis une nouvelle ruse.

– Ma foi, monsieur David, répondit-il, puisque vous avez l'obligeance de me le proposer, vous pourriez me montrer le chemin d'une certaine taverne (qu'il me nomma) où j'espère rencontrer quelques anciens compagnons d'armes.

Il n'en fallait pas plus : je pris mon chapeau et mon manteau pour l'accompagner.

– Quant à vous, dit-il, à sa fille, vous ferez mieux d'aller vous coucher. Je rentrerai tard, et vous connaissez le proverbe : Tôt couchées et tôt levées les jolies filles ont de plus beaux yeux.

Puis il l'embrassa très affectueusement, et me poussa vers la porte. Il le fit à dessein, me sembla-t-il, pour m'empêcher de prendre congé d'elle. Je remarquai toutefois qu'elle ne me regarda même pas, ce que j'attribuai à la crainte que lui inspirait James More.

La taverne en question était assez éloignée. Tout au long du chemin il m'entretint de sujets qui ne m'intéressaient en aucune façon, et arrivé à la porte, il me congédia avec de vaines cérémonies. De là, je gagnai mon nouveau gîte, où je n'avais même pas une cheminée pour me chauffer, et où je restai en la seule compagnie de mes pensées. Celles-ci étaient encore assez brillantes ; je n'avais pas la moindre idée que Catriona fut indisposée contre moi ; je nous considérais comme fiancés ; je croyais que nous avions vécu dans une intimité trop fervente, et prononcé des paroles trop définitives, pour en arriver à nous séparer, surtout à cause de simples mesures nécessitées par la prudence. Mon principal souci était de me voir un beau-père tout différent de ce que j'aurais choisi ; et aussi de savoir si je devais lui parler bientôt, car c'était là une question épineuse à divers points de vue. En premier lieu, lorsque je songeais à mon extrême jeunesse, je rougissais jusqu'aux oreilles, et j'étais presque tenté d'y renoncer ; et toutefois si je les laissais quitter Leyde sans me déclarer, je pouvais la perdre à jamais. Puis, en deuxième lieu, il me fallait tenir compte de notre situation fort irrégulière, et de la faible satisfaction que j'avais donnée à James More le matin. Je conclus, en somme, que l'attente ne nuirait pas, mais que je n'attendrais pas trop longtemps ; et le cœur allégé, je me glissai entre mes draps froids.

Le lendemain, comme James More semblait assez disposé à se plaindre au sujet de ma chambre, je lui offris d'en compléter le mobilier ; et revenant du cours, l'après-midi, accompagné de commissionnaires chargés de tables et chaises, je trouvai la jeune fille à nouveau laissée à elle-même. A mon entrée, elle m'accueillit poliment mais se retira aussitôt dans sa chambre, dont elle ferma la porte. Quand j'eus disposé mes meubles, payé et renvoyé les hommes, je crus qu'en les entendant sortir elle accourait aussitôt pour me parler. Après une brève attente je frappai à sa porte et l'appelai :

– Catriona !

Je n'avais pas prononcé le mot que la porte s'ouvrit, avec une telle promptitude qu'elle devait se tenir derrière aux aguets. Elle resta devant moi tout à fait tranquille, mais elle avait un air indéfinissable qui décelait un grand trouble.

– Allons-nous encore nous passer de notre promenade, aujourd'hui ? balbutiai-je.

– Je vous remercie, répliqua-t-elle. Je ne tiens plus guère à me promener, maintenant que mon père est revenu.

– Mais il me semble qu'il est lui-même sorti en vous laissant seule, fis-je.

– Voilà une parole aimable, reprit-elle.

– Je n'y ai pas mis de mauvaise intention. Qu'avez-vous donc, Catriona ? Que vous ai-je fait pour que vous soyez ainsi fâchée contre moi ?

– Je ne suis pas du tout fâchée contre vous, me répondit-elle, en détachant toutes les syllabes. Je serai toujours reconnaissante à mon ami de ce qu'il a fait pour moi ; je serai toujours son amie autant qu'il dépendra de moi. Mais à présent que mon père James More est revenu, c'est différent, et je crois que nous avons dit et fait de certaines choses qu'il vaudra mieux oublier. Mais je serai toujours votre amie autant qu'il dépendra de moi... si ce n'est pas trop... Non que vous vous en souciez ! Mais je ne voudrais pas que vous me jugiez trop sévèrement. Vous me l'avez bien dit que j'étais trop jeune pour être conseillée, et j'espère que vous voudrez bien vous souvenir que je n'étais qu'une enfant. Je ne voudrais pas perdre votre amitié, en tout cas.

En commençant ce discours elle était très pâle, mais avant la fin son visage et jusqu'au tremblement de sa bouche réclamaient de moi la couleur. En la voyant devant moi couverte de honte, je compris alors pour la première fois quel tort immense j'avais eu de mettre cette enfant dans une telle situation, à laquelle elle s'était laissée prendre dans un instant de faiblesse.

– Miss Drummond, lui dis-je ; mais je m'arrêtai et repris : je voudrais que vous puissiez lire dans mon cœur. Vous y verriez que mon respect n'a pas diminué. Si c'était possible je dirais même qu'il a augmenté. Ceci n'est que le résultat de l'erreur que nous avons commise. Cela devait arriver, et mieux vaut n'en plus rien dire. Tant que nous vivrons ici, je vous promets que je n'y ferai plus allusion : je voudrais vous promettre aussi que je n'y penserai plus, mais c'est là un souvenir qui me sera toujours cher. Et à propos d'ami, vous en avez en moi un qui voudrait mourir pour vous.

– Je vous remercie, répondit-elle.

Nous restâmes un moment silencieux, et ma tristesse égoïste commença de prendre le dessus ; car je voyais enfin tous mes beaux

loin d'elle à me faire des remontrances sur la fragilité humaine et la susceptibilité féminine. En somme on ne vit jamais deux pauvres fous se rendre plus malheureux par un pire malentendu.

Quant à James, il ne faisait aucune attention à nous. Il ne voyait rien d'autre au monde que remplir sa panse et sa poche, et raconter ses hâbleries. Douze heures ne s'étaient pas écoulées qu'il m'avait déjà fait un petit emprunt ; au bout de trente, il m'en demandait un second, que je lui refusais. L'argent comme le refus, il les accueillit avec la même parfaite bonne humeur. Du reste, il avait un air d'apparente magnanimité fort bien fait pour en imposer à sa fille ; et le jour sous lequel il se présentait sans cesse dans les propos s'alliait fort harmonieusement à la belle prestance et aux nobles façons de notre homme. Quelqu'un qui n'aurait pas encore eu affaire à lui, et qui aurait été doué, soit d'une faible pénétration, soit d'une forte dose de prévention, eût pu à la rigueur s'y laisser prendre. Pour moi, après deux entretiens, je le lisais à livre ouvert : je le voyais d'un égoïsme parfait autant qu'ingénu ; et ses fanfaronnades (ce n'étaient que faits d'armes, et « un vieux soldat » et « un pauvre gentilhomme highlander » et « la force de mon pays et de mes amis ») ne retenaient pas plus mon attention que ne l'eût fait le caquet d'un perroquet.

Le plus curieux c'était qu'il en croyait lui-même quelque chose, au moins par moments ; il était je crois si faux d'un bout à l'autre qu'il ne savait plus trop quand il mentait ; et il ne devait être d'une entière bonne foi que dans ses seuls moments d'abattement. A de certaines heures, il était l'être le plus paisible, le plus affectueux et le plus caressant que l'on pût voir ; il tenait alors la main de Catriona tel un gros bébé, et me priait de ne pas l'abandonner si j'avais la moindre affection pour lui ; sans se douter que toute celle que je possédais, loin de lui être dédiée, allait uniquement à sa fille. Il nous pressait et même nous adjurait de le distraire par nos propos, ce qui était fort malaisé vu la nature de nos relations ; puis il retombait à nouveau dans ses lamentations sur son pays et ses amis, ou bien il se mettait à chanter en gaélique.

– Voici, disait-il, un des airs mélancoliques de ma terre natale. Vous trouvez peut-être singulier de voir pleurer un soldat ; et c'est bien fait d'ailleurs pour resserrer notre amitié. Mais j'ai dans le sang la cadence de cette chanson, et ses paroles jaillissent de mon cœur. Et lorsque je songe à mes montagnes rousses et au chant de leurs oiseaux, je n'aurais pas honte de pleurer devant mes ennemis. Puis se remettant à chanter il me traduisait des fragments de la chanson, avec beaucoup d'emphase et avec un mépris affecté de la langue anglaise. Cela veut dire, reprenait-il, que le soleil est couché, la bataille terminée, et les braves chefs vaincus. Et elle dit ici comment les étoiles les virent se réfugier en pays étranger ou rester morts sur la montagne rousse ; et plus jamais ils ne lanceront le cri de guerre, plus jamais ils ne se baigneront les pieds dans les torrents de la vallée. Ah ! si vous connaissiez un peu cette langue vous pleureriez aussi, car ses mots ne se peuvent rendre, et c'est une vraie dérision que de vous les répéter en anglais.

Certes, je pensais bien qu'il mettait dans tout cela beaucoup d'exagération, comme à son ordinaire ; et pourtant il y mettait aussi du vrai sentiment, ce pour quoi je le détestais peut-être encore plus. Et cela me blessait au vif de voir Catriona si occupée du vieux gredin, et pleurant à chaudes larmes de le voir pleurer, alors que j'étais sûr qu'une moitié de sa tristesse à lui provenait de ses libations nocturnes dans les tavernes. Il y avait des fois où j'étais tenté de lui avancer une somme ronde afin de le voir déguerpir pour de bon ; mais c'eût été se priver de Catriona également, ce à quoi je n'étais pas aussi bien résigné ; en outre, je me faisais scrupule de prodiguer mon bon argent à un individu si peu économe.

XXVII

A deux

Ce fut je crois vers le cinquième jour, et je sais du moins que James était dans un de ces accès de mélancolie, lorsque je reçus trois lettres. La première était d'Alan, et me proposait de venir me voir à Leyde ; les deux autres arrivaient d'Écosse et avaient trait à la même affaire, à savoir le décès de mon oncle et mon entière accession à mes droits. Celle de Rankeillor ne traitait bien entendu que le point de vue affaires ; celle de miss Grant était comme elle, un peu plus spirituelle que sage, pleine de reproches envers moi qui ne lui avais pas écrit, et de plaisanteries à l'égard de Catriona, qui me blessèrent d'autant plus que je les lisais en la présence de cette dernière.

Car ce fut bien entendu dans mon appartement que je les trouvai, lorsque je rentrai pour dîner, si bien que l'on m'interrogea sur les nouvelles qu'elles m'apportaient dès le premier moment de leur lecture. Elles firent pour nous trois une diversion bien accueillie, car nul ne pouvait prévoir les tristes conséquences qui devaient en résulter. Ce fut le hasard qui m'apporta ces trois lettres le même jour, et qui me les remit entre les mains dans la pièce même où se trouvait James More ; et quant aux événements qui résultèrent de ce hasard, et que j'aurais pu empêcher en me taisant, ils étaient sans doute prédestinés dès avant qu'Agricola vînt en Écosse et qu'Abraham commençât ses pérégrinations.

La première que j'ouvris fut naturellement celle d'Alan, et je trouvai tout aussi naturel de commenter à haute voix son projet de me rendre visite. Je vis James dresser l'oreille d'un air fort intéressé.

– N'est-ce pas cet Alan Breck que l'on a soupçonné dans l'accident d'Appin ?

Je lui répondis par l'affirmative, et il me retint un moment d'ouvrir mes autres lettres, en m'interrogeant sur nos relations, sur le genre de vie qu'Alan menait en France, genre de vie que je ne connaissais guère, et enfin sur sa visite projetée.

– Tous les bannis comme nous tiennent un peu ensemble, ajouta-t-il ; et de plus je connais ce gentilhomme ; sa race n'est pas des plus pures, et il n'a en réalité pas le droit de s'appeler Stewart, mais il n'en a pas moins fait des prouesses de valeur durant la journée de Drummossie. Il s'y est conduit en soldat. Si d'autres qu'il est inutile de nommer s'y étaient conduits aussi bien, son résultat eût été d'un souvenir moins pénible. Nous avons tous deux fait de notre mieux ce jour-là, et cela crée un lien entre nous.

J'eus peine à me retenir de lui lancer une pointe, et je regrettai qu'Alan ne fût pas là pour le pousser un peu sur le chapitre de sa naissance. Il paraît d'ailleurs que celle-ci n'était en effet pas des plus régulières.

Cependant j'avais ouvert la lettre de miss Grant. Elle m'arracha une exclamation.

– Catriona, m'écriai-je, oubliant pour la première fois depuis l'arrivée de son père de m'adresser à elle avec cérémonie, me voilà entré tout à fait en possession de mon royaume, je suis laird de Shaws pour de bon... mon oncle a fini par mourir.

Elle se leva de son siège en battant des mains. Mais un instant nous suffit à tous deux pour comprendre que nous n'avions ni l'un ni l'autre aucun sujet de nous réjouir, et nous restâmes face à face, à nous considérer tristement.

James se montra parfait hypocrite.

– Ma fille, dit-il, est-ce donc ainsi que ma cousine vous a appris la politesse ? M. David vient de perdre un proche parent ; nous devons d'abord lui présenter nos condoléances.

Je me tournai vers lui presque en colère.

– Au vrai, monsieur, fis-je, je suis incapable de telles grimaces. La nouvelle de sa mort est pour moi des mieux accueillies.

– Voilà une philosophie digne d'un bon soldat, répliqua James More. C'est le sort de la chair, nous devons tous sauter le pas. Et puisque ce gentilhomme était si éloigné de vos bonnes grâces, en ce cas, parfait ! Mais nous pouvons au moins vous féliciter sur cette entrée en possession de votre fortune.

– Pas davantage, ripostai-je, non sans quelque vivacité. Qu'importe cette belle fortune à un homme seul, qui en a déjà assez pour vivre ? Je possédais avant cela un bon revenu dans ma frugalité ; et à part la mort de cet homme – dont je me réjouis, je l'avoue à ma honte – je ne vois personne qui doive profiter de ce changement.

– Allons, allons, dit-il, vous êtes plus affecté que vous ne voulez le laisser voir ; sans quoi vous ne parleriez pas ainsi de votre solitude.

Vous avez là trois lettres ; cela représente trois personnes qui vous veulent du bien ; et j'en pourrais nommer deux autres, dans cette pièce-ci. Je ne vous connais pas depuis bien longtemps, mais Catriona, lorsque nous sommes à nous deux, n'en finit pas de chanter vos louanges.

A ces mots elle le regarda, un peu effarouchée, mais il passa aussitôt à un autre sujet : l'étendue de ma fortune, sur laquelle il s'appesantit durant presque tout le repas. Mais il ne lui servit à rien de dissimuler ; il avait abordé le sujet avec trop de maladresse, et je savais ce qui m'attendait. Le dîner à peine terminé, il acheva de découvrir ses batteries. Prétextant une commission, il renvoya Catriona.

— Vous en avez à peu près pour une heure ajouta-t-il, et l'ami David aura l'obligeance de me tenir compagnie jusqu'à votre retour.

Sans répliquer, elle se hâta d'obéir. J'ignorais si elle comprenait, j'en doute ; mais j'étais pour ma part complètement édifié et j'attendais de pied ferme ce qui allait suivre.

La porte s'était à peine refermée sur elle que notre homme se carra dans son fauteuil, et m'interpella, en affectant beaucoup d'aisance. Une seule chose le trahissait, à savoir son visage qui se couvrit aussitôt de fines gouttelettes de sueur.

— Je suis bien aise de pouvoir causer seul avec vous, me dit-il, car dans notre premier entretien vous avez mal interprété quelques-unes de mes expressions, et je désire depuis longtemps vous les expliquer. Ma fille reste au-dessus de tout soupçon. Vous aussi, et je suis prêt à le soutenir de mon épée contre tous contradicteurs. Mais, mon cher David, ce monde est plein de censeurs, et je suis bien placé pour le savoir, moi qui n'ai cessé de vivre, depuis le décès de feu mon père — Dieu ait son âme ! — dans un parfait réseau de calomnies. Il nous faut, vous et moi, tenir compte de cela ; nous ne pouvons l'ignorer.

Et il hocha la tête comme un prédicateur en chaire.

— Où voulez-vous en venir, monsieur Drummond ? fis-je. Je vous serais obligé de me développer votre point de vue.

— Oh ! oh ! fit-il en riant, je reconnais bien là votre caractère ! et c'est ce que j'aime le mieux chez vous. Mais mon point de vue, mon digne ami, est un peu délicat. (Il se versa un verre de vin.) Quoique entre vous et moi, qui sommes si bons amis, cela ne doit pas nous retenir longtemps. Ce point de vue, j'ai à peine besoin de vous le dire, c'est ma fille. Et je vous dirai tout d'abord que je ne vous reproche rien. Dans ces malheureuses circonstances, que pouviez-vous faire d'autre ? Je ne le vois réellement pas.

— Je vous en remercie, monsieur, répliquai-je, de plus en plus sur mes gardes.

— J'ai d'ailleurs étudié votre caractère, continua-t-il, vous êtes bien doué ; vous semblez modérément rusé, ce qui ne nuit pas ; et l'un dans l'autre, je suis très heureux de pouvoir vous annoncer que je me suis décidé pour le second des deux moyens possibles.

— Je ne vous comprends pas, fis-je. De quels moyens parlez-vous ?

Il se décroisa les jambes et fronça les sourcils d'un air menaçant.

– Ma foi, monsieur, je crois superflu de les expliquer à un gentilhomme de votre rang ; c'est : ou bien que je vous coupe la gorge, ou bien que vous épousiez ma fille.

– Voici enfin que vous parlez net.

– Et je crois que j'ai parlé net dès le début ! s'écria-t-il avec vigueur. Je suis un père scrupuleux, monsieur Balfour ; mais, grâce à Dieu, je suis aussi un homme patient et réfléchi. Il y a beaucoup de pères, monsieur, qui vous auraient traîné aussitôt à l'autel ou sur le terrain. Mon estime pour votre caractère...

– Monsieur Drummond, interrompis-je, si vous avez la moindre estime pour moi, je vous prie de modérer votre voix. Il n'est pas du tout nécessaire de hurler, avec un gentilhomme qui est dans la même chambre que vous et qui vous écoute avec la plus grande attention.

– Ma foi, vous avez raison, dit-il, en changeant aussitôt de ton. Mais il vous faut excuser les mouvements d'un père.

– Je comprends donc, repris-je – car je ne ferai pas mention de cette autre alternative, que vous auriez peut-être mieux fait de passer sous silence – je comprends que vous ne me décourageriez pas, dans l'hypothèse où je serais disposé à vous demander la main de votre fille.

– On ne saurait mieux exprimer ce que je veux dire, fit-il, et je crois que nous allons nous entendre.

– Cela reste encore à voir, répliquai-je ; mais en attendant je ne puis vous cacher que je porte à la demoiselle en question les plus tendres sentiments et que je ne saurais rêver un meilleur sort que d'obtenir sa main.

– J'en étais sûr, je vous reconnais bien là, David, s'écria-t-il en me tendant la main.

Je le repoussai.

– Pas si vite, monsieur Drummond. Il y a au préalable des conditions à poser ; et nous avons devant nous des difficultés qu'il ne sera pas commode de surmonter. Je vous ai dit que de mon côté ce mariage ne rencontre pas d'objection, mais j'ai de fortes raisons de croire qu'il n'en est pas de même pour la demoiselle.

– Cela n'a aucune importance, fit-il. Je vous garantis qu'elle acceptera.

– Vous oubliez, je crois, monsieur Drummond, que tout en discutant avec moi vous venez de vous laisser aller à deux ou trois expressions malsonnantes. Je ne veux pas que la jeune personne en entende de semblables. Je suis ici pour nous représenter tous les deux, et je vous avertis que je ne me laisserai pas imposer une épouse, pas plus que je ne laisserai imposer un mari à la jeune personne.

Il me considérait d'un air indécis, et fort en colère. Je repris :

– Voici donc le meilleur parti à suivre. J'épouserai miss Drummond, et cela volontiers, pourvu qu'elle soit entièrement consentante. Mais si elle y répugne le moins du monde, comme j'ai des raisons de le craindre, jamais je ne l'épouserai.

– Bon, bon, fit-il, c'est une petite affaire. Dès qu'elle sera de retour je la sonderai un peu, et j'espère vous rassurer...

Mais je le coupai à nouveau.

– Vous ne vous en mêlerez pas, monsieur Drummond, ou je refuse, et vous pourrez chercher un autre parti pour votre fille. C'est moi qui vais être le seul marchand et le seul juge. Je veux être édifié exactement, et personne d'autre ne s'en mêlera – vous moins que personne.

– Ma parole, monsieur ! s'écria-t-il, et qui donc allez-vous juger ?

– La prétendue, je pense.

– C'est une gageure. Vous tournez le dos à l'évidence. Cette jeune fille est ma fille et n'a pas à choisir. Elle est perdue d'honneur.

– Ici, je vous demande pardon, repris-je, mais en tant que cette affaire nous concerne vous et moi, ce que vous dites là est faux.

– Quelle garantie en ai-je ? Vais-je laisser dépendre d'un peut-être la réputation de ma fille ?

– Vous auriez dû y réfléchir depuis longtemps, avant même d'avoir eu la malencontreuse inspiration de l'égarer, et non ensuite, alors qu'il est trop tard. Je refuse de me considérer en aucune façon comme responsable de votre négligence, et je ne me laisserai intimider par personne au monde. Ma résolution est entièrement prise, et advienne que pourra, je ne m'en écarterai pas de l'épaisseur d'un cheveu. Nous allons, vous et moi, rester ici ensemble jusqu'à son retour ; et alors, sans que vous lui adressiez ni un mot ni un regard, elle et moi nous ressortirons pour causer. Si elle peut m'assurer qu'elle consent à cette démarche, je l'accomplirai ; dans le cas contraire, j'y renoncerai.

Il bondit de son siège.

– Je vois votre manœuvre, exclama-t-il. Vous voudriez l'amener à refuser.

– Ce n'est pas impossible, répliquai-je. Mais quoi qu'il en soit, cela se passera comme je l'ai dit.

– Et si je refuse ?

– En ce cas, monsieur Drummond, il ne nous restera plus qu'à nous couper la gorge.

Ce ne fut pas sans trembler que je prononçai le mot, car la carrure de notre homme, la longueur de son bras et son habileté bien connue à l'escrime me donnaient matière à réfléchir, sans compter qu'il était le père de Catriona. Mais j'aurais pu m'épargner ces craintes. A voir la pauvreté de mon gîte – il ne remarqua point les costumes de sa fille, qui étaient tous également nouveaux pour lui – et du fait que je m'étais montré peu disposé à lui prêter de l'argent, il avait conçu une forte idée de ma pauvreté. La nouvelle inattendue de ma fortune le convainquit de son erreur. Il n'avait fait qu'un bond sur cette nouvelle occasion, et il s'y était déjà si fort attaché qu'il eût, je crois, tout supporté plutôt que d'en venir à l'alternative du combat.

Quelques minutes encore il prolongea la discussion, mais je trouvai enfin un argument qui lui ferma la bouche.

– Puisque vous répugnez à me laisser voir la demoiselle sans témoins, lui dis-je, il me faut supposer que vous avez de bonnes raisons de croire que je ne me trompe pas sur son mauvais vouloir.

Il balbutia une défaite quelconque.

– Mais tout ceci est des plus préjudiciables à notre honneur à tous deux, ajoutai-je ; nous ferions mieux de garder un silence prudent.

C'est ce que nous fîmes jusqu'au retour de la jeune fille, et je ne puis m'empêcher de croire qu'un témoin survenant à l'improviste nous eût trouvé un air fort sot.

XXVIII

Dans lequel je reste seul

J'ouvris la porte à Catriona et l'arrêtai sur le seuil.

– Votre père désire que nous fassions une promenade, lui dis-je.

Elle regarda James More, qui acquiesça, et là-dessus, comme un soldat à l'exercice, elle fit volte-face pour m'accompagner.

Nous prîmes un de nos chemins habituels, où nous avions autrefois été si heureux en le parcourant ensemble. Je marchais à un demi-pas en arrière, de sorte que je pouvais l'observer à son insu. Ses petits souliers faisaient sur le pavé un bruit singulièrement coquet et triste, et je songeai à la singularité de ce moment, où je marchais pour ainsi dire entre deux destinées, sans savoir si j'entendais ces pas pour la dernière fois ou si leur bruit devait m'accompagner jusqu'au jour où la mort viendrait nous séparer.

Elle évitait de me regarder, et marchait droit devant elle, comme si elle devinait ce qui allait suivre. Je comprenais que si je ne parlais pas tout de suite je n'aurais plus le courage de le faire, mais je ne savais par où commencer. Dans cette pénible situation, alors que l'on me jetait pour ainsi dire dans les bras une jeune fille qui s'était déjà rendue à merci, je ne pouvais sans inconvenance la presser beaucoup, mais, d'autre part, n'en rien faire eût paru bien froid. Entre ces deux extrémités, je balançai longtemps ; et lorsque à la fin je réussis à parler on peut dire que je m'exprimai au hasard.

– Catriona, fis-je, vous me voyez dans une situation fort pénible ; ou, pour mieux dire, nous y sommes tous les deux ; et je vous serais très obligé si vous me permettiez de me laisser parler jusqu'au bout sans m'interrompre.

Elle me le promit sans hésiter.

– Eh bien ! repris-je, ce que j'ai à vous dire est très gênant, et je sais trop que je n'ai aucun droit de le dire. Après ce qui s'est passé entre nous vendredi dernier, je n'ai plus aucun droit. Notre égarement s'est porté (et le tout par ma faute) à un point tel qu'il ne me reste

plus qu'à me taire ; c'était là mon intention primitive, et rien n'était
plus loin de ma pensée que de vous importuner davantage. Mais, chère
amie, la chose est devenue indispensable et je ne puis m'y dérober.
Voyez-vous, cette fortune qui m'arrive fait de moi un meilleur parti ;
et... l'affaire n'aurait plus un aspect tout à fait aussi ridicule que
précédemment. A part cela, on s'imagine que nos relations sont
devenues si étroites, comme je vous le disais, qu'il vaudrait mieux n'y
rien changer. A mon point de vue, c'est là une opinion excessive, et
à votre place je ne m'en soucierais nullement. Mais il est juste que j'en
parle, car sans aucun doute cette considération influe sur James More.
Je pense d'ailleurs que nous n'étions pas si malheureux naguère quand
nous habitions ensemble dans cette ville. Je crois que nous nous
entendrions fort bien à nous deux. Il vous suffirait, ma chère amie, d'un
regard en arrière...

— Je ne regarde ni en arrière ni en avant, interrompit-elle. Dites-moi
seulement une chose : est-ce mon père qui vous envoie ?

— Il approuve ma démarche. Il approuve que je vous demande en
mariage...

Et j'allais continuer en faisant un nouvel appel à ses sentiments ; mais
sans m'écouter elle me lança tout à trac :

— C'est lui qui vous a dicté cette conduite ! Inutile de nier, vous venez
de dire vous-même que rien n'était plus loin de votre pensée. C'est lui
qui vous y pousse.

— Il m'en a parlé le premier, si c'est cela que vous voulez dire.

Elle marchait de plus en plus vite, en regardant au loin devant elle ;
mais à ces mots elle eut une légère exclamation, et se mit presque à
courir.

— Sans quoi, continuai-je, après ce que vous m'avez dit vendredi
dernier, je n'aurais jamais eu l'impudence de vous faire une telle
proposition. Mais que voulez-vous que j'y fasse : il me l'a pour ainsi
dire demandé.

Elle s'arrêta et se planta devant moi.

— Eh bien, c'est refusé en tout cas, s'écria-t-elle, et tenez-vous-le pour
dit.

Et elle se remit de nouveau en marche.

— Je n'avais, en effet, rien de mieux à attendre de vous, repris-je ;
mais il me semble que vous pourriez tâcher d'être un peu plus aimable
pour moi avant de me quitter. Je ne vois pas pourquoi vous êtes si
dure. Je vous ai beaucoup aimée, Catriona – laissez-moi vous appeler
encore ainsi pour la dernière fois. J'ai fait pour vous tout ce que j'ai
pu, je m'efforce de faire encore de même, et je regrette seulement de
ne pouvoir mieux faire. Je m'étonne que vous vous ingéniiez à être dure
envers moi.

— Ce n'est pas à vous que je pense, fit-elle. Je pense à cet homme,
à mon père.

— Et quand même cela serait ! Je puis vous être utile de ce côté-là
aussi ; je veux l'être. Il est tout à fait nécessaire, ma chère amie, que

nous parlions de votre père ; car, avec le tour qu'a pris cet entretien, c'est James More qui ne va pas être content.

Elle s'arrêta de nouveau.

– C'est parce que je suis perdue d'honneur ? demanda-t-elle.

Je ne sus que répondre et demeurai muet.

Une lutte semblait se livrer en elle. Soudain, elle éclata :

– Qu'est-ce que tout cela signifie donc ? D'où vient ce déversement de honte sur ma tête ? Dites. David Balfour, comment avez-vous eu l'audace ?

– Ma chère amie, que pouvais-je faire d'autre ?

– Je ne suis pas votre chère amie, reprit-elle, et je vous défends de m'appeler ainsi.

– Je ne songe guère à mes expressions, répliquai-je. J'en suis navré pour vous, miss Drummond. Quoi que je puise dire, soyez sûre que ma sympathie vous est acquise dans votre pénible situation. C'est la seule chose que je tienne à vous faire remarquer, pendant que nous pouvons encore causer tranquillement, car il va y avoir du tapage quand nous rentrerons tous les deux. Croyez-en ma parole, ce ne sera pas trop de nous deux pour que cette affaire se termine pacifiquement.

– Certes, fit-elle. (Et ses joues s'empourprèrent.) Est-ce qu'il voudrait se battre avec vous ?

– C'est bien son intention.

Elle eut un rire déchirant.

– Allons, vrai, c'est complet ! s'écria-t-elle.

Puis, se tournant vers moi :

– Mon père et moi nous faisons bien la paire, mais grâce à Dieu il y a encore quelqu'un de pire que nous. Je remercie le bon Dieu de m'avoir permis de vous voir sous ce jour. Il ne peut exister de fille qui ne doive vous mépriser.

Je venais de faire preuve d'une grande patience, mais cette fois je n'y tins plus. Je ripostai :

– Vous n'avez pas le droit de me parler de la sorte. Ne me suis-je pas toujours efforcé d'être bon pour vous ? Et voici ma récompense ! Oh ! c'en est trop !

Elle ne cessait de me regarder avec un sourire haineux.

– Lâche ! prononça-t-elle.

– Que le mot vous rentre dans la gorge à vous et à votre père ! m'écriai-je. Aujourd'hui déjà je l'ai bravé dans votre intérêt. Je le braverai de nouveau, ce puant putois ; et peu m'importe lequel de nous deux succombera ! Allons, en route pour la maison : finissons-en ! Je veux en finir avec toute cette clique du Highland. Vous verrez ce que vous en penserez quand je serai mort.

Elle me regarda en hochant la tête avec ce même sourire pour lequel je l'aurais battue.

– Oh, ne riez donc pas, m'écriai-je. J'ai vu votre charmant père rire moins bien tantôt. Ce n'est pas que je veuille dire qu'il avait peur, m'empressai-je d'ajouter, mais il préférait l'autre moyen.

– Comment cela ? fit-elle.

– Quand je lui ai offert de dégainer contre lui.

– Vous avez offert à James More de dégainer contre lui ?

– Évidemment, et je l'y ai trouvé peu disposé, sans quoi nous ne serions pas ici.

– Il y a quelque chose là-dessous. Qu'est-ce que vous voulez dire ?

– Il allait vous forcer à m'accepter, et je n'ai pas voulu de cela. Je lui ai déclaré qu'il fallait vous laisser libre, et que je devais vous parler seul à seule, mais je ne m'attendais guère à un pareil entretien ! « Et si je refuse ? » me dit-il. – « Alors, lui répliquai-je, il ne nous restera plus qu'à nous couper la gorge, car je ne veux pas qu'on m'impose une épouse. » Ce fut ainsi que je lui parlai ; et je parlais par amitié pour vous ; j'en suis joliment récompensé ! A cette heure, c'est bien de votre libre volonté que vous refusez de m'épouser, et il n'est aucun père du Highland ni d'ailleurs qui puisse exiger ce mariage. Soyez tranquille : vos désirs seront respectés, j'en fais mon affaire, une fois de plus. Mais il me semble que vous pourriez au moins avoir la pudeur d'affecter quelque gratitude. Ah ! certes, je croyais que vous me connaissiez mieux. Je ne me suis pas conduit tout à fait bien envers vous, mais c'est la faute de ma faiblesse. Et aller me croire un lâche, et un tel lâche – oh ! jeune fille, quel coup vous me portez là pour finir !

– David, comment pouvais-je deviner ? s'écria-t-elle. Mais c'est affreux ! Moi et les miens – elle accompagna le mot d'une exclamation de détresse – moi et les miens nous ne sommes pas dignes de vous adresser la parole. Oh ! je m'agenouillerais devant vous en pleine rue, je vous baiserais les mains pour obtenir votre pardon.

– Je me contente des baisers que j'ai déjà obtenus de vous, répliquai-je. Je me contente de ceux que je désirais et qui valent quelque chose : je ne veux pas qu'on m'embrasse par repentir.

– Qu'allez-vous penser de cette misérable fille ? reprit-elle.

– Ce que je viens de m'évertuer à vous dire ! Que vous ferez mieux de me laisser là, moi que vous ne pouvez rendre plus malheureux, pour vous occuper de James More, votre père, avec qui vous allez sans nul doute avoir maille à partir.

– Oh ! quel sort de devoir courir le monde seule avec un tel homme ! s'écria-t-elle ; et elle se ressaisit d'un grand effort. Mais ne vous tourmentez plus de cela, reprit-elle. Il ignore ce que j'ai dans le cœur. Il me paiera cher ce qu'il a fait aujourd'hui ; oh oui, il me le paiera cher !

Elle s'apprêta à retourner sur ses pas, et j'allai pour l'accompagner. Sur quoi elle fit halte.

– Laissez-moi seule, me dit-elle. C'est toute seule que je dois le voir.

Un bon moment j'errai par les rues, furieux et me répétant qu'il n'y avait pas dans toute la chrétienté de garçon plus abusivement traité que moi. J'étouffais de colère, je n'arrivais pas à reprendre ma respiration ; il me semblait qu'il n'y avait pas dans tout Leyde assez d'air pour mes poumons, et que j'allais m'asphyxier comme au fond de la mer. Je m'arrêtai à un coin de rue pour rire de moi une minute entière, et je ris si fort qu'un passant me dévisagea, ce qui me rappela à moi-même.

— Allons, pensai-je, il y avait assez longtemps que j'étais dupe. Il fallait que cela finît. Voilà une bonne leçon qui doit m'apprendre à n'avoir rien à faire avec ce maudit sexe qui a causé la perte de l'homme au commencement et qui en fera autant jusqu'à la fin. Dieu sait que je n'étais pas trop malheureux avant de la connaître ; Dieu sait que je serai peut-être de nouveau heureux quand je ne la verrai plus.

Le principal pour moi, c'était de les voir partir. Je m'attachai farouchement à cette idée ; et peu à peu, avec une sorte de joie mauvaise, je me mis à réfléchir à la piètre existence qu'ils mèneraient quand David Balfour ne serait plus leur vache à lait ; et là-dessus, à ma grande surprise, mes dispositions se modifièrent du tout au tout. J'étais encore en colère ; je la détestais toujours ; et cependant je croyais me devoir à moi-même de l'empêcher de souffrir.

Cette considération me ramena tout droit à la maison. Je trouvai à la porte les malles faites et ficelées, tandis que le père et la fille portaient sur leurs traits les signes d'une récente dispute. Catriona ressemblait à une poupée de bois ; James More respirait avec force, il avait le visage plaqué de taches blanches et le nez froncé. Dès mon entrée, la jeune fille lui adressa un regard ferme, net et sombre, que je m'attendis presque à voir suivre d'un coup de poing. Ce geste était plus méprisant qu'un ordre, et je fus surpris de voir James More l'accepter. D'évidence il venait de trouver à qui parler, et je compris que la jeune fille n'était pas aussi douce que je le croyais, et que l'homme avait plus de patience que je ne lui en avais attribué.

Il parla enfin, en m'appelant monsieur Balfour, et récitant une leçon évidente ; mais il n'alla pas bien loin, car dès qu'il se mit à enfler pompeusement la voix, Catriona l'interrompit :

— Je vais vous exposer, moi, ce que James More veut dire, fit-elle. Il veut dire que nous venons à vous en mendiants, et que nous avons mal agi avec vous, et que nous avons honte de notre ingratitude et de notre mauvaise conduite. A cette heure nous désirons partir et emporter votre pardon ; et mon père a si mal conduit sa barque que nous ne pouvons le faire sans une fois de plus vous demander l'aumône. Car voilà ce que nous sommes, pour tout dire : des mendiants et des solliciteurs.

— Avec votre permission, Miss Drummond, répliquai-je, il faut que je parle à votre père en particulier.

Sans ajouter un mot, elle passa dans sa chambre dont elle claqua la porte.

— Vous l'excuserez, monsieur Balfour, dit James More. Elle n'a aucun tact.

— Je ne suis pas ici pour discuter ce point avec vous, ripostai-je, mais bien pour en finir avec vous. Et dans ce but je dois vous parler de votre situation. Or, monsieur Drummond, je connais vos affaires de plus près

que vous n'y comptiez. Je sais que vous aviez de l'argent à vous tandis
que vous m'en empruntiez. Je sais que vous en avez reçu depuis que
vous êtes ici, à Leyde, mais que vous l'avez caché même à votre fille.

— Je vous avertis de faire attention. Je n'en supporterai pas davantage,
lança-t-il. J'en ai assez d'elle et de vous. Ah ! quel maudit métier
que d'être père ! On a employé à mon égard des expressions... Et
s'interrompant, il reprit en se posant la main sur la poitrine : Monsieur,
ce cœur, qui est celui d'un soldat et d'un père, a été outragé sous
ces deux rapports — et je vous avertis de faire attention.

— Si vous m'aviez laissé continuer, répliquai-je, vous auriez su que
je parlais pour votre bien.

— Ah ! mon cher ami, exclama-t-il, je vois que je pouvais compter
sur votre générosité.

— Mais laissez-moi donc parler ! repris-je. Le fait est que je n'ai pu
arriver à découvrir si vous êtes riche ou pauvre. Mais j'ai dans l'idée
que vos ressources, mystérieuses ou non, n'en sont pas moins au total
insuffisantes ; or, je ne veux pas que votre fille manque du nécessaire.
Soyez bien certain que si j'osais lui parler directement je ne songerais
pas un seul instant à vous confier la chose, car je vous connais comme
ma poche et toutes vos vantardises de langage ne sont pour moi que
du vent. Néanmoins je pense qu'à votre façon vous aimez votre fille,
et c'est là-dessus que je me fonderai pour vous faire plus ou moins
confiance.

Là-dessus je convins avec lui qu'il me rendrait compte de ses faits
et gestes ainsi que du bien-être de sa fille, moyennant quoi je lui servirais
une modeste pension.

Il m'écouta jusqu'au bout très attentivement ; et lorsque j'eus fini,
s'écria :

— Mon cher ami, mon cher fils, c'est là ce que vous avez encore fait
de plus beau ! Je vous obéirai avec la loyauté d'un soldat...

— Taisez-vous donc avec cela ! fis-je. Vous m'avez amené au point
que le seul mot de soldat me donne la nausée. Voici notre affaire réglée ;
à présent je sors pour ne rentrer que dans une demi-heure, et j'espère
trouver alors mes appartements purgés de votre présence.

Je leur donnai tout leur temps ; je craignais surtout de revoir
Catriona, car les larmes et la faiblesse étaient prêtes dans mon cœur,
et je me faisais de ma colère une sorte de point d'honneur. Une heure
environ passa : le soleil était couché, une mince faucille de jeune lune
le remplaçait dans l'Occident rouge ; des étoiles se montraient déjà dans
l'Est, et lorsque je rentrai enfin dans mon appartement, la nuit bleue
l'emplissait. J'allumai une chandelle et passai en revue les chambres.
Dans la première il ne restait pas même de quoi rappeler le souvenir
de ceux qui avaient disparu ; mais dans un coin de la seconde j'aperçus
un petit tas d'objets qui me mit le cœur sur les lèvres. Elle avait en
partant laissé derrière elle tout ce qu'elle avait reçu de moi. Ce fut pour
moi le coup le plus amer, peut-être parce que c'était le dernier auquel

je m'attendais ; je me jetai sur cette pile de vêtements et me livrai à des extravagances que je n'ose rapporter.

Tard dans la nuit, par une forte gelée, et claquant des dents, je me ressaisis un peu et me mis à réfléchir. La vue de ces pauvres robes, de ses rubans et de ses colifichets m'était insupportable : si je voulais recouvrer quelque calme d'esprit, il me fallait m'en débarrasser avant le jour. Mon premier mouvement fut de faire du feu et de les brûler ; mais j'ai toujours été d'une nature opposée au gaspillage, d'une part, et d'autre part, brûler ces objets qui l'avaient touchée de si près, me semblait de la barbarie. Avisant un buffet d'angle je me résolus à les y enfermer. L'opération me prit beaucoup de temps, car je les pliais maladroitement peut-être, mais avec beaucoup de soin ; et parfois je pleurais au point de les laisser tomber. Tout courage m'avait abandonné ; j'étais plus las qu'après une course de plusieurs milles, et brisé comme si j'avais reçu des coups. Soudain, comme je pliais un foulard qu'elle portait quelquefois autour de son cou, je vis qu'il y manquait un angle, coupé avec des ciseaux. Comme je le lui avais fait remarquer souvent, ce foulard était d'une très jolie teinte ; un jour qu'elle le portait, je lui avais même dit, par manière de badinage, qu'elle portait mes couleurs. J'eus un rayon d'espérance, et un flot de douceur m'inonda ; mais au bout d'un instant je me replongeais dans la détresse. Car je retrouvai l'angle manquant tout chiffonné et jeté à part dans un autre coin de la pièce.

Mais en raisonnant, je repris quelque espoir. C'était dans un accès d'enfantillage qu'elle avait coupé cet angle ; il n'y avait rien d'étonnant à ce qu'elle l'eût ensuite rejeté ; et je me sentis enclin à attacher plus d'importance au premier geste qu'au second, et à me réjouir de ce qu'elle eût conçu l'idée de ce souvenir, plus qu'à m'attrister de ce qu'elle l'avait rejeté loin d'elle dans un instant de rancune bien naturelle.

XXIX

Où nous nous retrouvons à Dunkerque

Ainsi bref, tout malheureux que je fusse les jours suivants, le bonheur et l'espoir me visitaient parfois. Je me plongeai dans mes études avec beaucoup d'assiduité ; et je m'efforçai de patienter jusqu'à l'arrivée d'Alan, ou jusqu'à ce que j'apprisse des nouvelles de Catriona par l'intermédiaire de James More. Au cours de notre séparation, je reçus en tout trois lettres de lui. L'une m'annonçait leur arrivée dans la ville de Dunkerque en France, d'où James ne tarda point à repartir seul pour accomplir une mission secrète. Elle le conduisit en Angleterre auprès de lord Holderness, et j'ai toujours regretté amèrement de voir mon bon argent payer les frais de ce voyage. Mais il a besoin d'une longue cuiller celui qui soupe avec le diable, ou bien James More. Durant cette absence, devait venir le temps de m'expédier une nouvelle lettre ; et comme cette lettre était la condition des subsides, il avait pris le soin de l'écrire d'avance et de me la faire expédier par Catriona. Celle-ci, rendue soupçonneuse par notre correspondance, n'eut rien de plus pressé que de rompre le sceau après son départ. Ce que je reçus commençait donc par ces lignes de James More :

Mon cher monsieur,
Votre honoré don m'est bien parvenu, et je vous en accuse réception comme convenu. Il sera fidèlement dépensé pour ma fille, laquelle est en bonne santé et se rappelle au souvenir de notre cher ami. Je la trouve un peu pâle depuis quelque temps, mais j'espère avec l'aide de Dieu la voir bientôt rétablie. Nous menons une vie fort retirée, mais nous nous distrayons avec les airs mélancoliques de nos montagnes natales, et en nous promenant sur le bord de la mer qui regarde l'Écosse. Je regrette bien le temps où je gisais sur le champ de bataille de Gladsmuir, couvert de cinq blessures. J'ai trouvé ici un emploi dans les haras d'un gentilhomme français, qui apprécie ma compétence. Mais, mon cher monsieur, mon salaire est d'une médiocrité si déplorable que je rougirais de vous en dire le chiffre. C'est ce qui rend vos subsides plus nécessaires que jamais pour le bien-être de ma fille, quoique j'ose dire que la vue des vieux amis lui serait encore meilleure.
Croyez-moi, mon cher monsieur,
Votre affectionné et dévoué serviteur.

J.-MacGregor Drummond

Je trouvai au-dessous, de l'écriture de Catriona :

« *Ne croyez rien de ce qu'il vous dit : ce n'est qu'un tissu de mensonges.*
C.M.D.

Même, non contente d'ajouter ce post-scriptum, elle dut avoir bonne envie de supprimer la lettre, car celle-ci ne me parvint que longtemps après sa date, et fut suivie de près par la troisième. Dans l'intervalle qui les sépara, Alan était arrivé, et il me rendait la vie par ses joyeux propos. Il m'avait présenté à son cousin du Hollande-Écosse, homme qui buvait de façon inouïe, et qui manquait d'intérêt par ailleurs ; j'avais pris part à maints joyeux banquets, le tout sans grande influence sur mon chagrin. Alan s'intéressait beaucoup à mes relations avec James More et sa fille ; mais je ne tenais guère à lui donner de détails, et ses commentaires sur le peu que je lui en disais ne m'encourageaient pas aux confidences.

— Je n'y vois ni queue ni tête, me disait-il, mais j'ai dans l'idée que vous vous êtes conduit comme un nigaud. Peu de gens sont doués de plus d'expérience qu'Alan Breck, mais je n'ai jamais ouï parler d'une fille comme celle-là. Telle que vous me la racontez, la chose est inadmissible. Il faut, David, que vous ayez fait un terrible gâchis de cette affaire.

– Il y a des fois où je suis bien de cet avis, répliquai-je.

– Le plus curieux, c'est que vous semblez malgré tout avoir du goût pour elle ?

– Un goût infini, Alan, et qui pourrait bien me conduire au tombeau.

– Eh bien, cela me passe, en tout cas ! conclut-il.

Je lui montrai la lettre avec le post-scriptum de Catriona.

– Et ceci encore ! exclama-t-il. On ne peut dénier quelque convenance à cette Catriona, et même du bon sens ! Quant à James More, il est creux comme un tambour ; ce n'est que mensonges et jérémiades, et cependant je ne puis nier qu'il se soit battu assez bien à Gladsmuir, et ce qu'il dit de ses blessures est exact. Mais son défaut est d'être vain.

– Voyez-vous, Alan, repris-je, cela me fait pitié de laisser cette jeune fille en d'aussi piètres mains.

– On en trouverait difficilement de plus piètres, avoua-t-il. Mais qu'est-ce que vous y pouvez ? Il en va ainsi entre hommes et femmes, David : les femmes agissent sans aucune raison. Ou bien elles aiment l'homme, et alors tout va bien ; ou elles le détestent, et on peut épargner son souffle – il n'y a rien à faire. Elles ne sortent pas de ces deux catégories : – celles qui vendraient leur chemise pour vous, et celles qui ne regardent jamais de votre côté. C'est tout ce qu'il y a comme femmes, et vous me paraissez trop nigaud pour distinguer les unes des autres.

– Ma foi, en ce qui me regarde, je crains que vous ne disiez vrai, repartis-je.

– Et cependant il n'y a rien de plus simple ! s'écria Alan. Je vous enseignerais volontiers la manière d'opérer ; mais vous me paraissez être né aveugle, et c'est là une grosse difficulté.

– Et vous ne pouvez pas m'aider, vous qui êtes si habile dans ce métier ?

– C'est que, David, je ne me trouvais pas là. Je suis comme un officier en campagne qui n'a en fait d'éclaireurs que des aveugles : quel genre de renseignements peut-il se procurer ? Mais je persiste à croire que vous aurez commis une gaffe quelconque, et si j'étais de vous je ferais de nouveau une tentative sur elle.

– Est-ce vrai, ami Alan ?

– Oui, j'essaierais.

La troisième lettre me parvint tandis que nous étions plongés dans un entretien de ce genre, et on va voir qu'elle arriva tout à fait à point. James se prétendait assez inquiet au sujet de la santé de sa fille, laquelle je crois ne s'était jamais mieux portée ; il me prodiguait les expressions flatteuses, et pour finir me proposait d'aller les voir à Dunkerque.

« *Vous avez pour le moment l'agréable société d'un mien vieux camarade, M. Stewart, écrivait-il. Pourquoi ne l'accompagneriez-vous pas jusqu'ici lors de son retour en France ? J'ai quelque chose de très*

particulier à lui communiquer ; et, en tout cas, je serai enchanté de
retrouver un vieux camarade de régiment. Quant à vous, mon cher
monsieur, ma fille et moi serions fiers de recevoir notre bienfaiteur, que
nous regardons, elle comme un frère, et moi comme un fils. Le
gentilhomme français s'est montré de la plus sordide avarice, et je me
suis vu dans la nécessité de quitter son haras. Vous nous trouverez en
conséquence, assez pauvrement logés à l'auberge d'un nommé Bazin, dans
les dunes ; mais on y jouit de la tranquillité, et je ne doute pas que nous
n'y passions quelques jours agréables, durant lesquels M. Stewart et moi
nous rappellerons nos campagnes, et vous et ma fille vous divertirez d'une
façon plus convenable à votre âge. Je prie en tout cas M. Stewart de
venir ici : l'affaire que je lui destine offre le plus magnifique avenir. »

— Que peut me vouloir cet homme ? s'écria Alan, après avoir lu.
Ce qu'il veut de vous est assez clair — c'est de l'argent. Mais quel besoin
peut-il avoir d'Alan Breck ?

— Oh ! ce n'est sans doute qu'un prétexte, fis-je. Il est toujours entiché
de notre mariage, que je souhaite de tout cœur voir se réaliser. Et il
vous demande aussi parce qu'il se figure que je viendrais moins
volontiers sans vous.

— Ma foi, je voudrais bien savoir, reprit Alan. Lui et moi n'avons
jamais été du même bord ; nous nous faisions toujours une figure comme
deux cornemuseurs. « Quelque chose à me communiquer ? » Je
pourrais bien avoir, moi, quelque chose à lui envoyer quelque part,
quand nous aurons fini. Pardieu, je pense que ce serait assez drôle d'aller
voir ce qu'il me veut ! Outre que je verrais aussi votre demoiselle. Qu'en
dites-vous, David ? Ferez-vous le voyage avec Alan ?

On peut bien croire que je ne me fis pas prier, et comme le congé
d'Alan tirait à sa fin, nous nous mîmes aussitôt en route pour cette
nouvelle aventure.

Ce fut par un soir de janvier que nous arrivâmes dans la ville de
Dunkerque. Laissant nos chevaux à la poste, nous prîmes un guide pour
nous mener à l'auberge de Bazin, située hors des murs. La nuit était
complète, et nous fûmes les derniers à sortir de l'enceinte fortifiée :
nous entendîmes les portes se refermer derrière nous. Par-delà les fossés
se trouvait un faubourg éclairé, dont nous traversâmes une partie, avant
de nous enfoncer dans un chemin obscur. Après quoi nous errâmes
dans la nuit parmi les dunes de sable, où nous arrivait le murmure
de la mer. Nous avançâmes un moment de la sorte, suivant notre guide
au son de sa voix ; et je commençais à croire qu'il se fourvoyait, quand
nous parvînmes au haut d'un monticule. Sur les ténèbres se détachait
une fenêtre mal éclairée.

— Voilà l'auberge à Bazin, nous dit le guide.

Alan fit claquer sa langue.

— C'est plutôt isolé, dit-il ; et je compris à son ton qu'il n'était pas
très satisfait.

Au bout de quelques minutes nous pénétrions dans le rez-de-chaussée
de cette maison, qui formait une salle unique. Un escalier de côté menait

aux chambres, des tables et des bancs s'alignaient contre les murs, le feu destiné aux apprêts culinaires brûlait à un bout, et l'on voyait à l'autre la trappe de la cave. Bazin, gros homme de mauvaise mine, nous dit que le gentilhomme écossais était allé il ne savait où, mais que sa demoiselle était en haut. Il monta la prévenir.

Je tirai de mon sein le foulard privé de son angle, et le nouai autour de mon cou. J'entendais battre mon cœur ; et quand Alan me tapota l'épaule en plaisantant, j'eus peine à retenir un juron. Mais notre attente fut brève. J'entendis à l'étage le pas de Catriona, et je la vis dans l'escalier. Elle descendit très posément et m'accueillit toute pâle et avec dans ses allures un certain semblant de curiosité et de malaise qui me troubla singulièrement.

– Mon père, James More, ne tardera plus à rentrer. Il sera fort heureux de vous voir, nous dit-elle. Puis tout à coup son visage s'enflamma, ses yeux s'illuminèrent, les mots s'arrêtèrent sur ses lèvres : elle venait d'apercevoir le foulard. Son trouble ne dura qu'un instant ; mais ce fut avec une animation nouvelle qu'elle se tourna vers Alan :

– C'est donc vous Alan Breck son ami ? Maintes et maintes fois je l'ai entendu parler de vous, et je vous aime déjà pour votre bravoure et votre bonté.

– Bon, bon, fit Alan, qui la regardait sans lâcher sa main ; et voici donc la jeune personne, à la fin finale ! David, vous avez été bien maladroit à me la décrire.

Jamais je ne l'avais entendu parler de façon aussi cordiale : sa voix me faisait l'effet d'un chant.

– Hé quoi ! il m'a décrite ? exclama-t-elle.

– Il n'a fait que cela, depuis que j'ai quitté la France ! répliqua Alan ; et il m'en a donné un spécimen en Écosse, un soir, dans un bois près de Silvermills. Mais allons gai ! ma chère, vous êtes plus jolie qu'on ne me l'a dit. Et je ne doute plus maintenant que nous devions être une paire d'amis. Je suis un peu l'homme-lige de notre David, je suis comme un chien à ses talons ; tous ceux qu'il aime, je dois les aimer aussi... et pardieu, il faut qu'eux aussi m'aiment ! Vous voyez donc mieux à présent dans quelle situation vous vous trouvez vis-à-vis d'Alan Breck, et je ne crois pas que vous perdiez au change. Il n'est pas très joli, ma chère, mais il est fidèle envers ceux qu'il aime.

– Je vous remercie de tout cœur pour vos bonnes paroles, lui répondit-elle. Elles m'honorent, venant d'un brave et honnête homme, auquel je me sens incapable de répondre dignement.

Usant de la liberté accordée aux voyageurs, nous n'attendîmes pas James More pour manger, et nous nous mîmes à table tous les trois. Alan fit asseoir Catriona auprès de lui, et s'occupa de la servir ; il la faisait boire la première à son verre et il l'entourait de mille prévenances, sans toutefois me donner le moindre motif de jalousie ; et il dirigea si bien la conversation sur le mode joyeux que ni elle ni moi ne nous trouvâmes jamais embarrassés. Celui qui nous aurait vus n'eût pas manqué de croire qu'Alan était le vieil ami et moi l'étranger. De fait, j'eus souvent l'occasion d'aimer et d'admirer cet homme, mais jamais autant que ce soir-là ; et je ne pus m'empêcher de remarquer, à part moi, ce que je risquais parfois d'oublier, à savoir qu'il avait non seulement plus d'expérience de la vie, mais dans son genre beaucoup plus de dons naturels que moi. Quant à Catriona, elle paraissait tout à fait ravie ; son rire faisait une sonnerie de cloches, sa face rayonnait comme un matin de mai ; et j'avoue que malgré ma joie j'étais aussi un peu triste et me jugeais en comparaison de mon ami un personnage épais et lourd, bien mal fait pour m'introduire dans la vie d'une jeune femme, au risque de devenir pour elle un rabat-joie.

Mais si j'étais destiné à ce rôle, je constatai du moins que je n'étais pas le seul ; car James More rentrant soudain, la jeune fille se métamorphosa en statue de pierre. Durant tout le reste de cette soirée, jusqu'au moment où sur un mot d'excuse elle s'éclipsa pour s'aller coucher, je ne cessai de la surveiller ; or je puis jurer qu'elle ne sourit plus, qu'elle parla à peine, et qu'elle ne leva plus les yeux de dessus la table. Si bien que je m'étonnai de voir sa grande affection d'autrefois changée en un dégoût haineux.

Quant à James More, il est superflu d'en dire grand-chose : on connaît déjà de lui tout ce qu'on pouvait en connaître, et je suis las de rapporter ses mensonges. Il suffit de savoir qu'il but beaucoup, et ne nous raconta guère que des choses insignifiantes. Ce qu'il avait à communiquer à Alan, il le réservait pour le lendemain et pour le tête-à-tête.

Il était d'autant plus aisé de nous décevoir, Alan et moi, que nous étions très fatigués de notre journée de cheval, et que nous nous retirâmes peu après la sortie de Catriona.

Nous fûmes bientôt seuls dans une chambre où nous devions nous accommoder d'un lit unique. Alan me regarda avec un singulier sourire.

– Quel âne vous faites ! me dit-il.

– Que voulez-vous dire par là ? m'écriai-je.

– Ce que je veux dire ? Il est inconcevable, ami David, que vous soyez si totalement stupide.

A nouveau je le priai de s'expliquer.

– Eh bien, voici. Je vous ai dit qu'il y a deux espèces de femmes – celles qui vendraient leur chemise pour vous, et les autres. Vous n'avez qu'à essayer pour votre compte, mon brave ! Mais qu'est-ce que ce mouchoir fait à votre cou ?

Je le lui exliquai.

– Je pensais bien que c'était quelque chose dans ce genre-là, fit-il.

Et j'eus beau le presser jusqu'à l'importuner, il refusa de plus rien ajouter.

XXX

La lettre du navire

La lumière du jour nous montra mieux dans quel isolement se trouvait l'auberge. Bien qu'elle fût hors de vue de la mer, elle en était évidemment toute proche, et des monticules de sable pelés l'environnaient de toutes parts. On n'en voyait dépasser que les deux ailes d'un moulin, semblables aux oreilles d'un âne qui eût été lui-même entièrement caché. Au début, il faisait calme plat, mais le vent ne tarda point à se lever, et nous eûmes l'étrange spectacle de ces grandes ailes qui tournaient en se poursuivant l'une l'autre par-derrière la butte. Aucune route ne passait par là, mais un certain nombre de traces de pas venant de toutes les directions de la dune convergeaient vers la porte de M. Bazin. Comme celui-ci se livrait à un tas de trafics plus ou moins illicites, la situation de son auberge faisait son meilleur gagne-pain. Les contrebandiers la fréquentaient, les agents politiques et les bannis qui passaient l'eau y venaient attendre leur départ ; et il y avait pis encore, peut-être, car on aurait pu massacrer toute une famille dans cette maison sans que personne s'en doutât.

Je dormis peu et mal. Longtemps avant le jour je me levai d'auprès de mon compagnon de lit, pour aller me chauffer à l'âtre et marcher de long en large devant la porte. L'aube parut dans un ciel très couvert ; mais peu après il se leva un vent d'ouest qui balaya les nuages, dégagea le soleil et fit tourner le moulin. Il y avait dans l'azur comme un air de printemps, à moins que ce ne fût dans mon cœur ; et l'apparition successive des grandes ailes par-dessus la dune me divertit beaucoup. A certains moments je percevais le grincement du mécanisme ; et vers huit heures et demie Catriona se mit à chanter dans la maison. A ces accents j'aurais volontiers lancé mon chapeau en l'air, et ce lieu morne et solitaire me fit l'effet d'un paradis.

Néanmoins, comme le jour s'avançait et qu'il ne passait personne, je sentis un malaise inexprimable m'envahir. Il me semblait qu'un malheur me menaçait ; les ailes du moulin, surgissant et disparaissant tour à tour derrière la dune, semblaient m'espionner ; et toute imagination à part, c'étaient là un voisinage et une maison bien singuliers pour y faire habiter une jeune fille.

Au déjeuner, que nous prîmes tard, je ne doutai plus que James More ne fût en proie à la crainte ou à l'indécision, tout comme Alan, qui le surveillait de près ; et toute cette apparence de duplicité d'une part, et de vigilance de l'autre, me mit sur des charbons ardents. Le repas à peine terminé, James sembla prendre une décision : il nous déclara poliment qu'il avait en ville un rendez-vous urgent (avec le gentilhomme français, me dit-il) et il nous pria de l'excuser jusqu'à midi. Cependant, il entraîna sa fille vers l'autre extrémité de la salle, pour lui dire avec vivacité quelques mots qu'elle écouta sans aucun entrain.

— Ce James me revient de moins en moins, me dit Alan. Il y a quelque chose qui ne va pas droit avec lui, et je ne m'étonnerais pas qu'Alan Breck le tienne à l'œil aujourd'hui. J'aimerais bien voir ce gentilhomme français là-bas, David. De votre côté vous avez un emploi tout trouvé, c'est de demander à la demoiselle des nouvelles de votre affaire. Vous n'avez qu'à lui parler carrément – dites-lui d'abord que vous n'êtes qu'un âne ; et ensuite, si j'étais vous, et si vous êtes capable de le faire avec naturel, je lui laisserais entendre qu'un danger me menace : les femmes adorent cela.

— Je ne sais pas mentir, Alan ; je ne sais pas le faire avec naturel, répliquai-je, le contrefaisant.

— Tant pis pour vous ! reprit-il. Alors vous pourrez lui dire que je vous l'ai conseillé, cela la fera rire, ce qui reviendra presque au même. Mais voyez-les donc tous les deux ! Si je n'étais aussi sûr de la fille, et si elle n'était pas aussi camarade avec Alan, je croirais qu'il se trame là-bas quelque guet-apens.

— Elle est donc camarade avec vous, Alan ?

— Elle m'aime énormément. C'est que je ne suis pas comme vous, moi : je sais parler. Je le répète : elle m'estime énormément. Et ma foi, je l'estime beaucoup, moi aussi ; et avec votre permission, Shaws, je vais m'en aller un peu là-bas dans les dunes, afin de voir de quel côté s'en va James.

L'un après l'autre ils s'en allèrent : James à Dunkerque, Alan sur ses traces, Catriona en haut à sa chambre, et je restai seul à table. Je comprenais très bien pourquoi la jeune fille évitait de se trouver seule avec moi ; mais cela ne faisait pas mon compte, et je résolus de l'amener à un entretien avant le retour des autres. Tout bien examiné, je crus bon d'attendre Alan. Si je me trouvais hors de vue parmi les dunes, la belle matinée l'attirerait au-dehors, et quand je la tiendrais à ciel ouvert, j'en viendrais à mes fins.

Aussitôt dit, aussitôt fait. Je venais à peine de me dissimuler derrière un monticule, lorsqu'elle apparut sur le seuil de l'auberge, inspecta les alentours ; et, ne voyant personne, s'en alla par un sentier qui menait directement vers la mer. Je la suivis. Je n'étais pas pressé de lui révéler ma présence : plus loin elle irait, plus j'aurais de temps pour m'expliquer avec elle ; et comme le chemin était de sable, il m'était facile de la suivre sans qu'elle m'entendît. Le sentier s'éleva et arriva enfin au sommet d'une haute dune. De là, je découvris pour la première fois la solitude désolée qui entourait l'auberge ; on n'y voyait personne, et l'unique demeure humaine était celle de Bazin, plus le moulin. Mais un peu plus loin, la mer s'étalait, avec deux ou trois navires, nets comme une estampe. L'un de ces derniers était extrêmement proche du rivage pour un si grand bâtiment, et j'éprouvai une nouvelle surprise désagréable en reconnaissant la silhouette du *Seahorse*. Qu'est-ce qu'un navire anglais pouvait donc venir faire si proche de France ? Pourquoi Alan avait-il été attiré dans son voisinage, et cela en un lieu si éloigné de tout espoir de secours ? Était-ce par hasard, ou par un fait exprès, que la fille de James More se rendait présentement au rivage ?

J'arrivai bientôt derrière elle sur la crête dominant la plage. Celle-ci s'allongeait, solitaire ; au milieu de son étendue, on voyait accosté le canot d'un vaisseau de guerre, et l'officier de service arpentait le sable comme s'il attendait quelqu'un. Je m'assis à un endroit où les longues herbes me cachaient en partie, et je regardai ce qui allait se passer. Catriona marcha droit au canot ; l'officier l'accueillit avec politesse ; tous deux échangèrent quelques mots ; je vis Catriona recevoir une lettre, puis s'en retourner. Au même moment, comme si elle n'avait plus rien à faire sur le continent, l'embarcation démarra et se dirigea vers le *Seahorse*. L'officier toutefois resta à terre et disparut entre les dunes.

Ce trafic ne m'agréait guère ; et plus j'y réfléchissais, moins il me plaisait. Était-ce Alan que cherchait l'officier ? ou bien Catriona ? Elle s'en venait la tête basse, sans lever les yeux du sable, et m'offrait un tableau si gracieux que je ne pouvais douter de son innocence. Puis, levant la tête, elle me reconnut, sembla hésiter, et se remit en marche, mais d'un pas plus lent, et en changeant de visage. A cette vue tout ce que j'avais sur le cœur – crainte, soupçons, et le souci de sauver mon ami – disparut d'un seul coup, et je me relevai pour l'attendre, ivre d'espérance.

Quand elle fut auprès de moi, je lui adressai un « bonjour », qu'elle me rendit avec une certaine gêne.

– Me pardonnerez-vous de vous avoir suivie ? lui demandai-je.

– Je sais que vous ne me voulez jamais que du bien, répondit-elle. Puis, avec un léger éclat : Mais pourquoi donc envoyer de l'argent à cet homme ? Il ne faut pas.

– Ce n'est pas du tout pour lui que je l'envoie, répliquai-je, mais pour vous, comme vous le savez fort bien.

– Vous n'avez pas plus le droit d'en envoyer à l'un qu'à l'autre, fit-elle. David, ce n'est pas bien.

– Je sais que c'est très mal, repris-je, et je prie Dieu qu'il aide ce sot garçon à mieux faire si possible. Catriona, la vie que vous menez n'est pas digne de vous, et je vous demande pardon de le dire, mais votre père n'est pas digne de prendre soin de vous.

– Surtout, pas un mot de lui ! s'écria-t-elle.

– J'en ai assez dit, ce n'est pas lui qui me préoccupe. Oh, soyez-en sûre ! Je ne pense qu'à une chose. Voici longtemps que je suis resté seul à Leyde ; et en me rendant à mes cours je ne pensais qu'à cela. Puis Alan est arrivé, et m'a mené chez les soldats, à leurs banquets ; là encore j'avais la même pensée. Et il en était déjà de même quand je me trouvais auprès d'Elle... Catriona, voyez-vous ce foulard à mon cou ? Vous en avez coupé un angle que vous avez ensuite rejeté loin

de vous. Ce sont vos couleurs, à présent ; et je les porte sur mon cœur.
O chère, je ne saurais jamais me passer de vous. Tâchez donc de
m'imiter.

Je me plaçai devant elle, afin de l'empêcher d'aller plus loin.

– Tâchez de faire comme moi, répétai-je ; tâchez de me supporter
un peu.

Elle n'avait encore rien dit, et une crainte mortelle m'envahit peu
à peu.

– Catriona, m'écriai-je, en la regardant de toutes mes forces, me
trompai-je de nouveau ? Suis-je définitivement condamné ?

Elle leva la tête vers moi, haletante.

– Vous voulez donc de moi pour de bon, David ? fit-elle, d'une voix
presque imperceptible.

– Oui, pour de bon, répliquai-je. Oh, je suis sûr que vous n'en doutez
pas.

– Il ne me reste plus rien à donner ni à garder, fit-elle. J'étais toute
à vous dès le premier jour, si seulement vous aviez voulu accepter le
don de moi-même.

Nous étions alors sur le sommet d'une dune, en plein vent et bien
en vue du navire anglais ; pourtant je m'agenouillai devant elle sur le
sable, embrassai ses genoux, et éclatai en brusques sanglots. J'étais
absolument hors de moi et incapable de toute pensée. Je ne savais plus
où j'étais, j'oubliais la cause de mon bonheur, je savais seulement qu'elle
se penchait vers moi, me caressant le visage et la poitrine. Ce fut dans
ces sentiments que je l'entendis prononcer :

– Davie, ô Davie, est-ce donc là ce que vous pensez de moi ? Est-ce
ainsi que vous m'aimez ? Ô Davie, Davie !

Elle se mit également à pleurer, et nos larmes se confondirent dans
un bonheur absolu.

Ce ne fut guère avant dix heures du matin que je me rendis compte
enfin de la félicité qui m'était échue ; assis tout contre elle, ses mains
dans les miennes, je la regardais dans les yeux, et je riais de joie comme
un enfant, et je lui donnais des petits noms d'amour. Jamais nul endroit
ne m'avait paru aussi beau que ces dunes de Dunkerque ; et les ailes
du moulin, tournant par-dessus le monticule, faisaient en moi comme
une musique.

Je ne sais combien de temps encore nous aurions persisté dans notre
oubli de tout ce qui n'était pas nous, si je n'avais par hasard fait une
allusion à son père. Cela nous rendit à la réalité.

– Ma petite amie – je ne cessais de l'appeler ainsi, me délectant à
évoquer le passé, et la regardant de plus près par intervalles – ma petite
amie, vous voici maintenant toute mienne ; mienne pour toujours, ma
petite amie, et cet homme n'existe plus pour vous.

Elle pâlit soudain, et retira sa main des miennes.

– David, emmenez-moi loin de lui ! s'écria-t-elle. Il se prépare
quelque chose de mauvais : il ne me dit pas la vérité. Il va se passer
quelque chose de mauvais ; j'en ai l'intime pressentiment. Et d'abord

que peut-il bien avoir à faire avec ce vaisseau royal ? Que peut signifier ce pli ? – Et elle me tendit la lettre. – Je crains bien qu'il n'en résulte du mal pour Alan. Ouvrez-le, David, ouvrez et lisez.

Je le pris, le regardai, et hochai la tête.

– Non, fis-je, cela me répugne, je ne saurais ouvrir la lettre d'un autre.

– Pas même pour sauver un ami ?

– Je ne sais pas. Je ne pense pas. Si seulement j'en étais sûr !

– Mais vous n'avez qu'à rompre le sceau !

– Je le sais, mais cela me répugne.

– Donnez, je l'ouvrirai, moi.

– Ni vous non plus. Vous moins que personne. Elle concerne votre père et son honneur, ma chérie, que nous suspectons l'un et l'autre. Nul doute que cet endroit n'ait un air inquiétant, avec ce vaisseau anglais là-bas et ce mot adressé à votre père, et cet officier qui est resté à terre. L'officier est-il seul, d'ailleurs ? N'y en a-t-il pas d'autres avec lui ? Qui sait si on ne nous épie pas en cette minute même ? Certes oui, il faudrait que quelqu'un ouvrît la lettre, mais ni vous ni moi n'en avons le droit.

J'en étais là, et je me sentais envahi par la crainte d'une embuscade, lorsque j'aperçus Alan, qui revenait d'avoir suivi James, et s'avançait tout seul parmi les dunes. Son uniforme de soldat, qu'il portait comme toujours, lui donnait fort belle prestance, mais je ne pus m'empêcher de frémir en songeant que cet habit ne lui servirait guère, s'il venait à être pris, jeté dans une embarcation, et porté à bord du *Seahorse,* comme déserteur, rebelle, et de plus condamné pour assassinat.

– Le voilà, dis-je, le voilà celui qui plus que tous a le droit de l'ouvrir ; ou bien ce sera vous, s'il le juge convenable.

Là-dessus je l'appelai par son nom, et nous nous dressâmes pour qu'il nous vît mieux.

– Mais dans ce cas – dans le cas d'une nouvelle honte – la supporterez-vous ? me demanda-t-elle, en me considérant d'un œil inquiet.

– On m'a déjà posé une question de ce genre, lorsque je venais de vous rencontrer pour la première fois, répliquai-je. Et quelle fut ma réponse ? Que si je vous aimais comme je le croyais – et combien je vous aime encore davantage ! – je vous épouserais au pied de l'échafaud.

Son visage s'empourpra, et elle se rapprocha de moi pour me prendre la main et me serrer sur son cœur. Ce fut dans cette posture que nous attendîmes Alan.

Il s'approcha de nous avec un singulier sourire.

– Qu'est-ce que je vous avais dit, David ? fit-il.

– Il y a temps pour tout, Alan, répliquai-je, et c'est l'heure d'être sérieux. Quel est le résultat de votre course ? Vous pouvez tout dire devant notre amie.

Il me répondit :

– J'ai fait une course inutile.

– Nous avons donc été plus heureux que vous, repris-je, et voici du moins un cas important dont je vous fais juge. Voyez-vous ce navire ? – Et je le lui désignai. – C'est le *Seahorse,* capitaine Palliser.

– Je l'ai bien reconnu, fit Alan. Il m'a donné assez de tintouin quand il était stationné dans le Forth. Mais qu'est-ce qui lui a pris de venir si près de terre ?

– Je vous dirai d'abord ce qu'il est venu faire. Il est venu pour apporter cette lettre à James More. Quand au motif qu'il a de rester après l'avoir livrée, et pourquoi un de ses officiers se cache dans les dunes, et s'il est ou non vraisemblable que cet officier soit seul – c'est à vous que je le demande !

– Une lettre à James More ? fit-il.

– Exactement.

– Eh bien, moi je vous dirai autre chose. La nuit dernière, pendant que vous dormiez sur vos deux oreilles, j'ai entendu notre homme converser en français avec quelqu'un, et puis la porte de l'auberge s'est ouverte et refermée.

– Mais, Alan ! m'écriai-je, vous avez dormi toute la nuit, je suis prêt à en jurer.

– A votre place je ne me fierais pas trop au sommeil d'Alan. Mais ceci a mauvais air. Voyons la lettre.

Je la lui tendis.

– Catriona, fit-il, vous m'excuserez, chère amie ; mais il ne s'agit de rien moins que de mes jolis os, et je vais être forcé de la décacheter.

– C'est tout ce que je demande, fit Catriona.

Il l'ouvrit, la parcourut, et brandit le poing au ciel.

– Le puant blaireau ! fit-il. Et il fourra le papier dans sa poche. Allons, rassemblons nos effets. C'est la mort qui m'attend ici. Et il se mit en marche vers l'auberge.

Ce fut Catriona qui parla la première.

– Il vous a vendu ? interrogea-t-elle.

– Oui, vendu, ma chère, fit Alan. Mais grâce à vous et à Dieu, je lui échapperai. Vite, que je retrouve mon cheval !

– Il faut que Catriona nous accompagne, repris-je. Elle n'a plus rien à faire avec cet homme. Elle va se marier avec moi.

A ces mots elle pressa ma main sur son cœur.

– Oh, oh ! vous en êtes là ? fit Alan, avec un regard en arrière. C'est la meilleure besogne que vous ayez encore accomplie tous les deux. Et je dois dire, ma foi, que vous faites un couple bien assorti.

Le chemin que nous suivîmes nous fit passer tout près du moulin, et j'aperçus caché derrière un homme en pantalon de matelot, qui surveillait les alentours. Mais, bien entendu, nous le prîmes à revers.

– Voyez, Alan ! fis-je.

– Chut ! fit-il. Cela me regarde.

L'homme était sans doute un peu étourdi par le tic-tac du moulin, et il ne s'aperçut de notre présence que quand nous fûmes tout auprès de lui. Alors il se retourna. C'était un gros garçon au teint d'acajou.

– Je crois, monsieur, fit Alan, que vous parlez anglais.

– Non, monsieur, fit-il en français, avec un accent abominable.

– Non, monsieur, s'écria Alan, le contrefaisant. C'est ainsi qu'on vous apprend le français sur le *Seahorse* ? Eh bien, attrape, espèce de gros malotru, ton postérieur connaîtra ma botte écossaise.

Et sans lui laisser le temps de s'échapper, il bondit sur lui, et lui décocha un coup de pied qui l'étendit à plat. Puis, avec un sourire féroce, il le regarda se relever, et décamper à travers les dunes.

– Allons, il est grand temps que je quitte ces lieux déserts, fit Alan. Et il se remit en chemin, courant de toute sa vitesse, et toujours suivi de nous deux, vers la porte de derrière de l'auberge.

Juste comme nous entrions par cette porte, nous nous trouvâmes face à face avec James More qui entrait par l'autre.

– Vite ! dis-je à Catriona, vite ! montez faire vos paquets ; ce n'est pas votre place ici.

Cependant James et Alan s'étaient rejoints au milieu de la salle. Elle passa auprès d'eux pour gagner l'escalier, et après avoir gravi quelques marches, elle se retourna, mais sans s'arrêter, pour les regarder encore. Et certes ils valaient la peine d'être vus. Dans cette rencontre Alan avait pris son maintien le plus gracieux et le plus poli, mais son air était en même temps fort belliqueux, si bien que James More flaira la menace cachée, comme on sent le feu dans une maison, et il se tint prêt à toute occurrence.

Le temps pressait. Dans la situation d'Alan, avec autour de lui cette solitude peuplée d'ennemis, César lui-même eût tremblé. Mais loin de s'en émouvoir, ce fut selon ses habitudes de raillerie familière qu'Alan ouvrit l'entretien.

– Bonjour, monsieur Drummond, fit-il. Quelle affaire vient donc de vous occuper là-bas ?

– C'est une affaire privée, et qui serait trop longue à vous conter, répliqua James More. Nous pouvons attendre pour cela d'avoir soupé.

– Je n'en suis pas aussi sûr que vous, reprit Alan. J'ai dans l'idée que c'est l'instant ou jamais d'en parler. Sachez que M. Balfour et moi nous avons reçu un mot qui nous force à partir.

Je lus de la surprise dans les yeux de James, mais il se contint.

– Pour vous en empêcher, je n'ai qu'un mot à vous dire, et ce mot a trait à mon affaire.

– Eh bien, dites. Et ne vous occupez pas de Davie.

– C'est une affaire qui peut nous enrichir tous les deux.

– En vérité ?

– Oui, monsieur. Il s'agit tout bonnement du trésor de Cluny.

– Ah bah ! vous savez quelque chose ?

– Je connais l'endroit, monsieur Stewart, et je puis vous y mener.

– C'est le bouquet ! Allons, j'ai bien fait de venir à Dunkerque. Ainsi donc, c'était là votre affaire ? Et nous partageons par moitié, je suppose ?

– C'est bien cela, monsieur.

— Bon, bon, fit Alan. Puis, sur le même ton d'un intérêt naïf : Cela n'a rien à voir avec le *Seahorse,* alors ?

— Avec quoi ? s'écria James.

— Ou avec le matelot dont je viens de botter les fesses là derrière le moulin ? poursuivit Alan. Taisez-vous donc ! assez de mensonges. J'ai dans ma poche la lettre de Palliser. Vous êtes brûlé après cela, James More. Jamais plus vous n'oserez vous montrer devant des gens propres.

James en fut désarçonné. Livide, il resta muet une seconde, puis se redressa bouillant de colère.

— Est-ce à moi que vous parlez, bâtard ? bleugla-t-il.

— Ignoble porc ! s'écria Alan. Il lui décocha en pleine figure un retentissant soufflet, et en un clin d'œil leurs épées s'entrechoquèrent.

Au premier heurt de l'acier, j'eus un mouvement de recul instinctif. Me souvenant que c'était le père de la jeune fille, et en quelque sorte le mien, je dégainai et m'élançai pour les séparer.

— Arrière, David ! Êtes-vous fou ? Arrière, de par le diable ! hurla Alan. Vous ne voulez pas ? Eh bien que votre sang retombe sur votre tête !

Par deux fois je rabattis leurs épées. Rejeté contre la muraille, je m'interposai de nouveau entre eux. Sans s'occuper de moi, ils se chargeaient en furieux. Je n'ai jamais compris comment j'ai pu éviter d'être écharpé ou de blesser l'un de ces deux Rodomonts. La scène se déroulait autour de moi comme un rêve. Tout à coup un grand cri jaillit de l'escalier, et Catriona s'élança devant son père. Au même instant la pointe de mon épée rencontra quelque chose qui céda. Je la ramenai rougie. Je vis couler du sang sur le foulard de la jeune fille, et je restai anéanti.

— Allez-vous le tuer sous mes yeux ? Je suis sa fille après tout ! s'écria-t-elle.

— Non, ma chère, j'en ai fini avec lui, dit Alan. Et il alla s'asseoir sur une table, les bras croisés et l'épée nue au poing.

Un instant elle demeura devant son père, haletante, les yeux exorbités ; puis se retournant soudain, elle lui cria :

— Partez ! emmenez votre honte loin de ma vue ! Laissez-moi avec les gens propres. Je suis une fille d'Alpin ! Honte des fils d'Alpin, partez !

Elle prononça ces mots avec une passion telle que j'en oubliai l'horreur de mon épée ensanglantée. Tous deux restaient face à face, elle avec son foulard taché de rouge, lui pâle comme un linge. Je le connaissais suffisamment pour savoir qu'il était atteint au plus sensible de son être ; mais il réussit à prendre un air de bravade.

— Allons, fit-il, rengainant son épée, mais sans quitter des yeux Alan, puisque cette rixe est terminée, je n'ai plus qu'à prendre ma valise...

— Aucune valise ne sortira d'ici qu'avec moi, fit Alan.

— Monsieur ! s'écria James.

— James More, reprit Alan, cette demoiselle votre fille doit épouser mon ami David, c'est pourquoi je vous laisse emporter votre sale

carcasse. Mais ne me le faites pas dire deux fois, et retirez cette carcasse
de mon chemin avant qu'il ne soit trop tard. Méfiez-vous, ma patience
a des bornes !

— Le diable vous emporte, monsieur ! j'ai mon argent là-haut.

— Je le regrette comme vous, monsieur, fit Alan, de son air drolatique,
mais à présent, voyez-vous, il m'appartient. Et reprenant son sérieux,
il ajouta : James More, je vous conseille de quitter cette maison.

James parut hésiter un instant, mais il ne tenait plus, sans doute,
à expérimenter les talents d'escrimeur d'Alan, car soudain il nous tira
son chapeau, et avec une figure de damné, nous dit adieu à tour de
rôle. Après quoi il disparut.

Je cessai d'être sous l'emprise du charme.

— Catriona, m'écriai-je, c'est moi... avec mon épée. Oh ! êtes-vous
fort blessée ?

— Je sais que c'est vous, David, et je vous aime pour le mal que vous
m'avez fait en défendant mon méchant homme de père. Voyez (et elle
me montra une égratignure saignante), voyez, vous m'avez sacrée
homme. Je porterai désormais une blessure, tel un vieux soldat.

Transporté de joie à la voir si peu blessée, je l'embrassai pour sa
bravoure et baisai sa blessure.

— Est-ce que je ne serai pas aussi de l'embrassade, moi ? Je n'en ai
jamais refusé une, fit Alan. Et nous prenant chacun par une épaule,
Catriona et moi, il poursuivit : Ma chère, vous êtes une vraie fille
d'Alpin. Lui, de toute façon, s'est montré admirable, et il a le droit
d'être fier de vous. Si jamais je devais me marier, c'est une personne
comme vous que je chercherais pour être la mère de mes fils. Et je
porte un nom royal et je dis la vérité.

Il prononça ces mots avec un élan chaleureux qui fut un baume pour
la jeune fille, et par conséquent pour moi. Nous en oubliâmes presque
toutes les hontes de James More. Mais au bout d'un instant il redevint
lui-même.

— Et maintenant, avec votre permission, mes amis, fit-il, tout cela
est très joli, mais Alan Breck est un peu plus près du gibet qu'il ne
le désire, et parbleu, cet endroit est admirablement fait pour être quitté.

Ces mots nous rendirent de la sagesse. Alan courut à l'étage et en
ramena une valise, nos valises d'arçon et celle de James More ; j'attrapai
le paquet de Catriona qu'elle avait laissé tomber dans l'escalier ; et nous
allions quitter cette maison peu sûre, quand Bazin nous barra la route
avec des pleurs et des lamentations. Lorsqu'on avait tiré les épées il
s'était réfugié sous une table ; mais à cette heure il était brave comme
un lion. Il y avait sa note à régler, une chaise cassée à payer, Alan
avait renversé la soupière, et James More avait décampé.

— Tenez, m'écriai-je, payez-vous. Et je lui jetai quelques louis d'or :
ce n'était pas le moment de lésiner.

Il se précipita sur l'argent, et sans plus nous occuper de lui, nous
nous élançâmes au-dehors. Sur trois côtés de la maison, des matelots
se rabattaient hâtivement ; un peu plus près de nous James More agitait

son chapeau afin de les presser encore ; et juste derrière lui, comme pour le singer, tournaient les bras du moulin.

Alan vit le tout d'un seul coup d'œil, et se mit à courir. La valise de James More le surchargeait outre mesure, mais il aurait préféré je crois perdre la vie plutôt que de lâcher ce butin : c'était sa revanche à lui ; et il courait si fort que j'avais peine à le suivre, délirant de joie à voir la jeune fille galoper légèrement à mes côtés.

Nos adversaires, en nous apercevant, jetèrent le masque, et les marins nous poursuivirent à grands cris. Nous avions une avance de quelque deux cents yards, et eux n'étaient en somme que de pesants mathurins. Ils étaient armés, je suppose, mais ils n'osaient faire usage de leurs pistolets en territoire français. Je m'aperçus vite que notre avantage, non seulement se maintenait, mais augmentait peu à peu, et je me rassurai sur notre sort. L'alerte néanmoins fut chaude, mais de courte durée. Nous étions encore assez éloignés de Dunkerque, lorsqu'en arrivant au haut d'une dune, nous découvrîmes de l'autre côté une compagnie de la garnison qui s'en allait à la manœuvre. Je m'associai de tout cœur à l'exclamation qui jaillit d'Alan. Il s'arrêta aussitôt de courir, et s'essuyant le front, prononça :

– Ah ! quelles braves gens, ces Français !

Conclusion

Dès que nous fûmes en sûreté dans les murs de Dunkerque, nous tînmes le conseil de guerre que réclamait notre situation. Nous avions, les armes à la main, ravi une jeune fille à son père. N'importe quel juge la lui rendrait aussitôt, et selon toute apparence me jetterait en prison ainsi qu'Alan. Nous possédions bien dans la lettre du capitaine Palliser un argument en notre faveur, mais pas plus moi que Catriona nous ne désirions la produire en public. Sous tous rapports le plus prudent était d'emmener la jeune fille à Paris et de la remettre aux mains de son chef de clan, MacGregor de Bohaldie, qui serait aussi porté à secourir sa parente que peu désireux de déshonorer James.

Notre voyage fut assez long, car Catriona savait mieux courir qu'aller à cheval, et n'était guère montée en selle depuis l'an 45. Mais il se termina enfin, et arrivés à Paris un samedi matin de bonne heure, nous fîmes toute diligence, sous la direction d'Alan, pour trouver Bohaldie. Celui-ci était bien logé, et il vivait assez à l'aise, car, outre sa pension du Secours Écossais, il avait de la fortune personnelle. Il accueillit Catriona comme une personne de sa famille, et se montra fort civil et fort fin, quoique médiocrement expansif. Quand nous lui demandâmes des nouvelles de James More, il hocha la tête en souriant, et son « pauvre James ! » nous laissa entendre qu'il en savait plus long qu'il ne voulait dire. Mais quand nous lui montrâmes la lettre de Palliser, il changea de visage.

– Pauvre James ! répéta-t-il. Bah ! il y a des gens pires que lui, après tout. Mais voilà qui est terriblement mauvais. Vraiment ! s'être oublié à ce point ! Cette lettre est tout à fait déplorable. Mais malgré tout, messieurs, je ne vois aucune nécessité de la publier. C'est un méchant oiseau celui qui gâte son propre nid, et nous sommes tous Écossais et tous du Highland.

A part Alan peut-être, nous fûmes d'accord là-dessus, et plus encore sur la question de notre mariage. Bohaldie se chargea de la cérémonie, et comme si James More eût cessé d'exister, il me remit Catriona d'une façon fort aimable et avec de gracieux compliments en français. Tout était fini, et l'on avait porté les santés, lorsqu'il nous révéla que James More était dans la ville, arrivé depuis quelques jours, et à cette heure malade et presque à la mort. Par l'expression de son visage, ma femme me révéla son désir.

– Eh bien, allons donc le voir, dis-je.

– Si cela peut vous être agréable, dit Catriona. – Ce temps-là est loin.

Il habitait dans le même quartier que son chef, une grande maison à un coin de rue ; et nous fûmes guidés jusqu'à sa mansarde par les sons de la cornemuse du Highland qu'il venait d'emprunter à Bohaldie afin de charmer ses souffrances. Sans jouer aussi bien que son frère Bob, il faisait d'assez bonne musique, et nous fûmes étonnés de voir, attroupés sur les marches, des Français, dont certains riaient. Il était couché sur un grabat, et dès le premier abord, je vis qu'il était à toute extrémité. Il avait beau mourir en pays étranger, il s'en faut de peu que le souvenir de cette fin ne m'irrite aujourd'hui encore. Bohaldie l'avait sans nul doute préparé à notre venue ; il savait que nous étions mariés, et nous félicitant de l'heureux événement, il nous donna sa bénédiction, tel un patriarche.

– On ne m'a jamais compris, déclara-t-il. Je vous pardonne à tous les deux sans réticence.

Après quoi il se remit à parler comme autrefois, nous offrit de jouer quelques airs de cornemuse, et avant mon départ m'emprunta une petite somme. Dans toute sa conduite, je n'aperçus pas trace de honte, mais il avait le pardon généreux, et il aimait à le renouveler. Il me pardonna je crois à chacune de nos rencontres, et lorsque après quatre jours il trépassa quasi en odeur de sainteté, je me serais arraché les cheveux de dépit. Je payai ses funérailles ; mais quant à l'inscription à mettre sur sa tombe, je finis par y renoncer en me disant que la date seule suffirait.

J'estimai plus convenable de ne pas retourner à Leyde, où nous avions passé pour frère et sœur, et où l'on se serait étonné de nous voir revenir comme époux. L'Écosse nous attendait ; et ce fut pour cette destination qu'après avoir recouvré ce que j'avais laissé en Hollande, nous nous embarquâmes sur un navire des Pays-Bas.

Et maintenant, miss Barbara Balfour (honneur aux dames) et M. Alain Balfour, héritier présomptif de Shaws, voici l'histoire terminée. La plupart de ceux qui y ont figuré, vous le verrez en y réfléchissant bien, sont de vos connaissances. Alison Hastie de Limekilns était la fille qui vous berçait quand vous étiez si petits que vous ne vous en souvenez pas, et qui vous promenait dans le parc quand vous étiez plus grands. Cette très grande dame, la marraine de Barbara, n'est autre que cette même miss Grant qui se moquait tellement de David Balfour dans l'hôtel du lord procureur. Et vous devez vous rappeler un petit gentleman maigre et vif, à perruque et grand manteau, qui arriva sur le tard par une nuit sombre, à Shaws, et que l'on vous présenta lorsqu'on vous eut tirés de vos lits et descendus dans la salle à manger, sous le nom de M. Jameson. Alan n'a peut-être pas oublié ce qu'il fit sur la requête de M. Jameson – un acte fort déloyal, pour lequel, aux termes de la loi, il mériterait d'être pendu – je veux dire de boire à la santé du roi de l'autre côté de l'eau ? Événement singulier sous le toit d'un bon whig ! Mais M. Jameson a tous les droits, et je le laisserais mettre le feu à mon grenier de blé. On le connaît aujourd'hui en France sous le nom du chevalier Stewart.

Quant à David et à Catriona, je vais vous surveiller de près tous ces jours-ci, et je verrai si vous avez l'audace de rire de papa et maman. Il est vrai que nous aurions pu être plus sages, et que nous nous fîmes beaucoup de chagrin pour rien ; mais vous verrez en grandissant que même l'artificieuse miss Barbara et même le vaillant M. Alan ne seront pas tellement plus sages que leurs père et mère. Car la vie de l'homme en ce bas monde est une singulière plaisanterie. Les anges, dit-on, pleurent, mais je croirais plus volontiers qu'ils se tiennent souvent les côtes, en nous regardant. Or, lorsque j'ai entrepris cette histoire, je m'étais résolu à ceci : raconter toutes choses comme elles sont arrivées.

VEILLÉES DES ILES
(Islands' Nights Entertainments)

Traduit de l'anglais
par Pierre Leyris

© Union Générale d'éditions

PRÉFACE

L'appel des mers du sud

Lorsqu'il entend pour la première fois l'appel des mers du Sud – c'est en 1880, à San Francisco – Robert Louis Stevenson entre dans sa trentième année.

Il n'est rien ou presque. Son mince bagage d'écrivain se compose de quelques essais, articles ou brochures et du récit d'un voyage accompli en 1878 dans les Cévennes, plus souvent à côté d'un âne que sur son dos...

Moins un voyage qu'une aventure. L'errance solitaire dans une nature sauvage, les nuits passées à la belle étoile, les contacts avec une population fruste – aux prises avec les réalités de la vie et non avec de faux problèmes – ont agi comme une hygiène mentale et composé un voyage initiatique. Stevenson en ressort transformé, mieux renseigné sur lui-même, décidé à changer de cap.

Il ne veut plus qu'on continue de l'appeler « veste de velours » dans tous les endroits où l'on s'amuse. Il ne trouve plus aussi joyeuse l'existence de bohème qu'il a entamée dans les tavernes d'étudiants à Edimbourg et poursuivie dans celles du Quartier latin de Paris, et dans les guinguettes que fréquentent les peintres à Fontainebleau et à Barbizon. Une existence de bohème que son corps, délabré par la tuberculose, supporte de plus en plus mal.

A Barbizon justement, il a rencontré une artiste peintre plus âgée que lui, Fanny Van de Grift, séparée d'un sieur Osbourne dont elle a eu deux enfants : Lloyd et Isabel.

Entre le jeune Ecossais fragile et fêtard et la femme de caractère un peu triste, c'est le coup de foudre. Ils s'aiment. Mais elle doit partir pour la Californie et y retrouver un mari qui lui dira si enfin il consent au divorce. Privé d'elle, « Veste de velours » préfère fuir ses compagnons de fête et aller méditer dans la nature sauvage des

Cévennes. Et c'est là, quelque part entre le Monestier, Saint-Jean-du-Gard et Alès, qu'il réalise sa mutation. Il se sent prêt à sacrifier l'adolescence prolongée de « Veste de velours » à la femme dont il sent qu'elle sera autant une mère qu'une épouse et qu'elle fera de lui son troisième enfant.

Il veut l'épouser, il l'épousera. Et comme son père, furieux de cette liaison infamante, lui a coupé les vivres, il gagne l'Amérique en août 1879, à bord d'un bateau d'immigrants [1]. Après un long voyage en chemin de fer, dans des conditions au pittoresque révolu [2], il retrouve Fanny – provisoirement Osbourne – à Monterey. Dans cette ville, puis à San Francisco, il vit dans son voisinage en attendant que la situation s'éclaircisse.

Existence misérable car les vivres sont toujours coupés. Heureusement quelques amis, dont le fidèle William Henley, placent sa prose dans les journaux anglais. Et c'est à San Francisco, dans une mauvaise chambre de Bush Street, qu'il écrit pendant l'hiver 1879-1880 : *le Pavillon sur les dunes* [3]. Premier ouvrage où l'inspiration de R.-L. Stevenson avait rendez-vous avec l'Aventure et les Aventuriers...

Existence solitaire. A San Francisco, en dehors des visites de Mme Osbourne, il ne voit que deux amis. Un peintre : Virgile Williams. Un écrivain : Charles Waren Stoddard, familier de l'Océanie qu'il avait décrite dans *idylles des mers du Sud*. C'est lui qui fait lire à Stevenson les romans consacrés par Herman Melville aux mers du Sud. Aussitôt, Stevenson s'enthousiasme pour la beauté amère que l'auteur de *Typee* prête à la vie des îles. Il se promet d'aller visiter Nuka Hiva, l'île des Marquises où le matelot Melville a vécu l'existence dangereuse retracée dans *Typee*.

Un rêve que Stevenson mettra plus de huit ans à réaliser.

Tombé gravement malade, il échappe à la mort grâce aux soins dévoués de Fanny enfin ex-Osbourne. A peine guéri, il l'épouse le 17 mai 1880. Mais au lieu d'un voyage de noces dans les mers du Sud, il lui faut rentrer en Ecosse et affronter la famille Stevenson. La paix faite avec les siens, il lui faut prendre au sérieux son métier d'écrivain : il a désormais trois bouches à nourrir.

Ce métier, il l'accomplira avec courage en des errances (à la recherche d'un climat meilleur) que lui impose la maladie : Davos, Alpes suisses, Montpellier, Marseille, Nice, Hyères et jusqu'en août 1887 – date d'un second départ pour l'Amérique – à Bournemonthe, en Ecosse.

« Veste de velours » est enfin devenu Robert Louis Stevenson. De 1880 à 1887, il a accumulé les livres et les succès : *l'Ile au trésor, Prince Othon, le Dynamiteurs, les Nouvelles Mille et Une Nuits.* Il a obtenu

---

1. Traversée racontée dans l'*Amateur émigrant.*
2. A travers les plaines : inclus dans l'*Amateur émigrant.*
3. Troisième volume des *Nouvelles Mille et Une Nuits.* (Collection 10-18).

la notoriété et peut-être le bonheur, il n'a pas recouvré la santé. Après un mauvais hiver (1887-1888) passé à Saranac, au nord de l'Etat de New York, ce n'est pas la recherche de l'exotisme mais l'espoir d'un climat plus propice à ses poumons qui lui fait prendre le chemin des mers du Sud. Pour une croisière de quelques mois ; en réalité, un voyage sans retour.

Le 28 juin 1888, à San Francisco, la famille Stevenson s'embarque sur le *Casco* qui les conduira aux îles Marquises (en particulier à Nuku Hiva, l'île où souffrit Melville), aux Tumutus, à Tahiti et à Hawaï où s'achève, le 25 décembre, le premier volet d'un voyage raconté dans le tome I de *Dans les mers du Sud*.

Aux abords de la célèbre plage de Waikiki, au cours d'une escale de six mois, Stevenson achève sans enthousiasme – mais non sans génie – *le Maître de Ballantrae* commencé à Saranac. Il récrit *Un mort encombrant* [1]. roman d'abord ébauché par Lloyd Osbourne son beau-fils et qu'ils cosigneront. Il rédige encore sa première histoire océanienne, *l'Ile aux voix* [2], inspirée par un récit que lui avait fait M. Donat résident de France à Fakarava dans les îles Tumutu.

Le 24 juin 1889, nouveau départ, cette fois sur l'*Equator* à destination des Gilbert. Le voyage s'achève en décembre à Apia, capitale des îles Samoa. En arrivant dans le port, le regard de Stevenson est attiré par le mont Vaia au sommet duquel s'élève aujourd'hui sa tombe. Il atteint sans le savoir le bout de sa route.

Séduit par la beauté d'Apia, l'écrivain décide de s'y installer quelque temps. Et pour avoir ses aises, il fait construire une maison sur un terrain qu'il achète à Valima. En attendant que la construction soit achevée, il reprend la mer au début de février 1890. Il séjourne à Sidney pendant deux mois ; repart sur le *Janet Nicholl*, visite les îles Gilbert (pour la seconde fois), les Marshall, la Nouvelle-Calédonie, de nouveau Sidney. Le voyage – qu'il raconte pour le *New York Sun* – s'achève par le retour à Apia, à la fin d'octobre 1890.

Il s'installe dans la maison de Valima, pour quelques années croit-il, pour le reste de sa vie dont le terme est proche.

Une attaque d'apoplexie le terrassera au soir du 3 décembre 1894, à l'âge de quarante-quatre ans et vingt jours.

Avait-il trouvé dans les îles l'éden qu'il y cherchait ? Peut-être. Mais sûrement le climat, le répit, l'amitié qui lui ont permis de continuer son œuvre et de mériter le surnom que les indigènes lui avaient donné : « Tusitala », le conteur d'histoires [3].

Et les histoires écrites sous le soleil de Samoa comptent parmi les plus belles de son œuvre. En quatre années, et malgré tous les petits ennuis de santé dont il se plaint dans sa correspondance, Stevenson

---

1. Inclus dans le présent volume.
2. Inclus dans le présent volume.
3. Sur les dernières années de Stevenson à Samoa voir : Bernard Gorsky, *Trois tombes au soleil,* Albin Michel, 1976.

a réussi à produire plusieurs brochures et articles et cinq romans. Trois romans écossais : *Catriona* (deuxième épisode des *Aventures de David Balfour* [1]; *Saint-Ives ou le prisonnier d'Edimburg, Hermiston, le juge pendeur* dont il dicta quelques pages le matin de sa mort.

Deux romans océaniens écrits tous deux en collaboration avec Lloyd Osbourne : *le Reflux, le Trafiquant d'épaves* [2]; ce dernier étant en partie situé en France. Devait s'y ajouter un troisième roman océanien, *The Beachcomber*, dont la rédaction n'a jamais été commencée.

Enfin un volume *Island's Nights Entertainments (Veillées des îles)* qui recueillait trois nouvelles : *la Côte à Falesa, la Bouteille endiablée, l'Île aux voix.*

Cette dernière est peut-être la plus océanienne des histoires de R. L. Stevenson ; car, au contraire des deux autres, elle ne met en scène que des indigènes. Elle lui avait été inspirée par une légende locale que lui raconta M. Donat le vice-résident de France à Fakarava, l'île même où se situe l'intrigue. Et, pour poser la couleur, il n'eut qu'à recourir aux conversations des Canaques qu'il invitait à bord du *Casco ;* à leur tour, ils le conviaient à leurs fêtes.

Aveuglés par l'aspect malicieux et exotique de cette nouvelle et par sa couleur locale les exégètes l'ont classée comme une production folklorique. Aucun ne semble avoir perçu cette évidence : elle transpose dans un milieu primitif et dans une atmosphère exotique un thème de science fiction dont on attribue l'invention à H. G. Wells : celui des univers parallèles. Le sorcier Kalamaké et son gendre Keola se meuvent simultanément sur deux plans différents, comme les personnages de la nouvelle de H. G. Wells, *Un étrange phénomène.* Dans l'un, les coquillages que ramasse Kalamaké se transforment en dollars, dans l'autre ils conservent leur apparence et leur fonction naturelle et vulgaire. Les deux plans participent d'un décor unique, celui d'une petite île qui passe pour hantée dans tout le voisinage.

Alors que Stevenson « rationalise » la situation fantastique par l'usage d'une drogue magique et par la combustion de certains végétaux, Wells explique l'anomalie de *Un étrange phénomène* par un « accident électrique » survenu dans le laboratoire d'un savant. Pendant que, frappé de cécité, ce savant se meut dans son univers d'origine, il se déplace également (mais doué de la vue) dans une île où – comme Kalamaké – il est invisible et où ses mouvements reproduisent ceux effectués dans son univers habituel.

R. L. Stevenson a-t-il influencé H. G. Wells, ce dernier l'avait-il lu ? Si ce problème demeure entier, celui de l'antériorité est résolu : *l'Ile aux voix* a paru près de dix ans avant *Un étrange phénomène.* Deuxième texte que Stevenson consacra à l'Océanie, *la Bouteille endiablée* témoigne d'une mutation de sa conception du fantastique. S'il conserve encore une atmosphère angoissante, le fantastique a perdu, sous

---

1. Inclus dans le présent volume (Enlevé ! et Catriona).
2. Paru dans la collection 10/18.

l'influence apaisante des mers du Sud, sa dimension tragique et sa fonction expiatoire [1]. A propos de ce texte, l'auteur écrivait le 19 mars 1891 à son ami Sidney Colvin :

« Hier quand j'ai eu fini de vous parler, j'ai joué de la cornemuse jusqu'à ce que j'entende le gong, je suis allé à la vieille maison pour dîner, et à peine levé de table j'étais submergé de visiteurs. Après avoir expédié les premiers, j'ai passé le reste de la soirée à revoir la traduction en langue de Samoa de ma *Bouteille endiablée* avec le missionnaire Claxton... »

Cette histoire fut en effet la première que les Samoéens aient pu lire dans leur langue. Stevenson avait tenu à la faire traduire pour publication dans les journaux indigènes. Peu d'ethnographes ont manifesté de telles attentions.

Dernier texte dans l'ordre de la composition mais premier dans la présentation du recueil, *la Côte à Falésà* a coûté à Stevenson beaucoup plus d'efforts que les deux premiers qu'il semblait d'ailleurs considérer comme de simples et agréables divertissements. Presque un roman, *la Côte à Falésà* se situe dans une optique réaliste, donc plus grave ; il est plus facile d'affabuler que de trouver le ton juste. Et Stevenson se proposait de peindre les rapports entre colonisateurs et colonisés, la tromperie qui les caractérise toujours et qui déclenche chez le héros – d'abord incolore – de *la Côte à Falésà*, une véritable prise de conscience.

La correspondance adressée par l'auteur à son ami et éditeur Sidney Colvin permet de retracer la lente et douloureuse genèse de ce petit roman, d'abord conçu sous le titre *les Grands Bois d'Ulufanua*. Il l'évoque pour la première fois dans une lettre du 2 novembre 1890 :

« ... Mon poème *l'Homme des bois* tient toujours ; mais je me suis réfugié dans une nouvelle histoire, qui m'a traversé comme une balle dans l'un de mes moments de terreur, alors que j'étais seul dans cette jungle tragique :

Les Grands Bois d'Ulufanua

1. – Une Noce dans les mers du Sud.
2. – Au Ban.
3. – Savao et Faavao.
4. – Des cris dans les Grands Bois.
5. – Clameurs de Langues diverses.
6. – L'Heure du Péril.
7. – Le Jour de la Vengeance.

« C'est très étrange, très extravagant, je dois dire ; mais c'est varié, pittoresque, il y a une jolie histoire d'amour, et cela finit bien. Ulufanua

---

1. Sur l'évolution du fantastique chez Stevenson, voir notre préface à *l'Étrange Cas du Dr. Jekyll et de M. Hyde.*

est un ravissant mot samoéen : ulu = futaie ; fanua = terre ; terrain de futaie – « les cimes des hauts arbres ». Savao, consacré au bois, et Faavao, sentier forestier, sont les noms de deux des personnages. Ulufanua est le nom d'une île supposée. »

On voit d'après ce premier plan que l'auteur a réduit le nombre des chapitres prévus, en condensant sans doute l'intrigue. La rédaction avance lentement puisque six mois après cette première lettre, Stevenson n'a guère écrit que le premier chapitre. Le 29 avril 1891, il gémit puis inspire ainsi.

« ... Je suis encore en très mauvais état, je ne peux rien faire, je m'éreinte à tenir une plume et à voir un encrier devant moi. J'ai repris encore une fois *les Grands Bois d'Ulufanua*. Je persiste à croire que l'histoire est trop fantastique et tirée par les cheveux. Mais, en le relisant, je suis tombé amoureux de mon premier chapitre et, coûte que coûte, je dois terminer. C'est réellement bon, bien nourri de faits, exact en ce qui concerne les mœurs et (pour une fois dans mes œuvres) rendu agréable par la présence d'une héroïne qui est jolie. Miss Uma est jolie ; c'est un fait. Toutes mes autres femmes étaient laides comme le péché ; et comme le cheval de Falconet (je viens de lire l'anecdote dans Lockhait), « *mortes* en outre. »

Mais le 5 septembre 1891, au contraire, il est tellement pris par l'atmosphère de l'histoire qui s'appelle encore *les Grands Bois* qu'il pense à la prolonger dans d'autres nouvelles.

« Qu'est-ce que vous avez, misérable, à parler d'économiser de la matière ? J'ai tout un monde dans ma tête, toute une nouvelle société à mettre au point, mais je ne suis pas pressé ; vous ferez prochainement la connaissance de l'île d'Ulufanua, sur laquelle j'ai l'intention de faire se dérouler de nombreuses histoires ; le *Bloody Wedding*, peut-être les *Grands Bois* (Oh ! c'est tellement bon, les *Grands Bois* mais l'histoire est la folie – c'est là l'ennui) – une histoire politique, le *Labour Slave*, etc. Ulufanua est une île imaginaire ; ce nom est un très beau mot samoéen pour désigner la cime d'une forêt ; ulu = feuilles ou chevelure, fanua = terre. La terre ou le pays des feuilles. « *Ulufanua, the isle of the sea* » (Ulufuanua, l'île de la mer), lisez ce vers en respectant les syllabes brèves et les longues, et vous saisirez le ryhme ; les « u » sont comme nos doubles « o » ; avez-vous déjà entendu un plus joli mot ?

« Je viens d'interrompre ma lettre et de relire le chapitre des *Grands Bois* qui est écrit, un chapitre et un bout, environ seize pages, réellement très accrocheur, mais que voulez-vous ? l'histoire est si voulue, si invraisemblable, si bête – c'est une hallucination que j'ai vécue et cependant je n'ai rien écrit de meilleur, terrifiante, plaisante, et extraordinairement *vraie* ; il s'agit de seize pages des mers du Sud ; leur essence. Que dois-je faire ? Perdre ce petit bijou – car je vais me vanter, mais c'est bien ce que j'en pense – ou continuer avec le reste, auquel je ne crois pas, et que je n'aime pas, et qui ne pourra jamais donner autre chose qu'une histoire bête ? Faire une autre fin ? Ah oui, mais ce n'est pas ma façon d'écrire ; l'histoire tout entière est en cause ; je n'utilise jamais un effet, quand je peux l'éviter, s'il ne prépare pas les effets qui viendront ensuite ; c'est en cela que consiste une histoire. Écrire une autre fin, c'est rendre le commencement mauvais. Le dénouement d'une longue histoire n'est rien ; c'est simplement une « cadence pleine » que vous pouvez introduire et accompagner à votre guise – c'est un code et non un élément essentiel du rythme ; mais le corps et la fin d'une nouvelle est l'os de l'os et le sang du sang du commencement. Bon, je vais terminer dans un sens contraire à ce que j'aurais estimé ; ce fragment est ma Dalila. Fichtre, il est bon. Je ne brille pas par la modestie ; mais j'aime vraiment le coloris et le mouvement de ce morceau au point où il en est. »

Alors que la conception est encore confuse, que l'auteur n'est même plus sûr du dénouement, la situation se renverse en deux jours. Quinze pages de plus sont écrites (autant qu'en six mois). L'écrivain a réussi à dominer son sujet, il lui a même donné son titre définitif – ce qui est un signe. Il s'empresse de l'annoncer, le 7 septembre, à son éditeur et ami.

« *Les Grands Bois* sont en route, et ils s'appellent désormais *la Côte à Falésà* ; l'histoire est bouclée. J'ai déjà à peu près trente pages qui sont faites ; il y en aura cinquante à soixante-dix au total, je suppose. Pas du tout de truc surnaturel ; je l'ai évité assez facilement. Je ne peux pas imaginer pourquoi j'ai été si longtemps aussi stupide. »

Et il signe fièrement sa lettre :

« Robert Louis STEVENSON
« Auteur de *la Côte à Falésà.* »

Accès d'euphorie suivi d'un inévitable accès de découragement. Trois semaines plus tard, le 28 septembre 1891, il fait part de ses doutes à Sidney Colvin.

« Depuis la dernière fois que j'ai posé ma plume, j'ai écrit et réécrit *la Côte à Falésà* ; quelque chose comme soixante mille mots de véritable fiction domestique (l'histoire, vous le comprendrez, n'est qu'à moitié aussi longue). Et maintenant je ne veux plus jamais écrire, ou j'en ai l'impression. Et avec chagrin, j'ai dû encore une fois tout revoir. J'ai révisé pendant toute la journée d'hier et j'ai trouvé un tas de négligences et (ce qui est pire dans ce genre de choses) quelques passages trop littéraires. L'un des problèmes est celui-ci : c'est un récit à la première personne – un trafiquant raconte sa propre aventure sur une île. En commençant, je me suis accordé quelques libertés, parce que j'avais peur de la fin ; à présent, la fin s'est révélée très facile, elle peut être écrite dans le même mouvement ; si bien que le début reste environ un quart de ton trop bas (par endroits) ; mais je suis presque décidé à laisser les choses en l'état. le problème est toujours délicat ; c'est la seule chose qui m'ennuie dans les récits à la première personne, qui par ailleurs (je cite Poe) « convienne mieux à mon génie ». Il y a

énormément de faits dans l'histoire, et un peu d'assez bonne comédie.
C'est la première histoire réaliste sur les mers du Sud. Je veux dire
avec les vraies caractéristiques et les détails sur la vie dans les mers
du Sud. Tous ceux que j'ai vus s'y essayer se sont laissé entraîner par
le romanesque et ont donné finalement une sorte de sucrerie dans le
genre faussement épique, et tout l'effet était perdu – il n'y avait pas
de descriptions de personnages, pas de souffle humain, cela n'avait donc
rien de convaincant. A présent j'ai bien compris la nature et l'aspect
de la chose. Vous en saurez plus après avoir lu ma petite histoire
qu'après avoir lu une bibliothèque entière. Quant à savoir si quelqu'un
d'autre que vous le lira, je n'en ai aucune idée. Je suis dans une période
d'inaction, mais il y a simplement une possibilité qu'il réussisse ; car
l'histoire est bonne et dramatique et il y a toute une histoire d'amour
– à mon point de vue. Et Mr Wiltshire, le narrateur, est un grand
farceur, du moins je le dis. Mais il y a toujours la question de l'exotisme,
et tout, la vie, le lieu, les dialectes – langage du trafiquant, qui est un
étrange assemblage d'expressions littéraires, de slang anglais et
américain, bêche-de-mer, ou anglais des indigènes – les trafics même,
les espoirs et les craintes des personnages sont originaux et risquent
d'être mal accueillis par cette grande baleine lourde, déroutante, le
public. »

Quelques mois plus tard (le 31 janvier 1892) tout était consommé.
Stevenson se plaint de la réaction pudique de la rédaction du *London
Illustrated New* à propos du « mariage-bidon » qui, pour l'auteur,
constitue le pivot de l'histoire.

« Je continue à penser du bien de *la Côte à Falésà*, mais il semble
que c'est immoral, on en fait tout une histoire, et financièrement cela
peut se révéler comme une lourde déception. On s'est plaint, on m'a
demandé de faire se marier les jeunes gens en bonne et due forme avant
« cette nuit ». J'ai refusé. Vous verrez ce qu'il serait resté de l'histoire,
si j'avais consenti. Ce monde anglo-saxon est, pour le romancier, un
monde empoisonné. Je m'en tire en général en n'ayant aucun personnage
féminin ; mais quand je me rappelle qu'on m'a refusé *le Trésor de
Franchard* comme ne convenant pas à un magazine familial, le désespoir
m'alourdit les poignets. »

En août 1892, nouvelle bataille ; livrée non plus contre un magazine
mais contre l'éditeur Cassell qui veut changer le titre, s'effarouche lui
aussi du « mariage-bidon » et envoie un tirage fumeux des illustrations
du dessinateur Case.

« Je vous fais envoyer un télégramme de Sydney, par le courrier
maritime, c'est-à-dire, soit à vous, soit à Cassell, à propos de *Falésà* ;
je ne lui permettrai pas de s'appeler *Uma* dans le volume, ce n'est pas
le titre logique de l'histoire. Et je ne peux pas non plus omettre le contrat
de mariage ; et la chose est pleine d'abominables fautes d'impression.
Dans le tableau, Uma est une foutaise ; de même que le vieux et le
nègre ; mais Wiltshire est splendide, et Case ira. Cela paraît mal éclairé,
mais c'est peut-être l'impression. »

L'éditeur Cassell considère que *la Côte à Falésà* est un roman trop court pour fournir à lui seul un volume. R. L. Stevenson fait alors une contre-proposition qui aboutira à la naissance du recueil *Veillées des îles*. Ce titre apparaît pour la première fois dans sa lettre du 3 décembre 1892 à Colvin.

« A présent, une confession. Quand j'ai appris que vous et Cassell vous aviez décidé de publier la *Bouteille endiablée* en même temps que *Falésà*, j'ai été trop désappointé pour répondre. *La Bouteille endiablée* était la *pièce de résistance* de mon volume les *Veillées des îles*. Cependant, ce volume aurait pu n'être jamais fait ; et je vous envoie deux autres histoires pour le cas où elles arriveraient à temps.

« D'abord *la Côte à Falésà*.

« Ensuite encore un faux titre : *Veillées des Iles* ; et enfin *la Bouteille endiablée* : inspiré d'un vieux mélodrame.

« *L'Ile aux voix* ».

« *Thorgunna la Solitaire :* inspirée d'une saga.

« Naturellement ces deux autres ne sont pas du niveau de *la Bouteille endiablée* ; mais elles ont chacune un certain mérite et leurs styles s'accordent. Si vous dites « inspiré d'un vieux mélodrame » après *la Bouteille* vous pouvez envoyer promener ma note. S'il en est encore temps, ce sera splendide et fera vraiment un volume.

« Si vous préférez, vous et Cassell, vous pouvez intituler tout le volume les *Veillées des îles* – bien que *la Côte à Falésà* soit la fille d'une inspiration toute différente. Elles sont toutes d'un étrange réalisme, même le plus extravagant, même *l'Ile des voix*. Les façons d'être sont exactes. »

Et le 4 décembre, c'est un repentir, qui a pour effet d'amputer *Veillées des Iles* d'une partie de son contenu :

« Un mot, d'abord, au sujet de la page 2. Ma femme proteste contre *Thorgunna la Solitaire* et j'ai reçu pour instruction de faire de même à votre égard. »

Ces quelques mots, par leur laconisme et leur désinvolture, traduisent de façon élégante que Mrs. Stevenson ne régnait pas seulement sur la santé de son mari mais aussi sur son inspiration.

Le volume des *Veillées des Iles,* publié par Cassell en 1894, ne contint donc pas *Thorgunna la Solitaire*. Cette histoire d'un mari veule et fragile dominé par une femme possessive ne parut même pas après la mort de l'auteur ; il fallut attendre celle de sa femme en 1914 pour qu'elle soit enfin publiée[1].

Francis LACASSIN

---

1. *Thorgunna la Solitaire* est recueillie avec *l'Étrange Cas du Dr. Jekyll* (Collection 10/18). Sur la « censure » exercée par Mrs. Stevenson, voir notre préface à cet ouvrage.

*A trois vieux compagnons
de voyage en Océanie :*

*Harry Henderson [1]
Ben Hird
Jack Buckland*

*leur ami
R.L.S.*

LA CÔTE [1] À FALÉSÀ.

I

Epousailles dans les mers du sud

J'ai vu l'île pour la première fois dans le demi-jour d'avant l'aube. La lune était à l'ouest, en train de se coucher, mais toujours large et brillante. A l'est, et droit par le travers de l'aurore, qui était toute rose, l'étoile du matin étincelait comme un diamant. La brise de terre nous soufflait au visage ; elle sentait fort le citronnier sauvage et la vanille : d'autres choses aussi, mais c'était là ce qui dominait, et sa fraîcheur me fit éternuer. Je dois dire que j'avais vécu pendant des années sur une île basse [2] au voisinage de la Ligne, la plupart du temps seul parmi les indigènes. C'était donc une expérience nouvelle ; la langue même allait m'être tout à fait étrangère ; et l'aspect de ces bois et de ces montagnes, avec le parfum exquis qu'ils dégageaient, me renouvelait le sang.

Le capitaine souffla la lampe de l'habitacle.

– Voyez ! Mr. Wiltshire, dit-il, il y a un brin de fumée là-bas, derrière la brèche du récif. C'est Falésà, où se trouve votre établissement, le dernier village à l'est. Personne n'habite du côté du vent – je ne sais pourquoi. Prenez ma lorgnette. Vous distinguerez les maisons.

Je pris la lorgnette ; les côtes se rapprochèrent d'un bond ; et je vis le fouillis des bois et le rivage blanchi par le ressac et les toits bruns et l'intérieur noir des maisons qui perçaient parmi les arbres.

– Saisissez-vous un bout de blanc là-bas vers l'est ? reprit le capitaine. C'est votre maison. Construite en corail, haut perchée, avec une véranda où on peut marcher trois de front ; le meilleur comptoir du Pacifique Sud. Quand le vieil Adams l'a vu, il m'a pris la main pour me la serrer et il m'a dit : « J'ai trouvé une perle ! » « C'est ma foi vrai », lui

---

1. Non pas tant le rivage que les Blancs qui y vivent. Cf. l'expression « les frères de la Côte ». *(N.d.T.).* Titre original : *The beach of Falésà.*
2. Un atoll, par opposition aux îles volcaniques montagneuses. *(N.d.T.)*

ai-je répondu, « et il était bien temps ». Pauvre Johnny, je ne l'ai plus revu qu'une fois, et alors il avait changé de chanson : il ne s'entendait pas avec les indigènes, ou avec les Blancs, ou je ne sais quoi ; et la prochaine fois que nous sommes revenus, il était mort et enterré. Je lui ai dressé un bout de bois et j'ai écrit dessus « John Adams, *obit*[1] 1868. Va ton chemin, passant, et fais de même ». J'ai regretté ce type-là : je n'ai jamais vu grand mal en lui.

— De quoi est-il mort ? demandai-je.

— De je ne sais quelle maladie qui semble l'avoir pris sur le coup, répondit le capitaine. Apparemment il s'est levé au milieu de la nuit et il s'est bourré de calmants et de Panacée de Kennedy. Mais rien à faire : il était en route pour plus loin que Kennedy. Alors il a essayé d'ouvrir une caisse de gin. Rien à faire non plus ; pas assez fort. Alors il a dû se tourner vers la véranda et se mettre à courir dehors, et il a chaviré par-dessus la balustrade. Quand on l'a trouvé le lendemain, il n'avait plus sa tête à lui – il se plaignait tout le temps qu'on lui arrosait son copra[2]. Pauvre John !

— A-t-on pensé que c'était l'île qui lui avait valu ça ? demandai-je.

— Ma foi, ou bien l'île, ou bien les tracas, ou je ne sais quoi encore, répondit-il. Je n'ai jamais entendu dire que l'endroit était malsain. Notre dernier agent, Vigours, s'est toujours très bien porté. Il est parti à cause de ceux de la Côte – disant qu'il avait peur de jack le Noir et de Case et de Jimmie l'Siffleur, qui était encore en vie à ce moment-là, mais qui s'est noyé peu après alors qu'il était saoul. Quant au vieux capitaine Randall, il n'a pas bougé d'ici depuis 1840 ou 45. Je n'ai jamais vu rien de méchant ni beaucoup de changement chez le vieux Billy. On dirait qu'il pourrait vivre aussi longtemps que le vieux matou Salem. Oui, m'est avis que l'endroit est sain.

— Voilà une barque qui s'en vient, dis-je. Elle est droit dans la passe ; une baleinière de seize pieds, à ce qu'il semble, avec deux Blancs dans la chambre arrière.

— C'est la barque qui a noyé Jimmie l'Siffleur ! s'écria le capitaine. Voyons la lunette. Oui, c'est case, pas d'erreur, avec le chocolat ! Du gibier de potence à ce qu'on dit, mais vous savez ce qu'est la Côte en fait de racontars. Mon idée, c'est que c'était Jimmie l'Siffleur le plus poison de tous, et il s'en est allé chanter les louanges du Seigneur, voyez-vous. Voulez-vous parier qu'ils viennent chercher du gin ? Cinq contre deux qu'ils en prendront deux caisses.

Quand les deux trafiquants montèrent à bord, je fus séduit tout de suite par leur aspect à tous deux et par le langage de l'un d'eux. J'étais assoiffé du voisinage des Blancs après mes quatre ans d'Equateur que j'avais toujours comptés comme des années de prison ; passant mon temps à me faire mettre tabou, puis à aller à la maison du Conseil

---

1. Le capitaine veut dire *obiit*. Le reste de l'épitaphe n'est pas moins naïf. *(N.d.T.)*

2. Pulpe de noix de coco dont on fait de l'huile. Les indigènes la mouillent pour en augmenter le poids. *(N.d.T.)*

pour essayer d'arranger les choses ; achetant du gin et m'en imbibant jusqu'au moment où je m'en repentais ; passant les soirées chez moi avec la lampe pour compagnie ; ou déambulant sur la grève en me demandant de quel nom je devais m'appeler dès lors que j'étais assez bête pour me trouver là. Il n'y avait pas d'autres Blancs sur mon île et, quand je gagnai la suivante, je constatai que le plus clair de la société se composait de rudes clients. C'était un plaisir que de voir maintenant ces deux nouveaux venus à bord. L'un était un nègre, assurément ; mais ils étaient fièrement gréés avec leurs pyjamas rayés et leurs chapeaux de paille, et Case aurait passé pour présentable dans une vraie ville. Il était jaunâtre, assez petit, avec un nez de faucon, des yeux pâles et une barbe taillée à coups de ciseaux. Personne ne savait à quel pays il appartenait, tout ce qu'on pouvait dire, c'est qu'il était de langue anglaise ; et on voyait bien qu'il venait d'une bonne famille et qu'il avait reçu une excellente éducation. Avec ça, plein de talents : c'était un joueur d'accordéon de première, et si vous lui donniez un bout de ficelle, ou un bouchon ou un jeu de cartes, il vous faisait des tours qui valaient ceux de n'importe quel professionnel. Il savait parler, quand ça lui plaisait, comme dans un salon ; mais aussi sacrer pire qu'un maître d'équipage yankee, ou dire des choses à soulever le cœur d'un Canaque. Il adoptait la façon qu'il jugeait devoir être la plus profitable sur le moment, et elle avait toujours l'air de lui venir naturellement, comme s'il était né pour ça. Il avait un courage de lion et une astuce de rat ; et s'il n'est pas en enfer aujourd'hui, c'est qu'il n'y a pas d'enfer. Je ne lui ai connu qu'un seul bon côté : il était attaché à sa femme et gentil pour elle. C'était une fille de Samoa, qui se teignait les cheveux en rouge, dans le style de là-bas ; quand il est venu à mourir (comme je dois le raconter), on a découvert une chose étrange, c'est qu'il avait fait son testament comme un chrétien, et sa veuve a eu le paquet : tout le paquet de Case, à ce qu'on dit, et tout le paquet de Jack le Noir et la plus grande partie de celui de Billy Randall, par-dessus le marché ; car c'était Case qui tenait les livres. Là-dessus, elle est retournée chez elle sur la goélette *Manou'a* et elle fait la dame à cette heure dans son pays.

Mais de tout cela, ce premier matin, je ne savais pas plus long qu'une mouche. Case me traita en gentleman et en ami, me souhaita la bienvenue à Falésà et m'offrit ses services, chose d'autant plus précieuse que j'ignorais la langue du cru. Nous passâmes la plus grande partie de la journée à boire dans la cabine à notre compagnonnage futur et je n'ai jamais entendu un homme parler plus à propos. Il n'y avait pas de trafiquant plus alerte et plus rusé dans ces îles. Falésà m'apparaissait de plus en plus comme un endroit idéal, et plus je buvais, plus j'avais le cœur léger. Notre dernier agent avait fui les lieux en une demi-heure, s'embarquant à tout hasard sur un navire qui transportait de la main-d'œuvre recrutée dans l'Ouest[1]. Le capitaine, lorsqu'il était revenu, avait trouvé la factorerie vide, les clefs laissées chez le pasteur indigène et une lettre du fuyard avouant qu'il avait bel et bien tremblé pour sa vie. Depuis lors la firme n'avait plus été représentée dans l'île et naturellement il n'y avait pas de cargaison à prendre. Le vent, au surplus, était favorable, le capitaine espérait atteindre sa prochaine île à l'aube avec une bonne marée, et ma pacotille fut prestement débarquée. Il n'y avait aucune raison de me donner du tintouin à son propos, disait case : personne ne toucherait à mes affaires, tout le monde était honnête à Falésà – tout au plus arrivait-il qu'on chipât des poulets ou un couteau ou une carotte de tabac de temps à autre – et ce que j'avais de mieux à faire, c'était de rester tranquille jusqu'au départ du navire, puis d'aller droit chez lui, de voir le vieux capitaine Randall, le père de la Côte, de dîner à la fortune du pot et de rentrer me coucher à la nuit. Aussi était-il midi bien sonné et la goélette avait-elle appareillé quand je mis le pied sur le rivage de Falésà.

J'avais pris un verre ou deux à bord ; je venais d'achever une longue croisière et le sol ondulait sous mes pas comme le pont d'un navire. Le monde était comme peint à neuf ; mon pied avançait en mesure ; Falésà aurait pu être le Pré du Violoneux s'il existe rien de tel, comme il faut l'espérer ! Il faisait bon marcher sur l'herbe, lever les yeux vers les montagnes vertes, voir les hommes avec leurs guirlandes de verdure et les femmes avec leurs robes éclatantes, rouges ou bleues. Nous avancions sous le soleil qui tapait ferme ou dans l'ombre fraîche, prenant plaisir à l'un comme à l'autre ; et tous les enfants du patelin trottaient derrière nous, avec leurs têtes rases et leurs corps bruns, claironnant une espèce de vivat grêle et prolongé dans notre sillage, comme autant de petits coqs.

– A propos, dit Case, il va falloir vous trouver une épouse.

– C'est juste, dis-je. Je n'y pensais plus. Il y avait une foule de filles autour de nous. Je me redressai et promenai mon regard de l'une à l'autre comme un pacha. Elles étaient toutes endimanchées en l'honneur du navire en rade ; et les femmes de Falésà font plaisir à voir. Si elles ont un défaut, c'est celui d'avoir la carène un brin trop large. C'est la réflexion que j'étais en train de me faire quand Case me toucha.

– Voilà du nanan, dit-il.

Je vis une fille qui s'en venait d'un autre côté, seule. Comme elle était allée à la pêche, elle ne portait qu'une chemise, et trempée encore. Elle était jeune, très mince pour un tendron des îles, avec un visage allongé, un front haut et un regard timide, étrange, presque aveugle, quelque chose d'intermédiaire entre le regard d'un chat et celui d'un bébé.

– Qui est-ce ? demandai-je. Elle fera l'affaire.

– C'est Ouma, dit Case.

---

1. Cela frisait alors l'esclavage. *(N.d.T.)*

Il l'appela et lui parla dans la langue du pays. Je ne savais pas ce qu'il lui disait ; mais, tandis qu'il était au milieu de son baratin, elle me lança un regard rapide et craintif, comme un enfant prêt à esquiver un coup, puis baissa de nouveau les yeux, et bientôt se mit à sourire. Elle avait la bouche large, les lèvres et le menton aussi bien dessinés que ceux d'une statue ; et le sourire se montra un instant, puis disparut. Après quoi elle garda la tête penchée et elle écouta Case jusqu'au bout, puis elle lui répondit de la jolie voix qu'ont les Polynésiennes, et ensuite, après une petite courbette, elle s'en fut. C'est tout juste si j'eus ma part du salut, en tout cas je n'eus droit à aucune autre œillade et il n'était plus question de me sourire.

— M'est avis que les chose sont en bonne voie, dit Case, et que vous l'aurez. Je vais arranger l'affaire avec la maman. On peut faire son choix ici pour une carotte de tabac, ajouta-t-il avec un rire méprisant.

C'est le rire qui me frappa, je suppose, car je répliquai vivement.

— Elle n'a pas l'air d'une fille comme ça ! m'écriai-je.

— Sans doute pas, dit Case. Je la crois tout à fait bon teint. Elle reste sur son quant-à-soi, elle ne court pas avec la bande et tout ce qui s'ensuit. Oui, oui, ne vous y méprenez pas, Ouma est une fille tout à fait bien.

Il parlait avec chaleur, me sembla-t-il, ce qui me surprit et me plut.

— A vrai dire, reprit-il, je ne serais pas si sûr de vous l'obtenir, n'était qu'elle s'est amourachée de votre portrait. Tout ce que vous avez à faire est de rester dans l'ombre et de me laisser travailler la mère à ma façon. Je vous amènerai la fille chez le capitaine pour le mariage.

Ce mot-là n'était pas de mon goût et je le luis dis.

— Oh, ça n'a rien de bien méchant, répondit-il. C'est Jack-le-Noir qui officiera.

Nous étions arrivés en vue de la maison des trois Blancs, car un nègre compte là-bas comme un Blanc, et un Chinois itou[1]. C'est une idée singulière, mais commune dans les îles. C'était une maison en planches avec un bout de véranda toute branlante. Le magasin était situé sur le devant, avec un comptoir, une balance et le plus misérable étalage de marchandises qu'on pût voir : une caisse ou deux de conserves de viande, un baril de biscuits, quelques rouleaux de cotonnade, rien qu'on pût comparer à ce que j'avais ; la seule chose qui fût bien représentée était la contrebande, armes à feu et alcool. « Si ce sont là mes seuls rivaux », me dis-je « je devrais faire de bonnes affaires à Falésà ». De fait, ils ne pouvaient me concurrencer que sur deux points : les fusils et la boisson.

Je trouvai dans la salle de derrière le vieux capitaine Randall, accroupi par terre à la façon des naturels, gras et pâle, nu jusqu'à la ceinture, gris comme un blaireau et les yeux fixes à force d'avoir bu. Il avait le corps couvert de poils gris où se promenaient les mouches ; on en

---

1. Le trafiquant veut dire que tout étranger, quelle que soit la couleur de sa peau, est assimilé à un Blanc. (N.d.T.)

voyait même une dans le coin de son œil, mais il ne s'en souciait pas ; et les moustiques bourdonnaient autour de lui comme des abeilles. Tout homme sain d'esprit aurait tiré cette créature de la maison pour l'enterrer ; le seul fait de le voir, de penser qu'il avait soixante-dix ans et de me rappeler qu'il avait autrefois commandé un navire, qu'il était descendu à terre dans son bel uniforme, qu'il avait parlé haut dans les bars et dans les consulats et qu'il s'était assis dans des clubs sous des vérandas me donna la nausée et me dessaoula.

Il essaya bien de se lever quand j'entrai, mais il dut y renoncer ; alors il me tendit la main à la place et balbutia une salutation quelconque.

— Papa a son compte ce matin, observa Case. Nous avons eu une épidémie ici, et le capitaine Randall prend du gin comme prophylactique — pas vrai, Papa?

— Jamais rien pris d'tel de ma vie! s'écria le capitaine avec indignation. je prends du gin pour ma santé, Mr. Comment-vous appelle-t-on, comme mesure de précaution.

— Très bien, Papa, dit Case. Mais il va falloir vous secouer. On va célébrer un mariage. Mr. Wiltshire, ici présent, va se faire river le carcan.

Le vieil homme demanda qui était la future.

— Ouma, dit Case.

— Ouma ! s'écria le capitaine. Pourquoi diantre veut-il Ouma? Il est venu ici pour son bien, non? Pourquoi diantre veut-il Ouma?

— Taisez-vous, Papa, dit Case. C'est pas vous qui allez l'épouser. M'est avis que vous n'êtes pas le parrain et la marraine de la fille, et m'est avis que Mr. Wiltshire fera ce qu'il lui plaît.

Là-dessus, il s'excusa auprès de moi en disant qu'il avait à s'occuper du mariage et il me laissa seul avec la misérable créature qui était son associé et, pour dire la vérité, sa dupe. La factorerie et la marchandise appartenaient l'une et l'autre à Randall ; Case et le nègre étaient des parasites ; ils rampaient sur lui et se nourrissaient de lui comme les mouches, sans qu'il s'en avisât. En fait, je n'ai rien à reprocher à Billy Randall, si ce n'est que sa vue me soulevait le cœur, et le temps que je passai alors en sa compagnie fut comme un cauchemar.

La chambre était d'une chaleur étouffante et pleine de mouches ; car la maison était sale, basse, exiguë et située dans un mauvais endroit, derrière le village, à la lisière de la brousse et à l'abri des alizés. Les lits des trois hommes étaient sur le plancher, dans un fouillis de casseroles et de plats. Il n'y avait pas de vrais meubles : Randall, dans ses accès de violence, les mettait en pièces. C'est là que je m'assis et que j'eus un repas, qui nous fut servi par la femme de Case ; et c'est là que je fus toute la journée par cette ruine d'homme, qui bafouillait de vieilles plaisanteries de bas étage et de non moins vieilles longues histoires, dont il était toujours prêt à rire lui-même de son rire asthmatique, de sorte qu'il ne se rendait pas compte de mon abattement. Il ne cessait pas de siroter du gin. Parfois il s'endormait, pour se réveiller geignant et frissonnant, et de temps à autre il me demandait pourquoi

je voulais épouser Ouma. « Mon garçon », me répétai-je tout le long
du jour, « prends bien garde de ne pas devenir un vieux gentleman
de cet acabit-là. »

Il pouvait être 4 heures de l'après-midi quand la porte de derrière
s'ouvrit lentement, et une étrange vieille femme – une indigène – rampa
dans la maison en se traînant presque sur le ventre. Elle était
emmaillotée jusqu'aux talons dans une étoffe noire ; ses cheveux
grisonnaient par touffes ; son visage était tatoué, contrairement à l'usage
de l'île ; et ses grands yeux brillants avaient un regard fou. Elle les
braqua sur moi avec une expression extatique qui, je le vis, était en
partie simulée. Elle ne prononça pas un mot nettement, mais fit claquer
ses lèvres et marmotta et bourdonna avec enthousiasme comme un
enfant devant son pouding de Noël. Elle traversa tout droit la pièce
en mettant le cap sur moi et aussitôt qu'elle fut bord à bord, elle me
saisit la main et se mit à ronronner et à fredonner sur elle comme un
gros chat. Puis elle glissa dans une espèce de chanson.

– De quoi diable s'agit-il ? m'écriai-je, car sa démonstration me
donnait sur les nerfs.

– C'est Fa'avao, dit Randall.

Je vis qu'il s'était traîné dans l'angle le plus reculé de la pièce.

– Vous n'avez pas peur d'elle ? demandai-je.

– Moi, peur ? s'écria le capitaine. Mon cher ami, je la défie ! Je ne
la laisse jamais mettre les pieds ici, mais aujourd'hui c'est différent,
j'imagine, à cause du mariage. C'est la mère d'Ouma

– Je veux bien, mais qu'est-ce qu'elle est en train de fabriquer ?
demandai-je, plus irrité et peut-être aussi plus effrayé que je ne voulais
le laisser paraître.

Le capitaine me dit qu'elle était en train d'élaborer force poésie à
ma louange parce que j'allais épouser Ouma.

– Très bien, grand-mère, lui dis-je avec un rire assez faux, je veux
bien y mettre du mien pour vous obliger. Mais quand vous aurez fini
avec ma main, dites-le-moi, s'il vous plaît.

Elle fit comme si elle avait compris : la chanson monta de ton, devint
un cri, puis s'arrêta. La vieille sortit de la maison comme elle y était
entrée, presque sur le ventre, et dut plonger droit dans la brousse, car
lorsque j'atteignis la porte à mon tour, elle avait déjà disparu.

– Voilà d'étranges manières, dis-je.

– C'est une étrange clique, dit le capitaine qui, à ma surprise, fit
un signe de croix sur sa poitrine nue.

– Tiens ! dis-je. Seriez-vous papiste ?

Il rejeta cette idée avec mépris :

– Baptiste à tout crin, dit-il. Mais, mon cher ami, les papistes ont
quelques bonnes idées, eux aussi, et ça, c'en est une. Suivez mon conseil,
et chaque fois que vous tomberez sur Ouma Fa'avao ou sur Vigours
ou sur n'importe qui de cette clique-là, prenez exemple sur les curés
et faites comme moi. Compris ? ajouta-t-il en répétant le signe et en

clignant de son œil éteint. Non, Monsieur ! explosa-t-il de nouveau. Pas de papistes ici !

Et il m'entretint longtemps de ses opinions religieuses.

Je devais avoir eu un béguin pour Ouma dès le début, sans quoi je me serais certainement enfui de cette maison pour retrouver l'air pur et la mer pure ou la première rivière qui se serait présentée. Il faut dire, néanmoins, que je m'étais engagé avec Case, et au surplus je n'aurais jamais pu marcher la tête haute dans l'île si j'avais fui une fille le soir de mes noces.

Le soleil était couché, le ciel tout en feu et l'on avait déjà allumé la lampe depuis quelque temps quand Ouma revint avec Case et le nègre. Elle était habillée et parfumée ; son pagne était de beau tapa, aux plis plus somptueux à voir que n'importe quelle soie ; son buste, d'un miel foncé, était nu à ceci près qu'elle portait une demi-douzaine de colliers de graines et de fleurs ; et derrière les oreilles et dans les cheveux, des fleurs d'hibiscus écarlates. Elle avait le meilleur maintien qui se puisse concevoir pour une mariée : sérieux et tranquille ; et je sentis que c'était une honte de me tenir avec elle dans cette maison sordide, devant ce nègre grimaçant. Une honte, dis-je, car ce saltimbanque était affublé d'un grand col en papier, le livre qu'il faisait mine de lire était un tome de roman dépareillé, et les paroles de son service nuptial ne sauraient être répétées. Ma conscience me fit des reproches quand nous joignîmes nos mains ; et quand elle reçut son certificat, je fus tenté d'envoyer promener le marché et de passer aux aveux. Voici le document. C'était Case qui l'avait écrit, signatures et tout, sur une feuille du grand livre.

Il est certifié par le présent document qu'Ouma, fille de Fa'avao de Falésà, Ile de..., est illégalement mariée à Mr. John Wiltshire pour une semaine, et que Mr. Wiltshire est loisible de l'envoyer au diable quand il lui plaira.

John le Moricaud,
Aumônier des pontons

Extrait du Registre dressé par
William T. Randall, capitaine au long cours.

Joli papier à fourrer dans la main d'une fille et à lui voir mettre à l'abri comme un trésor. On pourrait aisément ne pas se sentir fier pour moins que ça. Mais c'était l'usage dans ces régions, et, comme je me le disais, beaucoup moins notre faute à nous Blancs que celle des missionnaires. S'ils avaient laissé les indigènes tranquilles, je n'aurais jamais eu besoin de recourir à cette tromperie, j'aurais pris toutes les épouses que j'aurais voulu et je les aurais, laissées quand ça m'aurait plu, en toute bonne conscience.

Plus j'avais honte, plus j'étais pressé de m'en aller, et mon désir concordant sur ce point avec ceux des trafiquants, je fis d'autant moins attention à leur changement d'attitude. Case avait été d'abord tout empressé de me garder ; maintenant, comme s'il avait atteint son but, il semblait tout empressé de me voir partir. Ouma, disait-il, pouvait me montrer le chemin de ma demeure, et les trois hommes nous dirent adieu sans sortir de leur maison.

La nuit était presque arrivée ; le village sentait les arbres et les fleurs et la mer et la cuisson du fruit de l'arbre à pain. Une puissante rumeur marine montait du récif, mêlée à maints petits bruits d'hommes et d'enfants qui me parvenaient de loin parmi les bois et les maisons. Cela me fit du bien de respirer l'air libre ; cela me fit du bien d'en avoir fini avec le capitaine et de voir à sa place la créature qui était à mon côté. J'avais tout à fait l'impression que c'était une fille de chez nous, là-bas, au vieux pays ; et, m'oubliant pour une minute, je lui pris la main pour marcher avec elle. Ses doigts se blottirent dans les miens, j'entendis sa respiration se faire plus profonde et plus rapide, et tout à coup elle porta ma main à son visage et la pressa contre lui. « Toi bon ! » s'écria-t-elle, et elle me précéda en courant, puis s'arrêta et regarda derrière elle pour me sourire, puis repartit encore en courant, me guidant ainsi à la lisière de la brousse et par un chemin tranquille jusqu'à ma maison.

La vérité est que Case lui avait fait la cour pour moi dans le meilleur style – lui disant que j'étais fou de désir de l'avoir et que je ne me souciais pas des conséquences ; et la pauvrette, sachant ce que j'ignorais encore, croyait chaque mot de ce discours et avait la tête quasi tournée de vanité et de gratitude. Or, de tout ça, je ne soupçonnais rien. J'étais de ceux qui désapprouvaient énergiquement qu'on se conduisît sottement avec les femmes indigènes, ayant vu trop de Blancs plumés par les parents de leur épouse et trompés par-dessus le marché ; et je me disais qu'il fallait dès le début me montrer ferme et la maintenir à sa place. Mais elle avait l'air si piquante et si jolie quand elle se sauvait pour m'attendre, tout comme aurait pu le faire un enfant ou un bon chien, qu'il ne me resta pas d'autre recours que de la suivre partout où elle allait, de guetter le bruit de ses pieds nus sur le sol, et de chercher à distinguer dans le crépuscule la lueur de son corps. Et une autre pensée me vint à l'esprit. Elle faisait la chatte avec moi maintenant que nous étions seuls, mais dans la maison elle s'était conduite à la manière d'une comtesse, à la fois très humble et très fière. Et tant à cause de sa mise – si légère qu'elle fût et tout indigène – que de son beau tapa et de ses beaux parfums et de ses fleurs et de ses graines rouges, aussi éclatantes que des joyaux, seulement plus grandes, j'eus l'impression qu'elle était vraiment, en effet, une sorte de comtesse habillée pour aller entendre de grands chanteurs au concert, et non pas une compagne faite pour un pauvre trafiquant comme moi.

Elle fut la première dans la maison ; et j'étais encore au-dehors quand je vis l'éclair d'une allumette, puis la lumière de la lampe briller aux fenêtres. La factorerie était une magnifique demeure, construite en corail, avec une véranda très spacieuse et la pièce principale haute et large. Mes coffres et mes caisses avaient été empilés à l'intérieur, où ils mettaient pas mal de pagaille ; et là, au cœur du désordre, près de la table, Ouma se tenait, m'attendant. Son ombre montait très haut derrière elle, jusque dans le creux du toit de tôle ; elle-même se détachait, brillante, sur ce fond sombre, la lumière de la lampe se reflétant sur sa peau. Je m'arrêtai dans le cadre de la porte et elle me regarda sans parler, avec des yeux ardents et intimidés tout ensemble ; puis elle toucha sa poitrine.

– Moi... ta femme, dit-elle.

Ça ne m'avait jamais pris comme ça ; le désir d'elle se saisit de moi et vibra en moi des pieds à la tête, comme le vent dans une voile en ralingue.

Je n'aurais pas pu parler si je l'avais voulu ; et de toute façon je ne le voulais pas. J'avais honte d'être pareillement ému par une indigène, honte aussi du mariage et du certificat qu'elle avait serré dans son pagne comme un trésor ; et je me détournai en faisant mine de fourrager parmi mes caisses. La première chose sur laquelle je tombai fut une caisse de gin, la seule que j'eusse apportée ; et en partie pour la fille, en partie à cause de l'impression horrible que m'avait laissée le vieux Randall, je pris une résolution soudaine. Je fis sauter le couvercle. Puis je débouchai les bouteilles une à une à l'aide d'un tire-bouchon de poche, et j'envoyai Ouma verser le liquide du haut de la véranda.

Elle revint après avoir vidé la dernière bouteille et me regarda d'un air intrigué.

– Pas bon, dis-je, car j'étais maintenant un peu plus maître de ma langue. Homme boire, lui pas bon.

Elle approuva, mais resta perplexe.

– Pourquoi toi apporter ça ? demanda-t-elle bientôt. Supposer toi pas vouloir boire, toi pas apporter ça, non ?

– T'en fais pas, dis-je. Avant, moi vouloir boire trop. Maintenant, plus vouloir. Vois-tu, moi pas savoir alors avoir petite femme. Suppose moi boire gin, ma petite femme avoir peur.

J'étais déjà allé presque trop loin pour mes capacités. J'avais fait vœu de ne jamais trahir de la faiblesse devant une indigène, et je n'avais plus d'autre recours que de m'arrêter.

J'étais assis près de la caisse ouverte et ses graves regards tombaient sur moi

– Moi penser toi homme bon, dit-elle.

Et un instant après elle s'était affalée à terre devant moi.

– Moi être à toi comme cochon ! s'écria-t-elle.

II

Mis au ban

Je sortis dans la véranda le lendemain juste avant l'aube. Ma maison était la dernière à l'est ; il y avait derrière un cap escarpé et boisé qui cachait le lever du soleil. A l'ouest dévalait une rivière rapide et froide et au-delà s'étendait le pré communal du village, semé de cocotiers, d'arbres à pain et de maisons. Les volets étaient les uns clos, les autres ouverts ; je voyais les moustiquaires encore déployées, avec au-dedans les ombres des habitants qui venaient de s'éveiller et qui s'asseyaient sur leur séant. D'autres, sur toute l'étendue du pré, marchaient en silence, enveloppés dans leurs vêtements de nuit multicolores comme les Bédouins dans les images de la Bible. Il régnait un calme solennel, glacial et redoutable, et la lueur de l'aurore sur le lagon rappelait celle d'un incendie.

Mais ce qui m'inquiéta était plus proche. Quelque chose comme une douzaine de jeunes hommes et d'enfants formaient un demi-cercle incomplet autour de ma maison ; la rivière les divisait : les uns étaient en deçà, les autres au-delà, et il y en avait un sur une grosse pierre au milieu du courant. Ils étaient tous assis là en silence, enveloppés dans leurs couvertures, et ils nous regardaient, la maison et moi, aussi fixement que des chiens d'arrêt. Je trouvai cela étrange quand je sortis. Quand je revins après avoir pris mon bain, et que je les trouvai tous là, augmentés même de deux ou trois, la chose me parut plus étrange encore. Que pouvaient-ils bien trouver à contempler ainsi dans ma maison, me demandai-je, et j'entrai.

Cependant la pensée de tous ces regards braqués me restait présente à l'esprit et je ne tardai pas à ressortir. Le soleil était levé à présent, mais il était encore derrière le cap boisé. Disons qu'il s'était écoulé un quart d'heure. La foule avait beaucoup augmenté, la rive opposée du cours d'eau était bordée de gens sur un bon bout de chemin : peut-être trente grandes personnes et le double d'enfants, les uns debout, les autres accroupis sur le sol, et tous regardant fixement ma maison. J'avais vu une maison entourée de la sorte dans un village des mers du Sud, mais cette fois-là un trafiquant donnait une dégelée à sa femme à l'intérieur, et elle criait à pleins poumons. Ici, il n'y avait rien qu'on pût voir : le poêle était allumé, la fumée montait de la façon la plus chrétienne, tout tournait rond et, comme qui dirait, à la mode de Bristol. Assurément un étranger était arrivé, mais ils avaient eu l'occasion de le voir la veille, et ils avaient pris la chose calmement. Qu'est-ce qui les tracassait à présent ? J'appuyai mes bras sur la balustrade et je les

dévisageai en retour. Du diable s'ils remuèrent un cil ! De temps à autre
je voyais que les enfants bavardaient entre eux, mais ils parlaient si
bas que même le murmure de leurs paroles ne parvenait pas jusqu'à
moi. Les autres étaient pareils à des images taillées : ils me fixaient,
muets et comme affligés, de leurs yeux brillants ; et il me vint à l'esprit
que la scène n'aurait pas eu un aspect très différent si j'avais été sur
l'estrade du gibet et si ces hommes étaient venus me voir pendre.

Je sentis que j'étais en train de me laisser démonter et je commençai
à avoir peur qu'on s'en aperçût, ce qui, pour sûr, n'aurait pas fait
l'affaire. Je me redressai, je fis semblant de m'étirer, je descendis
l'escalier de la véranda et je me dirigeai d'un pas de promenade vers
la rivière. Un bref bourdonnement passa de l'un à l'autre dans la foule,
quelque chose comme la rumeur qu'on entend au théâtre quand le
rideau se lève ; et certains des plus proches reculèrent d'environ un
pas. Je vis une fille poser une main sur un jeune homme et de l'autre
faire un geste vers le ciel ; en même temps elle dit quelque chose dans
la langue du pays d'une voix haletante. Trois petits garçons étaient assis
au bord du chemin où je devais passer à trois pieds d'eux. Enveloppés
dans leurs couvertures, ils avaient l'air, avec leurs crânes rasés
surmontés d'un chignon et leurs étranges visages, d'une garniture de
cheminée. Pendant quelques instants ils restèrent à leur poste, solennels
comme des juges. J'avançai à bonne allure, filant mes cinq nœuds, en
homme déterminé, et je crus voir les trois visages comme qui dirait
broncher et avaler leur salive. Puis l'un d'eux se leva d'un bond – c'était
le plus éloigné – et courut chercher sa maman. Les deux autres
essayèrent de suivre son exemple, mais se bousculèrent l'un l'autre et
dégringolèrent ensemble en braillant, puis émergèrent de leur couverture
à force de se tortiller, aussi nus que s'ils sortaient du sein de leur mère ;
et l'instant d'après tous trois détalèrent comme s'il y allait de leur vie
en poussant des cris de gorets. Les naturels, qui ne laissent jamais passer
sans réagir quoi que ce soit de comique, même à un enterrement, eurent
un rire bref qui s'arrêta net, comme un aboiement de chien.

On dit que la solitude effraie. Non pas. Ce qui fait peur dans le noir
ou la haute brousse, c'est qu'on ne peut pas être sûr qu'on n'a pas une
armée à côté de soi. Et ce qui fait plus peur que n'importe quoi, c'est
d'être en plein milieu d'une foule sans pouvoir démêler à quoi ces gens
veulent en venir. Quand le rire s'arrêta, je m'arrêtai aussi. Les trois
petits gosses n'avaient pas encore disparu, ils en étaient encore à courir
ventre à terre, que j'avais déjà viré de bord pour m'élancer dans la
direction opposée. J'étais sorti de chez moi comme un imbécile en filant
mes cinq nœuds ; comme un imbécile encore, je m'en retournai d'où
j'étais venu. Ce devait être la chose la plus drôle à voir, et ce qui
m'éberlua c'est que, cette fois, personne ne rit ; seule une vieille femme
poussa une sorte de pieux gémissement, comme vous avez sans doute

entendu les non-conformistes le faire dans leurs chapelles [1] en écoutant le sermon.

— Je n'ai jamais vu de Canaques aussi cinglés que tes compatriotes, dis-je une fois à Ouma en jetant un coup d'œil par la fenêtre sur les visages tournés vers la maison.

— Eux rien savoir, répondit-elle avec un air de dégoût qu'elle aimait à prendre.

Ce fut tout l'entretien que nous eûmes sur ce qui se passait, car j'étais déconcerté et Ouma prenait tellement la chose comme allant de soi que j'avais bel et bien honte.

Toute la journée, par intervalles, tantôt moins nombreux, tantôt plus, ces imbéciles restèrent assis aux abords de l'extrémité ouest de ma maison et par-delà la rivière, attendant le spectacle qui devait apparemment se produire, quel qu'il dût être ; que le feu descende du ciel, je suppose, et me consume corps et biens. Mais à la tombée de la nuit, en vrais insulaires, ils s'étaient lassés, ils avaient décampé et ils s'étaient mis à danser à la place dans la grande maison communale du village où je les entendis chanter et claquer des mains jusqu'à 10 heures du soir peut-être ; et le lendemain ils semblèrent avoir oublié que j'existais. Si le feu était descendu du ciel ou que la terre se fût ouverte pour m'engloutir, il n'y aurait eu personne pour jouir du spectacle ou profiter de la leçon, comme vous préférerez. Mais je devais constater qu'ils n'avaient pas oublié pour autant et qu'ils tenaient l'œil ouvert en prévision des phénomènes qui pourraient se produire de mon côté.

Je me donnai beaucoup de mal ces jours-là pour ranger ma marchandise et faire l'inventaire de tout ce que Vigours avait laissé. Cette dernière besogne me donnait mal au cœur et m'empêchait la plupart du temps de penser à autre chose. Ben [2] avait fait l'inventaire lors du voyage précédent, et je savais que je pouvais faire confiance à Ben, mais il était clair que quelqu'un n'avait pas hésité à se servir depuis lors : je découvris qu'il me manquait au moins l'équivalent de six mois de salaire et de gain, et j'aurais pu me traiter de tous les noms quand je pensais que j'avais été assez bête pour rester à biberonner avec ce Case au lieu de m'occuper de mes affaires et d'inventorier le stock.

Néanmoins ça ne sert à rien de chialer une fois que le lait est répandu. Le mal était fait et rien ne l'aurait défait. Mon seul recours était de mettre en ordre aussi bien ce qui restait que mes nouvelles marchandises (choisies par mes propres soins), de faire le tour de la maison en pourchassant les rats et les cafards et d'installer le magasin dans le style de Sidney. Un bel étalage en résulta ; et le troisième matin, quand j'eus allumé ma pipe et que je me tins sur le seuil pour contempler l'intérieur du magasin, avant de me retourner pour regarder là-haut

---

1. Sanctuaires des sectes dissidentes, par opposition aux églises de l'Église d'Angleterre. *(N.d.T.)*

2. Sans doute le Ben Hird de la dédicace. *(N.d.T.)*

la montagne où ondulaient les cocotiers en calculant les tonnes de copra, puis plus bas le communal où évoluaient les dandies de l'île en comptant les pièces d'indienne qu'il leur faudrait pour leurs pagnes et leurs costumes, je sentis que j'étais bien placé pour faire fortune et rentrer au pays et y monter un cabaret. J'étais là, assis dans cette véranda, au milieu d'un paysage aussi beau qu'on en peut trouver, sous un soleil splendide, avec un bon alizé frais et sain qui fouettait le sang comme un bain de mer ; et tout cela avait complètement disparu à mes yeux, et je rêvais à l'Angleterre, qui est pourtant un sale trou froid et brumeux où il ne fait pas assez clair pour lire, et je rêvais à l'allure qu'aurait mon cabaret planté au tournant d'une large grand-route pareille à une avenue, son enseigne pendue à un arbre vert.

Voilà pour la matinée, mais la journée s'écoula et du diable si qui que ce soit regarda de mon côté ; or, d'après tout ce que je savais des indigènes des autres îles, cela me parut étrange. Les gens se moquaient un peu de notre firme et de ses beaux comptoirs, notamment de cet établissement de Falésá ; tout le copra de la région ne parviendrait pas à l'amortir (les avais-je entendu dire) en cinquante ans, ce qui me semblait exagéré. Mais quand la journée s'avança sans que je fisse aucune affaire, je commençai à perdre courage, et vers 3 heures de l'après-midi, je sortis faire un bout de promenade pour me redonner du ton. Sur le communal, je vis venir un Blanc en soutane, ce qui me fit reconnaître en lui un prêtre, d'autant plus qu'il en avait bien la mine. C'était apparemment une bonne pâte d'homme, devenu un brin grison et si sale que vous auriez pu vous servir de lui pour écrire sur une feuille de papier [1].

– Bonjour, monsieur, lui dis-je.

Il me répondit avec empressement en langue indigène.

– Vous ne parlez pas du tout anglais ? demandai-je.

– Français, fut sa réponse.

– Eh bien ! dis-je, je regrette, mais je ne vaux rien sur ce terrain-là.

Il me tâta un moment en français, puis de nouveau en langue indigène, qu'il semblait considérer comme sa meilleure chance auprès de moi. Je démêlai qu'il ne voulait pas simplement passer la journée avec moi, mais qu'il avait quelque chose à me communiquer, et je ne l'en écoutai que plus attentivement. J'entendis les nom d'Adams, de Case et de Randall – de Randall surtout – et le mot « poison » ou quelque chose de ce genre, ainsi qu'un mot du pays qu'il prononça à maintes reprises. Je rentrai à la maison en me le répétant à moi-même.

– Qu'est-ce que ça veut dire, *fussi-oki* ? demandai-je à Ouma en imitant le mot de mon mieux.

– Faire mort, dit-elle.

– Sacrebleu ! dis-je. As-tu jamais entendu dire que Case ait empoisonné Johnny Adams ?

---

1. Peut-être Stevenson s'est-il souvenu ici du Père Damien, l'apôtre des lépreux, que sa plume a défendu éloquemment contre de basses accusations. *(N.d.T.)*

– Tout le monde savoir ça, dit Ouma avec une manière de dédain. Donner à lui sable blanc – mauvais sable. Lui avoir toujours la bouteille. Supposer lui donner toi gin, toi pas boire.

Or j'avais déjà entendu conter la même sorte d'histoire dans d'autres îles, avec la même poudre blanche toujours au premier plan, ce qui fit que j'y attachai moins d'importance. Malgré tout, je m'en fus chez Randall pour voir ce que je pourrais glaner, et sur le seuil de la porte je trouvai Case en train de nettoyer un fusil.

– La chasse est bonne ici ? demandai-je.

– De premier ordre, dit-il. La brousse est pleine de toute sorte d'oiseaux. Je voudrais bien qu'il y eût autant de copra, ajouta-t-il (insidieusement à ce qu'il me sembla), mais apparemment c'est sans remède.

Je voyais dans le magasin Jack-le-Noir en train de servir un client.

– On dirait pourtant que vous faites des affaires, repris-je.

– C'est la première vente que nous faisons depuis trois semaines, répondit-il.

– Pas possible ! dis-je. Trois semaines ? Allons, allons.

– Si vous ne me croyez pas, cria-t-il en s'échauffant, vous pouvez aller voir le dépôt de copra. Il est à moitié vide à ce sacré moment.

– Je n'en serais pas beaucoup plus avancé, voyez-vous, répondis-je. Car, pour ce que j'en puis savoir, il aurait aussi bien pu être tout à fait vide hier.

– C'est juste, dit-il avec un petit rire.

– A propos, dis-je, quelle sorte de lascar est ce prêtre ? Il a l'air assez brave.

Case se mit à rire à gorge déployée.

– Ah, dit-il, je vois maintenant ce qui vous travaille. Galuchet vous aura entrepris.

On l'appelait généralement, en anglais, le *Father Galoshes,* mais Case prononçait toujours son nom à la française, ce qui était une raison de plus, pour nous, de le croire au-dessus du commun.

– Oui, je l'ai vu, dis-je. J'ai pu deviner qu'il ne faisait pas très grand cas de votre capitaine Randall.

– Pour ça non ! dit Case. C'est à cause de l'histoire du pauvre Adams. Le dernier jour, alors qu'il était couché, à l'agonie, le jeune Buncombe était venu. Vous n'avez jamais rencontré Buncombe ?

Je lui dis que non.

– C'est un original, continua Case en riant. Eh bien, Buncombe s'était mis dans la tête qu'en l'absence de tout autre homme d'Eglise – les pasteurs canaques mis à part – nous devions appeler le Père Galuchet pour qu'il administre et communie le vieux. Ça m'était égal, comme vous pouvez le supposer, mais j'ai répondu qu'à mon avis Adams lui-même était l'homme à consulter. Il baragouinait sans cesse à propos de copra arrosé et de filouteries à n'en plus finir. « Écoute », lui dis-je, « tu es sérieusement malade. Veux-tu voir Galoshes ? » Il se dressa sur son séant en s'appuyant sur le coude. « Allez chercher le prêtre », s'écria-t-il. « Allez chercher le prêtre ; ne me laissez pas mourir ici comme un chien ! » Il parlait avec une espèce d'emportement et d'ardeur, mais d'une manière assez sensée. Il n'y avait rien à dire là contre et nous allâmes demander à Galuchet s'il voulait venir. S'il voulait ? Un peu ! il sauta dans son linge sale à cette idée. Mais nous avions compté sans Papa. C'est un baptiste à tout crin, Papa. Aucun papiste n'avait besoin de se présenter. Il prit la clef et ferma la porte. Buncombe lui dit qu'il était sectaire et je crus qu'il allait avoir une attaque. « Sectaire ! » cria-t-il. « Moi, sectaire ? Ai-je vécu pour m'entendre dire ça par un freluquet comme toi ? » Et il se jeta sur Buncombe, de sorte qu'il me fallut les séparer ; et au milieu de tout ça, il y avait Adams, redevenu cinglé, qui continuait à baratiner sur son copra comme un idiot de naissance. Ça valait le spectacle et je ne me tenais plus à force de rire quand tout à coup Adams se mit sur son séant, appliqua ses mains contre sa poitrine et tomba dans le délirium tremens. Il n'a pas eu une mort facile, John Adams, dit Case avec une gravité soudaine.

— Et le prêtre, que devenait-il ? demandai-je.

— Le prêtre ? dit Case. Oh ! il tambourinait du dehors sur la porte en criant aux indigènes de venir l'enfoncer et en clamant qu'il y avait là une âme qu'il voulait sauver, etc. Il était dans tous ses états, le prêtre. Mais que voulez-vous faire ? Johnny avait largué son amarre ; plus de Johnny sur le marché ; et l'affaire des sacrements était bel et bien dans le lac. Après ça, voilà que Randall a eu vent que le prêtre priait sur la tombe de Johnny. Papa était plein, il prit une massue et s'en fut tout droit sur les lieux, et il y avait là Galoshes à genoux avec une foule de naturels qui regardaient. On n'aurait pas cru que Papa eût quoi que ce soit à cœur en dehors de la boisson ; mais lui et le prêtre ne lâchèrent pas le morceau pendant deux heures, s'invectivant l'un l'autre dans la langue du pays, et chaque fois que Galoshes faisait mine de s'agenouiller, Papa se jetait sur lui avec la massue. On n'a jamais tant rigolé à Falésá. Pour finir, le capitaine Randall a été mis hors de combat par une espèce de crise ou d'attaque, et le prêtre a placé sa marchandise en fin de compte. Mais on n'a jamais vu un curé plus furieux et il est allé se plaindre aux chefs de ce qu'il appelait un outrage. C'était sans conséquence, car nos chefs sont protestants ici ; en tout cas, il avait déjà fait des histoires à cause du tambour de l'école du matin, et ils n'étaient pas mécontents de lui donner une rebuffade. Maintenant il jure que le vieux Randall a filé du poison à Adams ou je ne sais quoi, et quand ces deux-là se rencontrent ils se font des grimaces comme des babouins.

Case raconta son histoire avec autant de naturel que possible et en homme qui en goûtait l'humour ; bien que, maintenant que j'y pense avec le recul, elle me semble assez écœurante. Néanmoins Case ne s'est jamais donné pour quelqu'un de sentimental, mais pour un type carré et jovial, un vrai homme des pieds à la tête ; et j'avoue qu'il m'emberlificota complètement.

Je rentrai à la maison et je demandai à Ouma si elle était « popé », ce qui était le mot indigène pour catholique, comme je l'avais découvert.

– *E le aï !* s'écria-t-elle.

Elle parlait toujours indigène quand elle voulait dire non avec plus de force que d'habitude, et, de fait, c'est plus expressif. « Popé, pas bon », ajouta-t-elle.

Je l'interrogeai alors sur Adams et le prêtre, et elle me raconta à peu de chose près la même histoire, à sa façon. De sorte que je n'en fus guère plus avancé, mais enclin à penser dans l'ensemble que le fond de l'affaire était la bagarre à propos des sacrements et l'empoisonnement un racontar.

Le lendemain était un dimanche, il ne fallait pas s'attendre à faire du commerce. Ouma me demanda le matin si j'allais « prier » ; je lui répondis que je n'y songeais pas et elle resta elle-même à la maison sans ajouter un mot. Cela me parut singulier de la part d'une indigène, d'autant plus qu'elle avait des vêtements neufs avec lesquels elle aurait pu faire de l'esbrouffe ; néanmoins cela faisait tout à fait mon affaire et je m'en tins là. Le plus drôle c'est que je faillis aller à l'église après tout, chose que j'ai peu de chance d'oublier. J'étais allé faire un tour et j'entendis les premières mesures d'un hymne. Vous savez ce que c'est. Si vous entendez des gens chanter, ça vous attire ; et je ne tardai pas à me trouver bord à bord avec l'église. C'était un petit bâtiment bas et allongé, construit en corail, arrondi aux deux bouts comme une baleinière, coiffé d'un grand toit indigène, avec des fenêtres sans châssis et des entrées sans portes. Je passai la tête par l'une des fenêtres et me trouvai devant un spectacle si nouveau pour moi – car les choses se passaient de manière toute différente dans les îles de ma connaissance – que je restai à regarder. La congrégation était assise par terre sur des nattes, les femmes d'un côté, les hommes de l'autre, tous en grand tralala – les femmes en robe et en chapeau de pacotille, les hommes en veston blanc et en chemise blanche. L'hymne était terminé ; le pasteur, un grand malabar de Canaque, était en chaire et prêchait comme si sa vie en dépendait ; à la façon dont il agitait la main et travaillait sa voix et administrait ses preuves en paraissant discuter avec les gens, je compris qu'il connaissait son métier sur le bout du doigt. Eh bien ! il leva soudain les yeux, croisa mon regard, et je vous donne ma parole qu'il tituba dans sa chaire ; les yeux lui sortirent de la tête, sa main se leva et me désigna comme malgré lui et le sermon s'arrêta court.

Ce n'est pas très reluisant à avouer, mais je me sauvai ; et si on me donnait demain un choc pareil, je me sauverais de même. Voir ce Canaque en train de palabrer se changer en statue de sel rien qu'à ma vue me donna la sensation que le monde chancelait sur ses bases. Vous pensez peut-être que je suis allé raconter ça à Ouma, mais c'était contre mon système ; vous pensez peut-être que je suis allé consulter Case, mais la vérité est que j'avais honte de parler de pareille chose, il me semblait que tout le monde allait me rire au nez. Je tins donc ma langue et je n'en réfléchis que davantage ; et plus je réfléchissais, moins l'affaire était à mon goût.

Le lundi soir, je m'étais mis clairement en tête que je devais être tabou. Qu'un nouveau magasin restât ouvert deux jours dans un village sans qu'un homme ou une femme vînt voir les marchandises n'était pas croyable.

— Ouma, lui dis-je, je crois que je suis tabou.

— Moi croire aussi, dit-elle.

Je réfléchis un instant pour savoir si je lui en demanderais davantage, mais ce n'est pas une bonne chose de donner aux naturels l'impression qu'on les consulte, de sorte que j'allai trouver Case. Il faisait sombre et il était assis tout seul, comme la plupart du temps, à fumer sur les marches de son perron.

— Case, lui dis-je, il m'arrive une drôle d'histoire ; je suis tabou.

— Baliverne ! dit-il. Ça ne se pratique pas dans ces îles-ci.

— Peut-être bien que oui, peut-être bien que non, dis-je. Ça se pratique là où j'étais avant de venir ici. Je vous donne mon billet que je sais à quoi ça ressemble ; et je vous dis qu'il n'y a pas d'erreur : je suis tabou.

— Qu'avez-vous donc fait pour ça ? demanda-t-il.

— C'est ce que j'aimerais savoir, dis-je.

— Oh ! mais vous ne pouvez pas être tabou ; c'est invraisemblable. Néanmoins, je vais vous dire ce que je vais faire. Simplement pour vous mettre l'esprit en repos, je vais aller m'enquérir à la ronde. Entrez seulement faire un brin de causette avec Papa.

— Merci, lui dis-je, je préfère rester ici dans la véranda. Votre maison sent trop le renfermé.

— Je vais dire à Papa de venir ici alors, répondit-il.

— Mon cher, dis-je, n'en faites rien, je vous prie. Le fait est que je ne suis pas fou de Mr. Randall.

Case se mit à rire. Il prit une lanterne au magasin, sortit et s'enfonça dans le village. Il resta parti un quart d'heure environ et quand il revint, il avait l'air joliment sérieux.

— Eh bien ! dit-il en posant la lanterne sur les marches de la véranda, je n'aurais jamais cru ça. Je me demande jusqu'où ira la prochaine fois l'impudence de ces Canaques ; on dirait qu'ils ont perdu toute notion de respect pour les Blancs. Ce qu'il nous faut, c'est un navire de guerre — allemand de préférence — les Allemands savent manier les Canaques.

— Je suis donc bien tabou ? m'écriai-je.

— Quelque chose d'approchant, dit-il. Dans le genre, c'est la pire histoire dont j'aie entendu parler jusqu'ici. Mais je ne vous lâcherai pas, Wiltshire, je vous épaulerai. Venez ici demain vers 9 heures et nous réglerons l'affaire avec les chefs. Ils me craignent, du moins ils me craignaient, mais maintenant ils sont tellement gonflés de leur importance que je ne sais que penser. Comprenez-moi bien, Wiltshire ; je ne considère pas ça comme votre affaire personnelle, poursuivit-il avec beaucoup de résolution, mais comme notre affaire à tous, comme l'affaire de l'homme blanc, et je lutterai avec vous contre vents et marée. Voici ma main pour m'en porter garant.

— Avez-vous découvert leur raison ? demandai-je.

— Pas encore, dit Case. Mais nous les mettrons demain au pied du mur.

Dans l'ensemble j'étais très content de son attitude, et je le fus presque davantage le lendemain, quand nous nous rencontrâmes pour aller devant les chefs et que je le vis si sévère et si décidé. Les chefs nous attendaient dans l'une de leurs grandes maisons ovales, que nous repérâmes de loin à cause de la foule qui entourait son avant-toit, grosse aisément de cent personnes, hommes, femmes et enfants. Un grand nombre des hommes étaient en route pour le travail et portaient des guirlandes de verdure, ce qui me fit penser à notre premier mai. Cette foule s'ouvrit et bourdonna autour de nous quand nous entrâmes avec une animation soudaine et coléreuse. Il y avait là cinq chefs ; quatre hommes puissants et imposants, le cinquième vieux et ridé. Ils étaient assis sur des nattes, en pagne et en veston blanc ; ils tenaient un éventail à la main, comme de belles dames ; et deux des plus jeunes portaient des médailles catholiques, ce qui me donna matière à réflexion. Notre place était prête et les nattes déployées pour nous face à ces grands seigneurs, du côté gauche de la maison ; le milieu était vide ; la foule des assistants, que nous avions dans le dos, tout près, murmuraient, allongeaient le cou et se bousculaient pour voir, leurs ombres gesticulaient devant nous sur les cailloux bien propres du sol. Je fus un brin déconcerté par l'agitation du vulgaire, mais l'attitude calme et civile des chefs me rassura, surtout lorsque leur porte-parole entama un long discours sans élever la voix, agitant parfois la main vers Case, parfois vers moi, et parfois aussi frappant des phalanges sur la natte. Une chose était claire : les chefs ne donnaient aucun signe de colère.

— Qu'est-ce qu'il a dit ? demandai-je quand il eut terminé.

— Oh ! simplement qu'ils sont contents de vous voir, qu'ils comprennent par mon entremise que vous avez une plainte à formuler et que vous devez y aller carrément : ils feront ensuite ce qui se doit.

— Il leur a fallu joliment de temps pour dire ça, remarquai-je.

— Oh ! le reste était de la pommade, bonjour et ainsi de suite, dit Case. Vous savez comment sont les Canaques.

— Eh bien ! ils ne tireront pas de moi beaucoup de bonjours, dis-je. Dites-leur qui je suis. Je suis un Blanc, un sujet britannique et tout ce qui se fait de mieux comme grand chef en Angleterre ; et je suis venu ici pour leur faire du bien et leur apporter la civilisation ; et je n'ai pas plutôt déballé ma marchandise qu'ils me déclarent tabou et que personne n'ose approcher de ma maison ! Dites-leur que je n'ai pas l'intention de donner tête baissée contre rien de légal ; et que si c'est un cadeau qu'ils veulent, je ferai ce qui me semble juste. Je ne blâme personne de rechercher ses intérêts, car c'est dans la nature humaine, mais s'ils s'imaginent qu'ils vont m'en imposer avec leurs idées indigènes, ils se mettent le doigt dans l'œil. Et dites-leur clairement que je veux savoir pour quelle raison on me traite ainsi, moi un Blanc et un sujet britannique.

Tel fut mon discours. Je sais traiter les Canaques : faites preuve de sens commun et d'équité et – je leur rends cette justice – ils s'inclineront chaque fois. Ils n'ont ni véritable gouvernement ni véritables lois, voilà ce qu'il faut leur enfoncer dans la tête ; et quand bien même ils en auraient, ce serait chose étrange que de prétendre y soumettre des Blancs. Il ferait beau voir qu'après avoir fait tant de chemin nous ne puissions pas agir comme il nous plaît. Cette seule idée m'a toujours fait sortir de mes gonds, et je ne leur mâchai pas mes mots. Case traduisit, ou feignit de traduire, mon discours, et le premier chef répondit, puis un second, puis un troisième, tous dans le même style, avec aisance et distinction, mais sur un fond de solennité. Une fois on posa une question à Case et il y répondit et toute la bande (aussi bien les chefs que le commun peuple) se mit à rire tout haut en me regardant. En fin de compte, le vieil homme ridé et le grand jeune chef qui avait ouvert les débats se mirent à faire réciter une espèce de catéchisme à Case. Parfois il me semblait que Case tentait de se dérober, mais ils le harcelaient comme des chiens de chasse et la sueur coulait sur son visage, ce que je ne voyais pas avec beaucoup de plaisir, et à certaines de ses réponses la foule gémissait et murmurait, ce qui était pire encore à entendre. C'est cruellement dommage que je n'aie pas su alors la langue indigène, car (à ce que je crois maintenant) ils interrogeaient Case sur mon mariage, et il devait avoir joliment de mal à se blanchir à cet égard. Mais ne vous inquiétez pas pour Case : il avait assez de cervelle pour mener un parlement.

— Alors, c'est fini ? demandai-je quand il y eut une pause.

— Venez, dit-il en s'épongeant le visage, je vous raconterai ça dehors.

— Vous voulez dire qu'ils ne retirent pas le tabou ! m'écriai-je.

— C'est une drôle d'affaire, répondit-il. Je vous raconterai ça dehors. Mieux vaut mettre les voiles.

— Je n'accepterai pas ça d'eux, m'écriai-je. Je ne suis pas homme à endurer ça. Vous ne me verrez pas tourner les talons devant un ramassis de Canaques.

— Vous feriez mieux, dit Case.

Il me regardait, et je lus un avertissement dans ses yeux ; et les cinq chefs aussi me regardaient de façon suffisamment civile, mais avec une manière d'insistance ; et le peuple aussi me regardait en allongeant le cou et en se bousculant. Je me rappelai les indigènes qui avaient épié ma maison et le pasteur qui avait bondi dans sa chaire rien qu'à me voir, et toute l'affaire me parut tellement insolite que je me levai pour suivre Case. La foule s'écarta de nouveau pour nous laisser passer, mais plus largement qu'auparavant, les enfants qui étaient au bord se mettant à courir avec des exclamations, et tandis que nous nous éloignions, ils restèrent tous à suivre du regard les deux hommes blancs.

— Et maintenant, dis-je, que signifie tout ça ?

– La vérité est que je n'en sais trop rien moi-même. Ils vous ont dans le nez, dit Case.

– Mettre un homme tabou parce qu'ils l'ont dans le nez ! m'écriai-je. Je n'ai jamais entendu rien de pareil.

– C'est pire que ça, voyez-vous, dit Case. Vous n'êtes pas tabou – je vous ai dit que ce n'était pas possible. Les gens ne veulent pas vous approcher, Wiltshire, voilà ce qu'il en est.

– Ils ne veulent pas m'approcher ? Qu'est-ce que vous voulez dire par là ? Pourquoi ne veulent-ils pas m'approcher ?

Case hésita.

– Il semble qu'ils aient peur, dit-il à voix basse.

Je m'arrêtai court.

– Peur, répétai-je. Etes-vous devenu fou, Case ? De quoi ont-ils peur ?

– Je voudrais bien pouvoir le démêler, répondit Case en hochant la tête. Ça relève apparemment d'une de leurs absurdes superstitions, et c'est justement ce que je n'aime pas : c'est comme l'affaire de Vigours.

– J'aimerais bien savoir ce que vous entendez par là, dis-je ; auriez-vous l'obligeance de m'éclairer ?

– Eh bien, vous savez, Vigours a décampé et tout laissé en plan, répondit-il. Il y avait une histoire de superstition à la clef – je n'ai jamais su le fin mot de l'affaire, mais ça a commencé à prendre une mauvaise tournure avant la fin.

– J'ai entendu une version toute différente, dis-je, et je ferais mieux de vous la raconter. J'ai entendu dire qu'il avait filé à cause de vous.

– Ma foi, je suppose qu'il avait honte de dire la vérité, répondit Case. La chose lui paraissait trop bête. Et il est juste de dire que je lui ai fait faire ses paquets. « Qu'est-ce que tu ferais à ma place, vieux ? » m'a-t-il demandé. « Je filerais sans faire ni une ni deux », lui ai-je répondu. J'ai été ravi de le voir vider les lieux. Ça n'est pas dans mes idées de tourner le dos à un copain quand il est dans une mauvaise passe, mais ça fermentait de telle sorte au village que je ne voyais pas comment ça avait des chances de finir. C'était une sottise de me montrer aussi souvent avec Vigours. Ils me l'ont jeté à la figure aujourd'hui. Vous n'avez pas entendu Maéa – c'est le jeune chef, le grand gars – faire une sortie à propos de « Vika » ? C'était à lui qu'ils en avaient. Apparemment qu'ils n'ont pas oublié cette histoire.

– Tout ça est bel et bien, dis-je, mais ça ne m'apprend pas quelle est la racine du mal ; ça ne m'apprend pas de quoi ils ont peur – quelle est leur idée.

– Ma foi, je voudrais bien le savoir, dit Case. Je ne peux rien dire de mieux.

– Vous auriez pu leur poser la question, il me semble, dis-je.

– C'est ce que j'ai fait, répondit-il, mais vous devez avoir vu par vous-même, à moins que vous ne soyez aveugle, que l'interrogatoire s'est déroulé dans l'autre sens. Je vais aussi loin que j'ose aller pour un autre Blanc, mais quand je découvre que je suis moi-même dans un mauvais cas, je m'occupe d'abord de mes propres oignons. Ce qui

fait ma perte, c'est que je suis d'un trop bon naturel. Et je prendrai
la liberté de vous dire que vous montrez une étrange espèce de gratitude
à un homme qui s'est fourré dans tout ce pétrin à cause de vos affaires.

— Il y a une chose à laquelle je pense, dis-je. C'était une sottise de
trop vous montrer avec Vigours. C'est une consolation de songer que
vous ne vous êtes guère montré avec moi. Je remarque que vous n'avez
jamais mis les pieds chez moi. Avouez-le à présent, tout ça n'est pas
nouveau pour vous.

— C'est exact que je ne suis pas allé chez vous, dit-il. C'était un oubli,
et je le regrette, Wiltshire. Pour ce qui est d'y aller à présent, je serai
clair.

— Vous voulez dire que vous n'en ferez rien ? demandai-je.

— Navré, vieux, mais c'est à peu près ça, dit Case.

— En un mot, vous avez peur ? dis-je.

— En un mot, j'ai peur, dit-il.

— Et je dois toujours être tabou pour rien ? dis-je.

— Je vous affirme que vous n'êtes pas tabou, dit-il. Les Canaques
ne veulent pas s'approcher de vous, voilà tout. Et qui pourrait les y
forcer ? Nous autres trafiquants, nous avons un sacré toupet, je dois
le dire ; nous contraignons ces pauvres Canaques à retirer leurs lois
et lever leurs tabous, et cela chaque fois que ça fait notre affaire. Mais
vous n'allez pas me dire que vous vous attendez à ce qu'on édicte une
loi pour obliger les gens à venir acheter dans votre magasin, qu'ils le
veuillent ou non ? Vous n'allez pas me dire que vous avez assez de
toupet pour ça ? Et si vous l'aviez, ce serait une étrange proposition
à me faire. Je voudrais seulement attirer votre attention, Wiltshire, sur
le fait que je suis un trafiquant moi-même.

— Je ne crois pas que je parlerais de toupet si j'étais vous, lui dis-je.
Voici en gros ce qu'il en est, autant que je puis en juger. Aucun des
indigènes ne va faire commerce avec moi, et ils vont tous faire commerce
avec vous. C'est vous qui aurez le copra, quand à moi je dois aller
au diable. Et je ne connais rien de la langue du pays, et vous êtes le
seul homme digne d'être mentionné qui parle anglais et vous avez le
front de me laisser entendre que ma vie est en danger et tout ce que
vous trouvez à me dire, c'est que vous ne savez pas pourquoi !

— Ma foi, c'est en effet tout ce que j'ai à vous dire, répliqua-t-il. Je
ne sais pas pourquoi — malgré tout mon désir de le savoir.

— En conséquence, vous me tournez le dos et m'abandonnez à
moi-même ? Telle est bien la situation ? dis-je.

— Si ça vous plaît de présenter les choses sous un vilain jour, dit-il.
Moi je ne les présente pas ainsi. Je dis simplement : « Je vais me tenir
à l'écart de vous, sans quoi je me mettrais moi-même en péril. »

— Eh bien ! lui dis-je, vous êtes un joli spécimen de Blanc !

— Oh ! je comprends ; vous êtes exaspéré, dit-il. Je le serais à votre
place. Vous êtes excusable.

— Très bien, dis-je, allez excuser les gens ailleurs. Voici mon chemin,
voilà le vôtre.

Là-dessus nous nous séparâmes. Je rentrai droit chez moi de très méchante humeur et je trouvai Ouma en train d'essayer une foule de vêtements de pacotille, comme une petite enfant.

– Allons, dis-je, cesse ces bêtises ! C'est une jolie pagaille que tu as faite là, comme si je n'avais pas déjà assez de tracas ! Et je croyais t'avoir dit de préparer le dîner !

J'ai idée que je lui ai passé alors le savon qu'elle méritait. Elle s'est mise tout de suite comme qui dirait au garde-à-vous, car je dois reconnaître qu'elle était toujours bien élevée et qu'elle avait un grand respect pour les Blancs.

– Et maintenant, dis-je, tu es d'ici, tu comprends forcément ce qui se passe. Pourquoi suis-je tabou ? Ou, si je ne suis pas tabou, qu'est-ce qui fait que les gens ont peur de moi ?

Elle resta immobile et me regarda avec des yeux grands comme des soucoupes.

– Toi pas savoir ? dit-elle enfin d'une voix entrecoupée.

– Non, dis-je, comment veux-tu que je sache ? Nous n'avons pas de pareilles folies là d'où je viens.

– Esé pas dire toi ? demanda-t-elle encore.

(*Esé* était le nom que les indigènes donnaient à Case ; cela peut signifier étranger ou extraordinaire, ou bien encore le fruit du mangoustan ; mais le plus probable est que c'était tout bonnement son nom mal entendu et épelé à la canaque.)

– Pas dire grand-chose, répondis-je.

– Dieu le damne ! s'écria-t-elle.

Cela peut vous paraître drôle d'entendre cette jeune Canaque pousser un gros juron. Mais ce n'en était pas un. Il n'y avait pas de jurons dans son cœur, ni de colère ; elle était au-delà de la colère et elle prenait les mots simplement, sérieusement. Elle se tint toute droite en les prononçant. Je ne peux pas dire que j'aie jamais vu une femme avoir cet air-là auparavant ou depuis lors, et cela me coupa le sifflet. Ensuite, elle fit une espèce de révérence, mais avec la plus grande fierté, et lança en avant ses mains ouvertes.

– Moi honteuse, dit-elle. Moi croire toi savoir. Esé dire moi toi savoir, dire moi toi passer par-dessus, toi aimer moi trop. Moi tabou, dit-elle en se touchant la poitrine comme elle avait fait le soir de ses noces. Moi partir, tabou partir aussi. Alors toi avoir trop copra. Toi aimer mieux ça. *Tofà alii,* dit-elle en indigène. Adieu, Chef !

– Arrête ! m'écriai-je. Pas si vite.

Elle me regarda de biais avec un sourire.

– Tu vois, toi avoir copra, dit-elle du ton dont on offrirait des bonbons à un enfant.

– Ouma, dis-je, tu dois entendre raison. Je ne savais pas, c'est un fait ; et Case semble bien nous avoir joué à tous les deux un sale tour. Mais je sais maintenant et je m'en moque ; je t'aime trop. Toi pas partir, toi pas me quitter, moi trop malheureux.

– Toi pas aimer moi, s'écria-t-elle, toi dire moi méchants mots !

Elle se jeta dans un coin sur le sol et se mit à pleurer.

Ma foi, je ne suis pas grand clerc, mais je ne suis pas non plus né d'hier, et je me dis que le pire – en ce qui la concernait – était passé. Cependant elle était affalée là, le dos tourné, le visage contre le mur, et elle était secouée par ses sanglots comme une petite enfant, si bien que ses pieds même tressautaient. C'est étrange comme ça vous remue un homme d'être amoureux ; car il faut dire les choses comme elles sont, elle avait beau être canaque et tout, j'étais amoureux d'elle, ou tout comme. J'essayai de lui prendre la main, mais il n'y eut rien à faire.

– Ouma, lui dis-je, ça n'a pas de sens de continuer comme ça. Je veux que tu restes ici, je veux ma petite femme, je suis sincère.

– Toi pas sincère, sanglota-t-elle.

– Très bien, dis-je, j'attendrai que tu aies fini.

Je m'assis à côté d'elle sur le plancher et je me mis à lui caresser les cheveux. Tout d'abord elle s'écarta en se tortillant quand je la touchai ; puis elle sembla ne pas le remarquer ; puis ses sanglots diminuèrent graduellement et finirent par cesser ; puis elle leva son visage vers le mien.

– Toi dire vrai ? Toi vouloir moi rester ? demanda-t-elle.

– Ouma, lui dis-je, j'aime mieux t'avoir toi que tout le copra des mers du Sud.

C'était beaucoup dire, mais le plus étrange c'est que je le pensais.

Elle me prit dans ses bras, se serra d'un bond contre moi et pressa son visage contre le mien, à la façon dont on s'embrasse dans les îles, de sorte que je fus tout mouillé de ses larmes et que mon cœur tout entier s'élança vers elle. Je n'avais jamais rien eu d'aussi près de moi que ce petit bout de fille à la peau brune. Beaucoup de choses se rencontraient qui toutes conspiraient à me tourner la tête. Elle était jolie à croquer ; elle semblait être ma seule amie en ce bizarre endroit, j'étais honteux de lui avoir parlé avec rudesse ; c'était une femme, ma femme, et de plus comme une petite enfant que je prenais en pitié ; et j'avais sur les lèvres le sel de ses larmes. J'oubliai Case et les indigènes ; j'oubliai que je ne connaissais rien de l'histoire ou je ne m'en souvins que pour en bannir le souvenir ; j'oubliai que je n'allais pas avoir de copra et qu'en conséquence je ne pourrais pas gagner ma vie ; j'oubliai mes patrons et l'étrange service que je leur rendais en préférant mes inclinations à leurs affaires ; et j'oubliai qu'Ouma n'était pas véritablement ma femme, mais seulement une jeune fille trompée et cela d'une façon peu reluisante. Mais c'est trop anticiper. J'en viendrai tout à l'heure à ce chapitre-là.

Il était tard lorsque nous songeâmes à préparer le dîner. Le fourneau était éteint et froid comme la pierre ; mais nous le rallumâmes et nous fîmes cuire chacun un plat, nous aidant et nous gênant l'un l'autre et en faisant un jeu comme des enfants. J'étais si gourmand de l'avoir tout près de moi que je me mis à table avec ma mie sur les genoux, m'assurant d'elle d'une main et mangeant de l'autre. Oui da, et je dirai même mieux ; c'était, je crois bien, la pire cuisinière que Dieu ait jamais créée ; les plats auxquels elle mettait la main auraient écœuré un honnête cheval ; pourtant je fis mon repas ce jour-là de la cuisine d'Ouma et je ne me souviens pas d'avoir été plus satisfait.

Je ne jouai pas la comédie avec moi-même ni avec elle. Je vis que j'étais bel et bien mordu et que si elle voulait me faire tourner en bourrique, elle le ferait. Je suppose que c'est ça qui la décida à parler, maintenant qu'elle était sûre que nous étions amis. Et elle me raconta des tas de choses, assise sur mes genoux et mangeant de mon plat tandis que je mangeais du sien par enfantillage – des tas de choses sur elle-même et sur sa mère et sur Case ; tout cela serait fastidieux et remplirait des cahiers si je le notais en bêche-de-mer[1], mais j'en donnerai une idée en bon anglais et j'ajouterai une chose me concernant qui a eu un très gros effet sur mes affaires comme vous l'apprendrez bientôt.

Apparemment, elle était née dans une des îles de la Ligne ; il n'y avait que deux ou trois ans qu'elle se trouvait dans les parages, où elle était venue avec un Blanc qui avait épousé sa mère et qui était mort ; et elle ne vivait que depuis un an à Falésà. Avant ça, la mère et la fille avaient été pas mal en mouvement, vagabondant de-ci de-là à la suite du Blanc, une de ces pierres qui roulent éternellement en quête d'un filon. On parle d'aller chercher de l'or au bout d'un arc-en-ciel, mais si un homme aspire à trouver une occupation qui lui dure jusqu'à la mort, qu'il se mette en quête d'un filon. Il trouvera ce faisant à boire et à manger et même à jouer aux quilles, car on n'entend jamais dire de ceux qui roulent ainsi leur bosse qu'ils meurent de faim et on les voit presque toujours dans les vignes du Seigneur ; sans compter que si on veut un sport sérieux, les combats de coqs ne sont rien à côté de ça. Quoi qu'il en soit, ce rôdeur des grèves emmena sa femme et sa fille d'un bout à l'autre des mers du Sud, surtout dans les îles perdues où il n'y avait pas de police et où, pensait-il, le filon se présenterait peut-être. J'ai mon idée sur le type en question, mais j'aimais autant qu'il ait tenu Ouma à l'écart d'Apia et de Papeete et de toutes ces villes tapageuses. Pour finir, il échoua à Fale-alii sur cette île-ci, se procura de la marchandise – Dieu sait comme ! – la gaspilla toute dans le style habituel et mourut pour ainsi dire dans la dèche, à part un bout de terre à Falésà qu'il avait eu pour une créance véreuse, ce qui donna à la mère et à la fille l'idée de venir s'y installer. Il semble que Case les ait encouragées tant qu'il pouvait et les ait aidées à construire leur maison. Il se montra très gentil à cette époque-là, il donna de la pacotille à Ouma et il n'y a pas de doute qu'il avait l'œil sur elle dès le début. Néanmoins, à peine s'étaient-elles installées qu'un jeune indigène se présenta, qui voulait l'épouser : c'était un petit chef, et il avait de belle nattes et de vieilles chansons de famille et il était « très joli », disait

---

1. Jargon à base d'anglais parlé en Polynésie. Le mot est d'origine portugaise. *(N.d.T.)*

Ouma ; et c'était, à tous égards, un parti extraordinaire pour une fille sans le sou et qui n'était pas de l'île.

Au premier mot de cette affaire, je fus littéralement malade de jalousie.

— Tu veux dire que tu l'aurais épousé ? criai-je.

— *Ioe,* oui, dit-elle. Ça plaire trop à moi !

— Très bien ! dis-je. Et supposons que je sois venu après ?

— Toi plaire mieux à moi maintenant, dit-elle. Mais suppose moi épouser Ioané, moi bonne épouse, moi pas Canaque vulgaire. Fille vertueuse ! dit-elle.

Eh bien ! il fallut me contenter de ça ; mais je vous assure que ça ne me plaisait pas le moins du monde. Et je n'aimai pas plus la fin de l'histoire que le début. Car avec cette demande en mariage avaient commencé apparemment tous les ennuis. Avant ça, Ouma et sa mère avaient été regardées de haut, naturellement, comme des gens qui n'avaient pas de parents et qui n'étaient pas de l'île, mais enfin on ne leur faisait pas de misères ; et même lorsque Ioané se présenta, cela amena d'abord moins de tracas qu'on n'aurait pu s'y attendre. Et puis, soudain, six mois environ avant mon arrivée, Ioané revint sur sa parole, quitta cette partie de l'île, et à dater de ce jour Ouma et sa mère se trouvèrent seules. Personne ne venait plus chez elles, personne ne leur parlait sur les chemins. Si elles allaient à l'église, les autres femmes tiraient leurs nattes plus loin et faisaient le vide autour d'elles. C'était une excommunication en règle, comme ça se pratiquait au Moyen Age d'après ce qu'on voit dans les livres ; et pas moyen d'en deviner la cause ou la signification. Il s'agissait d'un *tala pepelo,* disait Ouma, d'un mensonge, d'une calomnie quelconque ; tout ce qu'elle en savait, c'était que les filles qui avaient été jalouses de sa chance du temps d'Ioané, se moquaient d'elle parce qu'il l'avait abandonnée et lui criaient, quand elles la rencontraient seule dans les bois, qu'elle ne se marierait jamais. « Elles dire moi aucun homme épouser moi. Lui trop peur », dit-elle.

Le seul qui l'approchât après cet abandon fut Maître Case. Même lui craignait de se montrer et venait surtout la nuit ; et il ne tarda pas à abattre son jeu et à faire la cour à Ouma.

J'avais le cœur encore endolori par l'épisode d'Ioané et lorsque Case vint se mettre sur les rangs à son tour, j'explosai :

— Bon, dis-je avec un rire méprisant, et je suppose que tu as trouvé Case « très joli » et qu'il t'a « trop plus ».

— Toi parler sottement, dit-elle. Homme blanc venir ici. Moi épouser lui comme Canaque ; très bien, alors lui épouser moi comme femme blanche. Si lui pas épouser, quand lui partir, lui laisser femme. Tout pareil voleur, main vide, cœur de Tonga – pas savoir aimer. Maintenant toi venir, toi épouser moi, toi grand cœur – pas honteux fille des îles. Aussi moi aimer toi trop. Moi fière.

Je ne crois pas avoir jamais eu le cœur plus chaviré aucun jour de ma vie. Je déposai ma fourchette et j'écartai la « fille des îles ». Je n'avais plus besoin, semblait-il, ni de celle-ci ni de celle-là, et je me mis à faire les cent pas dans la maison. Ouma me suivait des yeux, car elle était troublée, ce dont il n'y avait pas lieu de s'étonner ! Mais « troublé » n'était pas le mot qui convenait à mon état, bourrelé que j'étais à la fois de désir et de crainte de confesser quel salopard j'avais été.

Juste à ce moment-là s'en vint de la mer un bruit de chants. Cela monta soudain, clair et proche, lorsque la barque doubla le promontoire, et Ouma, courant à la fenêtre, cria que c'était « Missi » qui faisait sa tournée. Il me parut étrange d'être heureux d'avoir un missionnaire sous la main ; mais ç'avait beau être étrange, c'était vrai.

— Ouma, lui dis-je, reste ici dans cette chambre et ne bouge pas d'un pied avant mon retour.

III

Le missionnaire

Quand je sortis de la véranda, la barque de la mission cinglait vers l'embouchure de la rivière. C'était une longue baleinière peinte en blanc avec un bout de tente à l'arrière, un pasteur indigène accroupi sur le coin de la poupe, occupé à gouverner ; quelque chose comme vingt-quatre pagaies qui miroitaient, puis plongeaient au rythme de la chanson des rameurs ; et, sous la tente, le missionnaire vêtu de blanc en train de lire dans un livre, vous voyez le tableau ! C'était joli à voir et à entendre, il n'y a pas de plus fier spectacle dans les îles qu'une barque de missionnaire avec un bon équipage et un bon sifflet pour donner la cadence ; et je restai à le contempler une demi-minute avec un brin d'envie peut-être, puis je descendis doucement vers la rivière.

Du côté opposé, il y avait un autre homme qui visait la même destination, mais il courait et il arriva au but le premier. C'était Case. Son idée était sans doute de me tenir à l'écart du missionnaire, qui pourrait me servir d'interprète ; mais j'avais la tête à autre chose. Je pensai à la façon dont il nous avait roulés dans l'affaire du mariage et avant ça à ses tentatives pour mettre la main sur Ouma ; à sa vue la rage me monta aux narines.

— Fous-moi le camp d'ici, sale faisan ! criai-je.

— Qu'est-ce que vous dites ? répondit-il.

Je lui répétai mon injure et la lui enfonçai dans la tête avec un bon juron.

— Et si jamais je t'attrape à six brasses de chez moi, criai-je, je te file une balle dans ta carcasse de malheur.

— Vous pouvez faire ce que vous voulez près de chez vous, où, comme je vous l'ai dit, je ne songe nullement à me rendre, mais nous sommes ici dans un endroit public.

— C'est un endroit où j'ai une affaire privée, dis-je. Je ne tiens pas à avoir un chacal de ton espèce en train d'écouter aux portes et je te signifie de déguerpir.

— Je ne m'en soucie pas, dit Case.

— Je vais t'apprendre à le faire, en ce cas, dis-je.

— C'est ce que nous allons voir, dit-il.

Il était prompt à se servir de ses mains, mais il n'avait ni la taille ni le poids, étant comme une mauviette à côté d'un homme comme moi, et avec ça je bouillais de rage au point que j'aurais pu mordre dans un ciseau à froid. Je lui donnai du droit, puis du gauche, de telle manière que j'entendis sa tête craquer et qu'il s'écroula tout de suite.

— En as-tu assez ? lui criai-je.

Mais il leva seulement les yeux. Il était blême et hagard et le sang se répandait sur son visage comme du vin sur une serviette.

— En as-tu assez ? répétai-je. Parle et ne reste pas là à jouer les malades, ou je te relèverai à coups de bottes.

Là-dessus il se mit sur son séant et se prit la tête – rien qu'à le regarder on pouvait voir qu'elle tournait – et le sang ruisselait sur son pyjama.

— J'en ai assez pour cette fois, dit-il.

Puis il se leva en chancelant et s'en alla par où il était venu.

La barque était tout près du rivage ; je vis que le missionnaire avait mis son livre de côté et je souris à part moi. « Il saura que je suis un homme en tout cas », pensai-je.

Jamais, dans toutes mes années de Pacifique, je n'avais échangé deux mots avec aucun missionnaire, et à plus forte raison demandé une faveur à l'un d'eux. Je n'aimais pas leur corporation, aucun trafiquant ne l'aime. Ils nous regardent de haut et n'en font pas mystère ; de surcroît, ils sont en partie canaquisés et font des mamours aux indigènes au lieu d'en faire aux autres Blancs. Je portais un pyjama rayé tout propre, car il va sans dire que je m'étais habillé convenablement pour comparaître devant les chefs ; mais quand je vis le missionnaire débarquer dans son uniforme de rigueur, vêtements de coutil blanc, casque colonial, chemise et cravate blanches et bottes jaunes, j'aurais pu lui jeter des pierres. A mesure qu'il approchait en me lorgnant avec un drôle d'air (à cause du pugilat, je suppose), je vis qu'il avait l'air cruellement mal en point, car la vérité est qu'il avait la fièvre et qu'il venait d'avoir un accès de frissons en bateau.

— Mr. Tarleton, je crois ? dis-je, car j'avais appris son nom.

— Et vous, vous êtes le nouveau trafiquant, je suppose ? répondit-il.

— Je veux vous dire pour commencer que je ne suis pas partisan des missions, repris-je ; m'est avis que vous et vos pareils vous faites beaucoup de mal en gavant les indigènes de contes de bonne femme et en les gonflant de suffisance.

— Vous êtes parfaitement libre d'avoir vos opinions, dit-il d'un air assez pincé, mais je n'ai nul besoin de les entendre.

– Il se trouve que vous n'avez pas le choix, dis-je. Je ne suis ni missionnaire ni amateur de missionnaires ; je ne suis pas davantage Canaque ni en faveur des Canaques – je suis tout simplement un trafiquant ; un sacré bon Dieu de Blanc et de sujet britannique de l'espèce la plus ordinaire et la plus vulgaire, le genre de type sur lequel vous seriez enclin à essuyez vos bottes. C'est clair, j'espère !

– Oui, mon ami, répondit-il. C'est plus clair que ce n'est à votre crédit. Quand vous serez à jeun, vous regretterez votre discours.

Il essaya d'aller plus outre, mais je l'arrêtai de la main. Les Canaques commençaient à murmurer. Je suppose qu'ils n'aimaient pas le ton de ma voix, car je parlais à cet homme aussi librement que je vous parlerais.

– Maintenant vous ne pourrez pas dire que je vous ai leurré, dis-je, et je peux aller de l'avant. J'ai besoin qu'on me rende un service – deux services, en fait ; et si vous prenez la peine de le faire, j'aurais peut-être plus de considération pour ce que vous appelez votre christianisme.

Il garda un moment le silence. Puis il sourit :

– Vous êtes un homme assez étrange, dit-il.

– Je suis ce que Dieu m'a fait, dis-je. Je ne prétends pas être un gentleman.

– Je n'en suis pas si sûr, dit-il. Et que puis-je faire pour vous, Mr... ?

– Wiltshire, bien qu'on m'appelle généralement Welsher ; mais c'est Wiltshire que ça s'écrit, si seulement les gens de la côte pouvaient parvenir à l'articuler. Et de quoi ai-je besoin ? Eh bien ! je vais vous dire la première chose. Je suis ce que vous appelez un pécheur – ce que j'appelle, moi, un salopard – et je voudrais que vous m'aidiez à faire réparation à quelqu'un que j'ai trompé.

Il se retourna et parla à son équipage en indigène.

– Je suis maintenant à votre service, dit-il, mais seulement le temps que mon équipage déjeune. Je dois être beaucoup plus bas sur la côte avant la nuit. J'ai été retenu à Papa-Maloulou jusqu'à ce matin et j'ai un rendez-vous à Falé-alii demain soir.

Je le conduisis chez moi en silence, assez satisfait de la façon dont j'avais mené l'entretien, car j'aime qu'un homme garde le respect de lui-même.

– Je regrette de vous avoir vu vous battre, me dit-il.

– Oh ! ça fait partie de l'histoire que j'ai à vous raconter, dis-je. C'est le service numéro deux. Quand vous l'aurez entendue, vous me direz si vous avez toujours autant de regret.

Nous entrâmes tout droit dans la maison en traversant le magasin et je fus surpris de voir qu'Ouma avait débarrassé la table. Ça lui ressemblait si peu que je compris qu'elle avait agi par gratitude et je ne l'en aimai que davantage. Mr. Tarleton et elle s'appelèrent par leurs noms et il se montra fort civil avec elle. Mais je n'en fis pas grand cas. Ils savent toujours être civils avec les Canaques, c'est avec nous autres Blancs qu'ils font les seigneurs. D'ailleurs, je ne voulais pas beaucoup de Tarleton pour le moment. C'était à moi de jouer.

– Ouma, dis-je, donne-nous ton certificat de mariage.

Elle eut l'air décontenancée.

– Allons, dis-je, tu peux avoir confiance en moi. Donne-le.

Elle l'avait sur elle, comme d'habitude. Elle pensait, je crois, que c'était un sauf-conduit pour aller au ciel et que, si elle mourait sans l'avoir à portée de la main, elle irait en enfer. Je n'avais pas pu voir où elle le mettait la première fois. Je ne vis pas davantage cette fois d'où elle le tira : il parut sauter dans sa main comme pour Mme Blavatski [1], s'il faut en croire ce qu'on raconte maintenant dans les journaux. Mais c'est la même chose pour toutes les femmes des îles, on doit leur apprendre ça quand elles sont toutes jeunes.

– Voici, dis-je le certificat en main ; j'ai été marié à cette fille par Jack le Noir. Le certificat a été rédigé par Case et c'est un précieux spécimen de littérature, je vous le promets. Depuis lors j'ai découvert que cette mienne épouse a contre elle la rumeur publique et qu'aussi longtemps que je la garderai, je ne pourrai pas faire du commerce. Maintenant, que ferait n'importe quel homme à ma place si c'était un homme ? La première chose qu'il ferait, m'est avis que c'est ça.

Je pris le certificat, le déchirai et envoyai promener les morceaux sur le plancher.

– Aoué [2] ! cria Ouma en se tordant les mains ; mais j'en pris une dans les miennes.

– Et la seconde chose qu'il ferait, dis-je, s'il était ce que j'appelle un homme et ce que vous aussi vous appelez un homme, Mr. Tarleton, c'est de mener la fille droit devant vous ou devant tout autre missionnaire et de dire : « J'ai été mal marié à cette mienne épouse, mais je me fais d'elle une idée tout ce qu'il y a de haute et je veux maintenant qu'on nous marie comme il faut. » Allez-y, Mr. Tarleton. Et m'est avis que vous ferez mieux d'officier en indigène ; ça fera plaisir à la patronne, dis-je, en donnant d'emblée à Ouma le titre qui convient le mieux à une épouse.

Nous fîmes venir deux membres de l'équipage comme témoins et nous fûmes unis dans notre propre maison ; et le pasteur pria un bon bout de temps, je dois le dire, mais pas aussi longtemps que certains, et nous serra la pince à tous deux.

– Mr. Wiltshire, dit-il, quand il eut rédigé le document et expédié les témoins, je dois vous remercier pour le très vif plaisir que vous m'avez donné. J'ai rarement célébré un mariage avec plus de satisfaction.

Voilà ce qu'on pouvait appeler parler. Il allait continuer sur le même ton et j'étais prêt à recevoir toute l'eau bénite qu'il avait en réserve, car j'avais bonne conscience. Mais Ouma avait été frappée par quelque chose à mi-chemin de la cérémonie et elle intervint tout à coup.

---

1. Contemporaine de Stevenson qui fonda, retour des Indes, la Société de Théosophie. Elle avait un côté charlatanesque et faisait mine de tirer des objets du néant. Yeats, qui l'a bien connue, a tracé d'elle un excellent portait dans son *Autobiographie. (N.d.T.)*
2. Hélas.

— Comment ta main il être blessée ? demanda-t-elle.

— Demande au crâne de Case, patronne, répondis-je.

Elle bondit de joie en poussant des exclamations.

— Vous n'avez pas fait d'elle une très bonne chrétienne, dis-je à Mr. Tarleton.

— Elle ne passait pas pour l'une des pires quand elle était à Falé-alii, dit-il ; et si Ouma garde rancune à quelqu'un, je serais tenté de croire qu'elle a de bonnes raisons pour cela.

— Ceci nous amène au service numéro deux, dis-je. Je veux vous raconter notre histoire et voir si vous pouvez éclairer un peu notre lanterne.

— C'est long ? demanda-t-il.

— Ma foi, il y en a un bon bout, m'écriai-je.

— Eh bien ! je vous donnerai tout le temps dont je puis disposer, dit-il en consultant sa montre. Mais je dois vous dire franchement que je n'ai rien mangé depuis cinq heures du matin, et qu'à moins que vous puissiez me donner quelque chose, je n'ai guère de chance de manger quoi que ce soit avant sept ou huit heures du soir.

— Pardieu, on va vous donner à déjeuner ! m'écriai-je.

Je fus un peu gêné d'avoir juré juste au moment où tout allait bien, et le missionnaire aussi, je suppose, mais il fit semblant de regarder par la fenêtre et nous remercia.

Ainsi donc, nous lui confectionnâmes un bout de repas. Je fus bien forcé de laisser la patronne mettre la main à la pâte pour montrer ce qu'elle savait faire et je la chargeai de préparer le thé. Je ne crois pas avoir jamais rencontré un thé pareil à celui qu'elle fabriqua. Mais ce ne fut pas le pire, car elle partit en campagne avec la salière, qu'elle considérait comme un raffinement européen, et elle transforma mon ragoût en saumure. Dans l'ensemble, Mr. Tarleton eut un déjeuner infernal, mais il ne manqua pas de divertissement, car pendant tout le temps que nous cuisinions et ensuite, tandis qu'il faisait mine de manger, je ne cessai pas de le documenter sur Maître Case et sur la Côte à Falésà, non sans qu'il me posât des questions qui prouvaient qu'il me suivait de près.

— Ma foi, dit-il en fin de compte, je crains que vous n'ayez un dangereux ennemi. Ce Case est très malin et paraît vraiment méchant. Je dois vous dire que je l'ai à l'œil depuis près d'un an et que, quand nous nous sommes rencontrés, j'ai eu plutôt le dessous. A peu près à l'époque où le dernier représentant de votre firme s'est enfui précipitamment, j'ai reçu une lettre de Namou, le pasteur indigène, me priant de venir à Falésà dès que je pourrais le faire commodément, car ses ouailles étaient toutes en train d'adopter des pratiques catholiques. J'avais grande confiance en Namou ; je crains que cela ne prouve combien nous nous leurrons aisément. Personne ne pouvait l'entendre prêcher sans être persuadé que c'était un homme extraordinairement doué. Tous nos insulaires acquièrent facilement une espèce d'éloquence et savent déclamer et illustrer d'exemples avec beaucoup de vigueur et d'imagination des sermons empruntés ; mais les sermons de Namou sont de son cru et j'ai constaté, je dois l'avouer, qu'ils sont parfois des instruments de la grâce. De surcroît, il a une vive curiosité pour les choses du siècle, ne craint pas de travailler, est bon charpentier et s'est si bien fait respecter des pasteurs du voisinage que nous l'appelons mi plaisamment mi sérieusement l'Évêque de l'Est. En bref, j'étais fier de l'homme ; n'en étant que plus troublé par sa lettre, je saisis une occasion de venir par ici. Le matin qui précéda mon arrivée, Vigours avait été envoyé à bord du *Lion* et Namou était parfaitement à son aise, apparemment honteux de sa lettre et fort peu disposé à l'expliquer. Naturellement je ne pouvais pas laisser passer cela, et il finit par confesser qu'il avait été très préoccupé de voir ses fidèles faire le signe de la croix, mais que, lorsqu'il en avait appris la raison, il avait eu l'esprit apaisé. Car Vigours avait le mauvais œil, chose commune dans un pays d'Europe nommé Italie, où les gens étaient souvent frappés de mort par cette espèce de démon, et il paraissait que le signe de la croix était un charme contre son pouvoir.

— Et voilà comment j'explique ça, Missi, ajouta Namou. Ce pays d'Europe est un pays popé et le démon du mauvais œil est probablement un démon catholique ou du moins habitué aux façons catholiques. Alors j'ai raisonné ainsi : si on utilisait ce signe de croix à la manière popée ce serait un péché, mais dès lors qu'on l'utilise seulement pour protéger les gens d'un démon, ce qui est en soi une chose inoffensive, le signe aussi doit l'être, tout comme une bouteille qui n'est en soi ni bonne ni mauvaise. Car le signe non plus n'est ni bon ni mauvais. Mais si la bouteille est pleine de gin, c'est le gin qui est mauvais ; et si le signe fait en idolâtrie est mauvais, mauvaise aussi est l'idolâtrie.

Et, en bon pasteur indigène, il avait un texte adéquat sur l'exorcisation des démons.

— Qui donc vous a parlé du mauvais œil ? lui demandai-je.

Il reconnut que c'était Case. Maintenant je crains que vous ne me jugiez très étroit d'esprit, Mr. Wiltshire, mais je dois vous dire que cela me déplut ; je ne peux pas croire qu'un trafiquant soit du tout fait pour donner des conseils à mes pasteurs ou les influencer. Avec cela, il avait circulé des bruits dans le pays sur le vieil Adams et le poison qu'on lui avait donné, disait-on. Je n'y avais guère prêté attention, mais cela me revint en l'occurrence.

— Ce Case mène-t-il une vie édifiante ? demandai-je.

Il reconnut que non ; si Case ne buvait pas, il courait les filles et il n'avait pas de religion.

— Alors, dis-je, moins vous aurez affaire à lui, mieux cela vaudra.

Mais ce n'est pas chose facile d'avoir le dernier mot avec un homme comme Namou. Il eut tout de suite un exemple à invoquer.

— Missi, me dit-il, vous m'avez dit qu'il y avait des hommes sages qui n'étaient pas pasteurs, ni même pieux, mais qui connaissaient beaucoup de choses utiles à apprendre – sur les arbres, par exemple, et sur les bêtes et sur la façon d'imprimer les livres et sur les pierres qu'on brûle pour en faire des couteaux. Ce sont des hommes comme ça qui vous enseignent dans vos collèges, et vous apprenez avec eux tout en faisant attention à ne pas apprendre à devenir impie. Missi, Case est mon collège.

Je ne sus que dire. Mr. Vigours avait évidemment été chassé de Falésà par les machinations de Case et avec quelque chose comme la collusion de mon pasteur. Je me rappelai que c'était Namou qui m'avait rassuré sur le compte d'Adams et qui avait attribué la rumeur à la malveillance du prêtre. Et je vis qu'il fallait que je me renseigne plus pleinement à une source impartiale. Il y a ici un vieux coquin de chef, Faïaso, que vous avez sans doute vu aujourd'hui au conseil ; il a été toute sa vie turbulent et rusé, grand fomenteur de rébellions, une épine enfin dans le flanc de la mission et de l'île. Tout cela mis à part, c'est un homme très pénétrant et qui, quand il ne s'agit pas de politique ou de ses propres méfaits, dit la vérité. Je suis allé chez lui, je lui ai répété ce que j'avais entendu dire et je l'ai prié d'être franc. Je ne crois pas avoir jamais eu un entretien plus pénible. Vous me comprendrez peut-être, Mr. Wiltshire, si je vous dis que je prends parfaitement au sérieux les contes de bonne femme que vous me reprochez de répandre, et que je suis aussi plein de zèle pour ces îles que vous pouvez l'être vous-même pour ce qui est de rendre heureuse et de protéger votre charmante épouse. Vous devez vous rappeler que je considérais Namou comme un modèle et que j'étais fier de lui comme d'un des premiers fruits mûrs de la mission. Or voilà qu'on m'informait qu'il était tombé en quelque sorte sous la coupe de Case. Non pas, à l'origine, pour un motif répréhensible ; cela avait commencé, sans nul doute, par la crainte et le respect qu'on avait su lui inspirer par des faux-semblants et des manigances ; mais je fus choqué de découvrir qu'un autre élément s'y était ajouté dernièrement, que Namou se servait lui-même au magasin et qu'on le croyait fort endetté vis-à-vis de Case. Tout ce que disait le trafiquant, Namou le croyait en tremblant. Il n'était pas le seul : beaucoup de gens du village vivaient dans un pareil état de sujétion ; mais le cas de Namou était celui qui tirait le plus à conséquence, c'est par son entremise que Case avait fait le plus de mal ; et avec certains partisans parmi les chefs et le pasteur dans sa poche, cet homme était pour ainsi dire le maître du village. Vous savez quelque chose de Vigours et d'Adams, mais peut-être n'avez-vous jamais entendu parler du vieil Underhill, le prédécesseur d'Adams. C'était un vieil homme paisible et débonnaire. Je m'en souviens, et on nous a dit qu'il était mort subitement. Les Blancs meurent très subitement à Falésà. La vérité, telle que je l'appris alors, me glaça le sang. Il paraît qu'il avait été frappé de paralysie générale, que tout en lui était mort, à l'exception d'un œil qu'il clignait continuellement. Le bruit commença à courir que ce vieillard sans défense était devenu un démon, et ce gredin de Case joua sur les craintes des indigènes, qu'il faisait profession de partager, prétendant qu'il n'osait pas entrer seul dans la maison. Finalement, on creusa une fosse et on enterra le corps vivant tout au bout du village.

Namou, mon pasteur, que j'avais contribué à instruire, récita une prière lors de cette scène odieuse.

Je sentis que j'étais dans une position très délicate. Peut-être était-ce mon devoir de dénoncer Namou et de le faire déposer. Je le crois aujourd'hui, mais à l'époque cela me parut moins clair. Il avait une grande influence, qui pourrait se révéler plus grande que la mienne. Les indigènes sont enclins à la superstition. Peut-être qu'en excitant leurs esprits je ne ferais qu'enfoncer plus profond et propager plus largement ces dangereuses illusions. Namou d'autre part, en dehors de cette maudite nouvelle influence, était un bon pasteur, un homme capable et qui avait le souci des choses spirituelles. Où en chercher un meilleur ? Comment même en trouver un qui serait aussi bon ? A ce moment-là, avec la défaillance toute fraîche de Namou sous les yeux, l'œuvre de ma vie m'apparut comme une moquerie ; l'espoir était mort en moi. Je réparerais les outils que j'avais plutôt que d'aller en chercher d'autres qui, à l'usage, se révéleraient sûrement pires ; et un scandale est une chose à éviter, en tout cas lorsque c'est humainement possible. En conséquence, à tort ou à raison, je résolus d'agir en douceur. Pendant toute une nuit, j'exposai au pasteur égaré ses propres méfaits et je raisonnai avec lui, lui reprochant son ignorance et son manque de foi, son lamentable comportement de sépulcre blanchi, la façon cruelle dont il avait prêté main-forte à un meurtre et son émoi puéril devant des gestes non moins puérils et aussi vains que hors de propos. Longtemps avant le jour, il était à genoux et baigné des larmes de ce qui semblait être un repentir sincère. Le dimanche suivant, je montai en chaire le matin et je pris comme texte le chapitre XIX du Premier Livre des Rois, prêchant sur le feu, le tremblement de terre et la voix qui distinguait le véritable pouvoir spirituel, et faisant allusion aussi clairement que je l'osais aux récents événements de Falésà. Cela produisit un grand effet, qui s'accrut encore considérablement lorsque Namou se leva à son tour et confessa qu'il avait manqué de foi, qu'il s'était mal conduit et qu'il était convaincu de péché. Jusque-là, donc, tout allait bien, mais il se produisit une circonstance fâcheuse. Nous approchions du temps de notre « mai » dans l'île, je veux dire de la période pendant laquelle on perçoit les contributions que les indigènes apportent aux missions ; je dus en faire l'annonce et cela fournit à mon ennemi une chance dont il s'empressa de profiter.

Des nouvelles de tout ce qui s'était déroulé durent être portées à Case dès que le service fut fini, et l'après-midi du même jour il fit en sorte de me rencontrer au cœur du village. Il s'avança vers moi avec tant de détermination et d'animosité que je sentis que cela me porterait préjudice de l'éviter.

— Ainsi donc, dit-il en indigène, voilà le saint homme. Il a prêché contre moi, mais ce n'était pas ce qu'il avait dans le cœur. Il a prêché sur l'amour de Dieu, mais ce n'était pas non plus ce qu'il avait dans le cœur, c'était seulement sur ses lèvres. Voulez-vous savoir ce qu'il avait dans le cœur ? cria-t-il. Je vais vous le montrer.

Il passa rapidement la main près de ma tête, fit mine d'en tirer un dollar et l'éleva en l'air.

J'entendis s'élever dans la foule la rumeur avec laquelle les Polynésiens accueillent un prodige. Quant à moi, je restai stupéfait ! C'était un tour de passe-passe banal que j'avais vu accomplir vingt fois au pays, mais comment en convaincre les indigènes ? Je regrettai de ne pas avoir appris la prestidigitation plutôt que l'hébreu, de façon à pouvoir rendre à ce gaillard la monnaie de sa pièce. Mais j'étais impuissant. Cependant, je ne pouvais garder le silence et tout ce que je trouvai à dire fut bien faible.

— Je vous prie de ne plus porter les mains sur moi, dis-je.

— Je n'y songe pas, répondit-il ; pas plus que je ne veux vous priver de votre dollar. Le voici.

Il le jeta à mes pieds et je me suis laissé dire qu'il était resté là trois jours.

— Je dois dire que c'était bien joué, glissai-je.

— Oh ! il est malin, reconnut Mr. Tarleton. Et vous pouvez maintenant vous rendre compte par vous-même combien il est dangereux. Il a trempé dans l'horrible meurtre du paralytique ; on l'accuse d'avoir empoisonné Adams ; il a chassé Vigours du pays par des mensonges qui auraient pu le faire assassiner ; et il est indubitable qu'il s'est mis en tête de se débarrasser de vous. Comment compte-t-il s'y prendre, nous ne pouvons pas le deviner ; mais soyez sûr que ce sera par un moyen inédit. Il est prompt à agir et jamais à court d'invention.

— Il se donne bien du mal, dis-je. Et pourquoi, après tout ?

— Eh bien ! combien de tonnes de copra peut-on faire par ici ? demanda le missionnaire.

— Quelque chose comme soixante tonnes, répondis-je.

— Et quel bénéfice en tire le trafiquant de l'endroit ? demanda-t-il.

— Vous pouvez l'évaluer à trois livres, dis-je.

— Alors vous pouvez calculer par vous-même pour combien il agit, dit Mr. Tarleton. Mais l'important est d'avoir raison de lui. Il est clair qu'il a répandu quelque bruit contre Ouma afin de l'isoler et de l'avoir à sa merci. N'y parvenant pas et voyant paraître sur la scène un nouveau rival, il s'est servi d'elle à une autre fin. Maintenant le premier point à éclaircir concerne Namou. Ouma, quand on a commencé à vous mettre en quarantaine, vous et votre mère, qu'a fait Namou ?

— Lui rester loin pareil, dit Ouma.

— Je crains que le chien ne soit retourné à son vomissement, dit Mr. Tarleton. Et maintenant, que puis-je faire pour vous ? Je vais parler à Namou, je vais l'avertir qu'on l'observe ; il serait étrange qu'il laisse quelque chose continuer à aller de travers, une fois mis sur ses gardes. Malgré tout, cette précaution peut ne mener à rien, auquel cas il faudra vous tourner d'un autre côté. Vous avez à portée deux personnes à qui vous pouvez vous adresser. Il y a tout d'abord le prêtre catholique qui pourrait vous protéger par l'entremise de ses ouailles. C'est une

minuscule minorité, mais qui compte deux chefs. Secondement il y a
le vieux Faïoso. Ah ! si les choses s'étaient passées voici quelques années,
vous n'auriez eu besoin de personne d'autre ; mais son influence a
beaucoup baissé, elle est passée dans les mains de Maéa, et Maéa, je
le crains, est un des chacals de Case. Enfin, si l'on en venait au pire,
vous devriez envoyer quelqu'un ou venir vous-même à Falé-alii, et bien
que je ne doive pas aller à cette extrémité de l'île avant un mois, je
verrais toujours ce qu'on peut faire.

Là-dessus, Mr. Tarleton nous dit adieu ; une demi-heure plus tard,
l'équipage chantait et les pagaies étincelaient dans la barque de la
mission.

IV

Diablerie

Près d'un mois s'écoula sans grands incidents. Le soir même de notre
mariage, Galoches vint nous voir et se montra des plus civils, et bientôt
il prit l'habitude de venir nous faire une petite visite entre chien et
loup et fumer sa pipe avec la famille. Il pouvait parler avec Ouma,
bien entendu, et il commença à m'apprendre la langue indigène et le
français en même temps. C'était un brave vieux bonze, bien qu'il fût
aussi crasseux qu'on pouvait le désirer, et il m'embrouilla avec ses
langues étrangères pire qu'à Babel.

C'était une occupation et grâce à elle je me sentis moins solitaire ;
mais ça n'amenait aucun profit ; car si le prêtre venait s'asseoir avec
nous pour faire la causette, aucune de ses ouailles ne se laissait attirer
dans notre magasin, et n'eût été l'autre occupation à laquelle je m'avisai
de me livrer, il n'y aurait pas eu une once de copra dans la maison.
Voici de quoi j'avais eu l'idée : Fa'avao (la mère d'Ouma) possédait
une vingtaine d'arbres de rapport. Naturellement nous ne pouvions nous
procurer aucune main-d'œuvre, étant pour ainsi dire tabous, et les deux
femmes et moi nous nous mîmes à la tâche et nous fîmes du copra
de nos propres mains. C'était du copra à faire venir l'eau à la bouche
quand il fut prêt – je n'ai jamais compris à quel point les naturels me
flouaient avant de faire ces quatre cents livres de copra de mes propres
mains – et il pesait si peu que je me sentais enclin à l'arroser moi-même.

Tandis que nous étions au travail, un bon nombre de Canaques
venaient passer une bonne part de la journée à nous observer, et une
fois le nègre dont j'ai parlé survint. Il restait en arrière avec les indigènes,
riant et faisant l'important et le mariole, jusqu'au moment où je
commençai à m'énerver.

– Dis donc, négro ! lui criai-je.

– Je m'adresse pas à vous, m'sieur. Je parle qu'aux gentlemen.

– Je sais, dis-je, mais il se trouve que moi je m'adresse à vous Mr. Jack le Noir. Tout ce que je veux savoir est ceci : avez-vous vu quelle figure de proue Case promenait il y a une huitaine ?

– Non, m'sieur, dit-il.

– Eh bien ! dis-je, je vais te faire voir la pareille, en noir toutefois, en moins de deux minutes.

Je me mis en marche vers lui tout doucement et les mains pendantes ; seulement il y avait du vilain dans mes yeux pour quiconque se donnait la peine de regarder.

– Vous êtes un sale bagarreur, dit-il.

– Tu parles ! lui dis-je.

A ce moment-là, il se dit que j'étais aussi proche qu'on pouvait le souhaiter et il décampa si grand train que ça vous aurait réjoui le cœur de le voir filer. Et ce fut tout ce que je vis de la précieuse clique jusqu'aux événements dont je vais vous parler.

C'était l'une de mes principales occupations en ce temps-là d'aller tirer sur tout ce que je rencontrais dans les bois, que je trouvais – comme Case me l'avait dit – très riches en gibier. J'ai parlé du promontoire qui protégeait le village et ma factorerie du côté de l'est. Un sentier en faisait le tour et menait à la baie voisine ; un vent violent soufflait là journellement, et comme le récif de corail s'arrêtait à l'extrémité du promontoire, un puissant ressac balayait les rives de cette baie. Une petite colline au versant à pic coupait la vallée en deux non loin de la plage et, à marée haute, la mer venait se briser contre la paroi, interdisant tout passage. Des montagnes boisées bordaient l'endroit de toutes parts. La barrière, à l'est, était particulièrement abrupte et feuillue, et dans le bas, le long de la mer, elle tombait en noires falaises à pic striées de cinabre, tandis que dans ses hauteurs moutonnaient les cimes de grands arbres. Certains de ceux-ci étaient d'un vert éclatant, d'autres rouges ; et le sable de la plage, aussi noir que vos souliers. Une foule d'oiseaux planaient autour de la baie, certains d'une blancheur de neige ; et le renard volant (ou vampire) volait là en plein jour, grinçant des dents.

Pendant longtemps j'allai jusqu'à ce terrain de chasse sans m'aventurer plus loin. Il n'y avait aucun signe de sentier au-delà et les cocotiers qui barraient le bas de la vallée étaient les derniers qu'il y eût, de ce côté-là. Car tout « l'œil » de l'île, comme les indigènes appellent l'extrémité exposée au vent, était désert. De Falésà jusqu'à Papa-Maloulou il n'y avait pas une maison, pas un homme, pas un arbre fruitier cultivé ; de plus, le récif étant presque partout absent et le rivage abrupt, la mer venait battre directement contre les rocs, de sorte qu'il n'y avait guère d'endroit où aborder.

Je devrais vous dire que lorsque je me fus mis à aller dans les bois, bien qu'aucun indigène ne se hasardât près de mon magasin, je trouvai des gens assez disposés à passer un moment avec moi là où personne ne pouvait les voir ; et comme j'avais commencé à baragouiner la langue indigène et que la plupart d'entre eux savaient un mot ou deux d'anglais, je me mis à tenir des bribes de conversation qui n'allaient pas loin assurément, mais qui émoussaient un peu mon sentiment d'abandon, car c'est chose cruelle que d'être traité en lépreux.

Il se trouva qu'un jour, vers la fin du mois, j'étais assis dans cette baie à la lisière de la brousse, regardant à l'est, avec un Canaque. Je lui avais donné de quoi bourrer sa pipe et nous nous débrouillions pour causer de notre mieux ; en fait, il savait plus d'anglais que la plupart.

Je lui demandai s'il n'y avait pas une route qui allât vers l'est.

— Une fois une route, dit-il. Maintenant lui mort.

— Personne aller là ? demandai-je.

— Pas bon. Trop démons habiter là.

— Oho ! dis-je. Beaucoup démons dans cette brousse ?

— Démons hommes, démons femmes, trop beaucoup démons, dit mon ami. Habiter là tout le temps. Homme aller là pas revenir.

— Toi croire moi démon ? demandai-je.

— Pas croire toi démon, dit-il d'un ton apaisant. Penser toi pareil imbécile.

— Ouma démon femme ? demandai-je encore.

— Non, non ; pas démon. Démon rester brousse, dit le jeune homme.

Comme je regardais devant moi à travers la baie, je vis le rideau des bois qui surplombaient la plage s'ouvrir soudain et Case, un fusil à la main, déboucher au soleil sur le sable noir. Il était vêtu d'un pyjama clair, presque blanc, son fusil miroitait, il avait l'air joliment voyant, et les crabes de terre détalaient tout autour de lui dans leurs trous.

— Tiens, mon ami, dis-je à mon compagnon. Toi pas parler comme vrai. Esé aller et revenir.

— Esé pas pareil. *Esé Tiapolo,* dit-il.

Et après un adieu il disparut parmi les arbres.

J'observai Case tandis qu'il faisait le tour de la plage, où la mer était basse ; et je le laissai me doubler sur le chemin de Falésá. Il était absorbé dans ses pensées et les oiseaux semblaient le savoir car ils trottinaient tout près de lui sur le sable ou tournoyaient en lui cornant aux oreilles. Quand il me doubla, je pus voir au mouvement de ses lèvres qu'il se parlait à lui-même et, ce qui me combla d'aise, il avait toujours ma marque de fabrique au front. Je vais vous dire la vérité : je fus tenté de décharger mon fusil dans sa vilaine fiole, mais je me ravisai.

Tout ce temps-là et tout le temps que je le suivis sur la route du retour, je me répétai le mot indigène dont je me souvenais grâce à « *Polly, put the kettle on and make us all some tea* [1] » : tea-a-pollo.

— Ouma, dis-je en rentrant, que veut dire *Tiapolo* ?

Démon, dit-elle.

— Je croyais que c'était *aïtou,* dis-je.

— *Aïtou* autre espèce de démon, dit-elle. Habiter brousse, manger

---

1. Chanson de nourrice dont le premier et le dernier mot lui rappellent par le son *Tiapolo.* (N.d.T.)

Canaques. *Tiapolo* grand démon chef, habite maison, pareil démon chrétien.

— Ma foi, dis-je, je ne suis pas plus avancé. Comment Case peut-il être Tiapolo ?

— Pas pareil, dit-elle. Esé appartenir Tiapolo ; Tiapolo trop pareil ; Esé comme son fils. Suppose Esé vouloir quelque chose, Tiapolo lui faire avoir.

— Voilà qui est pratique pour Esé, dis-je. Et quelle espèce de choses lui fait-il avoir ?

Elle me déversa alors un salmigondis d'histoires de toute sorte, dont beaucoup (comme le dollar que Case avait tiré de la tête de Mr. Tarleton) étaient assez claires pour moi, mais dont certaines me restaient inexplicables ; et ce qui surprenait le plus les Canaques était ce qui me surprenait le moins – à savoir le fait qu'il allait dans le désert parmi tous les *aïtous*. Quelques-uns des plus hardis, cependant, l'avaient accompagné, l'avaient entendu parler aux morts et leur donner des ordres et, grâce à sa protection, étaient revenus indemnes. Les uns disaient qu'il avait là une église où il adorait Tiapolo et que Tiapolo lui apparaissait ; les autres juraient qu'il ne recourait à aucune sorcellerie, qu'il accomplissait ses miracles par le pouvoir de la prière, et que l'église n'était pas une église, mais une prison dans laquelle il avait confiné un dangereux *aïtou*. Namou avait été une fois dans la brousse avec lui et en était revenu glorifiant Dieu de ces prodiges. Dans l'ensemble, je commençai à avoir des lueurs sur ce qu'était la position de l'homme et sur les moyens grâce auxquels il l'avait acquise, et tout en voyant que c'était un adversaire sérieux, je n'étais nullement abattu.

— Très bien, dis-je. Je vais aller jeter moi-même un coup d'œil sur le sanctuaire de Maître Case et nous verrons s'il y a lieu de glorifier Dieu.

Sur ce, Ouma tomba dans des transes terribles ; si j'allais au cœur de la brousse, je n'en reviendrais jamais, personne ne pouvait aller là sans la protection de Tiapolo.

— Je m'y risquerai avec la protection de Dieu, dis-je. Après tout, je suis un brave type, Ouma, à en juger par mes semblables, et j'ai idée que Dieu me fera passer à travers les gouttes.

Elle garda quelques instants le silence.

— Moi réfléchir, dit-elle avec une grande solennité.

Puis elle ajouta :

— Victoria, lui grand chef ?

— Tu penses ! dis-je.

— Lui aimer toi trop ? demanda-t-elle.

Je lui dis avec une grimace béate qu'effectivement la vieille dame avait un faible pour moi.

— Très bien, dit-elle. Victoria grand chef aimer toi trop. Pas pouvoir aider toi ici à Falésà ; pouvoir rien faire – trop loin. Maéa petit chef – habiter ici. Suppose lui aimer toi – lui tout arranger pour toi. Pareil pour Dieu et Tiapolo. Dieu grand chef – trop travail, Tiapolo petit chef – lui aime montrer pouvoir, travailler très fort.

– Il va falloir que je demande à Mr. Tarleton de te prendre en main, dis-je. Ta théologie est sortie des rails, Ouma.

Néanmoins nous restâmes sur le sujet toute la soirée et avec les histoires qu'elle me raconta sur la brousse et ses dangers, elle faillit piquer une crise à force de se faire peur à elle-même. Je ne m'en rappelle pas le quart, bien entendu, car je n'y prêtai guère attention, mais il y en a deux qui me reviennent assez nettement.

A six milles environ en remontant la côte, on trouve une anse abritée que les indigènes appellent *Fanga-anaana* – « le port plein de cavernes ». Je l'ai vu moi-même de la mer, d'aussi près que je pus amener mes boys à s'y risquer, et c'est une petite bande de sable jaune. Des falaises noires la surplombent, criblées d'une quantité de noires cavernes ; de grands arbres surplombent à leur tour les falaises, où pendent des lianes ; et à un endroit, vers le milieu, un gros ruisseau se déverse en cascade. Or donc il y avait un bateau qui s'en allait par là avec six jeunes hommes de Falésa, « tous très jolis », dit Ouma, ce qui fut leur perte. Il soufflait un grand vent, il y avait une grosse mer debout et lorsqu'ils arrivèrent devant Fanga-anaana et qu'ils virent la cascade blanche et la plage ombragée, ils étaient tous las et assoiffés et ils n'avaient plus d'eau. L'un d'eux proposa d'aborder et d'aller chercher à boire, et comme c'étaient de jeunes casse-cou, ils furent tous du même avis, excepté le plus jeune. Il avait nom Lotou. C'était un petit gentleman très avisé et très sage, et il leur représenta qu'ils étaient fous, protestant que l'endroit était réservé aux esprits, aux démons et aux défunts et qu'il n'y avait point d'hommes vivants à moins de six milles d'un côté et d'environ douze milles de l'autre. Mais ils ne firent que rire de ses paroles et, comme ils étaient cinq contre un, ils mirent le cap sur la côte, échouèrent le bateau et abordèrent. C'était un endroit merveilleusement agréable, raconta Lotou, et l'eau s'avéra excellente. Ils firent le tour de la plage, mais ne purent découvrir nulle part aucun passage qui permît d'escalader les falaises, ce qui les rassura ; et finalement ils s'assirent pour manger les provisions qu'ils avaient apportées. A peine étaient-ils installés que de l'orifice d'une des noires cavernes sortirent six des plus belles dames qu'on eût jamais vues ; elles avaient des fleurs dans les cheveux et de magnifiques poitrines et des colliers de graines écarlates ; et elles se mirent à plaisanter avec ces jeunes messieurs et les jeunes messieurs se mirent à plaisanter en retour avec elles, à l'exception de Lotou. Car Lotou voyait bien qu'il ne pouvait pas y avoir de femmes vivantes en pareil endroit, et il se sauva et, se jetant au fond du bateau, il se couvrit le visage et se mit à prier. Tout le temps que dura l'affaire, Lotou ne cessa pas de prier, et ce fut tout ce qu'il en sut jusqu'au retour de ses amis, qui le firent asseoir et qui reprirent la mer pour sortir de la baie maintenant tout à fait déserte, sans souffler mot des six dames. Mais ce qui effraya le plus Lotou, c'est qu'aucun des cinq ne se rappelait rien de ce qui s'était passé ; ils étaient comme des hommes ivres, chantant, riant et batifolant dans le bateau. Le vent fraîchit et tourna au grain, et la mer devint excessivement grosse ; tout homme des îles aurait tourné le dos à pareil temps pour regagner Falésà au plus vite, mais ces cinq jeunes gens étaient comme fous, et ils mirent toutes voiles dehors et poussèrent leur embarcation parmi les vagues. Lotou se mit à écoper ; aucun des autres ne songeait à l'aider, tous chantaient et batifolaient et faisaient du chahut et disaient des choses bizarres qui passaient l'entendement tout en éclatant de rire en les disant. Tout le long du jour, Lotou écopa de toutes ses forces au fond du bateau, trempé de sueur et de froide eau de mer ; et personne ne s'occupait de lui. Contre toute attente, ils arrivèrent sains et saufs par une tempête épouvantable à Papa-Maloulou, où les palmiers gémissaient et où les noix de coco volaient comme des boulets de canon sur le communal du village ; et la nuit suivante, les cinq jeunes gens tombèrent malades et ils ne prononcèrent pas une parole sensée avant de mourir.

— Et tu vas me dire que tu peux avaler pareil conte ? lui demandai-je.

Elle me répondit que la chose était notoire et que d'ailleurs, quand il s'agissait de beaux jeunes gens isolés, elle était commune ; mais c'était le seul cas où cinq garçons avaient été immolés le même jour, et de compagnie, par l'amour des démons-femmes ; cela avait soulevé un grand émoi dans l'île et elle serait folle d'en douter.

— Eh bien ! dis-je, en tout cas tu n'as pas besoin d'avoir peur pour moi. Je n'ai que faire de démons-femmes. Tu es toutes les femmes que je veux, et tous les démons aussi, patronne

A cela elle répondit qu'il y avait d'autres sortes de démons et qu'elle en avait vu un de ses propres yeux. Elle était allée seule un jour à la baie voisine et peut-être s'était-elle trop rapprochée de la lisière du mauvais endroit. Les ramures de la haute brousse jetaient leur ombre sur elle de l'escarpement de la colline, mais elle était elle-même au-dehors dans un endroit plat, très pierreux et où poussaient en foule de jeunes mangoustans de quatre à cinq pieds de haut. C'était une sombre journée de la saison des pluies, et tantôt s'en venaient des bourrasques qui arrachaient les feuilles et les faisaient voler au loin, tantôt tout était tranquille comme à l'intérieur d'une maison. C'est pendant l'une de ces accalmies que toute une foule d'oiseaux et de renards volants sortirent à qui mieux mieux de la brousse comme des créatures effrayées. Bientôt après elle entendit un bruissement plus près d'elle et vit sortir de la lisière des arbres, parmi les mangoustans, quelque chose comme un vieux sanglier maigre et gris. Il semblait réfléchir, en marchant, comme une personne ; et tout à coup, tandis qu'elle le regardait venir, elle se rendit compte que ce n'était pas un sanglier, mais un être humain avec des pensées humaines. Alors elle se mit à courir, et le porc sauvage courait derrière elle, et tout en courant le porc donnait si bien de la voix que tout l'endroit en résonnait.

— Je regrette de ne pas m'être trouvé là avec mon fusil, dis-je. J'ai

idée que le porc en question aurait donné de la voix d'une façon qui
l'aurait étonné lui-même.

Mais elle me répondit qu'un fusil ne servait à rien avec de pareilles
apparitions, car c'étaient les esprits des morts.

Ma foi, ce genre de conversation fit passer la soirée, c'est ce qu'on
pouvait lui trouver de mieux ; mais bien entendu elle ne changea rien
à mes idées, et le lendemain je partis à la découverte avec mon fusil
et un bon couteau. Je visai, avec autant de précision que possible,
l'endroit où j'avais vu Case déboucher : car s'il était vrai qu'il avait
un établissement quelconque dans la brousse, je devais, pensai-je, y
trouver un sentier. Le commencement du désert était délimité par un
mur, si l'on peut appeler ainsi ce qui était plutôt un long amoncellement
de pierres. On assure qu'il traverse entièrement l'île, mais comment
on le sait est une autre question – car je doute que qui que ce soit
ait fait le voyage depuis cent ans, les naturels restant attachés surtout
à la mer et à leurs petites colonies du littoral, et cette partie de l'île
étant terriblement haute et escarpée et pleine de précipices. Jusqu'au
côté ouest du mur ; le terrain a été défriché, et l'on y voit des cocotiers,
des mangoustiers et des goyaviers et une foule de sensitives. Juste de
l'autre côté, c'est la brousse, et même la haute brousse, avec des arbres
qui fusent comme des mâts de navire, et des lianes qui pendent comme
des agrès et de repoussantes orchidées qui croissent à la fourche des
branches comme des champignons. Le sol, là où il n'y avait pas de
sous-bois, avait l'air d'un chaos rocheux. Je vis beaucoup de pigeons
verts que j'aurais pu tirer si je n'avais eu une autre idée en tête. Un
grand nombre de papillons montaient et descendaient en volant le long
du sol, telles des feuilles mortes ; j'entendais parfois un appel d'oiseau,
parfois le vent dans les hauteurs, et toujours la mer sur le rivage.

Mais l'étrangeté du lieu est plus difficile à décrire, à moins que ce
ne soit à quelqu'un qui a lui-même été seul dans la haute brousse. Par
le jour le plus éclatant, il y règne toujours une lumière trouble. On
ne voit rien jusqu'au bout ; de quelque côté qu'on regarde, le bois se
referme, un rameau se repliant sur l'autre comme les doigts de la main ;
et chaque fois qu'on écoute, on entend toujours quelque chose de
nouveau – des hommes qui parlent, des enfants qui rient, des coups
de cognée loin devant soi, et parfois une sorte de galopade rapide et
furtive qui fait tressaillir et porter la main à ses armes. On a beau se
dire qu'on est seul avec les arbres et les oiseaux, on ne parvient pas
à le croire ; de quelque côté qu'on se retourne, tout l'endroit semble
vivre et vous observer. N'allez pas croire que mon inquiétude ait été
due aux histoires d'Ouma. Les racontars des indigènes ne valent pas
deux sous à mes yeux. C'est une chose qui va de soi dans la brousse,
voilà tout.

Comme j'approchais du faîte de la colline, car la pente du bois est
aussi raide, là, qu'une échelle, le vent se mit à murmurer droit devant
moi, et les feuilles s'agitèrent et s'écartèrent, laissant entrer le soleil.
Cela m'allait mieux ; c'était le même bruit tout le temps, sans rien qui

fît sursauter. J'étais arrivé à un endroit où le sous-bois était fait de ce qu'on appelle le cocotier sauvage – un arbre ravissant avec ses fruits écarlates – quand il s'en vint dans le vent un son chantant comme il me sembla n'en avoir jamais entendu. J'avais beau me dire que c'étaient les branches, je savais qu'il n'en était rien. J'avais beau me dire que c'était un oiseau, je savais qu'aucun oiseau n'avait jamais chanté comme ça. Cela s'élevait, s'enflait, puis mourait pour s'enfler de nouveau ; tantôt je pensais que c'était comme quelqu'un qui pleure, mais en plus harmonieux, tantôt je pensais que c'était comme des harpes ; et il y avait une chose dont j'étais sûr, c'est que c'était un bruit beaucoup trop charmant pour être sain dans un pareil endroit. Vous pouvez rire si vous voulez, mais j'avoue que je me rappelai les six jeunes personnes qui étaient sorties avec leurs colliers écarlates de la caverne de Fanga-anaana, et que je me demandai si elles avaient chanté comme ça. Nous rions des indigènes et de leurs superstitions mais voyez combien de trafiquants les adoptent ; oui, des Blancs superbement éduqués, dont certains ont été comptables ou employés de bureau au pays. Je suis persuadé qu'une superstition pousse dans un lieu déterminé comme les différentes espèces de plantes ; et tandis que je me tenais là, écoutant ce chant plaintif, je tremblais dans mes culottes.

Vous pouvez me traiter de lâche parce que j'avais peur ; quant à moi, je me considérais comme suffisamment brave parce que je continuais à avancer. Mais je marchais avec mille précautions le fusil armé, jetant les yeux de tous côtés comme un chasseur, m'attendant sérieusement à voir une belle jeune femme assise quelque part dans la brousse, et pleinement résolu (si cela m'arrivait) à lui envoyer, pour voir, une charge de petit plomb. Et de fait, je n'étais pas allé loin que je rencontrai une chose étrange. Une forte rafale de vent balaya le sommet du bois, le feuillage s'ouvrit brusquement devant moi, et je vis pendant une seconde quelque chose qui était suspendu à un arbre. Cela disparut en un clin d'œil, la rafale continuant sa route et les feuilles se refermant. Je vais vous dire la vérité : je m'étais fait à l'idée de voir un *aïtou ;* et si la chose en question avait ressemblé à un cochon sauvage ou à une femme, elle ne m'aurait pas donné la même frayeur. Ce qui me troubla, c'est que ça m'avait paru carré et que l'idée d'une chose carrée qui était vivante et qui chantait m'ahurissait et me donnait la nausée. Je restai là un bon moment, pendant lequel je m'assurai que le chant venait bien du même arbre. Puis je commençai à me ressaisir.

« Voyons » me dis-je « s'il en est vraiment ainsi, si c'est ici un endroit où il y a des choses carrées qui chantent, je suis fichu de toute manière. Donnons-nous au moins du bon temps pour notre argent. »

Mais je me dis que je pouvais aussi bien voir si par hasard une prière ne serait pas bonne à quelque chose ; de sorte que je me laissai tomber à genoux et me mis à prier tout haut ; et tout le temps que je priais, les sons étranges s'en venaient de l'arbre, montant, descendant et changeant, tout à fait comme de la musique, seulement on pouvait se rendre compte que ça n'était pas humain – il n'y avait rien là qu'on pût siffler.

Aussitôt que j'eus terminé ma prière dans les règles, je déposai mon fusil, pris mon couteau entre les dents, allai droit à l'arbre et me mis à grimper. J'avais le cœur comme un bloc de glace, je vous le dis. Mais bientôt, en montant, j'entrevis de nouveau la fameuse chose, et cela me soulagea, car je pensai qu'elle ressemblait à une caisse ; et quand je fus parvenu à son niveau, je faillis tomber de l'arbre à force de rire.

C'était bel et bien une caisse, et une caisse à bougies par-dessus le marché, avec sur le côté la marque de fabrique ; et elle était agrémentée de cordes de banjo tendues de façon à résonner quand le vent soufflait. Je crois qu'on appelle ça une harpe tyrolienne [1], quoi que ça puisse vouloir dire.

« Eh bien ! Mr. Case », dis-je, « vous m'avez fait peur une fois, mais je vous défie de recommencer. » Je me laissai glisser au pied de l'arbre et je repartis pour chercher le quartier général de mon ennemi qui, pensais-je, ne devait pas être loin.

Le sous-bois était épais dans cette partie de la brousse ; je ne pouvais pas voir ce que j'avais sous le nez et je dus me frayer un chemin de vive force et jouer du couteau en marchant, coupant les cordes des lianes et abattant d'un coup des arbres entiers. Je dis des arbres à cause de la grosseur, mais en fait c'étaient seulement de grosses plantes qui s'avéraient pleines de sève comme des carottes quand je les coupais. A en juger par la nature de cette intense végétation, j'étais juste en train de me dire que l'endroit avait fort bien pu jadis être déboisé, quand je tombai sur un amas de pierres, et je vis aussitôt que c'était l'œuvre de la main de l'homme. Dieu sait quand ç'avait été fait, puis abandonné, car cette partie de l'île était restée intouchée longtemps déjà avant l'arrivée des Blancs. Quelques pas plus loin, je tombai sur le sentier que je n'avais pas cessé de chercher. Il était étroit, mais bien battu, et je vis que Case ne manquait pas de disciples. C'était apparemment un acte de bravoure de bon ton que de s'aventurer jusque-là avec le trafiquant, et un jouvenceau ne pouvait guère se considérer comme adulte avant de s'être fait tatouer le postérieur d'une part et d'avoir vu les démons de Case de l'autre. Cela ressemble bien aux Canaques, mais si vous regardez la chose sous un autre biais, cela n'en ressemble pas moins aussi aux Blancs.

Un peu plus loin sur le sentier, je fus arrêté net et je dus me frotter les yeux. Il y avait devant moi un mur, que le sentier traversait par une brèche ; un mur écroulé et visiblement très vieux, mais construit en grosses pierres fort bien ajustées, et il n'y a pas un indigène vivant sur cette île aujourd'hui qui pourrait rêver d'un pareil travail de maçonnerie. Tout le long de la crête du mur étaient alignées d'étranges effigies, des idoles, des épouvantails ou je ne sais quoi. Elles avaient

---

1. Eolienne. *(Note de l'Auteur.)*

des visages sculptés et peints affreux à voir avec leurs yeux et leurs dents en coquillages, et leurs cheveux et leurs vêtements de couleurs vives volaient au vent, qui faisait même gesticuler certaines d'entre elles. Il y a des îles à l'ouest où l'on fabrique aujourd'hui encore ces espèces de pantins ; mais si l'on en a jamais fabriqué dans cette île-ci, la pratique et jusqu'au souvenir en sont oubliés depuis longtemps. Et ce qu'il y avait de singulier, c'était que tous ces épouvantails avaient l'air aussi neufs que des jouets qui sortent d'une boutique.

Il me revint alors à l'esprit que j'avais entendu Case laisser échapper le premier jour qu'il s'entendait à forger des curiosités de l'île, industrie qui vaut un honnête profit à tant de trafiquants. Et du coup je saisis toute l'affaire et comment cet étalage lui servait à double fin : en premier lieu à patiner ses curiosités, en second lieu à intimider ceux qui venaient lui rendre visite.

Mais je dois vous dire (ce qui rendait la chose d'autant plus curieuse) que, tout le temps, les harpes tyroliennes résonnaient autour de moi dans les arbres et, au moment même où je regardais, un oiseau vert et jaune (qui, je suppose, bâtissait son nid) se mit à arracher les cheveux de l'une des effigies.

Un peu plus loin je découvris la plus belle curiosité du musée. La première chose que j'en vis fut un tertre assez allongé qui faisait un coude. Creusant la terre avec mes mains, je trouvai au-dessous une toile goudronnée étendue sur des planches et qui formait évidemment le toit d'une cave. C'était situé tout au sommet de la colline et l'entrée se trouvait du côté le plus éloigné, entre deux rochers, comme l'entrée d'une caverne. Je m'avançai jusqu'au coude et regardant au-delà je vis un visage qui brillait. Il était grand et hideux, pareil à un masque de pantomime ; son éclat augmentait et diminuait, et parfois il fumait.

« Oh ! oh ! » dis-je « de la peinture phosphorescente ! »

Je dois dire que j'admirai l'ingéniosité du brigand. Avec une boîte à outils et quelques dispositifs des plus simples, il avait trouvé moyen de fabriquer un formidable sanctuaire. N'importe quel malheureux Canaque amené là dans le noir avec les harpes gémissant autour de lui et à qui on montrait ce visage fumant au fond d'un trou ne doutait pas d'avoir vu et entendu assez de démons pour toute une vie. C'est facile de deviner ce que pensent les Canaques. Rappelez-vous ce que vous étiez entre dix et quinze ans, vous avez un Canaque moyen. Il y en a de pieux, tout comme il y a des gosses pieux ; et la plupart d'entre eux, comme les gosses encore, sont passablement honnêtes, mais trouvent malgré tout que c'est amusant de voler ; et ils sont facilement effrayés mais aiment assez à l'être. Je me rappelle un gosse avec qui j'étais à l'école et qui jouait le jeu de Case. Il ne connaissait rien, ce gosse-là ; il ne savait rien faire ; il n'avait ni peinture lumineuse ni harpes tyroliennes ; il se contentait de dire avec audace qu'il était sorcier, et il nous faisait trembler dans nos culottes et nous adorions ça. Eh bien ! je me rappelai alors comme le maître, un beau jour, avait fouetté ce garçon-là et combien nous avions tous été étonnés de voir le sorcier subir la correction et gueuler comme n'importe qui. Et je me dis : « Il faut que je trouve le moyen de régler son compte à Case de la même manière. » Et l'instant d'après, j'avais mon idée.

Je revins par le sentier qui, une fois que vous l'aviez trouvé, était facile et agréable à suivre ; et quand je débouchai sur les sables noirs, qui est-ce que je vis sinon Maître Case en personne. J'armai mon fusil et le tins bien en main ; nous continuâmes à avancer et nous nous croisâmes sans un mot, chacun guettant l'autre du coin de l'œil ; et nous ne nous fûmes pas plutôt croisés que nous fîmes chacun demi-tour comme à l'exercice, puis restâmes plantés face à face. Nous avions chacun la même idée en tête, voyez-vous, à savoir que l'autre pourrait bien lui envoyer la charge de son fusil dans la poupe.

— Vous n'avez rien tué ? dit Case.

— Je ne chasse pas aujourd'hui, dis-je.

— Eh bien ! tout ce que j'ai à vous souhaiter, c'est que le diable vous accompagne, dit-il.

— Moi de même, répondis-je.

Mais nous restâmes là sans broncher. Pas question que l'un ou l'autre bouge.

Case se mit à rire.

— Nous n'allons pourtant pas rester là toute la journée, dit-il.

— Que je ne vous retienne pas, dis-je.

Il rit de nouveau.

— Écoutez, Wiltshire, me prenez-vous pour un imbécile ? reprit-il.

— Plutôt pour un gredin, si vous voulez le savoir, répondis-je.

— Voyons, croyez-vous que ça m'avancerait à quelque chose de vous tirer dessus ici, sur cette plage découverte ? me demanda-t-il. Parce que, moi, je n'en crois rien. On vient pêcher ici tous les jours. Il peut y avoir une vingtaine de gens dans la vallée en train de faire du copra ; il peut y en avoir une demi-douzaine derrière vous, sur la colline, à la chasse aux pigeons ; à cette minute même, je ne serais pas surpris qu'on nous épie. Je vous donne ma parole que je ne veux pas vous tirer dessus. A quoi ça me servirait-il ? Vous ne me gênez en rien. Vous n'avez pas une livre de copra en dehors de celui que vous faites de vos propres mains comme un esclave nègre. Vous végétez – c'est le mot, à mon sens – et peu m'importe où vous végétez ni pour combien de temps. Donnez-moi votre parole que vous n'avez pas l'intention de me tirer dessus, et je vous donnerai l'exemple en m'en allant le premier.

— Eh bien ! dis-je, vous parlez franchement et aimablement, n'est-il pas vrai ? Je ferai de même. Je n'ai pas l'intention de vous tirer dessus aujourd'hui. Pourquoi le ferais-je ? Cette affaire commence, elle n'est pas encore finie, Mr. Case. Je vous ai déjà donné un acompte ; je vois encore les marques que mes phalanges ont laissées sur votre portrait et je vous en réserve davantage. Je ne suis pas un paralytique comme Underhill. Je ne m'appelle ni Adams ni Vigours, et j'ai l'intention de vous montrer que vous avez trouvé à qui parler.

– Voilà un discours absurde, dit-il, et qui n'est pas de nature à me faire bouger.

– Très bien, dis-je. Restez où vous êtes. Rien ne me presse, comme vous le savez. Je peux me payer une journée sur cette plage sans m'inquiéter. Je n'ai pas de copra pour me donner du souci ; ni de peinture lumineuse à entretenir.

Je regrettai d'avoir prononcé cette dernière phrase, mais elle m'échappa avant que je m'en fusse rendu compte. Je pus voir qu'après ça il n'avait plus de vent dans les voiles il restait à me regarder fixement, le front plissé. Puis il parut se dire qu'il fallait qu'il aille au fond des choses.

– Je vous prends au mot, dit-il.

Et tournant le dos, il s'enfonça tout droit dans la brousse du démon.

Je le laissai filer, naturellement, car je lui avais donné ma parole. Mais je l'observai aussi longtemps qu'il fut en vue, et, quand il fut parti, je me mis à couvert aussi prestement que possible et regagnai la maison en restant dans la brousse, ca je n'avais pas pour deux sous de confiance en lui. Une chose que je vis, c'est que j'avais été un âne de l'avertir et que, ce que j'avais l'intention de faire, je devais le faire sur-le-champ.

On croirait que j'avais eu assez d'émotions comme ça pour une matinée, mais une autre surprise m'attendait. Dès que j'eus suffisamment contourné le cap pour voir ma maison, je crus distinguer qu'il y avait là-bas des étrangers ; quand j'eus encore un peu avancé, je n'eus plus de doute : il y avait deux sentinelles armées accroupies à ma porte. Je ne pus que supposer que la réprobation qui entourait Ouma était arrivée à un point critique et qu'on avait saisi la factorerie. Sans doute Ouma était-elle déjà arrêtée, et ces hommes armés m'attendaient pour me faire subir le même sort.

Cependant, lorsque j'approchai, ce que je fis à toute vitesse, je vis qu'il y avait un troisième indigène assis dans la véranda comme un visiteur, et qu'Ouma causait avec lui comme une hôtesse. Plus près encore, je reconnus que c'était le grand jeune chef Maéa et qu'il était en train de sourire et de fumer. Et que fumait-il ? Aucune de vos cigarettes d'Europe qui sont bonnes pour des chiens, ni même le véritable article indigène, massif et qui risque de vous assommer et avec lequel vous pouvez vraiment passer le temps si votre pipe est cassée – mais un cigare, et l'un de mes mexicains encore, j'aurais pu le jurer. A cette vue, mon cœur se mit à battre, et il me vint le fol espoir que nos ennuis avaient pris fin et que Maéa était venu en ami.

Ouma me montra à lui du doigt comme j'avançais et il vint à ma rencontre en haut de mon perron en homme du monde accompli.

– Vilivili, me dit-il (car c'était là ce que les indigènes pouvaient faire de mieux de mon nom), moi content.

Il est hors de doute qu'un chef de l'île qui veut être civil sait s'y prendre. Je vis de quoi il retournait dès le premier mot. Ouma n'eut même pas besoin de me dire : « Lui pas peur Esé maintenant, venir apporter copra. » Je vous promets que je serrai les mains à ce Canaque comme s'il avait été le premier d'entre les Blancs d'Europe.

Le fait est que Case et lui avaient couru après la même fille ; ou du moins que Maéa le soupçonnait et qu'il avait décidé d'envoyer promener Case à tout hasard. Il s'était mis sur son trente-et-un, avait mobilisé deux hommes à sa suite, dûment débarbouillés et armés, pour rendre la chose plus publique, et après avoir attendu que Case fût sorti du village, il était venu me proposer toute sa marchandise. Il était aussi riche que puissant, je crois qu'il pouvait aligner cinquante mille noix de coco par an. Je lui donnai le prix de la Côte augmenté d'un quart de cent et, quant au crédit, je lui aurais avancé tout l'intérieur du magasin et les éventaires en plus tant j'étais content de le voir. Je dois dire qu'il acheta en grand seigneur : du riz, des conserves et des biscuits en suffisance pour festoyer une semaine, et des étoffes à la pièce. Il était, avec cela, d'un commerce agréable ; il avait beaucoup d'humour et nous échangeâmes des plaisanteries, surtout par l'entremise de l'interprète, car il savait fort peu d'anglais et mes connaissances en langue indigène n'allaient pas encore bien loin. Je me rendis compte d'une chose, c'est qu'il n'avait jamais dû penser beaucoup de mal d'Ouma ni être vraiment effrayé à son sujet, il avait seulement dû faire semblant par ruse et parce qu'il se disait que Case avait un grand ascendant dans le village et pourrait l'aider.

Cela me donna à penser que nous étions l'un et l'autre dans une passe délicate. Ce qu'il avait fait était un défi à tout le village et pouvait lui coûter son autorité. De surcroît, après la conversation que j'avais eue avec Case sur la plage, cette affaire pouvait très bien me coûter la vie. Case avait bel et bien laissé entendre qu'il me ferait la peau si jamais je me procurais du copra ; il constaterait à son retour que la meilleure affaire du village avait changé de mains ; et ce que je pouvais faire de mieux, c'était de lui faire la peau le premier.

— Écoute, Ouma, lui dis-je. Dis-lui que je regrette de l'avoir fait attendre, mais que j'étais allé reconnaître le magasin de tiapolos que Case a dans la brousse.

— Lui vouloir savoir si toi pas peur ? traduisit Ouma.

— Pas beaucoup ! répondis-je en éclatant de rire. Dis-lui que c'est une sacrée boutique de joujoux. Explique-lui qu'en Angleterre nous donnons ces choses-là aux enfants pour jouer avec.

— Lui vouloir savoir si toi entendre diable chanter ? demanda-t-elle encore.

— Écoute, lui dis-je, je ne peux pas faire la même chose tout de suite parce que je n'ai pas de cordes de banjo en stock ; mais la prochaine fois que le navire passera, j'installerai un de ces machins dans ma véranda et il verra par lui-même ce qu'il y a là-dedans en fait de démons. Dis-lui qu'aussitôt que j'aurai les cordes, j'en fabriquerai un pour ses mioches. On appelle ça une harpe tyrolienne, et tu peux lui dire que le nom signifie en anglais qu'il n'y a que les niquedouilles pour en donner deux sous.

Cette fois il fut si content qu'il dut essayer encore de son anglais.
– Toi parler vrai ? demanda-t-il.
– Plutôt ! dis-je. Parler tout pareil Bible. Apporte-moi une bible, Ouma, si tu as rien de tel, et je la baiserai. Ou je vais te dire ce qui vaut mieux encore, ajoutai-je en risquant le coup. Demande-lui s'il a peur de monter là-haut lui-même pendant la journée.

Il apparut qu'il n'avait pas peur ; il s'aventurerait jusque-là, de jour et en compagnie.

– A la bonne heure ! dis-je. Dis-lui que Case est un escroc et son sanctuaire de la blague, et que, s'il monte là demain, il verra ce qu'il en reste. Mais dis-lui encore ceci, Ouma, et arrange-toi pour qu'il comprenne : s'il bavarde, ça viendra sûrement aux oreilles de Case et en ce cas je suis un homme mort ! Dis-lui que je joue le même jeu que lui et que, s'il dit un mot, mon sang retombera sur sa tête et sera sa damnation ici-bas et dans l'autre monde.

Elle lui répéta cela et il me serra chaleureusement la main et il me dit :

– Pas parler. Monter demain. Toi mon ami ?

– Non monsieur, lui dis-je ; pas de sottises. Dis-lui que je suis venu ici pour trafiquer, pas pour faire des amis. Quant à Case, je l'enverrai dans les sphères célestes !

Et là-dessus, Maéa s'en fut, joliment content à ce que je pus voir.

V

Nuit dans la brousse

Il n'était plus question de reculer ; il fallait démolir Tiapolo avant le lendemain, et j'en avais gros sur les bras non seulement en fait de préparatifs mais en matière de débats domestiques. Ma maison était comme un de ces clubs populaires où l'on tient des conférences contradictoires. Ouma avait la conviction que je ne devais pas aller la nuit dans la brousse ou que, si j'y allais, je n'en reviendrais jamais. Vous savez dans quel style elle discutait ! vous en avez eu un spécimen à propos de la reine Victoria et du démon ; et je vous laisse à penser si j'en fus las avant la tombée du jour.

Finalement, j'eus une bonne idée. A quoi bon lui jeter des perles ? pensai-je. Un peu de son foin haché fera tout aussi bien l'affaire.

– Je vais te dire ce qu'on va faire, dis-je. Tu vas me pêcher ta bible et je l'emporterai avec moi ; comme ça, je serai paré.

Elle jura qu'une bible ne servirait à rien.

– C'est bien là ton ignorance de Canaque, dis-je. Apporte-moi ta bible.

Elle l'apporta et je l'ouvris à la page du titre, où je me disais qu'il y aurait probablement de l'anglais, et c'était le cas.

– Tiens ! dis-je, regarde ça ! « Londres. Imprimé pour la Société Biblique anglaise et étrangère de Blackfriars [1] » (suivait la date, que je ne pus lire parce qu'elle était tout en X). Il n'y a pas de démon aux enfers qui tienne devant la Société Biblique de Blackfriars. Petite nigaude, ajoutai-je. Comment crois-tu que nous nous tirons d'affaire chez nous avec nos *aïtous* ? C'est la Société Biblique qui fait tout !

– Moi croire vous pas avoir *aïtous,* dit-elle. Homme blanc, lui dire moi vous pas en avoir.

– Voilà qui a l'air vraisemblable ! dis-je. Pourquoi ces îles-ci en seraient-elles bondées et n'en aurions-nous aucun en Europe ?

– Eh bien ! vous pas avoir arbre à pain, dit-elle.

J'aurais pu m'arracher les cheveux.

– Écoute, patronne, lui dis-je. Cesse de jaser, car j'en ai marre. J'emporterai la bible, qui me protégera contre vents et marées, c'est le dernier mot que j'aie à dire.

La nuit tomba, extraordinairement noire, des nuages montant avec le coucher du soleil et recouvrant tout ; pas une étoile ne se montrait ; il ne restait qu'un dernier quartier de lune et qui ne devait apparaître qu'après minuit. Autour du village, tant à cause des lumières et des feux dans les maisons ouvertes qu'à cause des torches des nombreux pêcheurs qui allaient et venaient sur le récif, cela restait aussi gai qu'un jour d'illumination ; mais la mer, les montagnes et les bois avaient tous complètement disparu. Je suppose qu'il pouvait être 8 heures lorsque je pris la route, chargé comme un baudet. Il y avait d'abord cette bible, un livre aussi gros que votre tête, que je m'étais mis dans le cas d'emporter par ma propre sottise. C'était ensuite mon fusil, mon couteau, une lanterne et des allumettes de sûreté, tout cela nécessaire. Enfin venait le véritable outillage : une formidable charge de poudre à canon, une couple de bombes à dynamite pour la pêche, et deux ou trois bouts de mèche lente que j'avais tirés de leurs boîtes en fer-blanc et que j'avais épissés de mon mieux, car la mèche n'était que de la pacotille et ç'aurait été folie de s'y fier. Dans l'ensemble, vous le voyez, j'avais tout le matériel qu'il fallait pour produire une belle pétarade ! Je ne regardais pas à la dépense ; je voulais que l'ouvrage fût bien fait.

Tant que je fus à découvert et que j'eus la lampe de la maison pour me repérer, ça marcha bien. Mais quand j'arrivai au sentier, il fit du coup si sombre que je ne pouvais plus avancer, me cognant contre les arbres et jurant comme un homme qui cherche des allumettes dans sa chambre à coucher. Je savais qu'il était risqué d'avoir de la lumière, car ma lanterne serait visible tout du long jusqu'à la pointe du promontoire, et comme personne n'allait là la nuit tombée, on en parlerait et ça viendrait aux oreilles de Case. Mais que pouvais-je faire ?

---

1. Blackfriars, ou Frère Noirs. Quartier de Londres ainsi nommé parce que les dominicains y avaient un couvent avant la Réforme. *(N.d.T.)*

Il fallait ou que j'abandonne l'affaire et que je perde la face vis-à-vis de Maéa, ou que j'allume une lumière, que je risque le coup et que je fasse ma besogne aussi prestement que possible.

Aussi longtemps que je fus sur le sentier, je marchai ferme, mais quand j'arrivai à la plage noire, il fallut me mettre à courir ; car la mer était presque haute, et traverser en gardant la poudre sèche entre le ressac et la falaise exigea toute la rapidité dont j'étais capable. En fait, le flot me monta même jusqu'aux genoux, et je faillis tomber sur une pierre. Pendant tout ce temps, la hâte dans laquelle j'étais, le grand air et l'odeur de la mer me donnaient beaucoup de tonus ; mais une fois que je me trouvai dans la brousse et que je commençai à gravir le sentier, je pris les choses plus doucement. L'horreur des bois avait été fort allégée pour moi par les cordes de banjo et les images taillées de Maître Case ; malgré tout, le parcours me paraissait assez lugubre et je me disais que lorsque les disciples montaient par là, ils devaient être franchement épouvantés. La lumière de la lanterne, qui tombait parmi tous ces troncs, ces branches fourchues et ces lianes aux extrémités tordues, faisait de tout l'endroit, ou de tout ce qu'on pouvait voir, une sorte de puzzle d'ombres tourbillonnantes. Elles venaient à votre rencontre, massives et alertes comme des géants, puis elles pivotaient et s'évanouissaient ; elles planaient au-dessus de votre tête comme des massues, puis s'envolaient dans la nuit comme des oiseaux. Le sol de la brousse luisait de bois mort comme le frottoir d'une boîte d'allumettes dont on vient de se servir. De grosses gouttes froides tombaient sur moi du haut des branches telle de la sueur. Il n'y avait pour ainsi dire pas de vent ; rien qu'un glacial petit souffle de brise de terre qui n'agitait rien ; et les harpes étaient silencieuses.

La première fois que je me reconnus, ce fut quand je traversai le bosquet de cocotiers sauvages et que j'arrivai devant les épouvantails juchés sur le mur. Ils avaient l'air vraiment fantastiques à la lueur de la lanterne, avec leurs visages peints et leurs yeux en coquillages, et leurs vêtements et leurs cheveux pendants. Je les enlevai l'un après l'autre et je les empilai sur le toit de la cave pour les expédier dans les sphères célestes avec tout le reste. Puis je choisis un emplacement derrière l'une des grosses pierres de l'entrée, j'enterrai ma poudre et les deux bombes et je disposai ma mèche le long du passage. Ensuite je jetai un coup d'œil sur la tête fumante, rien que pour lui dire adieu. Elle faisait superbement son office.

– Bon courage ! lui dis-je. Ta place est retenue.

Ma première idée fut d'allumer la mèche et puis de prendre le chemin du retour ; l'obscurité, la phosphorescence du bois mort et les ombres projetées par la lanterne accentuaient mon impression de solitude. Mais je savais où l'une des harpes était suspendue ; c'était dommage qu'elle ne partît pas avec le reste ; et en même temps, je ne pouvais pas me dissimuler que j'en avais plein le dos de cette besogne et que je préférerais de beaucoup être chez moi avec la porte fermée. Je sortis de la cave en débattant du pour et du contre. Loin au-dessous de moi un bruit de mer montait de la côte ; plus près, pas une feuille ne bougeait. J'aurais pu être la seule créature vivante de ce côté du Cap Horn. Or donc, comme j'étais là à réfléchir, la brousse parut s'éveiller et s'emplir de petits bruits. De petits bruits, vous dis-je, rien de sérieux – un léger craquement, une légère galopade – mais j'eus le souffle coupé net et ma gorge devint aussi sèche qu'un biscuit. Ce n'était pas de Case que j'avais peur, ce qui pourtant aurait été du sens commun ; je ne pensai pas un instant à lui ; ce qui me saisit tout à coup comme une colique, c'était ces histoires de vieilles commères, les femmes-diables et les cochons-hommes. Je fus à deux doigts de prendre mes jambes à mon cou. Néanmoins je me dominai, j'élevai ma lanterne (comme un imbécile) et je regardai tout autour de moi.

Dans la direction du village et du sentier, il n'y avait rien qu'on pût voir ; mais quand je me retournai vers l'intérieur, c'est miracle que je ne sois pas tombé par terre. Là, montant tout droit du désert et de la brousse maléfique – là, pas d'erreur, il y avait une femme-diable, toute pareille à ce que je m'étais représenté. Je vis la lumière briller sur ses bras nus et dans ses yeux étincelants, et j'entendis sortir de moi-même un cri si formidable que je me crus mort.

– Ah ! Pas crier ! dit la femme-diable dans une sorte de chuchotement intense. Pourquoi toi parler grosse voix. Éteins lumière. Esé venir.

– Dieu tout puissant, Ouma, est-ce toi ? dis-je.

– *Ioé* [1], dit-elle. Moi venir vite. Esé ici bientôt.

– Toi venir seule ? demandai-je. Toi pas peur ?

– Ah ! trop peur, chuchota-t-elle en se cramponnant à moi. Moi penser mourir.

– Eh bien ! dis-je avec une sorte de faible rictus, ce n'est pas moi qui rirai de toi, Mrs. Wiltshire, car je suis moi-même, à peu de chose près, l'homme le plus terrifié du Pacifique Sud.

Elle me dit en deux mots ce qui l'avait amenée. A peine étais-je parti, apparemment, que Fa'avao était entrée, et la vieille femme avait rencontré Jack le Noir courant aussi vite qu'il pouvait de notre maison à celle de Case. Sans mot dire et sans perdre un instant, Ouma s'était tout de suite mise en route pour venir m'avertir. Elle m'avait suivi de si près que la lanterne lui avait servi de guide pour traverser la plage, puis, par sa lueur qui brillait entre les arbres, pour gravir la colline. C'est seulement lorsque j'étais arrivé au sommet ou lorsque j'avais disparu dans la cave qu'elle s'était égarée Dieu sait où et qu'elle avait perdu un temps précieux, ayant peur d'appeler de crainte que Case ne fût sur ses talons et tombant dans la brousse de sorte qu'elle était pleine de contusions ; cela avait dû se produire quand elle était allée trop au sud, et voilà comment elle en était venue finalement à me prendre de flanc et à me faire une peur telle que je n'ai pas de mots pour la décrire.

---

1. Oui. *(Note de l'Auteur.)*

Ma foi, tout valait mieux qu'une femme-diable, mais son histoire me parut fort sérieuse. Jack le Noir n'avait pas lieu d'être près de la maison à moins qu'on ne l'eût posté là pour nous épier ; et j'eus l'impression que ma sotte remarque sur la peinture, et peut-être aussi quelque bavardage de Maéa, nous avait tous fourrés dans de sales draps. Une chose était claire : Ouma et moi étions là pour la nuit ; nous n'oserions pas tenter de rentrer avant le jour, et même alors il serait plus sûr de remonter dans la montagne et de rentrer par l'autre côté du village, sans quoi nous risquions de tomber dans une embuscade. Il était également clair qu'il fallait faire sauter la mine immédiatement, sinon Case pourrait arriver à temps pour arrêter les choses.

Je pénétrai dans le tunnel, Ouma se serrant contre moi, j'ouvris ma lanterne et j'allumai la mèche. Le premier bout brûla comme un allume-feu en papier et je restai là, stupide à le regarder brûler, pensant que nous allions nous envoler avec Tiapolo, ce qui n'était pas dans mes vues. Le second bout brûla d'un train plus raisonnable, quoique trop vite encore à mon gré ; sur quoi je retrouvai mes esprits, entraînai Ouma hors du passage, soufflai la lanterne et la laissai tomber, puis nous enfonçâmes à tâtons dans la brousse jusqu'au moment où je jugeai que nous serions en sûreté, et nous nous étendîmes ensemble près d'un arbre.

— Patronne, lui dis-je, je n'oublierai pas cette nuit. Tu es un as, c'est tout ce qu'on peut trouver à te reprocher.

Elle se blottit tout contre moi. Elle avait couru hors de la maison comme elle était, sans rien d'autre que son pagne ; elle était toute mouillée par la rosée et par le ressac de la plage noire, et elle tremblait sans cesse de froid et de terreur de l'obscurité et des démons. « Trop peur » était tout ce qu'elle disait.

L'autre versant de la colline de Case dégringole presque aussi abruptement qu'un précipice dans la vallée suivante. Nous étions juste au bord et je voyais briller le bois mort et j'entendais la mer murmurer tout en bas. Je n'aimais guère notre position, qui ne permettait pas de battre en retraite, mais j'avais peur d'en changer. Je compris ensuite que j'avais commis une erreur pire encore en ce qui concernait la lanterne, que j'aurais dû laisser allumée, de façon à pouvoir tirer sur Case quand il serait entré dans sa lumière. Mais même en admettant que j'avais manqué d'idée, cela paraissait absurde de laisser cette bonne lanterne sauter avec les images taillées. Elle m'appartenait après tout, elle valait de l'argent et elle pouvait être utile. Si j'avais pu me fier à la mèche, j'aurai couru encore dans le passage pour la sauver. Mais qui se serait fié à la mèche ? Vous savez ce que c'est que la pacotille. La marchandise était assez bonne pour que les Canaques puissent pêcher avec, de toute manière il faut qu'ils fassent vite, et d'ailleurs tout ce qu'ils risquent c'est d'avoir une main arrachée. Mais pour quiconque voulait se prélasser autour d'une poudrière comme la mienne, cette mèche ne valait rien.

En somme, ce que je pouvais faire de mieux, c'était de rester tranquillement tapi, de tenir prêt mon fusil de chasse et d'attendre l'explosion. Mais ça n'était pas une rigolade. La noirceur de la nuit était comme massive ; la seule chose qu'on pût voir était la vilaine lueur diabolique du bois mort qui ne montrait qu'elle-même ; quant aux bruits, je tendis si bien l'oreille que je croyais pouvoir entendre la mèche brûler dans le tunnel, et la brousse était silencieuse comme un tombeau. De temps à autre on entendait un petit craquement, mais était-ce proche ou lointain, était-ce Case qui se cognait les orteils à quelques pas de moi ou un arbre qui se brisait à des milles de là, je ne le savais pas plus qu'un enfant à naître.

Et alors, tout d'un coup, le Vésuve fit explosion. Ce fut long à venir, mais quand ça vint, personne (bien que ce ne soit pas à moi de le dire) n'aurait pu demander mieux. Ce ne fut d'abord qu'un formidable chambard accompagné d'une trombe de feu, et le bois s'éclaira de telle sorte qu'on aurait pu lire. Mais ensuite commencèrent les ennuis. Ouma et moi, nous fûmes à demi enfouis sous une charretée de terre, et heureux d'en être quittes à bon compte, car un des rochers de l'entrée du tunnel fut carrément projeté en l'air, retomba à moins de deux brasses de l'endroit où nous étions, rebondit par-dessus la crête de la colline et dégringola à grand fracas dans la vallée voisine. Je vis que j'avais mesuré trop chichement notre distance ou trop généreusement la dynamite et la poudre, comme vous aimerez le mieux.

Et bientôt je me rendis compte que j'avais commis une autre bêtise. Le vacarme commença à s'apaiser après avoir secoué l'île ; l'éblouissement était passé, et pourtant la nuit ne revint pas comme je l'escomptais. Car le bois tout entier était parsemé de braises ardentes et de brandons qui provenaient de l'explosion ; il y en avait tout autour de moi sur le plateau ; quelques-uns étaient tombés en bas dans la vallée, d'autres s'étaient pris dans la cime des arbres et y flambaient. Je n'avais pas peur d'un incendie car ces forêts sont trop humides pour prendre feu, l'ennui était que les lieux restaient tout éclairés – d'une lumière pas très forte, mais tout de même assez bonne pour permettre qu'on vous tire dessus ; et vu la façon dont les braises étaient éparpillées, il y avait juste autant de chances pour que Case eût l'avantage que moi. Je cherchai tout autour de moi sa face blafarde, je vous assure ; mais je ne vis pas trace de lui. Quant à Ouma, on aurait dit que la détonation et le flamboiement avaient éteint toute vie en elle.

Il y avait encore une mauvaise carte dans mon jeu. Une de ces sacrées images taillées était descendue tout en feu – cheveux, habits et corps – à moins de trois mètres de moi. Je regardai tout autour de moi avec une attention extrême ; il n'y avait toujours pas de Case, et je résolus de me débarrasser de ce brandon avant qu'il ne survînt, autrement je serais abattu comme un chien.

Ma première idée fut de ramper ; après quoi je me dis que le principal était d'aller vite et je me redressai à demi pour me précipiter. Au même moment, de quelque part entre la mer et moi, vinrent un éclair et une détonation, et une balle de fusil me siffla à l'oreille. Je me retournai en me redressant tout à fait avec mon fusil, mais la brute avait une

Winchester et avant que j'aie pu seulement le voir, son second coup me renversa comme une quille. J'eus l'impression de voler en l'air, puis je fus plaqué au sol et je restai là une demi-minute, ahuri ; ensuite, je constatai que j'avais les mains vides et que mon fusil avait volé par-dessus ma tête quand j'étais tombé. Ça vous réveille drôlement d'être dans le guêpier où j'étais. Je savais à peine où j'étais blessé, voire si j'étais blessé ou non, mais je me retournai sur le ventre afin de ramper jusqu'à mon arme. A moins que vous n'ayez essayé de circuler avec une jambe cassée, vous ne savez pas ce que c'est que la douleur et je beuglai comme un taurillon.

C'est le bruit le plus malencontreux que j'aie jamais fait de ma vie. Jusque-là Ouma était restée collée à son arbre comme une femme raisonnable, sachant qu'elle n'aurait pu que me gêner. Mais dès qu'elle m'entendit hurler, elle s'élança. Le Winchester claqua de nouveau et elle tomba.

Je m'étais assis sur mon séant, jambe et tout, pour l'arrêter ; mais quand je la vis culbuter, je me laissai retomber, restai tranquille et cherchai de la main le manche de mon couteau. Il m'avait déjà envoyé au tapis et fait voir trente-six chandelles. Plus de ça. Il avait abattu ma gamine, il fallait que je lui fasse son affaire ; et je restai couché là, serrant les dents et calculant mes chances. J'avais la jambe cassée et mon fusil était parti. Case avait encore dix coups dans son Winchester. Ça avait tout l'air d'une affaire sans espoir. Pourtant je ne désespérai pas un instant ni ne songeai à désespérer : ce type-là devait y passer.

Pendant un bon bout de temps, aucun de nous ne fit un mouvement. Puis j'entendis Case se rapprocher dans la brousse, mais avec une extrême prudence. L'effigie s'était consumée, il ne restait que quelques braises par-ci par-là, et le bois était sombre dans l'ensemble, bien qu'il gardât une lueur affaiblie, comme un feu qui est à bout de course. C'est grâce à elle que je distinguai la tête de Case qui me regardait par-dessus une grosse touffe de fougères, et en même temps la brute me vit et épaula son Winchester. Je restai complètement immobile, regardant en quelque sorte dans le canon : c'était ma dernière chance, mais je crus que mon cœur allait bondir hors de son assiette. Alors il fit feu. Il était heureux pour moi que ce ne fût pas un fusil à plombs, car la balle frappa le sol à moins d'un pouce de moi, m'envoyant de la terre dans les yeux.

Essayez voir si vous pouvez vous tenir tranquille et laisser un homme vous tirer au posé et vous manquer d'un cheveu. C'est ce que je fis, et ça tourna bien. Case resta là un temps avec le Winchester en position de tir, puis il poussa un petit rire à part lui et s'avança en faisant le tour des fougères.

« Ris, ris », pensai-je. « Si tu avais autant de jugeote qu'un pou, tu dirais tes prières ! »

J'étais aussi tendu qu'une aussière de navire ou qu'un ressort de montre, et aussitôt qu'il arriva à ma portée je le pris par les chevilles, je lui arrachai les pieds du sol, je le couchai par terre et je fus sur lui, jambe cassée et tout, avant qu'il eût soufflé. Son Winchester avait pris le même chemin que mon fusil de chasse ; peu m'importait – je le défiais maintenant. Je suis passablement costaud de toute manière, mais je n'avais jamais connu ma force avant d'avoir empoigné Case. Il était knock-out à en juger par le raffût qu'il fit en tombant, et il leva deux mains ensemble comme une femme effrayée, si bien que je les saisis toutes deux de ma main gauche. Cela le réveilla et il enfonça ses dents dans mon avant-bras comme une belette. Je m'en fichais comme d'une guigne : ma jambe me faisait tout le mal que j'étais capable de sentir. Je tirai mon couteau et le logeai en bonne place.

– Je te tiens, dis-je. Tu es foutu et c'est pas malheureux. Tu sens cette pointe ? Attrape ça pour Underhill ! Et ça pour Adams ! Et maintenant voilà pour Ouma, et ce coup-ci va chasser de ton corps ta sacrée âme.

Là-dessus je lui administrai de l'acier froid tant que je pus. Son corps tressautait sous moi comme un sofa à ressorts. Il poussa une espèce de long gémissement, terrible à entendre, puis resta immobile.

« Je me demande si tu es mort ? J'espère que oui ! » pensai-je, car la tête me tournait. Mais je n'allais pas courir de risques. J'avais son propre exemple trop près, là devant moi, pour le faire. Le sang vint sur mes mains, je me rappelle, chaud comme du thé ; là-dessus je perdis carrément connaissance et m'écroulai, la tête sur la bouche de l'homme.

Quand je revins à moi, il faisait noir comme dans un four ; les braises s'étaient consumées ; il n'y avait rien d'autre à voir que la lueur du bois mort et je ne parvenais pas à me rappeler où j'étais ni pourquoi je souffrais tant ni de quoi j'étais tout trempé. Puis ça me revint, et mon premier soin fut de lui redonner une demi-douzaine de fois du couteau jusqu'au manche. Je crois qu'il était déjà mort, mais ça ne lui fit pas de mal et ça me fit du bien à moi.

– Je parie que tu es mort maintenant, dis-je.

Puis j'appelai Ouma.

Rien ne répondit. J'esquissai un geste pour aller la chercher à tâtons, fis un faux mouvement avec ma jambe brisée et perdis de nouveau connaissance.

Quand je revins à moi pour la seconde fois, les nuages s'étaient dissipés à l'exception d'un petit nombre qui voguaient là-haut, blancs comme du coton. La lune était dans le ciel – une lune des tropiques. Chez nous un bois est noir sous la lune ; mais là, même ce vieux croissant de lune éculé montrait cette forêt aussi verte que de jour. Les oiseaux de nuit – à vrai dire, c'est une espèce d'oiseau très matinal – chantaient leurs notes prolongées, en decrescendo, comme des rossignols. Je voyais le mort, sur lequel j'étais encore à demi couché, braquant là-haut sur le ciel ses yeux ouverts, pas plus blême que de son vivant ; et un peu plus loin, Ouma, affalée sur le côté. Je me traînai jusqu'à elle de mon mieux et quand je l'atteignis, je la trouvais tout éveillée, qui pleurait et sanglotait pour elle-même sans faire plus de bruit qu'un insecte. Il paraît qu'elle avait peur de pleurer tout haut à cause des *aïtous*. Somme toute, elle n'avait pas beaucoup de mal, mais elle était terrifiée à un degré incroyable. Elle avait repris ses sens depuis longtemps, m'avait appelé, n'avait pas reçu de réponse, avait cru comprendre que nous étions morts tous les deux et était restée couchée là, sans oser remuer un doigt. La balle lui avait labouré l'épaule et elle avait perdu une belle quantité de sang ; mais j'eus bientôt ligaturé ça comme il faut avec mon pan de chemise et un foulard que j'avais, puis je mis sa tête sur mon genou valide, m'adossai à un tronc d'arbre et me préparai à attendre le matin. Ouma n'était plus bonne à rien, tout ce qu'elle savait faire était de se cramponner à moi, de trembler et de pleurer. Je crois que personne n'a jamais été plus terrifié et, pour lui rendre justice, elle avait eu une nuit passablement mouvementée. Quant à moi je souffrais pas mal et j'avais aussi pas mal de fièvre, mais ça allait à peu près quand je me tenais tranquille ; et chaque fois que je regardais dans la direction de Case, j'aurais pu chanter et siffler. Ne me parlez pas de boire et de manger ! Il me suffisait de voir cet homme couché là, mort, et j'avais tout mon content.

Les oiseaux de nuit s'arrêtèrent après un temps ; alors la lumière commença à changer, l'orient devint orange, tout le bois se mit à bruire de chants d'oiseaux comme une boîte à musique, et il fit grand jour.

Je n'attendais pas Maéa avant longtemps encore ; et je me disais même qu'il y avait quelque chance pour qu'il renonçât à toute l'affaire et qu'il ne vînt pas du tout. Je n'en fus que plus aise lorsque, une heure environ après l'aube, j'entendis des branches mortes craquer sous des pas et une bande de Canaques rire et chanter pour se donner courage.

Ouma s'assit avec vivacité dès que je lui en eus touché mot et nous ne tardâmes pas à voir le groupe déboucher du sentier à la file indienne, Maéa en tête avec derrière lui un Blanc en casque colonial. C'était Mr. Tarleton, qui était arrivé tard la nuit précédente à Falésà, après avoir laissé sa barque et fait la dernière étape à la lueur de la lanterne.

On enterra Case au champ d'honneur, juste dans le trou où il avait installé la tête fumante. J'attendis que ce fût fini ; et Mr. Tarleton récita des prières, ce que je considérai comme une sottise, mais je dois dire qu'il avait des vues assez sinistres sur la perspective qui attendait le cher défunt, et des idées à lui sur l'enfer. J'ai discuté le coup avec lui par la suite, lui disant qu'il avait rempli son office tout de travers, que ce qu'il aurait dû faire, c'était de se lever comme un homme et de dire nettement aux Canaques que Case était damné et que c'était un bon débarras ; mais je n'ai jamais pu l'amener à partager mes vues. Ensuite, on me fit une litière avec des perches et on me porta jusqu'à la factorerie. Mr. Tarleton réduisit ma fracture et il me fit un vrai épissage de missionnaire, si bien que je boite aujourd'hui encore. Après quoi il recueillit ma déposition, puis celle d'Ouma, puis celle de Maéa, coucha tout ça sur le papier dans une belle écriture et nous fit signer ; puis il prit les chefs avec lui et s'en fut en ordre de bataille chez Papa Randall pour saisir les papiers de Case.

Tout ce qu'on trouva fut un bout de journal tenu depuis bon nombre d'années et concernant entièrement le prix du copra, des vols de poulets, etc. ; les livres de comptes du commerce et le testament dont je vous ai parlé pour commencer ; tous papiers selon lesquels toute l'affaire depuis A jusqu'à Z semblait appartenir à la femme de Samoa. C'est moi qui la lui ai rachetée, à un prix extrêmement raisonnable, car elle était pressée de regagner son pays. Quant à Randall et au Noir, ils durent décamper ; ils entrèrent dans une factorerie quelconque du côté de Papamaloulou ; firent de très mauvaises affaires, car ni l'un ni l'autre, à vrai dire, n'étaient qualifiés pour ça, et vécurent surtout de poisson, ce qui amena la mort de Randall. Il semble qu'il y ait eu un jour un beau banc de poissons dans la baie, et que Papa soit allé les attaquer à la dynamite ; ou bien la mèche a brûlé trop vite, ou bien Papa était plein, ou les deux, mais la bombe partit, comme partent les bombes, avant qu'il la lançât et adieu la main de Papa. C'est vrai qu'il n'y avait pas grand-mal à ça : les îles du nord sont pleines de manchots comme dans les Mille et Une nuits ; mais ou bien Randall était trop vieux, ou bien il buvait trop, en tout cas il en mourut. Peu de temps après, le nègre fut chassé de l'île pour avoir filouté des Blancs, et il s'en alla vers l'ouest, où il trouva des hommes de sa propre couleur, ce qui aurait pu lui plaire, mais les hommes de sa propre couleur le prirent et le mangèrent lors d'une espèce de corroborrie [1], et j'espère qu'ils se sont régalés.

C'est ainsi que je restai seul dans ma gloire à Falésa ; et quand la goélette passa, je la remplis du haut en bas et lui donnai une cargaison de pont aussi haute que le rouf. Je dois dire que Mr. Tarleton a fait ce qu'il fallait pour nous ; mais il a pris sa revanche d'une façon assez perfide.

— Maintenant, Mr. Wiltshire, m'a-t-il dit, j'ai tout arrangé pour vous, ici, avec tout le monde. Ce n'était pas difficile, dès lors que Case n'était plus là ; en tout cas je l'ai fait et je me suis porté garant en outre que vous seriez loyal avec les indigènes. Je dois vous demander de tenir ma promesse.

Eh bien ! c'est ce que j'ai fait. J'étais mal à l'aise à cause de mes balances et je m'en tirais en raisonnant ainsi : nous avons tous des balances bizarres et tous les naturels le savent et ils arrosent leur copra en proportion, de sorte que tout le monde s'y retrouve ; mais la vérité est que cela me tracassait, et, j'avais beau faire de bonnes affaires à Falésa, je ne fus pas mécontent quand la firme m'envoya dans un autre poste, où je n'étais lié par aucune promesse et où je pouvais regarder mes balances en face.

Quant à la patronne, vous la connaissez aussi bien que moi. Elle n'a qu'un défaut : si vous ne gardez pas les yeux grands ouverts, elle donnerait le toit de la factorerie. Apparemment, c'est naturel chez les

---

1. Réunion accompagnée de danses des Mélanésiens. *(N.d.T.)*

Canaques. Elle est devenue une grande et forte femme à présent et elle pourrait vous jeter un policeman de Londres par-dessus son épaule. Mais ça aussi c'est naturel chez les Canaques et il n'y a aucun doute qu'elle fait une épouse de première.

Mr. Tarleton est rentré au pays, besogne faite. C'est le meilleur missionnaire que j'aie jamais rencontré, et maintenant il paraît qu'il fait le pasteur du côté de Somerset. Eh bien ! ça vaut mieux pour lui ; comme ça, il n'aura plus de Canaques pour le faire tourner en bourrique.

Mon cabaret ? Ça se présente mal et je n'y crois plus guère. Je crois bien que je suis collé ici. Je n'aimerais pas quitter les gosses, voyez-vous ; et, on aura beau dire, ils sont mieux ici qu'ils ne le seraient dans un pays de Blancs, bien que Ben[1] ait emmené l'aîné à Auckland, où il va à l'école avec les meilleurs. Mais ce qui me tracasse, c'est les filles. Ce ne sont que des métisses, bien sûr ; je sais ça aussi bien que vous, et il n'y a personne qui fasse aussi peu de cas des métisses que moi, mais elle sont à moi et je n'ai pour ainsi dire rien d'autre. Je ne peux pas me faire à l'idée de les voir se mettre avec des Canaques, mais je voudrais bien savoir où je pourrais trouver des Blancs pour les épouser.

---

1. C'est encore le Ben Hird de la dédicace. *(N.d.T.)*

LA BOUTEILLE ENDIABLÉE [1]

Il était une fois un homme de l'île de Hawaii que j'appellerai Kéaoué ; à dire vrai, il vit encore et son nom doit rester secret ; mais son lieu de naissance n'est pas loin de Honaounaou, où les os de Kéaoué le Grand [3] gisent cachés dans une caverne. Cet homme était pauvre, brave et actif ; il savait lire et écrire comme un maître d'école ; c'était de surcroît un marin de premier ordre, qui avait navigué quelque temps sur les vapeurs de l'archipel et gouverné une baleinière sur la côte de Hamakoua. Avec le temps, Kéaoué se mit en tête d'aller voir le vaste monde et les villes étrangères, et il s'embarqua sur un navire à destination de San Francisco.

C'est une belle ville, avec un beau port et plus de richards qu'on n'en saurait compter. Il s'y trouve en particulier une colline couverte de palais. Sur cette colline, Kéaoué se promenait un jour, les poches pleines d'argent, en regardant avec plaisir les maisons de part et d'autre. « Quelles belles maisons », se disait-il, « et comme les gens qui les habitent sans souci du lendemain doivent être heureux ! » Cette pensée lui trottait dans la tête lorsqu'il arriva à la hauteur d'une maison qui n'était pas des plus grandes, mais accomplie de tous points et belle comme un jouet. Le perron brillait comme de l'argent, les plates-bandes

---

1. Titre original : *The Bottle Imp*.
Note. Tous ceux qui ont étudié ce produit si peu littéraire, le drame anglais du début du siècle, reconnaîtront ici le titre et l'idée maîtresse d'une pièce popularisée jadis par le redoutable O. Smith [2]. L'idée maîtresse est là, identique, et pourtant je me flatte d'en avoir fait quelque chose de neuf. D'ailleurs, le fait que ce conte a été conçu, puis écrit pour un auditoire polynésien lui prêtera peut-être un certain intérêt exotique à mesure qu'on se rapprochera de mon pays. (R. L. Stevenson).
2. Acteur du XVIIIᵉ siècle qui avait coutume de jouer des rôles terrifiants et qui joua notamment celui du Diable dans un mélodrame dont cette nouvelle reprend le nom. *(N.d.T.)*
3. Ancien roi de Hawaii. *(N.d.T.)*

fleuries du jardin étaient comme des guirlandes, et les fenêtres étincelaient comme des diamants. Kéaoué s'arrêta, émerveillé de tant d'excellence. Ce qu'ayant fait, il s'aperçut qu'un homme le regardait à travers une fenêtre si transparente que Kéaoué le voyait comme on voit un poisson dans une mare sur un récif de corail. C'était un homme d'âge mûr, avec un crâne chauve et une barbe noire ; le chagrin appesantissait son visage et il poussait d'amers soupirs. La vérité est qu'à ce moment, Kéaoué regardant l'homme dans sa maison et l'homme regardant Kéaoué au-dehors, chacun enviait l'autre.

Tout à coup, l'homme se mit à sourire, à faire des signes de tête, à inviter par gestes Kéaoué à entrer, et il alla à sa rencontre sur le seuil de la porte.

— Cette belle maison est à moi, dit l'homme en soupirant amèrement. Voudriez-vous la visiter ?

Il mena Kéaoué partout, lui montrant la maison de la cave au grenier, et il n'y avait rien là qui ne fût parfait en son genre, et Kéaoué en resta stupéfait.

— C'est vraiment une superbe maison, dit-il ; si je vivais dans une maison comme ça, je rirais de gaieté tout le long du jour. D'où vient donc que vous soupiriez ?

— Il n'y a aucune raison, dit l'homme, pour que vous n'ayez pas une maison de tous points semblable à celle-ci, voire plus belle si vous le désirez. Vous avez quelque argent, je suppose ?

— J'ai cinquante dollars, dit Kéaoué ; mais une maison comme celle-ci vaut sûrement plus de cinquante dollars.

L'homme fit un calcul.

— Je regrette que vous n'ayez pas davantage, dit-il, car cela peut vous causer des ennuis plus tard ; mais elle est à vous pour cinquante dollars.

— La maison ? demanda Kéaoué.

— Non, pas la maison, répondit l'homme, mais la bouteille. Car je dois vous le dire, si riche et si fortuné que je vous paraisse, toute ma fortune, ainsi que cette maison et son jardin, sont sortis d'une bouteille qui n'est pas beaucoup plus grosse qu'une pinte. La voici.

Il ouvrit un placard fermé à clef et il en tira une bouteille à la panse arrondie surmontée d'un long col ; le verre était d'un blanc laiteux avec, dans le grain, des couleurs changeantes d'arc-en-ciel. Dans ses flancs se mouvait obscurément quelque chose, comme une ombre et une flamme.

— Voici la bouteille, dit l'homme.

Puis, comme Kéaoué s'était mis à rire :

— Vous ne me croyez pas ? Essayez donc par vous-même. Voyons si vous pouvez la casser.

Kéaoué prit la bouteille et la lança sur le sol jusqu'à en être fatigué. Mais elle rebondissait comme une balle sans subir aucun dommage.

– Voilà qui est étrange, dit Kéaoué, car à en croire ma vue et mon toucher cette bouteille devrait être en verre.

– Elle est en verre, répondit l'homme en soupirant plus profondément que jamais ; mais le verre a été trempé dans les flammes de l'enfer. Un petit diable y demeure, et c'est l'ombre que nous y voyons bouger ; ou du moins je le suppose. Si qui que ce soit achète cette bouteille, le petit diable est à ses ordres ; tout ce qu'il désire – amour, renommée, argent, des maisons comme cette maison, oui-da, ou même une ville comme cette ville – tout est à lui sitôt qu'il dit un mot à cet effet. Napoléon a eu cette bouteille et c'est grâce à elle qu'il est devenu le roi du monde ; mais pour finir il l'a vendue et il est tombé. Le capitaine Cook a eu cette bouteille, et c'est grâce à elle qu'il a trouvé le chemin de tant d'îles ; mais lui aussi l'a vendue et il a été massacré à Hawaii. Car, une fois vendue, pouvoir et protection s'en vont avec elle ; et à moins qu'un homme ne se contente de ce qu'il a, il lui arrivera malheur.

– Et pourtant vous parlez de la vendre vous-même ? dit Kéaoué.

– J'ai tout ce que je souhaite et je me fais vieux, répondit l'homme. Il y a une chose que le petit diable n'a pas le pouvoir de faire : c'est de prolonger la vie ; or, il serait malhonnête de vous le cacher, la bouteille a un inconvénient : si un homme meurt avant de l'avoir vendue, il brûle en enfer à jamais.

– Pour sûr que c'est un inconvénient ! s'écria Kéaoué. Je ne veux plus me mêler de ça. Je peux me passer d'une maison, Dieu merci, mais s'il y a une chose dont je tiens à me passer tout à fait, c'est d'être damné.

– Bonté divine, ne jetez pas le manche après la cognée, répondit l'homme. Tout ce que vous avez à faire, c'est de recourir avec modération au pouvoir de la bouteille, et puis après de la vendre à quelqu'un d'autre, comme je vous la vends, et de terminer votre vie en toute quiétude.

– Ma foi, j'observe deux choses, dit Kéaoué. En premier lieu, vous soupirez tout le temps, comme une fille en mal d'amour ; et secondement vous vendez cette bouteille à très bas prix.

– Je vous ai déjà dit pourquoi je soupire, dit l'homme. C'est parce que je crains que ma santé ne me trahisse ; or, comme vous l'avez dit vous-même, mourir et s'en aller en enfer ne fait plaisir à personne. Quant à la raison pour laquelle je vends si bon marché, je dois vous expliquer qu'il y a une particularité attachée à cette bouteille. Jadis, lorsque le Démon l'a apportée sur terre, elle était extrêmement coûteuse, et elle fut vendue la première fois au Prêtre Jean pour des millions et des millions de dollars ; mais il n'est possible de la vendre qu'à perte. Si vous la vendez aussi cher que vous l'avez payée, elle vous revient comme un pigeon qui rentre au pigeonnier. Il s'ensuit que son prix n'a pas cessé de tomber au cours des siècles, et qu'elle est à cette heure remarquablement bon marché. Je l'ai achetée moi-même à l'un de mes riches voisins de la colline, et je ne l'ai payée que quatre-vingt-dix dollars. Je pourrais la vendre pour quatre-vingt-neuf dollars quatre-vingt-dix-neuf cents, mais pas un sou de plus, sans quoi la bouteille me revient. Or cela entraîne deux ennuis. Tout d'abord, lorsque vous offrez une bouteille aussi exceptionnelle pour quelque quatre-vingts dollars, les gens croient que vous plaisantez. Ensuite... mais à cet égard rien ne presse et je n'ai pas besoin d'aborder la question. Souvenez-vous seulement que c'est pour de l'argent monnayé que vous devez la vendre.

— Comment saurai-je si tout cela est vrai ? demanda Kéaoué.

— Vous pouvez en faire l'essai sur-le-champ, au moins en partie, répondit l'homme. Donnez-moi vos cinquante dollars, prenez la bouteille et puis souhaitez que vos cinquante dollars reviennent dans votre poche. Si cela ne se produit pas, je m'engage sur l'honneur à annuler le marché et à vous rendre votre argent.

— Vous ne me trompez pas ? dit Kéaoué.

L'homme se lia par un grand serment.

— Allons, je me risque jusque-là, dit Kéaoué, car cela ne peut m'attirer aucun ennui.

Il versa son argent à l'homme et l'homme lui tendit la bouteille.

— Petit diable de la bouteille, dit Kéaoué, je veux ravoir mes cinquante dollars.

A peine avait-il dit ces mots que sa poche fut aussi lourde que devant.

— Pour sûr, c'est là une merveilleuse bouteille, dit Kéaoué.

— A présent, je vous souhaite une belle journée, mon bon ami, et que le diable vous accompagne ! dit l'homme.

— Arrêtez ! dit Kéaoué. J'en ai assez de cette plaisanterie. Tenez, reprenez votre bouteille.

— Vous l'avez achetée moins cher que je ne l'ai payée, répondit l'homme en se frottant les mains. Elle est à vous maintenant ; et pour ma part, je ne me soucie plus que de voir votre dos.

Sur ce, il sonna son domestique chinois et fit reconduire Kéaoué.

Lorsque Kéaoué fut dans la rue, la bouteille sous le bras, il se mit à réfléchir. « Si tout cela est vrai », se dit-il, « j'ai pu faire une mauvaise affaire. » Mais peut-être que cet homme s'est tout bonnement moqué de moi. » La première chose qu'il fit fut de compter son argent. La somme était exacte : quarante-neuf dollars en argent américain et une pièce chilienne. « Ça m'a l'air d'être vrai », se dit Kéaoué. « Je vais maintenant essayer autre chose. »

Les rues, dans cette partie de la ville, étaient aussi nettes que le pont d'un navire et, bien qu'il fût midi, vides de passants. Kéaoué déposa la bouteille dans le ruisseau et continua sa route. A deux reprises il regarda derrière lui et vit la bouteille laiteuse à panse arrondie là où il l'avait laissée. Une troisième fois, il tourna la tête et prit une rue de traverse ; mais à peine l'avait-il fait que quelque chose lui cogna le coude : voilà qu'un long goulot dépassait de la poche de sa vareuse, où était nichée la panse arrondie de la bouteille !

— Ça aussi, ça m'a bien l'air d'être vrai, dit Kéaoué.

La première chose qu'il fit ensuite fut d'acheter un tire-bouchon dans une boutique et de gagner un lieu écarté dans la campagne. Là, il essaya de tirer le bouchon, mais chaque fois qu'il enfonçait le tire-bouchon, celui-ci ressortait, laissant le bouchon aussi intact que jamais.

– Voilà un bouchon d'une nouvelle espèce ! dit Kéaoué qui, du coup, se mit à trembler et à transpirer car il avait peur de la bouteille.

En revenant près du port, il vit une boutique où un marchand vendait des coquillages et des massues qui venaient des îles sauvages ainsi que de vieilles idoles païennes, de vieilles monnaies, des estampes chinoises et japonaises et toute espèce d'objets comme ceux que les marins rapportent dans leurs coffres. Là, il eut une idée. Il entra et offrit la bouteille pour cent dollars. Le marchand commença par lui rire au nez et lui en offrit cinq. Mais c'était vraiment une curieuse bouteille : jamais pareil verre n'avait été soufflé dans une verrerie humaine, tant les couleurs brillaient joliment sous le blanc laiteux et tant l'ombre flottait étrangement au milieu ; si bien qu'après avoir marchandé quelque temps à la façon de ses pareils, l'homme donna à Kéaoué soixante dollars d'argent de l'objet, qu'il plaça sur une étagère en belle place dans sa devanture. « Allons » se dit Kéaoué. « J'ai vendu pour soixante dollars ce que j'avais acheté pour cinquante, ou, à dire vrai, un peu moins car un de mes dollars était chilien. Je vais maintenant savoir ce qu'il en est sur un autre point. »

Là-dessus, il remonta sur son navire et, quand il ouvrit son coffre, la bouteille s'y trouvait : elle était venue plus vite que lui.

Or Kéaoué avait à bord un copain du nom de Lopaka.

– Qu'est-ce que tu as, lui dit Lopaka, à regarder fixement dans ton coffre ?

Ils étaient seuls au poste d'équipage. Kéaoué lui fit jurer le secret et lui dit tout.

– C'est une bien étrange affaire, dit Lopaka, et j'ai peur que cette bouteille ne te mette dans de mauvais draps. Mais il y a une chose qui est claire, c'est que tu es sûr d'avoir des ennuis avec elle et que tu ferais mieux, pendant que tu y es, de profiter aussi de ses avantages. Décide ce que tu veux en tirer, donne des ordres en conséquence, et si ton souhait s'accomplit, j'achèterai moi-même la bouteille ; car mon idée, c'est d'avoir une goélette et d'aller faire du commerce d'une île à l'autre.

– Mon idée à moi, dit Kéaoué, ça n'est pas ça : c'est d'avoir une belle maison et un beau jardin sur la côte du Kona, où je suis né, avec le soleil qui entrerait à flots par la porte, et des fleurs dans le jardin et des vitres aux fenêtres et des tableaux sur les murs, et des bibelots et de beaux tapis sur les tables, tout comme la maison où j'ai été aujourd'hui – avec seulement un étage de plus et des balcons tout autour comme au palais du Roi ; et puis de vivre là sans souci avec mes amis et mes parents.

– Eh bien ! dit Lopaka, rapportons la bouteille avec nous à Hawaii ;

et si tout se confirme de la façon que tu crois, je l'achèterai, comme je te l'ai dit, et je demanderai une goélette.

Ils tombèrent d'accord sur ce point, et le navire regagna bientôt Honolulu, avec à son bord Kéaoué, Lopaka et la bouteille. A peine eurent-ils débarqué qu'ils rencontrèrent sur la plage un ami qui se mit aussitôt à faire ses condoléances à Kéaoué.

– Je ne sais pas pourquoi j'ai lieu de recevoir des condoléances, dit Kéaoué.

– Est-il possible que tu n'aies pas encore appris, dit l'ami, que ton oncle – ce bon vieillard – est mort, et que ton cousin – ce superbe garçon – s'est noyé en mer ?

Kéaoué fut envahi par la peine ; il commença à pleurer et à se lamenter, oubliant du coup la bouteille. Mais Lopaka réfléchissait à part lui, et dès que la douleur de Kéaoué se fut un peu apaisée, il lui dit :

– J'y songe, est-ce que ton oncle n'avait pas des terres en Hawaii, dans le district de Kaou ?

– Non, dit Kéaoué, pas en Kaou. Elles sont à flanc de montagne, un peu au sud de Houkéna.

– Ces terres vont maintenant être à toi ? demanda Lopaka.

– En effet, dit Kéaoué, qui se reprit à gémir en songeant à ses parents.

– Non, dit Lopaka, ne te lamente pas. J'ai une idée en tête. Si c'était là l'œuvre de la bouteille ? Car voilà un emplacement tout prêt pour ta maison.

– S'il en est ainsi, s'écria Kéaoué, c'est bien mal me servir que de tuer mes parents ! Mais en effet, c'est bien possible, car je voyais la maison, en esprit, dans une situation toute pareille.

– Elle n'est pas encore bâtie, malgré tout, dit Lopaka.

– Non, et elle n'est pas près de l'être ! dit Kéaoué. Mon oncle a beau avoir des caféiers, des awas [1] et des bananiers, ça ne me procurera pas plus qu'il n'en faut pour vivre à l'aise ; quant au reste de cette terre, c'est de la lave noire.

– Allons voir le notaire, dit Lopaka. J'ai toujours la même idée en tête.

Or, une fois chez le notaire, ils découvrirent que l'oncle de Kéaoué s'était monstrueusement enrichi dans les derniers jours et qu'il y avait là des fonds.

– Voilà l'argent de la maison ! s'écria Lopaka.

– Si vous pensez à faire construire, dit le notaire, voici la carte d'un nouvel architecte dont on me dit monts et merveilles.

– De mieux en mieux ! s'écria Lopaka. Tout est simplifié pour nous. Continuons à nous laisser conduire.

Ils se rendirent chez l'architecte, qui avait des projets de maisons sur sa table.

---

1. Arbuste dont la racine sert à faire une boisson alcoolisée. (N.d.T.)

– Il vous faut quelque chose qui sorte de l'ordinaire, dit l'architecte. Ceci vous plairait-il ?

Et il tendit un dessin à Kéaoué.

Or, dès que Kéaoué eut jeté les yeux sur le dessin, il poussa une exclamation, car c'était la reproduction exacte de ce qu'il avait rêvé.

« Je suis parti pour avoir cette maison », se dit-il. « J'ai beau ne pas aimer la façon dont elle me vient, je suis parti pour l'avoir et, tant qu'à faire, je peux aussi bien prendre ce qui m'arrive de bon avec ce qu'il y a de mauvais. »

Il expliqua donc à l'architecte tout ce qu'il désirait et comment il voulait meubler la maison, y compris les tableaux à mettre au mur et les babioles à mettre sur les tables ; et il demanda tout net à l'homme pour quelle somme il entreprendrait l'affaire.

L'architecte posa une foule de questions, puis il prit sa plume et fit ses calculs ; et quand il eut fini, il nomma la somme même que Kéaoué avait héritée.

Lopaka et Kéaoué se regardèrent en hochant la tête.

« Il est clair, pensa Kéaoué, que je dois avoir cette maison de toute manière. Elle me vient du diable et je doute d'en retirer de grands bienfaits. Ce qu'il y a de sûr, c'est que je ne formerai plus de souhaits tant que j'aurai cette bouteille. Mais du moment que j'ai endossé cette maison, je puis aussi bien prendre le bon avec le mauvais. »

Il conclut donc un marché avec l'architecte et tous deux signèrent. Et Kéaoué et Lopaka s'embarquèrent à destination de l'Australie ; car il était convenu entre eux qu'ils n'interviendraient en aucune manière, laissant l'architecte et le diable de la bouteille construire et orner la maison à leur guise.

La traversée fut une bonne traversée ; seulement tout du long Kéaoué retenait son souffle, car il avait juré de ne plus articuler aucun désir et de ne plus accepter aucune faveur du diable. La date fixée était échue quand ils revinrent. L'architecte leur déclara que la maison était prête. Sur quoi, Kéaoué et Lopaka prirent passage sur le *Hall,* puis descendirent du côté du Kona pour aller reconnaître la maison et voir si tout avait été fait conformément à l'idée que Kéaoué avait en tête.

Or la maison s'élevait à flanc de montagne, en vue des navires. Au-dessus, la forêt grimpait jusqu'à se perdre dans les nuages de pluie. Au-dessous, la lave noire dégringolait en formant des falaises dans lesquelles étaient enfouis les rois du temps jadis. Un jardin en fleurs entourait la maison de toutes les teintes qu'on pût voir. Il y avait un verger de papayers d'un côté, un verger d'arbres à pain de l'autre, et juste sur le devant, face à la mer, se dressait un mât de navire portant pavillon. Quant à la maison, elle avait trois étages qui comportaient chacun de vastes pièces et de larges terrasses. Les fenêtres avaient des vitres d'un verre si parfait qu'il était aussi clair que l'eau et aussi brillant que le jour. Toute espèce de meubles ornaient les chambres. Des tableaux pendaient au mur dans des cadres dorés, et l'on y reconnaissait des navires, des hommes en train de se battre, des femmes d'une grande beauté, des pays singuliers ; nulle part au monde ne se rencontrent des peintures aussi éclatantes que celles que Kéaoué trouva suspendues dans sa maison. Quant aux bibelots, ils étaient d'un raffinement extraordinaire : pendules à carillon et boîtes à musique, petits bonshommes qui branlaient du chef, livres pleins d'images, armes de prix venues des quatre coins du monde, ainsi que les jeux de patience les plus élégants pour charmer les loisirs d'un solitaire. Et comme personne n'eût aimé à habiter pareilles chambres autrement que pour les parcourir et les contempler, les terrasses étaient si larges que toute une ville aurait pu y vivre avec délices. Kéaoué ne savait que préférer, du porche de derrière où vous éventait la brise de terre et qui donnait sur les vergers et les fleurs, ou bien de la terrasse de la façade où l'on pouvait humer le vent marin, suivre du regard dans sa chute la paroi abrupte de la montagne, et voir le *Hall* passer une fois par semaine environ entre Houkéna et les collines de Pépé, ainsi que les goélettes qui louvoyaient le long de la côte pour transporter le bois, l'awa et les bananes.

Quand ils eurent tout passé en revue, Kéaoué et Lopaka s'assirent sous le porche.

— Eh ! alors, demanda Lopaka, tout est-il bien comme tu l'avais imaginé ?

— Les paroles me manquent, dit Kéaoué. C'est mieux que dans mes rêves, et mon cœur déborde de satisfaction.

— Il n'y a qu'une éventualité à considérer, dit Lopaka : celle où tout cela serait entièrement naturel et où le petit diable de la bouteille n'aurait rien à y voir. Si je devais acheter la bouteille sans avoir de goélette en fin de compte, j'aurais mis la main au feu pour rien. Je t'ai donné ma parole, je le sais ; pourtant, je présume que tu ne me refuseras pas une preuve de plus.

— J'ai juré de ne plus accepter de faveurs, dit Kéaoué. Je me suis déjà engagé assez avant comme cela.

— Je ne pense pas à une faveur, dit Lopaka, mais seulement à voir le petit diable lui-même. Il n'y a rien à gagner à cela et, par conséquent, rien dont on ait lieu d'avoir honte ; mais une fois que je l'aurais vu, je serais sûr de toute l'affaire. Ainsi donc, fais-moi ce plaisir et laisse-moi voir le diablotin. Après ça, voici l'argent dans ma main, j'achète la bouteille.

— Je n'ai peur que d'une chose, dit Kéaoué : ce petit diable peut être laid à voir, et une fois que tu auras jeté les yeux sur lui, tu pourras perdre toute envie de la bouteille.

— Je suis l'homme de mon dire, répondit Lopaka, et voici l'argent entre nous.

— Très bien, dit Kéaoué. Je suis curieux de le voir, moi aussi. Allons, venez un peu qu'on vous voie, Monsieur le Diablotin.

Cela ne fut pas plutôt dit que le diablotin fit son apparition hors de la bouteille — pour y rentrer aussitôt, vif comme un lézard. Et voilà Kéaoué et Lopaka changés en pierre. Il fit nuit noire avant que l'un ou l'autre eût trouvé une pensée à exprimer et une voix pour le faire. Enfin Lopaka poussa l'argent devant lui et prit la bouteille.

– Je suis l'homme de mon dire, dit-il, et il faut que je le sois, sans quoi je ne toucherais pas cette bouteille du pied. Allons, je vais avoir ma goélette et un dollar ou deux en poche ; après quoi je me débarrasserai de ce diable aussi vite que je le pourrai. Car, pour te parler en toute candeur, sa physionomie m'a ôté le goût du pain.

– Lopaka, dit Kéaoué, ne me juge pas trop sévèrement si tu le peux. Je sais que la nuit est tombée et que les chemins sont mauvais et qu'il ne fait pas bon passer si tard près des tombes, mais je t'assure que depuis que j'ai vu ce petit visage, je ne pourrai ni manger ni dormir ni prier avant qu'il ne se soit éloigné de moi. Je vais te donner une lanterne et un panier pour y mettre la bouteille ainsi que n'importe quel tableau ou n'importe quel bel objet qui te fera envie n'importe où dans la maison, – mais pars tout de suite et va-t-en dormir à Houkéna avec Nahinou.

– Kéaoué, dit Lopaka, plus d'un prendrait mal la chose ; surtout au moment où je te fais l'amitié de tenir parole et d'acheter la bouteille ; sans compter que la nuit et l'obscurité et le passage près des tombes doivent être dix fois plus dangereux pour un homme qui a pareil péché sur la conscience et pareille bouteille sous le bras. Mais je suis moi-même en proie à une telle terreur que je n'ai pas le cœur de te blâmer. Je pars donc ; et je prie Dieu afin que tu sois heureux dans ta maison, et que j'aie, moi, de la chance avec ma goélette, et que pour finir nous allions tous les deux au Ciel en dépit du diable et de sa bouteille.

Ainsi donc Lopaka descendit la montagne ; et Kéaoué resta sur la terrasse de devant, à prêter l'oreille au cliquetis des sabots ferrés du cheval et à suivre des yeux la lueur de la lanterne qui descendait le sentier et qui longeait la falaise creuse où étaient ensevelis les anciens morts ; et tout ce temps il tremblait et se tordait les mains et priait pour son ami et rendait gloire à Dieu parce qu'il s'était tiré lui-même de ce mauvais pas.

Mais le lendemain se trouva être un jour radieux et cette maison toute neuve qu'il avait en partage était si délicieuse à contempler qu'il en oublia ses terreurs. Les jours se suivaient et Kéaoué demeurait là dans une joie perpétuelle. Sa place était sur le porche de derrière : c'est là qu'il mangeait et qu'il vivait et qu'il lisait les histoires des journaux de Honolulu ; mais quand des visiteurs s'en venaient, ils entraient dans la maison pour voir les chambres et les tableaux ; et la renommée de la maison s'étendit à la ronde. On l'appelait *Ka-Halé Nui* – la Grande Maison – dans tout le Kona ; parfois aussi la *Maison Brillante*, car Kéaoué avait un Chinois qui passait sa journée à épousseter et à fourbir ; et la verrerie, et les dorures et les belles étoffes et les peintures brillaient avec autant d'éclat que brille le matin. Quant à Kéaoué lui-même, il ne pouvait pas traverser les pièces sans chanter, tant il avait le cœur dilaté ; et lorsque des navires passaient sur la mer, il hissait les couleurs au mât.

Le temps s'écoula de la sorte jusqu'au jour où Kéaoué se rendit à Kaïlona pour voir des amis. Une fois là, on lui fit fête ; mais le lendemain matin il partit aussitôt qu'il put, et pressa sa monture car il avait hâte de revoir sa belle maison. De surcroît, la nuit qui s'en venait était la nuit où les morts du temps jadis sortent sur les pentes du Kona ; et vu qu'il avait déjà eu commerce avec le diable, il ne tenait nullement à rencontrer les morts. Un peu au-delà de Honaounaou, comme il regardait au loin devant lui, il aperçut une femme en train de se baigner à la limite des eaux ; un beau brin de fille, lui sembla-t-il, mais il n'y pensa plus. Ensuite, il vit sa chemise blanche flotter tandis qu'elle l'enfilait, puis son holokou [1] rouge. Lorsqu'il arriva à sa hauteur, elle avait terminé sa toilette, et elle était sortie de la mer, et elle se tenait au bord du sentier dans son holokou rouge, et elle était toute rafraîchie par le bain et ses yeux brillaient, pleins de gentillesse. Kéaoué ne l'eut pas plutôt vue qu'il tira sur les rênes.

— Je croyais connaître tout un chacun dans le pays, dit-il. Comment se fait-il que je ne te connaisse pas ?

— Je suis Kokona, fille de Kiano, dit la fille, et je viens de rentrer d'Oahou. Qui es-tu, toi ?

— Je te dirai bientôt qui je suis, dit Kéaoué en descendant de son cheval, mais pas tout de suite. Car j'ai une idée dans la tête, et si tu savais qui je suis, tu pourrais avoir entendu parler de moi et tu ne me ferais pas franche réponse. Mais en tout premier lieu, dis-moi une chose : es-tu mariée ?

— C'est toi qui poses les questions, répondit Kokona en riant tout haut. Es-tu marié toi-même ?

— Non, Kokona, non, répondit Kéaoué, et je n'ai jamais songé à l'être avant cette heure. Mais voici la vérité pure et simple. Je t'ai rencontrée ici au bord du chemin et j'ai vu tes yeux qui sont comme les étoiles, et mon cœur s'est élancé vers toi, aussi vif qu'un oiseau. Et maintenant, si tu ne veux pas de moi, dis-le et je rentrerai chez moi ; mais si je te parais en valoir un autre, dis-le-moi et je me détournerai de mon chemin pour passer la nuit chez ton père, et demain je parlerai à ce digne homme.

Kokona ne souffla mot, mais regarda la mer en riant.

— Kokona, dit Kéaoué, si tu ne dis rien je prendrai cela pour une bonne réponse ; ainsi donc, gagnons ensemble la porte de ton père.

Elle prit les devants, toujours sans mot dire ; seulement, elle jetait parfois un regard derrière elle, puis détournait de nouveau les yeux, et elle tenait les cordons de son chapeau dans sa bouche.

Quand ils furent arrivés devant la porte, Kiano sortit dans sa véranda et se récria et accueillit Kéaoué en l'appelant par son nom. Sur quoi la fille regarda Kéaoué, car la renommée de la grande maison avait atteint ses oreilles ; et c'était pour sûr une grande tentation. Ils passèrent

---

1. Robe flottante. *(N.d.T.)*

toute la soirée ensemble avec beaucoup de gaieté ; et la fille se montra hardie comme tout sous les yeux de ses parents et se moqua de Kéaoué, car elle avait l'esprit prompt. Le lendemain, il échangea quelques mots avec Kiano, puis il alla retrouver la fille, qui était seule.

— Kokona, lui dit-il, tu t'es moquée de moi toute la soirée, et il est encore temps de m'éconduire. Je n'ai pas voulu te dire qui j'étais parce que, ayant une si belle maison, je craignais que tu ne penses trop à elle et trop peu au petit homme qui t'aime. Maintenant que tu sais tout, si tu préfères ne plus jamais me revoir, dis-le tout de suite.

— Non, dit Kokona.

Cette fois, elle ne riait pas et Kéaoué n'en demanda pas davantage.

C'est ainsi que Kéaoué fit sa cour ; les choses avaient été vite ; mais ainsi va la flèche, et la balle de fusil plus vite encore, et pourtant l'une et l'autre peuvent atteindre la cible. Les choses étaient allées vite, mais elles étaient aussi allées loin, et la pensée de Kéaoué tintait dans la tête de la jeune fille ; elle entendait sa voix dans le bruit du ressac déferlant sur la lave, et pour ce jeune homme qu'elle n'avait vu que deux fois, elle aurait quitté père et mère ainsi que ses îles natales. Quant à Kéaoué lui-même, son cheval semblait voler en remontant le sentier de montagne qui passait sous la falaise aux tombes, et le bruit de ses sabots, mêlé au chant de Kéaoué qui chantait pour son propre plaisir, se répercutait dans les cavernes des morts. Il arriva à la Maison Brillante toujours chantant. Il s'assit et mangea sur la large terrasse, et le Chinois s'émerveilla d'entendre son maître chanter entre deux bouchées. Le soleil se coucha dans la mer et la nuit vint ; et Kéaoué se promena sur les terrasses à la lueur de la lampe, là-haut sur la montagne, et le bruit de son chant frappait d'étonnement les hommes des navires.

« Me voici maintenant au pinacle », se dit-il. « La vie ne peut pas être meilleure. C'est ici la cime de la montagne et tout autour de moi, dégringole vers le pire. Pour la première fois, je vais illuminer les salles et me baigner dans ma belle baignoire à eau chaude et à eau froide et dormir seul dans le lit de ma chambre nuptiale. »

Sur quoi le Chinois reçut des ordres, et il dut sortir de son sommeil pour allumer les fourneaux ; et comme il besognait en bas, à côté des chaudières, il entendait son maître chanter et se réjouir au-dessus de lui dans les chambres illuminées. Quand l'eau commença à être chaude, le Chinois le cria à son maître ; et Kéaoué s'en fut dans la salle de bains ; et le Chinois l'entendit chanter tout en remplissant le bassin de marbre ; et il l'entendit chanter une chanson, qui s'interrompait parfois tandis qu'il se déshabillait ; jusqu'au moment où, tout à coup, le chant cessa. Le Chinois écouta, écouta ; il appela d'en-bas pour demander à Kéaoué si tout allait bien, et Kéaoué lui répondit « Oui », et lui dit d'aller se coucher ; mais il n'y eut plus de chant dans la Maison Brillante ; ~~et~~ toute la nuit, le Chinois entendit les pas de son maître tourner, ~~r~~ ~~r~~er sur les terrasses, sans repos.

La vé~~~~~dit la suivante : Kéaoué, en se déshabillant pour prendre son b~~~~~remarqué sur sa chair une plaque pareille à une plaque de lichen sur un rocher, et c'est alors qu'il avait cessé de chanter. Car il connaissait l'aspect de cette plaque et il savait qu'il avait contracté le Mal Chinois [1].

C'est une triste chose pour quiconque de contracter ce mal-là ; et ce serait une triste chose pour quiconque de quitter une maison aussi vaste et aussi belle, ainsi que tous ses amis pour s'en aller sur la côte nord de Molokaï, entre la puissante falaise et les brisants. Mais que dire du cas de Kéaoué, qui n'avait rencontré sa bien-aimée que la veille, qui l'avait conquise le matin de ce jour, et qui voyait tous ses espoirs se briser comme verre en un instant ?

Il resta assis quelque temps sur le bord de la baignoire ; puis il bondit en poussant un cri et sortit en courant ; puis il se mit à faire les cent pas sur la terrasse, inlassablement, comme un désespéré.

« C'est bien volontiers que je quitterais Hawaii, le pays de mes pères », pensait Kéaoué. « C'est d'un cœur léger que je quitterais ma maison haut perchée aux nombreuses fenêtres, ma maison des montagnes. C'est sans hésiter que j'irais à Molokaï, à Kalaoupapa d'auprès des falaises pour y vivre avec ceux qui ont été frappés et y dormir loin de mes pères. Mais quel mal ai-je fait, quel péché pèse sur mon âme pour que j'aie rencontré Kokona comme elle sortait toute fraîche de la mer dans le soir ? Kokona, la piégeuse d'âme ! Kokona, la lumière de ma vie ! Elle que je ne pourrai jamais épouser, elle que je ne pourrai plus regarder, elle que je ne pourrai plus caresser d'une main amoureuse. Et c'est pour cela, c'est pour toi, ô Kokona, que je pleure ! »

Vous allez maintenant mesurer quel homme était Kéaoué, car il aurait pu continuer à habiter la Maison Brillante pendant des années, sans que personne eût connaissance de sa maladie ; mais il ne se souciait guère de cela dès lors qu'il devait perdre Kokona. De même, il aurait pu épouser Kokona tel qu'il était, et plus d'un l'aurait fait, d'entre ceux qui ont une âme de porc ; mais Kéaoué aimait la jeune fille d'un cœur viril et ne voulait lui faire aucun mal ni l'exposer à aucun danger.

Un peu après le milieu de la nuit, le souvenir de la bouteille lui revint à l'esprit. Il retourna au porche de derrière et se rappela le jour où le diable était sorti du goulot, et à cette pensée un froid de glace courut dans ses veines.

« C'est une terrible chose que cette bouteille », pensa Kéaoué, « et c'est une terrible créature que ce diable, et un terrible danger que de risquer les flammes de l'enfer. Mais quel autre espoir ai-je de guérir mon mal et d'épouser Kokona ? Eh ! quoi », pensa-t-il, « moi qui ai affronté le diable pour avoir une maison, ne l'affronterai-je pas de nouveau pour avoir Kokona ? »

Là-dessus, il lui vint à l'esprit que c'était le lendemai[n] ~~ourn~~
passait en s'en retournant à Honolulu. « C'est là que ~~érité éta~~
~~ain, avait 1~~

------

1. La lèpre.

premier lieu afin de voir Lopaka », se dit-il. « Car le meilleur espoir qui me reste est de retrouver cette même bouteille dont j'ai été si heureux de me débarrasser. »

Il ne put fermer l'œil ni avaler une bouchée, mais il envoya une lettre à Kiano, et, vers l'heure à laquelle le vapeur devait arriver, il descendit à cheval le long de la falaise aux tombes. Il pleuvait ; sa monture allait d'un pas lourd ; il leva les yeux vers les bouches noires des cavernes, enviant les morts qui dormaient là sans plus connaître de tourments, et il se rappela avec étonnement comment il avait galopé au même endroit la veille. Cependant, il arriva à Houkéna, où tout le pays était rassemblé dans l'attente du vapeur, comme d'habitude. Dans le hangar qui s'élevait devant le magasin, les gens étaient assis, plaisantant et échangeant des nouvelles ; mais Kéaoué n'avait aucune parole à tirer de son sein et, assis parmi eux, il regardait la pluie tomber sur les maisons et le flot battre les récifs, et des soupirs lui montaient à la gorge.

— Kéaoué de la Maison Brillante est d'humeur chagrine, dit quelqu'un à son voisin.

Il l'était pour sûr ; comment s'en étonner ?

Le *Hall* arriva et la baleinière transporta Kéaoué à bord. Le navire était plein à l'arrière de Haolès [1] qui avaient été voir le volcan, comme ils en ont coutume, et au milieu bondé de Canaques, et à l'avant de taureaux sauvages de Hilo et de chevaux de Kaou ; mais Kéaoué restait à l'écart de tous dans sa peine et guettait du regard la maison de Kiano. Elle apparut en bas, sur le rivage, parmi les rochers noirs, sous l'ombrage des cocotiers, et l'on voyait près de la porte un holokou rouge pas plus grand qu'une mouche et tout aussi affairé d'allure. « Ah ! reine de mon cœur », s'écria-t-il. « Je vais risquer ma précieuse âme pour te gagner. »

Peu après la nuit tomba et les Haolès s'assirent pour jouer aux cartes et boire du whisky comme ils en ont coutume ; mais Kéaoué marcha toute la nuit sur le pont ; et tout le jour suivant, alors que le *Hall* passait sous le vent de Maoui et de Molokaï, il marcha de long en large comme une bête fauve dans une ménagerie.

Vers le soir ils doublèrent Diamond Head et abordèrent à la jetée d'Honolulu. Kéaoué s'en fut dans la foule et se mit en quête de Lopaka. Celui-ci, lui dit-on, était entré en possession d'une goélette – la meilleure qui fût dans les îles – et s'en était allé commercer du côté de Pola-Pola ou de Kahiki. Il n'y avait donc point de secours à attendre de lui. Kéaoué se rappela un ami de Lopaka, un homme de loi de la ville (je dois taire son nom) et s'enquit de lui. On lui apprit qu'il s'était enrichi tout d'un coup et qu'il avait une belle maison neuve sur la côte de Waïkiki. Cela dit quelque chose à Kéaoué : il appela un fiacre et se fit conduire chez l'homme de loi.

1. Blancs.

La maison était toute flamblant neuve, et les arbres du jardin n'étaient pas plus grands que des cannes, et l'homme de loi, quand il parut, avait l'air d'un homme fort content de son sort.

— Que puis-je faire pour votre service ? demanda-t-il.

— Vous êtes un ami de Lopaka, répondit Kéaoué, et Lopaka m'a acheté certaine marchandise dont j'ai pensé que vous pourriez peut-être m'aider à retrouver la trace.

Le visage de l'homme de loi se rembrunit.

— Je ne veux pas faire mine de ne pas vous comprendre, dit-il, bien que ce soit là une vilaine affaire à remuer. Vous pouvez être sûr que je ne sais rien ; néanmoins, j'ai mes soupçons, et si vous frappez à une certaine porte, m'est avis que vous pourriez avoir des nouvelles.

Et il indiqua le nom d'un homme que je ferais mieux, de nouveau, de ne pas répéter. Il en fut ainsi des jours et des jours, Kéaoué allant de l'un à l'autre et trouvant partout des habits neufs et des voitures neuves et de belles maisons neuves ainsi que des gens fort satisfaits, quoique leur visage, dès qu'il touchait mot de son affaire, ne manquât pas de s'assombrir.

« Nul doute que je sois sur la bonne piste », se dit Kéaoué. « Ces habits neufs et ces voitures neuves sont tous des dons du diablotin, et les visages heureux sont les visages de gens qui ont fait leur pelote, puis ont retrouvé la sécurité en se séparant du maudit objet. Quand je verrai des joues pâlies et que j'entendrai des soupirs, je saurai que je suis près de la bouteille. »

De fil en aiguille, on l'adressa enfin à un Haolé de Béritania [1] Street. Quand il arriva à la porte, vers l'heure du repas du soir, il trouva les signes habituels : une maison neuve, un jeune jardin et la lumière électrique brillant aux fenêtres ; mais quand le propriétaire parut, un choc, fait à la fois de crainte et d'espoir, parcourut Kéaoué ; car il était en présence d'un jeune homme blanc comme un cadavre, avec des yeux cernés, des cheveux qui se faisaient rares et l'expression que pourrait avoir un homme qui attend d'être pendu.

« Elle est là, pour sûr », se dit Kéaoué, qui jugea inutile, avec cet homme, de voiler l'objet de sa démarche.

— Je suis venu acheter la bouteille, dit-il.

A ce mot, le jeune Haolé de Beritania Street chancela et donna contre le mur.

— La bouteille ! dit-il d'une voix haletante. Acheter la bouteille !

Puis il parut suffoquer et, saisissant Kéaoué par le bras, il l'emmena dans une chambre où il versa du vin dans deux verres.

— A votre santé, dit Kéaoué, qui avait beaucoup fréquenté les Haolés en son temps. Oui, ajouta-t-il, je suis venu acheter la bouteille. A quel prix est-elle maintenant ?

---

1. Déformation de Britannia. *(N.d.T.)*

A ce mot le jeune homme laissa son verre glisser de ses doigts et regarda Kéaoué comme l'eût fait un fantôme.

– Le prix, dit-il, le prix ! Vous ne savez pas le prix ?

– C'est pour cela que je vous le demande, répliqua Kéaoué. Mais pourquoi avez-vous l'air si soucieux ? Y a-t-il quelque chose de fâcheux dans le prix ?

– L'objet a perdu beaucoup de valeur depuis votre temps, Monsieur Kéaoué, balbutia le jeune homme.

– Bien, bien, j'aurai d'autant moins à verser, dit Kéaoué. Combien vous a-t-elle coûté ?

Le jeune homme était blanc comme un linge.

– Deux cents, dit-il.

– Quoi ! cria Kéaoué. Deux cents ? Mais alors vous ne pouvez la vendre qu'un cent. Et celui qui l'achète...

Les mots moururent sur ses lèvres. Celui qui l'achèterait ne pourrait jamais la revendre ; la bouteille et le diable de la bouteille resteraient avec lui jusqu'à sa mort et, quand il mourrait, l'emporteraient dans les rouges profondeurs de l'enfer.

Le jeune homme de Beritania Street tomba à genoux.

– Pour l'amour de Dieu, achetez-la ! s'écria-t-il. Vous pouvez avoir toute ma fortune par-dessus le marché. J'ai été fou quand je l'ai achetée à ce prix. J'avais détourné de l'argent à mon magasin. J'étais perdu sinon : la prison m'attendait.

– Pauvre malheureux, dit Kéaoué, vous avez risqué votre âme dans une aventure aussi désespérée pour éviter le châtiment que méritait votre méfait, et vous vous figurez que j'hésiterai alors que l'amour est là devant moi. Donnez-moi la bouteille et la monnaie que, j'en suis sûr, vous tenez prête. Voici une pièce de cinq cents.

Il en était comme Kéaoué le supposait ; le jeune homme avait la monnaie prête dans un tiroir. La bouteille changea de mains, et les doigts de Kéaoué ne s'étaient pas plus tôt refermés sur le goulot qu'il avait exhalé le souhait d'être un homme sain. De fait, quand il rentra dans sa chambre et qu'il se déshabilla devant la glace, sa chair était intacte comme celle d'un enfant. Mais le plus étrange de l'affaire fut qu'il n'eut pas plus tôt constaté ce miracle que ses dispositions changèrent en lui : il ne se souciait plus du tout du Mal Chinois et plus guère de Kokona ; il n'avait qu'une pensée, c'est qu'il était lié au diable de la bouteille pour le temps d'ici-bas et pour l'éternité, et qu'il n'avait pas d'autre espoir que d'être à jamais un brandon dans les flammes de l'enfer. Il les voyait sans cesse flamboyer devant lui avec l'œil de l'esprit, et son âme se crispa et tout devint ténèbres.

Quand il se ressaisit un peu, il se souvint que c'était le soir où l'orchestre jouait à l'hôtel. Il s'y rendit parce qu'il avait peur d'être seul ; et là, parmi des visages heureux, il allait et venait, écoutant la musique s'élever et retomber tandis que Berger battait la mesure, et tout le temps il entendait des flammes crépiter et il voyait la fournaise rougeoyer dans l'abîme sans fond. Soudain l'orchestre se mit à jouer

Hiki-ao-ao, c'était une chanson qu'il avait chantée avec Kokona, et à l'entendre le courage lui revint. « C'est chose faite », pensa-t-il. « Et une fois de plus, autant prendre le bon avec le mauvais. »

Tant et si bien qu'il revint à Hawaii par le premier vapeur ; et dès qu'il put arranger les choses il épousa Kokona et l'emmena dans la Maison Brillante sur la pente de la montagne.

Voici ce qu'il en était de ces deux-là : lorsqu'ils étaient ensemble, Kéaoué avait le cœur apaisé ; mais sitôt qu'il était seul, il tombait dans une rumination pleine d'horreur, et il entendait les flammes crépiter, et il voyait la fournaise rougeoyer dans l'abîme sans fond. La fille était vraiment venue à lui de tout son être ; dès qu'elle voyait son époux, son cœur bondissait dans sa poitrine, sa main se cramponnait à la sienne. Et elle était ainsi faite, des cheveux qui couvraient sa tête aux ongles de ses orteils, que personne ne pouvait la regarder sans joie. Aimable de son naturel, elle avait toujours une bonne parole, et elle bourdonnait de chansons, et elle allait et venait dans la Maison Brillante, elle-même le plus brillant ornement des trois étages, en gazouillant comme les oiseaux. Et Kéaoué la voyait et l'entendait avec délices, mais soudain il se recroquevillait sur lui-même en pleurant et en gémissant à la pensée du prix qu'il avait payé pour l'avoir ; après quoi il devait se sécher les yeux et se laver le visage et répondre à ses sourires le cœur chaviré.

Puis vint le jour où son pas à elle, aussi, se fit plus lourd et ses chansons plus rares ; et maintenant Kéaoué n'était plus le seul qui pleurât à la dérobée. Ils se séparaient l'un de l'autre, et ils allaient s'asseoir sur des terrasses opposées, avec entre eux toute la largeur de la Maison Brillante. Kéaoué était plongé de telle sorte dans son désespoir qu'il s'aperçut à peine du changement, se félicitant seulement d'avoir plus d'heures de solitude pour ruminer sur son sort et d'être moins souvent contraint de masquer d'un visage souriant son cœur malade. Mais un jour qu'il allait sans bruit par la maison, il entendit des sanglots d'enfant, et il trouva Kokona en train de se rouler le visage sur le sol de la terrasse et de pleurer comme une perdue.

– Tu as raison de pleurer dans cette maison, Kokona, dit-il. Et pourtant je donnerais ma tête pour que toi, du moins, tu puisses être heureuse.

– Heureuse ! cria-t-elle. Kéaoué, quand tu vivais seul dans ta Maison Brillante, ton nom, dans toute l'île, voulait dire : homme heureux ; tu avais toujours le rire et la chanson à la bouche et ton visage était radieux comme l'aurore. Et puis tu as épousé la pauvre Kokona ; et le bon Dieu sait ce qu'elle a de mal, mais à dater de ce jour tu n'as plus souri. Oh ! s'écria-t-elle, qu'ai-je donc ? Je me croyais jolie et je savais que je l'aimais. Qu'ai-je donc pour jeter ce nuage sur mon mari ?

– Pauvre Kokona, dit-il en s'asseyant à son côté et en essayant, mais en vain, de lui prendre la main. Pauvre Kokona, répéta-t-il. Ma pauvre enfant... ma jolie. Et moi qui tout ce temps avais cru t'épargner ! Eh ! bien, tu sauras tout. Alors tu auras pitié du pauvre Kéaoué ; alors tu comprendras combien il t'a aimée dans le passé, lui qui a défié l'enfer pour t'avoir, et combien il t'aime encore, lui qui, tout pauvre condamné qu'il est, trouve encore un sourire quand il te voit.

Sur ce, il lui raconta tout, dès le début.

— Tu as fait cela pour moi ? s'écria-t-elle. Alors, je ne me soucie plus de rien !

Et elle le serra dans ses bras en pleurant sur lui.

— Ah ! enfant, dit Kéaoué, quand je considère le feu de l'enfer, je m'en soucie beaucoup, moi !

— Ne raconte pas cela, répondit-elle. Aucun homme ne peut perdre son âme si sa seule faute est d'avoir aimé Kokona. Je te le dis, Kéaoué, je te sauverai de ces mains ou je périrai avec toi. Comment ! Tu m'as aimée au point de donner ton âme, et tu crois que je ne mourrais pas pour te sauver en retour ?

— Ah ! ma chère petite, s'écria-t-il. Quand bien même tu mourrais cent fois, quelle différence cela ferait-il ? Aucune, si ce n'est que je resterais tout seul à attendre l'heure de ma damnation.

— Tu ne sais rien, dit-elle. J'ai été éduquée dans une école d'Honolulu ; je ne suis pas une fille vulgaire ; et je te dis que je sauverai mon bien-aimé. Que racontais-tu à propos du cent ? Il y a dans le monde d'autres pays que l'Amérique. Les Anglais ont une pièce qu'ils appellent le farthing et qui vaut à peu près un demi-cent. Ah ! malheur ! s'écria-t-elle, cela n'arrange guère les choses, car l'acheteur de la bouteille se perdrait nécessairement et nous ne trouverons personne d'aussi brave que mon Kéaoué ! Mais alors il y a la France : ils ont là une petite pièce qu'ils appellent le centime, et il y a cinq centimes dans un cent, ou à peu près. Nous ne pourrions pas trouver mieux. Viens, Kéaoué, partons pour les îles françaises ; allons à Tahiti aussi vite que les navires pourront nous y porter. Nous aurons là quatre centimes, trois centimes, deux centimes, un centime ; quatre ventes successives en perspective, et nous sommes deux pour pousser au marché. Allons, mon Kéaoué, embrasse-moi et chasse le souci. Kokona te défendra.

— Don de Dieu ! s'écria-t-il. Je ne puis croire qu'Il me punira pour avoir désiré pareil bienfait. Qu'il en soit comme tu voudras. Emmène-moi où il te plaira. Je remets ma vie et mon salut entre tes mains.

Le jour suivant, de bon matin, Kokona se mit à faire ses préparatifs. Elle prit le coffre avec lequel Kéaoué avait navigué jadis, plaça la bouteille dans un coin, puis l'emplit de leurs plus riches vêtements et des plus beaux bibelots de la maison. « Car », dit-elle à Kéaoué, « il faut que nous ayons l'air riche : autrement, qui donc croirait à la bouteille ? » Tout le temps de ses préparatifs, elle se montra aussi gaie qu'un pinson ; c'est seulement quand elle regardait Kéaoué que les larmes lui montaient aux yeux : il fallait alors qu'elle courût à lui pour l'embrasser. Quant à Kéaoué, il avait un poids de moins sur le cœur. Maintenant que son secret était partagé et qu'il avait retrouvé quelque espoir, il semblait un homme nouveau, ses pieds foulaient légèrement la terre et il respirait librement. Cependant la terreur ne quittait jamais entièrement son côté ; et de temps en temps l'espoir s'éteignait en lui, tel un cierge soufflé par le vent ; alors il voyait les flammes danser et la fournaise rougeoyer dans l'enfer.

Ils firent courir le bruit dans le pays qu'ils étaient partis en voyage d'agrément pour les États-Unis, ce qu'on trouva étrange, mais ce qui l'était moins que la réalité n'eût paru l'être si on avait pu la deviner. Ils gagnèrent Honolulu sur le *Hall*, puis San Francisco sur l'*Umatilla* avec une foule de Haolés, et à San Francisco ils s'embarquèrent sur la brigantine de la poste, le *Tropic Bird,* pour Papeete, la principale localité française des îles du Sud. Ils y parvinrent après une agréable traversée, par un beau jour où soufflait l'alizé, et ils virent le récif sur lequel se brisait le ressac, et Motoniti avec ses palmes, et la goélette mouillée en eau calme et les maisons blanches de la ville échelonnées en bas, le long du rivage, parmi les arbres verts, et plus haut les montagnes et les nuages de Tahiti, l'île magicienne.

Le plus sage, jugèrent-ils, était de louer une maison ; en conséquence, ils en louèrent une, et ce en face du Consulat britannique pour bien étaler leur argent et pour se faire remarquer par leurs voitures et leurs chevaux. C'était chose facile tant qu'ils avaient la bouteille ; car Kokona était plus hardie que Kéaoué, et chaque fois qu'elle avait un caprice, elle demandait au diable vingt ou cent dollars. A ce train-là, ils furent bientôt en vedette dans la ville, et les étrangers de Hawaii, avec leurs chevaux de selle et leurs chevaux de trait ainsi qu'avec les beaux holokous et les riches dentelles de Kokona, furent l'objet de bien des cancans.

Ils ne tardèrent pas à faire bon ménage avec la langue tahitienne, qui est, à vrai dire, pareille au hawaiien, à ceci près que de l'un à l'autre certaines lettres changent ; et dès qu'ils eurent quelque facilité de parole, ils se mirent à faire l'article pour la bouteille. Il faut se rendre compte que ce n'était pas un sujet facile à aborder ; non, ce n'était pas facile de persuader les gens que vous parliez sérieusement quand vous proposiez de leur vendre pour quatre centimes une source inépuisable de santé et de richesse. Avec cela, il était nécessaire de leur expliquer les dangers de la bouteille ; sur quoi, ou bien les gens ne croyaient pas un mot de toute l'affaire et se mettaient à rire, ou bien ils voyaient surtout son côté sombre et, devenant fort graves, ils s'écartaient de Kéaoué et de Kokona comme d'individus qui avaient des relations actives avec le démon. Si bien que les deux époux, loin de gagner du terrain, commencèrent à remarquer qu'on les évitait dans la ville ; les enfants s'enfuyaient à leur vue en poussant des cris, chose intolérable pour Kokona ; les catholiques se signaient au passage ; et tout le monde, d'un commun accord, se mit à repousser leurs avances.

Ils tombèrent dans le découragement. Ils passaient la soirée assis dans leur nouvelle maison, après la lassitude de la journée, sans échanger une seule parole, ou bien Kokona rompait soudain le silence en éclatant en sanglots. Parfois ils priaient ensemble ; parfois encore ils mettaient la bouteille sur le plancher et passaient toute la soirée à observer comment l'ombre planait au centre. A pareils moments, ils avaient peur d'aller se reposer. Le sommeil était long à venir, et si l'un des deux s'assoupissait, il s'éveillait bientôt pour trouver l'autre en train de pleurer silencieusement dans le noir, ou encore pour se trouver seul, l'autre ayant fui la maison et le voisinage de la bouteille pour aller faire les cent pas sous les bananiers du petit jardin et pour errer sur la plage au clair de lune.

Une nuit, il en fut ainsi lorsque Kokona s'éveilla : Kéaoué était parti. Elle tâta le lit : la place vide était froide. Alors elle fut saisie de crainte et elle s'assit dans le lit. Un rayon de lune filtrait à travers les volets. La chambre était claire et Kokona pouvait distinguer la bouteille sur le plancher. Au-dehors soufflait un vent puissant, les grands arbres de l'avenue se plaignaient tout haut, et les feuilles tombées bruissaient dans la véranda. Au milieu de tout cela, Kokona perçut un autre son ; venait-il d'une bête ou d'un homme, à peine aurait-elle pu le dire, mais il était triste comme la mort et il la perça jusqu'au fond de l'âme. Doucement elle se leva, entrouvrit la porte et regarda dans la cour éclairée par la lune. Là, sous les bananiers, gisait Kéaoué, la bouche dans la poussière, et c'était lui qui gémissait.

La première pensée de Kokona fut de courir le consoler ; la seconde la retint avec force. Kéaoué s'était conduit bravement devant sa femme ; il ne convenait guère, à l'heure où il faiblissait, qu'elle se révélât le témoin de sa honte. A cette pensée, elle rentra dans la maison.

« Ciel ! » pensa-t-elle, « comme j'ai été négligente ! Comme j'ai été faible ! C'est lui, et non pas moi, qui encourt ce péril éternel ; c'est lui, et non pas moi, qui a chargé son âme de cette malédiction. C'est pour moi, c'est pour l'amour d'une créature d'aussi peu de valeur et d'aussi piètre secours qu'il voit maintenant si près de lui les flammes de l'enfer, hélas oui, et qu'il en sent la fumée, couché là en plein vent sous la lune. Ai-je l'esprit si épais que jamais encore je n'ai soupçonné mon devoir, ou bien ne l'ai-je vu que pour m'en détourner ? Mais maintenant du moins, je prends mon âme dans les deux mains de mon amour ; je dis adieu aux blancs degrés du ciel et aux visages des amis qui m'attendent. Amour pour amour, et que le mien égale celui de Kéaoué. Âme pour âme, et que ce soit la mienne qui périsse ! »

Elle avait les mains prestes et elle fut bientôt habillée. Elle prit la monnaie – les précieux centimes qu'elle gardait toujours à leur côté ; car cette pièce est peu en usage, et ils en avaient fait provision dans un bureau de l'État. Quand elle gagna l'avenue, des nuages s'en vinrent dans le vent et la lune s'obscurcit. La ville dormait, et Kokona ne savait vers où se tourner lorsqu'elle entendit quelqu'un tousser sous le couvert des arbres.

– Vieil homme, dit Kokona, que fais-tu là dehors dans la nuit froide ?

Le vieil homme pouvait à peine parler tant il toussait, mais elle comprit qu'il était vieux et pauvre et étranger dans l'île.

– Veux-tu me rendre un service ? dit Kokona. Comme un étranger à un autre, comme un vieil homme à une jeune femme. Veux-tu aider une fille de Hawaii ?

– Ah ! dit le vieil homme. Ainsi donc, tu es la sorcière des Huit Iles, et même une vieille âme comme la mienne, tu cherches à la prendre au piège. Mais j'ai entendu parler de toi et je défie tes maléfices.

– Assois-toi, dit Kokona, et laisse-moi te conter une histoire.

Et elle lui conta l'histoire de Kéaoué d'un bout à l'autre.

– Et maintenant, ajouta-t-elle, je suis sa femme, qu'il a payée du bonheur de son âme. Que dois-je faire ? Si j'allais moi-même le trouver pour lui proposer d'acheter la bouteille, il refuserait. Mais si toi tu y vas, il te la vendra avec empressement. Je t'attendrai ici. Tu l'achèteras pour quatre centimes. Je te la rachèterai pour trois. Et que le Seigneur prête force à une pauvre fille !

– Si tu cherchais à me prendre en traître, dit le vieil homme, m'est avis que Dieu te frapperait de mort.

– Oui, certes ! s'écria Kokona. Tu peux en être sûr. Je ne saurais être traîtresse à ce point : Dieu ne le souffrirait pas.

– Donne-moi les quatre centimes et attends-moi là, dit le vieil homme.

Or, lorsque Kokona se trouva toute seule dans la rue, le cœur lui manqua. Le vent rugissait dans les arbres et il lui semblait que c'était la ruée des flammes de l'enfer ; les ombres dansaient à la lueur du réverbère et elles lui apparaissaient comme les mains ravisseuses d'esprits malins. Si elle en avait eu la force, elle se serait enfuie ; si elle avait eu assez de souffle, elle se serait mise à crier ; mais en fait, elle ne pouvait faire ni l'un ni l'autre, et elle resta là à trembler dans l'avenue comme un enfant apeuré.

Puis elle vit le vieil homme qui s'en revenait, la bouteille à la main.

– J'ai fait ce que tu m'as demandé, dit-il. J'ai laissé ton mari pleurant comme un enfant ; il dormira facilement cette nuit.

Et il lui tendit la bouteille.

– Avant de me la donner, dit Kokona d'une voix haletante, prends le bien en même temps que le mal, demande à être délivré de ta toux.

– Je suis un vieil homme, répondit-il, et trop près de la porte du tombeau pour accepter une faveur du diable. Mais qu'y a-t-il ? Pourquoi ne prends-tu pas la bouteille ? Tu hésites ?

– Je n'hésite pas ! s'écria Kokona. C'est seulement que je suis faible. Accorde-moi un moment. C'est ma main qui résiste, c'est ma chair qui se rétracte devant cette chose maudite. Rien qu'un moment !

Le vieil homme regarda Kokona avec bonté.

– Pauvre enfant ; dit-il. Tu as peur ; ton âme se dérobe. Eh ! bien laisse-moi la garder. Je suis vieux et je ne saurais plus être heureux en ce monde. Quant à l'autre...

– Donne-la-moi ! dit Kokona d'une voix blanche. Voilà ton argent. Me crois-tu aussi vile que cela ? Donne-moi la bouteille.

– Dieu te bénisse, mon enfant, dit le vieil homme.

Kokona cacha la bouteille sous son holokou, dit adieu au vieil homme et se mit à marcher le long de l'avenue sans se soucier de savoir où elle allait. Car pour elle toutes les routes étaient pareilles à présent et menaient également en enfer. Tantôt elle marchait, tantôt elle courait ; tantôt elle hurlait dans la nuit, tantôt elle se couchait dans la poussière au bord de la route et elle pleurait. Tout ce qu'elle avait entendu dire de l'enfer lui revenait ; elle voyait les flammes arder, elle sentait la fumée et sa chair se recroquevillait sur les braises.

Aux approches de l'aube elle se ressaisit et revint à la maison. Il en était comme le vieil homme l'avait dit : Kéaoué dormait comme un enfant. Kokona resta à contempler son visage.

– Maintenant, dit-elle, c'est ton tour de dormir, mon mari. Quand tu te réveilleras, ce sera ton tour de chanter et de rire. Mais pour la pauvre Kokona – qui hélas ne pensait pas à mal – pour la pauvre Kokona, plus de sommeil, plus de chansons, plus de joie, que ce soit sur la terre ou au ciel.

Là-dessus, elle se coucha dans le lit à son côté, et sa détresse était si extrême qu'elle tomba instantanément dans un profond sommeil.

Tard dans la matinée son mari l'éveilla et lui apprit la bonne nouvelle. La joie semblait le rendre sot, car il ne fit pas attention à la détresse de Kokona, si mal qu'elle la dissimulât. Elle avait beau ne pas pouvoir articuler une parole, peu importait, car Kéaoué parlait pour deux. Elle avait beau ne pas pouvoir avaler une bouchée, il n'y avait personne pour le remarquer, car Kéaoué, lui, nettoyait le plat. Kokona le voyait et l'entendait comme une étrange créature de rêve ; il y avait des moments où elle oubliait ou bien où elle doutait, et elle portait les mains à son front, tant il lui semblait monstrueux de se savoir condamnée et d'entendre son mari babiller.

Pendant tout ce temps, Kéaoué mangeait et buvait et projetait la date de leur retour et remerciait Kokona de l'avoir sauvé et la cajolait en lui disant qu'elle avait été son vrai soutien en fin de compte. Il riait du vieil homme qui s'était montré assez sot pour acheter la bouteille.

– Un digne vieillard, selon toute apparence, dit-il. Mais personne ne peut juger sur la mine. Pourquoi ce vieux réprouvé avait-il besoin de la bouteille ?

– Mon mari, dit Kokona humblement, son intention était peut-être bonne.

Kéaoué se mit à rire comme un homme en colère.

– Fariboles ! s'écria-t-il. Un vieux gredin, je te le dis ; et un vieil âne, de surcroît. Car la bouteille était déjà assez difficile à vendre pour quatre centimes ; pour trois, ce sera tout à fait impossible. La marge est trop étroite, la chose commence à sentir le roussi. Brrr ! dit-il en frissonnant. Il est vrai que je l'ai achetée moi-même un cent sans savoir qu'il y avait de plus petites pièces. J'ai été un fieffé imbécile. On n'en trouvera jamais un autre du même acabit, et quiconque a la bouteille à présent l'emportera dans l'abîme.

– Ô, mon mari ! dit Kokona. N'est-ce pas chose terrible que de devoir son salut à la ruine éternelle d'autrui ? Il me semble qu'à ta place je ne pourrais pas rire. Je serais accablée. Je serais pleine de mélancolie. Je prierais pour le malheureux possesseur.

Kéaoué, sentant la justesse de ce qu'elle disait, n'en devint que plus irrité.

— Tut, tut ! s'écria-t-il. Tu peux être pleine de mélancolie si ça te plaît, mais ce n'est pas là l'humeur d'une bonne épouse. Si tu pensais à moi si peu que ce soit, tu aurais honte.

Là-dessus il sortit, et Kokona se trouva seule.

Quelle chance avait-elle de vendre la bouteille pour deux centimes ? Pas la moindre, elle le voyait bien. Et à supposer qu'elle en eût quelqu'une, voilà que son mari se hâtait de l'emmener dans un pays où il n'y avait aucune pièce qui fût au-dessous d'un cent. Et voilà que le lendemain de son sacrifice, il la blâmait et le laissait seule.

Elle ne tenta même pas de mettre à profit le peu de temps qu'elle avait encore devant elle, et elle resta à la maison, tantôt sortant la bouteille pour la contempler avec un effroi indicible, tantôt la cachant avec répugnance.

Un moment après, Kéaoué revint et voulut l'emmener faire un tour en voiture.

— Mon mari, je suis souffrante, dit-elle, je n'ai le cœur à rien. Excuse-moi, je suis incapable de prendre aucun plaisir.

Kéaoué fut plus irrité que jamais. Contre elle, parce qu'il pensait qu'elle ruminait le cas du vieil homme ; et contre lui-même, parce qu'il pensait qu'elle avait raison et qu'il était honteux d'être aussi heureux.

— Voilà bien ta foi et ton affection ! s'écria-t-il. Ton mari vient d'échapper à sa perte éternelle, qu'il avait encourue pour l'amour de toi, et tu es incapable de prendre aucun plaisir ! Kokona, tu as le cœur déloyal.

Il ressortit furieux et erra toute la journée par la ville. Il rencontra des amis et alla boire avec eux ; ils louèrent une voiture et coururent la campagne et là ils burent de nouveau. Tout le temps Kéaoué était mal à l'aise parce qu'il se divertissait tandis que sa femme était triste, et parce qu'il savait dans son cœur que c'était elle qui avait raison ; et sachant cela, il s'enfonçait de plus belle dans la boisson.

Il y avait une vieille brute de Haolé qui buvait avec lui ; un individu qui avait été maître d'équipage sur un baleinier, déserteur, chercheur d'or, forçat. Il avait l'esprit vil et la bouche ordurière ; il aimait à boire et à voir les autres ivres ; et il pressait Kéaoué de vider verre sur verre. Bientôt personne n'eut plus d'argent.

— Toi, là, dit le maître d'équipage. Tu es riche, tu l'as toujours dit. Tu as une bouteille ou quelque autre bêtise...

— Oui, dit Kéaoué, je suis riche ; je vais rentrer demander de l'argent à ma femme, c'est elle qui le garde.

— Mauvaise idée, chef, dit le maître d'équipage. Faut jamais confier des dollars à un jupon : C'est aussi traître que l'eau. Tiens-la à l'œil.

Or ce mot resta fiché dans l'esprit de Kéaoué ; car il avait la cervelle brouillée par ce qu'il avait bu.

– Je ne serais pas étonné qu'elle me trahisse, en effet, pensa-t-il. Pourquoi, sinon, ma délivrance la laisserait-elle si abattue ? Mais je vais lui montrer que je ne suis pas homme à me laisser jouer de la sorte. Je vais la prendre sur le fait.

En conséquence, quand ils furent de retour en ville, Kéaoué dit au maître d'équipage de l'attendre au coin de la rue, près de la vieille geôle, et remonta l'avenue seul jusqu'à sa propre porte. La nuit était revenue ; il y avait de la lumière à l'intérieur, mais pas un son. Kéaoué fit furtivement le tour de la maison, ouvrit tout doucement la porte de derrière et regarda au-dedans.

Kokona était là sur le sol, la lampe à son côté. Devant elle, il y avait une bouteille d'un blanc laiteux à la panse arrondie et au long goulot. Et Kokona, tout en la contemplant, se tordait les mains.

Longtemps Kéaoué resta à regarder dans l'encadrement de la porte. Il fut d'abord frappé de stupeur ; puis envahi par la crainte que le marché eût été mal conclu et que la bouteille lui fût revenue comme elle l'avait fait à San Francisco ; et à cette pensée il sentit ses jambes faiblir et les fumées du vin se dissiper dans sa tête comme la brume du matin au-dessus d'une rivière. Puis il eut une autre pensée, et si étrange qu'elle lui mit le feu aux joues.

« Il faut que je tire cela au clair », se dit-il.

Sur quoi, il referma la porte, fit de nouveau le tour de la maison comme un voleur, puis entra bruyamment comme s'il revenait à l'instant. Et le temps qu'il ouvrit la porte, voilà que la bouteille avait disparu. Quant à Kokona, elle était assise dans un fauteuil, et elle sursauta comme quelqu'un qu'on tire de son sommeil.

– J'ai bu et je me suis amusé toute la journée, dit Kéaoué. J'étais avec de bons compagnons, et je suis seulement revenu prendre de l'argent pour retourner boire et faire la fête de nouveau avec eux.

Son visage et sa voix étaient aussi graves que ceux d'un juge, mais Kokona était trop troublée pour l'observer.

– Tu as raison d'user de ce qui est à toi, mon mari, dit-elle d'une voix tremblante.

– Oh ! j'ai raison en toutes choses, dit Kéaoué.

Il alla droit au coffre et y prit de l'argent. Mais il jeta aussi un coup d'œil dans le coin où ils gardaient la bouteille, et de bouteille point.

Alors le coffre ondula au-dessus du sol comme une vague de la mer, et la maison tournoya autour de lui comme une guirlande de fumée, car il se voyait perdu à présent, et sans recours. « C'est bien ce que je craignais », pensa-t-il ; « c'est elle qui l'a achetée. »

Puis il reprit un peu ses esprits et se releva ; mais la sueur ruisselait sur son visage, aussi drue qu'une averse et aussi froide que l'eau de puits.

– Kokona, lui dit-il, je t'ai dit aujourd'hui des choses que je regrette. Je retourne maintenant faire la fête avec mes joyeux compagnons, continua-t-il avec un petit rire tranquille. Je prendrai plus de plaisir à vider mon verre si tu me pardonnes.

Elle étreignit aussitôt ses genoux, et les lui baisa avec des torrents de larmes.

— Oh! s'écria-t-elle, je ne demandais qu'une bonne parole!

— Ne pensons jamais l'un à l'autre avec dureté, dit Kéaoué, et il sortit de la maison.

Or, en fait d'argent, Kéaoué n'avait emporté que quelques-uns des centimes dont ils s'étaient munis à leur arrivée. Il n'avait certes aucune intention d'aller boire. Sa femme avait donné son âme pour lui, il fallait maintenant qu'il donnât la sienne pour elle : il n'avait pas d'autre pensée au monde.

Au coin de la rue, près de la vieille geôle, il trouva le maître d'équipage qui l'attendait.

— Ma femme a la bouteille, dit Kéaoué ; et à moins que tu ne m'aides à la recouvrer, il n'y aura plus ni argent ni alcool ce soir.

— Tu ne veux pas dire que tu es sérieux quand tu parles de cette bouteille ? s'écria le maître d'équipage.

— Voici le réverbère, dit Kéaoué. Est-ce que j'ai l'air de plaisanter ?

— C'est vrai, dit le maître d'équipage. Tu as l'air aussi sérieux qu'un fantôme.

— Eh! bien alors, dit Kéaoué, voilà deux centimes. Va trouver ma femme dans la maison et offre-les-lui pour la bouteille... qu'elle te donnera instantanément, ou bien je me trompe fort. Apporte-moi cette bouteille ici et je te la rachèterai pour un centime, car c'est la loi qu'on ne puisse la revendre qu'à moindre prix. Mais quoi que tu fasses, ne dis surtout pas à ma femme que tu viens de ma part.

— Tu ne te moques pas de moi, chef ? demanda le maître d'équipage.

— Même si c'était le cas, tu n'en mourrais pas, répondit Kéaoué.

— C'est juste, chef, dit le maître d'équipage.

— Et si tu doutes de moi, ajouta Kéaoué, tu peux faire un essai. Dès que tu seras sorti de la maison, souhaite d'avoir la poche pleine d'argent ou une bouteille du meilleur rhum ou ce que tu voudras, et tu verras quelle est la vertu de l'objet.

— Très bien, Canaque, dit le maître d'équipage. J'essaierai. Mais si tu es en train de te moquer de moi, je me moquerai de toi avec un cabillot.

Or donc, l'homme du baleinier partit le long de l'avenue, et Kéaoué resta à l'attendre. C'était près de l'endroit où Kokona avait attendu la nuit d'avant. Mais Kéaoué était résolu, et pas une fois il ne faiblit dans son dessein ; seulement son âme était en proie à un amer désespoir.

L'attente lui parut longue avant d'entendre une voix chanter dans l'obscurité de l'avenue. Il reconnut la voix du maître d'équipage, mais il était étrange qu'elle parût soudain avinée.

Bientôt l'homme lui-même entra en trébuchant dans la lueur du réverbère. Il avait la bouteille du diable boutonnée dans sa vareuse, et il tenait une autre bouteille à la main ; et au moment même où il apparut, il l'éleva à ses lèvres pour boire.

— Tu l'as, dit Kéaoué. Je vois ça.

– Bas les pattes ! cria le maître d'équipage en faisant un bond en arrière. Fais seulement un pas en avant et je t'écrase le museau. Tu as cru que je tirerais les marrons du feu, hein ?

– Que veux-tu dire ? s'écria Kéaoué.

– Ce que je veux dire ? s'écria le maître d'équipage. Je veux dire que c'est une sacrément bonne bouteille que celle-là. Comment j'ai pu l'avoir pour deux centimes, ça me dépasse ; mais je sais bien que tu ne l'auras pas pour un.

– Tu veux dire que tu refuses de vendre ? balbutia Kéaoué.

– Oui, *monsieur,* cria le maître d'équipage. Mais je te donnerai un coup de rhum si tu veux.

– Je te le dis, reprit Kéaoué, l'homme qui a cette bouteille va en enfer.

– M'est avis que j'irai de toute façon, répondit le marin, et cette bouteille est la meilleure chose à emporter en route que j'aie jamais rencontrée. Oui, monsieur ! cria-t-il de nouveau. C'est ma bouteille à présent, et tu peux aller en pêcher une autre.

– Est-ce possible ? s'écria Kéaoué. Je t'en supplie pour ton bien, vends-la-moi !

– Je ne fais aucun cas de tes paroles, répondit le maître d'équipage. Tu m'as pris pour un couillon et tu vois maintenant que je n'en suis pas un : voilà tout. Si tu ne veux pas prendre une lampée de ce rhum, j'en prendrai une moi-même. A ta santé, et bonne nuit !

Sur ce, il se mit à descendre l'avenue dans la direction de la ville, et voilà la bouteille qui sort de notre histoire.

Mais Kéaoué courut vers Kokona, léger comme le vent ; et grande fut leur joie cette nuit-là ; et grande, depuis lors, a été la paix de tous leurs jours dans la Maison Brillante.

L'ÎLE AUX VOIX [1]

Kéola avait épousé Léhoua, fille de Kalamaké, le sorcier de Molokaï, et il habitait avec le père de sa femme. Nul n'était plus habile que ce prophète : il lisait dans les astres, il prédisait l'avenir à l'aide du corps des défunts et par l'intermédiaire de créatures malignes ; il était capable d'aller seul dans les régions les plus élevées de la montagne, que hantent les gobelins, et là il tendait des pièges pour capturer les âmes des ancêtres.

Aussi personne n'était-il consulté davantage dans tout le royaume de Hawaii. Les gens avisés achetaient et vendaient et se mariaient et ordonnaient leur vie selon ses conseils ; et le Roi l'envoya à deux reprises, au Kona pour chercher les trésors de Kaméhaméha [2]. Nul non plus n'était craint davantage de ses ennemis, parmi lesquels certains avaient dépéri par la vertu de ses incantations, et d'autres avaient été subtilisés, leur vie et leur argile s'évanouissant tout ensemble, tant et si bien qu'on ne retrouvait même pas un de leurs os. Le bruit courait qu'il avait l'art ou le don des anciens héros [3] : on l'avait vu la nuit, dans la montagne, enjamber les gouffres ; on l'avait vu marcher parmi les grands arbres de la forêt, qu'il dépassait de la tête et des épaules.

Ce Kalamaké était un homme étrange à voir. Il descendait du meilleur sang de Molokaï et de Maoui [4], en pure lignée ; et pourtant il était plus blanc qu'aucun étranger ; il avait les cheveux couleur d'herbe sèche, et les yeux rouges et très aveugles, si bien qu'« aveugle comme

---

1. Titre original : The Isle of Voices.
2. Roi de Hawaii, qui fut enterré avec ses trésors au début du siècle dernier. (N.d.T.)
3. Celui de grandir démesurément. (N.d.T.)
4. Iles de Hawaii. (N.d.T.)

Kalamaké, qui peut voir par-delà demain » était un dicton des
îles.

Des faits et gestes de son beau-père, Kéola connaissait une petite
part grâce à la rumeur publique, en soupçonnait par lui-même un peu
plus long, et ignorait le reste. Mais il y avait une chose qui le tracassait :
Kalamaké était un homme qui n'épargnait en rien, que ce fût pour
manger, boire ou se vêtir – payant tout en brillants dollars flambant
neufs. « Brillant comme les dollars de Kalamaké » était un autre dicton des Huit Îles. Pourtant, il ne vendait rien, ni ne plantait rien, ni
ne touchait aucun argent – excepté, de temps à autre, pour ses
sorcelleries – et l'on ne pouvait imaginer la source de tant de monnaie
d'argent.

Or, un jour que la femme de Kéola était allée en visite à Kaounakakaï,
du côté sous-le-vent de l'île, et que les hommes pêchaient en mer, Kéola
était toujours couché dans la véranda, en vrai paresseux, contemplant
le ressac qui battait le rivage et les oiseaux de mer qui volaient autour
de la falaise. C'était chez lui une pensée qui revenait sans cesse que
celle des brillants dollars. Quand il se mettait au lit, il se demandait
pourquoi il y en avait tant, et quand il s'éveillait le matin, il se demandait
pourquoi ils étaient tous neufs ; et la chose n'était jamais absente de
son esprit. Mais ce jour-là d'entre tous les jours, il eut la certitude en
son cœur de quelque découverte. Car il semble qu'il ait observé l'endroit
où Kalamaké gardait son trésor : c'était un bureau fermé à clef appuyé
au mur du salon sous la gravure de Kaméhaméha V[1] et sous une
photographie de la reine Victoria nantie de sa couronne ; et il semble
également que, pas plus tard que la nuit précédente, il ait eu l'occasion
d'y jeter un coup d'œil et de constater que le sac était vide. Or c'était
le jour du vapeur ; il en voyait la fumée au large de Kalaupapa ;
le bateau serait bientôt là avec des marchandises pour un mois, du saumon en boîte et du gin et toutes sortes de précieuses raretés pour
Kalamaké.

« S'il est en mesure de payer ses marchandises aujourd'hui », pensa
Kéola, « j'aurai la certitude que cet homme est un sorcier et que les
dollars viennent de la poche du diable. »

Tandis qu'il se disait cela, son beau-père surgit derrière lui, l'air
contrarié.

– Est-ce là le vapeur ? demanda-t-il.

– Oui, dit Kéola. Il n'a plus qu'à faire escale à Pélékounou, et ensuite
il sera ici.

– Il n'y a pas d'autre parti à prendre, alors, répondit Kalamaké, et
il faut que je te mette dans le secret, Kéola, à défaut de quelqu'un de
plus sûr. Viens dans la maison.

Ils entrèrent tous deux au salon, qui était une très belle salle tapissée
de papier et ornée de gravures et meublée d'un fauteuil à bascule, d'une

---

1. Roi de Hawaii contemporain de Victoria. *(N.d.T.)*

table et d'un sofa de style européen. Il y avait encore une étagère à livres et une bible de famille au milieu de la table, et le bureau fermé à clef adossé au mur ; de sorte que n'importe qui pouvait voir que c'était la maison d'un homme bien pourvu.

Kalamaké enjoignit à Kéola de fermer les volets des fenêtres cependant que lui-même verrouillait toutes les portes et ouvrait le couvercle du bureau. Il en tira une paire de colliers où pendaient des amulettes et des coquillages, une botte d'herbes sèches et des feuilles d'arbre également sèches ainsi qu'une branche verte de palmier.

– Ce que je m'apprête à faire, dit-il, est quelque chose de plus que prodigieux. Les hommes d'autrefois étaient très sages, ils opéraient des merveilles, celle-ci entre autres ; mais c'était la nuit, dans l'obscurité, sous les étoiles voulues et dans le désert. Moi, j'accomplirai la même chose dans ma propre maison et en plein jour.

Ce disant, il glissa la bible sous le coussin du sofa de telle sorte qu'elle fût entièrement couverte, tira du même endroit une natte d'une texture merveilleusement fine et empila les herbes et les feuilles sur du sable dans une poêle de fer-blanc. Ensuite lui et Kéola mirent les colliers et se placèrent aux coins opposés de la natte.

– L'heure vient, dit le sorcier. N'aie pas peur.

Là-dessus, il enflamma les herbes et se mit à marmotter en agitant la palme. La lumière, tout d'abord, était faible à cause des volets fermés ; mais les herbes prirent feu avec vigueur, et les flammes vinrent battre Kéola et la flambée illumina la salle ; puis ce fut la fumée qui monta et qui lui obscurcit les yeux, en même temps que la tête lui tournait et que le marmottement de Kalamaké lui emplissait les oreilles. Et soudain la natte sur laquelle ils se tenaient subit une secousse ou une torsion, qui parut être plus rapide que l'éclair. En un clin d'œil la pièce eut disparu ainsi que la maison, et tout souffle fut chassé du corps de Kéola. Des tourbillons de lumière déferlèrent sur ses yeux et sur sa tête, et il se trouva transporté sur une plage marine, sous un soleil éclatant, près d'un grand ressac en furie ; lui et le magicien debout sur la même natte, muets, suffoquant, s'agrippant l'un à l'autre et se passant la main sur les yeux.

– Qu'est-il arrivé ? s'écria Kéola qui revint à lui le premier parce qu'il était le plus jeune. C'était comme les affres de la mort.

– Peu importe, pantela Kalamaké. C'est fini maintenant.

– Au nom de Dieu, où sommes-nous ? s'écria Kéola.

– Ce n'est pas la question, répliqua le sorcier. Étant ici, nous avons de la besogne sur les bras et nous devons nous y mettre. Va, pendant que je retrouve mon souffle, à l'orée du bois et rapporte-moi les feuilles de telle et telle plante et de tel et tel arbre, qui, comme tu le verras, poussent là en abondance – trois poignées de chaque. Et dépêche-toi. Nous devons être de retour avant l'arrivée du vapeur : notre disparition paraîtrait étrange.

Et il s'assit sur le sable, encore pantelant.

Kéola remonta la plage de sable et de corail miroitants jonchée de coquillages singuliers, et il songea en son cœur :

« Comment se fait-il que je ne connaisse pas cette plage ? Je reviendrai ici ramasser des coquillages. »

Une rangée de palmiers se dressaient devant lui contre le ciel ; ils n'étaient pas comme les palmiers des Huit Îles, mais de grande taille et pleins de fraîcheur et magnifiques et ils laissaient pendre des palmes flétries comme de l'or parmi les palmes vertes, et Kéola songea en son cœur :

« Il est étrange que je n'aie jamais trouvé ce bosquet. Je reviendrai là, quand il fera chaud, pour y dormir. » Et il pensa encore : « Mais comme il fait chaud tout à coup ! » Car c'était l'hiver à Hawaii et la journée avait été glaciale. Et il pensa aussi : « Où sont donc les montagnes grises ? Où est la haute falaise avec la forêt suspendue et les oiseaux qui tournoient ? » Et plus il réfléchissait, moins il pouvait concevoir en quelle partie des îles il était tombé.

A la lisière du bosquet, là où il rejoignait la plage, l'herbe voulue poussait, mais l'arbre était plus loin en arrière. Or, comme Kéola s'avançait vers l'arbre, il s'aperçut de la présence d'une jeune femme qui n'avait sur le corps qu'une ceinture de feuilles.

« Tiens ! » pensa Kéola, « ils ne sont pas très difficiles en fait d'habillement dans cette partie du pays. » Et il s'arrêta, supposant qu'elle le remarquerait et qu'elle prendrait la fuite ; mais voyant qu'elle regardait toujours devant elle, il émit distinctement un murmure. Elle bondit à l'entendre. Son visage devint cendreux ; elle regarda tout autour d'elle, la bouche béante de terreur. Mais, chose étrange, ses yeux ne se posèrent pas sur Kéola.

— Bonjour, dit-il. Vous n'avez pas besoin d'avoir tellement peur. Je ne vais pas vous manger.

A peine avait-il ouvert la bouche que la jeune femme s'était sauvée dans la brousse.

« Voilà d'étranges façons », pensa Kéola qui, sans songer à ce qu'il faisait, se mit à courir après elle.

Tout en courant, la fille ne cessait pas de crier dans une langue qui n'était pas en usage à Hawaii ; certains mots, pourtant, étaient pareils, et il comprit qu'elle appelait et qu'elle avertissait les autres. Bientôt, en effet, il vit d'autres gens qui couraient — hommes, femmes et enfants — tous courant et criant comme pour un incendie. Sur quoi il commença à prendre peur à son tour et il retourna vers Kalamaké en lui apportant les feuilles. Il lui raconta ce qu'il avait vu.

— N'y prête pas attention, dit Kalamaké. Tout cela est comme un rêve ou comme des ombres. Tout disparaîtra et sera oublié.

— On aurait dit que personne ne me voyait, reprit Kéola.

— Il en était bien ainsi, répondit le sorcier. Nous nous promenons ici en plein soleil, invisibles du fait de ces sortilèges. Néanmoins, on nous entend ; aussi est-il bon de parler bas, comme je fais.

Sur quoi il construisit un cercle avec des pierres autour de la natte, et au milieu il plaça les feuilles.

– Ce sera ton rôle, dit-il, de tenir les feuilles allumées et d'alimenter lentement le feu. Tandis qu'elles flamberont (ce qui ne durera qu'un petit moment), il faudra que je fasse ce que j'ai à faire ; et avant que les cendres ne noircissent, la force qui nous a amenés ici nous ramènera. Sois prêt maintenant à jouer de l'allumette ; et appelle-moi bien à temps de crainte que les flammes ne s'éteignent et que je ne sois laissé ici.

Dès que les feuilles prirent, le sorcier bondit comme un daim hors du cercle et se mit à courir le long de la plage comme un lévrier qui vient de se baigner. Tout en courant, il s'arrêtait çà et là pour ramasser des coquillages ; et Kéola crut les voir étinceler lorsqu'il les saisissait. Les feuilles flambaient avec une flamme claire qui les consumait rapidement ; bientôt il ne resta à Kéola qu'une poignée, et le sorcier était loin, courant et s'arrêtant.

– Reviens ! cria Kéola. Reviens ! Les feuilles sont presque brûlées.

Kalamaké se retourna, et s'il avait couru auparavant, maintenant il volait. Mais si vite qu'il allât, les feuilles brûlaient plus vite encore. La flamme était prête à expirer lorsque, avec un grand saut, il bondit sur la natte. Le vent de ce saut éteignit la flamme ; et avec elle disparut la plage, ainsi que le soleil et la mer ; et ils se retrouvèrent dans la pénombre du salon aux volets clos, et ils furent une fois de plus secoués et aveuglés ; et sur la natte, entre eux, brillait une pile de dollars. Kéola courut aux volets, et le vapeur apparut, ballotté dans la houle prochaine.

La même nuit Kalamaké prit son gendre à part et lui mit cinq dollars dans la main.

– Kéola, lui dit-il, si tu es un homme raisonnable (ce dont je doute), tu te diras que tu as dormi cet après-midi dans la véranda, et rêvé dans ton sommeil. Je suis un homme de peu de mots et j'ai pour auxiliaires des gens qui ont la mémoire courte.

Kalamaké ne dit pas un mot de plus, ni ne fit autrement allusion à cette affaire. Mais celle-ci trottait tout le temps dans la tête de Kéola : s'il avait été paresseux auparavant, maintenant il ne voulait plus rien faire.

« Pourquoi travaillerais-je », se disait-il, « quand j'ai un beau-père qui fabrique des dollars avec des coquillages ? »

Sa part fut bientôt dépensée. Il la dépensa toute en beaux habits. Ensuite, il eut des regrets.

« J'aurais mieux fait », se dit-il, « d'acheter un accordéon avec lequel j'aurais pu me distraire tout le long du jour. »

Puis il commença à être mécontent de Kalamaké.

« Cet homme a une âme de chien », pensa-t-il. « Il peut récolter quand il veut les dollars sur la plage, et il me laisse languir après un accordéon ! Qu'il prenne garde : je ne suis pas un enfant, je suis aussi malin que lui et je tiens son secret. » Là-dessus, il parla à sa femme Léhoua et se plaignit des façons de son père.

– Je laisserais mon père tranquille, dit Léhoua. C'est un homme qu'il ne fait pas bon contrarier.

– Je me soucie de lui comme de ça ! s'écria Kéola en faisant claquer ses doigts. Je le tiens par le bout du nez.

Et il raconta l'histoire à Léhoua. Mais celle-ci secoua la tête.

– Tu peux faire ce qui te plaît, lui dit-elle, mais dès que tu auras contrarié mon père, on n'entendra plus parler de toi. Pense à Untel et à Untel ; pense à Houa, qui était un noble de la Chambre des Représentants [1] et qui s'en allait à Honolulu chaque année, et dont on n'a pas seulement retrouvé un os ni un cheveu. Rappelle-toi Kamaou et comment il a fondu jusqu'à n'être plus qu'un fil, si bien que sa femme le soulevait d'une main. Kéola, tu n'es qu'un bébé dans les mains de mon père ; il te prendra entre son pouce et son index et te mangera comme une crevette.

Or Kéola avait vraiment peur de Kalamaké, mais il avait aussi son petit orgueil, et ces paroles de sa femme l'exaspérèrent.

– Très bien, dit-il ; si c'est là ce que tu penses de moi, je te montrerai combien tu te trompes.

Et il alla trouver tout droit son beau-père, qui était assis au salon.

– Kalamaké, lui dit-il, je veux un accordéon.

– Vraiment ? dit Kalamaké.

– Oui, dit-il, et je peux aussi bien vous dire tout net que je suis décidé à l'avoir. Un homme qui ramasse des dollars sur la plage peut certainement payer un accordéon.

– Je ne me doutais pas que tu avais tant de feu, répondit le sorcier. Je te prenais pour un garçon craintif et bon à rien et je ne saurais décrire toute la joie que j'éprouve à voir que je m'étais trompé. Je commence à croire que j'ai trouvé un aide et un successeur dans mon difficile métier. Un accordéon ? Tu auras le plus beau qui soit à Honolulu. Et ce soir, dès qu'il fera sombre, nous irons chercher l'argent toi et moi.

– Nous retournerons à la plage ? demanda Kéola.

– Non, non ! répondit Kalamaké. Tu dois commencer à apprendre certains autres de mes secrets. La dernière fois je t'ai appris à ramasser des coquillages ; cette fois je t'apprendrai à prendre des poissons. Es-tu assez fort pour mettre à flot la barque de Pili ?

– Je crois que oui, répondit Kéola ; mais pourquoi ne pas prendre la vôtre, qui, elle, est à flot ?

– J'ai pour cela une raison que tu comprendras parfaitement avant demain, dit Kalamaké. La barque de Pili est celle qui convient le mieux à mon propos. Ainsi donc, rencontrons-nous, s'il te plaît, dès qu'il fera sombre ; et dans l'intervalle, que ceci reste entre nous, car il n'y a aucune raison de mêler la famille à notre affaire.

Le miel n'est pas plus suave que ne l'était la voix de Kalamaké, et Kéola put à peine contenir sa satisfaction.

---

1. Hawaii était alors (1893) une monarchie constitutionnelle. (N.d.T.)

« J'aurais pu avoir mon accordéon des semaines plus tôt », pensa-t-il ; « tout ce qu'il faut en ce monde, c'est un peu de courage. »

Quelques instants après, il surprit Léhoua à pleurer et il fut presque sur le point de lui dire que tout allait bien.

« Mais non », pensa-t-il, « j'attendrai de pouvoir lui montrer l'accordéon ; nous verrons ce que la petite fera alors. Peut-être comprendra-t-elle à l'avenir que son mari n'est pas un homme sans intelligence. »

Dès qu'il fit sombre, le beau-père et le gendre mirent à flot la barque de Pili et déployèrent la voile. Il y avait une forte mer et ça soufflait dru du côté sous-le-vent ; mais l'embarcation était rapide et légère et bien sèche et elle bondissait sur les vagues. Le sorcier avait une lanterne, qu'il alluma et qu'il tint dès lors le doigt passé dans l'anneau. Les deux hommes étaient assis à l'arrière, fumant des cigares, dont Kalamaké avait toujours une provision, et ils devisaient amicalement de magie et des grosses sommes d'argent qu'ils pourraient gagner à son exercice, et de ce qu'ils achèteraient en premier lieu, puis en second lieu ; et Kalamaké parlait comme un père.

Soudain il regarda tout autour de lui, et au-dessus de lui vers les astres, et derrière lui vers l'île qui était aux trois quarts abîmée dans la mer, et il sembla considérer mûrement sa position.

– Regarde ! dit-il, voici Molokaï déjà loin derrière nous, et Maoui comme un nuage ; et je sais de par la position de ces trois étoiles, que je suis arrivé où je veux. Cette partie de la mer s'appelle la Mer des Morts. Elle est à cet endroit extraordinairement profonde et le fond en est tapissé d'ossements humains, et dans les gouffres de cette région des dieux et des gobelins ont leur demeure. Le courant marin va vers le nord, plus fort qu'un requin ne peut nager, et tout homme qui tomberait ici d'un navire serait emporté comme par un cheval sauvage dans l'océan extérieur. Il ne tarderait pas à être épuisé et à couler, et ses os seraient dispersés avec les autres et les dieux dévoreraient son esprit.

A ces paroles, la crainte s'empara de Kéola, et il regarda, et à la lueur des étoiles et de la lanterne le sorcier parut changer.

– Vous êtes souffrant ? demanda-t-il vivement.

– Ce n'est pas moi qui suis souffrant, répondit le sorcier ; mais il y a quelqu'un ici qui est très malade.

Ce disant, il changea sa manière de tenir la lanterne et comme il retirait son doigt de l'anneau, voici que le doigt resta collé et que l'anneau se rompit et que la main devint grosse comme trois.

A cette vue Kéola poussa un cri et se couvrit le visage.

Mais Kalamaké leva la lanterne. « Regarde plutôt mon visage ! » dit-il, et sa tête était aussi volumineuse qu'un tonneau ; et il ne cessait de grossir et de grossir, comme un nuage grossit sur une montagne et Kéola, assis devant lui, criait, et la barque courait sur les grandes vagues.

– Et maintenant, dit le sorcier, que penses-tu de cet accordéon ? Es-tu

sûr que tu n'aimerais pas mieux une flûte ? Non ? Voilà qui est bien,
car je n'aime pas qu'on change d'idée dans ma famille. Mais je
commence à croire que je ferais mieux de quitter ce méchant bateau,
car ma taille prend des proportions vraiment inusitées, et si nous ne
redoublons pas de prudence, nous allons être engloutis.

Sur ce, il jeta ses jambes par-dessus bord. Et pendant ce temps, il
grandit d'une trentaine ou d'une quarantaine de fois, aussi vite qu'on
pouvait le voir ou le penser, si bien qu'il était enfoncé dans les vagues
profondes jusqu'aux aisselles et que sa tête et ses épaules s'élevaient
comme une île escarpée, et la houle venait battre et se briser contre
sa poitrine comme elle bat et se brise contre une falaise. Le bateau
courait toujours vers le nord, mais le sorcier étendit la main et saisit
le plat-bord entre le pouce et l'index, et le brisa comme un biscuit,
et Kéola fut jeté à la mer. Et le socier écrasa les débris de la barque
dans le creux de sa main et les lança à des milles de là dans la nuit.

– Excuse-moi si je prends la lanterne, dit-il, car j'ai une longue course
à fournir, et la terre est loin et le fond de la mer est inégal et je sens
les ossements sous mes orteils.

Et il se retourna et s'en fut à grandes enjambées ; et chaque fois que
Kéola s'enfonçait dans le creux des vagues il cessait de le voir ; mais
chaque fois qu'il était soulevé sur la crête, il le découvrait marchant
à grands pas et diminuant de taille, et les vagues se brisaient autour
de lui, toutes blanches, comme il allait.

Depuis le temps premier où les îles furent pêchées dans la mer, il
n'y eut jamais homme aussi terrifié que notre Kéola. Il nageait
assurément, mais il nageait comme nagent les chiots qu'on jette à l'eau
pour les noyer, et sans savoir pourquoi. Il ne pouvait penser qu'à
l'enflure démesurée du sorcier, à ce visage aussi grand qu'une montagne
ou à ces épaules aussi larges qu'une île, et aux vagues qui battaient
en vain contre elles. Puis il pensa à l'accordéon et la honte s'empara
de lui ; aux ossements des morts, et il fut secoué de frayeur.

Soudain il eut le sentiment de quelque chose de sombre qui se
détachait sur les étoiles et qui dansait, avec, plus bas, une lumière et
un reflet dans la mer divisée, et il entendit un parler d'hommes. Il cria
à tue-tête et une voix lui répondit ; et en un clin d'œil les bossoirs d'un
navire furent suspendus sur une vague au-dessus de lui comme un objet
en équilibre, puis s'abîmèrent. Il agrippa des deux mains les chaînes
des porte-haubans, et fut aussitôt enfoui dans les vagues tumultueuses,
puis l'instant d'après hissé à bord par des marins.

On lui donna du gin et des biscuits et des vêtements secs et on lui
demanda comment il était venu là et si la lumière qu'ils avaient vue
était le phare de Lae o Ka Laaou. Mais Kéola savait que les hommes
blancs sont comme des enfants et qu'ils ne croient qu'à leurs propres
histoires ; si bien qu'il leur conta à son propre sujet ce qui lui plut et
quant à la lumière (qui était la lanterne de Kalamaké), il affirma qu'il
ne l'avait pas vue.

La navire était une goélette qui se rendait à Honolulu pour aller commercer ensuite dans les îles basses, et, par un hasard fort heureux pour Kéola, elle avait perdu un homme arraché au beaupré dans un grain. Les choses allaient de soi. Kéola n'osait pas rester dans les Huit Îles. Les paroles courent si vite et les hommes aiment tant à bavarder et à colporter des nouvelles que, s'il se cachait tout au nord de Kaouai ou tout au sud de Kaou, le sorcier en aurait vent avant un mois et il serait condamné à périr. Aussi fit-il ce qui lui sembla le plus prudent : il s'engagea comme marin à la place de celui qui s'était noyé.

Le navire était, à certains égards, un bon asile. Il y avait à bord une nourriture extraordinairement riche et abondante, avec des biscuits et du bœuf salé chaque jour, et de la soupe aux pois et des puddings de farine et de graisse de bœuf deux fois par semaine, de sorte que Kéola devint gras. Le capitaine, de surcroît, était un brave homme et ceux qui composaient l'équipage n'étaient pas pires que les autres Blancs. Ce qui n'allait pas, c'était le second, qui était l'homme le plus difficile à contenter que Kéola eût jamais rencontré et qui le maudissait et le battait chaque jour, aussi bien pour ce qu'il faisait que pour ce qu'il ne faisait pas. Les coups qu'il distribuait faisaient très mal, car il était très fort ; et les mots dont il usait très durs à avaler car Kéola venait d'une bonne famille et avait l'habitude d'être traité avec respect. Mais le pire de tout, c'était que, chaque fois que Kéola trouvait l'occasion de dormir, le second, lui, ne dormait pas, et le remettait en branle avec un bout de cordage. Kéola vit que les choses ne tourneraient jamais rond ; et il décida de prendre la fuite.

Ils avaient quitté Honolulu depuis un mois environ quand ils aperçurent la terre. C'était une belle nuit étoilée, avec une mer aussi unie que le ciel était dégagé ; l'alizé soufflait de façon régulière ; et l'île était là sur leur bossoir au vent, tel un ruban de palmiers posé à plat sur la mer. Le capitaine et le second l'observèrent avec la lunette de nuit, et lui donnèrent le nom qu'elle avait, et en parlèrent à côté de la barre où Kéola gouvernait. C'était apparemment une île délaissée par les marchands et, selon le capitaine, une île inhabitée ; mais le second n'était pas du même avis.

— Je ne donnerai pas un centime de ce que dit l'Annuaire, déclara-t-il. Je suis passé ici une nuit sur la goélette *Eugénie* ; c'était une nuit tout à fait comme celle-ci ; les indigènes pêchaient avec des torches et la plage comptait autant de lumières qu'une ville.

— Bon, bon, dit le capitaine, la côte est à pic, c'est le grand point ; et d'après la carte il n'y a pas de récifs, aussi nous allons simplement serrer la côte sous le vent. Les voiles pleines à tout rompre, m'entends-tu ! cria-t-il à Kéola, qui écoutait si avidement qu'il en oubliait de gouverner.

Et le maître le maudit, jurant que ce Canaque ne savait rien faire et que, s'il se mettait à le caresser avec un cabillot, ce serait un mauvais jour pour Kéola.

Puis le capitaine et le second se couchèrent tous les deux sur le rouf et Kéola fut laissé à lui-même.

« Cette île fera très bien mon affaire », pensa-t-il. « Si l'on n'y voit jamais de marchands, le second n'y viendra pas. Quant à Kalamaké, il est impossible qu'il fasse jamais autant de chemin. »

Là-dessus, il continua à amener la goélette. Il lui fallait opérer tout doucement, car c'était l'ennui avec ces hommes blancs et surtout avec le second, que vous ne pouviez jamais être sûr d'eux ; ils étaient tous en train de dormir à poings fermés, ou de faire semblant, et puis, si seulement une voile tremblait, ils sautaient sur leurs pieds et vous tombaient dessus avec un bout de cordage. Ainsi donc Kéola amena le navire petit à petit en maintenant les voiles pleines. Et bientôt la terre fut tout près du bord et le bruit des vagues qui déferlaient se fit plus fort.

Ce qu'entendant, le second s'assit soudain sur le rouf.

— Que fais-tu là ? rugit-il. Tu vas nous échouer !

Et il ne fit qu'un bond pour attraper Kéola, mais Kéola en fit un autre par-dessus la lisse, plongeant dans la mer étoilée. Quand il remonta à la surface, la goélette avait repris sa vraie route, et le second gouvernait lui-même et Kéola l'entendit jurer. La mer était calme sous le vent de l'île ; il faisait chaud avec cela, et Kéola avait son couteau de marin, de sorte qu'il ne craignait pas les requins. A peu de distance devant lui, les arbres s'arrêtaient ; il y avait une brisure dans la ligne du rivage, quelque chose comme l'entrée d'un port, et la marée, qui était montante, s'empara de lui et l'entraîna au travers. Une minute plus tôt, il était dehors, une minute plus tard il était dedans, flottant dans une eau vaste, peu profonde, où brillaient dix mille étoiles, et tout autour de lui courait l'anneau de la terre avec sa file de cocotiers. Et il était stupéfait, car c'était là une sorte d'île dont il n'avait jamais ouï parler [1].

Le temps que Kéola passa en ce lieu comprit deux périodes : la période où il fut seul et la période où il fut avec la tribu. Pour commencer, il chercha partout sans trouver personne : rien que quelques maisons groupées en hameaux et des traces de feux. Mais les cendres des feux étaient froides et les pluies les avaient entraînées et les vents avaient soufflé et certaines des huttes étaient renversées. C'est là qu'il fit sa demeure ; et il fabriqua un allume-feu et un hameçon en coquillage, et il pêcha et cuisit son poisson, et il grimpa aux cocotiers pour avoir des noix vertes dont il but le jus, car il n'y avait pas d'eau dans toute l'île. Les jours lui paraissaient longs et les nuits terrifiantes. Il fabriqua une lampe à l'aide d'une noix de coco et tira l'huile des noix mûres et fit une mèche de fibre ; et quand le soir venait, il fermait sa hutte et allumait sa lampe et restait couché, tremblant, jusqu'au matin. Plus d'une fois il se dit en son cœur qu'il eût été mieux au fond de la mer, à rouler ses ossements parmi les autres.

Pendant tout ce temps, il resta à l'intérieur de l'île, car les huttes étaient au bord du lagon et c'est là que les palmiers poussaient le mieux

---

1. Étant de Hawaii, région des îles volcaniques, il ne connaît pas les atolls de l'hémisphère austral. (N.d.T.)

et le lagon lui-même abondait en bon poisson. Et il n'alla qu'une fois de l'autre côté et, cette fois-là seulement, il alla voir la plage de l'océan et s'en revint tremblant. Car l'aspect de cette plage avec son sable miroitant et les coquillages qui la jonchaient et l'éclat du soleil et la violence du ressac allaient tout à fait à l'encontre de son inclination.

« Cela ne se peut pas », pensa-t-il, « et pourtant c'est bien pareil. Et qu'en sais-je ? Ces hommes blancs, bien qu'ils prétendent savoir où ils naviguent, doivent courir leur chance comme les autres. De sorte qu'après tout nous avons pu naviguer en cercle, et je puis être tout près de Mokaï, et ce peut être la plage même où mon beau-père ramasse ses dollars. »

De sorte qu'après cela il fut prudent et il resta de l'autre côté du lagon.

Ce fut peut-être un mois plus tard que les gens du pays arrivèrent, remplissant en tout six grands bateaux. C'était une belle race, et ils parlaient une langue qui rendait un son très différent de celle de Hawaii, mais où tant de mots néanmoins étaient pareils qu'on la comprenait aisément. Les hommes, en outre, étaient très courtois et les femmes très affables ; et ils firent bon accueil à Kéola et lui bâtirent une maison et lui donnèrent une femme ; et, ce qui le surprit le plus, ils ne l'envoyèrent jamais travailler avec les jeunes gens.

A partir de là, Kéola passa par trois périodes. En premier lieu, il eut une période de grande tristesse, puis il eut une période de grande gaieté. Enfin vint la période où il fut l'homme le plus terrifié des quatre océans.

La cause de la première période fut la fille qu'il avait prise pour femme. Il avait des doutes sur l'île, et il aurait pu avoir des doutes sur la langue, dont il avait entendu si peu de chose quand il était venu sur la natte avec le sorcier. Mais au sujet de sa femme il n'y avait pas d'erreur concevable, car c'était la fille qui s'était sauvée devant lui en criant dans le bois. Ainsi donc, lui qui avait tant couru les mers, il aurait pu tout aussi bien rester à Molokaï ; il avait quitté son chez-lui, sa femme et tous ses amis sans autre raison que d'échapper à son ennemi, et l'endroit où il était arrivé était le terrain de chasse de ce sorcier, le rivage où il marchait invisible. C'est pendant cette période qu'il se cantonna le plus étroitement dans les parages du lagon, osant à peine quitter le couvert de sa hutte.

La cause de la seconde période fut ce qu'il entendit dire par sa femme et par les principaux insulaires. Kéola lui-même parlait peu. Il ne fut jamais vraiment sûr de ses nouveaux amis, parce qu'il les jugeait trop polis pour être honnêtes et parce qu'il était devenu prudent depuis qu'il avait fait plus ample connaissance avec son beau-père. Aussi ne leur dit-il rien sur son propre compte excepté son nom et sa lignée et le fait qu'il venait des Huit Îles et combien elles étaient belles ; il leur parla aussi, pourtant, du palais du roi à Honolulu, en ajoutant qu'il était lui-même l'un des principaux amis du roi et des missionnaires. En revanche, il posa de nombreuses questions et apprit beaucoup de choses. L'île où il se trouvait avait nom l'Île des Voix ; elle appartenait à la tribu, mais ils avaient fait leur habitat d'une autre île, à trois heures de navigation vers le sud. C'est là qu'ils vivaient et qu'ils avaient leurs maisons permanentes, et c'était une riche île avec des œufs et des poulets et des cochons, et des navires venaient y trafiquer en apportant du rhum et du tabac. C'est là que la goélette était allée après que Kéola eut déserté ; c'est là, aussi, que le second était mort, comme l'imbécile d'homme blanc qu'il était. Le navire, apparemment, était arrivé au début de la saison malsaine dans cette île, alors que les poissons du lagon sont vénéneux et que tous ceux qui en mangent enflent et meurent. Le second en avait été averti ; il avait vu préparer les barques parce qu'en cette saison-là les habitants quittent l'île et s'en vont à l'Île des Voix ; mais c'était un imbécile d'homme blanc, qui n'ajoutait foi qu'à ses propres histoires, et il avait attrapé l'un de ces poissons et l'avait fait cuire et l'avait mangé, sur quoi il avait enflé et il était mort : une excellente nouvelle pour Kéola. Quant à l'Île des Voix, elle était déserte la plus grande partie de l'année ; de temps à autre seulement l'équipage d'une barque allait s'y approvisionner en copra, et à la mauvaise saison, alors que le poisson de l'île principale était vénéneux, la tribu tout entière y faisait séjour. L'Île des Voix tenait son nom d'un prodige, car il semblait que son rivage marin fût infesté de démons invisibles ; jour et nuit vous les entendiez se parler en d'étranges langues ; jour et nuit de petits feux flambaient et s'éteignaient sur la plage ; et quelle était la cause de ces menées, nul ne pouvait le concevoir. Kéola leur demanda s'il en allait de même dans l'île dont ils avaient fait leur véritable habitat, et ils lui dirent que non ; ni là, ni dans aucune des quelque cent îles qui les environnaient dans cette mer : c'était chose particulière à l'Île des Voix. Ils lui dirent aussi que ces feux et ces voix se manifestaient toujours au bord de la mer ou sur la lisière marine du bois, de sorte qu'un homme aurait pu habiter deux mille ans à côté du lagon (à supposer qu'il pût vivre aussi longtemps) sans être dérangé en rien ; et que même au bord de la mer les démons ne faisaient point de mal si on les laissait tranquilles. Une fois seulement un chef avait lancé une lance à l'une des voix et le même soir il était tombé d'un cocotier et s'était tué.

Kéola prit longuement conseil de lui-même. Il vit que tout irait bien pour lui quand la tribu regagnerait l'île principale, et que, d'ici là, il ne serait pas mal non plus là où il était, pourvu qu'il restât du côté du lagon ; mais il voulut améliorer encore les choses. Aussi déclara-t-il au grand chef qu'il avait été jadis dans une île infestée de la même façon et que les gens étaient parvenus à y remédier.

— Il y avait là un arbre qui poussait dans la brousse, dit-il, et dont les démons venaient chercher les feuilles. Alors les gens de l'île ont coupé cet arbre partout où ils le trouvaient, et les démons ne sont plus venus.

On lui demanda de quelle sorte d'arbre il s'agissait, et il montra l'arbre dont Kalamaké brûlait les feuilles. On eut du mal à le croire, mais l'idée travailla les cervelles. Soir après soir, les anciens débattaient la chose dans leurs conseils ; néanmoins le grand chef (qui était pourtant un homme courageux) était inquiet de l'affaire, et rappelait journellement aux autres le chef qui avait jeté sa lance contre les Voix et qui avait été tué, et cela les arrêtait net.

Bien qu'il ne pût encore obtenir qu'on abattît les arbres, Kéola était assez satisfait maintenant et il commença à regarder autour de lui et à prendre plaisir à ses journées ; et il devint, entre autres, plus gentil pour sa femme, si bien qu'elle se mit à l'aimer beaucoup. Or un jour, en arrivant à la hutte, il la vit couchée par terre et en train de se lamenter.

– Qu'as-tu donc ? demanda Kéola.

Elle déclara que ce n'était rien.

La nuit du même jour, elle le réveilla. La lampe brûlait très bas, mais il vit à son visage qu'elle était dans la peine.

– Kéola, dit-elle, mets ton oreille contre ma bouche afin que je puisse parler tout bas, car nul ne doit nous entendre. Deux jours avant qu'on ne commence à préparer les barques, va du côté de la mer et cache-toi dans un fourré. Nous choisirons l'endroit d'avance, toi et moi ; et cache aussi de la nourriture. Chaque nuit je viendrai là en chantant. Aussi, dès que tu cesseras de m'entendre la nuit, tu sauras que nous avons quitté l'île et tu pourras sortir de nouveau en toute sécurité.

L'âme de Kéola mourut en lui.

– Comment ! s'écria-t-il. Je ne peux pas vivre parmi des démons. Je ne veux pas qu'on me laisse tout seul sur cette île. Je meurs d'envie de la quitter.

– Tu ne la quitteras jamais vivant, mon pauvre Kéola, dit la jeune femme ; car pour te dire la vérité, nous sommes des mangeurs d'hommes, quoiqu'on tienne la chose secrète. Et ils te tueront avant notre départ parce que des navires abordent à notre île et que Donat-Kimaran [1] y vient parler pour les Français, et qu'il y a un négociant blanc qui habite une maison avec une véranda, et aussi un catéchiste. Oh ! c'est vraiment un bel endroit ! Le négociant a des tonneaux pleins de farine ; et une fois, un navire de guerre français est venu dans le lagon et a donné à tout le monde du vin et des biscuits. Ah ! mon pauvre Kéola, je voudrais bien pouvoir t'emmener là-bas, car j'ai un grand amour pour toi et c'est le plus bel endroit des mers avec Papeete.

Désormais Kéola fut l'homme le plus terrifié des quatre océans. Il avait entendu parler des mangeurs d'hommes des îles du sud et cela l'avait toujours terrifié ; or voici que cette horreur même frappait à sa porte. Il avait aussi entendu les voyageurs décrire les pratiques de ces cannibales et dire que, lorsqu'ils s'étaient mis dans l'idée de manger un homme, ils le choyaient et le caressaient comme une mère choie

_____

1. Ce métis était vice-président aux Touamotou du temps de Stevenson. (N.d.T.)

et caresse un bambin favori. Et il comprit que ce devait être son cas, et que c'était pour cela qu'on l'avait logé et nourri et pourvu d'une femme et exempté de tout travail ; et pour cela que les anciens et les chefs discouraient avec lui comme avec une personne de poids. Et, couché dans son lit, il insultait à sa destinée, et sentait sa chair se cailler sur ses os.

Le lendemain, les gens de la tribu se montrèrent fort civils, comme à l'accoutumée. Ils devisaient avec élégance et faisaient de belles poésies et plaisantaient si bien aux repas qu'un missionnaire en serait mort de rire. Mais Kéola faisait fort peu de cas de leurs belles manières ; tout ce qu'il voyait, c'étaient les dents blanches qui brillaient dans leur bouche et son cœur se révoltait à cette vue ; quand ils eurent fini de manger, il alla s'étendre dans la brousse comme un homme mort.

Le jour suivant, il en fut de même et cette fois sa femme le suivit.

— Kéola, dit-elle, si tu ne manges pas, je te déclare tout net que tu seras tué et cuit demain. Certains des vieux chefs murmurent déjà. Ils croient que tu es en train de tomber malade et de perdre du poids.

Kéola sauta sur ses pieds, enflammé de colère.

— Peu m'importe de toute manière, dit-il. Je suis entre le diable et la mer profonde. Puisque je dois mourir, que ça soit aussi vite que possible ; et puisque je dois être mangé, que ce soit par des gobelins plutôt que par des hommes. Adieu.

Et, la laissant plantée là, il s'en fut du côté du rivage marin.

Ce rivage était nu, sous le puissant soleil ; on ne découvrait personne d'humain, mais la plage avait été foulée aux pieds, et partout autour de Kéola, à mesure qu'il avançait, les voix parlaient et chuchotaient et les petits feux jaillissaient et s'éteignaient. On parlait là toutes les langues de la terre : le français, le hollandais, le russe, le tamoul, le chinois. Il y avait quelques représentants de tous les pays qui connaissaient la sorcellerie pour chuchoter à l'oreille de Kéola. Cette plage était peuplée comme une foire, bien qu'on ne vît personne ; et à mesure qu'il marchait, il voyait les coquillages disparaître devant lui, mais personne qui les ramassât. Je crois que le diable lui-même aurait eu peur d'être seul en pareille compagnie ; mais Kéola avait dépassé la peur et courtisait la mort. Quand les feux jaillissaient, il les chargeait comme un taureau. Des voix sans support corporel appelaient de-ci de-là ; des mains invisibles versaient du sable sur les flammes ; et elles disparaissaient de la plage avant qu'il pût les atteindre.

« Il est clair que Kalamaké n'est pas là », se dit-il, « sans quoi j'aurais été tué depuis longtemps. »

Ce disant, il s'assit à la lisière du bois, car il se sentait las, et il mit son menton dans ses mains. L'activité dont il était témoin se poursuivait : la plage babillait de voix, les feux jaillissaient et retombaient, les coquillages disparaissaient et se renouvelaient sous ses yeux.

« Je suis tombé autrefois sur un jour bien ordinaire », pensa-t-il, « ce n'était rien en comparaison d'aujourd'hui ».

Et la tête lui tourna à la pensée de tous ces millions de dollars, et des centaines de personnes qui les ramassaient sur la plage et qui volaient dans les airs plus haut et plus vite que des aigles.

« Quand je pense combien on s'est moqué de moi », se dit-il, « en me parlant d'hôtels des monnaies et en prétendant qu'on y fabriquait l'argent, alors qu'il est clair que toutes les pièces neuves du monde se récoltent sur cette plage ! Mais je saurai mieux à quoi m'en tenir la prochaine fois ! »

En fin de compte le sommeil s'abattit sur lui, sans qu'il sût très bien quand et comment, et il oublia l'île et toutes ses peines.

Tôt le lendemain, avant que le soleil fût levé, un brouhaha le réveilla. Il s'éveilla dans l'effroi, car il crut que la tribu l'avait capturé endormi ; mais ce n'était rien de tel. Seulement, sur la grève qui s'étendait devant lui, les voix sans corps s'appelaient et criaient, et il lui sembla qu'elles passaient toutes en trombe à ses côtés en remontant le rivage.

« Que se passe-t-il maintenant ? » pensa Kéola. Il était clair que c'était quelque chose qui sortait de l'ordinaire, car les feux ne s'allumaient pas et les coquillages ne disparaissaient pas, mais les voix sans corps continuaient à parcourir la plage et à crier et à se perdre au loin ; et d'autres les suivaient ; et à les entendre, ces sorciers devaient être irrités.

« Ce n'est pas à moi qu'ils en veulent », pensa Kéola, « car ils me frôlent presque au passage ».

Il était maintenant dans le même cas que lorsque vous dépassez des chiens de chasse, ou des chevaux de course, ou des citadins qui se précipitent vers un incendie, et que tout le monde se joint au cortège ; et sans savoir ce qu'il faisait ni pourquoi il le faisait, il se mit à courir avec les voix.

Il contourna ainsi une pointe de l'île et ceci l'amena en vue d'une seconde pointe ; et il se rappela que les arbres magiques avaient poussé là par douzaines, groupés en un bois. Et de ce bois montait un indescriptible brouhaha de cris humains ; et ceux avec lesquels il courait, d'après le bruit qu'ils faisaient, dirigeaient leur course vers le même point. Un peu plus près, il entendit le fracas de nombreuses cognées se mêler aux cris. Sur quoi l'idée lui vint enfin que le grand chef avait donné son consentement, que les hommes de la tribu s'étaient mis à couper ces arbres, que la nouvelle en avait couru dans l'île de sorcier en sorcier et qu'ils étaient tous en train de se rassembler pour défendre leurs arbres. Le désir de voir d'étranges prodiges l'entraîna de l'avant. Il courut avec les voix, il traversa la grève, il parvint à la lisière de la forêt et resta frappé d'étonnement. Un arbre était tombé, d'autres avaient été entamés. Toute la tribu était groupée là. Ils se tenaient dos à dos, et des corps gisaient à terre et du sang coulait entre leurs pieds. Leurs visages avaient la couleur de l'effroi, et leurs voix montaient vers le ciel, perçantes comme le cri de la belette.

Avez-vous vu un enfant quand il est tout seul et qu'il a un sabre de bois, et qu'il se bat, bondissant et frappant d'estoc et de taille, avec l'air vide ? Pareillement les mangeurs d'hommes, serrés dos à dos, brandissaient leurs cognées et frappaient et criaient en frappant, et il n'y avait personne pour se battre contre eux ! Seulement, çà et là, Kéola voyait une cognée se balancer en l'air sans aucune main pour la tenir, et devant elle tombait d'instant en instant un homme de la tribu, fendu en long ou coupé par le travers, et son âme s'enfuyait en hurlant.

Tout d'abord Kéola contempla ce prodige comme un homme qui rêve, puis la peur l'étreignit aussi puissamment que la mort à l'idée qu'il voyait pareille chose. Exactement au même instant, le grand chef du clan l'aperçut et le montra du doigt et cria son nom. Sur quoi, toute la tribu le vit aussi et leurs yeux flamboyèrent et leurs dents grincèrent.

« Je reste trop longtemps ici », se dit Kéola, et il s'enfuit, sortant du bois, puis dévalant la plage sans prendre garde où il allait.

– Kéola ! dit une voix tout près de lui, sur le sable vide.

– Léhoua ! Est-ce toi ? s'écria-t-il, haletant et la cherchant en vain ; mais à en croire ses yeux il était réellement seul.

– Je t'ai vu passer tout à l'heure, répondit la voix, mais tu n'as pas voulu m'entendre. Vite ! Va chercher les feuilles et les herbes, et sauvons-nous.

– Tu es là avec la natte ? demanda-t-il.

– Ici, à ton côté, dit-elle, et il sentit ses bras autour de lui. Vite ! les feuilles et les herbes avant que mon père ne revienne !

Kéola se mit à courir de toutes ses forces et récolta le combustible magique et Léhoua le guida pour revenir et lui plaça les pieds sur la natte et alluma le feu. Tout le temps qu'il brûlait, montait du bois le vacarme de la bataille ; les sorciers et les mangeurs d'hommes durement aux prises ; les sorciers invisibles mugissant comme des taureaux sur la montagne et les hommes de la tribu répondant par des cris perçants et sauvages dans la terreur de leur âme. Tout le temps que le feu brûlait, Kéola resta là à écouter et à trembler, guettant les mains invisibles de Léhoua qui versait les feuilles. Elle les versait rapidement, et la flamme brûlait haut et venait lécher les mains de Kéola, et Léhoua soufflait sur le feu pour qu'il brûlât plus vite. La dernière feuille consumée, la flamme retomba, la grande secousse suivit et voici Kéola et Léhoua chez eux dans le salon.

Or, lorsque Kéola put enfin voir sa femme, il fut rempli de joie, et il fut rempli de joie d'être revenu chez lui à Molokaï et d'être assis à côté d'un bol de poï [1] – car on ne fait point de poï à bord des navires et il n'y en avait point dans l'Ile des Voix – et il était hors de lui de bonheur d'avoir échappé pour de bon aux mangeurs d'hommes. Mais il y avait quelque chose qui n'était pas aussi clair, et Kéola et Léhoua en parlèrent toute la nuit car ils en étaient tourmentés : il y avait que Kalamaké était resté dans l'île. Si par la bénédiction de Dieu il y restait confiné, tout irait bien, mais s'il s'en échappait et revenait à Molokaï,

---

1. Pâte qu'on obtient en cuisant, en broyant et en faisant fermenter la racine du taro. *(N.d.T.)*

ce serait un jour funeste pour sa fille et pour l'époux de sa fille. Ils parlèrent du don qu'il avait d'enfler sa taille et ils se demandaient s'il pourrait franchir la distance en marchant sur le fond des mers. Mais Kéola savait maintenant où se trouvait l'île, elle appartenait à l'Archipel Bas ou Dangereux. Ils allèrent chercher l'atlas, et regardèrent la distance sur la carte, et d'après ce qu'ils crurent comprendre, c'était apparemment un long chemin à parcourir pour un vieux monsieur. Néanmoins, il ne fallait pas se croire trop sûr de soi avec un sorcier comme Kalamaké, et en fin de compte, ils décidèrent de prendre conseil d'un missionnaire blanc.

Ainsi donc, au premier d'entre eux qui passa, Kéola raconta tout. Et le missionnaire le réprimanda vertement pour avoir pris cette seconde femme sur l'île basse ; quant au reste, il déclara qu'il n'y voyait goutte.

— Cependant, dit-il, si tu considères que cet argent de ton père a été mal acquis, je te conseille d'en donner une partie aux lépreux et une partie au fonds des missions. Quant à ces racontars sans queue ni tête, tu n'as rien de mieux à faire qu'à les garder pour toi.

Mais il avertit la police de Honolulu que, d'après tout ce qu'il pouvait démêler, Kalamaké et Kéola avaient dû fabriquer de la fausse monnaie, et qu'il ne serait pas mauvais de les surveiller.

Kéola et Léhoua suivirent son conseil, et donnèrent beaucoup de dollars aux lépreux et au fonds. Et il n'y a pas de doute que le conseil fût bon, car depuis ce jour-là jusqu'à celui que nous vivons à présent, on n'a plus entendu parler de Kalamaké. Quant à savoir s'il fut tué dans la bataille du bois ou s'il continue à faire le pied de grue sur l'Île des Voix, qui le dira ?

UN MORT ENCOMBRANT
(The Wrong Box)

**Traduit de l'anglais
par Pierre Leyris**

© Union Générale d'éditions

PRÉFACE

Comment fut écrit « Un Mort Encombrant »

par FANNY VAN DE GRIFT-STEVENSON

Après la mort de mon beau-père, en 1887, il n'y avait plus de raison pour que mon mari habite continuellement l'Angleterre, dont le climat était trop rude pour ses poumons fragiles ; en outre, après la terrible épreuve qu'elle avait traversée, ma belle-mère avait besoin d'un changement complet de cadre. La décision une fois prise, nous avons été bientôt prêts à partir pour le Colorado, recommandé par le Dr Balfour comme étant l'endroit qui convenait le mieux à mon mari, et qui offrait en même temps un entourage dont les différents aspects étaient considérés comme nécessaires à sa mère. Le seul obstacle à notre départ immédiat était le long trajet à faire en chemin de fer pour parvenir à Liverpool ; mon mari n'était pas assez vigoureux pour supporter la fatigue qu'il occasionnerait. L'idée nous vint, cependant, qu'il serait peut-être possible de trouver un « vapeur en cueillette » allant de Londres à New York, grâce auquel nous n'aurions à faire en chemin de fer qu'un voyage de deux heures. Nous eûmes la chance de pouvoir nous procurer un passage à bord du *Ludgate Hill,* un vapeur vaste et confortable qui transportait, d'après la déclaration de l'agent, « des petits articles » ; nous avons découvert, par la suite, que ces « articles » consistaient en chevaux français, en allumettes et en foin.

Le *Ludgate Hill* fit une traversée plus longue que d'habitude ; on était dans une saison de mauvais temps, et plusieurs navires de Liverpool qui empruntèrent la route du sud vers l'Amérique firent naufrage ; mais comme nous courions juste au nord de la ceinture des perturbations, nous nous en sommes tirés sans inconvénient plus grave qu'une mer un peu forte par instants. L'amélioration survenue dans la santé de mon mari ne tarda pas à montrer le bien-fondé de cette décision de changer de climat. Il reprenait des forces de jour en jour, il profitait pleinement et à tout instant du voyage. Dans une lettre à son cousin, Robert Alan Stevenson, il écrit : « J'étais si heureux à bord de ce bateau. Je ne l'aurais pas cru possible. » La pratique de sa théorie : « tout homme doit gagner le droit de vivre », lui donna de nombreuses occasions de se rendre utile ; il veillait au confort de certains passagers souffrant désespérément du mal de mer, aidait le commissaire de bord, qui était nouveau dans ses fonctions et même, une fois, lorsque la présence du capitaine était absolument nécessaire ailleurs, il célébra le service du dimanche matin.

Notre vie en Angleterre avait été si retirée que mon mari connaissait peu le monde extérieur et ne savait pas combien son œuvre était appréciée ; il n'était donc pas du tout préparé à l'accueil chaleureux qui lui fut fait en Amérique. À son arrivée *Jekyll et Hyde* était joué à New York devant des salles combles et en même temps servait de base au sermon dans plusieurs églises. Les éditeurs lui offrirent du travail, si important qu'il eut peur d'accepter. Je me rappelle le *New York Herald* lui proposant d'écrire une série de lettres hebdomadaires moyennant une rémunération de huit mille dollars par an qui lui parut princière. Tout en refusant cette offre il en accepta une autre de Scribners pour une série d'articles à encarter dans son magazine, et cela aux mêmes conditions. Non seulement il était désormais assuré de pouvoir gagner sa vie grâce à sa plume, mais d'autres possibilités commençaient à se présenter à son imagination.

La vie stimulante de New York, s'ajoutant à l'excitation causée par la rencontre de tant d'amis, anciens et nouveaux, ne tarda pas à mettre en évidence les forces supplémentaires que ce voyage avait données à mon mari ; en outre, l'automne approchait et il était temps de faire nos projets pour l'hiver. Nous ne nous étions pas rendu compte à l'avance de la longueur du voyage en chemin de fer entre New York et le Colorado et la perspective d'un tel trajet était si alarmante que nous avons accepté avec empressement la suggestion d'un ami qui nous proposait de préférence les Adirondacks. Je laissai mon mari à Newport, dans la maison de Mrs Charles Fairchild, pour qu'il nous rejoigne par la suite, et nous nous sommes hâtés, mon fils et moi, de nous rendre à Saranac, où nous avons loué un cottage à un guide nommé Baker, engagé un cuisinier et un garçon toutes mains dans le village ; avec l'aide de ma femme de chambre, j'ai mis sur pied une sorte d'organisation de maison qui ressemblait beaucoup à la vie dans un camp.

Les difficultés qu'il y avait à diriger une maison dans des conditions aussi primitives étaient multiples et quelquefois si inattendues que ma belle-mère et moi nous en étions parfois presque désespérées. Je me rappelle qu'un jour, ayant terminé un repas dont il nous avait fallu une immense dépense d'énergie pour réunir les éléments, Francis, le garçon toutes mains, fit remarquer en passant au cuisinier « il aurait mieux valu attendre Mr Sullivan ». En l'interrogeant avec insistance nous avons appris que le matin même était arrivé un télégramme par lequel Mr Sullivan annonçait son arrivée imminente. On avait lu le télégramme à haute voix devant les gens qui flânaient dans le bureau de poste et ceux-ci en étaient tout de suite arrivés à la conclusion que notre visiteur devait être le boxeur John L. Sullivan, qui était récemment sorti vainqueur d'un grand match. Dans cet énervement personne n'avait pensé à envoyer le télégramme à sa légitime destination, mais les gens s'étaient précipités à la gare et là, ils avaient attendu l'arrivée de Mr T.R. Sullivan pendant des heures. La victime involontaire de cette erreur risible avait été surprise et embarrassée par la sensation qu'elle avait créée, et avait distinctement entendu discuter sur son passage des « points » qu'elle avait marqués.

À l'approche de l'hiver, le froid devenait de plus en plus intense ; malgré les feux de bois, les manteaux de buffle, et les couvertures, le calfeutrage hermétique d'une porte après l'autre et de toutes les fenêtres, il devint presque impossible de le supporter. Nos pensées et nos conversations s'orientaient vers les tropiques et tout en grelottant autour de notre immense foyer, nous rêvions de palmiers et de mers du Sud. L'estime et la générosité des éditeurs américains ayant désormais rendu presque réalisable son rêve caressé depuis longtemps d'avoir un petit yacht, mon mari demanda à New York des cartes et des volumes de référence. Je crois que quelques-unes des heures les plus heureuses de sa vie furent celles qu'il passa à étudier les annuaires Findlay de la Méditerranée, de l'océan Indien, et des mers du Sud, en examinant les fonds et en entrant dans le moindre détail d'une croisière à grande distance. Quelque temps après sa mort, le Capitaine Joshua Slocum, en faisant le tour du monde seul à bord de son petit sloop *Spray,* vint chez nous à Vailima. C'était, ai-je pensé, un marin selon le cœur de mon mari ; qui avait un droit plus légitime aux annuaires que cet homme qui était sur le point d'affronter ces mêmes océans sans autre guide que les étoiles et une petite pendule cassée qui lui tenait lieu de chronomètre ? Le Capitaine Slocum reçut les volumes avec respect et les utilisa, comme il me le dit par la suite, avec grand profit.

Parmi nos visiteurs à Saranac il y eut Mr S.S. McClure qui écouta avec un profond intérêt l'exposé de nos projets et qui offrit d'avancer l'argent nécessaire à l'expédition envisagée ; il lui serait remboursé grâce aux lettres et articles écrits pendant le voyage. Mais mon mari estima qu'avec sa santé précaire il n'avait pas le droit d'entraîner Mr McClure dans de tels risques. Bien que plus vigoureux que quelques années auparavant, il était plus ou moins épuisé par son travail de l'hiver, par les rigueurs du rude climat de Saranac et par l'afflux de visiteurs, qui lui causait un grand plaisir, mais un plaisir fatigant, à lui qui avait été si longtemps coupé de presque tout rapport avec ses amis. Le printemps approchant, à la veille du moment où il allait falloir prendre une décision, il estimait que s'il pouvait seulement trouver un moyen facile de gagner mille livres il pourrait risquer l'aventure (il avait à présent choisi les îles situées au nord de Madagascar comme destination de cette croisière en yacht) sans crainte de faire subir à quelqu'un une perte d'argent.

Mon fils, alors un garçon de dix-neuf ans, avait passé l'hiver à Saranac dans l'occupation captivante consistant à écrire un roman, qu'il avait l'intention d'intituler *Une Partie de Bluff*. L'histoire achevée, elle fut lue à haute voix devant la famille, à raison de quelques chapitres chaque soir. Cela nous parut à tous constituer un effort méritoire pour un garçon de cet âge et mon mari fit la remarque qu'il serait très facile de l'arranger et de le « faire marcher ». C'est alors que lui vint cette idée de collaboration. C'était la chance que nous avions de gagner l'argent nécessaire à la croisière.

Une Partie de Bluff, à présent rebaptisée *Un Mort Encombrant*, fut révisée et réécrite en quelques semaines dans une telle bonne humeur et une telle hilarité que les auteurs se mirent à avoir de ses mérites une plus haute opinion que lorsqu'ils l'avaient lue de sang-froid dans d'autres circonstances. Mon mari trouva que cette collaboration était une méthode si agréable et facile de faire le travail que par la suite, à Honolulu, lorsqu'il était incapable d'affronter un effort plus sérieux, il reprit une autre histoire inachevée de son beau-fils intitulée *Le Pêcheur de perles ;* mais lorsqu'une demi-douzaine de chapitres eurent été esquissés ce titre fut remplacé par *Le Creux de la Vague*.

Avec l'arrivée du printemps nous avons estimé qu'il nous fallait prendre une décision définitive sur la route que nous devions emprunter. Laissant la famille prête à partir pour Manasquan, dans le New Jersey, je me suis rendue à San Francisco où j'ai trouvé le yacht *Cusco* que j'ai frété pour une croisière de six mois. S'il n'y avait pas eu l'aisance et la facilité avec lesquelles *Un Mort Encombrant* avait pu être mis en forme pour l'impression, ce qui nous donnait une confortable assurance pour l'avenir, je me demande si ce projet de croisière serait devenu autre chose qu'un agréable rêve éveillé. Et si mon mari aurait trouvé ce havre à Samoa, qui lui fournit le moyen de prolonger sa vie et lui a donné la possibilité de donner au monde la meilleure œuvre de sa maturité.

F.V. de G.-S.
(traduction de Jacques Parsons)

« Rien de tel qu'un peu de légèreté bien comprise »,
dit Michael Finsbury dans ce texte ; et l'on ne peut pas
penser de meilleure excuse à ce volume qui se trouve dans
les mains du lecteur. Les auteurs ne peuvent ajouter qu'une
chose : l'un est assez vieux pour avoir honte de lui-même,
l'autre assez jeune pour pouvoir encore apprendre.

R. L. S.
L. O.

CHAPITRE PREMIER

Dans lequel
Maurice à des soupçons

Combien peu l'amateur de lecture, commodément installé chez lui, comprend les peines et les périls encourus par l'auteur ! Combien peu il se représente les heures de labeur, les consultations d'autorités, les recherches à la Bodléienne, les correspondances avec d'érudits et illisibles Allemands, en un mot l'immense échafaudage qui fut édifié, puis démoli afin de lui procurer une heure de distraction en chemin de fer !

C'est ainsi que je pourrais commencer ce récit par une biographie de Tonti – lieu de naissance, parenté, génie probablement hérité de sa mère, remarquables exemples de précocité, etc. – et par un traité complet sur le système auquel il a légué son nom. Tous les matériaux sont là, à côté de moi, dans un fichier ; mais je ne veux pas faire étalage de mes connaissances. Tonti est mort, et je n'ai jamais vu personne qui prétendît le regretter ; quant au système de la tontine, un mot d'explication suffira pour les besoins de ce récit sans fards.

Un certain nombre de joyeux jeunes gens (plus ils sont nombreux, plus la plaisanterie se corse) constituent en commun une cagnotte, confiée à des dépositaires chargés de l'administrer. De longues années plus tard, capital et intérêts accumulés sont en quelque sorte jetés à la face du dernier survivant, qui est probablement sourd, si bien qu'il peut à peine entendre de quoi il retourne, et certainement à deux doigts de la mort, si bien que son succès ne lui profite guère. Mais c'est là que résident la poésie et l'humour de la chose ; c'est justement le caractère gratuit et sportif de la tontine qui l'a rendue chère à nos grands-parents.

Lorsque Joseph Finsbury et son frère Masterman étaient deux bambins en robe, leur père – un marchand aisé de Chepside – les fit participer à une cossue petite tontine de trente-sept vies. On payait mille

livres pour pouvoir s'y joindre ; et Joseph Finsbury se rappelle
aujourd'hui encore la visite chez le notaire, lors de laquelle les membres
de la tontine – tous des enfants comme lui – s'étaient assis à tour de
rôle dans le grand fauteuil pour apposer leurs noms, avec l'assistance
d'un vieux monsieur bienveillant nanti de lunettes et de bottes à la
Wellington. Il se souvient d'avoir joué ensuite avec les autres enfants
sur la pelouse qui s'étendait derrière la maison du notaire et de s'être
royalement battu avec un confrère en tontine qui lui avait donné des
coups de pied dans les tibias. Le fracas guerrier avait attiré le notaire
qui était en train de distribuer des gâteaux et du vin aux parents
assemblés dans son étude : on avait séparé les combattants, et le vieux
monsieur en bottes à la Wellington avait loué le courage de Joseph
(c'était le plus petit des deux) en déclarant qu'il avait été lui-même,
à son âge, un luron de son espèce. Sur quoi Joseph s'était demandé
si à cette époque-là il avait eu de petites bottes à la Wellington ainsi
qu'un petit crâne chauve ; et dès lors, le soir, dans son lit, quand il
était fatigué de se raconter des histoires de batailles navales, il se donnait
les traits du vieux monsieur et faisait mine de servir des gâteaux et
du vin à d'autres petits garçons et petites filles.

En 1840, les trente-sept membres de la tontine étaient tous en vie :
en 1850 leur nombre avait diminué de six ; en 1856 et 1857 les choses
allèrent meilleur train, car la guerre de Crimée et la Grande Mutinerie
des Indes n'en fauchèrent pas moins de neuf. En 1870 il ne restait plus
que cinq membres, et, à la date de mon histoire, plus que trois, y compris
les deux Finsbury.

À cette époque, Masterman était dans sa soixante-treizième année ;
depuis longtemps se plaignant des effets de l'âge, il s'était retiré des
affaires, et il habitait à présent dans une réclusion absolue sous le toit
de son fils Michel, l'avoué bien connu. Joseph, d'autre part, était
toujours alerte et ne composait qu'une figure à demi vénérable dans
les rues où il aimait à se promener. Cette situation était d'autant plus
à déplorer que Masterman avait toujours mené, jusque dans le plus
petit détail, une vie anglaise modèle. On considère habituellement
l'assiduité au travail, la régularité et la respectabilité, ainsi qu'une
préférence pour le 4 % comme les fondements d'une verte vieillesse.
Masterman avait fait preuve de toutes ces vertus d'une manière
éminente, et pourtant voilà où il en était à soixante-treize ans ; tandis
que Joseph, à peine plus jeune de deux ans et remarquablement bien
conservé, s'était déshonoré par une vie oisive et excentrique. Embarqué
dans le commerce des cuirs, il s'était bientôt fatigué des affaires, pour
lesquelles on ne lui reconnaissait guère de dons. Un penchant pour la
culture générale, qui n'avait pas été réprimé à temps, avait bientôt
commencé à miner sa virilité. Il n'y a pas de passion plus débilitante
pour l'esprit, si ce n'est peut-être cette démangeaison de parler en public
que fréquemment elle accompagne ou engendre. L'une et l'autre
s'unissaient dans le cas de Joseph : cette double maladie ne tarda pas
à atteindre un degré aigu, celui où le patient en vient à faire des

conférences gratuites, et au bout de quelques années il eût fait un voyage de trente milles pour prendre la parole dans une école enfantine.

Non qu'il fût érudit. Ses lectures se limitaient aux manuels élémentaires et aux journaux quotidiens. Il ne s'élevait pas même à la hauteur des encyclopédies. La vie, disait-il, était son livre. Il admettait que ses conférences n'étaient point faites pour des professeurs d'Université ; elles s'adressaient directement « au grand cœur du peuple », et le cœur du peuple était sans doute plus robuste que sa tête, car les élucubrations du conférencier étaient reçues avec faveur. Celle qui s'intitulait « Comment vivre joyeusement avec quarante livres par an » fit sensation parmi les chômeurs. « L'éducation : ses buts, ses objets, ses usages et ses mérites » lui valut le respect des sots. Et quant à sa fameuse causerie : « L'Assurance sur la vie considérée dans sa relation aux masses », délivrée devant la Société de perfectionnement mutuel des Travailleurs de l'île des Chiens, elle fut accueillie avec « une véritable ovation » de la part d'un inintelligent public des deux sexes ; tant et si bien qu'il fut élu l'année suivante président honoraire de l'institution, titre accompagné d'émoluments plus que nuls, puisqu'on attendait une donation de son titulaire, mais hautement satisfaisant pour son amour-propre.

Tandis que Joseph se faisait ainsi une réputation parmi les plus cultivés d'entre les ignorants, sa vie domestique se trouva tout à coup encombrée d'orphelins. La mort de son cadet Jacob lui mit sur les bras deux garçons, Maurice et Jean ; et dans le courant de la même année, sa famille s'enfla encore d'une petite fille, la progéniture d'un monsieur Jean-Henri Hazeltine. Ce personnage, nanti de peu de fortune et de peu d'amis, n'avait rencontré Joseph qu'une fois, dans une salle de conférences de Holloway ; mais au sortir de cette expérience formatrice, il était rentré chez lui pour refaire son testament et léguer le soin de sa fille et de la fortune d'icelle au conférencier.

Joseph était un brave homme ; ce ne fut pas toutefois sans répugnance qu'il accepta cette nouvelle responsabilité, inséra une annonce afin de se procurer une nourrice, et acheta d'occasion une voiture d'enfant. Il accepta Maurice et Jean de meilleur cœur, non point tant à cause des liens de consanguinité que parce que le commerce des cuirs (où il se hâta d'investir leur fortune de trente mille livres) avait récemment montré d'inexplicables symptômes de déclin. Un Écossais jeune, mais capable, fut choisi pour gérer l'entreprise, et du souci des affaires Joseph Finsbury fut libéré à jamais. Se déchargeant de ses responsabilités sur le capable Écossais (lequel était un homme marié), il se lança dans de longs voyages sur le continent et en Asie Mineure.

Une Bible polyglotte dans une main et un manuel de conversation dans l'autre, il se fraya son chemin parmi les usagers de onze langues européennes. Le premier de ces deux guides répond mal aux besoins du voyageur philosophique, et le second est désigné plus expressément pour le touriste que pour l'expert en mœurs locales. Mais Joseph recourut aux services des interprètes chaque fois qu'il put les obtenir pour rien, et d'une manière ou d'une autre remplit d'innombrables calepins du résultat de ses recherches.

Il passa plusieurs années à vagabonder ainsi, et ne revint en Angleterre que lorsque l'âge de ses pupilles requit son attention. Les deux garçons avaient été placés dans une bonne, quoique économique, école, où ils avaient reçu une saine éducation commerciale ; ce qui était d'ailleurs quelque peu embarrassant, car le commerce des cuirs n'était pas en état d'affronter un conseil d'enquête. En fait, quand Joseph se plongea dans les chiffres pour se préparer à rendre ses comptes de tutelle, il eut le chagrin de constater que le patrimoine de son frère n'avait pas prospéré sous sa gestion ; quand bien même il eût donné à ses deux neveux, et jusqu'au dernier sou, tout ce qu'il avait au monde, il fût toujours resté un déficit de sept mille huit cents livres.

Quand ces faits furent communiqués aux deux frères en présence d'un avoué, Maurice Finsbury menaça son oncle de toutes les rigueurs de la loi, et seuls les conseils de l'homme de l'art l'empêchèrent de prendre des mesures extrêmes.

– On ne tire pas de sang d'une pierre, observa l'avoué.

Maurice saisit la justesse de la remarque et vint à composition avec son oncle. D'une part Joseph fit abandon de tout ce qu'il possédait, y compris le bénéfice qu'il pouvait retirer de la tontine, laquelle était devenue une prometteuse affaire. D'autre part Maurice s'engageait à recevoir chez lui son oncle et Miss Hazeltine (ruinée elle aussi) en leur donnant à chacun une livre sterling par mois d'argent de poche.

Cette allocation était amplement suffisante pour le vieillard, par contre on voit mal comment la jeune fille pouvait, dans ces conditions, parvenir à s'habiller ; elle y parvint toutefois et, qui plus est, sans jamais se plaindre. Elle était, à vrai dire, sincèrement attachée à son incompétent tuteur. Il l'avait toujours bien traitée ; son grand âge plaidait hautement en sa faveur ; il y avait quelque chose d'attendrissant dans son ardente soif de connaissance et dans la joie innocente que lui procurait la moindre marque d'admiration ; et bien que l'avoué l'eût avertie qu'elle allait être sacrifiée dans cette combinaison, Julia avait refusé d'ajouter aux embarras de l'oncle Joseph.

Les quatre intéressés habitaient ensemble dans une grande et morne maison de John Street, Bloomsbury : en apparence une famille, en réalité une association financière. Julia et l'oncle Joseph étaient, bien entendu, des esclaves. Jean, avec son penchant pour le banjo, le music-hall, le café-concert et les journaux sportifs, eût été en toutes circonstances un personnage de second plan ; et les soucis comme les délices du pouvoir revenaient entièrement à Maurice. Leur enchevêtrement inexplicable est l'un des lieux communs grâce auxquels le moraliste papelard console l'incompétent et l'obscur ; mais dans le cas de Maurice les amertumes devaient l'emporter largement sur les douceurs. Il n'épargnait aucune peine à autrui non plus qu'à lui-même. Il appelait les domestiques le matin, il distribuait les provisions de sa main, il mesurait la profondeur du sherry, il comptait les biscuits qui restaient ;

des scènes pénibles avaient lieu lors des comptes hebdomadaires : la cuisinière était fréquemment incriminée et les fournisseurs venaient se prendre de bec avec lui pour un litige de trois liards. Un esprit superficiel aurait vu en lui un avare ; à ses propres yeux il était simplement un homme lésé : le monde lui devait sept mille huit cents livres et il entendait lui faire rendre gorge.

Mais c'était dans sa conduite à l'égard de Joseph que se révélait plus particulièrement le caractère de Maurice. Son oncle était une valeur sur laquelle il avait spéculé en misant lourdement, et il n'épargnait aucune peine pour en prendre soin. Le vieillard était examiné tous les mois par un docteur, qu'il fût malade ou non. Son régime, son habillement, ses sorties occasionnelles à Brighton ou à Bournemouth, tout celui lui était administré comme la bouillie aux petits enfants. Par mauvais temps il devait rester au logis. Par beau temps, à neuf heures du matin, il devait être dans le vestibule, prêt à sortir. Maurice s'assurait qu'il avait des gants et que ses souliers étaient bien étanches, et ils s'en allaient tous deux bras dessus, bras dessous, à la firme. La promenade était d'ordinaire assez morne, car ils ne prétendaient pas nourrir l'un pour l'autre des sentiments amicaux ; Maurice n'avait jamais cessé de reprocher à son tuteur le déficit dont il était victime et de déplorer la charge de Miss Hazeltine ; et Joseph, malgré sa bonne âme, éprouvait pour son neveu quelque chose d'assez voisin de la haine. Mais l'aller n'était rien en comparaison du retour ; car la simple vue de la firme, et la moindre des transactions qui s'y opéraient, suffisaient à empoisonner la vie de chacun des Finsbury.

On voyait toujours le nom de Joseph au-dessus de la porte, et c'était toujours lui qui signait les chèques ; mais ce n'était là, de la part de Maurice, qu'une politique destinée à décourager les autres membres de la tontine. En réalité, l'affaire lui appartenait entièrement, et constituait pour lui un héritage de peines. Il avait essayé de la vendre, mais reçu des offres parfaitement dérisoires ; il avait essayé de l'étendre, mais n'avait réussi qu'à étendre le passif ; il avait essayé de la restreindre, mais sans parvenir à restreindre autre chose que les profits. Nul n'avait jamais rien su tirer de cette affaire, si ce n'est le capable Écossais qui, une fois congédié, s'était retiré dans le voisinage de Banff et s'était construit un château avec ses bénéfices. Maurice maudissait chaque jour la mémoire de ce fallacieux Calédonien tout en ouvrant son courrier dans son bureau, tandis que le vieux Joseph, assis à une autre table, attendait maussadement ses ordres ou signait sauvagement il ne savait quoi. Et quand l'homme de la lande poussa le cynisme jusqu'à envoyer le faire-part de son second mariage (avec Davida, fille aînée du révérend Alexandre Mc Craw), on crut sérieusement que Maurice allait avoir une attaque.

Les heures de travail dans l'entreprise de cuirs des Finsbury avaient été réduites à leur plus simple expression ; même le profond sentiment que Maurice avait de ses devoirs envers lui-même n'était pas assez puissant pour le faire s'attarder dans ces murs à l'ombre de la banqueroute qui menaçait : le patron et les employés poussaient bientôt un long soupir et s'en allaient afin de se préparer à un autre jour d'inaction. Si la précipitation est, comme l'assure Tennyson, la demi-sœur de la lenteur, les habitudes en vigueur dans les bureaux sont certainement ses tantes. Cependant, le négociant en cuirs ramenait son investissement vivant à John Street comme un petit chien ; et, après l'avoir cloîtré dans le vestibule, partait pour la journée se mettre en quête de bagues à cachets, l'unique passion de sa vie.

Joseph avait une vanité plus qu'humaine, celle du conférencier. Il avouait qu'il s'était mis dans son tort, bien qu'on eût davantage péché contre lui (« on » étant le capable Écossais) qu'il n'avait péché lui-même ; mais eût-il trempé ses mains dans le sang qu'il n'aurait pas mérité d'être traîné de la sorte derrière le char d'un jeune homme, d'être tenu captif dans les murs de son propre commerce de cuirs, d'être harcelé de mortifiants commentaires sur l'ensemble de sa carrière, de voir examiner son costume, relever son col, vérifier la présence de ses mitaines, et d'être emmené et ramené sous garde comme un bébé accompagné par sa nourrice. À la pensée de toutes ces avanies, son âme se gonflait de venin, il se hâtait d'accrocher à la patère son manteau, son chapeau et ses détestables mitaines, et de monter à l'étage pour rejoindre Julia et ses calepins de notes. Au moins le salon n'était-il jamais profané par Maurice : il appartenait au vieillard et à la jeune fille ; c'est là qu'elle faisait ses robes ; c'est là qu'il noircissait d'encre ses lunettes en registrant des faits décousus et en établissant des statistiques sans signification. C'est là encore que, bien souvent, il déplorait sa participation à la tontine.

— Si ce n'était cela, s'écria-t-il un après-midi, Maurice ne se soucierait pas de me garder. Je pourrais être un homme libre, Julia. Et je subviendrais aisément à mes besoins en faisant des conférences.

— Certainement, dit-elle ; et je crois qu'il n'a jamais rien fait de plus mesquin que de vous priver de ce plaisir. N'étaient-ce pas ces braves gens de l'île des Chats qui vous avaient écrit si gentiment pour vous demander de leur faire une causerie ? Il aurait vraiment dû vous laisser à l'île des Chats.

— C'est un homme dénué de toute intelligence, s'écria Joseph. Le passionnant spectacle de la vie l'environne de toutes parts, et pour le profit qu'il en retire, il pourrait aussi bien être dans un cercueil. Pensez un peu aux occasions qui lui sont offertes ! Le cœur de tout autre jeune homme s'enflammerait à sa place. La somme de connaissances que je pourrais lui impartir, si seulement il voulait m'écouter, passe l'entendement, Julia.

— De toute manière, mon cher oncle, ne vous énervez pas, répondit Julia, autrement, vous le savez, il fera venir le docteur.

— C'est ma foi vrai, dit humblement le vieillard. Je vais me calmer en étudiant un peu.

Il alla feuilleter sa collection de calepins, et ajouta au bout d'un moment :

– Je me demande – car je vois que vous travaillez de vos mains – si cela ne vous intéressait pas...

– Mais si ! bien sûr, s'écria Julia. Lisez-moi donc une de vos belles histoires.

Instantanément, il ouvrit le calepin et mit ses lunettes sur son nez comme pour prévenir toute possibilité de rétractation.

– Ce que je me propose de vous lire, dit-il en parcourant les pages, est le compte rendu d'une conversation hautement importante que j'ai eue avec un courrier hollandais du nom de David Abbas – la forme latine du mot abbé. Les résultats de l'enquête valent bien le prix qu'ils m'ont coûté, car au début Abbas a montré quelque impatience et, pour le faire tenir en place, j'ai été contraint de l'abreuver abondamment. Cela ne fait guère en tout que vingt-cinq pages. Oui, nous y voilà.

Et, s'éclaircissant la gorge, il commença sa lecture.

M. Finsbury, selon son propre calcul, avait contribué à l'entretien, pour les quatre-vingt-dixièmes, et n'avait littéralement rien tiré d'Abbas. C'était déjà suffisamment fastidieux pour Julia qui, pourtant, n'était pas obligée de suivre ; mais pour le courrier hollandais, qui avait été obligé de répondre, ç'avait dû être un parfait cauchemar. Il semblait s'être consolé en recourant fréquemment à la bouteille ; vers la fin, même, la générosité frugale de Joseph ne lui suffisant plus, il avait étanché sa soif à ses propres frais. Du moins le compte rendu portait-il la trace d'une influence adoucissante : Abbas avait commencé à témoigner de bon gré et à faire spontanément des révélations. Si bien que Julia levait les yeux de son ouvrage avec un faible sourire, quand Maurice entra en coup de vent dans la maison en appelant vivement son oncle, et fit presque aussitôt irruption dans la pièce en agitant en l'air le journal du soir.

Il apportait en effet une grande nouvelle. Le journal annonçait le décès du lieutenant-général sir Glascow Biggar, K.C.S.I., K.C.M.G., etc., et la cagnotte de la tontine était dès lors suspendue entre les deux frères Finsbury. Maurice avait enfin sa chance.

Il est vrai que les relations entre les deux frères n'étaient pas des plus cordiales. Quand le bruit avait couru que Joseph était en Asie Mineure, Masterman avait déclaré avec irritation qu'il trouvait cela indécent. « Bientôt, nous allons apprendre qu'il est au pôle Nord ! » s'était-il écrié, en ajoutant quelques paroles mordantes qui avaient été rapportées au voyageur à son retour. Qui pis est, Masterman avait refusé d'assister à la conférence sur « l'Éducation : ses buts, ses objets, ses usages et ses mérites », bien qu'on lui eût offert une place sur le plateau. Depuis lors les frères ne s'étaient plus revus. D'autre part, ils ne s'étaient jamais querellés ouvertement ; Joseph, sur les ordres de Maurice, était prêt à faire valoir les avantages de sa position de cadet ; et Masterman avait eu toute sa vie la réputation de n'être ni avide ni déloyal. Tous les éléments favorables à un compromis se trouvaient donc réunis ; et Maurice, qui se voyait déjà recouvrant ses sept mille huit cents livres et libéré des vicissitudes du commerce des cuirs, se précipita le lendemain matin dans le cabinet de son cousin Michel.

Michel jouissait d'une certaine notoriété. Lancé de fort bonne heure, et sans aucune protection, dans la chicane, il s'était fait une spécialité des affaires douteuses. On le connaissait comme l'homme des causes désespérées ; on savait qu'il pouvait extraire un témoignage d'une pierre, des revenus de la plus suspecte mine d'or. Et en conséquence son cabinet était assiégé par cette nombreuse catégorie de gens qui ont encore quelque réputation à perdre, et sont sur le point d'y parvenir, qu'ils aient fait de fâcheuses connaissances, égaré une correspondance compromettante ou donné prise au chantage de leurs valets. Dans la vie privée, Michel ne boudait pas les plaisirs ; mais son expérience professionnelle l'avait considérablement rassis et, en matière de placements, il était réputé préférer le solide au brillant. Enfin, chose plus encourageante encore en la conjoncture, il avait toute sa vie tourné en dérision la tontine des Finsbury.

Ce fut donc plein d'espoir de parvenir à ses fins que Maurice se présenta devant son cousin et se mit fiévreusement en devoir de lui exposer son plan. Pendant près d'un quart d'heure, l'avoué le laissa insister sur les avantages manifestes qu'on en pouvait tirer, sans l'interrompre. Puis il se leva et, tout en sonnant son commis, il répondit simplement :

— Rien à faire, Maurice.

C'est en vain que le négociant en cuirs plaida et raisonna ; c'est en vain qu'il revint jour après jour pour plaider et raisonner ; c'est en vain qu'il offrit un boni de mille, de deux mille, de trois mille livres ; que dis-je, qu'il offrit même, au nom de Joseph, de se contenter d'un tiers de la cagnotte. Toujours venait la même réponse :

— Rien à faire.

— Je n'y vois pas clair, finit-il par répondre. Tu ne réponds à aucun de mes arguments, tu n'as pas un mot à dire. Je crois vraiment que c'est de la méchanceté.

L'avoué lui sourit avec bienveillance.

— En tout cas, il y a une chose dont tu peux être sûr, dit-il, c'est que, quoi que je fasse, je ne suis pas disposé à satisfaire ta curiosité. Tu me vois un peu plus communicatif aujourd'hui, parce que c'est la dernière fois que nous nous entretenons à ce sujet.

— La dernière fois ! s'écria Maurice.

— Oui, mon cher, le coup de l'étrier, répondit Michel. Je ne peux pas voir empiéter ainsi sur mes heures de travail. Au demeurant, n'as-tu pas toi-même des affaires à surveiller ? N'y a-t-il aucune convulsion dans le commerce des cuirs ?

— C'est véritablement de la méchanceté, répéta sombrement Maurice. Tu m'as toujours haï et méprisé depuis l'enfance.

— Non, non, du moins pas haï, répondit Michel d'un ton apaisant. Je me sens plutôt de l'amitié pour toi. Tu m'inspires un étonnement constant, tant tu parais ténébreux et par là même attirant à distance.

Sais-tu que tu as l'air bel et bien romantique – l'air d'un homme qui a un passé, une histoire. Et de fait, pour autant que je le sache, l'histoire du commerce des cuirs est très mouvementée.

– À vrai dire, dit Maurice sans relever ces remarques, ça ne sert à rien de venir ici. Je verrai ton père.

– Oh ! non, tu ne le verras pas, dit Michel. Personne ne verra mon père.

– Je voudrais bien savoir pourquoi ! s'écria son cousin.

– Je n'en fais jamais secret, répondit l'avoué. Il est trop souffrant.

– S'il est aussi souffrant que tu le dis, s'écria Maurice, raison de plus d'accepter ma proposition. Je *veux* le voir.

– Vraiment ? dit Michel.

Et, se levant, il sonna son commis.

Le temps était venu, selon les prescriptions de sir Faraday Bond – le baronnet dont on voit si souvent le nom au bas des bulletins de santé – de transporter Joseph (cette infortunée poule aux œufs d'or) à l'air plus pur de Bournemouth ; et, secouant la poussière de Bloomsbury, la famille partit pour cette jungle de villas : Julia ravie parce qu'à Bournemouth elle faisait parfois des connaissances ; Jean au désespoir car c'était un homme de goûts citadins ; Joseph indifférent à l'endroit où il se trouvait, pourvu qu'il eût une plume et de l'encre et les journaux quotidiens et qu'il pût échapper au martyre du bureau ; Maurice lui-même assez content peut-être d'espacer ses visites à la Cité et de pouvoir tranquillement réfléchir.

Il était prêt à tous les sacrifices. Tout ce qu'il désirait, c'était recouvrer son argent et retirer son épingle du commerce des cuirs ; et il eût été bien étrange, étant donné la modestie de ses désirs et le fait que la cagnotte s'élevait à plus de cent seize mille livres, il eût été en vérité bien étrange qu'il ne trouvât pas le moyen de persuader Michel. « Si seulement je pouvais deviner ses raisons », se répétait-il. Et le jour, tout en se promenant dans les bois de Branksome, et la nuit, tout en se retournant dans son lit, et à table, où il oubliait de manger, et dans la cabine de bains, où il oubliait de se rhabiller, ce problème était constamment devant lui : pourquoi Michel avait-il refusé ?

Enfin, une nuit, il fit irruption dans la chambre de son frère et le réveilla.

– Qu'est-ce qu'il y a ? demanda Jean.

– Julia partira dès demain, répondit Maurice. Il faut qu'elle retourne à Londres, qu'elle prépare la maison et qu'elle rengage des domestiques. Nous suivrons tous dans trois jours.

– Bravo ! s'écria Jean. Mais pourquoi ?

– J'ai trouvé, Jean, répondit tout doucement son frère.

– Trouvé quoi ? demanda Jean.

– Pourquoi Michel se refuse à un compromis, dit Maurice : c'est parce qu'il ne peut pas accepter, c'est parce que Masterman est mort et qu'il le cache.

— Bonté divine ! s'écria l'impressionnable Jean. Mais à quoi bon ? Pourquoi faire ?

— Pour nous flouer de la tontine, dit son frère.

— C'est impossible. Il faut un certificat médical, objecta Jean.

— N'as-tu jamais entendu parler de médecins marrons ? demanda Maurice. Cela court les rues. On en trouve autant qu'on veut à trois livres dix la pièce.

— Si j'étais toubib, on ne m'aurait pas à moins de cinquante livres, protesta Jean.

— Et puis, poursuivit Maurice, Michel est tout à fait dans le bain. Tous ses clients ont eu de sales histoires, il ne trafique que d'œufs pourris : si jamais homme peut se débrouiller dans pareille affaire, c'est lui. Tu peux être sûr qu'il a son plan, et que c'est un bon plan, car il est sacrément malin ! Mais je suis malin moi aussi, et poussé à bout. J'ai perdu sept mille huit cents livres quand j'étais un écolier orphelin.

— Oh ! ne me rabâche pas cette histoire, répliqua Jean en l'interrompant. Tu en as déjà dépensé beaucoup plus pour essayer de les récupérer.

CHAPITRE II

Dans lequel
Maurice prend des mesures

Quelques jours plus tard, en conséquence, on put voir les trois membres mâles de cette déprimante famille partir par la gare de l'Est de Bournemouth. Il faisait un temps inclément et changeant, et Joseph était habillé selon les principes de sir Faraday Bond, qui, on le sait, n'est pas moins strict sur le chapitre du costume que sur celui du régime alimentaire. Il est peu d'invalides des classes policées qui n'ont pas vécu ou essayé de vivre selon les prescriptions de ce pointilleux praticien. « Évitez le thé, madame », a-t-il déjà dit sans aucun doute à nos lectrices, « évitez le thé, le foie frit dans la poêle, le vin émétique et le pain du boulanger. Retirez-vous chaque soir à dix heures quarante-cinq ; et couvrez-vous des pieds à la tête, je vous en prie, de flanelle hygiénique. Extérieurement, la fourrure de martre est indiquée. N'oubliez pas de vous procurer une paire de bottines de santé chez Dall et Crumbie ». Et il vous a probablement rappelée, même si vous aviez déjà payé votre visite, pour ajouter d'une voix de stentor : « J'avais oublié une précaution : fuyez l'esturgeon fumé comme vous fuiriez le diable lui-même ! »

L'infortuné Joseph était taillé jusqu'au dernier bouton sur le modèle prévu par sir Faraday ; il était chaussé desdites bottines de santé, habillé de véritable drap ventilé, nanti d'une chemise de flanelle hygiénique, une assez triste étoffe, et drapé jusqu'aux genoux dans l'inévitable pelisse de martre. Même les employés de chemins de fer, à Bournemouth (une des stations favorites du docteur), cataloguaient aussitôt le vieux monsieur comme une créature de sir Faraday. La seule touche personnelle qu'on lui vît était une casquette à visière, coiffure dont notre voyageur refusait absolument de se séparer depuis qu'avec elle il avait fui un chacal moribond dans les plaines d'Éphèse et essuyé un vent boréen dans l'Adriatique.

Les trois Finsbury montèrent dans leur compartiment et commencèrent immédiatement à se disputer, chose inconvenante en soi, et, en l'occurrence, des plus néfastes pour Maurice. S'il s'était attardé un moment de plus à la portière, cette histoire n'aurait jamais été écrite. Car il aurait sans doute remarqué (comme les employés ne manquèrent pas de le faire) l'arrivée d'un second voyageur portant l'uniforme de sir Faraday Bond. Mais il avait en tête d'autres soucis, qu'il estimait (Dieu sait combien à tort !) plus importants.

— Je n'ai jamais entendu chose pareille, s'écria-t-il en résumant une discussion qui n'avait guère cessé depuis le matin. Le billet n'est pas à vous, il est à moi.

— Il est à mon nom, répondit le vieux monsieur avec un entêtement farouche. Je ferai ce qu'il me plaît de ce qui m'appartient.

Le billet était un billet à ordre de huit cents livres, que Maurice lui avait donné à endosser au petit déjeuner, et qu'il avait tout simplement empoché.

— Écoute-le, Jean, s'écria Maurice. Ce qui lui appartient ! Même les habits qu'il a sur le dos m'appartiennent.

— Laisse-le tranquille, dit Jean. J'en ai par-dessus la tête de vous deux.

— Ce n'est point là une manière de parler de votre oncle ! cria Joseph. Je ne souffrirai pas ce manque de respect. Vous êtes une paire de blancs-becs outrageusement impudents, ignorants et grossiers, et j'ai résolu d'en finir avec toute cette affaire.

— Oh ! sornettes, répondit gracieusement Jean.

Mais Maurice n'était pas aussi rassuré. Cet acte d'insubordination inaccoutumé l'avait déjà troublé ; et maintenant ces paroles séditieuses rendaient un son menaçant à ses oreilles. Il regardait le vieux monsieur d'un œil inquiet. Une fois, maintes années auparavant, alors que Joseph faisait une causerie, son auditoire s'était révolté en masse ; trouvant ennuyeux celui qui était chargé de les distraire, les gens avaient décidé de s'amuser par leurs propres moyens et en fin de compte chassé le conférencier de l'estrade (ainsi que le maître d'école, le ministre baptiste et le candidat ouvrier qui constituaient sa garde du corps). Maurice n'avait pas été présent en ce jour fatal. Autrement il aurait identifié comme de vieilles connaissances certaine lueur combative qui étincelait dans l'œil de son oncle et certain frémissement convulsif de ses lèvres. Toutefois, même pour un regard inexpérimenté, ces symptômes étaient de mauvais augure.

– Bon, bon, dit Maurice. Je ne veux plus vous ennuyer avant d'être arrivé à Londres.

Joseph ne lui accorda même pas un regard en réponse. Avec des mains qui tremblaient, il tira de sa poche un numéro du *Mécanicien Anglais* et s'y plongea avec ostentation.

– Je me demande ce qui a pu le rendre si rebelle, se demanda le neveu. Je n'aime pas du tout la tournure que prennent les choses.

Le train poursuivit sa course à travers le monde, avec son chargement habituel de voyageurs, parmi lesquels le vieux Joseph qui affectait d'être plongé dans son journal, Jean qui sommeillait sur les colonnes de la *Revue Rose,* et Maurice qui retournait dans sa tête une douzaine de griefs, de soupçons et de sujets d'alarme. Il passa Christ Church et sa plage, Herne et ses bois de sapins, Ringwood au bord de sa sinueuse rivière. Un peu en retard, quoique pas trop pour les chemins de fer du Sud-Ouest, il atteignit, au cœur de la Nouvelle Forêt, une station que je déguiserai sous le nom de Browndean, de crainte des poursuites de la Compagnie.

De nombreux voyageurs mirent la tête à la portière, notamment un vieux monsieur dont j'ai plaisir à parler, car je n'aurai pas longtemps à le faire et, durant tout le cours de cette histoire, il est douteux que je rencontre un personnage aussi respectable. Son nom importe peu, ce sont ses habitudes qui retiendront notre attention. Il avait passé sa vie à vagabonder en Europe dans un costume de tweed, et comme des années de lecture du *Messager de Ganignani* avaient fini par lui gâter la vue, il s'était souvenu de ses rives natales et avait regagné Londres pour consulter un oculiste. Passer de l'oculiste au dentiste et du dentiste au médecin est chose inévitable ; aussi était-il présentement entre les mains de sir Faraday, vêtu de drap ventilé et en villégiature à Bournemouth, d'où il s'en revenait rendre compte de son état à cet impérieux baronnet (lequel, soit dit en passant, était le seul ami qu'il eût dans son pays).

C'est un cas unique que celui de ces itinérants en tweed. Nous en avons tous vu à La Spezzia, à Gratz ou à Venise paraître à la table d'hôte avec une mélancolie distinguée et l'air d'être revenus des Indes sans y avoir fait fortune. On connaît leurs noms dans les bureaux de centaines d'hôtels, et cependant, si la totalité de cette cohorte vagabonde venait à disparaître demain, nul ne le remarquerait. C'est dire combien passerait inaperçue l'absence d'un seul d'entre eux – par exemple celle du voyageur en drap ventilé que nous suivons des yeux. Il avait réglé sa note à Bournemouth; tous ses effets en ce monde étaient dans le fourgon, sous les espèces de deux malles ; que leur propriétaire disparût, et après un délai convenable ils seraient vendus à quelque brocanteur comme bagages non réclamés ; le valet de sir Faraday serait plus pauvre d'une demi-couronne à la fin de l'année ; à la même date, divers hôteliers d'Europe déploreraient une baisse légère, mais néanmoins sensible, dans leurs bénéfices. Et ce serait tout.

Peut-être le vieux monsieur n'était-il pas loin d'avoir la même pensée, car il faisait assez mélancolique figure quand il ramena dans le compartiment sa tête chauve et grise, tandis que le train passait sous le pont avec des panaches de fumée et filait à une vitesse accélérée à travers les landes coupées de bois de la Nouvelle Forêt.

Soudain, quelques centaines de yards après Browndean, un brusque coup de frein fit serrer les dents à tous les voyageurs, et provoqua un arrêt brutal. Maurice Finsbury entendit une clameur confuse et bondit à la portière. Des femmes criaient, des hommes dégringolaient des portières sur le ballast, le chef de train leur criait de rester où ils étaient ; en même temps, le train recommençait à se mettre en marche et à rebrousser chemin vers Browndean – et, une minute après, tous ces bruits se perdirent dans le sifflement apocalyptique et le fracas de tonnerre de l'express de Londres.

Le bruit même de la collision ne fut pas perçu par Maurice. Peut-être s'était-il évanoui. Il vit en rêve le wagon se replier en accordéon sur lui-même et s'émietter comme dans un tour de prestidigitation ; ce qui est sûr, c'est que, lorsqu'il revint à lui, il se retrouva couché sur le sol sous le ciel. Sa tête lui faisait un mal épouvantable. Il porta la main à son front et ne fut pas surpris de la voir rouge de sang. L'air était rempli d'un bourdonnement intolérable et rythmé, qu'il pensa devoir s'apaiser quand lui-même aurait pleinement repris conscience, mais qui, au contraire croissait de plus belle et lui perçait cruellement le tympan. Une fabrique de rivets n'eût pas fait pire tintamarre.

Puis, sa curiosité commençant à s'éveiller, il se dressa sur son séant et regarda autour de lui. La voie ferrée, à cet endroit, contournait rapidement une colline boisée ; sur son versant le plus proche s'amoncelaient les débris du train de Bournemouth ; ceux de l'express étaient cachés pour la plupart derrière les arbres ; et juste au tournant, enveloppé de nuages de vapeur et parsemé de charbons ardents, gisait ce qui restait des deux locomotives, empilées l'une sur l'autre. En bordure de la voie, dans la bruyère, une quantité de gens couraient çà et là tout en criant, et d'autres, non moins nombreux, reposaient immobiles comme des vagabonds endormis.

Maurice eut un éclair soudain : « Il y a eu un accident ! » pensa-t-il, et il se félicita de sa perspicacité. Presque au même moment, son regard se posa sur Jean, qui gisait à côté de lui, livide. « Pauvre vieux Jean ! Pauvre vieux copain ! » pensa-t-il, les anciens mots de l'école surgissant comme du fond d'un trésor oublié, et il prit la main de son frère dans la sienne avec une tendresse enfantine. Peut-être fut-ce ce contact qui rappela Jean à lui : en tout cas il ouvrit les yeux, se redressa soudain et, après avoir remué indistinctement les lèvres, demanda d'une voix spectrale :

– Qu'est-ce que c'est que ce chambard ?

Le diabolique fracas de forge tonnait toujours à leurs oreilles. « Sauvons-nous de là », cria Maurice en montrant du doigt les jets de vapeur qui fusaient toujours des locomotives brisées. Et les deux hommes, tremblant et vacillant, s'aidèrent l'un l'autre à se mettre debout sans quitter des yeux la scène de mort qui les environnait.

Au même moment, ils furent rejoints par un groupe de gens qui avaient déjà organisé une équipe de sauvetage.

– Êtes-vous blessés ? leur cria un jeune homme dont le visage blême ruisselait de sueur et qui, à en juger par le comportement des autres à son égard, était évidemment un médecin.

Maurice fit signe que oui et le jeune homme, hochant gravement la tête, lui tendit un flacon d'eau-de-vie.

– Buvez-en une gorgée, dit-il. Votre ami aussi a l'air d'en avoir joliment besoin. Il nous faut autant de bras que possible. Nous avons une terrible besogne devant nous, et personne ne doit s'y dérober. En tout cas, vous pourrez toujours porter un brancard.

À peine le docteur était-il parti que Maurice, recouvrant toutes ses facultés sous l'influence de l'alcool, s'écria :

– Mon Dieu ! L'oncle Joseph !

– Oui, dit Jean. Où est-il passé ? Il ne peut pas être bien loin. J'espère que l'ancêtre n'est pas endommagé.

– Viens m'aider à le chercher, dit Maurice d'un ton de farouche résolution étrangement nouveau chez lui.

Puis, dans une soudaine explosion :

– S'il est mort !... cria-t-il en secouant son poing à l'adresse du ciel.

Les deux frères coururent de-ci de-là, scrutant le visage des blessés, retournant les morts sur le dos. Ils en examinèrent ainsi une quarantaine sans trouver trace de l'oncle Joseph. Puis leurs recherches les amenèrent près du centre de la collision, où les chaudières vomissaient toujours de la vapeur avec un vacarme assourdissant. L'équipe de sauvetage n'avait pas encore exploré cette partie du terrain, qui, notamment à la lisière du bois, était plein d'inégalités : ici un fossé, là un tertre surmonté d'un buisson de genêts. Bien des corps pouvaient être cachés là, et ils battirent les lieux comme des chiens de chasse. Soudain Maurice, qui menait la marche, s'arrêta et tendit l'index d'un geste tragique. Jean suivit des yeux la direction du doigt de son frère.

Au fond d'un trou sablonneux gisait quelque chose qui naguère avait été humain. Le visage, terriblement mutilé, était méconnaissable. Mais de cette pièce à conviction l'on pouvait se passer. Les cheveux blancs, la pelisse de martre, le drap ventilé, la flanelle hygiénique, tout, jusqu'aux bottines de santé de chez Dall et Crumbie, identifiait le corps comme étant celui de l'oncle Joseph. Seule la casquette à visière avait dû se perdre dans la catastrophe, car le mort était tête nue.

– Le pauvre vieux gueux ! dit Jean avec une pointe d'attendrissement. Je donnerais bien dix livres pour que nous ne l'ayons pas embarqué dans ce train !

Cependant, aucune émotion d'ordre sentimental ne se lisait sur le visage de Maurice tandis qu'il considérait le mort. Il se rongeait les ongles avec un regard fixe, son front portait la marque d'une indignation tragique ainsi que d'un non moins tragique effort cérébral et il gardait le silence. Le sort lui infligeait une dernière injustice : il avait été volé jadis au temps où il était un écolier orphelin, il avait été enchaîné à une affaire de cuirs qui périclitait, il avait été encombré de Miss Hazeltine, son cousin l'avait frauduleusement frustré de la tontine, il avait supporté tout cela avec ce que l'on pourrait presque appeler de la dignité, et maintenant on lui tuait son oncle !

— Allons, dit-il soudain, prends-le par les pieds et emmenons-le dans les bois. Je ne veux pas que quelqu'un trouve ce cadavre.

— Quelle bêtise ! dit Jean. À quoi bon ?

— Fais ce que je te dis, aboya Maurice en prenant le cadavre par les épaules. Faut-il que je le porte à moi tout seul ?

Ils se trouvaient à la lisière du bois ; en dix ou douze pas ils furent sous le couvert : et ils ne tardèrent pas à atteindre une clairière sablonneuse où ils déposèrent leur fardeau. Puis ils le contemplèrent avec répulsion.

— Qu'est-ce que tu veux en faire ? chuchota Jean.

— L'enterrer, bien sûr ! répondit Maurice en ouvrant son canif et en commençant à creuser fiévreusement.

— Tu n'y arriveras jamais avec ça, objecta son frère.

— Si tu ne veux pas m'aider, espèce de lâche, tu peux t'en aller au diable ! s'écria Maurice.

— C'est de l'enfantillage et de la folie, répondit Jean, mais je ne veux pas qu'on puisse me traiter de lâche.

Et il se mit à aider son frère à contrecœur.

Le sol était sablonneux et léger, mais embarrassé de racines de sapin. Les genêts leur déchiraient les mains ; et le sable qu'ils retiraient du trou était souvent coloré de leur sang. Après une heure d'efforts fournis avec acharnement par Maurice, et beaucoup plus mollement par Jean, c'est à peine si la tranchée avait neuf pouces de profondeur. Ils y jetèrent rudement le corps et le couvrirent de sable. Puis ils creusèrent encore pour y ajouter d'autre sable, et coupèrent des genêts qu'ils empilèrent sur le tout. Néanmoins, à une extrémité du sinistre tertre, sortaient encore deux pieds, dont les chaussures de santé captaient la lumière. Mais les deux compagnons avaient les nerfs à bout. Maurice lui-même était plus que las de sa lugubre tâche ; et ils se glissèrent comme deux animaux des bois au plus épais du couvert.

— Nous ne pouvons pas faire mieux, dit Maurice en s'asseyant.

— Et maintenant, dit Jean, peut-être auras-tu l'obligeance de me dire ce que tout cela signifie.

— Ma parole, s'écria Maurice, si tu ne le comprends pas de toi-même, je désespère de te l'expliquer.

— Oh ! Naturellement, c'est quelque ânerie qui concerne la tontine. Mais tout ça ne rime à rien. Nous avons perdu, voilà tout.

— Je te dis, répondit Maurice, qu'oncle Masterman est mort. Je le sais, il y a une voix qui me le dit.

— Bon, mais oncle Joseph aussi, dit Jean.

— Il n'est pas mort si je ne veux pas qu'il le soit, répliqua Maurice.

– Mais voyons, s'écria Jean, si oncle Masterman est mort depuis je ne sais combien de temps, tout ce qu'il nous reste à faire, c'est de dire la vérité et de dénoncer Michel.

– Tu as l'air de prendre Michel pour un imbécile, dit Maurice d'un ton de dérision. Ne comprends-tu pas qu'il y a des années qu'il a préparé son coup. Tout est prêt : l'infirmier, le médecin, le croque-mort ont déjà été achetés, et il n'y a qu'à mettre la date sur le certificat de décès. Qu'il ait vent de ce qui vient de se passer, et tu peux être sûr qu'oncle Masterman mourra dans deux jours et sera enterré dans la semaine. Mais écoute-moi bien, Jean. Ce que Michel peut faire, je peux le faire moi aussi. S'il bluffe, rien ne m'empêche de bluffer. Et si son père doit vivre éternellement, par Dieu, mon oncle fera de même.

– Ce n'est pas légal, hein ? demanda Jean.

– On se doit d'avoir une certaine dose de courage moral, répondit Maurice avec dignité.

– Mais suppose que tu te trompes ? Suppose que l'oncle Masterman soit en pleine forme ?

– Eh bien ! même en ce cas, répondit le conspirateur, nous ne nous en trouvons pas plus mal ; nous sommes même en meilleure posture. Oncle Masterman doit mourir un jour ; tant qu'oncle Joseph était vivant, il aurait pu, lui aussi, mourir d'un jour à l'autre ; mais nous ne sommes plus sous le coup de cette menace ; il n'y a pas de limite au jeu que je me propose de jouer, on peut le continuer jusqu'au Jugement Dernier.

– Si seulement je pouvais voir comment tu prétends le mener ! soupira Jean. Mais tu sais, Maurice, que tu n'as jamais fait que du gâchis.

– Je voudrais bien savoir ce que j'ai jamais gâché, s'écria Maurice. Je suis parvenu à avoir la plus belle collection de bagues à cachet qui soit à Londres.

– Eh bien ! tu sais, il y a la firme de cuirs, suggéra son frère. Pour un gâchis, c'en est un.

Avec un remarquable empire sur soi-même, Maurice laissa passer cette réplique sans montrer d'indignation.

– Pour revenir à l'affaire en cours, dit-il, une fois que nous aurons ramené le corps à Bloomsbury ; nous serons tranquilles. Il n'y aura plus qu'à l'enterrer dans ma cave, qui semble faite pour lui ; après quoi je me mettrai en quête d'un médecin marron.

– Pourquoi ne pas le laisser où il est ? demanda Jean.

– Parce que nous ne savons rien du pays, répondit Maurice. Qui nous dit que ce bois n'est pas la promenade des amoureux ? Applique ton esprit à résoudre le véritable problème. Comment ferons-nous pour le ramener à Bloomsbury ?

Plusieurs solutions furent proposées, débattues et rejetées. La gare de Browndean était naturellement hors de question, car elle allait devenir un centre de curiosité et de commérages, et jamais ils ne parviendraient à expédier de là un cadavre sans se faire remarquer. Jean proposa faiblement de se procurer un baril de bière et de l'enregistrer comme tel, mais il y avait à cela des objections si patentes que Maurice dédaigna de répondre. L'achat d'une caisse d'emballage parut également à rejeter, comme suspect de la part de deux messieurs sans bagages qui semblaient plutôt avoir besoin d'acheter des chemises de rechange.

— Nous faisons fausse route, s'écria enfin Maurice. Le problème doit être étudié avec plus de soin. Suppose, ajouta-t-il soudain avec excitation et en parlant par saccades comme s'il pensait tout haut, suppose que nous louions un cottage un mois. Le locataire d'un cottage peut acheter une caisse d'emballage sans que cela paraisse étrange. Oui, suppose que nous occupions le cottage dès aujourd'hui, que nous fassions venir la caisse ce soir, que demain je loue une voiture – ou une charrette que nous pourrions conduire nous-mêmes – et que nous portions la caisse, ou tout autre récipient *had hoc*, à Ringwood, à Lyndhurst ou ailleurs ? Nous pourrions l'enregistrer comme « échantillons », vois-tu ? Jean, je crois que j'ai enfin trouvé le truc.

— Ma foi, cela me paraît plus faisable, reconnut Jean.

— Bien entendu, nous prendrons des noms d'emprunt, poursuivit Maurice. Ce serait trop dangereux de garder les nôtres. Que dirais-tu de prendre justement « Masterman » ? Cela rend un son respectable et posé.

— Je refuse de prendre le nom de Masterman, répondit son frère. Tu peux le prendre si tu veux, mais moi, je m'appellerai Vance – le Grand Vance. « Irrévocablement les six dernières soirées. » Voilà un nom qui dit quelque chose.

— Vance ! s'écria Maurice. Est-ce que tu te figures que nous sommes en train de jouer une pantomime pour nous amuser ? Personne ne s'est jamais appelé Vance sans être un chanteur de music-hall.

— C'est précisément là qu'est la beauté de la chose, répondit Jean. Cela vous donne tout de suite du crédit. Cela vous confère une noblesse naturelle.

— Mais il y a mille autres noms de théâtre, s'écria Maurice. Leybourne, Irving, Brough, Toole...

— Des nèfles ! répondit son frère. Du diable si je ne me donnerai pas un peu de bon temps dans cette affaire, aussi bien que toi.

— Soit, répondit Maurice, sentant que, sur ce point, son frère était inébranlable. Je serai Robert Vance.

— Et moi Georges Vance, s'écria Jean. Le seul vrai Georges Vance. Ralliez-vous autour du seul authentique Georges Vance !

Réparant de leur mieux le désordre de leurs vêtements, les frères Finsbury regagnèrent Browndean par des chemins détournés, dans le dessein de trouver un repas et un cottage approprié. Ce n'est pas toujours facile de découvrir tout de go une habitation meublée dans une localité relativement écartée ; mais la fortune amena nos aventuriers devant un charpentier sourd qui possédait plusieurs maisonnettes du type requis et qui ne demandait qu'à satisfaire à leurs besoins. La seconde maison qu'ils visitèrent, séparée de tout voisin par un bon mille et demi, leur fit échanger un coup d'œil brillant d'espoir. Vue de plus près toutefois, elle parut moins enchanteresse. Elle s'élevait sur la bruyère dans un creux qui avait bien l'air d'être marécageux ; de grands arbres obscurcissaient ses fenêtres ; le chaume pourrissait visiblement sur ses chevrons ; et les murs étaient constellés de taches vertes qui ne disaient rien de bon. Les pièces étaient petites, le plafond bas, le mobilier quasi inexistant ; une atmosphère glaciale et un parfum d'humidité pénétrant emplissaient la cuisine ; et la chambre à coucher ne pouvait se targuer que d'un lit.

Maurice, pour obtenir un rabais, fit valoir cet inconvénient.

– Ma foi, répondit l'homme, si vous ne pouvez pas dormir dans le même lit, vous feriez mieux de louer une maison de plaisance.

– Et puis, poursuivit Maurice, il n'y a pas d'eau. Où va-t-on chercher l'eau ?

– Pour ça, on va au ruisseau, répondit le charpentier en montrant du doigt un grand tonneau dressé près de la porte. Le ruisseau n'est pas si loin que ça, après tout, et ce n'est pas difficile de l'amener dans des seaux. Tenez, en voilà un.

Maurice donna un coup de coude à son frère en examinant le tonneau qui faisait office de citerne. Il était neuf et solidement bâti. S'il avait fallu quelque chose pour les décider, ce tonneau si éminemment pratique aurait tout de suite fait pencher la balance du bon côté. Le marché fut vite conclu, un mois de location payé séance tenante, et une heure plus tard on eût pu voir les frères Finsbury revenir à leur maison délabrée, porteurs de la clef qui était le symbole de leur droit d'occupants, d'une lampe à alcool avec laquelle ils se flattaient de faire la cuisine, d'un pâté de porc de dimensions convenables et d'une bouteille du plus mauvais whisky qui fût dans le Hampshire. Avec cela, ils avaient déjà retenu pour le lendemain, à l'aube, sous prétexte qu'ils étaient peintres paysagistes, une solide charrette à bras, si bien qu'ils pouvaient se féliciter d'avoir fait le plus gros de la besogne.

Jean se mit en devoir de faire du thé ; tandis que Maurice, en fourrageant dans la maison, avait le bonheur de découvrir le couvercle du tonneau sur une planche de la cuisine. L'emballage requis était donc au complet. En l'absence de paille, les couvertures (qu'il n'avait nulle intention, quant à lui, d'utiliser à leur fin habituelle) serviraient à caler l'objet. À mesure que les obstacles s'aplanissaient sur leur chemin, Maurice se sentait prêt à exulter. Il restait cependant une difficulté à vaincre, et tout le succès de son plan en dépendait : Jean consentirait-il à demeurer seul dans la maison ? Il n'avait pas encore osé lui poser la question.

Ce fut avec une franche bonne humeur que les deux compères s'assirent à la table de bois blanc et commencèrent à attaquer le pâté de porc. Maurice relata la découverte du couvercle, et le Grand Vance eut la condescendance d'applaudir en frappant la table de sa fourchette dans le meilleur style de music-hall.

– Excellent ! s'écria-t-il. J'ai toujours dit que c'était un tonneau qu'il nous fallait.

– Bien entendu, dit Maurice, en profitant de l'occasion pour préparer son frère, bien entendu tu resteras ici jusqu'à ce que je t'aie fait signe. Je donnerai à entendre que l'oncle Joseph est en train de se reposer dans la Nouvelle Forêt. Nous ne pouvons pas réapparaître tous deux à Londres : autrement, comment cacher la disparition du vieux ?

La figure de Jean s'allongea.

– Quoi ! s'écria-t-il. Si tu ne tiens pas à rester dans ce trou, moi non plus.

Les joues de Maurice se colorèrent. Il savait qu'il devait convaincre son frère coûte que coûte.

– Jean, reprit-il, je te prie de te rappeler quel est le montant de la tontine. Si je réussis, nous aurons chacun cinquante mille livres à placer en banque. Presque soixante, même.

– Et si tu échoues ? répondit Jean. Qu'arrivera-t-il alors ? Quelle sera en ce cas la couleur de notre compte en banque ?

– Je payerai tous les frais, dit Maurice après une pénible lutte intérieure. Tu ne perdras rien.

– Eh bien ! dit Jean, avec un ricanement, si tu as toutes les dépenses et moi la moitié du profit, je veux bien rester ici deux ou trois jours.

– Deux ou trois jours ! cria Maurice qui commençait à s'échauffer et qui se contenait difficilement. Tu ferais bien plus que ça pour gagner cinq livres aux courses !

– Ça se peut, répondit le Grand Vance. C'est mon tempérament artistique qui veut ça.

Maurice éclata :

– C'est monstrueux ! Je prends tous les risques ; je paye toutes les dépenses ; je divise les profits en deux ; et tu refuses de te donner la moindre peine pour m'aider. C'est indécent ; c'est malhonnête ; c'est même de la pure méchanceté.

– Mais suppose, objecta Jean impressionné par la véhémence de son frère, suppose que l'oncle Masterman soit vivant après tout, et qu'il ne meure pas d'ici dix ans ? Je ne vais tout de même pas pourrir tout ce temps-là dans ce trou ?

– Bien sûr que non, répondit Maurice d'un ton plus conciliant. Je te demande un mois au plus. Si l'oncle Masterman n'est pas mort à ce moment-là, tu pourras aller te promener à l'étranger.

– À l'étranger ? répéta vivement Jean. Pourquoi n'y irais-je pas tout de suite ? Dis-leur que Joseph et moi, nous sommes allés explorer Paris.

– Folie, dit Maurice.

– Mais regarde, dit Jean, rends-toi compte. Cette maison est une vraie auge à cochons, tant elle est lugubre et humide. Tu as dit toi-même qu'elle était humide.

– Je parlais au charpentier, précisa Maurice, et je voulais obtenir une diminution. Mais réellement, tu sais, maintenant que nous avons emménagé, j'ai vu pire.

– Et qu'est-ce que je vais trouver à faire ? gémit la victime. Je ne pourrai même pas recevoir un ami.

– Mon cher Jean, si tu n'estimes pas que la tontine mérite qu'on se donne un peu de peine, dis-le et j'envoie tout promener.

– Tu es sûr des chiffres, j'espère ? demanda Jean. Eh bien ! ajouta-t-il avec un profond soupir, envoie-moi régulièrement la *Revue Rose* et tous les journaux comiques. Je tiendrai le coup.

À mesure que l'après-midi s'avançait, la maison exhalait de plus en plus les vapeurs du marais natal ; un froid glacial régnait dans ses pièces ; la cheminée fumait et la pluie, apportée par le vent de la Manche, se mit à tambouriner sur les vitres. Par intervalles, lorsque l'atmosphère de tristesse menaçait de tourner au désespoir, Maurice produisait la bouteille de whisky, et, au début, Jean applaudit à la diversion ; mais son enthousiasme ne fut pas de longue durée. Nous avons dit que ce whisky était le plus mauvais qu'il y eût dans le Hampshire ; seuls ceux qui connaissent le comté en question pourront apprécier toute la force de ce superlatif ; et en fin de compte, même le Grand Vance – qui, pourtant, n'avait pas le palais très délicat – écarta la décoction de ses lèvres. L'approche des ténèbres, faiblement combattues par une unique chandelle de suif, vint ajouter à tout cela une touche tragique ; et Jean, s'arrêtant brusquement de siffler entre ses doigts (car il en avait été réduit à la pratique de cet art), se mit à déplorer amèrement les concessions qu'il avait faites.

– Jamais je ne pourrai rester un mois ici, s'écria-t-il. Personne n'en serait capable. C'est de la pure folie. Même les prisonniers de la Bastille se seraient révoltés si on les avait enfermés dans un pareil endroit.

Maurice, jouant admirablement l'indifférence, proposa une partie de bouchon. À quoi ne condescend pas un diplomate ! C'était le jeu favori de Jean, son seul jeu à vrai dire, car il trouvait les autres trop intellectuels, et il le jouait avec autant d'adresse que de bonheur. Maurice, au contraire, l'exécrait ; il lançait mal les sous et retournait toujours pile au lieu de face ; avec cela il souffrait des tourments affreux quand il perdait. Mais Jean se montrait d'une humeur dangereuse et son frère était prêt à tous les sacrifices.

À sept heures, Maurice, avec d'indicibles tortures, avait perdu deux demi-couronnes. Même avec la tontine devant les yeux, c'était là l'extrême limite de ce qu'il pouvait endurer. Déclarant qu'il prendrait sa revanche une autre fois, il proposa un brin de souper et un grog.

À peine s'étaient-ils restaurés qu'il fut temps pour eux de se mettre au travail. Ils vidèrent le tonneau tout en mettant de côté un seau d'eau pour leurs besoins immédiats, puis le roulèrent devant le feu de la cuisine pour le faire sécher. Après quoi les deux frères sortirent pour entreprendre leur expédition sous un ciel sans étoiles.

CHAPITRE III

Le conférencier en liberté

L'humanité a-t-elle un penchant pour la course au bonheur ? C'est un point qui reste à débattre. Il ne se passe pas de mois qu'un fils choyé par ses parents ne se sauve dans la marine marchande, et qu'un époux chéri ne décampe à destination du Texas avec une compagne de voyage ; on a vu des pasteurs fuir leurs ouailles, des juges même se désister de leurs fonctions. Pour un esprit ouvert, il paraîtra, somme toute, moins étrange que Joseph Finsbury ait pu être conduit à faire des rêves d'évasion. Son lot, je crois pouvoir le dire, n'était pas des plus heureux. Mon ami M. Maurice avec lequel je voyage deux ou trois fois par semaine à partir de Snaresbrook Park, est certainement un monsieur que j'estime ; mais on ne saurait le qualifier de neveu modèle. Quant à Jean, c'est naturellement un excellent garçon, mais s'il formait le seul lien qui vous retînt à votre foyer, je présume que vous préféreriez vagabonder à l'étranger. Joseph, cependant, avait d'autres et très chères attaches pour le retenir à Bloomsbury ; et par là je ne fais nullement allusion à Julia Hazeltine (encore que le vieillard ne laissât pas d'avoir de l'affection pour elle), mais bien à cette collection de calepins de notes où toute son existence était enfouie. Le fait qu'il n'ait jamais pu se résoudre à s'en séparer pour se voir lâché dans le monde sans autres ressources que celles de sa mémoire est une circonstance éminemment pathétique et qui fait peu honneur à la prudence de ses neveux.

Le projet, ou du moins la tentation, était déjà vieux de plusieurs mois ; et quand un billet à ordre de huit cents livres à son propre nom lui tomba soudain dans les mains, sa décision fut prise. Il garda ce billet, qui pour un homme de sa frugalité signifiait la richesse, et il se promit de disparaître dans la foule de Waterloo, ou, si cela s'avérait impossible, de se glisser le soir hors de la maison et de se fondre parmi les multitudes de Londres. Par une curieuse dispensation de la Providence et grâce au mauvais fonctionnement des chemins de fer, il n'eut même pas aussi longtemps à attendre.

Il fut l'un des premiers à reprendre connaissance et à se retrouver sur ses pieds après la catastrophe de Browndean ; et il n'eut pas plutôt observé ses deux neveux prostrés qu'il saisit l'occasion aux cheveux et prit la fuite. Un homme de plus de soixante-dix ans qui vient d'avoir un accident de chemin de fer et qui en outre est encombré de l'uniforme complet de sir Faraday Bond ne saurait fuir bien loin ; mais le bois tout proche offrit au moins au fugitif une cachette temporaire. Le vieux monsieur s'y réfugia avec une extraordinaire rapidité, puis, quelque peu hors d'haleine et surtout ébranlé par le choc, il s'étendit dans un bosquet accueillant et s'endormit. Les voies du destin sont souvent hautement divertissantes pour l'observateur : il est plaisant de songer que, tandis que Maurice et son frère creusaient dans le sable pour y dissimuler le corps d'un inconnu, leur oncle dormait d'un sommeil sans rêves un peu plus avant dans le bois.

Il fut éveillé par le son joyeux d'un bugle venu de la grand-route voisine, où un coche roulait avec quelques touristes attardés. Ces accents ranimèrent son vieux cœur, il dirigea ses pas vers eux et il se trouva bientôt sur la grand-route, regardant de droite et de gauche sous sa visière et se demandant à quel parti recourir. Cependant un bruit de roues s'éleva au loin, et bientôt oncle Joseph vit approcher une charrette chargée de colis, conduite par ce qui semblait être un brave homme juché sur une large banquette, et portant sur ses flancs la légende « J. Chandler, charretier ». Dans l'âme prosaïque de M. Finsbury demeuraient quelques traces anciennes d'impulsions poétiques ; c'étaient elles qui, jadis, l'avaient emmené en Asie Mineure à la fleur de la quarantaine ; et maintenant, dans les premières heures de sa liberté recouvrée, elles lui suggéraient de poursuivre son évasion dans la charrette de M. Chandler. Ce serait bon marché ; peut-être même, avec une entrée en matière convenable, serait-ce pour rien ; et après des années de mitaines et de flanelle hygiénique, son cœur bondissait de joie à l'idée de s'offrir librement au grand air.

Sans doute M. Chandler fut-il quelque peu surpris de voir un aussi vieux monsieur, aussi bizarrement accoutré, lui demander de le prendre dans sa charrette sur une route aussi écartée. Mais c'était un brave homme, heureux de rendre service ; et il prit l'étranger sans lui poser de questions, conformément à son idée de la politesse. Le silence, d'ailleurs, était du goût de M. Chandler. Mais à peine la charrette s'était-elle remise en marche qu'il se trouva engagé dans une conversation unilatérale.

— Je devine, commença M. Finsbury, à voir l'assortiment de caisses et de paquets que contient votre charrette, chacun et chacune portant son étiquette individuelle, et à voir également la bonne jument flamande que vous conduisez, je devine, dis-je, que vous occupez l'emploi de charretier dans ce grand système de transports qui, nonobstant tous ces défauts, fait l'orgueil de notre pays.

— Oui, monsieur, répondit vaguement M. Chandler sans trop savoir que dire. Ces colis postaux nous ont fait bien du tort à nous aut' charretiers.

— Je suis un homme libre de préjugés, continua Joseph Finsbury. J'ai beaucoup voyagé dans ma jeunesse, et je n'ai jamais dédaigné de me familiariser avec les plus humbles choses. En mer, j'ai étudié la navigation, appris les nœuds compliqués des marins et acquis les termes techniques. À Naples, je me suis fait inculquer l'art de faire du macaroni ; à Nice, les principes de la fabrication des fruits confits. Je ne vais jamais à l'Opéra sans acheter d'abord la partition et sans apprendre les principaux airs en les déchiffrant d'un doigt sur le piano.

— Vous devez avoir vu bin des choses, monsieur, remarqua le charretier en touchant son cheval du fouet. J'aurais voulu avoir vos facilités.

— Savez-vous combien de fois le mot « fouet » revient dans l'Ancien Testament ? reprit le vieux monsieur. Cent quarante-sept, si ma mémoire est bonne.

— Vraiment, monsieur ? dit M. Chandler. J'aurais jamais cru ça.

— La Bible contient trois millions cinq cent un mille deux cent quarante-neuf lettres. Quant aux versets, il y en a, je crois, plus de dix-huit mille. Nous possédons beaucoup d'éditions de la Bible. Wiclif fut le premier à l'introduire en Angleterre vers l'an 1300. La Bible Paragraphique, comme on l'appelle, est l'une des plus fameuses, et elle doit son nom au fait qu'elle est divisée en paragraphes. La Bible de Breeches est un autre exemple ; l'on ne sait si elle est ainsi appelée parce que son imprimeur avait nom Breeches, ou parce que Breeches en fut le lieu de publication.

Le charretier répondit sèchement qu'il n'y avait rien que de naturel à cela et reporta son attention sur un objet plus familier en se mettant en devoir de croiser une voiture à foin. La tâche ne laissait pas d'ailleurs d'être assez malaisée, car la route n'était pas large et avait de part et d'autre un fossé.

— Je vois, reprit M. Finsbury quand ils eurent croisé la voiture avec succès, que vous tenez les rênes d'une seule main. Vous devriez faire usage des deux mains.

— En voilà une bonne ! s'écria dédaigneusement le charretier. Et pourquoi ?

— Vous ne me comprenez pas, répondit M. Finsbury. Ce que je vous dis est un fait scientifique, qui repose sur la théorie du levier, une branche de la mécanique. Il existe sur cette discipline de très intéressantes petites brochures à un shilling qu'un homme de votre condition devrait avoir plaisir à lire. Mais je crains que vous n'ayez guère pratiqué l'art de l'observation ; en tout cas, voici déjà un bon moment que nous roulons, et vous n'avez pas encore appelé mon attention sur un seul fait. Cela implique à la base de très mauvais principes, mon brave. Par exemple, je ne sais pas si vous avez observé qu'en croisant cette voiture à foin, vous avez pris votre gauche ?

— Naturellement que j'ai pris ma gauche, s'écria le charretier qui devenait d'humeur batailleuse. Y m'aurait fait mettre au bloc si j'l'avais pas prise.

— Eh bien ! en France, reprit le vieillard, et aussi je crois, dans les États-Unis d'Amérique, vous eussiez pris votre droite.

— Pas du tout, s'écria M. Chandler avec indignation, j'aurais pris ma gauche.

— Je remarque, poursuivit M. Finsbury en dédaignant de répondre, que vous raccommodez avec de la ficelle les portions endommagées de votre harnais. J'ai toujours protesté contre le laisser-aller des classes pauvres en Angleterre. Dans une conférence que j'ai faite une fois devant un public éclairé...

— C'est pas d' la ficelle, dit le charretier, c'est du tortis.

— J'ai toujours déclaré, reprit le vieillard, que dans leur vie domestique et privée aussi bien que dans l'exercice de leur métier, les classes inférieures de ce pays sont imprévoyantes, sans soin et dépensières. Un point fait au bon moment...

— Que diable sont les classes inférieures ? s'écria le charretier. C'est vous-même qu'êtes les classes inférieures ! Si j'avais su qu'vous étiez un sale aristo, vous auriez pas monté dans ma voiture.

Ces paroles furent prononcées sur un ton décidément malveillant. Il était clair que les deux hommes ne s'entendaient pas et qu'il était hors de question, même pour quelqu'un d'aussi pathétiquement loquace que M. Finsbury, de prolonger l'entretien. D'un geste irrité, il ramena la visière de sa casquette sur ses yeux et, tirant des profondeurs de sa poche un calepin et un crayon bleu, il s'absorba dans des calculs.

Le charretier, pour sa part, se mit à siffler avec entrain ; et si, de temps à autre, il jetait un coup d'œil sur son compagnon, c'était avec un mélange de triomphe et d'alarme — de triomphe parce qu'il avait réussi à arrêter ce prodige d'éloquence, d'alarme dans sa crainte que, par quelque accident, le prodige ne recommençât. Même l'averse qui les surprit, puis les dépassa, fut essuyée par les deux hommes en silence et c'est toujours en silence qu'ils entrèrent enfin dans Southampton.

La nuit était tombée ; les vitrines des boutiques étincelaient dans les rues du vieux port ; aux fenêtres des maisons, brillaient les lampes du repas du soir ; et Finsbury se mit à songer complaisamment à son logement de la nuit. Il serra ses papiers, s'éclaircit la gorge et jeta un regard hésitant sur M. Chandler.

— Auriez-vous la bonté de me recommander une hôtellerie ?

M. Chandler réfléchit un moment.

— Ma foi, dit-il enfin, il y a bien *Les Armes de Tregonwell*...

— *Les Armes de Tregonwell* feront très bien l'affaire, répondit le vieillard, pourvu que l'endroit soit propre, pas trop dispendieux, et que l'on y soit civil.

— C'est pas tant à vous que j' pensais, répondit pensivement M. Chandler. J' pensais surtout à mon ami Watts qui tient l'établissement. C'est un copain à moi, voyez-vous, qui m'a tiré d' mes embêtements d' l'an dernier, et j' m' disais qu' ce s'rait ptêt' pas une chose à faire que d' l'encombrer d'un vieux type comme vous qui pourrait bin êt' sa mort à force d'y dégoiser d' l'instruction. Ce s'rait-y une chose honnête à faire, j' vous l' demande ? conclut-il avec une franche perplexité.

— Écoutez-moi bien, s'écria le vieux monsieur avec indignation. Vous vous êtes montré obligeant en m'amenant ici pour rien, mais cela ne vous donne pas le droit de me parler en pareils termes. Voici un shilling pour votre peine ; et si vous ne voulez pas me conduire aux *Armes de Tregonwell,* je saurai trouver la maison moi-même.

Chandler fut surpris et un peu décontenancé ; murmurant un semblant d'excuse, il rendit le shilling, mena sa voiture à travers un labyrinthe de petites ruelles, s'arrêta enfin devant les fenêtres d'une auberge et appela très haut :

– M. Watts !

– C'est toi, Jem ? cria du fond de la cour une voix cordiale. Entre et viens te réchauffer.

– J' m'arrête seulement, expliqua M. Chandler, pour faire descendre un vieux m'sieur qui veux êt' nourri et couché. Mais prends garde : il est plus à craindre que les ceusses de la société d' tempérance.

M. Finsbury descendit avec difficulté, engourdi qu'il était par sa longue station sur le siège, sans parler de la commotion que lui avait donnée l'accident. L'amical M. Watts, en dépit de l'introduction peu engageante du charretier, traita le vieux monsieur avec une extrême courtoisie et le conduisit dans une salle où flambait un grand feu. Bientôt une table fut servie dans cette même salle, et on l'invita à s'asseoir devant une volaille bouillie – réchauffée, avouons-le – et une grande chope d'ale fraîchement tirée.

Il se leva de son souper comme un géant bien restauré ; et, après avoir changé de place pour s'asseoir près du feu, se mit à examiner les autres clients avec l'arrière-pensée de se livrer aux joies du discours. Il y avait là une douzaine de personnes, tous des hommes, et (comme Joseph fut ravi de le constater) tous des ouvriers. Souvent déjà il avait eu l'occasion de bénir cet appétit pour les faits décousus et pour la discussion à bâtons rompus qui caractérise les membres de cette classe. Mais même un public d'ouvriers demande à être abordé avec tact, et il n'y avait pas d'homme plus versé que Joseph Finsbury dans l'art des travaux d'approche. Il plaça ses lunettes sur son nez, tira de sa poche une liasse de papiers et les étendit devant lui sur une table. Il les froissa, il les lissa. Tantôt il les parcourait avec un air de contentement manifeste, tantôt, fronçant les sourcils et tapotant du crayon, il semblait réfléchir mûrement sur quelque importante donnée. Un regard furtif jeté autour de la salle l'assura du succès de ses manœuvres ; tous les yeux étaient tournés vers lui, toutes les bouches béaient, toutes les pipes restaient suspendues en l'air : il avait charmé ses oiseaux. Au même moment, l'apparition de M. Watts lui fournit une entrée en matière.

– J'observe, dit-il en s'adressant à l'hôtelier mais aussi en englobant toute la salle dans sa confidence d'un regard encourageant, j'observe qu'un certain nombre de ces messieurs regardent avec curiosité dans ma direction ; et assurément c'est chose peu commune que de voir quelqu'un vaquer à des travaux scientifiques et littéraires dans la salle publique d'une auberge. J'ai ici quelques calculs auxquels je me suis livré ce matin sur le coût de la vie dans ce pays-ci et dans d'autres pays, sujet, ai-je besoin de le dire, d'un haut intérêt pour les classes ouvrières. J'ai calculé le niveau de vie pour des revenus de quatre-vingts, de cent soixante, de deux cents et de deux cent quarante livres par an. Je confesse que le revenu de quatre-vingts livres m'a quelque peu embarrassé et que les autres revenus aussi donnent lieu à plus de flottement que je ne le désirerais ; car le prix du blanchissage varie considérablement dans les pays étrangers en raison des surprenantes fluctuations du coke, du charbon et du bois de chauffage. Je vais lire le résultat de mes recherches et j'espère que vous ne vous ferez pas scrupule de me signaler les menues erreurs que j'aurai pu commettre par ignorance ou par oubli. Je commencerai, messieurs, par le revenu de quatre-vingts livres par an.

Là-dessus, le vieux monsieur, sans plus de pitié qu'il n'en aurait eu pour des bêtes brutes, se mit à débiter ses mortelles statistiques. Étant donné qu'il donnait neuf aperçus du niveau de vie pour chaque revenu, plaçant successivement son personnage imaginaire à Londres, à Paris, à Bagdad, au Spitzberg, à Bassorah, à Héligoland, aux îles Scilly, à Brighton, à Cincinnati et à Nijni-Novgorod, avec un assortiment de détails approprié pour chaque localité, on ne s'étonnera pas que ses auditeurs se rappellent maintenant cette soirée comme la plus consternante qu'ils aient jamais connue.

Longtemps avant que M. Finsbury eût atteint Nijni-Novgorod avec le revenu de cent soixante livres, l'auditoire s'était amenuisé jusqu'à ne plus comprendre que quelques vieux biberonneurs et l'ennuyé mais affable Watts. Il arrivait constamment un flot de clients du monde extérieur, mais dès qu'on les avait servis, ils avalaient rapidement leur breuvage et décampaient avec la plus grande célérité pour gagner la taverne voisine.

Lorsque le jeune homme nanti de deux cents livres par an se prit à végéter aux îles Scilly, M. Watts resta seul avec l'économiste ; et le personnage imaginaire avait à peine commencé de vivre à Brighton que le dernier de ceux qui le suivaient à la trace abandonna la poursuite.

M. Finsbury dormit profondément après les multiples fatigues de la journée. Il se leva tard et, après un bon petit déjeuner, demanda sa note. C'est alors qu'il fit une découverte que bien d'autres ont faite avant lui et feront après lui, à savoir que c'est une chose de demander sa note et que c'en est une autre de la régler. Les éléments en étaient modestes et (ce qui ne s'ensuit pas toujours) le total modique, mais après avoir passé toutes ses poches en revue avec le plus grand soin, le vieux monsieur constata qu'il disposait en tout et pour tout d'un shilling neuf pence et un demi-penny. Il demanda à voir M. Watts.

— Voici un billet à ordre de huit cents livres sur Londres, dit M. Finsbury lorsque le digne aubergiste parut. Je crains, si vous ne consentez à l'escompter vous-même, d'avoir à rester ici un jour ou deux en attendant de pouvoir le toucher.

M. Watts regarda le billet, le retourna, le palpa.

— Vous craignez d'avoir à rester ici un jour ou deux ? répéta-t-il en écho. Vous n'avez pas d'autre argent sur vous ?

– A peine quelque menue monnaie. Pour ainsi dire rien.

– En ce cas, vous pourrez m'envoyer le montant de la note. Je vous fais volontiers confiance.

– A vrai dire, répondit le vieux monsieur, j'incline à rester : je suis à court de fonds.

– Si un prêt de dix shillings peut vous aider, ils sont à votre service, répondit Watts avec empressement.

– Non, je crois que je préfère rester, dit le vieillard, le temps de faire escompter mon billet.

– Vous ne resterez pas sous mon toit ! s'écria M. Watts. C'est la dernière fois que vous passerez la nuit aux *Armes de Tregonwell*.

– J'insiste pour rester, répondit M. Finsbury. Je reste conformément à un acte du Parlement ; expulsez-moi si vous l'osez.

– Alors, payez votre note, dit M. Watts.

– Prenez ça ! s'écria le vieillard en lui lançant le billet négociable.

– Ce n'est pas un mode de payement légal, répondit M. Watts. Vous quitterez ma maison sur-le-champ.

– Vous ne sauriez mesurer le mépris que j'éprouve pour vous, M. Watts, dit le vieux monsieur en se résignant à céder. Mais vous en sentirez toutefois les conséquences : je refuse de payer ma note.

– Je me moque de votre note, répondit M. Watts. Ce que je veux, c'est que vous disparaissiez.

– C'est ce que je vais faire à l'instant, dit le vieux monsieur, qui tout en parlant s'empara de sa casquette et se l'enfonça sur la tête. Peut-être, ajouta-t-il, êtes-vous trop insolent pour m'informer de l'heure du prochain train pour Londres ?

– Il part dans trois quarts d'heure, répondit l'aubergiste avec empressement. Vous pouvez facilement l'attraper.

Joseph se trouvait dans une position fort embarrassante. D'une part, il eût souhaité éviter la grande ligne, de crainte de trouver ses neveux embusqués dans la gare pour guetter son approche ; d'autre part il avait le plus vif désir, il sentait même la stricte nécessité d'escompter le billet avant qu'on n'y pût mettre opposition. Il résolut donc de se rendre à Londres par le premier train ; mais il restait une question à trancher : comment payer sa place ?

Joseph avait le plus souvent des ongles douteux, il mangeait presque tout avec son couteau, et je ne sais si l'on aurait pu lui attribuer des manières raffinées. Mais il avait mieux que cela, sa personne était empreinte d'une véritable dignité. L'avait-il acquise au cours de son séjour en Asie Mineure ? Était-ce l'héritage du sang des Finsbury ? Quoi qu'il en fût, quand il se présenta devant le chef de gare, son salamalec fut vraiment oriental, le petit bureau parut s'emplir de palmiers, et le simoun ou le boulboul... mais j'abandonne le développement de cette image à ceux qui sont plus au fait de l'Orient que moi. Sa mise, en outre, témoignait hautement en sa faveur ; l'uniforme de sir Faraday, si incommode et si voyant qu'il fût, était du moins un costume sous lequel aucun escroc ne pouvait avoir l'espoir de prospérer ; et l'exhibition d'une montre de valeur ainsi que d'un billet à ordre de huit cents livres achevèrent l'œuvre que la prestance du vieux monsieur avait amorcée. Un quart d'heure plus tard, quand le train arriva, M. Finsbury fut recommandé au chef de train et installé dans un compartiment de première classe, grâce à un chef de gare qui avait assumé en souriant cette responsabilité.

Tandis que l'oncle fugitif attendait dans son coin le moment du départ, il fut témoin d'un incident, qui était destiné à être étrangement lié au sort de sa famille. Une caisse de dimensions cyclopéennes fut portée le long du quai par une douzaine de porteurs titubants et en fin de compte, pour les délices d'une foule de curieux considérable, hissée dans le fourgon. C'est souvent la tâche réconfortante de l'historien que d'attirer l'attention sur les desseins et (si l'on peut ainsi parler sans irrespect) les artifices de la Providence. Dans le fourgon du train qui emportait maintenant Joseph de Southampton à Londres reposait l'œuf, non éclos encore, de cette histoire. L'énorme caisse était adressée à un certain M. William Dent Pitman et devait attendre « en gare de Waterloo » que le destinataire la réclamât ; or elle avait pour voisin immédiat un robuste tonneau, logé dans un coin du fourgon et portant la mention « M. Finsbury, 16 John Street, Bloomsbury. Port payé. »

Cette juxtaposition était une manière de traînée de poudre. Il ne fallait qu'une main désœuvrée pour y mettre le feu.

CHAPITRE IV

Le magistrat
dans le fourgon à bagages

La cité de Winchester était renommée pour sa cathédrale, son évêque (qui a malheureusement succombé des suites d'une chute de cheval), son collège, son riche assortiment de militaires, et le passage assidu des trains de la ligne de Londres et du Sud-Ouest. Tout cela se fût certainement pressé dans la tête de Joseph Finsbury, mais son esprit s'était déjà envolé du compartiment de chemin de fer vers un ciel de populeuses salles de conférences et de discours sans fin. Son corps cependant s'était affaissé sur les coussins, sa casquette rejetée coquinement en arrière à la façon de celles des individus qui guettent les bonnes d'enfants, le pauvre vieux visage plongé dans le repos, un bras serrant sur son cœur le Journal hebdomadaire de Lloyd's.

Tandis qu'il gisait ainsi inconscient, entrèrent, puis ressortirent deux voyageurs. Ils venaient tout juste d'attraper le train. Un tandem lancé à une vitesse désespérée, une ruée violente confinant au brigandage devant le guichet aux billets, puis une course frénétique, les avaient amenés sur le quai à l'instant même où la locomotive ronflait, prête à partir. Ils avaient bondi dans le premier wagon à portée et l'aîné des deux hommes, qui se trouvait être le premier, était déjà sur le seuil du compartiment quand il remarqua M. Finsbury.

– Bonté divine ! s'écria-t-il. L'oncle Joseph ! Pas question d'entrer là.

Il battit en retraite en renversant à moitié son compagnon, et referma la porte sur le patriarche endormi.

Une minute après, les deux voyageurs avaient sauté dans le fourgon à bagages.

– Qu'est-ce qu'il a d'inquiétant, l'oncle Joseph ? demanda le plus jeune en s'épongeant le front. Est-ce qu'il ne peut pas supporter la fumée ?

– Ce n'est pas qu'il ait rien d'inquiétant, répondit l'autre. Mon oncle Joseph n'est pas le premier venu, je puis vous le dire. Fort respectable vieux monsieur ; a eu des intérêts dans les cuirs ; a parcouru l'Asie Mineure ; ni femmes ni enfants ; pas un sou vaillant – et une langue, mon cher Wickham, plus acérée que la dent du serpent.

– Une vieille peau acariâtre, hein ? suggéra Wickham.

– Pas du tout, répondit l'autre ; simplement un homme qui a un solide talent pour bassiner son monde ; il vous ferait peut-être passer le temps sur une île déserte, mais en chemin de fer, il serait franchement insupportable. Vous devriez l'entendre parler de Tonti, le crétin qui a inventé les tontines. Il est incroyable sur le chapitre de Tonti.

– Sapristi ! s'écria Wickman. Mais alors vous êtes un des membres de la tontine Finsbury ? Je n'avais pas deviné ça.

– Ah ! dit l'autre, savez-vous que cet ancêtre du compartiment d'à côté représente pour moi cent mille livres ? Il dormait et vous étiez le seul témoin ! Mais je l'ai épargné parce que je suis conservateur en politique.

M. Wickham, amusé d'être dans le fourgon à bagages, voletait de-ci de-là comme un distingué papillon.

– Par Jupin ! s'écria-t-il, voici quelque chose pour vous ! « M. Finsbury, 16 John Street, Bloomsbury, Londres. » Ce M. signifie Michel, rusé renard ; vous avez deux domiciles, hein ?

– Oh ! il s'agit de Maurice, répondit Michel de l'autre côté du fourgon où il avait trouvé à s'asseoir confortablement sur deux sacs. Un petit-cousin à moi. Je l'aime bien parce qu'il a peur de moi. C'est l'ornement de Bloomsbury, et il a une collection de quelque chose – d'œufs d'oiseau, ou je ne sais quoi de curieux. Je parie que ça n'est rien auprès de celle que forment mes clients !

– Quelle bonne farce ce serait que de jouer à « je t'échange » avec les étiquettes ! gloussa M. Wickham. Par saint Georges, voilà un marteau ! Nous pourrions faire danser un merveilleux chassé-croisé à tous ces colis !

A ce moment le chef de train, surpris d'entendre un bruit de voix, ouvrit la porte de sa petite cabine.

– Vous feriez mieux d'entrer ici, messieurs, dit-il quand il eut entendu leur histoire.

– Vous venez, Wickham ? demanda Michel.

– Jamais de la vie ; je suis très heureux dans mon fourgon, répondit le jeune homme.

Sur quoi la porte de communication se referma ; et, pour le reste du voyage, M. Wickham resta seul, d'un côté, avec la liberté de s'amuser comme il l'entendait, tandis que, de l'autre, Michel et le chef de train s'entretenaient familièrement.

– Je vous trouverai un compartiment ici, monsieur, observa l'employé quand le train commença à ralentir avant d'arriver à Bishopstoke. Vous feriez mieux de sortir par là et je vous amènerai votre ami.

M. Wickham, que nous avons laissé à l'instant où il commençait (comme le lecteur l'a sans doute astucieusement deviné) à jouer pour de bon à « je vous échange » avec les étiquettes du fourgon, était un jeune gentleman fort aisé, d'un extérieur agréable quoique assez incolore, et remarquablement écervelé. Peu de mois auparavant, il avait trouvé le moyen de donner prise au chantage d'un hospodar valaque qui, pour des raisons politiques, résidait avec sa famille dans le joyeux Paris. Un ami commun (à qui l'étourdi avait confié sa détresse) l'avait recommandé à Michel ; et l'avoué, pas plus tôt en possession des faits, avait instantanément pris l'offensive, attaqué de flanc les forces valaques et en trois jours, eu la satisfaction de les voir se replier dans la direction du Danube. Il ne nous appartient pas de les suivre dans cette retraite à laquelle la police eut la bonté de présider paternellement. Ainsi délivré de ce qu'il se plaisait à dénommer l'atrocité bulgare, M. Wickham était revenu à Londres en nourrissant pour son sauveur une gratitude et une admiration sans bornes, qui allaient jusqu'à être embarrassantes pour l'avoué. Ces sentiments n'étaient pas payés de retour. En fait, Michel avait un peu honte de l'amitié de son nouveau client ; il avait fallu bien des invitations avant de l'attirer à Winchester et à Wickham Manor ; mais il avait fini par s'y rendre, et il en revenait présentement. Un penseur judicieux a observé que la Providence ne dédaigne d'employer aucun instrument, fût-ce le plus humble ; et il apparaîtra clairement à l'esprit le moins perspicace que M. Wickham et l'hospodar valaque avaient été comme des leviers dans les mains de la Destinée.

Enflammé du désir de briller aux yeux de Michel et de passer pour un personnage plein d'humour et de ressources, le jeune homme (qui était magistrat, quoique plutôt pour la forme, dans son comté natal) n'avait pas été plus tôt seul dans le fourgon qu'il s'en était pris aux étiquettes avec tout le zèle d'un réformateur ; et quand il rejoignit l'avoué à Bishopstoke, son visage était enluminé par l'effort, et son cigare, qu'il avait laissé s'éteindre, presque coupé en deux.

– Par saint Georges, je me suis amusé comme un roi ! cria-t-il. J'ai envoyé des colis incongrus à des destinataires erronés aux quatre coins de l'Angleterre. Vos cousins recevront une caisse grande comme une maison. J'ai embrouillé les choses à tel point, Finsbury, que si l'on venait à nous découvrir, je crois que nous serions lynchés.

Il était impossible d'être sérieux avec M. Wickham.

— Prenez garde, lui dit Michel. Je commence à être fatigué de vos frasques perpétuelles ; ma réputation risque d'en souffrir.

— Votre réputation ne sera plus qu'un souvenir avant que vous n'en ayez fini avec moi, répondit son compagnon en ricanant. Mettez ça sur la note, mon vieux. Perte totale de réputation : six livres huit pence. Mais, continua M. Wickham avec plus de gravité, croyez-vous que cette petite blague pourrait me faire perdre ma charge ? Je sais que c'est mesquin, mais ça me fait plaisir d'être juge de paix. Professionnellement parlant, pensez-vous qu'il y ait un risque ?

— Qu'importe ? répondit Michel. Vous serez destitué tôt ou tard. Vous ne faites pas figure de magistrat idéal.

— Que ne suis-je un avoué, répondit l'autre, au lieu d'être un pauvre diable de gentilhomme campagnard. Supposez que nous lancions une tontine nous-mêmes : je verserais cinq cents livres par an et vous me garantiriez contre toute infortune, excepté la maladie et le mariage.

— M'est avis, remarqua l'avoué avec une sorte de rire pensif tout en allumant son cigare, m'est avis que vous êtes un véritable fléau sur cette terre.

— Vous pensez cela pour de bon, Finsbury ? répondit le magistrat ravi du compliment en se renversant sur les coussins. Oui, je suppose que je suis un fléau. Mais vous savez, j'ai de solides assises dans le pays. N'oubliez pas ça, mon vieux.

CHAPITRE V

M. Gédéon Forsyth
et la gigantesque caisse

Il a déjà été mentionné qu'à Bournemouth Julia faisait parfois des connaissances ; il est vrai qu'elle avait à peine eu le temps de les amorcer que déjà les portes de John Street se refermaient sur ses captifs, mais le souvenir qu'elle en gardait avait quelque chose d'exaltant qui tempérait d'espoir ses regrets. Parmi ceux qu'elle avait rencontrés ainsi un an auparavant se trouvait un jeune avocat du nom de Gédéon Forsyth.

Vers trois heures de l'après-midi du jour mémorable où le magistrat avait interverti les étiquettes, une promenade rêveuse et mélancolique avait conduit M. Forsyth au coin de John Street ; et au même moment Miss Hazeltine fut appelée à la porte du n° 16 par deux formidables heurts.

M. Gédéon Forsyth était un jeune homme assez heureux ; il eût été plus heureux encore s'il avait eu de l'argent en plus et un oncle en moins. Cent livres de revenus constituaient tout son avoir ; son oncle, M. Edouard-Hugues Bloomfield, y ajoutait une honnête allocation, mais aussi une montagne de conseils, couchés dans un langage qu'on eût probablement jugé intempérant à bord d'un navire de pirates.

M. Bloomfield était à vrai dire une figure tout à fait caractéristique des jours de M. Gladstone, ce que nous pourrions appeler, faute d'une expression généralement reçue, un hobereau-radical. N'ayant acquis aucune expérience avec l'âge, il transportait dans le camp politique des radicaux ces bruyantes sorties d'après dîner qu'on a coutume d'associer aux formes les plus aiguës et les plus séniles du conservatisme. Il admirait le pugilat, il portait un formidable gourdin de chêne, il allait avec respect à l'église, et l'on aurait eu peine à dire qui eût provoqué chez lui les plus violents remous de bile : de quelqu'un qui aurait défendu l'Église établie ou de quelqu'un qui aurait négligé d'assister à ses offices. Il avait aussi coutume de vous assener certaines expressions toutes faites justement redoutées de son entourage, et, quand il ne pouvait aller jusqu'à déclarer que telle ou telle mesure était « contraire à l'esprit anglais », il pouvait toujours (et presque aussi triomphalement) la dénoncer comme « contraire à l'esprit pratique ». C'est sous le coup de cette excommunication mineure que Gédéon était tombé : la manière dont il concevait l'exercice de la profession juridique avait été qualifiée de « contraire à l'esprit pratique » et il s'était entendu intimer, au cours d'une orageuse entrevue rythmée par le gourdin de chêne, qu'il devait soit repartir à zéro et trouver une cause ou deux à défendre, soit se préparer à vivre de ses propres revenus.

On ne saurait s'étonner que Gédéon fût morose. Il n'avait pas le moindre désir de modifier ses habitudes ; mais ce n'était pas là une position qu'il pouvait maintenir, car si M. Bloomfield le privait de ses subsides, lesdites habitudes n'en seraient bouleversées que plus radicalement. Il ne tenait nullement à approfondir le Droit ; il avait déjà jeté un coup d'œil sur les éléments de cette discipline, et elle ne semblait pas vous payer de vos peines ; mais sur ce point encore, il était prêt à céder. En fait, il était prêt à faire toutes les concessions qu'il pouvait pour répondre aux vues de son oncle, le hobereau-radical. Mais il y avait une partie du programme qui paraissait indépendante de sa volonté. Comment trouver une cause à défendre ? La question était là. Et il en était une autre, plus lancinante encore. A supposer qu'il trouvât la cause espérée, se montrerait-il à la hauteur ?

Tout à coup il trouva son chemin barré par un attroupement. Une voiture de livraison éclairée de multiples lanternes était rangée contre le trottoir ; et de ses profondeurs émergeait, soutenue par de puissants athlètes ruisselants de sueur, l'extrémité de la plus grande caisse d'emballage de tout le Middlesex ; tandis que sur les marches de la maison, la massive personne du conducteur et la svelte silhouette d'une jeune fille se tenaient comme sur une scène, en train d'argumenter.

– Ce n'est pas pour nous, disait la jeune fille. Remportez-la, je vous en prie ; elle n'entrerait pas dans la maison quand bien même vous arriveriez à la retirer de votre voiture.

– En ce cas je la laisserai sur le trottoir et M. Finsbury s'arrangera avec la municipalité.

– Mais je ne suis pas M. Finsbury, protesta la jeune fille.

– Peu importe qui vous êtes, dit le conducteur.

– Permettez-moi de vous venir en aide, Miss Hazeltine, dit Gédéon en s'avançant soudain.

Julia poussa un cri de plaisir :

– Oh ! M. Forsyth, s'écria-t-elle, je suis si heureuse de vous voir. On veut faire entrer dans la maison cette horrible caisse qui ne peut être venue ici que par erreur. Cet homme dit qu'il va falloir enlever la porte, ou pratiquer une brèche pour agrandir les fenêtres, sans quoi nous recevrons une amende de la municipalité, ou du service des douanes, je ne sais plus très bien lequel, pour avoir laissé nos affaires dans la rue.

Les livreurs, cependant, étaient parvenus à tirer la caisse de la voiture, l'avaient érigée sur la chaussée et maintenant se tenaient là, appuyés contre elle ou contemplant la porte du n° 16 dans un état manifeste d'impuissance physique et de désarroi mental. Toutes les fenêtres de la rue s'étaient remplies, comme par magie, de spectateurs intéressés et amusés.

Prenant l'air le plus grave et le plus scientifique qu'il pût se donner, Gédéon mesura la porte d'entrée avec sa canne, tandis que Julia notait ses chiffres sur un carnet à dessin. Ensuite il mesura la caisse et quand il eut comparé les deux dimensions, il découvrit qu'il y avait juste assez de place pour qu'elle passât. Cela fait, il enleva son veston et son gilet pour aider les hommes à retirer la porte de ses gonds. Et alors, non sans qu'on eût enrôlé tous les assistants, la caisse gravit les degrés du perron sur quelque quinze paires de jambes vacillantes, franchit le seuil en éraflant le mur et en grinçant terriblement, et s'affala, dans une terrible convulsion, au fond du vestibule qu'elle bloquait presque entièrement. Les artisans de cette victoire se sourirent les uns aux autres tandis que retombait la poussière. Il est vrai qu'ils avaient cassé un buste d'Apollon et labouré profondément le mur ; mais au moins avaient-ils cessé de se donner en spectacle dans les rues de Londres.

– Ma foi, monsieur, dit le conducteur du véhicule, je n'ai jamais vu pareil boulot.

Gédéon lui marqua avec éloquence qu'il partageait ce sentiment en glissant deux souverains dans la main de l'homme.

– Mettez-en un troisième, monsieur, et je payerai une tournée à toute la compagnie ! dit celui-ci.

Et, Gédéon s'étant exécuté, tout le corps des déménageurs volontaires s'entassa dans la voiture, qui partit dans la direction de la plus proche taverne. Alors Gédéon referma la porte et se tourna vers Julia ; leurs yeux se rencontrèrent ; une irrépressible gaieté s'empara d'eux et ils firent retentir la maison de leurs rires. Puis Julia sentit s'éveiller sa curiosité, et elle alla examiner la caisse, notamment l'étiquette.

— Je n'ai jamais rien vu d'aussi étrange, dit-elle avec un nouvel éclat de rire. C'est certainement l'écriture de Maurice et j'ai reçu une lettre de lui ce matin même, me disant d'attendre un tonneau. Croyez-vous qu'il va arriver aussi un tonneau, M. Forsyth ?

— « Statue. A manier avec soin. Fragile », dit Gédéon, lisant l'avertissement peint en grosses lettres sur la caisse. Ainsi donc on ne vous a rien dit de cette caisse ?

— Non, répondit Julia. Oh ! M. Forsyth, ne croyez-vous pas que nous pourrions y jeter un coup d'œil ?

— Mais si, certainement, dit Gédéon. Procurez-moi seulement un marteau.

— Descendez avec moi, je vous montrerai où en trouver un, s'écria Julia. La planche est trop haute pour moi.

Et, ouvrant la porte de l'escalier qui descendait à la cuisine, elle pria Gédéon de la suivre. Ils trouvèrent un marteau ainsi qu'un ciseau ; mais Gédéon fut surpris de ne pas voir trace de domestiques. Il découvrit également que Miss Hazeltine avait un très joli petit pied et une cheville à l'avenant ; et la découverte de telle sorte l'embarrassa qu'il fut tout heureux de s'attaquer aussitôt à la caisse d'emballage.

Il travaillait ferme, portant ses coups avec une précision de forgeron, cependant que Julia se tenait près de lui en silence, regardant l'ouvrier plutôt que l'ouvrage. C'est un beau garçon, se dit-elle. Elle n'avait jamais vu d'aussi beaux bras. Et tout à coup, comme si Gédéon avait deviné ces pensées, il se retourna et lui sourit. Elle sourit aussi et rougit ; cela lui alla si bien que Gédéon oublia de détourner les yeux et, comme il maniait le marteau avec entrain, assena un coup terrible sur ses propres phalanges. Avec une admirable présence d'esprit, il étouffa le juron qui lui montait aux lèvres en y substituant l'inoffensif commentaire « doigts de beurre ! » Mais la douleur était vive, il avait les nerfs ébranlés et, après une tentative avortée, il constata qu'il devait renoncer à pousser plus loin l'opération.

Julia se précipita dans la dépense, revint presque aussitôt avec une cuvette d'eau et une éponge, et se mit à baigner la main blessée.

— Je suis infiniment confus, dit Gédéon. Si j'avais eu le moindre savoir-vivre, j'aurais commencé par ouvrir la caisse et je ne me serais écrasé la main qu'ensuite. Ça va déjà beaucoup mieux, ajouta-t-il. Je vous assure que ça va beaucoup mieux.

— Et maintenant, je crois que vous êtes en état de diriger les travaux, dit-elle. Commandez, je serai votre ouvrière.

— Une ravissante ouvrière, dit Gédéon, oubliant quelque peu les convenances.

Elle se retourna et le regarda avec un léger froncement de sourcils, sur quoi le jeune impertinent fut heureux d'appeler son attention sur la caisse à emballage. Le plus gros du travail était fait ; et Julia ne tarda pas à abattre la dernière barrière, mettant à jour une zone de paille.

Un instant après, ils étaient agenouillés côte à côte et semblaient faire les foins ; un instant encore et ils furent récompensés de leurs peines par la vue de quelque chose de blanc et de poli. En fin de compte il n'y eut plus de doute : c'était une jambe de marbre.

– C'est assurément un personnage très athlétique, dit Julia.

– Je n'ai jamais rien vu de pareil, répondit Gédéon. Ses muscles ressortent comme des rouleaux d'écus.

Bientôt apparut une deuxième, puis ce qui semblait être une troisième jambe. Mais en fin de compte ce dernier membre se trouva être une massue noueuse qui reposait sur un piédestal.

– C'est un Hercule ! s'écria Gédéon. J'aurais dû le deviner à son mollet. Je ne déteste pas la statuaire, mais quand elle en vient à Hercule, la police devrait intervenir. Je dirais, ajouta-t-il en regardant d'un air de dégoût la jambe enflée, que c'est sans doute le plus grand et le plus laid de toute l'Europe. Au nom du ciel, comment a-t-il pu venir ici ?

– Je suppose que personne d'autre n'en voulait, dit Julia. Nous-mêmes, nous aurions fort bien pu nous en passer.

– Oh ! ne dites pas cela, répondit Gédéon. Il m'a valu l'une des plus divertissantes expériences de ma vie.

– Vous ne l'oublierez sans doute pas de sitôt, dit Julia : votre main vous en fera souvenir.

– Eh bien ! je présume qu'il faut maintenant que je m'en aille, dit Gédéon à regret.

– Non, plaida Julia. Pourquoi donc ? Restez prendre le thé avec moi.

– Si j'étais sûr que vous le souhaitez vraiment, dit Gédéon en regardant son chapeau, j'en serais naturellement enchanté.

– Mais bien sûr que je le souhaite ! répondit la jeune fille. D'ailleurs j'ai besoin de quelques gâteaux pour le thé et je n'ai personne pour aller les chercher. Tenez, voici la clef.

Gédéon mit vivement son chapeau et, après avoir jeté un regard sur Miss Hazeltine, puis un autre sur les jambes d'Hercule, il ouvrit la porte et s'en fut chez le pâtissier.

Il revint avec un grand sac plein d'un assortiment choisi de gâteaux et de tartelettes tous plus appétissants les uns que les autres, et il trouva Julia en train de préparer une petite table à thé dans le vestibule.

– Les pièces sont dans un tel état, s'écria-t-elle, que j'ai pensé que nous serions mieux ici dans notre propre vestibule, sous notre propre ombrage et notre propre Hercule.

– Mille fois mieux, s'écria Gédéon ravi.

– Oh ! quelles adorables tartes à la crème ! dit Julia en ouvrant le sac, et quelles délicieuses petites tartelettes aux cerises avec toutes leurs cerises renversées dans la crème !

– Oui, dit Gédéon en dissimulant son désarroi. Je savais que cela ferait un merveilleux mélange ; la femme qui était au comptoir me l'a dit.

– Maintenant, dit Julia quand ils eurent commencé leur festin, je vais vous montrer la lettre de Maurice. Lisez-la à haute voix ; je vous prie ; il y a peut-être quelque chose qui m'a échappé.

Gédéon prit la lettre et, la déployant sur son genou, lut ce qui suit :

« *Chère Julia,*

je vous écris de Browndean, où nous nous arrêtons pendant quelques jours. L'oncle a été très éprouvé par le terrible accident dont vous avez sans doute vu le compte rendu dans les journaux. Je le laisserai ici demain avec Jean et je reviendrai seul, mais vous recevrez auparavant un tonneau contenant des échantillons destinés à un ami. *Ne l'ouvrez sous aucun prétexte, et laissez-le dans le vestibule jusqu'à mon arrivée.*

A vous, en hâte.

M. *Finsbury.*
P. S. – *Ne manquez pas de laisser le tonneau dans le vestibule.* »

– Non, dit Gédéon en hochant la tête dans la direction des jambes de marbre, il n'y a rien là-dedans qui semble se rapporter au monument. Miss Hazeltine, me permettez-vous de vous poser quelques questions ?

– Certainement pas, répondit Julia. Mais si vous parvenez à m'expliquer pourquoi Maurice a envoyé une statue d'Hercule au lieu d'un tonneau contenant des échantillons pour un ami, je vous en serais reconnaissante jusqu'au jour de ma mort. Et que peuvent être ces échantillons pour un ami ?

– Je n'en ai pas la moindre idée, dit Gédéon. Les échantillons sont parfois des fragments de pierre, mais plus petits que notre ami le monument. D'ailleurs, là n'est pas la question. Habitez-vous toute seule dans cette grande maison ?

– Oui, pour le moment, répondit Julia. Je suis revenue avant les autres pour préparer la maison et engager d'autres domestiques. Mais je n'en ai pas trouvé qui m'aient plu.

– Ainsi donc, vous êtes entièrement seule ! dit Gédéon stupéfait. N'avez-vous pas peur ?

– Pas du tout, répondit Julia. Je ne vois pas pourquoi je devrais avoir plus peur que vous si vous étiez à ma place. Je suis moins forte, naturellement ; mais quand j'ai su que je devrais dormir seule dans la maison, j'ai acheté un revolver aussi bon marché que possible et je m'en suis fait montrer le maniement par le vendeur.

– Et comment vous en servez-vous ? demanda Gédéon amusé par son courage.

– Eh bien ! dit-elle avec un sourire, vous décrochez le petit machin du haut, vous visez très bas parce que ça se redresse quand vous tirez, vous appuyez sur le petit truc du bas, et ça part aussi bien que si c'était manié par un homme.

– Et combien de fois vous en êtes-vous servie ? demanda Gédéon.

– Oh ! je ne m'en suis pas servie encore, dit la hardie jeune fille, mais je sais comment faire, et cela me rend merveilleusement courageuse, d'autant plus que je barricade ma porte en poussant devant une commode.

– Je suis très content de penser que les vôtres vont bientôt revenir, dit Gédéon. Je trouve votre situation vraiment inquiétante. Si elle devait durer beaucoup plus longtemps, je pourrais vous prêter une tante à moi, qui est vieille fille, ou encore ma logeuse, si vous préférez.

– Me prêter une tante ! s'écria Julia. Quelle générosité ! Je commence à me demander si ce n'est pas vous qui m'avez envoyé cet Hercule.

– Croyez-moi, s'écria le jeune homme, je vous admire trop pour vous envoyer une œuvre d'art aussi infâme.

Julia allait répondre quand ils furent saisis l'un et l'autre par un coup frappé à la porte.

– Oh ! M. Forsyth !

– N'ayez pas peur, ma chère enfant, dit Gédéon en posant tendrement la main sur son bras.

– C'est sûrement la police, chuchota-t-elle. On vient se plaindre au sujet de la statue.

On frappa de nouveau, plus fort et plus impatiemment cette fois.

– C'est Maurice, s'écria Julia d'une voix troublée en courant ouvrir la porte.

C'était en effet Maurice qui se tenait devant eux ; pas le Maurice de tous les jours, mais un homme égaré, hagard, aux yeux injectés de sang et au menton hérissé d'une barbe de deux jours.

– Le tonneau ! s'écria-t-il. Où est le tonneau qui a dû arriver ce matin ?

Il regardait tout autour du vestibule et ses yeux, quand ils tombèrent sur les jambes de l'Hercule, lui sortirent littéralement de la tête.

– Qu'est-ce que c'est que ça ? hurla-t-il. Qu'est-ce que c'est que cette figure de cire ? Parlez, petite sotte ! Qu'est-ce que c'est ? Et où est le tonneau... la citerne ?

– Il n'est pas venu de tonneau, Maurice, répondit froidement Julia. Il n'est arrivé que cela.

– Cela ! gémit le malheureux. Je n'en ai jamais entendu parler.

– C'est venu avec une adresse de votre main, répondit Julia. C'est tout juste si nous n'avons pas dû démolir la maison pour le faire entrer, et c'est tout ce que je puis vous dire.

Maurice la considéra avec une expression de total égarement. Il se passa la main sur le front, s'appuya au mur comme un homme sur le point de s'évanouir. Puis sa langue se délia et il déversa sur la jeune fille un torrent d'injures. Jamais personne n'aurait soupçonné qu'il pouvait avoir tant de feu, tant de brutalité et tant d'expressions grossières en réserve. La jeune fille trembla et recula devant sa fureur.

– Vous ne parlerez pas ainsi à Miss Hazeltine, dit Gédéon avec solennité. Je ne le souffrirai pas.

– Je parlerai à cette fille comme il me plaira, répliqua Maurice dans une nouvelle explosion de colère. Je parlerai à la pécore comme elle le mérite.

— Pas un mot de plus, monsieur, pas un mot ! s'écria Gédéon. Miss Hazeltine, continua-t-il en s'adressant à la jeune fille, vous ne pouvez pas rester un moment de plus dans cette maison avec ce malappris. Voici mon bras, permettez-moi de vous emmener dans un endroit où vous serez à l'abri des insultes.

— M. Forsyth, répondit Julia, vous avez raison. Je ne puis rester ici plus longtemps ; et je sais que je me fie à un homme d'honneur.

Gédéon, pâle et résolu, lui offrit son bras, et le jeune couple descendit les marches du perron, suivi de Maurice qui réclamait à grands cris la clef de la maison.

A peine Julia venait-elle de la lui rendre qu'un fiacre vide, roulant à bonne allure, déboucha dans John Street. Les deux hommes le hélèrent et, tandis que le cocher arrêtait son cheval récalcitrant, Maurice se précipita dans le véhicule :

— Six pence de pourboire ! cria-t-il dans un accès de prodigalité. A la gare de Waterloo comme s'il y allait de votre vie ! Six pence pour vous !

— Dites un shilling, patron, répondit l'homme en grimaçant un sourire, c'est les aut' qu'étaient les premiers.

— Soit, un shilling! cria Maurice en se disant intérieurement qu'il remettrait la chose en question à Waterloo.

L'homme fouetta son cheval et le fiacre disparut.

CHAPITRE VI

Les tribulations de Maurice :
première partie

Cependant que le fiacre filait dans les rues de Londres, Maurice s'efforça de rallier ses esprits épars. Le tonneau au cadavre s'était égaré et il était essentiel de le retrouver. Si, par un hasard providentiel, il se trouvait encore à la gare, tout allait bien. Mais s'il avait été expédié, s'il était maintenant dans les mains de quelque destinataire erroné, les choses prendraient un aspect plus menaçant. Les gens qui reçoivent d'inexplicables paquets sont souvent enclins à les ouvrir ; l'exemple de Miss Hazeltine (qu'il maudit une fois de plus) était là pour le lui rappeler ; et si quelqu'un avait ouvert le tonneau... « Seigneur ! » s'écria Maurice à cette pensée en portant la main à son front mouillé de sueur. Il y a quelque chose d'excitant à méditer d'aller à l'encontre de la loi, car le projet, dans le temps qu'il s'élabore, revêt des couleurs attrayantes et hardies. Mais, après coup, beaucoup moins roses sont les réflexions du criminel qui songe à la police. Maurice commençait à se dire qu'il n'avait pas suffisamment pris en considération cet efficace organisme quand il s'était embarqué dans son entreprise. « Il faut que je joue diablement serré », pensa-t-il, et il sentit un frisson aigu dans la région de l'épine dorsale.

— Grande ligne ou banlieue ? demanda le cocher à travers le guichet du fiacre.

— Grande ligne, répondit Maurice en décidant mentalement qu'après tout l'homme aurait son shilling. Ce serait de la folie d'attirer l'attention, pensa-t-il. Mais ce que cette affaire-là va me coûter avant d'être finie me fait l'effet d'un cauchemar !

Il passa sur le quai où il se mit à errer comme une âme en peine. C'était, pour le trafic, une heure creuse ; il y avait là peu de gens, assis pour la plupart sur des bancs. Maurice n'avait pas le sentiment de se faire remarquer, ce qui, certes, était rassurant, mais d'autre part il ne progressait pas dans ses recherches. Il lui fallait faire, il lui fallait risquer quelque chose ; chaque instant qui passait ne faisait qu'ajouter à ses dangers. Rassemblant tout son courage, il appela un porteur et lui demanda s'il se souvenait d'avoir reçu un tonneau au train du matin : il désirait vivement se renseigner à ce sujet, car le tonneau appartenait à un ami.

— C'est important, ajouta-t-il, le tonneau contient des échantillons.

— J'étais pas là c' matin, monsieur, répondit le porteur. Mais j' va demander à Bill. Bill, tu t' rappelles-t-y un tonneau qui s' rait arrivé ce matin de Bournemouth avec des échantillons d'dans ?

— Des échantillons ? Connais pas, répondit Bill. Mais le particulier qu'a r'çu le tonneau que j' veux dire a fait un charrue-hourvari du diable.

— Hein ? Quoi ? cria Maurice dans l'agitation du moment en glissant un penny dans la main de l'homme.

— Voyez-vous, monsieur, l' tonneau, il est arrivé à une heure trente. Personne l'a réclamé avant trois heures. Mais alors un p'tit monsieur tout malingre – p'têt' bien un pasteur – est arrivé, et il a d'mandé : « Avez-vous quêque chose au nom de Pitman ? » ou de William Dent Pitman, si je m' souviens bien. « J' sais pas au juste », que j'ai dit, « mais j'ai idée qu'y a un tonneau qui porte ce nom-là ». Le p'tit homme s'en va trouver le tonneau et quand y voit l'adresse il a l'air tout ahuri ; et puis voilà qu'y nous engueule pour pas lui avoir apporté ce qu'y voulait. « J' m'en balance, de c' que vous voulez », que j' lui dis, « mais si vous êtes William Dent Pitman, v'là vot' tonneau. »

— Et alors, il l'a pris ? cria Maurice d'une voix étranglée.

— Eh bien ! m'sieur, il paraît qu' c'était une caisse qu'y voulait. La caisse est arrivée, c'est sûr et certain, même que c'était la plus grande caisse que j'aye jamais vue. Et le Pitman a fait une tête de l'aut' monde, et il a demandé l'inspecteur et on a mis la main sur le livreur, ç'ui qu'avait eu la caisse. Eh bien ! monsieur, continua Bill avec un sourire, j'ai jamais vu un homme dans un état pareil ; tous ceux qu'avaient eu rapport à c'te voiture de livraison, 'xcepté les ch'vaux, étaient fin saouls. Autant qu' j'ai pu l' comprendre, y a un m'sieur qu'avait donné un souv'rain au livreur, et c'est d' là qu' le mal est v'nu, voyez-vous.

– Mais qu'est-ce qu'il a dit ? haleta Maurice.

– J' sais pas s'il a dit grand-chose, m'sieur, répondit Bill, mais il a offert de s' bagarrer avec ce Pitman pour un pot d' bière. Il avait perdu son registre avec ça, et les reçus ; et ses hommes étaient tous aussi saouls que lui. Ils étaient comme... (ici Bill fit une pause pour trouver une comparaison), comme des lords ! L'inspecteur les a saqués séance tenante.

– Allons, ça pourrait être pire, dit Maurice avec un soupir de soulagement. Il n'a pas pu dire où il avait livré la caisse, alors ?

– Non, dit Bill, ni ça ni rien.

– Et qu'est-ce... qu'est-ce que Pitman a fait ? demanda Maurice.

– Oh ! il est parti avec le tonneau dans une voiture de place. Tout tremblant qu'il était. J' crois pas qu'il aye beaucoup d' santé au corps.

– Ainsi, le tonneau est parti, dit Maurice, se parlant plutôt à lui-même.

– Oui, ça, vous pouvez en êt'sûr, répondit le porteur. Mais vous feriez mieux d' voir l'inspecteur.

– Oh ! non, ça n'a pas d'importance, dit Maurice. Le tonneau ne contenait que des échantillons.

Et il s'en alla rapidement.

Blotti à nouveau dans un cab, il se remit à étudier sa position. « Supposons », pensa-t-il, « supposons que je me reconnaisse vaincu et que j'aille déclarer à l'instant la mort de mon oncle. Je perds la tontine et tout espoir de jamais avoir les sept mille huit cents livres. » D'autre part, depuis le shilling qu'il avait donné au cocher, il commençait à voir que le crime entraînait des dépenses, et, depuis la perte du tonneau, qu'il était de conséquences incertaines. Tranquillement d'abord, puis avec une ardeur grandissante, il passa en revue les avantages qu'il aurait à battre en retraite. Cela signifiait une perte, mais (maintenant qu'il y réfléchissait), pas une très grosse perte après tout ; seulement celle de la tontine, qui avait toujours été un jeu de pile ou face et sur laquelle au fond de lui-même il n'avait jamais vraiment compté. Il fut heureux de se le rappeler, se félicitant de la constante modération qu'il avait montrée à cet égard. Non, il n'avait jamais nettement espéré recouvrer ses sept mille huit cents livres ; il ne s'était laissé entraîner dans toute cette affaire que par la malhonnêteté flagrante de Michel. Oui, il valait probablement mieux se dégager de cette aventure si risquée, se rabattre sur le commerce des cuirs...

« Grand Dieu ! » s'écria-t-il en bondissant sur la banquette comme un diable qui sort d'une boîte. « Je n'ai pas seulement raté la tontine, j'ai perdu le commerce des cuirs ! »

Telle était la monstrueuse réalité. Il n'avait pas pouvoir pour signer. Il ne pouvait pas émettre un chèque de trente shillings. Avant qu'il n'eût apporté la preuve légale de la mort de son oncle, il n'était qu'un malheureux paria sans le sou, – et dès qu'il l'aurait produite il perdrait la tontine ! Maurice n'hésita plus : laisser choir la tontine comme une châtaigne brûlante, concentrer toutes ses forces sur le commerce des

cuirs et sur le reste de son petit, mais légitime héritage, telle fut la
décision qu'il prit en un instant. Mais immédiatement après, il découvrit
toute l'étendue de son malheur. Déclarer la mort de son oncle Joseph ?
Il ne le pouvait pas ! Dès lors que le cadavre était perdu, Joseph, du
point de vue légal, était devenu immortel.

Il n'y avait pas dans toute la création de véhicule assez grand pour
contenir Maurice et ses malheurs. Il paya le cocher et s'en alla il ne
savait où.

– Il semble bien que je me sois embarqué avec trop de précipitation
dans cette histoire, songea-t-il avec un soupir déchirant. Elle a vraiment
trop de ramifications pour mes capacités intellectuelles.

C'est alors qu'une remarque de son oncle lui revint à l'esprit. « Si
vous voulez penser clairement, couchez vos idées sur le papier »,
disait-il. « Ma foi, le vieux n'était pas si bête », se dit Maurice.
« J'essayerai ; mais je doute que le papier qui me clarifie l'esprit ait
jamais été fabriqué. »

Il entra dans un café, demanda du pain, du fromage et de quoi écrire
et s'assit pesamment devant tout cela. Il essaya la plume. C'était une
excellente plume, mais qu'allait-il écrire ? « J'y suis ! s'écria-t-il :
Robinson Crusoé et les deux colonnes ! » Il prépara son papier
conformément à ce modèle classique et commença comme il suit :

MAUVAIS	BON
1. J'ai perdu le corps de mon oncle.	1. Mais Pitman l'a trouvé.

– Arrêtons-nous, dit Maurice, je me laisse emporter par l'esprit
d'antithèse. Recommençons.

MAUVAIS	BON
1. J'ai perdu le corps de mon oncle.	1. Mais par conséquent je n'ai plus besoin de l'enterrer.
2. J'ai perdu la tontine.	2. Mais je puis encore la sauver si Pitman fait disparaître le corps et si je trouve un médecin qui ne recule devant rien.
3. J'ai perdu le commerce des cuirs et le reste de la succession de mon oncle.	3. Mais non pas si Pitman livre le corps à la police.

– Oh ! mais en ce cas je vais en prison, j'avais oublié ça, pensa
Maurice. De fait, je crois que je ferais mieux de ne pas m'arrêter à
cette hypothèse ; c'est très joli d'envisager le pire, mais dans un cas
de ce genre, le premier devoir d'un homme est de ménager ses nerfs.
Y a-t-il une autre réponse possible au n° 3 ? Peut-on trouver un seul
bon côté à cet effroyable embrouillamini ? Il doit en exister un,

naturellement, sans quoi qu'y aurait-il de bon dans ce système des deux colonnes ? Ah, par saint Georges, je le tiens, s'écria-t-il. C'est exactement la même chose qu'au n° 2. Et il se hâta de récrire le passage :

MAUVAIS	BON
3. J'ai perdu le commerce des cuirs et le reste de la succession de mon oncle.	3. Mais non pas si je trouve un médecin qui ne recule devant rien.

– Ce médecin marron est décidément des plus désirables, se dit-il. J'ai besoin de lui en premier lieu pour certifier que mon oncle est mort, en sorte que je puisse remettre la main sur le commerce de cuirs ; et en second lieu pour certifier qu'il est vivant... mais voilà encore que nous tombons dans un conflit d'intérêts !

Et il retourna à son tableau :

MAUVAIS	BON
4. Je n'ai presque pas d'argent.	4. Mais il y en a en quantité à la banque.
5. Oui, mais je ne peux pas sortir de l'argent de la banque.	5. Mais... ma foi, tel semble bien malheureusement être le cas.
6. J'ai laissé le billet de huit cents livres dans la poche d'oncle Joseph.	6. Mais si Pitman est un malhonnête homme, la présence de ce billet peut l'inciter à garder toute l'affaire secrète et à jeter le corps au nouvel égout.
7. Oui, mais si Pitman est malhonnête et qu'il trouve le billet, il saura qui est Joseph et il me fera chanter.	7. Oui, mais si j'ai deviné juste à propos d'oncle Masterman, je pourrai faire chanter Michel.
8. Mais je ne peux pas faire chanter Michel (chose fort dangereuse, d'ailleurs) avant d'avoir tiré cela au clair.	8. Enrageant.
9. L'affaire des cuirs aura bientôt besoin de trésorerie pour les frais courants et je n'en ai pas.	9. Mais l'affaire des cuirs est un bateau qui sombre.
10. Oui, mais c'est le seul bateau que j'aie.	10. C'est un fait patent.
11. Jean va bientôt avoir besoin d'argent et je n'en ai pas à lui donner.	
12. Et le médecin marron exigera lui aussi de l'argent.	

13. Et si Pitman est malhonnête
    et ne m'envoie pas en pri-
    son, il demandera une
    fortune.

— Oh ! mais cela devient de plus en plus unilatéral, s'écria Maurice. La méthode n'est pas aussi fructueuse que je l'avais supposé.

Il froissa le papier et le jeta à terre ; mais un instant après il le ramassa et se remit à le parcourir.

« On dirait que c'est du point de vue financier que ma position est le plus faible », reprit-il. « N'y a-t-il positivement aucun moyen de dénicher de l'argent ? Dans une grande ville comme celle-ci, entouré de toutes les ressources de la civilisation, cela ne semble pas concevable ! Gardons-nous de toute précipitation. N'y a-t-il rien que je puisse vendre ? Ma collection de cachets... »

Mais à l'idée de disperser ces trésors chéris, le sang afflua aux joues de Maurice. « Je mourrais plutôt ! » s'écria-t-il, et, enfonçant son chapeau sur sa tête, il s'élança dans la rue.

« Il faut que je trouve des fonds », pensa-t-il. « Mon oncle étant mort, l'argent déposé à la banque est à moi, ou du moins il serait à moi sans la maudite injustice qui m'a poursuivi depuis que j'ai été orphelin assis sur les bancs d'une école de commerce. Je sais ce qu'un autre ferait à ma place ; oui, tout autre homme de la chrétienté ferait un faux ; et d'ailleurs je ne sais pas pourquoi j'appelle ça faire un faux, puisque Joseph est mort et que les fonds sont à moi. Quand j'y pense, quand je pense que mon oncle est aussi mort que... Cromwell, et que je ne peux pas le prouver, ma gorge se serre à l'idée de toute l'injustice de l'affaire. J'avais de l'amertume autrefois quand je pensais aux sept mille huit cents livres ; ce n'est plus qu'une paille à présent. Quand je pense qu'avant-hier j'étais encore un homme relativement heureux ! » Et Maurice, s'arrêtant sur le trottoir, poussa un soupir plus déchirant que jamais.

« Et puis, il y a encore une autre question, reprit-il. Est-ce que je peux ? Est-ce que j'en suis capable ? Pourquoi n'ai-je pas appris les divers types d'écriture quand j'étais enfant ? Comme on regrette ces chances perdues à l'âge d'homme ! Mais il y a une consolation, c'est que le geste n'est pas moralement répréhensible ; je puis le tenter en toute conscience, et, même si j'étais découvert, je n'aurais guère à en souffrir — moralement du moins. Mais si je réussis, et si Pitman est un homme sur qui faire fond, il n'y aura plus qu'à trouver un médecin marron, et cela doit être facile dans un endroit comme Londres ; selon toute probabilité, la ville en est remplie. Évidemment on ne peut pas demander un médecin corrompu par annonce, ce serait de mauvaise politique. Je suppose qu'il faut simplement se promener dans la rue jusqu'à ce qu'on voie une lampe rouge et des plantes médicinales à une fenêtre : sur quoi on entre et... et on dit simplement ce qu'on a à dire, bien que la démarche soit assez délicate.

Il approchait de chez lui maintenant, après avoir fait de longs détours, et il déboucha dans John Street. Comme il tournait la clef dans la serrure, une nouvelle pensée mortifiante vint le frapper au cœur : « Cette maison elle-même n'est pas à moi tant que je ne peux pas prouver qu'il est mort ! » grogna-t-il, et il claqua la porte derrière lui de telle sorte que les fenêtres des combles en tremblèrent.

Il faisait pleine nuit ; il y avait longtemps que les réverbères et les devantures des boutiques scintillaient dans les rues interminables ; le vestibule était plongé dans les ténèbres, et le diable voulut que Maurice s'écorcha le tibia et tomba de tout son long sur le piédestal de l'Hercule. La douleur fut vive ; son moral était déjà gravement atteint par une suprême malchance, sa main, quand il tomba, rencontra le marteau ; et dans un accès de colère enfantine, il se retourna et frappa la statue qui l'avait meurtri. Il entendit le fracas de la pierre qui se brisait.

« Oh ! Seigneur, qu'est-ce que j'ai encore fait ? » gémit Maurice en s'en allant chercher une bougie à tâtons. « Oui », pensa-t-il quand il revint avec la bougie allumée dans sa main et qu'il considéra la jambe mutilée, dont s'était détachée la valeur d'une livre de muscles, « oui, j'ai saccagé une véritable statue antique ; je puis en avoir pour des milliers de livres ! »

Mais alors un coléreux espoir monta dans son sein :

« Voyons », pensa-t-il. « Je suis débarrassé de Julia. Rien ne m'associe à cet odieux Forsyth ; les hommes de peine étaient tous ivres et, ce qui vaut mieux encore, ils ont tous été mis à la porte. Allons, c'est encore un cas où il faut avoir du courage moral ! Je nierai avoir jamais eu connaissance de cette statue. »

Un moment après il était debout en face de l'Hercule, les lèvres serrées, tenant sous son bras la hachette à casser le charbon et un couperet de cuisine. L'instant suivant, il s'attaquait à la caisse d'emballage. Celle-ci avait été déjà sérieusement sapée par les soins de Gédéon ; quelques coups bien dirigés, et elle ne tarda pas à chanceler, puis à s'ouvrir ; quelques coups encore, et elle s'écroula de toutes parts autour de Maurice dans une pluie de planches suivie d'une avalanche de paille.

Alors le négociant en cuirs put apprécier toute l'étendue de la tâche qu'il s'était proposée et, tout d'abord, le courage lui manqua. De Lesseps en s'attaquant avec ses hommes et ses chevaux aux collines de Panama, n'avait rien entrepris de plus ambitieux que ce qu'il prétendait faire avec ses seules forces chétives et sans avoir aucune expérience du travail d'extraction tel qu'il se pratique dans les carrières, quand il voulait se mesurer avec ce monstre boursouflé dressé sur son piédestal. Et pourtant les deux adversaires étaient dignes l'un de l'autre : d'un côté, une masse gigantesque, de l'autre toute l'ardeur d'une flamme héroïque.

« J'aurai raison de toi, vilaine grosse brute ! cria Maurice à tue-tête avec une passion pareille à celle qui jadis lança la foule à l'assaut des murs de la Bastille. J'aurai raison de toi dès cette nuit. Je ne veux pas de toi dans mon antichambre. »

Le visage de la statue, par son expression insupportable, avait particulièrement excité le zèle de notre iconoclaste ; et c'est en s'attaquant à lui qu'il commença les opérations. La hauteur considérable du demi-dieu – il mesurait une toise et demie sans talons – offrait un premier obstacle à son atteinte. Mais dès la première escarmouche, l'intelligence commença à triompher de la matière. A l'aide d'un escabeau, Maurice s'assura l'avantage de la position et, à grands coups de hache à charbon, se mit en devoir de décapiter la brute.

Deux heures plus tard, ce qui avait été l'image d'un gigantesque portefaix devenu par miracle d'un blanc de neige n'était plus qu'un amas de membres brisés ; le torse quadragénaire affalé contre le piédestal, le visage provocant lorgnant l'escalier de la cuisine ; les jambes, les bras, les mains et même les doigts semés à la volée sur le sol de l'antichambre. Une autre demi-heure, et Maurice, après avoir laborieusement transporté les débris à la cuisine, promenait un regard triomphant sur la scène de ses exploits. Oui, il pouvait nier à présent avoir jamais eu connaissance de l'Hercule ; si l'antichambre avait été saccagée, du moins elle ne portait pas trace de son passage. Mais ce fut un Maurice épuisé de fatigue qui se traîna jusqu'à son lit ; ses bras et ses épaules lui faisaient mal, les paumes lui brûlaient à cause des baisers violents qu'y avait imprimés la hache à charbon, et il portait continuellement à sa bouche un doigt qui ne cessait pas de lui cuire. Le sommeil tarda longtemps à visiter le héros accablé pour le fuir de nouveau dès le point du jour.

Le matin, comme pour s'accorder à sa calamiteuse fortune, s'annonça inclément. Le vent d'est soufflait en bourrasque dans les rues ; des rafales de pluie assaillaient coléreusement les fenêtres ; et quand Maurice s'habilla, le courant d'air de la cheminée vint lui caresser les jambes.

« Il me semble », ne put-il s'empêcher de remarquer avec amertume, « qu'avec tout ce que j'ai à supporter, on aurait pu au moins me donner un temps convenable. »

Il n'y avait pas de pain dans la maison, car Miss Hazeltine (comme toutes les femmes qu'on abandonne à elles-mêmes) ne s'était nourrie que de gâteaux. Il en trouva quelques-uns, qu'il arrosa d'un grand verre d'eau fraîche, ce qui lui fit un semblant de petit déjeuner, après quoi il s'assit pour se mettre intrépidement à l'ouvrage.

Il n'est rien de plus intéressant que de comparer des signatures tracées avant et après les repas, sous le coup de l'indigestion et en état d'ivresse, lorsque le signataire tremble pour la vie de son enfant ou lorsque, après avoir gagné le Derby, il écrit dans le bureau de son homme d'affaires ou sous les yeux de sa bien-aimée. Aux yeux du vulgaire, elles paraissent toutes différentes ; mais aux yeux de l'expert, de l'employé de banque ou du graveur, elles offrent des constantes et sont aussi identifiables que l'étoile polaire pour le marin de quart.

Maurice en était conscient. Dans la théorie de l'art gracieux où il se lançait, l'énergique négociant en cuirs était sans reproche. Mais heureusement pour le capitaliste, les faux sont une affaire de pratique.

Et Maurice, entouré de spécimens de la signature de son oncle, puis, bientôt, de gages de sa propre incompétence, se sentit envahir peu à peu par le découragement. De temps à autre le vent faisait rage dans la cheminée derrière son dos et le ciel s'obscurcissait de telle sorte au-dessus de Bloomsbury qu'il dut se lever pour allumer le gaz. Autour de lui régnaient le froid et le désordre d'une maison désaffectée – le plancher nu, le sofa encombré de livres et de registres enveloppés dans une nappe souillée, les plumes rouillées, le papier lustré d'une épaisse couche de poussière ; mais ce n'étaient là que de petites misères de surcroît ; la vraie cause de sa dépression gisait devant lui sur la table sous forme de faux avortés.

– Comme c'est étrange, gémit-il. On dirait qu'il y faut un don particulier que je ne possède pas. Un commis de banque ricanerait à voir ça, poursuivit-il en regardant minutieusement ses essais. Allons, il ne reste plus qu'à calquer.

Il attendit que le grain passât, puis, lorsqu'un semblant de jour maussade parut à nouveau, il alla à la fenêtre où, face à John Street, il se mit à décalquer la signature de son oncle. Le résultat fut piteux.

– Il faudra bien que ça fasse l'affaire, dit-il en regardant mélancoliquement son ouvrage. Heureusement que l'oncle est mort.

Il remplit le reste du chèque, qu'il fit de deux cents livres, et sortit pour gagner la Banque anglo-patagonienne.

Là, il alla au comptoir où il avait l'habitude d'opérer des transactions, et, prenant un air aussi indifférent qu'il pouvait, il présenta le chèque forgé au gros caissier écossais à barbe rousse. Le caissier parut regarder le document avec surprise ; il le retourna dans sa main, scruta même la signature avec une loupe, et sa surprise sembla s'accroître jusqu'à tourner à la désapprobation. Priant Maurice de l'excuser un moment, il s'enfonça dans les profondeurs de la banque ; d'où, après un laps de temps assez long, il surgit à nouveau accompagné d'un monsieur âgé et chauve, très distingué et très supérieur, avec lequel il s'entretenait activement.

– M. Maurice Finsbury, je crois, dit le monsieur distingué en braquant son lorgnon sur Maurice.

– C'est en effet mon nom, répondit Maurice en tremblant. Y a-t-il quelque chose qui ne vas pas ?

– Eh bien ! le fait est, M. Finsbury, que nous sommes assez surpris de recevoir ceci, dit son interlocuteur en donnant une petite chiquenaude au chèque. Il n'y a plus de fonds en compte.

– Plus de fonds ? cria Maurice. Mais il devrait y avoir 2 800 livres !

– 2 764, je crois, répondit le monsieur distingué ; mais la somme a été retirée hier.

– Retirée ! cria Maurice.

– Par votre oncle lui-même, Monsieur. De surcroît, nous avons escompté pour lui un billet de... voyons, de combien, M. Bell ?

– De huit cents livres, M. Judkin, répondit le caissier.

– Dent Pitman ! s'écria Maurice en chancelant.

– Plaît-il ? demanda M. Judkin.

– Rien, c'est... une simple interjection, dit Maurice.

– J'espère qu'il ne s'est rien produit de fâcheux, M. Finsbury ? demanda M. Bell.

– Tout ce que je puis vous dire, répondit Maurice avec un ricanement rauque, c'est que nous nageons dans l'absurde : mon oncle est à Bournemouth, hors d'état de bouger.

– Vraiment ! s'écria M. Bell en reprenant le chèque à M. Judkin. Mais ce chèque est daté d'aujourd'hui et de Londres, observa-t-il. Comment expliquez-vous cela, monsieur ?

– Oh ! c'était une erreur, dit Maurice et une rougeur profonde se répandit sur son visage.

– Sans doute, sans doute, dit M. Judkin tout en lui lançant un regard interrogateur.

– Et... et, reprit Maurice, même s'il n'y a pas de fonds, c'est une somme sans importance... notre firme... le nom de Finsbury est une garantie suffisante pour pareille bagatelle.

– Sans nul doute, M. Finsbury, et, si vous insistez, je prendrai la chose en considération ; mais je ne crois guère... en un mot, M. Finsbury, la signature nous paraît laisser un peu à désirer.

– Cela est sans conséquence, répondit nerveusement Maurice. Je ferai signer un autre chèque à mon oncle. Le fait est, continua-t-il en se lançant hardiment, que mon oncle était trop souffrant pour pouvoir signer un chèque sans mon assistance : j'ai dû lui tenir la main, et cela a sans doute altéré la signature.

M. Judkin jeta à Maurice un coup d'œil perçant, puis il se retourna et regarda M. Bell.

– Eh bien ! dit-il, il semble que nous ayons été victimes d'un escroc. Dites, je vous prie, à M. Finsbury, que nous allons mettre immédiatement des détectives sur cette affaire. Quant à ce chèque, je regrette qu'étant donné la façon dont il est signé, la banque ne puisse guère le considérer comme... comment dirai-je... comme valable.

Et il rendit le chèque à Maurice par-dessus le comptoir. Maurice le prit mécaniquement : il pensait à tout autre chose.

– Dans un cas de ce genre, commença-t-il, je suppose que c'est nous – je veux dire mon oncle et moi – qui devrons subir la perte.

– Non pas, répondit M. Bell. La banque est responsable et la banque recouvrera l'argent ou le remplacera, vous pouvez y compter.

Le visage de Maurice s'assombrit, puis s'éclaira d'une nouvelle lueur d'espoir.

– Écoutez, dit-il, laissez-moi entièrement le soin de cette affaire. J'irai au fond des choses : j'ai mon idée. D'ailleurs les détectives sont hors de prix.

– La banque ne saurait y consentir. La banque est prête à dépenser trois ou quatre mille livres si c'est nécessaire. Un faussaire en liberté est un danger permanent. Nous tirerons la chose entièrement au clair, M. Finsbury, soyez-en sûr.

— S'il en est ainsi, je supporterai la perte, dit Maurice hardiment. Je vous ordonne d'abandonner les recherches, ajouta-t-il, décidé à empêcher toute enquête.

— Je vous demande pardon, répondit M. Judkin, mais vous n'avez rien à voir dans cette affaire, qui ne concerne que votre oncle et nous-mêmes. S'il adoptait cette opinion et qu'il veuille bien venir ici lui-même ou me recevoir dans sa chambre de malade...

— C'est tout à fait impossible, s'écria Maurice.

— En ce cas, vous constaterez, dit M. Judkin, que j'ai les mains liées. L'affaire doit être confiée immédiatement à la police.

Maurice plia machinalement le chèque et le remit dans son portefeuille.

— Au revoir, bredouilla-t-il en gagnant d'un pas incertain la sortie de la banque.

« Je me demande ce qu'ils soupçonnent », se dit-il. « Je ne les comprends pas, leur conduite me paraît entièrement irrationnelle. Mais de toute manière c'est fichu. Le chèque a été touché, la police est sur la piste ; dans deux heures cet idiot de Pitman sera épinglé – et toute l'histoire du cadavre va s'étaler dans les journaux du soir. »

S'il avait pu entendre ce qui s'était passé à la banque après son départ, il aurait été moins alarmé, mais peut-être plus mortifié.

— Curieuse affaire, M. Bell, dit M. Judkin.

— Oui, répondit M. Bell, mais je crois bien que nous lui avons fait peur.

— Oh ! nous n'entendrons plus parler de M. Maurice Finsbury, répondit l'autre. C'était une première tentative, et leur firme est notre cliente depuis si longtemps que je tenais à être indulgent. Mais je suppose, M. Bell, qu'il n'y a pas d'erreur possible sur la visite d'hier ? C'est bien le vieux M. Finsbury qui est venu ?

— Sans le moindre doute, dit M. Bell avec un petit rire. Il m'a expliqué les principes du système bancaire.

— Bien, bien, dit M. Judkin. La prochaine fois qu'il viendra, demandez-lui d'entrer dans mon bureau. Il n'est que juste qu'il soit averti.

CHAPITRE VII

Dans lequel William Dent Pitman
demande conseil à un homme de loi

Norfolk Street (dans King's Road), facétieusement dénommée parmi les locataires de M. Pitman « l'Ile de Norfolk », n'est ni une longue, ni une belle, ni une agréable artère. Des bonnes à tout faire rabougries et malpropres en débouchent pour aller chercher de la bière ou traînassent sur ses trottoirs pour écouter la voix de l'amour. Le marchand de mou pour les chats passe deux fois par jour. Occasionnellement un joueur de barbarie s'y aventure, puis en ressort dégoûté. Les jours de fête, la rue devient l'arène des jeunes héros du voisinage, et les habitants ont l'occasion d'étudier l'art viril de la lutte. Et cependant, Norfolk Street a un titre de dignité : elle ne contient pas une seule boutique, à moins que l'on ne compte la taverne du coin, qui appartient en vérité à King's Road.

La porte du n° 7 portait une plaque de cuivre avec la légende « W. D. Pitman, artiste ». La plaque n'était pas particulièrement brillante, de même que le n° 7 n'était pas une résidence des plus engageantes. Il avait pourtant sa spécialité, une spécialité de nature à accélérer le pouls d'un lecteur curieux ; car c'était la demeure d'un artiste – d'un artiste particulièrement distingué en matière d'insuccès et qui n'avait jamais été l'objet d'aucun article de magazine illustré. Aucun graveur sur bois n'avait reproduit « un coin du petit salon de derrière » ou « la cheminée de l'atelier » du n° 7. Aucune jeune demoiselle piquée par la mouche littéraire n'avait commenté « la simplicité sans affectation » avec laquelle M. Pitman l'avait reçue au milieu de ses « trésors ». C'est une lacune que je comblerais volontiers, mais il se trouve que nous n'aurons affaire qu'aux humbles derrières de cette esthétique habitation.

Ils comportaient un jardin, nanti au centre d'une fontaine lilliputienne (qui ne jouait jamais), de quelques tristes pots de fleurs, de deux ou trois arbustes nouvellement plantés que le vent de Chelsea venait visiter sans conséquence appréciable, et de deux ou trois statues à l'antique, représentant des satyres et des nymphes de la façon la plus pauvre qui se puisse imaginer. D'un côté, le jardin s'étendait dans l'ombre de deux ateliers assez délabrés, qu'on louait habituellement aux représentants les plus jeunes et les plus obscurs de l'art britannique. De l'autre, un bâtiment plus élevé, plus soigné et communiquant avec la maison par une porte privée qui s'ouvrait sur l'allée de derrière, contenait dans ses flancs les multiples spécimens dus au labeur de M. Pitman. Il est vrai que, toute la journée, il faisait œuvre éducatrice dans un pensionnat de jeunes filles ; mais ses soirées du moins lui appartenaient et il les prolongeait tard dans la nuit, tantôt brossant un *Paysage à la cascade* à l'huile, tantôt sculptant le buste bénévole (« en marbre », comme il le faisait remarquer discrètement, mais fièrement) de quelque personnage en vue, tantôt humiliant son ciseau à créer une simple nymphe (« pour une applique à gaz d'escalier, monsieur ») ou un *Samuel enfant* grandeur nature destiné à une nursery dévote. M. Pitman avait étudié à Paris ainsi qu'à Rome, grâce à la générosité d'un parent qui, dans la suite, avait fait faillite à cause d'une chute de prix dans les corsets ; et, bien qu'on ne lui eût jamais prêté le moindre talent, on s'était dit alors qu'il avait appris le métier. Mais dix-huit années d'enseignement l'avaient allégé de ce dangereux bagage.

Ses locataires artistes raisonnaient parfois avec lui, lui représentant qu'il était impossible de peindre à la lumière du gaz ou de sculpter des nymphes grandeur nature sans modèle.

– Je sais, répondait-il. Personne dans Norfolk Street ne le sait mieux que moi. Si j'étais riche, j'emploierais certainement les meilleurs modèles de Londres ; mais, étant pauvre, j'ai appris à m'en passer. Un modèle qui viendrait de temps en temps ne ferait que troubler la conception idéale que je me suis faite de la forme humaine et deviendrait un véritable obstacle à ma carrière. Quant à peindre à la lumière artificielle, c'est un art qu'il m'a fallu acquérir, étant donné que mes journées sont prises par l'enseignement.

À l'heure où nous devons le présenter à nos lecteurs, Pitman se trouvait seul dans son atelier, à la lueur mourante d'un jour d'octobre. Il était assis (assurément « avec une simplicité sans affectation ») dans un fauteuil Windsor, son feutre noir à calotte basse posé près de lui ; c'était un petit homme brun, faible, inoffensif et pathétique, vêtu de teintes de deuil, portant une redingote plus longue qu'il n'est d'usage parmi les laïcs, le cou enfermé dans un faux-col sans ouverture, et orné d'une cravate pâle nouée sans ostentation. Sauf pour sa barbe pointue, l'ensemble de son apparence extérieure avait quelque chose d'ecclésiastique. Ses cheveux étaient éclaircis au sommet de sa tête et argentés sur les tempes. Le pauvre homme n'était plus jeune, et la fuite des ans, la pauvreté et ses modestes ambitions déçues ne rendaient pas son lot très enviable.

Devant lui, dans un coin près de la porte, se dressait un solide tonneau ; et, de quelque côté que l'artiste tournât ses regards, c'est toujours sur ce tonneau qu'ils revenaient se poser, ainsi que ses pensées.

« Dois-je l'ouvrir ? Dois-je le renvoyer ? Dois-je entrer tout de suite en communication avec M. Semitopolis ? » se demandait-il. « Non, conclut-il finalement. Je ne ferai rien sans le conseil de M. Finsbury. »

Sur quoi, il se leva, alla prendre un buvard de cuir passablement vétuste, l'ouvrit et en tira l'épais papier crème sur lequel il avait l'habitude d'écrire aux propriétaires de l'école et aux parents des élèves. Il plaça le buvard sur la table voisine de la fenêtre et, prenant un godet d'encre de Chine sur la cheminée, composa laborieusement la lettre suivante :

« Cher Monsieur Finsbury, serait-ce trop présumer de votre obligeance que de vous prier de venir me voir ce soir ? Ce n'est pas pour une bagatelle que je fais appel à votre précieuse aide, car il ne s'agit de rien de moins que de l'Hercule de M. Semitopolis. Je vous écris en proie à une grande inquiétude d'esprit ; car j'ai déjà fait une enquête et je crains fort que cette œuvre d'art antique ne se soit égarée. J'ai en outre un autre sujet de perplexité, qui n'est pas sans lien avec le premier. Excusez, je vous prie, ce hâtif et inélégant griffonnage et croyez-moi votre dévoué William D. Pitman. »

Armé de cette lettre, il sortit et alla sonner à la porte du n° 233, Kings' Road, l'adresse privée de Michel Finsbury. Il avait rencontré l'avoué dans une réunion publique à Chelsea. Michel, qui avait de l'humour et une sorte de bonté spontanée, avait laissé s'établir entre eux des relations sur un pied de condescendante amitié. A présent, quatre ans après leur première rencontre. Pitman aurait obéi aveuglément à l'homme de loi.

– Non, dit la vieille gouvernante qui ouvrit la porte en personne, M. Michel n'est pas encore rentré. Mais vous avez l'air tout abattu, M. Pitman. Prenez un verre de sherry pour vous remonter.

– Non, merci, madame, répondit l'artiste. C'est très aimable à vous, mais je n'ai même pas le courage de prendre du sherry. Voudriez-vous donner ce billet à M. Finsbury et lui demander de venir chez moi, en passant par l'allée. Je serai dans mon atelier toute la soirée.

Et il s'en retourna lentement chez lui. En chemin, la devanture d'un coiffeur retint son attention, et il regarda longuement, fixement, la grande dame de cire en robe du soir qui semblait évoluer au centre. L'artiste travaillait en lui en dépit de tous ses tracas.

« C'est très joli de dénigrer les gens qui font ces figures de cire », s'écria-t-il en lui-même, « mais il y a dans ce personnage quelque chose d'altier qui est indéfinissable. C'est ce que j'ai essayé de donner à mon Impératrice Eugénie », soupira-t-il.

Et il poursuivit son chemin en réfléchissant sur l'essence de la qualité artistique :

« On ne vous apprend pas cette touche d'attrait direct à Paris », pensa-t-il. « C'est proprement anglais. Allons, je suis en train de m'endormir. Il faut que je me réveille ; que je vise plus haut, plus haut ! » cria le petit artiste en lui-même.

Tout en prenant son thé, et ensuite, tout en donnant à son fils aîné une leçon de violon, il oublia ses soucis pour se mouvoir dans les sphères idéales ; et il ne fut pas plus tôt libre qu'il se précipita dans son atelier avec une fièvre d'enthousiasme.

Même la vue du tonneau ne parvint pas à le refroidir tout à fait. Il se jeta avec ardeur dans le travail – c'était un buste de M. Gladstone qu'il exécutait d'après une photographie –, tourna avec un succès extraordinaire l'obstacle de la nuque, pour laquelle il n'avait pas d'autres documents qu'un vague souvenir (car il avait vu jadis M. Gladstone en public), se félicita de la manière dont il avait traité le col et ne fut rappelé aux tracas de la vie que lorsque Michel Finsbury frappa à la porte.

– Eh bien ! qu'est-ce qu'il y a ? demanda Michel en s'avançant jusqu'à la grille de la cheminée où M. Pitman, sachant que son ami aimait les feux flambants, n'avait pas épargné le combustible.

– Il n'y a pas de mots pour exprimer mon inquiétude, dit l'artiste. La statue de M. Semitopolis n'est pas arrivée, et je crains qu'on ne me tienne pour responsable de sa perte ; mais la question d'argent est peu de chose. Ce que je crains, M. Finsbury, ce que je redoute par-dessus tout, c'est le scandale. L'Hercule a quitté l'Italie en contrebande ; c'était mal, positivement mal, c'était une chose dont jamais un homme de mes principes et de ma position n'aurait dû se mêler, je le vois maintenant.

— Voilà une affaire sérieuse, dit l'homme de loi. Je prévois que, pour la débrouiller, il va falloir boire sec, Pitman.

— J'ai pris la liberté de... de préparer cela pour vous, répondit l'artiste en désignant une bouilloire, une bouteille de gin, un citron et des verres.

Michel se fit un grog et offrit à l'artiste un cigare.

— Non merci, dit Pitman. J'aimais bien les cigares autrefois, mais cela laisse une odeur trop désagréable sur les habits.

— Très bien, dit l'homme de loi. Je suis tout à fait paré à présent. Dévidez votre histoire.

Pitman exposa longuement ses ennuis. Il était allé le jour même à la gare de Waterloo pour y recevoir le colossal Hercule et il avait reçu à la place un tonneau qui n'était même pas assez grand pour contenir un Discobole ; pourtant le tonneau portait une adresse écrite de la main même (qu'il connaissait parfaitement) de son correspondant romain. Chose plus étrange encore, il était arrivé par le même train une caisse assez grande et assez lourde pour contenir l'Hercule ; et cette caisse avait été livrée à une adresse qu'on ne pouvait plus découvrir. « Le livreur, j'ai regret de le dire, avait bu et son langage était tel que je ne me résoudrais jamais à répéter ses paroles. Il a été aussitôt mis à pied par l'inspecteur qui s'est conduit très convenablement et qui doit faire une enquête à Southampton. Dans l'intervalle, que pouvais-je faire ? J'ai laissé mon adresse et ramené ce tonneau chez moi ; mais je me suis rappelé un vieil adage et j'ai décidé de ne l'ouvrir qu'en présence de mon homme de loi. »

— Est-ce là tout ? demanda Michel. Je ne vois aucune raison de s'inquiéter. L'Hercule s'est arrêté en route. Il arrivera demain ou après-demain. Quant au tonneau, vous pouvez être sûr que c'est une marque d'attention de la part d'une de vos jeunes demoiselles ; il contient sans doute des huîtres.

— Oh ! ne parlez pas si fort ! s'écria le petit artiste. Cela me coûterait ma place si l'on nous entendait parler à la légère des jeunes demoiselles. Et puis, pourquoi des huîtres d'Italie et pourquoi me viendraient-elles envoyées de la main du Signor Ricardi ?

— Eh bien ! voyons l'objet, dit Michel. Roulons-le dans la lumière.

Les deux hommes sortirent le tonneau de son coin et le dressèrent devant le feu.

— C'est assez lourd pour être des huîtres, remarqua judicieusement Michel.

— Si nous l'ouvrions tout de suite ? suggéra l'artiste, qui avait décidément retrouvé sa bonne humeur du fait de la présence de son ami et du gin.

Sans attendre la réponse, il commença à enlever sa veste comme pour un combat de boxe, lança son col ecclésiastique dans la corbeille à papier, suspendit sa redingote à un clou, prit un ciseau d'une main et un marteau de l'autre, et s'attaqua au tonneau.

– Excellent, William Dent ! s'écria Michel. Vous y mettez une ardeur magnifique. Mais doucement, peut-être est-ce un stratagème conçu par une des jeunes demoiselles pour vous rendre visite. Prenez garde de ne pas lui enfoncer votre ciseau dans la tête.

Cependant l'ardeur de Pitman était contagieuse. L'homme de loi n'y tint plus. Jetant son cigare dans le feu, il prit les outils des mains de l'artiste et se mit lui-même à l'œuvre. Bientôt la sueur perla à son large front ; la rouille macula son pantalon dernier cri, et l'état du ciseau témoigna de la maladresse de ses efforts.

Ce n'est pas chose facile que d'ouvrir un tonneau, même quand on s'y prend bien ; mais quand on s'y prend mal, il n'y a plus qu'à le démembrer complètement. C'est à quoi se résolurent l'artiste et l'homme de loi. Le dernier cerceau enlevé, deux coups retentissants éparpillèrent les douves sur le sol, et ce qui naguère avait été un tonneau ne fut plus qu'un confus amas de planches brisées.

Au milieu de celles-ci, certain objet lugubre, entortillé dans des couvertures, resta debout quelques instants, puis bascula d'un côté et s'affaissa lourdement devant le feu, – en même temps qu'un monocle tintait sur le plancher et s'en venait rouler aux pieds de Pitman qui poussa un hurlement.

– Taisez-vous ! dit Michel.

Il courut à la porte et la verrouilla. Puis, les lèvres pincées, le visage pâli, il s'approcha de l'objet, souleva un coin de la couverture et recula en frissonnant.

Un long silence se fit dans l'atelier.

– Maintenant, dites-moi, dit Michel à voix basse. Avez-vous trempé là-dedans ?

Et il désigna le corps.

Le petit artiste ne put émettre que des sons disjoints et inarticulés. Michel versa du gin dans un verre :

– Buvez ça, dit-il. N'ayez pas peur de moi. Je serai votre ami contre vents et marées.

Pitman déposa le verre sans avoir goûté à son contenu.

– Je jure devant Dieu, dit-il, que c'est pour moi un nouveau mystère. Dans mes pires appréhensions, je n'ai jamais rêvé rien de tel. Je suis incapable de faire du mal à un enfant à la mamelle.

– C'est parfait, dit Michel en poussant un énorme soupir de soulagement. Je vous crois, mon vieux, continua-t-il en serrant chaleureusement la main de l'artiste. J'ai pensé un instant que vous aviez expédié M. Semitopolis.

– Ce ne serait pas pire, gémit Pitman. Je suis un homme fini. Ma perte est écrite sur le mur en lettres de feu.

– Pour commencer, dit Michel, éloignons cet objet de nos yeux ; car pour vous parler franchement, Pitman, la mine de votre ami ne me revient pas. Où pouvons-nous le mettre ?

– Vous pourriez le déposer là, dans ce cabinet... si vous avez le courage de le toucher, répondit l'artiste.

– Il faut que quelqu'un le fasse, Pitman, répondit l'homme de loi, et il semble que ce quelqu'un doive être moi. Allez à la table, tournez le dos et préparez-moi un grog. C'est ce qu'on appelle la division du travail.

Quelque quatre-vingt-dix secondes plus tard, on entendit la porte du cabinet se refermer.

– Voilà, observa Michel. On est plus à l'aise maintenant. Vous pouvez vous retourner, timide Pitman. Est-ce là le grog ? Que le Ciel vous pardonne, c'est une limonade !

– Oh ! Finsbury, qu'est-ce que nous allons en faire ? gémit l'artiste en crispant sa main sur le bras de l'homme de loi.

– Ce que nous allons en faire ? répéta Michel. L'enterrer dans une de vos plates-bandes et ériger par-dessus l'une de vos statues en guise de monument funéraire. Nous aurons l'air diablement romantique quand nous remuerons la terre à la pâle lueur de la lune. Tenez, versez-moi là-dedans un peu de gin.

– Je vous en supplie, M. Finsbury, s'écria Pitman, ne vous jouez pas de ma détresse. Vous voyez devant vous un homme qui a été toute sa vie – je n'hésite pas à le dire – éminemment respectable. Même en cette heure solennelle, je puis mettre ma main sur mon cœur sans rougir. Excepté cette peccadille du passage en fraude de l'Hercule (et de cela même je me repens humblement), ma vie a toujours été digne de s'étaler au grand jour. Je n'ai jamais redouté la lumière, cria le petit homme, et à présent, à présent...

– Du cran, mon vieux, dit Michel. Je vous assure qu'au bureau nous regarderions ce petit contretemps comme une chose insignifiante. Cela pourrait arriver à tout le monde, et si vous êtes parfaitement sûr d'être tout à fait étranger à...

– Quels mots devrais-je trouver... commença Pitman.

– Ça va, c'est moi qui me chargerai de les trouver, dit Michel en l'interrompant. Mais le point important est le suivant ; si – ou du moins, puisque – vous ne savez rien du crime, puisque le... l'individu qui est dans le cabinet, n'est ni votre père, ni votre frère, ni votre créancier, ni votre belle-mère, ni ce qu'on appelle un mari outragé...

– Oh ! mon cher monsieur Finsbury ! s'écria Pitman horrifié.

– Puisque, en bref, vous n'avez eu aucun intérêt concevable à commettre le crime, nous avons le champ parfaitement libre devant nous et un beau jeu à jouer. En fait, le problème est vraiment passionnant. Il y a plaisir à le résoudre autrement qu'en théorie, et je suis fermement décidé à vous tirer d'affaire. Vous m'entendez bien ? Je vous tirerai d'affaire. Voyons. Il y a longtemps que je ne me suis offert de vraies vacances. Je vais envoyer un mot au bureau pour prévenir de mon absence. Il faut que nous fassions vite, ajouta-t-il avec un regard significatif, afin de ne pas gâcher le terrain pour l'autre.

– Pour l'autre ? demanda Pitman. Que voulez-vous dire ? L'inspecteur de police ?

– Au diable, l'inspecteur de police ! répondit l'homme de loi. Si vous ne voulez pas prendre le plus court chemin et enterrer l'objet dans votre jardin de derrière, il nous faut trouver quelqu'un qui l'enterrera dans le sien. En d'autres termes, nous devons mettre l'affaire dans les mains d'un individu de moins de scrupules et de plus de ressources.

– Un détective privé, peut-être ? suggéra Pitman.

– Il y a des moments où vous me remplissez de pitié, observa Michel. A propos, Pitman, ajouta-t-il sur un autre ton, j'ai toujours regretté que vous n'ayez pas de piano dans votre antre. Même si vous n'en jouez pas vous-même, vos amis pourraient faire un peu de musique pendant que vous pétrissez la glaise.

– Je m'en procurerai un si vous voulez, dit nerveusement Pitman. Quant à moi, je joue un peu de violon...

– Je sais, dit Michel, mais c'est une tout autre sorte de musique qu'il vous faut ; de la musique polyphonique. Et je vais vous dire ce que nous allons faire : puisqu'il est trop tard pour que vous alliez acheter un piano, je vous donnerai le mien.

– Vous me donnerez le vôtre ? dit l'artiste ahuri. C'est trop de bonté.

– Oui, je vous donnerai le mien pour que l'inspecteur de police en joue tandis que ses hommes piocheront votre jardin de derrière.

Pitman le considéra avec une stupeur peinée.

– Non, je ne suis pas fou, poursuivit Michel. Je badine, mais avec cohérence. Suivez-moi une minute, Pitman. J'entends mettre à profit le fait réconfortant que nous sommes bel et bien innocents. Le seul lien que nous ayons avec le crime, c'est la présence de... vous savez qui je veux dire. Débarrassons-nous de lui, peu importe comment, et il n'y aura plus aucune raison pour qu'on nous repère. Eh bien ! je vais vous donner mon piano ; nous l'amènerons cette nuit même. Demain nous arracherons les cordes, nous déposerons le... notre ami dedans, nous fourrerons le tout sur une charrette, et nous irons le déposer dans l'appartement d'un jeune monsieur que je connais de vue.

– Que vous connaissez de vue, répéta Pitman.

– Et, ce qui est plus important en l'occurrence, continua Michel, dont je connais mieux l'appartement que lui-même. Son précédent locataire était un ami à moi – je l'appelle « ami » pour être bref, il est actuellement au bagne de Demerara – que j'ai défendu et sauvé de la corde et qui, par reconnaissance, m'a donné tout ce qu'il avait, y compris les clefs de son appartement. C'est là que je me propose de laisser le piano et... et son futur occupant.

– Cela me paraît extravagant, dit Pitman. Et qu'adviendra-t-il du pauvre jeune monsieur que vous connaissez de vue ?

– Ça lui fera du bien, dit gaiement Michel ; c'est juste ce qu'il lui faut pour lui mettre un peu de plomb dans la tête.

– Mais, mon cher M. Finsbury, il risque d'être accusé de... de meurtre, balbutia l'artiste.

– Eh bien ! il sera exactement au point où nous en sommes nous-mêmes, répondit l'homme de loi. Il est innocent, voyez-vous. Ce qui fait pendre les gens, mon cher Pitman, c'est la malheureuse circonstance de leur culpabilité.

– Mais vraiment, vraiment, plaida Pitman, tout ce plan me paraît si extravagant... Ne serait-il pas plus raisonnable, après tout, d'aller chercher la police ?

– Et de faire un scandale ? demanda Michel. « Le mystère de Chelsea. Pitman proteste de son innocence. » Quel effet cela ferait-il au pensionnat ?

– Je serais remercié, reconnut le professeur de dessin. Je ne puis le nier.

– D'ailleurs, dit Michel, je ne vais pas m'embarquer dans pareille affaire sans m'offrir en compensation un peu de bon temps.

– Oh ! mon cher M. Finsbury, est-ce là l'état d'esprit qui convient ? s'écria Pitman.

– Je n'ai dit cela que pour vous redonner du ton, répondit Michel imperturbable. Il n'y a rien de tel qu'un peu de judicieuse légèreté. Mais inutile de discuter. Si vous voulez suivre mon conseil, allons tout de suite chercher le piano. Sinon, dites-le-moi et je vous laisserai vous débrouiller dans cette affaire comme vous l'entendez.

– Vous savez parfaitement que je me fie entièrement à votre sagacité, répondit Pitman. Mais, oh ! quelle nuit j'ai devant moi avec ce... avec cette horreur dans mon atelier ! Comment oserai-je y penser en retournant ma tête sur mon oreiller ?

– Mon piano sera là aussi, vous savez, dit Michel. Cela fera contrepoids.

Une heure après une charrette remontait l'allée, et le piano de l'homme de loi – un impressionnant piano à queue – était déposé dans l'atelier de M. Pitman.

CHAPITRE VIII

Dans lequel
Michel Finsbury s'octroie un congé

Le lendemain matin, comme huit heures sonnaient, l'homme de loi frappa ponctuellement à la porte de l'atelier. Il trouva l'artiste en piteux état : d'une lividité de craie, à bout de nerfs, et surveillant toujours de biais la porte du cabinet de ses yeux hagards et injectés de sang. Le malheureux professeur de dessin ne fut pas moins surpris du changement qu'il constatait chez son ami. Michel était habituellement vêtu à la dernière mode, avec une élégance un peu appuyée qui lui donnait toujours l'air de se rendre à une noce. Ce jour-là il était tout à fait tombé de ces hauteurs. Il portait une chemise de flanelle écossaise délavée, une veste de tweed de cette nuance roussâtre que les tailleurs appellent « bruyère mêlée », un foulard noir noué de manière lâche en régate, un ulster élimé qui couvrait partiellement ces avantages vestimentaires, de gros brodequins de marche et un vieux feutre mou qu'il enleva en entrant avec une arabesque du bras.

– Me voilà, William Dent ! s'écria-t-il.

Et tirant de sa poche deux petites mèches de cheveux roux, il les appliqua sur ses joues en guise de favoris et se mit à danser dans l'atelier avec des grâces légères de ballerine.

Pitman eut un rire triste.

– Jamais je ne vous aurais reconnu, dit-il.

– C'est bien ainsi que je l'entendais, répondit Michel en rempochant ses favoris. Maintenant nous allons vous passer en revue, vous et votre garde-robe, et vous déguiser jusqu'aux yeux.

– Me déguiser ! cria l'artiste. Faut-il vraiment que je me déguise ? En suis-je réduit à cela ?

– Mon très cher, reprit son compagnon, le déguisement est le sel de la vie. Que serait la vie, comme a dit passionnément un philosophe français, sans les plaisirs du déguisement ? Je ne prétends pas que ce soit toujours de très bon goût et que la dignité professorale n'ait pas à en souffrir, mais qu'importe, mon triste maître ? Il le faut. Nous devons faire une impression fallacieuse sur bon nombre de personnes et notamment sur M. Gédéon Forsyth – le jeune monsieur que je connais de vue – pour le cas où il aurait le mauvais goût d'être chez lui.

– S'il est chez lui, balbutia l'artiste, ce sera la fin de tout.

– Ça n'aura pas la moindre importance, répondit Michel avec un aplomb désinvolte. Montrez-moi vos nippes et je ferai de vous un autre homme en un clin d'œil.

Dans la chambre à coucher où Pitman le conduisit, Michel examina la très avare garde-robe de l'artiste d'un œil amusé, choisit une courte jaquette d'alpaga noire et y adjoignit des pantalons d'été qui lui parurent plaisamment incongrus, puis, tenant ces vêtements à la main, il scruta attentivement leur possesseur.

– Je n'aime pas ce faux col ecclésiastique, remarqua-t-il. N'avez-vous rien d'autre ?

Le professeur de dessin réfléchit un moment, puis son visage s'éclaira :

– J'ai deux chemises à col rabattu, dit-il, que je portais à Paris quand j'étudiais la peinture. Elles sont assez voyantes.

– C'est exactement ce qu'il faut ! s'écria Michel. Comme cela, vous serez parfaitement détestable. Et voici des guêtres, poursuivit-il en en tirant une paire de dessous son ulster. Vous devez absolument avoir des guêtres ! Maintenant, enfilez-moi tout ça, puis sifflez un air à la fenêtre pendant quelque chose comme trois quarts d'heure, et ensuite rejoignez-moi au champ d'honneur.

Cela dit, Michel le laissa dans la chambre et retourna dans l'atelier. C'était le matin que nous avons dit où le vent d'est soufflait en rafales ; la bourrasque tourbillonnait parmi les statues du jardin et plaquait la pluie contre le vitrage de l'atelier. Au moment même où, dans Bloomsbury, Maurice s'attaquait à la centième version de la signature de son oncle, Michel, dans Chelsea, se mit à arracher les cordes du piano à queue.

Trois quarts d'heure plus tard, Pitman fut invité à entrer dans l'atelier : il trouva la porte du cabinet ouverte, le cabinet vide et le piano discrètement fermé.

— C'est un instrument remarquablement lourd, observa Michel tout en se retournant pour contempler le déguisement de son ami. Il faudra que vous me rasiez cette barbe, ajouta-t-il.

— Ma barbe ! s'écria Pitman. Mais je ne peux pas me raser la barbe. Je ne peux pas changer ma physionomie. Le directeur de l'école a des idées très strictes sur l'aspect extérieur des professeurs. Les jeunes demoiselles sont romantiques. Ma barbe a été considérée dès le début comme un attribut important, comme... comme un utile obstacle, conclut l'artiste en rougissant.

— Vous la laisserez repousser, répliqua Michel, et dans l'intervalle vous serez si laid qu'on augmentera votre traitement.

— Mais je veux pas être laid ! s'écria l'artiste.

— Ne faites pas l'enfant, dit Michel qui détestait les barbes et qui était ravi d'en anéantir une. Soyez un homme et supprimez-la.

— Puisque vous insistez, soit, dit Pitman, avec un soupir.

Il alla chercher de l'eau chaude à la cuisine, posa un miroir sur son chevalet, se coupa la barbe avec des ciseaux, puis se rasa le menton. Il ne put se dissimuler, en contemplant le résultat, qu'il avait sacrifié tous ses droits à la virilité, mais Michel paraissait ravi.

— Vous êtes un autre homme ! cria-t-il. Quand je vous aurai donné les lunettes en verre de vitre que j'ai dans ma poche, vous serez l'idéal du commis-voyageur français.

Pitman ne répondit pas, mais continua à regarder tristement son image dans la glace.

— Savez-vous, lui demanda Michel, ce que le gouverneur de la Caroline du Sud disait au gouvernement de la Caroline du Nord ? « Il s'est écoulé bien du temps depuis le dernier verre », remarqua ce puissant penseur ; et si vous mettez la main dans la poche supérieure gauche de mon ulster, vous y trouverez un flacon de cognac. Merci, Pitman, ajouta-t-il en remplissant deux verres. Et vous m'en direz des nouvelles.

L'artiste étendit la main vers la cruche à eau, mais Michel arrêta son geste.

— Pas même si vous m'en suppliiez à genoux ! s'écria-t-il. C'est le meilleur cognac qu'on puisse trouver en Angleterre.

Pitman porta son verre à ses lèvres et le reposa avec un soupir.

— Vous êtes le plus triste compagnon de vacances qu'on puisse trouver, dit Michel. Si vous n'êtes pas plus connaisseur que ça en cognac, vous n'en aurez plus. Et pendant que je finis le flacon, vous pouvez commencer à vous mettre au travail. Diable ! s'écria-t-il tout à coup, j'ai commis une abominable erreur ; vous auriez dû commander la charrette avant de vous déguiser. Pourquoi donc ne me l'avez-vous pas rappelé ?

– Je n'ai jamais su qu'il y avait une charrette à commander, dit l'artiste. Mais je puis très bien enlever mon déguisement, suggéra-t-il avec empressement.

– Vous auriez du mal à remettre votre barbe, observa l'homme de loi. Non, c'est un faux pas ; la sorte de gaffe qui fait pendre les gens, continua-t-il avec enjouement en sirotant son cognac, et il n'y a plus de remède à cela. Faites un saut à l'entreprise de transport pour dire qu'on doit venir prendre le piano ici, le véhiculer jusqu'à la gare de Victoria et, de là, l'expédier par chemin de fer à Cannon Street au nom de M. Fortuné du Boisgobey.

– N'est-ce pas là un nom un peu singulier ? objecta Pitman.

– Singulier ? dit Michel d'un ton méprisant. C'est-à-dire qu'il nous ferait pendre tous les deux. Brown est à la fois plus sûr et plus facile à prononcer. Disons Brown.

– Je préférerais, dit Pitman, ne serait-ce que pour ménager mes sentiments, que vous ne parliez pas tant de pendaison.

– Aussi longtemps qu'on se contente d'en parler, il n'y a pas grand mal, répondit Michel. Mais prenez votre chapeau et mettez-vous en route. Ah ! n'oubliez pas de régler tout d'avance.

Laissé à lui-même, l'homme de loi consacra d'abord toute son attention au cognac, et sa bonne humeur, qui ne s'était pas démentie de tout le matin, s'exalta jusqu'à l'allégresse. Il se mit en devoir d'assujettir définitivement ses favoris devant le miroir. « Magnifique ! » s'écria-t-il en contemplant son reflet. « J'ai l'air de ce qu'on appelle un cambusier dans la marine. » A ce moment les lunettes en verre de vitre, qu'il avait d'abord destinées à Pitman, lui revinrent à l'esprit. Il les mit et fut transporté de joie à voir leur effet. « Exactement ce qu'il me fallait », dit-il. « Je me demande de quoi j'ai l'air maintenant ? D'un romancier humoristique, je crois. » Et il se mit à essayer diverses démarches, en les nommant à mesure. « Démarche du romancier humoristique... mais il faudrait un parapluie. Démarche du cambusier. Démarche du colon australien venant revisiter les lieux de son enfance. Démarche du colonel sepoï... » et comme il en était au colonel sepoï (un excellent rôle à jouer, mais complètement en contradiction avec son déguisement), son regard tomba sur le piano. Cet instrument se fermait à la fois au sommet et au clavier, mais on avait perdu la clef du clavier. Michel l'ouvrit et fit courir ses doigts sur les touches silencieuses. « Superbe ton, riches sonorités », observa-t-il, en approchant un siège.

Quand M. Pitman revint à l'atelier, il fut stupéfait de voir son mentor et ami accomplir des prouesses d'exécution sur le piano muet. « Dieu me vienne en aide ! » pensa le petit homme, « Il a bu, j'en ai peur. »

– M. Finsbury, dit-il à haute voix.

Michel, sans se lever, tourna vers lui un visage quelque peu échauffé, encadré par les buissons des favoris doux et surmonté des lunettes.

— Capriccio en sol mineur sur le départ d'un ami, dit-il en poursuivant ses évolutions silencieuses.

L'indignation s'éveilla dans le cœur de Pitman.

— Ces lunettes devaient être à moi, cria-t-il. Elles sont une part essentielle de mon déguisement.

— Je suis résolu à les porter moi-même, répondit Michel.

Et il ajouta avec quelque apparence de vérité :

— Si nous portions tous les deux des lunettes, cela ne manquerait pas d'éveiller les soupçons.

— Oh ! comme vous voudrez, dit le docile Pitman. Je comptais dessus, je l'avoue, mais puisque vous insistez, tant pis. En tout cas, la voiture est à la porte.

Pendant que les hommes de peine enlevaient l'instrument, Michel se tint caché dans le cabinet derrière les débris du tonneau et les cordes du piano. Puis, lorsqu'ils eurent à nouveau le champ libre, les deux compères sortirent par l'allée, sautèrent dans un fiacre en débouchant dans King's Road et se firent conduire rapidement dans la direction de Green Park.

Il faisait toujours froid, aigre et tempétueux. La pluie venait battre leurs visages, mais Michel refusa de fermer les vitres des portières. Il s'était donné soudain le rôle de cicerone et il désignait au passage en les commentant les diverses curiosités de Londres.

— Mon cher ami, dit-il, vous semblez ne rien connaître des beautés de votre ville natale. Si nous visitions la Tour ? Non ? Il est vrai que c'est peut-être un peu en dehors du chemin. Mais en tout cas, cocher, faites un crochet par Trafalgar Square !

Et il insista pour faire halte sur ce champ de bataille historique en critiquant les statues et en fournissant à l'artiste toute sorte de curieux détails (tout à fait inédits en Histoire) sur la vie des hommes illustres qu'elles représentaient.

Il serait difficile d'exprimer tout ce que Pitman endura dans ce fiacre ; le froid, l'humidité, une terreur extrême, une méfiance grandissante à l'endroit du chef sous lequel il servait, un sentiment d'inconvenance à cause de sa chemise à col rabattu et d'amère dégradation du fait de la perte de sa barbe, tout cela se mêlait dans la coupe qu'il devait boire. Ce lui fut un premier soulagement que d'atteindre le restaurant vers lequel ils gouvernaient en décrivant des méandres ; et un second, plus grand encore, d'entendre Michel demander un cabinet particulier. Enfin, lorsqu'ils gravirent l'escalier sous la conduite d'un inintelligible garçon étranger, il ne manqua pas de remarquer avec gratitude le petit nombre des clients et le fait que la plupart d'entre eux étaient venus de la terre de France. C'était une bénédiction qu'aucun d'eux n'eût de rapports avec le pensionnat. Car même le professeur de français, tout papiste qu'il était, ne pouvait guère fréquenter un établissement aussi sujet à caution.

Le garçon étranger les introduisit dans une petite salle nue nantie d'une table, d'un sofa et d'un tout petit feu ; et Michel commanda promptement un seau de charbon et deux cognac à l'eau.

– Oh ! non, dit Pitman. Sûrement pas. C'est assez de boisson comme ça.

– Je me demande ce que vous voudriez faire, dit plaintivement Michel. Il faut absolument que nous ayons une occupation et il est mauvais de fumer avant les repas. Vous semblez n'avoir aucune idée de l'hygiène, ajouta-t-il en comparant sa montre à la pendule de la cheminée.

Pitman tomba dans une amère méditation. Il était là, ridiculement tondu, absurdement déguisé, en compagnie d'un ivrogne à lunettes, et attendant un déjeuner au champagne dans un restaurant péniblement exotique. Que penserait son directeur, s'il pouvait le voir ? Plus encore, s'il pouvait connaître son odyssée tragique et vouée à l'imposture ?

Il fut tiré de ces réflexions par l'entrée du garçon étranger qui apportait du cognac à l'eau. Michel en prit un et fit signe au garçon d'offrir l'autre à son ami.

Pitman le repoussa :

– N'essayez pas de me faire perdre tout respect de moi-même, dit-il.

– Comme vous voudrez, comme vous voudrez, répondit Michel. Mais je ne vais pas boire seul. Tenez, ajouta-t-il en s'adressant au garçon, prenez-ça, vous.

Puis, trinquant avec lui, il annonça :

– À la santé de M. Gédéon Forsyth !

Le garçon répéta ce nom qui, sur ses lèvres françaises, devint quelque chose comme Borsaï, puis vida son verre en trois gorgées.

– Prenez-en un autre, dit Michel avec un intérêt non feint. Je n'ai jamais vu un homme boire plus vite. Ça vous redonne confiance dans l'espèce humaine.

Mais le garçon déclina l'offre poliment et se mit en devoir d'apporter le déjeuner avec l'aide d'un collègue.

Michel fit un excellent repas arrosé d'une bouteille de Heidsieck. Quant à l'artiste, il avait le cœur trop serré pour manger ; ce que voyant, son compagnon lui interdit le champagne :

– L'un de nous deux doit rester lucide. Ce n'est pas avec une misérable petite cuisse de coq de bruyère que vous résisterez au champagne. J'ai à être prudent, ajouta-t-il confidentiellement. Un homme ivre, c'est une excellente chose, mais deux hommes ivres, c'est la catastrophe.

Au moment du café et quand le garçon se fut retiré, il fit des efforts considérables pour prendre une mine grave, puis, regardant son ami en face (quoique un de ses yeux battît un peu la campagne), il s'adressa à lui en ces termes d'une voix pâteuse, mais sévère :

– Assez de folies, commença-t-il non sans justesse. A nos affaires. Écoutez-moi bien. Je suis un Australien. Il m'appelle John Dickson, et vous serez heureux d'apprendre que je suis riche, très riche, malgré

– Mon ami est australien. C'est un homme très impulsif.

– Un Australien ? dit un autre. J'ai un frère à Melbourne. Est-ce que votre ami vient de là ?

– Non, pas exactement, répondit l'artiste dont les notions géographiques touchant cette partie du globe étaient un peu vagues. Il habite au fin fond de l'intérieur et il est très riche.

Les flâneurs considérèrent avec un grand respect le colon somnolent.

– L'Australie, ça n'en finit pas tellement c'est grand, remarqua l'homme qui avait parlé en second. Est-ce que vous en venez, vous aussi ?

– Non, dit l'artiste. Et je n'y tiens pas, ajouta-t-il d'un ton irrité.

Puis, sentant le besoin d'une diversion, il s'en prit à Michel et le secoua.

– Hé ? dit l'homme de loi. Qu'est-ce qui ne va pas ?

– La charrette est presque prête, dit sévèrement Pitman, je ne vous laisserai pas dormir.

– Très bien, très bien, mon vieux, ne vous fâchez pas, répondit Michel en bâillant. Un petit somme n'a jamais fait de mal à personne. J'ai à peu près retrouvé mes esprits. Mais pourquoi tant de précipitation ? ajouta-t-il en promenant autour de lui un regard vitreux. Je ne vois pas la charrette et j'ai oublié où nous avons laissé le piano.

Il est terrifiant d'imaginer ce que l'homme de loi aurait pu ajouter dans l'abandon du moment, mais par bonheur on vint annoncer que la charrette était prête et Michel dut consacrer toute son énergie mentale à la difficile tâche de se mettre sur ses jambes.

– Naturellement, c'est vous qui conduirez, dit-il à son compagnon en montant dans le véhicule.

– Moi, conduire ! s'écria Pitman. Mais je n'ai jamais conduit de ma vie. Je ne sais pas conduire.

– Très bien, répondit Michel sans rien perdre de son calme. Moi, je vois les choses à travers un brouillard. Mais c'est comme vous voudrez. Je ferai n'importe quoi pour rendre service à un ami.

Pitman, voyant que la mine du palefrenier s'assombrissait, se décida tout à coup :

– Entendu, vous conduirez, dit-il avec désespoir. Je vous dirai où aller.

Il est inutile de nous étendre sur les exploits de Michel comme conducteur de char. Pitman, cramponné à la banquette et émettant des conseils d'une voix entrecoupée, ne savait ce qu'il devait le plus admirer, de la dextérité aveugle du cocher ou de son insultante bonne fortune. En tout cas, cette dernière l'emporta et la charrette atteignit Cannon Street sans encombre. Là, le piano de M. Brown fut chargé avec adresse et célérité.

– Pour sûr, monsieur, dit l'homme qui dirigeait les opérations, tout en faisant mentalement le compte des pièces d'argent qu'il avait reçues, voilà un piano qui pèse son poids.

– C'est la richesse du ton qui veut ça, dit Michel en se remettant en route.

Il ne restait plus un grand trajet à faire sous la pluie, qui maintenant tombait dru, pour atteindre l'appartement que M. Gédéon Forsyth occupait dans le quartier du Temple. Là, Michel s'arrêta dans une petite rue de traverse déserte et confia les chevaux à la garde d'un cireur de souliers rabougri. Puis les deux hommes descendirent et gagnèrent à pied la scène décisive de leur aventure. Pour la première fois, Michel laissa paraître quelque inquiétude.

– Est-ce que mes favoris sont bien accrochés ? demanda-t-il. Ce serait diablement embarrassant si j'étais reconnu.

– Ils sont parfaitement en place, répondit Pitman après y avoir jeté un coup d'œil. Mais mon déguisement à moi est-il suffisant ? Il est tout à fait possible que je rencontre un de mes patrons dans ces parages.

– Oh ! personne ne vous reconnaîtrait sans votre barbe, dit Michel. Tout ce que vous avez à vous rappeler, c'est de parler lentement. Vous nasillez déjà naturellement.

– Pourvu que ce jeune homme ne soit pas chez lui ! soupira Pitman.

– J'espère seulement qu'il sera seul, répondit l'homme de loi. Cela nous épargnerait toute sorte de difficultés.

Quand ils eurent frappé à la porte, Gédéon vint leur ouvrir en personne et les fit entrer dans une chambre tapissée jusqu'au plafond d'ouvrages juridiques qui témoignaient éloquemment du zèle professionnel de leur propriétaire. Il est vrai que l'on voyait aussi sur la cheminée, parmi un grand assortiment de pipes et de boîtes de cigares, une rangée de romans français à couverture jaune.

– M. Forsyth, je crois ? demanda Michel en ouvrant le feu. Nous sommes venus vous importuner au sujet d'une petite affaire. J'espère que vous la jugerez de votre ressort.

– Normalement, je devrais être approché par l'intermédiaire d'un avoué, répondit Gédéon.

– Sans doute, sans doute vous nommerez celui que vous voudrez, et l'affaire peut être mise sur un pied régulier dès demain, répondit Michel en prenant une chaise et en faisant signe à Pitman de l'imiter. Voyez-vous, nous ne connaissons pas d'avoué, mais il se trouvait que nous vous connaissions, vous, et le temps presse.

– Puis-je vous demander, messieurs, demanda Gédéon, à qui je dois de vous avoir été recommandé ?

– Vous pouvez me le demander, répondit l'homme de loi avec un petit rire, mais on m'a prié de n'en rien dire avant que l'affaire fût conclue.

« C'est mon oncle, sans doute », pensa l'avocat.

– Je m'appelle John Dickson, continua Michel, un nom passablement connu à Ballarat : et mon ami que voici est M. Ezra Thomas, des États-Unis d'Amérique, un riche fabricant de galoches en caoutchouc.

– Attendez un moment, que je prenne note de cela, dit Gédéon du ton d'un praticien blanchi sous le harnois.

– Cela ne vous dérangerait pas, j'espère, si j'allumais un cigare ? demanda Michel.

Il s'était ressaisi pour faire son entrée. Mais de temps à autre il lui venait des bouffées d'humeur fantasque ou comme une tentation de sommeil ; et il espérait (comme bien d'autres avant lui) qu'un cigare dissiperait tout cela.

– Oh ! pas le moins du monde, s'écria aimablement Gédéon. Tenez, essayez l'un des miens. Je peux vous les recommander en toute confiance.

Et il tendit la boîte à son client.

– Pour le cas où je ne me ferais pas comprendre avec une parfaite clarté, dit l'Australien, peut-être vaut-il mieux vous avouer franchement que je viens de déjeuner. C'est une chose qui arrive à tout le monde.

– Oh ! certainement, répondit l'avocat avec affabilité. Ne vous pressez pas, je vous en prie. Je puis vous consacrer, ajouta-t-il après avoir considéré sa montre d'un air pensif, oui, je puis vous consacrer tout mon après-midi.

– L'affaire qui m'amène ici, reprit l'Américain, est diablement délicate, je puis vous le dire. Mon ami M. Thomas, étant un Américain d'origine portugaise, étranger à nos usages, et un riche fabricant de pianos Broadwood...

– De pianos Broadwood ? s'écria Gédéon avec quelque surprise. Dois-je comprendre que M. Thomas est membre de cette firme ?

– Oh ! ce sont des imitations de Broadwood, répondit Michel. Mon ami est le Broadwood américain.

– Mais vous m'avez dit, objecta Gédéon, je suis sûr de l'avoir noté, que votre ami était un fabricant de galoches en caoutchouc.

– Je sais qu'il y a là de quoi s'embrouiller au premier abord, dit l'Australien avec un sourire épanoui, mais il... en bref il cumule les deux professions. Et bien d'autres, bien d'autres, une infinité d'autres, répéta M. Dickson avec une solennité d'ivrogne. Les moulins de coton de M. Thomas sont l'une des gloires du Tallahassee ; les moulins à tabac de M. Thomas sont l'orgueil de Richmond. En un mot, c'est l'un de mes plus vieux amis, M. Forsyth, et c'est avec émotion que je vous soumets son cas.

L'avocat regarda M. Thomas et fut agréablement impressionné par sa physionomie ouverte, quoique nerveuse, ainsi que par la simplicité et la timidité de ses manières. « Quel peuple que ces Américains ! » pensa-t-il. « Regardez-moi ce petit homme nerveux qui vraiment ne paye pas de mine avec son col rabattu, pourrait-on croire qu'il a en main des intérêts aussi étendus et à première vue incompatibles ? »

– Mais ne ferions-nous pas bien, ajouta-t-il tout haut, d'aller droit aux faits ?

– Je vois que vous êtes un véritable homme d'affaires, monsieur ! dit l'Australien. Oui, venons-en aux faits. Il s'agit d'une rupture de promesse de mariage.

Le malheureux artiste était si loin de s'attendre à voir définir ainsi son cas qu'il put à peine réprimer un cri.

– Mon Dieu, dit Gédéon, c'est là un genre d'affaire qui peut donner bien du tracas. Dites-moi tout, ajouta-t-il avec bonté. Si vous avez besoin de mon aide, ne me cachez rien.

– Parlez-lui, vous, dit Michel, considérant apparemment qu'il avait rempli son rôle. Mon ami va tout vous dire, reprit-il avec un bâillement en se tournant vers Gédéon. Excusez-moi si je ferme les yeux un moment. J'ai passé la nuit au chevet d'un ami malade.

Pitman promena un regard égaré à travers la chambre. La rage et le désespoir bouillonnaient dans son âme innocente ; des idées de fuite, de suicide même, allaient et venaient dans son esprit. Et l'avocat attendait patiemment, tandis que le malheureux artiste cherchait vainement à trouver des mots, si insignifiants qu'ils fussent.

– C'est un cas de rupture de promesse de mariage, dit-il enfin à voix basse. On... on me menace d'un procès pour rupture de promesse de mariage...

Ici, dans ses tâtonnements désespérés en quête d'une inspiration, il voulut saisir sa barbe ; mais ses doigts se fermèrent sur le poli inaccoutumé d'un menton glabre ; du coup, tout espoir et tout courage (si toutefois l'on peut aucunement associer ces vocables au cas de Pitman) achevèrent de le déserter. Il secoua rudement Michel :

– Réveillez-vous ! cria-t-il d'un ton de véritable colère. Je ne peux pas, vous savez que je ne peux pas.

– Vous excuserez mon ami, dit Michel. Il n'a pas le don de raconter. Le cas est très simple, poursuivit-il. Mon ami est un homme qui a des passions très fortes et qui, d'autre part, est accoutumé à une vie simple, patriarcale. Vous voyez les choses d'ici : une malencontreuse visite en Europe, suivie de la malencontreuse rencontre d'un faux comte étranger qui a une fille charmante. M. Thomas eut la tête tournée. Il fit une demande en mariage, fut agréé, et écrivit... écrivit dans un style qu'il regrette amèrement aujourd'hui. Si ces lettres sont produites en justice, c'en est fait de la réputation de M. Thomas.

– Dois-je comprendre... commença Gédéon.

– Mon cher monsieur, dit l'Australien, avec emphase, vous ne comprendrez vraiment qu'après les avoir vues.

– C'est là une circonstance bien pénible, dit Gédéon qui, jetant un regard de pitié dans la direction du coupable et voyant sur son visage toutes les marques de la confusion, détourna les yeux avec commisération.

– Ce ne serait rien, continua d'un ton très grave M. Dickson, si M. Thomas n'avait rien à se reprocher par ailleurs. Hélas, il n'a pas d'excuse, car il était alors fiancé, et il l'est encore, à la beauté la plus en vue de Constantinople, Ga. La conduite de mon ami est digne des plus grands criminels.

– Ga ? répéta Gédéon d'un ton interrogateur.

– Une contraction d'usage courant, dit Michel : Ga pour Géorgia, comme on dit Co pour Compagnie.

– Je savais que cela s'écrivait parfois ainsi, dit l'avocat, mais j'ignorais qu'on fît usage de l'abréviation en parlant.

– C'est un fait courant, croyez-m'en, dit Michel. Vous voyez à présent par vous-même, monsieur, qu'il faudra une habileté infernale pour sauver ce malheureux. Il a tout l'argent nécessaire et il n'entend pas l'épargner. M. Thomas peut signer demain un chèque de cent mille livres. Mais, M. Forsyth, voici mieux que de l'argent. Le comte étranger – le comte Tarnow comme il lui plaît de se nommer – tenait jadis une boutique de tabac dans Bayswater sous le nom humble, mais expressif, de Schmidt ; sa fille – si toutefois elle est sa fille – prenez encore note de cela, M. Forsyth – sa fille servait alors dans cette boutique, et maintenant elle prétend épouser un homme d'une situation aussi éminente que M. Thomas ! Voyez-vous maintenant notre jeu ? Ils se préparent à agir, nous le savons, et nous avons l'intention de prendre les devants. Précipitez-vous, de grâce, à Hampton Court, où ils habitent, menacez-les ou offrez-leur de l'argent ou faites l'un et l'autre, mais ne les quittez pas sans avoir obtenu les lettres. Si vous n'y parvenez pas, Dieu nous aide, il nous faudra aller en justice et Thomas sera déshonoré. Je serai moi-même forcé de le désavouer, ajouta cet ami peu chevaleresque.

– Il semble y avoir quelques éléments de succès, dit Gédéon. Est-ce que Schmidt a jamais eu affaire à la police ?

– Nous l'espérons, dit Michel. Nous avons toutes les raisons de le supposer. Remarquez d'ailleurs le quartier : Bayswater. Est-ce que cela n'est pas suggestif ?

Pour la sixième fois peut-être, depuis le début de ce remarquable entretien, Gédéon se demanda si son interlocuteur n'avait pas la cervelle un peu dérangée. « Bah ! se dit-il, il aura fait un déjeuner trop généreux. » Et il ajouta à haute voix :

– Jusqu'à quel chiffre puis-je aller ?

– Je pense que cinq mille livres suffiront pour aujourd'hui, dit Michel. Maintenant, monsieur, nous ne vous retiendrons pas plus longtemps. L'après-midi s'avance. Il y a sans cesse des trains pour Hampton Court et je n'ai pas besoin de vous décrire l'impatience de mon ami. Voici cinq livres pour vos dépenses courantes, et voici l'adresse.

Michel se mit à écrire, mais il s'arrêta, déchira le papier et en mit les morceaux dans sa poche :

– Je vais vous la dicter, dit-il, mon écriture est trop indéchiffrable.

Gédéon nota l'adresse : « Comte Tarnow, villa Kurnaul, Hampton Court. » Puis il écrivit autre chose sur une feuille de papier.

– Vous disiez que vous n'aviez pas encore choisi un avoué, dit-il. Pour un cas de ce genre, voici le meilleur qui soit à Londres.

Et il tendit le papier à Michel.

– Grand Dieu ! s'écria Michel en lisant sa propre adresse.

– Oh ! vous avez dû voir ce nom associé à d'assez pénibles cas, dit

Gédéon, mais c'est un homme parfaitement honnête et d'une capacité notoire. Et maintenant, messieurs, il ne me reste plus qu'à vous demander où je pourrai vous atteindre.

– A l'hôtel Langham, bien sûr, répondit Michel. Jusqu'à ce soir.

– Jusqu'à ce soir, répéta Gédéon en souriant. Je suppose que je puis venir vous trouver assez tard ?

– A n'importe quelle heure, à n'importe quelle heure, cria l'homme de loi en disparaissant.

– Voilà un jeune homme qui a une tête sur ses épaules, dit-il à Pitman dès qu'ils furent dans la rue.

– Un parfait imbécile, murmura distinctement Pitman.

– Pas du tout, répondit Michel. Il connaît le meilleur avoué de Londres, et tout le monde ne peut pas en dire autant. Mais avouez que j'ai mené les choses grand train ?

Pitman ne répondit pas.

– Eh bien ! quoi ? dit l'homme de loi en s'arrêtant. Où le bât blesse-t-il à présent l'infortuné Pitman ?

L'artiste éclata soudain :

– Vous n'avez pas le droit de parler de moi comme vous l'avez fait, dit-il avec véhémence. Votre langage était parfaitement injustifiable. Vous m'avez profondément blessé.

– Je n'ai jamais dit un mot de vous, répliqua Michel. J'ai parlé d'Ezra Thomas. Souvenez-vous, s'il vous plaît, qu'il n'existe pas.

– Ce n'en est pas moins pénible à endurer, dit l'artiste.

Cependant ils avaient atteint le coin de la rue de traverse où le fidèle cireur de souliers les attendait dignement à la tête des chevaux. Le piano était toujours là, lui aussi, et il avait l'air bien esseulé dans la charrette, avec la pluie qui battait ses flancs découverts et qui ruisselait sur ses pieds élégamment vernis.

Le cireur reçut mission d'aller chercher une demi-douzaine de robustes gaillards à la taverne voisine, et bientôt se livra la dernière bataille de cette mémorable campagne. Il est probable que M. Gédéon Forsyth n'avait pas encore pris place dans le train de Hampton Court lorsque Michel ouvrit la porte de son appartement et que les hommes de peine improvisés, geignant sous leur faix, déposèrent le piano à queue au milieu de la pièce.

– Et maintenant, dit l'homme de loi après les avoir renvoyés à leurs affaires, une dernière précaution : nous devons lui laisser la clef du piano en nous arrangeant pour qu'il la trouve. Voyons...

Il érigea sur l'instrument une tour carrée de cigares et laissa tomber la clef au milieu.

– Pauvre jeune homme ! dit l'artiste en descendant l'escalier.

– Il est en effet dans une diablesse de position, acquiesça Michel sans marquer aucun émoi. Ça lui redonnera du ton.

– Cela me fait penser, reprit l'excellent Pitman, que je me suis montré bien ingrat tout à l'heure. Je n'avais pas lieu de me sentir atteint par des expressions qui, si blessantes qu'elles fussent, ne me concernaient pas.

– Oh ! n'en parlons plus, Pitman, dit Michel en montant dans la charrette. Ce sentiment vous honore : aucun homme qui se respecte ne saurait garder son sang-froid quand on insulte devant lui son autre lui-même.

La pluie avait cessé, Michel était presque dégrisé, on avait disposé du cadavre et les amis étaient réconciliés. Le retour à l'écurie fut donc, par comparaison avec les premières aventures de la journée, une véritable partie de plaisir ; et quand ils eurent rendu la charrette et quitté la cour de l'écurie sans avoir éveillé aucun soupçon, Pitman poussa un profond soupir de soulagement.

– Et maintenant, dit-il, nous pouvons rentrer chez nous.

– Pitman, dit l'homme de loi, en s'arrêtant court, votre insouciance me désole. Comment, nous sommes restés à l'humidité la plus grande partie de la journée, et vous proposez froidement de rentrer tout droit chez vous ! Non, monsieur : des grogs au whisky.

Et prenant le bras de son ami, il l'entraîna fermement vers la plus proche taverne. D'ailleurs Pitman, j'ai regret de le dire, se laissa faire très volontiers. Maintenant que la sérénité régnait à nouveau et que le cadavre s'en était allé, une innocente pétulance se faisait jour dans les manières de l'artiste ; et quand il leva son verre brûlant pour trinquer avec Michel, il eut le petit rire folâtre d'une écolière qui se donne du bon temps dans un pique-nique.

CHAPITRE IX

Dans lequel
le congé de Michel Finsbury
se termine glorieusement

Je connais personnellement Michel Finsbury. Mes affaires (grâce à Dieu, en bon ordre maintenant) sont entièrement entre ses mains. Mais je n'ai pas le don de me rappeler les adresses. J'en apprends une par ami, c'est tout ce que je puis faire ; que l'ami vienne à déménager, ma mémoire refuse de le suivre à son nouveau domicile. Comme j'ai toujours écrit à Michel à son bureau, je ne puis me souvenir avec certitude du numéro de sa résidence privée dans King's Road. Pourtant j'ai été dîner là à maintes reprises. Depuis qu'il a accédé à l'opulence et qu'il fait partie d'un club, ces petites fêtes sont devenues fréquentes. Il vous recrute au fumoir une douzaine de bons esprits assaisonnés de sel attique (en me comptant) et un quart d'heure après, nous sommes réunis autour d'une des tables les mieux fournies de Londres.

Mais à l'époque où se place ce récit, la maison de King's Road (disons que c'est le numéro 233) était toujours très tranquille. Quand Michel avait des invités, il les recevait au restaurant, et la porte de sa propre maison restait fermée à ses amis. L'étage supérieur, le plus ensoleillé, était réservé à son père. Le salon ne s'ouvrait jamais et Michel passait sa vie dans la salle à manger, une agréable pièce protégée de la curiosité des passants par des volets de fer et littéralement tapissée de toutes parts de livres de poésie et de recueils de procès criminels.

C'est là que nous le retrouvons en train de dîner après son jour de congé passé en compagnie de Pitman. Une vieille dame émaciée aux yeux très brillants et aux lèvres sarcastiquement serrées pourvoyait aux besoins domestiques de l'homme de loi. Tout dans son attitude trahissait qu'elle était attachée à la maison de longue date ; chaque mot qui tombait de sa bouche proclamait le fait glorieux de son origine écossaise ; et ces deux circonstances formaient une combinaison redoutable propre à inspirer au moins timide une révérende crainte, que nourrissait manifestement notre ami. Le grog au whisky ayant quelque peu attisé les braises du Heidsieck, il était touchant d'observer comme il faisait effort pour bien se tenir sous le regard de la gouvernante ; et quand il dit : « Teena, je prendrai une fine à l'eau », il parla en homme qui avait des doutes sur son élocution et qui n'était pas sûr d'être obéi.

— Jamais de la vie, M. Michel, s'entendit-il répondre promptement. Du bordeaux coupé d'eau.

— Bien, bien. Teena, vous êtes la sagesse même. Pourtant, j'ai eu une journée bien fatigante au bureau.

— Au bureau ! dit la gouvernante. Mais vous n'y avez pas mis les pieds.

— Oh ! que si. Et j'ai dû aller à plusieurs reprises au Palais.

— Oui, oui, on les connaît, vos palais ! s'écria le vieille dame avec une vivacité moqueuse. Attention, ne cassez pas mes cristaux ! ajouta-t-elle, voyant que l'homme de loi avait failli renverser son verre.

— Et comment va le vieux père ? demanda Michel.

— Oh ! toujours pareil, M. Michel. On ne peut guère s'attendre à ce qu'il aille autrement, le digne homme, jusqu'à la fin. Mais vous n'êtes pas le premier à me poser cette question aujourd'hui.

— Non ? dit l'homme de loi. Qui donc l'a posée avant moi ?

— Un bon ami à vous, dit Teena avec un plissement de lèvres ironique. M. Maurice.

— Maurice ! Qu'est-ce que ce petit gueux-là est venu faire ici ? demanda Michel.

— Ce qu'il est venu faire ? Il voulait le voir, répondit la gouvernante en désignant du pouce l'étage supérieur. Il a essayé de me soudoyer, M. Michel. De me soudoyer moi ! répéta-t-elle avec un mépris inimitable. Ce n'est pas un gentleman.

— Vraiment ? dit Michel. Je parie qu'il n'a pas dû y aller très généreusement.

– Peut-être bien que non, dit Teena sans vouloir préciser combien l'avare négociant en cuirs lui avait offert, mais je l'ai envoyé promener. Il ne reviendra pas de sitôt.

– Il ne faut absolument pas qu'il voie mon père, dit Michel. Je ne tiens pas à le donner en spectacle à cet hargneux petit crétin.

– N'ayez crainte, répondit la fidèle servante. Mais le plus drôle, M. Michel – attention, vous allez renverser la saucière, et j'ai mis une nappe propre –, le plus drôle, c'est qu'il s'imagine que votre père est mort et que vous voulez le cacher.

Maurice sifflota :

– Rien de tel qu'un voleur pour attraper un voleur, dit-il.

– Tout juste ce que je lui ai dit ! s'écria la gouvernante ravie.

– Je lui ferai danser une drôle de danse pour lui apprendre, dit Michel.

– Est-ce que vous ne pourriez pas le poursuivre en justice d'une manière ou d'une autre ? demanda assez férocement Teena.

– Non, je ne crois pas, et d'ailleurs je n'y tiens nullement, répondit Michel. Mais réellement, Teena, j'ai l'impression que ce bordeaux est piqué. Ce n'est pas un bon vin franc. Donnez-moi un cognac à l'eau, comme l'excellente femme que vous êtes... C'est bien, reprit-il en voyant que le visage de Teena prenait une expression implacable, en ce cas je ne mangerai plus rien.

– Comme vous voudrez, M. Michel, dit Teena, battant en retraite avec dignité.

– Je voudrais bien que Teena fût une servante un peu moins fidèle ! soupira l'homme de loi en sortant dans King's Road.

La pluie avait cessé ; le vent soufflait encore, mais avec douceur ; la ville étincelait dans la nuit claire de tous ses becs de gaz dont la lueur se reflétait dans les flaques de pluie. « Allons, voilà un temps plus souriant », pensa l'homme de loi en écoutant complaisamment les bruits de roues et de pas qui composaient la rumeur de la ville.

Au bout de King's Road, il se souvint de son cognac à l'eau et il entra dans une taverne brillamment éclairée. Il y avait là une assez nombreuse compagnie, dont un homme chargé d'abreuver les chevaux de la plus proche station de fiacres, une demi-douzaine d'éternels chômeurs, un monsieur qui, dans un petit coin discret, essayait de vendre des photographies esthétiques à un autre monsieur, celui-ci très jeune, nanti d'une barbiche blonde, et un couple d'amoureux qui, dans un autre coin, analysaient à perte de vue leurs sentiments. Mais le personnage principal et la grande attraction de l'endroit était un petit vieillard vêtu d'une redingote noire toute faite qu'il venait manifestement d'acheter. Devant lui, sur la table de marbre, reposait à côté d'un sandwich et d'un verre de bière une vieille casquette de voyage. Sa main décrivait des gestes oratoires ; sa voix, naturellement perçante, était clairement accordée au diapason de la salle de conférence ; et par des sortilèges comparables à ceux du Vieux Marin chanté par Coleridge, il tenait sous sa fascination la servante du bar, le préposé à l'abreuvage des chevaux et quatre des chômeurs.

— J'ai examiné tous les théâtres de Londres, disait-il, j'ai mesuré au pas leurs principales entrées et j'ai constaté qu'elles étaient ridiculement disproportionnées aux besoins de leur public. Les portes s'ouvrent du mauvais côté ; j'oublie lequel, pour l'instant, mais j'ai chez moi une note à cet effet ; pendant le spectacle, elles sont souvent fermées, alors que l'auditoire pullule littéralement de sujets britanniques. Vous n'avez peut-être pas eu comme moi l'occasion de voyager en terre lointaine ; mais je puis vous assurer que pareilles mesures y sont considérées comme l'apanage d'un gouvernement aristocratique. Croyez-vous que pareils abus pourraient exister dans un pays de gouvernement démocratique ? Votre intelligence, si inculte qu'elle soit, vous dit aussitôt que non. Prenez l'Autriche, un pays qui, pourtant, à bien des égards, est maintenu dans l'esclavage plus encore que l'Angleterre. J'ai conversé moi-même avec l'un des survivants du Ring Theater, et bien que son allemand ne fût pas des meilleurs, j'ai réussi à me faire une idée suffisamment claire de ce qu'il en était. Mais, ce qui vous intéressera sans doute davantage encore, j'ai là une coupure de journal que je vais vous lire en traduisant à mesure. Voyez vous-mêmes, c'est imprimé en caractères gothiques.

Et il fit passer la coupure à la ronde, à peu près comme un prestidigitateur fait passer au premier rang des spectateurs l'orange qu'il va escamoter.

— Ohé, oncle Joseph ! dit Michel en posant sa main sur l'épaule de l'orateur.

Celui-ci tourna vers l'homme de loi le visage convulsé de crainte de M. Joseph Finsbury.

— Toi, Michel ! cria-t-il. Il n'y a personne avec toi, n'est-ce pas ?

— Personne, répondit Michel en commandant un cognac à l'eau. Qui vous attendiez-vous à trouver avec moi ?

— Je pensais à Maurice ou à Jean, répondit le vieux monsieur, évidemment soulagé d'un grand poids.

— Que diable ferais-je avec Maurice ou avec Jean ? s'écria le neveu.

— Il y a quelque chose de vrai là-dedans, répondit Joseph et je crois que je puis te faire confiance. Oui, je crois que tu te mettras de mon côté.

— Je ne sais pas ce que vous voulez dire, répondit l'homme de loi, mais si c'est d'argent que vous avez besoin, je suis en fonds.

— Ce n'est pas ça, mon cher garçon, dit l'oncle en lui serrant la main. Je te raconterai tout dans un instant.

— Très bien, dit le neveu. Que prendrez-vous, oncle Joseph ? C'est moi qui régale.

— En ce cas, répondit le vieux monsieur, je prendrai un autre sandwich. Je suis sûr que tu es surpris, continua-t-il, de me voir dans une taverne ; mais le fait est que j'agis toujours conformément à un principe personnel excellent, quoique peu connu...

– Oh ! il est plus connu que vous ne le croyez, dit Michel en sirotant son cognac à l'eau. Je m'en inspire toujours moi-même quand je veux boire quelque chose.

Le vieux monsieur, qui tenait à se faire un allié de Michel, se mit à rire d'un rire forcé.

– Tu as tant d'esprit, lui dit-il, que cela m'amuse toujours de t'entendre. Mais quant au principe dont j'étais sur le point de parler, c'est celui qui veut que l'on se conforme toujours aux usages du pays où le destin vous met. En France, par exemple, tout le monde va au café ; en Angleterre, les gens fréquentent les tavernes. Eh bien ! j'ai calculé que grâce à ces établissements, avec des sandwichs, du thé et un verre de bière à l'occasion, on peut vivre luxueusement à Londres pour quatorze livres douze shillings par an.

– Oui, je sais, répondit Michel, mais cela ne comprend pas l'habillement, ni le blanchissage. Le tout, en comptant les cigares et quelques petites bamboches de temps à autre, me coûte plus de sept cents livres par an.

Ce fut la dernière interruption de Michel. Ensuite il écouta dans un silence complaisant le reste de la conférence de son oncle qui ne tarda pas à s'étendre aux réformes politiques, puis à la théorie du baromètre (avec la description d'une tempête boréenne dans l'Adriatique), puis à la meilleure manière d'enseigner l'arithmétique aux sourds-muets ; après quoi, le sandwich étant venu à expiration, il en fut de même du discours. Quelques instants plus tard, les deux hommes sortaient dans King's Road.

– Michel, lui dit son oncle, si je suis ici, c'est que je ne puis plus supporter ces neveux. Je les trouve vraiment intolérables.

– Ça ne m'étonne pas, répondit Michel. Je n'ai jamais pu les voir en peinture.

– Ils ne voulaient pas me laisser parler, reprit amèrement le vieillard. Dès que je cherchais à glisser un mot, ils me fermaient la bouche avec une remarque impertinente. En fait de crayons, ils m'accordaient la ration la plus avare, alors que j'avais à prendre des notes du plus grand intérêt ; on ne protégerait pas plus jalousement un bébé de l'approche d'un gorille qu'ils ne gardaient le journal de l'atteinte de mes mains. Or, tu le sais, Michel, je ne vis que pour mes calculs, je ne vis que pour faire chaque jour de nouvelles spéculations sur les divers aspects de l'existence ; les plumes, le papier et la presse quotidienne me sont aussi indispensables que le boire et le manger. Ma vie devenait proprement intolérable lorsque, dans la confusion de cet heureux accident de chemin de fer, j'ai pu me sauver. Ils me croient mort et ils essayent de dérober ce fait imaginaire aux yeux du monde pour sauvegarder leur part de la tontine.

– A propos, comment êtes-vous nanti en fait d'argent ? demanda gentiment Michel.

– Pécuniairement parlant, je suis riche, répondit gaiement le vieillard. Je vis présentement sur le pied de cent livres par an. Je m'offre autant de plumes et de papier que je veux ; autant de journaux que j'ai envie d'en lire ; et, pour les livres, je vais à la Bibliothèque du British Museum. Mais dans une époque de progrès comme celle où nous vivons, les livres deviennent de moins en moins nécessaires : les journaux fournissent toutes les données utiles.

— Savez-vous ce que vous allez faire ? dit Michel. Vous allez venir habiter chez moi.

— Michel, répondit le vieux monsieur, c'est très gentil de ta part, mais tu ne sais probablement pas que je me trouve dans une situation particulière. Mes efforts, comme tuteur, n'ont pas toujours été bénis par la Providence et il en est résulté quelques complications financières. Pour dire les choses en un mot, je suis entièrement à la merci de ce détestable Maurice.

— Vous devriez vous déguiser, s'écria vivement Michel. Je vous prêterai une paire de lunettes en verre de vitre et des favoris roux.

— J'ai déjà joué avec cette idée, répondit le vieux monsieur, mais j'ai craint de faire jaser dans la modeste maison où je loge. Quand on vit sous un gouvernement tyrannique...

— Mais comment se fait-il, interrompit Michel, que vous ayez le moindre argent ? Ne me traitez pas en étranger, oncle Joseph. Je connais les clauses du compromis que vous avez dû signer avec Maurice.

Joseph rapporta sa visite à la banque.

— Oh ! mais c'est entièrement irrégulier, s'écria l'homme de loi. Vous n'aviez aucun droit de faire cette opération.

— Mais tout m'appartient, Michel, protesta le vieux monsieur. J'ai fondé et dirigé cette entreprise selon des principes absolument personnels.

— C'est très joli, dit l'homme de loi, mais vous avez également signé un compromis auquel vous étiez acculé et fait abandon de vos droits ; votre position était déjà extrêmement précaire ; mais maintenant, elle relève purement et simplement du tribunal correctionnel.

— Ce n'est pas possible, cria Joseph. La loi ne peut pas être aussi injuste !

— Et le comble, reprit Michel en éclatant de rire, le comble, c'est que vous avez bel et bien coulé l'affaire de cuirs ! Je dois dire, oncle Joseph, que vous vous faites une étrange idée de la loi, mais j'apprécie votre sens de l'humour.

— Je ne vois rien là-dedans qui prête à rire, observa aigrement M. Finsbury.

— Dites-moi, est-ce que Maurice a pouvoir pour signer ? demanda Michel.

— Non, je suis seul à l'avoir, répondit Joseph.

— Le pauvre diable de Maurice ! Oh ! le pauvre diable de Maurice ! s'écria l'homme de loi ravi. Et avec cela il se croit obligé de feindre que vous êtes toujours chez lui ! Oh ! Maurice, le Seigneur t'a remis en mes mains ! Voyons, oncle Joseph, à votre avis, que vaut l'affaire des cuirs ?

– Elle valait cent mille livres, dit amèrement Joseph, quand je l'avais en main. Puis un Écossais est venu – il avait une manière à lui de tenir les livres de comptes – aucun comptable de Londres n'y voyait goutte ; et après ça, il y a eu Maurice, qui est parfaitement incapable. Et maintenant, l'entreprise ne vaut presque plus rien. Maurice a essayé de la vendre l'année dernière ; Pogram et Jarris n'en ont offert que quatre mille livres.

– Je vais appliquer mon attention au marché des cuirs, dit résolument Michel.

– Je ne te le conseille pas, dit Joseph. Il n'y a rien de plus sujet aux fluctuations. Les cuirs sont d'une versatilité qu'on peut qualifier de morbide.

– Et qu'avez-vous fait de tout cet argent, oncle ? demanda l'homme de loi.

– Je l'ai déposé dans une banque en en retirant vingt livres, répondit promptement M. Finsbury. Pourquoi ?

– Très bien, dit Michel. Demain je vous enverrai un commis avec un chèque de cent livres ; il retirera la première somme et la retournera à la Banque anglo-patagonienne avec une explication quelconque que j'inventerai pour vous. Cela assainira votre position, et comme Maurice ne peut pas toucher un sou sans commettre un faux, mon petit plan n'aura pas à en souffrir.

– Mais que ferai-je ? demanda Joseph. Je ne puis pas vivre de l'air du temps.

– Ne me comprenez-vous pas ? répondit Michel. Je vous envoie un chèque de cent livres, ce qui vous en laisse quatre-vingts pour vos présents besoins. Quand vous les aurez dépensés, revenez me trouver.

– Je préférerais ne pas avoir à dépendre de tes bontés, dit Joseph en mordillant sa moustache blanche. J'aimerais mieux vivre de mon propre argent, puisque j'en ai.

– Mais ne voyez-vous pas, dit Michel en lui saisissant le bras, que je suis en train de vous sauver du bagne ?

Sa vivacité effraya le vieillard.

– Il faudra que je tourne mon attention du côté du Droit, dit-il. Ce sera un nouveau champ d'investigations. Je comprends naturellement ses principes généraux, mais je ne me suis jamais appliqué aux détails, et cette façon que tu as de voir les choses, par exemple, me prend tout à fait au dépourvu. Néanmoins tu as peut-être raison, et il est certain qu'à mon âge un emprisonnement prolongé pourrait être néfaste. Mais mon cher neveu, je n'ai aucun droit à abuser ainsi de ta générosité, et il n'y a pas de raison pour que tu m'entretiennes.

– Ne vous souciez pas de cela, dit Michel. Je me ferai probablement dédommager par le commerce des cuirs.

Et, après avoir noté l'adresse du vieux monsieur, Michel le quitta au coin de la rue.

– Quel admirable vieux brouillon ! se dit-il, et quelle chose singulière que la vie ! Je semble condamné à être l'instrument de la Providence.

Voyons, qu'ai-je fait aujourd'hui ? J'ai disposé d'un cadavre, j'ai sauvé Pitman, j'ai sauvé oncle Joseph, j'ai dégourdi Forsyth et j'ai bu une quantité considérable de médiocres spiritueux. Couronnons tout cela par une visite à mes cousins et jouons pour de bon un rôle providentiel. Demain j'étudierai sérieusement la question des cuirs ; ce soir, je me contenterai de les taquiner gentiment.

Un quart d'heure plus tard, comme les horloges de la ville sonnaient onze heures, l'instrument de la Providence descendit d'un fiacre et heurta à la porte du n° 16 de John Street.

Maurice vint promptement ouvrir.

– Oh ! c'est toi, Michel, dit-il en bloquant soigneusement l'étroite ouverture. Il est très tard.

Sans répondre Michel s'avança, saisit chaleureusement la main de Maurice et la secoua si fort que l'hôte inaccueillant recula. Profitant de ce geste, l'homme de loi se glissa dans le vestibule et se dirigea vers la salle à manger, suivi de Maurice.

– Où est mon oncle Joseph ? demanda-t-il en s'asseyant dans le fauteuil le plus confortable.

– Il n'a pas été très bien ces temps-ci, répondit Maurice. Il est resté à Browndean, sous la garde de Jean. Et, comme tu vois, je suis seul.

Michel sourit à part lui.

– Je veux le voir pour une affaire particulière, dit-il.

– Tu ne peux pas t'attendre à voir mon oncle alors que tu ne me laisses pas voir ton père, répondit Maurice.

– Balivernes, dit Michel. Mon père est mon père, tandis que Joseph est tout autant mon oncle que le tien. Tu n'as pas le droit de le séquestrer.

– Je ne fais rien de tel, dit Michel d'un ton farouche. Il ne va pas bien, il est dangereusement malade, et personne ne peut le voir.

– En ce cas, je vais te dire ce qu'il en est, dit Michel. J'abats mes cartes devant toi. Je suis venu conclure un compromis.

Le pauvre Maurice devint pâle comme un mort ; après quoi un flot de colère contre l'injustice de la destinée humaine monta en lui et le fit rougir jusqu'aux tempes.

– Que veux-tu dire ? s'écria-t-il. Je ne crois pas un mot de ce que tu dis !

Michel l'assura qu'il parlait sérieusement.

– Eh bien ! s'écria-t-il à nouveau en devenant plus rouge encore, je ne marche pas. Tu peux mettre ça dans ta pipe et le fumer !

– Oho ! dit Michel avec une inflexion particulière. Tu prétends que notre oncle est dangereusement malade, et tu te refuses à un compromis ? Il y a là-dedans quelque chose de suspect.

– Qu'est-ce que tu veux dire ? cria Maurice d'une voix rauque.

– Je dis seulement : suspect. Si tu aimes mieux, louche.

– Que veux-tu insinuer ? tonna Maurice en essayant de le prendre de haut.

– Insinuer ? répéta Michel. Oh ! ne tombons pas dans les expressions désobligeantes. Noyons notre différend dans le vin, comme deux affables cousins. *Les Deux Affables Cousins,* c'est une comédie que l'on attribue parfois à Shakespeare, ajouta-t-il.

L'esprit de Maurice travaillait comme une forge. « Soupçonne-t-il la vérité ? Ou tire-t-il à l'aveuglette, pour voir ? Faut-il montrer les dents ou lui passer la main dans le dos ? Plutôt lui passer la main dans le dos, conclut-il. Je gagnerai ainsi du temps. »

– Allons, dit-il tout haut avec un faux air de cordialité très pénible à voir, il y a longtemps que nous n'avons passé une soirée ensemble. Michel ; et bien que j'aie, tu ne l'ignores pas, des habitudes de grande sobriété, je puis faire une exception pour une fois. Excuse-moi un moment, je vais chercher une bouteille de whisky à la cave.

– Pas de whisky pour moi, dit Michel. Un peu de vieux champagne ou rien.

Maurice hésita un instant, songeant au prix du champagne. Mais il sortit de la chambre sans un mot. Son esprit rapide avait perçu qu'en le dépouillant du meilleur de sa cave, Michel se mettait à sa merci. « Une bouteille ? » pensa-t-il, « par saint Georges, je lui en donnerai deux ! Ce n'est pas le moment de faire des économies ; une fois que l'animal sera ivre, je saurai bien lui arracher son secret. »

Il s'en revint donc avec deux bouteilles, puis il prit des verres dans le buffet et les remplit avec une grâce hospitalière.

– Je bois à ta santé, cousin ! s'écria-t-il gaiement. N'épargne pas le vin sous mon toit.

Michel but son verre délibérément, en restant debout près de la table ; après quoi il le remplit à nouveau, et retourna à son fauteuil en emmenant la bouteille.

– Le butin de guerre ! dit-il en manière d'excuse. C'est la loi du plus fort. Affaire de science, Maurice, de science.

Maurice ne put trouver de réponse et le silence régna pendant un laps de temps considérable. Mais deux verres de champagne brut produisirent un changement rapide chez Michel.

– Il y a chez toi un manque de vivacité, Maurice, observa-t-il. Tu as peut-être de la profondeur, mais de la vivacité, pardieu non !

– Qu'est-ce qui te fait croire que j'ai de la profondeur ? demanda Maurice d'un air modeste et satisfait tout ensemble.

– Le fait que tu te refuses à un compromis, dit l'homme de loi. C'est là un trait de profondeur, de grande profondeur. Et il faut avouer aussi que tu as du très bon vin. Le vin a toujours été l'honneur (le seul honneur) de la famille Finsbury. Cela vaut beaucoup mieux qu'un blason. Mais quand un homme a pareil vin dans sa cave, je me demande pourquoi il n'en vient pas à un compromis ?

– Mais tu as refusé toi-même, au début, dit Maurice en souriant. Chacun son tour.

– Pourquoi donc ai-je refusé d'abord ? Et pourquoi donc refuses-tu à présent ? demanda Michel. Voilà un problème remarquable, très remarquable, ajouta-t-il en surmontant quelques difficultés de langage avec une fierté manifeste. Je me demande ce que nous avons dans la tête l'un et l'autre.

— Quelle peut être ma raison, à ton avis ? demanda adroitement Maurice.

Michel le regarda et cligna de l'œil.

— Tu ne manques pas de toupet, dit-il. Tu ne vas pas tarder à me demander de te tirer du pétrin. Je sais que je suis un émissaire de la Providence, mais pas un émissaire de cette espèce-là. Tu t'en tireras de toi-même, comme la chèvre d'Esope. Quel épouvantable embrouillamini pour un pauvre orphelin de quarante ans sonnés : l'affaire des cuirs et tout le reste !

— Je ne vois vraiment pas ce que tu veux dire, répondit Maurice.

— Ne suis pas très sûr de bien le voir moi-même, dit Michel. Voici un... heu... un excel... lent cru, monsieur. Rien à dire contre. Mais voilà le point crucial : un précieux oncle envolé. Tout ce que je veux savoir, c'est : où est le précieux oncle ?

— Je te l'ai dit : il est à Browndean, répondit Maurice en s'essuyant furtivement le front car ces insinuations répétées le mettaient cruellement mal à l'aise.

— C'est facile à dire, Brown... Browndee. Pas si facile que ça après tout ! s'écria Michel. Je veux dire que c'est pour toi une réponse facile. Mais je n'aime pas cet oncle qui s'évanouit complètement. Complètement. C'est bizarre.

Et il hocha la tête.

— C'est d'une simplicité parfaite, répondit Maurice avec un calme laborieux. Il n'y a pas de mystère à cela. Oncle Joseph se repose à Browndean du choc qu'il a eu dans l'accident.

— Ah ! dit Michel, pour un choc, ç'a été un rude choc !

— Pourquoi dis-tu ça ? demanda vivement Maurice.

— Mais parce que tu le dis toi-même, répliqua l'homme de loi. Si tu me dis maintenant le contraire, j'aurai le choix entre les deux histoires. La question est... renversé la bouteille... excellente chose pour le tapis... la question est... heu ;... le précieux oncle est-il... enterré ?

Maurice bondit de son siège.

— Qu'est-ce que tu dis ? cria-t-il.

— Excellente chose pour le tapis, répondit Michel en se levant. Excellente chose aussi pour la... constitution. C'est tout un. Mille affections à l'oncle Champagne.

— Tu ne pars pas ? s'écria Maurice.

— Navré, mon vieux... chevet d'un ami malade, dit Michel en chancelant.

— Tu ne partiras pas avant de m'avoir expliqué tes insinuations, reprit farouchement Maurice. Qu'est-ce que tu veux dire ? Qu'est-ce qui t'a amené ici ?

— Sans rancune, j'espère ? dit en se retournant l'homme de loi qui avait ouvert la porte de la salle à manger. J'étais venu faire mon devoir... d'émi-chaire de la Providence.

Il trouva son chemin à tâtons jusqu'à la porte d'entrée, l'ouvrit avec quelque difficulté et descendit le perron pour rejoindre son fiacre. Le cocher somnolent se redressa et lui demanda où il devait le conduire.

Michel remarqua que Maurice l'avait suivi au bas du perron. Une brillante inspiration lui vint. « La rédemption par la souffrance », pensa-t-il. Et, tout en s'accrochant à la roue, il dit tout haut :

– Allez à... Sh... Sh... Schoctland Yard. Y a quelque chose de diablement louche, cocher, dans ces cousins. Faut éclaircir cha. A Schcotland Yard !

– Vous ne voulez pas dire ça pour de bon, monsieur, dit le cocher avec sympathie. Vous feriez mieux de rentrer chez vous, monsieur. Vous pourrez toujours aller à Scotland Yard demain.

– Est-ce un conseil amical ou... ou profechionnel ? demanda Michel. Très bien. Ne vous occupez plus de Shshcotland Yard. Conduisez-moi au bar de la Gaîté.

– Le bar de la Gaîté est fermé, monsieur, dit le cocher.

– Alors, chez moi ! dit Michel avec enjouement.

– Où ça, monsieur ?

– Ma foi, je ne me rappelle pas, dit Michel en montant dans le véhicule. Allez à Shshcotland Yard et demandez-leur.

– Mais vous avez bien une carte de visite, dit le cocher à travers la petite lucarne du fiacre. Donnez-moi votre étui à cartes.

– Quelle idée de... génie ! s'écria l'homme de loi, qui tira l'étui et le tendit au cocher.

L'homme lut à la lueur du réverbère :

– M. Michel Finsbury, 233 King's Road, Chelsea. C'est bien ça, monsieur ?

– C'est cha même, cria Michel. Allez là tout droit chi vous pouvez voir votre chemin.

CHAPITRE X

Gédéon Forsyth et le piano à queue

Le lecteur connaît peut-être *Qui a retardé la pendule ?*, ce remarquable ouvrage de E. H. B. qui, après avoir figuré pendant plusieurs jours aux éventaires des gares, disparut entièrement de la face de la terre. *Sic transit gloria mundi.* Où s'en sont allés les exemplaires de ce fugitif chef-d'œuvre, Dieu seul le sait. Après d'actives recherches, je n'ai pu en dépister que trois : un au British Museum, soigneusement dissimulé par une erreur de cote ; un deuxième, égaré parmi des partitions à la Bibliothèque des avocats d'Edimbourg ; et un troisième, relié en maroquin, sur les rayons de Gédéon Forsyth. Le destin privilégié de ce troisième exemplaire donne aussitôt à penser que Gédéon admirait *Qui a retardé la pendule ?* encore que cette admiration puisse paraître inexplicable à ceux qui ont lu l'ouvrage ; mais les parents ont de ces faiblesses et c'est Gédéon (non pas son oncle, dont il avait emprunté humoristiquement les initiales) qui en était l'auteur. Il n'en avait jamais avoué la paternité qu'à quelques amis intimes, au temps où il en corrigeait les épreuves. Après sa parution et son échec retentissant, la modestie du romancier s'accrut encore, et le secret promit dorénavant d'être mieux tenu que celui de l'auteur de *Waverley.*

Au temps où se déroule ce récit, le livre figurait encore dans un recoin poussiéreux d'une bibliothèque de la gare de Waterloo ; et Gédéon, en passant devant avec son billet à destination de Hampton Court, eut un sourire méprisant pour la création de son cerveau. Quelle vaine ambition que celle du romancier ! Combien cet art enfantin était au-dessous de lui ! Maintenant qu'il tenait sa première cause, il se sentait enfin devenu un homme. Et la muse, sans doute d'extraction française, qui préside au roman policier, s'enfuit d'auprès de lui pour rejoindre la danse que menaient ses sœurs grecques autour des fontaines de l'Hélicon.

De saines réflexions pratiques réjouirent l'âme du jeune avocat pendant son voyage. A maintes reprises il choisit la petite maison de campagne nichée dans un bosquet de chênes qui allait devenir sa future demeure. En propriétaire avisé, il projetait des améliorations au passage, ajoutant à l'une une écurie, à l'autre un court de tennis, à cette autre encore un hangar à canots.

« Naguère encore, songeait-il, quel jeune écervelé je faisais ! Je ne pensais qu'à mon plaisir. Je ne rêvais que romans policiers et parties de canotage. J'aurais passé devant une vieille maison de campagne flanquée d'un grand potager, d'écuries, de spacieux offices, d'un débarcadère sans même y jeter un regard, et certainement je n'aurais posé aucune question au sujet de ses canalisations sanitaires. Comme un homme mûrit avec les années ! »

Le lecteur sagace percevra ici les ravages effectués par Miss Hazeltine. Gédéon avait emmené Julia tout droit chez M. Bloomfield ; et ce vieux monsieur, en apprenant de son neveu qu'elle était la victime de l'oppression, avait épousé bruyamment sa cause. Il s'était même échauffé de telle sorte que, pour un homme de son tempérament, il devenait impérieux d'agir.

– Je me demande quel est le pire des deux, s'écria-t-il, du vieux scélérat et de ses détournements, ou du jeune roquet et de ses grossièretés. Je vais écrire au *Pall Mall* pour les dénoncer. Je vous dis, monsieur, qu'ils doivent être dénoncés. C'est un devoir public. Ne m'avez-vous pas dit que cet individu était un tory ? Oh ! son oncle est un conférencier radical ? Alors, il n'y a pas de doute que le malheureux a été gravement lésé. Comme vous dites, cela change l'aspect des choses. Les raisons civiques tombent de ce fait.

Il chercha et trouva instantanément un nouveau débouché pour sa soif d'action. Miss Hazeltine, il la voyait clairement, devait être soustraite aux recherches. Or son bateau-maison était paré (il était revenu la veille de sa croisière habituelle) et quelle meilleure cachette qu'un bateau-maison ? Le matin même, au mépris d'un vent d'est qui soufflait en tempête, M. et Mme Bloomfield et Miss Julia Hazeltine avaient commencé leur voyage. Gédéon avait plaidé en vain pour être de la partie. « Non, Ged », avait dit son oncle. « On va te filer. Tu ne dois pas être avec nous. » Et l'avocat ne s'était pas risqué à contredire cette étrange illusion, craignant que, s'il privait l'affaire de son attrait romanesque, M. Bloomfield ne s'en désintéressât. Et sa discrétion eut sa récompense ; car le hobereau-radical, posant une lourde main sur l'épaule de son neveu, avait ajouté ces notables paroles : « Je vois ce que tu as en tête, Ged. Mais si tu veux obtenir la jeune fille, il faut travailler, mon garçon. »

Ces accents agréables n'avaient pas cessé de chanter tout le jour aux oreilles de l'avocat tandis qu'il lisait chez lui ; et maintenant encore elles continuaient à former la base de ses spéculations viriles, tandis qu'il roulait vers Hampton Court ; même lorsqu'il descendit du train et qu'il concentra ses pensées pour se préparer à la délicate entrevue, la voix d'oncle Ned et les yeux de Julia ne furent pas oubliés pour autant.

Mais une pluie de surprises l'attendait. Dans tout Hampton Court, point de villa Kurnault, ni de comte Tarnow, ni de comte d'aucune sorte. C'était étrange, mais étant donné la manière quelque peu incohérente dont ces instructions lui avaient été délivrées, ce n'était peut-être pas inexplicable. M. Dickson venait de déjeuner et pouvait avoir commis quelque fatale erreur touchant l'adresse. « Comment agir de manière prompte, virile et pratique ? » se demanda Gédéon. Et il se répondit sur-le-champ : « Envoyer un télégramme très laconique. » Bientôt les fils télégraphiques câblaient cette importante missive : « Dickson, Hôtel Langham. Villa et personnes inconnues ici, suppose erreur d'adresse ; suis par prochain train. Forsyth. » Et à l'hôtel Langham en effet Gédéon ne tarda pas à descendre d'un fiacre fumant, son front portant les marques de la hâte et de l'effort intellectuel.

Je ne crois pas que Gédéon oubliera jamais l'hôtel Langham. Ç'avait été une épreuve que de ne pas trouver le comte Tarnow ; mais que dire de l'inexistence de John Dickson et d'Ezra Thomas ? « Comment ? pourquoi ? que faire ? » furent les questions qui se mirent à danser dans son cerveau égaré ; de chacun des centres de ce que nous nommons bizarrement incongrus ; et avant même que leur tourbillon se fût apaisé, l'avocat se retrouva dans un fiacre, en train de rouler furieusement vers son logis. Là du moins il trouverait un refuge, là il pourrait réfléchir. Et lorsqu'il grimpa son escalier, lorsqu'il mit sa clef dans la serrure et ouvrit sa porte, il éprouva quelque chose qui ressemblait à de l'espoir.

Il faisait tout à fait sombre dans l'appartement, car la nuit était tombée ; mais Gédéon connaissait sa chambre et savait qu'il trouverait des allumettes à droite sur la cheminée. Il avança donc hardiment et, ce faisant, se heurta contre une lourde masse qui n'aurait pas dû se trouver là. Car il n'y avait rien à cet endroit quand Gédéon était sorti ; or il avait fermé la porte à clef derrière lui en partant et l'avait trouvée fermée de même à son retour ; par conséquent personne n'avait pu entrer, aucun meuble n'avait pu changer de place. Et cependant il était indéniable qu'un objet nouveau se trouvait là. Il étendit les mains dans le noir. Oui, il y avait là quelque chose, quelque chose de grand, quelque chose de lisse, quelque chose de froid.

– Le ciel me pardonne ! dit Gédéon. On dirait un piano.

A ce moment il se rappela qu'il avait des allumettes dans la poche de son gilet et il en frotta une.

Ce fut bien un piano qui s'offrit à son regard incrédule ; un vaste et coûteux instrument, taché par la pluie de l'après-midi et quelque peu défiguré par de récentes éraflures. La lueur de l'allumette se reflétait dans les flancs vernis comme une étoile dans l'eau tranquille ; et à l'autre bout de la chambre, l'ombre de cet étrange visiteur dessinait sur le mur une énorme silhouette vacillante.

Gédéon laissa l'allumette brûler dans ses doigts, et l'obscurité se referma une fois de plus sur sa stupeur. Alors, d'une main tremblante, il alluma la lampe et s'approcha. De près comme de loin, on ne pouvait douter du fait : l'objet était un piano. Là où, selon toutes les lois divines et humaines il était impossible qu'il pût être, il se tenait impudemment. Gédéon ouvrit le clavier et plaqua un accord. Pas un son ne troubla la tranquillité de la chambre. « Est-ce que je déraille ? » pensa-t-il avec un coup au cœur. Et tirant un siège près du piano, il s'obstina dans ses tentatives pour rompre le silence, tantôt par de brillants arpèges, tantôt par une sonate de Beethoven qu'il avait sue (en des temps plus heureux) être l'une des œuvres les plus retentissantes de ce puissant compositeur. Toujours pas un son. Il assena deux grands coups de poing sur les touches. Tout resta muet comme la tombe.

Le jeune avocat bondit sur ses pieds.

– Je suis fou à lier ! cria-t-il à haute voix, et je suis seul à le savoir. La pire malédiction de Dieu s'est abattue sur moi.

Ses doigts rencontrèrent sa chaîne de montre ; instantanément il tira sa montre et l'appliqua à son oreille. Il perçut le tic-tac.

– Je ne suis pas sourd, dit-il tout haut. Je suis seulement fou. Ma raison m'a quitté pour toujours.

Il promena autour de lui un regard anxieux et considéra d'un œil éteint le fauteuil dans lequel s'était installé M. Dickson. Un bout de cigare reposait auprès, sur le garde-feu.

« Non », pensa-t-il, « je ne crois pas que ce soit un rêve. Mais ma raison faiblit rapidement. J'ai l'impression d'avoir faim, par exemple : c'est probablement une autre hallucination. Néanmoins, je tenterai l'expérience : je vais faire un dernier bon dîner. J'irai au Café Royal, d'où il se pourrait bien qu'on m'emmène tout droit à l'asile. »

Il se demanda avec un intérêt morbide tout en descendant l'escalier, comment il trahirait pour la première fois sa terrible condition – allait-il se jeter sur un garçon de restaurant ? ou manger du verre ? – et quand il fut monté dans un fiacre, il ordonna au cocher de le mener au *Nichol's* avec la crainte sourde que cet établissement n'existât que dans son esprit.

L'entrée brillamment éclairée du café le rassura vite sur ce point. Il fut heureux aussi de reconnaître son garçon favori. Ses ordres s'avérèrent cohérents. Le dîner, quand il vint, lui fit l'effet d'un repas très sensé, et il s'y attaqua avec plaisir. « Ma parole », se dit-il, « je suis presque tenté de reprendre espoir. Ai-je jeté le manche après la cognée ? Ai-je fait ce qu'aurait fait Robert Lastucieux ? » Robert Lastucieux, ai-je besoin de le dire, était le principal personnage de *Qui a retardé la pendule ?* Son auteur le tenait pour un brillant et vraisemblable produit de son imagination ; les lecteurs critiques trouvaient que Robert n'avait guère mérité son nom de famille ; mais telle est la difficulté à laquelle se heurtent les romans policiers : le lecteur en est souvent plus perspicace que l'auteur. Aux yeux de son créateur toutefois, Robert Lastucieux était un mot magique ; la seule pensée de cette brillante créature lui redonnait des forces et l'éperonnait ; ce que Robert aurait fait, Gédéon le ferait aussi. Cette tournure d'esprit n'est pas rare : le général en détresse, le pasteur harcelé, l'écrivain hésitant se demandent respectivement ce qu'auraient fait à leur place Napoléon, saint Paul et Shakespeare. Après quoi il ne reste plus qu'à répondre à la question. Dans le cas de Gédéon, la réponse allait de soi : Lastucieux était un homme d'une décision singulière et il eût agi sur-le-champ. « Comment agir », pensa Gédéon, « sinon en retournant chez moi ? »

Quand il s'y retrouva, toute autre inspiration lui fit défaut, et il resta là à contempler lamentablement l'instrument de sa confusion. Il n'osait plus se résoudre à mettre les doigts sur les touches : qu'elles eussent gardé leur silence premier ou qu'elles eussent répondu avec le fracas des trompettes du Jugement Dernier, dans les deux cas il n'en eût été que plus déconcerté. « Ce doit être une farce », se dit-il, « quoiqu'elle semble bien élaborée et bien coûteuse. Oui, c'est *forcément* une farce. » Et au même moment, son regard tomba sur un indice qui lui parut corroborer cette interprétation : la pagode de cigares que Michel avait érigée avant de quitter la chambre. « Pourquoi cela ? » se demanda Gédéon. « Cet édifice paraît entièrement gratuit. » Et, s'approchant, il le défit timidement. « Une clef ? » se dit-il. « Pourquoi ? Et pourquoi l'avoir mise ainsi en évidence ? » Il fit le tour de l'instrument et vit le trou de serrure qui se trouvait par-derrière. « Ah ! Ah ! Voilà où s'applique la clef », se dit-il. « On a voulu que je regarde au-dedans. De plus en plus étrange. » Sur quoi il tourna la clef et souleva le couvercle.

Dans quelles convulsions d'angoisse, dans quels accès de résolution fugitifs suivis d'effondrements désespérés Gédéon passa la nuit, mieux vaut ne pas le décrire de trop près.

Les trilles menus par lesquels les oiseaux des gouttières de Londres saluent l'approche du jour le trouvèrent réduit à l'état de loque et l'esprit aussi vide de ressources que devant. Il se leva et jeta au-dehors un regard sans joie sur les fenêtres voilées, la rue déserte et l'aube grise tachetée par la lueur jaune des lampadaires. Il y a des matins où la ville semble s'éveiller avec une mauvaise migraine ; c'était l'un de ces matins-là ; et la diane pépiée par les moineaux retentissait toujours dans l'esprit de Gédéon.

« Le jour est là, pensa-t-il, et je ne suis pas plus avancé ! Il faut que cela finisse. » Il ferma le piano, mit la clef dans sa poche et sortit pour aller prendre du café quelque part. En chemin, son esprit continuait à tournoyer dans le même cercle vicieux de terreurs, de doutes angoissés et de regrets. Appeler la police, livrer le cadavre, couvrir Londres d'affiches décrivant John Dickson et Ezra Thomas, remplir les journaux de paragraphes intitulés *Une mystérieuse découverte dans le quartier du Temple* ou *M. Forsyth admis à fournir caution,* c'était là une ligne de conduite possible, facile et sûre ; mais plus il y réfléchissait, moins elle lui apparaissait sous un jour plaisant. Car n'était-ce pas du même coup divulguer un certain nombre de faits singuliers à son sujet ? Un enfant aurait percé à jour l'histoire de ces aventuriers, et lui l'avait gobée. Tout avocat qui se respectait aurait refusé d'écouter des clients qui se présentaient à lui d'une façon aussi irrégulière, et lui les avait écoutés. Si encore il n'avait fait que les écouter ; mais il s'était mis en campagne à leur instigation – lui, un avocat, et sans l'ombre d'instructions émanant d'un avoué – pour accomplir une démarche qui n'eût convenu qu'à un détective privé ; enfin, hélas ! – et pour la centième fois le sang lui monta à la tête – il avait accepté leur argent ! « Allons, se dit-il, la chose est claire comme de l'eau de roche. Je vais être déshonoré. J'ai brisé ma carrière pour un billet de cinq livres. »

Entre la possibilité d'être pendu en toute innocence et la certitude d'encourir publiquement une disgrâce méritée, aucun homme de cœur ne saurait hésiter longtemps. Après trois gorgées du breuvage chaud et boueux qui passe dans les établissements de Londres pour être une décoction de grains de café, Gédéon prit la résolution de se passer de la police, et d'être pour de bon Robert Lastucieux. Qu'aurait fait Robert Lastucieux ? Comment disposer d'un cadavre honnêtement acquis ? Assurément il ne pouvait pas le déposer au coin de Tottenham Court Road sans éveiller une curiosité fatale dans le sein des passants ; quant à le précipiter par une cheminée, cela présentait des obstacles physiques insurmontables. Il était également hors de question de le jeter d'un train en marche ou de l'impériale d'un omnibus ; moins impossible toutefois, à supposer que l'on fût dans un yacht, de le lancer par-dessus bord ; mais pour un homme de ressources modestes, c'était là une solution bien dispendieuse : la location du yacht, l'entretien de l'équipage... non il n'y fallait pas songer. Mais soudain son oncle et le bateau-maison qu'il possédait jaillirent dans son esprit, revêtus des couleurs les plus brillantes. Un compositeur de musique (on l'appellerait par exemple Jimson) pouvait fort bien souffrir, comme jadis le musicien de Hogarth, du tintamarre de Londres. Il pouvait fort bien être pressé de mettre

au point un opéra, par exemple l'opéra-comique *Orange Pekoe* :
« *Orange Pekoe,* musique de Jimson, ce jeune maestro plein de
promesses qui est la gloire de notre nouvelle école anglaise » –
vigoureuse entrée des cuivres, etc. – le personnage de Jimson et de sa
musique se dressa de toute sa hauteur dans l'esprit de Gédéon. Quoi
de plus naturel que l'arrivée de Jimson avec un piano à queue, disons :
à Padwick, et que son installation solitaire dans un bateau-maison avec
la partition inachevée d'*Orange Pekoe* ? Il pourrait être plus difficile
d'expliquer sa disparition subséquente et ce reliquat ; un piano vide.
Difficile, oui, mais point impossible : Jimson avait pu devenir fou à
force de s'escrimer sur une fugue, anéantir le témoin de son échec et
plonger à sa suite dans la rivière qui se trouvait là à point nommé.
N'était-ce pas après tout une fin des plus plausibles pour un musicien
moderne ?

« Pardieu, j'ai trouvé ! » s'écria Gédéon. « Jimson me sauvera. »

CHAPITRE XI

Le maestro Jimson

M. Édouard-Hugues Bloomfield ayant annoncé son intention de
rester dans le voisinage de Maidenhead, il n'y a pas lieu de s'étonner
que le maestro Jimson ait tourné ses pensées vers Padwick. Il se
souvenait d'avoir vu près de ce plaisant village riverain, un vieux
bateau-maison moussu amarré sous un bouquet de saules, et qui avait
éveillé en lui des idées romantiques un jour que, sous son propre nom,
il descendait la rivière en canot. En ce temps-là son livre était déjà
tout construit dans sa tête, et il avait été sur le point d'en démonter
la machinerie afin d'y introduire un chapitre dans lequel Robert
Lastucieux (qu'on attirait sans cesse dans quelque piège) eût été attiré
en effet à bord de cette vieille coque solitaire par lord Bellew et le
desperado américain Gin Sling. Il était heureux qu'il n'en eût rien fait,
songeait-il maintenant, la coque en question devant servir à d'autres
fins.

Jimson, personnage de mise peu voyante, mais de manières
insinuantes, eut peu de peine à trouver l'individu stipendié qui avait
la charge du bateau-maison et moins encore à le convaincre de le
résigner entre ses mains. Le loyer étant pour ainsi dire symbolique et
la prise de possession pouvant être immédiate, Jimson obtint la clef
contre des arrhes adéquates et s'en retourna à la ville par le train de
l'après-midi pour se mettre en devoir d'expédier son piano.

– Je serai revenu demain, avait-il dit d'un ton rassurant. Mon opéra
est impatiemment attendu, voyez-vous.

Et en effet, le jour suivant, sur les midi, on put voir Jimson remonter la route en bordure de rivière qui va de Padwick à Great Haverham, portant d'une main un panier à provisions et sous l'autre bras une valise de cuir qui contenait (selon toute probabilité) la partition d'*Orange Pekoe*. On était en octobre. Des alouettes parsemaient le ciel gris pierre, le miroir de plomb de la Tamise reflétait l'éclatant feuillage automnal et les feuilles de châtaignier tombées au sol craquaient sous les pieds du compositeur. Il n'y a pas de saison plus stimulante en Angleterre, et Jimson, en dépit de ses soucis, sifflait tout en marchant.

Un peu en amont de Padwick, le fleuve est très solitaire. Sur la rive opposée, les arbres d'un parc privé ferment la vue, ne laissant voir au-dessus de leurs frondaisons que les cheminées du manoir ; sur la rive de Padwick, court un sentier bordé de saules. C'est parmi eux qu'était mouillé le bateau-maison, – souillé de telle sorte par les pleurs des saules, envahi de telle sorte par les végétaux parasites, de telle sorte dégradé, battu des vents, livré aux rats et prometteur de crampes rhumatismales, qu'il y avait là de quoi serrer le cœur de tout futur occupant. Une planche, en guise de pont-levis, le reliait au rivage ; et ce fut un triste moment pour Jimson que celui où l'ayant attirée à lui il se trouva seul dans cette malsaine forteresse. Il entendait les rats courir et faire floc dans les hideuses profondeurs du bâtiment ; la clef gémit dans la serrure comme une âme en peine ; le salon était blanc de poussière et sentait fortement l'eau croupie. Ce n'était vraiment pas un endroit réjouissant, même pour un compositeur absorbé dans une tâche bien-aimée, mais on laisse à penser s'il pouvait l'être pour un jeune homme hanté de craintes dévorantes et qui attendait l'arrivée d'un cadavre !

Ledit jeune homme s'assit, débarrassa une partie de la table et attaqua le déjeuner froid du panier. En prévision d'une enquête subséquente sur le sort de Jimson, il était préférable qu'on le vît peu ; en d'autres termes, qu'il passât toute la journée au logis. A cette fin, et pour mieux corroborer sa fiction, il avait apporté dans la valise de cuir non seulement de quoi écrire, mais une rame de papier à musique de grand format, tel qu'il le jugeait approprié à un personnage ambitieux comme Jimson.

« Et maintenant, à l'ouvrage ! » dit-il, quand il eut satisfait son appétit. « Il faut que nous laissions des traces de l'activité du malheureux. » Et il écrivit d'une main hardie :

ORANGE PEKOE
Op. 17
J. B. JIMSON
Partition pour piano et chant

« Je suppose que les compositeurs ne commencent guère comme cela, pensa Gédéon ; mais il n'est pas question pour moi de trousser toute une partition, et d'ailleurs Jimson ne faisait rien comme les autres.

Une dédicace serait convaincante, je crois. "*Dédié à... voyons... à William Ewart Gladstone, par son obéissant serviteur.*" Et maintenant un peu de musique. Je ferais mieux d'éluder l'ouverture. J'ai idée que cela présente des difficultés. Allons-y d'un air pour le ténor. A la clef – oh ! il faut être moderne – sept bémols. »

Il les inscrivit, puis s'arrêta et rêva quelque temps sur sa plume. Une mélodie, quand on n'a pas d'autre chef d'inspiration que la vue d'une feuille de papier à musique, n'est point chose qui a coutume de jaillir de soi-même dans l'esprit d'un amateur ; et sept bémols à la clef ne sont pas faits non plus pour faciliter l'improvisation. Il jeta la feuille tout en observant que des tentatives répétées s'accordaient bien au personnage de Jimson, et il taquina de nouveau la muse dans diverses clefs et sur diverses feuilles de papier, mais avec des résultats si négligeables qu'il en resta effaré. « C'est bizarre », pensa-t-il, « on dirait que j'ai moins d'imagination que je ne croyais, à moins que je ne sois dans un mauvais jour. Il faut pourtant que Jimson laisse derrière lui quelque chose. » Et de nouveau il se remit à la tâche.

Bientôt le froid pénétrant du bateau-maison se mit à attaquer en lui le siège même de la vie. Il interrompit sa tentative avortée et, au déplaisir manifeste des rats, arpenta à grands pas la cabine. Mais il ne se réchauffait pas. « C'est absurde », se dit-il. « Tant pis pour le risque : je ne veux pas attraper un catarrhe. Il faut que je sorte de cette tanière. »

Il émergea sur le pont, alla à l'avant de l'embarcation et regarda pour la première fois le long de la rivière. Il tressaillit. A cent mètres à peine en amont, un autre bateau-maison était mouillé parmi les saules ; impeccable celui-là, avec un élégant canot suspendu à l'arrière, des rideaux d'une blancheur de neige aux fenêtres et un pavillon flottant à un mât. Plus Gédéon le contemplait, plus se mêlait à son dépit un sentiment de surprise et d'impuissance. Ce bateau-maison ressemblait beaucoup à celui de son oncle ; il lui ressemblait même extrêmement ; il était identique. Gédéon aurait juré que c'était lui, si deux faits ne s'y fussent opposés. En premier lieu, son oncle devait aller à Maidenhead ; il est vrai qu'il avait pu changer d'avis, comme y sont enclins les tempéraments exagérément virils. Mais en second lieu, son oncle n'avait pas coutume d'arborer un pavillon et, s'il l'eût fait, il eût hissé assurément les couleurs de Cambridge dont il avait sucé le lait académique en 1850 ; or le pavillon qui flottait à l'arrière du bateau-maison était aux couleurs de ce nid de conservatisme, de crypto-papisme et de désuétude : Oxford. « Pourtant, il lui ressemble joliment », pensa Gédéon.

Tandis qu'il regardait et réfléchissait, la porte s'ouvrit et une jeune demoiselle s'avança sur le pont. L'avocat se fit tout petit et s'enfuit dans sa cabine : c'était Julia Hazeltine ! Il la vit par la fenêtre mettre le canot à flot, y descendre et se laisser aller au fil du courant dans sa direction.

« Tout est fini ! » se dit-il en s'affalant sur un siège.

– Bon après-midi, mademoiselle, dit alors une voix que Gédéon reconnut pour celle de son propriétaire.

– Bon après-midi, répondit Julia, mais je ne sais pas qui vous êtes. Oh ! je vois, vous êtes l'obligeante personne qui nous a permis de dessiner du vieux bateau-maison.

Le cœur de Gédéon bondit de terreur.

– C'est ça, répondit l'homme. Mais ce que je voulais vous dire, c'est que ça n'est plus possible. Je l'ai loué, voyez-vous.

– Loué ! s'écria Julia.

– Pour un mois, dit l'homme. Ça paraît bizarre, hein ? Je me demande ce que l'intéressé veut en faire.

– C'est très romantique de sa part, dit Julia. Quelle sorte de personne est-ce ?

Julia était dans son canot, le propriétaire dans son bachot et l'un et l'autre s'accrochaient au plat-bord du bateau-maison, en sorte que Gédéon ne perdait pas un mot de leur dialogue.

– C'est un musicien, dit le propriétaire, ou du moins, c'est ce qu'il m'a dit, mademoiselle ; il est venu ici écrire un opéra.

– Vraiment ! s'écria Julia. Je n'ai jamais rien entendu d'aussi charmant ! Nous nous glisserons tout près la nuit pour l'entendre improviser. Comment s'appelle-t-il ?

– Jimson, dit l'homme.

– Jimson ? répéta Julia en interrogeant en vain sa mémoire. Êtes-vous sûr d'avoir bien entendu ?

– Je le lui ai fait épeler, répondit le propriétaire. J-I-M-S-O-N : Jimson ; et son opéra s'appelle... une espèce de thé.

– « Une espèce de thé ! » s'écria la jeune fille. Quel nom étrange pour un opéra ! Quel peut bien en être le sujet ?

Et Gédéon entendit flotter sur l'eau son joli rire.

– Il faut que nous fassions connaissance avec ce M. Jimson. Je suis sûre qu'il doit être très agréable.

– Ma foi, mademoiselle, il faut que je m'en aille. Je dois aller à Haverham, voyez-vous.

– Oh ! que je ne vous retienne pas ! dit Julia. Au revoir.

– Au revoir, mademoiselle.

Gédéon restait en proie aux affres les plus dévorantes. Il était ancré à un vieux bateau-maison pourri, il n'allait y être ancré que davantage par la présence du cadavre, et voilà que le pays bourdonnait autour de lui et que de jeunes demoiselles se proposaient d'organiser des parties de plaisir la nuit autour de son habitat. Cela, déjà, signifiait les galères. Mais ce qui l'affectait surtout à présent, c'était l'indicible légèreté de Julia. Cette jeune fille était prête à faire connaissance avec n'importe qui ; elle n'avait aucune réserve, aucun vernis de distinction. Elle causait familièrement avec une brute telle que son propriétaire ; elle prenait un intérêt immédiat (qu'elle n'avait pas même la délicatesse de cacher) à une créature comme Jimson ! Il l'imaginait fort bien invitant Jimson à prendre le thé avec elle ! Et c'était pour une fille pareille qu'un homme comme Gédéon... humilie-toi, cœur viril !

Il fut interrompu par un bruit qui le fit bondir en un clin d'œil derrière la porte. Miss Hazeltine avait pris pied à bord du bateau-maison. Son croquis s'annonçant bien, et le silence qui régnait lui donnant à penser que Jimson n'était pas encore arrivé, elle avait décidé de profiter de l'occasion pour compléter son œuvre d'art. Elle s'assit à l'avant, disposa son bloc de papier et sa boîte d'aquarelle, et bientôt se mit à chantonner tout en peignant. Il est vrai que de temps à autre elle interrompait sa chanson : c'est qu'elle cherchait dans sa mémoire quelqu'une de ces fameuses petites recettes avec lesquelles on mène à bien, ou plutôt avec lesquelles on menait jadis à bien, ce noble art, – car aujourd'hui notre monde sophistiqué et les jeunes demoiselles qui en constituent l'agrément, s'en sont émancipées ; mais Julia avait dû étudier sous Pitman et restait fidèle à la vieille école.

Gédéon, cependant, se tenait derrière la porte, n'osant bouger, n'osant respirer, n'osant penser à ce qui allait suivre, bourrelé d'ennui et de détresse par sa réclusion forcée. Sa seule consolation était de songer avec gratitude que cette phase critique ne pouvait durer toujours ; quoi qu'il dût arriver (fût-ce la potence, pensa-t-il amèrement, à tort peut-être), ce serait nécessairement pour lui un soulagement. Élever des nombres au cube lui vint alors à l'esprit comme un recours ingénieux contre les idées noires, et il se consacra virilement à cet exercice morose.

Les deux jeunes gens étaient donc occupés de la sorte, Gédéon s'attaquant résolument à un nombre de cinq chiffres et Julia étalant vigoureusement sur son bloc des couleurs incongrues, lorsque la Providence dépêcha dans ces eaux une vedette à vapeur qui remontait la Tamise avec un halètement asthmatique. Tout le long des berges l'eau enflait, puis retombait, et les roseaux bruissaient. Le bateau-maison lui-même, cette vieille personne sédentaire, s'anima tout à coup et se mit à rouler sur ses amarres, comme un navire en partance qui commence à sentir la barre du port. Le remous s'était presque apaisé et le halètement rapide de la vedette était sur le point de se perdre dans le lointain, lorsqu'un cri de Julia fit tressaillir Gédéon. Jetant un coup d'œil par la fenêtre, il la vit qui regardait d'un air désolé son canot en train de s'en aller rapidement au fil de l'eau. L'avocat (quelles que fussent ses fautes) déploya à cette occasion une promptitude digne de son héros, Robert Lastucieux ; d'un seul effort de pensée, il prévit ce qui allait suivre ; d'un seul mouvement du corps, il se jeta à terre et rampa sous la table.

Julia, pour sa part, ne se rendait pas compte de sa position. Elle voyait bien qu'elle avait perdu le canot et elle songeait sans enthousiasme à sa prochaine entrevue avec M. Bloomfield ; mais elle ne se doutait nullement qu'elle était emprisonnée car elle connaissait l'existence de la planche pont-levis.

Elle fit le tour du bateau-maison et trouva la porte ouverte et la planche enlevée. Il était donc clair que Jimson était arrivé ; non moins

clair qu'il se trouvait à bord. Ce devait être un homme très timide pour
avoir souffert qu'on envahît ainsi sa résidence sans donner signe de
vie ; et à cette pensée elle reprit courage. Il fallait qu'il vienne à présent,
elle devait le faire sortir de sa retraite, car elle n'était pas assez forte
pour soulever toute seule la lourde planche. Elle frappa donc à la porte
ouverte. Et frappa derechef.

– M. Jimson ! cria-t-elle. M. Jimson ! Venez, je vous prie. Il *faut*
que vous veniez, tôt ou tard, car je ne puis m'en aller sans votre aide.
Oh ! ne soyez pas si timide ! Venez, de grâce !

Toujours pas de réponse.

« S'il est ici, il doit être fou », pensa-t-elle avec un mouvement de
frayeur. Puis elle songea qu'il était probablement parti comme elle en
bateau. En ce cas, elle pouvait aussi bien visiter le bateau-maison ; elle
poussa la porte et elle entra. Sous la table où il gisait à demi suffoqué
par la poussière, Gédéon sentit son cœur s'arrêter.

Elle vit les restes du déjeuner de Jimson et pensa : « Il a l'air d'aimer
les bonnes choses. Oh ! je suis sûr que c'est un homme tout à fait
charmant. Je me demande s'il est aussi joli garçon que M. Forsyth.
Mme Jimson... cela ne sonne pas aussi bien que Mme Forsyth : mais
Gédéon est vraiment un prénom odieux. Et voilà de la musique de lui ;
c'est charmant. *Orange Pekoe.* Oh ! c'est là ce que l'homme voulait dire
par "une espèce de thé" ! » Et elle éclata de rire. « *Adagio molto
expressivo, sempre legato* », lut-elle ensuite (car Gédéon était bien équipé
pour la partie littéraire du métier de compositeur). « Comme c'est
étrange, toutes ces indications pour trois ou quatre notes seulement !
Oh, en voici une autre avec quelques notes de plus, *Andante patetico* »,
et elle se mit à examiner la musique. « Mon Dieu ! » s'écria-t-elle,
« ce doit être un compositeur terriblement moderne ! Je ne vois que
des dissonances. Voyons un peu l'air. C'est étrange, mais cela me donne
une impression de déjà vu. » Elle commença à fredonner, et soudain
éclata de rire. « Mais c'est "Tommy, donne ta place à ton oncle" ! »,
s'écria-t-elle à haute voix emplissant d'amertume l'âme de Gédéon.
« *Andante patetico,* je vous demande un peu ! Cet homme est purement
et simplement un imposteur. »

Juste à ce moment, un bruit confus lui parvint de sous la table ; c'était
quelque chose comme un gloussement de poule qui s'acheva dans un
éternuement retentissant : la tête du malheureux qui l'avait émis entra
alors en contact avec la table, et l'éternuement fut suivi d'un sourd
gémissement.

Julia courut à la porte où, avec le salutaire instinct des braves, elle
se retourna pour faire face au danger. Elle n'était pas poursuivie. Les
bruits continuaient ; sous la table, elle distinguait une forme couchée
secouée par une série d'éternuements. Rien de plus.

« Quelle étrange conduite ! » pensa Julia. « Pour sûr, ce n'est pas
un homme du monde. »

Cependant, les convulsions du jeune avocat avaient mis en suspension dans l'air la poussière des ans, et à la crise d'éternuements succéda un violent accès de toux.

Julia commença à ressentir une certaine sympathie.

— Je crains que vous ne soyez souffrant, dit-elle en se rapprochant un peu. Je vous en prie, ne vous laissez pas effaroucher par moi et ne restez pas sous cette table, M. Jimson. Cela ne peut pas être bon pour vous.

M. Jimson ne lui répondit que par une toux déchirante. Sur quoi la jeune fille s'agenouilla et leurs visages se heurtèrent presque sous la table.

— Bonté divine! s'écria Miss Hazeltine en bondissant sur ses pieds. C'est M. Forsyth devenu fou !

— Je ne suis pas fou, dit-il tristement en se dégageant de son incommode position. Chère Miss Hazeltine, je vous supplie à genoux de croire que je ne suis pas fou.

— Vous n'êtes pas fou ? demanda-t-elle d'une voix encore tout émue.

— Je sais, reprit-il, que pour un regard superficiel, ma conduite peut paraître insolite.

— Si vous n'êtes pas fou, on ne peut même pas appeler cela une conduite ! s'écria la jeune fille dont la joue se colora. Vous jouer ainsi des craintes que je pouvais avoir !

— C'est abominable, abominable, je le sais, je le reconnais absolument, répondit Gédéon avec une franchise toute virile.

— Plus abominable qu'il ne se peut dire. Positivement monstrueux ! dit Julia avec énergie.

— Je sais que votre estime doit en être ébranlée, dit l'avocat. Mais chère, très chère Miss Hazeltine, je vous conjure de m'écouter ; ma conduite, si étrange qu'elle puisse paraître, n'est pas sans... peut s'expliquer ; et il m'est physiquement impossible de continuer à exister si je n'ai pas... si je n'ai pas l'estime de quelqu'un que j'admire... le moment est mal choisi, je le sais, pour dire cela, mais je répète l'expression : de quelqu'un que j'admire.

Une lueur amusée brilla dans les yeux de Miss Hazeltine.

— Très bien, dit-il, sortons de cet endroit glacial et allons nous asseoir sur le pont.

L'avocat la suivit d'un air inconsolé.

— Maintenant, reprit-elle quand elle se fut commodément adossée à la cabine, je vous écoute.

Elle le regarda et voyant qu'il se tenait là, debout devant elle, avec une mine toute malheureuse, reculant évidemment devant sa tâche, elle fut soudain saisie d'un rire irrésistible. Le rire de Julia était chose à ravir un amoureux ; il cascadait délicieusement avec la liberté joyeuse et l'harmonie d'un chant de merle porté par la rivière et répété par l'écho du rivage, il semblait ne faire qu'un avec les éléments. Il n'y avait au monde qu'une créature qui pût l'entendre sans joie, c'était son infortuné admirateur.

— Miss Hazeltine, dit-il d'une voix mal assurée, Dieu m'est témoin que je parle avec les meilleures intentions qui soient à votre égard, mais on ne peut appeler cela que de la légèreté.

Julia ouvrit de grands yeux.

— Je ne puis retirer le mot, dit-il. Déjà vous m'avez percé le cœur en vous entretenant si familièrement avec un batelier. Et puis ce manque de réserve à l'égard de Jimson...

— Mais Jimson n'est autre que vous-même ! objecta Julia.

— Je suis loin de le nier, répondit l'avocat. Mais vous n'en saviez rien alors. Que pouvait être, que pouvait signifier Jimson pour vous ? Miss Hazeltine, je le répète, cela m'a percé le cœur.

— Véritablement, c'est insensé, dit Julia d'un ton résolu. Vous vous êtes conduit d'une manière extraordinaire ; vous prétendez être capable d'expliquer cette conduite et, au lieu de le faire, vous commencez par m'attaquer !

— J'en ai conscience, répondit Gédéon. Je... je suis décidé à tout dire. Quand vous connaîtrez les circonstances qui m'ont fait agir, je ne doute pas que vous m'excusiez.

Et s'asseyant à côté d'elle sur le pont, il dévida sa malheureuse histoire.

— Oh ! M. Forsyth, s'écria-t-elle quand il eut fini. Je suis si désolée. Je regrette tant d'avoir ri de vous. C'est que vous étiez si drôle, voyez-vous. Si seulement j'avais su ! ajouta-t-elle en lui tendant la main.

Gédéon la prit et la garda dans la sienne.

— Vous n'allez pas avoir mauvaise opinion de moi après cela ? demanda-t-il tendrement.

— Mauvaise opinion de vous pour être tombé dans ce terrible pétrin ? Bien sûr que non, pauvre garçon ! s'écria Julia qui, dans la chaleur du moment, lui tendit son autre main. Vous pouvez compter sur moi.

— Vraiment ? dit Gédéon.

— Absolument ! répondit la jeune fille.

— Alors je compte, je compte entièrement sur vous, s'écria le jeune homme. Je reconnais que le moment n'est pas bien choisi, mais je n'ai pour ainsi dire pas d'ami, et...

— Moi non plus, dit Julia. Mais ne croyez-vous pas qu'il serait peut-être temps de me rendre mes mains ?

— *La ci darem la mano,* dit l'avocat. Un tout petit instant encore. J'ai si peu d'amis, ajouta-t-il.

— Je croyais que c'était plutôt considéré comme un mauvais point pour un jeune homme que de ne pas avoir d'amis, observa Julia.

— Oh ! mais j'ai une foule de connaissances, s'écria Gédéon. Ce n'est pas ce que je veux dire. Je sais bien que le moment est mal choisi, mais... oh ! Julia, si seulement vous pouviez vous voir !

— M. Forsyth...

— Ne m'appelez pas par cet affreux nom, cria le jeune homme. Appelez-moi Gédéon.

— Jamais de la vie ! dit Julia. D'ailleurs il y a si peu de temps que nous nous connaissons.

— Mais pas du tout ! protesta Gédéon. Nous nous sommes rencontrés à Bournemouth dans un temps immémorial et je ne vous ai jamais oubliée depuis. Dites-moi que vous ne m'oublierez jamais non plus et appelez-moi Gédéon !

— N'est-ce pas... manquer de réserve à l'égard de Jimson ? demanda la jeune fille.

— Oh ! je sais que je suis un âne, répondit l'avocat, mais peu importe. Je suis un âne et vous pouvez rire de moi tout votre saoul.

Et comme les lèvres de Julia s'entrouvraient pour un sourire, il se mit à chanter tout en la courtisant des yeux : « Connais-tu le pays où fleurit l'oranger ? »

— On dirait un opéra, dit Julia faiblement.

— Mais bien sûr, dit Gédéon. Ne suis-je pas Jimson ? Il serait étrange que je ne donne pas la sérénade à ma bien-aimée. Oui, ma Julia, ce n'est rien de moins que « ma bien-aimée » que j'ai voulu dire, aussi vrai que j'ai l'espoir de faire votre conquête. Je me trouve dans une situation atroce et je n'ai pas un sou vaillant et par-dessus le marché je me suis complètement ridiculisé, mais je suis décidé à vous conquérir, Julia. Regardez-moi et dites-moi non, si vous l'osez !

Elle le regarda et, quel que fût le message de ses yeux, il est à présumer qu'il lui parut agréable, car il le déchiffra longuement.

— Oncle Ned nous aidera bien pour commencer, dit-il enfin.

— Voilà ce que j'appelle avoir du toupet ! dit une voix joyeuse à deux pas.

Gédéon et Julia bondirent sur leurs pieds avec une alacrité prodigieuse (la jeune fille toute confuse de voir que, bien qu'ils n'eussent pas bougé depuis qu'ils s'étaient assis, ils se trouvaient à présent pour ainsi dire l'un contre l'autre), et ce furent des visages fort rouges qu'ils présentèrent au regard de M. Hugues Bloomfield.

Celui-ci, en remontant la rivière dans son bateau, avait capturé le canot vagabond et, devinant ce qui s'était passé, avait voulu s'avancer à pas de loup derrière Miss Hazeltine pour la surprendre en pleine création. Or, il avait, sans s'y attendre le moins du monde, fait d'une pierre deux coups ; et tandis qu'il considérait le couple de rougissants coupables, l'aimable instinct du faiseur de mariages vint adoucir son cœur.

— Oui, j'appelle cela du toupet, répéta-t-il. Vous avez l'air bien sûrs de pouvoir compter sur oncle Ned. Mais dis-moi, Ged, ne t'avais-je pas enjoint de rester à distance ?

— A distance de Maidenhead, répondit Ged. Mais comment pouvais-je m'attendre à vous trouver ici ?

— Il y a quelque chose de vrai là-dedans, reconnut M. Bloomfield. Vois-tu, j'ai pensé qu'il valait mieux que même toi, tu ignorasses mon adresse. Ces canailles de Finsbury auraient été capables de te l'extirper. Et c'est pour les dépister que j'ai hissé ces abominables couleurs. Mais ce n'est pas tout, Ged. Tu m'avais promis de travailler, et je te trouve ici en train de faire le joli cœur à Padwick.

– Je vous en prie, M. Bloomfield, ne soyez pas trop dur pour
M. Forsyth, dit Julia. Le pauvre garçon est dans un terrible embarras.

– Qu'est-ce qu'il y a, Ged ? demanda son oncle. T'es-tu battu avec
quelqu'un ? Ou s'agit-il d'une lettre de change ?

Tels étaient les deux malheurs qui, dans l'esprit de M. Bloomfield,
pouvaient arriver à un gentleman ; et en fait, il se référait à sa propre
expérience. Il avait une fois signé son nom (c'était une simple question
de formalité) sur la lettre de change d'un ami, et cela lui avait coûté
mille livres ; à la suite de quoi l'ami n'avait cessé d'être en proie à une
terreur mortelle, ne tournant jamais un coin de rue sans se demander
s'il allait tomber sur M. Bloomfield et son gourdin de chêne. Quant
à se battre, le hobereau-radical en était toujours à deux doigts.

– C'est bien pis que ça, dit Gédéon. Une combinaison de
circonstances qu'on peut dire providentiellement injustes... heu... à vrai
dire, un syndicat de meurtriers semble avoir considéré que j'étais fait
pour effacer les traces de leur crime. Après tout, c'est du ressort d'un
avocat, voyez-vous !

Et là-dessus Gédéon, pour la seconde fois de la journée, se mit à
décrire l'aventure du piano à queue.

– J'écrirai au *Times* ! s'écria M. Bloomfield.

– Voulez-vous me faire rayer du barreau ? demanda Gédéon.

– Rayer du barreau ! Voyons les choses ne peuvent pas en arriver
là. Nous avons pour l'instant un bon, un honnête gouvernement libéral,
et je suis sûr qu'il se mettrait en branle sur un mot de moi. Dieu merci,
c'en est fait des tripotages tories.

– Ce n'est pas possible, oncle Ned, dit Gédéon.

– Mais tu n'es pas assez fou pour persister à vouloir te débarrasser
du cadavre toi-même ?

– C'est la seule voie qui me soit ouverte, dit Gédéon.

– Cela n'a pas le sens commun et je ne veux pas en entendre parler,
s'écria M. Bloomfield. Je t'ordonne, je t'ordonne positivement, Ged,
de renoncer à cette collusion criminelle.

– Très bien, dit Gédéon, en ce cas je remets le corps entre vos mains,
et vous pourrez en faire ce que vous voudrez.

– Dieu m'en préserve ! cria le président du Club Radical, je ne veux
rien avoir à faire avec pareil objet.

– Alors permettez-moi de faire de mon mieux pour m'en débarrasser
moi-même, répondit son neveu. Croyez-moi, j'ai un talent instinctif pour
cette sorte de difficultés.

– Nous pourrions l'envoyer dans ce nid de peste qu'est le Club
Conservateur, observa M. Bloomfield. Cela pourrait nuire à ces
messieurs dans l'esprit de leurs électeurs, surtout avec quelques articles
à l'appui dans le journal local.

– Si vous considérez l'objet comme un capital politique, dit Gédéon,
il est à vous.

– Non, non, Ged, non. J'avais seulement pensé que tu pourrais faire
cela. Quant à moi je ne veux pas m'en mêler. A la réflexion, il est même

hautement indésirable que Miss Hazeltine ou moi nous attardions ici. On pourrait nous observer, dit le président radical en regardant à droite et à gauche le long de la rivière, et du fait de ma position publique, les conséquences pour le parti en seraient fâcheuses. D'ailleurs, de toute manière, il est temps de dîner.

— Quoi ! s'écria Gédéon en tirant sa montre de sa poche. C'est ma foi vrai ! Grands dieux, il y a des heures que le piano devrait être arrivé !

M. Bloomfield était en train de regrimper dans son bateau, mais à ces mots il s'arrêta.

— Je l'ai vu moi-même arriver à la gare ; j'ai loué un charretier ; il avait un détour à faire, mais il devait être là à quatre heures au plus tard, gémit l'avocat. Pour sûr le piano a été ouvert et on a trouvé le cadavre.

— Il faut que tu t'enfuies à l'instant, dit vivement M. Bloomfield. C'est le seul parti courageux à prendre.

— Mais supposez que tout aille bien ? objecta Gédéon. Supposez que le piano arrive et que je ne sois pas là pour le recevoir ? Je me pendrais moi-même par lâcheté. Non, oncle Ned, il faut aller se renseigner à Padwick. Naturellement, je n'ose pas le faire ; mais vous, vous pourriez aller flâner du côté du bureau de police, voyez-vous.

— Non, Ged, non, mon cher neveu, dit M. Bloomfield du ton d'un homme à la torture. Je te porte l'affection la plus sacrée et, Dieu merci, je suis un Anglais, et tout ce qui s'ensuit. Mais non, pas le bureau de police, Ged.

— Ainsi donc, vous m'abandonnez ? dit Gédéon. Avouez-le franchement.

— Loin de là ! Loin de là ! protesta M. Bloomfield. Je conseille seulement la prudence. Le bon sens, Ged, devrait toujours être le guide d'un Anglais.

— Voulez-vous me permettre de parler ? dit Julia. Je crois que Gédéon ferait mieux de quitter cet horrible bateau-maison et d'attendre un peu plus loin sous les saules. Si le piano arrive, il pourra s'avancer pour en prendre livraison. Et si c'est la police qui vient, il pourra se glisser dans notre bateau, après quoi Jimson disparaîtra à tout jamais. Nous brûlerons ses habits dans la chaudière (il se couchera pendant ce temps-là) et tout sera dit. M. Bloomfield est un homme si considéré et si en vue que jamais il ne viendra à l'idée de personne de le mêler à cette affaire.

— Cette jeune fille a un robuste bon sens, dit M. Bloomfield.

— Me preniez-vous donc pour une imbécile ? dit Julia non sans quelque impertinence.

— Mais si je ne vois venir ni piano ni police ? demanda Gédéon. Que faire alors ?

— En ce cas, dit la jeune fille, vous pourriez aller au village après la nuit tombée – j'irai avec vous si vous voulez – et je suis sûre qu'on ne pensera pas à vous soupçonner. D'ailleurs je me chargerai de vous tirer d'affaire en cas de besoin.

– Je ne permets pas cela, s'écria M. Bloomfield, je ne permettrai jamais que Miss Hazeltine vous accompagne.

– Pourquoi ? demanda Julia.

M. Bloomfield ne tenait nullement à lui avouer sa vraie raison, qui n'était autre qu'une crainte panique d'être attiré dans cet imbroglio. Mais selon la tactique habituelle d'un homme qui a honte de soi, il le prit de haut :

– A Dieu ne plaise, chère Miss Hazeltine, que j'apprenne les convenances à une jeune fille aussi accomplie... commença-t-il.

– Oh ! n'est-ce que cela, dit Julia, l'interrompant aussitôt. S'il en est ainsi, nous irons tous trois.

– Pincé, se dit à part lui le vieux radical.

CHAPITRE XII

Dans lequel le piano à queue
fait une dernière apparition

L'Angleterre est censée ne pas être un pays musicien. Mais sans parler de la faveur dont jouissent les orgues de Barbarie, nous possédons un instrument qui peut être qualifié de national dans toute l'acception du terme. Le pâtre des bruyères, déjà musicien du temps du vénérable Chaucer, réveille (et peut-être désole) l'alouette de son pipeau exigu ou flageolet, qui, dans les mains du maçon exercé, aussi, se fait trompette pour moduler *Les Grenadiers anglais* ou *Quand mûrissent les cerises*. Ce dernier air est vraiment la charte du joueur de flageolet. Quant à savoir pourquoi ce charmant instrument reçoit parfois le nom de « sifflet d'un sou » ou de « sifflet de fer-blanc », je me perds en conjectures, car je ne sache pas qu'on s'en puisse procurer à si bon compte et que pareil métal entre dans sa composition. Autre mystère : dans quelles sourdes catacombes, dans quel désert vide de toute oreille le débutant accomplit-il son redoutable apprentissage ? Nous avons tous entendu des gens occupés à apprendre le piano, le violon et le cornet à piston ; mais le joueur de flageolet novice se dérobe providentiellement à la vue et à l'ouïe comme le petit du saumon.

D'autant plus remarquable était le phénomène qui se produisait dans un chemin creux non loin de Padwick. Sur le siège d'une voiture de charretier, était assis un jeune homme efflanqué d'apparence modeste aux cheveux filasse. Les rênes reposaient sur ses genoux, le fouet gisait derrière lui à l'intérieur de la charrette, le cheval cheminait de lui-même sans être guidé ni encouragé ; et le charretier, transporté dans une sphère plus haute que celle de ses occupations journalières, les yeux perdus dans le ciel, se consacrait entièrement à un flageolet d'un sou tout battant neuf d'où il s'efforçait de tirer, non sans peine, l'agréable mélodie du *Garçon de charrue*. Pour un observateur fortuit, c'eût été une expérience passionnante : « Voici enfin, se serait-il écrié, le débutant du flageolet ! »

Le jeune homme filasse (qui avait nom Harker) reprenait pour la dix-neuvième fois lorsque, pour sa plus grande confusion, il découvrit qu'il n'était pas seul.

— Vous y êtes ! cria du bord du chemin une voix virile. Voilà qui fait plaisir à entendre. Il ne manque qu'un rien de liant, de souplesse, ajouta-t-il pourtant d'un ton connaisseur. Allons reprenez !

Harker, des profondeurs de l'humiliation où il était plongé, leva les yeux vers le personnage qui venait de parler. C'était un homme d'une quarantaine d'années, bien découplé, rasé de frais et hâlé par le soleil, qui marchait près de la charrette d'un pas militaire (un pas de sergent plutôt que de colonel) tout en faisant des moulinets avec sa canne. Ses vêtements n'étaient pas reluisants, mais il avait un air d'assurance et de propreté.

— Je ne suis qu'un débutant, balbutia Harker en rougissant. Je croyais qu'il n'y avait personne pour m'entendre.

— Taratata ! répliqua l'autre. Vous n'avez pas commencé d'hier. Tenez, je vais vous entraîner un peu. Faites-moi place à côté de vous.

Un instant après, le personnage militaire était perché sur la charrette, flageolet en main. Il tapota l'instrument d'un geste expérimenté, le porta à sa bouche, parut communier un moment avec la muse et se lança dans *La fille que j'ai quittée*. Il y avait dans son exécution plus de brio que de finesse ; sans doute n'eût-il pas su extraire tout le miel que peut distiller *Quand mûrissent les cerises ;* il ne cherchait pas à atténuer, bien au contraire, la stridence de l'instrument, mais pour le feu, la rapidité, la précision, l'égalité de feu et l'aisance, pour l'agilité et le liant, et par-dessus tout pour le regard de biais inspirant dont il accompagnait et rehaussait ses effets, le gaillard était sans rival. Harker écouta. *La fille que j'ai quittée* le remplit de désespoir ; *la Joie du soldat* le transporta, par-delà toute jalousie, d'un généreux enthousiasme.

— A votre tour, dit le militaire en lui tendant le flageolet.

— Oh ! pas après vous, s'écria Harker, vous êtes un professionnel.

— Mais non, dit son compagnon. Un simple amateur, tout comme vous. J'ai mon style, vous avez le vôtre, et c'est celui des deux qui vaut le mieux. Mais j'ai commencé quand j'étais un môme, voyez-vous, avant d'avoir le goût formé. Quand vous aurez mon âge, vous jouerez du pipeau, comme si c'était un cornet à piston. Allons, reprenez cet air. Comment ça commence-t-il ?

Et il feignit d'essayer de se souvenir du *Garçon de charrue*.

Un espoir timide et insensé jaillit dans la poitrine de Harker. Était-ce possible ? Y avait-il vraiment quelque chose dans son jeu ? Il avait cru parfois qu'il n'était pas dépourvu de toute richesse. Était-il donc un génie musical ? Tandis que ces pensées se pressaient dans sa tête, le militaire tâtonnait toujours pour retrouver l'air.

– Non, dit Harker, ce n'est pas tout à fait ça. Attendez, je vais vous montrer.

Et, prenant le flageolet entre ses lèvres, il scella son destin. Quand il eut joué l'air une fois, puis une deuxième, puis une troisième, quand le militaire eut essayé de nouveau et de nouveau échoué, quand il devint manifeste pour Harker que lui, le débutant rougissant, était bel et bien en train de donner une leçon au flûtiste expérimenté – lequel ne semblait guère faire de brillants progrès – comment dire de quels glorieux rayons s'illumina la campagne automnale, comment décrire (à moins que le lecteur ne soit lui-même un amateur) à quel fol orgueil put atteindre le charretier ? Un fait significatif peindra la situation : dorénavant, ce fut Harker qui joua et le militaire qui écouta d'un air approbateur.

Tout en écoutant, cependant, il n'oubliait pas sa prudence martiale et ne laissait pas de regarder à la fois devant lui et derrière lui. il regardait derrière lui afin d'évaluer le contenu des paquets enveloppés de papier brun et de la corbeille rebondie, et en étiquetant le piano à queue dans sa caisse neuve comme « difficile à écouler ». Il regardait devant lui et il aperçut au tournant du chemin un petit estaminet rural niché dans les roses. « Je vais tenter le coup », conclut le militaire, et il proposa rondement de boire un verre.

– Ma foi, je ne suis guère buveur, dit Harker.

– Écoutez-moi, répliqua l'autre. Je vais vous dire qui je suis. Je suis le sergent Brand, de la coloniale. Ça vous apprendra si je suis ou non un buveur.

C'était sans doute un éclaircissement. Toutefois un chœur grec eût pu intervenir et dire qu'il se pouvait qu'il en fût ainsi, mais qu'il se pouvait aussi qu'il en fût autrement, car le sergent avait omis d'expliquer pourquoi il cheminait en haillons sur une petite route de campagne. Ledit chœur eût pu insinuer également qu'il avait cessé de se consacrer à la défense publique pour mieux tresser des chaussons de lisière à l'ombre de hauts murs. Mais il n'y avait point là de chœur grec et le guerrier continua à discourir en protestant que c'étaient deux choses fort différentes que d'être un ivrogne et de trinquer amicalement.

Au *Lion Bleu,* comme s'appelait l'estaminet, le sergent Brand, de la coloniale, présenta à son nouvel ami M. Harker divers ingénieux mélanges destinés à empêcher toute ivresse. Ils étaient indispensables à l'armée, disait-il, pour permettre à tout officier qui se respectait d'apparaître aux revues dans un état décent. Le plus efficace était une pinte d'ale coupée de deux sous de genièvre de Londres. J'ai plaisir à donner cette recette au lecteur sagace qui, même dans le civil, en pourra tirer profit ; car son effet sur M. Harker fut véritablement bouleversant. Il fallut le hisser sur sa propre charrette, où il s'abandonna entièrement à la gaieté et à la musique, tantôt partant d'un rire tonitruant auquel le sergent s'empressait de faire chorus, tantôt soufflant dans son flageolet d'une manière incohérente.

L'homme de guerre, cependant, se saisit insensiblement des rênes. Il était clair qu'il avait un goût prononcé pour les beautés cachées de la campagne anglaise, car la charrette ne reparut plus sur la grand-route poussiéreuse, par fidélité aux petits chemins creux écartés et bien à l'abri du regard. Il était également clair qu'il avait souci de ménager les intérêts de M. Harker, car, bien que la carriole fît halte à maintes reprises à la porte d'un estaminet, seul le sergent descendait pour revenir avec une bouteille et se remettre aussitôt en marche.

Pour donner une idée des méandres que décrivit le sergent, il faudrait une carte détaillée de cette région du Middlesex, et mon éditeur renâcle à la dépense. Qu'il suffise de dire que peu après la tombée de la nuit, la charrette s'arrêta sur une route qui traversait un bois, et que là, le sergent souleva d'entre les paquets et déposa tendrement au bord du chemin la forme inanimée de Harker.

« Ou je me trompe fort, ou tu ne te réveilleras pas avant qu'il fasse grand jour », pensa le sergent.

Des multiples poches du charretier endormi, il retira doucement la somme de dix-sept shillings et dix-huit pence ; puis, remontant une fois de plus sur la charrette, il s'en fut pensivement.

« Si je savais au juste où je suis, ce serait là une bonne affaire », se dit-il. « En tout cas, voilà un tournant. »

Il le prit et se trouva au bord de l'eau. Un peu plus en amont, le long de la rivière, les lumières d'un bateau-maison brillaient joyeusement ; et tout près, si près qu'il ne pouvait songer à les éviter, trois personnes, une dame et deux messieurs, venaient droit vers lui. Le sergent, se fiant à l'obscurité complice, continua sa route dans leur direction. L'un des messieurs, qui était un personnage d'un physique imposant, s'avança au milieu de la chaussée et brandit une grosse canne en manière de signal.

— Mon brave, cria-t-il, avez-vous vu une voiture de charretier ?

En dépit de l'obscurité, le sergent crut voir que le plus svelte des deux messieurs avait fait un geste comme pour empêcher l'autre de parler, puis, voyant qu'il était trop tard pour cela, s'était jeté de côté avec quelque précipitation. Le sergent Brand eût prêté plus d'attention au fait s'il ne s'était trouvé lui-même en assez critique posture.

— Une voiture de charretier ? dit-il d'une voix un peu hésitante. Non, monsieur.

— Ah ! dit le monsieur imposant qui s'effaça pour laisser passer le sergent.

La dame se pencha alors en avant comme pour considérer la charrette avec une vive curiosité, tandis que le monsieur svelte demeurait à l'écart.

« Que peuvent-ils bien avoir en tête ? » pensa le sergent Brand. Jetant un coup d'œil inquiet en arrière, il vit le trio qui semblait tenir conseil au milieu du chemin. Les héros les plus braves ne sont pas toujours à la hauteur d'eux-mêmes ou de leur réputation ; et la crainte vient parfois se nicher, pour quelque raison insolite, dans la poitrine la moins pusillanime. Le mot « police » se forma indistinctement dans la gorge du sergent ; et, fouettant vigoureusement son cheval, il fila le long de la berge vers Great Haverham aussi vite que la pauvre bête pouvait galoper. Le bruit de l'attelage se perdit peu à peu dans le lointain et le silence enveloppa bientôt le trio toujours debout sur la berge.

— C'est extraordinaire, s'écria le plus svelte des deux messieurs, mais j'ai reconnu la voiture !

— Et moi, je suis sûre d'avoir vu le piano, dit la jeune fille.

— Oh ! il n'y a aucun doute quant à la voiture, reprit le même monsieur, mais le plus extravagant, c'est qu'il ne s'agit pas du même homme.

— Voyons, ce ne peut être que le même, Ged ! dit le monsieur imposant.

— En ce cas, pourquoi se sauverait-il ? demanda Gédéon.

— Son cheval a dû s'emballer, dit le vieux monsieur.

— Jamais de la vie ! J'ai entendu le claquement du fouet, dit Gédéon. Cela défie la raison humaine.

— Je me souviens qu'il a débouché par ce tournant, dit la jeune fille. Que diriez-vous de l'emprunter à notre tour et de suivre la piste à rebours, comme dans les livres ? Nous trouverons peut-être une maison, ou quelqu'un qui l'aura vu, ou je ne sais quoi encore.

— Pourquoi pas ? dit Gédéon, ne serait-ce que pour nous amuser ?

L'amusement parut consister surtout, pour lui, à rester aussi près que possible de Miss Hazeltine. Quant à l'oncle Ned, pour qui ce plaisir n'avait pas la même signification, il regardait l'excursion comme sans espoir ; et lorsque, après avoir pris le tournant, une nouvelle perspective de ténèbres s'ouvrit devant eux sans la moindre trace d'habitation, il s'arrêta :

— Cette poursuite n'a pas de sens, dit-il.

Quand le bruit de leurs pas eut cessé, un autre bruit frappa leurs oreilles.

— Oh ! qu'est-ce donc ? s'écria Julia.

— Je me le demande, dit Gédéon.

Le vieux radical pointa son bâton comme une épée.

— Ged, commença-t-il, Ged, je vais...

— Oh ! M. Forsyth, s'écria vivement la jeune fille, n'avancez pas, vous ne savez pas ce que cela peut être. Vous pourriez rencontrer quelque chose d'horrible.

— Quand ce serait le diable lui-même, dit Gédéon, j'irai voir ce que c'est.

— Pas de témérité, Ged, dit son oncle.

L'avocat s'avança dans la direction du bruit, qui était rien moins que rassurant. Il tenait du beuglement de la vache, de la sirène et du bourdonnement du moustique, et la façon dont il était émis ajoutait à son caractère redoutable. Une masse sombre, qui n'était pas sans rapport avec une forme humaine, apparut au bord du fossé.

— C'est un homme, dit Gédéon. Rien de plus qu'un homme. Il est endormi et il ronfle... Ma foi, ajouta-t-il un instant après, il ne doit pas être dans son assiette, il n'y a pas moyen de le réveiller.

Ce disant il frottait une allumette, à la lueur de laquelle il reconnut la tête blond filasse de Harker.

— C'est notre homme, dit-il. Saoul comme une bourrique. Je comprends toute l'histoire.

Et comme ses compagnons s'étaient enhardis à le rejoindre, il leur exposa d'une manière assez voisine de la réalité comment le charretier avait été séparé de sa charrette.

— Quelle brute d'ivrogne ! dit l'oncle Ned. Portons-le sous une pompe et infligeons-lui le traitement qu'il mérite.

— Non pas ! dit Gédéon. il n'est nullement désirable qu'il nous voie ensemble. Et quand j'y pense, je me rends compte que je lui ai beaucoup d'obligation. Il ne pouvait rien m'arriver de plus heureux. Savez-vous, oncle Ned, je crois bien que me voilà tiré d'affaire.

— Tiré d'affaire ? demanda le vieux radical.

— Mais oui, s'écria Gédéon. Cet autre individu a eu la sottise de voler la charrette et le cadavre. Qu'espère-t-il en faire, je n'en sais rien et ne m'en soucie pas. J'ai les mains nettes. Jimson a vécu, qu'il n'en soit plus question. Serrez-moi la pince, oncle Ned. Julia de mon cœur, je...

— Gédéon, Gédéon ! dit son oncle.

— Oh, il n'y a rien à redire à cela, mon oncle, étant donné que nous sommes sur le point de nous marier, répliqua Gédéon. Vous l'avez dit vous-même dans le bateau-maison.

— Hein ? dit oncle Ned. Je suis certain de n'avoir rien dit de tel.

— Faites appel à lui, dites-lui qu'il l'a dit, prenez-le par les sentiments, s'écria Gédéon. C'est le meilleur homme du monde quand on sait toucher son cœur.

— Cher Monsieur Bloomfield, dit Julia, je sais que Gédéon est décidé à être dorénavant extrêmement raisonnable et à se plonger dans le Droit jusqu'au cou. Il me l'a promis et d'ailleurs j'y veillerai. Et puis, qu'y a-t-il de mieux que le mariage pour stabiliser un jeune homme ? Il est vrai que je n'ai malheureusement aucune fortune, ajouta-t-elle.

— Ma chère petite demoiselle, l'oncle Ned n'en manque pas, comme ce chenapan vous l'a dit aujourd'hui sur mon bateau, dit le vieux radical, et je ne saurais oublier de quelle monstrueuse injustice vous avez été victime. En résumé, comme personne ne regarde, vous pouvez aussi bien m'embrasser.

— Ainsi donc, gredin, reprit M. Bloomfield, quand la cérémonie eut été accomplie avec grâce, cette ravissante jeune demoiselle est à vous, et c'est infiniment plus que vous ne méritez. Mais retournons au bateau, mettons la chaudière en marche et regagnons la ville.

— C'est ça ! s'écria Gédéon. Et demain, il n'y aura plus ni bateau-maison, ni Jimson, ni charrette, ni piano. Et quand Harker s'éveillera au bord du fossé, il pourra se dire que tout l'affaire n'a été qu'un rêve.

— Aha ! dit l'oncle Ned. Mais je sais un autre individu qui aura un réveil tout différent. Le gaillard qui a volé la charrette s'apercevra qu'il a été trop malin.

– Oncle Ned et vous, ma chère Julia, je suis heureux comme le roi de Tartarie, mon cœur bondit d'allégresse et j'ai les talons légers comme des plumes. Je suis délivré de tous mes embarras et la main de Julia est dans la mienne. Il n'y a place en moi que pour des sentiments angéliques ; et quand je pense à ce pauvre diable de voleur, je crie de tout mon cœur à travers la nuit : « Que Dieu lui soit en aide ! »

– Amen, dit l'oncle Ned.

CHAPITRE XIII

Les tribulations de Maurice : seconde partie

Si la littérature de notre temps avait gardé une réserve classique, je passerais sous silence les affres de Maurice. Mais leur étude est conforme à l'esprit du jour et ne peut d'ailleurs qu'avoir une excellente influence morale en raison même de leur caractère repoussant. Si elle pouvait empêcher quelque gentleman respectable et inexpérimenté de s'engager à la légère dans la voie du crime, ce livre n'aurait pas été écrit en vain.

Le lendemain de la visite nocturne de Michel, Maurice se réveilla du sommeil de plomb du désespoir pour constater qu'il avait la main tremblante, les yeux collés, la gorge parcheminée et la digestion bloquée. « Dieu sait que ce n'est pas pour avoir commis des excès de table ! » se dit-il ; et, tout en s'habillant, il réexamina sa position sous divers angles. Rien ne dépeindra mieux les eaux troublées dans lesquelles il naviguait que l'énumération de ces divers chefs d'anxiété. Je les ai mis en ordre pour la commodité des lecteurs, mais dans l'esprit du malheureux ils tourbillonnaient comme une trombe de poussière. Je leur ai donné des titres pour plus de clarté, et l'on remarquera avec pitié que chacun d'eux pourrait figurer avantageusement sur la couverture d'un roman-feuilleton.

Anxiété Première : *Où est le cadavre ? ou le Mystère de Dent Pitman*. Il était désormais indubitable que Dent Pitman appartenait à la plus noire catégorie des professionnels du crime. Un honnête homme n'eût pas touché le chèque ; un homme doué de conscience n'eût pas accepté en silence le tragique contenu du tonneau ; un homme dont les mains n'étaient pas rouges de sang n'eût pas eu les moyens de s'en débarrasser secrètement. Cette chaîne de déductions conférait à Pitman les traits les plus monstrueux. Sans doute avait-il déjà disposé du cadavre, par exemple en le précipitant par une trappe ménagée dans son arrière-cuisine (comme Maurice se souvenait confusément l'avoir lu dans une livraison consacrée à la littérature sanglante) et maintenant le bandit dépensait le chèque dans les orgies. Mais aux mains d'un homme aussi dissolu que Pitman (qui, par-dessus le marché, était probablement un effrayant bossu) huit cents livres pouvaient aisément fondre en une semaine. Quand elles auraient disparu, que ferait-il ? Une voix infernale s'élevait dans la poitrine de Maurice pour répondre : « Il me fera chanter. »

Anxiété Deuxième : *La Fraude de la Tontine, ou mon oncle est-il mort ?* Cette énigme, dont dépendaient tous les espoirs de Maurice, demeurait irrésolue. Il avait tenté d'intimider Teena ; il avait même tenté de la soudoyer ; mais en pure perte. Il était moralement convaincu que l'oncle avait passé de vie à trépas, mais on ne peut pas faire chanter un astucieux homme de loi en s'appuyant sur une conviction morale. En outre, depuis sa dernière entrevue avec Michel, cette perspective lui semblait moins engageante. Michel était-il homme à se prêter à un chantage, et lui-même était-il homme à exercer sur lui ce chantage ? Graves considérations. « Ce n'est pas que j'aie peur de lui », se disait Maurice en essayant de se rassurer, « mais il faut que je sois très sûr de mon terrain, et du diable si je sais comment y parvenir. Comme la réalité est différente de ce qu'on voit dans les romans ! Dans un roman, j'aurais rencontré dès le début, dans quelque impasse d'Oxford Road, un ténébreux individu qui serait devenu mon complice, qui aurait su comment agir et qui se serait introduit la nuit dans l'appartement de Michel où, sans doute, il aurait découvert une figure de cire ; sur quoi il m'aurait fait chanter ou m'aurait assassiné. Mais dans la vie réelle, j'aurais beau arpenter les rues jusqu'à tomber mort de fatigue, aucun criminel ne s'aviserait de me regarder. Il est vrai qu'il y a toujours Pitman », ajouta-t-il pensivement.

Anxiété Troisième : *Le Cottage de Browndean, ou le complice mal rétribué.* Car il avait un complice et ce complice végétait dans un humide cottage du Hampshire, les poches vides. Comment remédier à cela ? Il aurait dû lui envoyer quelque chose, ne fût-ce qu'un mandat de cinq shillings, pour lui prouver au moins qu'il pensait à lui et l'approvisionner en espérance, en bière et en tabac. « Mais comment faire ? » pensa Maurice en versant tristement dans le creux de sa paume une demi-couronne, un florin et dix-huit pence de petite monnaie. Pour un homme dans la situation de Maurice, en guerre avec la société entière et tenant d'une main inexpérimentée les rênes d'une intrigue terriblement complexe, la somme était dérisoire. Il fallait que Jean se débrouille tout seul, point de doute à cet égard. « Mais en ce cas », reprit la voix infernale, « combien de temps le supportera-t-il ? »

Anxiété Quatrième : *L'Entreprise de Cuirs, ou on ferme enfin boutique, une histoire de la Cité.* A ce propos, Maurice n'avait aucune nouvelle. Il n'avait pas encore osé reparaître au siège de la vieille affaire familiale ; pourtant il savait qu'il était grand temps de le faire, et, pour renforcer sa conviction à cet égard, les allusions dont Michel ne s'était pas privé la veille au soir tintaient de façon ambiguë à son oreille. Bon, mais s'il était indispensable qu'il allât au bureau, une fois là, que pourrait-il faire ? Il n'avait pas droit à la signature, et, malgré la meilleure volonté du monde, il n'avait pas l'art d'imiter celle de son oncle. Dans ces conditions, il ne pouvait rien faire pour retarder le krach ; et quand le krach viendrait, quand des yeux scrutateurs commenceraient à examiner sa conduite en détail, on ne manquerait pas de lui adresser, tôt ou tard, deux questions. Où est M. Joseph Finsbury ? Et comment expliquez-vous votre visite à la banque ? Questions trop faciles à poser, mais auxquelles il ne voyait absolument pas que répondre. L'homme à qui elles s'adresseraient irait à coup sûr en prison – sinon au gibet. Maurice était en train de se raser quand cette idée lui passa par la tête, et il déposa son rasoir. Il y avait d'une part, pour parler comme Michel, la disparition totale d'un précieux oncle ; il y avait d'autre part le comportement inexplicable d'un neveu qui depuis sept ans était en mauvais termes avec son oncle. Quel remarquable concours de circonstances pour une erreur judiciaire ! « Non », pensa Maurice, « ils ne pourront pas, ils n'oseront pas croire à un meurtre. Mais en toute franchise, je ne vois pas de crime – si ce n'est celui d'incendie – dont on ne puisse, d'une manière ou d'une autre, m'accuser. Et pourtant je suis un homme parfaitement respectable et je ne voulais que recouvrer ce qui m'était dû. Quelle belle chose que les lois ! »

Cette conclusion bien assise dans son esprit, Maurice Finsbury descendit, toujours à demi rasé, dans son vestibule. Il y avait une lettre dans la boîte ; une lettre de Jean ?

« Ah ! cela aurait vraiment pu m'être épargné », se dit-il amèrement en déchirant l'enveloppe.

« *Cher Maurice* », lut-il, « *je me demande vraiment à quoi tu penses. Je suis dans la mélasse. Je ne peux vivre qu'à crédit, et les gens d'ici ne se laissent pas faire, car on voit bien que je suis fauché. Je n'ai même pas de couvertures, penses-y un peu, toute cette affaire est sinistre, et il faut absolument que tu m'envoies des sous. J'en ai plus que marre, personne ne tiendrait le coup à ma place. Il y a longtemps que j'aurais décampé si j'avais de quoi prendre le train. Tu es fou, Maurice, tu ne te rends pas compte de la position horrible où tu me laisses. Ton frère affectionné. J. Finsbury.* »

« Il ne peut même pas mettre l'orthographe ! » se dit Maurice en fourrant la lettre dans sa poche et en sortant de la maison. « Qu'est-ce que je peux faire pour lui ? J'ai les nerfs tellement ébranlés qu'il va falloir que je paye un coiffeur pour me raser. Comment pourrais-je envoyer de l'argent à qui que ce soit ? Évidemment, il n'est pas dans du coton, mais moi, se figure-t-il que je suis à la noce ? Ma seule consolation, c'est qu'il ne peut pas bouger : il est aussi impuissant qu'un mort. Il se plaint ! » reprit-il dans une bouffée d'indignation, « et il n'a même pas entendu parler de Dent Pitman ! S'il avait sur l'esprit tout ce que j'ai sur le mien, alors il pourrait se plaindre à bon droit. »

Mais ce n'étaient pas là des arguments parfaitement honnêtes. Maurice ne pouvait pas se dissimuler que son frère était en misérable posture à Browndean, sans nouvelles, sans argent, sans couvertures, sans compagnie ni distractions d'aucune sorte ; et quand il se fut fait raser, puis qu'il eut pris un rapide petit déjeuner dans un café, Maurice en arriva à un compromis :

« Pauvre Jeannot », se dit-il, « il est vraiment dans un sale pétrin. Je ne peux pas lui envoyer de l'argent, mais je vais du moins lui envoyer la *Revue Rose*. Ça lui remontera le moral et ça remontera du même coup son crédit de recevoir quelque chose par la poste. »

Maurice en conséquence, tout en dirigeant ses pas vers l'entreprise de cuirs, acheta en chemin et expédia un numéro de ce réconfortant périodique, auquel, dans un accès de remords, il ajouta au hasard *l'Athanaeum, le Réveil du Chrétien* et *la Semaine Illustrée*. Jean était maintenant pourvu de littérature et du même coup Maurice avait appliqué un baume à sa conscience.

Comme pour le récompenser, de bonnes nouvelles l'accueillirent au bureau. Les commandes affluaient, le vieux stock commençait à s'écouler et les cours montaient. Le directeur lui-même paraissait ravi. Quant à Maurice, qui avait pour ainsi dire oublié qu'il pût y avoir en ce monde de bonnes nouvelles, il aurait voulu sangloter comme un petit enfant ; il aurait voulu presser sur son sein le directeur (un homme au long visage pâle avec des sourcils en bataille) : il aurait presque voulu donner un petit chèque à chacun des employés. Et tandis qu'assis à sa table il décachetait son courrier, un chœur harmonieux chantait dans sa tête au son d'une musique exquise : « Cette vieille affaire pourrait encore se montrer profitable, profitable, profitable... »

Comme il planait dans ces hauteurs ensoleillées, entra un certain M. Rodgerson. C'était un créancier, mais qui ne risquait guère de se montrer pressant, car il entretenait de longue date des relations régulières avec la firme.

– Oh ! Finsbury, dit-il avec une pointe d'embarras. Il faut que je vous prévienne... le fait est que je suis un peu à court de trésorerie... j'ai eu pas mal de sorties... en bref...

– Vous me prenez au dépourvu, Rodgerson, dit Maurice en pâlissant. Mais donnez-moi le temps de me retourner, et je verrai ce que je peux faire. Nous pourrons sans doute vous donner un acompte.

– Ma foi, je vais vous dire ce qu'il en est, répondit Rodgerson. Je me suis laissé tenter et j'ai placé ma créance en d'autres mains.

– En d'autres mains ? répéta Maurice. C'est un peu cavalier à notre égard, M. Rodgerson.

– C'est qu'on m'en a donné cent pour cent comptant, par chèque, dit l'autre.

– Cent pour cent ! s'écria Maurice. Voilà qui est singulier ! Et qui est l'individu en question ?

– Un certain Moss, que je ne connais pas autrement, répondit M. Rodgerson.

« Qu'est-ce que ce Moss pouvait bien avoir en tête », se demanda Maurice lorsque son visiteur fut parti, « en payant cent pour cent une créance de trois cent cinquante-huit livres, dix-neuf shillings, dix pence » (il vérifia le montant de la somme dans les livres) « sur ma maison ? » Le pourcentage prouvait la loyauté de Rodgerson, Maurice lui-même était forcé de le reconnaître, mais il prouvait aussi l'étrange ardeur de Moss. Il avait dû vouloir la créance immédiatement, le jour même, le matin même. Pourquoi ? Le mystère de Mos promettait de constituer un digne pendant au mystère de Pitman. « Et cela, juste au moment où les choses semblaient vouloir aller mieux ! » cria Maurice en frappant son bureau de sa main. C'est alors qu'on annonça M. Moss.

M. Moss était un Hébreu rayonnant, d'une élégance agressive et d'une politesse meurtrière. Il agissait pour une tierce partie, qui désirait que la créance fût acquittée, mais qui accepterait toutefois un chèque antidaté – antidaté de deux mois si M. Finsbury le désirait.

– Mais je ne comprends pas, dit Maurice. Pourquoi avoir acheté cette créance aujourd'hui à pareil taux ?

M. Moss n'en avait pas la moindre idée : il s'était conformé aux ordres de son client.

– C'est tout à fait irrégulier, dit Maurice. C'est contraire aux usages commerciaux que d'exiger un paiement en cette saison de l'année. Quelles sont vos instructions en cas de refus ?

– Je dois voir M. Joseph Finsbury, qui est le chef de l'affaire, dit M. Moss. On m'a recommandé d'insister à cet égard. Apparemment, vous n'avez aucun pouvoir ici... je ne fais que transmettre les expressions de mon client.

– Il est impossible que vous voyiez M. Joseph, dit Maurice. Il est souffrant.

– En ce cas, je dois remettre l'affaire entre les mains d'un avoué. Voyons, dit M. Moss en ouvrant un livre d'adresses à l'endroit voulu avec une précaution qui pouvait paraître méfiante, oui, c'est cela, entre les mains de M. Michel Finsbury. Un parent, peut-être ? En ce cas, l'affaire s'arrangera le mieux du monde.

Tomber dans les mains de Michel était plus que Maurice n'en pouvait supporter. Il baissa pavillon. Après tout, ce n'était rien qu'un chèque à soixante jours. Dans deux mois il serait probablement mort, ou du moins en prison. Il pria le directeur de donner à M. Moss un siège et un journal.

– Je m'en vais faire signer le chèque par M. Joseph Finsbury, qui est alité dans John Street.

Un fiacre à l'aller suivi d'un fiacre au retour, c'étaient là de terribles brèches à son misérable capital. Il compta que, lorsqu'il en aurait terminé avec M. Moss, il serait laissé en ce monde avec douze pence et un demi-penny. Pis encore, il avait été forcé de transporter son oncle à Bloomsbury. « Ce n'est plus la peine que ce pauvre Jeannot reste dans le Hampshire à présent », se dit-il. « Et quant à savoir comment soutenir la farce, cela me dépasse complètement. A Browndean, c'était juste possible ; à Bloomsbury, cela paraît au-delà des forces humaines – bien que ce soit, je suppose, ce que fait Michel. Il est vrai qu'il a des complices, cette Écossaise et tous les filous de Londres. Ah, si j'avais des complices ! »

La nécessité est mère de tous les arts. Sous son aiguillon, Maurice s'étonna lui-même par le brio avec lequel il exécuta son nouveau faux, et trois quarts d'heure plus tard, il le tendait à M. Moss.

— Voilà qui est satisfaisant, remarqua ce dernier en se levant. On m'a chargé de vous dire que ce chèque ne serait pas présenté, mais que vous feriez mieux d'être prudent.

Maurice vit la chambre tournoyer.

— Comment, que dites-vous ? cria-t-il en se cramponnant à la table. Que voulez-vous dire par « il ne serait pas présenté ». Pourquoi devrais-je être prudent ? Qu'est-ce que c'est que toutes ces faribioles ? bredouilla-t-il, tout en ayant conscience qu'il parlait d'un ton aigu et qu'il avait un visage cendreux.

— Je n'en ai pas la moindre idée, M. Finsbury, répondit son interlocuteur souriant. C'est un message que j'étais chargé de vous transmettre mot pour mot.

— Quel est le nom de votre client ? demanda Maurice.

— Pour le présent, c'est là un secret, répondit M. Moss.

Maurice se pencha sur lui.

— Ce n'est pas la banque ? demanda-t-il d'une voix rauque.

— Je ne suis pas autorisé à vous en dire plus long, M. Finsbury, répondit M. Moss. Si vous permettez, je vous souhaite le bonjour.

« Il me souhaite le bonjour ! » pensa Maurice qui, l'instant d'après, saisit son chapeau et s'enfuit de son bureau comme un fou furieux. Trois rues plus loin, il s'arrêta et gémit : « Seigneur ! J'aurais dû emprunter de l'argent au directeur ! Mais c'est trop tard maintenant. Ç'aurait l'air suspect si je retournais exprès pour cela. Je suis sans le sou, tout simplement sans le sou, comme un chômeur. »

Il rentra chez lui et s'assit dans la salle à manger délabrée, la tête enfouie dans ses mains. Newton lui-même ne fit jamais un plus grand effort de pensée que cette victime des circonstances, et cependant il n'entrevoyait aucune lueur. « Je ne sais pas si c'est un défaut de jugement », s'écria-t-il, en se levant dans son indignation, « mais il me semble que le sort s'acharne contre moi avec une injustice diabolique. La malchance que j'ai soufferte est digne d'une lettre au *Times*. Et pour résumer les choses en deux mots, il me faut de l'argent immédiatement. Il ne s'agit plus d'avoir des scrupules moraux — j'ai passé ce stade-là depuis beau temps — mais bien de me procurer des sous, et la seule chance que j'entrevoie, c'est Dent Pitman. Dent Pitman est un criminel, par conséquent vulnérable. Il lui reste sûrement quelque chose sur les huit cents livres, et il faut que je l'oblige à partager. A supposer qu'il ne lui reste déjà plus rien, je lui parlerai de l'affaire de la tontine, et avec un homme prêt à tout dans ma manche, il serait étrange que je ne réussisse pas. »

Tout cela était fort bon, mais comment mettre la main sur Pitman ? Par voie d'annonce ? Peut-être, mais alors en quels termes solliciter une rencontre ? Sous quel prétexte ? Et où ? Pas à John Street, car il serait de la dernière imprudence de révéler sa véritable adresse à un homme comme Pitman. Pas davantage chez Pitman, qui devait avoir quelque hideux repaire à Holloway avec une trappe dans son arrière-cuisine : la sorte d'endroit où vous entrez avec un pardessus d'été et des souliers vernis pour en sortir dans un panier à provisions à l'état de chair à pâté. Tel était l'inconvénient d'avoir un complice vraiment actif, pensa Maurice avec un frisson. « Je n'aurais jamais imaginé que j'en viendrais à désirer pareille compagnie », se dit-il. Puis une brillante idée lui vint : la gare de Waterloo, un lieu public, mais en même temps presque désert à certains moments de la journée. En outre, un endroit dont le nom même devait toucher Pitman au cœur en lui laissant entendre que quelqu'un connaissait le dernier de ses coupables secrets. Maurice prit une feuille de papier et se mit à esquisser un projet d'annonce.

« WILLIAM BENT PITMAN, *s'il prend connaissance de cet avis, pourra recevoir une information* AVANTAGEUSE POUR LUI *à la gare de Waterloo, au bout de la ligne principale, dimanche prochain, de quatorze à seize heures.* »

Maurice relut cette œuvrette avec approbation. « C'est concis », se dit-il. « *Avantageuse pour lui* n'est peut-être pas strictement vrai, mais c'est tentant et original, et après tout un texte d'annonce n'est pas une déclaration faite sous serment. Il ne reste plus qu'à trouver des fonds pour le faire insérer ainsi que pour mes repas, et... non, inutile d'expédier de l'argent à mon frère, je me contenterai de lui envoyer quelques journaux de plus. Mais où trouver des sous ? »

Il s'approcha du cabinet qui renfermait ses cachets, mais son instinct de collectionneur se révolta en lui. « Non ! » cria-t-il, « rien ne m'induira à massacrer ma collection. Plutôt voler ! »

Et, dégringolant l'escalier, il gagna le salon où il fit main basse sur quelques-unes des curiosités de son oncle : une paire de babouches turques, un éventail de Smyrne, un mousquet garanti comme ayant été pris à un bandit éphésien et une poignée de coquillages curieux quoique pas tout à fait intacts.

CHAPITRE XIV

Où Dent Pitman
reçoit une information avantageuse

Le dimanche matin, William Dent Pitman se leva à son heure habituelle, encore qu'avec plus de répugnance qu'à l'accoutumée. Il faut dire que, la veille, sa famille s'était accrue d'un membre en la personne d'un pensionnaire. Michel Finsbury s'était porté caution pour lui, garantissant le paiement de sa note hebdomadaire ; d'autre part, sans doute avec une pointe de cet humour qui ne le quittait guère, il avait tracé un portrait assez déprimant du caractère de ce nouvel hôte, et laissé entendre qu'il n'était pas d'un commerce des plus agréables. M. Pitman l'avait donc vu venir avec crainte, et il avait été ravi de trouver un homme d'une conversation aussi engageante. Séduit déjà à l'heure du thé, à une heure du matin, il était tout à fait sous le charme de son éloquence et de ses connaissances multiples.

Le lendemain matin, tout en faisant sa toilette, il récapitula les innocents plaisirs de la veille au soir et se dit que décidément M. Finsbury était une excellente acquisition. Aussi, quand il entra dans la petite salle à manger où la table était déjà mise pour le premier repas du jour, salua-t-il son pensionnaire presque aussi cordialement que s'il l'avait connu de longue date :

– Je suis enchanté de vous voir, monsieur (telles furent ses expressions), et j'espère que vous avez bien dormi.

– Accoutumé comme je le suis depuis maintes années à mener une vie de changements presque incessants, répondit le pensionnaire, le sentiment d'incommodité dont se plaignent si souvent les personnes plus sédentaires lorsqu'elles dorment pour la première fois dans ce que l'on nomme un nouveau lit ne m'atteint en aucune manière.

– Je suis ravi de l'entendre, répondit chaleureusement le professeur de dessin. Mais je vois que je vous ai interrompu dans la lecture du journal.

– Le journal du dimanche est l'une des caractéristiques de notre temps, dit M. Finsbury. J'ai ouï dire qu'en Amérique il a supplanté toute autre littérature, le plus clair de la nation trouvant là de quoi satisfaire tous ses besoins. Des centaines de colonnes rapportent tous les événements intéressants du monde, tels que trombes, enlèvements, conflagrations, sans parler des divertissements et spectacles. Il y a une rubrique pour la politique, une autre pour les ouvrages de dame, d'autres encore pour les échecs, la religion, la littérature même ; et quelques éditoriaux piquants servent à orienter l'opinion publique. Il est difficile d'apprécier le rôle que ces répertoires aussi gigantesques que variés jouent dans l'éducation des masses. Mais, pour si intéressant que cela soit, ce n'est en l'occurrence qu'une digression ; ce que je voulais vous demander, c'est ceci : étudiez-vous vous-même la presse quotidienne ?

– Elle ne contient pas grand-chose qui intéresse les artistes, répondit Pitman.

– En ce cas, reprit Joseph, il est vraisemblable qu'une annonce qui a paru ces deux derniers jours dans divers journaux, et qui reparaît ce matin, a échappé à votre regard. Le nom, hormis une différence fort légère, ressemble fortement au vôtre. Permettez-moi de vous la lire :

« WILLIAM BENT PITMAN, *s'il prend connaissance de cet avis, pourra recevoir une information* AVANTAGEUSE POUR LUI *à la gare de*

Waterloo, au bout du quai de la ligne principale, dimanche prochain, de quatorze à seize heures. »

— Cela est imprimé ? s'écria Pitman. Montrez, je vous prie, Bent ? Ce doit être Dent ! Une information avantageuse pour moi ? M. Finsbury, voulez-vous me pardonner si je vous demande la plus grande discrétion. Je sais combien cela sonnera étrangement à vos oreilles, mais j'ai des raisons d'ordre domestique pour désire que cette petite affaire reste entre nous. Mme Pitman... je vous assure, cher monsieur, qu'il n'y a rien de déshonorant dans mon désir de discrétion : les raisons en sont domestiques, purement domestiques ; et je puis mettre votre conscience en repos en vous affirmant que tous les détails du cas sont connus de notre ami commun, votre excellent neveu, M. Michel, qui ne m'a pas retiré son estime.

— Un mot de vous suffit, M. Pitman, dit Joseph avec une de ses révérences orientales.

Une demi-heure plus tard, le professeur de dessin trouva Michel au lit en train de lire un livre : c'était l'image même de la bonne humeur et de l'abandon.

— Bonjour, Pitman, dit-il en déposant son livre. Qu'est-ce donc qui vous amène à cette heure insolite. Vous devriez être à l'église, mon garçon !

— Je n'ai guère songé à l'église aujourd'hui, M. Finsbury, dit le professeur de dessin. Je suis au bord de l'inconnu, monsieur, ajouta-t-il en lui tendant l'annonce.

— Qu'est-ce donc ? s'écria Michel en s'asseyant vivement sur son séant. Pitman, reprit-il après avoir étudié le document pendant une demi-minute en fronçant les sourcils, cela ne me dit rien qui vaille.

— Néanmoins, je ne crois pas qu'on puisse se dispenser d'y répondre, répondit Pitman.

— Je croyais que vous en aviez assez de la gare de Waterloo, dit l'homme de loi. Êtes-vous en proie à une nostalgie morbide ? Vous n'êtes plus vous-même depuis que vous avez perdu votre barbe. Je crois qu'elle était le siège de votre bon sens.

— M. Finsbury, dit le professeur de dessin, j'ai réfléchi à la question, et si vous le permettez, je vous exposerai le fruit de mes méditations.

— Allez-y, dit Michel ; mais de grâce, Pitman, souvenez-vous que c'est dimanche : pas de mots profanes.

— Trois possibilités s'offrent à nous, commença Pitman. Ou bien l'annonce est en rapport avec le tonneau ; ou bien elle est en rapport avec la statue de M. Semitopolis ; ou bien encore elle émane du frère de ma femme, qui a émigré en Australie. Dans le premier cas, je confesse qu'il vaudrait mieux s'abstenir.

— Le tribunal est d'accord avec vous jusqu'ici, dit Michel.

— Dans le second cas, poursuivit l'autre, c'est clairement mon devoir de ne rien négliger pour recouvrer l'antique perdu.

— Mon brave ami, M. Semitopolis a endossé la perte et vous a laissé le profit, que voulez-vous de plus ? demanda l'homme de loi.

– Pardonnez-moi, monsieur, mais du fait même de la générosité de M. Semitopolis, je n'en suis tenu en conscience qu'à fournir en ceci de plus grands efforts dit le professeur de dessin. Tout l'affaire, depuis A jusqu'à Z, est déplorable. Dès l'origine, je n'ai pas besoin de vous le cacher, elle était illégale. Raison de plus que j'essaye de me comporter en gentleman, conclut Pitman en rougissant.

– Je n'ai rien à objecter à cela, répondit l'homme de loi. J'ai parfois songé moi-même à tenter de me comporter en gentleman, mais étant donné ce qu'est le monde et ce qu'est ma profession, cela m'a toujours paru désespéré.

– Reste la troisième possibilité, dit le professeur de dessin. Naturellement, s'il s'agit d'oncle Tim, notre fortune est faite.

– Il ne s'agit pas d'oncle Tim, dit l'homme de loi.

– Avez-vous noté cette remarquable expression « une information avantageuse pour lui » ? demanda Pitman d'un ton fin.

– Innocent mouton de boucherie, dit Michel, c'est le lieu commun le plus rebattu de notre langue, et cela prouve seulement que l'auteur de l'annonce est un âne. Laissez-moi démolir sur-le-champ votre château de cartes. Oncle Tim aurait-il commis cette erreur dans votre nom ? Elle est considérablement plus plaisante en soi que la grossière réalité, et j'ai l'intention d'en user à l'avenir, mais est-elle vraisemblable de la part d'oncle Tim ?

– Non, cela ne lui ressemble pas, reconnut Pitman. Mais son séjour à Ballarat a pu lui troubler les esprits.

– Si vous allez chercher aussi loin, Pitman, dit Michel, vous pouvez également supposer que l'annonce vient de la reine Victoria enflammée du désir de vous conférer un duché. Je vous laisse trancher vous-même si cela est probable ; et pourtant cela ne va pas à l'encontre des lois de la nature. Mais le tribunal siège ici pour considérer d'autres probabilités, et, si vous le permettez, j'éliminerai oncle Tim et sa Gracieuse Majesté tout ensemble. Selon votre seconde hypothèse, l'annonce est en rapport avec la statue. Il se peut. Mais en ce cas, de qui émane-t-elle ? Pas de Ricardi, il connaît votre adresse ; pas de la personne qui a reçu la caisse, elle ne sait pas votre nom. Du livreur, direz-vous sans doute dans un éclair de lucidité : il a pu apprendre votre nom, et l'apprendre incorrectement, à la gare, sans obtenir pour autant votre adresse. Je vous concède le livreur. Mais une question : éprouvez-vous vraiment le désir de le rencontrer ?

– Pourquoi pas ? demanda Pitman.

– Si lui-même désire cette rencontre, répondit Michel, remarquez bien ceci : c'est qu'il a retrouvé son livre d'adresses, qu'il est allé à la maison où a été livrée la statue et – ouvrez vos oreilles – qu'il agit à l'instigation du meurtrier.

– Je serais désolé qu'il en fût ainsi, dit Pitman, mais je continue à considérer comme de mon devoir vis-à-vis de M. Semitopolis...

– Pitman, dit Michel en l'interrompant, pas de sornettes. Ne cherchez pas à en imposer à votre Conseiller juridique. N'essayez pas de vous faire passer pour le duc de Wellington, ce n'est pas votre genre. Allons, je vous parie un dîner que je puis lire vos pensées. Vous croyez toujours qu'il s'agit de l'oncle Tim.

– M. Finsbury, dit le professeur de dessin en piquant un fard, vous n'êtes pas père de famille et ne savez pas ce que c'est que d'avoir du mal à joindre les deux bouts. Voilà Gwendoline qui grandit – c'est une enfant pleine de promesses – elle a été confirmée cette année ; et je crois que vous comprendrez mes scrupules de père si je vous dis qu'elle ignore entièrement l'art de danser. Mes garçons sont en pension, ce qui en un sens est fort bien : je serai le dernier à vouloir critiquer les institutions de mon pays. Mais j'ai toujours caressé l'espoir que Harold devienne un musicien de profession, et le petit Othon a une vocation marquée pour le ministère. Je ne suis pas exactement ambitieux...

– Bon, bon, soyez franc : vous pensez que c'est l'oncle Tim.

– Ce pourrait être l'oncle Tim, avoua Pitman ; et si c'était et que je laissasse passer l'occasion qui m'est offerte, comment pourrais-je regarder mes enfants en face ? Je ne parle pas de Madame Pitman...

– Non, vous ne parlez jamais d'elle, dit Michel.

– Mais au cas où son frère reviendrait de Ballarat... continua Pitman.

– Avec les esprits troublés, glissa l'homme de loi.

– Avec une fortune importante, reprit Pitman, vous pouvez imaginer aisément quelle serait l'impatience de Mme Pitman.

– Très bien, dit Michel. Soit. et qu'avez-vous l'intention de faire ?

– D'aller à Waterloo, dit Pitman, sous un déguisement.

– Tout seul ? demanda l'homme de loi. Eh bien ! j'espère que vous avez des raisons de vous croire en sûreté. N'oubliez pas de m'envoyer un mot de la prison.

– Oh ! M. Finsbury, j'avais espéré... que peut-être vous auriez la bonté... de m'accompagner, balbutia Pitman.

– Me déguiser le jour du sabbat ! s'écria Michel. Comme vous connaissez mal mes principes !

– M. Finsbury, je n'ai aucun moyen de vous témoigner ma gratitude, mais laissez-moi vous poser une question, dit Pitman. Si j'étais un riche client, accepteriez-vous de courir le risque ?

– Voyons, s'écria Michel, imaginez-vous que je fais profession de parcourir les rues de Londres avec mes clients déguisés ? Et vous imaginez-vous que j'accepterais pour une somme quelconque de me mêler de pareille affaire ? Je vous donne ma parole d'honneur que non. Mais j'avoue que je suis très curieux de voir comment vous allez vous tirer de cette entrevue : cela me tente, oui cela me tente, Pitman, plus que des lingots d'or, car la scène promet d'être exquisément savoureuse. Tenez, Pitman, ajouta-t-il soudain avec un rire, préparez au studio tous les accessoires de la mascarade. J'irai.

Vers deux heures vingt de l'après-midi, en ce jour mémorable, le vaste et morne hall de Waterloo déroulait au regard un désert silencieux comme le temple d'une religion défunte. Çà et là, sur tel ou tel quai, attendait un train figé ; çà et là résonnait l'écho d'un pas errant ;

au-dehors les chevaux de fiacre battaient du sabot contre les pavés avec un fracas retentissant, et de temps à autre, dans l'immensité ferroviaire, une locomotive émettait un sifflement. Le quai de la grande ligne sommeillait comme le reste, guichets fermés, les romans de M. Haggard qui en semaine faisaient l'ornement des kiosques discrètement cachés derrière de ternes volets, les rares employés somnambulant sans chercher à dissimuler, et les habituels flâneurs – jusqu'à la dame d'un certain âge munie d'un ulster et d'un petit sac de voyage – enfuis vers de plus accueillants séjours. De même que dans les combes les plus secrètes d'une petite île tropicale persiste la palpitation de l'Océan, de même une trépidation et une rumeur confuse trahissaient partout la présence enveloppante de Londres.

A l'heure que nous avons dite, les amis personnels de John Dickson, de Ballarat, et d'Ezra Thomas, des États-Unis d'Amérique, eussent été heureux de les voir entrer dans la gare par la salle où l'on délivre les billets.

– Quels noms allons-nous prendre ? demanda le second de ces messieurs en ajustant nerveusement sur son nez les lunettes en verre de vitre qu'il avait été autorisé à employer pour la circonstance.

– Quant à vous, vous n'avez pas le choix, mon vieux, répondit Michel. C'est Bent Pitman ou rien. Quant à moi, j'ai l'impression que je pourrais bien m'appeler Appleby – cela vous a quelque chose d'agréablement désuet – dégage un parfum de cidre du Devonshire. Et à propos, que diriez-vous de vous humecter le sifflet ? L'entrevue menace de mettre vos forces à l'épreuve.

– J'attendrai, je crois, qu'elle soit passée, répondit Pitman. Oui, somme toute, je veux d'abord que ce soit une affaire réglée. Je ne sais si vous avez la même impression que moi, M. Finsbury, mais ce hall me paraît bien silencieux, bien désert et hanté de bien étranges échos.

– Vous avez l'impression que quelque chose vous guette ? demanda Michel. Que tous ces trains vides pourraient bien être pleins de flics prêts à bondir au premier signal ? C'est que vous n'avez pas la conscience tranquille, Pitman.

C'est en proie à quelque malaise que les deux compagnons parcoururent le quai de départ dans presque toute sa longueur et qu'ils aperçurent à l'extrémité ouest une mince silhouette adossée contre un pilier. C'était celle d'un homme plongé dans une profonde réflexion ; qui ne remarquait pas leur approche, mais regardait au loin par-delà la gare baignée de soleil. Michel s'arrêta.

– Tudieu ! dit-il. Si c'est là l'auteur de l'annonce, j'en ai fini avec lui ! Mais non, ajouta-t-il après réflexion d'un ton plus joyeux. Retournez-vous un instant. Et donnez-moi les lunettes.

– Vous aviez consenti à me les laisser ! protesta Pitman.

– Ah ! mais cet homme me connaît, dit Michel.

– Il vous connaît ? Quel est son nom ? s'écria Pitman.

– Oh ! je ne puis trahir sa confiance, répondit l'homme de loi. Mais je puis vous dire une chose : si c'est lui qui a mis l'annonce (et je ne m'en étonnerais pas, car il semble avoir été pris de démence criminelle) vous pouvez aller de l'avant la conscience nette, car je le tiens dans le creux de ma main.

Les lunettes données et Pitman rasséréné par ces nouvelles, les deux hommes s'avancèrent vers Maurice.

— Attendez-vous M. William Bent Pitman ? demanda le professeur de dessin. C'est moi-même.

Maurice leva la tête. Il vit devant lui, dans la personne qui avait parlé, un individu d'une insignifiance presque indescriptible, avec des guêtres blanches et une chemise au col indécemment bas. A quelques pas derrière, une seconde silhouette, plus carrée, n'offrait guère à l'observateur qu'un ulster, des favoris, des lunettes et un feutre mou de chasseur. Dès lors qu'il avait décidé d'évoquer les démons des bas-fonds de Londres, Maurice avait longuement supputé quelle serait leur apparence probable. Sa première impression fut de désappointement ; la seconde rendit davantage justice au spectacle qui s'offrait à lui. Jamais encore il n'avait vu couple pareillement vêtu ; il avait atteint une nouvelle couche de la société.

— Je ne puis vous parler que seul, dit-il.

— Vous n'avez pas lieu de vous soucier de M. Appleby, répondit Pitman : il est au courant de tout.

— De tout ? Savez-vous de quoi je suis venu vous parler ? demanda Maurice. Du tonneau.

Pitman pâlit, mais sous l'emprise d'une indignation virile.

— C'est vous ! s'écria-t-il. Misérable !

— Dois-je parler devant lui ? demanda Maurice sans prendre garde à ces paroles sévères.

— Il a assisté à tout, dit Pitman. Il a ouvert le tonneau ; votre criminel secret est déjà connu de lui comme de votre Créateur et de moi-même.

— En ce cas, dit Maurice, qu'avez-vous fait de l'argent ?

— Je n'ai connaissance d'aucun argent en l'occurrence, dit Pitman.

— Inutile de me raconter ça, dit Maurice. Je vous ai pisté. Vous êtes venu à la gare sous le déguisement sacrilège d'un pasteur, vous vous êtes emparé de mon tonneau, vous l'avez ouvert, vous avez détroussé le corps et touché le chèque. J'ai été à la banque, entendez-vous ! Je vous ai suivi pas à pas, et vos dénégations sont aussi puériles qu'absurdes.

— Allons, allons, Maurice, ne te mets pas en colère, dit M. Appleby.

— Michel ! cria Maurice, Michel ici !

— Mais oui, repartit l'homme de loi, ici et partout, mon garçon. Tu ne fais pas un pas qu'il ne soit compté, des détectives éprouvés te suivent comme ton ombre et me rendent compte de tes mouvements tous les trois quarts d'heure ; je n'ai épargné aucune dépense.

Le visage de Maurice devint d'un gris sale.

— Eh bien ! je m'en fiche, cria-t-il. J'ai d'autant moins de ménagements à prendre. Cet individu a touché mon chèque. C'est un vol, et je veux mon argent.

– Crois-tu donc que je te mentirais, Maurice ? demanda Michel.

– Je ne sais pas, dit son cousin. Je veux mon argent.

– J'ai été seul à toucher le corps, dit Michel.

– Toi, Michel ! s'écria Maurice en reculant. Alors, pourquoi n'as-tu pas déclaré le décès ?

– Que diable veux-tu dire ? demanda Michel.

– Suis-je fou, ou est-ce toi qui l'es ? dit Maurice.

– Je crois plutôt que c'est Pitman, répondit Michel.

Les trois hommes s'entre-regardèrent avec des yeux égarés.

– C'est terrible, dit Maurice, terrible. Je ne comprends pas un mot de ce que vous me dites.

– Je te donne ma parole d'honneur que je suis dans le même cas, dit Michel.

Il y eut un nouveau silence, que Maurice rompit pour dire en désignant son cousin du doigt d'un geste horrifié :

– Ai-je le délire ? Pourquoi ces favoris ?

– Oh ! ce n'est qu'une question de détail, dit Michel.

Nouveau silence, pendant lequel Maurice eut l'impression d'être lancé dans les airs plus haut que le dôme de Saint-Paul et précipité plus bas que les profondeurs souterraines de Londres.

– Récapitulons, dit Michel. A moins que tout cela ne soit qu'un rêve, auquel cas je voudrais bien que Teena vienne m'appeler pour le petit déjeuner. Mon ami Pitman, ici présent, a reçu un tonneau qui, à ce qu'il semble, t'était destiné. Le tonneau contenait le cadavre d'un homme. Comment ou pourquoi tu l'as tué...

– Je n'ai jamais porté la main sur lui, protesta Maurice. Voilà le soupçon que j'ai toujours redouté. Réfléchis un peu, Michel ! Tu sais bien que je ne suis pas homme à faire cela. Avec tous mes défauts, je ne toucherais pas à un cheveu de la tête de qui que ce soit, et d'ailleurs je n'avais rien à y gagner, au contraire. Il a été tué dans ce sale accident !

Soudain Michel fut saisi d'un fou rire si excessif et si prolongé que ses compagnons ne doutèrent pas qu'il eût perdu la raison. Il avait beau faire tous ses efforts pour le réprimer, sans cesse une nouvelle vague d'hilarité déferlait sur lui et l'emportait. Depuis le début de cette affolante conversation, il ne s'était encore rien produit d'aussi sinistre, d'aussi discordant ; et Pitman et Maurice, rapprochés par leur crainte commune, échangèrent des regards d'anxiété.

– Maurice, balbutia l'homme de loi dès qu'il fut capable d'articuler un mot, je... comprends tout à présent. Je peux... tout expliquer d'un mot. Voici la clef : *jusqu'à cet instant je n'avais pas deviné qu'il s'agissait d'oncle Joseph.*

Cette remarque relâcha instantanément la tension de Maurice, tout en éteignant du même coup le dernier rayon de lumière qui visitât le cerveau de Pitman. Oncle Joseph, qu'il avait quitté une heure plus tôt dans Norfolk Street, occupé à coller des coupures de journal ? Le cadavre aurait été... lui ? Alors, lui-même était-il bien Pitman ? Était-ce là la gare de Waterloo ou un asile ?

– Bien sûr ! s'écria Maurice. Il était plus ou moins écrabouillé. Comme c'est stupide de ne pas y avoir songé ! Dès lors, tout est clair. Et je vais te dire une chose : nous sommes sauvés, sauvés tous deux. Tu auras la tontine – je ne m'y cramponne en aucune manière – et je prendrai l'affaire de cuirs qui est bel et bien en train de regrimper la pente. Déclare le décès immédiatement, ne t'inquiète pas de moi. Déclare le décès et nous sommes tirés d'affaire.

– Mais c'est que je ne peux pas le déclarer, dit Michel.

– Pourquoi ? s'écria Maurice.

– Je ne peux pas produire le corps, Maurice. Je l'ai perdu, dit l'homme de loi.

– Un moment, s'écria le marchand de cuirs. Comment dis-tu ? Ce n'est pas possible. C'est moi qui l'ai perdu.

– Eh bien ! moi aussi je l'ai perdu, mon fils, dit Michel avec une parfaite sérénité. Comme je ne le reconnaissais pas, vois-tu, et qu'il me paraissait suspect, je me suis débarrassé de... comment dire ? de la pièce à conviction.

– Tu t'es débarrassé du cadavre ? Qu'est-ce que tu en as fait ? gémit Maurice. Mais tu peux remettre la main dessus ? Tu sais où il est ?

– Je le voudrais, Maurice, et tu peux m'en croire, car cela me rapporterait une jolie somme, mais le fait est que je n'en sais rien.

– Bonté divine ! dit Maurice en prenant à témoin le ciel et la terre, bonté divine, j'ai perdu le commerce de cuirs !

Michel fut secoué d'un nouvel accès de rire.

– Pourquoi ris-tu, imbécile ? s'écria son cousin. Tu perds plus encore que moi. Tu as gâché les choses plus encore que je ne l'ai fait. Si tu avait pour deux sous de sensibilité, tu tremblerais de chagrin dans tes bottes. Mais je vais te dire une chose, il me faut ces huit cents livres – je les aurai et après ça je m'en irai aux cinq cents diables. L'argent est à moi, et ton ami a fait un faux pour le toucher. Qu'on me donne les huit cents livres à l'instant, ici même, sur le quai, ou bien je vais droit à Scotland Yard et je révèle la déshonorante affaire de bout en bout.

– Maurice, dit Michel en lui mettant la main sur l'épaule, entends un peu raison. Ce n'est pas nous, c'est l'autre type. Nous n'avons même pas fouillé le corps.

– L'autre type ? répéta Maurice.

– Oui : nous avons refilé oncle Joseph à un autre type, dit Michel.

– Quoi ? Refilé ? Quest-ce que tu veux dire ?

– Oui, à l'intérieur d'un piano, dit Michel avec une parfaite simplicité. Il était même très riche de ton.

Maurice porta la main à ses tempes, puis la regarda : elle était humide de sueur.

– La fièvre, dit-il.

– Non, ce n'était pas une marque mineure, c'était un Broadwood, un authentique Broadwood, Pitman te le dira.

– Heu ? Oh ! oui, je crois que c'était un vrai Broadwood. J'ai joué dessus plusieurs fois, dit Pitman. Il y avait un mi bémol détraqué.

– Ne me parle pas de pianos, dit Maurice avec un frisson. Je ne suis plus l'homme que j'ai été. Ce... cet autre type, comme tu dis, venons-en à lui, si je parviens à te suivre. Qui est-ce ? Comment le retrouver ?

– Ah ! c'est là le chiendent, dit Michel. Il est en possession de l'article désiré depuis, voyons, depuis mercredi, vers quatre heures de l'après-midi, et je suppose qu'à présent il vogue vers les îles de Java et de la Colère divine.

– Michel, dit Maurice d'un ton suppliant, je suis très ébranlé et je te prie d'avoir des égards pour un parent. Répète lentement ce que tu as dit et fais bien attention de ne pas te tromper. Quand dis-tu qu'il a pris possession du corps ?

Michel répéta sa déclaration.

– C'est à devenir fou, dit Maurice.

– Qu'est-ce qu'il y a ? demanda l'homme de loi.

– Même les dates ne collent pas, dit le marchand de cuirs. Le chèque a été touché mardi. Il n'y a pas l'ombre de cohérence dans toute l'affaire.

A cet instant un jeune homme bien mis, qui était passé près du trio, s'arrêta soudain, revint sur ses pas et appesantit sa main sur l'épaule de Michel.

– Aha, ainsi donc, voici M. Dickson ! dit-il.

La trompette du jugement n'aurait pas retenti de plus redoutable sorte aux oreilles de Pitman et de l'homme de loi. Quant à Maurice, cette erreur de nom lui parut prolonger le cauchemar dans lequel il errait depuis si longtemps. Et lorsque Michel, avec ses favoris touffus et flambant neuf, s'arracha à l'étreinte de l'étranger et se retourna pour détaler, lorsque l'étrange petite créature glabre au col de chemise trop bas suivit son exemple avec un cri d'oiseau perçant, lorsque l'étranger, enfin, voyant sa proie lui échapper, bondit par compensation sur Maurice en le saisissant rudement, ses pensées auraient pu se résumer en ces mots : « Quand je vous le disais ! »

– Je tiens au moins un membre de la bande, dit Gédéon Forsyth.

– Je ne comprends pas, répondit Maurice d'une voix morne.

– Oh ! je saurai bien vous faire comprendre ce qu'il en est, répliqua farouchement Gédéon.

– Je vous serais infiniment reconnaissant si vous pouviez me faire comprendre quoi que ce soit, s'écria Maurice avec l'énergie de la conviction.

– Sans doute je ne vous connais pas personnellement, continua Gédéon en examinant son docile prisonnier, mais n'importe, je connais vos amis. Ce sont vos amis, n'est-ce pas ?

– Je ne vous comprends pas, dit Maurice.

– Vous n'auriez pas, par hasard, eu affaire avec un piano ? suggéra Gédéon.

– Un piano ! s'écria Maurice en serrant convulsivement le bras de

Gédéon. Mais alors vous êtes « l'autre type » ! Où est-il ? Où est le corps ? Et avez-vous touché le chèque ?

– Où est le corps ? Voilà qui est étrange, murmura Gédéon. Vous voulez avoir le corps ?

– Si je le veux s'écria Maurice. Mais toute ma fortune en dépend ! Je l'ai perdu. Où est-il ? Conduisez-moi !

– Ainsi donc, vous le voulez ? Et l'autre, Dickson, est-ce qu'il le veut aussi ? demanda Gédéon.

– Que voulez-vous dire avec votre Dickson ? Oh ! c'est Michel Finsbury que vous appelez ainsi ! Bien sûr qu'il le veut ! Il l'a perdu lui aussi. S'il l'avait, il aurait gagné demain la tontine.

– Michel Finsbury ! Pas l'avoué ? demanda Gédéon.

– Si, l'avoué, dit Maurice. Mais où est le corps ?

– Ah ! c'est pour cela qu'il m'a envoyé la cause ! Quelle est l'adresse du domicile particulier de M. Finsbury ? demanda Gédéon.

– 233 King's Road. Quelle cause ? Où allez-vous ? Où est le corps ? cria Maurice en se cramponnant au bras de Gédéon.

– Moi aussi je l'ai perdu, répondit Gédéon.

Et il détala.

CHAPITRE XV

Le retour du grand Vance

Maurice s'en revint de Waterloo dans un état d'esprit qui défie toute description. C'était un homme modeste ; il ne s'était jamais exagéré ses talents ; il se savait incapable d'écrire un livre, de faire tourbillonner savamment un rond de serviette, d'égayer une veillée de Noël par des tours de passe-passe, en un mot d'exécuter aucune de ces prouesses que l'on considère communément comme la marque du génie. Il savait, il reconnaissait, que ses aptitudes ne s'élevaient pas au sublime, mais – du moins jusqu'à une date récente – il les avait toujours considérées comme tout à fait à la hauteur des exigences de la vie. Or, à présent, il s'avouait entièrement battu, la vie avait eu le dessus ; s'il avait eu les moyens de prendre la fuite ou entrevu un asile, si le monde avait été fait de telle sorte qu'on en pût sortir comme d'un lieu de plaisir, Maurice eût instantanément renoncé à ses récompenses et à ses joies et, avec un inexprimable contentement, eût cessé d'être. Mais en l'occurrence, un seul but se présentait à lui : rentrer à la maison. De même que le chien malade rampe sous le sofa, Maurice pouvait du moins refermer sur lui la porte de John Street, et être seul.

Le soir tombait quand il approcha de ce refuge ; et la première chose que rencontra son regard fut la silhouette d'un homme debout sur le

UN MORT ENCOMBRANT   999

perron et occupé tantôt à tirer le cordon de la sonnette, tantôt à tambouriner sur la porte. L'homme en question n'avait pas de chapeau, ses vêtements étaient d'une saleté hideuse et il avait l'air d'un cueilleur de houblon. Cependant Maurice le reconnut : c'était Jean.

Son premier mouvement fut de fuir, mais avec cette sorte de sérénité vide que donne le désespoir, il se résigna. « Qu'importe maintenant ? » pensa-t-il ; et, tirant sa clef, il monta les marches.

Jean se retourna. Son visage était empreint d'épuisement, de crasse et de fureur ; dès qu'il reconnut le chef de la famille, il poussa un long soupir rauque et ses yeux étincelèrent.

— Ouvre cette porte, dit-il sans s'avancer vers son frère.

— C'est ce que je vais faire, dit Maurice, qui ajouta mentalement : Il a l'air prêt à commettre un meurtre !

Les deux frères passèrent dans le hall, la porte se referma derrière eux, et, soudain, Jean saisit Maurice par les épaules et se mit à le secouer comme un fox-terrier secoue un rat.

— Sale petite fripouille, dit-il, tu mériterais que je te fende la caboche !

Et il le secoua derechef de telle sorte que les dents de Maurice claquèrent et que sa tête alla donner contre le mur.

— Pas de violence, Jeannot, dit Maurice. Ça ne sert à rien maintenant.

— Ferme-la, dit Jean. C'est à toi d'écouter.

Il alla dans la salle à manger, se laissa tomber dans un fauteuil, et, enlevant l'un de ses souliers de marche crevés, se mit à bercer son pied comme en proie à une agonie de douleur.

— Je suis estropié pour la vie, dit-il. Quest-ce qu'il y a pour dîner ?

— Rien, Jeannot, dit Maurice.

— Rien ? Que veux-tu dire par là ? demanda le Grand Vance. Ne me raconte pas d'histoire, hein !

— Je ne veux rien dire du tout, répondit son frère. Je n'ai rien à manger, ni rien pour acheter de quoi manger. De toute la journée, je n'ai pris moi-même qu'une tasse de thé et un sandwich.

— Rien qu'un sandwich ? ricana Vance. Tu vas te plaindre, je suppose. Mais tu ferais mieux de prendre garde : j'en ai assez enduré comme ça, et je vais te dire une chose : j'ai l'intention de dîner et de bien dîner. Prends tes cachets et va les vendre.

— Impossible aujourd'hui, dit Maurice ; c'est dimanche.

— Je te dis que je veux dîner ! cria le cadet.

— Mais si ce n'est pas possible, Jeannot ? plaida l'autre.

— Sombre crétin ? s'écria Vance. N'avons-nous pas pignon sur rue ? Ne nous connaît-on pas à l'hôtel où descendait l'oncle Parker ? Prends tes cliques et tes claques : si tu n'es pas revenu d'ici une demi-heure et si le dîner n'est pas bon, pour commencer je te rosserai jusqu'à te faire perdre le souffle, et après ça j'irai dévoiler tout le pot aux roses à la police. Comprends-tu, Maurice Finsbury ? Parce que, si tu comprends tu feras mieux de filer !

L'idée souriait même au malheureux Maurice qui était affamé. Il partit en campagne et revint pour trouver Jean toujours en train de bercer son pied.

— Que veux-tu boire, Jeannot ? demanda-t-il d'un ton propitiatoire.

— Du champagne, dit Jean. Et après ça une bouteille de ce vieux porto que Michel aime bien ; et veille à ne pas remuer le porto. Attends un peu, allume d'abord le feu — et le gaz — et puis tire les stores, il fait froid et on n'y voit plus clair. Ensuite tu mettras la table. Ah ! et puis apporte-moi de quoi me changer.

La pièce avait pris une apparence relativement habitable quand le dîner arriva ; et le dîner lui-même était bon : un consommé corsé, des filets de sole, des côtelettes de mouton à la sauce tomate, du rosbif aux pommes sautées, un pudding aux raisins, un morceau de Chester flanqué de céleri bien tendre : un repas typiquement anglais, mais substantiel.

— Dieu soit loué ! dit Jean dont les narines se dilatèrent et à qui la joie arracha pour une fois ce benedicite. Maintenant, je vais m'asseoir ici le dos au feu — il a gelé dur ces deux dernières nuits et je ne peux pas extirper le froid de mes os — je vais m'asseoir ici et toi, Maurice Finsbury, tu te tiendras là et tu feras le larbin.

— Mais, Jeannot, j'ai tellement faim moi-même, plaida Maurice.

— Tu auras les restes, dit Vance. Tu commences seulement à payer la note, mon doux enfant. N'éveille pas le lion britannique !

Il y avait dans l'expression et dans la voix du Grand Vance quelque chose de si menaçant que l'âme de Maurice se recroquevillait en lui-même.

— Tiens ! reprit le festoyeur, donne-moi donc un verre de champagne pour commencer. Du consommé ! Moi qui croyais que je n'aimais pas le consommé ! Sais-tu comment je suis venu ici ? demanda-t-il dans une nouvelle explosion de colère.

— Non, Jeannot, comment le pourrais-je ? dit l'obséquieux Maurice.

— J'ai marché sur mes dix doigts de pied ! cria jean ; je me suis tapé tout le chemin depuis Browndean, et j'ai mendié ! Je voudrais bien te voir mendier. Ce n'est pas aussi facile que tu pourrais le supposer. J'ai joué le rôle d'un marin naufragé de Blyth ; Je ne sais pas où est Blyth — le sais-tu, toi ? — mais c'est un nom qui avait l'air naturel. J'ai demandé la charité à une sale bête d'écolier, qui a sorti deux pence en me demandant de lui faire un nœud marin. J'ai essayé, mais il m'a dit que ce n'était pas vrai, que c'était seulement un nœud de grand-mère, et qu'il allait porter plainte contre moi. Après ça je me suis adressé à un officier de marine ; celui-là ne m'a pas tracassé avec des nœuds, mais il s'est contenté de me donner une brochure de piété, je vous demande un peu si ce n'est pas à faire honte à toute la marine anglaise ! Et après ça, j'ai avisé une veuve qui vendait des sucres d'orge, et elle m'a donné un bout de pain. Un autre type à qui je mendiais m'a dit que ce n'était pas difficile de me procurer du pain : je n'avais qu'à briser une vitrine et à me faire envoyer en prison. Passe-moi le bœuf.

– Pourquoi n'es-tu pas resté à Browndean ? demanda timidement Maurice.

– Sornettes ! cria jean. En vivant de quoi ? De la *Revue Rose* et de ce sordide canard édifiant ? Il fallait que je sorte de Browndean, il le *fallait,* entends-tu ? Je me suis fait servir à crédit dans une auberge en déclarant que j'étais le Grand Vance – tu aurais fait la même chose si tu avais été dans le même pétrin que moi. Sur quoi un type m'a donné de quoi bouffer, et plein de bière avec, et on s'est mis à parler de music-hall et de tous les sous que je gagnais à chanter, jusqu'au moment où on a insisté pour que je chante *J'ai décrit un cercle magique autour de sa beauté.* Après quoi le type a dit que je ne pouvais pas être Vance, et je me suis entêté à dire que je l'étais, mais il n'y a rien eu à faire, j'étais cuit et je n'avais plus qu'à faire mon deuil de l'auberge. Et le bouquet, ç'a été le charpentier...

– Notre propriétaire ? demanda Maurice.

– En personne, dit Jean. Il est venu fourrer son nez dans la maison et il n'a pas tardé à demander où était le tonneau et ce qu'étaient devenues les couvertures. Je l'ai envoyé au diable, pour la bonne raison que c'était la seule chose à dire. Alors il a déclaré que je les avais mis en gages et que j'étais passible de prison. A ce moment-là, je me suis souvenu qu'il était sourd, et je me suis mis à lui dégoiser n'importe quoi, juste assez bas pour qu'il ne comprenne pas un mot. « Je ne vous entends pas », disait-il. « Je sais bien que tu ne m'entends pas, vieux bouc, et je n'ai aucune intention que tu m'entendes », répondais-je en lui faisant de grands sourires. « Je suis dur d'oreille », tonnait-il. « Je serais dans de beaux draps si tu ne l'étais pas », répondais-je en faisant force gestes comme si j'étais en train de tout lui expliquer. « Bon », finit-il par dire, « je suis peut-être sourd, mais je parie que le constable vous entendra. » Là-dessus il est parti d'un côté et moi de l'autre. Tout ce qu'ils ont pu trouver quand ils sont venus, c'est une lampe à esprit de vin, la *Revue Rose,* et ce vieux journal édifiant et cet autre périodique que tu m'as envoyé – tu devais être saoul – et qui était plein de bobards sur la poésie et sur la manière de se débrouiller dans la carte du ciel ; le genre de truc que personne ne peut lire à moins d'être dans un asile d'aliénés. *L'Atrium,* voilà comment ça s'appelait. Bonté divine, quel torchon !

– Tu veux dire *l'Athenaeum,* dit Maurice.

– Peu importe le nom exact, dit Jean, du moment que je n'ai pas l'intention de m'y abonner ! Ah ! je me sens mieux. Maintenant, je vais me mettre au coin du feu dans ce fauteuil ; passe-moi le fromage, le céleri et la bouteille de porto – non, la coupe de champagne, ça en tient plus. Maintenant, tu peux te servir si tu veux. Il reste un peu de poisson, une côtelette et deux doigts de champagne. Ah ! Michel ne s'est pas trompé sur le porto : il vous a un bouquet de tous les diables. D'ailleurs Michel est un type qui me plaît ; c'est un malin ; il lit les livres et *l'Atrium* et tout ce qui s'ensuit, mais il ne vous bassine pas avec. A propos de Michel, je ne me suis même pas donné la peine de te poser la question parce que je savais d'avance ce qu'il en était : tu as fait un gâchis de toute l'affaire, hein ?

— C'est Michel qui a fait un gâchis de l'affaire, dit Maurice en s'empourprant.

— Qu'est-ce que Michel a à voir là-dedans ? demanda Jean.

— Il a perdu le cadavre, cria Maurice, voilà ce qu'il a à voir, il a perdu le cadavre et il n'y a pas moyen de prouver le décès !

— Va doucement, dit Jean. Je croyais que c'était justement ce que tu voulais éviter.

— Oh ! il y a longtemps que nous n'en sommes plus là, dit son frère. il ne s'agit plus de la tontine maintenant, mais de l'affaire de cuirs, Jeannot, et de notre dernière chemise.

— Ralentis la musique, dit jean, et raconte-moi tout depuis le début jusqu'à la fin.

Maurice s'exécuta.

— Qu'est-ce que je t'avais dit ? s'écria le Grand Vance quand l'autre eut terminé. Mais je sais une chose, c'est que je ne me laisserai pas flouer de ce qui m'appartient.

— Je voudrais bien savoir ce que tu as l'intention de faire ? demanda Maurice.

— Je vais te le dire, répondit jean avec une fermeté extrême. Je vais confier mes intérêts au meilleur homme de loi de Londres. Quant à ce que tu deviendras, toi, je m'en lave les mains.

— Mais, Jeannot, nous sommes embarqués dans le même bateau ! dit Maurice.

— Vraiment ? cria son frère. Pas le moins du monde ! Ai-je commis des faux ? Ai-je raconté des bobards à propos de l'oncle Joseph ? Ai-je mis des annonces idiotes dans des feuilles de chou ? Ai-je pulvérisé les statues des autres ? Tu as un fameux toupet, Maurice Finsbury. Non, il y a trop longtemps que je t'ai laissé diriger mes affaires ; à partir de maintenant, c'est Michel qui s'en occupera. D'ailleurs j'aime bien Michel, et il est temps que je tire ma situation au clair.

A ce moment les deux frères furent interrompus par un coup de sonnette, et Maurice, allant craintivement à la porte, reçut des mains d'un commissionnaire une lettre dont l'adresse était de la main de Michel.

Elle contenait ces lignes :

MAURICE FINSBURY, *s'il prend connaissance de cet avis, pourra recevoir une information* AVANTAGEUSE POUR LUI *à mon bureau, dans Chancery Lane, demain à 10 heures du matin.*

Michel Finsbury.

Maurice était devenu si soumis qu'il tendit spontanément la lettre à Jean aussitôt après y avoir jeté un coup d'œil.

– Voilà comment il faut tourner une lettre, s'écria Jean. Il n'y a que Michel pour écrire comme ça.

Et Maurice ne revendiqua même pas son droit de priorité.

CHAPITRE XVI

Où l'on règle définitivement
le statut de l'affaire des cuirs

Le lendemain matin, à dix heures, les frères Finsbury furent introduits dans une vaste pièce qui faisait partie des bureaux de Maurice ; le Grand Vance, quelque peu remis de son épuisement de la veille, mais un pied en pantoufle ; Maurice, sans dommage physique apparent, mais de dix ans plus vieux que celui qui avait quitté Bournemouth huit jours auparavant, son visage labouré de rides anxieuses, ses cheveux grisonnant abondamment sur les tempes.

Trois personnes assises à une table les attendaient : au milieu, Michel ; à sa droite, Gédéon Forsyth et à sa gauche un vieux monsieur à lunettes aux cheveux argentés.

– Sapristi, oncle Joe ! s'écria Jean.

Maurice s'approcha de son oncle, avec des yeux étincelants dans un visage livide :

– Vous sauver lâchement de la sorte ! s'écria-t-il au comble de la fureur.

– Bonjour, Maurice Finsbury, répondit Joseph sans guère plus d'aménité. Tu n'as pas bonne mine.

– Ce n'est pas la peine de faire du raffut maintenant, observa Michel. Regarde les choses en face. C'est à peine si ton oncle a été secoué par l'accident, comme tu le vois. Un homme au cœur aussi sensible que le tien devrait en être ravi.

– Mais alors, dit Maurice dans un éclat de voix, qu'est-ce que c'était que ce cadavre ? Tu ne vas pas me dire que cette horreur qui m'a jeté dans tant de complications et d'alarmes et que j'ai colportée de mes propres mains était le corps d'un parfait inconnu ?

– Oh nous n'irons pas jusqu'à affirmer cela, dit Michel. Il n'est pas impossible que tu l'aies rencontré au club.

Maurice se laissa tomber sur une chaise.

– Je m'en serais aperçu s'il était arrivé jusque chez moi, gémit-il. Comment donc se fait-il qu'il soit allé à la place chez Pitman ? Et de quel droit Pitman a-t-il ouvert le tonneau ?

– Si tu prends les choses ainsi, Maurice, qu'as-tu fait du gigantesque Hercule ? demanda Michel.

– Il l'a mis en pièces avec un couperet de cuisine, dit Jean. Les débris sont dans le jardin de derrière.

– En tout cas, j'ai retrouvé mon frauduleux tuteur, répliqua Maurice.
Il m'appartient. Et la tontine aussi. Je revendique la tontine ; je la
réclame sur-le-champ. Je suis persuadé qu'oncle Masterman est mort.

– Il est temps que je mette un terme à ces calembredaines, dit Michel,
et cela de façon définitive. Tu es malheureusement à deux doigts de
la vérité, car en un sens ton oncle est mort, et cela depuis longtemps.
Mais ce n'est pas dans le sens de la tontine, qu'il peut encore gagner
s'il vit assez longtemps pour cela. Oncle Joseph l'a vu ce matin, il peut
te dire qu'il est encore en vie, quoique son intelligence se soit éteinte.

– Il ne m'a pas reconnu, dit Joseph avec une émotion sincère.

– Ainsi donc, là encore tu t'es gouré, Maurice, dit Jean. Miséricorde,
ce que tu as pu faire l'imbécile !

– Voilà pourquoi tu te refusais à un compromis ! dit Maurice.

– Quant à la ridicule position dans laquelle vous vous trouviez au
vu et au su de tout le monde, toi et l'oncle Joseph, reprit Michel, il
est plus que temps qu'elle vienne à fin. J'ai préparé ici un acte de
renonciation que tu voudras bien signer pour commencer.

– Quoi ! s'écria Maurice. Pour perdre mes sept mille huit cents livres
et le commerce de cuirs, etc., sans rien recevoir en échange ? Merci bien.

– Ces sentiments de gratitude t'honorent, commença Michel.

– Oh ! je sais qu'il est vain de faire appel à ta justice, démon ! s'écria
Maurice. Mais il y a ici un étranger, je ne sais pourquoi d'ailleurs, et
c'est à lui que je ferai appel. J'ai été spolié de cet argent alors que j'étais
un orphelin, un enfant encore, sur les bancs d'une école de commerce.
Depuis lors je n'ai jamais voulu que recouvrer mon dû. Vous entendrez
peut-être toute sorte d'histoires sur mon compte, et il n'y a pas de doute
que j'ai été parfois mal conseillé. Mais c'est le caractère pathétique de
ma situation que je cherche à vous faire comprendre.

– Maurice, interrompit Michel, je voudrais que tu me permettes
d'ajouter un détail, car je le crois de nature à influer sur ton jugement.
Il est également d'un caractère pathétique et il touche à tes aptitudes...
disons d'écrivain.

– Que veux-tu dire ? demanda Maurice.

– Simplement ceci que le nom de l'une des personnes qui sont ici
pour pouvoir témoigner de l'authenticité de ta signature – est Moss,
mon cher garçon.

Il y eut un long silence, après lequel Maurice s'écria :

– J'aurais dû me douter que c'était vous.

– Tu es prêt à signer maintenant, n'est-ce pas ? demanda Michel.

– Sais-tu ce que tu es en train de faire ? cria Maurice. Tu es en train
de commettre une escroquerie.

– Parfait, en ce cas nous ne la commettrons pas, Maurice, reprit
Michel. Vois comme je me suis mépris sur ton irréprochable intégrité.
Je croyais que tu préférerais ce parti-là.

– Dis donc, Michel, dit Jean, c'est très joli tout ça, mais moi, qu'est-ce
que je deviens là-dedans ? Maurice est dans la nasse, je vois ça, mais

pas moi. Et j'ai été tout autant volé et tout autant orphelin et tout autant à l'école de commerce que lui.

– Jeannot, dit Michel, ne crois-tu pas que tu ferais mieux de me laisser faire ?

– Je veux bien, dit Jean, je sais que tu ne tromperas pas un orphelin. Maurice, tu vas signer tout de suite ce document, sans quoi je te ferai voir trente-six chandelles.

Maurice s'empressa soudain de signifier son consentement. On fit venir des clercs, l'acte de renonciation fut signé, et Joseph redevint un homme libre.

– Maintenant, dit Michel, écoutez bien ce que je vais vous proposer. Jean, et toi, Maurice, voici un acte qui vous met conjointement en possession du commerce de cuirs. Je l'ai évalué au chiffre le plus bas. Et voici un chèque dont le montant, ajouté à ce chiffre, équilibre l'argent que vous avez jadis perdu. Ainsi donc, Maurice, c'est comme si tu étais tout frais émoulu de ton école commerciale ; et comme le commerce des cuirs commence, ainsi que tu le disais, à remonter la pente, je suppose que tu ne tarderas pas à convoler. Voici dès à présent ton cadeau de mariage – de la part de M. Moss.

Maurice bondit sur son chèque, le visage cramoisi.

– Je ne comprends pas comment les choses se goupillent, observa Jean. Ça me paraît trop beau pour être vrai.

– C'est tout simple, expliqua Michel j'épouse le passif de Joseph, et s'il gagne la tontine, elle sera à moi ; si c'est mon père qui la gagne, elle sera aussi à moi, bien sûr. En sorte que ma position est assez avantageuse.

– Mon pauvre Maurice, tu peux dire qu'il t'a eu, dit Jean en guise de commentaire.

– Et maintenant, M. Forsyth, dit Michel en se tournant vers son hôte silencieux, vous avez devant vous tous les criminels, à l'exception de Pitman. Je n'ai pas jugé bon de l'interrompre dans l'exercice de sa carrière scolastique, mais vous pouvez le faire arrêter à l'institut où il enseigne, si vous le désirez : je connais ses heures. Nous voici donc en votre présence et nous ne formons pas un très beau spectacle. Qu'avez-vous l'intention de faire de nous ?

– Rien du tout, M. Finsbury, répondit Gédéon. Je crois comprendre que ce monsieur – il désignait Maurice – est le *fons et origo* de tous ces tracas ; et, à ce qu'il me semble, il en a déjà été suffisamment puni. En toute franchise, je ne vois pas qui aurait intérêt à susciter un scandale ; certainement pas moi, en tout cas. D'ailleurs j'ai à vous remercier de m'avoir envoyé cette cause.

Michel rougit.

– Le moins que je pouvais faire était de vous procurer une petite affaire, dit-il. Mais il y encore quelque chose que je tiens à vous dire. Je ne voudrais pas que vous méjugiez ce pauvre Pitman, qui est l'être le plus innocent qu'on puisse voir. Voudriez-vous me faire le plaisir de dîner avec moi ce soir pour rencontrer la créature en chair et en os – disons chez Verrey ?

– Je n'ai pas d'autre engagement, M. Finsbury, et j'en serais enchanté, répondit Gédéon. Mais, j'en appelle à votre jugement, ne pouvons-nous rien faire pour l'homme à la charrette ? J'ai des remords de conscience.

– Nous ne pouvons que sympathiser, dit Michel.

L'ÉTRANGE CAS
DU Dr JEKYLL ET DE Mr HYDE
(The Strange Case of Dr Jekyll and Mr Hyde)

Traduit de l'anglais
par Robert Latour

10 8 pages

108 p

solitaire). Parce qu'on y voyait un mari soumis aux caprices d'une épouse possessive, disent les uns. Parce que l'histoire dissimulait un érotisme inopportun disent d'autres : hypothèse plus vraisemblable, et conforme au précédent de *Clara* et à l'analyse de *l'Étrange Cas du Dr Jekyll.*

Selon le témoignage [1] de Lloyd Osbourne, sa mère reprochait à son beau-père d'avoir manqué l'allégorie en maintenant l'histoire à un niveau pittoresque et anecdotique. En clair : de s'être complu dans le détail précis et « cru » – peut être identifiable à des réminiscences personnelles – au lieu d'atteindre la parabole impersonnelle et générale, qui, pour s'imposer à tous et être comprise de tous, doit faire abstraction de tout sentiment personnel. Pour réussir, la parabole ne doit pas dépendre de la sensibilité et de l'affectivité de l'auteur. Ce qui importe, c'est comment sera reçu le message, non la façon plus ou moins douloureuse dont l'auteur l'a ressenti.

La censure ou l'influence de Mrs Osbourne sur *l'Étrange Cas du Dr Jekyll et de Mr Hyde* apparaît dans les silences et les absences de l'œuvre telle qu'elle nous est parvenue. Influence dissuasive plus favorable à la suppression qu'à l'addition.

D'abord, l'absence.

Comparé à *Olalla,* petit chef-d'œuvre méconnu et tout frémissant d'affectivité, *l'Étrange Cas* semble comme racorni par une impitoyable sécheresse. Pas d'amour : aucune présence féminine ni de sentiments généreux. L'amitié certes, mais assortie de tant d'intransigeance et d'incompréhension qu'elle évoque le devoir, non la sympathie. Le décor lui-même – le pourtant fabuleux décor du Londres victorien – se refuse à émerger de la grisaille d'une atmosphère que ne ravive aucune intention poétique.

Le combat du Dr Jekyll contre les ténèbres demeure tragiquement solitaire. Sa mort, recroquevillé dans la défroque hideuse qu'elles lui ont imposée, afflige moins que l'illusionniste ratant l'un de ses tours sur la scène d'un music-hall. On peut comparer avec l'étonnante nouvelle de George Langelaan : *la Mouche.* Le héros, victime d'une expérience malheureuse, se voit à demi changé en mouche. Ce personnage, manifestement inspiré par le Dr Jekyll, attire une sympathie que celui-ci est incapable de mobiliser. Et la quête de la mouche à demi transformée en homme s'avère bien plus bouleversante que celle de la poudre nécessaire au Dr Jekyll pour redevenir lui-même.

Absence d'élan de solidarité, d'angoisse vraiment partagée par les autres personnages ou par le lecteur. A qui aurait-il pu s'identifier ? Pas au docteur Jekyll, bourgeois insipide, ni au caricatural M. Hyde ; ni aux « amis » bien trop rigides et naïfs.

Et pourtant, R. L. Stevenson a le génie de faire partager les bonheurs et chagrins de ses héros au lecteur, jusqu'à le transformer lui-même

---

1. Reproduit dans la Tusitala Édition.

ses interlocuteurs (mais il ne leur impose pas son contact), un domicile fixé dans un quartier misérable de Londres (mais la misère est la victime du mal, non sa complice); une impulsion mal contrôlée nuancée d'un penchant au sadisme. Penchant libéré dès qu'on aura fait de lui une bête traquée.

Le silence, le mystère, le secret envelopperont Jekyll-Hyde jusque dans sa fin ignominieuse. Elle ne sera pas révélée. Dans l'intérêt des familles et pour respecter les convenances, sans doute... Mais il n'est pas interdit de se demander dans quel abîme de l'obscurité faubourienne le médecin avili en Mr Hyde va perdre son âme : le jeu ? la drogue ? le chantage ? le sexe ? A coup sûr dans le dernier... Tout au long de cette histoire de célibataires confits, il n'est pas fait une seule fois la plus lointaine allusion à l'existence possible d'un deuxième sexe dans l'espèce humaine. A trop cacher, nous apprend Freud, on se révèle trop.

Et les silences deviennent éloquents. Comme on ne parle bien que de ce qu'on connaît bien, il n'est pas improbable que Stevenson ait voulu décrire la jeunesse un peu " dissipée " du Dr Jekyll avec les détails empruntés à la sienne et prêter à Mr Hyde ses propres fréquentations.

Mais Fanny veillait. Et il fallut que dans cette aventure – même pourvue d'une moralité rigide : le plaisir conduit au crime – il ne restât rien de ce qui de près ou de loin pouvait concerner l'auteur. Il est si peu concerné en effet, par cette allégorie aussi rarement imprécise, qu'il semble avoir prêté sa plume à un autre.

Retrait, silence ne changent rien. Dans un cauchemar de l'été 1885, Robert Louis Stevenson était poursuivi par le spectre d'anciens péchés qu'il aurait bien voulu transférer à un autre. Péchés dont il jugeait la punition nécessaire et imprescriptible. Vue à la lumière froide de la psychanalyse, la seconde version de *l'Étrange Cas,* au lieu de réussir l'allégorie, comme Fanny Stevenson le croyait, l'a bel et bien manquée. Ou plutôt elle en propose une autre, blasphématoire. Le destin tragique du Dr Jekyll démontre la faillite du refoulement et du secret. Se défouler en secret est pire que de se refouler. L'homme doit s'accepter tel qu'il est et se voit, au grand jour.

La littérature fantastique est, par définition, vouée au tragique. Le surnaturel s'y manifeste rarement sans violence. Mais jamais cette violence ne prend autant le caractère d'une nécessaire expiation que dans *l'Étrange Cas du Dr Jekyll* et dans les histoires fantastiques de la même plume, qui l'ont précédé, et préparé, à partir de 1880.

Formulée de façon encore imprécise, la notion d'une faute ancienne, qu'il faut taire mais expier, apparaît dès septembre 1881 dans *Thrawn Janet (Janet la Torte).*

Par ses traits marqués d'un expression hagarde, le révérend Murdoch Soulis inspire de la réserve, pour ne pas dire de la crainte, aux villageois de Balweary. Surtout aux plus âgés qui savent ce qui ne doit pas être dit. Cette disgrâce physique a frappé le prêtre un jour où l'intervention du surnaturel a mis fin à une situation scandaleuse : la présence sous hantise ou « possession » compliquée d'un dédoublement de personnalité.

Quelques mois de plus et l'imagination de Stevenson s'affranchit de toute référence à la tradition mythique ou au folklore religieux. Hyde est une créature dont l'essence n'est pas métaphysique mais physique. Son existence n'est plus subjective ni limitée au champ clos d'une conscience, mais objective et autonome. Il est une création de l'homme et non le repoussoir de Dieu. Mais la finalité allégorique des deux histoires reste identique : le surnaturel n'est que l'instrument d'un châtiment nécessaire.

Au contraire, Stevenson se réfère de façon explicite au folklore – écossais – lorsqu'il traite pour la dernière fois le thème du double dans *Tale of Tod Lapraik (Histoire de Tod Lapraik)*. Une histoire racontée en dialecte écossais, à la veillée, par l'un des personnages du roman *Catriona* (1893). Dans ce conte traditionnel, le phénomène du double se traduit par l'ubiquité et la métamorphose.

Lapraik est sujet à des absences psychiques. On le trouve parfois en léthargie, figé devant son métier à tisser, une navette en suspens. Pendant ce temps, ailleurs, il « commet la malice ». Sous sa propre apparence ou sous celle d'un volatile. La constatation de l'ubiquité de Lapraik entraîne sa condamnation. Une balle d'argent, tirée contre le double, le fait s'évanouir comme un mirage. On la retrouve, bien loin de là, dans le cœur du tisserand ; au même moment, il s'était effondré en hurlant dans son échoppe.

Aucune intention allégorique dans ce legs folklorique, recueilli par l'auteur de *Catriona* pour le plaisir d'y retrouver un thème familier. Celui-ci est greffé sur l'une des nombreuses altérations et variations du mythe du loup-garou. Dans le mythe original, la balle d'argent se retrouve aussi dans le cœur du personnage, mais elle est tirée sur lui alors qu'il se manifeste sous la forme du loup.

Dans une avant-dernière[1] illustration, *The Waif Woman (Thorgunna la solitaire)*, le thème du double avait connu une variation beaucoup moins conventionnelle. Bien qu'il s'agît, selon l'auteur, de la simple transposition d'une saga islandaise.

Aude l'Islandaise a accueilli sous son toit Thorgunna l'étrangère dans l'espoir de s'approprier les bijoux, vêtements, literie détenus par cette inconnue mystérieuse et sans âge. Pour son manteau et certains vêtements « rayonnant comme l'arc en ciel », Aude s'est dite prête « à donner son âme ». Mais Thorgunna a refusé de les lui céder sous prétexte que « ces choses-là ne sont pas d'une grande utilité ; elles ne sont faites que pour être montrées ». Elle ne les porte qu'en de rares occasions. Alors tous les hommes, les jeunes surtout, subissent la fascination de l'étrangère. Même si Aude, jalouse, l'accuse d'être « aussi vieille que les morts au flanc de la colline ».

---

1. Bien que posthume, *The Waif Woman* a été composé avant *Tod Lapraik*.

L'étrangère finit par mourir à son tour, mais non sans avoir fait promettre à Finnward, le mari d'Aude, de brûler toutes ses parures. Promesse violée sous la pression de sa femme. L'un et l'autre en mourront peu après ; l'épouse, dans d'atroces souffrances que le fantôme de Thorgunna vient contempler.

Aude a voulu doubler, reproduire la personnalité fascinante et suspecte de Thorgunna. Pour hériter de sa jeunesse éternelle et de son pouvoir de séduction, elle s'est appropriées les parures qui en étaient le symbole. Encore un défi aux lois de la nature que seule la mort permet d'expier.

Même lorsque son inspiration, réchauffée par le soleil des mers du Sud, perd ses couleurs morbides ; même lorsqu'il marie le fantastique et l'humour dans la *Bouteille endiablée* (1891), Stevenson ne peut s'affranchir de l'obsession de la faute à expier. Grâce au diablotin qui l'habite, le possesseur de la bouteille peut obtenir tout ce qu'il désire. Mais le prix à payer pour le profit retiré de la violation de l'ordre naturel est la damnation éternelle. A moins que le propriétaire de la bouteille ne parvienne à la revendre moins cher qu'il ne l'a achetée. Une transaction de plus en plus difficile à opérer, au terme d'une longue chaîne de transmissions.

Les notions de souillure, de secret et de châtiment atteignent une intensité exceptionnelle dans *Olalla* (1885). La plus achevée peut-être des histoires fantastiques de Stevenson. En parfaite symbiose avec l'ambiguïté, la pesanteur et l'incertitude poétique requises par ce genre de littérature.

Une souillure ineffaçable pèse, comme une malédiction, sur la maison perdue dans les montagnes espagnoles où un officier anglais a obtenu l'hospitalité, le temps d'une convalescence. Une jeune fille belle et fuyante : Olalla ; un adolescent capricieux et séduisant : Felipe ; une mère alanguie et lointaine, comme privée d'esprit : La Señora ; un beau jardin silencieux, des chambres fraîches. Tout un ensemble qui incite à un abandon... démenti par les cris affreux qui troublent les nuits. Un univers qui recouvre une pourriture secrète. Sur laquelle l'auteur, pour une fois, est explicite.

Selon le médecin de l'officier-narrateur, la Señora est le « dernier représentant d'une race princière et dégénérée à la fois en esprit et en fortune ». Après la mort de son père, elle « courut la débauche aux environs de la *residencia* » avant d'épouser « un muletier disent les uns, un contrebandier selon les autres ; certains disent qu'il n'y a pas eu de mariage du tout et que Felipe et Olalla sont bâtards ». Depuis sa fin, tragique mais non précisée, les paysans pensent que la maison est habitée par des morts. Seul le padre catholique pense le contraire, mais il est aussi douteux et contesté que le pasteur protestant de *Janet la Torte*.

Comme tous les personnages offerts par Stevenson aux coups d'une obscure et sévère autorité métaphysique, la Señora présente un comportement dualiste. Sous une indifférence alanguie, elle dissimule des appétits vampiriques ; le jeune officier en aurait souffert sans le secours de Felipe et Olalla. On devine de quelle façon leur père mourut.

L'officier s'éloigne sans avoir pu lever ni le mystère ni la malédiction pesant sur la demeure et ses habitants. La Señora est-elle morte ou vivante ? Réincarne-t-elle, ainsi que sa fille, la femme très ressemblante dont le portrait orne sa chambre ?

« Celle qu'il représente, dit Olalla, est morte depuis des générations et elle fit le mal de son vivant. Mais regardez-y encore : c'est ma main jusqu'au dernier trait. Ce sont mes yeux et mes cheveux. Qu'est-ce qui est mien alors et que suis-je ?...

« D'autres hommes morts depuis des âges ont regardé d'autres hommes avec mes yeux... Les mains des morts sont dans mon sein, elles me meuvent, elles m'entraînent, elles me guident ; je suis un fantoche à leur commandement ; et je ne fais que ressusciter des traits et des appas qui ont depuis longtemps cessé de nuire, dans le calme du tombeau. »

Parce qu'elle se sent solidaire, et même dépositaire, de la malédiction familiale ; parce qu'elle ne veut pas se soustraire à l'expiation qui l'accompagne, Olalla refuse de s'enfuir avec le jeune officier. Une sorte de suicide. En obéissance à un fatalisme dont la noirceur annonce *L'Étrange Cas,* rédigé la même année.

Le dualisme de la personnalité n'est pas le dénominateur absolument commun à tous les contes fantastiques de Robert Louis Stevenson. Mais tous sacrifient à la nécessité d'expier le viol de tabous qui, malgré leur diversité et leur degré de transposition, s'avèrent des tabous sexuels.

Une exception à ces critères : *Will du Moulin.* Le héros de cet apologue regarde s'écouler comme un long rêve poétique l'existence dont il est à la fois l'acteur et le spectateur. Quand la réalité se dissout sans qu'on s'en aperçoive dans le songe, alors s'estompe aussi la différence entre le bien et le mal, entre le bonheur et la douleur. Il n'y a plus ni tabou ni sanction. La mort, elle-même, n'est qu'un voyage aimable et lointain.

Son ancienneté (1878) préserve *Will du Moulin* du pessimisme répressif qui imprègne le fantastique de Stevenson à partir de 1880 : l'année de son mariage.

De dix ans son aînée, Fanny se conduira autant en mère qu'en épouse. Situation ambiguë que compliqueront les ambitions de celle-ci. Pour faire oublier ses antécédents abominables de femme divorcée, pour vaincre les répugnances qu'ils avaient soulevées chez le père de son mari, pour asseoir sa situation dans le monde, Mrs Stevenson s'acharnera à faire preuve d'une respectabilité intransigeante.

Sous sa direction, le joyeux bohème, le buveur, l'opiomane, le libertin disparaîtront au profit de l'écrivain à l'œuvre exemplaire. Une œuvre où le plaisir sera assimilé au mal, la liberté à la démission, le doute à l'orgueil ; ou l'amour ne pourra être que chaste ; où tout écart sera réprimé.

Chez le mari de Fanny, un tempérament porté vers le plaisir devra sacrifier aux devoirs de la respectabilité. Cohabitation difficile. Et confessée dans le dualisme de ses personnages, dans leurs tentatives de défoulement suivies d'une inéluctable répression.

Faire porter à Mrs Stevenson seule la responsabilité d'une situation carcérale et de ses conséquences littéraires serait trop simple. Son délabrement physique et moral imposait à l'écrivain le mariage avec une femme dominatrice, comme un refuge contre lui-même et comme une expiation des erreurs passées. Fanny, par la soif de respectabilité qu'elle l'obligeait à partager, n'a fait que cultiver chez son mari un complexe de culpabilité préexistant à leur union.

Le vieil homme que Stevenson portait en lui ne pouvait s'adapter sans heurt à cette situation nouvelle et contraignante. Ainsi a pris naissance une crise qui culmine lors de la rédaction de *l'étrange cas,* et s'apaise peu à peu avec l'installation dans les mers du Sud.

Crise dont on chercherait en vain la courbe ou seulement la trace dans les oeuvres « réalistes » : *l'Ile au Trésor, David Balfour, Catriona, le Maître de Ballantrae.* Seul le fantastique avec ses ténèbres, ses ambiguïtés et ses écrans, offre à l'Inconscient l'incognito qu'il exige pour s'exprimer. Avec son penchant pour l'apologue, Stevenson ne pouvait hésiter à mettre le fantastique au service de la morale ni à prendre le surnaturel pour instrument du châtiment.

Que gagnera ce genre littéraire à servir ainsi d'alibi ?

Beaucoup.

Une véritable novation ou, si l'on préfère, une accélération de son évolution.

Certes, tout n'est pas neuf dans la contribution de Robert Louis Stevenson. Un moralisme rigide le maintient dans les ornières d'un manichéisme sommaire. Ainsi les maudits se reconnaissent-ils, chez lui, à leur disgrâce physique, à la répugnance qu'ils inspirent : il leur fait jouer le rôle du traître avec le visage du traître. Il voit dans leur laideur « le vulgaire reflet d'une âme ignoble qui transparaît à travers son enveloppe d'argile en la transfigurant » (chapitre II).

Mais l'important est qu'il ait mis l'événement au service du sentiment ou de l'idée, et non le contraire ; qu'il ait remplacé les coups de théâtre par un envoûtement progressif et feutré ; qu'il ait préféré le conflit des sentiments à l'avalanche des incidents ; qu'il n'ait pas abusé de l'arsenal de la peur ; réduisant l'épouvante à une couleur un peu forcée du châtiment ; qu'il ait renoncé à multiplier les labyrinthes pour conduire le lecteur vers une issue simple sans l'embrouiller à plaisir.

Avec Stevenson, le fantastique cesse d'être un musée des figures de cire, un jeu d'ombres et de miroirs, un cabinet des mirages qui s'allument et s'éteignent au gré des caprices d'un auteur contemplant son œuvre comme si elle lui était étrangère.

En mettant en scène ses propres phantasmes, en glissant ses propres pensées dans celles des personnages, Stevenson a contribué à donner une sensibilité, un accent de sincérité souvent absents d'un genre conçu pour la surprise du lecteur plutôt que pour sa participation.

Au lieu des ténèbres gothiques, R. L. Stevenson préfère le clair-obscur des consciences. Au lieu d'un décor truqué, une architecture banale et sans mystère : de simples maisons cossues ou modestes, des rues sans recoins d'ombre, des campagnes où ne hurle pas le vent.

En dépouillant le fantastique de sa machinerie théâtrale, et de ses effets expressionnistes, il l'a réintroduit dans la réalité, le vouant à l'exploration de ses marges et – puisqu'il tient au critère moral – de ses zones mal famées. S'il a su abolir la barrière rigide séparant le surnaturel du naturel et faire du premier un incident de parcours du second, il a renouvelé aussi les acteurs.

Dans cet univers où le surnaturel cherche à se fondre avec le naturel, les messagers de l'effroi sont rares. L'au-delà n'entrouve sa porte qu'à l'entrée, jamais à la sortie. A deux exceptions (*Janet la Torte, Thorgunna la solitaire*) on ne rencontre pas d'autres revenants que « le spectre de quelque vieux péché, le cancer d'un déshonneur caché ; le châtiment survenant, *pede claudo,* des années après que la mémoire eut oublié et que l'amour de soi eut pardonné la faute. » (Chapitre II).

Définition également applicable aux contes fantastiques de Henry James où les fantômes n'apparaissent qu'à travers l'écran de sensibilités meurtries, et par ouï-dire : dans le récit de témoins favorisés d'une vision subjective. La clé de l'œuvre de James est également le refoulement : le secret – honteux ou non – qu'il faut taire, la révélation qu'on n'a pas su faire, le geste qu'on a eu tort d'oser... ou de ne pas oser.

Affirmer que Henry James, admirateur et lecteur attentif de Stevenson, a subi son influence serait trop dire. Surtout si l'on considère l'angle sous lequel ils se placent. Tandis que James insiste sur la souillure, Stevenson s'attache à l'expiation. Mais l'œuvre de Stevenson, après 1885, ne ressemble en rien à celle écrite par James avant cette date. Par contre, des points de comparaison apparaissent, après la publication de *l'Étrange Cas.* Il serait plus exact de dire que sa lecture a catalysé, chez le futur auteur du *Tour d'Écrou,* une évolution parallèle à celle de R. L. Stevenson et que le destin lui a laissé le temps de conduire plus loin. Le transfert du fantastique, des ténèbres du cabinet des mirages à celles de l'espace intérieur.

Francis LACASSIN

I

Histoire de la porte

Mr. Utterson, notaire, avait un air rébarbatif que n'éclairait jamais le moindre sourire. Il parlait avec une concision froide, et sans aisance ; ses sentiments étaient lents à s'extérioriser ; efflanqué, long, poussiéreux, triste, il savait néanmoins se rendre sympathique. Dans des réunions d'amis, et quand le vin lui plaisait, ses yeux rayonnaient de quelque chose d'éminemment humain ; ce quelque chose, s'il ne le traduisait jamais par des mots, s'exprimait du moins non seulement par ces symboles muets que l'on lit sur un visage après un bon dîner, mais aussi (et plus souvent, plus positivement) par les actes de sa vie. Il était sévère pour lui-même, buvait du gin quand il était seul afin de mortifier son penchant pour les grands crus, aimait le théâtre bien que depuis vingt ans il n'y fût pas allé une fois. Mais à l'égard d'autrui il manifestait une tolérance éprouvée ; il s'émerveillait parfois, presque avec envie, de l'ardeur et de l'entrain dépensés dans un méfait ; en règle générale il se sentait plus disposé à secourir qu'à condamner. « J'incline à l'hérésie de Caïn », disait-il assez bizarrement. « Je laisse mon frère aller au diable par ses propres voies. » Ce trait de son caractère lui valut d'être fréquemment la dernière relation honorable d'hommes en train de sombrer, voire la dernière bonne influence qu'ils reçurent ; envers ceux-ci, tant qu'ils venaient le voir, il ne modifiait en rien son comportement habituel.

Sans doute Mr. Utterson n'avait-il guère à se forcer puisque avec ses meilleurs amis il n'était pas expansif et que son amitié passait pour l'effet d'un éclectisme accommodant. Un homme modeste se reconnaît notamment au fait qu'il accepte les amis que lui envoient les circonstances : le notaire était, sur ce plan, un modeste. Il avait pour amis des parents de son sang ou de très anciens camarades ; ses attachements, comme le lierre, poussaient avec le temps : ils n'impliquaient pas d'affinité avec leur objet. De là, probablement, le lien qui l'unissait à Mr. Richard Enfield, cousin éloigné et homme en vue dans la capitale. Bien des gens se demandaient ce qu'ils pouvaient trouver l'un dans l'autre, et quels sujets de conversation ils avaient en commun. Ceux qui les rencontraient au cours de leurs promenades dominicales racontaient qu'ils n'échangeaient pas un mot, qu'ils paraissaient s'ennuyer fort et qu'ils saluaient avec un soulagement empressé l'apparition d'un ami. N'empêche qu'ils attachaient tous deux un très grand prix à ces promenades : elles couronnaient leur semaine ; afin de pouvoir en jouir régulièrement ils leur sacrifiaient plaisirs mondains et visites d'affaires.

L'une de leurs randonnées les mena par hasard dans une petite rue d'un quartier commercial de Londres ; paisible le dimanche, elle était très mouvementée en semaine ; ses habitants semblaient prospères ; l'émulation les poussant sans doute à vouloir accroître encore leur prospérité, ils consacraient leurs super-bénéfices à la coquetterie, si bien que les façades des magasins ressemblaient à deux rangées de jolies vendeuses souriantes et avaient l'air d'inviter le chaland. Même le dimanche, alors qu'elle voilait ses charmes les plus appétissants et que la circulation y était presque nulle, la petite rue brillait d'un tel contraste avec le reste du quartier qu'elle faisait penser à l'éclat d'un feu dans une forêt sombre ; le passant ne pouvait qu'être séduit par ses volets fraîchement peints, ses cuivres bien astiqués, sa propreté d'ensemble, sa note de gaieté.

A deux portes d'un croisement, sur le côté gauche en allant vers l'est, l'alignement était rompu par une impasse ; et à l'entrée de l'impasse, un bâtiment sinistre poussait son pignon au-dessus de la petite rue ; le mur nu de cette maison à un étage, complètement dépourvue de fenêtres, n'était percé que par une porte, au rez-de-chaussée, et présentait tous les signes extérieur d'une négligence prolongée. La porte, qui n'avait ni sonnette ni heurtoir, était couverte de taches et sa peinture se boursouflait par endroits. Des vagabonds se traînaient dans le rentrant du mur pour gratter des allumettes contre les panneaux ; des gamins tenaient boutique sur les marches ; des écoliers avaient essayé le fil de leurs canifs sur les moulures ; depuis longtemps personne n'était apparu pour chasser ces visiteurs de hasard ou pour réparer leurs dégâts.

Mr. Enfield et le notaire marchaient sur l'autre trottoir ; mais quand ils arrivèrent en face de l'impasse, le premier leva sa canne et l'agita.

– Aviez-vous déjà remarqué cette porte ?... demanda-t-il.

Et quand son compagnon lui eut répondu affirmativement, il ajouta :

– ... Elle est liée dans ma mémoire à une histoire bien étrange !

– Vraiment ? dit Mr. Utterson d'une voix légèrement changée. Et quelle histoire ?

– Je vais vous la conter, reprit Mr. Enfield. Je rentrais chez moi de quelque endroit au bout du monde, vers trois heures du matin par une froide nuit d'hiver. Mon chemin m'a conduit à travers toute une partie de la ville où il n'y avait à voir absolument rien d'autre que des réverbères. Rue après rue, tout le monde dormait. Rue après rue, les réverbères étaient allumés comme pour un défilé, mais toutes les rues étaient aussi vides qu'une église. Je me suis trouvé finalement dans cet état d'esprit du passant qui tend l'oreille, sursaute au moindre bruit et voudrait bien apercevoir un policeman. Tout à coup j'ai vu deux personnes ; l'une était un homme de petite taille qui trottinait d'un pas décidé en se dirigeant vers l'est ; l'autre était une fillette qui pouvait avoir huit ou dix ans et qui courait de toute la vitesse de ses jambes en débouchant d'une rue transversale. Eh bien, Monsieur, ils se sont tamponnés juste à l'angle ! Mais voici le détail horrible de l'affaire : l'homme a tranquillement piétiné le corps de la fillette et s'est éloigné en la laissant à terre ; vous devinez les hurlements qu'elle a poussés ! Entendre le récit n'est rien, mais la scène était abominable. Je n'ai fait ni une ni deux : je me suis précipité, j'ai rattrapé mon gentleman, je l'ai empoigné par le col de son manteau, et je l'ai ramené à l'endroit où déjà un attroupement s'était formé autour de l'enfant qui pleurait et criait toujours. Parfaitement imperturbable, il ne m'a opposé aucune résistance ; cependant il m'a lancé un regard si vilain que je me suis mis à suer comme si j'avais couru un marathon. Les gens qui s'étaient attroupés étaient les membres de la famille de la fillette ; le médecin, que justement elle venait d'aller quérir pour je ne sais quel voisin, est arrivé presque aussitôt et il a diagnostiqué qu'elle avait eu plus de peur que de mal. Vous croyez peut-être que mon histoire est finie ? Non. Il faut que j'ajoute un détail curieux. Mon gentleman m'avait, tout de suite, inspiré une violente répulsion ; que la famille de l'enfant l'ait partagée, rien de plus naturel, n'est-ce pas ? Mais la réaction du médecin m'a intéressé. C'était, vous le voyez d'ici, le praticien classique, sans âge ni couleur, avec un fort accent d'Edimbourg, et pas plus émotif qu'une cornemuse... Eh bien, Monsieur, il était aussi enragé que nous ! Chaque fois qu'il regardait mon prisonnier, il avait envie de le tuer : c'était visible... Tuer étant hors de question, nous avons opté pour la solution immédiatement après la plus satisfaisante. Nous avons dit à ce gentleman que nous pouvions déclencher et que nous déclencherions effectivement un scandale qui soulèverait sur son nom la réprobation de Londres ; que nous veillerions à ce qu'il perdît à la fois ses amis et son crédit. Pendant que nous tirions ainsi sur lui à boulets rouges, nous faisions de notre mieux pour éloigner les femmes qui se déchaînaient comme des harpies. J'ai rarement vu un cercle de visages respirant une telle haine. Au centre du cercle, l'homme leur opposait une sorte de flegme plus ou moins ricaneur, non exempt de frayeur à mon avis, mais il y mettait le panache, Monsieur, de Satan en personne ! « Si vous êtes résolus à divulguer cet incident », nous a-t-il dit, « je n'y puis rien, naturellement. Mais comme aucun gentleman ne souhaiterait d'être éclaboussé par un scandale, fixez-moi votre chiffre ». Ma foi, nous lui avons extorqué une promesse de cent livres pour la famille de la petite fille ! Il aurait volontiers continué à bomber le torse si, dans le groupe qui l'entourait, certains n'avaient manifesté le désir de lui faire un mauvais parti ; alors il a consenti à amener son pavillon. Que nous restait-il à faire, sinon à percevoir les dommages-intérêts ? Eh bien, il nous a conduits ici, juste à cette porte que vous voyez ! Il a tiré une clef de sa poche, il est entré, et quelques instants plus tard il est ressorti avec la bagatelle de dix livres en or et un chèque pour le reste, tiré sur Coutt's, payable au porteur et signé d'un nom... Je ne puis le citer, bien qu'il soit l'un des points importants de mon histoire, mais il est vraiment trop connu, trop souvent imprimé. Le chiffre était salé, mais la signature, si elle était authentique, pouvait répondre du paiement. J'ai pris la liberté d'indiquer à mon gentleman que je soupçonnais un faux, que dans la vie quotidienne un homme n'ouvrait pas à quatre heures du matin la porte d'une cave pour réapparaître avec un chèque de près de cent livres signé de quelqu'un d'autre. Mais il s'est montré très conciliant. « Soyez tranquille », m'a-t-il répondu, « je resterai avec vous jusqu'à l'ouverture des guichets et j'encaisserai le chèque moi-même. » Alors nous sommes partis, le médecin, le père de la petite fille, notre ami et moi-même, et nous avons passé le reste de la nuit dans mon appartement ; après avoir pris le petit déjeuner, nous nous sommes présentés à la banque. J'ai déposé le chèque personnellement, en ajoutant que j'avais de fortes raisons de soupçonner un faux. Pas du tout. Le chèque était authentique.

— Tut-tut ! fit Mr. Utterson.

— Je vois que vous êtes de mon avis, reprit Mr. Enfield. Oui, c'est une triste histoire. Car mon gentleman était un individu répugnant, absolument pas recommandable, tandis que le tireur du chèque est la correction faite homme, un personnage dont la réputation est inattaquable et, ce qui est encore pire, l'un de ces gens qui font ce que l'on appelle du bien. Chantage, je suppose ; un honnête homme se fait mener par le bout du nez et paie pour quelque folie de jeunesse. Depuis, j'appelle cette maison-là avec cette porte, le Palais du Chantage. Ce qui est loin, malgré tout, d'expliquer l'essentiel !

Et sur ces mots il tomba dans une sorte de rêverie d'où le tira une question soudaine de Mr. Utterson.

— Et vous ne savez pas si le tireur du chèque habite ici ?

— Joli endroit, n'est-ce pas ? ironisa Mr. Enfield. Non, j'ai appris par hasard son adresse : il habite dans tel ou tel square.

— Et vous n'avez jamais cherché à vous renseigner au sujet de... cette maison avec la porte ?

— Non, Monsieur ; j'ai eu un scrupule, répondit Mr. Enfield. Je déteste poser des questions ; cela s'apparenterait un peu trop au style du jour du Jugement. Vous commencez par une question ? C'est comme si vous mettiez une pierre en mouvement. Vous êtes tranquillement assis au sommet d'une colline, et la pierre s'ébranle, tombe et en entraîne d'autres ; et bientôt un pauvre vieux type (le dernier auquel vous auriez pensé) en reçoit une sur la tête dans son petit jardin, et sa famille est

obligée de changer de nom. Non, Monsieur, j'en ai fait une règle : plus
ça me paraît louche, moins j'interroge.

– Une très bonne règle ! approuva Mr. Utterson.

– Mais j'ai étudié l'endroit pour mon compte, continua Mr. Enfield.
On dirait à peine une maison. Il n'y a pas d'autre porte, et personne
n'entre ni ne sort sauf, une fois par hasard, le gentleman de mon
aventure. Au premier étage, trois fenêtres donnent sur l'impasse ;
aucune au rez-de-chaussée ; les fenêtres sont toujours fermées, mais elles
sont propres. Et il y a une cheminée qui émet de la fumée. Quelqu'un
doit donc habiter ici. Et pourtant je n'en suis pas tellement sûr, car
les bâtiments à l'entrée de cette impasse sont si enchevêtrés les uns
dans les autres qu'il est difficile de dire où commence l'un et où finit
l'autre.

Les deux hommes reprirent leur promenade et marchèrent quelques
instants en silence, puis Mr. Utterson murmura :

– C'est une très bonne règle, Enfield, que vous vous êtes faite.

– Oui, répondit Enfield. Je crois qu'elle est bonne.

– Mais cependant, reprit le notaire, je voudrais vous poser une
question. Je désirerais connaître le nom de l'individu qui a piétiné la
petite fille.

– Ma foi, dit Mr. Enfield, je ne vois pas pourquoi je ne vous le
répéterais pas. Il s'appelait Hyde.

– H'm ! fit Mr. Utterson. Et quel genre d'homme est-il
physiquement ?

– Il est difficile à décrire. Il y a dans son allure quelque chose qui
choque, qui déplaît, qui le rend même haïssable. Jamais un être humain
ne m'a inspiré une répulsion aussi instinctive ; et cependant je me
demande encore pourquoi. Il doit être atteint d'une difformité
quelconque ; il donne, il impose le sentiment qu'il est difforme, bien
que je ne puisse pas affirmer qu'il le soit réellement. Il a un extérieur
bizarre, extraordinaire, mais je serais incapable de vous mentionner avec
précision un détail anormal. Non, Monsieur, rien à faire : je ne saurais
vous le décrire. Et n'en accusez pas ma mémoire : car je vous jure
qu'en ce moment même, je le revois nettement.

Mr. Utterson fit quelques pas en silence, mais visiblement il
réfléchissait.

– Vous êtes sûr qu'il s'est servi d'une clef ? interrogea-t-il enfin.

– Mon cher ami... commença Enfield décontenancé.

– Oui, oui ! dit Utterson. Je sais que ma question doit vous paraître
étrange. En réalité, si je ne vous demande pas le nom du tireur, c'est
parce que je le connais déjà. Vous voyez, Richard, vous n'avez pas
raconté votre histoire pour rien. Mais si vous avez commis la moindre
inexactitude, vous feriez bien de la rectifier.

– Vous auriez pu m'avertir ! répliqua Enfield un peu vexé. Mais j'ai
été d'une exactitude pédantesque. L'individu en question avait une clef ;
pour être plus précis, il l'a encore : je l'ai vu s'en servir, voilà moins
d'une semaine...

Mr. Utterson laissa échapper un profond soupir. Son jeune cousin reprit alors :

— ... C'est une nouvelle leçon pour se taire ! J'ai honte d'avoir eu la langue trop longue. Convenons de ne plus jamais reparler de cette affaire, si vous voulez bien.

— De tout mon cœur je le veux ! dit le notaire. Et voici ma main en gage, Richard.

II

En quête de Mr. Hyde

Ce soir-là, Mr. Utterson rentra d'humeur sombre dans son appartement de célibataire où il dîna sans appétit. Il avait l'habitude, le dimanche après dîner, de s'asseoir tout près du feu, avec un volume de théologie aride sur son lutrin, jusqu'à ce que l'église voisine sonnât les douze coups de minuit ; alors il allait tranquillement se coucher et il trouvait son lit fort agréable. Mais dès que la table fut desservie, il prit une bougie et se rendit dans son bureau. Là, il ouvrit son coffre et, de la partie la plus secrète, il exhuma un document dont l'enveloppe portait la suscription « Testament du Dr. Jekyll » ; il s'assit en fronçant les sourcils. Le testament était olographe car Mr. Utterson, bien qu'il en eût accepté le dépôt une fois la rédaction faite, avait refusé de prêter son concours à son élaboration : il stipulait non seulement qu'en cas de décès de Henry Jekyll, docteur en médecine, docteur en droit, médecin légiste, membre de la Royal Society, etc., tous ses biens devraient être transmis à son « ami et bienfaiteur Edward Hyde », mais encore que dans le cas d'une « disparition du Dr. Jekyll ou d'une absence inexpliquée pendant un laps de temps supérieur à trois mois du calendrier », ledit Edward Hyde s'installerait à la place dudit Henry Jekyll sans autre charge ou obligation que de payer quelques petites indemnités au personnel de la maison du docteur. Il y avait longtemps que ce document était la bête noire de Mr. Utterson. Il choquait son esprit juridique ; il offensait son goût pour les choses saines et normales de l'existence : le baroque n'était-il pas un défaut de modestie ? Jusqu'ici son indignation avait été motivée par le fait qu'il ignorait tout de Mr. Hyde ; par un revirement voici qu'elle n'était plus inspirée que par ce qu'il en avait appris. N'ayant guère prisé que Hyde ne fût qu'un nom dont il ne pût rien savoir, il trouvait encore pire que ce nom commençât à être associé avec des épithètes détestables : des brumes mouvantes et inconsistantes qui l'avaient intrigué, surgissait à présent un monstre aussi imprévu que bien dessiné.

« Ce que j'avais pris pour une folie », murmura-t-il en replaçant le document dans le coffre, « je me demande si ce n'est pas un déshonneur ».

Il souffla sa bougie, prit son pardessus et se dirigea vers Cavendish Square, citadelle de la médecine, où son ami le grand docteur Lanyon habitait et recevait ses innombrables malades. Il s'était dit : « Si quelqu'un est au courant, ce sera Lanyon ! »

Il fut accueilli par un maître d'hôtel solennel qui, le connaissant bien, l'introduisit directement dans la salle à manger où le Dr. Lanyon se trouvait en tête-à-tête avec un verre de vin. C'était un gentleman au visage rougeaud surmonté d'une forte tignasse prématurément blanche ; cordial, débordant de santé, tiré à quatre épingles, il avait des manières vives et décidées. Dès qu'il vit Mr. Utterson, il se leva d'un bond et lui serra les deux mains. Sa bonne humeur, sa bienveillance pouvaient paraître légèrement théâtrales ; mais elles correspondaient à la sincérité de ses sentiments. Le notaire et lui étaient en effet amis de longue date, condisciples à l'école puis au collège, également imbus d'un profond respect mutuel et d'une vive estime réciproques ; de plus ils se plaisaient ensemble, ce qui ne s'ensuit pas forcément.

Après quelques propos plus ou moins décousus, Mr. Utterson aborda le sujet qui le préoccupait.

– Je suppose, Lanyon, dit-il, que nous sommes, vous et moi, les deux plus vieux amis de Henry Jekyll ?

– Je préférerais que les amis fussent plus jeunes ! répondit le Dr. Lanyon en riant. Mais je crois que vous avez raison. A propos de quoi cette question ? Je ne le vois plus guère ces temps-ci, vous savez.

– Vraiment ? s'étonna Utterson. Je croyais que des intérêts communs vous réunissaient.

– Ils nous réunissaient jadis, répondit Lanyon. Mais voilà plus de dix ans que Henry Jekyll est devenu trop fantaisiste pour mon goût. Il s'est mis à dérailler ; dérailler dans sa tête. Et quoique tout naturellement je continue à m'intéresser à lui en souvenir du passé, comme on dit, je le vois fort peu. De telles balivernes, aussi peu scientifiques, ajouta-t-il en devenant subitement écarlate, lui auraient aliéné l'estime de Damon et de Pythias !

Ce petit accès de mauvaise humeur soulagea Mr. Utterson... « Un différend les oppose sur une question scientifique », pensa-t-il. Et comme lui-même n'éprouvait aucune passion scientifique en dehors des transferts de biens, il ajouta in petto : « Ce n'est pas plus grave que ça ! » Il accorda à son ami quelques secondes pour qu'il reprît son sang-froid, puis il lui posa la question pour laquelle il était venu :

– Avez-vous jamais rencontré l'un de ses protégés, un certain Hyde ?

– Hyde ? répéta Lanyon. Non. Jamais entendu ce nom-là. Pas de mon temps.

Telle fut la somme de renseignements que rapporta le notaire dans le grand lit sombre où il passa la nuit à s'agiter. Son cerveau travailla sans relâche car de multiples questions l'assaillaient.

Quand six heures sonnèrent au clocher de l'église qui était si commodément située tout près de la demeure de Mr. Utterson, celui-ci creusait encore le problème qui avait débordé d'un cadre purement intellectuel pour harceler et captiver son imagination ; pendant qu'il se retournait entre ses draps, l'histoire de Mr. Enfield se déroulait devant ses yeux comme un rouleau d'images lumineuses dans l'obscurité de sa chambre. Il voyait le grand champ de réverbères du Londres nocturne ; puis la silhouette d'un homme marchant d'un pas vif ; puis la silhouette de la fillette sortant en courant de chez le médecin ; puis leur collision et ce monstre d'homme piétinant l'enfant tombée à terre et s'éloignant sans se soucier de ses cris... Ou encore il voyait une chambre dans une maison luxueuse ; son ami y était couché et il dormait, il rêvait, il souriait à ses rêves ; et voici que la porte de cette chambre s'ouvrait, que les rideaux du lit étaient écartés, que le dormeur se réveillait, et qu'à côté de lui se dressait une silhouette à laquelle tout pouvoir était donné, même celui, à cette heure indue, de l'obliger à se lever et à lui obéir. La silhouette présente dans ces deux épisodes hanta Mr. Utterson tout au long de la nuit ; s'il lui arriva de somnoler, ce fut seulement pour la revoir qui se glissait plus furtivement encore dans des maisons endormies, ou trottinait très vite, de plus en plus vite jusqu'à en donner le vertige, à travers d'interminables labyrinthes éclairés par des réverbères, qui à chaque croisement de rues heurtait une fillette, la renversait, la piétinait, et s'enfuyait en la laissant crier et sangloter. Et impossible de mettre un visage sur cette silhouette ! Même dans ses rêves, elle n'avait pas de figure ; ou c'était une figure qui s'estompait, qui se dissolvait sous son regard. Alors brusquement, dans l'esprit du notaire, germa la curiosité extraordinairement puissante, quasi-anormale de voir le visage en chair et en os de Mr. Hyde. Il se dit que, s'il parvenait à le regarder une fois, le mystère s'éclaircirait, se dissiperait, comme en avaient l'habitude les choses apparemment mystérieuses pour peu qu'on se donnât la peine de les examiner. Et puis ce visage lui fournirait peut-être l'explication de la prédilection étrange de son ami ou de sa servitude, peu importait le nom, ainsi que de la clause stupéfiante du testament. Le moins qu'on en pût dire, c'était que la tête de Mr. Hyde valait la peine d'être vue : la tête d'un homme absolument dépourvue de pitié ; une tête qui n'avait eu qu'à se montrer pour éveiller dans le cœur peu émotif d'Enfield une haine durable !...

Dès lors, Mr. Utterson commença à surveiller la porte dans la petite rue commerçante. Le matin avant les heures de bureau, à midi quand l'activité battait son plein, pendant la nuit sous de brumeux clairs de lune, aux heures calmes ou à celles de circulation intense, le notaire se tenait à l'affût.

Sa patience fut enfin récompensée. La nuit était belle et froide, les rues aussi propres que le plancher d'une salle de bal ; les réverbères, que n'agitait aucun souffle d'air, dessinaient des taches régulières de lumière et d'ombre. Vers dix heures, après la fermeture des magasins, la petite rue était déserte et, en dépit du sourd grondement de la ville qui l'encerclait, très silencieuse. Le moindre bruit portait loin ; l'approche d'un passant se trouvait signalée par ses pas bien avant qu'il apparût. Mr. Utterson se trouvait à son poste depuis quelques minutes quand il perçut un léger bruit de pas, assez particulier. A la faveur de ses patrouilles nocturnes, il s'était habitué à l'étrange résonance que prenaient tout à coup les pas d'une personne seule, alors qu'elle se trouvait encore à une distance relativement considérable, quand ils émergeaient de la zone bourdonnante et bruyante de la ville. Toutefois il n'avait jamais eu son attention éveillée d'une manière aussi soudaine, aussi nette ; aussi fut-ce avec l'espoir d'un succès décisif qu'il se retira dans l'entrée de l'impasse.

Rapides, les pas se rapprochaient ; leur martèlement s'accentua brusquement quand ils contournèrent le bout de la rue. De son observatoire dans l'impasse, Mr. Utterson put bientôt distinguer à quel genre d'homme il avait affaire : c'était un individu de petite taille et très simplement vêtu dont l'aspect général, même vu d'assez loin, ne lui plut pas du tout. Il se dirigea vers la porte en traversant la petite rue en diagonale pour gagner du temps ; en même temps, il tira une clef de sa poche ; il avait tout à fait l'air de quelqu'un qui rentre chez lui.

Mr. Utterson sortit de sa cachette, s'avança, et le toucha à l'épaule en passant près de lui.

– Mr. Hyde, je pense ?

Mr. Hyde recula et aspira une grande bouffée d'air. Mais sa frayeur ne fut que momentanée ; tout en évitant le regard du notaire, il répondit d'un ton froid :

– C'est en effet mon nom. Que me voulez-vous ?

– Je vois que vous entrez ici, répliqua le notaire. Or je suis un vieil ami du Dr. Jekyll... Mr. Utterson, de Gaunt Street... Vous avez certainement entendu parler de moi. Vous rencontrant par le plus grand des hasards, j'ai pensé que vous pourriez m'introduire avec vous.

– Vous ne trouverez pas le Dr. Jekyll ; il n'est pas là ! déclara Mr. Hyde.

Il enfonça la clef dans la serrure ; puis brusquement, et toujours sans lever les yeux, il demanda :

– ... Comment me connaissez-vous ?

– Ecoutez, dit Mr. Utterson, voudriez-vous me faire plaisir ?

– Volontiers. De quoi s'agit-il ?

– Voudriez-vous me montrer votre visage ?...

Mr. Hyde eut un instant d'hésitation ; puis, comme mû par une idée subite, il affronta le regard de son interlocuteur d'un air de défi ; tous deux se dévisagèrent pendant quelques secondes.

– Maintenant je vous reconnaîtrai, dit Mr. Utterson. Ce sera peut-être utile.

– Oui, approuva Mr. Hyde. C'est aussi bien que nous ayons fait connaissance. A propos, vous devriez avoir mon adresse.

Et il lui indiqua le numéro d'une rue dans le quartier de Soho.

« Grands dieux ! » pensa Mr. Utterson. « Se pourrait-il qu'il ait songé, lui aussi, au testament ? »

Mais il se garda bien d'exprimer à haute voix ce sentiment, et il se borna à répéter l'adresse.

— Et maintenant, demanda l'autre, comment m'avez-vous identifié ?

— On vous avait décrit à moi.

— Qui m'avait décrit à vous ?

— Nous avons des amis communs, répondit Mr. Utterson.

— Des amis communs ? répéta Mr. Hyde d'un ton un peu rude. Lesquels ?

— Jekyll, par exemple.

— Il ne vous a jamais parlé de moi ! s'écria Mr. Hyde avec emportement. Je ne pensais pas que vous étiez un menteur.

— Allons, dit Mr. Utterson, voilà un mot qui n'est pas courtois !

L'autre éclata d'un rire sauvage et, une seconde plus tard, avec une rapidité extraordinaire, il avait ouvert la porte et disparu à l'intérieur de la maison.

Le notaire resta planté sur le trottoir comme une statue de l'inquiétude. Puis, perplexe, il commença à monter lentement la rue, en s'arrêtant presque à chaque pas pour passer une main sur son front. Le problème qu'il débattait ainsi était un ordre à peu près insoluble. Mr. Hyde était jeune, pâle, tout petit ; il donnait effectivement l'impression qu'il souffrait d'une difformité, mais il n'exhibait pas de malformation précise ; il avait un sourire déplaisant ; il s'était conduit envers le notaire avec une sorte de mélange de timidité et de hardiesse ; il parlait d'une voix voilée, qui se cassait par instants... Tous ces détails n'éveillaient certes pas la sympathie ; mais ils ne suffisaient pas à justifier la répulsion, le dégoût et l'appréhension que Mr. Utterson n'avait jamais éprouvés jusqu'ici. « Il doit y avoir autre chose », se dit le notaire. « Il y a sûrement autre chose, mais je ne sais quoi. Dieu me pardonne, cet individu ressemble bien peu à un être humain ! Il y a en lui quelque chose du troglodyte, dirai-je. A moins que ce ne soit la vieille histoire du Dr. Fell ? Ou est-ce le vulgaire reflet d'une âme ignoble qui transparaît à travers son enveloppe d'argile en la transfigurant ? Oui, ce doit être plutôt cela. Car, ô mon pauvre vieux Harry Jekyll, si j'ai jamais lu la signature de Satan sur un visage, c'est bien sur celui de votre nouvel ami ! »

La ruelle aboutissait par une extrémité à un square bordé de vieilles et belles maisons, pour la plupart déchues de leur ancienne splendeur et louées en appartements ou en garçonnières à toutes sortes de gens : graveurs, architectes, obscurs avocats et agents d'affaires plus ou moins louches. Une maison cependant, la deuxième après l'angle, était encore entièrement occupée par son propriétaire ; elle avait l'air confortable, et même luxueux ; à l'exception d'un vasistas, elle était plongée dans l'obscurité ; Mr. Utterson s'arrêta devant la porte, actionna le heurtoir. Un domestique bien mis, d'un certain âge, vint ouvrir.

— Le docteur Jekyll est-il chez lui, Poole ? demanda le notaire.

– Je vais voir, Mr. Utterson, répondit Poole en faisant entrer le visiteur dans un grand vestibule dallé, chauffé par une vaste cheminée et garni de meubles de prix en chêne ciré. Voulez-vous m'attendre ici auprès du feu, Monsieur ? Ou préférez-vous que j'allume la salle à manger ?

– Ici, merci bien ! répondit le notaire en allant s'adosser au grand garde-feu.

Ce vestibule ou, pour mieux dire, ce grand hall était l'un des luxes de la maison de son ami le docteur, et Utterson en parlait volontiers comme de l'une des pièces les plus agréables de tout Londres. Mais ce soir-là des frissons lui parcouraient l'échine ; le visage de Hyde encombrait péniblement sa mémoire ; il ressentit (et cette impression était rare) de l'écoeurement et du dégoût à l'égard de la vie ; son moral faiblit au point qu'il crut lire une menace dans les reflets des flammes sur les meubles cirés et dans les ombres mouvantes du plafond. Il eut honte de son soulagement quand Poole revint peu après pour lui annoncer que le Dr. Jekyll était sorti.

– J'ai vu Mr. Hyde entrer par la porte de la vieille salle de dissection, Poole, dit-il. Est-ce normal quand le Dr. Jekyll est absent ?

– Tout à fait normal, Mr. Utterson, répondit le domestique. Mr. Hyde possède une clef.

– Votre maître semble avoir une grande confiance en ce jeune homme, Poole ! reprit l'autre d'un air songeur.

– En effet, Monsieur, une grande confiance ! déclara Poole. Nous avons tous reçu l'ordre de lui obéir.

– Je ne pense pas avoir jamais rencontré Mr. Hyde ? demanda Utterson.

– Oh, mon Dieu, non, Monsieur ! Il ne dîne jamais ici, répliqua le maître d'hôtel. En réalité nous le voyons très peu de ce côté-ci de la maison ; le plus souvent il entre et il sort par le laboratoire.

– Eh bien, bonne nuit, Poole !

– Bonne nuit, Monsieur Utterson.

Le coeur très lourd, le notaire s'en retourna chez lui. « Pauvre Harry Jekyll ! » se dit-il. « J'ai le pressentiment qu'il a plongé bien bas. Dans sa jeunesse, il était assez dissipé ; il y a longtemps, bien sûr ; mais la loi de Dieu n'applique pas la prescription. Oui, ce doit être cela ; le spectre de quelque vieux péché, le cancer d'un déshonneur caché ; le châtiment survenant, *pede claudo,* des années après que la mémoire eut oublié et que l'amour de soi eut pardonné la faute. »

Effrayé par cette idée, Mr. Utterson médita alors sur son propre passé, fouilla tous les coins et recoins de sa mémoire, de peur qu'une ancienne iniquité ne surgît comme un diable sortant de sa boîte. Mais il avait un passé pour ainsi dire sans reproche ; peu d'hommes pouvaient déchiffrer avec plus de tranquillité le livre de leur vie ; néanmoins il s'humilia dans la poussière pour les nombreuses mauvaises actions qu'il avait commises, et il se redressa plein d'une gratitude mesurée et timide pour les nombreuses mauvaises actions qu'il avait failli commettre mais qu'il s'était pourtant épargnées. Revenant ensuite à son premier problème, il entrevit une étincelle d'espérance. « Ce Hyde », pensa-t-il, « doit avoir son secret, des secrets ; de noirs secrets, à en juger par son allure ; des secrets en comparaison desquels les pires secrets du pauvre Jekyll auraient l'éclat du soleil ! Les choses ne peuvent pas en rester là. Mon sang se glace à l'idée de cet individu s'approchant tel un voleur du chevet de Harry. Pauvre Harry, quel réveil ! Et puis cette situation n'est pas sans dangers ! Car si ce Hyde soupçonne l'existence du testament, il peut être impatient d'hériter. Oui, il faut que je donne un coup d'épaule à la roue... Si Jekyll consent à me laisser faire », ajouta-t-il, « si Jekyll veut bien me laisser faire. » Car une fois de plus, il revit avec les yeux de l'esprit les clauses étranges du testament.

III

Le Dr. Jekyll était tout à fait tranquille

Quinze jours plus tard, par un heureux concours de circonstances, le Dr. Jekyll invita à dîner cinq ou six vieux amis, tous intelligents, réputés et amateurs de bons vins. Mr. Utterson s'arrangea pour rester après le départ des autres convives ; le fait n'avait rien d'exceptionnel ; il s'était produit bien des fois. Là où Utterson plaisait, il plaisait beaucoup. Ses hôtes aimaient retenir l'austère juriste après le départ des frivoles et des bavards ; ils étaient contents de s'asseoir un moment dans sa compagnie discrète et réservée, entraînée à la solitude et qui, par ses silences féconds, assagissait leurs esprits légèrement grisés par la gaieté plus ou moins factice du repas. Le Dr. Jekyll ne faisait pas exception à cette règle ; à le voir assis en face du notaire, de l'autre côté de la cheminée, il était facile de deviner qu'il nourrissait pour Mr. Utterson une affection chaleureuse et sincère. C'était un quinquagénaire bien bâti, grand et fort ; il avait le visage poupin d'un bon vivant, et parfois des expressions un peu matoises ; mais tout en lui respirait l'intelligence, la capacité et la bonté.

– Je voulais vous parler, Jekyll, commença le notaire. Vous vous rappelez votre testament ?

Un observateur attentif aurait noté que le sujet était désagréable au docteur ; celui-ci néanmoins enchaîna gaiement :

– Mon pauvre Utterson ! dit-il. Vous n'avez pas de chance avec un client comme moi. Je n'ai jamais vu quelqu'un de plus affligé que vous lorsque vous avez pris connaissance de mes dispositions testamentaires, sauf peut-être Lanyon, ce pédant farci de préjugés étroits, devant ce qu'il appelle mes hérésies scientifiques. Oh, je sais que c'est un brave type ! Inutile de me faire les gros yeux, Utterson... Un très brave type même, et je regrette de ne pas le voir plus souvent. Cela dit, c'est un pédant, et il est bourré de préjugés, tout comme un vulgaire ignorant. Lanyon m'a terriblement déçu.

– Vous savez que je n'ai jamais approuvé vos dispositions testamentaires, poursuivit Utterson en revenant impitoyablement à son propre thème.

– Oui, certainement, je le sais, répondit le Dr. Jekyll un peu brusquement. Vous m'en aviez informé.

– Eh bien, je vous le redis! continua Utterson. J'ai appris différentes choses sur le jeune Hyde.

Le beau visage gras du Dr. Jekyll pâlit jusqu'aux lèvres et une sorte de voile noir obscurcit son regard.

– Je ne tiens pas à en entendre davantage, dit-il. N'étions-nous pas convenus, d'un commun accord, de ne plus remettre cette question sur le tapis ?

– J'ai appris des choses abominables ! insista Utterson.

– Cela ne peut rien changer. Vous ne comprenez pas ma position, répliqua le docteur d'une manière assez incohérente. Je me trouve dans une situation pénible, Utterson ; une situation très étrange... Oui, très étrange ! Il s'agit de l'un de ces problèmes qu'aucun bavardage ne saurait résoudre.

– Jekyll, dit Utterson, vous me connaissez bien : je suis un homme à qui l'on peut se fier et se confier. Videz votre sac : je suis sûr que je pourrai vous tirer de là.

– Mon bon Utterson, répondit le docteur, c'est très chic de votre part, réellement très chic ! Je ne peux pas trouver de mots pour vous remercier. Je vous ferais confiance plus qu'à n'importe qui, plus qu'à moi-même, si j'avais à choisir ; mais vraiment ce n'est pas ce que vous supposez ; pas si mauvais, non ! Et tenez, pour rassurer votre brave cœur, je vais vous dire ceci : quand je le voudrai, je pourrai me débarrasser sur l'heure de Mr. Hyde. Je vous en donne ma parole, et je vous réitère tous mes remerciements. Je n'ajouterai qu'un petit mot, Utterson, que vous prendrez, j'en suis certain, en bonne part : il s'agit d'une affaire privée, personnelle, et je vous prie de ne pas y toucher.

Les yeux tournés vers le feu, Utterson réfléchit un moment.

– Je crois que vous avez parfaitement raison, dit-il enfin en se levant.

– Bien. Mais puisque nous en sommes venus à parler de cette affaire, et pour la dernière fois, je l'espère, reprit le Dr. Jekyll, voici un point sur lequel je sollicite votre compréhension. Je m'intéresse réellement beaucoup au pauvre Hyde. Vous l'avez vu, paraît-il ; il me l'a dit, et je crains qu'il ne se soit montré discourtois. Mais c'est vrai : je m'intéresse beaucoup, énormément, à ce jeune homme ; et si je quitte ce monde, Utterson, je voudrais avoir reçu votre promesse que vous lui témoignerez de l'indulgence, que vous défendrez ses droits et ses intérêts. Je pense que vous le feriez, si vous saviez tout ; votre promesse me soulagerait d'un grand poids.

– Je suis incapable de feindre de l'affection pour lui, répondit le notaire.

– Je ne vous demande pas cela, protesta gentiment Jekyll en posant une main sur le bras de son ami. Je ne demande que la justice ; je vous demande seulement de l'aider en souvenir de moi, quand je ne serai plus de ce monde.

Utterson poussa un soupir.

– Très bien, dit-il. Vous avez ma promesse.

IV

L'affaire Carew

Presque un an plus tard, au mois d'octobre 18.., Londres fut bouleversée par un crime singulièrement féroce et que le haut rang de la victime rendait d'autant plus remarquable. Les détails étaient peu abondants, mais surprenants. Une jeune femme de chambre, restée seule dans une maison située non loin de la Tamise, était montée se coucher vers onze heures. Bien que du brouillard se fût formé au-dessus de la capitale au début de la soirée, le ciel s'était éclairci dès les premières heures de la nuit, et la ruelle que surplombait la fenêtre de la chambre de la domestique était bien éclairée par la pleine lune. La femme de chambre avait sans doute des goûts romantiques, car elle s'était assise sur sa malle, qui était placée juste sous sa croisée, et s'était absorbée dans une sorte de rêverie. Jamais (répéta-t-elle chaque fois que, déversant des torrents de larmes, elle racontait son aventure) elle ne s'était sentie davantage en paix avec l'univers, jamais elle n'avait mieux ressenti toute la douceur de vivre ! Or, tandis qu'elle était ainsi à sa fenêtre, elle avait vu un beau gentleman aux cheveux tout blancs qui approchait par la ruelle et, s'avançant à sa rencontre, un autre gentleman de très petite taille, qu'elle avait regardé d'abord avec moins d'attention. Au moment de se croiser, exactement sous la fenêtre de la femme de chambre, le plus âgé des deux gentlemen s'était incliné et avait abordé le plus jeune avec une grande courtoisie. Il n'avait pas donné l'impression de présenter une requête d'une importance spéciale ; d'après la façon dont il avait allongé le bras, la domestique avait pensé qu'il avait tout bonnement demandé son chemin ; mais pendant qu'il parlait, la lune avait éclairé en plein son visage, et le témoin l'avait contemplé avec admiration : c'était un visage qui semblait exprimer une bienveillance aimable, légèrement surannée, mais non dépourvue de cette hauteur que peut donner un certain contentement de soi. Elle avait alors reporté ses regards sur l'autre promeneur, et elle l'avait reconnu : il s'agissait d'un Mr. Hyde, qui avait une fois rendu visite à son maître et qui lui avait inspiré une vive antipathie. Il tenait une lourde canne, qu'il faisait tournoyer dans sa main ; il avait même paru écouter avec une impatience difficilement contenue. Tout à coup, une explosion de fureur avait jailli de lui comme une flamme ; il avait tapé du pied, décrit des moulinets avec sa canne ; bref, à en juger du moins par le témoignage de la femme de chambre, il avait réagi comme un dément. Le vieux gentleman, reculant d'un pas, avait eu l'air fort étonné et même un peu vexé. Mr. Hyde avait alors perdu tout contrôle de ses nerfs : il lui avait asséné de grands coups de canne, et le vieillard avait roulé sur le sol. Quand il l'avait vu à terre, il s'était acharné : il l'avait piétiné avec une sorte de haine simiesque tout en déversant sur lui une grêle de coups, si violents que le bris des os était parvenu aux oreilles de la femme de chambre et que le corps avait rebondi sur la chaussée. Devant un spectacle aussi horrible, la domestique s'était évanouie.

A deux heures du matin, elle avait repris connaissance et alerté la police. Il y avait longtemps que le meurtrier s'était enfui, mais en plein milieu de la ruelle la victime gisait, effroyablement mutilée. L'instrument du crime avait été la canne qui, d'un bois extrêmement dur et lourd, avait néanmoins éclaté en deux morceaux au cours de cet accès de sauvagerie inouïe ; une moitié avait roulé dans le ruisseau ; l'autre, sans doute, avait été emportée par son propriétaire. Sur le cadavre, les policiers découvrirent une bourse et une montre en or, mais ils ne trouvèrent ni papiers ni cartes, sauf une enveloppe cachetée et timbrée à l'adresse de Mr. Utterson ; sans doute le vieux gentleman allait-il la poster quand il avait été assailli.

Le lendemain matin, cette enveloppe fut apportée au notaire avant même qu'il fût levé ; dès qu'il la vit et que les détails lui furent contés, il pinça les lèvres d'un air solennel.

– Je ne dirai rien avant d'avoir vu le corps, déclara-t-il. Il s'agit peut-être d'une affaire très grave. Ayez la bonté de m'attendre pendant que je m'habille...

Et sans se départir de sa mine solennelle, il avala en hâte son petit déjeuner et se fit conduire en voiture au commissariat de police où le corps avait été transporté. Dès qu'il fut mis en sa présence, il fit un signe de tête affirmatif.

– Oui, dit-il, je le reconnais. Je suis désolé, mais c'est Sir Danvers Carew.

– Mon Dieu, Monsieur, est-ce possible ? s'exclama l'officier de police dont l'œil s'alluma aussitôt d'une ambition professionnelle évidente. Voilà qui va faire beaucoup de bruit ! Peut-être pourrez-vous nous aider à retrouver l'individu qui a commis le crime ?

Brièvement il relata la scène dont la femme de chambre avait été le témoin, puis il lui montra le débris de canne.

En entendant le nom de Hyde, Mr. Utterson avait déjà frémi, mais quand il vit la canne, il ne put plus conserver l'ombre d'un doute ; elle avait beau être abîmée, brisée, il la reconnut du premier coup d'œil : c'était la canne qu'il avait lui-même offerte plusieurs années auparavant à Henry Jekyll.

– Ce Mr. Hyde est-il un individu de petite taille ? demanda-t-il.

– Spécialement petit et spécialement antipathique, voilà comment la femme de chambre nous l'a dépeint, répondit l'officier de police.

M. Utterson réfléchit, puis il releva la tête.

– Si vous voulez monter dans mon fiacre, dit-il au policier, je pense que je peux vous conduire chez lui.

Il était à peu près neuf heures du matin, et c'était le premier brouillard de la saison. Un grand manteau chocolat recouvrait le ciel, mais le vent attaquait constamment et dispersait les vapeurs crénelées, tant et si bien qu'après avoir été traîné de rue en rue à une allure d'escargot, Mr. Utterson aperçut une quantité merveilleuse de teintes et de nuances de demi-jour : ici des taches foncées n'auraient pas déparé la fin du crépuscule ; là s'étalait un brun rougeoyant, chaud, qui aurait été à sa place dans un embrasement de l'aurore. De temps à autre le brouillard se déchirait et, à travers ses volutes qui tourbillonnaient lentement, un rayon blême de lumière du jour se faufilait. Vu sous ces éclairages mouvants, le lugubre quartier de Soho avec ses rues boueuses, ses passants peu engageants, ses réverbères qui n'avaient pas été éteints ou qui avaient été rallumés pour combattre le triste retour des ténèbres, fit sur le notaire l'impression d'une ville tirée d'un cauchemar. Il faut bien dire que les pensées qu'agitait Mr. Utterson dans sa tête n'avaient rien de particulièrement revigorant ; chaque fois qu'il lançait un coup d'œil à son compagnon, il ressentait confusément un peu de cette terreur de la loi et de ses représentants qui assaille de très honnêtes citoyens.

Quand le fiacre s'arrêta à l'adresse indiquée, le brouillard se souleva, et Mr. Utterson distingua une rue sale, une taverne, un restaurant français, un magasin qui vendait au détail des petits livres à un penny et des salades à deux pence, de nombreux gosses en haillons blottis dans des coins de porte, des femmes de diverses nationalités qui passaient, une clef à la main, pour aller boire leur premier verre de la matinée. Et puis le brouillard retomba ; sa couleur de terre d'ombre isola le notaire au milieu de ce décor misérable. Mr. Utterson se tenait devant la maison du favori de Henry Jekyll, un homme qui était l'héritier d'un quart de million de livres sterling.

Une vieille femme au teint jaune et aux cheveux gris ouvrit la porte. Son visage malveillant était adouci par l'hypocrisie, mais elle avait des manières impeccables. Oui, dit-elle, Mr. Hyde habitait bien là, mais il n'était pas chez lui ; bien qu'il fût rentré fort tard dans la nuit, il était sorti il y avait moins d'une heure. Non, rien d'anormal là-dedans ; il avait des habitudes très irrégulières ; il s'absentait souvent ; par exemple, elle ne l'avait pas vu depuis près de deux mois avant son passage de la veille.

– Très bien, dit le notaire. Maintenant nous voudrions visiter son appartement...

La vieille commença par répondre que c'était impossible.

– ...J'aurais dû vous dire qui est ce monsieur, ajouta-t-il. C'est l'inspecteur Newcomen de Scotland Yard.

L'éclair d'une joie abominable illumina la figure de la vieille.

– Ah ! s'exclama-t-elle. Il a des ennuis ! Qu'a-t-il donc fait ?

Mr. Utterson et l'inspecteur échangèrent un coup d'œil.

– Il n'a pas l'air d'un personnage qui attire la sympathie ! observa le policier. Maintenant, ma brave dame, laissez-nous visiter...

De toute la maison, où n'habitait personne d'autre que la vieille, Mr. Hyde avait utilisé deux pièces seulement ; mais elles étaient meublées avec un luxe de bon goût. Un placard était rempli de vins fins ; la vaisselle était d'argent, le linge de table élégant ; le tableau de maître qui ornait un mur devait être (du moins Utterson le supposa) un cadeau de Henry Jekyll, amateur éclairé d'œuvres d'art ; les tapis moelleux avaient des couleurs plaisantes. En tout cas on aurait juré que les deux pièces venaient d'êtres pillées de fond en comble ; des vêtements gisaient sur le plancher, avec leurs poches retournées ; des tiroirs étaient ouverts ; dans l'âtre un tas de cendres grises attestait que beaucoup de papiers y avaient été brûlés. De ces cendres, l'inspecteur exhuma l'extrémité inférieur d'un carnet de chèques verts qui avait résisté à l'action du feu ; il trouva derrière la porte l'autre moitié de la canne ; cette découverte confirmant ses soupçons, le policier se déclara enchanté. Une visite à la banque où le meurtrier possédait à son compte plusieurs milliers de livres compléta sa satisfaction.

– Vous pouvez en être sûr, Monsieur, dit-il à Mr. Utterson, c'est comme si je le tenais. Il a dû perdre la tête, sinon il n'aurait jamais abandonné la canne et, surtout, il n'aurait jamais brûlé le chéquier. L'argent, n'est-ce pas la vie d'un homme ? Nous n'avons plus qu'à l'attendre à la banque et divulguer son signalement.

Cette dernière opération, toutefois, ne se révéla pas une tâche facile, car Mr. Hyde comptait très peu de familiers : le maître de la femme de chambre romantique ne l'avait vu que deux fois ; on ne trouva nulle part trace de sa famille ; il n'avait jamais été photographié ; les rares personnes capables de le décrire différèrent notablement dans leurs dépositions (il en est toujours de même avec les témoins...) Un seul point réalisa l'accord général : l'impression obsédante d'une difformité imprécise chez tous ceux qui l'avaient aperçu.

V

L'incident de la lettre

L'après-midi était déjà avancé quand Mr. Utterson se présenta chez le Dr. Jekyll ; il fut aussitôt introduit par Poole qui l'emmena à travers l'office et une cour, jadis un jardin, vers le bâtiment que l'on appelait indifféremment le laboratoire ou les salles de dissection. Le docteur avait acheté la maison aux héritiers d'un célèbre chirurgien ; comme ses goûts le portaient davantage vers la chimie que vers l'anatomie, il avait affecté le bâtiment situé au bout du jardin à d'autres travaux. C'était la première fois que le notaire était reçu par son ami dans ce secteur de la maison ; il examina donc avec curiosité la bâtisse défraîchie, sans fenêtres, et il ne put se défendre d'un frisson désagréable quand il traversa l'amphithéâtre, autrefois bondé d'étudiants attentifs, maintenant silencieux et lugubre ; les tables étaient chargées d'appareils de chimie, le plancher jonché de caisses à claire-voie et de paillons ; une lumière médiocre tombait de la coupole brouillée. Au fond, un escalier grimpait pour aboutir à une porte recouverte d'une tenture de reps rouge ; Mr. Utterson pénétra enfin dans le cabinet du Dr. Jekyll, vaste pièce avec des vitrines et divers meubles dont une psyché et un bureau, trois fenêtres protégées par des barreaux de fer ouvraient sur l'impasse. Dans l'âtre, un bon feu brûlait ; une lampe, sur la cheminée, était allumée car le brouillard commençait à s'insinuer même à l'intérieur des maisons ; et là, tout près de cette source de chaleur, le Dr. Jekyll était assis ; il avait l'air atteint d'une maladie mortelle ; il ne se leva pas pour accueillir son visiteur ; il se borna à lui tendre une main glacée et il le salua d'une voix altérée.

— Et maintenant, dit Mr. Utterson dès que Poole les eut laissés seuls, vous connaissez la nouvelle ?

Le docteur frissonna.

— Les vendeurs de journaux la crient dans le square, répondit-il. De ma salle à manger je les entendais.

— Un seul mot, dit le notaire. Carew était mon client ; mais vous êtes aussi mon client ; je veux donc savoir comment agir. Vous n'avez pas été assez fou pour cacher cet individu ?

— Utterson, s'écria le Dr. Jekyll, devant Dieu je vous jure que non ! Je jure devant Dieu que je ne le reverrai jamais ! Je vous donne ma parole d'honneur que j'en ai fini avec lui en ce monde. C'est complètement fini, terminé ! En réalité, il n'a pas besoin de mon aide ; vous ne le connaissez pas comme moi je le connais ; il est en sûreté, tout à fait en sûreté. Rappelez-vous ce que je vous dis : il a disparu pour toujours.

Le notaire écoutait tristement ; il n'aimait guère la fébrilité de son ami.

— Vous semblez bien sûr de lui ! dit-il. Dans votre intérêt, j'espère que vous ne vous trompez pas. S'il passe en jugement, votre nom pourrait être cité.

— Je suis tout à fait sûr de lui, répliqua Jekyll. J'ai des motifs de certitude que je ne puis partager avec quiconque. Mais il y a un point sur lequel vous pouvez me conseiller. J'ai... Oui, j'ai reçu une lettre, et je ne sais quoi en faire : dois-je la communiquer à la police ? Je voudrais la laisser entre vos mains, Utterson ; vous seriez meilleur juge que moi, sans aucun doute ; et puis, j'ai une telle confiance en vous !

– Vous craignez, je suppose, qu'elle ne conduise à sa découverte ? demanda le juriste.

– Non. Je ne saurais dire que je me soucie du sort de Hyde. J'en ai terminé avec lui. Je pensais à moi, qui risque d'être publiquement mêlé à cette odieuse affaire.

Utterson réfléchit un moment ; l'égocentrisme de son ami l'étonnait, mais le réconforta un peu.

– Eh bien, dit-il enfin, montrez-moi la lettre !

Le document, signé « Edward Hyde », était d'une écriture bizarrement droite ; en substance, elle signifiait que le bienfaiteur du signataire, le Dr. Jekyll, que lui Hyde avait depuis longtemps si mal récompensé de mille générosités, n'avait nul besoin de s'inquiéter pour sa sûreté, car il disposait de moyens sûrs pour échapper aux recherches.

Cette lettre ne déplut pas à Mr. Utterson ; elle présentait l'intimité du Dr. Jekyll et de Mr. Hyde sous un jour plus favorable qu'il ne l'aurait escompté ; et il se reprocha quelques-uns de ses soupçons antérieurs.

– Avez-vous l'enveloppe ? demanda-t-il.

– Je l'ai brûlée sans réfléchir, répondit Jekyll. Mais elle ne portait aucune indication postale. La lettre a été portée ici.

– Vais-je la conserver sous mon oreiller ? demanda Utterson.

– Je voudrais que vous décidiez à ma place. J'ai perdu toute confiance en mon jugement.

– J'y réfléchirai. Et maintenant, encore un mot : est-ce Hyde qui a dicté les clauses de votre testament concernant votre disparition ?...

Le docteur fut sur le point de défaillir ; mais il crispa la mâchoire et fit un signe de tête affirmatif.

– ... Je l'avais deviné, dit Utterson. Il avait l'intention de vous assassiner. Vous l'avez échappé belle.

– Mieux que cela ! répondit le docteur avec gravité. J'ai reçu une leçon... Oh mon Dieu, Utterson, quelle leçon !

Et il enfouit son visage dans ses mains.

En regagnant la porte, le notaire s'arrêta pour échanger deux ou trois phrases avec Poole.

– A propos, lui dit-il, une lettre a été remise ici aujourd'hui. A quoi ressemblait le porteur ?

Mais Poole fut formel : tout le courrier était arrivé par la poste.

– Et rien que des prospectus, Monsieur ! ajouta-t-il.

Cette information ranima les appréhensions du visiteur. Tout simplement, la lettre était entrée par la porte du laboratoire ; à moins qu'elle n'eût été écrite dans le cabinet. Mais dans ce dernier cas, il faudrait la considérer sous un autre angle, et l'utiliser avec une prudence extrême. Les marchands de journaux vociféraient sur les trottoirs : « Edition spéciale ! Meurtre odieux d'un membre du Parlement ! » Telle était l'oraison funèbre d'un ami et client ; et le notaire eut peur, soudain, que la bonne réputation d'un autre fût aspirée par le remous du scandale et sombrât. Oui, la décision à prendre était bien délicate ! D'habitude il avait une grande confiance en lui ; cette fois il éprouva le besoin impérieux d'un avis ; mais il ne le solliciterait pas de but en blanc ; il le pêcherait par un biais.

Peu après, il se trouvait assis d'un côté de sa cheminée avec son principal clerc, Mr. Guest, de l'autre et entre eux deux, à une distance du feu soigneusement calculée, une bouteille de bon vin qui avait longtemps dormi dans la cave. Le brouillard noyait encore la ville ; les réverbères brillaient comme de grosses escarboucles ; à travers les nuages cotonneux qui recouvraient le sol, qui amortissaient et étouffaient pourtant les sons, la circulation résonnait dans les grandes artères de Londres comme le grondement d'un vent fort. Mais la pièce était égayée par le feu ; dans la bouteille, les acides avaient parfaitement disparu ; la couleur impériale s'était adoucie avec l'âge ; et l'aimable chaleur des après-midi d'automne sur les vignobles à flanc de coteau était toute disposée à se libérer pour disperser les brouillards londoniens. Insensiblement le notaire s'attendrit. Mr. Guest était l'homme au monde pour qui il avait le moins de secrets, et encore n'était-il pas très sûr qu'il en eût gardé autant qu'il le croyait. Souvent Guest s'était rendu pour affaires chez le docteur ; il connaissait Poole ; il était peu probable qu'il ignorât que Mr. Hyde était un familier de la maison ; puisqu'il risquait de se livrer à des déductions, ne vaudrait-il pas mieux qu'il vît une lettre replaçant le mystère dans ses proportions exactes ? Guest étant d'autre part un spécialiste de la graphologie, il apprécierait doublement le geste de son patron. Enfin, le principal clerc était de bon conseil, et il ne lirait probablement pas un tel document sans exprimer une opinion ; en tenant compte de cette opinion, Mr. Utterson pourrait déterminer sa ligne de conduite future.

— Triste affaire, que celle de Sir Danvers ! dit-il.

— Oui, Monsieur, vraiment triste ! Elle a fort ému l'opinion publique, répondit Guest. L'assassin, certainement, était un dément.

— Justement, je serais content de connaître votre point de vue là-dessus, répliqua Utterson. J'ai ici un document de son écriture... Que cela reste entre nous, car je me demande quoi en faire ; c'est pour le moins une très vilaine affaire ! Bref, voici le document. Tout à fait dans vos cordes : un autographe de criminel...

Les yeux de Guest brillèrent de plaisir ; il étudia la lettre avec un intérêt passionné.

— Non, Monsieur, dit-il. L'homme n'est pas un dément ; mais quelle écriture peu banale !...

Juste à cet instant un domestique pénétra dans la pièce avec une lettre.

— ... Cette lettre ne vient-elle pas du Dr. Jekyll, Monsieur ? s'enquit le principal clerc. J'ai cru reconnaître l'écriture. Mais il s'agit peut-être d'une lettre privée, Mr. Utterson ?

— Seulement une invitation à dîner. Pourquoi ? Voudriez-vous la voir ?

— Rien qu'un instant, s'il vous plaît... Merci, Monsieur...

Le clerc posa les deux feuillets l'un à côté de l'autre et compara longuement leur contenu.

– ... Je vous remercie, Monsieur, dit-il enfin en rendant les deux documents. C'est un autographe très intéressant.

Un silence suivit ; Mr. Utterson luttait contre lui-même.

– Pourquoi les avez-vous comparés, Guest ? demanda-t-il tout à coup.

– Ma foi, Monsieur, parce qu'il y a entre eux une ressemblance singulière ; les deux écritures sont identiques pour de nombreux détails ; simplement l'une est penchée et l'autre est droite.

– Plutôt déconcertant ! dit Utterson.

– C'est en effet, comme vous dites, plutôt déconcertant, répliqua Guest.

– Je ne tiens pas à faire état de cette lettre, vous savez, dit le notaire.

– Non, Monsieur, répondit le principal clerc. Je comprends.

Mais Mr. Utterson ne fut pas plutôt seul ce soir-là qu'il se dépêcha d'enfermer la lettre dans son coffre. « Quoi ! » se dit-il. « Henry Jekyll commet un faux pour un assassin ? »

Et son sang se glaça dans ses veines.

VI

Le remarquable incident du Dr. Lanyon

Du temps s'écoula ; des milliers de livres furent offertes en récompense, car la mort de sir Danvers avait été ressentie comme une calamité publique ; mais Mr. Hyde disparut comme s'il n'avait jamais existé. La police déterra de nombreux détails, tous déshonorants, de son passé ; quantité d'histoires circulèrent à propos de sa cruauté, de ses vilenies, de ses étranges complices, de l'exécration qui semblait avoir entouré toute son existence. Mais personne ne pouvait dire où il se cachait. Depuis le matin où il avait quitté la maison de Soho, après le crime, il s'était tout simplement rayé de la surface de la terre. Mr. Utterson se remit progressivement de sa chaude alerte et il retrouva sa paix intérieure. A son avis, la mort de sir Danvers était largement compensée par la disparition de Mr Hyde. Libéré de cette néfaste influence, le Dr. Jekyll commença une nouvelle vie. Il mit un terme à sa réclusion, renoua avec ses amis, redevint leur invité et leur amuseur préféré. Il avait toujours été connu pour ses charités ; à présent il se tournait ostensiblement vers la religion. Il travaillait beaucoup, il vivait à ciel ouvert, il faisait le bien ; sa physionomie semblait plus sereine, mieux éclairée par le sentiment profond de ses devoirs ; depuis plus de deux mois, le docteur était en paix.

Le 8 janvier, Utterson avait dîné chez le docteur avec quelques amis, dont Lanyon ; et leur hôte les avait regardés tous les deux comme au bon vieux temps où ils formaient un trio inséparable. Le 12, puis le 14, le notaire se vit refuser la porte du docteur.

– Le docteur s'est enfermé, lui dit Poole, et il ne veut voir personne.

Le 15, il fit une nouvelle tentative qui se solda par un nouvel échec ; comme depuis deux mois il avait pris l'habitude d'aller voir son ami presque chaque jour, son retour à la solitude lui pesa. Le cinquième soir il retint Guest à dîner ; le sixième, il se rendit chez le Dr. Lanyon.

Là au moins il fut immédiatement introduit ; mais quand il entra, il fut stupéfait du changement intervenu sur le visage du docteur : l'arrêt de mort s'y lisait noir sur blanc. Toute couleur avait disparu de son teint habituellement rose ; ses joues s'étaient affaissées ; il paraissait plus chauve, plus âgé. Mais ces signes évidents d'une rapide déchéance physique impressionnèrent moins le notaire que l'expression des yeux et certaines manières qui lui donnèrent à penser que le Dr. Lanyon était la proie d'une terreur profonde. Il était peu vraisemblable que le docteur eût peur de la mort ; cependant Utterson fut tenté de le croire. « Oui », se dit-il, « c'est un médecin, il doit connaître son état de santé et savoir que ses jours sont comptés ; et ce diagnostic l'épouvante. » Mais quand Utterson fit une remarque sur sa mauvaise mine, Lanyon lui répondit avec une grande sérénité qu'il se savait condamné.

– J'ai eu une secousse, dit-il, et je ne m'en remettrai jamais. C'est une question de semaines. Ma foi, la vie a été agréable ! Oui, Monsieur, j'ai beaucoup aimé la vie. Je pense parfois que si nous savions tout d'elle, nous serions plus heureux de la quitter.

– Jekyll est malade lui aussi, dit Utterson. L'avez-vous vu ?

Lanyon changea de visage et il leva une main tremblante.

– Je ne veux plus le voir le Dr. Jekyll, ni entendre parler de lui, affirma-t-il d'une voix forte et frémissante. J'en ai complètement terminé avec ce personnage ; et je vous prie de m'épargner toute allusion à quelqu'un que je considère comme mort.

– Tut-tut !...

Après un long silence, Mr. Utterson reprit :

– ... Ne pourrais-je pas intervenir ? Nous sommes trois vieux amis, Lanyon ; nous n'avons plus assez de vie devant nous pour nous en faire d'autres.

– Vous ne pouvez rien, répliqua Lanyon. Demandez-lui pourquoi.

– Il ne veut pas me voir, dit le notaire.

– Je n'en suis pas surpris. Un jour, Utterson, après ma mort, vous finirez peut-être par apprendre qui a eu raison et qui a eu tort. Je ne peux pas vous le dire. En attendant, si vous voulez vous asseoir pour me parler d'autre chose, pour l'amour de Dieu, restez ; mais si vous ne pouvez pas changer de sujet de conversation, alors, au nom de Dieu, partez, car je serais incapable de le supporter.

Dès qu'il fut de retour chez lui, Utterson écrivit à Jekyll pour se plaindre des refus qui lui étaient opposés à sa porte, et pour lui demander le motif de cette brouille malheureuse avec Lanyon. Il reçut le lendemain une longue réponse, par endroits très pathétique, mais avec des passages fort mystérieux. Sa brouille avec Lanyon était irrémédiable. « Je ne blâme pas notre vieil ami », écrivait Jekyll, « mais je partage son opinion sur le fait que nous ne devons plus nous revoir. J'ai l'intention de mener dorénavant une existence de reclus total ; vous ne serez donc pas surpris, et vous n'aurez pas à douter de mon amitié, si ma porte est souvent fermée, même à vous. Il faut que vous acceptiez que je suive mon propre chemin obscur. J'ai attiré sur moi-même un châtiment et un péril que je ne puis nommer. Étant le plus grand pêcheur, je suis aussi le plus malheureux. Je ne croyais pas que cette terre pouvait abriter quelque part des souffrances et des terreurs aussi intolérables. Et vous ne pouvez faire qu'une chose, Utterson, pour alléger ma destinée : respecter mon silence. »

Utterson fut stupéfait ; la sombre influence de Hyde avait disparu, le docteur était revenu à ses anciens devoirs et à ses vieilles amitiés ; moins d'une semaine auparavant, l'avenir lui souriait encore sous l'apparence d'une fin de vie heureuse, honorée ; et voilà que brusquement l'amitié, la tranquillité d'esprit, tout ce qui donnait son prix à l'existence se trouvaient anéantis ! Un changement si radical, si imprévu, semblait annoncer la folie ; mais étant donné la réaction de Lanyon, sans doute fallait-il l'attribuer à une cause moins élémentaire.

Une semaine plus tard le Dr. Lanyon s'alita ; il mourut dans la quinzaine. Très affecté par la perte de son ami, Utterson s'enferma dans son bureau après les obsèques et, à la lueur mélancolique d'une bougie, il tira de son coffre et posa devant lui l'enveloppe qui lui avait été remise de la main à la main et qui était cachetée avec le sceau du défunt. « PERSONNELLE. *A remettre en mains propres à G.-J. Utterson* SEUL, *et, en cas de son prédécès*, A DÉTRUIRE NON DÉCACHETÉE » : telle était la suscription quelque peu emphatique portée sur l'enveloppe. Le notaire eut peur, hésita à prendre connaissance du contenu. « J'ai enterré aujourd'hui un ami », pensa-t-il. « Et si ce pli m'en coûtait un autre ? » Mais bientôt il se reprocha sa frayeur comme une déloyauté et il rompit le cachet. A l'intérieur une autre enveloppe, également cachetée, portant l'indication suivante : « Ne pas ouvrir avant la mort ou la disparition du Dr. Henry Jekyll. » Utterson se frotta les yeux. Oui, c'était bien le mot « disparition » qui était écrit ! Voilà donc que surgissait encore, accouplés tout comme dans le testament démentiel qu'il avait d'ailleurs entre-temps restitué à son auteur, l'idée d'une « disparition » et le nom de Henry Jekyll ? Mais, dans le testament, cette idée avait jailli d'une suggestion sinistre de Hyde ; elle y avait été insérée dans un but trop clair, trop horrible... De la main de Lanyon, à quoi correspondait-elle donc ? Le notaire faillit négliger l'interdiction pour toucher tout de suite le fond de tous ces mystères ; son honneur professionnel et la fidélité à son ami défunt l'emportèrent toutefois sur la curiosité qui le consumait ; et l'enveloppe alla dormir dans un coin du coffre.

Une chose est de mortifier la curiosité, autre chose de la subjuguer ; il n'est pas sûr qu'à partir de ce jour, Utterson ait désiré aussi ardemment la société de son ami survivant. Il pensait à lui avec bonté, mais non sans inquiétudes ni appréhensions. En vérité, il allait frapper à sa porte ; mais peut-être était-il soulagé quand Poole s'excusait de ne pouvoir l'introduire auprès du Dr. Jekyll ; peut-être dans le secret de son cœur préférait-il bavarder avec le maître d'hôtel sur les marches du perron, en plein air et au milieu des bruits de la ville, plutôt qu'être admis dans ce lieu de captivité volontaire, et s'asseoir pour causer avec son reclus impénétrable. Poole ne lui donnait pourtant pas des nouvelles rassurantes. Il semblait que le docteur se confinât plus que jamais dans le cabinet au-dessus du laboratoire ; il lui arrivait même d'y passer ses nuits ; il était abattu, il ne parlait presque plus, il ne lisait pas ; il avait l'air d'être préoccupé par quelque chose qui l'absorbait totalement. S'accoutumant par la force des choses à ce genre invariable de rapports, Utterson espaça peu à peu ses visites.

VII

L'incident de la fenêtre

Un dimanche, alors que Mr. Utterson accomplissait sa promenade rituelle avec Mr. Enfield, le hasard les ramena dans la petite rue ; quand ils arrivèrent à hauteur de la porte, tous les deux s'arrêtèrent pour la regarder.

— Enfin, dit Enfield, cette histoire est terminée ! Nous ne reverrons plus jamais Mr. Hyde.

— J'espère bien que non, répondit Utterson. Vous ai-je raconté que je l'avais vu une fois et que j'avais éprouvé les mêmes sentiments que vous ?

— Il était impossible de le voir sans répulsion, assura Enfield. A propos, vous avez dû me trouver bien sot d'ignorer que cette porte ouvrait sur l'arrière de la demeure du Dr. Jekyll ! En partie c'est vous qui êtes cause, d'ailleurs, de ma découverte...

— Vous l'avez donc découvert, n'est-ce pas ? dit Utterson. Alors, puisqu'il en est ainsi, nous pouvons faire quelques pas dans l'impasse afin de jeter un coup d'œil aux fenêtres. Pour être tout à fait franc avec vous, je me fais du souci pour le pauvre Jekyll ; et j'ai l'impression que la présence d'un ami, même dehors, pourrait lui faire du bien.

L'impasse était humide, très froide, déjà obscure bien que le ciel fût encore illuminé par les rayons du soleil couchant. Des trois fenêtres, celle du milieu était entrebâillée ; Utterson aperçut le Dr. Jekyll qui était assis derrière la vitre ; une tristesse infinie était répandue sur son visage ; il avait l'air d'un prisonnier inconsolable.

— Jekyll ! appela le notaire. J'espère que vous allez mieux ?

— Je suis très bas, Utterson, répondit lugubrement le docteur. Très bas, cher ami. Je n'en ai plus pour longtemps, Dieu merci !

— Vous vivez trop renfermé, dit le notaire. Vous devriez sortir, fouetter votre circulation sanguine comme nous le faisons, Mr. Enfield et moi... Je vous présente mon cousin Mr. Enfield... Dr. Jekyll... Allons ! Prenez votre chapeau et venez faire un tour avec nous.

— Vous êtes très gentil, soupira le docteur. Cela me ferait grand plaisir ; mais non, non, c'est tout à fait impossible ; je n'ose pas sortir. Mais réellement, Utterson, je suis très heureux de vous voir. Je vous prierais bien de monter, vous et Mr. Enfield ; mais mon cabinet n'est vraiment pas présentable.

— Eh bien donc, déclara le notaire avec enjouement, le mieux serait de rester chacun où nous sommes et de bavarder par la fenêtre.

— C'est justement ce que j'allais me risquer à vous proposer, répliqua le docteur en souriant.

Mais à peine eut-il terminé sa phrase que le sourire disparut de son visage pour faire place à une expression si misérable d'épouvante et de désespoir que les deux gentlemen d'en-bas sentirent leur sang se glacer dans leurs veines. Ils ne firent que l'entrevoir, car la fenêtre claqua brutalement et demeura close, mais elle leur suffit ; ils firent demi-tour et sortirent de l'impasse sans prononcer un mot. En silence également ils traversèrent diverses petites rues, et ce ne fut pas avant d'avoir atteint une grande artère où même un dimanche la circulation était considérable que Mr. Utterson se tourna vers son compagnon et le regarda. Tous deux étaient très pâles ; la même horreur se lisait dans leurs yeux.

— Que Dieu nous pardonne, que Dieu nous pardonne ! s'écria Mr. Utterson.

Mais Mr. Enfield se borna à faire un signe de tête très grave, et ils reprirent leur promenade sans rien ajouter.

VIII

La dernière nuit

Un soir, Mr. Utterson était assis au coin du feu, quand il reçut la visite inattendue de Poole.

— Tiens, tiens, Poole ! Quel motif vous conduit ici ?... s'écria-t-il. Il le regarda plus attentivement avant d'ajouter :

– ... Qu'avez-vous, Poole ? Le docteur est-il malade ?

– Mr. Utterson, répondit le maître d'hôtel, il y a quelque chose qui ne va pas.

– Asseyez-vous, et prenez ce verre de vin, dit le notaire. Maintenant, ne vous pressez pas et dites-moi clairement ce que vous voulez.

– Vous connaissez les habitudes du docteur, Monsieur. Vous savez comment il condamne sa porte. Eh bien, voilà qu'il s'est à nouveau enfermé dans le cabinet ! Et je n'aime pas cela, Monsieur... Que je meure sur l'heure si j'aime cela ! Mr. Utterson, j'ai peur. Oui, Monsieur !

– Voyons, mon ami, dit le notaire, soyez explicite. De quoi avez-vous peur ?

– J'ai peur depuis une semaine environ, répliqua Poole en ignorant délibérément la question. Et je n'en peux plus...

Un coup d'œil suffisait pour le croire. Ses bonnes manières l'avaient quitté ; sauf lorsqu'il avait avoué sa peur, il n'avait pas regardé une fois en face le notaire ; et il demeurait assis avec son verre de vin auquel il n'avait pas goûté, les yeux fixés sur un coin du parquet.

– ... Je n'en peux plus ! répéta-t-il.

– Allons, reprit Utterson, je vois que le motif est sérieux, Poole, et que quelque chose vous tracasse fort. Essayez de me dire ce que c'est.

– Je crois qu'il y a eu un sale coup, répondit Poole, d'une voix rauque.

– Un sale coup ? s'exclama le notaire épouvanté et trahissant son épouvante par une irritation soudaine. Quel sale coup ? Que diable me racontez-vous là, mon bonhomme ?

– Je n'ose pas le dire ; mais ne voudriez-vous pas m'accompagner chez le docteur et constater par vous-même, Monsieur ?

Pour toute réponse, Mr. Utterson alla chercher son chapeau et son pardessus ; mais il nota avec étonnement le soulagement intense qu'exprima le visage du maître d'hôtel, et il ne fut pas moins surpris que Poole eût reposé le verre de vin sans y avoir trempé les lèvres.

C'était une soirée de mars comme beaucoup de soirées de mars : froide, hostile, avec une lune pâle et couchée sur le dos comme si la violence du vent l'avait fait basculer ; dans l'air s'enfuyaient des nuées diaphanes, aussi légères que de la fine batiste. Le vent qui cinglait les visages rendait toute conversation difficile ; on aurait dit qu'il avait nettoyé les rues, tant celles-ci étaient anormalement vides ; Mr. Utterson ne se rappelait pas avoir jamais vu ce quartier de Londres aussi désert. Peut-être l'aurait-il souhaité plus vivant ; il éprouvait impérieusement le désir d'un contact avec d'autres êtres humains ; car il avait beau lutter contre ses pressentiments, il ne pouvait se défaire de l'idée qu'une épouvantable calamité était proche. Quand ils arrivèrent dans le square, le vent redoubla en soulevant des nuages de poussières ; les arbres minces du jardin ployaient sous la tempête et battaient contre leurs grilles. Poole, qui pendant toute la route avait précédé le notaire de deux ou trois pas, s'arrêta brusquement au milieu de la chaussée, et, en dépit du froid piquant, retira son chapeau pour s'essuyer le front avec un mouchoir rouge. Ce n'était pas parce qu'ils avaient marché vite qu'il transpirait ; il épongeait la moiteur d'une angoisse qui lui serrait la gorge ; car il était livide et il parla d'une voix enrouée, cassée.

– Eh bien, Monsieur, dit-il, nous voici arrivés. Dieu veuille qu'il n'y ait rien de grave !

– Amen, Poole !

Le maître d'hôtel frappa discrètement à la porte, qui s'entrouvrit sur une chaîne ; de l'intérieur une voix demanda :

– C'est toi, Poole ?

– Tu peux y aller, répondit Poole. Ouvre la porte.

Quand ils entrèrent, le vestibule était tout éclairé ; autour d'un grand feu tous les domestiques, hommes et femmes, se tenaient serrés les uns contre les autres comme des moutons. Quand ils eurent reconnu Mr. Utterson, la femme de chambre éclata en sanglots hystériques et le cuisinier cria :

– Dieu soi béni ! C'est Mr. Utterson !

Et il se précipita comme s'il voulait l'embrasser.

– Comment ? Comment ? protesta le notaire d'un air maussade. Vous êtes ici ? Mais c'est très irrégulier, très inconvenant. Votre maître ne serait certainement pas content !

– Ils ont tous peur !... déclara Poole.

Un silence tomba. Seule, la femme de chambre se mit à pleurer plus fort en articulant des mots incompréhensibles.

– ... La ferme !... lui cria Poole.

La férocité de son accent en disait long sur l'ébranlement de ses nerfs ; d'ailleurs, quand la femme de chambre avait si soudainement haussé d'un ton ses lamentations, tous les domestiques avaient sursauté et ils s'étaient tournés vers la porte qui donnait accès à l'appartement avec des mines terrifiées.

– ... Et maintenant, reprit le maître d'hôtel en s'adressant au valet de chambre, apporte-moi une bougie ; nous allons immédiatement faire le nécessaire...

Il pria Mr. Utterson de le suivre, et il le précéda vers le jardin de derrière.

– ... S'il vous plaît, Monsieur, lui dit-il, avancez le plus silencieusement possible. Je désire que vous entendiez : je ne veux pas que vous soyez entendu. Et écoutez-moi bien, Monsieur : si par hasard il vous priait d'entrer, n'y allez pas...

Cette fin de phrase imprévue fit passer sur les nerfs de Mr. Utterson un frisson qui ébranla sa résolution ; il se reprit pourtant et il suivit le maître d'hôtel dans le bâtiment transformé en laboratoire ; ils traversèrent l'amphithéâtre chirurgical, toujours encombré de flacons et de caisses à claire-voie. Au pied de l'escalier Poole invita d'un signe le notaire à se tenir sur le côté et à écouter ; puis posant la bougie par terre et prenant son courage à deux mains, il gravit les marches et frappa d'une main mal assurée sur le reps rouge de la porte du cabinet.

– Mr. Utterson, Monsieur, demande à vous voir ! appela-t-il en accompagnant ces paroles d'un geste véhément à l'adresse du notaire pour lui recommander de tendre l'oreille.

De l'intérieur, une voix mécontente répondit :

– Dites-lui que je ne puis voir personne.

– Merci, Monsieur...

Poole lança vers Mr. Utterson un regard triomphant ; il reprit au passage la bougie, fit retraverser la cour à Mr. Utterson et l'introduisit dans la grande cuisine : le feu était éteint ; les insectes sautaient sur le plancher.

– ... Monsieur, dit-il au notaire en le regardant droit dans les yeux, était-ce la voix de mon maître ?

– Je l'ai trouvée changée, répondit Mr. Utterson qui était très pâle mais qui ne cilla pas sous le regard de Poole.

– Changée ? Ma foi oui, c'est bien mon avis ! ricana le maître d'hôtel. Ce n'est pas pour prendre la voix d'un autre pour la sienne que je suis depuis vingt ans à son service. Non, Monsieur, mon maître a été supprimé ; on s'est défait de lui il y a huit jours, quand nous l'avons entendu appeler Dieu à son secours. Maintenant qui se trouve là, à sa place ? Et pourquoi reste-t-il là ? Ce sont des questions à poser au Ciel, Mr. Utterson !

– Voilà une histoire très extraordinaire, Poole ; une histoire qui ne tient guère debout, mon ami ! dit Mr. Utterson en se mordillant les ongles. Supposons qu'il en soit comme vous le pensez, supposons que le Dr. Jekyll ait été... assassiné ; pour quel motif l'assassin resterait-il là ? Cette hypothèse ne résiste pas à l'examen, voyons !

– Mr. Utterson, vous n'êtes pas facile à contenter, mais je vais pourtant y arriver ! dit Poole. Toute cette dernière semaine, il faut que vous le sachiez, lui, ou l'autre, enfin celui qui vit dans le cabinet a réclamé nuit et jour une espèce de médicament, et il ne l'a jamais trouvé conforme à sa prescription. C'était déjà sa manie au maître, je veux dire d'écrire ses ordres sur une feuille de papier et de la lancer dans l'escalier ; mais de toute la semaine dernière, nous n'avons eu de lui que des papiers, et une porte close ; les repas refroidissaient en haut des marches en attendant d'être furtivement introduits dans le cabinet dès que j'avais le dos tourné. Eh bien, Monsieur, tous les jours, oui, et deux fois ou trois fois par jour, nous avons eu des ordres et des réclamations par écrit ; j'ai même dû faire le tour de tous les pharmaciens grossistes de Londres. Chaque fois que je rapportais la marchandise demandée, un nouveau papier m'ordonnait peu après d'aller le rendre, parce qu'elle n'était pas pure, et de m'adresser à une autre marque. Je ne sais point pourquoi il lui faut absolument cette maudite drogue, mais il la lui faut, Monsieur !

– Avez-vous conservé l'un de ces papiers ? demanda Utterson.

Poole tâta ses poches, et il exhuma un billet tout froissé que le notaire examina attentivement à la lueur de la bougie.

Il était ainsi conçu : « *Le Dr. Jekyll présente ses compliments à MM. Maw. Il leur certifie que leur dernier échantillon est impur et parfaitement inutilisable pour sa destination prévue. Il les prie donc de procéder aux recherches les plus méticuleuses et, s'il leur reste un produit de la qualité antérieure, de le lui faire parvenir immédiatement. Ne pas regarder à la dépense. Son importance pour le Dr. J. est absolument primordiale.* » Jusque-là, la lettre avait été tracée d'une main assez calme, mais soudain il y avait eu un crachement de plume et l'expéditeur avait donné libre cours à son émotion : « *Pour l'amour de Dieu* », avait-il ajouté, « *trouvez-moi un peu de l'ancien produit !* »

— Voilà une lettre bien bizarre ! dit Mr. Utterson. Comment se fait-il que vous l'ayez entre vos mains ?

— Chez Maw, celui qui l'a reçue s'est mis très en colère, Monsieur, et il me l'a lancée à la figure comme si je lui avais remis une saleté, répondit Poole.

— En tout cas, c'est indiscutablement l'écriture du docteur, le savez-vous ? reprit le notaire.

— J'ai pensé qu'elle ressemblait à la sienne..., admit le maître d'hôtel d'un air maussade.

Il ajouta sur un tout autre ton :

— ... Mais qu'importe une écriture ? Je l'ai vu, lui !

— Vous l'avez vu ? répéta Mr. Utterson. Et alors ?

— Voilà, dit Poole. Les choses se sont passées ainsi. Je venais du jardin et j'étais entré brusquement dans l'amphithéâtre. Je pense qu'il s'était glissé dehors pour rechercher ce fameux produit, ou je ne sais quoi, car la porte du cabinet était restée ouverte, et il se tenait au bout de l'amphithéâtre en train de fouiller dans les caisses. Au bruit que j'ai fait en entrant, il a levé la tête, il a poussé une sorte de glapissement et il a regrimpé l'escalier quatre à quatre. Je ne l'ai vu qu'une minute, mais mes cheveux se sont dressés sur ma tête comme des piquants. Monsieur, si c'était mon maître, pourquoi portait-il un masque sur la figure ? Si c'était mon maître, pourquoi a-t-il crié comme un rat et pourquoi s'est-il enfui ? Je le sers depuis assez longtemps ! Et puis...

Le domestique s'interrompit et passa une main sur son visage.

— Ce sont des détails peu ordinaires, dit Mr. Utterson, mais je crois que je commence à voir clair. Votre maître, Poole, est tout simplement atteint de l'une de ces maladies qui à la fois torturent et défigurent leur victime ; d'où, pour autant que je sache, l'altération de sa voix ; d'où le masque et son désir d'éviter ses amis ; d'où son impatience pour obtenir ce médicament, dans lequel ce pauvre malheureux place ses derniers espoirs de guérison... Dieu veuille qu'il ne soit pas déçu ! Telle est mon explication ; elle est assez triste, Poole, sans doute, et épouvantable même quand on y réfléchit ; mais elle est simple, naturelle ; elle rend compte de tout ; elle nous libère de toutes sortes d'alarmes extravagantes.

— Monsieur, dit le maître d'hôtel qui avait le visage tacheté de points blêmes, cet être-là n'était pas mon maître, et voilà la vérité. Mon maître...

Ici, il regarda autour de lui avant de poursuivre tout bas :

– ... Est un homme grand, magnifiquement bâti, et cet être-là était à peine plus grand qu'un nain...

Utterson tenta de protester.

– ... Oh, Monsieur ! s'écria Poole. Croyez-vous qu'en vingt ans je n'aie pas appris à connaître mon maître ? Croyez-vous que je ne sache pas où arrive sa tête sous la porte du cabinet, étant donné que je l'ai vu tous les matins depuis vingt ans ? Non, Monsieur, cet être masqué n'a jamais été le Dr. Jekyll... Dieu sait de qui il s'agit, mais ce n'était pas, ce n'a jamais été le Dr. Jekyll ; et je crois, de tout mon cœur, qu'il y a eu crime.

– Poole, répliqua le notaire, si vous maintenez vos dires il sera de mon devoir de les vérifier. Bien que je désire profondément respecter les sentiments de votre maître, bien que je sois intrigué par ce billet qui semble prouver qu'il est encore en vie, je considérerai comme mon devoir de forcer cette porte.

– Ah, Mr. Utterson, voilà ce qui s'appelle parler ! s'écria le maître d'hôtel.

– Maintenant, venons-en à la deuxième question, reprit Utterson. Qui va forcer la porte ?

– Eh bien, Monsieur, vous et moi !

– Très bien répondu, répliqua le notaire. Et quoi qu'il advienne, vous n'y perdrez rien, j'en fais mon affaire !

– Il y a une hache dans l'amphithéâtre, dit Poole. Et vous pourriez prendre le ringard de la cuisine.

Le notaire s'empara du lourd instrument et l'équilibra dans une main.

– Savez-vous, Poole, dit-il en levant les yeux, que vous et moi, nous allons nous trouver dans une situation qui n'est pas exempte de dangers ?

– Vous pouvez le dire, Monsieur ! répondit le maître d'hôtel.

– Il vaut mieux par conséquent que nous soyons francs, dit Mr. Utterson. Tous les deux, nous avons dans la tête plus de choses que nous n'en avons dit. Vidons notre sac jusqu'au fond. Cette silhouette masquée que vous avez vue, l'avez-vous reconnue ?

– Ma foi, Monsieur, ç'a été si soudain, et elle a disparu si vite que je ne pourrais pas vraiment témoigner sous serment. Mais si vous me demandez : était-ce Mr. Hyde ?... Alors, oui, je crois que c'était lui ! Vous comprenez : il avait à peu près la même taille, et aussi ses mêmes manières vives, furtives... D'autre part qui d'autre aurait pu s'introduire par la porte du laboratoire ? Vous vous rappelez, Monsieur, qu'à l'époque du crime il avait encore la clef sur lui. Mais ce n'est pas tout. Je ne sais pas, Mr. Utterson, si vous avez déjà rencontré ce Mr. Hyde ?

– Oui ; je lui ai parlé.

– Alors vous devez savoir aussi bien que nous autres que ce gentleman avait quelque chose qui impressionnait... Je ne crois pas pouvoir traduire cette impression autrement, Monsieur, qu'en disant, pardonnez-moi, que vous sentiez votre moelle devenir froide et se rétrécir.

– Je reconnais que j'ai éprouvé un peu cette sensation-là, dit Mr. Utterson.

– N'est-ce pas, Monsieur ? Eh bien, quand cet être masqué a sauté comme un singe parmi tous les instruments de chimie du laboratoire et s'est jeté dans le cabinet, j'ai senti comme de la glace autour de ma colonne vertébrale. Oh, je sais que ce n'est pas une preuve, Mr. Utterson ! Je suis assez instruit pour le savoir ; mais tout homme possède son intuition, et je vous jure sur la Bible que, d'après mon intuition, c'était Mr. Hyde !

– Eh oui ! soupira le notaire. Mes appréhensions convergent dans la même direction. De cette liaison, je le crains, ne pouvaient sortir que du mal et du malheur. Oui, en vérité, je vous crois, Poole ! Je crois que mon pauvre Harry a été tué ; et je crois que son meurtrier, Dieu sait pour quel motif, est encore tapi dans la chambre de sa victime. Eh bien, que notre nom soit vengeance ! Appelez Bradshaw...

Le chasseur arriva bientôt ; il était très pâle, très nerveux.

– Remettez-vous, Bradshaw, lui dit le notaire. Cette incertitude est, je le sais bien, une rude épreuve pour vous tous, mais nous avons l'intention d'y apporter tout de suite un terme. Poole et moi, nous allons forcer la porte du cabinet. Si tout est normal, j'ai les épaules assez larges pour supporter seul le poids du blâme de votre maître. Pendant ce temps, et pour le cas où nous découvririons quelque chose d'anormal, ou si un malfaiteur cherchait à s'échapper par derrière, vous et le valet d'écurie faites le tour du pâté de maisons et postez-vous chacun avec un gros bâton devant la porte du laboratoire. Nous vous donnons dix minutes pour prendre votre faction...

Quand Bradshaw se retira, le notaire regarda sa montre.

– Et maintenant, Poole, à notre tour !

Il prit le ringard sous son bras et sortit le premier dans la cour. La lune avait disparu derrière des bancs de nuages et il faisait très noir. Le vent, qui ne pénétrait que par bouffées et courants d'air dans cette sorte de fosse cernée de bâtisses, faisait vaciller la flamme de la bougie ; ils arrivèrent néanmoins sans encombre dans l'amphithéâtre où ils s'assirent silencieusement pour attendre. Tout autour grondait le murmure solennel de Londres, mais plus près d'eux, le silence n'était rompu que par un bruit de pas qui allaient et venaient sur le plancher du cabinet.

– Toute la journée, ça marche ainsi, Monsieur, chuchota Poole. Et aussi une bonne partie de la nuit. Ça ne s'arrête que lorsqu'un nouvel échantillon arrive de la pharmacie. Ah, il faut avoir une bien mauvaise conscience pour ne pas prendre plus de repos ! Ah, Monsieur, à chaque pas c'est comme si c'était du sang innocent qui coulait ! Mais écoutez, écoutez bien ! Tendez l'oreille, Mr. Utterson, et dites-moi : est-ce le pas du docteur, cela ?

Les pieds retombaient avec une légèreté anormale et non sans une certaine élasticité ; ce bruit n'avait rien de commun avec le pas lourd de Henry Jekyll qui faisait gémir le plancher. Utterson soupira.

– Rien d'autre ? demanda-t-il.

Poole fit un signe de tête positif.

– Si, dit-il. Une fois je l'ai entendu pleurer !

– Pleurer ? Comment cela ? dit le notaire qui ne put réprimer un frisson d'horreur.

– Pleurer comme une femme ou comme une âme damnée, expliqua le maître d'hôtel. Je me suis éloigné avec cela sur le cœur ; j'en aurais pleuré, moi aussi !

Mais les dix minutes avaient passé. Poole déterra la hache d'un tas de paillons ; il plaça la bougie sur la table la plus proche afin qu'elle les éclairât pendant leur tentative, puis ils se dirigèrent vers la porte derrière laquelle quelqu'un, dans le silence de la nuit, continuait d'arpenter le cabinet ; ils osaient à peine respirer.

– Jekyll ! appela Utterson d'une voix forte. Je demande à vous voir...

Il s'interrompit un instant, mais aucune réponse ne lui parvint.

– ... Je vous donne un avertissement loyal : nous soupçonnons quelque chose ; il faut que je vous voie et je vous verrai ; si possible par des moyens corrects ; sinon par n'importe quel moyen ; de votre plein gré, ou en employant la force !

– Utterson, dit la voix, pour l'amour de Dieu, ayez pitié !

– Ah, ce n'est pas la voix de Jekyll ! C'est la voix de Hyde ! cria Utterson. Enfoncez la porte, Poole !

Poole balança la hache par-dessus son épaule ; le coup ébranla toute la maison, et la porte capitonnée de rouge rebondit contre la serrure et les gonds. Un lugubre cri rauque, un cri de bête aux abois, s'éleva dans le cabinet. La hache retomba à nouveau ; les panneaux se fendirent, le chambranle se disjoignit ; quatre fois Poole attaqua la porte, mais le bois était très dur et les ferrures solides ; ce ne fut qu'au cinquième coup de hache que la serrure sauta et que les débris de la porte tombèrent à l'intérieur du cabinet sur le tapis.

Épouvantés par le vacarme et plus encore par le calme qui lui avait succédé, les assaillants reculèrent d'un pas avant de risquer un coup d'œil. Ils aperçurent le cabinet éclairé par la lumière aimable de la lampe, un bon feu pétillant dans l'âtre, une bouilloire qui chantonnait, deux ou trois tiroirs ouverts, des papiers bien rangés sur le bureau, le plateau à thé tout préparé : à première vue, c'était la pièce la plus paisible du monde, une pièce comme il y en avait des milliers d'autres dans Londres à la même heure, si l'on négligeait les vitrines remplies de produits chimiques et de drogues diverses.

Juste au milieu un corps tout tordu était allongé ; des crispations nerveuses l'agitaient encore. Ils s'en approchèrent sur la pointe des pieds, le tournèrent sur le dos et reconnurent Edward Hyde. Il était habillé de vêtements beaucoup trop grands pour lui, de vêtements à la taille du docteur ; les muscles de la figure remuaient avec les apparences de la vie, mais il était mort ; la fiole brisée qu'il serrait encore dans sa main, la forte odeur d'amandes répandue dans l'air apprirent à Utterson qu'il contemplait le cadavre d'un suicidé.

– Nous sommes arrivés trop tard, dit-il d'une voix raffermie, pour sauver ou punir. Hyde a payé sa dette à la nature ; il nous reste maintenant à trouver le corps de votre maître.

La plus grande partie du bâtiment était prise par l'amphithéâtre et le cabinet ; l'amphithéâtre occupait presque tout le rez-de-chaussée et était éclairé d'en haut ; le cabinet avait été aménagé en étage à une extrémité de l'amphithéâtre, et il donnait sur l'impasse. Un couloir reliait l'amphithéâtre à la porte qui ouvrait sur la petite rue, et le cabinet communiquait à part avec ce couloir par un deuxième escalier. Il y avait en outre quelques placards et une cave spacieuse. Ils procédèrent à un examen méticuleux des lieux. Un coup d'œil suffit pour chaque placard, car tous étaient vides, et la poussière qui tomba de leurs portes attestait qu'ils n'avaient pas été ouverts depuis longtemps. La cave était bourrée de vieux meubles délabrés qui dataient, pour la plupart, du temps où la maison appartenait au chirurgien qui avait été le prédécesseur de Jekyll ; quand ils en ouvrirent la porte, le matelas de toiles d'araignées qui s'affaissa leur fit comprendre l'inutilité d'investigations plus poussées. Nulle part ils ne trouvèrent la moindre trace de Henry Jekyll, mort ou vivant.

Poole martela du pied les dalles du couloir.

– Il doit être enseveli ici, déclara-t-il.

– Ou peut-être s'est-il enfui, dit Utterson qui alla examiner la porte donnant sur la petite rue.

Elle était fermée ; sur les dalles, tout à côté, ils découvrirent la clef, déjà tachée de rouille.

– Elle ne semble pas avoir beaucoup servi, commenta le notaire.

– Servi ! s'exclama Poole, mais ne voyez-vous pas, Monsieur, quelle est cassée ! Tout à fait comme si quelqu'un l'avait écrasée en marchant dessus.

– Oui, dit Utterson, et les cassures sont également rouillées...

Les deux hommes échangèrent un regard d'inquiétude.

– ... Cela me dépasse, Poole ! déclara le notaire. Retournons dans le cabinet.

Ils remontèrent en silence l'escalier et, tout en surveillant le cadavre du coin de l'œil, ils entreprirent un examen approfondi du cabinet. Sur une table il y avait les vestiges d'une préparation chimique : des tas de différentes grosseurs d'un sel blanc étaient placés sur des soucoupes en verre, comme en vue d'une expérience que le malheureux n'avait pu terminer.

– C'est le produit qu'il m'envoyait chercher constamment, dit Poole.

Pendant qu'il parlait, la bouilloire déborda, et le bruit les fit sursauter.

Cet incident les amena auprès de la cheminée ; la bergère était confortablement installée à côté du feu ; le plateau à thé se trouvait à portée de main ; le sucre était déjà dans la tasse. Plusieurs livres étaient rangés sur une étagère ; un autre était ouvert à côté du plateau. Utterson constata avec stupéfaction que cet ouvrage de piété, pour lequel Jekyll professait publiquement une grande estime, était couvert d'annotations qui constituaient autant de blasphèmes monstrueux.

Au cours de leurs recherches, ils passèrent devant la psyché dont ils interrogèrent les profondeurs avec une épouvante irrépressible ; elle était tournée de telle sorte qu'elle ne leur montra que les reflets rosés du feu jouant sur le plafond ou sur les glaces des vitrines, et leurs propres visages blêmes.

– Cette psyché a vu des choses bien étranges, Monsieur ! murmura Poole.

– Mais rien n'est plus étrange que sa présence en ce lieu, répondit sur le même ton le notaire. Car pourquoi Jekyll en a-t-il eu...

Il tressaillit quand il prononça le verbe au passé, mais il surmonta cette faiblesse.

– ... Pourquoi Jekyll aurait-il eu besoin d'une psyché dans son cabinet ? reprit-il.

– Je me le demande aussi ! dit Poole.

Ils se tournèrent alors vers le bureau. Une grande enveloppe, au-dessus de papiers bien classés, portait en suscription écrite de la main du docteur le nom de Mr. Utterson. Le notaire la décacheta, et plusieurs documents tombèrent sur le plancher. Le premier contenait les dernières volontés du Dr. Jekyll. Il était rédigé dans les mêmes termes excentriques que celui qui lui avait été restitué six mois plus tôt, pour servir de testament en cas de décès ou d'acte de donation en cas de disparition ; mais à la place du nom d'Edward Hyde, le notaire lut avec un étonnement inexprimable le nom de Gabriel John Utterson. Il regarda Poole, relut le document, et enfin reporta les yeux vers le criminel dont le cadavre était toujours étendu sur le tapis.

– Je n'y comprends plus rien ! dit-il. Tous ces jours-ci ces papiers sont demeurés en sa possession ; or, il n'avait aucune raison de m'aimer ; il a dû être furieux de voir mon nom substitué au sien, et il n'a pas détruit le testament !...

Il ramassa un autre papier ; c'était une courte lettre, de l'écriture du docteur, et portant une date.

– ... Poole ! cria le notaire. Il était aujourd'hui ici et en vie. On n'a pas pu se défaire de lui en si peu de temps : il doit être encore vivant, il doit s'être enfui ! Mais enfin, pourquoi se serait-il enfui ? Et comment ? Et dans cette hypothèse, pouvons-nous assumer le risque de déclarer ce suicide ? Oh, il faut que nous soyons très prudents, Poole ! J'ai l'impression que nous pouvons encore entraîner votre maître dans une catastrophe irréparable !

– Pourquoi ne lisez-vous pas ce papier, Monsieur ? demanda Poole.

– Parce que j'ai peur, répliqua le notaire avec gravité. Dieu veuille que j'aie tort d'avoir peur.

Il plaça le billet sous ses yeux et le lut à haute voix.

Mon cher Utterson,
Quand ceci tombera entre vos mains, j'aurai disparu, dans des

circonstances que je n'ai pas la perspicacité de prévoir, mais mon instinct
et toutes les conditions de ma situation indicible me disent que la fin
est sûre et sans doute très prochaine. Commencez par lire le récit de
Lanyon ; il m'avait averti qu'il vous le ferait parvenir. Et si vous tenez
à en savoir davantage, reportez-vous ensuite à la confession de
Votre indigne et malheureux ami

Henry Jekyll

— ... Il y avait un troisième document ? demanda Utterson.

— Le voici, Monsieur, dit Poole en lui remettant un paquet assez
volumineux et cacheté à la cire en plusieurs endroits.

Le notaire l'enfouit dans sa poche.

— Je voudrais ne pas faire état de ce papier. Si votre maître a fui
ou s'il est mort, nous pouvons du moins sauver sa réputation. Il est
maintenant dix heures. Je vais rentrez chez moi et lire ces papiers à
tête reposée, mais je serai de retour avant minuit, et nous appellerons
la police.

Ils sortirent et fermèrent à clef derrière eux la porte de
l'amphithéâtre ; laissant les domestiques toujours réunis dans le
vestibule, autour du feu, Utterson regagna d'un pas lourd son bureau
afin de lire les deux récits qui allaient lui apporter la solution du mystère.

IX

Récit du Dr. Lanyon

« Le 9 janvier, c'est-à-dire il y a quatre jours, j'ai reçu par le courrier
du soir une enveloppe recommandée, expédiée de la main de mon
confrère et vieux condisciple Henry Jekyll. J'ai été très surpris de cet
envoi, car nous n'avions absolument pas l'habitude de correspondre
par lettres. J'avais vu Jekyll et dîné avec lui la veille au soir ; je ne
voyais rien dans nos rapports qui justifiât un recommandé. Le contenu
a accru ma stupéfaction. Voici ce que j'ai lu :

10 décembre 18..

Cher Lanyon,
Vous êtes l'un de mes plus vieux amis ; certes, nous avons pu différer
d'opinion de temps à autre sur des questions scientifiques, mais je suis
incapable de me rappeler, du moins de ma part, la moindre faille dans
notre amitié. Si un jour vous m'aviez dit : « Jekyll, ma vie, mon honneur,
ma raison dépendent de vous », ce n'est pas ma main gauche que j'aurais*
sacrifiée pour vous aider. Or, Lanyon, ma vie, mon honneur, ma raison
sont à votre merci ; si vous m'abandonnez ce soir, je suis perdu. Vous

pourriez supposer, après cet exorde, que je vais vous demander de vous prêter à quelque chose de déshonorant. Jugez par vous-même.

Je désire que vous ajourniez tous autres rendez-vous ou engagements pour ce soir. Oui, même si vous étiez appelé au chevet d'un empereur ! Prenez un fiacre, pour le cas où votre voiture ne serait pas devant votre porte, et, cette lettre en main pour que vous puissiez vous y reporter, rendez-vous directement chez moi. Poole, mon maître d'hôtel, a des ordres ; il attendra votre arrivée avec un serrurier. Vous ferez forcer la porte de mon cabinet, et vous entrerez seul. Vous ouvrirez la vitrine (lettre E) du côté gauche, en forçant au besoin la serrure si elle est fermée. Vous sortirez, avec tout son contenu tel que vous le trouverez, le quatrième tiroir en partant du haut ou (cela revient au même) le troisième en partant du bas. Dans mon extrême désarroi, j'ai terriblement peur de vous donner une mauvaise indication. Mais même si je commets une erreur, vous reconnaîtrez le bon tiroir grâce à son contenu : diverses poudres, une fiole et un carnet. Ce tiroir, je vous demande de l'emporter avec vous à Cavendish Square, exactement tel que vous le trouverez.

Voilà pour la première partie du service que je vous demande. Maintenant, j'en viens à la seconde. Si au reçu de cette lettre vous partez immédiatement, vous serez de retour chez vous bien avant minuit. Mais je vous laisse une grande marge, non seulement parce que je redoute l'un de ces obstacles qui ne peuvent être ni écartés ni prévus, mais parce que je préfère cette heure, à laquelle tous vos domestiques seront couchés, pour ce qu'il vous restera à faire. A minuit donc, je vous prierai d'être seul dans votre cabinet de consultation, de recevoir personnellement un homme qui se présentera sous mon nom et de lui remettre en mains propres le tiroir que vous aurez rapporté de mon cabinet. Alors vous aurez joué votre rôle, et mérité toute ma reconnaissance. Cinq minutes plus tard, pour peu que vous insistiez pour avoir une explication, vous comprendrez l'importance capitale de toutes ces dispositions ; et qu'en en négligeant quelqu'une, tout excentriques qu'elles vous paraissent, vous risqueriez de charger votre conscience du remords de ma mort ou du naufrage de ma raison.

J'ai beau croire que vous ne prendrez pas cet appel à la légère, mon cœur défaille et ma main tremble à la simple idée de cette éventualité. Représentez-vous votre ami à cette heure, en un lieu étrange, peinant sous l'emprise d'une détresse dont nulle imagination ne pourrait exagérer les ténèbres, et certain toutefois que si vous me rendez ponctuellement ce service, mes malheurs se dissiperont comme une histoire qui aurait été contée. Aidez-moi, chez Lanyon, et sauvez

Votre ami,

H.J.

P.S. – J'avais déjà cacheté ce pli quand une nouvelle frayeur s'est emparée de mon âme. Il est possible que la poste me joue un tour, et que cette lettre ne vous parvienne pas avant demain matin. Dans ce cas, cher Lanyon, accomplissez votre mission à l'heure qui vous conviendra

le mieux dans le courant de la journée ; et encore une fois attendez mon
messager à minuit. Peut-être alors sera-t-il trop tard ; si cette nuit-là
s'écoulait sans événement, vous sauriez que vous ne reverrez plus jamais
Henry Jekyll.

« Après la lecture de cette lettre, ma conviction était faite : mon
confrère avait perdu la raison. Mais enfin, tant que sa démence ne
m'était pas formellement prouvée, je me sentais obligé d'agir comme
il me le demandait. Moins je comprenais tout ce charabia, moins j'étais
apte à juger de son importance ; nul ne pouvait négliger un appel rédigé
dans des termes pareils sans assumer une lourde responsabilité. Je me
suis donc levé de table, j'ai pris un fiacre et je me suis fait conduire
directement chez Jekyll. Le maître d'hôtel m'attendait ; par le même
courrier il avait reçu une lettre recommandée lui donnant des
instructions précises, et il avait aussitôt envoyé quelqu'un quérir un
serrurier et un menuisier. Les ouvriers sont arrivés sur ces entrefaites ;
nous nous sommes dirigés en corps vers l'amphithéâtre chirurgical du
vieux Dr. Denman qui est (vous le savez certainement) le chemin le
plus commode pour accéder au cabinet particulier de Jekyll. La porte
était très solide, la serrure d'excellente facture ; le menuisier nous a
déclaré qu'il aurait de grandes difficultés et qu'il causerait de gros dégâts
s'il fallait la forcer ; et le serrurier était au bord du désespoir. Mais
nous avions là un artisan habile et, après deux heures d'efforts, il a
ouvert la porte. La vitrine marquée E n'était pas fermée à clef ; j'ai
sorti le tiroir, je l'ai comblé avec de la paille et je l'ai enveloppé dans
un drap ; puis je suis reparti avec ce tiroir pour Cavendish Square.

« Chez moi, j'ai commencé à examiner son contenu. Les poudres
avaient été assez proprement préparées, mais pas avec la perfection d'un
préparateur en pharmacie ; j'ai tout de suite compris qu'elles avaient
été composées par Jekyll en personne. Quand j'ai ouvert l'un des
emballages, j'ai eu sous les yeux un simple sel cristallisé de couleur
blanche. La fiole, que j'ai examinée ensuite, pouvait être à demi pleine
d'un liquide rouge-sang, qui dégageait une forte odeur âcre et qui m'a
paru contenir du phosphore ou un éther volatil. Quant aux autres
ingrédients, je n'ai pas pu les définir. Le carnet était tout bonnement
un carnet de notes ordinaires, et il contenait une série de dates qui
couvraient une période de plusieurs années ; mais j'ai remarqué que
la dernière indication remontait à près d'un an. Parfois une annotation
accompagnait une date ; généralement rien d'autre que le mot
« double », qui se retrouvait à peu près six fois sur un total de plusieurs
centaines de dates ; tout au début de la liste, et suivi de nombreux points
d'exclamation, il y avait « échec total ». Tout cela aiguisait ma
curiosité, mais ne m'a rien appris de précis. J'avais une fiole avec une
teinture quelconque, des sels, et une liste d'expériences qui n'avaient
abouti (comme trop de recherches de Jekyll) à aucun résultat d'utilité
pratique. Comment la présence de ces objets dans ma maison
pouvait-elle influer sur l'honneur, la raison, ou la vie de mon frivole

confrère ? Si son messager pouvait aller quelque part, pourquoi ne pouvait-il pas se rendre ailleurs ? Et même en admettant qu'il en fût empêché, pourquoi devais-je recevoir ce gentleman en secret ? Plus je réfléchissais, plus j'étais persuadé que je me trouvais aux prises avec un cas de dérangement cérébral ; j'ai envoyé mes domestiques se coucher, mais j'ai chargé un vieux revolver, afin de pouvoir me défendre le cas échéant.

« A peine les douze coups avaient-ils sonné à travers tout Londres que le heurtoir a doucement cogné à ma porte. Je suis allé ouvrir moi-même, et je me suis trouvé en face d'un homme de petite taille qui était blotti contre les colonnes du portique.

« – Venez-vous de la part du Dr. Jekyll ? lui ai-je demandé.

« Il m'a répondu oui d'un air gêné ; je l'ai prié d'entrer, mais il s'est d'abord retourné vers le square et il a avidement scruté l'obscurité. A une certaine distance un policeman s'avançait en agitant sa lanterne ; dès que mon visiteur l'a aperçu, je crois bien qu'il a tressailli ; en tout cas il s'est précipité chez moi.

« Ces détails, je l'avoue, m'ont fait mauvaise impression et, en le suivant dans mon cabinet de consultation qui était bien éclairé, j'ai gardé une main sur mon revolver. Au moins, j'avais à présent l'occasion de l'examiner de près. J'en étais sûr : je ne l'avais jamais rencontré auparavant. J'ai dit qu'il était de petite taille, mais d'autres choses m'ont frappé tout de suite : l'expression choquante de ses traits, la combinaison remarquable d'une grande activité musculaire et d'une non moins grande débilité apparente de constitution, et enfin (cela surtout peut-être) le trouble étrange, subjectif, que me causait sa présence. Trouble qui s'est traduit par une sorte de début de raideur, en concomitance avec un net ralentissement du pouls. Sur le moment je l'ai attribué à une répulsion idiosyncratique, personnelle, et je me suis simplement étonné de l'acuité des symptômes ; mais depuis j'ai des raisons de croire que leur origine se situait ailleurs et qu'il fallait la rechercher dans la nature humaine qu'animent des moteurs plus nobles que le vulgaire principe de la haine.

« Ce personnage (qui avait donc éveillé en moi, depuis le moment où il avait franchi mon seuil, un sentiment que je ne saurais mieux préciser qu'en le qualifiant de curiosité dégoûtée) était vêtu d'une manière qui aurait fait de tout autre un objet de risée ; je veux dire par là que ses habits, bien que d'un tissu de haute qualité et de bon goût, étaient beaucoup trop grands pour lui, trop larges et trop longs : son pantalon dégringolait le long de ses jambes, et il en avait roulé et relevé le bas afin qu'il ne traînât pas par terre ; il portait un veston dont la taille s'infléchissait au-dessous de ses hanches tandis que le col bâillait sur ses épaules. Vous serez surpris d'apprendre que cet accoutrement grotesque ne m'a nullement incité à sourire. Bien plutôt, étant donné ce que je devinais d'anormal et de vil dans l'essence même de l'individu que j'avais devant moi (quelque chose de saisissant, de stupéfiant, de révoltant à la fois) cette excentricité supplémentaire cadrait si exactement avec son impression et la renforçait tellement qu'à mon intérêt concernant sa nature et son caractère, s'est ajouté le désir de connaître son origine, sa vie, sa situation et sa position sociale dans le monde.

« Ces observations, que je développe longuement ici, je me les suis faites en l'espace de quelques secondes. Mon visiteur était d'ailleurs en proie à une excitation passionnée.

« – L'avez-vous eu ? a-t-il crié. L'avez-vous eu ?

« Si vive était son impatience qu'il m'a pris par le bras et a cherché à me secouer.

« Je l'ai repoussé, car j'avais senti à son contact physique une sorte d'angoisse qui m'avait gelé le sang.

« – Allons, Monsieur, lui ai-je dit, vous oubliez que je n'ai pas encore eu le plaisir de faire votre connaissance. Asseyez-vous, s'il vous plaît !

« Et je lui ai donné l'exemple en prenant place sur mon siège ordinaire et en imitant le mieux possible mes manières habituelles avec des malades ordinaires ; mais l'heure tardive, la nature de mes préoccupations et l'horreur que m'inspirait mon visiteur rendaient pénible cet effort.

« – Je vous demande pardon, Dr. Lanyon, a-t-il répliqué assez courtoisement. Vos reproches sont tout à fait justifiés, et mon impatience a pris le pas sur ma politesse. Je suis venu ici à la requête de votre confrère le Dr. Jekyll pour une affaire d'une importance certaine, et j'avais compris...

« Il s'est interrompu et il a porté une main à sa gorge ; sous son sang-froid apparent j'entrevoyais la crise nerveuse contre laquelle il luttait.

« – ... J'avais compris qu'un tiroir...

« Là, j'ai eu pitié de lui : peut-être aussi parce que ma curiosité grandissait, je n'ai pas voulu le tenir plus longtemps en suspens.

« – Le tiroir est là, Monsieur...

« Du doigt je le lui ai montré ; il était posé par terre, derrière une table, et le drap le recouvrait encore.

« Il a bondi, il s'est élancé vers le tiroir, puis il s'est arrêté et a placé une main sur son cœur ; j'entendais ses dents grincer sous les contractions convulsives de ses mâchoires ; il était si blême, son visage était si tourmenté que j'ai commencé à concevoir des craintes pour sa vie et pour sa raison.

« – Reprenez votre calme ! lui ai-je dit.

« Il m'a adressé un morne sourire et, comme par l'effet d'une décision de désespoir, il a rejeté le drap sur le côté. A la vue du contenu du tiroir il a poussé un tel soupir de soulagement que je suis resté pétrifié. D'une voix qui était déjà plus normale, il m'a demandé :

« – Avez-vous un verre gradué ?

« Non sans effort je me suis levé de mon siège et je lui ai remis ce qu'il désirait.

« M'ayant remercié d'un sourire et d'un signe de tête, il a versé

quelques gouttes de la teinture rouge et il a ajouté l'une des poudres.
La teinture qui avait au début une coloration rougeâtre a commencé
à s'aviver quand les cristaux se sont mis à fondre, à produire une
effervescence audible et à dégager de petites exhalaisons de vapeur.
Soudain et simultanément, l'effervescence a cessé et la mixture a pris
une teinte pourpre qui s'est plus lentement muée en un vert aqueux.
Mon visiteur, qui avait suivi très attentivement le cours de ces
métamorphoses, a posé le verre sur la table, puis il s'est tourné vers
moi et m'a dévisagé avec des yeux inquisiteurs.

« – Et maintenant, m'a-t-il dit, venons-en au reste. Voulez-vous
savoir ? Voulez-vous être éclairé ? Me permettrez-vous de reprendre
ce verre dans ma main et de quitter votre maison sans vous en dire
davantage ? Ou bien votre curiosité avide l'emportera-t-elle sur toute
autre considération ? Réfléchissez avant de me répondre, car il en sera
fait selon ce que vous aurez décidé. Selon ce que vous aurez décidé,
ou bien vous resterez tel que vous étiez tout à l'heure, ni plus riche
ni plus savant, sauf si le sentiment d'un service rendu à un homme
en détresse mortelle peut être compté au nombre des trésors de l'âme ;
ou bien, si vous le préférez, vous découvrirez une nouvelle sphère de
connaissances et de nouvelles avenues vers la célébrité et la puissance,
ici, dans cette pièce, sur-le-champ, et vos yeux assisteront à un prodige
qui confondrait l'incrédulité de Satan.

« – Monsieur, ai-je répondu en affectant un calme que j'étais loin
de posséder, vous parlez par énigmes, et vous ne serez probablement
pas surpris si je vous écoute avec un certain scepticisme, mais je suis
allé trop loin sur la route des services inexplicables pour m'arrêter avant
d'en avoir vu la fin.

« – Très bien ! a répliqué mon visiteur. Lanyon, vous vous rappelez
vos serments ; ce qui va suivre restera sous le sceau du secret de notre
profession. Et maintenant, vous qui depuis si longtemps avez l'esprit
borné par les opinions les plus étroites et les plus matérialistes, vous
qui avez nié la vertu de la médecine transcendentale, vous qui avez
tourné vos supérieurs en dérision... Regardez !

« Il a porté le verre à ses lèvres et il a bu d'un trait. Il a poussé
un cri. Il a tournoyé, chancelé ; il s'est cramponné à la table sur laquelle
il s'est appuyé, les yeux injectés de sang, la bouche ouverte, haletant ;
et pendant que je le regardais, une sorte de changement, de
métamorphose, s'est opérée sous mes yeux : il a paru enfler ; sa figure
s'est noircie tout à coup ; ses traits ont semblé se fondre, se transformer.
Et puis, l'instant d'après, je me suis levé d'un bond et j'ai reculé jusqu'au
mur, un bras levé pour me protéger contre ce miracle, et l'esprit
submergé de terreur.

« – O Dieu ! ai-je crié. O Dieu !

« J'ai répété cette adjuration plusieurs fois, car là, devant moi, pâle
et bouleversé, à demi évanoui et tâtonnant avec ses mains comme un
homme sortant de la mort... Là, se tenait Henry Jekyll !

« Ce qu'il m'a raconté ensuite pendant une heure, je ne peux pas me décider à le transcrire sur du papier. Je voyais ce que je voyais, j'entendais ce que j'entendais, et mon âme en était malade ; et pourtant maintenant, alors que ce spectacle a disparu de devant mes yeux, je me demande si je crois ce que j'ai vu, et je ne peux pas répondre. Ma vie est brisée jusque dans ses racines ; le sommeil m'a quitté ; une terreur mortelle m'assiège à toutes les heures du jour et de la nuit. Je sens que mes jours sont comptés, et que je dois mourir ; cependant je mourrai incrédule. Quant à la turpitude morale que cet homme m'a révélée, avec des larmes de remords et de pénitence, je ne peux pas ni y réfléchir, ni même me la remémorer sans un sursaut d'horreur. Je n'ajouterai qu'une chose, Utterson, et cette chose-là (si toutefois, votre esprit peut y ajouter foi) sera plus que suffisante : l'être qui cette nuit-là s'est faufilé chez moi était, de l'aveu même de Jekyll, connu sous le nom de Hyde et il est recherché dans tout le pays pour avoir assassiné Carew.

« Hastie Lanyon. »

X

Exposé complet de l'affaire
par Henry Jekyll

« Je suis né en 18.., héritier d'une grosse fortune, doué de grands talents, naturellement porté au travail, partageant le respect de mes compatriotes pour ce qui est sage et bon, possédant donc, selon toute probabilité, les plus sûres garanties d'un avenir honorable et exception-nel. Et en vérité le pire de mes défauts était une certaine impatience de gaieté dans mon caractère : elle a fait la joie de beaucoup, mais j'ai eu du mal à la concilier avec l'impérieux désir que j'avais de garder la tête haute et d'afficher en public une gravité sortant de l'ordinaire. Le résultat est que j'en suis venu à m'amuser en secret et à cacher les plaisirs que je goûtais. Autre conséquence : lorsque j'ai acquis plus de maturité d'esprit et que je me suis rendu compte de mes progrès et de ma position dans le monde, j'avais déjà contracté l'habitude d'une existence double. Bien des hommes auraient célébré, exalté même les incartades dont je me rendais coupable ; mais du haut des perspectives élevées que je m'étais assignées, je les considérais avec une honte presque maladive et je les dissimulais avec soin. C'est donc plutôt le caractère astreignant de mes aspirations qu'un avilissement particulier de mes défauts qui m'a rendu tel que je suis devenu et qui a provoqué en moi cette rupture, plus profonde et plus nette que chez la plupart de mes congénères, entre les secteurs du bien et du mal qui divisent et composent la double nature de l'homme. Cela étant, j'ai été amené à réfléchir intensément et continûment sur cette loi de l'existence qui se situe à la racine de toute religion et qui est l'une des sources les plus abondantes de misère morale. Certes je jouais un double jeu, mais sans être hypocrite d'aucune manière puisque je possédais pour de bon deux personnalités ; je n'étais pas plus moi-même lorsque je me cachais pour plonger dans des plaisirs honteux que lorsque je travaillais au grand jour à parfaire mes connaissances ou à atténuer la douleur et la souffrance. Et le hasard a voulu que le cours de mes études scientifiques, qui me conduisaient vers le mystique et le transcendental, projetât une lumière puissante sur la conscience que j'avais d'un perpétuel conflit physique. Chaque jour, et par les deux faces de mon intelligence (la morale et l'intellectuelle) je me rapprochais donc un peu plus de cette vérité, dont la découverte partielle m'a aiguillé vers une terrible catastrophe : l'homme n'est pas véritablement un, il est véritablement deux. Je dis deux, parce que l'état actuel de mes connaissances ne me permet pas d'aller au-delà. D'autres chercheurs me suivront, certains me dépasseront ; et j'ose conjecturer que l'homme, en fin de compte, sera reconnu comme étant une simple administration sociale d'habitants multiples, difficilement associables et indépendants. Pour ma part, et étant donné l'orientation de mon existence, j'ai avancé infailliblement dans une direction et dans une direction seulement. C'est sur le plan moral, et dans ma propre personne, que j'ai su reconnaître la dualité profonde et primitive de l'homme ; j'ai vu que, même si je pouvais à bon droit être appelé du nom de l'une ou de l'autre des deux natures qui se combattaient dans le champ de ma conscience, c'était seulement parce que j'étais radicalement les deux ; et il y a fort longtemps (bien avant que le cours de mes découvertes scientifiques eût commencé à me suggérer l'hypothèse nue d'un pareil miracle) j'avais appris à réfléchir avec plaisir, comme en une rêverie de prédilection, à une dissociation possible de ces éléments. Si chacun, me disais-je, pouvait être logé dans des identités séparées, la vie serait libérée de tout ce qui était insupportable ; l'injuste pourrait suivre sa voie, débarrassé des ambitions et des remords de son jumeau plus probe ; et le juste pourrait avancer d'un pas ferme et assuré sur son chemin ascendant, accomplir les bonnes actions qui sont son plaisir, sans être exposé au déshonneur et à la pénitence du méchant qui l'habite mais n'a rien à voir avec lui. C'était la malédiction de l'humanité que ces deux éléments hétérogènes fussent associés, que dans la matrice torturée de la conscience ces jumeaux si contraires fussent constamment en conflit. Comment, dès lors, les dissocier ?

« J'étais allé jusque-là dans mes réflexions quand, comme je le disais plus haut, ma table de laboratoire m'a aidé à voir beaucoup plus clair. J'ai commencé à percevoir, et le premier très profondément, l'immatérialité tremblante, l'inconsistance brumeuse de ce corps apparemment si solide qui nous habille. J'ai découvert certains agents qui avaient le pouvoir de secouer et d'arracher ce vêtement de chair, tout comme un vent peut agiter les rideaux d'une tente. J'ai deux bonnes raisons pour effleurer seulement ce chapitre scientifique de ma confession. La première, c'est que j'ai été payé pour savoir que le destin et le fardeau de notre existence sont attachés pour toujours aux épaules de l'homme, et que lorsque nous essayons de les rejeter, cette tentative se retourne contre nous et nous restons courbés sous un poids encore moins supportable, encore plus terrible. La deuxième, c'est que mes découvertes (mon récit, hélas, ne le fera apparaître que trop !) sont incomplètes. Qu'il me suffise donc de dire que j'ai reconnu en mon corps naturel la simple aura et le reflet éclatant de certaines des forces constitutives de mon esprit, et que, mieux encore, je suis arrivé à composer un produit dont la vertu détrône ces forces de leur suprématie, et leur substitue une deuxième forme, une apparence nouvelle qui me sont aussi naturelles puisqu'elles expriment, en en portant l'estampille, des éléments inférieurs de mon âme.

« J'ai longtemps hésité avant de soumettre cette théorie à l'expérience de la pratique. Je savais bien que je risquais la mort ; car n'importe quel produit s'assurant brutalement le contrôle de la forteresse de la personne humaine est capable, si l'on force un tant soit peu la dose ou si le moindre contretemps survient au moment de la démonstration, d'anéantir ce tabernacle immatériel que je comptais changer. Mais la tentation d'une découverte si singulière, si bouleversante, a fini par imposer silence aux insinuations de l'inquiétude. Depuis longtemps j'avais préparé ma teinture ; j'ai donc acheté à une société de produits pharmaceutiques en gros une importante quantité d'un sel particulier que mes expériences m'avaient révélé comme le dernier ingrédient dont j'avais besoin. Et au plus noir d'une nuit maudite j'ai mélangé les éléments, je les ai vus entrer en effervescence et dégager de la fumée ; quand l'effervescence s'est calmée j'ai pris mon courage à deux mains, et j'ai avalé d'un trait ce breuvage.

« Des angoisses, des douleurs torturantes m'ont aussitôt assailli ; mes os grinçaient, d'affreuses nausées me soulevaient le cœur ; surtout, j'étais la proie d'une épouvante de l'âme qui ne peut être dépassée à l'heure de la naissance ou de la mort. Puis mes souffrances ont rapidement décru, et je suis revenu à moi comme quelqu'un qui émerge d'une grande maladie. Mes sensations comportaient quelque chose d'étrange, d'ineffablement nouveau et, du fait de cette nouveauté, d'incroyablement doux. Je me sentais plus jeune, plus léger, plus heureux dans mon corps ; à l'intérieur de moi-même, j'étais conscient d'une ardeur à la fois insouciante et capiteuse, d'un flot désordonné d'images sensuelles qui coulait dans mon imagination comme le bief d'un moulin, d'une dissolution des astreintes et des contraintes, d'une liberté de l'âme sans précédent mais non pas innocente. Dès le premier souffle de cette vie nouvelle, j'ai su que j'étais plus mauvais, dix fois plus mauvais, que je m'étais vendu comme esclave à mon mal d'origine ; sur le moment cette idée m'a enivré tel un vin. Ravi par tant de sensations neuves, j'ai ouvert et tendu les bras : ce simple geste m'a appris que j'avais rapetissé.

« A cette date il n'y avait pas de glace dans mon cabinet ; la psyché qui se trouve à côté de moi pendant que j'écris ceci a été installée plus tard, à cause justement de ces transformations. La nuit, cependant, touchait à sa fin ; le matin, encore sombre, était déjà presque mûr pour concevoir le jour ; mes serviteurs dormaient. Plein d'espoir et fier de mon triomphe, j'ai résolu de m'aventurer sous ma nouvelle forme jusqu'à ma chambre. J'ai traversé la cour, et je crois bien m'être dit que les étoiles devaient me contempler avec étonnement : n'étais-je pas le premier représentant d'une espèce qui avait échappé jusqu'ici à leur vigilance jamais en défaut ? Étranger dans ma propre demeure, j'ai suivi furtivement les couloirs ; une fois arrivé dans ma chambre à coucher, j'ai vu Edward Hyde pour la première fois.

« Ici je dois procéder uniquement en langage de théorie ; je dirai non pas ce que je connais, mais ce que je suppose être infiniment probable. Le mauvais côté de ma nature, auquel je venais de transférer le pouvoir d'efficacité, était moins robuste et moins développé que le bon. D'autre part, au cours de ma vie qui avait été tout de même pour les neuf dixièmes une vie d'efforts, de vertu et de maîtrise de soi, il avait pris beaucoup moins d'exercice, il s'était donc aussi beaucoup moins fatigué. D'où, j'imagine, qu'Edward Hyde était tellement plus petit, plus menu, plus jeune que Henry Jekyll. Mais si le bien brillait d'un éclat généreux sur la physionomie de l'un, le mal s'inscrivait carrément, ouvertement, sur la figure de l'autre. De plus, le mal (dont je crois encore qu'il est funeste à l'homme) avait imprimé sur ce corps de la difformité et de la déchéance physique. Et cependant, quand je regardais cette laide idole dans la glace, je n'éprouvais aucune répugnance ; j'avais plutôt envie de bondir pour lui souhaiter la bienvenue. C'est que cette image, aussi, était moi. Elle paraissait naturelle, humaine. A mes yeux, elle constituait une représentation plus vivante de l'âme que le portrait imparfait et indécis que j'avais jusque-là appelé moi. Sur ce plan j'avais raison sans aucun doute. J'ai remarqué que chaque fois que je revêtais l'apparence extérieure d'Edward Hyde, personne ne pouvait m'approcher sans une crainte physique visible. Cela doit s'expliquer par le fait que tous les êtres humains que nous rencontrons sont un mélange de bon et de mauvais ; et Edward Hyde, seul et unique dans toute l'humanité, était exclusivement mauvais.

« Je ne me suis pas attardé devant le miroir ; car une deuxième et décisive expérience m'attendait ; il me restait à savoir si j'avais irrévocablement perdu mon identité ; et dans l'affirmative je devrais fuir avant le jour une maison qui ne serait plus à moi. J'ai donc regagné en hâte mon cabinet ; j'ai préparé mon breuvage, je l'ai bu, j'ai subi à nouveau les terribles douleurs de la métamorphose, et j'ai finalement émergé de ces affres avec le caractère, la taille et le visage de Henry Jekyll.

« J'étais parvenu cette nuit-là à la fatale croisée des chemins. Si j'avais travaillé à ma découverte dans un esprit plus noble, si j'avais pris le risque de l'expérience sous l'empire d'aspirations généreuses et pieuses, tout se serait passé autrement ; et de ces tortures de mort et de naissance, je serais sorti un ange et non pas un démon. Mon produit n'avait pas d'action discriminatoire ; il n'était ni diabolique ni divin ; il ne faisait qu'ébranler les portes de la prison de mes penchants ; et ce qui se trouvait à l'intérieur en profitait pour se ruer au dehors. A cette époque ma vertu somnolait ; ma part mauvaise, que l'ambition tenait éveillée, a sauté sur l'occasion et l'être projeté au dehors a été Edward Hyde. Résultat : j'étais maintenant deux personnes dotées chacune d'une apparence physique distincte ; mais l'une était totalement mauvaise, et l'autre était encore le vieux Henry Jekyll, ce composé d'éléments inassociables que je désespérais de réformer et d'améliorer. Le mécanisme se trouvait donc enclenché à fond vers le pire.

« Il faut que je précise qu'alors je n'avais pas encore triomphé de mon aversion pour l'aridité d'une vie exclusivement studieuse. Il m'arrivait d'avoir envie de m'amuser ; et comme mes plaisirs n'avaient rien de compatible (c'est le moins que j'en puisse dire) avec ma dignité, comme d'autre part non seulement j'étais bien connu et je jouissais de l'estime générale, mais aussi je prenais de l'âge, cette incohérence de ma vie me pesait de plus en plus. C'est sous cet angle que je me suis laissé tenter par mon nouveau pouvoir jusqu'à en devenir son esclave. Je n'avais qu'à boire mon philtre pour être aussitôt dépouillé du corps du professeur en renom et revêtir, comme un gros manteau, celui d'Edward Hyde. Cette idée m'a plu ; à l'époque elle m'a paru fort divertissante ; et j'ai pris mes arrangements avec le plus grand soin. J'ai loué et meublé la maison de Soho où la police devait plus tard me traquer ; j'ai engagé comme femme de charge une créature que je savais aussi discrète que dénuée de scrupules. Par ailleurs, j'ai informé mes domestiques qu'ils devraient obéir comme à moi à un certain Mr. Hyde (que je leur ai décrit) chaque fois qu'il se trouverait dans ma maison du square ; pour parer à toute surprise, que je me suis souvent présenté à eux sous mon deuxième aspect, que je leur ai rendu familier. Puis j'ai rédigé ce testament contre lequel vous avez élevé tant d'objections ; de la sorte, s'il m'arrivait quelque chose dans la personne du Dr. Jekyll, je pourrais assumer celle d'Edward Hyde sans perdre un farthing. Ayant ainsi établi mes retranchements de tous les côtés, j'ai commencé à profiter des immunités peu banales de ma position.

« Jadis des hommes louaient des spadassins pour exécuter leurs crimes, tout en tenant à l'abri leur propre personne et leur réputation. J'ai été le premier à agir de la sorte pour le plaisir. J'ai été le premier homme à pouvoir m'exhiber en public avec ma lourde charge de respectabilité, et dans le moment d'après, tel un écolier, arracher ces vêtements d'emprunt et piquer une tête dans l'océan de la liberté. Et quelle sécurité ! Pensez donc : je n'existais même pas ! Je n'avais qu'à m'esquiver, passer par la porte de mon laboratoire, préparer en quelques secondes mon breuvage dont les éléments étaient toujours prêts à être mélangés, l'avaler et, quoi qu'il eût fait, Edward Hyde s'effaçait comme la buée d'un souffle sur un miroir ; et à sa place, tranquillement chez lui, coupant la mèche de sa lampe de bureau, un homme qui pouvait s'offrir le luxe de défier tout soupçon : Henry Jekyll.

« Les plaisirs vers lesquels je courais sous mon déguisement étaient, je l'ai dit, simplement indignes de moi ; mais Edward Hyde n'a pas tardé à les orienter vers le monstrueux. Souvent, en rentrant, la stupeur m'accablait. Cette créature intime que je faisais sortir de mon âme et que j'envoyais à l'aventure pour suivre son bon plaisir était un être intrinsèquement méchant et vil ; tous ses actes, toutes ses pensées étaient centrés exclusivement sur soi ; il buvait le plaisir avec une avidité bestiale, et ce plaisir il le trouvait en tourmentant autrui ; il était aussi peu accessible à la pitié qu'un homme de pierre. Henry Jekyll était parfois consterné par les actes d'Edward Hyde ; mais la situation sortait du cadre des lois ordinaires et, de ce fait, l'emprise de sa conscience se relâchait insidieusement. Le coupable, après tout, s'appelait Hyde, ne s'appelait que Hyde. Jekyll ne s'en portait pas plus mal ; il se réveillait le lendemain avec ses qualités supérieures ; il se hâtait même, lorsque c'était possible, de réparer le mal dont Hyde s'était rendu coupable. Et ainsi, sa conscience s'assoupissait.

« Je n'ai nullement l'intention d'entrer dans tous les détails des infamies sur lesquelles je fermais plus ou moins les yeux, car aujourd'hui encore je peux difficilement admettre que je les aie commises ; mon propos est bien plutôt de mettre en lumière les avertissements et les étapes successives qui ont précédé mon châtiment. Je ne ferai que mentionner un accident, puisqu'il n'a entraîné aucune conséquence. Un acte cruel aux dépens d'une fillette a soulevé contre moi la fureur d'un passant, que j'ai reconnu l'autre jour en la personne de votre cousin ; le médecin et les membres de la famille ont fait chorus ; à un certain moment j'ai tremblé pour ma vie ; finalement, et pour apaiser leur trop juste ressentiment, Edward Hyde a dû les conduire à sa porte et les dédommager d'un chèque tirer par Henry Jekyll. Mais je n'ai eu aucun mal à éliminer ce danger pour l'avenir ; il m'a suffi d'ouvrir un compte à une autre banque au nom d'Edward Hyde lui-même ; et quand, en penchant ma propre écriture dans l'autre sens, j'ai pourvu mon double d'une signature, j'ai cru m'être mis hors d'atteinte d'un coup du sort.

« Quelque deux mois avant le meurtre de Sir Danvers, j'étais sorti pour l'une de mes aventures et j'étais rentré tard ; le lendemain matin je me suis réveillé en éprouvant une impression inaccoutumée. J'ai eu beau regarder le mobilier décent et les vastes proportions de ma chambre du square, reconnaître le dessin des rideaux de mon lit et les courbures de ses montants en acajou ; un je ne sais quoi persistait à me suggérer que je n'étais pas là où je me trouvais, que je m'étais réveillé à un autre endroit, dans ma petite chambre de Soho où j'avais l'habitude de dormir dans le corps d'Edward Hyde. J'ai souri et, pour faire un peu de psychologie, j'ai commencé paresseusement à approfondir les éléments de cette illusion non sans retomber, de temps à autre, dans un confortable petit somme. Soudain, alors que j'étais parfaitement éveillé, mon regard est tombé par hasard sur ma main. La main de Henry

Jekyll (vous l'avez souvent remarqué) était d'une taille et d'une forme tout à fait professionnelles : large, ferme, blanche, nette. Or la main que j'apercevais maintenant, à la clarté jaune d'un matin londonien, étalée sur les draps de mon lit, était maigre et noueuse ; elle avait des jointures saillantes, d'une couleur bistrée, des poils en touffes bien fournies. C'était la main d'Edward Hyde.

« L'ahurissement m'avait tellement paralysé que je crois que je l'ai regardée fixement pendant près d'une demi-minute, avant que la terreur explosât dans mon cœur comme un subit déchaînement de cymbales ; alors j'ai bondi hors de mon lit pour me précipiter devant ma glace. L'image que mes yeux ont affrontée a transformé mon sang en quelque chose d'extrêmement fluide et glacial. Oui, je m'étais couché Henry Jekyll, et je m'étais réveillé Edward Hyde ! Comment l'expliquer ? Je me suis posé la question, mais j'ai surtout tressailli d'épouvante. Comment remédier à cette situation ? La matinée était déjà avancée ; les domestiques avaient pris possession de la maison ; mes produits se trouvaient dans mon cabinet ; pour y accéder, il me fallait faire tout un voyage : descendre deux étages, traverser la cour du fond, l'amphithéâtre... Évidemment je pouvais toujours me couvrir la figure d'un masque ; mais à quoi cela me servirait-il, puisque ma petite taille me trahirait ? A ce moment, et avec une irrésistible douceur de soulagement, je me suis rappelé que les domestiques avaient déjà pris l'habitude des allées et venues de mon personnage second. Je me suis donc habillé, comme j'ai pu, des vêtements faits à ma taille réelle, j'ai traversé la maison ; j'ai rencontré Bradshaw qui a écarquillé les yeux et qui a fait un saut en arrière en voyant Mr. Hyde à une heure aussi matinale et dans un tel accoutrement ; dix minutes plus tard, le Dr. Jekyll avait repris son extérieur normal, et il était assis, fort sombre, devant un petit déjeuner pour lequel il ne se sentait aucun appétit.

« Non, je n'avais réellement pas faim ! Cet incident inexplicable, ce désaveu de mes précédentes expériences semblaient tracer, tel le doigt du Babylonien sur le mur, les lettres de mon jugement... Alors je me suis mis à réfléchir plus sérieusement que jamais aux issues et aux possibilités de ma double existence. Cette part de moi que j'avais le pouvoir de projeter dans la vie avait pris récemment beaucoup d'exercice et je l'avais nourrie ; j'avais eu l'impression ces temps derniers qu'Edward Hyde avait grandi et que (lorsque je revêtais sa forme) son sang était devenu plus riche, plus chaud. Un danger se dessinait : si je prolongeais un peu trop cet état de choses, qu'adviendrait-il de l'équilibre de ma nature ? Ne serait-il pas détruit à jamais ? Mon pouvoir de métamorphose volontaire ne se perdrait-il pas ? Ne deviendrais-je point, irrévocablement, le personnage d'Edward Hyde ? Mon philtre n'avait pas eu des effets constants. Une fois, dans les tout premiers débuts, il s'était révélé d'une inefficacité complète ; et depuis lors, à diverses reprises, j'avais été obligé de doubler la dose, voire de la tripler au risque d'en mourir. Ces irrégularités avaient été jusque-là la seule ombre qui pût ternir ma satisfaction ; mais après ce réveil mouvementé, j'ai dû convenir que si, au commencement, ma difficulté majeure avait consisté à dépouiller le corps de Jekyll, elle s'était depuis peu, mais nettement, inversée. Tout semblait indiquer que j'étais en train de lâcher prise sur la meilleure partie de moi-même et, parallèlement, de m'incorporer à mon deuxième et plus mauvais moi.

« J'ai senti que le moment était venu de choisir entre mes deux personnages. Ils avaient en commun la mémoire, mais toutes mes autres facultés étaient fort inégalement réparties. Jekyll (qui était un composé) projetait Hyde et en partageait les aventures, tantôt avec les plus vives frayeurs, tantôt avec un entrain avide ; mais Hyde ne se souciait pas de Jekyll, ou ne se souvenait de lui qu'à l'instar du bandit de grand chemin qui se souvient de la caverne où il peut se cacher pour échapper aux poursuites. Jekyll manifestait à Hyde mieux que l'intérêt d'un père ; Hyde professait à l'endroit de Jekyll plus que l'indifférence d'un fils. Épouser le sort de Jekyll ? Ce serait mourir à ces appétits pour lesquels j'avais longtemps eu de l'indulgence en secret et que je commençais maintenant à choyer. Épouser le sort de Hyde ? Ce serait mourir à mille intérêts, mille ambitions, et devenir, du même coup et pour toujours, un objet de mépris qui n'aurait plus d'amis. Le débat pouvait apparaître inégal, mais une autre considération venait peser sur la balance : tandis que Jekyll souffrirait le martyre dans les flammes de l'abstinence, Hyde ne se rendrait même pas compte de tout ce qu'il aurait perdu. Ma situation pouvait être bizarre, mais les termes du dilemme n'étaient-ils pas aussi anciens, aussi banals que l'homme ? Les mêmes attraits et les mêmes frayeurs, ou à peu près, sont le lot de n'importe quel pécheur tenté et tremblant ; et pour moi le résultat a été, comme pour la majorité de mes congénères, que j'ai choisi la meilleure part, mais que j'ai manqué de la force nécessaire pour m'en tenir là.

« Oui, j'ai préféré le vieux docteur insatisfait, entouré d'amis, nourrissant des espérances honnêtes ; et j'ai dit résolument adieu à la liberté, à la jeunesse, à la démarche légère, aux impulsions qui font bondir le cœur, aux plaisirs secrets, à tout ce dont j'avais joui sous le déguisement de Hyde. Peut-être ne me suis-je pas arrêté à ce choix sans restrictions mentales, car je n'ai pas donné congé pour mon appartement de Soho, et je n'ai pas détruit les vêtements d'Edward Hyde qui sont encore intacts dans mon cabinet. Pendant deux mois cependant, je suis resté fidèle à ma décision ; pendant deux mois j'ai pratiqué une austérité que je n'avais jamais atteinte jusque-là, et en retour j'ai bénéficié de l'approbation de ma conscience. Mais le temps a peu à peu effacé la vivacité de mes appréhensions ; les louanges de ma conscience se sont affadies ; j'ai commencé à être torturé par des douleurs, des désirs angoissés ; je les attribuais à Hyde luttant pour reconquérir sa liberté ; et finalement, à une heure de déficience morale, j'ai à nouveau préparé et avalé le breuvage de métamorphose.

« Je suppose que, lorsqu'un ivrogne raisonne avec lui-même sur son vice, il ne fait pas entrer en ligne de compte plus d'une fois sur cinq

cents les dangers que lui fait courir son insensibilité physique de brute ;
de même, en méditant sur ma situation, je n'avais pas assez tenu compte
de la complète insensibilité morale et de la folle tendance au mal qui
étaient les traits dominants d'Edward Hyde. Pourtant, c'est par elles
que j'ai été puni. Mon démon avait été longtemps enfermé dans une
cage : il en est sorti rugissant. Même après avoir bu mon breuvage,
j'ai été conscient d'une propension au mal plus débridée, plus furieuse.
Elle a été, je pense, la cause de la tempête d'impatience où j'ai sombré
quand j'écoutais les civilités de ma malheureuse victime ; du moins je
déclare devant Dieu qu'aucun homme moralement sain ne se serait
rendu coupable de ce crime sous un prétexte aussi futile, et que j'ai
frappé sans plus de raison qu'un enfant malade qui casse un jouet. Hélas,
je m'étais volontairement privé de tous ces instincts compensateurs
grâce auxquels le pire d'entre nous continue sa route avec une certaine
fermeté au milieu des tentations ; or, dans mon cas, être tenté, même
petitement, c'était tomber.

« Instantanément, l'enfer s'est éveillé, s'est déchaîné en moi.
Transporté d'allégresse, je me suis attaqué à un corps qui ne me résistait
pas, je l'ai frappé en savourant une joie immonde à chaque coup ; et
c'est seulement quand j'ai senti la fatigue, au plus fort de ma crise,
que la terreur m'a percé le cœur, comme un poignard. Une brume s'est
dissipée ; j'ai vu que je paierais cela de ma vie ; j'ai fui la scène de ces
excès abominables, glorieux et tremblant tout à la fois, réjoui et
réconforté dans mon appétit du mal, mais mon amour de la vie passant
néanmoins au-dessus de tout. J'ai couru jusqu'à ma maison de Soho
et, pour plus de sûreté, j'ai détruit mes papiers ; je suis ressorti et j'ai
regagné les rues éclairées par les réverbères ; toujours habité par la même
extase indécise, je revivais mon crime, j'en projetais d'autres, d'un cœur
léger, pour l'avenir, mais je passais le pas en redoutant de découvrir
un vengeur sur mes talons. Hyde a chantonné tout en composant son
breuvage, et il l'a bu à la santé du cadavre... Les douleurs de la
métamorphose le torturaient encore quand Henry Jekyll, ruisselant de
larmes de gratitude et de remords, tombait à genoux et levait vers Dieu
ses mains jointes. Le voile de l'indulgence envers lui-même s'est déchiré
du haut en bas. Tout le cours de ma vie a défilé devant moi : depuis
ma plus tendre enfance quand je me promenais avec la main de mon
père dans la mienne, en passant par les tâches désintéressées de mon
existence professionnelle, pour arriver (et j'y arrivais toujours, je ne
pouvais pas m'empêcher d'y arriver, mais avec un égal sentiment
d'irréalité) à l'exécration de cette soirée. J'aurais voulu crier, j'ai
peut-être crié ; sanglotant et priant, j'ai cherché à repousser le cortège
d'images hideuses, de sons abominables que ma mémoire faisait surgir
en foule ; et cependant, entre mes adjurations, le spectacle odieux
persistait à s'exhiber à mon âme. Quand l'acuité de ces remords a
commencé à s'estomper, une sorte de joie m'a envahi. En effet, le
problème de ma conduite se trouvait résolu ; il ne se posait plus ; Hyde
était désormais impossible ; que je le voulusse ou non, j'étais maintenant

condamné à n'être plus que la meilleure moitié de moi-même. Oh, comme cette perspective m'a réjoui ! Avec quelle humilité, avec quelle bonne volonté j'ai repris le collier des contraintes de la vie normale ! Comme ma renonciation était sincère quand j'ai fermé à clef la porte par laquelle j'étais sorti et rentré si souvent, quand j'ai écrasé la clef sous mon talon !

« Le lendemain, j'ai appris que le meurtre avait eu un témoin, et que la culpabilité de Hyde était étalée publiquement, et que la victime occupait un rang élevé dans l'échelle sociale. Ce crime était donc par surcroît une folie tragique. Je crois que j'ai été heureux de le savoir ; je crois que j'ai été heureux à l'idée que mes meilleures impulsions seraient ainsi étayées, protégées par la hantise de l'échafaud. Jekyll était maintenant mon havre, mon refuge ; si Hyde se laissait entrevoir, ne fût-ce qu'un instant, toutes les mains se lèveraient pour le mettre à mort.

« J'ai décidé que ma conduite future rachèterait mon passé ; je peux certifier en toute honnêteté que cette résolution a produit quelques bons fruits. Vous n'êtes pas sans ignorer avec quelle ardeur, à la fin de l'année dernière, j'ai soulagé des malades et des misérables ; j'ai beaucoup fait pour autrui, et les jours se sont écoulés pour moi dans une atmosphère paisible, presque de bonheur. Et vraiment je ne peux pas dire que je ne me sois lassé de cette vie de bienfaisance et d'innocence ! Je crois au contraire que je l'apprécie chaque jour un peu plus complètement ; mais j'étais toujours affligé de ma dualité d'intentions ; et tandis que s'émoussait le premier fil de ma contrition, le plus bas de moi, si longtemps encouragé et si récemment enchaîné, commençait à gronder pour réclamer sa mise en liberté. Non que j'aie rêvé de ressusciter Hyde ; à cette seule idée, une peur panique m'envahissait ! Non, c'est dans ma propre personne que j'ai été une fois de plus tenté ; et c'est comme un vulgaire pécheur clandestin que j'ai finalement succombé aux assauts de la tentation.

« Toutes choses ont une fin ; et une goutte d'eau suffit pour faire déborder une coupe pleine. Cette brève concession à la mauvaise partie de moi-même a fini par détruire l'équilibre de mon âme. Et pourtant je ne m'alarmais pas ; la chute me paraissait naturelle : je l'assimilais à un retour au vieux temps d'avant ma découverte. Et puis il y a eu une belle journée de janvier, claire, sans nuages, avec un rien de dégel dans les rues. Plein de gazouillis d'hiver, Regent's Park embaumait déjà le printemps. Je me suis assis sur un banc au soleil ; la bête intérieure se pourléchait les babines sous les assauts de ma mémoire ; mon moi spirituel somnolait, me vouait à une contrition subséquente, mais ne paraissait pas décidé à intervenir. Après tout, me suis-je dit, comme je ressemble à mes voisins ! Cette comparaison avec d'autres hommes m'a fait sourire, et je n'ai pas manqué de comparer aussi ma bonne volonté active avec la cruauté paresseuse de leur indifférence. Mais au moment même où je me délectais de cette pensée vaniteuse, mon cœur s'est soudain soulevé, une effroyable nausée m'a secoué et j'ai été parcouru de frissons terribles ; ceux-ci ne se sont pas prolongés outre mesure, mais je me sentais au bord de l'évanouissement ; une fois sorti de cette torpeur subite, j'ai constaté que mes pensées avaient changé de tonalité, qu'elles devenaient plus hardies et qu'elles faisaient fi de tout danger, que se dissolvaient mes liens avec le devoir et les contraintes sociales. J'ai baissé les yeux : mes vêtements pendaient informes sur mes membres rétrécis ; la main qui reposait sur mon genou était noueuse, velue... J'étais à nouveau Edward Hyde ! Un moment plus tôt j'étais assuré du respect de tous, riche, aimé ; mon couvert sur la table dressée m'attendait dans ma salle à manger ; et maintenant j'étais le vulgaire gibier de l'humanité, pourchassé, sans domicile ; un assassin notoire voué au gibet.

« Ma raison a vacillé, mais je n'ai pas complètement perdu la tête. J'avais remarqué plus d'une fois que, dans mon personnage second, mes facultés semblaient beaucoup mieux aiguisées et mon esprit plus souple, plus prompt. Le résultat a été que là où Jekyll aurait peut-être succombé, Hyde s'est haussé au niveau des circonstances. Les produits composant mon philtre se trouvaient dans l'une des vitrines de mon cabinet : comment faire pour mettre la main dessus ? Ainsi se posait le problème que, pressant mes tempes de mes deux poings, je me suis acharné à résoudre. J'avais fermé à clef la porte du laboratoire. Si je voulais pénétrer par la grande porte de ma maison, mes propres domestiques s'empresseraient de me livrer à la police. J'ai compris que je devais utiliser le concours de quelqu'un, et j'ai pensé à Lanyon. Mais comment l'atteindre ? Comment le convaincre ? En supposant que je ne sois pas arrêté dans la rue, comment parvenir jusqu'à lui ? Et comment moi, visiteur inconnu et déplaisant, pourrais-je obtenir de ce médecin célèbre qu'il allât piller le cabinet de son confrère, le Dr. Jekyll ? Je me suis alors rappelé que de mon personnage premier, j'avais conservé quelque chose : l'écriture. Sitôt que cette étincelle a jailli, la route à suivre m'est apparue clairement de bout en bout.

« J'ai arrangé mes vêtements le mieux possible, j'ai hélé un fiacre qui passait, et j'ai lancé l'adresse d'un hôtel de Portland Street, dont par hasard je me suis rappelé le nom. Mon allure, malgré le tragique de ma destinée, était en vérité assez comique, et elle a provoqué l'hilarité du cocher. J'ai grincé des dents et une vague de fureur démoniaque m'a submergé... Ma physionomie a épouvanté le cocher ; heureusement pour lui, il a rengainé son rire ; et plus heureusement encore pour moi-même, car j'allais lui sauter dessus et le précipiter à bas de son siège. Quand je suis entré à l'hôtel, j'ai regardé autour de moi avec un air qui a terrorisé les employés ; ils n'ont même pas osé échanger le moindre regard ; obséquieusement ils ont pris mes ordres, m'ont mené dans un salon particulier et m'ont apporté de quoi écrire. Hyde en danger de mort était pour moi un être nouveau : bouillant d'une colère démesurée, tendu comme un arc jusqu'au crime, ne cherchant qu'à faire souffrir. Mais cet être-là ne manquait ni de sagacité ni d'astuce : au prix d'un immense effort de volonté, il a réussi à maîtriser sa fureur ;

il a rédigé deux lettres d'importance, l'une à Lanyon, l'autre à Poole ; et afin de pouvoir détenir la preuve irrécusable qu'elles avaient été postées, il a commandé au chasseur de les expédier recommandées.

« Cela fait, Hyde est demeuré au coin du feu, dans le salon particulier, à se ronger les ongles ; il a dîné seul, avec ses appréhensions pour seule compagnie ; le maître d'hôtel ne s'est pas risqué à lever les yeux. Une fois la nuit tombée, il a demandé un fiacre fermé, et il s'est jeté dans un angle de la voiture qui l'a promené par les rues de Londres. Je dis : il. Je suis incapable de dire : je. Ce fils de l'enfer n'avait rien d'humain. Il n'était en totalité que peur et haine. Quand enfin il a pensé que cette course sans but éveillerait à la longue les soupçons du cocher, il a fait arrêter le fiacre, il est descendu et il s'est aventuré à pied. Dans ses vêtements ridiculement trop grands, il pouvait difficilement passer inaperçu ; il s'est aggloméré à la foule brumeuse des noctambules, mais ses deux passions viles continuaient à déchaîner au-dedans de lui leur tempête. Il marchait vite ; la peur le tenaillait ; monologuant à mi-voix il s'est dirigé vers les artères les moins fréquentées ; il comptait les minutes qui le séparaient encore de minuit. Une fois une femme l'a interpellé pour lui proposer, je crois, une boîte d'allumettes : il l'a frappée au visage ; elle s'est enfuie.

« Quand je suis redevenu moi-même chez Lanyon, il se peut que j'aie été vaguement affecté par l'horreur manifestée par mon vieil ami ; je n'en sais rien ; ce n'était qu'une goutte dans l'océan par rapport à l'horreur que j'éprouvais au souvenir de ces dernières heures. Un changement s'était opéré en moi : je n'étais plus torturé par la peur du gibet, mais par l'abomination d'avoir été Hyde. J'ai reçu la condamnation de Lanyon un peu comme dans un rêve ; et c'est aussi comme dans un rêve que je suis rentré chez moi et que je me suis couché. Après une telle journée, j'ai dormi d'un sommeil si profond que les cauchemars qui m'ont constamment assailli ne l'ont même pas interrompu. Dans la matinée, je me suis réveillé brisé, affaibli, mais reposé. Certes, je haïssais et je redoutais encore la pensée de la brute qui dormait en moi, et je n'avais pas oublié les dangers épouvantables de la veille ; mais j'étais à nouveau dans ma maison, chez moi, avec mes produits à portée de la main ; et la gratitude pour mon sauvetage illuminait mon âme d'un éclat presque comparable à l'intense clarté de l'espérance.

« Après le petit déjeuner, je suis allé faire quelques pas dans l'impasse pour goûter la fraîcheur de l'air, mais brusquement j'ai été à nouveau saisi par ces sensations indescriptibles qui préludaient à la métamorphose. Je n'ai eu que le temps de me réfugier dans mon cabinet, avant d'être repris, empoigné, possédé par les passions de Hyde. Cette fois il m'a fallu une double dose pour redevenir moi-même. Hélas ! Six heures plus tard, alors que je contemplais mon feu avec tristesse, les douleurs ont recommencé, et j'ai dû me réadministrer mon breuvage. Pour résumer, à partir de ce jour, tout s'est passé comme si je ne pouvais plus être Jekyll que par un grand effort analogue à un effort athlétique et seulement sous l'influence immédiate de mon philtre. A n'importe quelle heure du jour ou de la nuit, le tremblement prémonitoire s'emparait de moi ; en particulier si je dormais ou si même je somnolais quelques instants dans mon fauteuil, je me réveillais Hyde. Sous la tension que m'imposaient cette épée de Damoclès constamment menaçante et la privation de sommeil à laquelle je me condamnais à présent (bien au-delà des limites que j'aurais crues infranchissables pour un homme), je devenais un être consumé et vidé par la fièvre, affaibli par une langueur physique et intellectuelle, obsédé par l'horreur que m'inspirait mon autre moi. Mais quand je dormais, ou quand se dissipait la vertu de mon breuvage, je retombais presque sans transition, car les douleurs de la métamorphose diminuaient chaque jour d'intensité, sous la coupe d'imaginations folles, jalonnées d'images épouvantables, et je n'étais plus qu'une âme bouillonnant de haines sans motif, qu'un corps qui ne semblait pas assez robuste pour contenir les forces furieuses de la vie. Les pouvoirs de Hyde semblaient croître en proportion de l'état maladif de Jekyll. Et incontestablement la haine, qui maintenant les opposait, était égale de chaque côté. Pour Jekyll, elle était une réaction de l'instinct de conservation. Il connaissait à présent toutes les difformités de cet être qui partageait avec lui divers phénomènes de conscience et qui serait son cohéritier jusqu'à la mort ; mais par-delà cette solidarité qui constituait déjà la partie la plus poignante de sa détresse, il assimilait Hyde, en dépit de toute son énergie vitale, à un être sorti de l'enfer, certes, mais inorganique. Voilà ce qui le choquait foncièrement : que le limon de l'enfer proférât des paroles et des cris ; qu'une poussière amorphe gesticulât et péchât ; que ce qui était mort et informe vînt usurper les fonctions de la vie. Et ceci encore : que cette abomination en état de révolte fût soudée à lui plus intimement qu'une épouse, plus profondément qu'un œil ; qu'elle demeurât encagée dans sa chair, où il l'entendait murmurer, où il la sentait lutter pour venir au monde ; et qu'à toute heure de moindre résistance, profitant par exemple de son sommeil, elle prît l'avantage sur lui et le rejetât hors de la vie. La haine de Hyde pour Jekyll était d'un ordre différent. Sa terreur de la potence l'incitait constamment à commettre un suicide provisoire et à revenir à sa condition subordonnée de partie au lieu d'être une personne ; mais il maudissait cette nécessité, il exécrait le découragement auquel Jekyll avait à présent succombé, et il était offensé par l'aversion dont lui-même était l'objet. D'où les farces de singe qu'il me jouait, me faisant griffonner de ma propre main des blasphèmes sur les pages de mes livres, brûlant les lettres et détruisant le portrait de mon père... En vérité, s'il n'avait pas tant redouté de mourir, il se serait depuis longtemps anéanti pour m'entraîner dans son anéantissement. Mais son amour de la vie tient du miracle. Je le trouve merveilleux. Je vais plus loin : moi, qui manque de défaillir et qui me glace à la seule pensée de son existence, quand je me rappelle l'abjection et la violence de cette passion de vivre, quand je sens à quel point il craint mon pouvoir de le supprimer par mon suicide, je découvre dans mon cœur de la pitié pour lui.

« Prolonger cette description serait sans objet, et le temps me fait défaut ; personne n'a jamais souffert de tels tourments, que cela suffise ! Et pourtant l'habitude de ces tourments apporte... non pas un allégement, mais une certaine insensibilité de l'âme, une sorte d'acquiescement de désespoir ; et mon châtiment aurait pu se poursuivre pendant des années, sans la dernière calamité qui vient de s'abattre sur moi et qui m'a coupé de mon propre physique, de ma propre nature. Ma provision de sels, que je n'avais jamais renouvelée depuis ma première expérience, commençait à s'épuiser. J'ai envoyé chercher une nouvelle provision, et j'ai procédé à mon mélange ; l'effervescence s'est bien produite, ainsi que le premier changement de couleur, mais le deuxième changement de couleur n'a pas eu lieu ; j'ai bu mon philtre, sans résultat. Vous apprendrez par Poole comment j'ai fait perquisitionner chez tous les grossistes de produits pharmaceutiques de Londres ; en vain. Je suis persuadé aujourd'hui que ma première provision n'était pas pure, et que c'était cette impureté insoupçonnée, inconnue, qui rendait le breuvage efficace.

« Une semaine s'est écoulée, et maintenant je termine cet exposé sous l'influence de ce qui restait de mes anciennes poudres. A moins d'un miracle c'est donc la dernière fois que Henry Jekyll peut penser ses propres pensées, regarder son vrai visage (si tristement altéré !) dans un miroir. Il ne faut pas que je tarde trop à mettre le point final ; car mon récit n'a jusqu'ici échappé à la destruction que par l'effet combiné d'une grande prudence et d'une chance extraordinaire. Si les affres de la métamorphose me prennent tandis que j'écris, Hyde déchirera mon manuscrit en mille morceaux ; mais si un certain délai intervient après que je l'aie cacheté, son égoïsme forcené et sa versatilité le sauveront probablement de sa rancune bestiale. D'ailleurs le destin qui se referme sur nous deux l'a déjà changé, l'a écrasé. Dans une demi-heure, quand j'aurai réintégré à nouveau et pour toujours cette odieuse personnalité, je sais que je resterai assis dans mon fauteuil à trembler et à pleurer, à moins que je ne me remette, en tendant une oreille affolée, à faire les cent pas dans cette pièce qui est mon dernier refuge terrestre, pour mieux surprendre le moindre bruit menaçant. Hyde mourra-t-il sur l'échafaud ? Ou trouvera-t-il le courage de se libérer au dernier moment ? Dieu le sait ! Je ne m'en soucie plus. Voici venir la vraie heure de ma mort ; la suite concerne un autre que moi. Ici donc, tandis que je repose la plume avant de cacheter ma confession, je mets un terme à la vie du malheureux Henry Jekyll. »

DOCUMENTS

MON PREMIER LIVRE, « L'ILE AU TRÉSOR »

par R. L. STEVENSON

En vérité, ce fut loin d'être mon premier livre car je ne suis pas uniquement romancier ; mais je reste parfaitement conscient du fait que le grand public – celui qui me fait vivre – considère avec indifférence, sinon même avec répugnance, ce que j'ai écrit d'autre. S'il lui arrive de prononcer mon nom c'est pour n'invoquer que la partie de mon œuvre familière à tous et présente dans toutes les mémoires. Aussi, quand on me demande de parler de *mon premier livre* il n'y a pas à chercher autre chose ou ailleurs : il ne peut être question que de mon *premier roman : l'Ile au Trésor.*

C'était sûr : tôt ou tard, d'une manière ou d'une autre et plus ou moins bien, je devais en venir à écrire *un roman.* Pourquoi ? Au fond, il est probablement inutile de le demander car chaque homme naît avec son grain de folie et dès ma première enfance le mien a été de jouer à bâtir des tas de situations imaginaires. Aussi, dès que je fus capable d'écrire je devins un client assidu des papetiers et j'ai ainsi noirci force rames de papier, les unes après les autres. Ce furent *Rathillet, l'Ascension du Pentland* [1], le *Pardon du Roi* (également titré le *Parc de Withehead*), *Édouard Darren, Une Danse rustique* et *Une Vendetta dans l'Ouest.* Au fond, il est consolant de penser que tout ce papier est devenu cendres retournées à la terre où elles se trouvent enfouies. Je n'énumère là que quelques-unes de mes tentatives malheureuses : uniquement celles qui ont occupé une place importante dans ma production et demandé une longue suite d'années, avant d'être rejetées. Ainsi, *Rathillet* est une entreprise qui date d'avant mes

---

1. *Ne pas confondre.* (En français, tel quel dans le texte original anglais). Il ne s'agit pas du mince et pâle opuscule qui porte la marque de l'éditeur Andrew Elliott et que les gentlemen d'Angleterre (ai-je appris avec stupéfaction en consultant les catalogues) acceptent de payer un prix dément, mais de son prédécesseur dans le temps : un fort long roman de cape et d'épée dénué de tout mérite et maintenant rayé de ce monde. (Cette note de bas de page est la seule qui figure dans le texte écrit par Stevenson).

quinze ans alors que la *Vendetta* fut écrite à vingt-neuf. Cette succession de défaites se poursuivit sans répit jusqu'à trente et un ans.

J'avais bien écrit et publié quelques ouvrages sous forme de courts essais et des historiettes, ce qui m'avait valu une petite tape d'estime dans le dos et un peu d'argent, mais pas de quoi en vivre. Une réputation m'en était venue : celle de « celui qui a obtenu du succès ». Je me mis alors à trimer dur, attitude absurde dont le seul souvenir me fait monter le feu aux pommettes : dépenser les forces vives d'un homme à pareille tâche, au lieu d'apprendre tout simplement à vivre, idéal qui brille d'ailleurs devant moi, toujours inaccessible ! Je n'avais jamais encore publié de roman, après en avoir écrit avec ardeur dix ou douze, mais en vain. Tous – et ils m'étaient chers – avaient démarré et puis s'étaient interrompus, comme s'arrête subitement une montre de collégien. J'étais comparable à un joueur de cricket avec des années de pratique mais qui n'aurait jamais placé un seul essai. N'importe qui est toujours capable d'écrire une histoire courte – pas bonne, s'entend – s'il a un tant soit peu d'assiduité, du papier et du temps disponible ; mais n'importe qui ne peut composer un roman, même mauvais : sa longueur l'empêche de pouvoir le mener à bien et tue toute initiative dans ce sens. Le romancier patenté peut travailler à son roman puis le délaisser, passant en vain des jours entiers à peine dessus et n'écrivant finalement pas plus que ce que recouvre un rapide coup de buvard. Le débutant, lui, ne procède pas ainsi ; la nature humaine a certains droits sur nous et l'instinct – ici il s'agit de l'instinct de conservation – empêche que quiconque (s'il n'est pas poussé et encouragé par la conscience de succès antérieurs, bien sûr) soit capable de supporter les affres d'un labeur littéraire plus de quelques semaines. Il faut un espoir quelconque à la clé et cela seul peut alimenter la continuité de ses efforts. Le débutant doit avoir le vent en poupe et être en veine d'improvisation ; il lui faut traverser un de ces moments privilégiés où les mots viennent aisément et où les phrases se construisent comme d'elles-mêmes, *dès le début*. Et puis, après avoir commencé, quelle perspective effrayante se déroule devant lui avant que le livre ne soit terminé ! Car il faut que le vent le pousse jusqu'au bout, qu'il soit toujours en veine d'improvisation ; il faut rester ferme sur la qualité du style et ces véritables marionnettes que sont les personnages inventés doivent garder vie et vigueur. Je conserve un souvenir précis de la vénération avec laquelle je considérai chacun de mes trois volumes de nouvelles, à l'époque : c'était comme un exploit, non pas littéraire mais bel et bien d'endurance physique et morale, avec en plus le courage d'un Ajax.

A une époque heureuse de ma vie, je vins habiter chez mes parents – à Kinnaird, au-dessus de Pitlochry. Je faisais alors de longues marches à travers les landes rougeâtres, côtoyant un ruisseau qui étincelait comme de l'or. L'air âpre et pur de nos montagnes nous donnait du courage, faute de nous souffler l'inspiration [1]. Ma femme et moi-même projetions d'écrire un volume d'histoires fantastiques, elle composant *L'Ombre sur le Lit* et moi m'attaquant à *Janet la Torte,* ainsi qu'à une première mouture des *Hommes Joyeux.*

J'affectionne mon air natal mais lui ne m'aime guère, d'autant qu'à la fin de cette période délicieuse, un vent froid et mordant se mit à souffler, nous obligeant à émigrer vers le petit manoir de Braemar, en passant par les vallées de la Strat Haird et de la Glen Shee. Mais là, le vent soufflait encore plus fort et la pluie tombait en proportion : mon air natal était décidément plus cruel que l'ingratitude humaine. Il fallut bien me résigner à passer la majeure partie du temps entre les quatre murs d'une maison qui portait le nom lugubre de « cottage de feu miss MacGregor ».

Maintenant, admirez la main du Destin. Elle se manifesta sous les apparences d'un gamin qui se trouvait en vacances dans ce « cottage de feu miss MacGregor » ; il réclamait qu'on invente « quelque chose de rocailleux et de fort pour s'y casser la tête ». Il ne pensait évidemment pas à la littérature et c'était l'art pictural de Raphael qui avait ses suffrages du moment. A l'aide d'une plume, de l'encre et une boîte de couleurs à l'eau d'un shilling, il avait prestement transformé l'une des pièces en galerie de peinture. Je m'étais empressé de jouer le spectateur attentif de cette exposition mais je relâchai quelque peu ma tension et je me joignis rapidement à l'artiste (si l'on peut s'exprimer ainsi) devant son chevalet, passant les après-midi à composer moi-même des dessins coloriés, poussé par une généreuse émulation.

Lors d'une de ces séances, je dessinai la carte d'une île. Elle était fort soignée et – je crois – superbement coloriée ; sa forme, en particulier, accapara mon imagination au-delà de toute expression. Il y avait, spécialement, des criques pouvant servir de port qui me plaisaient autant que des sonnets. Et, avec une prédestination inconsciente, je baptisai mon œuvre *l'Ile au Trésor.* On m'a dit qu'il existe des gens n'accordant aucune attention aux cartes et qui éprouvent du mal à croire qu'elles signifient quelque chose de concret. Pourtant ! les noms, les formes des bois et forêts, les sinuosités des routes et des rivières, l'emplacement des chemins tracés par l'homme préhistorique encore visible sur le sommet des collines et dans les parties basses des vallées, les moulins et les ruines, les étangs et les bacs et jusqu'aux « pierres dressées » – les menhirs – ou les cercles magiques que dessinèrent les druides dans les landes : tout cela constitue une masse de données passionnantes qui ne peuvent qu'exciter l'intérêt et attirer l'attention de celui qui sait regarder comme une image d'Épinal et dont l'imagination cherche à comprendre. Tout enfant a vécu – et il se la rappelle toujours – une époque où, la tête dans l'herbe, il y voyait une forêt en miniature, grouillante d'habitants et parcourue par des armées féeriques.

---

1. Jeu de mots homophonique intraduisible en français : « ...pure air... inspirited, if it did not inspire us » fait de l'association « inspirited » et « inspired », le premier signifiant « donner du courage » et le second « apporter l'inspiration ».

J'en faisais souvent autant, absorbé par la contemplation de ma carte représentant « l'Ile au Trésor » ! Aussi – peu à peu – la physionomie et la silhouette des personnages du livre encore à venir commencèrent à apparaître fugitivement, parmi les espaces boisés : leurs visages hâlés et leurs armes brillantes se laissaient entrevoir par brefs instants, passant et repassant devant mes yeux, se battant entre eux dans leur chasse au trésor. Tout cela se déroulait à la surface si limitée d'une feuille de papier sur laquelle figurait cette plate projection. Je me rappelle que je jetai alors sur une feuille que j'avais devant moi une suite de chapitres. Combien de fois déjà l'avais-je fait sans que cela ait jamais une suite quelconque ? Pourtant, cette fois là, il semblait bien y avoir des raisons au succès de l'entreprise.

Ce devait d'abord être une histoire destinée aux seuls enfants, de toute évidence ; pas besoin de psychologie ni d'écriture bien soignée. J'avais précisément un jeune garçon présent qui pouvait me servir de lecteur-témoin. Les femmes étaient exclues. J'étais bien incapable de faire manœuvrer un brick – ce que l'*Hispaniola* aurait dû être, en réalité – mais je me sentais capable de le gréer en tant que schooner sans endurer la honte publique. Puis me vint l'idée de John Silver aux dépens de qui je me promis de disposer d'un fond inépuisable d'amusement. Recette : prendre un de mes amis que j'admire (le lecteur peut en faire de même en jetant son dévolu sur l'un de ses meilleurs camarades) et le priver de ses qualités les plus évidentes ainsi que de ses traits de caractères les plus nobles en ne lui laissant que son énergie, son courage, sa rapidité de réflexe, une détermination à toute épreuve et tenter d'exprimer tout cela en termes conformes à la culture que peut avoir acquis un rude loup de mer. Une telle chirurgie psychique représente – je crois – le meilleur moyen de bâtir « un individu fort peu recommandable » et c'est sans doute le seul. On peut toujours se servir dans un roman de l'excentrique avec qui on a échangé quelques centaines de mots, la veille au bord du chemin ; mais est-ce une raison pour affirmer que nous le connaissons vraiment ? En revanche, nous connaissons bien notre ami, sa flexibilité et l'infinie variété de ses expressions. Alors, pouvons-nous l'utiliser aussi ? Au premier nous sommes obligés de greffer des qualités auxiliaires parfaitement imaginaires et sans doute toutes fausses ; quant au second – si nous nous le représentons avec un poignard à la main – il faut, au contraire, retrancher et en déduire des bourgeonnements de sa nature parfaitement inutiles. Seulement, dans ce dernier cas, nous sommes assurés du tronc et des branches principales, qui restent à son image.

Par un matin glacial de septembre, à côté d'un bon feu de cheminée tout pétillant et alors que la pluie tambourinait sur la fenêtre, je commençai *Le Cuisinier du Bord,* titre initial du roman.

J'avais entamé – et terminé d'ailleurs – la rédaction de plusieurs livres mais je ne me rappelle pas en avoir écrit aucun avec autant de plaisir. Il n'y a pas à demander pourquoi car les idées volées sont proverbialement agréables... Par exemple, j'étais parvenu à un chapitre difficile : aucun doute sur le fait que le perroquet venait tout droit de Robinson Crusoe ; de même, le squelette était un emprunt à Edgar Poe. Mais ce ne sont là que bagatelles et des points de détail auxquels j'accorde fort peu d'importance ; personne n'a le monopole des squelettes ni n'a le droit d'accaparer les oiseaux parleurs. L'idée de la palissade – m'a-t-on dit ensuite – se trouvait déjà dans *Masterman Ready ;* c'est possible mais je m'en soucie comme d'une guigne. Ces écrivains ne font que donner raison au poète : en s'en allant, ils ont laissé derrière eux

« Des traces de pas sur le sable du Temps,
  Des empreintes qui appartiennent peut-être à quelqu'un d'autre...
et je suis cet autre !

Non ! Ma véritable dette, je le déclare sans ambages, est envers Washington Irving [1] et c'est lui rendre justice car je lui dois beaucoup et on a rarement poussé le plagiat aussi loin. La chance m'avait fait tomber quelques mois avant sur ses *Récits d'un Voyageur* [2] alors que je cherchais une anthologie sur la prose narrative et ce livre me frappa d'abord, puis m'emballa : Billy Bone, sa malle, l'assemblée dans la salle de l'auberge, tout l'esprit même et une bonne part des détails matériels qui se trouvent dans mes premiers chapitres – tout est là, création en réalité de Washington Irving. Mais il faut dire que je n'y songeais guère au cours de mon travail rédactionnel, assis contre le feu de la cheminée : tout me semblait être le renouveau d'une inspiration personnelle. Je n'y pensais pas davantage lorsque, chaque soir après le repas, je faisais en famille une lecture à haute voix de mon travail du matin. Ce texte me paraissait originel comme le péché lui-même et il était ma création propre, appartenant à moi seul.

J'avais compté sur les réactions d'un jeune garçon ; il se trouva qu'il y en avait en réalité deux dans mon auditoire. En effet, mon père s'enflamma, du fait de la spontanéité et la jeunesse de sa nature. Toute sa vie, pour arriver à s'endormir il s'inventait des histoires mettant perpétuellement en scène des voiliers, des auberges au bord d'un chemin, des bandits, de vieux marins et des voyageurs de commerce, le tout se situant à l'époque précédant la vapeur. Jamais il n'avait achevé aucune de ces rêveries : l'heureux homme n'en avait pas besoin ! Mais ne voilà-t-il pas qu'avec cette *Ile au Trésor* il retrouvait son imagination ! C'était *son* propre genre d'images. Non seulement il écoutait avec délices le chapitre quotidien mais il se mit aussi à y collaborer activement. Par exemple, quand vint la scène où l'on fait l'inventaire de la malle appartenant à Billy Bones il passa certainement une partie de la journée à jeter sur le dos d'une enveloppe la liste de ce

---

1. Washington Irving (1783-1859) est dit « le premier écrivain américain ». Né à New York, l'année même de l'Indépendance américaine, il était le fils d'un marchand écossais et il fut effectivement le premier à écrire dans une langue littéraire plusieurs biographies (Christophe Colomb par exemple) et divers livres de voyage (il fut ministre des États-Unis en Espagne). Il est aussi l'auteur de la délicieuse nouvelle *Rip van Winckle* (1819) dont Robert Planquette tira son célèbre opéra-comique *Rip* en 1884.

2. Washington Irving écrivit ses *Récits d'un Voyageur* en 1824 et Stevenson, rappelons-le, composa *l'Ile au Trésor* en 1881.

qu'elle contenait : je la recopiai intégralement. Le nom de *Walrus* donné à l'ancien navire-pirate de Flint vient également de lui.

Maintenant, qui fut la goutte d'eau, le *deus ex machina* sinon le docteur Japp qui joua en l'occurrence le rôle du prince déguisé en homme banal et qui tire le rideau à la fin du dernier acte après une conclusion faite de félicité et de quiétude. Il n'apporta pas de cor magique ou de talisman dans ses basques mais bel et bien un *éditeur*. En fait, il avait été chargé par mon ami Henderson de découvrir des auteurs écrivant *pour la jeunesse*. Le sans-pitié d'une famille pourtant unanime recula devant la perspective d'une lecture fragmentaire du *Cuisinier du Bord* : c'eût été une véritable mutilation ; et comme d'autre part nous ne voulions absolument pas interrompre ces séances de lecture, nous reprîmes le roman du début, d'où une nouvelle mouture, tout à fait solennelle, au seul bénéfice du docteur Japp. Je tins le plus grand compte de ses critiques et lorsqu'il nous quitta... il emportait le manuscrit dans ses bagages.

Cette fois j'avais tout pour me soutenir : la sympathie, l'aide et même un engagement ferme. J'avais opté pour un style très facile. Comparez-le avec celui des *Hommes Joyeux,* presque contemporain : assurément l'un préférera le premier alors qu'un autre optera pour le second. C'est une affaire de tempérament sinon d'état d'âme du moment mais personne – même n'y comprenant rien – ne pourra nier que le second est nettement plus difficile à lire que le premier, beaucoup plus léger.

Apparemment, un homme de lettres chevronné pouvait se rendre maître de *l'Ile au Trésor* et en écrire tant de pages par jour tout en gardant sa pipe allumée, tellement c'était facile. Hélas ! ce n'était pas mon cas. Pendant quinze jours je fis le flambard et composai quinze chapitres ; seulement, dès les premiers paragraphes du seizième chapitre je chutai ignominieusement. J'en avais la bouche sèche et plus un seul mot ne sortait de moi, je n'avais plus rien de disponible pour *l'Ile au Trésor.* Or un paquet d'épreuves des premiers chapitres arrivait déjà et m'attendait à l'auberge de *La Lance à la Main !* Une fois là, je les corrigeai, vivant presque toujours seul, marchant dans la lande parmi les bruyères – à Weybridge – par les humides matinées d'automne, très satisfait de ce que j'avais fait mais plus épouvanté encore que ce que je pourrais l'exprimer devant ce qu'il restait à faire. J'avais trente et un ans et j'étais responsable d'une famille. J'avais perdu ma santé, incapable d'assurer notre subsistance, n'ayant jamais gagné plus de deux cents livres en une année ; mon père avait même dû annuler et racheter les exemplaires restants d'un ouvrage considéré comme un échec. Allais-je encore vers un autre fiasco ?

En fait, j'étais au bord du désespoir mais je serrai les dents, lors du voyage que je fis jusqu'à Davos – pour y passer l'hiver. Je pris la décision de penser à autre chose et de me plonger dans la lecture des nouvelles de M. du

Boisgobey [1]. Arrivé à destination, je me trouvais assis un jour devant mon récit inachevé et voyez ! il se mit à couler de moi, comme si j'avais parlé. Une seconde vague de travail fort agréable me fit ainsi terminer *l'Ile au Trésor* à raison d'un chapitre par jour, une nouvelle fois.

Je le négociai presque secrètement. Ma femme était malade et seul le jeune écolier restait fidèle. Quant à John Addington Symonds [2] – qui était là – je lui avais timidement dit que je travaillais à quelque chose et il regardait dans ma direction avec suspicion. A cette époque il insistait beaucoup pour que j'écrive une étude sur les *Caractères* de Théophraste de manière à ce que je sois ensuite apprécié par les érudits. Symonds – c'est certain – était bien le dernier à qui je devais confier que j'étais en train d'écrire une histoire pour les enfants. Il avait pourtant l'esprit large, « homme complet » s'il en fut, mais la confidence totale de mon entreprise lui aurait fait penser que je capitulais mon ardent désir de rester moi-même et que j'optais pour la trahison du style. Ce qui, finalement, n'était pas si faux.

L'Ile au Trésor – c'est M. Henderson qui biffa le premier titre de *Cuisinier du Bord* – parut régulièrement en feuilleton dans un magazine où il occupait une place fort obscure, sans illustration et n'attirant l'attention de personne. Cela m'était égal. J'aimais ce récit pour la même raison que mon père en affectionnait le début : c'était mon genre de style, imagé et descriptif. Je n'étais pas peu fier de John Silver et je n'ai plus cessé, depuis lors, d'admirer cet aventurier à la fois redoutable et mielleux.

Mais ce qui était infiniment plus exaltant encore, c'est que j'avais franchi une étape, une sorte de barrière : j'étais parvenu à finir un roman et j'avais écrit le mot « fin » sur la dernière page de mon manuscrit ; chose que je n'avais pu jamais faire, depuis *l'Ascension du Pentland* écrit alors que j'étais adolescent, à seize ans et pas encore à l'université. En vérité, tout cela me venait d'une réunion de circonstances fortuites : que le docteur Japp ne soit pas venu nous rendre visite ou que mon récit n'ait pas coulé avec une facilité surprenante et il serait resté en panne, inachevé comme ses prédécesseurs, prenant un chemin tortueux mais sûr vers le feu, sans aucun regret. Les puristes avanceront qu'il aurait mieux valu. Ce n'est pas mon avis. Ce conte semble avoir apporté beaucoup de plaisir à ceux qui l'ont lu et il a procuré – ou fut à l'origine de cette manne – le manger, la boisson et la chaleur du feu à une famille méritante à laquelle je portais

---

1. Fortuné Abraham du Boisgobey (1824-1891), de son vrai nom Castille – qu'il ne faut pas confondre avec un autre écrivain Français : Charles Hippolyte Castille (1820-1886) – est un écrivain bien oublié de nos jours. Militaire en Algérie de 1844 à 1848, il voyagea beaucoup au Moyen-Orient puis écrivit, à la suite de Gaboriau (1835-1873), des romans policiers qui furent célèbres à l'époque: *Les mystères du nouveau Paris* (1876), *Le Demi-Monde sous la Terreur* (1877) – ceux-là même que lisait Stevenson en 1881 – *Les Nuits de Constantinople* (1882), *Le Cri du Sang* (1885), *La Main Froide* (1889).

2. John Addington Symonds (1840-1893), essayiste et historien de la Renaissance italienne, était un grand ami de Stevenson ; poitrinaire comme lui, il se fixa à partir de 1877 en Suisse et son œuvre principale s'étendit en 1875 à 1885 principalement. Stevenson le dépeignit sous le nom d'Opalstein dans ses *Mémoires et Portraits* (1887) au chapitre « Contes et Conteurs ».

l'intérêt le plus grand. Faut-il préciser ici que c'est de la mienne qu'il est question ?

Les aventures de *l'Ile au Trésor* n'en sont pas terminées pour autant. Je l'avais composé à partir de la carte, laquelle était la pièce maîtresse de ma démarche. Un exemple ? J'avais nommé au hasard un îlot *L'Ile au squelette* sans y mettre d'autre intention que de faire pittoresque. Pour le justifier après coup j'allais puiser dans l'arsenal d'Edgar Poe et j'y volais le moyen de pointer dans la direction du trésor de Flint. Autre exemple : c'est parce que j'avais dessiné deux criques abritées pouvant servir de mouillage que l'*Hispaniola* fut engagée dans ses pérégrinations sur l'instigation d'Israel.

Le moment vint enfin de publier en volume et j'envoyai à Messieurs Cassell [1] le manuscrit en y joignant la fameuse carte. Les épreuves me furent envoyées et je les corrigeai mais il n'était pas question de la carte. J'écrivis alors en posant la question ; réponse ; : elle n'était jamais parvenue à destination et on en était consterné. Or, c'est une chose de dessiner une carte au hasard de l'inspiration, d'y greffer une petite aventure en guise d'échelle dans un coin puis de faire concorder un récit entier à ces mesures-là ; mais c'est autre chose d'avoir à relire le livre une fois écrit en le scrutant à la loupe du début à la fin, d'établir la liste de toutes les allusions cartographiables qu'il contient puis d'en redessiner péniblement les contours au compas de manière à l'adapter aux mesures reconstituées !

Je le fis, pourtant, et parvins à redessiner ma carte sur le bureau de mon père, embellie de baleines soufflant leur jet d'eau et de navires toutes voiles dehors. Mon père apporta son concours en utilisant ses talents pour la calligraphie, forgeant la signature contrefaite du capitaine Flint ainsi que les indications et la direction de la navigation de Billy Bones. Mais ce ne fut plus jamais l'Ile au Trésor pour moi.

J'ai insisté sur le fait que cette carte a été la pièce maîtresse dans la genèse du roman et je peux même ajouter qu'elle constitua la totalité de la question. Le livre est fait de quelques réminiscences de Poe, de Defoe et de Washington Irving à laquelle s'ajoute la lecture du livre *Les Flibustiers* de Johnson ; une expression « la malle de l'Homme Mort » est empruntée à l'ouvrage *A la Fin* de Kinsley. On peut y mettre aussi des souvenirs personnels de cabotage en haute mer, une croisière sur un yacht de quinze tonneaux gréé en schooner. Mais c'est avant tout la carte – toujours elle

---

1. Il s'agit – on l'a deviné – de l'éditeur qui sortit la première édition de *l'Ile au Trésor*. Le fondateur de la maison d'éditions John Cassell (1817-1865) était un autodidacte qui possédait à fond la littérature anglaise et la française. Il s'établit à Londres alors qu'il avait trente ans comme marchand de thé et de café puis se mit à publier en 1850 en s'adressant aux classes populaires ; il se tailla un beau succès pendant la guerre de Crimée en se procurant les planches que *l'Illustration* sortait à Paris et en les repassant dans ses *Family Paper* (crée en 1853). La firme devint, en 1883, Cassell and Company, Limited.

– avec l'infini et l'éloquence qu'elle suscitait. Voilà le matériel que j'eus à utiliser.

Il n'est pas si fréquent qu'une simple carte joue un rôle prépondérant dans un récit mais elle est toujours importante car un auteur doit connaître à fond le pays où il fait évoluer ses personnages, qu'il soit réel ou imaginaire. Les distances et les centres d'où ces distances sont comptées, l'endroit où le soleil se lève, la course exacte de la lune ne doivent pas laisser possibilité à chicanerie des lecteurs. Tenez, par exemple la lune : quelle source d'ennuis ! Il a fallu que je me trompe à son sujet dans *Le Prince Othon* ! Aussi, dorénavant, quand je dois la mentionner je prends mes précautions – ce que je ne saurais trop recommander aux autres – et je compulse un bon éphéméride. Un auteur pourra espérer éviter de commettre de grosses bévues s'il se munit d'un éphéméride astronomique, d'une carte de la région et s'il dessine le plan de chaque maison à moins que tout cela soit parfaitement présent à son esprit. Avec un schéma devant lui, il lui sera difficile de faire se coucher le soleil à l'est comme c'est le cas dans *l'Antiquaire*. Toujours grâce à ses cartes, il évitera à deux cavaliers engagés dans une affaire urgente de mettre *six* jours, dont *trois* à partir du lundi matin jusqu'à la tombée de la nuit du samedi suivant, pour effectuer un parcours d'environ cent cinquante kilomètres ; et qui plus est, avant que cette semaine soit écoulée – toujours dans le même ordre d'idée – leur faire couvrir quatre-vingts bons kilomètres dans une seule journée. On peut lire tout cela dans l'inimitable roman *Rob Roy* [1]. Il faut vraiment éviter de telles *bourdes* et on le peut.

J'irai nettement plus loin encore dans ma conviction – presque une superstition, si vous voulez – selon laquelle celui qui a pleine confiance dans sa carte, qui la consulte fréquemment et en tire son inspiration, jour après jour, heure après heure, y gagne une aide positive et non pas seulement l'aspect négatif de se prémunir contre l'erreur accidentelle. Le roman y plonge ses racines et il pousse dans ce sol-là ; c'est son épine dorsale qui sert de charpente à la chair des mots. Si le pays est réel et que l'auteur l'a parcouru pas à pas, a étudié chaque pierre, ce n'en sera que mieux. Mais dans le cas où il imagine cette région il fera bien de dessiner une carte dès le début. En l'étudiant par la suite, des situations lui apparaîtront auxquelles il n'avait pas pensé d'emblée. Il découvrira pour ses messagers des sentiers et des raccourcis évidents qu'il ne soupçonnait pas. Et si cette carte ne constitue pas toute l'armature – comme ce fut vraiment le cas de *l'Ile au Trésor* – il s'apercevra qu'elle est, en fait et immanquablement, une mine d'inspiration.

(Traduction et notes de Charles-Noël Martin)

---

1. L'Écossais Stevenson était évidemment un lecteur assidu de son compatriote Walter Scott (1771-1832) !

LA GENÈSE DU « MAÎTRE DE BALLANTRAE »

Ce texte, écrit par R. L. Stevenson à l'intention du Scribner's Magazine, *n'a été publié qu'après sa mort.*

Un soir, je me promenais sur la véranda d'une petite maison où j'habitais, à la lisière du hameau de Saranac. On était en hiver ; la nuit était très sombre ; l'air était extraordinairement limpide et froid, chargé de la douce et pure senteur des forêts. A une bonne distance en contrebas, on entendait les eaux du fleuve heurter des blocs de glace et des rochers : quelques rares lumières apparaissaient, inégalement dispersées dans l'obscurité, mais elles étaient si lointaines qu'elles n'atténuaient en rien la sensation d'isolement qu'on éprouvait. Il y avait là de merveilleuses conditions pour se mettre à écrire une nouvelle histoire. J'étais de plus poussé par l'esprit d'émulation, car je venais à peine de terminer ma troisième ou quatrième lecture du *Vaisseau fantôme* de Marryat. « Allons », dis-je à mon esprit créateur, « faisons un conte, une histoire s'échelonnant sur de longues années et se déroulant dans bien des pays, sur la mer et la terre, dans la nature sauvage et dans la civilisation ; une histoire qui aurait les mêmes grandes caractéristiques, et qui pourrait être traitée selon la même méthode elliptique que le livre que tu viens de relire et qui fait ton admiration ». J'étais mû par une considération extrêmement juste en elle-même mais dont, comme la suite le montrera, je n'ai pas su tirer parti. Je voyais que Marryat, au même degré qu'Homère, Milton et Virgile, avait tiré profit du fait qu'il avait choisi un sujet familier et légendaire ; il préparait ainsi ses lecteurs dès la page de titre : et cela me faisait me creuser la tête, je me demandais si je ne pourrais pas par hasard trouver une idée analogue pour en faire l'élément central de la fiction née dans mon esprit. Tandis que je me livrais sans résultat à ces recherches, un cas singulier me revint en mémoire : celui d'un fakir qui avait ressuscité après avoir été enterré. L'histoire m'avait été souvent racontée par un oncle qui venait de mourir, l'Inspecteur général John Balfour.

Par une belle nuit froide comme celle-là, sans un souffle de vent et avec une température au-dessous de zéro, l'esprit travaille avec une grande vivacité ; au bout d'un court instant je voyais déjà le théâtre de l'action transporté de l'Inde et des Tropiques dans les solitudes de l'Adirondack, et le froid rigoureux de la frontière canadienne. Me trouvant là, avant presque d'avoir commencé mon histoire, j'étais en présence de deux pays, situés aux antipodes l'un et l'autre ; si bien que si la notion de l'homme ressuscité constituait un échec complet sur le plan de son acceptation par l'ensemble des gens, ou même (comme je m'en suis aperçu par la suite) de la simple possibilité d'être admise, l'idée que je venais d'avoir cadrait instantanément avec mon projet d'écrire une histoire se déroulant dans plusieurs pays ; et cela me décida à aller plus avant dans l'étude de ses possibilités. La première question était celle-ci : l'homme qu'on allait devoir enterrer serait-il un homme de bien, dont le retour à la vie serait accueilli avec bonheur par le lecteur et les autres personnages ? Cela s'orientait vers l'histoire chrétienne et je l'écartai. Si l'idée devait, alors, m'être d'une quelconque utilité, je devais créer une sorte de génie malfaisant pour ses amis et sa famille, lui faire subir de nombreuses disparitions et le tirer pour finir du gouffre du trépas, dans les solitudes glacées de l'Amérique, dernier épisode – et le plus sinistre – de la série. Je n'ai pas besoin de dire à mes confrères que je me trouvais alors au moment le plus intéressant dans la vie d'un auteur ; les heures qui suivirent cette soirée sur la véranda, les nuits et les journées passées ensuite, à me promener çà et là ou à rester couché éveillé dans mon lit, furent des moments de joie sans mélange. Ma mère, qui vivait alors seule avec moi, s'est peut-être moins amusée ; car, en l'absence de ma femme, qui est ma collaboratrice habituelle au cours de ces heures de gestation, je me trouve dans l'obligation de la tarabuster à tout instant pour qu'elle m'écoute raconter ce que j'imagine et qui est encore informe, afin d'essayer de le clarifier.

Et tandis que je tâtonnais pour trouver l'intrigue et le personnage dont j'avais besoin, voilà que je les ai trouvés tout prêts dans ma mémoire, m'attendant depuis neuf ans. Bouillie de farine de pois chaude, bouillie de farine de pois froide, bouillie de farine de pois dans la marmite, vieille de neuf ans. Y a-t-il jamais eu une plus complète justification de la règle énoncée par Horace ? Ici, en pensant à des choses tout à fait différentes, j'étais tombé sur la solution, ou peut-être devrais-je dire plutôt (en employant une expression de théâtre) sur le Rideau ou le Tableau final d'une histoire conçue longtemps auparavant dans les landes entre Pitlochry et Strathardle, conçue sous la pluie du Highland, dans les senteurs mêlées de la bruyère et des plantes des marais, avec un esprit tout plein de la correspondance d'Athole.

Cela était si lointain, dans le temps et dans l'espace, que j'avais tout d'abord évoqué les visages des hommes de Durrisdeer et la situation tragique dans laquelle ils se trouvaient ensemble.

A présent, mon histoire se déroulait sur presque toute l'étendue du globe : l'Écosse, l'Inde et l'Amérique étaient en tout cas des décors obligatoires. Mais, parmi ces pays, l'Inde m'était inconnue, autrement qu'à travers les livres. Je n'avais jamais connu d'Indien vivant, sauf un Parsi, qui était membre de mon club à Londres et qui était aussi civilisé, et, d'après tout ce que je pouvais en voir, aussi occidental que moi. Il était clair, dans ces conditions, qu'il me faudrait aller en Inde et en revenir sur un tapis volant ; je crois donc que c'est ce qui me donna tout d'abord l'idée de choisir le Chevalier Burke comme narrateur. Mon intention première était d'en faire un Écossais, et je craignais alors beaucoup qu'il ne fût qu'une ombre pâlie de mon propre Alan Breck. Cependant, il me vint ensuite l'idée qu'il serait bien dans le personnage de mon Maître de s'efforcer de gagner les bonnes grâces des Irlandais du Prince. Et qu'un réfugié irlandais aurait une raison particulière de se trouver en Inde avec son compatriote, l'infortuné Lally. Irlandais, je décidai donc qu'il le serait et alors, soudain, je pris conscience de la présence d'une grande ombre sur mon chemin, celle de Barry Lyndon. Aucun homme (selon la propre expression de Lord Foppington) d'une bonne moralité ne pouvait aller bien loin avec mon Maître : dans l'idée d'origine de cette histoire conçue en Écosse, ce compagnon devait être en outre pire que le fils aîné déjà mauvais avec lequel (comme il était alors prévu), il devait visiter l'Écosse ; si prenais un Irlandais, et un Irlandais très mal, au milieu du XVIIIᵉ siècle, comment devais-je éviter Barry Lyndon ? Le malheureux faisait mon siège, offrant ses services ; il me donnait d'excellentes références ; il prouvait qu'il était hautement qualifié pour le travail que je devais faire ; il suggérait – à moins que ce ne soit mon propre cœur malfaisant qui l'ait fait – qu'il était facile de dissimuler son ancienne livrée sous un peu de dentelle, quelques soutaches et quelques boutons, au point que Thackeray lui-même aurait eu de la peine à le reconnaître. Et alors me revint subitement le souvenir d'un jeune Irlandais, avec lequel j'avais été jadis intime, avec qui j'avais passé de longues nuits à me promener et à bavarder, sur un rivage très désolé au cours d'un automne glacial : je me souvenais de lui comme d'un jeune homme d'une extraordinaire simplicité morale – d'une disponibilité presque totale ; prêt à subir n'importe quelle influence, il était conditionné par ceux qu'il admirait : et en imaginant de faire embrasser par un pareil jeune homme la carrière d'un soldat de fortune, il me vint à l'esprit qu'il conviendrait à mes desseins aussi bien que Mr. Lyndon, et qu'au lieu d'entrer en compétition avec le Maître, il apporterait un réconfort léger, mais net. Je ne sais pas si je l'ai bien traité, bien que ses dissertations morales m'aient toujours grandement intéressé : mais j'avoue que j'ai été surpris de m'apercevoir qu'après tout il rappelait Barry Lyndon à quelques critiques...

(Traduction de JACQUES PARSONS)

« LE MAÎTRE DE BALLANTRAE »
DANS LA CORRESPONDANCE DE R. L. STEVENSON

Il nous a paru utile de compléter le document précédent, « la Genèse du Maître de Ballantrae *» – écrit après la parution du livre et publié seulement après la mort de Stevenson – par des extraits de lettres adressées par l'auteur alors qu'il rédigeait son roman.*

Sidney Colvin, son confident et futur éditeur de ses Œuvres complètes, est le premier informé de la naissance du Maître de Ballantrae. *De Saranac Lake, Stevenson lui annonce le 24 décembre 1887 :*

« Je ne me suis plus occupé de Virgile depuis que j'ai terminé le septième livre, car j'ai d'abord été absorbé par Taine, et ensuite je me suis précipité tête baissée dans un nouveau roman, *le Maître de Ballantrae.* Je n'ai plus aucune pensée qui lui soit étrangère et je suis arrivé à la page quatre-vingt-douze du premier jet sans que mon intérêt faiblisse un instant. C'est pour moi le plus prenant de mes récits ; il y a quelques éléments de fantastique, mais il s'agit avant tout d'un problème humain absolument authentique – une tragédie humaine, je dirais plutôt. Il sera, j'imagine, aussi long que *Enlevé.*

« Voici la liste des personnages :

« 1. Mon vieux Lord Durrisdeer

2. Le Maître de Ballantrae, *et*

3. Henry Durie, *ses fils.*

4. Clementina, *fiancée au premier, mariée au second.*

5. Ephraim Mackellar, *régisseur à Durrisdeer et narrateur pendant la plus grande partie du livre.*

6. Francis Burke, Chevalier de Saint Louis, *l'un des Irlandais du Prince Charles, et narrateur pour le reste de l'ouvrage.*

« En dehors d'eux, de nombreux personnages épisodiques, muets pour la plupart – ou presque : Jessie Whore, la prostituée, Captain Crail, Captain MacCombie, notre vieil ami Alan Breck, notre vieil ami Riach (tous les deux aperçus seulement un instant), Teach le pirate (vulgairement appelé Barbe Bleue), John Paul et Macconochie, domestiques à Durrisdeer. Le récit se situe entre 1745 et 1765 (environ). Il se passe près de Kirkcudbroght, aux États-Unis, et pendant un petit moment dans les Antilles françaises. J'ai fait la plus grande partie du gros travail, la querelle, le duel entre les deux frères, l'annonce de la mort à Clementina et au Lord. Clementina, Henry, et Mackellar (surnommé Pieds-Carrés) sont vraiment des gens très bien ; le Maître incarne tout ce que je connais du diable. J'en ai eu des aperçus, à travers le monde, mais il s'agissait toujours de lâches ; celui-ci est aussi hardi qu'un lion, mais avec la même duplicité mortelle, sans cause, que j'ai observée avec beaucoup de surprise chez mes deux lâches. C'est vrai, j'ai vu comme un aspect de ce même caractère chez un homme qui n'était pas un lâche ; mais il avait autre chose pour mériter l'attention ; Le Maître n'a rien d'autre que son diabolisme ! »

Dès le lendemain, jour de Noël, Stevenson fait part de son enthousiasme pour son nouveau roman à Adélaïde Boodle, une admiratrice qu'il avait connue à Skerryvore.

« Je suis condamné par amour du gain à écrire douze articles dans le *Scribner's Magazine*. Je pense que j'aurais mieux fait de vous les envoyer. Ce qui est beaucoup mieux à propos, je travaille sans désemparer à une nouvelle histoire qui m'a ensorcelé – je doute qu'elle puisse jamais ensorceler quelqu'un d'autre. Elle s'appelle *Le Maître de Ballantrae*. Si elle n'est pas bonne, eh bien, ce sera de ma faute ; car je crois que c'est un bon sujet. »

Quelques jours plus tard, en janvier 1888, Stevenson écrit à Charles Baxter (l'ami d'Edimbourg auquel il a dédié Enlevé ! *et* Catriona) *pour lui demander sa « collaboration ». De même qu'un autre ami, Will H. Low, figurera dans l'épilogue du* Naufrageur, *Stevenson demande à Baxter l'autorisation de le faire apparaître dans la préface du* Maître de Ballantrae *comme le notaire lui ayant révélé les documents qui lui auraient inspiré ce roman. Mais avant de livrer son œuvre à l'impression, l'auteur supprimera cette préface ; elle ne sera rétablie que dans les dernières éditions parues de son vivant* [1].

« Mon cher Charles,

« Vous êtes la fleur des Notaires... Est-ce que mon Notaire acceptera de collaborer comme je vais vous le dire à mon nouveau roman ? En l'an 1794 ou 95, Mr. Ephraim Mackellar, A. M., ancien régisseur des propriétés Durrisdeer, rédigea une série de mémorandums (aussi longs qu'un roman) au sujet de la mort de Lord Durrisdeer (décédé à cette époque), ainsi que de son fils aîné, qui portait grâce à une autorisation de la famille le tire de Maître de Ballantrae. Il les a déposés entre les mains de John Macbrair, W.S., l'homme d'affaires de la famille, étant bien entendu qu'ils resteraient sous pli cacheté jusqu'en 1862, quand un siècle se serait écoulé depuis que l'affaire serait tombée dans l'oubli (après la mort du seigneur). Vous avez succédé à Mr. Macbrair ; les Durrisdeer sont éteints et l'an dernier, dans une vieille boîte verte, vous avez trouvé ces papiers avec l'endos de Macbrair. C'est de cet endos que je désirerais avoir une copie ; vous vous rappelez peut-être que, lorsque vous m'avez donné ces papiers, j'ai négligé de le prendre, et j'en suis sûr, vous êtes un homme trop attentif à l'égard des antiquités pour l'avoir laissé perdre. Je ferai une petite introduction décrivant ma visite à Édimbourg, mon arrivée là-bas, mon dîner avec vous, et ma première lecture de ces papiers dans votre fumoir, détails dont, bien entendu, vous vous souvenez très bien.

« Toujours affectueusement vôtre,

R.L.S. »

« Vous apparaîtrez comme mon ami Mr. Johnstone Thomson. »

---

1. Elle est demeurée inédite en français. On la trouvera traduite pour la première fois ci-après.

En mars 1888, encore installé à Saranac Lake, il expose sa conception
du Maître de Ballantrae *à* Henry James *qui sera plus tard un admirateur*
enthousiaste de ce roman. On notera qu'à cette étape de la rédaction, l'auteur
n'avait pas renoncé à l'ambiguïté d'un climat fantastique : le Maître pouvant
passer pour un revenant, surgi de l'au-delà, de l'oubli, ou d'une mort
présumée pour torturer sa famille.

« Mon roman est une tragédie ; quatre parties sur six ou sept sont écrites,
et envoyées à Burlingame, cinq parties constituent une tragédie humaine,
limitée ; la dernière ou les deux dernières, j'ai le regret de le dire, ne sont
pas aussi nettement esquissées ; j'hésite presque à les décrire ; elles sont
très pittoresques, mais elles sont fantastiques ; elles déprécient peut-être le
début. Je voudrais savoir : c'est ainsi que l'histoire m'est venue cependant.
J'avais la situation, elle correspondait à l'un de mes vieux goûts : le fils
aîné part en 45, le cadet reste. Le cadet, naturellement, prend le titre, la
propriété, épouse la fiancée destinée à l'aîné – un conflit de famille, mais
lui (le cadet) l'a toujours aimée, et elle a réellement aimé l'aîné. Voyez-vous
la situation ? Alors, le diable et Saranac ont suggéré le *dénouement* [1]. J'ai
joint les deux bouts en un ou deux jours de réflexions fiévreuses
ininterrompues et je me suis mis à écrire. Et à présent, je me demande
si je n'ai pas été trop loin dans le fantastique ? Le frère aîné est un INCUBE :
supposons qu'il ait été tué à Culloden, il se réveille et saigne la famille
de son argent ; sur ces entrefaites il vient vivre avec eux, et la véritable
tragédie en découle : le duel nocturne entre les deux frères (qui se présente
très naturellement, et en vérité, je pense, inévitablement), et la seconde
mort supposée de l'aîné. Le mari et la femme s'arrangent réellement, et
alors apparaît le pied fourchu. Car la troisième mort supposée et la façon
dont se produit la troisième réapparition sont invraisemblables oui,
monsieur, invraisemblables. C'est même très invraisemblable, et je crains
que cela n'effarouche jusqu'ici les gens honnêtes ; mais ensuite cela est
hautement pittoresque et cela conduit au meurtre du frère aîné par le cadet
perpétré avec le plus complet sang-froid. J'espère que le lecteur
l'approuvera comme moi. Vous voyez combien le propos est audacieux.
Il n'y a en réalité que six personnages, dont l'un épisodique et cependant
le récit couvre dix-huit ans et sera, j'imagine, le plus long parmi toutes
mes œuvres. »

Après une longue interruption due à son départ pour les mers du Sud,
Stevenson a repris la rédaction du Maître de Ballantrae. *A bord du yacht*
le Casco, *il annonce à Sidney Colvin, le 14 janvier 1889 :*

« J'ai continué mon travail, presque terminé *Le Maître de Ballantrae*
qui contient plus d'éléments humains que n'importe laquelle de mes
œuvres, à part *Enlevé...* »

Mais l'interruption de la rédaction, et de nombreuses sollicitations offertes
par les mers du Sud ont fini par émousser l'enthousiasme initial. En avril

---

1. En français dans le texte.

1889, il s'en plaint à E.L. Burlingame (rédacteur en chef du Scribner's Magazine) *depuis Honolulu où il peine sur l'achèvement du roman.*

« ... Je suis tout à fait épuisé, et ce maudit dénouement du Maître est suspendu au-dessus de moi comme le bras de la potence ; mais c'est toujours avant l'aube que l'obscurité est la plus épaisse, et il n'est pas douteux que les nuages vont bientôt se lever ; mais c'est une chose difficile d'écrire, par-dessus tout dans le pays de Mackellar ; et je ne peux pas encore voir clairement où je vais. Si j'en viens à bout, *Le Maître* sera un assez bon roman ou je me trompe gravement ; et même si je n'en viens pas à bout, il y aura tout de même quelque chose dedans. »

Quelques semaines plus tard, vers le 20 mai, toujours depuis Honolulu, il peut annoncer à Will Low[1] :

« J'ai fini par achever *Le Maître :* ça a été pour moi une terrible épreuve ; mais à présent il est enterré, son corps est enseveli – son âme, s'il y a un enfer, elle s'y trouve. Et je lui pardonne. Il est plus difficile de pardonner Burlingame de m'avoir poussé à commencer la publication, ou de me pardonner d'avoir cédé à cette incitation. Oui, j'estime que Hole a très bien fait les choses ; ce sera l'un des livres les plus exactement illustrés de notre génération ; il a pris le ton, il raconte l'histoire – *mon* histoire. Je ne vois qu'un échec : Le Maître se tenant sur la plage. »

La corvée terminée, l'auteur semble avoir pris une meilleure mesure de son roman. Il l'apprécie ainsi dans une lettre à Charles Baxter, en février 1890.

« Avec tous ces fers au feu, et ces perspectives nébuleuses, vous pouvez être assuré que j'ai été heureux de recevoir un compte rendu d'affaires favorable. Je prenais *Le Maître* pour une carte sûre ; je me demande pourquoi Henley le trouve sinistre, triste, ça oui, il l'est, mais il n'est sûrement pas sinistre, ou je me trompe beaucoup. Je suis ennuyé qu'il ne s'y intéresse pas ; je le mets en ce qui me concerne sur le même plan que *Enlevé.* Nous verrons avec le temps s'il monte plus haut ou descend plus bas. »

FRANCIS LACASSIN

---

1. Peintre et illustrateur américain que Stevenson avait connu à Fontainebleau et Barbizon. Il lui a dédié *Le Naufrageur.*

« PRÉFACE » POUR UNE NOUVELLE ÉDITION
DU MAÎTRE DE BALLANTRAE

On trouvera ci-dessous, pour la première fois en français, la pseudo-préface dont l'auteur parle plus haut p. 1090.

En dépit d'un exil continu et dont l'origine remonte loin, l'auteur des pages qu'on va lire revient de temps en temps dans la ville dont il a la grande fierté d'être originaire ; et il y a peu de choses plus étranges, plus pénibles, ou plus salutaires, que de telles retrouvailles. A l'extérieur, dans les pays étrangers, il surprend et éveille plus d'attention qu'il ne s'y serait attendu ; dans sa propre ville, le rapport est inverse et il reste stupéfait d'être aussi peu reconnu. Ailleurs, il est réconforté par la vue de visages attirants, d'amis possibles ; là, il explore les longues rues, avec un serrement de cœur, à l'évocation des visages d'amis qui ne sont plus. Ailleurs, il est enchanté par la présence de ce qui est nouveau, tandis que là-bas, il est tourmenté par l'absence de ce qui est vieux. Ailleurs, il est heureux d'être qui il est actuellement ; là-bas il éprouve un regret égal de ce qu'il a été jadis et de ce qu'il a jadis espéré être.

Il éprouvait confusément tous ces sentiments en quittant la gare en voiture, lors de sa dernière visite ; il était dans les mêmes dispositions quand il descendit devant la porte de son ami, Mr. Johnstone Thomson, W. S., chez qui il devait séjourner. Un accueil, chaleureux, un visage toujours le même, quelques mots échangés évoquant le passé, un rire provoqué et partagé, un coup d'œil en passant à la nappe de neige et aux brillantes carafes, au Piranèse sur le mur de la salle à manger, et il parvint dans sa chambre avec des dispositions d'esprit moins sombres ; lorsque, quelques minutes plus tard, il s'assit côte à côte avec Mr. Thomson pour boire un premier verre aux jours passés, il était déjà presque consolé, il s'était déjà presque pardonné ses deux inexcusables erreurs : avoir quitté sa ville natale, ou y être retourné.

– J'ai quelque chose de tout à fait dans votre genre, dit Mr. Thomson. Je désirais célébrer votre arrivée ; parce que, mon cher garçon, c'est ma propre jeunesse qui revient avec vous ; dans un état déguenillé et ratatiné, bien sûr, mais... eh bien !... ce qu'il en reste.

– C'est infiniment mieux que rien, dit l'auteur. Mais qu'est-ce qui est tout à fait dans mon genre ?

– J'y arrivais, dit Mr. Thomson. Le destin a mis en mon pouvoir de saluer votre arrivée par quelque chose de réellement original en guise de dessert. Un mystère.

– Un mystère ? répétai-je.

– Oui, dit son ami, un mystère. Il peut se révéler comme n'étant rien, et il peut se révéler comme étant très important. Mais en attendant, il est véritablement mystérieux, car depuis près de cent ans, aucun œil humain ne s'est posé dessus ; il est hautement aristocratique car il a trait à une famille titrée ; et il devrait être mélodramatique, car à en croire la souscription, il touche à la mort.

– Je crois avoir rarement entendu l'annonce de quelque chose de plus obscur et de plus prometteur à la fois, remarqua l'autre. Mais de quoi s'agit-il ?

– Vous vous rappelez l'affaire de mon prédécesseur, le vieux Peter M'Brair ?

– Je m'en souviens très précisément ; il ne pouvait me regarder sans un sursaut de réprobation, et il ne pouvait ressentir ce sursaut sans le manifester. Il était pour moi un homme d'un grand intérêt historique, mais cet intérêt n'était pas réciproque.

– Ah ! nous allons aller plus loin que lui, dit Mr. Thomson. J'ose dire que le vieux Peter en savait aussi peu que moi. Vous savez, j'ai réussi à accumuler une quantité prodigieuse de vieux papiers juridiques et de vieilles boîtes de fer-blanc, dont une partie a été amassée par Peter, une autre par son père, John, premier de la dynastie, un grand homme dans son temps. Parmi d'autres documents se trouvaient tous les papiers des Durrisdeer.

– Les Durrisdeer ! m'écriai-je. Mon cher garçon, ceux-ci peuvent présenter le plus grand intérêt. L'un d'eux a disparu dans les années quarante-cinq ; il y en a eu un qui avait d'étranges rapports avec le diable vous y trouverez une allusion dans les Mémoires de Law, je crois ; et il y a eu une tragédie restée inexpliquée, je ne sais quoi, beaucoup plus tard, il y a environ cent ans.

– Plus de cent ans, dit Mr. Thomson. En 1783.

– Comment savez-vous cela ? Je parle d'une mort.

– Oui, les morts lamentables de Lord Durrisdeer et de son frère, le Maître de Ballantrae (blessé pendant les troubles), dit Mr. Thomson avec un peu le ton de quelqu'un qui cite. Est-ce cela ?

– A dire vrai, dis-je, je n'ai trouvé dans les mémoires que de très vagues allusions ; et j'ai entendu rapporter verbalement des choses encore plus vagues, par mon oncle (que vous avez connu, je crois). Dans mon enfance, mon oncle habitait dans le voisinage de Saint-Bride ; il m'a souvent parlé de l'avenue fermée et envahie par l'herbe, des grandes grilles qui n'étaient jamais ouvertes, du dernier lord et de sa sœur vieille fille qui vivaient à l'arrière de la maison, un couple pot-au-feu tranquille, silencieux, convenable, pauvre, semblait-il, – mais également pathétique, comme étant les derniers de cette maison turbulente et de gens braves – et pour les gens de la campagne, vaguement terribles par suite de traditions déformées.

– Oui, dit Mr. Thomson. Henry Graeme Durie, le dernier lord, est mort en 1820 ; sa sœur, l'Honorable Miss Katharine Durie, en vingt-sept ; c'est tout ce que je sais ; et d'après ce que j'ai parcouru pendant ces quelques derniers jours, ils étaient bien ce que vous dites, des gens convenables, tranquilles, mais pas riches. Pour dire la vérité, c'est une lettre de mon lord qui m'a fait partir à la recherche du paquet que nous allons ouvrir ce soir. Certains papiers ne pouvaient être retrouvés ; et nous avons écrit à Jack M'Brair en suggérant qu'ils pourraient bien se trouver parmi ceux qui ont été mis sous scellés par un certain Mr. Mackellar. M'Brair a répondu que les papiers en question étaient tous de la main de Mackellar, et qu'ils étaient tous – d'après ce qu'avait compris l'auteur de la lettre – d'un caractère purement narratif ; et en outre, disait-il : « Je ne suis pas autorisé à les ouvrir avant 1889. » Vous pouvez imaginer à quel point j'ai été frappé par cette déclaration : j'ai organisé une chasse dans toutes les cachettes de M'Brair ; et j'ai fini par mettre la main sur ce paquet que je vous propose – si vous avez bu assez de vin – de vous montrer sur-le-champ.

Dans le fumoir, où mon hôte me conduisit alors, se trouvait un paquet revêtu de nombreux cachets et enveloppé dans une feuille de papier fort portant l'inscription suivante :

« Papiers ayant trait aux vies et aux morts lamentables de feu Lord Durrisdeer, et de son frère aîné James, communément appelé le Maître de Ballantrae, blessé pendant les troubles ; remis entre les mains de John M'Brair dans le Lawnmarket d'Édimbourg, W. S., ce 20 septembre A.D. 1789 ; à charge pour lui de les garder secrets tant que cent années ne se seront pas écoulées, soit jusqu'au 20 septembre 1889. Ces papiers ont été réunis et écrits de ma main.

Ephraïm MACKELLAR,
Intendant pendant près de quarante ans
des propriétés de Sa Seigneurie. »

Comme Mr. Thomson est un homme marié, je ne dirai pas quelle heure il était lorsque nous sommes arrivés à la dernière de ces pages ; mais je vais dire quelques mots de ce qui a suivi.

– Il y a ici, dit Mr. Thomson, un roman tout prêt qu'il ne vous reste plus qu'à écrire ; tout ce que vous avez à faire c'est étudier le décor, développer les caractères, améliorer le style.

– Mon cher garçon, dis-je, voilà exactement trois choses que j'aimerais mieux mourir que de faire. Ce texte sera publié tel qu'il est.

– Mais il est tellement nu, objecta Mr. Thomson.

– Je crois qu'il n'y a rien de plus noble qu'un texte dépouillé, répondis-je, et je suis sûr qu'il n'y a rien d'aussi intéressant. Je voudrais que toute la littérature soit nue, ainsi que tous les auteurs (si vous voulez) sauf un.

– Bon, bon, dit Mr. Thomson. Nous verrons.

Johnstone Thomson W.S. est Mr. C. Baxter, W.S. (devenu par la suite agent de l'auteur) avec qui, sous le nom de « Thomson Johnstone », Stevenson a souvent correspondu dans l'écossais le plus coloré. La scène se passe chez Mr. Baxter, 7 Rothesay Place, Édimbourg.

(Traduction de JACQUES PARSONS)

« UN MORT ENCOMBRANT »
DANS LA CORRESPONDANCE DE R. L. STEVENSON

C'est en octobre 1887, dans une lettre adressée de Saranac Lake à Henry James, que Stevenson fait allusion au roman que vient de commencer son beau-fils. Lloyd Osbourne est alors âgé de dix-neuf ans.

« ... Pendant que j'écris, le soleil (dont nous avons été si longtemps privés) brille à côté de moi ; dans la pièce voisine, la sonnette de la machine de Lloyd fait une agréable musique (à un rythme qui étonne ce romancier expérimenté) en tapant les premiers chapitres d'un récit humoristique. »

Quelques mois plus tard le roman de Lloyd a trouvé un titre provisoire « la tontine Finsbury » mais il ne le prend pas au sérieux et ne songe pas le moins du monde à y mettre la main. Il écrit, en décembre, à William E. Henley :

« Est-ce que vous jouez aux Quatre Points ? Nous sommes en train d'essayer ; c'est encore très confus pour moi. Est-ce que le premier en main peut *demander* plus d'une fois ? A Boston l'Amiral du Port [1] se mêle aux millionnaires. Je ne suis qu'une mauvaise herbe sur le bord du Léthé. Ma femme va comme ci comme ça. Le Seigneur nous mène tous ; si seulement je pouvais quitter la scène les mains nettes, je chanterais un Hosanna. Dans un livre que je possède, le jeu de « Put » est décrit d'une façon tout à fait différente de votre version ; quelles sont vos règles ? l'Amiral du port utilise une partie de « Put » dans l'une de ses histoires. Le premier jet en a été terminé il y a environ une quinzaine et la révision a été allègrement entreprise : elle est intitulée *The Finsbury Tontine,* et peut faire deux volumes. Elle est d'autre part incroyablement stupide avec, me semble-t-il, des passages assez humoristiques. »

Mais quelques mois plus tard, en avril 1888, le ton a changé. Et le titre

---

1. Il s'agit de Lloyd Osbourne. (Note de l'Éditeur.)

du roman aussi. Devant les yeux de sa correspondante, miss Ferrier, il fait miroiter le yacht que les droits d'auteur vont lui permettre d'acheter.

« ... Le gosse ? Eh bien, cet hiver, le gosse a écrit une histoire qui m'a paru si drôle que je l'ai prise en main, et l'un de ces jours vous recevrez un exemplaire d'une œuvre intitulée *Une Partie de Bluff,* par Lloyd Osbourne et Robert Louis Stevenson.

Par ailleurs il est (le gosse) tout à fait comme d'habitude. Reste à considérer je pense, seulement R.L.S., l'élément de cohésion de la maison, son soutien, le pilier, le gagne-pain, le tyran de l'établissement. Eh bien, je crois vraiment qu'il va beaucoup mieux ; il fait des quantités d'argent ; l'espoir de pouvoir avant longtemps louer un yacht danse devant ses yeux ; autrement il n'est pas de très bonne humeur pour l'instant, bien que, comparé à ce qu'il était l'an dernier à Bournemouth, il soit un ange. »

Puis le « roman du gosse » disparaît de sa correspondance pendant près d'un an. Entre-temps les Stevenson ont gagné la côte Ouest, et à San Francisco ont pris le chemin des mers du Sud. C'est de Honolulu, en janvier 1889, que Stevenson parle affaires à E. L. Burlingame, rédacteur en chef du Scribner's Magazine.

« ... Dès que j'en aurai terminé avec *Le Maître,* j'achèverai *Une Partie de Bluff* – rebaptisée à présent *Un mort Encombrant.* C'est cette œuvre que je désire vendre comptant. Les droits sont naturellement réservés pour les États-Unis. Et je vous l'offre pour cinq mille dollars. Répondez-moi, s'il vous plaît, par retour du courrier. Dites aussi voulez-vous au dactylographe qui a eu l'amabilité d'être amusé par nos folies que je suis plein d'admiration pour son travail. »

Après avoir évoqué divers autres projets et prié Burlingame de prendre une décision rapide quant au prix demandé, il ajoute pour le convaincre :

« ... Je crois que le *Mort Encombrant* en question est une vraie rigolade. Je peux être douloureusement déçu ; mais le dactylographe est avec moi. Je peux être également déçu par les exemplaires du *Maître* en train de partir et déjà partis ; mais pour moi, ils me semblent de Première Qualité, monsieur, de Première Qualité. »

Enfin, le 8 mars 1889, de Honolulu, c'est l'ami et agent de Stevenson, Charles Baxter, notaire à Edimbourg, qui apprend l'achèvement de ce livre insolent et insolite.

« ... Lloyd et moi, nous avons terminé une histoire *Un mort Encombrant.* Si elle n'est pas drôle, c'est que je n'y connais rien. En l'écrivant j'étais plié en deux. Depuis que je suis ici je travaille comme un galérien : trois livraisons du *Maître* à réécrire, cinq chapitres du *Mort Encombrant* à rédiger et revoir, et environ cinq cents vers d'un poème narratif à écrire, ré-écrire et ré-ré-écrire. »

Le « roman du gosse » est devenu un roman de Stevenson.

FRANCIS LACASSIN

LE CAUCHEMAR D'OÙ NAQUIT M. HYDE

par FANNY VAN DE GRIFT-STEVENSON

Quand nous revînmes en Angleterre – mon mari et moi – venant d'Hyères, en France, nous pensions bien y retourner l'hiver suivant. Mais la santé de mon beau-père déclinait rapidement, de toute évidence et le départ de son fils bien-aimé lui aurait porté un coup sérieux. Aussi nous décidâmes sans trop d'hésitations – du moins de ma part – de rester à Bournemouth aussi longtemps qu'il le faudrait. Pour me récompenser de mon acceptation et, sans doute, dans l'espoir de rendre notre séjour encore plus définitif, le père de mon mari me fit don d'une charmante petite maison que nous baptisâmes *Skerryvore* [1]. Les étages en étaient de superficie plutôt réduite mais cette étroitesse était compensée par la présence d'une pelouse, de massifs de fleurs, d'un jardin potager et un soupçon de vallon sauvage avec un petit cours d'eau qui coulait dans sa partie basse. A l'intérieur de l'étable – dont nous n'avions guère l'usage – et attenant à la maison, se trouvait un pigeonnier recouvert de lierre.

Dès notre arrivée à Bournemouth, M. W. E. Henley était venu passer quelque temps avec nous pour écrire des pièces de théâtre avec mon mari ; il nous rendit à nouveau visite quand nous fûmes installés à Skerryvore. Le *Diacre Brodie* avait déjà été joué à Londres sans rencontrer autre chose qu'un *succès d'estime* [2]. Mais M. Henley espérait bien profiter de l'expérience acquise à cette occasion pour composer quelque chose que le grand public accepte.

Dans la chambre que mon mari occupait, étant enfant, à Édimbourg, il y avait une bibliothèque et une commode fabriqué par le célèbre diacre Brodie : respectable artisan dans la journée et cambrioleur la nuit. Cummy

---

1. Qui peut se traduire par « La Rocailleuse », « Skerry » désignant un récif ou un rocher isolé.
2. En français dans le texte anglais.

– Alison Cunningham [1] – à qui mon mari avait dédié son *Recueil de Vers pour Enfants*, avec sa vive imagination d'Écossaise, composa nombre chansons ayant ces meubles pourtant bien prosaïques pour sujet et ceci afin d'amuser l'enfant qu'elle élevait.

Des années après, mon mari fut très impressionné par la lecture d'un article paru dans une revue française de vulgarisation scientifique et qui traitait du subconscient. La teneur de cette étude se combina dans son esprit avec le cas du diacre Brodie et ce fut là l'origine de l'idée qu'il développa ultérieurement. Dans une pièce d'abord, puis à nouveau dans la nouvelle *Markheim*, atteignant son point culminant avec l'histoire issue d'un cauchemar : celle de Jekyll et Hyde, écrite pendant la fièvre phtisique consécutive à une hémorragie pulmonaire.

Mon mari n'avait pas un goût très marqué pour la composition dramatique – bien que *Prince Othon* ait été primitivement conçu comme pièce de théâtre ; mais M. Henley possédait un extraordinaire pouvoir de persuasion et savait insuffler son propre enthousiasme aux autres. Même moi, je me trouvai involontairement entraînée dans ce tourbillon. Je me rappelle qu'on me promit un bracelet orné de rubis acheté avec les bénéfices de la première représentation, après que j'eus donné l'idée de l'*Amiral Guinée !* Les sujets de pièces sortaient de l'imagination de M. Henley, qui les jetait sur le papier avec sa manière passionnée et tapageuse et dont l'influence restait prédominante à cela près qu'il ne savait leur donner une forme littéraire véritable. On esquissait après un mince scénario encore assez lâche, étendu par la suite et élaboré sous forme de scènes, apportées alternativement par chacun des deux co-auteurs. Il était entendu entre eux que ce qui avait été écrit par l'un serait impitoyablement supprimé par l'autre s'il faisait l'objet d'une critique et cela sans appel. C'était là un procédé que j'ai toujours estimé être dommageable au travail des deux. Alors que la conception de mon mari était d'accomplir un *tour de force* [2] littéraire et bâti sur des conventions classiques du théâtre, celle de M. Henley était d'épater le public avant tout et à tout prix. Il aurait très bien pu advenir que l'un et l'autre connaissent le succès, mais indépendamment, alors que le fait de vouloir concilier les deux était une gageure. Et M. Henley de s'écrier : « Mais vous allez les faire bondir, mon cher ! » en donnant un coup sur la table qui faisait tinter l'encrier. « Mais non, Henley » protestait mon mari avec lassitude : « Vous êtes trop brutal, il faut atténuer cela ». En conformité avec leur accord préalable, la scène était rejetée, la nouvelle version ayant manifestement perdu quelque chose et ceci au détriment des deux [3].

Pendant le séjour de M. Henley chez nous, plusieurs amis de mon mari

---

1. Elle fut la nourrice de R.L. Stevenson, qui l'aimait profondément.
2. En français dans le texte anglais.
3. Fanny Van De Grift, épouse de R.L. Stevenson, l'auteur de ce texte, n'aimait manifestement pas Henley, grand ami de son mari ; elle parvint même à les faire se fâcher.

avaient pris l'habitude de venir passer deux heures presque chaque soir en notre compagnie. Il y avait M. Henry James, M. John Sargent, Mme de Mattos, M. Sully, M. Walter Lemon, les demoiselles Taylor, Mlle Ferrier et Robert Alan Stevenson [1]. Ces soirées d'intéressantes discussions, savantes et brillantes, ont été l'une des expériences les plus agréables que mon mari ait connues dans sa vie ; mais elles furent interdites par le médecin comme lui imposant une trop grande tension nerveuse. Il retourna alors – avec une passivité pathétique – à ce qu'il appelait « le pays de la broderie » – jouant avec son sifflet à un penny. Et quand, à son tour, cette pratique lui fut également interdite – car elle occasionnait des difficultés de poitrine – nous imaginâmes de résoudre des problèmes d'échecs posés par un journal. Ces parties d'échecs s'avérèrent bien autre chose qu'un sédatif universel pour l'esprit et les nerfs survoltés au terme d'une journée de travail dans l'accablante société de M. Henley.

Mon mari avait toujours trouvé le sommeil sans difficulté et à volonté. Il disait : « réveille-moi dans une demi-heure » en posant la tête sur l'oreiller et il tombait instantanément dans un assoupissement régénérateur. Or, pour la première fois dans son existence, son sommeil devenait agité et intermittent. Les papillons noirs se manifestaient activement à toute heure de la nuit, le tourmentant avec des fantomatiques problèmes sur l'échiquier ou alors sous forme de scènes personnelles depuis longtemps oubliées et remémorées dans ses rêves.

Ce fut précisément lors d'une période d'interruption contrainte dans sa collaboration de dramaturge que lui vint le cauchemar de *l'Étrange Cas du Dr. Jekyll et de M. Hyde*. Les cris d'horreur poussés par mon mari dans son sommeil m'obligèrent à l'éveiller, à sa grande indignation. « Je rêvais d'un joli conte de terreur », me dit-il d'un ton de reproche, faisant un rapide récit de Jekyll et Hyde jusqu'à la scène de la transformation qu'il était en train de rêver quand je l'avais réveillé.

A l'aube, il était déjà au travail avec une activité fiévreuse. En trois jours, le premier canevas – comptant trente mille mots – était terminé, aussitôt complètement détruit et réécrit immédiatement avec un point de vue différent : celui mettant en avant l'allégorie, le plus en évidence, ce qui manqua dans le premier jet sans doute écrit dans la hâte et sous l'irrésistible influence de son cauchemar [2].

Il récrivit donc, en trois jours également, la version définitive du livre prêt à la publication, mises à part quelques corrections mineures. La quantité de travail que cela représente est stupéfiante. Qu'un invalide dans la condition de santé où se trouvait mon mari ait été capable d'abattre un tel labeur en six jours – soixante mille mots jetés sur le papier – semble

---

1. Ce dernier était le cousin germain de R.L. Stevenson – fils du frère de son père – et Catherine de Mattos était la sœur de Robert Alan.

2. Ce que ne dit pas Mme Stevenson – on se demande d'ailleurs pourquoi si elle était vraiment sûre que ce soit une amélioration – c'est que ce fut son influence directe qui poussa Stevenson à détruire sa première version ; il la lui avait lue et elle la critiqua tellement qu'il la détruisit aussitôt, composant ensuite la version que l'on connaît.

presque inimaginable. Il souffrait d'hémorragies continuelles et parlait avec difficulté, sa conversation se faisant habituellement par le truchement d'une ardoise et d'un crayon. Il ne pouvait recevoir deux personnes à la fois dans son bureau et quand l'une obtenait la permission du docteur, l'entrevue était limitée à quinze minutes. La tâche ingrate de monter la garde devant la porte, à l'extérieur, montre en main et de prévenir le visiteur que le délai était passé, cette tâche ingrate, donc, m'incombait.

Le succès de *Jekyll et Hyde* fut immédiat et phénoménal, aussi bien en Angleterre qu'en Amérique où parurent des éditions pirates. Cette histoire fut citée par des clergymen au cours de prêches et trois adaptations en furent faites pour le théâtre, la seule bonne étant l'œuvre de M. T.R. Sullivan, qui envoya le manuscrit à mon mari pour qu'il y apporte ses corrections et fasse ses suggestions.

Il est assez étrange, au fond, de constater que le public identifie les créations d'un livre à la personnalité de son auteur. Les apparences de mon mari ont été ainsi assimilées à une sorte de mélange grotesque entre le Dr Jekyll et M. Hyde. Un critique a même écrit : « ... il ressemble à un noyé que l'on aurait retiré de l'eau juste à temps, ses longs cheveux encore tout mouillés et collés à son visage ». Les peintres qui ont essayé de faire son portrait ont forcé sur l'aspect quelque peu bizarre et spectral de sa physionomie ; aucun d'eux n'a eu l'idée de lui donner l'apparence du Prince Othon, par exemple, qui lui ressemblait pourtant beaucoup.

Il reçut de nombreuses lettres, tout particulièrement de la part de spirites et de théosophes, lesquels s'imaginaient qu'il avait été guidé dans sa description d'une double vie par le monde surnaturel. Une de ces lettres lui fut écrite par une comtesse allemande qui lui demandait si ce récit était vraiment issu d'un rêve ; elle l'assurait que s'il en était bien ainsi son état se trouvait terriblement compromis car les forces « de la magie blanche et de la magie noire » se disputaient son âme. La comtesse le suppliait d'accepter les vérités de la théosophie, sans quoi les forces de la magie noire allaient avoir le dessus, auquel cas – affirmait-elle – « les conséquences en seraient désastreuses ».

F. V. de G. S.
(Traduction et notes de CHARLES-NOËL MARTIN)

BIBLIOGRAPHIE

Romans et Nouvelles

En raison de l'abondance des rééditions, sont indiquées uniquement la première parution anglaise et la première traduction française. Sauf indications contraires, les lieux de publication sont Londres et Paris.

L'ILE AU TRÉSOR *(Treasure Island)*
 – En feuilletons, signés « Captain George North », dans l'hebdomadaire « Young Folks » du 1er octobre 1881 au 28 janvier 1882. En volume : Cassel and Co., 1883.
 – *L'Ile au Trésor.* Traduction André Laurie, Hetzel, 1885.

LES NOUVELLES MILLE ET UNE NUITS *(New Arabian Nights)*
 – 2 volumes, Chatto and Windus. I *(The Suicide Club. The Rajah's Diamond).* II *(The Pavillion on the Links. A Lodging for Night. The Sire de Maletroit's Door. The Providence and Guitar).*
 – Première traduction complète, non signée, *Les Nouvelles Mille et une Nuits.* Denoël, 1954. Un volume contenant : *Le Club du Suicide. Le Diamant du Rajah. Le Pavillon sur les Dunes. Un logis pour la nuit. La porte du Sire de Malètroit. La Providence et la Guitare.*

LA FLÈCHE NOIRE *(The Black Arrow)*
 – En feuilletons, signés « Captain George North », dans l'hebdomadaire « Young Folks » du 30 juin au 20 octobre 1883. En volume : Cassel and Co., 1888. Collection 10/18 No 1570.

PRINCE OTHON *(Prince Otto)*
 – En feuilletons dans « Longman's Magazine » d'avril à octobre 1885. En volume : Chatto and Windus, 1885.
 – *Le Roman du Prince Othon.* Traduit par Egerton Castle, Londres, John Lane, The Bodley Head, 1896 ; et Paris, même traducteur, Librairie Académique Perrin, 1897.

LE DYNAMITEUR *(More New Arabian Nights, The Dynamiter)*
– En collaboration avec Fanny Van De Grift. Longmans, Green and Co., avril 1885.
– *Le Dynamiteur.* Préface de Marcel Schwob. Traduction de G. Art. Librairie Plon, octobre 1894.

L'ÉTRANGE CAS DU DR JEKYLL ET DE M. HYDE *(The Strange Case Of Dr Jekyll and Mister Hyde)*
– Longmans, Green and Co., janvier 1886.
– *Le Docteur Jekyll et M. Hyde,* Gründ, 1947.

ENLEVÉ ! *(Kidnapped)*
– (Premier épisode des *Aventures de David Balfour*). En feuilletons dans l'hebdomadaire « Young Folks » du 1er mai au 13 juillet 1886. En volume : Cassel and Co., 1886.
– *Enlevé !* Traduction Albert Savine. Librairie Stock, 1905.

LES HOMMES JOYEUX *(The Merry Men)*
– Chatto and Windus, 1877 (Recueil des Nouvelles : *The Merry Men, Will O'the Mill. Markheim. Thrawn Janet. Olalla. The Treasure of Franchard*).
– *Les Gais Lurons.* Traduction de Théo Varlet. La Sirène, 1920. (Recueil de *Les Gais Lurons. Will du moulin. Markheim. Janet la Torte. Olalla. Le Trésor de Franchard*).

LES MÉSAVENTURES DE JOHN NICHOLSON *(The Misadventures of John Nicholson)*
– Dans l'almanach de Noël « Yule-Tide ». Cassel, décembre 1887. En volume : New York, George, Munro, Seaside Library, décembre 1887.
– *Les Mésaventures de John Nicholson.* Traduction d'Albert Savine et Michel George-Michel. Crès, 1921. Contient également *Histoire d'un mensonge (The Story of A Lie,* 1882) et *Le trésor de Franchard* (extrait de *The Merry Men*).

LE MAITRE DE BALLANTRAE *(The Master of Ballantrae)*
– En feuilletons dans le magazine « Scribner's » (New York), de novembre 1888 à octobre 1889. En volume : Cassel and Co., août 1889.
– *Le Maître de Ballantrae.* Traduction de Théo Varlet. La Sirène, 1920.

UN MORT ENCOMBRANT *(The Wrong Box)*
– En collaboration avec Samuel Lloyd Osbourne. Longmans, Green and Co., juin 1889.
– *Le Mort vivant.* Traduction de Teodor de Wyzewa. Librairie Académique Perrin, 1905.

LE TRAFIQUANT D'ÉPAVES *(The Wrecker)*
– En collaboration avec Samuel Lloyd Osbourne. En feuilletons dans le magazine « Scribner's » (New York) de août 1891 à juillet 1892. En volume : Cassel and Co., juillet 1892.
– *Le Trafiquant d'Epaves.* Première traduction intégrale par Edouard Delebecque. Fribourg (Suisse), Egloff ; et Paris, Librairie Universelle de France, 1948.

VEILLÉES DES ILES *(Island Night's Entertainments)*
– Cassel and Co., 7 avril 1893 (Recueil des Nouvelles : *The Beach of Falesa. The Bottle Imp. The Isle of Voices*).
– *Les Nuits des Iles.* Traduction de Fred Causse-Maël. L'Edition Française Illustrée, 1919. (Recueil de : *Uma. L'Ile des Voix. Le Démon de la bouteille.*)

CATRIONA *(Catriona)*
– (Deuxième épisode des *Aventures de David Balfour*). En feuilletons dans la revue « Atalanta » de décembre 1892 à septembre 1893. En volume : Cassel and Co., 1893.

LE REFLUX *(The Ebb-Tide)*
– En collaboration avec Samuel Lloyd Osbourne. En feuilletons dans « To Day », 11 novembre 1893 – 3 février 1894. En volume : Heinemann, septembre 1894.
– *Le Reflux.* Traduction de Teodor de Wyzewa. Librairie Académique Perrin, 1905 – *Le Creux de la Vague,* collection 10/18 Nº 1172, 1977.

HERMISTON LE JUGE PENDEUR *(Weir of Hermiston)*
– En feuilletons dans le magazine « Cosmopolis » de janvier à avril 1896. En volume : Chatto and Windus, 20 mai 1896.
– *Hermiston le juge pendeur.* Traduction d'Albert Bordeaux. Fontemoing et Cie, 1912.

SAINT-IVES *(Saint-Ives)*
– New York, Charles Scribner's Sons.
– *Saint-Ives.* Traduction de Teodor de Wyzewa. Hachette, 1904.

Souvenirs et Voyages

VOYAGE SUR LES CANAUX ET RIVIÈRES *(An Inland Voyage)*
– Kegan Paul and Co., 1878.
– *A Pagaie sur l'Escaut, le Canal de Willebroke, la Sambre et l'Oise.* Editions Le Chevalier, 1900 – Recueilli dans : *La France que j'aime.* Union Générale d'Editions, 1978. Collection 10/18 Nº 1246.

EDINBURGH : PICTURESQUE NOTES
– En feuilletons dans la revue « The Portfolio », juin – décembre 1878. En volume, Seeley, Jackson and Halliday, 1879 [décembre 1878].

VOYAGE AVEC UN ANE DANS LES CÉVENNES *(Travels With a Donkey in the Cevennes)*
– Kegan Paul and Co., 1879.
– *Voyage à travers les Cévennes avec un âne.* Traduit par A. Moulharac. Florac, Editions du Club Cévenol, 1901. Collection 10/18 Nº 1201, 1978.

THE SILVERADO SQUATTERS
– En feuilletons dans « The Country magazine » (New York), novembre et décembre 1883. En volume : Chatto and Windus, décembre 1883.

MEMORIES AND PORTRAITS
- Chatto and Windus, 1887.

IN THE SOUTH SEAS
- Recueil d'articles publiés en 1891 dans le quotidien « The New York Sun ». En volume : New York, Charles Scribner's Sons, 1896.
- *Dans les mers du Sud.* Traduction de M.L. Des Garets, Editions de la Nouvelle Revue Française, 1920 - Traduction Théo Varlet. Collection 10/18 N° 1390, 1980.

A TRAVERS LES PLAINES *(Across the Plains)*
- Recueil de divers récits de voyages. Chatto and Windus, 1892.
- Le texte donnant son titre au recueil anglais, *A travers les plaines* a été traduit par Henry Borjane, à la suite de *L'émigrant amateur,* Stock, 1931.

L'ÉMIGRANT AMATEUR *(The Amateur Emigrant)*
- Texte rédigé en 1879. Chicago, Stone and Kimball, 1895.
- *L'émigrant amateur,* suivi de *A travers les plaines.* Traduction de Henry Borjane, Stock, 1931.

ESSAYS OF TRAVEL
- Recueil de 14 textes ayant trait aux voyages, dont *L'émigrant amateur.* Chatto and Windus, 1895.

Poèmes

A CHILD GARDEN OF VERSES, Longmans, Green and Co., 1885.

UNDERWOODS, Chatto and Windus, 1887.

BALLADS, Chatto and Windus, 1890.

SONGS OF TRAVELS, Chatto and Windus, 1896.

Essais Divers

VIRGINIBUS PUERISQUE
- C. Kegan Paul and Co., 1881.

FAMILIAR STUDIES OF MEN AND BOOKS
- Chatto and Windus, 1882.

FATHER DAMIEN : AN OPEN LETTER TO THE REVEREND DR HYDE OF HONOLULU
- Brochure hors commerce, aux dépens de l'auteur. Sidney, 1890.

A FOOTNOTE TO HISTORY
- Cassell and Co., juillet 1892.

FABLES
– En deux livraisons dans « Longman's Magazine », août et septembre 1895. En volume : New York, Charles Scribner's Sons, 1896.
– *Récits fabuleux*. Première traduction intégrale de R. L. Stevenson par Jacques Papy. Livre-Club du Libraire, 1966.

ESSAYS AND CRITICISMS
– Boston, Herbert B. Turner and Co., 1903.

ESSAYS IN THE ART OF WRITING
– Chatto and Windus, 1905.

Théâtre

DEACON BRODIE
– En collaboration avec William Ernest Henley. Mélodrame en 4 actes et 10 tableaux. Edinburgh, Constable Printers, 1880 (hors commerce).

ADMIRAL GUINEA
– En collaboration avec W.E. Henley. Mélodrame en 4 actes. Edinburgh R. and R. Clark Printers, 1884 (hors commerce).

BEAU AUSTIN
– En collaboration avec W.E. Henley. Pièce en 4 actes. Edinburgh, printed by R. and R. Clark, 1884 (hors commerce).

MACAIRE
– En collaboration avec W.E. Henley. Mélodrame – farce en 3 actes. Edinburgh, printed by R. and R. Clark, 1885 (hors commerce).

THE HANGING JUDGE
– Drame en 3 actes et six tableaux rédigé en 1887 en collaboration avec sa femme Fanny Van De Grift. Londres, 1914. Tirage limité à 30 ex. hors commerce.

Francis LACASSIN

TABLE DES MATIÈRES

L'ILE AU TRÉSOR

Première partie

UN FLIBUSTIER À LA RETRAITE

Deuxième partie

LE CUISINIER DU BORD

LE MAÎTRE DE BALLANTRAE

ENLEVÉ! OU LES AVENTURES DE DAVID BALFOUR I

CATRIONA OU LES AVENTURES DE DAVID BALFOUR II

Première partie

LE PROCUREUR GÉNÉRAL

Deuxième partie

PÈRE ET FILLE

VEILLÉES DES ILES

UN MORT ENCOMBRANT

L'ÉTRANGE CAS DU Dr JEKYLL ET DE Mr HYDE

DOCUMENTS

DANS LA MÊME COLLECTION

HISTOIRE ET ESSAIS

BENOIST-MÉCHIN, Jacques
Soixante jours qui ébranlèrent l'Occident (10 mai – 10 juillet 1940)
Histoire de l'armée allemande *(2 volumes)* : Tome 1, 1918-1937 – Tome 2, 1937-1939

FRAZER, James George
Le Rameau d'Or – Tome 1 : Le roi magicien dans la société primitive – Tabou ou les périls de l'âme
Le Rameau d'Or – Tome 2 : Le dieu qui meurt, Adonis, Atys et Osiris
Le Rameau d'Or – Tome 3 : Esprits des blés et des bois, Le bouc émissaire
Le Rameau d'Or – Tome 4 : Balder le Magnifique, Bibliographie générale

GIBBON, Edward
Histoire du déclin et de la chute de l'Empire romain *(2 volumes)* : Tome 1, Rome (de 96 à 582) – Tome 2, Byzance (de 455 à 1500)

MICHELET, Jules
Histoire de la Révolution française *(2 volumes)*
Le Moyen Age *(1 volume)*
Renaissance et Réforme : Histoire de France au XVIᵉ siècle *(1 volume)*

LE MONDE ET SON HISTOIRE, collection dirigée par Maurice Meuleau
Le monde antique et les débuts du Moyen Age par Maurice Meuleau et Luce Pietri *(1 volume)*
La fin du Moyen Age et les débuts du monde moderne par Luce Pietri et Marc Venard *(1 volume)*
Les révolutions européennes et le partage du monde par Louis Bergeron *(à paraître)*
Nos contemporains par Marcel Roncayolo *(à paraître)*

NAPOLÉON À SAINTE-HÉLÈNE
Par les quatre Évangélistes Las Cases, Gourgaud, Montholon, Bertrand. Textes préfacés, choisis et commentés par Jean Tulard

TOLAND, John
Adolf Hitler

VIANSSON-PONTÉ, Pierre
Histoire de la république gaullienne (mai 1958-avril 1969)

LITTÉRATURE

BALZAC, Honoré de
Le Père Goriot – Les Illusions perdues – Splendeurs et misères des courtisanes

BARBEY D'AUREVILLY, Jules
Une Vieille Maîtresse – Un Prêtre marié – L'Ensorcelée – Les Diaboliques – Une page d'histoire

CESBRON, Gilbert
Chiens perdus sans collier – Les Saints vont en enfer – Il est plus tard que tu ne penses – Notre prison est un royaume

DICKENS, Charles
Les Grandes Espérances – Le Mystère d'Edwin Drood – Récits pour Noël

DOYLE, Conan
Sherlock Holmes *(2 volumes)*

DUMAS, Alexandre
Les Trois Mousquetaires – Vingt ans après

FLAUBERT, Gustave
Madame Bovary – L'Éducation sentimentale – Bouvard et Pécuchet suivi du Dictionnaire des idées reçues – Trois Contes

FONTANE, Theodor
Errements et tourments – Jours disparus – Frau Jenny Treibel – Effi Briest

GREENE, Graham
La Puissance et la Gloire – Le Fond du problème – La Fin d'une liaison *(1 volume)*
Un Américain bien tranquille – Notre Agent à la Havane – Le Facteur humain *(1 volume)*

JAMES, Henry
Daisy Miller – Les Ailes de la Colombe – Les Ambassadeurs

LE CARRÉ, John
La Taupe – Comme un collégien – Les Gens de Smiley

LEROUX, Gaston
Le Fantôme de l'Opéra – La Reine du Sabbat – Les Ténébreuses – La Mansarde en or

LES MILLE ET UNE NUITS
Dans la traduction du Dr J.-C. Mardrus *(2 volumes)*

LONDON, Jack
Romans, récits et nouvelles du Grand Nord

RENAN, Ernest
Histoire et parole : Œuvres diverses

ROMANS TERRIFIANTS
Horace Walpole, Le Château d'Otrante – Ann Radcliffe, l'Italien ou le Confessionnal des Pénitents Noirs – Matthew Gregory Lewis, Le Moine – Ernst Theodor Amadeus Hoffmann, Les Élixirs du Diable – Charles Robert Maturin, Melmoth ou l'Homme errant *(1 volume)*

SCOTT, Walter
Waverley – Rob-Roy – La Fiancée de Lammermoor

STENDHAL
Le Rouge et le Noir – La Chartreuse de Parme – Lamiel – Armance

STEVENSON, Robert Louis
L'île au trésor – Le maître de Ballantrae – Enlevé ! – Catriona – Veillées des îles – Un mort encombrant – L'étrange cas du Dr. Jekyll et de Mr. Hyde.

SUE, Eugène
Le Juif errant

OUVRAGES DE RÉFÉRENCE

DICTIONNAIRE DE L'ARCHÉOLOGIE de Guy Rachet

DICTIONNAIRE DES AUTEURS *(4 volumes)*

DICTIONNAIRE DES INTERPRÈTES (et de l'interprétation musicale au XXe siècle) de Alain Pâris

DICTIONNAIRE DES ŒUVRES *(7 volumes)*

DICTIONNAIRE DES PERSONNAGES (de tous les temps et de tous les pays)

DICTIONNAIRE DES SYMBOLES de Jean Chevalier et Alain Gheerbrant

DICTIONNAIRE DU CINÉMA de Jean Tulard et Jacques Lourcelles
Tome 1 : Les réalisateurs
Tome 2 : Les scénaristes, les producteurs, les acteurs, les techniciens
Tome 3 : Les films *(à paraître)*

TOUT L'OPÉRA de Gustave Kobbé

UNE HISTOIRE DE LA MUSIQUE de Lucien Rebatet

OUVRAGES PRATIQUES

CUISINE SANS SOUCI de Rose Montigny

DICTIONNAIRE DES DISQUES par l'équipe rédactionnelle et technique de la revue
Diapason, sous la direction de Gilles Cantagrel
Guide critique de la musique classique enregistrée

ENCYCLOPÉDIE DES VINS ET DES ALCOOLS de Alexis Lichine

RÉUSSIR VOTRE CUISINE de Martine Jolly

POÉSIE

BAUDELAIRE, Charles
Œuvres complètes

UNE ANTHOLOGIE DE LA POÉSIE FRANCAISE de Jean-François Revel

RIMBAUD – CHARLES CROS – TRISTAN CORBIÈRE – LAUTRÉAMONT
Œuvres complètes

DÉPÔT LÉGAL : SEPTEMBRE 1984

N° D'ÉDITEUR : S 586

quid

**L'encyclopédie de tous les jours
et de tous les âges**

quid est une encyclopédie de l'actualité, entièrement
remise à jour et enrichie chaque année.

quid s'intéresse à tout : histoire, religions, arts,
sciences, politique, économie, finances, salaires, sports,
spectacles, enseignement, transports, armée...

quid répond immédiatement aux questions que l'on se
pose grâce à un index de 90 000 mots.

quid permet de faire rapidement le tour d'un sujet
grâce à sa présentation synthétique.

quid sert en toutes circonstances : en famille, au
bureau, en classe... pour répondre aux questions des
enfants, trouver un renseignement professionnel,
préparer un exposé, participer à une discussion, à un
rallye ou à un jeu télévisé ou radiodiffusé, faire des
mots croisés...

quid est à la fois un instrument de travail et de
distraction, un ouvrage de référence et de culture, une
mémoire de secours.

Achevé d'imprimer pour
les Éditions Robert Laffont
sur les presses de
Mame (Tours)